中 国 历 朝 通 俗 演 义

一代史家　千秋神笔

中国历朝通俗演义

明史演义

蔡东藩◎著

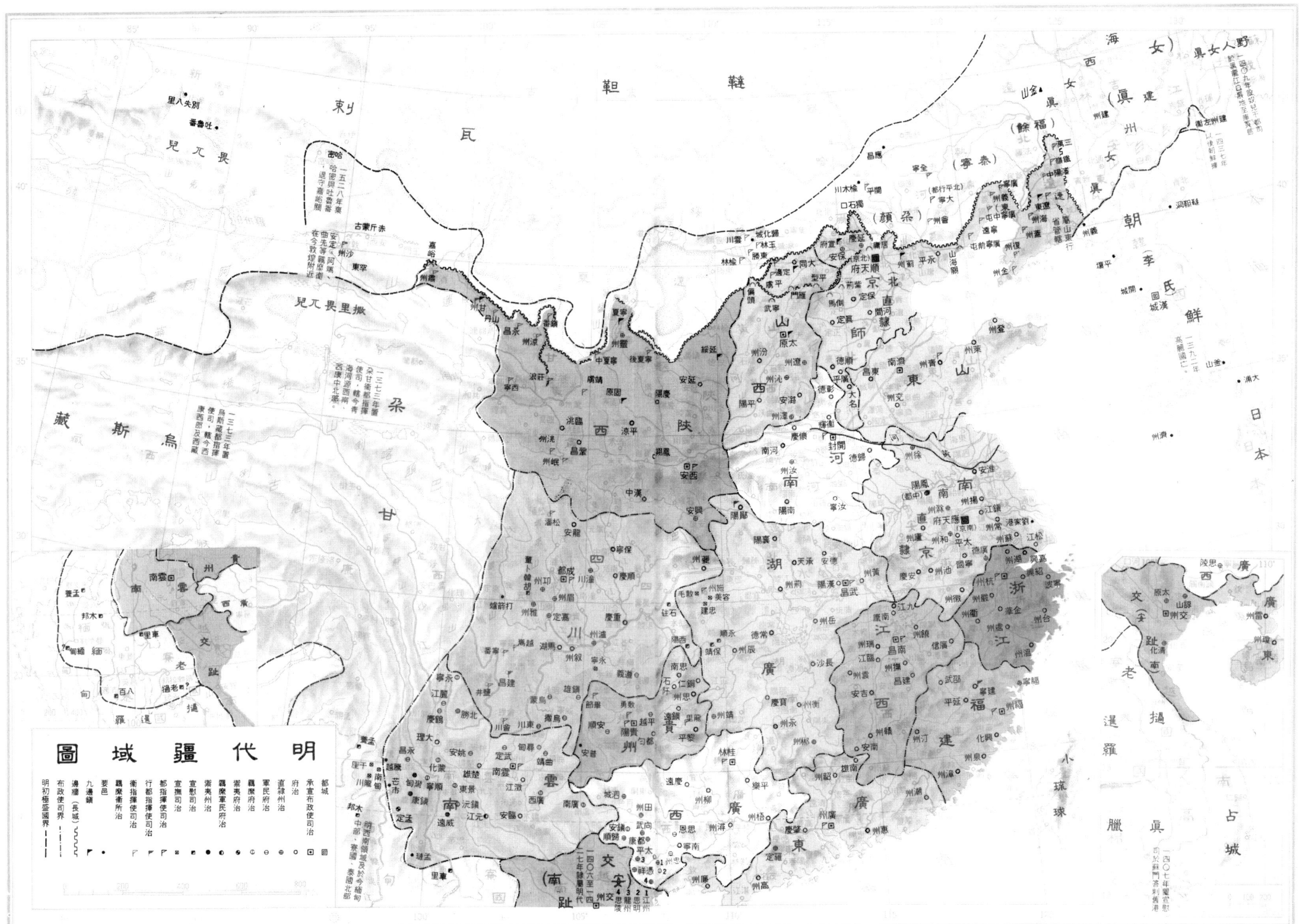

明代世系图

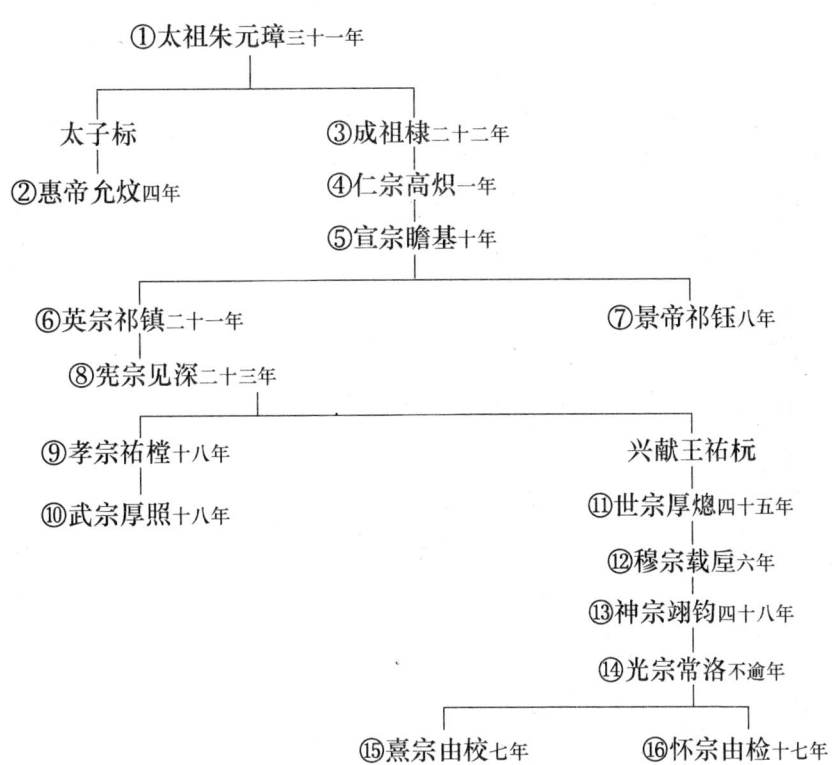

明代主要人物

刘　基（1311~1375），字伯温，明代政治家、诗文家。为朱元璋的得力谋士，对明朝的创建贡献甚大。

宋　濂（1310~1381），字景濂，号潜溪，别号玄真子、玄真道士、玄真遁叟。明初文学家。与刘基、章溢、叶琛同受朱元璋礼聘，尊为"五经"师。

方孝孺（1357~1402），字希直，一字希古，号逊志，曾以"逊志"名其书斋，蜀献王替他改为"正学"，因此世称"正学先生"。在"靖难之役"期间，拒绝为篡位的燕王朱棣（即成祖）草拟即位诏书，刚直不屈，孤忠赴难，被株10族。

郑　和（1371~1433），原本姓马名和，云南昆阳（今晋宁）宝山乡知代村回族人。中国历史上最杰出的航海家。他在航海、外交、军事、建筑等诸多方面都表现出卓越的智慧与才识。

于　谦（1398~1457），字廷益，明朝名臣，民族英雄。为后人留下了一首千古传颂的《石灰吟》。

王守仁（1472~1529），字伯安，号阳明子，世称阳明先生。他是我国宋明时期主观唯心主义集大成者。他发展了陆九渊的学说，用以对抗程朱学派。

张居正（1525~1582），字叔大，少名白圭，号太岳，谥号"文忠"，湖广江陵（今属湖北）人，又称张江陵。明代政治家、改革家。因其巨大的历史功绩而被后世誉为"宰相之杰"

海　瑞（1514~1587），字汝贤，自号刚峰，明代著名政治家。以为官刚正不阿而著称于世。

戚继光（1528~1588），明代著名抗倭将领、民族英雄、军事家、武术家。

李　贽（1527~1602），中国明代后期思想家。号卓吾，又号宏甫，别号温陵居士、百泉居士等。他以孔孟传统儒学的"异端"而自居，对封建的男尊女卑、假道学、社会腐败、贪官污吏，大加痛斥批判，主张"革故鼎新"，反对思想禁锢。

徐光启（1562~1633），字子先，号玄扈，谥文定。明代政治家、科学家。编著《农政全书》、《崇祯历书》，译《几何原本》、《泰西水法》等。

史可法（1601~1645），明末政治家，军事家，民族英雄。领导了明末后期的抗清斗争，守扬州未果，被俘，慷慨就义。

出版前言

《中国历史通俗演义》原名《历朝通俗演义》，包括前汉、后汉、两晋、南北史、唐史、五代史、宋史、元史、明史、清史、民国等十一种。从 1916 年至 1926 年间，蔡东藩花费十年的心血，完成了这部上下两千余年、七百多万字的煌煌巨著。其时间跨度之长，涉及人物之众，篇幅之巨，堪称演义之最。为后人留下了不可多得的文学和史学巨献。

作者蔡东藩是清末民初的一位历史学家和演义作家。在著述这部历史演义时，蔡东藩在史料上一遵其"以正史为经，务求确凿，以轶闻为纬，不尚虚诬"的原则，十分注重历史的真实性，对史料选择和运用都经过一番审慎的考核。因此，这一套断代史通俗读物问世后，流传很广，成为人们阅读正史的参考读物。而且，它采用人们所喜爱的演义体著述，语言通俗畅晓，符合一般大众的阅读习惯，容易为广大读者所喜爱，在传播历史知识方面，起到了正史所不能起到的作用。

当然，限于作者的生活年代和历史的局限，蔡东藩在选择史料和解释历史方面，难免带有一些时代的特征，存在这样那样的问题。诸如其大汉族主义观点、对农民起义的看法，以及对女性的偏见，等等。相信读者在阅读的时候，能够自行鉴别和分析。

在重新出版过程中，我们参考了其他一些版本对本书进行了必要的校勘，对少数如今书写已经改变的文字和词语做了少许的修正，对作者的一些显然不太恰当并且可有可无的评注，进行了少量的删节。限于出版者的水平所限，本书可能仍然存在不少的错误之处，恳请读者批评和指正。

二〇〇八年五月

自序

有明一代之事实,见诸官史及私乘者,以《明史》、《明通鉴》及《明史纪事本末》为最详。《明史》、《明通鉴》,官史也。《明史纪事本末》,私乘也。尝考《明史》凡三百三十二卷,《明通鉴纲目》凡二十卷,《明史纪事本末》凡八十卷,每部辑录,多则数千百万言。少亦不下百万言,非穷数年之目力,不能举此三书而遍阅之。况乎稗乘杂出,代有成书,就令有志稽古,亦往往因材力之未逮,不遑搜览;即搜览矣,凭一时之猎祭,能一一记忆乎?且官私史乘,互相勘照,有同而异者,有异而同者,有彼详而此略者,有此讳言而彼实叙者,是非真伪之别,尤赖阅史者之悉心鉴衡,苟徒事览观,能一一明辨乎?鄙人涉猎史乘有年矣,自愧蠢愚,未敢论史,但于前数年间,戏成《清史通俗演义》百回,海内大雅,不嫌芜陋,引而进之,且属编《元明演义》,为三朝一贯之举,爰勉徇众见,于去年草成《元史演义》六十回,本年复草成《明史演义》百回。《元史》多阙漏,苦乏考证,《明史》多繁复,苦费抉择,不得已搜集成书,无论为官史,为私乘,悉行钩考,乃举一代治乱兴亡之实迹,择其大者要者,演成俚语,依次编纂。其间关于忠臣义士,及贞夫烈妇之所为,尤必表而出之,以示来许,反之,为元恶大憝,神奸巨蠹,亦旨直揭其隐,毋使遁形。为善固师,不善亦师,此鄙人历来编辑之微旨,而于此书尤三致意焉。若夫燕词郢说,不列正史,其有可旁证者,则概存之,其无可旁证而太涉荒唐者,则务从略,或下断语以辨明之。文不尚虚,语惟从俗,盖犹是元清两演义之故例也。编既竣,爰述鄙见以为序。

中华民国九年九月古越蔡东藩自识于临江书舍。

第 一 回	揭史纲开宗明义	困涸辙避难为僧	1
第 二 回	投军伍有幸配佳人	捍孤城仗义拯主帅	6
第 三 回	攻城掠地迭遇奇材	献币释嫌全资贤妇	11
第 四 回	登雉堞语惊张天祐	探虎穴约会孙德崖	16
第 五 回	郭家女入侍濠城	常将军力拔采石	21
第 六 回	取集庆朱公开府	陷常州涂帅立功	26
第 七 回	朱亮祖战败遭擒	张士德絷归绝粒	31
第 八 回	入太湖廖永安陷没	略东浙胡大海荐贤	36
第 九 回	刘伯温定计破敌	陈友谅挈眷逃生	41
第 十 回	救安丰护归小明王	援南昌大战伪汉主	46
第 十 一 回	鄱阳湖友谅亡身	应天府吴王即位	51
第 十 二 回	取武昌移师东下	失平江阖室自焚	56
第 十 三 回	檄北方涂元帅进兵	下南闽陈平章死节	61
第 十 四 回	四海归心诞登帝位	三军效命直捣元都	66
第 十 五 回	袭太原元扩廓中计	略临洮李思齐出降	71
第 十 六 回	纳降诛叛西激扬威	逐枭擒雏南京献俘	76
第 十 七 回	降夏主荡平巴蜀	击元将转战朔方	81
第 十 八 回	下证书高人抗志	泄逆谋奸相伏诛	86
第 十 九 回	定云南沐英留镇	征漠北蓝玉报功	92
第 二 十 回	凤微德杳再丧储君	鸟尽弓藏迭兴党狱	97
第 二十一 回	削藩封诸王得罪	戕使臣靖难兴师	103
第 二十二 回	耿炳文败绩滹沱河	燕王棣诈入大宁府	109

第二十三回	折大旗南军失津	脱重围北走还都	114
第二十四回	注复贻书囚使激怒	仓皇挽粟遇伏失粮	119
第二十五回	越长江燕王入京	出鬼门建文逊国	124
第二十六回	拒草诏忠臣遭惨戮	善讽谏长子得承家	130
第二十七回	梅驸马含冤水府	郑中官出使外洋	136
第二十八回	下南交杀敌擒渠	出北塞铭功勒石	141
第二十九回	逃乐安皇子得罪	闹蒲台妖妇揭竿	146
第三十回	穷兵黩武数次亲征	疲命劳师归途晏驾	151
第三十一回	二竖监军黎利煽乱	六师讨逆高煦成擒	156
第三十二回	弃交趾甘隳前功	易中宫倾心内嬖	162
第三十三回	享太平与民同乐	傲权阉为主斥奸	168
第三十四回	王骥讨平麓川蛮	英宗败陷土木堡	173
第三十五回	诛党奸景帝登极	却强敌于谦奏功	178
第三十六回	议和饯别上皇还都	希旨陈词东宫易位	183
第三十七回	拒忠谏诏狱滥刑	定密谋夺门复辟	188
第三十八回	于少保沈冤东市	徐有贞充戍南方	194
第三十九回	发逆谋曹石覆宗	上激号李彭抗议	199
第四十回	万贞儿怙权倾正后	纪淑妃诞子匿深宫	204
第四十一回	白圭讨平郧阳盗	韩雍攻破藤峡瑶	209
第四十二回	树威权汪直窃兵柄	善谲谏阿丑悟君心	214
第四十三回	悼贵妃促疾亡身	审聂女秉公遭谴	220
第四十四回	受主知三老承顾命	逢君恶八竖逞谗言	226
第四十五回	刘太监榜斥群贤	张吏部强夺波美	232
第四十六回	入槛车叛酋中计	缚菜厂逆阉伏辜	237
第四十七回	河北盗横行畿辅	山东贼毕命狼山	243
第四十八回	经略西番镇臣得罪	承恩北阙义儿导淫	249
第四十九回	幸边塞走马看花	入酒肆游龙戏凤	255
第五十回	觅佳丽幸逢歌妇	罪直谏杖毙言官	260
第五十一回	豢群盗宁藩谋叛	谢盛宴抚使被戕	265
第五十二回	守安庆仗剑戮叛奴	下南昌发兵征首逆	269
第五十三回	伍文定纵火擒国贼	王守仁押俘至杭州	275

第五十四回	教场校射技擅穿杨	古沼观渔险遭灭顶	281
第五十五回	返豹房武宗晏驾	祭兽吻江彬遭囚	287
第五十六回	议典礼廷臣聚讼	建斋醮方士盈坛	292
第五十七回	伏朝门触怒世宗	讨田州诱诛岑猛	298
第五十八回	胡世宁创议弃边陲	邵元节祈嗣邀殊宠	304
第五十九回	绕法坛迓来仙鹤	毁行宫力救真龙	310
第六十回	遣宫变妃嫔罹重辟	跪榻前父子气私情	315
第六十一回	复河套将相蒙冤	扰都门胡虏纵火	321
第六十二回	追狡寇庸帅败还	开马市荩臣极谏	327
第六十三回	罪仇鸾剖棺正法	劾严嵩拼死留名	333
第六十四回	却外寇奸党冒功	媚干娘义儿邀宠	339
第六十五回	胡宗宪用谋赚海盗	赵文华弄巧忤权奸	345
第六十六回	汪寇目中计遭诛	尚美人更衣侍寝	351
第六十七回	海刚峰刚方绝俗	邹应龙应梦劾奸	356
第六十八回	权门势倒祸及儿曹	王府银归途逢暴客	361
第六十九回	破奸谋严世蕃伏法	剿宿寇戚继光冲锋	366
第七十回	误服丹铅病归冥箓	脱身羁绁帐断鼎湖	372
第七十一回	王总督招纳降番	冯中官诉逐首辅	377
第七十二回	莽男子闯入深宫	贤法司力翻成案	382
第七十三回	夺亲情相臣娭谏	规主阙母教流芳	387
第七十四回	王宫人喜中生子	张宰辅身后籍家	393
第七十五回	侍母膳奉教立储	惑妃言誓神缄约	398
第七十六回	据镇城哱氏倡乱	用说客叛党骈诛	403
第七十七回	救藩封猛攻平壤	破和议再战岛山	408
第七十八回	虎将诳蛮破巢诛逆	蠹鱼食字决策建储	414
第七十九回	获妖书沈一贯生风	遣福王叶向高主议	419
第八十回	审张差宫中析疑案	任杨镐塞外覆全军	424
第八十一回	联翠袖相约气荣封	服红丸即夕倾大命	429
第八十二回	选侍移宫诏宣旧恶	庸医悬案弹及辅臣	435
第八十三回	大吃醋两魏争风	真奇冤数妃毕命	441
第八十四回	王化贞失守广宁堡	朱燮元巧击吕公车	446

第八十五回	新抚赴援孤城却敌	叛徒归命首逆伏诛	452
第八十六回	赵中丞荡平妖寇	杨都谏纠劾权阉	457
第八十七回	魏忠贤喜得点将录	许显纯滥用非法刑	462
第八十八回	兴党狱缇骑被伤	媚奸珰生祠迭建	467
第八十九回	排后族魏阉谋逆	承兄位信邸登基	472
第九十回	惩淫恶阖家骈戮	受招抚渠帅立功	478
第九十一回	涂光启荐用客卿	袁崇焕入援畿辅	483
第九十二回	中敌计冤沉碧血	遇岁饥啸聚绿林	489
第九十三回	战秦晋曹文诏扬威	闹登莱孔有德亡命	494
第九十四回	陈奇瑜得贿纵寇	秦良玉奉诏勤王	499
第九十五回	张献忠伪降熊文灿	杨嗣昌陷殁卢象升	505
第九十六回	失襄阳庸帅自裁	走河南逆闯复炽	511
第九十七回	决大河漂没汴梁城	通内线恭进田妃鸩	517
第九十八回	扰秦楚闯王僭号	掠东西献贼横行	522
第九十九回	周总兵宁武捐躯	明怀宗煤山殉国	528
第一百回	乞外援清军定乱	覆半壁明史收场	534

第一回　揭史纲开宗明义　困涸辙避难为僧

江山无恙，大地春回，日暖花香，窗明几净，小子搁笔已一月有余了。回忆去年编述《元史演义》，曾叙到元亡明续的交界；嗣经腊鼓频催，大家免不得一番俗例：什么守岁？什么贺年？因此将元史交代清楚，便把那管城子放了一月的假。现在时序已过去了，身子已少闲了，《元史演义》的余味，尚留含脑中，《明史演义》的起头，恰好从此下笔。淡淡写来，兴味盎然。元朝的统系，是蒙族为主；明朝的统系，是汉族为主。明太祖朱元璋应运而兴，不数年即驱逐元帝，统一华夏，政体虽犹是君主，也算是一位大革命家，大建设家。嗣后传世十二，凡一十七帝，历二百七十有六年，其间如何兴？如何盛？如何衰？如何亡？统有一段极大的原因，不是几句说得了的。先贤有言："君子道长，小人道消，国必兴盛；君子道消，小人道长，国必衰亡。"这句话虽是古今至言，但总属普通说法，不能便作一代兴衰的确证。

小子尝谓明代开国与元太祖元世祖的情形虽然不同，但后来由兴而衰，由盛而亡，却蹈着元朝五大覆辙。看官欲问这五大弊吗？第一弊是骨肉相戕；第二弊是权阉迭起；第三弊是奸贼横行；第四弊是宫闱恃宠；第五弊是流寇殃民。这五大弊循环不息，已足斲丧元气，倾覆国祚；还有国内的党争，国外的强敌，胶胶扰扰，愈乱愈炽，勉强支持了数十百年，终弄到一败涂地，把明祖创造经营的一座锦绣江山，拱手让与满族，说将起来，也是可悲可惨的。提纲挈领，眼光直注全书。目今满主退位，汉族光复，感世变之沧桑，话前朝之兴替，国体虽是不同，理乱相关，当亦相去不远。远鉴胡元，近鉴满清，不如鉴着有明，所以元、清两史演义，既依次编成，这《明史演义》，是万不能罢手的。况乎历代正史卷帙最多，《宋史》以外，要算《明史》。若要把《明史》三百三十二卷，从头至尾展阅一遍，差不多要好几年工夫。现在的士子们，能有几个目不窥园，十年攻苦，就使购置了一部《明史》，也不过庋藏书

第一回 揭史纲开宗明义 困涸辙避难为僧

室，做一个读史的模样，哪里肯悉心翻阅呢？并非挖苦士子，乃是今日实情。何况为官为商为农为工，连办事谋生，尚觉不暇，或且目不识丁，胸无点墨，怎知道去阅《明史》？怎知道明代史事的得失？小子为通俗教育起见，越见得欲罢不能，所以今日写几行，明日编几行，穷年累月，又辑成一部《明史演义》出来。宜详者详，宜略者略，所有正史未载、稗乘偶及的轶事，恰见无不搜，闻无不述，是是非非，凭诸公议，原原本本，不惮琐陈。看官不要惹厌，小子要说到正传了。说明缘起，可见此书之不能不作，尤可见此书之不能苟作。

却说明太祖崛起的时候，正是元朝扰乱的时间。这时盗贼四起，叛乱相寻，黄岩人方国珍起兵台温，颍州人刘福通与栾城人韩山童起兵汝颍，罗田人徐寿辉起兵蕲黄，定远人郭子兴起兵濠梁，泰州人张士诚起兵高邮，还有李二、彭大、赵均用一班草寇，攻掠徐州、弄得四海纷争，八方骚扰。各方寇盗，已见《元史演义》中，故用简笔叙过。元朝遣将调兵，频年不息，只山童被擒，李二被逐，算是元军的胜仗，其余统不能损他分毫，反且日加猖獗。那时元顺帝昏庸得很，信奉番僧，日耽淫乐，甚么演揲儿法（即大喜乐之意），甚么秘密戒（亦名双修法，均详《元史演义》），甚么天魔舞，造龙舟，制宫漏，专从玩意儿上着想，把军国大事，撇在脑后；贤相脱脱出征有功，反将他革职充军，死得不明不白；佞臣哈麻兄弟及秃鲁帖木儿，导上作奸，反言听计从，宠荣得甚么相似。冥冥中激怒上苍，示他种种变异，如山崩地震旱干水溢诸灾，以及雨血雨毛雨鳖、陨星陨石陨火诸怪象，时有所闻，无非令顺帝恐惧修省，改过迁善。不意顺帝怙恶不悛，镇日里与淫僧妖女、媚子谐臣，讲演这欢喜禅，试行那秘密法，云雨巫山，惟日不足。于是天意亡元，群雄逐鹿，人人都挟有帝王思想。刘福通奉韩山童子林儿为帝，国号宋，据有亳州；徐寿辉也自称皇帝，国号天完；张士诚也居然僭号诚王，立国称周。一班草泽枭雄，统是得意妄行，毫无纪律，不配那肇基立极奉天承运的主子，所以上天另行择真，凑巧濠州出了一位异人，姿貌奇杰，度量弘廓，颇有人君气象，乃暗中设法保佑，竟令他拨乱反正，做了中国的大皇帝，这人非他，就是明太祖朱元璋。以匹夫为天子，不可谓无天意。近时新学家言，专属人事，抹煞天道，似亦未足全信，故此段备详人事，兼及天心。

朱元璋，字国瑞，父名世珍，从泗州徙居濠州的钟离县，相传系汉钟离得道成仙的区处。世珍生有四子，最幼的就是元璋。元璋母陈氏方娠时，梦神授药一丸，置诸掌中，光芒四射，她依着神命，吞入口中，甘香异常。及醒，齿颊中尚有余芳。至怀妊足月，将要分娩，忽见红光闪闪，直烛霄汉，远近邻里，道是火警，都呼噪奔救，到了他的门外，反看不见甚么光焰，复远立回望，仍旧熊熊不灭。大众莫名其妙，只是惊异不置。后来探听着世珍家内，生了一个小孩子，越发传为奇谈，统说这个婴儿不是寻常人物，将来定然出色的。就史论史，不得目为迷信。这年乃是元文宗戊辰年，诞生的时日，乃是九月丁丑日未时。后人推测命理，说他是辰戌丑未，四库俱全，所以贵为天子，这也不在话下。惟当汲水洗儿的时候，河中忽有红罗浮至，世珍就取作儿衣，迄今名是地为红罗港，是真是假，无从详究。总之豪杰诞生的地方，定有一番发祥的传说，小子是清季人，不是元季人，自然依史申述，看官不必动疑。

且说朱世珍生了此儿，取名元璋，相貌魁梧，奇骨贯顶，颇得父母钟爱。偏偏这个宁馨儿降生世间，不是朝啼，就是夜哭，想是不安民间。呱呱而泣，声音洪亮异常，不特做爹娘的日夕惊心，就是毗连的邻居，也被他噪得不安。世珍无法可施，不得已祷诸神明，可巧邻近有座皇觉寺，就乘便入祷，暗祝神明默佑。说也奇怪，自祷过神明后，乳儿便安安稳稳，不似从前的怪啼了。世珍以神佛有灵，很是感念，等到元璋周岁，复偕陈氏抱子入寺，设祭酬神，并令元璋为禅门弟子，另取一个禅名，叫作元龙。俗呼明太祖为朱元龙，证诸正史，并无是说，尝为之阙疑，阅此方得证据。光阴易过，岁月如流，元璋的身躯渐渐的长成起来，益觉得雄伟绝伦。只因世珍家内食指渐繁，免不得费用日增，可奈时难年荒，入不敷出，单靠着世珍一人营业糊口，哪里养得活这几口儿？今日吃两餐，明日吃一餐，忍饥耐饿，挨延过日，没奈何命伯仲叔三儿向人佣工，只留着元璋在家。元璋无所事事，常至皇觉寺玩耍，寺内的长老爱他聪明伶俐，把文字约略指授，他竟过目便知，入耳即熟，到了十龄左右，居然将古今文字通晓了一大半。若非当日习练，后来如何解识兵机，晓明政体？世珍以元璋年已成童，要他自谋生计，因令往里人家牧牛。看官！你想这出类拔萃的小英雄，怎肯低首下心，做人家的牧奴？起初不愿从命，经世珍再三训导，没奈何至里人刘大秀家，牧牛度日。所牧的牛经元璋喂饲，日渐肥壮，颇得主人欢心。牧民之道，亦可作如是观。无如元璋素性好动，每日与村童角逐，定要自作渠帅，诸童不服，往往被他捶击，因此刘大秀怕他惹祸，仍勒令回家。

转眼间已是元顺帝至正四年了，濠泗一带大闹饥荒，兼行时疫。世珍夫妇相继逝世，长兄朱镇又罹疫身亡，家内一贫如洗，无从备办棺木，只好草草藁束，由元璋与仲兄朱镗舁尸至野。甫到中途，蓦然间黑云如墨，狂飙陡起，电光闪闪，雷声隆隆，接连是大雨倾盆，仿佛银河倒泻，澎湃直下，元璋兄弟满体淋湿，不得已将尸身委地，权避村舍，谁料雨势不绝，竟狂泼了好多时，方渐渐停止。元璋等忙去察视，但见尸身已没入土中，两旁浮土流积，竟成了一个高垅，心中好生奇异，询诸里人，那天然埋尸的地方，却是同里刘继祖的祖产。当下向继祖商议，继祖也不觉惊讶，暗思老天既如此作怪，莫非有些来

第一回　揭史纲开宗明义　困涡辙避难为僧

历,不如顺天行事,乐得做个大大的人情,遂将这葬地慨然赠送。史中称为凤阳陵,就是此处。不忘掌故。元璋兄弟自然感谢。谁料福无双至,祸不单行,仲叔两兄又染着疫病,一同去世,只剩了嫂侄两三人,零丁孤苦,涕泪满襟。这时元璋年已十七,看到这样状况,顿觉形神沮丧,日夕彷徨,辗转踌躇,无路可奔,还不若投入皇觉寺中,剃度为僧,倒也免得许多苦累,计画已定,也不及与嫂侄说明,竟潜趋皇觉寺,拜长老为师,做了僧徒。未几长老圆寂,寺内众僧瞧他不起,有时饭后敲钟,有时闭门推月,可怜这少年落魄的朱元璋,昼不得食,夜不得眠,险些儿做了沟中瘠,道旁殍,转入轮回。受得苦中苦,方为人上人。

那时元璋熬受不住,想从此再混过去,死的多,活的少,不得不死里求生,便忍着气携了衲被,托了钵盂,云游四方,随处募食,途中越水登山,餐风饱露,说不尽行脚的困苦。到了合肥地界,顿觉寒热交侵,四肢沉痛,身子动弹不得,只得觅了一座凉亭,权行寄宿。昏瞆时,觉有紫衣人两名,陪着左右,口少渴,忽在身旁得着生梨,腹少饥,忽在枕畔得着蒸饼,此时无心查问,得着便吃,吃着便睡,模模糊糊的过了数日,病竟脱体。霎时间神清气爽,昂起头来,四觅紫衣人,并没有甚么形影,只剩得一椽茅舍,三径松风(见《明史·太祖本纪》,并非捏造),他也不暇思索,便起了身,收拾被囊,再去游食。经过光固汝颍诸州,虽遇着

几多施主,究竟仰食他人,朝不及夕。挨过了三年有余,仍旧是一个光头和尚,衲被外无行李,钵盂外无长物。乃由便道返回皇觉寺,但见尘丝蛛网,布满殿庑,香火沉沉,禅床寂寂,不禁为之惊叹。他拣了一块隙地,把衲被钵盂放下,便出门去访问邻居。据言:"寇盗四起,民生凋敝,没有甚么余力,供养缁流,一班游手坐食的僧侣,不能熬清受淡,所以统同散去。"这数语,惹得元璋许多嗟叹。嗣经邻居檀越,因该寺无人,留他暂作住持,元璋也得过且过,又寄居了三四年。

至正十二年春二月,定远人郭子兴与党羽孙德崖等,起兵濠州,元将撤里不花奉命进讨,惮不敢攻,反日俘良民,报功邀赏。于是人民四散,村落为墟。皇觉寺地虽僻静,免不得风声鹤唳,草木皆兵。元璋见邻近民家,除赤贫及老弱外,多半迁避,自己亦觉得慌张,捏着了一把冷汗。欲要留着,恐乱势纷纷,无处募食,不被杀死,也要饿死;欲要他去,可奈荆天棘地,无处可依,况自己是一个秃头,越觉得栖身无所。左思右想,进退两难,乃步入伽蓝殿中,焚香卜爻,先问远行,不吉;复问留住,又不吉;不由得大惊道:"去既不利,留又不佳,这便怎么处?"忽忆起当年道病,似有紫衣人护卫,未免为之心动,复虔诚叩祝道:"去留皆不吉,莫非令举大事不成!"随手掷筊,竟得了一个大吉的征兆。当下跃起道:"神明已示我去路,我还要守这僧钵做什么?"遂把钵盂弃掷一旁,只携了一

条敝旧不堪的薄被，大踏步走出寺门，径向濠州投奔去了。小子恰有一诗咏道：

　　出身微贱亦何伤，
　　未用胡行舍且藏。
　　赢得神明来默示，
　　顿教真主出濠梁。

欲知元璋投依何人，且看下回续叙！

前半回叙述缘起，为全书之楔子，已将一部明史，笼罩在内；入后举元季衰乱情状，数行了之，看似太简，实则元事备见元史。此书以明史为纲，固不应喧宾夺主也。后半回叙明祖出身，极写当时狼狈情状，天降大任于是人也，必先苦其心志，劳其筋骨，饿其体肤，如明祖朱元璋，殆真如先哲之所言者，非极力演述，则后世几疑创造之匪艰，而以为无足重轻，尚谁知有如许困苦耶？至若笔力之爽健，词致之显豁，尤足动人心目，一鸣惊人，知作者之擅胜多矣。

第二回　投军伍有幸配佳人
　　　　捍孤城仗义拯主帅

　　却说朱元璋出寺前行，一口气跑到濠州，遥见城上兵戈森列，旗帜飘扬，似有一种严肃的气象，城外又有大营扎着，好几个赳赳武夫守住营门。他竟不遑他顾，一直闯入，门卒忙来拦阻，只听他满口喧嚷道："要见主帅！"当下惊动了营中兵士，也联翩出来，看他是个光头和尚，已觉令人惊异，嗣问他是何姓氏？有无介绍？他也不及细说，只说是朱元璋要见主帅。大众还疑他是奸细，索性把他反缚，拥入城中，推至主帅帐前。元璋毫不畏惧，见了主帅，便道："明公不欲成事么？奈何令帐下守卒，縶缚壮士？"自命不凡。那上面坐着的主帅，见他状甚奇兀，龙形虎躯，开口时声若洪钟，不禁惊喜交集，便道："看汝气概，果非常人，汝愿来投效军前么？"元璋答声称是。便由主帅呼令左右，立刻释缚，一面问他籍贯里居。元璋说明大略，随即收入麾下，充作亲兵。看官！你道这主帅为谁？便是上回所说的郭子兴。至此始点醒主帅姓名，文不直捷。

　　子兴得了元璋，遇着战事，即令元璋随着。元璋感激图效，无论什么强敌，总是奋不顾身，争先冲阵。敌军畏他如虎，无不披靡，因此子兴嘉他义勇，日加信任。一日，子兴因军事已了，踱入内室，与妻张氏闲谈，讲到战事得手，很觉津津有味。张氏亦很是喜慰。嗣复述及元璋战功，张氏便进言道："妾观元璋，不是等闲人物，他的谋略如何，妾未曾晓，惟他的状貌与众不同，将来必有一番建树，须加以厚恩，俾他知感，方肯为我出力。"张氏具有特识，也算一个智妇。子兴道："我已拨他为队长了。"张氏道："这不过是寻常报绩，据妾愚见，还是不足。"子兴道："依汝意见，将奈何？"张氏道："闻他年已二十五六，尚无家室，何不将义女马氏配给了他？一可使壮士效诚，二可使义女得所，倒也是一举两得呢！"子兴道："汝言很是有理，我当示知元璋便了。"次日升帐，便召过元璋，说明婚嫁的意思。元璋自然乐从，当即拜谢。子兴便命部将两人作为媒妁，选择良辰，准备行礼。

小子叙到此处，不得不补述马氏来历。先是子兴微时，曾与宿州马公为刎颈交。马公家住新丰里，佚其名，其先世为宿州素封，富甲一乡，至马公仗义好施，家业日落，妻郑媪生下一女，未几病逝。马公杀人避仇，临行时曾以爱女托子兴，子兴领回家中，视同己女。后闻马公客死他方，益怜此女孤苦，加意抚养。子兴授以文字，张氏教以针黹，好在马氏聪慧过人，一经指导，无不立晓。与明祖朱元璋恰是不谋而合。至年将及笄，出落得一副上好身材，模样端庄，神情秀越，秾而不艳，美而不佻；还有一种幽婉的态度，无论如何急事，她总举止从容，并没有疾言遽色。的是国母风范。所以子兴夫妇很是钟爱，每思与她联一佳偶，使她终身有托，不负马公遗言。凑巧元璋投军，每战辄胜，也为子兴夫妇所器重，所以张氏倡议，子兴赞成，天生了一对璧人，借他夫妇作撮合山，成为眷属，正所谓前生注定美满姻缘呢。说得斐亹可观。

吉期将届，子兴在城中设一甥馆，令元璋就馆待婚，一面悬灯结彩，设席开筵，热闹了两三日，方才到了良辰；当由傧相司仪，笙簧合奏，请出了两位新人，行交拜礼；接连是洞房合卺，龙凤交辉，一宵恩爱，自不消说。和尚得此，可谓奇遇。自此以后，子兴与元璋遂以翁婿相称，大众亦另眼看待，争呼朱公子而不名。惟子兴有二子，素性褊浅，以元璋出身微贱，无端作为赘婿，与自己称兄道弟，一些儿没有客气，未

免心怀不平。元璋坦白无私，哪里顾忌得许多？偏他二人乘间抵隙，到子兴面前日夕进谗，说他如何骄恣，如何专擅，甚且谓阴蓄异图，防有变动。子兴本宠爱元璋，不肯轻信，怎奈两儿一倡一和，时来絮聒，免不得也惶惑起来。爱婿之心，究竟不及爱子。元璋不知就里，遇有会议事件，仍是侃侃而谈，旁若无人。某日为军事龃龉，竟触动子兴怒意，把他幽诸别室，两子喜欢得很，想从此除了元璋，遂暗中嘱咐膳夫，休与进食。事为马氏所知，密向厨下窃了蒸饼，拟送元璋。甫出厨房，可巧与张氏撞个满怀，她恐义母瞧透机关，忙将蒸饼纳入怀中，一面向张氏请安。张氏见她慌张情状，心知有异，故意与她说长论短，马氏勉强应答，已觉得言语支吾；后来柳眉频蹙，珠泪双垂，几乎说不成词，经张氏挈她入室，屏去婢媪，仔细诘问，方伏地大哭，禀明苦衷。张氏忙令解衣出饼，那饼尚热气腾腾，粘着乳头，好容易将饼除下。眼见得乳为之糜，几成焦烂了。难为这鸡头肉。张氏也不禁泪下，一面命她敷药，一面叫入厨子，速送膳与元璋。是夕，便进谏子兴，劝他休信儿言。子兴本是个没主意的人，一闻妻语，也觉得元璋被诬，即命将元璋释放，还居甥馆。张氏复召入二子，大加呵斥，二子自觉心虚，不能强辩，也只好俯首听训。嗣是稍稍顾忌，不敢肆恶，元璋也得少安了。亏得有此泰水。

越数日，接到军报，徐州被元军克复，李二败走。又越日，守卒来报，彭

明史演义

第二回　投军伍有幸配佳人　捍孤城仗义拯主帅

大、赵均用率众来降，愿谒见主帅。子兴闻知，亟令开城延入，以宾主礼相见。彼此寒暄，颇为欢洽。当下设宴款待，饮酒谈心。突由探马驰入，报称元军追赶败兵，将到城下了，统帅叫作贾鲁。子兴不禁皱眉道："元兵又来，如何对待？"可见子兴没用。旁座一人起言道："元军乘胜而来，势不可当，不如坚壁清野，固守勿战，令他老师旷日，锐气渐衰，方可以逸待劳，出奇制胜。"众闻言，注目视之，乃是娇客朱元璋。明写元璋献计，是破题儿第一遭。彭大赵均用问子兴道："这位是公何人？"子兴答是小婿。彭大便道："令坦所言，未尝不是。但闻足下起义徐州，战无不胜，此刻元兵到来，何妨出城对敌，杀他一个下马威，免使小觑。某等虽败军之将，也可助公一臂，聊泄前恨。"子兴鼓掌称善。匆匆饮毕，撤了酒肴，整备与元军厮杀。看官听着！这彭大、赵均用本是著名盗魁，与李二通同一气。李二兵败窜死，彭赵两人皆被元军杀退，立脚不住，投奔濠州。子兴闻他大名，以为可资作臂助，所以甚表欢迎，虚己以听。错了念头。元璋不便再言，勉强随着子兴，出城迎敌，彭赵也率众后随。方才布成阵势，见元军已大刀阔斧，冲杀前来，兵卒似蚁，将士如虎，任你如何抵拒，还是支撑不住。子兴正在慌忙，忽后队纷纷移动，退入城阓，霎时间牵动前军，旗靡辙乱，子兴拨马就回，元军乘势抢城，亏得元璋带领健卒，奋斗一场，方将元军战却，收兵入城；力写元璋。一面阖城固守，登陴御敌。元军复来猛攻，由元璋昼夜捍御，还算勉力保全。

子兴退回城中，彭大复来密谈，把后队退兵的错处统推到赵均用身上。子兴又信以为真，优礼彭大，薄待赵均用，又是一番衅隙，均用从此含怨。可巧子兴党羽孙德崖募兵援濠，突围入城，子兴与议战守事宜，德崖主战，子兴主守，意见未协，免不得稍有龃龉。均用乘此机会厚结德崖，拟除了子兴，改奉德崖为主帅。看官！你想此时的草泽英雄，哪个不想做全城的头目？当濠州起兵时，德崖与子兴本是旗鼓相当，因子兴较他年长，不得不奉让一筹，屈己从人，此次由均用从中媒蘖，自然雄心勃勃，不肯再作第二人思想。子兴尚是睡在鼓中，一些儿没有分晓，就是元璋在城，也只留意守御，无暇侦及秘谋。

一夕，元璋正策马梭巡，忽奉张氏密召，立命进见。当下应召入内，见张氏在座，已哭得似泪人儿一般，爱妻马氏也在旁陪泪，不禁惊诧起来，急忙启问。张氏呜呜咽咽，连说话都不清楚；应有此状，亏他描摹。还是马氏旁答道："我的义父，被孙德崖赚去了，生死未卜，快去救他！"元璋闻言，也不及问明底细，三脚两步的跑出室外，即号召亲兵，迅赴孙家。一面遣人飞报彭大，令速至孙家救护子兴。说时迟，那时快，元璋已驰入孙门。突被门卒阻住，元璋回顾左右道："我受郭氏厚恩，忍见主帅被赚，不进去力救么？兄弟们替我出力，打退那厮！"众卒奉命上前，

8

个个挥拳奋臂，一哄儿将门卒赶散。元璋当先冲入，跨进客堂，适德崖与均用密议，见元璋到来，料知来救子兴，恰故意问道："朱公子来此何干？"元璋厉声道："敌逼城下，连日进攻，两公不去杀敌，反赚我主帅，意欲图害，是何道理？"德崖道："我等正邀请主帅，密议军机，不劳你等费心。你且退！守城要紧，休得玩忽！"元璋道："主帅安在？"德崖怒目道："主帅自有寓处，与你何干？"元璋大忿，方欲动手，蓦闻外面有人突入道："均用小人，何故谋害郭公，彭大在此，决不与你干休！"元璋闻声，越觉气壮，雄赳赳的欲与德崖搏斗。德崖见两人手下带有无数健卒，陆续进来，挤满一堂，不由得怕惧起来，反捏称主帅已返，不在我家。元璋愤答道："可令我一搜吗？"德崖尚未答应，彭大已从后插嘴道："有何不可？快进去！快进去！"于是元璋拥盾而入，直趋内厅，四觅无着，陡闻厅后有呻吟声，蹑迹往寻，见有矮屋一椽，扃镭甚严，当即毁门进去，屋内只有一人，铁链锒铛，向隅暗泣，凝目视之，不是别人，正是濠州主帅郭子兴。主帅如此，太觉倒霉。是时不遑慰问，忙替他击断锁链，令部兵背负而出。德崖与均用睁着眼见子兴被救，无可奈何。元璋即偕彭大趋出，临行时又回顾德崖道："君与主帅同时举义，素称莫逆，如何误听蜚言，自相戕贼？"又语赵均用道："天下方乱，群雄角逐，君既投奔至此，全靠同心协力，共图大举，方可策功立名，愿此后休作此想！"言已，拱手而

别。前硬后软，妙有权术。弄得孙赵两人神色惭沮，反彼此互怨一番，作为罢论（此事悉本《太祖本纪》。惟《本纪》叙此事，在濠未被围之前，而谷著《纪事本末》，则言此事在被围之时，且事实间有异处，本编互参两书，以便折中）。

元璋既救出子兴，仍加意守城，会元军统帅贾鲁，在营罹病，日渐加剧，以是攻击少懈。越年，贾鲁病死，元军退去。自濠城被围，迄于围解，差不多有三四月，守兵亦多半受伤。元璋禀知子兴，拟另行招募，添补行伍，子兴照允，将此事委任元璋。元璋即日还乡，陆续募集，得士卒七百名，内中有二十四人，能文能武，有猷有为，端的是开国英雄，真皇辅弼（为后文埋根）。这二十四人何姓何名？待小子开列如下：

徐达　汤和　吴良　吴桢　花云
陈德　顾时　费聚　耿再成　耿炳文
唐胜宗　陆仲亨　华云龙　郑遇春　郭兴
郭英　胡海　张龙　陈桓　谢成
李新材　张赫　周铨　周德兴

元璋得了许多英材，与他们谈论时事，很是投机。当下截止招募，带领七百人回濠，禀报子兴。子兴按名点卯，七百人不错一个，便算了事，惟署元璋为镇抚，令所募七百人，归他统率。元璋拜谢如仪。隔了数日，元璋方料理簿书，有一人进来禀谒，视之乃是徐达，便问道："天德有何公干？"徐达见左右无人，便造膝密陈道："镇抚不欲成大业么？何故郁郁居此，长屈人下？"元璋道："我亦知此地久居，终非了局，

但羽毛未满，不便高飞，天德如有高见，幸即指陈！"徐达道："郭公长厚，德崖专横，彭赵又相持不下，公处此危地，事多牵掣，万一不慎，害及于身，奈何不先几远引？"识见高人一层。元璋道："我欲去此他适，必须有个脱身的计策，否则实滋疑窦，转召危机。"徐达道："郭公籍隶定远。目今定远未平，正好借此出兵，想郭公无不允行。"元璋道："我方募兵七百名，署为镇抚，若统率南行，无论谣诼易生，即郭公亦多疑虑。"徐达道："七百人中，可用的不过二十余人，公只将二十余人率着，便足倚任，此外一概留濠，那时郭公便不致动疑了。"元璋点头道："天德此言，甚合我意，我当照行。"徐达乃趋出候命。达字天德，元璋称字不称名，便是器重徐达的意思（徐达为开国元勋，故从特笔）。元璋即入禀子兴，出徇定远，并请将原有部兵归属他将，只率二十四人同行。子兴欣然应允。不出徐达所料。于是元璋整装即行，这一行，有分教：

踏破铁笼翔彩凤，
冲开潜窟奋飞龙。

欲知南徇定远情形，请看官续阅下回。

投军为明祖奋迹之始，成婚为明祖得助之始，救郭子兴为明祖报绩之始，募兵七百，得英材二十四，为明祖进贤之始，逐层写来，有声有色。他若郭子兴之庸柔，孙德崖之贪戾，彭大之粗豪，赵均用之刁狡，皆为明祖一人反射。尤妙在用笔不直，每述一事，辄用倒戟而出之法，使阅者先迷后醒，益足醒目。看似容易却艰辛，阅仅至此，已自击节不置。

第三回　攻城掠地迭遇奇材
　　　　献币释嫌全资贤妇

却说徐达、汤和等二十余人，随着元璋，南略定远。定远附近有张家堡，驻扎民兵，号驴牌寨。元璋请费聚往察情形，费聚返报寨中乏食，意欲出降。元璋大喜道："此机不可坐失。"便命费聚前导，另选数人为辅，上马急行。将到寨前，遥见寨中有二将出来，大声呼着，说是来者何为？费聚心恐，叩马谏元璋道："彼众我寡，未便深入，不如回招人马，然后前来。"元璋笑道："多人何益，反令彼疑。"有胆有识。言毕下马，即褰裳渡濠，径诣寨门，寨主倒也出见。元璋道："郭元帅与足下有旧，闻足下孤军乏食，恐遭敌噬，因遣我等相报，若能相从，请即偕往，否则移兵他避，免蹈孤危。"寨主唯唯从命，只请元璋留下信物，作一证据，元璋慨解佩囊，给与寨主，寨主邀与入营，献上牛酒，大家饱餐一顿，食毕，元璋即请寨主促装，寨主以三日为期。元璋道："既如此，我且先返，留费聚在此，与君同来便了。"寨主允诺，元璋即策马而归。徐达等接见元璋，询明情状。徐达道："恐防有变。"料事如神。元璋哂道："我亦虑此。"所见相同。徐达道："达闻寨兵约三千人，若负约来争，众寡不敌，请即募兵以备不虞。"元璋称善，即悬旗招兵。阅三日，约得壮士三百人。忽见费聚跟跄奔还，喘声道："不、不好了！不好了！该寨主自食前言，将有他变。"元璋投袂道："小丑可恨，我当立擒此贼。"于是拔营齐赴，且令壮士潜匿囊中，诡作军粮，载以小舆，顷刻抵寨，遣人告寨主道："郭元帅命持军粮来，请寨主速出领取！"寨主正愁乏食，闻信大喜，飞步而出。元璋接见，即令运囊下车，一声呐喊，壮士皆破囊突出，立将寨主拿下。果然妙计。元璋又命部下纵火，攻毁营垒，吓得寨兵无处逃遁，齐呼愿降，乃将寨兵纵放，把旧垒一炬成墟，当下收检降兵，一律录用，只严责寨主负约，申行军律，喝令斩讫。该杀。嗣是远近闻风，多来归附。

独定远人缪大亨，拥众二万人，受元将张知院驱遣，屯踞横涧山。元璋与

徐达商议，定下一条好计，密授花云，令他照行。花云分兵去讫。且说缪大亨所率部众，本系民间义勇，不受元将拘束。嗣因张知院设法联结，乃受他节制。此时闻元璋已破驴牌寨，恰也隐有戒心，日夕防范。接连数日，毫无影响，防务渐渐松懈。一夕，正阖营酣寝，梦中觉得有呼噪声，蹴踏声，相率起床出视，不料外面已万炬齐明，火光烛地，把全营照得通红，顿时眼目昏花，不知所措。大亨情急欲逃，方才上马，见敌兵已毁营杀入，为首一员大将，裹着铁甲，驾着铁骊，持了一柄大刀，飞舞而来，险些儿把脑袋砍破，急忙用刀架住，启口问道："黑将军快通名来，休得乱砍！"来将答道："我乃濠州大将花云，特来借你的头颅。"妙语解颐。大亨道："彼此无仇，何故相犯？"花云道："元主无道，天怒人怨，我等仗义而来，正为吊伐起见，你既纠众起义，应具同心，为什么反受元将监督，甘心作伥？我所以特来问罪，你若悔过输诚，我亦既往不咎，倘或说一不字，我的刀下，恰不肯半点容情。"声容俱壮。大亨尚拟抗拒，怎奈部众已仓皇失措，人仰马翻，只得忍气答道："要我投诚，也是不难，还请将军息怒！"花云道："你既听我良言，尚有何说，你令部众弃械投诚，我亦当禁军屠戮。"大亨应允，便两下传令，一边释械，一边停刀。复经花云婉转晓谕，说得大亨非常佩服，连降众都是倾心。于是横涧山二万义兵，统随着花云，来归元璋。元璋好言抚慰，正在按名录簿，

又得军士喜报，横涧山旁寨目秦把头，也率众来降了。随即传令入见，免不得温词奖勉，一面检阅秦把头部众，约共得八百人。人多势旺，威声大震。

定远人冯国用，与弟国胜，也挈众来归，元璋见他儒冠儒服，温文尔雅，不觉起敬道："贤昆玉冠服雍容，想总是读书有年，具有特识，现在天下未定，何术荡平？愿有以教我！"国用道："大江以南，金陵为最，龙蟠虎踞，向属帝王都会，公既率师南略，请先拔金陵定鼎，然后命将四出，救民水火，倡行仁义，勿贪子女玉帛，天下归心，何难平定？"（后来元璋行事，悉本是言，故录述独详。）元璋大悦，令国用兄弟，入居帷幄，参赞戎机。一面下令拔营，向滁阳进发。途次有一人迎谒，举止不凡，由元璋问他姓名，答称："李姓名善长，字百室，是本地人氏，籍隶定远。"元璋又欲考核才识，叩问方略，善长从容答道："从前暴秦不道，海内纷争，汉高崛起布衣，豁达大度，知人善任，不嗜杀人，五载即成帝业。今元纲既紊，天下崩裂，与秦末相同，公系濠产，距沛不远，山川王气，锺毓公身，若能效汉高所为，亦当手定中原，难道古今人必不相及么？"又一个王佐之言。元璋又欢慰非常，留居幕下，掌任书记，筹备粮运。居然作萧相国。复饬花云为先锋，带着前队，飞速进行。

花云当先开道，孑身前驱，途遇土匪数千人，毫不畏怯，提剑跃马，横冲而过。各军陆续随上，如入无人之境。群盗自相惊顾道："黑将军来了，勇不

可当，休与争锋！"言毕，各分道散去。花云直至滁阳，竟薄城下。城内守吏，闻风早遁，只有流寇往来，入城抢掠，一闻花云军至，连忙逃出城外。可巧被花云截住，乱斫乱杀，信手扫荡，滚去头颅无数，眼见得滁城内外，一鼓肃清了。真是容易。元璋率军入城，安民已毕，忽来了一个少年，两个童儿，少年呼元璋为叔，一童儿呼元璋为母舅，一童儿呼元璋为义父，俱由元璋接见。欣喜之中，恰带着几分酸楚。看官道是何人？待小子说个明白：少年系元璋的侄儿，名叫文正，自从元璋为僧，彼此不通闻问，差不多有八九年。一童系元璋姊子，盱眙人，姓李名文忠，其母已死，随父避难，流离转徙，又与父相失，九死一生，方得到滁。一童系元璋的寄子，姓沐名英，定远人，幼时父母双亡，沿途乞食，元璋在濠州时，出城巡察，见他面貌雄伟，无寒乞相，特命他随归，令妻马氏抚养，视同己子。此时结伴同来，重行聚首，悲喜交集，自在意中。文忠年最幼，只十四岁，走近元璋身前，依依不舍，元璋戏摩其顶，文忠亦牵着元璋衣襟，捉弄不已。元璋笑道："外甥见舅，仿佛见母，所以如此亲昵，我看你母早亡，你父想亦殉难，不如随我姓朱罢！"文忠道："愿从舅命。"元璋又顾沐英道："你既为我寄子，也可改姓为朱。"沐英亦惟命是从（李沐两人，后皆立功封王，故并笔详叙）。三人俱留住滁阳。

元璋复遣将四出，取铁佛冈，攻三汊河口，收全椒、大柳诸寨，正在战胜攻取的时候，突有泗州差官到来，说是奉郭元帅命令，饬镇抚移守盱眙。元璋惊讶道："郭公何时到泗州？"来使道："这是彭赵两公的计画，郭元帅择善而从。"元璋又问道："濠州何人把守？"来使道："孙公德崖，留守濠州。"元璋沈吟半晌道："我知道了。彭赵两人，挟主往泗，且令我移军盱眙，以便就近节制，这正是一网打尽的好计。但我只知有郭公命，不知有彭赵命，你去回复了他，教他休逞刁谋，我元璋不是好惹呢！"（彭赵情迹，从元璋口中叙出，既省笔墨，且写元璋之智。）来使语塞，告别而去。嗣是元璋格外注意，常遣侦骑至泗州，探听消息。约越两旬，侦骑回报，彭赵两人，争权内哄，彭大中矢身亡，部曲为赵所并，气焰益张（结果彭大）。元璋叹道："均用得势，郭公更危了。"当下与李善长商议，令善长写就一书，遣人赍递均用，其书道：

公昔困彭城，南趋濠，使郭公闭门不纳，死矣。得濠而踞其上，更欲害之，毋乃所谓背德不祥乎？郭公即易与，旧部俱在，幸毋轻视，免贻后悔！

均用得书，心中虽是愤恨，恰也顾忌三分，不敢遽害子兴。惟元璋在滁，尚恐均用为逆，一时不及往救，左思右想，定了一条贿赂计，立遣人赍送金帛，贿通均用左右，令他设法脱免子兴。果然钱神有灵，青蚨一去，泰岳飞来，大雅不群。元璋忙开城迎接，见子兴挈着妻孥，及义女马氏，接踵而至，当即迎入城中，推子兴为滁阳王，令所有部众，悉归子兴节制。可谓长厚。子

第三回　攻城掠地逢奇材　献币释嫌全贤妇

兴甚是欢悦。谁知过了一月，子兴又变过了脸，渐渐的疏淡元璋，性情反覆，实是可杀。凡元璋亲信的将士，多被召用，连元璋记室李善长，也欲收置麾下。善长涕泣自诉，誓不肯行，子兴不能相强，方才罢休。

嗣是元璋格外韬晦，遇有战事，辄不与闻，子兴也不愿与议。偏是猜忌越深，谗言越盛，有说元璋不肯出战，有说元璋出战，不肯效力，子兴统记入脑中。适值寇兵到滁，子兴立召元璋入帐，令他往剿。元璋应声愿往，子兴又另遣一将，与元璋并辔出城。此将何用？分明是监督元璋。甫与寇兵相接，该将已身中流矢，拍马走还，真是饭桶。阵势几乱。寇兵俱乘间杀来，幸元璋搴旗而前，麾众直上，搏斗了好多时，方将寇兵击退，元璋驰回报功，子兴仍不加礼貌，只淡淡的敷衍了数语。元璋未免懊丧，返入内室，长吁短叹，闷闷不已。马氏在旁慰问道："闻夫君出战得胜，妾正欣慰非常，何故夫君尚有愠色？"元璋叹息道："卿一妇人，安知我事？"马氏道："妾知道了，莫非因妾义父，薄待夫君么？"元璋道："卿既知悉，何劳再说！"马氏道："君亦察知义父的隐情么？"元璋道："前此忌我专擅，我愿撤销兵权，今此疑我推诿，我却争先杀敌，偏他仍是未惬，今我无从揣测，想总是与我有仇罢了。"马氏道："并非与夫君有仇，敢问夫君屡次出征，有无金帛归献？"元璋愕然道："这却没有。"马氏道："他将出战，还兵时必有所献，君何故与别人不同！"元璋道：

"他们是虏掠得来的，我出兵时，秋毫无犯，那里来的金帛？就使从敌兵处夺了些儿，也应分给部下，奈何献与主帅？"马氏道："赈恤民生，慰劳将士，应该作此办法，但义父未察君情，反疑君为干没，是以不快于心。今妾幸有薄蓄，当出献义母，俾向义父前说情，可保后来释怨。"好马氏，好贤妇，我愿范金事之。元璋道："依卿所言便了。"是夕无话，越日，马氏即检出金帛，亲呈义母张氏。张氏果喜，即与子兴说明。子兴怡然道："元璋颇有孝心，我前此错疑了他。"所争仅此，令人愤叹。自此疑衅渐释，遇有军事，仍与元璋熟商。元璋感念内助，伉俪益敦。又越数日，子兴二子，邀元璋出城宴饮，马氏闻知，即密语元璋道："君宜小心！从前义父挟嫌，多由两人播弄，今乃设宴款君，恐是不怀好意。可辞则辞，休堕他计！"元璋笑道："区区二竖，何能害我？我当设法免难，愿卿勿忧！"言毕趋出，即与王子二人，乘马赴饮。甫至中途，元璋忽从马上跃下，对天喃喃，若有所见。既而复腾身上马，揽辔驰还。王子忙惊呼道："同约赴饮，何为半途奔回？"元璋回叱道："我不负你，你何故设计害我？幸空中神明指示，说你两人置毒酒中，令我中道驰归，免得中毒！"言已，纵马自去。两人汗流浃背，俟元璋走远，方密语道："酒中下毒，是我两人的秘谋，此外无人得知，他如何瞧透机关？莫非果有神明不成？"呆鸟。当下怏怏同归，收拾了一片歹心，就使至乃父前，也决口不谈元璋功过，于是翁婿协好，郎舅无尤，好好一座滁阳城，从此巩固，元璋亦称快不置。应谢贤妻。

会元军进围六合，六合主将，至滁求救，子兴素与六合有隙，拒不发兵。元璋进谏道："六合与滁，唇齿相依，六合若破，滁不独存，应即赴援为是。"子兴踌躇良久，问来使道："元兵约有若干？"来使道："号称百万。"子兴不禁伸舌道："这、这般大兵，何人敢去一行？"帐下都面面相觑，不发一言。鼯鼠技穷，越显出蛟龙厉害。元璋道："某虽不材，愿当此任。"如闻其声。子兴道："且先问卜，何如？"元璋道："卜以决疑，不疑何卜。"子兴乃允，即令来使先返，随拨兵万人，归元璋统领，克日前往。元璋去后，子兴专望捷音，越数日得了军报，说是六合解围，自然快慰。又越一日，探马来报，元兵大举攻滁，子兴大惊道："元璋何往？"探马报称未知，吓得人人丧胆，个个惊心，小子有诗咏道：

军事由来变幻多，
猝逢大敌急如何？
若非阃外英雄在，
日暮何人得返戈。

毕竟滁阳何故被兵，元璋何故未归，小子暂一搁笔，姑至下回交代。

昔周武有十乱而得天下，邑姜与焉。先圣叹为才难，才固难矣，愚意则更有进者，自古帝王崛起，有外辅，尤须有内助。邑姜之功，不亚周召，故武王宣誓，独厕邑姜于十乱之列，非十乱以外，必无才彦，不过德有大小，功有巨细，举十乱，可以概余子耳。若明祖朱元璋之南略定滁，外得徐汤诸人以为之佐，犹之周召也，而内则全资马氏，马氏亦一邑姜欤？本回内外兼叙，注重得人，阅之可以知明祖开国之由来，非仅工叙述已也。

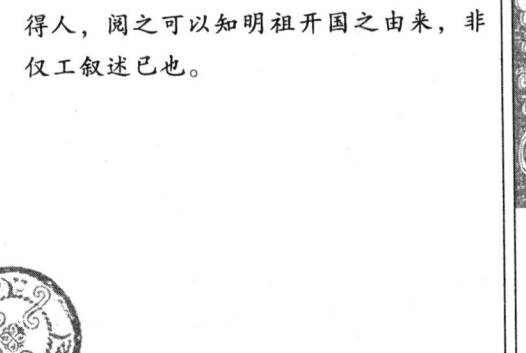

第四回　登雉堞语惊张天祐
　　　　探虎穴约会孙德崖

　　却说郭子兴接着军报，惊悉元兵来攻，连忙问及元璋，又未见率兵回来，究竟是何原因？待小子申说明白。原来泰州人张士诚，占据高邮，由元丞相脱脱督诸军进讨，大败士诚部众，乘胜分兵围六合。六合主将向滁阳求救，元璋率耿再成等往援，与元兵对仗，互有胜负。寻以元兵势大，未便久持，故意敛兵，潜入民舍，另遣妇女倚门，戟手痛詈，元兵恐他诱敌，相率惊愕，不敢逼入，渐渐引去。那时元相脱脱，早闻知滁阳出授，想出了一条釜底抽薪的计策，竟分兵来攻滁阳。这边元璋未归，那边元兵将到，探马遇警即报，未尝面面顾到，所以把元璋一边，答称未知。子兴旧部，统是酒囊饭袋，一些儿不中用，闻得这般警报，怎得不惊？怎得不慌？说明底细，足令阅者一快。

　　正是危急仓皇的时候，又一探马来报："朱将军回来了。"是一位大救星。子兴得此一信，方将出窍的魂灵，收转身中，方欲出城亲迓，缓则堕渊，急则加膝，是庸主待人常态。元璋已率众进城，彼此晤叙，不及细谈，只与商量防敌的计策。元璋道："火来水掩，兵来将挡，怕他甚么？"子兴稍稍放心，随命元璋出战。元璋自然奉命，不及休息，又复麾众出城，探听元兵行踪，距城已不过十里，连忙设伏涧旁，令耿再成带着数百人，渡涧诱敌，自己在城下立营，专待元兵到来。是谓好谋而成。元兵似风驰电掣一般，直指滁阳，途中遇着耿再成，看他手下的兵士，很是有限，全然不放在眼里，一声呼噪，争先驱杀。再成的兵好似风卷残云，顷刻逃散。分明诱敌。元兵奋力追赶，走近涧边，见败兵凫水逸去，也纷纷下马，褰裳涉流；猛听得鼓角齐鸣，两岸林间，杀出无数人马，前队都列着弓箭手，个个拈弓搭矢，向元兵射来。元兵躲避不及，忙即渡回，已是一半中箭，倒毙涧中。元璋见元兵中计，复率大队赶来。在城将吏，闻元璋得手，也不待子兴命令，一拥而出，踊跃争功。此是若辈惯技，幸元兵别无秘计，否则全城休矣。大众追了一程，还是元璋勒马停住，声言穷寇勿追，方才收兵。途中拾得元兵弃械，不计其数，统是欢喜得很，返入城中，向子兴前报捷去了。元璋尚恐元兵再至，密嘱部曲戒严，旋闻元相脱脱，已削职充戍，方喜慰道："元朝大将，只靠脱脱一人，他已贬谪，余人不必虑了。"嗣闻脱脱接连被谴，远窜赐死，禁不住一喜一叹，含蓄不尽，令阅者自思（脱脱之贬死，关系元朝存亡，故特笔提明）！这是后话不提。

且说元璋在滁无事，复有一位长身铁面的英雄，自称从虹县来投，姓名叫作胡大海，特来求见朱公（又复一番叙法）。元璋闻报，亟命延入，瞧将过去，觉得相貌堂堂，威风凛凛，便起身相迎，令他旁坐，一问一答，无非是说行兵要略，两下里很是投机，元璋即命他为先锋。转眼间已是至正十五年，城中兵食，日渐缺乏，子兴召诸将筹画军糈，元璋进言道："困守孤城，何处得粮？邻近惟和阳城，未经骚乱，想必储有积粟，何妨遣将往取。"诸将笑道："朱公子谈何容易，和阳虽小，城高池深，又有重兵守着，如何取得？"元璋道："我亦非不知此，但不能力胜，还当智取，难道就坐困不成？"是极。子兴忙问计将安出。元璋道："从前攻民寨时，曾得庐州兵三千，颇称勇敢，今可令他椎结左衽，穿着青衣，扮作北军模样，带着橐驼四头，驾运货物，只说是庐州兵护送北使，至和阳赏赉将士，一面用绛衣兵潜随后面，俟青衣兵赚开城门，举火为号，便可掩他不备，鼓行直入。城池到手，还怕粮饷不为我有么？"子兴喜道："此计甚善。"诸将亦齐声赞成。毛遂所谓公等碌碌，因人成事者也。当下令张天祐率青衣兵先行，耿再成率绛衣兵后随，先后相隔数里，陆续向和阳进发。

天祐至和阳关，和阳父老，闻北使过境，携着牛酒，出关迎献。当由天祐接受，拣了一个僻静地方，欢呼畅饮，几忘朝暮。得鱼忘筌，煞是可笑。至再成兵将近和阳，眼睁睁的望着前面，并不见有烟火动静，停住了好一歇，仍是杳然。再成还道自己来迟：火已举过，忙率众趋至城下，守将也先帖木儿，急令闭城，用飞桥缒兵出战。再成不见天祐，已是心乱，勉强招架元兵，战了数合，突来了一支硬箭，慌忙躲闪，已中左肩，险些儿跌下马来，仓皇失措，只好拨马返奔。元兵追至千秋坝，日暮收兵，从容归去。不期行到半途，斜刺里杀到一支青衣兵，横冲直撞，任意蹂踏，想是靠着酒力。元兵措手不及，被他一鼓冲散。看官不必细猜，便可知是张天祐所领的兵马。至此才到。天祐既冲散元兵，一口气跑到城边，但见西门上面，立着一位长身阔面的大将，盔甲耀光，似曾相识，写出昏黄景象。正疑讶间，只听得大将呼道："张将军来迟了。"这是何人？令我无从捉摸。这一语传到耳中，方觉闻声知名。看官道是何人？乃是朱元璋部下的汤和。点出姓名，尚不知从何而来？笔法奇变，可推绝顶。天祐又喜又惊，待汤和开城放入，忙即问明底细。汤和道："我是奉朱元帅密令，从间道到此，接应诸公，

第四回 登雉堞语惊张天祐 探虎穴约会孙德崖

乃到了城下，并没有诸公踪迹，只有飞桥架着城上，我就乘便登城，想去拿也先帖木儿，谁料他却刁狡得很，竟一溜烟走了。我看夜色已昏，不便穷追，因在城上恭候诸公。"说毕大笑，天祐未免怀惭（就汤和口中，叙出原因，真是计中有计，极写元璋智虑。一笑一惭，尤是好看）。汤和再问耿再成下落，天祐茫无头绪，反还问汤和，汤和蹶然道："与君偕行，君尚未知，我本绕道而来，如何得晓？想是两下失约，他见机回去了。目今已得此城，遣使报捷，自见分晓。"当下写就捷书，遣人赴滁去讫。

且说耿再成败归，禀报军情，子兴问及天祐。再成道："末将薄城，并不见他形影，想他必先行入城，被敌察觉，一律加害。"子兴道："如此奈何？"元璋在旁道："恐尚未然。"恰有汤和之遣。正说着，又闻元使叩城，赍书招降。子兴道："招降书又到，想天祐必陷没了。"元璋道："且先接来书，后见来使。"子兴点头，即令门卒索交来书，递进察阅。书中只说："大兵将到，速宜投诚，毋自贻悔"等语。元璋道："咄！何物胡虏，敢出此言？为今计，应整兵示威，休使轻觑！"子兴道："兵多调出，城守空虚，如何示威？"元璋道："某自有计，王见来使，幸勿自馁！"随即趋出，令三门守卒，总集南门，两旁森列，填塞街衢，方开南门呼来使入。既至帐前，叱来使膝行进见。来使倔强不允，经元璋喝令左右，揪翻地上，才匍匐入帐。子兴语来使道："汝主昏庸，海内大乱，我为保民起见，特起义师，濠滁一带，以次敉平，汝主反妄怒逞兵，要约招降，难道我果偷生怕死么？"来使道："降与不降，任凭裁酌，我系奉命而来，应该以礼相见，为何这般威虐？"子兴道："威虐甚么？"来使道："小小一座滁州城，靠着几千名乌合之众，竟敢背叛天朝，屈辱天使，还说不是威虐么？"口硬如此，真是个倔强汉。诸将在旁，听着此语，不由的气愤填胸，彼此拔剑出鞘，欲杀来使。元璋忙摇手阻住，只大声道："来使无礼，应即驱逐！"子兴遂喝令左右，撵出来使。过了一日，并不见有元兵到来，元璋方语诸将道："诸公欲杀来使，不知杀了一人，于我何益？且彼将谓我杀使灭口，竟奋而来，转滋大患，何如恫喝示威，纵之使去，令他传闻大众，有所忌惮，自不敢进。"虚者实之，即此之谓。诸将方才无言。

元璋又以张汤诸将，各无音耗，复禀准子兴，亲率镇抚徐达、参谋李善长，及健卒千人，往略和阳。途次始接和阳捷报，大众欢欢喜喜的驰入和阳。既入城，查闻天祐部下，横行杀掠，乃邀天祐至前，与语道："诸军自滁来，多劫人财帛，掠人妇女，此等行为，窃所不取，应申明军纪，方能安众。"天祐道："前事不必提起，此后当禁止劫掠便了。"元璋不便再言，心下很是不悦。未几，得子兴来檄，令元璋总领和阳军事。元璋以天祐等人，多系子兴部曲，虑不相下，乃将来檄留存，暂不发布；只令开军事会议，在厅上设着两席,左右分列。俗例向是尚右,诸将先入,各占右席,元璋后至趋左,提议军事,诸将皆瞠目相顾,独元璋剖决如流,屈服众人,诸将方稍稍敬服。元璋遂创议辟城,分工增筑,诸将任其半,自己任其半,约三日竣工。届期,元璋工竣,诸将尚未就,于是元璋宣召诸将,出檄宣读。读毕,就南面坐,正色道:"奉滁阳王檄,统诸公兵,并非由我专擅,今只一筑城小事,乃皆愆期,试问他事曷济?自今以后,违令当斩,愿诸公莫怪!"示之以才,临之以庄,方可压倒一切。诸将始惶恐听命。元璋即传令将士,所得财帛妇女,一应归还原主,于是人民大悦,有口皆碑了。明祖之所以得民者在此。

是时元世子秃坚、枢密副使绊住马,及民军元帅陈埜先,分屯新塘青山鸡笼山等处,阻绝和阳饷道。元璋留李善长居守,自率兵分道往攻,秃坚等俱败退。独陈埜先乘元璋出兵,竟绕道来袭和阳,亏得善长预先防备,俟埜先薄城,率锐出战,一番搏击,俘获无算,埜先落荒遁去。至元璋归来,得悉此事,极称善长智勇,自不必说。一日,有门卒进报,濠州帅孙德崖到了。元璋不识来因,坦然出迎,彼此接见,并马入城。既登堂,元璋问明来意,德崖道:"濠州乏食,特来乞粮。"元璋允诺,留宴数日,一面禀报子兴。不意子兴与德崖有隙,竟亲领大兵,自滁赴和,来执德崖。度量太窄,何能成事?迨元璋闻知,默料子兴此来,定与德崖寻衅,顿时左右为难,不得已先与德崖说明,德崖即起身告别。元璋恐他中道遇仇,复亲送至二十里外。可谓仁至义尽。及归,与子兴接着。子兴勃然道:"你为何放走德崖?"元璋道:"德崖虽得罪吾王,然究竟患难初交,不应遽绝;且前此构衅,都由赵均用谗诒所致。现在居守濠州,保我梓桑,尚无大过,还望吾王矜宥!"言之有理。子兴听说,无可奈何,勉强住了一宿,仍率兵回滁,郁怒之下,得了一个肝逆症,水米不进,不到数日,一命呜呼。不死胡为。其子天叙,忙遣人飞报元璋,元璋得讣,星夜驰至滁州,发丧开吊,悲恸不已。子兴旧部,见元璋如此忠义,各自感愧,议奉元璋为王。元璋不从,经大众再三怂恿,方权为统帅,兼领子兴部曲。一面驰檄各处,一面挈领妻孥,仍返和阳。

那时孙德崖已返濠州,接到滁州檄文,不禁愤愤道:"元璋那厮,煞是可恨!我前去问他借粮,他佯为允诺,暗中恰通知子兴,与我寻仇,幸我早走一著,方得免害。此次子兴去世,他未尝与我函商,擅为统帅,藐我太甚,我当兴兵前去,与他赌个雌雄。"部将吴通献计道:"元璋并有滁和,气焰方盛,若出兵与争,恐难取胜,不如借开会庆贺为名,诱他来濠抚众,就席间刺杀了他,借泄余恨。"德崖连称好计,计固甚善,如皇天不佑何。遂令部下缮就一书,只说是公为统帅,舆情欢忭,兹于濠城开会庆贺,取名兴隆,愿即日速驾惠临,俾资瞻仰,无任翘企等语。当由德崖缄印,遣人赍投和阳。元璋得书,

第四回 登雉堞语惊张天祐 探虎穴约会孙德崖

欣然愿往。徐达道："德崖桀骜，恐有诈谋，元帅不宜前行。"元璋道："鸿门与宴，汉高未尝罹害，但教得人保护，便可无虞。"隐然以汉高自居。言未已，旁闪出一人道："末将不才，愿随元帅同往。"元璋视之，系是吴桢，乃笑道："樊哙重生，尚有何虑？"元璋非不知冒险，亦好奇之意尔。胡大海亦挺身道："某亦愿往。"元璋道："你与徐天德等，率军后随，遇有急变，速即杀出为要。"徐胡二人，俱唯唯听命。当下检选壮士千名，令徐达、胡大海等率着，自与吴桢纵辔前行，即日至濠。

孙德崖已得使人还报，急命吴通等布置妥当，然后离城十里，来迎元璋。遥见元璋当先而来，后面护卫的兵马，也不过千人，暗中大喜道："那厮中吾计了。"慢着！遂下马相见，挽手入城。寒暄已毕，即令开宴，并将元璋所带将士，一齐调开帐外，尽令畅饮。只吴桢一人，紧紧的随着元璋，寸步不离。仿佛《黄鹤楼》中之赵子龙。当下分席坐定，酒过数巡，德崖语元璋道："日前进谒，蒙足下惠爱，脱我陷阱，甚是感激，今郭帅已亡，兵权无统，以辈次

论，应属不才掌管，乃前得来檄，知足下已为统帅，难道不分长幼么？"元璋道："这是郭帅旧部，共同推戴，我不过权时统辖，他日再当另议。"德崖道："今日便可让我，何待他日。"元璋起座道："这却不能。"德崖便大呼道："众将何在？"一声喝令，万众齐入，霎时间刀械并举，都上前来杀元璋。正是：

萧墙隐有干戈伏，
豪杰都从险难来。

未知元璋性命如何，且看下回分解。

智取和阳，俱本正史，一经叙述，便写得奇异突兀，曲折回环，此由用笔之妙，故神变乃尔。至若孙德崖邀宴事，未见正史，而稗乘相传，以及乡曲妇孺，俱知有兴隆会一事，或者史官失载，亦未可知。且德崖与子兴并起，子兴生卒，及其子天叙之存亡，史笔俱详，而德崖不见下落，其有阙文也无疑。作者援引稗官，补入此事，有文征文，无文征献，宁得以虚诞目之？

第五回　郭家女入侍濠城
　　　　常将军力拔采石

却说孙德崖喝令左右来杀元璋，元璋身旁只一吴桢，双手不敌四拳，任你力大无穷，怎能敌得住众人？他却情急智生，仗着剑来奔德崖，德崖不是吴桢敌手，猛被抓住，充作护盾，抵挡众兵，惊得德崖魂飞天外，魄散九霄，忙道："不、不要如此！"吴通等恐伤及德崖，缩手不迭，但闻吴桢厉声道："你从前到了和阳，我主帅如何待你，今乃借名宴会，诱我主帅到此，伏兵求逞，试想我主帅践信而来，大众闻知，你乃设计陷害，无论有我保护，不令主帅遭你毒手，就使不然，你的狡诈手段，难道可得人信服么？"这数语理直气壮，说得大众都是咋舌。比樊哙尤为智勇。德崖喘急道："依将军言，应该如何？"吴桢道："要你送我主帅出城，万事全休。"德崖不待说毕，满口答应。吴桢仍扭着德崖不肯放松，出了厅，招呼徐达、胡大海等，保着元璋先行，自与德崖后随。吴通等不敢动手，只好任他出去。既出城闉，吴桢把德崖一推，道声去罢。德崖方眼花缭乱，站立不住，谁料胡大海持斧奔还，手起斧落，把德崖劈作两段。该杀！该杀！吴通等见德崖被害，愤怒得了不得，便号令众兵，倾城出战。吴桢见大海闯祸，忙令徐达卫着元璋，急行而去，自与大海领着壮士，截住厮杀，两下死斗，赌个你死我活，约半时，胜负未分。吴桢恐寡不敌众，传令且战且行，未及里许，见元璋带着大队人马，回来援应，顿时欢喜万分，精神陡长，又返身来夺濠城。吴通知不可敌，飞马奔还，不防吴桢紧紧随着，吴通入城，吴桢也跃马疾上，掷剑过去，适中吴通脑后，倒撞马下。此时城不及闭，由元璋驱军拥入，如削瓜切菜一般，杀死了许多濠将，濠兵走投无路，元璋乃下令降者免死，于是大众投械，匍匐乞降。

看官阅至此处，恐未免动起疑来，濠州与和阳相隔，虽是不远，究竟非一时三刻可能往还，元璋才得脱身，如何即能率兵来援呢？我亦要问。原来李善长恐元璋有失，复命郭兴、郭英等，带着万人，前来接应，将到濠城，适与元

第五回 郭家女入侍濠城 常将军力拔采石

璋相值，遂由元璋亲自统辖，返身来救吴桢等人，得获大胜。当下抚兵息民，全城立定。元璋触起乡情，复命椎牛酾酒，号召故乡父老，入城宴饮。这真所谓兴隆会。席间来了郭山甫，就是郭兴、郭英的父亲，元璋格外优待，并命兴英兄弟侍父劝餐。山甫善相人术，尝相元璋状貌，称为大贵，复语兴、英道："我观汝侪，亦可封侯。"以此元璋在濠募兵（应第二回），山甫即令二子相从，至此饮毕入谢，并愿令爱女入侍，想该女状相亦应封妃，元璋欣然允诺。次日，即令兴、英兄弟去迎妹子，约阅半日，即挈妹进见。元璋瞧着，淡妆浅抹，冲雅宜人，是一个闲静妃子。心中很是喜慰，婉问芳龄，答称二九，便命为箧室，即夕设宴称觞，合欢并枕。脂香满满，人面田田，从教凤夜在公，允合袭祯长抱。后来元璋登基，封为宁妃，姑且搁下慢题。

且说元璋住濠数日，留兵戍守，自率郭兴兄妹及徐达、吴桢等一班人众，径回和阳。入城后，接到亳州来檄，上书大宋龙凤元年，不禁奇异起来，瞧将下去，乃是封郭天叙为都元帅，张天祐为右副元帅，自己的名下有左副元帅字样。便召天祐问道："这檄何来？"天祐道："刘福通现据亳州，迎立韩林儿为主，自称小明王，国号宋，建元龙凤，传檄至此，想是令我归附的意思。"元璋道："大丈夫岂甘为人下么？"志大言大。天祐道："韩林儿自称宋裔，又有刘福通为辅，占踞中原，势力方张，元帅亦不可轻视。"元璋笑道："君愿往归，不妨做他的右副元帅，我恰不受。"快人快语。天祐道："元帅不愿受职，确是高见，难道不材便贪职不成？但刘福通既然势大，不妨权时联络，免他与我作对，这也是将计就计的法子。"未免畏葸。元璋沈吟半响，方道："这也有理。"遂遣谢来使，一面号令军中，称是年为龙凤元年。此举未免失当。是年为元至正十五年。

转瞬旬余，忽由胡大海引入一人，年方弱冠，威武逼人。元璋问他姓名，当由胡大海代述："姓邓名友德，与大海同籍虹县，现自盱眙来归。"元璋又问道："他从前充过何役？"大海道："他父名顺兴，曾起义临濠，与元兵战死，兄友隆，又病没，经他代任军事，每战得胜。今闻元帅威名，愿由末将介绍，来投麾下。"元璋道："据你说来，他的勇略过于乃父乃兄，我当替他改名，易一愈字，可好吗？"（事见邓愈列传。）那人即拜谢赐名。元璋甚喜，立命为管军总管。复简阅军士，日夕操练，拟乘此击楫渡江，规画金陵。会有怀远人常遇春，禀性刚毅，膂力过人（出常遇春），年二十三，为盗魁刘聚所得。遇春见他四出抄掠，毫无远图，便弃了刘聚，来投元璋。行至半途，忽觉疲倦起来，遂假寐田间，恍惚间遇一金甲神，拥盾呼道："起，起！你的主君来了。"当下惊悟，才觉是南柯一梦。忙把双目一擦，四面探望，正值元璋带着数骑，巡弋而来。他即迎谒马前，自报姓氏，并陈述过去的事实，愿投效戎行。元璋微笑道："想你为饥饿乏食，所以到此，况你本有故主，我如何夺他？"遇春顿首泣道："刘聚只是一盗，不足有为，闻公智勇深沈，礼贤下士，是以不嫌道远，特来拜投，得承知遇，虽死犹生。"下文死事，隐伏于此。元璋道："你愿从我渡江么？"遇春道："公如有命，愿作先锋！"元璋道："先锋么？且俟取太平后，授你此职。"遇春拜谢，遂与元璋同归。

元璋以渡江不可无舟，正在忧虑，忽报巢湖帅廖永安兄弟及俞廷玉父子遣人纳款，愿率千艘来附。元璋大喜道："这是天赐成功，机不可失。"便谕来使先归，一面召集众将，亲往收军。原来巢湖帅廖、俞诸人，尝结连水砦，防御水寇，庐州盗魁左君弼招降，廖、俞不从，君弼遂遣众扼住湖口，不令出入，乃从间道贻书，输款元璋，无非是乞援的意思。至元璋已到巢湖，廖永安与弟永忠，俞廷玉率子通海、通渊、通源及余将桑世杰、张德胜、华高、赵庸、赵䥽等，均上前迎接，由元璋慰劳一番，即令调集各船，扬帆出湖，直至铜城闸，已越湖口，寰宇澄清，一碧如洗，并没有敌舟拦阻。永安方入贺元璋道："明公到此，先声夺人，寇众不战自溃，从此可安心渡江了。"言未已，忽报前面有大舰驶至，元璋即与永安出舱遥望，但见楼船数艘，逐浪而来，上载兵士无数，并悬着一幅大旗，写着"元中丞"等字样，奇笔不测，永安惊讶道："莫非是元将蛮子海牙么？他现为中丞，屯兵百里外，如何闻报至此，与我作梗？"元璋道："不是左君弼勾结，定是贵部下与君未协，泄漏军机，现不如暂避敌锋，改觅间道出去，方为得计。"永安道："此间只有两路可出，除此地外，只有马肠河了。"元璋即命回走马肠河，迅驶而去，元兵恰也不来追赶。转入马肠河中，凝神远眺，也隐隐有重兵驻扎。元璋大疑，亟令永安检查各舟，有无缺乏，寻查得众人俱在，只少一小舟，掌舟的叫作赵普胜。元璋便语永安道："照此看来，马肠河口亦有元兵阻住，我等不便越险，且择要屯泊，再作计较。"永安乃令各舟退屯黄墩。元璋复与永安约，拟从陆路归和阳，取舟同攻。实则元璋无舟，恐永安亦有异图，意欲借着兵力，镇服永安等人，所以匆匆登岸，取道竟归。窥透元璋心事。

既返和阳，急募集商船，载着精兵猛士，复至黄墩督众往攻元兵。时值仲夏，气候靡常，江上忽刮起一阵怪风，黑云随卷，如走马一般，霎时间大雨滂沱，河水陡涨。元璋乘机奋勇，令各舟鱼贯而前，一齐从小港中杀出峪溪口，奔向大船而来。蛮子海牙忙跃上船头，迎风抵敌，不意巢湖各舰，轻捷便利，忽东忽西，忽左忽右，忽环攻，忽飏去，恁你蛮子海牙如何威猛，怎奈船高身重，进退不灵，顾了这边，不及那边，顾了那边，不及这边；相持数时，料知杀他不过，一声呼啸，竟回船自去。倒是三十六计中的上计。元璋督兵追赶，夺了许多器械。至元兵去远，方从浔阳桥通舟直入江中。天雨已霁，两岸波平，红日当空，青山欲滴。绝妙一

明史演义

幅大江图。元璋正临流四眺,忽见永安入舱,禀问所向。元璋道:"此去有采石镇,素称险要,兵备必固;惟牛渚矶前临大江,不易扼守,我且攻下牛渚,再图采石未迟。"于是乘风举帆,舳舻齐发,不多时,前军已达牛渚矶,矶上不过数百元兵,被常遇春等一阵击射,逃得一个不留。元璋复传令各军,趁着锐利,转攻采石矶。这采石矶陡绝江滨,高出江面约丈许,元兵屯积如嶬,守矶统领,便是蛮子海牙。他在峪溪拒战不利,预料元璋必乘胜渡江,因此踞矶坐守,专待元璋到来。元璋督领舟师,正要近岸,猛听得一声鼓号,矶上的矢石,如骤雨一般,飞洒过来。元璋料难轻敌,命将战船一字儿排住,下令军中道:"有先登此矶者受上赏,当为正先锋!"郭英应声而出,领着一班长枪手,冒险前进,将及上矶,不意前面的士卒多中箭倒毙,郭英也几乎被射,幸亏退避得快,矢力未及,才得脱险。胡大海见郭英败退,气冲牛斗,奋勇继上,那矶上的炮箭注射愈密,竟似无缝可钻,随你力大无穷,一些儿不中用,也只好渐渐退回。连写郭英、胡大海之败退,以衬常遇春之勇。

元璋到此,亦无法可施。突见常遇春率着藤牌军,飞舸疾至,忙高呼道:"常将军欲夺头功,正在此日。"说时迟,那时快,遇春已左手执盾,右手挺戈,鼓勇而前,看看距矶不远,竟不管什么死活,奋身一跃,直上矶头。元将老星卜喇先急用长矛刺来,遇春将戈盾挟住矛杆,大喝一声,把老星卜喇先推仆,顺手刺死。郭英、胡大海等复一拥登矶,刀劈枪刺,把元兵杀死无数。蛮子海牙已立足不住,只好收拾残兵,一哄儿走了。采石已拔,元璋大喜,遂授常遇春为先锋。赏足副功。自是沿江诸垒多望风迎降。

元璋闻将士聚议,多欲收取粮械,为班师计,因语徐达道:"此次渡江,幸而克捷,若引兵归去,元兵复至,功败垂成,江东终非我有了。"徐达奋然道:"何不进取太平?"正要你说此语。元璋称善,当即下令,将各船斩断缆索,放急流中,顺水东下,一面谕诸将道:"太平离此甚近,愿与诸将偕行,取了再说。"诸将见无可归,只得随着元璋,直薄太平城下,架梯悬索,四面齐登。元平章完者不花、万户万钧、达鲁花赤(亦元官名)、普鲁罕忽里等抵敌不住,弃城遁去,惟太平路总管靳义赴水自尽。元璋入城安民,严申军律,一卒违令,立斩以徇,全城肃然。一面具棺葬靳义尸,碣书义士,一面延访耆硕,优礼相待。

耆儒陶安、李习等率父老入见,元璋与陶安语时事,安乃进言道:"方今四方鼎沸,豪杰并争,攻城屠邑,互相雄长,窥他志趣,惟在子女玉帛,毫无拨乱安民的思想。明公率众渡江,神武不杀,以此顺天应人,何患不成大业?"元璋道:"我欲取金陵,何如?"安复答道:"金陵帝王都,形胜称最,乘此占领,作为根据,然后分兵四出,所向必克。古语有云:'天与不取,反受其咎。'明公何不速图?"与冯国用之言暗合。

元璋甚喜，遂改太平路为太平府，置太平兴国翼元帅府，自领元帅事。授李习为知府，用李善长为帅府都事，汪广洋为帅府令吏，陶安参赞幕府，仍沿用宋龙凤年号，旗帜战衣，皆尚红色。小子有诗咏道：

　　炎汉由来火德王，
　　赭袍赤帜亦何妨。
　　只因年号称龙凤，
　　犹愧男儿当自强。

太平已定，哨马来报，元将蛮子海牙，又遣兵来了。那时又有一场厮杀，且至下回说明。

自朱元璋投营起义，所有举动，未免以智术服人，然犹不失为王者气象。惟用韩林儿年号，为一生之大误。林儿姓韩不姓赵，何得诡称宋裔，且宋亡久矣，豪杰应运而兴，当迈迹自身，何用凭借？厥后有瓜步之沈，近于弑主，始基不慎，贻玷终身，可胜慨欤！至若常遇春之力拔采石矶，为渡江时第一大功，元璋即授任先锋，既足报功，尤得践信，于此可见其能用人，于此可见其能立业。且入太平后，严军纪，卹义士，延耆儒，种种作用，无非王道。而龙凤年号，仍然沿袭，意者由徐李诸人，为霸佐而非王佐乎？瑕瑜并录，褒贬寓之。体会入微，是在阅者。

第六回　取集庆朱公开府
　　　　陷常州涂帅立功

却说元璋得了太平，城中原是安静，惟城外一带，尚统属元兵势力。元中丞蛮子海牙，调集巨舰，截住采石姑孰口，并檄令义兵元帅陈埜先及裨将康茂才，率水陆兵二万人，进逼太平。元璋乘他初至，立率诸将出战，一面命徐达、邓愈别出奇兵，绕道至敌后，潜伏襄城桥。埜了城下，磨拳擦掌，专待厮杀。未几城门大开，守兵一齐杀出，后面有许多健卒，拥着一位大元帅，龙姿凤表，器宇不凡，正暗暗惊异间，忽见空中起了一道霞光，结成黄云，护住元璋麾盖，益觉惊疑不已。各兵亦相率观望，不意元璋已麾兵杀来，横厉无前，人人披靡。埜先料不可敌，率众退走。奔至襄城桥，炮声骤发，徐达、邓愈两路兵马，左右杀出，急得埜先无路可奔，没奈何挺着长枪，来战邓愈。约数合，被邓愈用矛格枪，舒开猿臂，把埜先活擒过去（写邓愈）。余军见主帅被擒，纷纷溃散。有一半逃得慢的，都做了刀头之鬼。康茂才潜遁，徐达、邓愈得胜回城，即将埜先推入帐前，元璋命左右将他释缚，好言抚慰。埜先道："要杀便杀，生我何为？"元璋道："天下大乱，豪杰蜂起，胜得人附，败即附人，你既自称豪杰，正当通时达变，何苦轻生？"埜先迟疑半晌，方称愿降。迟疑二字，已伏下文。元璋复令招降旧部，埜先即发书去讫。

至埜先出帐，冯国用进谏道："此人獐头鼠目，不可轻信。"（写冯国用。）元璋默然。越宿，埜先入帐，报称部曲多来投降。元璋令他召入，一一记名，仍命归埜先统辖。埜先称谢而出。元璋又饬徐达等分道略地，溧水、溧阳、句容、芜湖等处接连攻下，拟进取集庆路。埜先忽入禀道："某蒙主帅不杀之恩，愿率旧部自效，往取集庆。"元璋许诺。冯国用又暗中谏阻，元璋道："人各有志，从元从我，听他自便罢了。"元璋此言，令人不解。埜先既去，阅数日，遣人赍书报闻，由元璋启阅，略云：

　　集庆城右环大江，左枕崇岗，三面据水，以山为郭，以江为池，地势险阻，不利步战。昔王浑、王浚造战船，谋之累年，而苏峻、王敦，皆非陆战以取胜，隋取江东，贺若弼自扬州，韩擒虎自庐州，杨素自安陆，三道战舰，同时并进。今环城三面阻水，元师与苗军联络其中，建寨三十余里，攻城则虑其断后，莫若南据溧阳，东捣镇江，据险阻，绝粮道，示以持久，集庆可不战而下也。

元璋览至此，辗然一笑，含有深意，即以书示李善长。善长道："埜先狡诈，欲令我老师旷日么？"一语道破，然不若元璋之尤为深沉。元璋道："不烦多言，只劳你与我作覆。"善长应命，即提笔写道：

历代之克江南者，皆以长江天堑，限隔南北，故须会集舟师，方克成功。今吾渡江据其上游，彼之咽喉，我已扼之，舍舟而进，足以克捷，自与晋隋形同势异，足下奈何舍全胜之策，而为此迂回之计耶？此复。

写毕，呈上察阅，元璋鼓掌称善，遂发还来使，并命张天祐至滁阳，邀同郭天叙部兵，助攻集庆。此举又有深意。郭天叙接着天祐，怀疑未决，天祐道："得了集庆，便可南面称帝，北图中原，足下何惮。乃不敢进。"天叙大喜，立刻发兵，也不及会同元璋，竟与天祐率军东下。甫抵秦淮河，元南台御史大夫福寿督师阻住，两下对垒，福寿执着大刀，左旋右舞，势甚凶猛，不特天叙当他不住，就是天祐上前，战了数合，也杀得浑身是汗，拨马逃回。正在退走，忽前面遇着一支人马，为首一员统领，挺枪而来，视之乃是陈埜先。天祐喜甚，只道他前来救应，忙上前招呼，谁知两马甫交，竟被埜先一枪，刺中咽喉，倒毙马下。天叙见天祐被杀，急欲从旁逃遁，巧值福寿赶到，手起刀落，挥作两段。想做皇帝的趣味。埜先遂与福寿合兵，任意扫荡，有几个命不该死，逃向元璋处通报去了。阅至此，始知元璋之计。

埜先追赶败兵，道过葛仙乡，肆行劫掠。乡中有民兵数百人，头目叫作卢德茂，颇有侠气，至是闻报，密遣壮士五十人，各着青衣，持牛酒出迎。埜先不知是计，遂与十余骑先行。约里许，青衣兵自后突起，攒槊竞刺，把埜先等十余人杀得片甲不回。袭人者亦被人袭，可见狡诈无益。及埜先从子兆先，得知凶信，来乡报复，卢德茂已潜自引去，乡民亦大半远飏，只剩了空屋数百间，无可杀掠，方挈着部曲，还屯方山。元璋闻知各种消息，一面收集天叙败卒，一面拟进攻方山，为天叙复仇。借名兴师，计中有计。

忽又接得军报，蛮子海牙复带领舟师数万，袭踞采石矶，将进窥太平了。元璋大愤，便欲亲去一战。常遇春挺身道："不劳元帅亲征，只教末将前行，便可杀退那厮。"元璋道："将军此去，须要小心，若有挫失，太平即尚可保，和州必遭陷没。大众家眷，都从此休了。"遇春领命，率着廖永忠、耿炳文等，驾舟而去。将至采石矶，海牙已联樯来迎，遇春先授诸将密计，令各舟散布江心，四面攻击，自率健卒驾一舸，

明史演义

奋勇冲突。海牙恰也不惧，仗着舰大兵多，麾旗酣斗，是时已为至正十六年仲春，江上轻飔，荡漾不定，百忙中叙入此文，看似闲笔，实是要语，初战时，海牙尚据着顺风，颇便击射，不意相持半日，风竟随帆而转，遇春一方面的将士竟顺风纵起火来，风助火烈，火仗风威，一霎时把海牙船缆尽行烧断，分作数截，那船上亦被烧着，连扑救都是不及，还有何心恋战？遇春左右指挥，各舟四集，都乘势跃上敌船，乱砍乱剁，可怜一班元兵，不是赴水，便是饮刀。海牙忙改乘小舟，抱头窜去，所有兵舰，尽被遇春等夺住，奏凯而回。采石矶两次得胜。

自是江上无一元兵，高掌远跖的朱元帅，无西顾忧，遂亲督诸将，进取集庆路，真个是水陆并行，兵威浩荡。陈兆先不知死活，还率众来争。一场角逐，生擒了陈兆先，收降了三万六千人，兆先亦情愿投诚。释兆先而不杀，可知为天叙复仇之说，尽是虚言。诸将恐降众过多，防有他变，元璋叹道："去逆效顺，还有何求？"当下挑选降众，得勇士五百人，令备宿卫，环榻而寝。帐中除元璋自己外，只留冯国用一人。想他当亦谏阻，故特留侍以试之。元璋独解甲登床，酣眠达旦，一夕无事，众心乃安。全是权术。

越数日，元璋复令冯国用带着五百降卒作为冲锋，五百人感激思奋，驰至蒋山，先登陷阵，击退元兵，长驱至金陵城下。元将福寿筑栅为垒，屯兵固守，冯国用率队攻栅，前仆后继，徐达、常遇春等次第踵至，你推我扳，竟将各栅毁去。元兵四溃，元将福寿督兵出战，众寡不敌，又被杀退。徐、常等猛力围攻，一连数日，伺隙齐登，福寿尚巷战竟夕，至筋尽力疲，方大呼道："城存与存，城亡与亡。"言讫，举剑向颈上一横，鲜血直喷，顿时毙命。旌扬忠臣。金陵已破，诸将奉元璋入城，揭榜安民，一面召集官吏父老，温言慰谕道："元朝失政，生民涂炭，我率众至此，无非为百姓除害，汝等各守旧业，勿生疑惧！贤人君子，能相从立功，我当重用。旧政不善，汝等可一一直陈，我当立除。官吏毋得贪暴，虐我良民！"大众闻言，拜谢而出，互相庆慰。各处义兵次第来降，康茂才等亦闻风钦服，共得士卒五十万人，乃改集庆路为应天府，置天兴建康翼元帅府，以廖永安为统军元帅，礼聘儒士夏煜、孙炎、杨宪等十余人，一律录用。复以福寿为元殉节，敛尸礼葬，阖城大定。乃命徐达为大将，率诸将浮江东下，攻克镇江，又分兵下金坛、丹阳等县，以汤和为统军元帅，驻守镇江，再命邓愈、邵成、华高、华云龙等，率兵攻克广德路，改名为广兴府，即以邓愈为统军元帅，驻守广兴，诸将以元璋威名日著，劝进爵为王，元璋不允，只自称吴国公，置江南等处行中书省，亲督省事，授李善长、宋思贤为参议，陶安、李梦庚等为左右司郎中员外郎都事等官，复置江南行枢密院，以徐达、汤和同佥枢密院事，置帐前亲军，以冯国用为总制都指挥使，设前后左右中五翼元帅府及五部都先

第六回 取集庆朱公开府 陷常州涂帅立功

锋，设官分职，井井有条。一面遣将至和州，迎接眷属，护送至府，即就元御史台居住。骨肉欢聚，喜气重重，大明二百数十年的基业，便自此创始了。点清本旨，暂作一束。

先是徐达、汤和等下镇江，收降盗目陈保二及徐达兵归，汤和复入金枢密院事，保二心变，竟诱执詹、李二将，奔投张士诚。士诚此时正迭陷平江、松江、湖州、常州等处，又收得蛮子海牙的遗众，声势甚盛，至保二归降，自然收留，并将詹、李二将拘住。警报达应天府，元璋以二将被拘，恐遭毒手，只得先与通好，以便索还二将。遂修书一缄，命杨宪赍送士诚。杨宪驰至平江，入见士诚，士诚遂展阅道：

昔隗嚣据天水以称雄，今足下据姑苏以自王，吾深为足下喜。吾与足下，东西境也，睦邻守围，保境息民，古人所贵，吾甚慕焉。自今以后，通使往来，毋惑于交构之言，以生边衅。

士诚阅至此，即把书掷下道："元璋欲比我为隗嚣么？"恐你且不若隗嚣。喝令左右将杨宪拘禁，立发水师攻镇江。元璋即遣徐达往御，到了龙潭，把士诚兵一鼓击退，总道士诚气沮，不敢再来，遂收兵驻镇江城。谁料士诚不得镇江，却移兵潜袭宜兴，守将耿君用不及防备，城陷身亡。元璋闻报大惊，忙遣使驰谕徐达道："士诚起自盐枭，诡计多端，今来寇镇江，已与我为敌；且袭据宜兴，志不在小，将军宜速出毗陵，先机进取，毋堕狡谋。"此亦一袭魏救赵之计。徐达得令，即向常州进发。

常州即古毗陵地，徐达军至常州，筑垒围攻，士诚遣张、汤二将来援，达即退军十八里，设伏以待，自率老弱残兵前去诱敌。张、汤二将出营交战，望见徐达部下器械不整，七长八短，不禁大笑起来，互相告语道："人说朱元璋用兵如神，为什么这般羸弱，看来是不值一扫呢！"你既闻他威名，如何不加疑虑。当下麾兵出战，直前相搏。徐达不及遮拦，且战且行；一走一追，忽达十余里，突然间闪出铁骑数千，横冲而来。当先一员大将，铁盔铁甲，好生威武，手提方天画戟，直刺张、汤二将。看官道是何人？乃是徐达部下，行军总管赵均用。张、汤二将见均用杀至，料是遇伏，慌忙用枪招架。两人敌住一人，还觉得有些费力，怎禁得徐达翻身杀来，与均用双战二将。二将见不是路，拨马返奔，走不多远，又听得一声呼哨，伏兵复起，吓得张、汤二将魂飞九霄，连坐骑都不由驾驭，沿路四窜。想也被吓慌了。豁喇一响，二将都马失前蹄，身随马蹶。巧值均用杀到，喝令擒缚，两个中捉住一双（此段从《士诚本传》，不从《纪事本末》）。余众溃走，还报士诚。

士诚惶恐，乃奉书求和，遣神将孙君寿，赍至应天，愿岁输军粮二十万石，黄金五百两，白金三百斤。元璋复书，责他开衅召兵，罪有所归，既愿乞和，应释归使人将校，每岁输粮应增至五十万石。当令孙君寿持书去讫。转瞬旬余，士诚并无复音。又越数日，得徐

明史演义

达军报，略称："镇江新附军，被士诚所诱，谋变牛塘，达几为所困，幸常遇春、廖永安、胡大海等来援，方得脱险。并擒住士诚部将张德"云云。元璋勃然大愤，复命耿炳文率兵万人，进攻长兴，俞通海、张德胜等率舟师略太湖，张鉴、何文正募淮军攻泰兴，赵继祖、郭天禄、吴良等合师攻江阴。先后并举，环击士诚。一面促徐达速下常州，不得迟误。接连叙下，如火如荼。士诚闻常州围急，遣吕珍赴援，别命赵打虎驰救长兴，炳文驰至长兴城下，守将李福安、答失蛮等登陴守御。两下正相持未决，适值赵打虎到来，喘息未定，被炳文兜头痛击，立营不住，只好退走，奔至城西门。不意城门紧闭，屡呼不开，后面追兵又到，只得向湖州遁去。名曰打虎，实是没用。原来赵打虎系著名悍目，自投士诚部下，屡立奇功，此次来援宜兴，城守李福安等总料他唾手却敌，不想一到便败，方知耿军难敌，有意献城，待打虎被拒而去，遂出城投降。

炳文收了两人，并得战船三百余艘，立即报捷。元璋命置永兴翼元帅府，以耿炳文任元帅职，统兵居守。士诚又遣左丞潘原明、元帅严再兴，来寇长兴。距城数里，猝遇炳文偏将费聚，从旁突击，杀获数百人，原明等遁去。只常州尚相持未下，常遇春分兵四出，断他饷道，城中兵士乏食，免不得惶急起来。吕珍屡出城相争，统被徐达击退。俄而城中食尽，只有数千饿卒，哪里还支持得住？那时吕珍也顾不得城池，亥夜开门，冲围自走。城中无主，当然失陷，徐达遂引兵入城。自至正十六年九月，围攻常州，至十七年三月乃下，也算是一番劲敌。小子有诗赞徐达道：

辍耕陇上喜从龙，
迭战江东挫敌锋。
不是濠梁应募去，
谁知乡曲有奇农（达世业农）。

常州告捷，徐达又奉元璋命令，移师宁国。欲知宁国战事，容待下回续详。

本回前半截以攻集庆为主，后半截以攻常州为主，集庆下则踞江而守，可进可退，常州下则屏蔽有资，可东可西，此朱氏王业之所由创，抑徐达首功之所由建也。若纵楚先，遣天叙、天祐，饬诸将鏖士诚，无在非元璋之智谋，一经作者揭出，便如燃犀烛渚，无处不显。而全神贯注，则总在集庆与常州。元璋之注意在此，作者之注目亦在此。即如后之阅者，可借此以知当日之军事，并可以知是书之文法。否则势如散沙，毫无纪律，便不成妙事妙文矣。

第七回　朱亮祖战败遭擒
　　　　张士德絷归绝粒

却说徐达奉元璋命，率常遇春等往攻宁国，宁国城守甚坚，与常州不相上下，守将杨仲英、张文贵等尚没有甚么能耐，惟有一将勇悍异常，姓名叫作朱亮祖。点笔不弱。亮祖六安人，称雄乡曲，号召民兵，元廷授为义兵元帅，元璋取太平时，亮祖曾率众投诚，嗣因性急难容，与诸将未协，复叛归元军。至是闻徐、常等进围宁国，遂联络守将，悉心协御。徐达将到城下，立营未定，亮祖即出搦战，一枝长枪，直前挑拨，飘飘如梨花飞舞，闪闪如电影吐光，任你徐元帅麾下，个个似虎似罴，也一时敌他不住，逐渐倒退。极写亮祖。当下恼了常遇春，抖擞精神，上前迎敌。彼此交锋，大战五十余合，不分胜负。亮祖虚晃一枪，佯败退走，遇春拍马赶去，不防亮祖挺枪回刺，竟戳中遇春左腿，遇春忍痛返奔，亮祖又回马追来，亏得赵德胜、郭英二将并出敌住，两下里鼓声震天，重行鏖战。城中又来了张文贵，接应亮祖，亮祖枪法愈紧，连赵德胜、郭英等也觉心慌，同时退下。徐达恐诸将有失，忙鸣金收军，被亮祖追杀一阵，丧亡了千余人。次日又与亮祖接战，仍一些儿不占便宜。接连数日，未得胜仗，反又失了许多人马。徐达情急得很，不得已据实禀报。

元璋闻亮祖如此骁勇，即亲率大军，兼程而至。徐达接着，申述交战情形，元璋道："擒他不难，明日临阵便了。"翌晨升帐，召吴桢、周德兴、华云龙、耿炳文四将至前，授他密计，令随驾出征，一面命唐胜宗、陆仲亨等率步兵数千，亦授以密计，令他先去。吴良、吴桢等只待元璋出营，便好厮杀，偏偏元璋并不动身，朱亮祖反率众挑战，元璋又延了数刻，方从容上马，率军而出。两阵对圆，吴桢跃马而前，与亮祖交战数十合，返骑而走。亮祖来追，周德兴又提刀接战，大约亦数十合，又纵马回阵。华云龙复出去接着，又是依样葫芦。待至耿炳文出战后，杀得亮祖性起，竟挺枪驰入元璋阵内，来杀元璋。中他计了。元璋麾众倒退，诱他追了数里，复回身杀搏，命四将并力

第七回 朱亮祖战败遭擒 张士德絷归绝粒

围攻。前轮战，后合围，不怕亮祖不入彀中。亮祖身敌四将，尚不觉怯，左挡右架，又战了一时许，渐觉气力不加，方伺隙杀出圈子，驰回原路。吴桢等紧紧随着，一些儿不肯放松，亮祖且战且走，将要返城，忽突出唐、陆诸将，拦住马首，他亦不与争锋，只执着短刀，乱砍马足。亮祖猝不及防，被他剁着马蹄，马力已乏，禁不起痛楚，顿蹶倒地上。那时亮祖还一跃而下，不随马蹶，可奈吴桢、耿炳文两将已追至背后，双枪并举，来刺亮祖。亮祖急忙转身，奋斗两将，陆仲亨乘他酣战，竟取出绊马索，潜套亮祖的双足。亮祖不及顾着，右足一蹿，误入套中，仲亨尽力一扯，亮祖站立不稳，方似玉山颓倒，吴、耿二人，急下马揪住，才得将他捆缚，饬军扛抬而去。缚亮祖用着全力，文笔亦不放松。守将杨仲英、张文贵亟来相救，已是不及，反被掩击一阵，杀得七零八落，踉跄逃回。时已天暮，元璋收兵还营，令将亮祖推入。元璋笑语道："你降而复叛，今将如何？"踌躇满志之言。亮祖朗声道："公若生我，当为公尽力，否则就死，何必多言！"元璋道："好壮士！"便下座亲为解缚，亮祖乃叩谢。

越宿，元璋饬造飞车，编竹为重蔽，一夕即就，数道并进。守将杨仲英度不能支，开城迎降。张文贵守志不屈，先杀妻孥，然后自刎。元璋既入宁国，拟往攻宣城，亮祖愿率兵自行，经元璋特许，去后才数日，捷报已到。宣城由亮祖攻下了（此从《纪事本末》及《通鉴辑览》，与《朱亮祖传》小异）。元璋乃留徐达、常遇春等驻宁国，静俟后命，自率军返金陵。未几接得赵继祖、俞通海军报，太湖大捷，降士诚将王贵，击走吕珍，元璋欣慰。嗣闻通海接战时，矢中右目，仍奋勇击退敌军，当下赞不绝口，并遣使慰问去讫。无非激励他将。接连复得张鉴、何文正捷音，说是泰兴已克，擒住援将杨文德，元璋道："两路得胜，士诚应丧胆了。但未知赵继祖、吴良等，进兵江阴，胜负如何？"吴桢闻言入禀道："兄长在外，尚无确实消息，愿主公增兵协助为是！"好兄弟。元璋道："将军骨肉情深，何妨竟往！我拨兵五千人，令你带去便了。"吴桢拜谢，次日即领兵出发。未到江阴，已有捷报赍入金陵，略称先据秦望山，后入城西门，全城平定。元璋嘉吴良功，擢为分院判官，令督兵防守江阴，并传谕吴桢，不必班师，令他与兄协守，严备士诚。原来江阴地扼大江，实为东南要冲，又与平江接壤，相距仅百余里，因此令他协防。吴良、吴桢奉命后，戮力设备，军容甚盛，士诚屡遣将往攻，都被击走，江阴方安。归结前回三路人马，笔不渗漏。

元璋又命邓愈、胡大海进攻徽州，檄徐达、常遇春等进兵常熟，又是两路兵马。小子只有一枝笔，不能并叙，只好先叙徽州事。邓、胡两将率兵至绩溪，守将不战而降。转入休宁，一鼓登城，遂长驱抵徽州。元守将八尔思不花及万户吴纳等，开门拒敌，怎禁得邓、胡二将的锐气，战不多时，便即败回。

邓愈便督兵猛攻，八尔思不花等乘夜潜遁，愈入城，忙遣胡大海分兵穷追，至白鹤岭，击死吴纳，余将遁去。元璋闻捷，改徽州路为兴安府，命邓愈镇守，饬胡大海攻婺源。

既而元苗帅杨完者自杭州率众数万，来攻徽州。徽州甫经攻克，守备未完，又分军与胡大海，只剩数千人在城，如何敌得住数万苗兵？邓愈飞檄胡大海，回军援城，一面鼓励将士，潜伏门右，令将城门大开，静待苗兵。苗兵掩至，忽见此状，相率惊愕，不敢遽入。仿佛是空城计。正在踌躇，突闻西北角上有一彪人马杀至，当先的不是别人，就是胡大海。苗将吕才忙提刀接战，不及三合，被大海大喝一声，劈死马下。邓愈见大海驰还，亦率兵出应，杀得苗兵七颠八倒，四分五裂，苗帅杨完者拨马先逃，偏将吴辛、董旺、吕升等，走得稍慢，都被邓愈军擒住，入城斩讫。嗣恐完者复至，留住胡大海，别命裨将王弼、孙虎攻婺源，亦应手而下。于是驰报金陵，再行请令。

这边方得胜仗，那边又获渠魁。接入徐达一路。徐达、常遇春等出师常熟，行至半途，由探马来报："张士德率兵来援了。"徐达道："士德么？他小字叫作九六，系士诚亲弟。士诚作乱，统是他一人主谋，浙西一带，亦是他略定，闻他素得士心，智勇兼备，此次到来，定有一番恶斗，恐怕是不易轻敌呢！"（士德出身，借此叙过。）言未已，忽有一将上前道："偌大一个盐贩，怕他甚么？末将愿充头阵，若叨元帅洪福，定能把他擒住。"达视之，乃是领军先锋赵德胜，便道："将军愿去，不患不胜，但总须慎重小心，千万不要轻战，我便当前来接应哩。"是谓临时而惧。德胜领命，带着万人，踊跃前去。将到常熟，恰遇士德军到，两军不及答话，就兵对兵，将对将，鏖斗起来。德胜善用槊，士德善使刀，刀槊对舞，端的是棋逢敌手，将遇良材，自午至申，差不多有百余合，士德刀法毫不散乱，德胜暗暗喝采，意欲设计擒他，便用槊将刀一格，回马就走。偏是士德刁狡，见德胜未败而奔，料知有诈，竟勒马停住，鸣金收军。确是有些智识。德胜见士德去远，亦据险下寨。次日复率众迎战，士德也毫不畏避，复提刀对仗，又战了几十回合。德胜正在设计，突闻有弓弦响声，忙留神顾着，可巧一箭飞来，距德胜咽喉，不过咫尺，德胜用槊一劈，这飞来的箭杆，方的溜溜般抛向别处去了。德胜大呼道："张九六！你想用暗箭伤人么？大丈夫当明战明胜，如何用这诡计？"士德闻言，拨马回阵，两下里复各收军。不是写士德，是写德胜。德胜返营，闷坐帐中，适由大营赍书投到，当即延入，展书阅毕，发还来使，便密令手下亲兵，照书行事，亲兵应令而去。德胜复吩咐军士，一鼓造饭，二鼓披挂，三鼓往劫士德营，不得有误。军士纷纷议论，统说士德足智多谋，难道不虑及此？只因将令难违，不得已如命而行。反衬下文。是夕天气晦暗，斜月无光，时交三鼓，德胜上马先行，令军士后随，静悄悄地驰去。及至

第七回 朱亮祖战败遭擒 张士德絷归绝粒

士德营前，只准军士呐喊，不准入营，自己恰从斜刺里去讫。军士莫名其妙，惟有遵令呼噪，突见营门大开，士德跃马提刀，率众杀出，惊得军士不知所措，正思退走，适值德胜转来，麾众旁行，士德紧紧追着，约有半里，突遇一山，见德胜引兵进去，也赶入谷口，转了数弯，德胜兵恰不见了。是时已知中计，急命部众退还，行未数武，不期一脚落空，连人带马，跌入陷坑。他却奋身一跃，跳出坑外，谁知坑外又有一将，持着槊，向他背后一搋，复坠入坑中。奇事奇笔。两边的挠钩手一齐奋勇，将他钩起，捆绑去了。看官！你道持槊是谁？便是赵先锋德胜。德胜见士德成擒，好生欢喜，复呼令军士把士德部众杀散，驰回营中。这次计划，都是徐达密书指授，经德胜运用入神，益觉先后迷离，令人无从揣测。原来徐达书中只令德胜乘夜袭营，赚士德出营追赶，用陷坑计活擒士德。德胜尚恐士德乖刁，瞧破机谋，恰好亲兵队里，有一人面貌，与德胜相似，德胜密付衣甲，令与掘堑兵同行，约以夜间三鼓，潜至士德营旁，易了装，与自己参换，于是有真德胜，复有假德胜，假德胜驰至军前，麾军旁趋，真德胜却伏在陷坑左右，专待士德。果然士德中计，迭坠陷坑，乃得成擒。士德受擒后，尚疑德胜有分身法，就是德胜部下的军士，也待至战毕回营，方才分晓。若非有此详释，我亦含惑不解。这且休提。

且说士德成擒，常熟守将闻风逃去，德胜入城安民，一面遣人押解士德，至徐达营。达讯明属实，复转解至应天，元璋不去杀他，软禁别室，待以酒食，令通书士诚，归使修好。士德恰重贿馆人，另易一函，从间遵驰送士诚，教他拜表降元，连兵攻金陵。士诚尚是未决，嗣闻士德绝粒身亡，由悲生惧，乃决计归顺元朝，致书江浙平章达什帖睦尔，请他代奏。达什为言于朝，授士诚太尉，连士诚弟士信，亦授官有差。这消息传到应天，诸将多生疑虑，元璋道："士诚狡悍，怎肯倾心归元？不过现当新败，假此吓人，我哪里就被他吓呢？"料敌如见。

正说着，有探子来报，青衣军元帅张明鉴袭据扬州，逐元镇南王孛罗普化日肆屠戮，满城居民，多被杀死了。元璋奋然道："我有志救民，怎忍看他糜烂？部下诸将，何人敢往讨罪？"缪大亨应声道："末将愿往。"李文忠亦闪出道："甥儿愿往。"元璋见二人相争，便语文忠道："你年未弱冠，便期破敌，我心甚慰。依我所见，往攻扬州，着缪将军去，你去策应池州兵便了。"文忠道："池州有何人先往？"元璋道："我已檄调常、廖诸将，自铜陵进取池州，你快去策应为是！"（文忠年少，未曾领兵冲锋，故军事或未与闻，而叙笔即借此纳入，是文中之善于销纳者。）文忠乃喜，与缪大亨各率偏师，分投去讫。才阅旬余，大亨已攻破扬州，收降青衣军数万，自押降帅张明鉴、马世熊等，前来缴令。元璋命即延入，大亨道："张明鉴日屠居民，残害太甚，现查得城内遗黎，只有十八家，末将虽收降明鉴，不敢擅为安置，所以亲押而来，请主帅自行发落！"元璋道："将军有劳了。"当下命将明鉴传入，责他无故殃民，罪无可赦，喝令枭首，惟赦他妻孥死罪。次及马世熊，世熊道："屠害居民，俱出张明鉴一人，某不敢为非，现有义女孙氏为证，某部下得了孙氏，某且收为义女呢。"元璋命领孙氏进来，世熊即出挈孙氏入厅，弓鞋细碎，冉冉而前，面如出水芙蓉，腰似迎风杨柳，美固美矣，然未必永年，一道神采，映入众目，都不禁为之暗羡。既至案下，敛神屈膝，低声称是难女孙氏禀见。元璋亦温颜问道：温颜二字，已写出元璋心思。"你是何方人氏？"孙氏道："难女籍隶陈州，因父兄双亡，从仲兄蕃避兵扬州，又被马世熊部众所掠，世熊悯氏孤苦，育为义女，因此得保余生。"元璋不待说毕，便道："你年龄几何？曾字人未？"问她字人与否亦有微意。孙氏答称十八岁，及说得尚未字人一语，顿觉红云上颊，弱不胜娇。元璋道："说也可怜，你不如在此居住罢！"孙氏嘿然不答。元璋即令起身，饬屏后仆媪导入后宫，一面发落马世熊，令他食禄终身。阅一日，便纳孙氏为妾，命她侍寝。孙氏含羞俯首，任所欲为。弱女及笄，已是帐中解舞，将军尚武，何妨枕上弄兵。柔情似水，艳笔难描，至元璋即真后，封为贵妃，位众妃上，与马氏仅隔一肩，宠遇有加。天恩浩荡，大约是格外怜悯的意思。语中有刺。小子有诗咏道：

不经患难不谐缘，
得宠都因态度妍。
自古英雄多好色，
恤孤原属口头禅。

元璋正在欢娱，忽池州有急报到来，当即传入问话，欲知详细军情，待小子再续下回。

朱亮祖，骁将也，非极力叙写战谋，不足以见元璋之智。张士德，劲敌也，非极力叙写战事，不足以见德胜之勇。亮祖受擒，宁国自破，士德被执，常熟自下，此犹为表面文字。再进一解，则元璋之不杀亮祖，益以见操纵之神，而他将自心服矣。德胜之得获士德，益以孤强敌之势，而士诚亦夺魄矣。关系颇大，故演述从详。余事皆依次带入，无非一文中销纳法也。

第八回　入太湖廖永安陷没
　　　　略东浙胡大海荐贤

　　却说常遇春、廖永忠二将，率水陆兵攻下池州，擒杀天完将洪元帅等，当即遣人告捷。元璋问明来人，便令传谕常、廖二将，说是："天完将士，多不足虑，惟他部下有陈友谅，方在狙獗，不可不防！"言毕，即命来人驰回。小子前演元史，曾将天完僭国的详情及陈友谅出身一一表白，独此书未曾叙过，不得不约略说明。天完两字，便是第一回中所说罗田人徐寿辉的国号。友谅乃渔家子，起自沔阳，往攻寿辉，寿辉暗弱，为部帅倪文俊所制，友谅即诣奉文俊，愿受指挥。文俊谋杀寿辉，未克而去，友谅尚佯与委蛇，从至黄州，暗中怂恿使文俊部众，说他背主不祥，宜为寿辉除害。部众信为真言，仓猝起变，击死文俊。当下并有文俊部众自称平章政事，不过通信寿辉，阳为报告，寿辉制不住文俊，哪里制得住友谅？数语了了。自是友谅顺江东下，破安庆，陷龙兴、瑞州，分兵取邵武、吉安，自入抚州。寻又取建昌、赣汀、信衢等地，直捣池州。池州被陷，遂与太平为邻。元璋乃遣常、廖诸将，攻取池州，并因池州已下，传谕严防友谅。友谅果遣战舰百余艘，猛将十数员，来争池州，幸常遇春等先已筹备，一俟友谅兵到，四面冲击，杀退各船。

　　元璋闻池州退敌，调李文忠南下，会同邓愈、胡大海等，徇建德路。文忠奉令南趋，略定青阳、石埭、旌德诸县，至徽州昱岭关，会同邓愈、胡大海军，出遂安，抵建德。沿途屡破敌众，进逼城下，一鼓齐登。元守将不花等弃城遁去。文忠得擢为帐前统制亲兵指挥使，入城镇守，改建德路为严州府。嗣邓愈往徇江西，胡大海往略浙东，只李文忠扼守孤城，不防张士诚遣将来袭，水陆掩至。文忠在城外设伏，先把他陆军杀退，复将所斩俘馘，载巨筏中，乘流而下，连他的水军也一哄儿吓走了。统是没用的家伙。士诚心总未死，西边失势，又到东边，屡发兵进窥常州。亏得汤和驰援，连败敌众。未几又转寇常熟，复为廖永安击走。元璋以宜兴密迩常州，此时为士诚所据，常州总未免被兵，遂命大将军徐达率领将士，往攻宜兴。兵方发，忽闻友谅遣党赵普胜，攻陷池州，守将赵忠战死，太平守将刘友仁往援亦败没。元璋惊悼不已，奈因各路兵将统去截击张士诚，一时无可调拨，只好令赵德胜固守太平一带，防他深入，一面促徐达速下宜兴，以便移攻池州。此时元璋亦觉受困。偏徐达等到了宜兴，一攻数月，还是未下，急得元璋满腹焦烦，出濠以来，无此忧劳。日夕筹画，定下一计，忙写就密书，遣使驰至徐达营中，令他察阅。达展读道：

宜兴城小而坚，未易猝拔，闻其城西通太湖，张士诚饷道所由，若断其饷道，军食内乏，破之必矣。

达览书大喜，发使还报，遵令即行。遂遣总兵丁德兴分兵遏太湖口，自与平章邵荣等并力攻城。果然粮尽兵溃，宜兴随下。廖永安趁着胜仗，竟率兵深入太湖，舟至半途，却值士诚麾下的吕珍，鼓舟而至。冤家遇着对头，就在湖滨大战起来。向来太湖两岸，水势深浅不一，芦苇纵横，烟波浩渺，吕珍乖巧得很，令各舟忽出忽没，忽进忽退，害得永安跋来赴往，使不出甚么勇劲，顿时焦躁异常，命掌篙的人尽力赶去。哪知吕珍轻舟诱敌，实是一条诡计。永安的坐船，先时很是活泼，撑了里许，忽被浅滩搁住，休想再动分毫，正在着急，蓦见芦苇中荡出几只小舟，舟子统是渔人打扮，永安不辨谁何，命将小舟撑近大船，一舟甫至，永安即一跃而下，尚未立稳，那舟子竟拔出短刀，把永安砍伤右臂。永安动弹不得，竟被舟子一声鼓噪，将永安掀翻缚住。看官不必细问，便可知这种舟子，统是吕珍手下的将士了。不解之解。永安被擒，当由吕珍押献士诚，士诚颇爱永安才勇，劝他归顺。永安怒目视道："我岂肯降你这枭么？"写永安之忠。士诚遂把他拘住狱中。至元璋闻耗，立即遗书士诚，愿归所获三千人，易一永安。士诚记着亡弟遗恨，拒绝去使，永安卒死于平江。寻元璋封为楚国公，迎丧郊祭，很是尽礼。暂且按下不表。

且说永安败陷，另授杨国兴统带舟师。国兴复出太湖口，收集各舰，迭破张士信兵，平宜堰口二十六寨，一面赶修宜兴城，城完守固。士诚复遣水陆军夹击，统由国兴杀退，宜兴无恙。元璋方调徐达兵规复池州，达率俞通海、赵德胜等到池州城下，那时友谅党赵普胜，尚驻扎池州，一闻徐达兵到，即执着双刀出来对阵。俞通海望见普胜，大喝道："你是我的旧部，为什么叛归友谅？"（回应第五回。）普胜道："人各有志，你休来管我！"通海大愤，遂挺矛与战。矛去刀迎，刀来矛抵，恶狠狠地战了多时，通海几败。德胜见通海战他不下，忙拨马往助，双战普胜，尚只杀得一个平手。嗣经徐达麾兵杀上，方将普胜击退。徐达回营，语通海道："普胜那厮，骁勇绝伦，怪不得他叫作双刀，若明日再战，我当用计胜他。"次日，先令侦骑哨探，回报赵普胜濒江立营，四面竖栅，倚以自固。徐达道："有了。俞将军可带领舟师，袭他后面，我与赵将军领着陆军，攻他前面，明攻

明史演义

第八回　入太湖廖永安陷没　略东浙胡大海荐贤

暗袭，不忧不胜。"俞通海领命前去。徐达密语赵德胜，令他率兵先出，杀至普胜营前。普胜即开营抵敌，由赵德胜奋起精神，与他酣斗数十合，普胜越战越勇，德胜虚晃一刀，勒马就走。普胜乘势赶来，约四五里，适值徐达引军驰至，接应德胜，德胜又回马奋斗，两下夹攻，普胜倒也不惧。忽闻后面隐隐有号炮声，恐是江营有失，不敢恋战，晓得迟了，遂舍德胜，驰回原营，将到营前，叫苦不迭。看官道是何故？乃是营栅上面已悬着俞字旗号。原来俞通海乘普胜远追，已袭入江营，夺了巨舰数艘，把普胜营兵逐去。普胜见了，懊悔不及，尚欲拼命夺营，怎奈徐达、赵德胜军赶至，通海军又复杀出，腹背受敌，势不能支，没奈何大吼一声，向西遁去。

徐达、赵德胜即移军攻城，池州守将洪钧不知厉害，尚麾兵出城，与德胜交锋。战未数合，被德胜卖个破绽，把洪钧活擒过来。守兵见主帅被擒，都弃城逃走，池州立下。徐达一面报捷，一面檄调俞廷玉、张德胜等，联兵进攻安庆。俞廷玉率舟师先进，不期与赵普胜相遇。普胜自池州败走，到了安庆，料知徐达等必乘胜进攻，他便伏兵港中，专待截击，遥见廷玉到来，便顺风吹起胡哨，各舟闻声竟至，围攻廷玉坐船。廷玉挺立船头，督兵猛战，约有一两个时辰，兀自支持得住。谁知普胜觑住廷玉，猝发标箭，适中廷玉左腮，廷玉忍不住痛，晕仆舱中。将军难免阵中亡。顿时舟中大乱，亏得通海前来接应，才将全舟救出，余舟多被普胜夺去。廷玉竟痛极身亡。通海大恸，忙奔回徐达营中，报明败状。徐达也不禁叹息，即令通海送柩还乡，并遣人驰报应天。

是时元璋以胡大海出师浙东，屡攻婺州未下，正思督兵亲往，得着此耗，倒也沉吟起来。诸将以普胜如此强悍，恐再出池州，为长江患。元璋道："普胜勇而寡谋，友谅贪而忮功，若用计离间，一夫已足，何庸过忧？"随遣一员牙将，潜至安庆，与普胜门客赵盟，叙起乡谊，格外交欢。嗣复投书赵盟，恰故意误送普胜。普胜私下展阅，语多隐约难详，心中大疑，遂疏赵盟。赵盟不能自安，竟与牙将同至应天，来附元璋。不特普胜中计，连赵盟亦中计。元璋格外优待，给他重金，令往友谅军中，散布谣言，无非是普胜恃功，谋叛友谅等语。友谅果然动疑，也中计了，遣使觇普胜虚实。普胜哪里得知，见了使人，尚满口侈述战功，骄矜不已。使人返报友谅，友谅即带着重兵，自至安庆，只说与普胜会师，进攻池州。普胜忙至雁汊口迎迓，才登舟，即被拿下，一语未完，已经身首异处了。可报廷玉之仇。赵盟回禀元璋，元璋大喜，厚赏赵盟。是豢之也。遂调回徐达，令与李善长留守应天，自率兵十万，用常遇春为先锋，由宁国出徽州，转向婺州进发。

至兰溪，有士人王宗显进谒，并呈上胡大海荐书。元璋接见，问他籍贯，答称原籍和州，寄寓严州。元璋道："君寓此有年，能识婺州内容么？"宗显道："某有故人吴世杰,居近婺城,可以探问。"元璋即令他去讫。不数日,宗显驰还,报称："守将离心,不难攻入。"元璋喜道："我得婺州,当令汝作知府。"宗显拜谢。又启行至婺州,会着胡大海。大海进谒,行过了礼,便禀道："婺州与处州为犄角,元参政石抹宜孙,为处州守将,常发兵来援,所以屡攻未下。现因主公将到,他探知消息,又遣参谋胡深,运着狮子车数百辆,前来抵御。目下闻已到松溪了。"元璋道："石抹宜孙,用车师来援此城,未免失计。松溪山多路狭,车不可行,若遇以精兵,便可破他。援兵一破,此城自不劳而下了。"应该嗤笑。大海答声称是。元璋又道："闻你义子德济很是骁勇,何不拨与健卒数千,令他去截援师?"大海应令出去,即遣子德济领锐卒数千,竟往松溪。至梅花门,已遇胡深运车驰到,德济鼓噪而前,惊得胡深迎战不及,意欲将车退后,以便厮杀。可奈梅花门依着龙门山,林箐丛杂,岭路崎岖,就是未遇敌时,已觉七高八低,难以行车,此时大敌当前,进退失据,没奈何弃了车辆,引军逃去。不出元璋所料。

德济返营报功,元璋即督兵攻城。城中守将帖木烈思与石抹厚孙(即石抹宜孙之弟),两不相下,无心防御,裨将宁安庆知不可守,夜遣都事李相缒城请降,约开东门纳兵。元璋许诺,李相返城,即将东门大启,常遇春、胡大海等一拥而入,竟把帖木烈思、石抹厚孙等擒住。全城已破,当由元璋入城,下令禁止侵暴,并改婺州路为宁越府,即用王宗显知府事。算是践言。开郡学,聘硕儒,延叶仪、宋濂为五经师,戴良为学正,吴沈为训导。时丧乱日久,学校湮废,至此始闻有弦诵声。

未几又有乐平儒士许瑗进谒。瑗有才智,放浪吴、越间。及入见,语元璋道："方今元祚垂尽,四方鼎沸,窃闻有雄略乃可驭雄才,有奇识乃能知奇士,明公欲扫除僭乱,非收揽英雄,难于成功。"元璋道："诚如君言。我今求贤若渴,方广揽群材,共图康济。"许瑗道："果如此,天下不难定了。"元璋大喜,即授为博士,留居帷幄。既而元璋欲还归应天,乃召胡大海与语道："宁越为浙东重地,我因你才勇,特命你居守。现闻衢州守将宋伯颜不花,多智术,处州守将石抹宜孙,善用士,绍兴为士诚将吕珍所据,数郡与宁越相近,我留常遇春在此,与你协力,乘间往取三郡。但此三郡守将,俱系劲敌,千万小心为要!"大海顿首拜受。元璋又嘱咐常遇春数语,令与胡大海协同行事,乃即日起程,率军返应天。

元璋去后,常遇春即进攻衢州,用吕公车、仙人桥、长木梯、懒龙爪等攻具,拥至城下,高与城齐。又於大西门城下潜穴地道,高下并攻。守将宋伯颜不花,煞是厉害,束苇灌油,烧吕公车,用长斧砍木梯,架千斤秤钩懒龙爪,并筑夹城防穴道,井井有条,毫不慌忙。遇春屡攻不克,乃用声东击西的法子,明攻北门,潜袭南门。宋伯颜花未及防备,竟被突入南门瓮城中,毁

第八回 入太湖廖永安陷没 略东浙胡大海荐贤

坏守具，合城惊惶。院判张斌度不能支，遣使约降，夜出小西门迎大军入城，守兵尽溃。宋伯颜不花逃避不及，被常遇春活擒而归。遇春还宁越，胡大海留遇春驻守，自约耿再成攻处州。想因遇春得衢，故亦不甘坐守。再成曾出兵缙云，倚黄龙山为根据，立栅屯兵，借遏敌冲。元参政石抹宜孙，自驻处州，另遣将分守要塞，备御再成。诸将皆怠玩无斗志。胡深时守龙泉，闻胡、耿合兵来攻，料知守地难保，竟弃军来降。无非为德济吓慌。大海问他处州详情，深言兵弱易攻，遂出师樊岭，与再成会，夹击桃花岭、葛渡等寨，应手而下，进薄处州城。宜孙出战败绩，走闽中。大海入城抚民。再成又出兵西略，建宁七邑皆降。既而宜孙复收集散卒，欲复处州，至庆元，为再成击毙。捷书迭达应天，元璋喜甚，命耿再成驻守处州，胡大海还镇宁越。寻复改宁越府为金华府。大海雅意揽贤，查得金处有四大儒，遂一一登诸荐牍，请元璋立刻征用。元璋即遣使赍币，礼聘四贤，有三人应征而往，一个就是浦江人宋濂，一个是龙泉人章溢，一个是丽水人叶琛，还有一位青田名士，位置自高，经元璋再三征求，方出山来辅真主。仿佛刘备之遇诸葛。正是：

得逢雷雨经纶日，
才识风云际会时。

欲知此人是谁，且至下回再详。

此回为过渡文字。元璋得金陵后，除附近元军外，只有张士诚一路，与他为难。元军涣惰不足道，士诚尚以战为守，无甚大志，元璋处之，犹易与耳。至友谅猖獗，顺江而下，于是元璋左右受敌，几不胜防。廖永安陷没太湖，俞廷玉战死长江，皆足为金陵夺气。非敌将被间，浙军获胜，元璋其危矣乎！作者双管齐下，东西夹叙，虽曰按时述事，而不为分段表清，忽说与士诚兵战，忽说与友谅兵争，盖隐隐绘一忙乱情形，俾阅者知当日大势，若是其亟。至青田定计，熟权缓急，而战事次序，乃可得而分矣。故曰本回为过渡文字。

第九回 刘伯温定计破敌
陈友谅挈眷逃生

却说青田名士迭征乃至。这人为谁？系姓刘名基，字伯温，就是翊赞朱氏、创成明室的第一位谋臣。郑重出之。先是元至顺间，基举进士，博通经史，兼精象纬学，时人论江左人物，推基为首，以为诸葛孔明，不过尔尔。江浙大吏，屡征不出，至石抹宜孙守处州，经略使李国凤屡称基才，请他重用。宜孙仅召为府判，不与兵事，基仍弃官归青田。时黄岩人方国珍，据温、台、庆元等路，骚扰浙边，大吏犹专事羁縻，不加讨伐，基屡请严剿，不见从，乃归募同志，部勒成军，借避寇患。及胡大海下处州，闻名往聘，基仍谢绝。大海乃请命元璋，赍币往聘，犹不肯起。及元璋命总制孙炎，致书固请，乃慨然道："我昔游西湖，见西北有异云，曾谓是天子气，十年后当应在金陵。今朱氏创兴，礼贤下士，应天顺人，我不妨前往，助他一臂，得能有成，也不负我生平志愿了。"于是束装就道，径诣应天。

元璋闻他来见，忙下阶恭迎，赐以上坐，从容与论经史，及咨以时事，基应对如流，畅谈要策，共得十八条。元璋喜甚，便道："我为天下屈先生，先生幸毋弃我！如有指陈，愿安受教。"可谓虚己以听。基乃语元璋道："明公据有金陵，甚得地势，但东南有张士诚，西北有陈友谅，屡为公患。为明公计，必须扫除二寇，方可北定中原。"元璋蹙额道："这两人势颇不弱，如何可以剿灭？"基答道："御敌当权缓急，用兵贵有次序，张士诚一自守虏，尚不足虑，陈友谅劫主称兵，地据上游，无日忘金陵，应先用全力，除了此害。陈氏灭，张氏势孤，一举可定。然后北向中原，造成王业，明公曾亦设此想么？"确是坐言起行之计，不比前文进谒之士，专务泛论，无裨军谋。元璋道："先生妙计，很是佩服，此后行军，全仗先生指导！"基始应声而出。元璋即命有司筑礼贤馆，使基入居，宋濂、章溢、叶琛三人，亦住馆内。嗣命濂任江西等处儒学提举，并遣世子受经。授章、叶为营田司金事。惟留基入主军

明史演义

务，事无大小，一律咨询。基颇感知遇，遂一意参赞，知无不言。元璋尝呼为先生而不名，语人时，每比基为张子房，不愧留侯，真所谓君臣相遇，如鱼得水了。

元璋方简阅军马，准备出师，忽闻陈友谅挟了徐寿辉，舣舟东下，进攻太平，正拟遣将往援，忽由太平逃来溃兵，禀称太平失陷，花将军阖门死事，连知府许瑗、院判王鼎，统已殉节了（叙太平被陷事，恰先述禀报，后及详情，是倒载而出之法，与上文各节不同）。元璋不禁失惊道："有这般事么？我的义儿文逊，怎么样了？"来兵答道："想亦尽忠了。"元璋失声大恸，经诸将从旁劝解，尚是流涕不止。原来黑将军花云与元璋养子朱文逊同守太平，及友谅来攻，两人率兵三千名，鏖战三日，友谅不能入。会大雨水涨，友谅引巨舟薄城西南，令士卒夜登舟尾，缘梯登堞，遂入城。花云、文逊巷战一夜，力屈遭擒。文逊被杀，云忽奋臂大呼，激断绳索，夺了守兵的短刀，左右乱砍，杀死五六人。众兵一齐杀上，伤他右臂，复被絷住，云大骂道："贼奴敢伤害我，我主且至，必砍尔等为肉泥！"有声有色，虽死不朽。众兵闻言大怒，竟把他缚住船樯，一阵射死。云妻郜氏，亦赴水殉节。子炜，方三岁，侍女孙氏抱炜远窜，被乱兵掠至九江。元璋常求花氏后裔，苦无所得，至友谅败殁，才见一皓首庞眉的老人带着孙氏，负儿而来。当下接儿在手，置着膝上，抚顶叹道："虎头燕颔，不愧将种，黑将军算不虚死了。"言毕，即命赐老人衣。谁知老人倏忽不见，四处找寻，仍无下落，弄得元璋也惊疑起来（依史而陈，并非虚谩），随即问明孙氏，孙氏泣拜道："奴自逃出太平，为乱军所掳，军中恨儿夜啼，由奴拔质簪珥，寄养渔家。嗣奴复潜窃儿出，脱身东走，登舟渡江，江中复遇乱军，将奴与儿推入江心，幸得断木附着，飘入芦渚。七日无食，只取莲实充饥。巧逢老人到来，救奴及儿同行至此。奴万死一生，得将此儿保存，伏乞推恩收育，不负小主人一番忠诚。"孙氏可谓义婢。元璋亦流泪道："主忠仆义，万古流芳，我不惟保养此儿，连你亦应矜恤。只与你同来的老人，究竟何姓何名？为何不知去向？"孙氏道："他只自称雷老，不说实名。"元璋迟疑半响，方说了"忠孝格天"四字，应有此理，仍命孙氏抚养花炜，岁给禄糈。至炜年长成，累官指挥佥事，孙氏亦受旌封，这是后话，暂且不表。

且说陈友谅既得太平，急谋僭号，遣壮士椎杀寿辉，便假采石五通庙为行宫，自称皇帝，国号汉，改元大义。命邹普胜为太师，张必先为丞相，张定边为太尉，一面遣使约张士诚，同攻应天。士诚不敢邃允，遣还来使。此刘基所谓自守虏也。不然，东西相应，应天宁不危乎？友谅怒道："盐侩不来，我岂不能下金陵么？"大言不惭。遂大集舟师，自江州直指应天。舳舻蔽空，旌旗掩日，自头至尾，差不多有数十里。仿佛曹操八十万大兵。警报飞达应天，元璋即召众将会议，众将纷纷献计，有说友谅兵盛,宜出城迎降的,有说应走据钟山,徐图规复的,独刘基瞑目无言。胸有成竹。元璋退入,召基问话,基答道:"说降说走,都可斩首,斩了他方可破贼。"我亦云然。元璋道:"依先生高见,计将安出?"基答道:"天道后举者胜,我以逸待劳,何患不克?"元璋称善。基复密语良久(下文统暗括在内),元璋益喜,复出厅升座。众将又上来献议,或请遣兵先复太平,或请主帅亲自出征,又换了一派议论,想是斩首之言,已被闻知,统被元璋驳去,只命参谋范常赍书胡大海,命他出捣信州,牵制友谅后路。范常应声而出,自去照行。元璋又召康茂才入内,与语道:"闻汝与友谅相知,能否通诈降书么?"茂才道:"愿如尊命!且家有老阍,曾事友谅,遣使赍书,必信无疑。"元璋喜道:"既如此,快修书出发!"茂才应令,立写就诈降书,并密嘱司阍数语,令乘一小舟,径投友谅军前。友谅得书,便问道:"康公何在?"司阍答道:"现守江东木桥。"友谅即待以酒食,令他还报道:"归语康公,我到江东桥,三呼老康,即当倒戈内应,不可误事!"利令智昏。司阍唯唯连声。返报茂才,茂才即入禀元璋,元璋笑道:"友谅友谅!已入我彀中了。"急令李善长带了工役,乘着月夜,把江东木桥改为铁石,一夕而成,大书"江东桥"三字,令人一望便知。善长还报,元璋即命常遇春、冯国胜(此时冯国用已殁,弟胜承袭兄职)、华高等,率帐前五翼军,伏石灰山侧,徐达伏兵南门外,并各嘱道:"我当统兵至卢龙山,你等可遥望山上,竖着赤帜,便知寇至;改竖黄帜,乃可麾兵杀出,休得有误!"诸将领命去讫。此两路是防陆。又命杨璟驻兵大胜港,张德胜、朱虎等,领舟师出龙江关外。此两路是防江。分拨已定,乃亲自督兵出城,至卢龙山驻扎,专待友谅兵来。

不一日,友谅果联舟东下,至大胜港,口甚狭,仅容三舟,濒岸又见有重兵驻着(杨璟兵出现),恐被出击,不敢停留,遂退出大江,径来觅江东桥。距桥约半里,已有"江东桥"三字,映射眼波,只桥是大石砌成,并非木质,未免心中怀疑,至此尚不知中计,确是笨伯,复驶近桥边,连呼老康老康,凭他叫破喉咙,并没有人出应,只有空中声浪,回了转来,也答他是老康两字。妙甚。趣甚。友谅才知中计,但因船多人众,恰还没有慌忙,复下令向龙江进发。既抵龙江,即遣万人登岸立栅,声势锐甚。时方酷暑,烈日炎炎,元璋服紫茸甲,在山上张盖督兵,嗣见将士挥汗如雨,立命去盖,与将士同曝日中。驭兵之道在此。将士欲下山夺栅,元璋道:"天将下雨,汝等且就食,俟乘雨往击未迟。"想是刘军师教他。诸将昂头四顾,并没见有云翳,大都莫名其妙,只好遵令就食。食方毕,西北风骤起,黑云四至,大雨倾盆而下,元璋即命将士下山拔栅,一面竖起赤帜。友谅见立栅被拔,亦麾众力争。两下相杀,雨忽停止。元璋复改竖黄帜,并发鼓声。于是常遇春等自左杀到,徐达自右

明史演义

第九回 刘伯温定计破敌 陈友谅挈眷逃生

杀到，把登岸的敌兵统驱入水中。友谅忙麾舟渡军，舟甫离岸，张德胜、朱虎又领舟师杀来，吓得友谅不知所为，偏偏潮神又与他为仇，来时潮涨，去时潮落，把数百号兵船，一概胶住浅滩，不能移动。友谅无法可施，忙改乘小舟，飞桨逃出，其余军士亦多投水逃生，有一半不善泅水的统沉没江心，至河伯处当差去了。元璋复命诸将追袭，自率亲兵，收夺败舰，共得巨舰百余艘，战舸数百，连友谅所乘的大船，亦一律获住，船中尚留着康茂才书，元璋不觉失笑道："呆鸟呆鸟！"言已，复检点俘虏，共得七千余人，押领而归。

且说友谅易舟西遁，又见敌舟远远追来，忙下令加桨飞逃，至慈湖，距敌舟不过数丈，正在着急，又遇火箭射至，烈焰飞腾，那时急不暇择，只好驶舟近岸，一跃登陆，鼠窜而去。这边的张德胜、朱虎及廖永忠、华云龙等，哪里肯舍，毁了友谅的舟，复上岸力追，直抵采石。不防友谅得了援兵，回马来战，张德胜首先陷阵，致受重伤，死于军中。廖永忠、华云龙等见德胜陷没，勃生义愤，舍命冲锋，一场死斗，仍将友谅杀败，友谅方弃甲曳兵，逃回江州去了。友谅一败。嗣是徐达复太平，胡大海取信州，冯国胜等取安庆，露布飞驰，欢声腾跃。偏友谅不肯干休，遣张定边攻安庆，李明道攻信州，安庆竟被夺去，信州由李文忠往援，擒住明道，献至应天。明道愿降，并言友谅可取状，于是元璋复造了龙骧巨舰，亲率舟师，再攻安庆。廖永忠、张志雄等，奋勇当先，拔了水寨，进兵攻城，自旦至暮不能下。刘基献议道："安庆城高而固，急切不能攻下，何若移师江州，破他巢穴。"的是胜着。元璋不待说毕，即下令撤围，鼓舟西上。聪明人不消细说。舟过小孤山，遇有数舟来降，舟中有两员大将，一个叫作傅友德，一个叫作丁普郎。元璋召入，问明来历，知系友谅部将，弃暗投明，自然心喜。且见友德较为英武，便命他仍率原舟，作为前导。沿途遇着江州巡兵，一概招降，稍有不服，立刻扫净。片帆风顺，径达江州城下。友谅闻报，尚疑是士卒误传，待至城外鼓角喧天，方知敌兵果到，慌忙整兵守御。仿佛做梦。惟江州抱水依山，也是一座坚城，友谅倚作巢穴，简直是不易攻的。当下一攻一守，相持两日，城完如故。友谅稍稍放心，不想到了夜间，敌兵竟登城杀入，急得友谅手足无措，忙挈妻逃出城门，乘舟西奔，逃至武昌去了。友谅二败。原来元璋用刘基计，密测城堞高度，令工兵在各舰尾，搭造天桥，乘着暗夜，一列将船倒行，直逼城下，天桥与城堞，巧巧衔接，将士援桥登城，不费甚么气力，竟得杀入城中，友谅还道神兵自天而下，哪得不仓猝逃去？原来如此。

江州已下，南昌守帅胡廷瑞也遣使郑仁杰输诚，唯请勿散他旧部。元璋颇有难色，刘基在后，潜踢元璋所坐胡床，元璋大悟，又似张子房之蹑沛公，乃遣仁杰还，并赐书慰谕，准如所请。廷瑞即遣甥康泰赍书请降，自是余干、建昌、吉安、南康诸郡县，相继投诚。

元璋又命赵德胜、廖永忠、邓愈等，分兵四出，略瑞州、临江，拔浮梁、乐平，并攻克安庆赣皖一带，十得七八。元璋乃率军东还，道出南昌，胡廷瑞率甥康泰及部将祝宗等，出城迎谒。元璋慰劳有加，并令廷瑞等同归应天，留邓愈驻守南昌，叶琛任知府事。临行时，廷瑞密白元璋，以祝宗、康泰二人不甚可恃，元璋乃令二人归徐达节制，从征武昌，不意元璋才归，祝宗、康泰果谋叛返兵，袭入南昌。叶琛战死，邓愈单身逃免。幸徐达旋师平乱，诛祝宗，赦康泰，南昌复定。元璋闻报，方转忧为喜道："南昌控引荆、越，系西南藩屏，今为我有，是陈氏一臂断了，但非骨肉重臣，恐不可守。"乃改南昌为洪都府，命侄儿朱文正为大都督，统率赵德胜、薛显等，与参政邓愈一同往守。各将方去，忽由浙东迭来警耗，报称胡大海、耿再成两将被刺身亡，元璋又出了一大惊，小子走笔至此，又有一诗咏道：

　　大功未就已身捐，
百战沙场总枉然。
只有遗名垂竹帛，
忠魂犹得慰重泉。

毕竟胡、耿两将如何被刺，且看下回分解。

本回所叙，纯系朱、陈两方战事，而朱氏之得胜，又全属刘基之功。陈友谅既得太平，即乘胜东下，声势锐甚，金陵诸将，议降议避，莫衷一是，元璋虽智不出此，然非刘基之密为定计，则未必全胜。史传多归美元璋，此系善则称君之常例，演史者所当推陈出新，不得仍如史官云云也。至若江州之役，南昌之降，则刘基本传中，亦历述其匡赞之功。天生一朱元璋，复生一刘伯温，正所以成君臣相济之美，非揭而出之，曷由显刘青田之名乎？惟近世小说家，有以神奇称基者，则未免附会，转失其真，是固本书所不取也。

第十回　救安丰护归小明王
　　　　援南昌大战伪汉主

　　却说胡大海留守金华，耿再成留守处州，本是犄角相应，固若金汤。惟金、处本多苗军，胡、耿两将，多雅意招揽，不分畛域。苗将蒋英、刘震、李福等，归降胡大海，李佑之、贺仁德等，归降耿再成。胡、耿皆留置麾下，一例优待，怎奈狼子野心，终不可恃。为滥收降将者作一棒喝。蒋英、李福等先谋作乱，商诸刘震，震颇不忍，李福谓举行大事，不能顾及私恩，于是震亦相从，先以书勾通处州苗将，令同时举兵，一面禀请大海，至八咏楼下观弩。大海不知是诈，挺身而出，将上马，忽有苗将钟矮子跪马前，诡禀蒋英罪状。大海未及答，回顾蒋英，不料被英突出铁锤，击中头脑，顿时脑浆迸出，死于非命。英即断大海首，胁从大海部兵。大海子关住及郎中王恺俱被英等杀死。惟典史李斌怀着省印，缒城至严州告急。李文忠亟遣何世明、郭彦仁等往讨，张德济亦自信州奔赴，这边方闹个不了，那边又响应起来。此所谓铜山西崩，洛钟东应。李佑之、贺仁德等先接

蒋英等书，尚未敢动，至大海被杀，即放胆作乱。耿再成方与客饮，闻变调军，兵卒未满二十人，佑之等已经杀入，再成叱道："贼奴！何负尔等，乃敢造反？"言未已，佑之等已攒槊环刺，再成挥剑，连断数槊，卒因贼众槊多，不胜防备，身中数创，大骂而死。分省部事孙炎及知府王道同均遇害。再成子天璧，方奉命往处州，征发苗兵，中途闻变，亟遣人至李文忠处乞援，一面纠集再成旧部，急赴父难。

　　这时候的警报早达应天，元璋未免痛悼，并语刘基道："金、处有失，衢州恐亦被兵，如何是好？"刘基道："贼众乌合，尚不足虑，且严州有李将军，就近赴援，制贼有余，若虑及衢州，不才愿往镇抚。且前因兵事倥偬，以至丧母未葬，此时正可乘便回籍，为公及私了。"元璋喜道："先生愿行，尚有何说！"遂拨了得力将士，令基带去，以便调遣。基星夜前进，到了衢州，守将夏毅，忙迎基入城，并语衢州亦多讹言，基云无妨，当下派兵四驻，并揭榜

安民，一夕即定。确是大材。嗣发书至各处属县，谕以镇静无恐，休得自扰！各县亦相安无事。一瞬旬余，闻金华叛将蒋英等已败投张士诚，处州叛将李佑之等，亦由李文忠部将与耿天璧等击死，不出先生所料，遂遣使驰报应天，自回原籍葬母去了。元璋得刘基使报，又接李文忠捷书，自然欣慰，遂命李文忠为浙江行中书省左丞，总制严、衢、信、处诸郡军马。以耿天璧袭父职，留守处州。后由李文忠出攻杭州，得获蒋英等，刺血祭大海，寻复追封大海为越国公，再成为高阳郡公，事且慢表（归结胡大海、耿再成二人）。

且说刘基回籍葬母，在家丁忧，方国珍亦驰书慰唁，基答书称谢，并宣示元璋威德，劝他归附。国珍乃遣使至应天，进贡方物。元璋甚喜，贻书刘基，慰劳备至。又常遥咨军事，并约期促赴应天，基于至正二十二年春还籍，至二十三年春复出，适元璋拟亲援安丰，基即进谏道："友谅、士诚，耽耽思逞。为主公计，不如勿行为是。"元璋道："小明王被围甚急，我向奉他龙凤年号，不忍袖手旁观，因此不得不往。"基嘿然。原来基初至应天，见中书省曾设御座，奉小明王韩林儿虚位，每当春秋佳节，自元璋以下，皆向座前行庆贺礼，基独不往，且愤愤道："一个牧竖，奉他何为？"独具只眼。至是韩林儿居毫州，为元统帅察罕帖木儿所败，偕刘福通遁至安丰。张士诚又乘隙往攻，率众十万，围住安丰城。刘福通不能敌，飞使从间道至应天，哀乞援师。基不欲往援，所以谏阻，偏偏元璋不从，竟率徐达、常遇春等兼程而往。及至安丰，城已失守，福通被杀，林儿在逃。士诚将吕珍据城列栅，水陆连营，徐达等拔他中垒，乘胜进击，不想前面阻着大濠，一时不能逾越，后面偏遇吕珍杀至，分着左右两翼，围裹拢来，竟把徐达等困住垓心。亏得常遇春率军横击，三战三胜，才得击走吕珍，追了一程，吕珍复得庐州左君弼援军，翻身再战，复被徐达、常遇春等杀退。元璋乃命徐达等攻庐州，自率兵往觅林儿，得诸途中，送居滁州，自回应天。为此一行，险些儿把龙蟠虎踞的都城被人暗袭。亏陈友谅见近忘远，只把五六十万的大兵专攻南昌，不袭应天，令这位暗叨天佑的元璋公还好从容布置，与友谅鏖战鄱阳湖，决最后的胜负。说来话长，由小子从头至尾，演述出来，以便看官详阅（欲叙鄱阳战事，先用如椽之笔，承上起下，见得此战关系甚大，非寻常战事可比）。

这友谅因疆宇日蹙，愧愤交集，意欲破釜沉舟，与元璋决一死战，于是大作战舰，每舟分三级，高约数丈，上下人语不相闻，房室俱备，中可走马，行军之道，全在灵活，况江中之战，不比海中，造此大舰何为者？当下载着百官家属及所有士卒六十万，悉数东来。孤注一掷，越是呆鸟。到了南昌，便把各舰停住，准备攻城。何不直捣金陵。守帅朱文正闻友谅倾国而来，急命邓愈守抚州门，赵德胜守宫步、士步、桥步三门，薛显守章江、新城二门，牛海龙等守琉璃、澹台二门，自率精锐二千人，

第十回 救安丰护归小明王 援南昌大战伪汉主

居中节制，往来策应。那友谅亲自督兵，猛扑抚州门，兵士各持笠帽大的盾牌，上御矢石，下凿城垣。不多时，但听得一声怪响，城竟坍坏二十多丈。各兵方拟拥入，忽见里面铳声迭发，射出许多火星，熊熊炎炎。闪铄如电，稍被触着，不是焦头，就是烂额，此时欲用盾牌遮蔽，哪知盾系竹制，遇着火尤易燃烧，大众多是畏死，自然逐步倒退。邓愈即饬兵竖栅，栅未竖成，外兵又进，两下接仗，不得不血肉相搏。正危急间，文正督诸将来援，且战且筑。外兵怎肯歇手，连番杀入，连番退出，等到城墙修毕，内外尸骸，好似山积。文正麾下的猛将，如李继先、牛海龙、赵国旺、许珪、朱潜等，统已战死了。友谅休兵数日，复攻新城门，忽城内突出一支人马，似龙似虎，锐不可当，首将便是薛显，提刀突阵，尤为凶猛。友谅将刘震，不顾好歹，上前拦住，被薛显横腰一刀，挥作两段，余众披靡。薛显杀了一阵，收兵而回。入城后，检点将士，只不见百户徐明，探问下落，才知穷追被擒，惋惜不已。友谅愤攻城不下，自己没用，愤亦何益？增修战具，移攻水关。水关有栅，文正集壮士防守，见友谅兵至，从栅缝中迭出长槊，迎头刺击。友谅兵也是厉害，夺槊更进，不防里面换用铁戟刺出，奋手去夺，都一声惨号，七颠八倒。看官道这铁戟上有何物？乃是用火淬过，一经着手，立即灼烂。自是无人近前，水关又无恙了。友谅乃分兵攻陷吉安、临江，招降李明道，杀死曾万中，复擒住刘齐、朱叔华、逍天麟三人，至南昌城下开刀，并呼城上守兵道："如再不降，以此为例。"守兵不为动。友谅复攻官步、士步两门，赵德胜日夕巡城，指麾士卒，忽来了一支硬箭射中腰眼，深入六寸，顿时忍痛不住，拔剑叹道："我自壮岁从军，屡受创伤，未有如此厉害，今日命该当绝，只恨不能从我主公，扫清中原。"言至此，猝然晕仆，竟尔逝世。出师未捷身先死，长使英雄泪满襟。德胜殁后，军士越奋，友谅亦越攻不下，但总不肯舍去，镇日里围住这城。真是呆鸟。文正佯遣兵纳款，令他缓攻，阴令千户张子明偷越水关，赴应天告急。

子明扮做渔夫模样，摇着渔舟，唱着渔歌，混出石头城，昼行夜止，半月始达应天，易服见元璋。元璋始悉南昌被困状，且问友谅兵势如何，子明道："友谅倾国而来，兵势虽盛，战死恰也不少。现在江水日涸，巨舰转驶不灵，且师久粮匮，蹙以大兵，不难立破。"元璋道："你先归报文正，再坚守一月，吾当亲自来援。"子明领诺，仍改作渔翁装，摇舟疾返，不意到了湖口，竟被友谅逻卒拘住。去时得脱，归时始被执，暗中也有天意。友谅道："你是何人？敢如此大胆。"子明道："我是张子明，至应天乞援的。"直言得妙。友谅复道："元璋曾来援否？"子明道："即日便至。"尤妙。友谅道："你若有志富贵，不如出语文正，说是应天无暇来援，令他速降。"子明瞠目道："公休欺我！"反诘尤妙。友谅道："决不欺你。"子明道："果不相欺，我便去说。"友谅便命人押至城下，命与文正答话。子明高声呼道："朱统帅听着！子明使应天已回，主上令我传谕，坚守此城，援军不日就到了。"仿佛春秋时之晋解扬，但楚庄不杀解扬，而友谅杀子明，安能成霸？友谅闻言大怒，立将子明杀死，这且按下。

且说元璋因南昌围急，飞调徐达等回军，集师二十万，祃纛龙江，克期出发。至湖口，先遣指挥戴德，率着两军，分屯泾江口、南湖嘴，遏友谅归路。又檄信州兵马，守武阳渡，防友谅逃逸。安排已就，然后驶舟再进。友谅自围攻南昌，已阅八十五日，至是闻元璋来援，遂撤围东下，至鄱阳湖迎战。元璋率着舟师，从松门入鄱阳湖，抵康郎山，遥见前面樯如林立，舰若云连，料是联舟逆战的友谅军，便语诸将道："我观敌舟首尾连接，气势虽盛，进退欠利，欲要破他，并非难事。"徐达在旁道："莫如火攻。"元璋道："我意亦然。"乃分舟师为二十队，每舟载着火器弓弩，令各将士驶进敌船，先发火器，次放硬箭。众将士依计而行，果然一战获胜，杀敌军一千五百余人。徐达身先诸将，夺住巨舟一艘。俞通海复乘风纵火，焚敌舟二十余只，余将宋贵、陈兆先等，亦相率死战。这时候，前后左右的敌船多半被火，连徐达所坐的大船也被延烧，达忙令兵士扑灭火势，奋力再战。元璋恐达有失，遣舟往援，达得了援舟，越觉耀武扬威，争先驱杀。不意敌兵避去徐达，却争来围攻元璋，

元璋见敌兵趋集，急欲鼓船督战，船行未几，忽被胶住。友谅骁将张定边乘隙入犯，一声号召，四面的汉兵摇橹云集，把元璋困住垓心。指挥程国胜与宋贵、陈兆先等，忙率兵抵住，一当十，十当百，拼个你死我活，真杀得天昏地黯，日色无光。那张定边煞是勇悍，只管四面指麾，重重围裹。宋贵、陈兆先舍命抗拒，身中数十创，竟毙舟中。元璋至此，也不觉失色。死是人人所怕。裨将韩成进禀道："杀身成仁，人臣大义，臣愿代死纾敌，敢请主公袍服，与臣易装，总教主公脱难，臣死何妨！"纪信又复出现。元璋沉吟不答。韩成方欲再言，只听得敌舟兵士，呼噪愈急，声势汹汹中，约略有速杀速降等字样，益令朱公急杀。急得韩成不遑再待，只呼道："主公快听臣言，否则同归于尽，有何益处？"元璋乃卸下衣冠，递与韩成。韩成更衣毕，复把冠戴在头上，顾道元璋道："主公自重！韩成去了。"比易水歌尤为悲壮。元璋好生不忍，奈事在眉急，不得不由他自去。韩成登着船头，高叫道："陈友谅听着！为了你我两人，劳师动众，糜烂生灵，实属何苦？我今且让你威风，你休得再行杀戮！你看你看。"说至看字，扑咚一声，竟投入水中去了。小子有诗赞韩成道：

荥阳诳楚愿焚身，
谁意明初又有人。
水火不情忠骨灭，
空留史笔纪贞臣。

韩成既死，敌攻少缓，只张定边尚不肯退，忽觉飕的一声，一支雕翎箭，

正向张定边右额射至。定边失声道："罢了！罢了！"小子不知此箭何来，待查明底细，再行详述。

　　是回本旨，系欲承接上文，叙入南昌被围，鄱阳大战事。因中间有胡、耿被害，及安丰一段情节，不能不叙，故随手插入。胡、耿为有功之臣，叙其始，纪其末。安丰之行，关系尤大，南昌几乎失守，金陵几乎被袭，揭而出之，非特事实之不漏，抑以见军国事之不能稍失也。陈友谅不袭应天，专攻南昌，着手之误，不待细说。且以六十万众，攻一孤城，相持至八十余日，犹不能下，是殆所谓强弩之末，鲁缟难穿，奚待鄱阳之战，始见胜负耶？惟朱、陈二氏之兴亡，实以鄱阳一战为关键，故是回下笔，不敢苟且，亦不敢简率，阅者于此得行文之法焉。

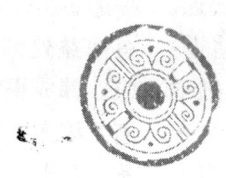

第十一回　鄱阳湖友谅亡身
应天府吴王即位

却说陈友谅骁将张定边正围攻元璋，突被一箭射来，正中右额，这箭不是别人所射，乃是元璋部下的参政常遇春。当下射中定边，驶舟进援，俞通海亦奋勇杀到。定边身已负创，又见遇春诸将，陆续到来，没奈何麾舟倒退。这江中水势，却也骤涨，把元璋的坐船涌起水面，乘流鼓荡，自在游行。想是韩成应死此地，不然，大江之水，何骤浅骤涨耶？元璋趁势杀出，复令俞通海、廖永忠等飞舸追张定边。定边身受数十箭，幸尚不至殒命，轻舟走脱。时已日暮，元璋乃鸣金收军，严申约束，并叹道："刘先生未至，因罹此险，且丧我良将韩成，可悲可痛！"当下召徐达入舱，并与语道："我恐张士诚袭我都城，所以留刘先生守着，目下强寇未退，势应再战，你快去掉换刘先生，请他星夜前来，为我决策，方免再误！"刘基未至，从元璋口中叙出，以省笔墨。徐达衋夜去讫。

阅数日，基尚未至，友谅复联舟迎战，旌旗楼橹，遥望如山。元璋督兵接仗，约半时，多半败退。恼得元璋性起，立斩队长十数人，尚是倒退不止。郭兴进禀道："敌舟高大，我舟卑下，敌可俯击，我须仰攻，劳逸不同，胜负自异。愚见以为欲破敌军，仍非火攻不可。"元璋道："前日亦用火攻，未见大胜，奈何？"正说着，只见扁舟一叶，鼓浪前来，舟中坐着三人，除参谋刘基外，一个服着道装，一个服着僧装，道装的戴着铁冠，尚与元璋会过一面，姓名叫作张中，别字景和，自号铁冠道人，元璋在滁时，铁冠道人曾去进谒，说元璋龙瞳凤目，有帝王相，贵不可言。元璋尚似信未信，后来步步得手，才知有验。补叙铁冠道人，免致遗珠。此时与刘基同来，想是有意臂助。只有一个僧装的释子，形容古峭，服色离奇，素与元璋未识。至是与元璋晤着，方由刘基替他报名，叫作周颠，系建昌人氏，向在西山古佛寺栖身，博通术数，能识未来事，刘基尝奉若师友，因亦邀他偕行。不没周颠。元璋大喜，忙问破敌的法儿。刘基道："主公且暂收

第十一回　鄱阳湖友谅亡身　应天府吴王即位

兵，自有良策。"元璋依言，便招兵返斾，退走十里，方才停泊，于是复议战事。刘基也主张火攻，元璋道："徐达、郭兴等统有是说，奈敌船有数百号，哪里烧得尽？况纵火全仗风势，江上风又不定，未必即能顺手，前次已试验过了。"说至此，铁冠道人忽大笑起来，元璋惊问何因，铁冠答道："真人出世，神鬼效灵，怕不有顺风相助么？"元璋道："何时有风？"周颠插入道："今日黄昏便有东北风。"此系测算所知，莫视他能呼风唤雨。元璋道："高人既知天象，究竟陈氏兴亡如何？"周颠仰天凝视，约半响，把手摇着道："上面没他的坐位。"元璋复道："我军有无灾祸。"周颠道："紫微垣中，亦有黑气相犯，但旁有解星，当可无虑。"都为下文伏线。元璋道："既如此，即劳诸君定计，以便明日破敌。"周颠与铁冠道人齐声道："刘先生应变如神，尽足了事，某等云游四方，倏来倏往，只能观贺大捷，不便参赞戎机。"不愧高人。元璋知不可强，令他自由住宿，复顾刘基道："明日请先生代为调遣，准备杀敌。"刘基道："主公提兵亲征，应亲自发令为是，基当随侍便了。"元璋允诺。基复密语元璋道："如此如此。"元璋益喜。遂令常遇春等进舱，嘱授密计，教他一律预备，俟风出发，常遇春领命而去。

转瞬天晚，江面上忽刮起一阵大风，从震坎两方作势，阵阵吹向西南。友谅正率兵巡逻，遥见江中来了小舟七艘，满载兵士，顺风直进，料是敌军入犯，忙令兵众弯弓搭箭，接连射去，哪知船上的来兵，都是得了避箭诀，一个都射不倒，趣语，反且愈驶愈近。此时知射箭无用，改令用槊遥刺，群槊过去，都刺入敌兵心胸，不意敌兵仍然不动，待至抽槊转锋，那敌兵竟随槊过来，仔细一看，乃是戴盔环甲的草人。大众方在惊疑，忽敌船上抛过铁钩，搭住大船，舱板里面的敢死军各蘸着油渍的芦苇，并硫磺火药等物，纷纷向大船抛掷，霎时间烈焰腾空，大船上多被燃着。友谅急令兵士扑灭，怎奈风急火烈，四面燃烧，几乎扑不胜扑。常遇春等又复杀到，弄得友谅心慌意乱，叫苦不迭。所授密计，一概发现。恼动了友谅两弟，一名友仁，一名友贵，带领平章陈普略等，冒火迎战。友仁眇一目，素称枭悍，普略绰号新开陈，也是一条胆壮力大的好汉。偏偏祝融肆虐，凭你甚大力，但教几阵黑烟，已薰得人事不知，所以友仁、友贵等接战未久，已陆续倒毙水中。友谅知不能敌，麾兵西遁，无如大船连锁，转掉不灵，等到断缆分逃，焚死溺死杀死的，已不计其数。只元璋部将张志雄等，舟樯忽折，为敌所乘，竟被围住。志雄窘迫自刭，他将余昶、陈弼、徐公辅皆战死。还有丁普郎一人，身受十余创，头已脱落，尚植立舟中，持刀作战状。及援兵四至，救出那舟，将士大半伤亡，只夺得尸骸，令他归葬罢了。战虽获胜，尚伤亡多人，是之谓危事。

友谅逃了一程，见敌舟已远，顿时咬牙切齿，与诸将计议道："元璋狡猾，用火攻计，折我大军无数，此仇如何得报？我见元璋坐船，樯是白色，明日出战，但望见白樯，并力围攻，杀了他方泄我恨。"恐无此好日。部众领命。到了翌晨，又鼓勇东来，只望白樯进攻，谁意前面列着的船樯，统成白色，辨不出甚么分别，不叙元璋这边，含蓄得妙，顿时相顾惊愕；但已奉出战命令，不好退回，只得上前奋斗。元璋自然麾众接战，自辰至巳，相持不下。忽刘基跃起大呼道："主公快易坐船！"元璋亦不遑细问，急依了基言，改乘他舟。基亦随至，并用双手虚挥，面作喜色道："难星过了。难星过了。"言未已，但闻一声炮响，已将原舟弹裂。元璋且惊且喜，复语刘基道："此后有无难星？"基答道："难星已过，尽可放心。"既写刘基，亦回应周颠语。于是元璋麾舟更进，时友谅高坐舵楼，正辨出元璋坐船，用炮击碎，满疑元璋必死，不想元璋又督兵杀来，很是惊骇，没精打采地下舵楼去了。

且说元璋部将廖永忠、俞通海等，驾着六舟，深入敌中，舟为大舰所蔽，无从望见，好似陷没一样。俄顷见六舟将士攀登敌舟，逢人便杀，见物即烧，那时元璋所有的将士益觉勇气百倍，呼声震天，波涛立起，日为之暗。敌船大乱，怎禁得元璋部下杀一阵，烧一阵，刀兵水火，一齐俱到，害得进退无路，只好与鬼商量，随他同去。最可笑的，舟高且长，操橹的人不识前面好歹，兀自载了同舟敌国，呐喊狂摇，到了火炽，已是不及逃命。大舟之害，如是如是。友谅到此，狼狈已极，亏得张定边拼命救护，才得冲出重围，退保鞋山。元璋率诸将追至罂子口，因水面甚狭，不好轻进，便在口外寄泊，友谅亦不敢出战。相持一日，元璋部将欲退师少休，请诸元璋，未得邀允。俞通海复入禀道："湖水渐浅，不如移师湖口，扼江上流。"元璋因问诸刘基。基答道："俞将军言之有理，主公且暂时移师，待至金木相犯的日时，方可再战。"乃下令移师，至左蠡驻扎。友谅亦出泊渚矶，两下又相持三日，各无动静。元璋乃遣使遗书友谅道：

公乘尾大不掉之舟，顿兵敝甲，与吾相持。以公平日之强暴，正当亲决一死战，何徐徐随后，若听吾指挥者，无乃非丈夫乎？惟公决之！尽情奚落，令人难堪。

使方发，忽报友谅左右二金吾将军，率所部来降。元璋甚喜，接见后，慰劳备至，问明情由，乃是左金吾主战，右金吾主退，俱不见从，两人料友谅不能成事，因此来降。元璋道："友谅益孤危了。"既而复有人来报，说是去使被拘，并将所获将士一律杀死，元璋道："他杀我将士，我偏归他将士，看他如何？"遂命悉出俘虏，尽行纵还，受伤的并给药物，替他治疗；此等处全是权术，并下令道："此后如获友谅军，切勿杀他。"一面又致书友谅道：

昨吾舟对泊渚矶，尝遣使赍书，未见使回，公度量何浅浅哉？江淮英雄，惟吾与公耳。何乃自相吞并？公今战亡弟侄首将，又何怒焉？公之土地，吾已

明史演义

第十一回　鄱阳湖友谅亡身　应天府吴王即位

得之，纵力驱残兵，来死城下，不可再得也。设使公侥幸逃还，亦宜却帝名，待真主。不然，丧家灭姓，悔之晚矣！丈夫谋天下，何有深仇？故不惮再告。嘲讽愈妙。

友谅得书忿恚，仍不作答，只分兵往南昌，劫粮待食。偏又被朱文正焚杀一阵，连船都被他毁去，嗣是进退两穷。元璋复命水陆结营，陆营结栅甚固，水营置火舟火筏，戒严以待。一连数日，突见友谅冒死出来，急忙迎头痛击，军火并施。友谅逃命要紧，不能顾着兵士，连家眷都无心挈领，只带着张定边，乘着别舸，潜渡湖口，所有余众，且战且逃。由元璋追奔数十里，自辰至酉，尚不肯舍。蓦见张铁冠自棹扁舟，唱歌而来，元璋呼道："张道人！你何闲暇至此？"铁冠笑道："友谅死了，怎么不闲？怎么不暇？"元璋道："友谅并没有死，你休妄言！"铁冠大笑道："你是皇帝，我是道人，我同你赌个头颅。"趣甚。元璋亦笑道："且把你缚住水滨，慢慢儿的待着。"彼此正在调侃，忽有降卒奔来，报称友谅奔至泾江，复被泾江兵袭击，为流矢所中，贯睛及颅，已毙命了。张铁冠道："何如？"言毕，划桨自去。身如闲鸥，真好自在。

元璋又追擒败众，共获得数千人，及一一查核，恰有一个美姝，及一个少年，问明姓氏，美姝系友谅妃阇氏，少年系友谅长子善儿。越日，复得降将陈荣及降卒五万余名，查询友谅死耗，果系确实。已由张定边载着尸身及友谅次子理，奔归武昌去了。友谅称帝仅四年，年才四十四。初起时，父普才曾戒他道："你一捕鱼儿，如何谋为大事？"友谅不听。及僭号称帝，遣使迎父，父语使人道："儿不守故业，恐祸及所生。"终不肯往，至是果败。

元璋方奏凯班师，至应天，语刘基道："我原不应有安丰之行，使友谅袭我建康，大事去了，今幸友谅已死，才可无虞。"（回应前回，且明友谅之失计。）于是告庙饮至，欢宴数日。元璋亦高兴得很，乘着酒意，返入内寝，偶忆着阇氏美色，比众不同，遂密令内侍召阇氏入室，另备酒肴，迫她侍饮。阇氏初不肯从，寻思身怀六甲，后日生男，或得复仇，没奈何耐着性子，移步近前。元璋令她旁坐，欢饮三觥，但见阇氏两颊生红，双眉舒黛，波瞳含水，云鬟生光，不由得越瞧越爱，越爱越贪，吾未见好德如好色者也，蓦然离座，把阇氏轻轻搂住，拥入龙床。阇氏也身不由己，半推半就，成就了一段风流佳话。每纳一妇，必另备一种笔墨，此为个人描写身分，故前后不同。后来生子名梓，恰有一番特别情事，容至后文交代。次日复论功行赏，赐常遇春、廖永忠、俞通海等采田，余赐金帛有差。只张中、周颠二人，不知去向，未能悬空加赏，只好留待他日。

大众休养月余，再率诸将亲征陈理，到了武昌，分兵立栅，围住四门，又于江中联舟为寨，断绝城中出入，又分兵下汉阳、德安州郡。未几已值残年，元璋还应天，留常遇春等围攻武昌，次年即为元至正二十四年，正月元日，因李善长、徐达等屡表劝进，乃即吴王位，建百司官属，行庆贺礼。以李善长为左相国，徐达为右相国，刘基为太史令，常遇春、俞通海为平章政事，汪广洋为右司郎中，张昶为左司都事，并谕文武百僚道："卿等为生民计，推我为王，现当立国初基，应先正纪纲，严明法律。元氏昏乱，威福下移，以致天下骚动，还望将相大臣，慎鉴覆辙，协力图治，毋误因循！"李善长等顿首受命。转瞬兼旬，武昌尚未闻报捷，乃复亲往视师，这一次出征，有分教：

江汉肃清澄半壁，
荆杨混一下中原。

欲知武昌战胜情形，且俟下回再表。

周颠仰天，铁冠大笑，刘基之手挥难星，王者所至，诸神效灵，似乎战胜攻取，皆属天事，无与人谋。吾谓友谅亦有自败之道，江州失守，根本之重地已去，及奔至武昌，正宜敛兵蓄锐，徐图再举，乃迫不及待，孤注一掷，丧子弟，失爱妃，甚至身死人手，为天下笑，是可见国之兴亡，实关人谋，不得如项羽之刎首乌江，自诿为非战之罪也。阇氏一节，正史未载，而秘史独有此事，谅非虚诬。冶容诲淫，何怪元璋？失道丧身，遑问妻孥？惟后文有潭王梓之叛，乃知色为祸根，大倾人国，小倾人城，如元璋之智，犹不免此，其他无论已。表而出之，以为后世戒云。

第十二回　取武昌移师东下
失平江阖室自焚

却说吴王元璋因武昌围久未下，遂亲往视师。既至武昌，即相度形势，探得城东有高冠山，耸出城表，汉兵就此屯驻，倚为屏蔽。吴王审视毕（此后叙述元璋俱称吴王），便语诸将道："欲破此城，必夺此山，哪个敢率兵上去？"诸将面面相觑，独傅友德奋然道："臣愿往！"元璋大喜，便问需兵若干名，友德道："何用多人！只得数百锐卒，便可登山。"元璋令他自行简选，友德拣得壮士五百人，乘夜至山下，一鼓齐登。山上守兵，矢石叠下，友德面中一矢，镞出脑后，胁下复中一矢，仍然当先杀上。郭兴等见他奋勇，也麾兵驰应，立将守兵杀退，占住此山，自是俯瞰城中，了如指掌。城中守将陈英杰素称骁桀，见高冠山被占，气愤得了不得。越日，挨至二鼓，竟缒城出来，混入吴营，径至中军帐下。吴王方坐胡床，突然瞧着，便大呼道："郭四快为我杀贼！"郭四即郭英小字，是夕正轮着值帐，闻着呼声，忙持枪奔入，适与刺客照面，手起枪落，将他刺死。吴王即解所服红锦袍，披在郭英身上，并拍肩奖谕道："卿系我的尉迟敬德，贼谋虽狡，难逃我虎将手中，不怕他不为我灭了。"元璋以汉高祖自比，复以唐太宗自居，是谓有志竟成。郭英拜受而出。

又越日，探马来报，汉岳州守将张必先率潭岳兵来援，已到夜婆山了，吴王道："泼张到来，宜用计胜他。"遂召常遇春入帐，授以密计，令他速去，遇春领命，率兵径往。过了五日，遇春已擒住张必先，即来缴令。元璋复命将必先推至城下，使谕守将道："你等只靠一泼张，今已为我擒，还有何人可靠？速即投诚！免致糜烂。"张定边立在城上，呼必先道："你如何被他擒住？"必先道："不必说了，汉数已终，兄亦应速降为是。"定边至此，也瞠目不能答，自下城楼去了。原来必先善槊，以骁捷闻，绰号叫作泼张，此次被遇春用了埋伏计，把他擒住，因此守城诸将为之夺气，连胆力兼全的张定边也不觉恼丧异常。吴王知城中胆落，乃遣降将罗复仁入城谕降,且语复仁道:"你去传谕陈理,教他即日来降,不失富贵。"复仁顿首道:"主上仁德,使陈氏遗孤,得保首领,尚有何言?臣前事陈氏,旧主气谊,不敢竟忘,今得主上推恩,使臣不致食言,臣死亦无恨了。"吴王道:"我决不欺你。"复仁乃去。越半日,返报陈理愿降,吴王乃大开军门,行受降礼。陈理衔璧肉袒,率张定边等趋入,俯伏座前。理尚年幼,战栗不敢仰视,吴王不禁怜惜,亲自扶起,并婉谕道:"我不尔罪,休要惊慌!"言已,又命理入城,劝慰其母,所有府中储蓄令他自取,一切官僚俱命挈眷自行,城中百姓饥荒,运米给赈,阖城大悦。只纳了一个阇氏,未免失德。汉、沔、荆、岳诸郡,皆望风归降。遂立湖广行中书省,令参政杨璟居守。带了陈理,还归应天,封他为归德侯。陈理还算造化。会江西行省赍献友谅镂金床,吴王道:"这便是蜀孟昶的七宝溺器,留他何用?"仍隐以唐太宗自比。立命毁讫。为阇氏计,恐有遗憾。一面命在鄱阳湖康郎山及南昌府两处,各建阵亡诸将士祠,算是褒忠报功的至意。一将功成万骨枯。

陈氏既平,乃改图张氏。张士诚闻吴王西征,乘间略地,南至绍兴,北至通泰、高邮、淮安、濠泗,又东北至济宁,幅员渐广,日益骄恣,令群下歌颂功德,并向元廷邀封王爵。元廷不许,士诚遂自称吴王,同时有两个吴王,恰也奇异。治府第,置官属,以弟士信为左丞相,女夫潘元绍为参谋,一切政事俱由他二人作主。士信荒淫无状,镇日里戏逐樗蒱,奸掠妇女,谐客歌妓,充满左右。有王敬夫、叶德新、蔡彦夫三人,充做箴片,最邀信任。军中有十七字歌谣道:"丞相做事业,专用王、蔡、叶,一朝西风起,干瘪!"好歌谣。吴王元璋乘这机会,遣徐达、常遇春等略取淮东,大军所至,势如破竹,下泰州,围高邮,士诚恰也刁猾,潜遣舟师数百艘,溯流侵江阴。守将吴良、吴桢严阵待着,正拟与士诚兵接仗,却值吴王元璋亲自来援,一番夹击,大败士诚舟师,获士卒二千人。徐达等闻江阴得胜,努力攻城,守兵溃去,即将高邮占住,转攻淮安。士诚将徐义率舟师援应,被徐达夜出奇兵,掩杀一阵,夺了战船百余艘,徐义连忙逃走,还算保全性命。淮安守将梅思祖见机出降,并献所部四州。统是一班饭桶。徐达复还攻兴化,也是一鼓而下,淮东悉平。

先是士诚曾遣将李济袭据濠州,想是从元璋处学来。元璋攻他高邮,他也遣据濠州。至是吴王元璋命韩政、顾时等进攻,城中拒守甚坚,经政等鼓励士卒,用着云梯炮石,四面并攻,毁坏无数城堞。李济知不可支,开城迎降。吴王元璋闻濠州已下,乃率濠籍属将,还乡省墓,置守冢二十家,赐故人汪文、刘英粟帛,并招集父老,置酒欢宴。兴半酣,语父老道:"我去乡日久,艰难百战,乃得归省坟墓,与父老子弟重复相见,今苦不得久留,与父老畅饮尽欢,所愿我父老勤率子弟,孝弟力田,蔚成善俗,一乡安,我也得安了。"父

明史演义

老皆欢声称谢。吴王临行，复令有司除免濠州租赋。力效汉高。

还至应天，又命徐达为大将军，常遇春为副将军，率师二十万讨张士诚，并下令军中道："此行毋妄杀！毋乱掠！毋发邱垄！毋毁庐舍！毋毁损士诚母墓！违令有刑。"军律固应如此，然亦无非笼络人心。一面召徐达、常遇春入内，密问道："尔等此行，先攻何处？"遇春道："逐枭必毁巢，去鼠必薰穴，此行当直捣平江。平江得破，余郡可不劳而下。"吴王道："你错想了。士诚起自盐贩，与张天麒、潘原明等强梗相同，倚为手足，士诚穷蹙，天麒等恐与俱死，必并力相救，天麒出湖州，原明出杭州，援兵四合，如何取胜？今宜先攻湖州，剪他羽翼，然后移兵平江，不患不胜。"又密语徐达道："前日士诚部将熊天瑞来降，看他来意，非出本心，将军勿泄吾谋，只令天瑞从行，但云直捣平江，他必叛归张氏，先去通知，如此，便堕我计中了。"达与遇春俱受命去讫。吴王又檄李文忠趋杭州，华云龙向嘉兴，同时发兵，牵掣敌势，文忠、云龙等自然依令而行。分兵三路。

且说徐达、常遇春率二十万众，自太湖趋湖州，沿途遇着敌将，无战不胜，擒住尹义、陈旺、石清、汪海等人。张士信驻守昆山，闻风遁去。徐达查阅将士，不折一人，只少了一个熊天瑞，想是叛归士诚去了，果如元璋所言，当下乘机前进，直至湖州三里桥。张天麒受士诚封职，官右丞，驻兵湖州，闻徐达来攻，忙率偏将黄宝、陶子宝等，分道迎战。黄宝出南路，适与常遇春相值，一战便走，真不耐战，遇春追至城下，黄宝不及入城，回马再战，被遇春手到擒来。天麒子宝得黄宝被擒消息，顿时气馁，不战自退。天麒也是如此，吴王所言，未免太看重他了。徐达进兵围城，守兵各无斗志，相率惊惶。会得援将李伯昇由荻港潜入城中，人心稍定。探马报知徐达，达乃分派将士，环布四面，严截援军。忽又闻士诚将吕珍、朱暹及五太子等，率兵六万，已到城东了。达语遇春道："吕珍、朱暹，都称骁悍，还有甚么五太子，闻系士诚养儿，短小精悍，能平地跃起丈余，今率重兵来援，须小心防战方好哩。"遇春道："公围城，某截援师，相机进战，定可无虞。"达许诺，遂分兵十万，给遇春调遣。遇春率兵至姑嫂桥，连筑十垒，分守要隘。吕珍等不敢近城，只在城东旧馆设立五寨，与遇春相持，遇春也不与交锋，惟留意截他饷道。会探得士诚女夫潘元绍运粮至乌镇，遂发兵夜袭，一阵击退。寻复闻士诚遣将徐志坚，领舟师来袭姑嫂桥屯兵，复令男士埋伏桥边，乘他初至，突出邀击；老天也有意相助，风狂雨骤，日暗天昏，害得徐志坚进退无路，竟被诸勇士生生擒去。还有冒失鬼徐义，奉士诚命，前来探听旧馆战事，也遭截住，亏得士诚遣了赤龙船亲兵前来援义，义始得脱。遇春急遣王铭等载着火具，往毁赤龙船，船中不及防备，受着烈火，霎时俱尽，徐义等遁去。那时五太子屯兵旧馆，因各军败溃，忿不可遏，竟收集舟师，来击遇春营。遇春出营接仗，见五太子麾下，齐唱军歌，哗噪而至，真是人人奋勇，个个争先，两下里厮杀起来，似乎遇春一边，稍逊一筹，险些儿被他击却。巧值薛显鼓舟而至，顺风纵火，把五太子的兵船又烧得乌焦巴弓，于是五太子也有力难施，只好逃还旧馆，与吕珍、朱暹等商议一个善全的法儿。吕珍、朱暹彼此相觑，支吾了好一歇，只想了一条纳款输诚的计策。确是好计。五太子也顾不得甚么，便与吕珍、朱暹出降遇春军前。跳不出圈子去了。遇春即驰报徐达，达令吕珍等至城下，招呼李伯昇、张天麒等出降。伯昇、天麒没奈何赍送降书，迎徐达入城，湖州遂下。

士诚闻湖州被陷，甚是惊慌，不料杭州、嘉兴，又迭来警信，平章潘原明，以杭州降李文忠，同佥宋兴，以嘉兴降华云龙（两路用虚写），不由得魂飞天外，连身子都发颤起来。嗣闻吴江又复失陷，参政李福、知州杨彝统已降敌，乃亟遣部将窦义等出城扼守。谁知窦义等毫不中用，到了城南鲇鱼口，战不数合，就败了回来，丧失战船千余艘。士诚满怀忧惧，又越二日，城外炮声隆隆，鼓声渊渊，知是敌军杀到，忙调兵登陴，饬令固守。翌晨，恰自己巡城，一登城楼，俯视四面八方，统竖着敌军旗帜，葑门驻着徐达军，虎邱驻着常遇春军，娄门驻着郭兴军，胥门驻着华云龙军，阊门驻着汤和军，盘门驻着王弼军，西门驻着张温军，北门驻着康茂才军，东北驻着耿炳文军，西南驻着仇成军，西北驻着何文辉军，杀气腾腾，几无余隙。阅者至此，亦为胆落。弄得这位张大王心烦意乱，不知所为，下城后，只命一班勇胜军加意防守。勇胜军统是剧盗出身，每遇战斗，慓悍异常，士诚格外宠遇，统赏他银铠锦衣，并赐他美号，叫作十条龙。这十条龙恰是不弱，受命御敌，无不效死，因此徐达等昼夜环攻，不能得手。另遣俞通海带了偏师，往略太仓、昆山、崇明、嘉定诸州县，次第平定，还军缴令，见平江仍屹峙如故，不觉怒气填膺，当先扑城，谁知城上矢石，煞是厉害，攻了一时，身中数矢，痛甚乃还。徐达看他病剧，送回应天，数日而亡。吴王元璋未免悲恸。且因平江围久未下，贻书士诚，许以窦融、钱俶故事，士诚不报。光阴易过，又是数月，士诚焦灼得很，竟遣徐义、潘元绍等，率勇胜军潜出西门，绕至虎邱，往袭常遇春营。遇春先已侦知，驰至盘门，与王弼联军截住。两军相会，你冲我突，良久未决。士诚复亲督锐师出援，来势甚猛，遇春麾下杨国兴战死，余众稍却。遇春拊王弼背道："君系著名猛将，能为我奋勇杀敌否？"王弼应声出马，挥着双刀，大呼入敌阵，敌众不觉辟易。遇春复乘势掩杀，竟将士诚部众逼至沙盆潭，士诚连人带马，堕入潭中，几乎溺死。十条龙统下水相救，及士诚登岸，十条龙已死了九条。想是龙王乏使，故一律招去。士诚肩舆还城，检点残兵，伤亡无数，竟搥胸痛哭起来。有何益处？忽有一客求见，愿陈至计。士诚召入道："你有

明史演义

59

第十二回 取武昌移师东下 失平江阃室自焚

何言？"客答道："公可知天数么？从前项羽喑呜叱咤，百战百胜，终为汉高所败，自刎乌江，天数难逃，可为前鉴。公以十八人入高邮，击退元兵百万，东据三吴，有地千里，南面称孤，不亚项羽，若能爱民恤士，信赏必罚，天下不难平定，何至穷困若此？"士诚道："足下前日不言，今日已不及了。"客复道："前日公门如海，子弟亲戚，壅蔽聪明，败一军不知，失一地不闻，内外将帅，美衣玉食，歌儿舞女，日夕酣饮，哪里防有今日？就使叩门入谏，公亦不愿与闻。"侃侃而谈，确中隐害。士诚喟然道："事成既往，尚有何说？"客复道："鄙见却有一策，未知公肯从否？"士诚道："除死无大难，果有良策，亦不妨相告。"客又道："公试自思，比陈友谅何如？友谅且兵败身丧，可知天命所在，人力难争。今公恃湖州，湖州失了，恃嘉兴，嘉兴失了，恃杭州，杭州又失了，今独守此地，誓以死拒，徒死何益？不如早从天命，自求多福。况应天已有书至，曾许公以窦融、钱俶故事，公即去王号，尚不失为万户侯，何得何失，愿公早自为计！"虽为说客，语亦甚是。士诚沉吟良久道："足下且退，容我熟图！"客乃退去。看官道此客为谁？乃是李伯昇遣来的说士。士诚踌躇达旦，决计不降，乃复率兵突出胥门，复被常遇春杀退。张士信督兵守城，又被飞炮击中头颅，立时身死。独熊天瑞死力抵御，因城中木石俱尽，甚至拆毁祠宇民居，作为炮料，连番击射。徐达令军中架木如屋，伏兵攻城，矢石不得伤。接连又是数日，方才攻破葑门。常遇春亦攻破阊门新寨，蚁附而进，守将唐杰、周仁、徐义、潘元绍等，抵敌不住，先后迎降。士诚尚收集余兵二三万，至万寿寺东街督战。那时大势已去，不到片时，已是纷纷溃散，士诚忙逃归内城。徐达等复乘势杀入，但见士诚宫中，猛腾烈焰，仿佛似雨后长虹，红光四映。小子有诗叹道：

> 群雄逐鹿肇兵争，
> 坐失机谋国自倾。
> 成败相差惟一著，
> 阃宫自毁可怜生。

究竟士诚宫内如何被火，且待下回说明。

陈理降而士诚不降，士诚似尚为硬汉。顾吾谓士诚之智，且出陈理下，陈理幼弱无能，且经乃父之败没，兀守危城，自知不支，虽衔璧乞降，犹得受封为归德侯，保全其母，不失富贵，友谅有知，应亦自慰。若张士诚以泰州盐侩，据有浙东，拓及吴江，设能礼贤爱民，明刑敕法，则江南虽小，固可坐而王也。况乎朱、陈相竞，连岁交兵，彼为蚌鹬，我为渔人，宁不足以制胜？乃优柔寡断，内外相蒙，卒予朱氏以可乘之隙。至于兵败地削，孤城被围，齐云一炬，阃室自焚，妻孥且不保，亦何若长为盐侩之为愈乎？读本回，胜读《张士诚列传》，而笔势蓬勃，亦庄亦谐，尤足令人餍目。

第十三回　檄北方徐元帅进兵
　　　　下南闽陈平章死节

　　却说张士诚宫中有一座齐云楼，系士诚妻刘氏所居。士诚兵败，尝语刘氏道："我败且死，尔等奈何？"刘氏道："君勿过忧，妾决不负君。"至城陷，即命乳媪金氏抱二幼子出室，驱群妾侍女登楼，令养子辰保置薪楼下，放起火来。霎时间烈焰冲霄，把一座高楼尽成灰烬；所有群妾侍女，统被祝融氏收去，刘氏即投环毕命。自死便了，何必将群妾侍女，尽付一炬。士诚独坐室中，左右皆散走，徐达命降将李伯昇，往劝士诚出降。伯昇径诣士诚室门，屡叩不应，至坏门而入，但见士诚冠冕龙裳，两脚悬空，也做了悬梁客。伯昇忙令降将赵世雄，解绳救下，士诚竟苏醒转来。何必复活。适值潘元绍亦至，再三开导士诚，士诚终瞑目无言。乃用旧盾载了士诚，舁出葑门，登舟送应天。士诚仍不食不语，奄奄待毙。到了龙江，仍然坚卧不起。众兵将士诚舁至中书省，由李善长晓譬百端，劝他归顺。士诚竟出言不逊，倔强何用？恼动了李善长，禀报吴王元璋，拟置诸死。吴王尚欲保全，哪知士诚乘人不备，竟自缢死。士诚起兵在元至正十三年，至二十四年自称吴王，二十七年缢死金陵，由吴王元璋给棺殓葬。降将多赦罪不问，惟叛将熊天瑞被执，枭首示众。吴会皆平，改平江为苏州府，吴王又论功行赏，封李善长为宣国公，徐达为信国公，常遇春为鄂国公，余皆进爵有差。

　　惟平江未下时，吴王曾遣廖永忠至滁州，迎韩林儿归应天，诸将以林儿到来，拟仍奉为帝，独刘基不可。嗣闻林儿至瓜步，竟尔暴卒，或说刘基密禀吴王，令廖永忠覆林儿舟，致遭溺毙，是真是假，也无从证实，但林儿本不足为帝，乘此死了，还算得时。吴王元璋替他丧葬，然后除去龙凤年号，改为吴元年，立宗庙社稷，建宫室，订正乐律，规定科举。至平江已下，江东大定，乃分道出师，用正兵略中原，遣偏师徇南方。又是双管齐下。

　　先是元相脱脱谪死云南（从脱脱贬死事，接入元廷略史，既回应第四回文字，且使阅者便于接洽）。河北一带多

半沦没，幸察罕帖木儿起兵关陕，转战大河南北，平晋冀，复汴梁，定山东，灭贼几尽。吴王元璋曾遣使致书察罕，与他通好，察罕留使不遣，只贻书作答。嗣察罕为降将田丰所杀，元廷以察罕养子王保保代理军务。王保保即扩廓帖木儿，率兵复仇，擒杀田丰，乃归还吴王使人，并致书劝吴王归元。元廷亦遣尚书张昶，航海至庆元，授吴王元璋为江西平章，吴王不受。扩廓智勇，不让乃父，惟与河南平章孛罗帖木儿屡次构兵，牵动宫掖。元太子爱猷识理达腊，与扩廓善，令调兵讨孛罗。孛罗即举兵犯阙，逐太子，幽二皇后奇氏。亏得威顺王和尚阴结勇士，刺死孛罗，元廷少安。扩廓送太子还都，受封为河南王，总制诸道军马，代太子出师江南。不意关中四将军，抗命不服，四将军为谁？一名李思齐，一名张良弼，一名孔兴，一名脱列伯，彼此联盟，推李思齐为盟主，拒绝扩廓。扩廓怒不可遏，竟转旃西趋，与李思齐等力争，两下相持经年，元廷屡遣使和解，各不奉诏。寻顺帝复特别赐谕，令扩廓专事江淮，扩廓必欲略定关中，然后南下，于是顺帝不悦。太子还都时，密谋内禅，与扩廓商议未协，亦怀隐恨。父子同忌扩廓，乃削他官职，夺他兵权，并由太子总统诸军，专备扩廓。看官！你想扩廓英年好胜，哪里肯受此屈辱，卸甲归田呢？当下占据太原，抗命不臣。顺帝正拟调兵进讨，哪知应天一方面，已命徐达为征虏大将军，常遇春为副将军，率师二十五万，北向进行，追溯前事，简而不

陋。并驰檄齐、鲁、河、洛、燕、蓟、秦、晋间，其文道：

自宋祚倾移，元主中国，此岂人力？实乃天授。自是以后，元之臣子，不遵祖训，废坏纲常，有如大德废长立幼，泰定以臣弑君，天历以弟鸩兄，至于弟收兄妻，子烝父妾，上下相习，恬不为怪。夫君人者斯民之主，朝廷者天下之本，礼义者御世之防，其所为如彼，岂可为训于天下？及其后世，荒淫失道，加以宰相擅权，宪台报怨，有司毒虐，于是人心离叛，天下兵起。使我中国之民，死者肝脑涂地，生者骨肉不保，虽因人事所致，实天厌其德而弃之也。当此之时，天运循环。亿兆之中，当降生圣人，立纲陈纪，救济斯民，今一纪于兹，未闻有济世安民者，徒使尔等战战兢兢，处于朝秦暮楚之地，诚可矜悯！方今河、洛、关、陕，虽有数雄，阻兵据险，互相吞噬，皆非人民之主也。

予本淮右布衣，因天下乱，为众所推，率师渡江，居金陵形势之地，得长江天堑之险，今十有三年。西抵巴蜀，东连沧海，南控闽、越，湖、湘、汉、沔、两淮、徐、邳，皆入版图，奄及南方，尽为我有，民稍安，食稍足，兵稍精，控弦执矢，日视我中原之民，久无所主，深用疚心。予恭承天命，罔敢自安，方欲遣兵北伐，拯生民于涂炭，复汉官之威仪，虑人民未知，反为我仇，挈家北走，陷溺尤深。故先谕告，兵至民人勿避！予号令严肃，无秋毫之犯，尔民其听之！

先是吴王元璋与诸将筹议北伐事宜，常遇春谓当直捣元都，吴王不以为然，谓宜先取山东，继入河南，进拔潼关，然后往攻元都，令他势孤援绝，自然易下。再西向云中、太原，进及关、陇，以期统一。戡其手足，方及元首，的是胜算（下文进兵次序，俱括在内）。于是诸将称善，即由徐达、常遇春统着重兵，由淮入河，向山东进发。达等去讫，又命汤和为征南将军，吴桢为副，率常州、长兴、宜兴、江淮诸军，讨方国珍，胡廷美亦为征南将军（廷美即廷瑞，见第九回。因避元璋字，故改瑞为美），何文辉为副，率师攻闽，平章杨璟，左丞周德兴、张彬，率武昌、荆州、潭、岳等卫军，由湖广进取广西，从两路中分出四路。小子不能并叙，只好依着战胜的次序，陆续写来。

方国珍自通好应天，尝遣使贡献方物，及吴王元璋与陈友谅、张士诚相角逐，他复乘隙略地，据有濒海诸郡县，吴王遣博士夏煜、杨宪往谕国珍，国珍答语，多半支吾。吴王恨他反复，进兵温州，国珍又使人谢过，且诡称俟克杭州，便当纳土。至杭州已平，国珍据土如故，吴王乃致书责问，并征贡粮二十万石，国珍置之不理。已而汤和、吴桢奉命南征，用舟师出绍兴，乘潮夜入曹娥江，夷坝通道，直至余姚，守吏李枢降分兵攻上虞，亦不战而服，遂进围庆元。国珍方治兵守城，谁意院判徐善已率父老开城纳款，害得国珍孤掌难鸣，不得已带领余众，浮海而去。如此无用，何必倔强。汤和遂分徇定海、慈溪等县，得军士三千人，战船六十艘，银六千九百余锭，粮三十五万四千六百石，正拟航海追讨，闻吴王又遣廖永忠，自海道南来，遂出师与会，夹攻国珍。国珍遁匿海岛，尚望台、温二路，未尽沦陷，借为后援，乃迭接警耗，台、温诸地、也被吴王麾下朱亮祖次第夺去。弟国瑛、子明完，俱赤着双手，遁入海来。至是穷蹙无策，怎禁得汤和、廖永忠的人马又复两路杀到，仿佛搅海龙一般，气势甚锐，那时欲守无险，欲战无兵，惶急得甚么相似。幸汤将军网开一面，遣人赍书招降，乃令郎中承广、员外郎陈永偕至军前，献上铜印银印二十六方，银一万两，钱二千缗，又令子明完奉表称臣。其词云：

臣闻天无不覆，地无不载，王者体天法地，于人亦无所不容。臣荷主上覆载之德旧矣，不敢自绝于天地，故一陈愚衷。臣本庸才，遭时多故，起身海岛，非有父兄相借之力，又非有帝制自为之心。方主上霆击电掣，至于婺州，臣愚即遣子入侍，固已知主上有今日矣。将以依日月之末光，望雨露之余润，而主上推诚布公，俾守乡郡，如故吴越事。臣遵奉条约，不敢妄生节目，子姓不戒，潜构衅端，猥劳问罪之师，私心战兢，用是令守者出迎，然而未免浮海，何也？孝子之于亲，小杖则受，大杖则走，臣之情事，正与此类。即欲面缚，待罪阙廷，复恐婴斧钺之诛，使天下后世，不知臣得罪之深，将谓主上不能容臣，岂不累天地大德哉？迫切陈词，伏惟矜鉴！

第十三回 檄北方涂元帅进兵 下南闽陈平章死节

吴王元璋本怒国珍狡诈，意欲声罪加戮，及览表，见他词旨凄惋，情绪哀切，录表之意在此，然亦无非喜谀耳，不觉转怒为怜道："方氏未尝无人，我亦何必苛求？"随即赐复书道："我当以投诚为诚，不以前过为过，汝勿自疑，幸即来见！"国珍得书，乃率部属谒汤和营，和送国珍等至应天。吴王御殿升座，由国珍行礼毕，即面责道："汝何为反复，劳我戎师？今日来谒，毋乃太迟！"国珍顿首谢罪。亏他忍耐。吴王又问前日呈表，出自何人手笔，国珍答系幕下士詹鼎所草。吴王点首，遂命詹鼎为词臣，其余尽徙濠州，浙东悉平。后来吴王即真，厚遇国珍，赐第京师，又官他二子，国珍竟得善终，这是后话不题。国珍了。

且说汤和等既克国珍，遂由海道赴闽，接应胡廷美军。闽地为陈友定所据，友定福清人，起自驿卒，事元平寇，屡著功绩，元授为福建省平章政事，尝遣兵侵处州，为参军胡深所败。深进拔松溪，获守将陈子玉，入攻建宁，为友定将阮德柔所袭，马蹶被擒。友定颇加优礼，嗣为元使所迫，遂杀深。深有文武才，守处州五年，威惠甚著，及被执，天象告变，日中现黑子，刘基谓东南当失大将，已而果验。吴王闻报震悼，饬使赐祭，追封缙云郡伯（不没胡深，所以叙入）。及胡廷美、何文辉等率兵南下，由江西趋杉关，先遣使赴延平，招降友定。友定怒杀使人，沥血酒中，与众酌饮，誓死不降。廷美闻知，督众猛进，陷光泽，克邵武，下建阳，直逼建宁。友定简选精锐，往守延平，留平章曲出、同金赖正孙、副枢谢英辅、院判邓益等，以众二万守福州。汤和、吴桢、廖永忠等，扬帆出海，不数日，掩至福州五虎门，驻师南台。守将曲出等，领众出南门拒战，为汤和部将谢得成等击败，退入城中。汤和遂率兵围城，攻至黄昏，接着守将袁仁降书，愿开门纳师，以翌晨为约。待至黎明，果然南门大启，乘机拥入，曲出、赖正孙、谢英辅等皆遁去，邓益战死，参军尹克仁，赴水自尽，佥院伯铁木儿杀妻妾及两女，纵火焚尸，复拔剑自刎。和入城后，抚辑军民，获马六百余匹，海船一百五艘，粮十九万余石，分兵略兴化及莆田等十三县，一律平定，遂鼓行而西。

适胡廷美、何文辉等已克建宁，降守将达里麻及翟也先不花等亦鼓行而南。两军相距，不过百里，延平大震，陈友定督师出城，遇汤和等驰至，一阵厮杀，友定军败退，汤和进薄城下，城中守将，复请出战。友定道："彼军远来，锐气方张，我若与战，徒伤吏士，不如以山为墉，以壑为堑，蓄利器，饱士马，与他久持，看他如何胜我？"计非不善，但如公太褊急何？诸将乃唯唯听命。友定率诸将登城，日夜勒吏士击刁斗，披甲兀立，不得更番休息，亦不得交头接耳，违令立斩。于是兵吏多有怨声，部将萧院判、刘守仁，偶有违言，友定大怒，杀萧院判，夺守仁兵，守仁缒城出降，士卒亦多遁去。会军器局被火，城中炮声震地，汤和等知有内变,蚁附上城,城遂破。友定呼谢英辅等,入与永诀道:"公等自为计,我当为大元死,誓不降敌。"英辅含涕而出,与鲁达花赤(官名见上)白哈麻,着了朝服,自经而死。友定坐省堂,仰药自尽。赖正孙等出降。汤和等既入城,抚视友定,尚有微温,遂令人将他异出,至水东门外,天大雷雨,友定复苏。其子名海,自将乐驰谒军门,愿与父共死,遂由汤和遣使,把他父子并解应天。吴王面诘道:"元室将亡,你为谁守?你害我胡将军,又杀我使人,凶暴太甚,今被擒至此,尚有何说?"友定厉声道:"要杀便杀,何必多言?"吴王乃命卫士,将他父子牵出,枭首市曹。小子有诗赞友定道:

王师南下奋貔貅,
大将成擒八闽休。
父既捐躯儿亦死,

忠臣孝子足千秋。

友定既死,汀、泉、漳、潮诸郡,相继归降,闽地悉平。闽事亦了。还有杨璟一路偏师,俟至下回交代。

张士诚之死与陈友定之死,死等耳,而士诚不能为义士,友定恰可为忠臣。士诚始叛元,继复降元,又继复叛元,反复无常,一盗窃所为,被虏不食,自经而死,何足道乎?友定则始终事元,至于兵败身虏,誓死不降,应天入对之言,尚凛凛有生气,谓非忠臣不得也。若方国珍之束手归降,乞怜金陵,以视士诚且不若,遑论友定?篇中依事叙述,各具身分,至插入北伐一段,叙及元朝诸将,寥寥数语,亦寓抑扬。阅者于词旨中窥之,皮里阳秋,昭然若揭矣。

第十四回　四海归心诞登帝位
　　　　三军效命直捣元都

却说杨璟、周德兴、张彬等，自湖广出师，南达永州，守将邓祖胜拒战，当即败退，元全州平章阿思兰赴援，亦被击走。祖胜敛兵固守，璟分营筑垒，就西江造了浮桥，渡兵攻城。计历数旬，城中食尽，祖胜仰药死，永州遂下。复由周德兴、张彬移攻全州，平章阿思兰遁去，全州亦陷。时廖永忠等已平闽地，奉吴王命，会同赣州指挥使陆仲亨，进掠广东，元左丞何真遣都事刘克佐，缴上印章，并籍所部郡县户口、甲兵钱谷，奉表归附。吴王闻报，称他保境息民，令永忠好生看待，视作汉窦融、唐李勣一般，且特令乘传入朝。永忠至东莞，何真出迎，永忠即传着主命，待以殊礼，遣使与偕，同赴应天，自率兵进广州。元参政邵宗愚诈献降书，被永忠察觉，乘夜往袭，擒住宗愚，立命斩讫。嗣复会集朱亮祖军，径入梧州，击死元吏部尚书普颜帖木儿，进次藤州，守将吴镛出降。亮祖复分兵西进，所向皆捷，连破浔桂郁林。元海南海北道元帅罗福等及海南分府元帅陈乾富等，均望风纳款，情愿输诚。只杨璟、周德兴、张彬等，自永州进攻靖江，数旬不下。朱亮祖亦领兵往会，各驻象鼻山下，四面围攻，仍然未克。杨璟愤极，令将西江濠水一律放干，从濠中筑起土堤，通城北门，然后誓师猛扑，一鼓登城。惟内城兀守如故，元平章也儿吉尼驱兵出战，大败而回。万户皮彦高、杨天寿被杨璟部将胡海擒住，璟优待彦高，命至城下招降。城中总制张荣与彦高善遂用书系矢，射入璟营，约以是夜出降。俟至二鼓，荣又遣使裴观缒城出见，杨璟即给白皮帽百余，俾作标识，以免误杀。裴观还城，即于四鼓后启宾贤门，纳杨璟军。元平章也儿吉尼走投无路，窜至伏波门，适遇朱亮祖等杀入，略一交手，便被擒去。先是张彬攻城，为守将所诟，彬大愤，至是入城，欲将兵民一概屠戮，亏得杨璟下令，不准妄杀一人，彬无可如何，只得罢手，归美杨璟，意在尚仁，众心乃安。嗣是移师郴州，降两江土官黄英、岑巴延等，廖永忠亦遣指挥耿天璧，攻破宾州、象州，元平章阿思兰，偕子僧保，赍印归诚。两广大定，杨璟等振旅而还，是年为元顺帝至正二十八年，即明太祖洪武元年。特别点醒，画分朝代。

自方国珍降顺后，李善长等复奉表劝进，吴王不允，表至三上，乃命具仪以闻。李善长等便参酌成制，定了一篇宜古宜今的大礼，呈上吴王察阅。吴王略加损益，乃由太史令刘基择定吉日，准于戊申年正月四日即皇帝位，国号明，改元洪武。先期三日，筑坛南郊，一应礼仪俱备。吴王复命群臣，斋戒沐浴，至期同赴南郊，先祭天地，次及日月星辰、风云雨雷、五岳四渎、名山大川诸神。坛下鼓乐齐奏，坛上香烟缭绕，当由吴王亲自登坛，行祭告礼。旁立太史令刘基，代读祝文道：

洪武元年岁次戊申，正月壬申朔，越四日乙亥，天下大元帅皇帝臣朱元璋，敢昭告于皇天后土，日月星辰，风云雷雨，天神地祇之灵曰：

天地之威，加于四海，日月之明，昭于八方，云雷之势，万物咸生，雨露之恩，万民咸仰。伏以上天生民，俾以司牧，是以圣贤相承，继天立极，抚临亿兆。尧舜相禅，汤武吊伐，行虽不同，受命则一。今胡元乱世，宇宙昏濛，四海有蜂虿之忧，八方有蛇蝎之祸。群雄并起，使山河瓜分，寇盗齐生，致乾坤弃灭。臣生于淮河，起自濠梁，提三尺以聚英雄，统万民而救困苦。托天之德，驱一队以破肆毒之东吴，仗天之威，连千艘以诛枭雄之北汉。因苍生无主，为群臣所推，臣承天之基，即帝之位，恭为天吏，以治万民。今改元洪武，国号大明，仰仗明威，扫尽中原，肃清华夏，使乾坤一统，万姓咸宁。沐浴虔诚，齐心仰告，专祈协赞，永荷洪庥。尚飨！

祝毕，吴王率群臣拜跪如仪。是日天宇澄清，风和景霁，氤氲香雾，缥缈祥辉，与连朝雨雪阴霾的气象，迥不相同。人人说是景运休征，昇平豫兆。冠冕堂皇。祭毕下坛，李善长率文武百官，都城父老，扬尘舞蹈，山呼万岁。五拜三叩首毕，吴王引世子及诸王子、文武群臣，祭告宗庙。追尊高祖考曰玄皇帝，庙号"德祖"。尊祖考曰恒皇帝，庙号"懿祖"。祖考曰裕皇帝，庙号"熙祖"。皇考曰淳皇帝，庙号"仁祖"。妣皆皇后。礼成返跸，升殿受群臣朝贺，并命刘基奉册宝，立妃马氏为皇后，世子标为皇太子，仍以李善长、徐达为左右丞相，刘基为御史中丞兼太史令。诸功臣皆进爵有差。自是明室肇基，帝位已定，史家称他为明太祖，小子也要改称了。

太祖罢朝还宫，语马后道："朕起自布衣，得登帝位，外恃功臣，内恃贤后，每忆从前与郭氏同居，备尝艰苦，若非皇后从中调停，日贮糗糒脯修等物，济朕匮乏，朕亦安有今日？芜蒌豆粥，滹沱麦饭，时记于心，永久不忘。他如为朕司书，为朕随军，为朕亲缉甲士衣鞋，种种劳苦，不胜枚举。古称家有良妇，犹国有良相，今得贤惠如后，朕益信古语不虚了。"不忘贤后，固所

宜然。较诸唐明皇之长生殿，情景不同。马后道："妾闻夫妇相保易，君臣相保难，陛下不忘妾同贫贱，愿无忘群臣同艰难。"后来明太祖薄待功臣，已为马后瞧破。太祖道："唐有长孙皇后，尝谏太宗不忘魏征，卿亦可谓媲美古人呢？"马后道："妾何敢上比古人。"太祖道："卿无父母，尚有宗族，朕当访召入朝，悉加爵秩，何如？"马后叩谢道："爵禄所以待贤，不应私给外家，妾愿陛下慎惜名器，勿徇私恩！"至理名言。太祖点首。

是夕无事，越宿视朝，颁即位诏于天下，追封皇伯考以下皆为王，又封后父马公为徐王，后母郑媪为王夫人，修墓置庙，四时致祭。越月丁祭，祀先师孔子于国学，用太牢。又越数日，诏衣冠悉如唐制，令群臣修女诫，戒后妃毋预政，征天下贤才为守令，命四方毋得妄献。所有兴利除弊诸事宜，次第增损，笔难尽述。

且说徐达、常遇春等，引兵入山东，至沂州，致书义兵都元帅王宣，谕令速降。王宣扬州人，曾为司农椽，治河有功，命为招讨使。寻从元平章也速复徐州，授为都元帅。宣子名信，亦随察罕帖木儿破田丰，以功叙官，令与乃父同镇沂州。信得达书，一面遣使犒军，一面奉表应天。太祖即命徐唐臣至沂州，授信江淮平章政事，令从大将军徐达北征。哪知王信意在缓兵，并不是真心降顺，他却密往莒、密募兵，拟来袭击明师。至唐臣到后，信尚未返，宣乃佯为迎入，使居客馆，夜间调兵兴甲，为劫使计。幸亏唐臣预先防备，易装走脱，潜入达军，达即命都督冯胜（即冯国胜）率师急攻，胜开坝放水，灌入城中，宣料不能支，乃开门迎降。达令宣作书招信，遣镇抚孙惟德驰往，反为所杀。于是达责宣反复，将他枭首，王信走山西。峄州赵蛮子，莒州周黼，海州马骊，及沭阳、日照、赣榆诸县，俱相率来降。转攻益都路，元宣慰使普颜不花力战不支，与母妻诀别，出城鏖斗，卒为明军所擒，不屈被杀。元总管胡濬、知院张俊，皆自尽。普颜不花妻阿鲁真亦抱了子女，同入井中。夫死忠，妻死节，元季人物，应首屈一指了。阐扬忠义。由是下东平，降东阿，拔济南，陷济宁，取莱阳，各路守将不是闻风遁去，便是解甲投降。太祖又遣汤和修造海舟，接济北征军饷，并命康茂才再率万人，援应北征军，兵多粮足，威焰尤盛。常遇春分兵克东昌，元平章申荣自缢，徐达引兵徇乐安，元郎中张仲毅投诚。山东全境，尽为明有。

达乃移军入河南，与遇春会师并进。湖广行省平章邓愈，亦受命为征戍将军，率襄、汉军略南阳，遥应达军。达克永城、归德、许州，直入陈桥，元汴梁守将李克彝联络左君弼、竹昌等，互为掎角，力抗明师。左君弼本庐州盗魁（应第五回），受元廷招抚，驻兵河南，李克彝令守陈州，声势颇也不弱。太祖闻知，拘住君弼母妻，一面遣使致书道：

曩者兵连祸结，非一人之失，予劳师暑月，与足下从事，足下乃舍其亲而奔异国，是皆轻信群下之言，以至于此。今足下奉异国之命，与予接壤，若欲兴师侵境，其中轻重，自可量也。且予之国乃足下父母之国，合肥乃足下邱陇之乡，天下兵兴，豪杰并起，岂惟乘时以就功名？亦欲保全父母妻子于乱世。足下以身为质，而求安于人，既已失策，复使垂白之母，糟糠之妻，天各一方，以日为岁，足下纵不以妻子为念，何忍忘情于父母哉？功名富贵，可以再图，生身之亲，不可复得。足下能留意，盍幡然而来？予当弃前非，待以至诚，决不食言！

君弼得书未报，太祖又特遣使臣，送君弼母归陈州，母子相见，免不得有一番谈话。况明太祖虽拘他母妻，仍旧以礼相待，他母到了陈州，自然据实晓谕，就使君弼素性骁鸷，至是也感激流涕，便邀同竹昌，率所部诣徐达营，情愿归降。这是太祖权术动人。李克彝失了犄角，孤立无助，顿时弃城西走，徐达遂安安稳稳地收了汴梁城，留金事陈德居守，自率步骑入虎牢关。至河南塔儿湾，元将脱目帖木儿领兵五万，在洛水北岸列阵，旗帜整齐，刀矛森峙。常遇春怒马当先，左手执弓矢，右手执长枪，突入敌阵。敌军二十余骑，各执长戟，来刺遇春，遇春弯弓射箭，喝一声着，将他前锋射毙，余骑倒退。遇春麾动大军，奋力掩击，杀得敌军七零八落，东倒西歪。脱目帖木儿窜去，达遂进薄河南城下。元河南行省平章梁王阿鲁温，顾命要紧，也不管什么气节，只好送款军门，开城迎降。蒙族臣子，理应与城存亡，乃望风崩角，无乃非忠。笔诛之以声其罪。嵩、陕、陈、汝诸州，次第平定。

明太祖闻河南已平，乃亲至汴梁，会大将军徐达，谋取元都。达与遇春等俱至行在谒见，由太祖慰劳毕，便议进取元都的计画。徐达道："臣自平齐、鲁，下河、洛，王保保（即扩廓帖木儿，详见上，后仿此）逡巡太原，观望不进，张良弼、李思齐等局促西陲，毫无远略，元都声援已绝，就此进兵，必克无疑。"太祖携图指示道："卿言固是，惟北土平旷，骑战为先，今宜先选骁将，作为先锋，将军率水陆两军，作为后应，发山东粟米，充给馈饷，由秦趋赵，转临清而北，直捣元都，那时绝他外援，自然内溃，都城可不战即下了。"又语冯胜道："卿可发兵往取潼关，潼关得手，勿遽西进，且选将守关，阻他出来，尔即回汴梁，声应大将军，毋得有误！"达与胜受命而出。胜即日出师，往攻潼关，元将李思齐、张良弼已率师分遁关外，胜未至关，先遣健卒夜携火具，潜至良弼营前，放起一把火来，烧得营帐通红。良弼自梦中惊起，总道敌兵潜来劫营，立饬各兵披甲上马，出营迎战，谁知杀了一场，统是自家人马，连忙收兵，已伤亡了数百名，自知立营不住，退入关内。李思齐闻这消息，也惊慌起来，即移军葫芦滩。此之谓勇于私斗，怯于公战。两军迁移未定，那冯胜已率兵掩去，杀进潼关。思齐弃辎重，走凤翔，良弼也遁入鄜城去了。冯胜入关，引兵西至华州，

第十四回 四海归心诞登帝位 三军效命直捣元都

守将多遁去。胜因奉太祖命，不得不中道辍回，调指挥于光、金兴旺等留守，自率军还汴梁。

太祖闻潼关得手，北伐军已无后虑，乃自回应天，命徐达等进取元都，以毋妄杀人为约。达遂檄都督同知张兴祖、平章韩政、都督副使孙兴祖、指挥高显等，调集益都、济宁、徐州诸军，会集东昌，规定计画，分道徇河北地，连下卫辉、彰德、广平，进次临清，获元将李宝臣，都事张处仁，用为向导。使傅友德带着轻兵，开陆路，通步骑，顾时浚河通舟师，水陆并进，直抵长芦，元守将左金院遁去。达分兵下德州、青州，复会师进达直沽，得海舟七艘，用架浮桥，借通人马。常遇春、张兴祖等各率舟师沿河而进，步骑遵陆而前，元丞相也速防御海口，未曾交战，部众先奔，也速也只好遁去。达又进兵通州，立营河东岸，遇春立营河西岸，诸将欲乘锐攻城，指挥郭英进言道："我师远来，敌军居守，劳逸相殊，不宜急攻。何若乘其不意，掩击为是。"翌晨，天忽大雾，四面阴霾，英用千人伏道旁，自率精骑三千，直抵城下。元知枢密院事卜颜帖木儿，率敢死士万余名，张两翼而出。英与战数合，佯作败走状，卜颜帖木儿率兵来追，中途遇伏，被他截作两橛。郭英又转身杀来，卜颜帖木儿猝不及防，由英挺手中枪，刺坠马下，当经英军缚住，牵了过去。元军没了主帅，哪个还敢争锋，顿时大溃。英乘胜追杀，斩首数千级。及收兵回来，统帅徐达，已引兵入城，擒住的卜颜帖木儿已枭首悬竿，号令军前。休息三日，复出师进捣元都，不意元顺帝已先出走，只有淮王帖木儿不花，及左丞相庆童等，尚是留着。小子有诗叹元顺帝道：

彼昏日甚太无知，
都下沦胥悔已迟。
争说蒙儿好身手，
昔何强盛后何衰。

未知元都如何被陷，容至下回续详。

南方戡定，而明祖称帝，天道后起者胜，诚非虚言。且有史以来，得国之正，首汉高，次明祖，汉高时尚有吕后，不无遗憾，明祖则得耦马氏，聿著徽音。终明之世，无宫壶浊乱事，殆较汉代而上之矣。本回插入马后一段，所以表扬妇德，不敢没美也。至如徐达之北征，皆由庙算所定，告捷成功，事事不出明祖之所料，有明祖之雄才大略，始能拨乱世，反之正，且始终以不嗜杀人为本，其卒成大业，传世永久也宜哉！若元顺帝之致亡，吾无讥焉。

第十五回　袭太原元扩廓中计
　　　　略临洮李思齐出降

　　却说元顺帝闻通州被陷，惶急异常，亟御清宁殿，集三宫后妃及太子爱猷识理达腊，准备北行。左丞相失烈门及知枢密院事黑厮、宦官伯颜不花进谏道："陛下宜固守京都，臣等愿募集兵民，出城拒战。"顺帝道："孛罗扩廓屡次构乱，京中守备，空虚已久，如何可守？"伯颜不花大恸道："天下是世祖的天下，陛下当以死守，奈何轻去？"顺帝道："今日岂可复作徽、钦？朕志已决，毋庸多言！"伯颜不花再三泣谏，顺帝拂袖还宫。到了黄昏，召淮王帖木儿不花及丞相庆童入内，嘱令淮王监国，庆童为辅。两人受命趋出，遂于夜半三鼓，开建德门，挈后妃太子北去。徐达率着明师，进薄齐化门，将士填濠登城而入，达亦上齐化门楼，擒住元淮王帖木儿不花及左丞相庆童、平章迭儿必失朴赛不花、右丞相张康伯、御史中丞满川等，劝令归降，皆不从，一律处斩，宦官伯颜不花先已自尽，元宣府镇南威顺诸王子六人亦为明军所擒。达遂封府库图籍宝物，用兵守故宫殿门，不准侵入。宫人妃主，令原有宦侍护视。号令士卒，秋毫无犯，人民安堵，市肆不移。于是遣将赴应天告捷，一面命薛显、傅友德、曹良臣、顾时等，率兵分巡古北诸隘口，一面令华云龙经理故元都，增筑城垣，专待太祖巡幸。是段为元亡之结束。

　　太祖闻报，下诏褒奖北征军，且以应天为南京，开封为北京，并订定六部官制，各设尚书侍郎等官。先是明初官制，略仿元代，立中书省，总天下吏治。置大都督府，统天下兵政。设御史台，肃朝廷纲纪。至是改立六部，定为吏、户、礼、兵、刑、工等名目。后来胡惟庸伏法，复罢中书省，废丞相等官，以尚书任天下事，侍郎为副。复分大都督府为五军都督府，统属兵部节制，权力远不如前。并增设都察院，统辖台官，这是后话慢表（叙述明初官制，以便阅者考核）。

　　且说太祖以元都既定，启跸北巡，留李善长与刘基居守，自率文武百官，渡江北行。雨师洒道，风伯清尘，遥望

第十五回　袭太原元扩廓中计　略临洮李思齐出降

六龙，相率额手。沿途所经，蠲免逋赋。既至北京，御奉天门，召元室故臣，询问元政得失。故臣中有一文吏，姓马名昱，顿首道："元得国以宽，失国亦以宽。"太祖道："朕闻以宽得国，不闻以宽失国。元季君臣，日就淫佚，驯至沦亡，是所失在纵弛，并非由过宽所致。圣王行政，宽亦有制，不以废事为宽；简亦有节，不以慢易为简。总教施行适当，自可无弊。"马昱之言，不能无失，明祖之言，恐亦未能实践。马昱惭谢而退。太祖又令放元宫人，免致怨旷。此外一切布置，概如徐达所定。当下命徐达、常遇春出师取山西，副将军冯胜、偏将军汤和、平章杨璟随军调遣，太祖自还南京。

达受命西征，分道并进。常遇春攻下保定、中山、真定等处，冯胜、汤和、杨璟等，下怀庆，越太行，取泽潞，将逼太原。元将扩廓帖木儿遣麾下杨札儿，来攻泽州，与杨璟、张彬等相遇于韩家店。两阵对圆，刀枪并举。杨璟、张彬等藐视元军，只道他没甚能力，一鼓便可击退，哪知杨札儿很是骁悍，部下又统经百战，个个拚命争先，战了多时，非但击不退元军，反被他冲动阵势，禁遏不住，只好一同败下，一骄便败。连忙禀报大将军。大将军徐达调都督副使孙兴祖、佥事华云龙，出守北平，自率大军趋太原。途次闻元顺帝赦扩廓罪，还他原官，令出雁门关，由保安州经居庸关，来攻北平。当下集诸将会议，诸将或禀请回援，徐达道："北平重地，有孙都督等扼守，定能抵敌得住，此次王保保全师远出，太原必虚，我军如乘他不备，直抵太原，倾他巢穴，他进无可战，退无可依，在兵法上，所谓批吭捣虚的计策，就使他还救太原，已是不及，那时进退失利，必为我所擒了。"计议已定，遂引兵径进。果然扩廓还兵自救，前锋万骑突至，差不多有排山倒海的声势。这边傅友德、薛显两骑并出，指麾健卒，与他酣斗一场，方才把他击退。扩廓扎营城西，兵约数万，郭英登高遥望，返报遇春道："敌兵虽多，不甚整齐，立营虽大，不甚谨饬，请乘夜踹营，当可决胜。"遇春入语徐达，达亦以为然。正筹画间，忽报扩廓营中有密使赍书至此。当由达开缄览毕，退入帐后，写好复书；遣使去讫。随即升帐调兵，陆续出发。是夜天气阴晴，薄云四布，将及三鼓，郭英率精骑三百人，蹑至敌营附近，一声炮响，四面纵火，红光炎炎，不殊晓日。遇春也统着大队，鼓噪前进。敌营里面，也有一队人马，呐喊出来。两边相见，并不厮杀，反传了一声暗号，引着明军，扑向主营而去。故作疑阵。扩廓帖木儿方燃烛坐帐中，使两童子捧书侍立，正拟接书展阅，忽闻营外喊杀连天，料知内外有变，急忙推案而起，连靴子都不及穿齐，赤着一脚，跑出帐外，跨上一匹劣马，举鞭乱敲，觅路北遁，手下只有十八骑随去。遇春等杀入营帐，营中已纷纷溃乱，经遇春下令，降者免死，于是相率弃械，跪降马前。共得兵四万人，马四万匹。看官听着！这扩廓也是有名大将，难道强敌在前，全不防备？况他至三鼓以后，尚燃烛看书，明明不是个糊涂人物，为何明军劫营，慌急到这般情形呢？原来扩廓部下有一将名豁鼻马，默睹元运已终，明祚方盛，早有率众归降的意思，且闻徐达虚心下士，不杀降人，越觉投诚心亟，因此背了扩廓，暗中递书徐达，愿为内应。达即复书相约，互通暗号，所以得手如此容易。叙明原因。扩廓既遁，太原自下，徐达又乘势收大同，分遣冯胜等徇猗氏、平阳诸县，擒元右丞贾成、李茂等，榆次、平遥、介休，以次攻克，山西悉平。

太祖接着捷报，心中愉快，自不消说。倏忽间已是洪武二年，太祖亲定功臣位次，命在江宁西北鸡笼山下，建立功臣庙，已死的功臣，设像崇祀，未死的虚着坐位，共得二十一人，以大将军徐达为首。小子依史录述如下：

徐达（字天德，濠州人）常遇春（字伯仁，怀远人）李文忠（字思本，盱眙人，太祖甥）邓愈（虹人，初名友德）汤和（字鼎臣，濠人）沐英（字文英，定远人，太祖养子）胡大海（字通甫，虹人）冯国用（胜之兄，定远人）赵德胜（濠人）耿再成（字德甫，五河人）华高（含山人）丁德兴（定远人）俞通海（字碧泉，濠人，徙于巢）张德胜（字仁甫，合肥人）吴良（定远人，初名国兴）吴桢（良之弟，初名国宝）曹良臣（安丰人）康茂才（字寿卿，蕲人）吴复（字伯起，合肥人）茅成（定远人）孙兴祖（濠人）

未几，又以廖永安、俞通海、张德胜、桑世杰、耿再成、胡大海、赵德胜七人，配享太庙，并因徐达攻破元都，得元十三朝实录，乃诏修元史，命李善长为监修，宋濂、王祎为总裁，并征隐士汪克宽、胡翰、陶凯、曾鲁、高启、赵汸等十六人为纂修，阅六月书成。惟顺帝未有实录，又遣使往访遗事，于次年续修，不到几月，也即告竣。后人谓史多简率，不足征信，这也不在话下。

且说徐达等既平山西，复奉命进图关陕，关中诸将，已推李思齐为统帅，驻兵凤翔。太祖尝遣使谕降，思齐不报，至是因大军将发，复贻书诏谕道：

前者遣使通问，至今未还，岂所使非人，忤足下而留之与？抑元使适至，不能隐而杀之？若然，亦事势之常，大丈夫当磊磊落落，岂以小嫌介意哉？夫坚甲利兵，深沟高垒，必欲竭力抗我军，不知竟欲何为？昔足下在秦中，兵众地险，虽有张思道（即张良弼）专尚诈力，孔兴等自为保守，扩廓以兵出没其间，然皆非劲敌。足下不以此时图秦自王，已失其机，今中原全为我有，向与足下为犄角者，皆披靡窜伏，足下以孤军相持，徒伤物命，终无所益，厚德者岂为是哉？朕知足下凤翔不守，则必深入沙漠以图后举，然非我族类，其心必异。倘中原之众，以塞地荒凉，一旦变生肘腋，妻孥不能相保矣。且足下本汝南之英，祖宗坟墓所在，深思远虑，独不及此乎？诚能以信相许，幡然来归，当以汉窦融之礼相报，否则非朕所知也。

思齐得书，颇有降意，独思齐养子

第十五回　袭太原元扩廓中计　略临洮李思齐出降

赵琦不愿降明，劝思齐西入吐蕃，思齐乃迟疑未决。明大将军徐达遂统兵入关，直捣奉元。张良弼正与孔兴、脱列伯等，分驻鹿台，为奉元援，忽闻明将郭兴卷甲而来，不禁大惧，立即遁去。奉元守将哈麻图弃城走蘯屋，为民兵所杀。元西台御史桑哥失里、郎中王可、检讨阿失不花、三原尹朱春俱抗节自尽。时关中苦饥，达奉太祖命，每户赈米二三石，民心大悦。遇春遂进攻凤翔，李思齐从赵琦言，径奔临洮。遇春遂入凤翔，徐达亦至，复会议进兵事宜。众将献议道："李思齐现走临洮，本应乘胜追杀，但张良弼尚据庆阳，良弼才智，不如思齐，庆阳地势，不如临洮，且先将庆阳夺来，再攻临洮未迟。"徐达道："诸君但知其一，不知其二。庆阳城险兵悍，未易猝拔，临洮西通番戎，北界河湟，倘被思齐久踞，联外固内，将来根深蒂结，为患非浅。今乘他初往，蹙以重兵，思齐不西走，只束手就缚罢了。临洮既克，旁郡自不劳而下。"此谓避实击虚。于是众将称善，即留汤和守营垒，指挥金兴旺等守凤翔，自率兵度陇克秦州，下宁远，入巩昌。遣冯胜攻临洮，顾时、戴德攻兰州。兰州一攻即下，惟冯胜至临洮，李思齐尚欲固守，不意赵琦起了歹心，私窃宝货妇女，逃匿山谷间，思齐长叹数声，没奈何举城乞降。思齐尚如此，良弼更不足道，可见关中四将，俱不足恃。冯胜将思齐送至达营，达又命人送至南京，太祖却也优礼相待，并命为江西行省左丞。思齐不之官，留居京师。

太祖又传谕军前，除饬常遇春还备北平外，余军令尽随大将军往攻庆阳。且谓张良弼兄弟多诈，即或来降，亦宜小心处置，勿堕狡计！徐达受命即行，出萧关，拔平凉。张良弼大惧，令弟良臣守庆阳，自奔宁夏。途次遇着扩廓军，被他活捉而去。良臣闻警，遂以庆阳降明军。徐达遣薛显入城，慰谕军民，良臣出迎道左，匍匐马前，非常恭顺。显入城慰谕毕，出屯城外。亏有此着，然亦未始非徐达所授。良臣骁捷善战，军中号为小平章，他本欲诱显入城，等到夜间，闭城劫杀，至显屯兵城外，计不得逞，乃于夜间潜开城门，领兵杀出。显率骑兵五千人，拚命抵拒，夜间昏黑莫辨，被良臣四面攒射，中了流矢，负创急奔，驰至达营。检阅兵士，已伤亡了一半，又失去了指挥张焕。达语诸将道："主上明见万里，今日事出意外，果如所言。但良臣困守一隅，终取败亡，我当与诸君共灭此獠！"诸将齐称得令。于是俞通源出略西路，顾时出略北路，傅友德出略东路，陈德出略南路，达率诸将出中路，直趋庆阳，四面围住。良臣出兵挑战，被徐达麾军奋击，败入城中，一面遣人至扩廓处求援。扩廓时在宁夏，遣将韩札儿攻陷原州，为庆阳声援，达即遣冯胜出驿马关，御韩札儿。驿马关距庆阳三十里，冯胜驰至，闻韩札儿又陷泾州，忙星夜前进，途遇韩札儿军，一鼓击退，进至邠州，因札儿去远，方还屯驿马关。是时常遇春早至北平，偕偏将李文忠，驱兵北进，至锦州，击败元将江文清，入全宁,又败元丞相也速,进攻大兴州,守将又遁。一路马不停蹄,径达开平。元顺帝自燕京出走,正在开平驻扎,闻明军复至,又仓皇遁去。遇春追奔数十里,擒斩元宗王庆生及平章鼎珠等,降将士万人,得车万辆,马三千匹,牛五万头,蓟北悉平,乃还军。

遇春拟驰回庆阳,协攻张良臣,不防到了柳河州,竟遇暴疾,霎时间全体疼痛,连从前医愈的箭创也无端溃裂起来。那时自知不起,亟召李文忠入帐,嘱托军事,与他永诀。

正是:

北虏已燔臣力竭,

西征未捷将星沈。

未知遇春性命如何,且至下回分解。

本回总旨,在叙扩廓、李思齐事。扩廓、李思齐,皆元室大将,一则驻兵太原,遇敌劫营,仓猝惊溃,一则称长关中,闻敌即退,穷蹙乞降。始何其悍?终何其衰?得毋所谓强弩之末,不能穿鲁缟者耶?张良弼辈,更出思齐下,良臣虽悍,困守庆阳,已同瓮鳖。晋、冀下而秦、陇去,虽有鲁阳,不克返戈。然原其祸始,莫非自离心离德之所致也。观元室之所以亡,益知涣群之获咎,观明祖之所以兴,益信师克之在和。

第十六回　纳降诛叛西激扬威
　　　　　逐枭擒雏南京献俘

　　却说常遇春偶罹暴疾，将军事嘱托李文忠，复与诸将诀别，令听文忠指挥，言讫即逝。寿仅四十岁。遇春沈鸷果敢，善抚士卒，陷阵摧锋，未尝少怯，虽未习书史，用兵却暗与古合。自言能将十万众，横行天下，所以军中称他为常十万。大将军徐达年齿比遇春尚轻二岁，遇春为副，受命惟谨，尤为难得。太祖闻报，不胜悲悼，丧至龙江，用宋太宗丧赵普故事亲往祭奠，赐葬钟山原，赠太保中书右丞相，追封开平王，谥"忠武"，配享太庙（明室功臣，首推徐、常，故于死事后，叙述较详）。诏命李文忠代遇春职，趋会徐达师，助攻庆阳。

　　文忠行至太原，由巡卒走报，元将脱列伯等围攻大同，文忠语左丞赵惟庸等道："将在外，君命有所不受，总教有利于国，专擅何妨？目今大同被攻，正宜急救，若必禀命后行，岂不失机？"惟庸等皆以为然，遂由代郡出雁门，至马邑，猝遇元平章刘帖木儿，率游骑数千掩至，当即迎头痛击，杀败敌众，并将刘帖木儿，亦擒了过来。再进至白杨门，拿住黠寇四天王。因天色将晚，雨雪纷飞，乃拟择地安营。营既下，下雪愈大，漫山皆白，文忠却未敢休息，引着数骑，入山巡察。走了一转，觉山前山后，雪地上似有行人踪迹，便策马回军，麾众前行五里，才阻水立寨。诸将莫名其妙，未免私议。文忠召诸将入帐道："我看山上雪径分明，定有伏兵出没，前地立营，定多危险，今移驻此地，稍觉安稳。但亦须严装待着，静候号令，如有妄动等情，军法具在，莫怪无情！"初任统帅，不得不先行晓谕。诸将唯唯听命。果然到了夜半，敌兵大至，文忠下令营中，只准守，不准战。至敌兵近前，见营门紧闭，呐喊了好几次，并不见有接战的兵马，再拟上前冲突，哪知梆声一发，炮矢如飞蝗般射来，敌兵队里的主帅，就是脱列伯，料知营中有备，麾兵渐退。

　　未几鸡声报晓，晨光熹微，文忠令将士蓐食秣马，先发两营挑战。饬令奋斗，不得少却，自在营中静待消息。脱列伯军，正在晨炊，突见明军到来，不遑朝餐，即上马迎敌，自寅至辰，两下相搏，未分胜负。探马因元军甚盛，恐众寡不敌，屡来报知文忠，意欲请他援应，文忠仍夷然自若，并不发兵。胸有成竹。未几日过巳牌，雪已初霁，澹澹的露着阳光，景色如绘。文忠陡然出帐，上马先驱，引着两翼大兵，驰入敌阵。至此才知妙计。元军已有饥色，正在勉强支持，怎禁得一支生力军，如泰山压顶一般，包抄过来，此时欲战无力，欲走无路，个个惊惶失措，就是这位脱列伯，也似哑子吃黄连，说不出的苦楚。方拟杀条血路，向北遁走，哪知文忠跃马上前，一枪刺来，正中脱列伯马首，顿时马蹶前蹄，脱列伯随马仆地，明军一拥而上，把脱列伯擒捉而去。余众见主将被擒，自然无心恋战，纷纷下马乞降。

文忠命即停刃，收集降卒，约得万余，马匹辎重，不计其数。当下返营，召入脱列伯，亲为解缚，与他共食，脱列伯感激不置。后来被解至京，太祖亦命释缚，赐他冠带衣服，且语群臣道："桀犬吠尧，各为其主，况朕不逮尧舜，何必复念前嫌？"自是脱列伯安居南京，以禄寿终。还有孔兴一人，本与脱列伯偕攻大同，及脱列伯被擒，孔兴走绥德，为部将所戕，携首降明。元顺帝时走和林，得此消息，不禁叹息道："天命已去，无可为矣。"不怨己而怨天，是为亡国之君。原来脱列伯等攻大同，本受元主命令，经此挫折，乃不敢再行南向，忧忧闷闷的过了一年，竟尔病逝，事见下文。

且说李文忠既定大同，拟驰赴庆阳，途中接到捷音，得知庆阳已下，乃禀请行止，静待后命。这庆阳攻克的情形，小子也不能不表白一番。张良臣悍鸷绝伦，且有养子七人，各善用枪，人呼为七条枪。当时张良弼麾下，有一骁将绰号金牌张，为军中冠，自有良臣七个养子，军中又相语道："不怕金牌张，只怕七条枪。"良臣恃此七人，所以不肯屈服。且因庆阳城高险，上有井泉，可以据守，又倚扩廓为声援，贺宗哲、韩札儿为羽翼，姚晖、葛八为爪牙，满望就此胜敌，徐图恢复。徐达围攻数月，恰也一时难下，惟每日鼓励将士，严行攻守。良臣屡出突围，东门被顾时击却，西门被冯胜杀退，遣人赴宁夏求援，又被明军缉获，弄到粮汲俱穷，兵民俱困，不得已登城乞降。徐达以他反复无常，不肯应允。可怜良臣计穷力竭，援绝食空，甚至杀人煮汁，和泥食，勉强充腹救死。姚晖等知事不济，私下开门纳降。达勒兵自北门进去，良臣与养子七人，已是饿惫不堪，无力再战，没奈何投入井中。达军倒戟而出，缚至达前，由达数责罪状，立命推出斩首。良臣父子八人，只好伸颈就戮。七条枪变作七条鬼了。

先是元将贺宗哲阴援良臣，入寇凤翔，金兴旺死力抵御，宗哲不能入，及庆阳已下，宗哲引退，徐达遣顾时、薛显、傅友德等，往追不及，乃引军还。谁意宗哲转掠兰州，警报迭至达营，又由达遣冯胜往击，宗哲遁去，于是奏凯

第十六回　纳降诛叛西激扬威　逐枭擒雏南京献俘

班师，留冯胜总制军事。达南还后，扩廓乘虚袭兰州，明指挥张温，为兰州守将，整兵迎战，扩廓兵少却，温敛兵入城，扩廓复进兵合围，绕城数匝。巩昌守将于光率兵往援，至马兰滩，遇伏马踬被擒，至兰州城下，令呼张温出降。光大呼道："我不幸被执，大兵即至，公等但坚守好了。"敌兵怒披光颊，遂遇害。城中守御益固，冯胜亦发兵往援，扩廓知不能下，卷旆引去。太祖闻知，赠恤于光，擢张温为都督佥事，一面下令北征，仍命徐达为大将军，李文忠、邓愈为左副将军，冯胜、汤和为右副将军，于洪武三年正月，祃纛出发。

临行时，太祖问诸将道："元主迟留塞外，王保保犯我兰州，日夕图逞，不灭不已。卿等出师，何处为先？"诸将道："保保屡寇边疆，无非因元主犹在，有心翊助，若我军直取元主，保保自然失势，可以不战而降。"太祖道："王保保方率兵寇边，正应出师往讨，若舍了保保，直取元主，是忽近图远，不能算作善策。朕意拟分兵两道：一令大将军自潼关出西安，直取王保保，一令左副将军出居庸关，入沙漠，追袭元主，使他自救不暇，方可得胜。这就所谓一举两得呢！"诸将共称妙计，遂各分道而行。

太祖又爱扩廓才，意欲招他来降，又遣李思齐持书往谕。思齐与扩廓有仇，太祖宁不知之？此时令往谕降，亦有借刀杀人之意。思齐不敢违命，硬着头，出使宁夏。扩廓却以礼相待，惟说及招降二字，独毅然不答，寻遣骑士送思齐还，至塞下，语思齐道："主帅有命，请留一物为别。"思齐道："我远来无所赍送，奈何？"骑士道："珍玩财宝，我主帅并无所爱，但爱公一臂，幸乞相赠！"欲取思齐之臂，是嫉他不以臂助，扩廓之意如见。思齐知不可免，遂拔出佩剑，自砍左臂，臂断血流，竟致晕倒。痛哉痛哉！骑士替他裹创，并敷以药，至思齐苏醒，即拾起左臂，作别上马去了。思齐负创归来，见过太祖，不数日即报毙命。最不值得。

徐达闻扩廓不肯受诏，兼程疾进，直抵安定。扩廓退屯车道岘，达遣左副将军邓愈，步步进逼，步步立栅。扩廓复退驻沈儿峪，两军隔沟立垒，一日数战，彼此戒严。明左丞胡德济（即大海子），扎营东南，时至夜半，突闻营外火起，仓猝不知所为，一营大乱，元军乘势杀入，亏得徐达自督亲兵，前来相救，才将元军杀退。原来扩廓夜遣千余人，从间道逾沟，潜劫德济营，德济未及防备，几致陷没。至徐达出援后，立传德济入帐，责他怠弛，喝令左右将他绑下，并语诸将道："德济违律当斩，念他是功臣后裔，权寄头颅，械送京师，请皇上自行发落便了。"言毕，又饬拿德济部将，自赵指挥以下将校数人，统行推出营外，一律正法。真是军令如山。诸将不敢请恕，大家瞪目伸舌，震悚异常。次日整众出战，全军争奋，片刻逾沟，扩廓尚未成阵，明军早已杀到，亮晃晃的大刀、威棱棱的长枪、泼刺刺的硬箭，一齐都至，仿佛似电掣雷轰，无人敢当。元郯王、济王及国公阁思孝,平章韩札儿、虎林赤、严奉先、李景昌、察罕不花等,都纷纷落马,被明军生擒活捉,扛抬而去。扩廓知不能支,忙挈妻子数人,落荒遁去,慌忙中不及辨路,狂奔了一日夜,但闻流水声潺潺不绝,立足细看,原来已是黄河沿岸,待要过河,恨无船只,正踌躇间,只听后面喊声又起,不禁叹道:"前阻大河,后有追兵,真天绝我了。"言未已,忽见上流有一段浮木,随水漂来,长约数丈,大可十围,不觉转悲为喜,忙率妻子跨上浮木,将手中所持的方天戟,当了篙桨,飞摇而去。后面追赶的兵将,正是明都督郭英,望着河边,寂无一人,只道他奔入宁夏,还是觅路穷追,及到宁夏相近,仍然杳无踪迹,方才回军。哪知扩廓帖木儿已奔投和林去了。

这场大战,明军获得元将千余人,士卒八万余人,马万余匹,骆驼驴畜,亦差不多有二万余只,遂进克泒州,入连云栈,攻下兴元。邓愈亦自临洮进克河州。可见兵贵有律,亦贵作气。惟都督孙兴祖率孤军出五郎口,猝遇敌军,力战身死。奏报南京,由太祖追封为燕山侯。胡德济械送至京,太祖念大海功劳,不忍加罪,立命释放,只传谕徐达道:"将军欲效卫青不杀苏建故事,难道不闻穰苴立诛庄贾么?且将军在军中,执法如山,不妨立诛,今械送来京,朕且念他前功,不忍正法。自今以后,将军休得姑息,轻纵法度!"太祖此言,仍以权术待人。达将此谕传示军中,将士益遵约束,不敢怠慢,这也不在话下。

且说李文忠出居庸关,降服兴和,进兵察罕诺尔,擒元平章祝真,入骆驼山,击走元太尉蛮子,平章沙不丁、朵儿只八剌等,乘胜捣开平。元平章上都罕等惊得甚么相似,无可设法,只得把开平图籍,双手捧献,乞降军前,会闻元顺帝病殁应昌,太子爱猷识理达腊嗣位,秩序未定,遂乘隙进兵,倍道往赴。元嗣主爱猷识理达腊迭接警报,哪里还敢抵当?忙带同嫡子买的里八剌及后妃宫娥,诸王将相官属数百人,开城出走,不防明军前锋已到,竟将他一班人众,截作两段。元将百家奴、胡天雄等,保着爱猷识理达腊拚命北走,剩下买的里八剌等,生生被明军擒去。应昌没有主子,自然被陷,李文忠率军径入,搜得宋、元玉玺、金宝玉册、镇圭、大圭、玉斧等物,并驼马牛羊无算。又麾兵追元嗣主,直至北庆州,未及乃还。道出兴州,遇元国公江文清,战不数合,即将他擒住,降兵卒三万多人,至红罗山,又降杨思祖部众万余人,当下遣使告捷,并押解买的里八剌等至南京。

太祖临朝,群臣称贺,中书省臣杨宪且请献俘太庙,太祖道:"古时虽有献俘的礼仪,但周武王代殷时,曾否有此制度?"杨宪道:"武王事已不可知,唐太宗时曾行此制。"太祖道:"唐太宗待王世充,原有此举,若遇隋朝子孙,自不出此。况元主中国百年,朕与卿等父母,统赖他生养,后王不肖,乃致灭亡,何忍将他子孙,作为俘虏?"言毕,

第十六回 纳降诛叛西激扬威 逐枭擒雏南京献俘

即令买的里八剌以本服朝见。见毕，太祖温言慰谕，赐他冠带，封为崇礼侯，所虏妃嫔人等只令入朝中宫，马后也好生待遇。退出后，又由太祖赐第龙光山，畀他居住。元代子孙，得此优待，总算天幸。还有宝册等物，令贮府库，不必进呈。先是诸将克元都得所有宝物，一律上献。马后语太祖道："元有是宝，乃不能守，大约帝王自有宝呢。"太祖笑道："后意谓得贤为宝么？"马后拜谢道："诚如陛下言！"好皇后。太祖记着，因命宝册悉贮库内，一面颁平朔漠诏于天下。

阅数月，徐达、李文忠等，振旅入朝，至龙江，太祖亲出郊劳，还都欢宴，不消细说。越二日，以武成告郊庙，令大都督府暨兵部，叙诸将功绩。太祖自定次第，妥为处置，乃于洪武三年十一月丙申日，亲御奉天殿，大封功臣，王公以下文武百官，分列两阶，只见御炉香袅，集万道之祥光，旭日晨升，启九天之阊阖。重睹汉官仪制，束带峨冠，备聆盛世元音，敲金戛玉。赞扬语原不可少。群臣拜舞毕，即由丹陛传下纶音，进封李善长为韩国公，徐达为魏国公，常茂（即遇春子）为郑国公，李文忠为曹国公，邓愈为卫国公，冯胜为宋国公，汤和以下皆封侯，共得二十八人，所有分封诸臣，悉赐诰命铁券。善长、徐达等顿首拜谢，太祖即退朝。越数日，又封中书右丞汪广洋为忠勤伯，御史中丞刘基为诚意伯，史称太祖屡欲相基，且累拟进爵，基再三辞谢，所以基功不亚善长，善长封公，基只封伯，这是基所自愿，并非太祖薄待。表明刘基谦德。小子有诗咏明初功臣道：

　　入朝拜爵作公侯，
　　功到成时应重酬。
　　不是沙场经百战，
　　旗常安得姓名留。

太祖既封功臣，尚有一篇议论，表明开国情由，容小子下回再述。

关中四将，毫无智略，一经大敌，非降即死，此所谓乱事有余，成事不足者也。张良臣降而复叛，力竭被杀，事虽未成，心尚可恕。王保保为将门子，乃前败于太原，后败于沈儿峪，屡蹶不振，孑身远遁，明祖称为奇男子，得毋为不虞之誉耶？元太子爱猷识理达腊，昔在燕都，好预军事，以致瓦裂，嗣入应昌，未经迎敌，即已狂奔，嫡子被俘，母妻不保，是殆所谓景升之子豚犬耳？然尚得苟延残喘，幸存宗祀者，得毋由元世祖之待遇宋裔，犹为尽礼，天特留之以示报欤？然明祖之封侯赐第，禁令献俘，亦不可谓其非仁，宜乎其遗祚之长，不亚唐、宋也。

第十七回　降夏主荡平巴蜀　击元将转战朔方

却说太祖封功臣后，又赐宴三日，宴毕，群臣入谢，太祖赐坐华盖殿，与论开国原因，怡然道："朕起乡里，本图自全，及渡江后，遍览群雄，徒为民害，张士诚、陈友谅，尤为巨蠹，士诚恃富，以昏庸败。友谅恃强，以卤莽败。朕独无所恃，惟不嗜杀人，布信义，行节俭，与卿等同心共济，初与二寇相持，士诚尤逼近，或谓宜先击士诚，朕以友谅志骄，士诚器小，志骄必喜事，器小无远图，所以先攻友谅。鄱阳一役，士诚不能出姑苏一步，为他援应。若使先攻士诚，姑苏坚守，友谅必空国而来，那时恐腹背受敌了。至北定中原，先山东，次河、洛，兵及潼关，尚缓图秦、陇，无非因王保保与关中四将，统是百战余生，未能遽下；且彼知情急，并力一隅，更不易定，所以突然返旆，北捣燕都。燕都既举，然后西征张、李，使他望绝势穷，不战自克。惟王保保犹力抗不屈，确是枭悍，假使燕都未下，与他角力，恐至今尚未必决胜呢。"言毕大笑。踌躇满志之言，但未尝归功诸臣，只自夸张智略，为功臣计，应早告退，宁必待兔死狗煮耶？群臣交口称颂，毋庸细表。

惟大封功臣以前，尚有分封诸王一事，小子因前文顺叙战功，不便夹入，只好在此处补叙出来。标明次序，一笔不苟。原来太祖深意，拟惩宋、元孤立的弊端，欲仿行封建制度，元初亦分封诸王，太祖宁未闻之？乃审择名城大都，预王诸子，待他年长，一律遣就藩封，作为屏蔽。当时曾封子九人，从孙一人，俱为王爵，列表如下：

第二皇子樉为秦王，封西安。第三皇子棡为晋王，封太原。第四皇子棣（即成祖）为燕王，封北平。第五皇子橚为吴王，后改周王。封开封。第六皇子桢为楚王，封武昌。第七皇子榑为齐王，封青州。第八皇子梓为潭王，封长沙。第九子早殇。第十皇子檀为鲁王，封兖州。从孙守谦（太祖兄子，文正子）为靖江王，封桂林。

所有制禄，亲王岁万石，置相傅官属，护卫甲士，多至万九千人，最少三

明史演义

第十七回 降夏主荡平巴蜀 击元将转战朔方

千人。冕服车旗邸第，仅下天子一等，公侯不得抗礼，体制甚是隆重。后来尾大不掉，遂成燕王靖难的祸祟，这也是立法防弊，弊反愈多了。后文再表。列入此段，原为后文埋根。

且说洪武四年正月，点醒年月，下诏伐蜀，令中山侯汤和为征西将军，江夏侯周德兴、德庆侯廖永忠为副，率舟师自瞿塘进。颍川侯傅友德为征虏前将军，济宁侯顾时为副，率步骑自秦、陇进。浩浩荡荡，往讨明昇。这明昇是何等人物？前文未曾提及，此处不得不急为表明。先是徐寿辉部下有随州人明玉珍，身长八尺余，目重瞳子，受寿辉命，屯守沔阳。嗣与元兵相搏，飞矢中右目，遂成独只眼。项羽重瞳，尚难成事，况一目已眇耶？后来入据重庆，奄有蜀地，至寿辉被弑，遂自称陇蜀王（元至正二十二年事）。未几复称帝，国号夏。僭号四年，未尝远略。既而病逝，子昇袭位。明军克元都，昇亦致书称贺。太祖遣使求大木，昇亦应命。寻复遣平章杨璟，往谕归降，昇独不从。璟归，复贻昇书，晓谕祸福。其书云：

古之为国者，同力度德，同德度义，故能身家两全，流誉无穷，反是者辄败。足下幼冲，席先人业，据有巴、蜀，不咨至计，而听群下之议，以瞿塘、剑阁之险，一夫负戈，万人无如之何，此皆不达时变，以误足下之言也。昔据蜀最盛者，莫如汉昭烈，且以诸葛武侯助之，综核官守，训练士卒，财用不足，皆取之南诏，然犹朝不谋夕，仅能自保。今足下疆场，南不过播州，北不过汉中，以此准彼，相去万万。而欲借一隅之地，延命顷刻，可谓智乎？

我主上仁圣威武，神明响应，顺附者无不加恩，负固者然后致讨，以足下年幼，未忍加师，数使使谕意，复遣璟面谕祸福，所以待明氏者不浅，足下可不深念乎？且向者如陈、张之属，窃据吴、楚，造舟塞江河，积粮过山岳，强将劲兵，自谓无敌，然鄱阳一战，友谅授首，旋师东讨，张氏面缚。此非人力，实天命也。足下视此何如？友谅子窜归江夏，王师致伐，势穷衔璧，主上宥其罪愆，剖符锡爵，恩荣之盛，天下所知。足下无彼之过，而能幡然觉悟，自求多福，则必享茅土之封，保先人之祀，世世不绝，岂不贤智矣哉？若必欲倔强一隅，假息顷刻，鱼游沸鼎，燕巢危幕，祸害将至，恬不自知，璟恐天兵一临，凡今为足下谋者，他日或各自为身计，以取富贵，当此之时，老母弱子，将安所归？祸福利害，了然可睹，惟足下图之！

明昇得书，仍是不答。及明军水陆进攻，蜀丞相戴寿及平章吴友仁，定计设防，用铁索为链，横断瞿塘峡口。又于峡内羊角山旁，亦凿穿石壁，系以铁链，架着飞桥，上载炮石，抵御敌军。此吴人故智耳，何足抵御敌军？汤和等率舟至峡，竟不得进。独傅友德疾趋至峡，潜渡陈仓，即韩信暗渡陈仓之计，扳援山谷，昼夜行抵阶州。守将丁世珍猝不及防，弃城遁去。友德得了阶州，又进拔文州、绵州，将渡汉江。适水涨不得渡，乃削木为牌，约数千张，书克阶、文、绵日月，投汉水中，顺流而下。蜀中拾牌视书，相率惊骇。戴寿闻报，忙与吴友仁还援，会同司寇向大亨，出御汉州。友德驱军进攻，连战皆捷。戴寿、向大亨败走成都，吴友仁走保宁。

时瞿塘守御渐疏，明副将军廖永忠密遣健卒数百人，穿着青蓑衣，持糗粮水筒，并舁小舟，逾山度关。蜀山多草木，明军蹑迹潜行，多为草木所蔽；又因服色皆青，更不能辨，因此无人知晓。永忠料健卒已越关西，遂率舟师猛攻，各舟用铁裹头，中载火器，逆流而进。守将邹兴，尽锐来拒，永忠令军士奋力上前，一面接战，一面纵火，霎时间江上通红，铁索尽断。果然不中用。邹兴正不能支，忽后面有数十小舟，驾着青衣兵，鼓噪而下，那时前后夹攻，就使邹兴浑身是胆，到此也脚忙手乱，不知所为；突然间一箭飞至，穿透脑袋，眼见得一个蜀帅，倒入舟中，魂灵儿往见阎王去了。邹兴既死，蜀兵大溃，永忠遂进趋夔州。只见城门大开，城中已无一兵，任他自由进去。越日，汤和亦至，与永忠会晤，议捣重庆。永忠即挺身登舟，麾军复进，入次铜罗峡，重庆大震。明昇年尚幼稚，越吓得魂不附体，当下集群臣会议，左丞刘仁，劝昇出奔成都，昇母彭氏涕泣道："成都可到，也不过苟延旦夕，不如早降，尚得保全民命。"彭氏此言，还算明白。昇闻言，乃遣使赍表乞降。汤和与廖永忠偕至重庆，昇面缚衔璧，率官属迎降马前。和下马受璧，永忠亦替他解缚，好言抚慰，并下令诸将不得侵扰，随即入城安民，并遣使押送明昇，并昇母彭氏，同赴南京。

惟成都、保宁，尚坚守不下，傅友德进围成都。戴寿、向大亨并马跃出，带领一班弓弩手，飞箭射来，明军前队，多被射倒，连友德也身中流矢。友德裹创复战，部兵亦拚死杀上，戴、向二人方抵敌不住，回马入城。越数日，城门复启，友德忙麾军入城，不防城中突出象阵，踊跃前来，势不可当。幸友德已预备炮石，接连击射，把象阵裂作数截，象返奔入城，门卒多被践踏，不及闭门，明军便一拥而入。戴寿、向大亨不能再战，只得束手请降。友德复移军保宁，巧值周德兴等亦领兵到来，两下夹攻，顿时城垣击破，一齐杀进。吴友仁无路可逃，被明军擒住，保宁遂下。只丁世珍自阶州遁去，复集余众来袭文州，杀明将朱显忠。友德亲自赴援，世珍复遁。嗣复进寇秦州，又被友德击败，走宿梓潼庙，为其下所杀，于是蜀地悉平。

明昇至南京，待罪午门外，群臣又请太祖御殿受俘，如孟昶降宋故事。无非贡谀。太祖道："昇年幼稚，事由臣下，与孟昶不同。可令他进来朝见，不必伏地待罪。"言毕，即宣昇入见。昇战栗异常，太祖复和颜婉谕，立授爵归义侯，赐第京师。又是一个陈理。及汤和等自蜀班师，带着戴寿、向大亨、吴友仁等，道出夔峡，戴寿、向大亨凿舟自沈，吴友仁曾导昇抗明，被缚舟中，无从觅死，所以解至南京，太祖命斩首

第十七回　降夏主荡平巴蜀　击元将转战朔方

市曹。其余降将，发戍徐州。越年，有人告陈理、明昇，俱有怨言，太祖道："童稚无知，不应苛求，但恐被小人蛊惑，将不能保全始终，不若迁处远分，免生衅隙。"乃将陈理、明昇转徙高丽国去了。降王终觉没趣。

且说元扩廓败奔和林，元嗣主爱猷识理达腊，仍以兵事相委，扩廓乃发兵扰边。太祖复命徐达为征北大将军，出雁门，趋和林。李文忠为左副将军，出居庸，趋应昌。冯胜为右副将军，出金兰，趋甘肃。达用都督蓝玉为先锋，至野马川，遇扩廓部下的游骑，临川饮马，遂掩杀过去。敌骑惊遁，弃马数百匹。追入图拉河，与扩廓接仗，战约数时，扩廓败走，蓝玉长驱直进，各军都仗着威力，争先追敌。扩廓恰窜入山谷，越岭北窜。蓝玉防有伏兵，拟饬军士少停，军士不肯驻足，定欲灭敌方休。太轻觑扩廓了。一逃一追，统已越过岭北，猛闻一声胡哨，元兵四出，统将就是贺宗哲，来战蓝玉。扩廓又复杀回，把明军冲为数截。首尾不能相顾，腹背统是受敌。更兼岭路崎岖，进退两难，大众到此，才晓得扩廓厉害，叫苦不迭。迟了迟了。蓝玉忙令择路回军，亲自断后，哪知喊声四起，草木皆兵。各军急不择路，不是坠崖，就是填壑。元军又紧紧追逼，杀一阵，伤亡数百人，杀两阵，又伤亡数百人。正在危急难分的时候，幸徐达督师来援，方得杀退敌兵，救出孤军。达回营，检查军士，共死万余人，不禁叹息道："刘诚意伯曾与上言，扩廓不可轻视，我此番略一轻意，便中他计，这是我的过失，不能专责将校呢。"躬自厚而薄责于人，确是大将器度。遂上表自劾。表方发，接到左右两路捷音，方转闷为喜道："两军告捷，主上也可宽心了。"真心为主，全无妒忌，令人可敬可爱。

原来冯胜从兰州进兵，由傅友德先行，直趋西凉，连败元兵，射死元平章卜花，降元太尉锁纳儿加等。进至亦集乃路，次别驾山，击退元岐王朵耳只班，擒住元平章长加奴等二十七人。又分兵至瓜沙州，斩获甚众，方才折回。右路的李文忠、率都督何文辉等，至胪朐河，留部将韩政守住辎重，自率轻兵持二十日粮，倍道急进。元太师合剌章蛮子悉众来拒，列阵阿鲁浑河岸，军容甚盛。文忠督兵与战，他却麾众直上，围裹拢来。自午至申，战他不退，反且越来越众。明将曹良臣、周显、常荣、张耀等，陆续战死。文忠也马中流矢，下骑督战。偏将刘义亟以身蔽文忠，直前奋击。指挥李荣复将自己乘马，授与文忠，自夺敌骑乘着，拚命冲杀。文忠得马，又据鞍横槊，当先突围。士卒也鼓勇死战，一当十，十当百，顿将元兵击退。追至青海，敌又大集，文忠据险自固，多张疑兵。敌疑有伏，皆引去。文忠亦椎牛飨士而还。顾时与文忠分道入沙漠，持粮且尽，陡遇元兵，部众疲乏不能战，时独引锐卒数百人，跃马前趋，大呼杀敌。元兵惊走，弃掉的辎重牛马，都被明军搬归（叙左右两路战事，与中路稍分详略，以别轻重）。

太祖迭接军报，慰劳三军，所有徐

达败仗,亦宽宥不问,只命徐达、李文忠,回镇山西、北平,练兵防边。自是边疆虽稍有战事,亦不过彼来我拒,无复远出。扩廓亦不敢深入,随元嗣主远徙金山。到了洪武七年,诏遣崇礼侯买的里八剌北还,令故元宦官二人护行,并遗书谕元嗣君,令他撤除帝号,待若虞宾。元主不答。太祖又招降扩廓,前后七致书,终不见报。扩廓于洪武八年八月,病殁哈拉那海的衙庭。哈拉那海系一大湖,在和林北,妻毛氏,亦自经死。太祖尝宴集群臣,问天下奇男子为谁?群臣皆以常国公对。太祖拊髀叹道:"卿等以常遇春为奇男子么,遇春虽是人杰,我尚得他为臣,惟元将王保保,终不肯臣我,这正是奇男子呢!"群臣愧服。先是明军入元都,曾掳得扩廓妹子,充入宫庭,至是竟册为秦王樉妃。兄不屑臣明,妹甘为明妇,究竟须眉气胜于巾帼。小子有诗赞扩廓道:

抗命称兵似逆伦,
谁知板荡识忠臣。
疾风劲草由来说,
毕竟奇男自有真。

扩廓既殁,后来残元能否保存,且俟下回说明。

元末群雄,以明玉珍僭号为最晚,即以明玉珍据地为最僻。本书叙至十六回,未曾提及,非漏也。玉珍僻处偏隅,无关大局,前文不遑叙述,故置诸后文,以便总叙,且俾阅者易于览观。盖此书与编年史不同,布局下笔,总以头绪分明为主。且书中于追溯补叙等事,必有另笔表明,于总叙之中,仍寓事实次序,可分可合,诚良笔也。至若北征扩廓一段,三路分写,亦觉条分缕析,眉目分明,是殆集史家小说家之长,兼而有之,故能头头是道,一览了然。若夫明昇之致亡,扩廓之不屈,事迹已著,无俟赘述云。

第十八回　下证书高人抗志
　　　　　　泄逆谋奸相伏诛

却说元扩廓病殁后，尚有元太尉纳哈出，屡侵辽东。太祖饬都指挥马云、叶旺等，严行戒备。至纳哈出来攻，设伏袭击，大败元兵，纳哈出仓皇遁去，嗣是北塞粗安。惟太祖自得国以后，有心偃武，常欲将百战功臣，解除兵柄，只因北方未靖，南服亦尚有余孽，一时不便撤兵，只好因循过去，但心中总不免怀忌，所以草创初定，即拟修明文治，有投戈讲学的意思。洪武二年，诏天下郡县皆立学。三年复设科取士，有乡会试等名目。乡试以八月，会试以二月，每三年一试，每试分三场。第一场试四书经义，第二场试论判章表等文，第三场试经史策。看官听着！我中国桎梏人才的方法，莫甚于科举一道，凡磊落英奇的少年，欲求上达，不得不向故纸堆中，竭力研钻，到了皓首残年，仍旧功名未就，那大好光阴，统已掷诸虚牝了。尝闻太祖说过："科举一行，天下英雄，尽入彀中。"可见太祖本心，并不是振兴文化，无非借科举名目，笼络人心。科举亦有好处，不过以经义取士，太不合用。到了后来，又将四书经义，改为八股文，规例愈严，范围愈狭，士子们揣摩迎合，莫不专从八股文用功，之乎者也，满口不绝，弄得迂腐腾腾，毫无实学经济。这种流毒，相沿日久，直至五六百年，方才改革，岂不可叹惜痛恨么？后人归咎明祖作俑，并非冤屈。论断谨严。

太祖又征求贤才，遣使分行天下，采访高人逸士，并及元室遗臣。是时山东有一侠士，姓田名兴，尝往来江淮，以商为隐。太祖微时，与兴相遇，兴识为英雄，出资赒恤，并与太祖结为异姓兄弟。至太祖得志，兴恰远引，遇有军士不法情状，乃致书报闻，书中不写己名，但云某当惩治。太祖知系兴所为，按书照办，惟无从访他住址。洪武三年，江北六合、来安间，有猛虎害人，官吏悬赏捕虎，无人敢应。兴乃奋身出来，与虎相搏，十日间格杀七虎，居民都欢呼不已，争迎兴至家，设宴款待，官吏亦赍金为谢，兴独不受。不愧侠名。这事奏达京师，太祖料是田兴，立即遣使往征，兴不赴召。

嗣又由太祖手书，赍递与兴，书云：

元璋见弃于兄长，不下十年，地角天涯，无从晤觌。近闻兄在江北，为除虎患，不禁大喜。遣使敦请，不我肯顾。未知何开罪至此？人之相知，莫如兄弟。我二人虽非同胞，情逾骨肉。昔之忧患，与今之安乐，所处各当其时。元璋固不为忧乐易交也。世未有兄因弟贵，而闭门逾垣，以为得计者，皇帝自皇帝，元璋自元璋，元璋不过偶然作皇帝，并非一作皇帝，便改头换面，不是朱元璋也。本来我有兄长，并非作皇帝便视兄长如臣民也。国家事业，兄长能助则助之，否则听兄自便，只叙兄弟之情，不谈国家之事。美不美？江中水，清者自清，浊者自浊，再不过江，不是脚色。兄其听之！

兴得此书，乃野服诣阙，太祖出城亲迎，入城欢宴，格外亲昵，比自家骨肉还要加上一层。一过月余，太祖敬礼未衰，席间偶谈及国事，兴正色道："天子无戏言。"于是太祖不敢再谈。兴又屡次告别，经太祖苦留，方羁居京师，未几即殁（不亚严光，事见田北湖田兴传）。

还有元行省参政蔡子英，自元亡后，从扩廓走定西，扩廓败遁，子英单骑走关中，亡入南山。太祖闻他姓名，遣人绘形往求，得诸山中。传诣京师，至江滨，又潜遁去。未几复被获，械过洛阳，见汤和，长揖不拜。和呼令下跪，仍抗颜不从。和命爇火焚须，复不为动。乃遣送至京，太祖亲为脱械，待以客礼。嗣命列职授官，终不肯受，因沥诚上书道：

陛下乘时应运，削平群雄，薄海内外，莫不宾贡。臣鼎鱼漏网，假息南山，曩者见获，复得脱亡，重烦有司追迹。而陛下以万乘之尊，全匹夫之节，不降天诛，反疗其疾，易冠裳，赐酒馔，授以名爵，陛下之恩，包乎天地矣。

臣非不欲自竭犬马，但名义所存，不敢辄渝初志。自惟身本韦布，知识浅陋，过蒙主将知荐，仕元十有五年，愧无尺寸功以报国士之遇。及国家破亡，又复失节，何面目见天下士？管子曰："礼义廉耻，国之四维。"今陛下创业垂统，正当挈持大经大法，垂示子孙臣民，奈何欲以无礼义寡廉耻之俘囚，而厕诸新朝贤士大夫之列哉？臣日夜思维，咎往昔之不死，至于今日，分宜自裁，陛下待臣以恩礼，臣固不敢卖死立名，亦不敢偷生苟禄。若察臣之愚，全臣之志，禁锢海南，毕其生命，则虽死之日，犹生之年。昔王蠋闭户以自缢，李芾阖门以自屠，彼非恶荣利而乐死亡，顾义之所在，虽汤镬有不得避也。眇焉之躯，上愧古人，死有余恨，惟陛下裁察！

太祖览书，更加敬重，留馆仪曹。一夕，子英忽大哭不止，旁人问为何事，子英说是记念旧君，因此流涕。太祖知不可夺，乃命有司送出塞外，令从故主。足愧贰臣。

子英以外，又有元行省都事伯颜子

中，曾守赣州。陈友谅破赣，子中仓猝募吏民，与战不胜，脱走闽中。陈友定辟为员外郎，计复建昌，浮海至元都报捷，累迁吏部侍郎，持节发广东何真兵救闽。适何真降明，子中跳堕马下，跌损一足，为明军所得，执送廖永忠军前。永忠胁令投降，誓死不屈，乃释缚令去。子中变姓名，戴黄冠，游行江湖间，太祖求之不得，簿录子中妻子，子中仍不往。寻复由明布政使沈立本密荐，遣使币聘，子中太息道："今日死已迟了。"作歌七章，遍哭祖父师友，饮鸩而死。死有重于泰山者。子中得之。

太祖又恐廷臣蒙蔽，尝与侍从数人，易服微行，一面采访才能，一面侦察吏治，一面调查民情，所以江淮一带，恒有太祖君臣踪迹。相传太祖微幸多宝寺，步入大殿，见幢幡上尽写多宝如来佛号，因语侍从道："寺名多宝，有许多多宝如来？"学士江怀素闻言，知太祖意在属对，便脱口答道："国号大明，无更大大明皇帝。"恰是绝对。太祖大喜，而擢为吏部侍郎。追入游方丈，见有纸条粘贴门首，上书维扬陈君佐寓此。君佐少有才，脱略不羁，曾与太祖有一面交，太祖立呼相见。君佐出谒毕，太祖笑问道："你当初极善滑稽，别来已久，犹谑浪如昔么？"君佐默然。太祖又问道："朕今已得天下，似前代何君？"君佐道："臣见陛下龙潜时候，饭糗茹草，及奋飞淮泗，与士卒同甘苦，犹食菜羹粝饭。臣以为陛下酷肖神农，否则何以尝得百草？"妙语解颐。

太祖鼓掌大笑，令他随行。偶过酒肆，太祖即带同入饮，酒肆甚小，除酒豆外，没甚菜蔬。太祖又出对道："小村店三杯五盏，没有东西。"君佐随声应道："大明君一统万方，不分南北。"属对亦工。太祖又大笑，并语君佐道："你随朕入朝，做一词臣，何如？"君佐道："陛下比德唐虞，臣愿希踪巢许，各行其志，想陛下应亦许臣。"是田兴第二，兴且不入正史，遑问君佐？此史笔之疏忽处。太祖乃不加强迫，与他告别自归。

越数日，又出外微行，偶遇一士人，见他文采风流，便与坐谈。士人自称重庆府监生，太祖又命属对，出联道："千里为重，重水重山重庆府。"士人也不假思索，便对道："一人为大，大邦大国大明君。"太祖大喜。无非喜谀。问明寓址，方与作别。次日，即遣使赍赏千金，士人才知是遇着太祖，欣幸不已。大约有些财运。太祖又尝于元夕出游，市上张灯庆赏，并列灯谜。谜底系画一妇人，手怀西瓜，安坐马上，马蹄甚巨。太祖见了，不禁大怒，还朝后，即命刑官查缉，将做灯谜的士民，拿到杖死。刑部莫名其妙，奏请恩宥。太祖怒道："亵渎皇后，犯大不敬罪，还说可宽宥么？"刑官仍然不解，只好遵旨用刑。后来研究起来，才知马后系淮西妇人，向是大脚，灯谜寓意，便指马后，所以触怒太祖，竟罹重辟。做了一个灯谜，便罹大辟，可见人贵慎微。

太祖尝自作诗云："百僚已睡朕未睡，百僚未起朕先起。不如江南富足翁，日高一丈犹拥被。"先是江南富家，无过沈秀，别号叫作沈万三。太祖入金陵，欲修筑城垣，苦乏资财，商诸沈秀。秀愿与太祖分半筑城，太祖以同时筑就为约，秀允诺。两下里募集工役，日夜赶造，及彼此完工，沈秀所筑这边，比太祖赶先三日。豪固豪矣，奈已遭主忌何？太祖阳为抚慰，阴实刻忌。嗣沈秀筑苏州街，用茅山石为心，太祖说他擅掘山脉，拘置狱中，拟加死罪。还是马后闻知，替他求宥。太祖道："民富侔国，实是不祥。"马后道："国家立法，所以诛不法，非以诛不祥。民富侔国，民自不祥，于国法何与？"太祖不得已释秀，杖戍云南。秀竟道死，家财入官。太祖原是忮刻，然亦可为聚财者鉴。至太祖作诗自怨，为苏州某富翁所闻，独叹息道："皇上积怨已深，祸至恐无日了。"遂力行善举，家产荡然。既而太祖又吹毛求疵，诛求富人，富家荡产丧身，不计其数，独某富翁已经破产，得免罪名，这也说不胜说。

且说太祖得国，武臣立功，要推徐达、常遇春，文臣立功，要推李善长、刘基。刘基知太祖性质，所以封官拜爵，屡辞不受。善长官至右丞相，爵韩国公，免不得有些骄态。太祖有意易相，刘基谓："善长勋旧，能调和诸将，不宜骤易。"太祖道："善长屡言卿短，卿乃替他说情么？朕将令卿为右相。"基顿首道："譬如易柱，必得大木，若用小木作柱，不折必仆，臣实小材，何能任相？"太祖道："杨宪何如？"基答道："宪有相材，无相器。"太祖复问道："汪广洋如何？"基又道："器量褊浅，比宪不如。"太祖又问及胡惟庸，基摇首道："不可不可，区区小犊，一经重用，偾辕破犁，祸且不浅了。"太祖默然无言。已而杨宪坐诬人罪，竟伏法。善长又罢相，太祖竟用汪广洋为右丞相，胡惟庸为左丞。广洋在相位二年，浮沈禄位，无所建白，独惟庸狡黠善谀，渐得太祖宠任。太祖遂罢广洋职，令惟庸升任右相。刘基大戚道："惟庸得志，必为民害，若使我言不验，还是百姓的幸福呢。"惟庸闻言，怀恨不置。会因瓯闽间有隙地，名叫谈洋，向为盐枭巢穴。基因奏设巡检司，盐枭不服管辖，反纠众作乱。基子琏据实奏闻，不先白中书省，惟庸方掌省事，视为蔑己，越加愤怒，遂嗾使刑部尚书吴云劾基，诬称谈洋有王气，基欲据以为墓，应加重辟。太祖似信非信，只把基夺俸，算作了案。基忧愤成疾，延医服药，反觉有物瘤积胸中，以致饮食不进，遂致疾笃。太祖遣使护归青田，月余逝世。后来惟庸得罪，澈底查究，方知毒基致死，计出惟庸，太祖很是惋惜。怎奈木已成舟，悔亦无及了。刘基非无智术，惟如后人所传，称为能知未来，不无过誉，使基能预算，何致为惟庸谋毙？

惟庸既谋毙刘基，益无忌惮，生杀黜陟，惟所欲为。魏国公徐达密奏惟庸奸邪，未见听从，反被惟庸闻知，引为深恨，遂阴结徐达阍人，嗾使讦主。不料阍人竟直告徐达，弄巧转成拙，险些儿禄位不保，惊慌了好几日，幸没有甚

第十八回 泄逆谋奸相伏诛 下证书高人抗志

么风声，才觉少安。患得患失，是谓鄙夫。继思与达有隙，究竟不妙，遂想了一计，嘱人与善长从子作伐，把侄女嫁给了他，好与善长结为亲戚，做个靠山。善长虽已罢相，究尚得宠，有时出入禁中，免不得代为回护。善长之取死在此。惟庸得此护符，又渐觉骄恣起来。会惟庸原籍定远，旧宅井中忽生竹笋，高至数尺，一班趋附的门客都说是瑞应非凡。又有人传说，胡家祖父三世坟上，每夜红光烛天，远照数里。看似瑞应，实是咎征。惟庸闻知消息，益觉自负。是时德庆侯廖永忠僭用龙凤，太祖责他悖逆，赐令自尽。平遥训导叶伯巨，上书言分封太侈，用刑太繁，求治太速，又触太祖盛怒，下狱瘐死（此二事插入，是宾中宾）。内外官吏，岌岌自危。寻又因安吉侯陆仲亨擅乘驿传，平凉侯费聚招降蒙古，无功而还，皆奉诏严责（此二事是主中宾）。二人心不自安，惟庸乘机勾结，联为羽翼。令在外收辑兵马。又阴结御史中丞陈宁，私阅天下兵籍，招勇夫为卫士，纳亡命为心腹。一面又托亲家李存义（即李善长弟）往说善长，伺间谋逆。善长初颇惊悸，以为罪当灭族。嗣经存义再三劝告，也觉依违两可，不能自决。为此一误，已伏死征。惟庸以善长并未峻拒，以为大事可就，即遣明州卫指挥林贤，下海招约倭寇，又遣元故臣封绩，致书元嗣君，请为外应。丧心病狂，一至于此。正在日夜谋变，又闻汪广洋赐死事，益加急迫。原来广洋罢相数年，又由惟庸荐引，入居相位，惟庸所为不法，广洋虽知不言。会御史中丞涂节，上陈刘基遇毒，广洋应亦与闻，太祖遂责广洋欺罔，贬戍云南，寻又下诏赐死。于是惟庸益惧，一面贿通涂节臂助，一面密结日本贡使，作为退步。

洪武十三年正月，惟庸入奏，诡言京宅中井出醴泉，邀太祖临幸。太祖信以为真，还是梦梦，驾出西华门，内使云奇，突冲跸道，勒马言状，气逆言结，几不成声。太祖以为不敬，叱令左右，挝棰乱下。云奇右臂将折，势且垂毙，尚手指惟庸宅第。太祖乃悟，忙返驾登城，遥望惟庸宅中，饶有兵气，知系谋逆，立发羽林军掩捕。涂节得知此信，也觉祸事临头，意图脱罪，急奔告太祖，说是惟庸妄谋劫主。道言未绝，羽林军已将惟庸缚至，由太祖亲自讯究。惟庸尚不肯承，经涂节质证，不能图赖，乃将惟庸牵出，寸磔市曹。小子有诗咏道：

怪底人君好信谀，
怕闻吁咈喜都俞。
佞臣多是苍生蠹，
磔死吴门未蔽辜。

惟庸磔死，还有惟庸党羽，究属如何办法，待下回赓续叙明。

田兴抗节不臣，蔡子英上书不屈，伯颜子中作歌自尽，此皆所谓仁人义士，本书极力表彰，所以扬潜德，显幽光，寓意固甚深也。惟太祖一书，子英一书，犹有可考，而伯颜子中之歌词七章，无从搜录，为可惜耳。太祖微行，未见正史，而稗乘备传其事，益见太祖之忮刻。忮刻者必喜阿谀，故杨宪、汪广洋、胡惟庸诸人，陆续登庸，虽依次黜戮，而误国已不少矣。刘基有先见之明，犹遭毒毙，佥壬之不可与共事，固如此哉！然亦未始非太祖好谀之过也。

第十九回　定云南沐英留镇
　　　　　征漠北蓝玉报功

却说太祖既磔死惟庸，复将陈宁等一律正法，涂节虽自首，究属与谋，亦加以死刑，僚属党羽，连坐甚众，诛戮至万余人。惟李善长、陆仲亨、费聚三人，因患难初交，不忍加罪，特置勿问。嗣闻云奇伤重身亡，大为悼惜，追封右少监，赐葬钟山。翰林学士承旨宋濂，时已致仕，仲子璲与长孙慎俱坐惟庸党被刑，并饬有司械濂至京，下狱论死。马后亟进谏道："民家为子弟延师，尚始终相敬，况宋濂亲授皇子，独不可为他保全么？"太祖道："既为逆党，何能保全？"马后又道："濂早家居，必不知情。"太祖愤然道："此等事非妇人所知。"后乃嘿然。会后侍食，不御酒肉，太祖问故，后流涕道："妾闻宋先生将要被刑，不胜痛惜，愿为诸儿服心丧呢。"太祖投箸而起，即命赦濂，安置茂州。屡叙马后谏事，实为贤后留芳。濂行至夔州，得病而殁。通计濂傅太子十余年，言动必以礼，一生为文，未尝苟作。日本使尝奉敕请文，以百金为献，却不受。海外诸国，朝贡使至，必问濂安否。卒时年已七十二，朝野中外，无不痛惜。述濂之贤，以形太祖之刻。这且按下不提。

且说洪武十四年秋季，诏命傅友德为征南将军，蓝玉为左副将军，沐英为右副将军，率步骑三十万，往征云南。云南，古滇地，素称蛮服。汉武帝时，彩云现南方，遣使往察，起自洱河，因置云南郡，谕滇酋入朝。唐以后为段氏所据，国号大理。元世祖南下，擒段兴智，以第五子忽哥赤为云南王，仍录段氏子孙，协守封疆。忽哥赤死，子松山嗣，受封梁王。至元顺帝时，把匝剌瓦尔密袭位，为明玉珍所攻，走营金马山，寻得大理援军，击退玉珍。元主北去，云南如故。太祖以地甚僻远，不欲用兵，特命翰林院待制王袆，持节招谕，颇得优待。嗣因元嗣主遣使征饷，胁令降袆，袆不屈遇害。寻复遣湖广行省参政吴云往谕，又被杀。于是命傅友德等南征，旌旗蔽江而下。既至湖广，友德调都督郭英、胡海、陈桓等，领兵五万，由四川永宁趋乌撒，自督大军由辰沅趋贵州，克普定，下普安。元梁王把匝剌瓦尔密遣司徒平章达里麻，将兵十余万，出驻曲靖，抵御明军。沐英献议道："元兵料我远来，一时不能深入，我若倍道急趋，出其不意，定可破敌。"友德点首称善，遂黄夜进师，将至曲靖，忽大雾四塞，茫不见人。明军冒雾疾进，直抵白石江。江在曲靖东北，距城不过数里，达里麻才得闻知，急率锐卒万人，濒江截阻。友德又用沐英计，整师临流，佯作欲渡状，暗中却别遣奇兵，从下流潜渡，出敌阵后，树帜鸣鼓。达里麻大惊，忙分军抵敌。沐英见敌阵已动，料知敌已中计，急麾军渡江，长刀蒙盾，破他前队。元军气索，倒退数里。明军乘势进逼，矢石雨发，呼声动天地。英复亲麾铁骑，横冲而入，直至达里麻纛下，大喝一声，挺枪直刺。达里麻被他一吓，竟颠仆马下，那时明军伸手过来，自然把他擒去。当下俘众二万余，横尸十余里。友德慰谕俘囚，纵使归业，蛮人大喜，到处欢迎。

友德复分遣蓝玉、沐英等趋云南，自率众趋乌撒，为郭英等声援。元梁王把匝剌瓦尔密闻知达里麻败耗，无心守城，遁入罗佐山。适右丞驴儿自曲靖遁归，至梁王前，极陈明军强盛状，梁王慨然道："生为元裔，死作元臣。"言毕，遂将龙衣卸下，用火焚去，复驱妻子投溺滇池，自与左丞达的、右丞驴儿，向北遥拜，刎颈而死。元室亲藩，死事最烈，莫若梁王。故《明史·梁王列传》亦特别旌扬。蓝玉、沐英军至板桥，右丞观音保出降。玉等整军入城，戒辑军士，安定人民。又分兵进取临安诸路，迎刃皆下。是时郭英、胡海、陈桓等，早入赤水河，斩木造筏，夜半齐渡。元右丞实卜引军拒战，相持未决。至傅友德大军赴援，实卜顾视惊惶，立即遁去。友德遂得乌撒地。因乌撒无城，饬军筑造，尚未竣工，实卜复招集蛮众，鼓噪而来。友德倚山为营，戒兵士不得妄动，俟至敌气已懈，才开营出战，自高临下，势如瀑布喷涌，无人敢当。是即彼竭我盈之计。实卜回马就走，途遇芒部土酋，率众来援，又翻身接仗。恼动了十万明军，左驰右突，前进后随，杀死了许多蛮官，蛮众大溃，实卜又落荒窜去，好称逃将军。乌撒遂得完城。又进克七星关，直通毕节，远近蛮部，如东川、乌蒙、芒部等，统望风降附。

自是云南境内，大半平定，只有大理未下。蓝玉、沐英自云南进攻，土酋庞世，聚众扼下关，守御甚固。沐英审度形势，料不易拔，遂别出奇兵，令王弼、胡海两将，各授密计，分道去讫。原来大理城倚点苍山，西临洱河，并有上下二关，势甚险固。沐英遣王弼密趋上关，胡海潜登点苍山，都从间道绕越，攀援而上。庞世是个蛮牛，只晓得防着下关，谁意王弼、胡海两军已绕出背后，从内杀出，沐英又从外杀入，两路夹攻，就使庞世三头六臂，也是不能脱逃，一阵哗乱，被明军击翻地上，活捉去了。庞世就擒，城即陷入。沐英又分兵取鹤庆，略丽江，破石门关，下金

齿，诸蛮部一律降服，云南悉平。沐英偕蓝玉回军云南，与傅友德等会集滇地，联名报捷，并筹办善后事。嗣接太祖诏谕，令傅友德、蓝玉等班师，留沐英镇守云南。英设官立卫，垦田屯兵，均力役，定贡额，民赖以安。太祖念沐英功，遂命沐氏世守云南，这且待后文再表。

惟当时云南边境，有平缅部，与金齿接壤，前代未通中国，至元朝始遣使招降，授土酋为宣慰司。元末的宣慰司叫作思伦发，因闻金齿降明，恐遭讨伐，亦遣使朝贡。诏仍授他为宣慰使，寻又命兼统麓川地。思伦发渐渐桀骜，居然造起反来，有众十余万，入寇景东。沐英檄都督冯诚往御，战败引还，千户王昇死难。英拟亲督军往讨，会接诏敕，只令他屯兵要害，以逸待劳，乃遵旨筹防，自楚雄至景东，每百里置一营，率兵屯种，观衅而动。思伦发见无懈可击，也退伏了一两年。后谋诱集群蛮，入寇摩沙勒寨，都指挥宁正，受沐英命，迎头痛击，大破群蛮，斩首千五百级。思伦发引为深耻，竟倾寨前来，众号三十万，入寇定边。沐英闻报，急选骁骑三万，昼夜兼行，及抵敌营，压垒而阵，令都督冯诚挑战。敌营内忽跃出万人，驱象三十余只，舞蹈而前。冯诚欲返奔，指挥张因，时为前锋，独不慌不忙，弯弓搭矢，叫一声着，中象左膝，象即仆地，复一矢射中敌帅。冯诚见张因得手，亦命兵士接连注射，死敌数百人，获一象而还。沐英喜道："贼无他技，容易破灭了。"知彼知己，百战百胜。乃下令军中，置火铳神机箭为三行，先后列着，更迭击射。复分军为三队，命冯诚居前，宁正居左，都指挥汤昭居右，鼓勇前进。敌复驱象出营，象皆披甲，两旁置槊，以备击刺。阵既交，群象突出，明军铳箭俱发，声震山谷。象返走，敌遂四溃。蛮目昔剌，独麾健卒来斗明军，势甚凶猛。沐英登高遥望，见左军少却，即取下佩刀，命左右取帅首来。左帅见一人握刀驰下，料知不佳，遂拼着性命，奋呼突阵，各军随上，无不以一当百，蛮众大败，斩首三千级，俘获万余人，得生象三十七头，敌渠各身受巨创，伏毙象背。有几个侥幸逃生的，都不知去向，思伦发亦单身遁走。沐英回军，休养数月，拟集众深入，思伦发得报大惧，遣使谢罪，并愿岁贡象马白金等物，乃仍令为宣慰使。麓川、平缅俱平（结束滇事）。

话分两头，且说元嗣主爱猷识理达腊，于洪武十一年夏季谢世，子脱古思帖木儿嗣位，免不得又来侵边。大将军徐达及副将军汤和等，奉命驰御，擒住元平章别里不花，元兵败退。既而徐达、李文忠先后病殁，太祖很是悲悼，追封达为中山王，文忠为岐阳王，立碑赐祭，备极荣哀。太祖尝语诸将道："受命即出，成功即归，不矜不伐，妇女无所爱，财帛无所取，中正无疵，光同日月，只有大将军徐达一人（达为功首，故备录太祖赞语）。今不幸溘逝，丧一良弼了。"言下很是唏嘘。嗣是饬边固守，好几年不出塞。

至洪武二十年，元太尉纳哈出，拥

众金山,屡侵辽东,乃命冯胜为大将军,傅友德、蓝玉为左右副将军,率师二十万北征。胜至通州,遣哨马出松亭关,探悉元兵多屯驻庆州,遂令蓝玉轻兵往袭。时适大雪,元兵未曾防备,不意明军突至,连逃走都是不及。元平章果来被杀,果来子不兰奚受擒,明军得胜回营,胜遂会集大军,齐出松亭关,进逼金山,并遣降将乃剌吾,往谕纳哈出,速即归降。纳哈出未免心动,令左丞刘探马赤等至胜营献马。胜遣人送赴京师,一面驱军急进,径薄纳哈出营。纳哈出惊惶失措,由乃剌吾再与劝导,乃率数百骑诣蓝玉军前。玉大喜,设宴款待。纳哈出酌酒酬玉,玉解衣给纳哈出,令他穿着,然后饮酒。纳哈出不允,彼此争让许久。纳哈出竟取酒浇地,且操着蒙语,戒饬从骑。适郑国公常茂,系冯胜女夫,随胜出征,亦在座中。茂部下或解蒙语,密告常茂,说是纳哈出谋遁。茂即上前搏击,刺伤纳哈出右臂。常茂此举,殊太卤莽。纳哈出大愤,亏得都督耿忠,代为排解,引他见大将军。大将军冯胜好言抚慰,并令耿忠与同寝食,纳哈出方才无语。胜以纳哈出既降,即将他所有妻孥将校一律招集,相偕同归。临行时命都督濮英率兵三千人断后。濮英迟行一程,突被溃卒邀击,马蹶被擒,英剖腹自尽。冯胜失了濮英,无从报命,不得已诿罪常茂,说他无端激变,把他械系入京。茂与胜名虽翁婿,事辄龃龉,抵关后,大为不服,亦讦奏胜罪状。翁婿相残,常茂固非,冯胜亦误。太祖密令侦查,有言胜私匿名马,强纳敌女,并使阉人至纳哈出妻前,行酒求珠宝。恐未尽实。于是太祖忿怒,将冯胜、常茂一并惩治,谪茂至龙州安置,收胜大将军印绶,勒令归第凤阳。再命蓝玉为大将军,唐胜宗、郭英为副,仍出军北征,进至庆州。

时元嗣主脱古思屯捕鱼儿海,距庆州约数百里,玉谍知消息,从间道驰入,直抵百眼井,已近捕鱼儿海,四望寂寥,杳不见敌。玉勒马欲归,定远侯王弼道:"我等提十万众,深入沙漠,未见敌人,遽行班师,如何复命?"玉沈吟未决。弼请令军士穴地为炊,毋使敌望见烟火,至夜乃可发兵。玉依计而行。是晚大风扬沙,漫天昏黑,玉用弼为前锋,径趋捕鱼儿海。见元主果营海岸,呐喊而入,吓得元主心惊胆落,挈同家眷,骤马奔逃。元太尉蛮子,仓猝拒战,约略交锋,头已落地。弼率大军追赶,擒住元主次子地保奴及故太子必里秃妃,并公主以下百余人,还有官属三千,男女七万,马牛驼羊十五万,一并籍录,驰报京师。太祖大悦,遣使劳军,谕中比玉为卫青、李靖,总算是纶音优渥了,及还师,晋封玉为凉国公。玉身长面赤,有大将才,屡次立功,渐膺宠眷,且娶常遇春妻弟,遇春女为太子标元妃,与太子为转弯亲戚,因此恃功挟势,浸成骄蹇。自地保奴及妃主入京,太祖赐与居第,月给廪饩,元妃颇有姿色,玉日夕过从,免不得有勾搭情事。都中人言啧啧,为太祖所闻,召玉切责。元妃因此怀惭,自经而死。死得

不清白。太祖命将所赐蓝玉铁券，镌入玉罪，令他鉴戒。玉仍不改，多蓄庄奴假子，霸占东昌民田，种种不法，遂以速死。是时马后早崩，太子随逝，鲁王檀嗜药亡身，潭王梓谋变自焚，秦王樉召还被锢，周王橚弃国被迁，酿成太祖懊恨，迭兴党狱。韩国公李善长尚且赐死，那跋扈专恣的蓝玉，还有甚么生望？小子有诗叹道：

功狗由来未易全，
况兼骄恣挟兵权。
朱公泛棹留侯隐，
毕竟聪明足免愆。

以上所叙各种情迹，俟小子逐段交代，看官欲知详细，请阅下回。

第十九回 定云南沐英留镇 征漠北蓝玉报功

本回叙云南事，传梁王，亦传沐英也。梁王之忠，已见细评，若明得云南，全出沐英力，而云南人民，亦戴德不忘，终明世二百七十余年，沐氏子孙守云南，罕闻乱事，黔宁之功，固不在中山开平下也。蓝玉与沐英，同事疆场，为明立勋，不一而足。捕鱼儿海一役，谋虽出于王弼，而从善如流，不为无功。自是残元余孽，陵夷衰微，数十年无边患，谁谓玉不足道者？乃身邀宠眷，志满气溢，既不能急流勇退，复不能恭让自全，遂致兔死狗烹，引颈就戮。明虽负德，蓝亦辜恩。藉非然者，玉氏子孙，亦何至不沐氏若乎？前后相照，一则食报身后，一则族灭生前，后之君子，可以知所处矣。

第二十回 凤微德杳再丧储君
　　　　　　鸟尽弓藏迭兴党狱

却说马皇后翊赞内治,所有补阙匡过等事,屡见前文,恰是古今以来一位贤后,洪武十五年八月崩逝,不但太祖恸哭终身,不复立后,就使宫廷内外,也歌思不忘。小子读马后遗传,时常景仰,所以前文叙述,于马后有关系事,必援笔写入。还有数条轶闻,也须一一补出,作为后来的女范。可谓有心人。先是太祖起兵,战无虚日,后随军中,辄语太祖以不嗜杀人。至册后以后,俭约如故,身御澣濯,虽敝不即易,尝谓此系弋绨遗法。宫嫔敬服,拟为东汉时的明德马后。后生五子,周王橚最幼,放诞不羁,至就藩开封,后遣慈母江贵妃随往,给以常御敝衣一袭及杖一支,语贵妃道:"王如有过,请披衣加杖,倘再倔强,驰驿报闻,毋得轻恕!"橚闻言悚惧,就藩后不敢为非。后崩,橚始少纵,弃国游凤阳。太祖愤怒,命徙至云南,寻因怀念后德,仍勒令归藩(随笔说明周王橚事)。后遇岁灾,辄率宫人蔬食,太祖谓已发仓赈恤,不必怀忧,后谓赈恤不如预备,太祖甚以为然。平时又累问百姓安否,且云:"帝为天下父,自己为天下母,赤子不安,父母如何可安?"名论不刊。及太祖幸太学还,后问及生徒,知有数千人,便慨然道:"诸生皆有廪食,可以无饥,但他的妻子,从何取给?"太祖亦为动容。乃立红板仓储粮,岁给诸生家属,生徒颂德不置。

后虽贵,犹亲自主馈,早晚御膳,格外注视。妃嫔等劝她自重,后语妃嫔道:"事夫须亲自馈食,从古到今,礼所宜然。且主上性厉,偶一失饪,何人敢当?不如我去当冲,还可禁受。"既而进羹微寒,太祖举碗掷后,后急忙躲闪,耳畔已被擦着,受了微伤,更泼了一身羹污。后热羹重进,从容易服,颜色自若。妃嫔才深信后言,并服后德。宫人或被幸得孕,后倍加体恤,妃嫔等或忤上意,后必设法调停。有言郭景祥子不孝,尝持槊犯景祥,太祖欲将他正法,后奏道:"妾闻景祥止一子,独子易骄,但亦未必尽如人言,须查明属实,方可加刑。否则杀了一人,遽绝人

后，转似有伤仁惠了。"的是仁人之言，不得视为妇人之仁。嗣太祖察知被诬，方叹道："若非后言，险些儿将郭家宗祀，把他斩断呢。"李文忠守严州时，杨宪上书诬劾，后谓宪言不宜轻信，文忠乃得免罪。春坊庶子李希贤，授诸王经训，用笔管击伤王额，太祖大怒，后劝解道："譬如使人制锦，只可任他剪裁，不应为子责师。"太祖乃罢。此外隐护功臣，事多失传，就在宫禁里面，也不能尽详。至病亟时，群臣请祷祀求良医，后语太祖道："生死有命，祷祀何益？世有良医，亦不能起死回生。倘服药不效，罪及医生，转增妾过。"明淑如此，我愿终身崇拜之。太祖叹息不已。继问后有无遗言。后呜咽道："妾与陛下起布衣，赖陛下神圣，得为国母，志愿已足，尚有何言？不过妾死以后，只愿陛下亲贤纳谏，慎终如始罢了。"亲贤纳谏四字，括尽古今君道。言讫而逝。寿五十一岁。宫人恸哭失声，即外廷百官，亦一律衔哀。宫中尝作追忆歌道：

　　我后圣慈，化行家邦，
　　抚我育我，怀德难忘。
　　怀德难忘，于万斯年，
　　瞻彼下泉，悠悠苍天。

九月葬孝陵，临葬遇风雨雷电，太祖愀然不乐，召僧宗泐入，与语道："后将就窆，令汝宣偈。"泐随口说偈道：

　　雨落天垂泪，雷鸣地举哀。
　　西方诸佛子，同送马如来。

宣偈毕，天忽开霁，乃启辒往葬，太祖甚是心慰，赐泐百金。后来尊谥马后为孝慈皇后。马后以下，位置要算孙贵妃。奈孙贵妃已早去世，乃令李淑妃摄六宫事。淑妃，寿州人，父名杰，洪武初曾任广武卫指挥，北征战死。太祖闻杰女慧美，遂纳为妃嫔，倍加宠遇。未几淑妃又殁，乃以郭宁妃充摄六宫（结述李郭二妃，回应第五回及第七回）。终太祖身世，不复立后，总算是不忘伉俪的遗意。

太子标系马后长子，太祖与陈友谅交战时，马后尝负标从军，及标得立储，绘成负子图，藏怀中。会李善长等赐死，太子进谏道："皇父诛夷太滥，恐伤和气。"太祖默然。次日，以棘杖遗地，令太子拾起，持在手中。太子有难色，太祖笑道："朕令汝执杖，汝以为杖上有刺，怕伤汝手，若得棘刺除去，就可无虞。朕今所戮诸臣，便是为汝除刺，汝难道不明朕意么？"棘刺原属宜防，但有害过棘刺者，何不防之？太子顿首道："上有尧舜之君，下有尧舜之民。"言未毕，太祖面忽改色，突然离座，持榻欲投。太子起身急走，一面探怀中所绘图，弃掷地上。太祖拾视，顿时大恸，方免追责。

适鲁王檀好饵金石，毒发致死，太祖谥他为"荒"，隐寓恨意。潭王梓有心谋变，弄到夫妇俱焚，太子益不自安，日怀危惧。忮刻之私，危及骨肉，可见人主不宜好刻。原来潭王梓的来历，小子于十一回中，曾叙他母妃阇氏系陈友谅妃子，遗腹生梓。梓年渐长，就封长沙。临行辞母，母问道："汝将何往?"梓答称:"至国。"母问:"汝国何在?"答言:"在长沙。"母又问:"何人封汝?"答言:"受父所封。"母又道:"汝父何在,尚能封汝?"梓知有异,跪询母意。母乃流涕与语,详述前事,并言前日屈身事仇,实为汝一点骨血,汝今年长,毋忘前恨。梓饮泣受命而去。到了长沙,终日闷闷不乐,惟日与府僚设醴赋诗,聊作消遣。既而妻父于显及妻弟琥,坐胡惟庸党被诛,遂潜谋作乱。太祖遣使召见,梓惧谋泄,因愤愤道:"宁见阎王,不见贼王。"言已,纵火焚宫。与妃于氏并投火中,霎时间骨肉焦灼,同归于尽。其母阇氏亦忧悔成疾,数日遂亡。与子妇同归冥途,恰也可喜,惟见陈友谅恐不能无愧耳。史传谓梓由达定妃所出,达定妃又不著姓氏,想因明代档案,讳莫如深,无从参考,所以含糊过去。

至若李善长赐死一案,仍是被胡惟庸牵连。善长弟存义,与惟庸结儿女亲,惟庸得罪,存义本须连坐,太祖因顾念勋戚,赦他死罪,贬置崇明。善长未尝入谢,遂致太祖怀恨。善长又营建大厦,向信国公汤和假用卫卒三百名,汤和虽是应允,暗中恰封章入告。已而京中吏民为党狱诛累,坐罪徙边,共约数百人,内有丁斌等系善长私亲,善长替他求免,益触主怒,竟命将丁斌逮问。斌本给事胡惟庸家,一经讯鞫,反将李存义当日如何交通惟庸情事和盘说出。丁斌不至如此没良,总由狱吏承旨诱供之故。刑官不好怠慢,复逮李存义父子严讯。存义父子熬刑不住,又把通逆情由诿与善长。恃彼为韩国公耶?那时一班朝臣希承意旨,联章交劾善长,统说是大逆应诛。落井下石,令人悲叹。太祖还欲议亲议功,格外宽宥,猫哭老鼠,装甚么假慈悲,偏偏太史又奏言星变,只说此次占象,应在大臣身上,须加罚殛,于是太祖遂下了严旨,赐善长自尽。可怜善长已七十七岁,活活地投缳毕命。所有家属七十余人,尽行被戮。只有一子李琪,曾尚临安公主,得蒙免死,流徙江浦。既说占象应在大臣,则善长一死足矣,何必戮及家属多至七十余人。外如吉安侯陆仲亨、延安侯唐胜宗、平凉侯费聚、南雄侯赵庸、江南侯陆聚、宜春侯黄彬、豫章侯胡美(即胡定瑞)、荥阳侯郑遇春等,一并坐狱论死。总算杀得爽快。太祖且条列诸臣罪状,作奸党录,布告天下。

当时只有虞部郎中王国用痛善长被诬,浼御史解缙起草,替他讼冤。拜本上去,好似石沉大海,毫无复音。国用还是运气,否则又将下狱矣。太子标仁恕性成,心中很过不下去,颇肖马后,至进谏被责,越觉怏怏。会太祖以关中险要,竟欲迁都,秦王樉恐失去封地,颇有怨言。太祖又召还拘禁,命太子亲往关中,卜都相宅,并调查秦王过失。太子还都,代陈秦王无罪,涕泣请免。太祖尚未深信,太子遂忧悒成疾,于洪武二十五年夏月,瞑目归天。丧葬礼毕,谥为"懿文太子"。前回结末数语,至此方一律叙清。

是时太祖已迭纳数妃,连生十数子,椿为蜀王(皇十一子),柏为湘王

明史演义

（皇十二子），桂为代王（皇十三子），楧为肃王（皇十四子），植为辽王（皇十五子），㰘为庆王（皇十六子），权为宁王（皇十七子），楩为岷王（皇十八子），橞为谷王（皇十九子），松为韩王（皇二十子），模为沈王（皇二十一子），楹为安王（皇二十二子），桱为唐王（皇二十三子），栋为郢王（皇二十四子），㰘为伊王（皇二十五子），连从前所封九王，共得二十四子。这二十四子中，惟燕王棣最为沈鸷，太祖谓棣酷肖自己，特别钟爱。至太子薨逝，意欲立棣为储君，只因太子已生五子，嫡长早殇。次子叫作允炆（即建文帝），年亦浸长，倘或舍孙立子，未免于礼未合，乃亲御东角门，召群臣会议。太祖先下谕道："国家不幸，太子竟亡。古称国有长君，方足福民，朕意欲立燕王，卿等以为何如？"学士刘三吾抗奏道："皇孙年富，且系嫡出，孙承嫡统，是古今的通礼。若立燕王，将置秦王、晋王于何地？弟不可先兄，臣意谓不如立皇孙。"援经立议，不得以靖难兵变，咎及三吾。太祖闻言，为之泪下，乃决立允炆为皇太孙。

先是太子在日，凉国公蓝玉与太子有闻接戚谊，尝相往来（接入前回蓝玉事，以便承上起下）。自北征还军，语太子道："臣观燕王在国，举动行止，与皇帝无异。又闻望气者言，燕有天子气，愿殿下先事预防，审慎一二！"太子道："燕王事我甚恭，决无是事。"蓝玉道："臣蒙殿下优待，所以密陈利害，但愿臣言不验，不愿臣言幸中。"太子

默然。及蓝玉趋退后，未免有人闻知，传报燕王，燕王衔恨不已。及太子薨逝，燕王入朝，即奏称："在朝公侯，纵恣不法，将来恐尾大不掉，应妥为处置"云云。这句话，虽是冠冕堂皇，暗地里却指着蓝玉，请太祖按罪严惩。蓝玉桀骜如故，一些儿不加检点，寻又出捕西番逃寇祁者孙，并擒建昌卫叛帅月鲁帖木儿，威焰愈盛，意图升爵。哪知太祖反冷眼相待，并不升赏。至皇太孙册立，乃命他兼太子太傅，别召冯胜、傅友德归朝，令兼太子太师。玉攘袂大言道："难道我不配做太师么？"嗣是怏怏不乐。遇有入朝侍宴，所有言动，一味骄蹇，太祖越加疑忌。从此玉有奏白，无一见从。玉尝私语僚友，指斥乘舆道："他已疑我了。"既知见疑，何不速退。此语一传，便有锦衣卫蒋瓛密告蓝玉谋逆，与鹤庆侯张翼、普定侯陈垣、景川侯曹震、舳舻侯朱寿、东莞伯何荣及吏都尚书詹徽、户部侍郎傅友文等，设计起事，将伺皇上出耕藉田，乘机劫驾等情。太祖得了此信，立命锦衣卫发兵掩捕，自蓝玉以下，没一个不拿到殿前，先由太祖亲讯，继由刑部锻炼成狱，无论是真是假，一古脑儿当作实事，遂将他一并正法，并把罪犯族属，尽行杀死。甚至捕风捉影，凡与蓝玉偶通讯问的朝臣，也难免刀头上的痛苦，因此列侯通籍，坐党夷灭，共万五千人，所有元功宿将，几乎一网打尽。比汉高待功臣还要加惨。

太祖意尚未足，过了年余，颍国公傅友德奏请给怀远田千亩，非但不准，

第二十回　凤激德杳再丧储君　鸟尽弓藏迭兴党狱

反将他赐死。定远侯王弼居家叹道："皇上春秋日高,喜怒不测,我辈恐无噍类了。"为这一语,又奉诏赐死。宋国公冯胜在府第外筑稻场,埋甕地下,架板为廊,加以碌碡,取有鞿辂声,走马为乐。有怨家入告太祖,讦胜家居不法,稻场下密藏兵器,意图谋变云云。太祖遂召胜入,赐酒食慰谕道:"卿可安心!悠悠众口,朕何至无端轻信?"言下甚是欢颜。胜以为无虞,尽量宴饮,谁知饮毕还第,即于是夜暴病,害得七孔流血,数刻即亡。可痛可恨!

总计开国功臣,只有徐达、常遇春、李文忠、汤和、邓愈、沐英六人,保全身名,死皆封王。但徐、常、李、邓四公,都死在胡蓝党狱以前,沐英留镇云南,在外无事,得以考终。汤和自死最迟,他是绝顶聪明,见太祖疑忌功臣,便告老还乡,绝口不谈国事,所以享年七十,寿考终身（叙明六王生卒,是用笔绵密处）。这也不必细表。且说太祖既迭诛功臣,所有守边事宜,改令皇子专任。燕王棣最称英武,凡朔漠一带,统归镇守,他遂招兵养马,屡出巡边。洪武二十三年,率师出古北口,收降元太尉乃儿不花。二十九年,复出师至撒撒儿山,擒斩元将孛林帖木儿等数十人,太祖闻报大喜,尝谓肃清沙漠,须赖燕王。至三十一年,秦王樉、晋王㭎俱薨,乃命燕王棣总率诸王,得专征伐。其时太祖已经老病,尚传谕燕王道:

朕观成周之时,天下治矣。周公告成王曰："诘尔戎兵,安不忘危之道也。"朕之诸子,汝独才智,秦晋已薨,汝实为长。攘外安内,非汝而谁?尔其总率诸王,相机度势,用防边患,奠安黎庶,以答上天之心,以副吾付托之意!其敬慎之,毋怠!

自是燕王权力愈盛,兵马益强,又兼燕京为故元遗都,得此根据,越觉雄心勃勃了。统为下文伏线。洪武三十一年闰五月,太祖崩,年七十有一,遗诏命太孙允炆嗣位。且言诸王镇守国中,不必来京。允炆依着遗诏,登了御座,一面奉着梓宫,往葬孝陵,追谥为"高皇帝",庙号"太祖",以明年为"建文元年"。允炆后遭国难,没有庙谥,明代沿称为建文帝（清乾隆元年,始追谥为恭闵惠皇帝）。小子编述至此,也援明朝故例,称他做"建文帝"便了。本回就此结束,只有一诗咏明太祖道:

濠梁崛起见真人,
神武天生自绝伦。
独有晚年偏好杀,
保邦从此少能臣。

欲知建文帝即位后事,且至下回续叙。

是回叙事,看似拉杂写来,头绪纷繁,实则一线到底。太祖性本雄猜,赖有马后之贤,从容补救,故洪武十五年以前,虽有胡惟庸一狱,而李善长、宋濂、陆仲亨、费聚等,尚得保全,党祸固未剧也,至马后崩而杀机迫矣。父子尚怀猜忌,遑问功臣?善长赐死,株连多人,甚至秦、周诸王,亦拟加罪。懿

文太子，虽不能保全元功，犹能保全骨肉，不可谓非仁且恕者。然卒以是忧郁成疾，至不永年，是太子之薨，亦未始非太祖促之也。太子殁而蓝狱即兴，连坐至万余人，元功宿将，相继俱尽，何其残忍至此？燕王之酷肖乃父，亦无非天性忮刻，相感而孚耳。故是回总旨，在叙太祖之好猜，隐为燕王靖难张本，自翦羽翼，反害子孙，忮求果奚为乎？

第二十一回　削藩封诸王得罪　戕使臣靖难兴师

却说建文帝嗣位，诏令各地藩王，毋须来京，于是诸王皆遣使朝贺，不复入觐。独燕王棣星夜南下，将至淮安，被兵部尚书齐泰闻知，禀白帝前，遣使出阻，促令还国，燕王怏怏北还。自是启嫌。先是太祖在日，因建文帝头颅少偏，性又过柔，恐不能担负重器，时以为忧。一日，令他咏月，收束两句：“虽然隐落江湖里，也有清光照九州。”隐伏诗谶。太祖见了，颇为不悦。后复令他属对，出语云："风吹马尾千条线。"建文帝答道："雨打羊毛一片膻。"太祖闻言，面色顿变。是时燕王在侧，独上前奏对，乃是"日照龙鳞万点金"七字，太祖不禁叫绝道："好对语！"恰是冠冕堂皇。自是太祖愈爱燕王，不欲立建文为储。偏学士刘三吾请立太孙，乃勉徇所请。俗语说得好，棋无一著错，为这一著，遂酿成骨肉相戕的祸祟，以致兵戈迭起，杀运侵寻（回应首回第一弊，且隐为下文作引）。

建文帝本是个仁柔寡断的人物，但他对各地藩王恰也有些疑忌。即位以后，亲信的侍臣，第一个便是齐泰，第二个乃是侍读黄子澄（齐、黄二人，实为首祸，故特笔提出）。一夕，忽召子澄入内，与语道："先生可记得东角门谈话么？"子澄应声道："臣不敢忘。"建文帝遂令子澄为太常侍卿，参领国事。原来建文帝为太孙时，尝坐东角门，语子澄道："诸叔各就藩封，拥兵自固，设有变端，如何对付？"子澄答称无妨，且举汉平七国的故例，作为证据，建文帝方才欢慰。建文不及景帝，子澄宁欲作晁错耶？至此回忆前言，乃复与子澄语及，无非是令他辅翼，监制外藩的意思。既而户部侍郎卓敬密书上奏，略称："燕王智虑过人，酷类先帝，现在镇抚北平，地势形胜，士马精强，万一有变，不易控制，应徙封南昌为是。"建文帝览毕，于次日召敬入殿，语敬道："燕王骨肉至亲，应无他变。"敬叩首道："陛下岂不闻隋文杨广的故事么？父子至亲，尚具逆谋。"不导建文以亲亲之谊，反促其疑忌诸王，未免悖谬。建文帝不待说毕，便道："卿且

第二十一回　削藩封诸王得罪　戕使臣靖难兴师

休言！容朕细思。"这语传出外廷，顿时流言四起，都说新主有意削藩。那时燕王先侦知消息，上书称疾。他如周、齐、湘、代、岷诸王，多不自安，互相勾结。周王橚次子有爋，曾封汝南王，竟密告橚不法事，以子证父不得为直，辞连燕、齐、湘三王。建文帝忙召齐泰、黄子澄入内密议。齐泰道："诸王中惟燕最强，除了燕王，余人可不讨而服。"黄子澄插口道："齐尚书说错了，欲要图燕，先须翦他手足。周王系燕王母弟，今既密谋不轨，何妨将他拿来，先行处罪。一足除周，二足惩燕。"建文帝道："周、燕相连，岂肯就捕？"子澄道："陛下不必过忧，臣自有计。"建文帝大喜道："朕得先生，可无他忧了。凡事当尽委先生。"太过信了。子澄顿首谢命，偕齐泰出来，当下召曹国公李景隆（即李文忠子），授他密计，令即前往。景隆依计而行，出都时，率兵千人，扬言奉命防边，道出汴梁，周王橚闻着此信，毫不防备，那知景隆到了开封，竟率兵袭入王宫，把周王橚及妃嫔人等，统行拿下，押解至京。建文帝见了周王，恰又怜悯起来，意欲放他回国。是谓妇人之仁。泰与子澄坚持不可，乃废橚为庶人，流窜蒙化，橚子皆别徙。未几又召橚还京，锢禁狱中。

越月余，天象告警，荧惑守心。四川岳池教授程济，夙通术数，上书言星应兵象，并在北方，来年必有战祸。这书到京，建文帝未免动疑，只面子上恰不便相信，只说是程济妄言，饬四川长官拿解进京。济入都，由帝亲讯，济大呼道："陛下囚臣，明岁无兵，杀臣未迟。"乃将济下狱。都督府断事高巍痛心时政，独剀切上书道：

昔我高皇帝上法三代之公，下洗嬴秦之陋，封建诸王，凡以护中国，屏四裔，为圣子神孙计，至远也。然地大兵强，易致生乱。诸王又多骄逸不法，违犯朝制，不削则废法，削之则伤恩。贾谊曰："欲天下之治安，莫若众建诸侯而少其力。力少则易使以义，国小则无邪心。"今盍师其意，勿施晁错削夺之谋，而效主父偃推恩之策，令西北之子弟诸王，分封于东南，东南诸王子弟，分封于西北，小其地，大其城，以分其力，如此则藩王之权，不削而自削矣。臣又愿陛下益隆亲亲之礼，岁时伏腊，使问不绝，贤如河间东平者，下诏褒赏；不法如淮南济北者，始犯则容，再犯则赦，三犯而不改，则告庙削地而废处之，宁有不顺服者哉？谨奏！

疏入不报。齐泰、黄子澄等承建文帝密旨，日思削燕，只因燕王棣地广兵强，一时不便下手。燕王虽在北平，所有京中消息，无不闻知，一面佯称疾笃，一面谋诸僧人道衍。这道衍系是何人？他本姚姓，名广孝，籍隶苏州，出家为僧，法名道衍，自称得异人传授，预知休咎。从前太祖封藩，多择名僧为诸王师傅，此举实令人不解，道衍得派入燕邸，一见燕王，便说他当为天子。燕王大悦，待若上宾，所有谋议均与道衍熟商。道衍又荐引两人，一个姓袁名珙，善相术；一个姓金名忠，善卜易。珙入见燕王时，即趋前拜贺。燕王惊问何意,珙对道:"殿下龙行虎步,日角插天,怕不是个太平天子么?"燕王道:"近日廷臣屡议削藩,区区北平,尚恐难保,还有甚么奢望?"珙对道:"殿下已年近四十了,一过四十,须必过脐,便登大宝。若有虚言,愿挖双目。"燕王益喜,复令金忠卜筮,得爻大吉。因此有意发难,与三人朝夕聚谋。

道衍首倡练兵,为整备计,但恐有人泄漏消息,暗地里穴通后苑,筑室地下,围绕重墙,密砌瓴甓瓦缶。室内督造兵械,室外养了无数鹅鸭,令他鸱鸱齐鸣,扰乱声浪。这种行动,除燕王左右外,没人与闻,还道是神不知,鬼不觉。可奈天下事,若要不知,除非莫为。这燕邸日夕储兵,免不得有人发泄,一传十,十传百,闹得南京城内,也统说燕王不臣,指日图变。齐泰、黄子澄两人本是留心燕事,得有音闻,便去报知建文帝。建文帝忙问良策。黄子澄谓先发制人,不如讨燕。齐泰独以为未可,只请遣将戍开平,调燕藩护卫兵出塞,密蒐羽党,然后观衅讨罪。两人计议,先后矛盾,已是不能成事。建文帝从齐泰言,命工部侍郎张昺为北平布政使,都指挥谢贵、张信掌北平都司事。一面令都督宋忠出屯开平,调燕邸卫兵,隶忠麾下,但称是防御北寇。掩耳盗铃。并遣都督耿瓛,练兵山海关,徐凯练兵临清,严行戒备。又飞召燕番骑指挥关童等,驰还京师。布置已定,乃命修太祖实录,追尊懿文太子为"孝康帝",庙号"兴宗",母吕氏为皇太后,册妃马氏为皇后,子文奎为皇太子,封弟允熥为吴王,允熞为衡王,允熙为徐王,免不得有一番忙碌。又用侍讲方孝孺议,更定官制,内外官品勋阶,悉仿周礼更定,且条订礼制,颁行天下。方氏虽一代正人,然未免迂腐,看他下手,便是急其所缓。

正在整修内政的时候,忽报湘王柏、齐王榑、代王桂等统蓄异图。当由建文帝分道遣使,发兵收印。柏自焚宫室,弯弓跃马,投火身亡。榑逮锢京师,桂幽禁大同,均废为庶人。一波才平,一波又起,西平侯沐晟又奏称岷王楩行事不法,得旨照齐、代例,亦削职为民,流徙漳州。连削诸藩,无怪燕王速反。随饬刑部侍郎暴昭、户部侍郎夏原吉充采访使,分巡天下。暴昭到了北平,侦悉燕王阴谋,飞使告密,请即预防。建文帝方在踌躇,忽报燕世子高炽、高煦、高燧,因太祖小祥,来京与祭,当饬令传入,与帝相见。彼此问答,除高煦有矜色外,两世子执礼甚恭,建文帝稍觉心安。至小祥祭毕,齐泰拟留住三人,作为质信,因此一时未行。燕王正防这一着,急遣人驰奏,只说病危且死,速遣三子北归。明明是假。建文帝复召齐、黄二人,示以奏牍。齐泰仍主持原议,不欲遣回。黄子澄独启奏道:"不若遣归,令他勿疑。"乃传旨令三子归国。旨方下,忽有魏国公徐辉祖入见。辉祖系徐达子,达女为燕王妃,燕王三世子,皆达女所出,与辉祖有甥舅谊。至是辉祖入奏道:"臣三甥中,惟高煦勇悍无赖,非但不忠,且将叛父,他日必为后患,不如留住京

中，免得胡行。"建文帝默然不答。建文之病，便在于此。辉祖退出，帝复召问辉祖弟增寿及驸马王宁，都袒护高煦，保他无事。且云王言不宜反汙，乃悉听北去。高煦临行，潜入辉祖厩中，盗了一匹名马，加鞭疾驰。至辉祖察觉，遣人往追，已是不及。

煦渡江而北，沿途乱杀吏民，至涿州，又杀驿丞，返见燕王。燕王也不及细问，惟满脸堆着笑容，并语三子道："我父子重得相聚，真是天助我了。"过了数日，忽有朝旨下来，严责高煦擅杀罪状，燕王置诸不问。又越数日，燕官校于谅、周铎等被张昺、谢贵赚去，执送南京。燕王忙遣人探问，已而返报，两人都被戮京师，害得燕王懊丧异常，嗟叹不已。未几又奉旨切责，燕王遂佯狂披发，走呼街头，夺取市人酒食，语言颠倒，有时奄卧沟渠，竟日不起。亏他装作。张昺、谢贵闻王病状，入邸问视。时方盛夏，红日炎炎，燕邸内独设着一炉，炽炭甚烈，燕王身披羔裘，兀坐炉旁，还是瑟瑟乱抖，连呼天冷。张、谢二人与他谈话，他却东掇西扯，满口荒唐。孙膑假疯，不是过也。张、谢信为真疾，辞别后，暗报朝廷。独燕长史葛诚与张、谢莫逆，密语张、谢道："燕王诈疾，公等慎勿为欺。"张、谢尚似信非信。嗣燕王使百户邓庸诣阙奏事，齐泰将邓庸拿住，请帝亲讯，具言燕王谋逆状。乃发符遣使，往逮燕府官属，并密令谢贵、张昺设法图燕，使约长史葛诚及指挥卢振为内应。又以北平都指挥张信，旧为燕王信任，命他掩执燕王。

信受命不知所措，入内白母。母大惊道："不可不可。吾闻燕王当有天下，王者不死，岂汝一人所能擒他么？"张信之母，岂亦知术数谙相卜耶？言未毕，京中密旨又到，催信赶紧行事。信艴然道："为甚么性急至此？"乃往燕邸请见。燕王托疾固辞，三造三却。信却想了一计，易了微服，乘着妇人车，径入燕府，说有要事密禀。燕王乃召入，信见燕王卧着，拜倒床下。燕王仍戟指张口，作疯癫状。信顿首道："殿下不必如此，有事尽可告臣。"燕王尚瞠目道："你说甚么？"信又道："臣有心归服殿下，殿下恰故意瞒臣，令臣不解。实告殿下，朝旨令臣擒王，王果有疾，臣当执王解京，否则应早为计，无庸深讳。"张信未免负主。言至此，猛见燕王起床下拜道："恩张恩张！生我一家，全仗足下。"信答拜不迭，彼此扶掖而起。信遂将京中密旨，和盘说出。燕王立召僧道衍等入内密议。适天大风雨，檐瓦飞堕，燕王有不悦色。道衍进言道："这是上天示瑞，殿下何故不怿？"燕王谩骂道："秃奴纯是瞎说，疾风暴雨，还说是祥瑞么？"道衍笑道："飞龙在天，哪得不有风雨？檐瓦交堕，就是将易黄屋的预兆，为什么说是不祥？"燕王乃转忧为喜，徐问道衍，如何措置，道衍道："殿下左右，惟张玉、朱能两人，最为可恃，请速召入，令他募集壮士，守卫府中，再图良策未迟。"燕王称善，遂命张玉、朱能，依计行事。寻又与道衍等商定良策，方才散会。

越数日，朝使至北平，来逮燕府官属，张昺、谢贵等遂亲督卫士，围住燕府，迫令将官属交出。朱能入报，燕王道："外兵甚众，我兵甚寡，奈何？"又是假话。朱能道："擒杀张昺、谢贵，余何能为？"燕王方道："教你募集壮士，共得若干人？"朱能道："已有八百人到此。"燕王道："已够用了。你与张玉分率四百人，潜伏两庑，待我诱入贵、昺，掷瓜为号，你等一齐杀出，便可除此二奸。"朱能领命而去。

燕王遂称疾愈，亲御东殿，受官僚谒贺。退殿后，即遣使往语贵、昺道："朝廷遣使来收官属，可悉依所坐姓名，一一收逮，请两公速来带去！"贵、昺闻言，尚迟疑未至。燕王复遣中官往催，只说所逮官属，已经缚住，请即收验，迟恐有误。贵、昺乃带着卫士，径诣府门，司阍阻住卫士，但令贵、昺入内。贵、昺不便回身，只好令卫士在门外候着，自随中官径入。既到殿上，见燕王曳杖出来，笑脸相迎。两人谒见毕，便由燕王赐宴，酒过数巡，忽出瓜数盘，置于席上。燕王语两人道："适有新瓜进献，愿与卿等共尝时味。"贵、昺称谢。燕王自进片瓜，忽怒詈道："今编户齐民，对着兄弟宗族，尚相赒恤，乃身为天子亲属，性命偏危在旦夕，天下何事可为，亦何事不可为。越是帝王家，越不能顾恤宗族，燕王乃犹未知耶？"言毕，掷瓜于地。瓜方坠下，蓦见两庑杀出伏兵，鼓噪而入，摔住贵、昺，并葛诚、卢振下殿。燕王掷杖起立道："我生什么病！我为奸臣所迫，以致于此。今已擒获奸臣，不杀何待！"遂命将贵、昺等四人一律枭首。贵、昺被杀，门外关着的卫兵，尽行散逸，连围城将士也闻报溃散。

北平都指挥彭二闻变，急跨马入市，集兵千余人，欲入端礼门。燕王遣壮士庞来兴、丁胜等，麾众出斗，格杀数人，便即逃散。彭二见不可支，亦仓皇遁去。燕王遂收逮葛诚、卢振家族，尽行处斩。一面下令安民，城中大定。都督宋忠得着此耗，自开平率兵三万，至居庸关，因胆怯不敢进攻，退保怀来。于是燕王誓师抗命，削去建文年号，仍称洪武三十二年，自署官属，以张玉、朱能、邱福为都指挥佥事，擢李友直为布政司参议，拜金忠为燕纪善，秣马厉兵，扬旗击鼓，居然造起反来。他恰自称为靖难军，小子有诗咏道：

北平兴甲似无名，
发难偏称靖难兵。
如此强藩真跋扈，
晋阳书叛岂从轻？

毕竟燕王能否成功，且看下回分解。

封建制度，莫盛于周，而东周之弱，实自此致之。厥后汉七国，晋八王，唐藩镇，元海都笃哇诸汗，皆尾大不掉，酿成祸乱。明祖不察，复循是辙，未几而即有靖难之师。论者谓建文嗣祚，道贵睦亲，乃听齐泰、黄子澄之言，削夺诸藩，激成燕王之变，是其咎

应属建文。说固似矣,但大都耦国,终为后患。削亦反,不削亦反,误在案验未明,屡兴大狱。周、齐、湘、代、岷诸王,连日芟除,豆煎釜泣,兔死狐悲,宁有智虑过人之燕王,甘心就废,束手归罪耶?且所倚以谋燕者,惟责之张昺、谢贵、张信诸人,信既反复不忠,贵、昺又未能定变,为燕所缚,如豚犬然。内乏庙谟,外无良弼,坐使靖难军起,一发难收,是不能不为建文咎也。本回所叙,即为建文启衅之源,福为祸倚,由来渐矣。

第二十一回 削藩封诸王得罪 戕使臣靖难兴师

第二十二回　耿炳文败绩滹沱河　燕王棣诈入大宁府

却说燕王棣誓师抗命，下谕将士，大旨以入清君侧为名，招降参政郭资，副使墨麟，佥事吕震及同知李浚、陈恭等，一面遣使驰驿，赍奏朝廷。其辞云：

皇考太祖高皇帝，艰难百战，定天下，成帝业，传至万世，封建诸子，巩固宗社，为磐石计。奸臣齐泰、黄子澄，包藏祸心，楠、榑、柏、桂、楩五弟，不数年间，并见削夺，柏尤可悯，阖室自焚。圣仁在上，胡宁忍此？盖非陛下之心，实奸臣所为也。心尚未足，又以加臣，臣守藩于燕，二十余年，寅畏小心，奉法循分。诚以君臣大义，骨肉至亲，恒思加慎，为诸王先。言重言重，恐怕未必。而奸臣跋扈，加祸无辜，执臣奏事人，箠楚交下，备极苦毒，迫言臣谋不轨，遂分派宋忠、谢贵、张昺等于北平城内外，甲马驰突于街衢，钲鼓喧阗于远迩，围守城府，视臣如寇仇，追护卫人执贵、昺，始知奸臣欺诈之谋。窃念臣于孝康皇帝，同父母兄弟也，今事陛下如事天也，譬伐大树，先翦附枝，亲藩既灭，朝廷孤立，奸臣得志，社稷危矣。臣伏睹祖训有云："朝无正臣，内有奸恶，则亲王训兵待命，天子密诏诸王统领镇兵讨平之。"臣谨俯伏俟命。

书入，建文帝尚迟疑未决，总是因循致误。那燕王已出师通州，降指挥房胜，进陷蓟州，擒杀都督指挥马宣，乘夜趋遵化。指挥蒋云、郑亨等又皆开城迎降，复遣锐卒击夺居庸关。守将余瑱败走怀来。时都督宋忠正在怀来驻扎，闻居庸关失守，忙率兵来援，并下令军中道："尔等家属，统在北平，现闻被燕兵屠戮，积尸盈途，快随我前行，报仇泄恨。"激怒之计，未始不善，但惜系诈言耳。军士闻了此言，个个怒目切齿，摩拳奋掌，争向居庸关杀去。一到关前，遥见燕军前队的旗帜，统系熟识，旗下列着士卒，不是父兄，就是子弟，彼此慰问，都称无恙。当下恼动军心，大呼宋都督欺我，一声哗噪，相率倒戈。宋忠列阵未定，不防这前军哗变，自相残杀，正在脚忙手乱，那燕军

第二十二回 耿炳文败绩滹沱河 燕王棣诈入大宁府

复乘势杀来，眼见得人仰马翻，不可收拾，当下全军大溃。都指挥孙泰本是一员骁将，也被流矢所中，战死阵中。宋忠逃奔入城，门不及闭，被燕军一拥而入，四处搜杀，至厕间觅获宋忠，并擒住余瑱，一律杀死。诸将校先后受缚，共一百余人，统因主将已亡，情愿捐生，或自刎，或被杀，怀来遂陷。山后诸州皆震动。开平、龙门、上谷、云中诸守将，望风降附。谷王橞镇守宣府，也因地近怀来，恐遭兵祸，竟弃了国土，逃奔南京去了。

京中迭闻警耗，建文帝乃祭告太庙，削棣属籍，废为庶人，诏示天下，特命宿将耿炳文为征虏大将军，驸马都尉李坚、都尉宁忠为副，率师讨燕。子澄又请命安陆侯吴杰，江阴侯吴高，都督都指挥盛庸、潘忠、杨松、顾成、徐凯、李文、陈晖、平安等，分道并进。且从狱中放出程济，擢为翰林院编修，充作军师，护诸将北行。一面传檄山东、河南、山西三省，合给军饷。临行时，建文帝谕令将士道："昔萧绎举兵入京，常号令军中，谓一门以内，自逞兵威，实属不祥。今尔等将士与燕王对垒，亦须善体此意，毋使朕有杀叔父名。"湘东故事，何足取法。况湘东因此失国，建文宁未之闻乎？耿炳文等领命出师，共计三十万人，陆续至真定，当命徐凯率兵驻河间，潘忠率兵驻莫州，杨松率先锋九千人驻雄县，约忠为应。

燕王使张玉往探虚实，玉返报道："炳文年老，潘、杨有勇无谋，行军安营，统乏纪律，看来俱不足为。惟我军欲南下，宜先取潘、杨，方可通道。"宿将凋零久矣，只一炳文亦老羸不胜任，谁为为之？以至于此。燕王称善，即命移军涿州，进屯桑娄。时值中秋，天高月朗，燕军统渡过白沟河，直薄雄县城下。杨松毫不防备，乘着中秋佳节，大家宰牛饮酒，醉饱酣眠，不料时至夜半，燕军缘城而上，大刀阔斧，砍入城中，等到杨松惊起，慌忙迎敌，已是不及措手，霎时间九千兵士悉数战殁，杨松亦死于乱军之中。一班酒鬼，尽入冥途。燕王既得雄县，便谕诸将道："潘忠近在莫州，未知城破，必引众来援，我便好生擒他了。"妙算在胸。当下命千户谭渊领兵千余，渡月漾桥，埋伏水中，俟潘忠兵过，据住桥梁，断他归路。谭渊受计去讫。燕王即麾兵出城，列阵待着。果然潘忠引兵前来，越过月漾桥，直趋雄县。将到城下，望见前面统是燕军，不禁心慌，一经交绥，燕军如生龙活虎，锐不可当，潘忠料不可支，只好且战且行。回至桥边，忽由水中跳出一人，大喝道："谭渊在此！何不受缚？"潘忠尚未看清，已被谭渊手起枪落，刺倒马下。谭渊手下诸兵士抢步出水，把潘忠擒去。潘军腹背受敌，纷纷投水溺死（潘、杨俱了）。

燕王遂趋入莫州，休息三日，复会议进兵所向。张玉道："何不径趋真定？彼众新集，我军乘胜进攻，一鼓可下。"燕王依言，即向真定进发。途次获得耿部下张保，由燕王好言抚慰，保自称愿降。燕王遂问耿军情形。保答道："耿军共三十万人，先到的有十三万，分营滹沱河南北岸。"燕王道："你既诚心归降，我纵你归去，只说是兵败被执，窃马逃归，所有雄、莫战状，及我兵直趋真定，统可直告炳文便了。"张保唯唯而去。诸将上前禀道："大王直趋真定，本欲掩他不备，奈何遣保返告？"我亦欲问。燕王笑道："诸将有所不知。前未知耿军虚实，因欲袭他不备，今知他半营河南，半营河北，南北互援，不易取胜，何若令他知我行踪，使他并南归北，才可一举尽歼。且使闻雄、莫败状，挫损锐气，这是兵法上所谓先声后实呢。"诸将方齐称妙计。燕王即带着数骑，径趋真定东门，擒住耿军二人，讯问耿军情状，果将南兵尽移北岸，随即遣张玉、谭渊、马云、朱能等，绕出城西南，连破耿军二营。炳文出城迎战，张玉等率军奋击，两下里喊杀连天，争个你死我活。不防燕王复亲率铁骑，沿城夹攻，横贯南阵，耿军大乱。炳文支持不住，慌忙逃回。朱能率敢死士后追，至滹沱河，炳文众尚数万，复列阵向能。能奋勇大呼，冲入炳文阵中，炳文军士，已经重创，无心恋战，相率披靡。一时践踏死的不计其数，弃甲投降的又有三千余人。副将李坚、宁忠、都督顾成、都指挥刘燧等，统被擒去。炳文逃入真定，闭门固守。燕军攻城，三日不能下，引还北平去了。

建文帝闻炳文战败，很是懊恼，便召问齐泰、黄子澄道："炳文老将，尚且摧锋，为之奈何？"子澄道："胜败兵家常事，不足深虑，臣思曹国公李景隆，材堪大用，不如命代炳文。"齐泰道："景隆能文不能武，断不可用。"建文不听，即拜景隆为大将军，赐通天犀带，亲饯江浒，行推毂礼。景隆赴军，耿炳文卸任自归，监察御史韩郁，以出师无功，独愤然上疏道：

臣闻人主亲其亲，然后不独亲其亲。今诸王亲则太祖之遗体也，贵则孝康帝之手足也，尊则陛下之叔父也，乃竖儒偏见，病藩封太重，疑虑太深，于是周王既废，湘王自焚，齐、代相继被摧，为计者必曰兵不加则祸必稔，实则朝廷激之变也。今燕举兵两月矣，前后调兵不下五十万，而一矢无获，将不效谋，士不效力，徒使中原赤子，困于转输，民不聊生，日甚一日，臣恐陛下之忧方深也。谚曰："亲者隔之不断，疏者属之不坚"，此言深有至理。伏愿陛下鉴察，兴灭继绝，释齐、代之囚，封湘王之墓，还周王于京师，迎楚、蜀为周公，俾各命世子持书，劝燕罢兵守藩，慰宗庙之灵，笃亲亲之谊，不胜幸甚。是亦迂腐之谈。

建文帝得了此奏，置诸高阁。只催命景隆进兵。景隆至德州，收集炳文将卒，并调诸路兵五十万，进营河间。燕王闻报，喜谕诸将道："从前汉高祖用兵如神，还只能将兵十万，景隆竖子，有甚么才能，乃给他五十万众？这正是自取败亡呢。"言未已，有探马报说："明将吴高、耿瓛、杨文等，进军永平。"燕王投袂遽起，即欲麾军往援，诸将入请道："大王出援永平，倘景隆乘虚来袭，如何是好？"燕王道："景隆

第二十二回 耿炳文败绩滹沱河 燕王诳诈入大宁府

不足畏，我出援永平，正欲诱他前来，先破吴高，后破景隆，统在此举。"当下令世子高炽居守，并戒他坚守勿战，自率军径诣永平。吴高本来胆小，忽闻燕军大至，竟弃了辎重，退保山海关，燕军从后追去，斩首数千级。景隆闻燕王出援永平，果引兵薄北平城下，筑垒九门，燕世子高炽，督城固守，连妇女也令登陴，乱掷瓦砾。景隆军令不严，竟尔骤退。瓦砾犹能退军，况矢石乎？景隆竖子，固不足畏。高炽又夜遣勇士，缒城劫营，营中自相惊扰，竟退到十里以外，方敢驻足。独有都督瞿能愤怒交迫，自率二子及精骑千余，直攻张掖门，势且登城，偏景隆因他擅出，满怀猜忌，勒令缓攻。既不知兵，又怀私意，不败何待？守兵连夜用水沃城，翌晨结水成冰，很是光滑，不能再登。两军相持不下，这时候，燕王已移师东北，潜袭大宁。

原来大宁属宁王权镇守，东控辽左，西接宣府，所属朵颜三卫骑兵都骁勇善战。燕军发难，明廷恐宁王与合，召还京师，宁王抗不受命，坐削护卫。燕王乘隙贻书，并潜师随后。诸将以大宁无患，北平垂危，请燕王熟权缓急，还救北平。燕王道："今从刘家口径趋大宁，数日可达，闻大宁城内，只有老弱居守，所有将士均派往松亭关，我能袭取大宁，抚绥将士家属，松亭关自不战而降。若北平深沟高垒，纵有雄师百万，一时也难攻取，待我取了大宁，还援北平，尚是未迟。"陆续叙来，统见燕王妙算。遂从间道登山，驰抵大宁城下；暗令健卒四伏，自己单骑入城，一见宁王，握手大恸，只说建文负我，现在北平被围，旦夕且下，求吾弟设法救我，替我表谢请赦。真做得象，更兼宁王此时亦有狐兔之悲，能不堕其毂中耶？宁王也相对歔欷，备加慰藉。一面代草表章，情词娓娓，请贷燕王一死。表发后，设宴相待，笑语殷勤。接连数日，城外的伏兵多混迹入城，与三卫部长互相联络。燕王方托故告辞，宁王送出郊外，置酒饯行。第一杯递与燕王，一饮而尽；第二杯复递到燕王手中，燕王忽将杯掷地道："伏兵何在？"人情反覆，一至于此，煞是可叹。言甫毕，一声呼噪，燕军尽至，竟拥了宁王南行，三卫矿骑袖手旁观，大宁都指挥朱鉴上前争夺，竟被燕军杀死。燕王又麾兵入城，揭示安民，只把宁府妃妾世子，及所有宝货，一拥而出，驰至松亭关。关上将士已接家属通报，有心归燕，统在马首迎降。燕王派兵分守要害，随驱着大宁降众，还向北平。至会州，简阅将士，设立五军，命都指挥张玉将中军，朱能将左军，李彬将右军，徐忠将前军，房忠将后军，每军各置左右副将，以大宁降众，分隶各军，浩浩荡荡，驰援北平。

是时天气严冷，雨雪纷飞，燕王兵至孤山，暂驻北河西，河水汪洋，无舟可渡。燕王望空默祝道："天若助我，今夜河水结冰。"这一语也是燕王希冀非分，不意上天竟似有耳，河伯也是效灵，一夕严风，将河冰结得甚固。天神果助逆乎？抑助顺乎？燕军凌晨探视，诧为奇异，反报燕王。燕王大喜，即麾兵渡河。适值李景隆移营河滨，先锋都督陈晖渡河截击，被燕军一阵驱杀，大败奔回。燕军渡河上岸，回视河冰复解，大家喜得神助，遂抖擞精神，直捣景隆大营。自午至申，连破七寨，景隆不能抵御，黉夜遁去。燕军进抵城下，见城外尚有南军九垒，奋呼杀入，城中亦鼓噪出兵，内外夹攻，哪有不破之理？顿时杀得尸横遍野，血流成渠。有几个逃脱的兵士，星夜南奔，追上景隆残军，同返德州去了。景隆既至德州，不免懊怅得很，拟再调军马，期至来春大举，忽闻有朝旨下来，吓得面如土色，至开诏跪读，竟加封景隆为太子太师，这是事出意外，连景隆都莫名其妙呢。小子有诗叹道：

败军偾辙有明刑，
谁料恩荣赐阙廷。
莫怪建文终逊国，
误施赏罚失常经。

毕竟景隆如何邀赏，容至下回叙明。

明太祖杀戮功臣，几无噍类，至建文嗣位，所存者第一耿炳文。炳文系偏将才，非大帅才也，滹沱河一役，事事不出燕王所料，其才之劣，已可概见。然耿炳文败回真定，燕军攻城不下，三日即引还，意者其犹以炳文为宿将，未易攻取乎？至若景隆仅优文学，素未典兵，安可寄以干城之任？子澄误荐，建文误用，宜其丧师覆辙也。史称燕王善战，宁王善谋，燕宁接壤，燕既发难，正应优诏谕宁，令蹑燕后，为两面夹攻之计，乃复削其护卫，为渊驱鱼，即非燕王之计诱，恐燕宁亦必相联，兔死狐悲，谁不知之？建文帝不谋及此，而盈廷诸佐，又不闻举此以告，坐使燕藩日盛，祸及滔天，天下事之可长太息者，孰逾于是？读之令人作三日呕云。

第二十三回　折大旗南军失津
　　　　　脱重围北走还都

却说李景隆败回德州，明廷反加封太子太师，赏罚倒置，究是何因？看官不要性急，待小子补叙出来。原来景隆败报到京，由黄子澄暗中匿住，反奏称交战获胜，不过因天气寒冷，未便行兵，所以暂回德州，俟春再举。建文信为实事，遂封景隆为太子太师，景隆受诏后，自己都是不解，嗣接子澄密书，方知子澄代为掩饰，真是感激不尽；且书中勉令再举，亦合己意。遂飞檄各处，招集兵士，到建文二年孟春，各处兵马齐集，差不多有五六十万人，正拟祭旗出发，忽报燕王出攻大同，亟督师往援，道出紫荆关，余寒尚重，冰雪齐封，军士各叫苦不迭。幸得侦骑反报，燕王已由居庸关，入返北平，于是相率趋归。军士南归情急，抛弃无数铠仗，以便速行。还有一班敝兵羸卒，不能熬受冻饿，多半死亡。未曾对仗，且如此狼狈，真令人短气。

景隆回军月余，又誓师德州，会同武定侯郭英、安陆侯吴杰等，进兵真定，得兵六十万，列阵数十里。燕王闻报，语诸将道："李景隆等都无能为，惟靠了数十万兵卒，想来谋我，哪知人多易乱，前后不相应，左右不相谋，将帅不专，号令不一，何能成事？尔等但严装待着，敌来即击，怕他甚么？"虽是安定军心，恰亦寓有至理。张玉道："何不先往白沟河，扼住要害，以逸待劳？"燕王点头道："尔言却也有理。"遂麾众先往。到了三日，侦悉景隆前锋都督平安已将驰到，燕王道："平安竖子，前曾从我出塞，今日敢来冲锋，我当前去破他。"当下拔营复进，渡过五马河，直抵苏家桥。猛闻炮声骤响，伏兵猝起，当先一员大将，挺矛突阵，就是南军都督平安。随后又有都督瞿能父子，亦跃马而来，刀光闪闪，逢人便砍。燕兵猝不及防，向后倒退，几乎旗靡辙乱。忽有三员骁将出阵拦阻，与平安交战起来，燕军望将过去，一是内官狗儿，一是千户华聚，一是百户谷允，三对儿盘旋厮杀，颇似棋逢敌手，将遇良材，战至日暮，方各鸣金收军。次日，景隆、英、杰等俱到，还有魏国公徐辉祖，亦奉命至师，数人商定一计，暗将火器埋着地下，然后出兵诱敌。燕军不知是诈，一鼓赶来，突觉火器爆发，烟焰冲天，燕军多烧得焦头烂额，连忙返奔，燕王也不能禁止，只好亲自断后。逃了一程，天色已昏，四顾手下，只有三骑，愁云惨淡，林树苍茫，竟不辨东西南北。俄闻水声潺潺，料知已到白沟河，急急跑到水滨，下马伏地，谛视河流，方得辨明方向，仓卒渡河，直达北岸，始见本营所在地，驰入帐中，才得安息。随谕诸将秣马蓐食，翌日再战。

转瞬天明，使张玉将中军，朱能将左军，陈亨将右军，房宽为先锋，邱福为后应，共率马步兵十余万，渡河列阵。南军营内的瞿能父子约了平安，先后趋出，巧值房宽到来，两下相交，不到十合，平安怒马陷阵，宽众披靡，顷刻奔溃。张玉等见宽已败阵，统有惧色，独燕王大喝一声，自麾健卒数千人，先出阵前，舍命冲突，高煦率张玉等继进，一场恶战，真杀得山摇地动，日暗天昏。忽南军阵里，梆声一响，发出了无数硬箭，向燕军射来，这箭镞好象生眼，都到燕王马头旋绕，马屡被创，三易三蹶，南军复乘势相逼，急得燕王无法可施，也取强弩对付，连射一阵，箭又尽了，乃拔剑左右奋击，砍伤数人，剑又缺折不堪用，适身旁有骑兵中箭，倒毙马下，那马溜缰欲驰，被燕王一手拉住，纵身上马，加鞭北走。马甫上堤，忽听后面大呼道："燕王休走！徐能来擒你了。"燕王也不及回顾，只扬鞭作招呼状，情急智生，仿佛曹操之入濮阳城。徐能疑有伏兵，不敢穷追。约过片时，燕王得高煦等救兵，复回马杀来，巧值平安驰到，一枝矛神出鬼没，刺死北军统领陈亨，徐忠急来相救，又被平安拔剑乱斫，伤了二指，指头将断未断，忠忍痛将残指砍去，裂衣裹创，奋勇再战。高煦恐燕王有失，也当先奋斗，几杀得难解难分。

时已晌午，燕军少懈，瞿能父子乘隙上前，大呼灭燕，连砍燕骑百余人。越巂侯俞通渊、陆凉卫指挥滕聚，见瞿能父子得手，也纵马随入，正在踊跃争先的时候，忽觉北风陡起，猛扑南军，沙石飞扬，迷人双目，接连是一声怪响，把景隆身前的大纛折做两段。天意可知。景隆料知不佳，正拟鸣金收军，忽然燕军队里射出各种火具，火随风发，霎时燎原。南军有力难施，只好回马逃走，阵势一动，便至大乱。燕王趁这机会，亲率劲骑数千，绕出景隆阵后，突入驰击。前面的高煦复督领将士，一齐纵火，顺风痛杀。可怜这瞿能父子及俞通渊、滕聚等，俱战殁阵中，葬身火窟。平安独力难支，也只好匹马奔逃。南军大溃，势如山崩。燕王麾众奋追，直至月漾桥，除南军弃械投降外，被杀死的数不胜数。郭英向西遁去。郭英也是宿将，至此亦不中用，可见主有福，方觉将有力。景隆南走德州，抛弃器械辎重，好似山积，连御赐的玺书斧钺，也一并抛去。还亏徐辉祖率兵断后，方不至片甲不回。过了数日，燕王复进攻德州，未到城下，景隆

明史演义

先已出走，剩下储粮百余万石，至燕军入城，安安稳稳地得了粮草，声势越振。

是时山东参政铁铉方督饷赴景隆军，闻景隆败还，忙驰入济南，与参军高巍收集溃亡，共誓死守。景隆也遁至济南，扎营城外。燕军乘胜进攻，景隆众尚十余万，仓猝迎战，又被燕军杀败，单骑遁去。于是燕军筑垒围城，经铁铉、高巍两人，督众固守，围久不下。警报飞达南京，建文帝不免心慌，没奈何与齐泰、黄子澄商量，佯示罢免，遣使赴燕军议和。一面召李景隆还京，所有军务饬左都督盛庸代理，并升铁铉为山东布政司使，帮办军事。看官！你想这燕王棣狠鸷心成，既已发难，哪肯半途罢手？见了朝使，置诸不理，只命将士奋力攻城，且射书城中，谕令速降。铁铉撕破来书，掷出城外，燕王大愤，令将士决水灌城，城内陡成泽国，顿时军民汹汹。铁铉下令道："军民无恐，本司自有良策，静守三日，便可破敌。"军民得了此令，也不知他葫芦中卖什么药，且依令安心待着。我亦张目瞧着。这位布政使铁铉居然不慌不忙，暗中差遣干役，出城求降。及差人还报，燕王已允，约明日入城，铁铉佯撤守具，又召集父老数百人，密嘱一番，令出城赴燕王营。燕王闻有父老到来，未免诧异，遂出营巡视。只见父老等俱俯伏道旁，涕泣请道："奸臣不忠，使大王蒙犯霜露，跋涉至此，大王系高皇帝子，民等乃高皇帝百姓，哪敢违大王命？但民等不习兵革，骤见大兵压

境，未识大王为国为民的苦心，还疑是有心屠戮。大王如真心爱民，请退师十里，单骑入城，民等当备具壶浆，欢迎大王。"燕王大喜。也入彀中，若非命不该绝，必死铁板之下。好言抚慰，令他回城。次日下令退军，只率劲骑数人，跨马张盖，渡过吊桥，直达城下。城门果已大开，门内有无数兵民伏着，高呼千岁。燕王扬扬得意，徐行而入，方至门首，蓦听得踢踏一声，连忙上视，不瞧犹可，瞧了一眼，那城上竟放下一块铁板，差不多有数千斤，亏得眼明手快，勒马倒退，未及数尺，板已压下，正中马首，碎成齑粉。为燕王捏一把汗。燕王惊堕马下，旁有骑士扶起，另进一马，纵辔驰去。桥下本设有伏兵，见燕王将要过桥，出水来拆桥板，偏偏桥筑甚坚，一时不能遽毁，竟被燕王越桥逸去。真是天意。铁铉忙出城来追，已是不及。至回城后，叹息不已。

越宿闻炮声震天，燕军又到，铉忙督兵登陴，那炮石煞是厉害，弹着城墙，多成窟窿。燕军且击且攻，声势张甚，铉恐城被击破，又想了一计，悬出了一方神牌，上书"太祖高皇帝之灵"七字，想入非非，字样甚大，射入燕王目中，自觉难以为情，停止炮击。守兵得运土补隙，城复坚固。铉复密约盛庸，内外夹攻，击败燕众。燕王愤急得很，左思右想，一时无从得计。僧道衍进谏道："顿兵坚城，师老且殆，不如暂归北平，容图后举。"燕王乃撤围北去。铉及盛庸等出兵追敌，直至德州，城内燕军，闻燕王北还，亦无心固守，

弃城遁去，德州遂复。庸、铉拜表奏捷，有旨封庸为历城侯，擢铉为兵部尚书，寻复诏庸总兵北伐，拜平燕将军。副将军吴杰进军定州，都督吴凯进军沧州，遥为犄角，合图北平。

这消息传达燕王，燕王不以为意。恰下令出击辽东。又捣鬼了。诸将士各有异言，兵至通州，张玉、朱能入禀道："大敌当前，正应抵御，乃出师辽东，舍近图远，窃为不解。"燕王闻言，屏退左右，又与两人密语道："如此如此。"两人方顿首称善，遂倍道趋天津，过直沽，下令将士，循河而南。将士复惊诧起来，燕王道："尔等道我欲东反南，走错路头么？我夜见白气二道，东北至西南，占得南征大利，所以改道南行。"还要捣鬼。将士方才无言。燕王更引军疾趋，一昼夜行三百里，遇着南军侦骑，尽行杀毙。走到天明，已抵沧州城下。沧州镇帅吴凯探得燕军出击辽东，毫不设备，只遣兵四出伐木，修筑城墙，不意燕兵猝至，亟督兵分守城堞，众皆股栗，不及穿甲，燕将张玉遽率壮士登城东北隅，肉薄齐飞，仍不少却。吴凯料不能守，忙与都督程暹，都指挥俞琪、赵浒、胡原等，开城出走。行了里许，突遇着燕将谭渊，带着健卒，截住去路。吴凯等心忙意乱，勉强抵敌，可奈手下统已溃散，被燕军左擒右斫，伤毙了万余人。还有兵士三千名，见不是路，都下马降敌，剩得吴凯、程暹等数员将官，如何抵挡，也只得束手就缚。谁知那谭渊凶险得很，佯收降卒，密令军士掘下坑堑，至夜间尽驱降卒入坑，活活埋死，只把那吴凯、程暹等，械送燕王。

燕王见功成计遂，一语道破，举上文各种疑团，均已了明，很是喜慰，命将所有俘虏，所得辎重，悉数解运直沽舟中，送达北平。自率众循河而南，复抵德州。盛庸坚壁不出，燕王攻城不下，引兵掠临清、大名，越汶上，至济宁。盛庸遂大合铁铉、平安各军，出屯东昌，杀牛犒将士，誓师厉众，背城列阵，并排着火器毒弩，专待燕军到来。燕军仗着屡胜的威风，飞行而至，一见南军，即鼓噪杀入，怎禁得火器迭发，继以毒弩，不是糜烂，就是惨毙。燕王见前队将士多半受伤，愤懑得了不得，竟亲率精骑，冒着险来冲南军。盛庸见燕王亲至，恰故意分开两翼，一任燕王杀入，待燕王冲入中坚，复纠兵包围，绕至数匝。燕王才知中计，慌忙夺路，左驰右突，好似铜墙铁壁一般，无从得脱。燕将朱能、周长等望见燕王被困，急率番骑驰救，突入围中，奋力死斗，才杀开一条血路，护翼燕王出围。张玉还道燕王未脱，拚命杀入，突被南军一阵乱箭，射毙马下。看官览到此处，几疑南军能射死张玉，独不能射中燕王，难道燕王有避箭诀，所以南军不敢放箭，听他逃去么？我亦要问。这个原因，试回阅前叙建文帝的命令，便可晓得。建文帝曾饬临阵诸将，毋使朕负杀叔父名（应二十一回），因此诸将不敢加矢燕王，只想燕王窘迫自缚，投降军前，哪知燕王有帝王相，凭你如何设计，他总遇着救星，化凶为吉，所以全

明史演义

军虽败，恰令各将前奔，自己独匹马单刀，且战且退。南军纷纷追逼，又被他弯弓搭箭，射毙数人。等到南军齐上，却又来了高煦、华聚等，一阵击退南军，扬长而去。

燕王奔还北平，检阅将士，丧失二三万，复闻大将张玉战殁，不禁恸哭道："兵败不足虑，独丧我良辅，实可痛恨。"诸将闻言，亦涕下不已。燕王经此次大创，意欲少休，独道衍进言道："臣前谓师行必克，但费两日，两日就是东昌的昌字，今东昌遭败，已成过去，此后必获全胜。"于是燕王复搜卒补乘，俟至来年再举，暂且按下。

且说建文帝闻东昌大捷，欢慰非常，一面祭告太庙，一面开复齐泰、黄子澄原官，就是召还京师的李景隆，也赦罪勿问。有罪勿诛，如何振饬军纪？御史大夫练子宁、宗人府经历宋征、御史叶希贤，并奏言景隆失律丧师，且怀贰心，须亟正刑典，然后可谢宗社，励将士。黄子澄亦上书请诛。是你举荐包庇，何不自请坐罪？各奏上去，只留中不发，是时已是建文三年，建文帝方大祀圜丘，行庆贺礼，忽报燕王棣又出师北平，由保定南下了。帝乃命盛庸各军严行堵御，正是：

捷书上达方相贺，

敌骑重来又启争。

欲知两军决战情形，且至下回再表。

本回叙南北战事，一误于李景隆，再误于盛庸，白沟河之战，燕王矢尽剑折，逸走登堤，景隆不麾军追擒，使燕王得遇救杀回，转致败溃，是景隆之咎，固无可辞。若盛庸固明明奏捷东昌矣，乌得而言其误乎？曰：既诱燕王入围，何不仍用火器强弩，对待燕王。乃任其得救而逸，非误而何？或谓建文有诏，不杀叔父，盛庸不敢违命，以至于此。曰：将在外，君命有所不受。苟利于国，专之可也。使乘此得杀燕王，则燕军瓦解，大功告成，何至有再出之患乎？由斯以观，则李景隆固有误国之罪，盛庸亦不得谓非误国也。故吾谓盛庸之罪，不亚于李景隆。

第二十四回　注复贻书囚使激怒　仓皇挽粟遇伏失粮

却说燕王棣信道衍言，于建文三年春月，复出师南犯，临行时，自撰祭文，哭奠阵亡将士张玉等，并脱下所服战袍，焚赐阴魂。将士家父兄子弟，无不感泣。燕王见人心奋激，即整兵至保定，与诸将议所向。邱福等请攻定州，燕王谓不如攻德州，乃移军东出。途次接着侦报，说盛庸已驻兵夹河。燕王便自率三骑，来觇庸阵。庸结阵甚坚，见燕王掠阵而过，忙遣千骑追赶。燕王仗着善射，连发数箭，射倒追骑五六人，加鞭驰脱。嗣又率步骑万余，来薄庸阵。庸军拥盾自蔽，矢刃不能入。燕王恰令壮士用着长矛，上前钩盾。两下牵扯，燕军即乘隙攻入。燕将谭渊见敌阵内尘埃滚滚，想已蹂乱，急欲上前争功，策马而出，部下指挥董中峰亦随着出来，正要冲入敌阵，兜头遇着一员敌将，执着长枪，来战谭渊。不数合，敌将虚晃一枪，勒马回阵，谭渊纵马追入，不防被敌将回枪一刺，适中咽喉，撞落马下。坑人者卒死人手。董中峰忙来相救，又被敌将拔剑一挥，砍作两段。这敌将叫作庄得，乃是盛庸麾下的都指挥，燕军见谭渊陷没，不觉惊退。庄得乘势驱杀，燕军大挫，燕王且战且行。可巧燕将朱能率铁骑前来接应，燕王即让过两人，令他当先，自己从间道绕出，来袭南军背后。惯用此着。南军专向前面截杀，不防后面又有一军杀来，这是盛庸疏虞处，南军措手不及，顿时大乱。

燕王击破庸阵，与朱能、张武等合军喊杀，恼得这个庄指挥不管死活，一味向前乱闯，还有骁将楚智、张能，也拼命相争。燕军见他勇悍，索性把他围住，用了强弩毒矢，四面攒射，庄得身中数箭，竟致毙命，张能兀自塞着皂旗，往来冲突，不到片时，也集矢如猬，死于非命，他尚手执大旗，植立不仆，燕军素畏张能，呼他为皂旗张，及死后兀立，还不敢近前。惟楚智持着双刀，左劈右砍，杀死燕军数人，几已突出重围，谁知一箭飞来，正中右臂，箭头有毒，痛不可支，顿时晕倒在地，被燕军活捉而去，嗣后苏醒转来，乱骂燕

明史演义

王，遂致遇害。时已天暮，两边各敛兵入营。燕王检点将士，也伤了无数，又失了大将谭渊，悲愤交迫，竟带同十余骑，逼盛庸营，露宿一宵。意不可测。

到了天明，四面皆围着庸兵，左右请燕王急遁。燕王仍谈笑自若，待至日出，吹动画角，招集骑兵，从容上马，穿营而去。盛庸诸将，相顾愕眙，连一箭也不敢发，由他往返自如。燕王固奇，盛庸诸将，亦觉可怪。越日复战，燕军阵东北，盛庸阵西南，苦战一日，互有杀伤。两军统觉疲乏，各拟鸣金收兵，忽东北风大起，尘雾蔽天，砂砾击面，两军眯目，咫尺不见人影。风师又来助阵。燕王麾旗大呼，纵左右翼横击庸军，鼓声震地。庸军正思归休，哪禁得燕军杀来，不战而溃。燕军乘风追赶，至滹沱河口，逼庸军入水，践溺死的，不计其数。盛庸退保德州，没奈何据实申报。

建文帝正因宫嫔翠红投缳自尽，颇为伤感，及接着败报，益觉惊惶无措。原来翠红姓王，临淮人，年十八入宫，二十得幸，貌既可人，才又轶众，早知燕王有异志，劝帝翦除，帝斥她离间骨肉，降隶宫娥。至燕兵发难，颇忆翠红前言，仍欲把她复位，偏宫中多怀妒忌，暗进谗言。翠红闻着，愤无可泄，竟取了三尺白绫，断送一条性命。还是死得干净。建文帝闻她自缢，也为悲泪不置，埋葬水西门外的万岁冈（述翠红事，可补正史之缺）。悲怀未了，警信复来，又只得召入齐泰、黄子澄，密商许久，令他出外募兵，恰故意下诏窜

逐，遣使与燕王议和。燕王不从，且上书请罢盛庸、吴杰、平安各兵。建文帝又召问方孝孺。孝孺道："燕兵久叛大名，天将暑雨，势且不战自疲，今宜令辽东诸将，入山海关攻永平，真定诸将，渡芦沟桥捣北平，彼必归救，我用大兵蹑后，不难擒住燕王。现且佯与报书，往返数月，懈彼军心，谋定势合，便可进兵往蹴，一鼓荡平。"看似好计，奈不足欺骗燕王。建文帝连声称善，即遣大理寺少卿薛嵓持诏赦燕王罪，令即罢兵归藩。嵓尚未至，燕王又与吴杰、平安等交战藁城。吴杰、平安夹攻燕军，矢如雨集，燕军多中箭阵亡，燕王所建大旗亦被丛矢注射，七洞八穿。方惊虑间，空中大风倏至，又来帮助燕王，比夹河一战的风势还要厉害，拔木飞沙，吼声如雷。燕王复麾兵四蹙，凭你吴杰、平安如何勇力，也不得不弃兵遁走，可怜南兵走投无路，多被燕军杀死。骁将邓戬、陈鹏等陆续被擒。吴杰、平安走入真定，丧师数万。燕王俘获南军万人，除将士外，悉数纵还。又分兵略顺德、广平、河北诸郡县，气焰越盛。

大理寺少卿薛嵓赍诏入燕营，燕王读诏毕，怒对薛嵓道："汝临行时，上有何言？"嵓答道："皇上有旨，殿下早晨释甲，朝廷暮即班师。"燕王狞然笑道："这语不能诳三尺小儿，乃欲来诳我么？"嵓战栗不能对，使非其人，多辱君命，燕将大哗，群请杀嵓。燕王道："两国相争，不斩来使，况他曾奉诏到此，尔等休得妄言！"既知有君，

第二十四回 注复贻书囚使激怒 仓皇挽粟遇伏失粮

如何造反？这也是欺人之语。乃令踏遍观各营，戈矛旗鼓，相接百余里，吓得踏汗流浃背，跼蹐不安。燕王留崮数日，崮告别欲归，燕王语崮道："为我归语天子，我父即天子之大父，天子父系我同产兄，我为亲藩，富贵已极，尚复何望？无非望做皇帝，何必过谦？且天子待我素厚，只因权奸逸构，酿成衅隙，我为救死起见，不得已发兵南来，今幸蒙诏罢兵，不胜感戴。但奸臣尚在，大军未还，我军心存惶惑，未肯遽散，望皇上立诛权奸，遣散各军，我愿率诸子归罪阙下，恭候皇上处治。"一派甘言，恐亦不能欺三尺小儿。崮唯唯听命。燕王复令中使送他出境。

崮沿途不敢逗留，数日到京。方孝孺先与崮晤，详问燕事。崮把燕王所言，具述一遍，孝孺嘿然。及崮入见帝，亦备述前意，且言燕军甚盛，不易破灭。帝语孝孺道："果如崮言，是曲在朝廷，齐、黄二人，误朕太甚了。"孝孺道："陛下使崮宣谕燕王，崮反为燕王作说客，如何可信？"于是帝又游移未决。总是优柔寡断。既而吴杰、平安等收集溃卒，往断北平饷道，燕王未免怀忧，乃遣指挥武胜，复驰奏到京，大略言朝廷已许罢兵，盛庸等独拥兵未撤，且绝臣饷道，显违诏旨，请从严惩办云云。建文帝得了此奏，颇有罢兵意，便将原奏示方孝孺，且语孝孺道："燕王为孝康皇帝同产弟，系朕亲叔父，若逼他过甚，如何对得住宗庙神灵？"孝孺抗奏道："陛下果欲罢兵么？兵罢不可复聚，若他长驱犯阙，如何对付？臣愿陛下毋为所欺，速诛武胜，与他决绝，那时士气一振，自必得胜。"前云佯与往来，今复请与决绝，且欲诛使以激其怒，自相矛盾，安望成功。建文帝又信了孝孺，缚胜下锦衣狱。忽宽忽严，太无定见。

燕王闻报大怒，即遣都指挥李远等，率轻骑六千余人，改换南军衣甲，混入济宁、谷亭一带，与南军混杂，乘机纵火，把南军所积粮饷，一炬成灰。燕将邱福、薛禄复合兵破济州城，潜遣兵抄掠沛县，又放起一把无名火，将南军粮船数万艘一齐毁尽，所有军资器械，统成煨烬，河水尽热，鱼鳖皆浮死。仿佛曹军之焚乌巢。自是南军乏粮，愈觉短气，至盛庸闻耗，遣将袁宇率军邀截，又被李远设伏击败，斩首数千级。这消息传到京城，大为震动。方孝孺乃献上一计，欲离间燕王父子，请遗书高炽，允他王燕，令他父子相疑，自成乱衅。建文帝称为奇谋，慢着！即命孝孺草书，遣锦衣卫千户张安，赍书投燕。燕世子高炽偏是乖巧，得书后并不启封，竟差了骑兵数名，卫着张安，送交军前。燕中官黄俨本谄奉高燧，与高炽不甚相合，他闻知张安来意，即遣人驰报燕王，燕王颇也疑心，转问高煦。高煦本是个狠戾人物，管甚么兄弟情谊，自然添些儿坏话。凑巧差骑已到，送入张安，并呈原书。燕王展阅毕，不禁惊喜道："险些儿杀我世子。"遂命将张安拘禁，更复书慰勉高炽，那时方孝孺一番计画，又徒成画饼了。计固未佳。

第二十四回 注复贻书囚使激怒 仓皇挽粟遇伏失粮

盛庸因饷道不通，焦闷异常，即檄大同守将房昭，引兵入紫荆关，据易州西水寨，窥伺北平。平安亦从真定出兵，拟向北平进击。燕王时在大名，遣将朱能等截击平安，自领大军往攻房昭。房昭被困多日，向真定乞援，真定发兵往救，被燕王设伏齐眉山下，一鼓击退，斩获无数。房昭势穷援绝，只得弃寨西遁，溃围时丧亡多人。平安到了半途，也被朱能杀败，走还真定。燕王得了许多辎重，凯旋北平。

建文帝屡闻败耗，无计可施，忽忆着太祖临崩，尝有遗嘱委托梅殷，要他力扶幼主，遂召他入朝，商决军事。梅殷系汝南侯梅思祖从子，通经史，善骑射，曾尚太祖女宁国公主，素得太祖宠眷，太祖弥留时，殷亦侍侧，太祖嘱他道："诸王强盛，太孙稚弱，烦你尽心辅佐，如有犯上作乱，应为朕出师讨罪。"殷顿首受命。至是奉诏入朝，建文帝提起遗言，意欲命他出镇，殷直任不辞，遂受职总兵，出镇淮安，募集淮安兵民，号四十万，驻守淮上，防扼燕军。一面由宁国公主致书燕王，责以君臣大义，燕王不答。是时朝廷中官出使外省，多半侵暴百姓，怨言四起，台臣交章劾奏，建文帝格外懊恼，严旨斥责，并令所在地方官，逮系罪犯，尽法惩治。中官怨忿交迫，索性丧尽天良，密遣人驰赴北平，具言京师如何空虚，如何可取。蠹国殃民，端在此辈。燕王不禁慨然道："频年用兵，何时得了？要当临江一决，不再返顾呢。"道衍亦劝燕王直趋南京，燕王遂大举誓师，择日出发。一路驰突，所向无前，连陷东平、济阳诸州县，断绝徐州饷道，并破萧沛及宿州。京师闻警，命徐辉祖往援山东。辉祖星夜前行，至小河，闻都督何福，与燕军交战，大获胜仗，平安转战至北阪，亦杀败燕军（两处胜仗，随笔写过），心下大慰。即驱众至齐眉山，与何福合兵，复与燕军厮杀。两下里舍命角逐，自午至酉，胜负相当。燕将李斌冲锋突阵，忽被流矢射中马首，马倒被擒。斌系著名健将，受擒后尚格杀数人，方才毙命，燕军为之夺气，随即溃散。燕将王真、陈文亦皆战死。燕王退走数十里，才得安营。众将因屡次败起，请还师休养，俟衅再动。燕王道："兵事有进无退，稍稍失败，何可遽回？公等但顾目前，宁识大计？"言已，复下令军中道："欲渡河北归，请趋左！否则趋右。"此令殊误。众将多趋左。燕王大声道："尔等既不愿南行，任从自便！"言下很有怒容。朱能即出为调停道："诸君独不闻汉高遗事么？汉高十战九败，终有天下，今我军尚胜多败少，如何便有退心？"太祖屡效汉高，朱能亦以汉高拟燕王，父子皆思创业，安得不骨肉相戕耶？诸将始嘿然无言。燕王恐兵士哗变，好几日衣不解甲，夜不安寝。

这消息传将出来，南军很是相庆，还有京内一班廷臣，闻这捷报，争说燕军且遁，京师不可无良将镇守，应召魏国公还京等语。建文帝又疑惑起来，遂下诏召还辉祖。辉祖一返，何福势孤，燕王复遣朱荣、刘江等率轻骑截南军饷道,且令游骑扰他樵采。何福支持不住,只得移营灵璧,以便就粮。平安运粮赴何福营,率马步兵六万为卫,令粮车居中,陆续进发,将到灵璧,不防燕军已预先待着,骤出邀击,竟来夺粮。平安慌忙抵敌,杀了半日,未能退敌,再命弓弩手更迭放箭,射倒燕军千余名,敌始稍却。平安方欲进行,忽见燕王督军亲到,来势很猛,一时不及拦阻,竟被燕军横贯入阵,分作两橛。说时迟,那时快,何福闻平安到来,也开壁来援,与平安合击燕军,酣战多时,杀伤相当,燕王又麾军退去。未败又退,仍是狡计。平安、何福两人,总道燕军已退,可无他虑,慢慢儿押着粮车,往灵璧营。约行数里,天色微昏,暮霭四合,野景苍茫,前面丛林错杂,浓绿成阴,只见黑压压的一团,辨不出甚么枝干。既写夜色,又点夏景。各军正放心过去,猛闻胡哨四起,钲鼓随鸣,林间杀出千军万马,冲断南军,当先驰入的统将,不是别人,就是燕王次子高煦。南军已经战乏,哪禁得这支生力军?况兼林深色暝,不知有多少人马,兵刃未交,心胆已碎,大家逃命要紧,还管那甚么粮饷?平安、何福,尚想勉力抵御,后面又来了燕王的大军,眼见得不能抵敌,只好夺路逃走,及到灵璧,不但粮车尽失,且丧师万余人,伤马三千余匹。何福、平安以下,统是相对欷歔,勉强闭寨拒守,是夜还幸没事,未见燕军进攻,只营中粮食已尽,势难复留,当由众将会议,移师至淮河就粮。何福也以为然,定于次日夜间,以放炮三声为号,一齐拔营。众将得令,好容易挨过一日,晚餐以后,各军收束停当,专待炮响起程。俄闻外面炮声已起,接连三响,正与号令相合,遂一齐开门,趋出营外。谁知四面八方,统列着燕军,一俟南军出营,捉一个,杀一个,好似砍瓜切菜一般。这一番,有分教:

全巢尽覆无完卵,
巨劫难逃尽作灰。

未知南军能否逃生,且至下回交代。

燕王起兵三年,身临战阵,亲冒矢石,濒死者屡矣,而卒不死,虽曰天命,要莫非自建文帝纵之。燕王无君,建文帝亦不必有叔。如以为叔侄之谊,不忍遽忘,则曷若迎归燕王,让以大位,俾息兵安民之为愈乎?乃既削燕王属籍,废为庶人,又复下诏军前,毋使朕负杀叔父名,坐使燕王放胆,任意横行,无人敢制。且闻败即惧,闻捷即喜,喜怒无常,恩威妄用,当国家多难之秋,顾可若是之胸无定见乎?燕王始终不臣,建文游移失据,成败之机,胥于此分之。故本回以燕王为宾,以建文帝为主,而军事之胜败,尚不过为一种之形容。阅者赏其词,尤当识其意,庶不负作者苦心。

第二十五回　越长江燕王入京　出鬼门建文逊国

却说何福、平安等拔营欲走，偏遇燕军薄垒，猝不及防，而且号炮三声，也是燕军所放。燕军并不知何福号令，只因黉夜袭营，鸣炮进攻，可巧与何福号令相合，福军误为自己鸣炮，争欲出走，这真所谓冤冤相凑呢。说明前回情事。燕军趁势乱杀，顿时全营纷扰，人马蹂躏，濠堑俱满。副总兵陈晖、侍郎陈性善等三十余人，或战殁，或被执，连骁将平安也仓猝马蹶，为燕军获住，只有何福单身逃脱。这次战事，所有南军精锐悉数伤亡，嗣是一蹶不振。黄子澄闻报大哭道："大事已去，我辈万死，不足赎误国罪名。"你也自悔么？乃上书请调辽兵十万，至济南与铁铉合，截击燕军归路。建文帝准奏，飞饬总兵杨文，调辽兵至直沽。不料又被燕将宋贵兜头袭击，辽兵皆溃，杨文就擒，并没有一兵一将得至济南。

燕王遂长驱至泗州，收降守将周景初。安民已毕，往谒祖陵。陵下父老都来叩见。燕王遍赐酒肉，亲加慰劳。父老皆喜，拜谢而去。燕王即欲渡淮，闻盛庸领马步兵数万，战舰数千，列淮南岸，严阵以待，恰也不敢造次进兵，乃遣使至淮安，往见驸马梅殷。只说要进香淮南，恳他假道。梅殷道："皇考有训，禁止进香，不遵先命，便是不孝。"叱使令去。使人返报，燕王大怒，复致书梅殷，略言："本藩出兵到此，为入清君侧起见，天命有归，何人敢阻？不早见机，后悔无及。"殷得书亦愤，竟将来使耳鼻尽行割去，并语来使道："暂留你口，归报殿下，君臣大义，可不晓得么？"这语回报燕王，燕王无可奈何，另拟取道凤阳。凤阳知府徐安，闻燕王至淮，拆浮桥，匿舟楫，断绝交通。燕军又不能渡。

燕王踌躇一会，想出了一条好计，召邱福、朱能等入帐，密嘱令去，自引军至淮水北岸。指挥将士，舣舟扬筏，张旗鸣鼓，伪作欲渡状。南军对岸瞧着，整备兵械，严装设防，专待燕军南渡，袭击中流。那知燕军鼓噪多时，并没有一舟一筏渡越过来。明明有计，盛庸如何不防？南军瞪目遥望，差不多有小半日，各自还营暂息，忽营外喊声骤起，杀到许多燕军，人乱马嘶，吓得南军魂不附体。看官道这支燕军，从何而来？原来是邱福、朱能等受了密计，带着骁勇数百人，西行二十里，从上流雇了渔舟，偷渡淮水，绕至南军营前，奋勇杀入。盛庸并不预防，还疑燕军飞到，慌忙出帐上马，意图逃走，不意马亦惊跃，反将盛庸掀了下来，庸跌仆地上，手足被伤，几乎不能动弹，亏得手下亲兵把他扶起，掖登小舟，仓皇遁去。蛇无头不行，兵无主自乱，顿时全营大溃。燕王乘机飞渡，上岸夹击，立将南军扫净，尽获淮南战舰，遂下盱眙，陷扬州，杀死都指挥崇刚及巡按御史王彬，别遣指挥吴庸，谕下高邮、通泰、仪真等城，遂进营高资港，舣舟江上，旗鼓蔽天。

京师震恐异常，建文帝忙遣御史大夫练子宁、侍郎黄观、修撰王叔英等，分道征兵。各镇观望不前，或且输款燕王，有意归附。还有朝上六卿大臣，恐在京遭困，多半吁请出守，以便四逸，京内越觉空虚。建文帝亦越觉惶急，没奈何下诏罪己，暗中恰召还齐泰、黄子澄，商决最后的要策。一误再误胡为乎？方孝孺入奏道："今日事急，且许割地议和，暂作缓兵之计。俟至募兵四集，再决胜负。"此老又出迂谋。建文帝流泪道："何人可使？"孝孺道："不如遣庆城郡主。"建文帝点首，乃以吕太后命，遣郡主往燕营。郡主系燕王从姊，既见燕王，燕王先哭，真耶伪耶？郡主亦哭，彼此对哭一场。燕王方问道："周、齐二王何在？"郡主道："周王已召还京师，齐王仍在狱中。"燕王叹息不置。郡主徐申帝意，燕王道："皇考分土，尚不能保，何望割地？且我率兵来此，无非欲谒孝陵，朝天子，规复旧章，请赦诸王，令奸臣不得蒙蔽主聪，我即解甲归藩，仍守臣礼，若徒设词缓兵，今日议和，明日仍战，徒令吾姊往返，反堕奸臣计中，我非愚人，赚我何为？"孝孺迂谋，又被燕王一口道破。郡主不便再言，只得告归。燕王送出营外，复语郡主道："为我归谢皇上，我与皇上至亲相爱，并无歹意。只恐未必。但请皇上从此悔悟，休信奸谋！且为传语弟妹，我几不免，赖宗庙神灵，佑我至此。相见当不远了。"是满意语。

郡主还白建文帝，帝复问方孝孺，孝孺道："长江天堑，可当百万兵，陛下不必畏惧。"还是迂谈。上言未毕，锦衣卫走报，苏州知府姚善、宁波知府王琎、徽州知府陈彦回、乐平知县张彦方、永清典史周缙，各率兵来勤王了。建文帝稍稍放心，便一一召见，温言慰勉，令各出屯城外。一面命兵部侍郎陈植，往江上督师。会燕王进军瓜州，命中官狗儿，不愧燕王功狗，偕都指挥华聚，领前哨兵，出浦子口。盛庸、徐辉祖合兵逆击，杀败狗儿、华聚等。败兵返报燕王，燕王欲议和北还，凑巧次子高煦，引兵到来，燕王大喜，忙出营相见，抚煦背道："世子多疾，转战立功，所赖惟汝。"此语足启高煦夺嫡之心，燕王乱国不足，尚欲传诸高煦耶。高煦

明史演义

闻命踊跃，遂努力来击庸军，庸军小却。会侍郎陈植到营，慷慨誓师，甚至痛哭流涕，可奈军心已变，恁你舌吐莲花，也是没效。都督佥事陈瑄竟受燕王运动，领舟师往降燕王。还有陈植麾下的金都督亦欲叛去，植窥破金意，召入诘责，不料反触动彼怒，竟将陈植杀死，率众降燕。燕王问明底细，立诛金都督，且具棺敛植，遣官送葬白石山。权术可爱。于是设祭江神，誓师竞渡。舳舻衔接，旌旗蔽空，微风轻飐，长江不波，钲鼓声远达百里，南军相率骇愕。盛庸等麾众抵御，未曾交战，已先披靡，燕军前哨登岸，只有健卒数百，来冲庸军，庸军大乱，霎时尽溃。至燕王渡江后，引军穷追，直达数十里。南军除被杀外，统已散逸，单剩盛庸一人一骑，落荒走脱。燕军乘胜下镇江，拟休养数日，进薄京城。

建文帝闻报，徘徊殿廷，束手无策，复召方孝孺商议。孝孺请速诛李景隆，建文不从。廷臣邹公瑾等十八人，闻孝孺言，即拥景隆上殿，各举象笏，没前没后地乱击，把他打得头破血流。景隆原是可诛，但事已至此，诛亦无益。一班廷臣，攒笏乱击，更失朝仪，可笑可叹！建文帝且喝住众官，只命景隆上前奏对。景隆俯伏丹墀，叩首不已。到了后来，方说出议和二字。亏他想着。建文帝即委任景隆，令与兵部尚书茹瑺，再至燕营议和。两人见了燕王，俱伏地顿首。尨诟无耻。燕王冷笑道："公等来此何干？"景隆接连碰头道："奉主上命，特来乞和，愿割地分南北。"燕王不待说毕，便道："我从前未有过举，无端加罪，削为庶人，公等身为大臣，未闻替我缓颊，今反来作说客么？我今救死不暇，要土地何用？况今割地何名？皇考已明明给我北藩，都由奸臣播弄，下诏削夺，总教缴出奸臣，我便罢兵。天日在上，决不食言！"敢问后来何故篡国？景隆等拜谢回京。建文帝令景隆再赴燕营，只说："罪人已加窜逐，俟拿住后即当缴出。"景隆颇有难色，帝乃命诸王偕行。燕王见诸王到来，开营迎入。诸王具述帝意，燕王道："诸弟试思上言，是真是假？"诸王齐声道："大兄明鉴，想必不谬。"燕王道："我此来但欲得奸臣，余无他意。"遂设酒宴饮。诸王遣使归报。廷臣以燕王不肯议和，多劝帝他徙，暂避兵锋。方孝孺独抗奏道："京城里面，尚有劲兵二十万，城高池深，粮食充足，今宜尽撤城外民居，驱民运木入城，令北军无可依据，彼时将不战自走呢。"迂腐极矣。建文帝依计而行，令民撤屋运木。时方盛暑，居民不愿搬拆，各纵火焚屋，连日不息。孝孺复请令诸王分守都城，帝亦依言，命谷王橞、安王楹率着民兵，分段防守。齐泰、黄子澄尚欲出外募兵，请命帝前，不待建文准奏，便即自去。泰奔广德州，子澄奔苏州，无非为避难计。建文帝不禁太息道："事出若辈，乃弃朕远遁么？"这叫做罪归于主。正说着，外面已报燕军薄城，建文帝尚召方孝孺问计。孝孺请坚守待援，万一不济，当死社稷。"可与适道，未可与权。

第二十五回　越长江燕王入京　出鬼门建文逊国

帝闻奏，倍加惶急。御史魏冕踉跄趋入，报称左都督徐增寿密谋应燕，帝尚未信，寻复有人接连入奏，乃命左右拿到增寿，面数罪状，亲自动手，掣出佩刀，把他砍死。怒尚未息，复见翰林院编修程济，跑入殿中，大呼道："不好了，不好了，燕军已入城了！"建文帝道："这么容易，莫非有人内应么？"程济道："谷王橞、李景隆等开金川门，迎入燕王，所以京城被陷。"建文帝流泪道："罢！罢！朕未尝薄待王公，他竟如此负心，还有何说？"程济道："御史连楹，曾伴叩燕王马前，欲刺燕王，不幸独力难成，反被杀死。"建文帝复道："有此忠臣，悔不重用，朕亦知过，不如从孝孺言，殉了社稷罢。"言毕，即欲拔刀自尽。少监王钺在侧，忙伏奏道："陛下不可轻生，从前高皇帝升遐时，曾有一箧，付与掌宫太监，并遗嘱道：'子孙若有大难，可开箧一视，自有方法。'"程济插口道："箧在何处？"王钺道："藏在奉先殿左侧。"左右闻了此言，都说大难已到，快取遗箧开视。建文帝即命王钺取箧，须臾有太监四人，扛一红箧入殿，这箧很觉沈重，四围俱用铁皮包裹。连锁心内也灌生铁。当由王钺取了铁锥，将箧敲开，大家注视箧中。统疑有甚么秘缄，可以退敌，谁知箧中藏着度牒三张，一名应文，一名应能，一名应贤，连袈裟僧帽僧鞋等物，无不具备，并有薙刀一柄，白银十锭及朱书一纸，纸中写着，应文从鬼门出，余人从水关御沟出行，薄暮可会集神乐观西房。建文帝叹息道："数应如此，尚复何言？"程济即取出薙刀，与建文祝发。想曾习过薙发司务。吴王教授杨应能，因名符度牒，愿与帝祝发偕亡。监察御史叶希贤道："臣名希贤，宜以应贤度牒属臣。"遂也把发薙下。三人脱了衣冠，披着袈裟，藏好度牒，整备出走；一面命纵火焚宫。顿时火光熊熊，把金碧辉煌的大内尽行毁去。皇后马氏投火自尽。妃嫔等除出走外，多半焚死，建文帝痛哭一场，便欲动身。在殿尚有五六十人，俱伏地大恸，愿随出亡。可云难得。建文帝道："人多不便出走，尔等各宜自便。"御史曾凤韶牵住帝衣，且叩头道："臣愿一死报陛下恩。"建文帝也不及回答，麾衣出走。那时誓死相从的，还有九人，从帝至鬼门。鬼门在太平门内，系内城一矮扉，仅容一人出入，外通水道。建文帝伛偻先出，余亦鱼贯出门。门外适有小舟待着，舟中有一道装老人，呼帝乘舟，并叩首称万岁。帝问他姓名，答称："姓王名昇，就是神乐观住持。"奇极怪极且云："昨夜梦见高皇帝，命臣来此，所以舣舟守候。"想是太祖僧缘未满，故令乃孙再传衣钵。帝与九人登舟，舟随风驶，历时已至神乐观，由王昇导入观中。时已薄暮，俄见杨应能、叶希贤等十三人同至，共计得二十二人，由小子按着官衔，编次如下：

兵部侍郎廖平　刑部侍郎金焦　编修赵天泰、程济　检讨程亨　按察使王艮　参政蔡运　刑部郎中梁田玉　监察御史叶希贤　中书舍人梁良玉、梁中节、宋和、郭节　刑部司务冯㢮　镇抚

牛景先、王资、杨应能、刘仲　翰林待诏郑洽　钦天监正王之臣　徐王府宾辅史彬　太监周恕

　　杨应能、叶希贤等见帝，尚俯伏称臣。建文帝道："我已为僧，此后应以师弟相称，不必行君臣礼了。"诸臣涕泣应诺。廖平道："大家随师出走，原是一片诚心，但随行不必多人，更不可多人，就中无家室牵累，并有膂力可以护卫，方可随师左右，至多不过五人，余俱遥为应援，可好么？"建文帝点首称善。于是席地环坐，由王昇呈进夜膳，草草食毕。比御厨珍馐何如？当约定杨应能、叶希贤、程济三人，日随帝侧。应能、希贤称比邱，济称道人，冯瘁、郭节、宋和、赵天泰、牛景先、王之臣六人，往来道路，给运衣食。六人俱隐姓埋名，改号称呼。余十数人分住各处，由帝顺便寓居。帝复与诸人计议道："我留此不便，不如远去滇南，依西平侯沐晟。"史彬道："大家势盛，耳目众多，况新主意尚未释，倘或告密，转足滋害，不如往来名胜，东西南北，皆可为家，何必定去云南？"帝随口作答，是夜便寄宿馆中。天将晓，帝足痛不能行，当由史彬、牛景先两人步至中河桥，觅舟往载。适有一艇到来，舟子系吴江人，与史彬同籍。彬颇相识，问明来意，系由彬家差遣，来探消息。彬大喜，反报建文帝，愿奉帝至家暂避。帝遂出观驾舟，同行为叶、杨、程、牛、冯、宋、史七人，余俱作别，订后会期。及舟至吴江，彬奉帝还家，居室西偏曰清远轩，帝改名水月观。亲笔书额，字作篆文。越数日，诸臣复至，相聚五昼夜。帝命归省。至燕王即位，削夺逃亡诸臣官衔，并命礼部行文，追缴先时诰敕。苏州府遣吴江邑丞巩德，至史彬家索取诰敕等件，彬与相见，巩德谓，建文皇帝闻在君家，是否属实？彬答言未至，巩德微哂而去。建文帝闻着此信，知难久住，遂与杨、叶两比丘及程道人，别了史彬，决计往云南去了。建文帝好文章，善作诗歌，曾记他道出贵州，尝题诗壁间，留有二律云：

风尘一夕忽南侵，
天命潜移四海心。
凤返丹山红日远，
龙归沧海碧云深。
紫微有象星还拱，
玉漏无声水自沈。
遥想禁城今夜月，
六宫犹望翠华临。

阅罢楞严磬懒敲，
笑看黄屋寄团瓢。
南来瘴岭千层迥，
北望天门万里遥。
款段久忘飞凤辇，
袈裟新换衮龙袍。
百官此日知何处，
惟有群乌早晚朝。

　　建文去国，京中作何情状，且待下回表明。

　　燕王渡淮，南京已不可守，此时除

议和外，几无别法。然野心勃勃如燕王，岂肯就此议和，解甲归去？郡主之遣，诸王之行，益令燕王藐视。至若李景隆、茹瑺辈，伏地乞怜，更为国羞，尚何益乎？至金川门启，大内自焚，乃有建文出亡之说，红箧留贻，君臣祝发，事属怪诞不经，岂太祖果有先觉，预为乃孙计耶？或谓由青田刘基之预谋。考之正史，基亦无甚奇迹，不过建文出亡，剃度为僧，未必无据。就王鏊、陆树声、薛应旗、郑晓、朱国桢诸人，所载各书，皆历历可稽。即有舛讹，亦未必尽由附会，惟红箧事或属诸子虚耳。乃祖以僧而帝，乃孙由帝而僧，往复循环，殆亦明史中一大异事耶？

第二十六回　拒草诏忠臣遭惨戮
　　　　　善讽谏长子得承家

却说燕王棣入京后，只魏国公徐辉祖，尚抵敌一阵，兵败出走，此外文武百官，多迎谒马前。燕王接见毕，驰视周、齐二王，相见时互相慰问，涕泪满颐，随即并辔归营，召集官吏会议。兵部尚书茹瑺，先至燕王前叩头劝进。可丑。燕王道："少主何在？"茹瑺道："大内被火，想少主已经晏驾了。"燕王蹙额道："我无端被难，不得已以兵自救，誓除奸臣，期安宗社，意欲效法周公，垂名后世，不意少主不谅，轻自捐生，我已得罪天地祖宗，哪敢再登大位，请另选才德兼备的亲王，缵承皇考大业呢。"得罪是真，辞位是假。茹瑺复顿首道："大王应天顺人，何谓得罪？"言未已，一班文武官僚，都俯伏在前，黑压压跪满一地，齐声道："天下系太祖的天下，殿下系太祖的嫡嗣，以德以功，应正大位。"何功何德？燕王犹再三固辞，群臣固请不已。燕王道："明日再议。"翌晨，群臣又叩营劝进。燕王乃命驾入城，编修杨荣迎谒道："殿下今日先谒陵呢？先即位呢？"

也是无聊之言。燕王闻言，即命移驾谒陵，一面令诸将守城，大索齐泰、黄子澄、方孝孺等，分别首从，悬赏通缉。至谒陵礼毕，复回京安抚军民，并谕王大臣道："诸王群臣，合词劝进，我实不德，未能上承宗庙，怎奈固辞不获，只得勉徇众志。王大臣等各宜协力同心，匡予不逮！"王大臣等唯唯听命。遂诣奉天殿即皇帝位，受王大臣朝贺。可谓如愿以偿。

先是建文中有道士游行都市，信口作歌道："莫逐燕，逐燕日高飞，高飞上帝畿。"都人不解所谓，已而道士杳然。至燕王即位，方惊称道士为神，这也不必细表。单说燕王即位，下令清宫三日，诸宫人女官太监，多半杀死，惟前曾得罪建文，方得宽宥。燕王召宫人内侍，询以建文所在。宫人等无从证实，把马皇后残骸称为帝尸。乃命就灰烬中拨出尸首，满身焦烂，四肢残缺，辨不出是男是女，只觉得惨不忍睹。燕王也不禁垂泪道："痴儿痴儿？何为至此？"试问是谁致之？是时侍读王景在侧，由燕王问他葬礼。王景谓当以天子礼敛葬。燕王点首，便令将马后残尸敛葬如仪。猫哭老鼠假慈悲。忽有一人满身缟素，趋至阙下，伏地大哭，声震天地。燕王闻着，即喝令左右速拿，当由镇抚伍云，拿住入献。燕王凝视道："你就是方孝孺么？朕正要拿你，你却自来送死。"孝孺抗声道："名教扫地，不死何为？"燕王道："你愿就死，朕偏待你不死，何如？"言讫，命左右带孝孺下狱。原来燕王大举南犯，留僧道衍辅佐世子，居守北平。道衍送燕王出郊，跪启道："臣有密事相托。"燕王问是何事？道衍道："南朝有文学博士方孝孺，素有学行，倘殿下武成入京，万不可杀此人。若杀了他，天下读书种子，从此断绝了。"虽是器重孝孺，未免言之太过。燕王首肯，记在心里，所以大索罪人，虽列孝孺为首犯，意中恰很欲保全，迫他臣事。且召他门徒廖镛、廖铭等，入狱相劝。孝孺怒叱道："小子事我数年，难道尚不知大义么？"廖镛等返报燕王，燕王也不以为意。

未几欲草即位诏，廷臣俱举荐孝孺，乃复令出狱。孝孺仍衰绖登陛，悲恸不已。燕王恰降座慰谕道："先生毋自苦！朕欲法周公辅成王呢。"孝孺答道："成王何在？"燕王道："他自焚死了。"孝孺复道："何不立成王子？"燕王道："国赖长君，不利冲人。"孝孺道："何不立成王弟？"燕王语塞，无可置词，勉强说道："此朕家事，先生不必与闻。"遁辞知其所穷。孝孺方欲再言，燕王已顾令左右，递与纸笔，且婉语道："先生一代儒宗，今日即位颁诏，烦先生起草，幸勿再辞！"孝孺投笔于地，且哭且骂道："要杀便杀，诏不可草。"燕王也不觉气愤，便道："你何能邃死？就使你不怕死，独不顾九族么？"孝孺厉声道："便灭我十族，我也不怕。"说至此，复拾笔大书四字，掷付燕王道："这便是你的草诏。"燕王不瞧犹可，瞧着纸上，乃是"燕贼篡位"四字，触目惊心，然孝孺也未免过甚，不由得大怒道："你敢呼我为贼么？"喝令左右用刀抉孝孺口，直至耳旁，再驱使系狱。诏收孝孺九族，并及朋友门生，作为十族。每收一人，辄示孝孺。孝孺毫不一顾，遂一律杀死。旋将孝孺牵出聚宝门外，加以极刑。孝孺慷慨就戮，赋绝命词道："天降乱离兮，孰知其由？奸臣得计分，谋国用犹。忠臣发愤兮，血泪交流。以此殉君兮，抑又何求？呜呼哀哉！庶不我尤。"孝孺弟孝友亦被逮就戮，与孝孺同死聚宝门外。临刑时，孝孺对他泪下，孝友口占一诗道："阿兄何必泪潸潸，取义成仁在此间。华表柱头千载后，旅魂依旧到家山。"都人称为难兄难弟。可惜愚忠。孝孺妻郑氏，及二子中宪、中愈，皆自经。二女年未及笄，被逮过淮，俱投河溺死。宗族亲友及门下士连坐被诛，共八百七十三人，廖镛、廖铭等俱坐死。灭人十族，不愧燕贼大名。

齐泰、黄子澄先后被执，由燕王亲自鞫讯，两人俱抗辩不屈，同时磔毙。还有兵部尚书铁铉，受逮至京，陛见时毅然背立，抗言不屈。燕王强令一顾，

第二十六回 拒草诏忠臣遭惨戮 善讽谏长子得承家

终不可得,乃命人将他耳鼻割下,蒸肉令熟,纳入铉口,并问肉味甘否?自古无此刑法。铉大声道:"忠臣孝子的肉,有何不甘?"燕王益怒,喝令寸磔廷中。铉至死犹骂不绝口,燕王复令人舁镬至殿,熬油数斗,投入铉尸,顷刻成炭。导使朝上,尸终反身向外。嗣命人用铁棒十余,夹住残骸,令他北面,且笑道:"你今亦来朝我么?"一语未完,镬中热油沸起,飞溅丈余,烫伤左右手足。左右弃棒走开,尸身仍反立如前。不愧铁铉。燕王大惊,乃命安葬。户部侍郎卓敬,右副都御史练子宁,礼部尚书陈迪,刑部尚书暴昭、侯泰,大理寺少卿胡闰,苏州知府姚善,御史茅大芳等,皆列名罪案,陆续逮至,彼此不肯少屈,备受惨毒,不是击齿,就是割舌,甚且截断手足,到了杀死以后,还要灭他三族。他如太常少卿廖昇,修撰王良、王叔英,都给事中龚泰,都指挥叶福,衡府纪善周是修,江西副使程本立,大理寺丞邹瑾,御史魏冕,皆在燕王攻城时,见危自杀。又有礼部尚书陈迪,户部侍郎郭任,礼部侍郎黄观,左拾遗戴德彝,给事中陈继之、韩永,御史高翔、谢昇,宗人府经历宋徵,刑部主事徐子权,浙江按察使王良,漳州教授陈思贤等,先后死难。既而给事中黄钺,赴水死;御史曾凤韶,自经死;王度谪戍死;谷府长史刘璟(刘基次子),下狱死;大理寺丞刘端,被捶死;中书舍人何申,呕血死。小子也述不胜述,但就死事较烈的官僚,录写数十人。最奇怪的是东湖樵夫,姓氏入传,每日负柴入市,口不二价,一闻建文自焚,竟伏地大恸,弃柴投湖,这统叫作壬午殉难的忠臣义士(建文四年,岁次壬午,故称壬午殉难)。

惟左佥都御史景清,平时倜傥尚大节,至燕王即位,闻他重名,令还旧任,他仍受命不辞,委蛇朝右。有人从旁窃笑,说他言不顾行,偷生怕死,他也毫不为意。迁延至两月余,钦天监忽奏称异星告变,光芒甚赤,直犯帝座。燕王颇为留意。八月望日,燕王临朝,蓦见景清衣绯而入,未免动疑。朝毕,景清忽奋跃上前,势将犯驾,燕王立命左右将他拿下,搜索身旁,得一利刃,便叱问意欲何为?清慨然道:"欲为故主报仇,可惜不能成事。"燕王大怒,把他剥皮。清含血直喷御衣,谩骂至死,骨肉被磔,悬皮长安门。一日,燕王出巡,驾过门右,所悬的皮自断绳索,扑向燕王面前。燕王很是诧异,立命取皮付火。既而昼寝,梦清仗剑入宫,突然惊觉,愤愤道:"何物鬼魂,还敢作祟?"随令夷灭九族,辗转牵连,称为瓜蔓抄,株累甚众,村落为墟。淫刑以逞,何苦乃尔?

自是建文旧臣,除归附燕王外,死的死,逃的逃,只魏国公徐辉祖与燕王为郎舅亲,燕王不忍加诛,亲自召问。辉祖垂泪,不发一言,似受教桃花夫人,不免太怯,遂命下法司审治,迫他引罪自供。辉祖不言如故,惟索笔为书,写着"父为开国功臣,子孙免死"数字。难辞偷生之诮。燕王览后,越加动怒,转念他是元勋后裔,国舅至亲,究应特别从宽，只削爵勒归私第。追封徐增寿为武阳侯，进爵定国公，子孙世世袭爵。一来是悯他被杀，二来是令继中山（徐达封中山王，曾见前文）。燕王又想到驸马梅殷，尚驻兵淮上，未免可虑，遂迫令宁国公主，啮指流血，作书招殷。殷得书恸哭，并问建文帝下落。来使答言出亡。殷喟然道："君存与存，我且忍死少待。"乃偕来使还京，燕王闻殷至，下殿迎劳道："驸马劳苦。"殷答道："劳而无功，徒自汗颜。"燕王默然，心中很是不乐，只因一时不便加罪，且令归私第，慢慢儿的设法，事见下文。直诛其隐。

且说燕王怀恨建文，始终未释，乃下诏革去建文年号，凡建文中所改政令条格，一概废去，仍复旧制。且追夺"兴宗孝康皇帝"庙号，仍谥"懿文太子"，迁太后吕氏至懿文陵，废兴宗子允熥、允熞为庶人，禁锢凤阳。只兴宗少子允熙，令随母居陵，改封瓯宁王，奉太子祀。四年后邸中被火，允熙暴卒，或疑为燕王所使，未知是否。建文帝长子文奎，曾立为皇太子，至是年才七龄，燕王遍觅不得，大约是随后马氏，投入火中。少子文圭，只二岁，时尚未死，幽住中都广安宫，号为建庶人。自命为周公者，乃作此举动乎？改建文四年为洪武三十五年，以明年为永乐元年，大祀天地于南郊，颁即位诏，大赦天下。命侍读解缙，编修黄淮，入直文渊阁，侍读胡广，修撰杨荣，编修杨士奇，检讨金幼孜，同入直预机务，称为内阁（内阁之名自此始。参预机务亦自此始）。"九天阊阖开宫殿，万国衣冠拜冕旒"，依然是昇平盛世了。语带讽刺。后来燕王棣庙号成祖，史家都称他成祖皇帝，小子也不得不依样称呼，改名燕王为成祖。言下有不满意。且燕王即位有日，至是始呼成祖，寓贬之意益见。成祖复大封功臣，公爵二人，侯爵十四人，伯爵亦十四人，叙次如下：

邱福 淇国公，朱能 成国公，张武 成阳侯，陈珪 泰宁侯，郑亨 武安侯，孟善 保安侯，火真 同安侯，顾成 镇远侯，王忠 靖安侯，王聪 武成侯，徐忠 永康侯，张信 隆平侯，李远 安平侯，郑亮 成安侯，房宽 思恩侯，王宁 永春侯，徐祥 兴安伯，徐理 武康伯，李浚 襄城伯，张辅 信安伯，唐云 新昌伯，谭忠 新宁伯，孙岩 应成伯，房胜 富昌伯，赵彝 忻城伯，陈旭 云阳伯，刘才 广恩伯，王佐 顺昌伯，茹瑺 忠诚伯，陈瑄 平江伯。

前此战死将士，尽行追封。周、齐、代、岷四王，统复原爵，各令归国。谷王橞以开门功，厚加赏赐，改封长沙。惟宁王权被诱入关，曾由成祖面许，事成后当平分天下。及成祖即位，搁置不提，但把他留住京师。想是贵人善忘。宁王权也不敢争约，只因大宁残破，势无可归，乃上书乞徙封苏州。成祖不许，权复乞徙封钱塘，又不许。两地逼近南京，所以成祖不许。宁王屡不得请，竟屏去从兵，只与老中官数人，偕往南昌，卧病城楼，久不还京。成祖乃把南昌封他，就布政司署为王邸，甃

第二十六回 拒草诏忠臣遭惨戮 善讽谏长子得承家

甀规制，一无所更。权亦自是韬晦，惟构精庐一区，读书鼓琴，不问外事，才得保全性命。总算明哲保身。

成祖立妃徐氏为皇后，后系徐达长女，幼贞静，好读书，册妃后，孝事高皇后。高皇后崩，后蔬食三年。至靖难兵起，世子高炽居守，一切部署，多由后悉心规画。及立为皇后，上言："南北战争，兵民疲敝，此后宜大加休息，所有贤才，皆高皇帝所遗，可用即用，不问新旧。"成祖深为嘉纳。当追封徐增寿时，后又力言椒房至戚，不应加封，成祖不从，竟封定国公，命子景昌袭爵。后闻命，以意所未愿，竟不致谢。悍如成祖，有此贤后，也是难得。成祖也不加诘责。惟成祖三子，统系后出，后位既定，应立太子，高煦从战有功，不免自负，意图夺嫡，暗中运动淇国公邱福、驸马王宁，密白成祖，请立高煦。成祖亦以高煦类己，有意立储，独兵部尚书金忠力持不可。金忠由道衍所荐，随军占卜，迭有奇验（应二十一回），至是已任职兵部，恰援古今废嫡立庶诸祸端，侃侃直陈，毫不少讳。守经立说，不得目为江湖人物。成祖颇信任金忠，因此左右为难，不能骤决。

是时北平已改称北京，设顺天府，仍命世子高炽居守。高煦随侍南京，设谋愈亟。金忠知不利太子，尝与解缙、黄淮等说及此事，共任调护。会成祖以建储事宜，问及解缙。解缙应声道："皇长子仁孝性成，天下归心，请陛下勿疑！"成祖不答。缙又顿首道："皇长子且不必论，陛下宁不顾及好圣孙么？"

原来成祖已有长孙，名叫瞻基，系世子高炽妃张氏所生。分娩前夕，成祖曾梦见太祖，授以大圭，镌有"传之子孙永世其昌"八大字，成祖以为瑞征。既而弥月，成祖抱儿注视，谓此儿英气满面，足符梦兆，以此甚为钟爱。及成祖得国，瞻基年已十龄，嗜书好诵，智识杰出，成祖又誉不绝口。解缙察知已久，遂提及长孙瞻基，默望感动主心，可谓善谏。成祖果为所动，惟尚不能决定。隔了数日，成祖出一虎彪图，命廷臣应制陈诗。彪为虎子，图中一虎数彪，状甚亲昵，解缙见图，援笔立就，呈上成祖。成祖瞧着，乃是一首五绝，其诗道：

虎为百兽尊，谁敢触其怒？
惟有父子情，一步一回顾。

瞧毕，不禁暗暗感叹。究竟世子得立与否，且看下回续表。

方孝孺一迂儒耳，观其为建文立谋，无一可用，亦无一成功。至拒绝草诏，犹不失为忠臣，然一死已足谢故主，何必激动燕王之怒，以致夷及十族，试问此十族之中，有何仇怨，而必令其同归于尽乎？燕王任情屠戮，考诸历史，即暴如桀纣，亦不至若是之甚。一代忠臣义士，凌夷殆尽，而懿亲如徐辉祖、梅殷，亦不肯轻轻放松，甚至兄嫂之尊，亦视若仇雠，贬死侮生，不顾后议。惟于党恶诸臣，则不问是非，悉加封赏，翘首天阍，胡为使此阴贼险狠之叛王，得享其成耶？本回详叙死难诸臣，旌之也。历叙封赏诸臣，愧之也。后文立储一段，几又启骨肉相争之祸，微金忠、解缙之力谏，则喋血萧墙，燕王将及身见之矣。不令燕王得见此祸，吾犹恨天谴之未及也。昭昭者天，梦梦者亦天，读此回令人感慨无穷。

第二十七回　梅驸马含冤水府　郑中官出使外洋

　　却说成祖得解缙诗，知他借端讽谏，心中很是感叹。寻复问及黄淮、尹昌隆等，大家主张立嫡，乃决立世子高炽为皇太子，高煦封汉王，高燧封赵王。煦应往云南，燧应居北京，燧本与太子留守北平，奉命后没甚异议，独高煦怏怏不乐，尝对人道："我有何罪？乃徙我至万里以外。"于是逗留不行。成祖恰也没法，暂且听他自由，后文再表。

　　单说成祖杀戮旧臣，不遗余力，只盛庸留镇淮安，反封他为历城侯。想由前时屡纵燕王，因此重报。李景隆迎降有功，加封太子太师，所有军国重事，概令主议。导臣不忠，莫妙于此。又召前北平按察使陈瑛为副都御史，署都察院事。瑛滁州人，建文初授职北平，密受燕府贿赂，私与通谋，为佥事汤宗所劾，逮谪广西，至是得成祖宠召，好为残刻，遇狱事，往往锻炼周纳，牵连无辜。狱囚累累，彻夜号冤，两列御史掩泣，瑛独谈笑自若，且语同列道："此等人若不处治，皇上何必靖难。"因此忠臣义士，为之一空。未几，又诬劾盛庸心怀异谋，得旨将盛庸削爵，庸畏惧自杀。不死于前，而死于后，死且贻羞。耿炳文有子名浚，曾尚懿文太子长女，建文帝授为驸马都尉，成祖入京，浚称疾不出，坐罪论死。炳文自真定败归，郁郁家居，瑛又与他有隙，捕风捉影，只说炳文衣服器皿，有龙凤饰，玉带用红鞓，僭妄不道。这一语奏将上去，正中成祖皇帝的猜忌，立饬锦衣卫至炳文家，籍没家产。炳文年将七十，自思汗马功劳徒成流水，况复精力衰迈，何堪再去对簿，索性服了毒药，往地下寻太祖高皇帝，替他执鞭去了。语冷而隽。李景隆做了一年余的太师，也由瑛等联结周王，劾他谋逆，遂致夺职，禁锢私第，所有产业，悉数归官。这却应该。

　　自此陈瑛势焰愈盛，迎合愈工，忽想到驸马梅殷与成祖不协（应前回），遂又上了一道表章，略称殷畜养亡命，与女秀才刘氏朋邪诅咒等情。成祖即谕户部尚书，考定公侯伯驸马仪仗人数，别命锦衣卫执殷家人，充戍辽东。至永乐三年冬季，召殷入朝，都督谭深，指挥赵曦，奉成祖命，迎接殷驾，并䜣至笪桥下，竟将殷挤入水中，殷竟溺死。谭、赵二人非密授成祖意旨，安敢出此？谭、赵二人返报成祖，只说殷自投水，成祖不问。其情愈见。偏都督同知许成，备知二人谋杀底细，原原本本，据实陈奏。成祖不便明言，只得将谭、赵二人逮系，命法司讯实惩办。那时宁国公主闻着凶耗，竟趋入殿中，牵衣大哭，硬要成祖赔她驸马。这一着颇是厉害。成祖好言劝慰，公主只是不受，一味儿乱哭乱撞。还是徐皇后出来调停，好容易劝她入宫，一面启奏成祖，立诛谭、赵，并封她二子为官，算做偿命的办法。成祖不好不从，即封她长子顺昌为中府都督同知，次子景福为旗手卫指挥使，并命把谭深、赵曦限日正法。两人真十足晦气。一面遣中官送归公主，为殷治丧，赐谥"荣定"，特封许成为永新伯。偏他恰是交运。梅殷麾下，有降人名瓦剌灰，事殷有年，很是忠诚。殷死后终日恸哭。至谭、赵伏法时，他却伏阙呼吁，请断二人手足，并剖肠挖心，祭奠阴灵。成祖本已心虚，又不好不从他所请。瓦剌灰叩头谢恩，趋出朝门，立奔法场，把谭、赵二人的尸首，截断四肢，又破胸膛，挖出鲜血淋淋的一副心肠，跑至梅殷墓前，陈着祭案，叩头无数，且大哭了一场；随解下衣带，套颈自缢，一道忠魂，直往西方。不没义仆。宁国公主至宣德九年始殁，这且搁下不提。

且说皇太子高炽，奉命南来，将职务交与高燧，自偕僧道衍等趋入京师。成祖见了高炽，不过淡淡的问了数声，及道衍进谒，恰赐他旁坐，推为第一功臣，立授资善大夫，及太子少师，并命复原姓，呼为少师而不名。好一个大和尚。道衍舞蹈而出，扬扬自得，至长洲探问亲旧，大家以道衍贵显，多半欢迎，独同产姊拒不见面，道衍不禁惊异，硬求一见。姊使人出语道："我的兄弟曾做和尚，不闻有什么太子少师。"是一个奇妇人。道衍没法，改易僧服，仍往见姊。姊仍拒绝，经家人力劝，方出庭语道衍道："你既做了和尚，应该清净绝俗，为甚么开了杀戒，闯出滔天大祸，害了无数好人？目今居然还俗，来访亲戚，人家羡你贵显，我是穷人，不配做你的阿姊。你去罢！休来歪缠！"快人快语，我读至此，应浮一大白。道衍不敢与辩，反被她说得汗流满面，跟跄趋出，悒悒然去访故友王宾。宾亦闭门不纳，但从门内高声道："和尚错了！和尚错了！"八字足抵一篇绝交书。道衍乃归京，以僧寺为居宅，除入朝外，仍着缁衣。成祖劝他蓄发，不受命。赐第及两宫人，亦皆却还。至永乐十七年乃死，追封荣国公。

先是太祖在日，严禁宦官预政，在宫门外竖着铁牌，为子孙戒。建文嗣位，待遇内侍，亦从严核。至靖难兵起，宦官多私往燕营，报知朝廷虚实（应二十四回），所以成祖得决计南下，攻入京师。即位后封赏既颁，宦竖等尚嫌不足，弄得成祖无可设法。所谓小人

明史演义

第二十七回 梅驸马含冤水府 郑中官出使外洋

难养。会镇远侯顾成、都督韩观、刘真、何福等，出镇贵州、广西、辽东、宁夏诸边，乃命有功的宦官，与他偕行，赐公侯服，位诸将上。既而云南、大同、甘肃、宣府、永平、宁波等处，亦各遣宦官出使，侦察外情。宦寺专横，实自此始。寻复派宦官郑和游历外洋，名为宣示威德，实是踪迹建文。原来建文帝出亡云南，驻锡永嘉寺，埋名韬晦，人无从知，成祖疑他出亡海外，因命郑和出使，副以王景和等，特造大船六十二艘，载兵士三万七千余人，多赍金币，从苏州刘家港出发，沿海而南，经过浙、闽、两粤，直达占城。占城在交趾南，距南洋不远，当时地理未明，还道是由东至西，可以算作西洋，并呼郑和为三保太监，所以有三保太监下西洋之说。注释明晰。

郑和等既到占城，并不见有建文帝形迹，暗想建文无着，未免虚此一行，不如招致蛮方，令他入贡，方不负一番跋涉。当下与王景和等商议，决意遍历诸邦，自占城南下，直至三佛齐岛国。这岛系广东南海人王道明所辟，道明出洋谋生，得了此岛，开创经营，遂成部落，自为酋长。后为邻岛爪哇所灭，改名旧港。海盗陈祖义又将爪哇兵民逐去，据有此地，南面称王。郑和到了旧港，别遣王景和等，率舟二十余艘，往谕爪哇婆罗洲，自领随从百人，往见祖义，并传大明天子命令，赐给金帛。祖义闻得厚赏，自然出迎，设酒款待，一住数日，郑和便劝他每岁朝贡。看官！你想这陈祖义是积年大盗，只知利己，不知利人，起初闻有金帛颁来，喜出望外，因此出迎郑和，嗣闻要他年年进贡，哪里肯割舍方物，便即出言拒绝。郑和拂袖而出，回至船上，点齐兵士，往攻祖义。祖义也出来抵敌，究竟乌合之众，不敌上国之兵，战不多时，败北而逃。郑和据住海口，与他相持。祖义穷蹙得很，遣人至邻岛乞援。不意爪哇婆罗洲各岛已受王景和诏谕，归服明朝。去使懊丧归来，祖义越加惶急，入夜潜逃，偏被郑和探悉情形，四面布着伏兵，一俟祖义出来，把他团团围住。祖义只乘一小舟，带了三十余人，哪里还能抵敌？眼见得束手就缚，俘献和前。问你再要金帛否？和便领兵上岸，直入岛中，召集居民，宣示祖义罪状，命他另举一人，作为岛主，按时入贡，永为大明属地。岛民顿首听命，和遂押解祖义，退出岛外。再向尼科巴、巴拉望、麻尼拉等处宣扬诏命，示以罪犯，远近震慑，纷纷归附，多愿随和入贡。

和乃回京报命，一次出洋，算是得手，成祖大喜，又命他载着金帛，遍赐归化诸邦。一帆出海，重至外洋，自三佛齐国以下，统优礼相待，奉若神明。郑和给赏已毕，复发生奇想，纵舟西航。颇有冒险性质。烟波浩渺，海水苍茫，凭着一路雄风，直达西方的锡兰国。锡兰也是一岛，孤悬海表，岛中气候极热，不分冬夏，草木蕃盛，禽兽孳生。居民多系巫来由种，酋长叫作亚列苦奈儿，郑和到此，亚列苦奈儿恰也出迎，又是一个陈祖义，引和遍观猛兽，曲示殷勤。原来亚列苦奈儿喜蓄虎豹狮象,遇着闲暇,辄弄狮为乐,居民得罪,便投畀虎豹,任他争食。郑和不知底细,经亚列苦柰儿与他说明,才觉惊异起来。越日,亚列苦柰儿复请和观狮斗,和恐他怀着异心,托疾不往,遣人探视,果得亚列苦柰儿狡情,意欲嗾狮噬和,和遂潜身遁去。看官阅此,或疑和在异域,语言不通,如何能察悉异谋?这是情理上应该表明。原来隋唐以后,已有我国商船往来南洋,能通蛮语。此次郑和出使,即雇商人为向导,彼此语言,由他翻译,所以外域情形,不难侦悉。亚列苦柰儿自知谋泄,即发兵民数千,追捕郑和。和已早至舟中,运兵登陆,准备厮杀。亚列苦柰儿不识好歹,与他搏斗,有败无胜。后来又放出虎豹狮象作为前驱,来冲和军。和军备有巨炮,轰将过去,这种虎豹狮象,忍不住苦痛,望后奔逸,反冲扰亚列苦柰儿的兵民。亚列苦柰儿大败逃归,和军乘胜进击,如入无人之境,不一日捣破巢穴,生擒亚列苦柰儿,几似《三国演义》中之木鹿大王,但彼系虚造,此实真事,并将他所有妻子一古脑儿捉来,二次又得手了,槛送到京。成祖越加喜慰,至郑和谒见时,慰劳备至,厚给赏赐。

郑和休息数月,又自请出洋,成祖自然准奏,驾轻就熟,往至南洋一大岛中。这岛叫作苏门答剌,也有国王世子。世子名叫苏干利,得罪国王,将他下狱。世子的爪牙心腹没命的跑至海口,适值郑和到来,与他相遇,他便一一详告,和遂乘机出兵,助他一臂。那时内应外合,岛中大乱,国王不能支持,立即远飏。苏干利出狱为王,和令他称臣入贡,苏干利恰又不允。和怒道:"忘恩负义,如何立国?"遂麾兵进薄王宫,宫墙高峻得很,仿佛似一座大城,苏干利募兵固守,急切不能攻下。和四面布兵,把王宫围得水泄不通,宫中无粮可食,无水可汲,只有数十头牲畜,宰杀当粮,也不足一饱。苏干利无法可施,不得已夺门逃走,和军掩杀过去,顿将他一鼓擒住。当下抚定岛民,别立新主,与他订了朝贡的约章,然后敛兵退出,转至邻近各岛,无不望风投诚,愿遵约束。和复西南航行,绕出好望角东北,直至吕宋。吕宋国王亦奉币称臣,然后还京。郑和三次出洋,屡擒番酋,论其功绩,不亚西洋哥伦布。

后来复屡往南洋,直至七次,有一次骤遇飓风,天地为昏,波涛汹涌,和所率六十余船,多半漂去,等到日暮风息,只剩了十多艘,所失不可胜计。惟成祖好大喜功,因郑和出洋以后,虽不获建文踪迹,却能使南洋各国尽行归化,也要算他是一位佐命功臣,一切耗失,悉数不问。南洋商民欣羡中国货物,多来互市,中国东南海中尝有番舶出没,自是航路日辟,交通日盛,渐渐的成为华洋通商时代了。

这时候的安南国,适有内乱,又惹起一场南征的兵事来,说来话长,小子且略叙本末,方好说到战事。安南古名交趾,元时曾服属中国。洪武初,国王陈日煃遣使朝贡,得太祖册封,仍使为安南国王。日煃卒,兄子日煃嗣位,煃

明史演义

第二十七回 郑中官出使外洋 梅驸马舍冤水府

兄叔明，弑煓自立，复遣使入贡明廷。廷臣以王名不符，请旨斥责，叔明乃上书谢罪，愿让位于弟日熞。日熞忽殂，弟日焜嗣。熞焜相继为王，暗中大权实仍由叔明把持。叔明与占城构兵数年，战争不息，其女夫黎季犁颇有智勇，击退占城兵，与叔明并执国政。叔明病死，季犁独相，竟弑了国王日焜，别立叔明子日焜。未几，又将日焜弑死，并将他二子顒、裵陆续杀毙，遂大戮陈氏宗族，立子苍为皇帝，自为太上皇，诈称系舜裔胡公满后人，国号大虞，纪元天圣。想只知一胡公满，故不惮改黎为胡。适值成祖即位，竟上表称贺，季犁改名胡一元，苍改名为㔮，且诡言陈氏绝后，㔮是陈甥，为众所推，权署国事。成祖亦防他是诈，传谕安南国陪臣耆老，询明陈氏有无后嗣？胡㔮遣使还奏，仍照前言，成祖乃循例加封。不意安南旧臣裴伯耆诣阙告难，接连是故王日煃弟天平来奔，请兵复仇，成祖立遣使赴安南，责问胡㔮篡弑罪状。胡㔮与乃父商议，想出一条调虎离山的计策，愿请陈天平归国，成祖信为真言，命都督金事黄中、吕毅，大理卿薛嵓，率兵五千，护天平南归。既到芹站，山路奇

险，林菁丛深，军行不得成列，突遇伏兵四起，鼓噪而前，天平不及防备，被他杀死，薛嵓亦遇害，黄中、吕毅夺路窜还，才得保全首领。当下拜表至京，恼动了成祖皇帝，遂发大兵八十万，命成国公朱能等祃牙南征，正是：

不殊汉武开边日，
犹是元廷黩武时。

欲知南征情状，且至下回再详。

本回前段是承接上文，大意已见前评，惟梅殷溺死，显系谭深、赵曦默承上意而为之，成祖之刻，于此益见。诛谭、赵，官梅殷二子，只足以欺妇人，不足以欺后世。且薄待懿亲，重用阉寺，酿成一代厉阶，更为失德之尤。呜呼成祖！倒行逆施，不及身而致乱，其殆徼有天幸乎？后半叙郑和出使事，虽宣威异域，普及南洋，为中国历史所未有，然以天朝大使，属诸阉人，亵渎国体，毋亦太甚。且广赉金帛，作为招徕之具，以视西洋各国之殖民政策，何其大相径庭耶？人称郑和为有功，吾独未信。

第二十八回　下南交杀敌擒渠
　　　　　出北塞铭功勒石

却说成国公朱能受命为征夷大将军,统师南行,西平侯沐晟、新城侯张辅为副,以下共有二十五将军及兵士八十万,分道并进,一军出广西,一军出云南。朱能到了龙州,得病身亡,有旨以张辅升任。辅自广西出兵,进破隘留、鸡陵二关,南抵芹站,搜捕伏兵,造桥济师。沐晟亦由蒙自进军,拔木通道,斩关夺隘,立营白鹤江,遣使至张辅军,约期相会。胡𡞦闻明军入境,派兵四驻,依宣江、洮江、沱江、富良江四川,树栅筑寨,绵长九百里。且沿江置桩,尽取国中舟舰,排列桩内,所有江口,概置横木,严防攻击。张辅入次富良江,命骁将朱荣往嘉林江口,击破敌兵,再进至多邦隘。沐晟亦沿洮江北岸,与多邦隘对垒,两军南北列峙,互为声援。

多邦隘已设土城。很是高峻,城下设有重濠,濠内密置竹刺,濠外多掘坎地,守具严备,人马如蚁。张辅下令军中道:"安南所恃,莫若此城,此城一拔,便如破竹。大丈夫报国立功,就在今日,若能先登此城,不惮重赏。"从张辅口中述多邦隘之险要。将士踊跃听命。辅复以夜为期,是夜四鼓,遣都督佥事黄中,率锐骑数千,异着攻具,衔枚疾走,越重濠,架云梯,缘城而上,指挥蔡福等先登,诸军后继,霎时间万炬齐明,铜角竞响,敌兵仓皇失措,矢石不得发,皆退走城下。蔡福入城破扉,放入大军,与敌兵巷战起来。敌驱大象出阵,尽力冲突,几不可当,谁知张辅军中忽拥出无数猛狮,两旁护着神铳,随狮进去,接连击射。大象见了猛狮,立即返奔,自相蹂踏,又被一阵铳击,害得人象并仆,血肉模糊,敌酋梁民献、祭伯乐等,同时被杀,余众半死半逃,由辅军穷追数十里,斩馘了好几万名。

看官听着!这象阵是南方惯习,倒也没甚希奇,惟张辅阵中,如何得了许多猛狮?几令人莫明其妙。实在大象是真的,猛狮是假的。张辅身在军中,早探悉城栅中间,列有象阵,暗地里裂布绘狮,蒙在马上,一俟象阵冲来,便将

第二十八回 下南交杀敌擒渠 出北塞铭功勒石

假狮突出。究竟象是畜类,不知真假,蓦见狮至,尽皆却走。就是蒙马虎皮的法儿。辅军因获大胜,长驱薄东西两都。东都即古龙编城,西都即古九真城。张辅、沐晟至东都,一鼓即下,遣参将李彬向西都。西都守将亦闻风遁去。三江州县,次第归降。辅、晟两军复节节进剿,连败敌兵。到了胶水县闷海口,地势溽暑,不便驻兵,敌众却负屿自固,辅与晟商定秘计,佯为退师,至咸子关,令都督柳升驻守,大军竟退至富良江。果然敌舰纷来,佐以步卒,水陆兵不下数万,辅麾兵回击,大败敌众,斩首无算,江水为赤。又南追入闷海口,季犁父子,仅率数小舟向海门泾遁去,适遇水涸,弃舟登岸,辅等率舟师追至,被胶不得前,忽天大雷雨,水涨数尺,各舟毕渡。咸称天助,乃飞檄柳升夹攻,水陆并进。直至奇罗海口,由柳升部下王柴胡,擒住季犁及其子澄。次日,土人武如卿亦缚献黎苍及苍子芮,并苍臣黎季玦等,于是安南悉平。

辅奏称安南本中国地,陈氏子孙已被黎氏戮尽,无一子遗,不若改为郡县,如中国制,或得一劳永逸云云。成祖准奏,乃置交趾布政使司,都指挥使司,按察司,分十七府,设四十七州,一百五十七县,卫十二,所一,市舶司一,改鸡陵关为镇彝关,以尚书黄福兼布按二司,都督吕毅为都司,黄中为副。布置已定,先由都督柳升槛送黎季犁父子至阙前。成祖御奉天门受俘,置季犁及子苍于狱,赦澄及芮。既而出季犁戍广西,释苍居京师,封张辅为英国公,沐晟为黔国公,所有将士,封赏有差。凯奏时,饮至受赏,成祖且亲制平安南歌,作为宠锡,这是永乐六年春间事。不遗年月。

孰料由春至秋,仅历半年,安南复乱,免不得又要劳师。夷性难驯。先是明军至安南,陈氏故官简定出降,随征黎氏,颇得战功。嗣因安南平定,不复立陈氏后,心中不服,乘间脱逃至化州,联合群盗邓悉等,自称日南王,国号大越。乘大军北还,出攻咸子关,扼三江府往来要道。简定对于陈氏,不可谓不忠,但反抗明朝,未免不度德,不量力。诸州县相率响应,黎氏余党亦多往附。内有陈季扩、邓景异等,尤称猖獗。交趾布政司黄福,飞奏至京,亟请增兵。成祖立命黔国公沐晟发兵数万,由云南出征。且令兵部尚书刘俊,往赞军事。沐晟率军南下,至生厥江,与简定相遇,彼此交锋,简定佯败却走。刘俊等驱军追赶,不防陈季扩、邓景异等,两路杀出,冲动阵势,竟致大乱。刘俊马蹶被执,都督吕毅及布政使参政刘昱等皆战死。这是狃胜而骄之故。沐晟仓猝收军,计已伤亡万人,没奈何奏报败状。成祖也出了一惊,只好再请出英国公张辅,令他前往。又命清远侯王友为副帅,率师二十万启行。这边尚在中途,那边情形又变,简定为陈季扩所逼,将王位让与季扩,自称上皇。季扩系蛮人,诡托陈氏后裔,号召全国。蛮人有何知识,信以为真,大众趋附,势愈猖獗。邓景异恰进攻盘滩,守将徐政阵亡。沐晟沿边固守，专待辅军到来。至永乐七年秋季，辅军方至，进薄咸子关。安南兵联舟蔽江，不下千艘，辅饬各军乘风纵火，猛烧敌舰。敌众惊溃，溺死无算。生擒敌目二百余人，获船四百余艘。邓景异等登岸狂奔，辅麾军追杀，景异返身接仗，各用短兵相击，又敌不过辅军，败投季扩。季扩自称陈氏后人，上书乞封，辅拒绝不受，进军清化，季扩远遁。简定迟了一步，不及远行，但匿迹美良山中。辅军入山搜寻，见简定缩做一团，当即牵出，送入大营。辅遂将简定槛送京师，至即伏法。再进军追陈季扩等，至冻潮州，生擒季扩党羽范友、陈原卿等二千人，悉数坑死，筑尸为京观。

会有朝使驰至，召辅还京，留沐晟镇守。辅引军自归，晟复追陈季扩至灵长海口，击败敌众。季扩穷蹙，奉表乞降。成祖以师劳日久，姑从所请，谕令季扩为交趾右布政使。季扩阳为受命，阴仍四掠，乃复令张辅往讨。辅至安南，严申军令，都督佥事黄中，违命不顺，立斩以徇，众皆股栗，相率用命。于是与沐晟合军，决计平寇，越月常江，渡神投海，过西心江，至爱子江，所有沿途敌众尽行扫荡。敌将阮师桧以象阵来攻，辅亲为前驱，连发二矢，一矢将象奴射落，再矢将象鼻射破，象惊跃四散，敌众大愕。前用象阵，为辅所败，至此复用象阵，真是呆鸟。经辅军乘势掩击，顿将敌兵冲成数截，乱斫乱剌，杀得尸横遍野，血流成渠。阮师桧窜入深山，由辅率将校徒步入捕，竟得

寻获。邓景异也在山中，一并拿住，立刻碟死。陈季扩出走老挝，都指挥师祐蹑迹穷追，攻破老挝三关，蛮人溃散。只剩陈季扩及妻妾数人，生絷以归。辅命囚解至京，双双斩首。与妻妾同时伏法，可谓不愿同日生，只愿同日死。自辅三下安南，三擒伪王，威震蛮服，无不畏怀。成祖暂命留守交趾，南陲得以无事。

小子且把南方搁下，再叙及北方时事。从前元嗣主脱古思帖木儿为明将蓝玉所破，败走喀喇和林（应十九回），至土拉河畔，为长子也速迭儿所弑，部众不服，相率离散。是时蒙古疏族帖木儿，方平定中央亚细亚，统辖西域诸汗国，略印度，破埃及，声势大震（元初分封诸王，西北一带，有察合台、窝阔台、伊儿、钦察四汗国。窝阔台国先亡，余汗亦次第衰微。帖木儿起自察合台国，并有各地，参阅作者《元史演义》便见详情）。闻元嗣为明军所逼，窜走一隅，不禁愤怒起来，遂招集残元部众，大举东征，竟欲恢复中原，统一世界。好大志向。军报直达南京，成祖忙饬西宁卫守将宋晟统率陕甘各军，加意守御。幸帖木儿在道病殁，西徼少安。帖木儿子孙争位，无暇及明，蒙族终致不振。也速迭儿篡位后，国中弑戮相寻，数传至坤帖木儿，又为臣下鬼力赤（一作郭勒齐）所弑，自去蒙古国号，别称鞑靼可汗（元室改号鞑靼，以此为始）。部民以鬼力赤并非元裔，多不从命。元太祖弟溯只后裔阿噜台乘间杀鬼力赤，迎立坤帖木儿弟本亚失里为

汗，自为太师，号召四方，渐臻强盛。鞑靼西边有瓦剌部，为元臣猛可帖木儿后裔，与鞑靼不睦，酋长叫作玛哈木，成祖起兵北平，曾防玛哈木内袭，与他通和。及入京为帝，封玛哈木为顺宁王。玛哈木恃有内援，遂常与鞑靼为难。借他人以敌同族，玛哈木也是失算。阿噜台往击瓦剌，反为所败。成祖闻他互相仇杀，亦欲乘此机会，收服鞑靼。永乐六年，特遣降臣刘铁木儿不花，持着玺书，并织锦文绮等物，往抚鞑靼汗本雅失里，本雅失里不受命。越年，又遣给事中郭骥往谕，竟为所杀。成祖不便罢手，遂授淇国公邱福为征虏大将军，偕王聪、火真、王忠、李远等，统兵十万，北征鞑靼。一面先谕瓦剌部，出兵夹攻。瓦剌部酋玛哈木不待邱福兵至，已袭破鞑靼都城。本雅失里与阿噜台徙居胪朐河旁。

邱福一至，探悉鞑靼已败，总道是势穷力蹙，立可扫灭，遂率轻骑千人先行，途次遇鞑靼游兵，迎头击破，追杀过河，擒住敌目一人，问明本雅失里下落。敌目答已仓皇北走，去此不过三十里。福大喜道："擒贼先擒王，此行定可得手了。"参将李远谏道："敌众恐有诈谋，须侦查确实，方可进兵。且后军尚未到齐，姑俟大兵会集，再进未迟。"福怒道："你敢挠我军心么？敌酋在前，不擒何待？"一闻谏言，便即动怒，活画邱福卤莽。李远又道："将军辞行时，皇上亦再三告诫，兵宜慎重，毋为敌绐，难道将军忘了不成？"借李远口中，补出成祖嘱语。邱福愈怒道："将在外，

君命有所不受，你妄托天子威灵，敢来哓舌。军法具在，莫怪无情。"李远不敢再言。王忠复力陈不可，福仍不从，麾众直入。蒙兵遇着，未战即走，诱至深林丛箐中，吹起胡哨，伏兵四起，把邱福等困住垓心，缭绕数匝。邱福、火真、王忠等，冲突不出，先后战殁。李远、王聪率五百骑突围出走，被敌兵追至，酣战了好几时，亦力尽身亡。后军闻警赶至，又被蒙兵大杀一阵，伤毙了一大半，余众遁还。

成祖闻报，因邱福不听良言，追夺封爵，下令来春亲征。转眼间已是永乐八年，遂率师北巡，命户部尚书夏元吉，辅皇长孙瞻基，留守北京，接运军饷。自领王友、柳升、何福、郑亨、陈懋、刘才、刘荣等，督师五十万出塞，至清水原，水多咸苦不可饮，人马皆渴，成祖方以为忧。忽西北二里许，有泉涌出，味甚甘冽，军中赖以不困。成祖赐名神应泉。再进至胪朐河，次苍山峡，前锋巡弋队获敌数人，箭一枝，马四匹，料知去敌不远，遂由成祖下令，渡河前进。本雅失里不敢接战，北走斡难河（即元太祖肇兴地）。成祖饬众奋追，至斡难河畔，追及本雅失里，驱杀过去，大败敌众。本雅失里弃辎重牲畜，只率七骑遁去。先是本雅失里闻帝亲征，拟与阿噜台率众西遁，阿噜台不从，于是君臣离析，本雅失里走而西，阿噜台走而东。成祖以本雅失里远遁，不欲穷追，即命移师征阿噜台，时已盛暑，兵行沙漠，挥汗如雨，日间不便跋涉，只好乘夜东行。既渡飞云壑，侦悉

阿噜台住处，便遣使持敕谕降。阿噜台诡言遵谕，即派数骑随使报命，自率精锐潜蹑于后。成祖得去使还报，即登高东望，遥见数里以外，尘土飞扬，差不多有千军万马，急奔而来，不禁瞿然道："阿噜台既云来降，为何带此重兵？莫非前来袭我么？"处处留心，确是智囊。亟命诸将严阵以待。阿噜台到了阵前，果然纵兵入犯，成祖麾令奋击，铳、矢齐发，射中阿噜台马首，阿噜台翻落马下，至部兵扶起阿噜台，众已大乱，阿噜台料知不支，易马返奔，被明军追杀过去，好似风扫落叶，顷刻而尽。成祖以天气过热，收军还营，休养一日，即命班师。阿噜台闻大军退去，又派残骑尾行，成祖正防他来袭，沿途设伏，佯令数人满载辎重，在后尾随。蒙骑贪掠货物，竟来争夺，猝遇伏发，四面围攻，杀得一骑不留，乃安安稳稳的奏凯而回。还次擒狐山，勒石铭功，有"瀚海为镡，天山为锷，一扫风尘，永清朔漠"十六字。再还次清流泉，有"于铄六师，禁暴止侮，山高水清，永彰我武"十六字。至七月中旬，始至北京，御奉天殿，大受朝贺，论功行赏有差。

诸将方共庆功成，不意都御史陈瑛，竟劾奏宁远侯何福，私怀怨望。成祖以福为建文旧臣，未免动疑，福竟惧罪自缢。那时成祖闻知，未免怏怏不乐。过了秋季，启跸南归，行至山东临城县，侍妃权氏忽得暴疾，竟尔逝世，累得成祖哀悼异常，小子有诗咏道：

赤日炎炎虐六飞，
王师力敝始南归。
临城一恸红颜逝，
不重功臣重爱妃。

欲知权妃来历，且至下回表明。

明代之好大喜功，莫如成祖，观其讨安南，征漠北，莫非穷兵黩武之举。彼盖因得国未正，惧贻来世口实，不得不耀武扬威，期盖前愆于万一，然已师不胜劳，财不胜费矣。成国公张辅，颇有远图，不特三擒番酋，叠著奇功，即如建设郡县，主张殖民，实不愧为拓边胜算。假令长畀镇守，教养兼施，吾知南人当不复反矣，何至后日之屡服屡叛乎？成祖志在张威，不在务本，故于张辅之三下安南，暂命留守，未几即行召还，而漠北一役，未曾平定蒙族，即铭功勒石，自夸功绩，谓非好大喜功不得也。成祖之成，殆不能无愧云。

第二十九回　诛乐安皇子得罪
闹蒲台妖妇揭竿

却说成祖南返临城，遇爱妃权氏病逝，不觉哀恸异常。小子欲述权氏来历，还须先将徐后事补叙出来。徐皇后秉性贤淑，善佐成祖，成祖亦颇加敬爱，所有规谏，多半施行。后常召见各命妇，赐冠服钞币，并婉谕道："妇人事夫，不止馈食衣服，须要随时规谏。朋友的言语，有从有违，夫妇的言语，婉顺易入。我旦夕侍上，尝以生民为念，汝等亦宜勉力奉行"云云。嗣后复搜采女宪女诫，作内训二十篇，又类编古人嘉言懿行，作劝善书，颁行天下。永乐五年七月，忽然患病不起，竟致去世。成祖很是悲悼，特命于灵谷、天禧二寺间，荐设大斋，听群臣致祭。追谥仁孝皇后，历六年方安葬长陵。后有妹名妙锦，端静有识，成祖闻她贤名，欲聘为继后，偏偏妙锦不从。内使女官络绎至第，宣示上意，妙锦固拒不纳。女官直入闺中，坚请妙锦出见。妙锦不得已，乃徐徐起立道："我无妇容，不足备六宫选，乞代奏皇上，另择贤媛。"女官敦劝再三，妙锦只是不答。及女官内使，还宫复命，妙锦竟削发为尼。姊为贤后，妹作贞女，可与中山王并传不朽。成祖懊丧得很，不复立后，只命王贵妃摄六宫事。曲摹乃父。

会朝鲜国贡美女数人，内有权氏，最为娇艳，肌肤莹洁，态度娉婷，端的是闭月羞花，沉鱼落雁；又有一种特别技艺，善吹玉箫，著名海曲。成祖当面试吹，抑扬抗坠，不疾不徐，到后来兴会入神，竟把那宛转娇喉，度入箫中，莺簧无此谐声，燕语无此叶律，确是美女吹箫，不得移作他用。惹得成祖沈迷声色，击节称赏。曲罢入宫，即夕召幸，华夷一榻，雨露宏施，说不尽的倒凤颠鸾，描不完的盟山誓海。点染风流。越宿即列为嫔御，逾月复册为贤妃，授妃父永均为光禄卿，备极宠眷。到了成祖北征的时候，权妃请随驾同行，成祖也非她不欢，遂令她戎装偕往。至奏凯班师，权妃竟冒了暑气，悒悒成疾，红颜命薄，荣苣无灵，她尚勉强伴驾，挨到山东，至临城县行幄，实是支持不住，风凄月落，玉殒香消，可怜一载鸳俦，竟化作昙花幻影。成祖格外哀恸，赐葬峄县，亲自祭奠，予谥"恭献"。返京后，尚追念不置，复于朝鲜所贡美女中，选幸四人，各封女职。最美的为任顺妃，次为李昭仪，又次为吕倢伃，又次为崔美人。四女虽各具姿容，究竟色艺不及权妃，成祖无可奈何，只得将就了事。

其时有位王孺姝，家住海南，才艺无双，永乐二年，召入宫掖，充为司彩。司彩系明宫女官，宫中聚藏缎匹，归她掌管。成祖有意召幸，尝命与权妃同辇。王氏跪启道："妾系媭妇，不敢充下陈，请陛下收回成命！"成祖嘉她节烈，特赐金币，许令归家。她在宫时常作记事诗，流传禁掖。小子曾记得一绝云："璚花移入大明宫，一树芳香倚晚风。赢得君王留步辇，玉箫吹彻月明中。"此外佳句尚多，小子也记不胜记了（徐女王嫇，俱不见正史，得此阐扬，可作彤史数则）。这且休表。且说成祖次子高煦，本就封云南，煦不肯行（应二十七回），及成祖北征，煦亦随往，凯旋时，因嗣子尚留北京，请乘便挈还，暗寓深意。成祖听他所为。嗣又请得天策卫为护卫，自开幕府，未几复乘间请增两护卫，密语左右道："如我英武，难道不配做秦王李世民么？"居然欲杀建成、元吉。又尝自作诗云："申生徒守死，王祥枉受冻。"这两句诗，明明是挟恨乃父，流露夺嫡的意思。某日，成祖命太子高炽，偕煦谒孝陵，太孙瞻基亦随往。太子体肥重，且遇足疾，由两太监扶掖而行，尚屡失足，煦在后大言道："前人蹉跌，后人知警。"语未毕，忽后面有人应声道："还有后人知警哩。"煦闻言回顾，见是太孙瞻基发言，不禁失色。自己心虚。煦长七尺余，轻矫善骑射，两腋有龙鳞数片，以此自负。成祖虽已立储，心常不忘煦功，每与诸大臣微语东宫事，大臣总说是太子贤明，将来必是守成令主，因此成祖不便再言。贵妃王氏又密受徐后遗命，始终保护太子。太子妃张氏且亲执庖爨，事帝甚谨，为此种种原因，所以储位尚得保全。

会齐、岷二王复以骄恣得罪，削爵废藩（两王之废，随笔带过）。煦遂乘间进言，谮及侍读解缙，内外壅蔽，且漏泄禁中密语，应按罪惩罚等语。成祖余怒未息，便将缙谪徙广西，降为参议。会成祖北征，留太子居守南京，缙入谒太子，即还原任。无故归谒东宫，缙亦不能辞咎。这事被煦闻知，说他私觐东宫，必有隐谋。几危太子。顿时激怒成祖，立逮缙入京下狱，拷掠备至。还是缙自认罪状，一语不及太子，方得免兴大狱，但将缙囚禁天牢。后来锦衣卫掌管纪纲，受煦密嘱，令狱卒用酒饮缙，醉移雪中，活活冻毙。大理寺丞汤宗、宗人府经历高得旸、中允李贯、编修朱纮、检讨萧引高等，俱坐缙罪被系，瘐死狱中。原来太子得立，由解缙力谏所致，事为高煦探悉，衔恨切骨，定欲置诸死地。缙被诬死，还有编修黄淮，亦曾预议立储，时已升任右春坊大学士，颇得帝眷，一时动弹不得，煦尤日夜计虑，谋去黄淮，本拟联结都御史

陈瑛，伺隙弹劾，不料成祖自北还南，查得瑛平生险诈，诬陷多人，竟将他下狱论死，这是好谗的果报，天下称快。只高煦失一臂助，怏怏不已。至永乐十一年间，成祖北巡，命太子监国，留辅诸臣，除尚书蹇义、谕德杨士奇、洗马杨溥外，便是学士黄淮。越年，成祖还京，太子遣使往迎，稍迟一步，煦即构造蜚语，中伤太子。成祖亦起疑心，竟将黄淮、杨溥等逮问，意欲加诛。且密令兵部尚书金忠，按验太子罪状。亏得金忠极力挽救，愿以全家百口为太子保证，太子乃得免祸。金忠名副其实。惟黄淮、杨溥仍系狱中，终成祖世不得释。

高煦越加骄纵，私选各卫健士为爪牙，潜图变逆。成祖稍稍察觉，乃把煦改封青州，饬令就国。煦仍奏请留传左右，不愿就道。复经成祖申谕，煦尚迁延自如，且擅募军士三千余人，不使隶籍兵部，但终日逐鹰纵犬，骚扰京都。兵马指挥徐野驴，捕得一二人，按罪惩治，煦竟到署亲索，与野驴谈了一二语，不称己意，竟从袖中取出铁爪，挝杀野驴。骄横已极。廷臣尚不敢详奏，嗣煦复僭用乘舆车服，为帝所闻，乃密询尚书蹇义，义惧煦威焰，推辞未知。及复问杨士奇，士奇顿首道："汉王初封云南，不肯行，复改青州，又仍不行，心迹可知，无待臣言。惟愿陛下早善处置，使有定所，保全父子恩亲，得以永世乐利。"还是他较为忠直。成祖默然不答。疑乎信乎？越数日，又访得高煦私造兵器，蓄养亡命，及漆皮为

船，演习水战等事。于是勃然大怒，立召煦至，面诘各事。煦无可抵赖，一味支吾。当由成祖勒褫冠服，囚絷西华门内，势且废为庶人，还是太子从旁劝解。太子义全骨肉，所以后称仁宗。成祖厉声道："我为你计，不得不割去私爱，你欲养虎自贻害么？"太子泣请不已，乃削高煦两护卫，诛左右数人，徙封山东乐安州，勒令即日前行。煦计无所出，只好拜别出京，一鞭就道了。下文再表。

且说成祖既平定南北，加意内治，命工部尚书宋礼浚会通河，兴安伯徐亨，工部侍郎蒋廷瓒、金纯，浚祥符县黄河故道。漕运既通，河流亦顺，又命平江伯陈瑄督筑海门捍潮堤八十余丈；且于嘉定海岸，培筑土山，以便海舟停泊。山周四百丈，高五十余丈，立堠表识，远见千里。成祖赐名宝山，后来立邑于此，名宝山县，便是明永乐时的遗迹，略作纪念。惟沿海一带，屡有倭寇出没，频年未息。倭寇即日本国民，来华寇掠，所以叫作倭寇。日本在朝鲜国东境，距朝鲜只一海峡，元世祖时，威振四夷，独日本不服，世祖发兵十余万东征，途遇暴风，全军覆没。日本终抗命不庭。嗣日本南北分裂，时相攻伐，及南败北胜，南方残众，流寓海口，侵及朝鲜。朝鲜方拥李成桂为国王，成桂颇有智勇，力足防边，且遣使通好中国，得明太祖册封，为明外藩（朝鲜历史，亦从此处插入，是用笔销纳处）。倭寇遂迁怒明朝，剽掠中国海岸。太祖尝贻书日本，请禁边寇，终不见答。乃

第二十九回 逃乐安皇子得罪 闹蒲台妖妇揭竿

148

特设沿海卫所，专意防倭。成祖时，日本足利义满氏，统一南北，航海入贡，受封为日本国王。成祖又饬令严禁海盗，怎奈海盗不服王化，足利氏亦无能为力，所以入寇如故。经明廷先后出师，如安远伯柳升、平江伯陈瑄及总兵官刘江，皆破倭有功，沿海才得少安（为嘉靖时征倭作引）。

会接贵州警报，思州宣慰使田宗鼎与思南宣慰司田琛构怨兴兵，仇杀不已。成祖密令镇远侯顾成率兵前往，相机剿抚。先是明平云南，贵州土官闻风归附，太祖嘉他效顺，概令原官世袭，赋税由他自输，不立制限，但设一都指挥使，择要驻守。永乐初年，镇守贵州的长官便是镇远侯顾成。顾成既密受朝命，遂潜入思州、思南二境，出其不意，把宗鼎与琛一并拿住，槛解京师。成祖将他二人斩讫，分贵州地为八府四州，设布政使司，及提刑按察使司，派工部侍郎蒋廷瓒署贵州布政使事（陆续叙过，都是本回中销纳文字）。

谁知到了永乐十八年，山东蒲台县中，忽出了一场乱事，为首的巨匪，乃是一个女妖名叫唐赛儿（下半回以此为主脑，故提笔较为注重）。赛儿为县民林三妻，并没有什么武略，不过略有姿首，粗识几个文字，能诵数句经咒。林三病死，赛儿送葬祭墓，回经山麓，见石罅中露有石匣，她即取了出来，把匣启视，内藏异书宝剑，诧为神赐。书中备详秘术及各种剑法，当即日夕诵习，不到数月，居然能役使鬼神；又剪纸作人马可供驱策，如欲衣食财物，立令纸人搬取，无不如意。她复削发为尼，自称佛母，把所得秘法，辗转传授，一班愚夫愚妇，相率信奉，多至数万。无非是平原吕母及平原女子迟昭平之类。地方官闻她讹扰，免不得派役往捕，唐赛儿哪肯就缚，便与捕役相抗。两下龃龉，当将捕役杀毙数人。有几个见风使帆的狡捕见赛儿持蛮无礼，先行溜脱，返报有司，有司不好再缓，便发兵进剿。赛儿到此地步，索性一不做，二不休，竟纠集数万教徒，杀败官兵，据住益都卸石棚寨揭竿作乱。奸民董彦杲、宾鸿等向系土豪，武断乡曲，一闻赛儿起事，便去拜会，见赛儿仗剑持咒，剪纸成兵，幻术所施，竟有奇验，遂不胜惊服，俱拜倒赛儿前，愿为弟子。佛母收佛徒，皆大欢喜。从此日侍左右，形影不离，两雄一雌，研究妖法，越觉得行动诡秘，情迹离奇。怕不是肉身说法。训练了好几月，便分道出来，连陷益都、诸城、安州、莒州、即墨、寿州诸州县，戕杀命官，日益猖獗。青州卫指挥高凤，带领了几千人马，星夜进剿，到了益都附近，时已三鼓，前面忽来了无数大鬼，都是青面獠牙，张着双手，似蒲扇一般，来攫凤军。凤军虽经过战阵，从没有见过这般鬼怪，不由得哗噪起来。董彦杲、宾鸿率众掩至，凤军不能再战，尽被杀害，凤亦战死。莒州千户孙恭等得悉败状，恐敌不住这妖魔鬼怪，只好遣人招抚，许给金帛，劝他收兵。董彦杲等抗命不从，反将去使杀毙。

那时各官错愕，不得不飞章奏闻，

明史演义

第二十九回 诛乐安皇子得罪 闹蒲台妖妇揭竿

成祖敕安远侯柳升及都指挥刘忠,率着禁卫各军,前往山东。各官统来迎接,且禀称寇有妖术,不易取胜。是为诱过起见。柳升冷笑道:"古时有黄巾贼,近世有红巾寇,都是借着妖言,煽惑愚民。到了后来结果,无非是一刀两段。诸君须知邪不敌正,怕什么妖法鬼术?况是一个民间孀妇,做了匪首,凭她如何神奇,也不过幺麽伎俩,我自有法对待,诸君请看我杀贼哩。"言罢,即进击卸石棚寨,密令军士备着猪羊狗血及各种秽物,专待临阵使用。途次遇着寇兵,当即接战,忽见唐赛儿跨马而来,服着道装,仿佛一个麻姑仙,年龄不过三十左右,尚带几分风韵。半老徐娘。两旁护着侍女数名,统是女冠子服式。赛儿用剑一指,口中念念有词,突觉黑气漫天,愁雾四塞,滚滚人马,自天而下。柳升忙令军士取出秽物,向前泼去,但见空中的人马,都化作纸儿草儿,纷纷坠地,依旧是天清日朗,浩荡乾坤。妖术无用。赛儿见妖法被破,拨马便走,寇众自然随奔,逃入寨中,闭门固守。

柳升麾军围寨,正在猛攻,忽有人出来乞降,只说是寨中粮据汲道。忠至东门,夜遇寇兵来袭,飞矢如蝗。忠不及预防,竟被射死。柳升安居营中,总道是妖术已破,无能为力,前言确是有识,至此偏独轻敌,遂至丧师纵寇,可见骄兵必败,不意夜半溃军逃还,报称刘忠陷没,慌忙往救,已是不及。还攻卸石棚寨,寨中已虚无一人,赛儿以下,尽行遁去。惟宾鸿转攻安邱,城几被陷,幸都指挥佥事卫青,方屯海上备倭,闻警飞援,与邑令张玙等内外合攻,杀败宾鸿,毙寇无数,剩了些败残人马,逃至诸城,被鳌山卫指挥使王贵,截住中途,一阵杀尽,只唐赛儿在逃未获。及柳升至安邱,卫青迎谒帐前,升反斥他无故移师,喝令捽出,于是刑部尚书吴中,劾升玩纵无状,由成祖召还下狱,擢卫青为都指卫使,一面大索赛儿,尽逮山东、北京一带的尼觋道姑,到京究辨。可怜大众无辜,枉遭刑虐,结果统是假赛儿,不是真赛儿。俄得山东军报,说是真赛儿已拿到了,盈廷官吏相率庆贺。五。正是:

篝火狐鸣天地暮,
昆冈焰炽鬼神愁。

未知赛儿曾否伏诛,且至下回交代。

本回宗旨,内叙高煦夺嫡,外叙唐赛儿揭竿,而外此各事,俱用销纳法插入,但亦不至渺无关系。因高煦事叙入宫中,而徐后诸人之品节以彰,因唐赛儿事叙入畿外,而边疆诸事之叛服以著,如绳贯钱,有条不紊,此可见著述之苦心,非信手掇拾者比也。且高煦骄纵,弊由溺爱,赛儿诡秘,弊在重僧,于欲言之中,更得不言之秘,善读者自能知之。

第三十回　穷兵黩武数次亲征　疲命劳师归途晏驾

却说唐赛儿乱后，山东各司官多以纵寇获谴，别擢刑部郎中段民为山东左参政。段民到任，颇能实心办事，所有冤民尽予宽宥，惟密饬干役往捕赛儿。不数日赛儿缚到，由段民亲讯，她却谈笑自若，直认不讳。段民觉有变异，命以利刃截她手足，谁知纯钢硬铁，反不及玉臂莲钩，刀锋已缺，手足依然，不得已严加桎梏，把她娇怯身躯，概用铁索缠住，然后置入囚车，派遣得力人员，解送京师。行到半途，天光渐黑，蓦见前后左右，统是狰狞厉鬼，高可数丈，大约十围，腰间系着弓矢，手中执着大刀，恶狠狠的杀将过来。看官！你想这等押解巨犯的兵役如何抵敌？大家顾命要紧，弃了囚车，四散避开。何不用秽物解之。待至厉鬼已去，返顾囚车，里面只有一堆镣铐，并没有甚么唐赛儿。彼此瞠目许久，只好回报段民。段民没法，也只得据实复奏。明廷一班官吏，方闻妖妇解京，都想前去验视，至段民奏至，越发诧为奇事。成祖也不加责问，但命将所拘尼媪，一律放还，

这颇能知大体，连柳升亦释出狱中，释放柳升未免失刑，内外安谧，只唐赛儿究不知何处去了。

话分两头。且说成祖击败阿噜台，奏凯还京，越年，阿噜台却遣使贡马，且奉表称臣。成祖以他悔罪投诚，特命户部收受贡物，并厚犒来使，遣令去讫。会瓦剌部酋玛哈木攻杀鞑靼汗本雅失里，另立答里巴为汗，自专政权。阿噜台复使人来告，成祖乃命驾北巡，亲探虚实。既至北京，复得阿噜台表奏，略言："玛哈木弑主逞强，请天朝声罪致讨，臣愿率所部，效力冲锋"云云。成祖大喜，封阿噜台为和宁王，一面谕责玛哈木，且征使朝贡。玛哈木竟不受命，当由成祖下诏，再行亲征，仍带了柳升、郑亨、陈懋、李彬等一班宿将，浩荡前行，太孙瞻基亦随驾出发。成祖语侍臣道："朕长孙聪明英睿，智勇过人，今肃清沙漠，使他躬历行阵，备尝艰苦，才知内治外攘，有许多难处呢。"侍臣称颂不已。无非面谀。是年为永乐十二年，二月间启行，四月间至兴和，

第三十回 穷兵黩武数次亲征 疲命劳师归途晏驾

五月间出塞，次杨林城，六月间到三峡口。前锋刘江遇着敌骑数千名，一鼓击退。成祖料敌必大至，严阵以待。寻获间谍数名，问明详细。得悉玛哈木离此不远，索性兼程前进；至忽兰忽失温地方，望见尘头大起，有无数蒙兵踊跃而来，后面拥着麾盖，蔽着两人，一是鞑靼汗答里巴，一是瓦剌酋玛哈木。成祖登高指挥，命柳升、郑亨等攻敌中坚，陈懋、王通攻右翼，李彬、谭青、马聚攻左翼。三军奉令进攻，火器齐发，声震天地。玛哈木恰也能耐，领着蒙兵，左拦右阻，并迭发强弩，射住明军。郑亨身中流矢，负痛退还。陈懋、王通也被蒙兵截住，不能取胜。李彬、谭青等与敌酣斗，杀伤相当。都指挥满都受伤过重，倒毙阵中。成祖见各队相持，未分胜负，遂自高阜跃下，亲率铁骑冲阵，横扫敌军。柳升以下，见主上躬冒矢石，也不得不舍命争先，大呼杀敌。俗语说得好："一夫拼命，万夫莫当。"况有数万人努力前驱，无论甚么强敌，总是抵挡不住。玛哈木败阵而逃，部众自然溃散。明军追越两高山，直达土拉河，斩首数千级。成祖尚欲穷追，还是皇太孙叩马谏阻，才令班师。穷寇勿追，皇太孙恰是有识。还至三峰山，阿噜台遣头目锁住等来朝，且言阿噜台有疾，所以不至。成祖好言抚慰，并给米百石、驴百匹、羊百头，别赐他属部米五千石。锁住等拜谢而去。成祖还京，玛哈木也贡马谢罪，词极卑顺。勉效阿噜台。成祖又纳贡馆使，宥他前愆，惟玛哈木与阿噜台始终不和，互相仇杀，

亦互来报捷。成祖亦利他构衅，随意敷衍，毫不诘问。无非欲自做渔翁。既而玛哈木病死，子脱欢嗣位，遣使朝贡，仍许袭爵。独阿噜台生聚渐繁，兵储渐富，居然桀骜起来，每遇明使，箕踞谩骂，有时且把明使拘留。成祖一再驰谕，阿噜台全然不改，反驱众入寇边疆。

警报屡达京师，成祖以胡人反复，必为后患，决计迁都北京，就近控驭。永乐十九年春间，车驾北迁，特旨大赦（明迁北京自此始）。廷臣以迁都不便，纷纷有异言。未几忽发火灾，把奉天、谨身、华盖三殿烧得墙坍壁倒，栋折榱崩，成祖未免惶悚，令群臣条奏阙失，直言无隐。僚属奉旨上言，多以迁都为非是。主事萧仪及侍读李时勉语尤痛切。成祖大怒，竟杀了萧仪，下李时勉于狱中，并将给事柯暹、御史郑维垣等谪徙边疆。既令群臣直言，复以直言加罪，出尔反尔，殊属不情。一面再议北征。兵部尚书方宾力言粮储支绌，未便兴师，乃复召户部尚书夏原吉，问边储多寡。原吉奏称所有边储，只足供戍卒，不足给大军。且言频年师出无功，戎马资储，十丧八九，灾眚间作，内外俱疲，应顺时休养，保境息民为要。即如圣躬少安，亦须调护，毋须张皇六师。成祖闻言，为之不怿，仍令原吉往查开平粮储。既而刑部尚书吴中入对，大旨与方宾同，成祖怒道："你亦学方宾么？我将杀宾，免你效尤。"宾闻言大惧，竟自经死。成祖竟命将吴中系狱，并饬锦衣卫逮原吉还京，再问亲征

得失。原吉具奏如初。成祖益怒，亦饬令下狱。专制淫威，煞是厉害。遂命侍郎张本等，分往山东、山西、河南及应天诸府，督造粮车，发丁夫挽运，会集宣府，以次年二月为期。

光阴易过，倏忽新春，成祖即率军起程，师次鸡鸣山，探悉阿噜台远遁，诸将请率兵深入。成祖道："阿噜台非有他计，譬诸贪狼，一得所欲，即行遁去，追他无益。且俟草青马肥，出开平，逾应昌，出其不意，直抵敌巢，然后可破穴犁庭了。"前则执意亲征，兹复禁止深入，总之予智自雄，不欲群臣多口。嗣是徐徐进行，一路过去，不见有甚么敌骑，如入无人之境。成祖命军士开枪猎兽，或临场校射，赐宴作乐。御制平戎曲，使全军歌唱节劳。至五月中旬，始度偏岭，发隰宁，至西凉亭。亭为故元往来巡幸地，故宫禾黍，野色萧条，成祖慨然道："元朝创筑此亭，本欲子孙万代，永远留贻，哪里防有今日？古人谓天命无常，总要有德的皇帝，方才保守得住。否则万里江山，亦化作过眼烟云，何况区区一亭呢。"乃下令禁止伐木。六月出应昌，次威远，开平探马走报，阿噜台进寇万全，诸将请分兵迎击，成祖道："这是阿噜台诈计，不能相信。他恐我直捣巢穴，佯为出兵，牵制我师。我若分兵往援，正中彼计。"遂疾驰而进，敌果遁去。成祖料敌可谓甚明。大兵进驻沙胡原，拿住阿噜台部属，一一讯问。据言："阿噜台闻大军到来，惶恐已极，他母及妻，统骂阿噜台昧良，无端负大明皇帝，所以阿噜台穷极无奈，已尽弃家属，及驼马牛羊辎重，向北远遁了。"成祖道："兽穷必走，也是常情，但恐他挟有诈谋，不可不防。"嗣复获得敌骑数人，所言悉与前符。乃命都督朱荣、吴成等，尽收阿噜台所弃牛羊驼马，焚毁辎重，指日还师，乘便击兀良哈三卫。兀良哈三卫，即大宁属地，自辽沈起直，至宣府，延长三千余里，元置大宁路于此。元得大宁，即封皇子权为宁王，另封兀良哈三卫，处置降人，以阿北失里等为三卫都指挥同知。成祖起兵，诱执宁王权（应二十二回），并将宁王部属悉数移入北平。兀良哈三卫奉命惟谨，且发兵从战，所向有功。成祖即以大宁地尽畀兀良哈，作为犒赐。此是东周封秦之覆辙，成祖何故蹈之。

自此辽东宣府一带，藩篱撤去，门庭以外，就是异族。成祖约他为外藩，平居使侦探，有急使捍卫，无如异族异心，未免携贰。自阿噜台恃强抗命，遂与兀良哈三卫勾通。三卫中朵颜卫最强，次为泰宁卫，次为福余卫，既附合阿噜台，遂时入塞下。成祖北征旋师，语诸将道："阿噜台恃兀良哈为羽翼，所以敢为悖逆，今阿噜台远遁，兀良哈势孤，应移师往讨，平定此寇。"当下简选精锐数万人，分五路捣入，自率郑亨、薛禄等直入西路。师次屈裂儿河，兀良哈驱众数万，前来抵敌，忽被陷入泽中，成祖即指挥骑兵，冲杀过去，斩首数百级。敌自相践踏，势几散乱。成祖登高瞭望，见敌兵散而复聚，料有接应兵至，遂命吏士持神机弩，潜伏深

第三十回 穷兵黩武数次亲征 疲命劳师归途晏驾

林，自张左右翼出阵夹击。敌兵突冲左翼军，左翼军佯退，引敌入深林中，一声号炮，伏兵齐发，箭如飞蝗般射去，敌遂惊溃。左翼军反击敌腹，右翼军猛攻敌背，敌兵死伤无算，追奔三十余里，尽毁三卫巢穴，然后下令班师，还京受贺。又是一番跋涉了。

次年七月，又有阿噜台寇边消息，成祖笑道："去秋亲征，渠意我不能复出，朕当先驻兵塞外，以逸待劳。"即命皇太子监国，车驾择日发京师。三次北征。师行月余，进至沙城，阿噜台属下知院阿失帖木儿、古纳台等率妻子来降，由成祖详问阿噜台情形。阿失帖木儿禀道："今夏阿噜台为瓦剌所败，部属溃散，势日衰微。今闻大军远出，必疾走远避，哪里还敢南向呢？"成祖甚喜，赐他酒食，俱授千户。惟大军仍然前进，至上庄堡，由先锋陈懋来报，说是鞑靼王子也先土干挈眷投诚。成祖大喜，语侍臣道："远人来归，应格外旌异，方便招徕。"随即令陈懋引见，当面奖谕，特封他为忠勇王，赐名金忠。是时兵部尚书金忠已卒，岂成祖欲令他后继，所以不嫌复名欤？并授他甥把罕台为都督，部属察卜等统为都指挥，赐冠带织金袭衣，一面下诏南旋。此次北征最属无谓。

越年，为永乐二十二年，即成祖皇帝末年，谍报阿噜台复寇大同，忠勇王金忠请成祖发兵，愿为前锋自效，于是成祖复大举北征。第四次了。行抵隰宁，仍不见有敌人踪迹，心知边报不实，未免爽然。会有金忠部将把里秃获到敌哨，具言阿噜台早已远飏，现闻在答兰纳木儿河。成祖即督军疾趋，直达开平，遣中官伯力哥往谕阿噜台属部道："王师远来，只罪阿噜台一人，他无所问，倘若头目以下，输诚来朝，朕当优与恩赉，决不食言。"至伯力哥还报，阿噜台部落亦多远遁，无可传命，成祖乃决计入答兰纳木儿河。沿途见遗骸甚众，白骨累累，因饬柳升督率军士，掇拾道殣，妥为瘗埋，自制祭文，具酒浆等物，奠爵酹土，聊慰孤魂。又进次玉沙泉，以答兰纳木儿河已近，即命前锋金忠、陈懋等先发，自为后应。金忠、陈懋等到了答兰纳木儿河，弥望荒芜，不特没有敌寨，就是车辙马迹，也是一律漫灭，无从端倪。大家瞭望一番，不知阿噜台所在，只好遣人复奏。成祖又遣张辅等穷搜山谷，就近三百里内外，没一处不往搜寻，也只有蔓草荒烟，并不见伏兵逃骑，张辅等亦只好空手复命。真是彼此捣鬼。成祖不禁诧异道："阿噜台那厮，究到何处去了？"张辅奏道："陛下必欲擒寇，愿假臣一月粮，率骑深入，定不虚行。"成祖道："大军出塞，人马俱劳乏得很，北地早寒，倘遇风雪，转恐有碍归途，不如见可而止，再作计较。"言未已，金忠、陈懋等亦已回营，奏称至白邱山，仍无所遇，以携粮已尽，不得不归。成祖叹息多时，便下令还京。又是白跑一次。道出清水源，见道旁有石崖数十丈，便命大学士杨荣、金幼孜，刻石纪功，并谕道："使万世后知朕过此。"不见一敌，何功可言？然自知不再到此，亡征已见。铭功毕，成祖少有不豫，升幄凭几而坐，顾内侍海寿问道："计算路程，何日可到北京？"海寿答道："八月中即可到京。"出塞四次，连路程都不能计，不死何待？成祖复谕杨荣道："东宫涉历已久，政务已熟，朕归京后，军国重事，当悉付裁决。朕惟优游暮年，享些安闲余福罢了。"恐老天不肯许你，奈何？杨荣闻言，免不得谀颂数语。至双流泺，遣礼部尚书吕震，以旋师谕皇太子，并昭告天下。入苍崖戍，病已甚笃，夜不安寐，偶一闭目，便见无数冤鬼，前来索命。好杀之验。待至惊醒，但见侍臣列着左右，不禁唏嘘道："夏原吉爱我！"再行至榆木川，气息奄奄，不可救药了。自知不起，遂召英国公张辅入内，嘱咐后命，传位皇太子高炽，丧礼一如高皇帝遗制。言讫，呼了几声痛楚，当即崩逝。张辅与杨荣、金幼孜商议，以六师在外，不便发丧，遂熔锡为椑，载入遗骸，仍然是翠华宝盖，拥护而行。暗中遣少监海寿，驰赴太子，太子遣太孙奉迎，太孙至军，始命发丧，及郊，由太子迎入仁智殿，加殓纳棺，举丧如仪。成祖卒年六十五，尊谥"文皇帝"，庙号"太宗"，至嘉靖十七年，复改庙号为"成祖"。太子高炽即位，以次年为洪熙元年，史称为仁宗皇帝，小子自然沿称仁宗了。本回就此收场，惟有一诗咏成祖道：

闲关万里有何求，
财匮师劳命亦休。
车载沙丘遗恨在，
枭雄只怕死临头。

欲知仁宗即位后情形，请看官再阅下回。

阿噜台、玛哈木等叛服靡常，原为难驭之寇。然成祖一出，靡战不胜，其不足平可知矣。此后即有犯顺消息，可遣一智勇深沉之将，如英国公张辅者，出为战守，当亦足了此事。乃必六师远出，再三不已，万里闲关，甚至不见敌军踪影，何其仆仆不惮烦乎？况按夏原吉所奏，当日度支，已甚支绌，以全国之赋税，縻费于无足重轻之边事，可已不已，计毋太绌。要之一好大喜功之心所由致也，迨中道弥留，始言夏原吉爱我，晚矣。好酒者以酒亡，好色者以色亡，好兵者以兵亡，成祖诚好兵者哉！然以滥刑好杀之成祖，犹得令终，吾尚为成祖幸矣。

第三十一回　二竖监军黎利煽乱
六师讨逆高煦成擒

　　却说仁宗即位，改元洪熙，立命将夏原吉、黄淮、杨溥等，释出狱中，俱复原官（应二十九回）。原吉入朝奏对，大旨以赈饥蠲赋，罢西洋取宝船，及云南交趾各路采办，仁宗一一依行。未几以杨荣、金幼孜、杨士奇、黄淮等，皆东宫旧臣，忠实可恃，遂进荣为太常卿，幼孜为户部侍郎，兼文渊阁大学士，士奇为礼部侍郎，兼华盖殿大学士，黄淮为通政使，兼武英殿大学士，杨溥为翰林学士。既而荣与士奇统擢为尚书，内阁职务自是渐重了。

　　先是仁宗少时，太祖未崩，尝命他分阅章奏。仁宗留意考察，凡关系军民利病，必先呈上览，至文字稍有错误，并未表出。太祖指示道："儿阅章奏，奈何不核及文字？"仁宗答道："偶有笔误，不足渎天听，所以未曾表明。"太祖点首不答。嗣复问及尧、汤时候，水旱连年，百姓如何生活，仁宗答以尧、汤仁政，惠及民生，因此水旱无忧。太祖大喜道："好孙儿！有君人度量了。"所谓少成若天性。嗣为皇太子，屡被高煦、高燧等诬构，终以诚敬孝谨，得免祸难。及即位，任用三杨，修明庶政，与民休息，俨然有承平景象。仁宗尝在池亭纳凉，吟成五律一首道：

　　"夏日多炎热，临池憩午凉。雨滋槐叶翠，风过藕花香。舞燕来青琐，流莺出建章。援琴弹雅操，民物乐时康。"（引入此诗，注重结末二语。）

　　后人读到此诗，每想仁宗风仪，几似虞舜鼓琴，薰风解愠，不愧为守文令主。又尝在思善门外，建弘文馆，与儒臣讲论经史，终日不倦。夏日遍赐水果诸鲜，冬日遍赐貂狐等物。每语诸臣道："朕与诸卿讲论，觉得津津有味，若一入后宫，对着内侍宫人，便觉索然，未知卿等厌弃朕否？"诸臣闻命，顿首称颂，自不必说。皇后张氏，为彭城伯张麒女，册妃时，谨修妇道，成祖尝谓幸得佳妇，仁宗得保全储位，也亏着贤后从中调停，所以仁宗敬爱有加，宫闱中虽有妃嫔，没甚宠幸。除张后外，只谭妃一人，善承意旨，得蒙恩遇罢了。为殉主伏笔。这且慢表。

且说安南平定，曾设交趾布政司，留英国公张辅镇守，未几即召辅还京，从征漠北，别命丰城侯李彬继统军事，尚书黄福综理民政。福有威惠，颇得交人畏服。惟李彬麾下，曾有太监马骐任职监军，骐按定交趾贡物，每岁需扇万柄，翠羽万袭，正供以外，还要多方勒索。交民痛苦得很，互相怨恨，遂互相煽动，因复闯出一个渠魁，扰乱安南。都是小人坏事。这渠魁叫作何名？便是俄乐县土官黎利。

黎利初从陈季扩，充金吾将军，季扩就擒，利归降明军，令为巡检。至马骐肆虐，他即乘机驱胁，挟众作乱，自称平定王，用弟黎石为相国，段莽为都督，聚党范柳、范宴等，四出剽掠。参政侯保、冯贵率军往讨，被他围住，力战身亡。明廷闻警，遣荣昌伯陈智为左参将，助李彬出剿，转战有年，才得削平乱党，惟黎利逃匿老挝，屡捕未获。嗣李彬应召还京，由陈智代任，监军亦另易中官，名叫山寿。去了一个，又来一个。这山寿贪财好货，与马骐相似。黎利乘间纳贿，潜自老挝遁还宁化州，诈言乞降。山寿得了贿赂，遂替他奏请朝廷，求赦黎利。适成祖崩逝，仁宗践位，寿入朝庆贺，且言利已愿降，若遣使往谕，定然来归。仁宗踌躇良久，方道："蛮人多诈，不便深信。"山寿叩头道："如利不来，臣当万死。"利令智昏。仁宗复道："黄福有无异议？"山寿又奏道："福居交趾，已十八年，从前马骐密奏先帝，谓有异志，臣不敢仍如骐言。但久居异域，与民同利，今交趾知有黄福，不知有朝廷，恐亦非怀柔本旨呢。"善于进谗，比马骐还要阴险。仁宗默然无语。俟山寿退出，即下旨召黄福还京，已为邪言所惑，饬兵部尚书陈洽，代掌交趾布按司事。福在交趾，编户籍，定赋税，兴学校，置官司，屡召父老宣谕德意。中官马骐怙恩虐民，福辄遇事裁抑，骐怀恨在心，所以诬奏。成祖搁过不提，至山寿入谗，仁宗驰谕召归，福奉命即行，交人扶老携幼，相率走送，甚至挽辕号泣，不忍言别。福好言婉谕，只托称后会有期，才得离了安南，径还京师。

黎利闻黄福召还，谋变益急，遂纠众攻茶龙州。交趾都司方政，领兵往援，与战不利。指挥伍云阵殁，守将琴彭亦战死。利陷入茶龙，转寇谅山，杀死守吏易先，硬把谅山占去。荣昌伯陈智懦弱无能，又与都司方政不相辑睦，遂没法定乱，只好飞使驰奏，候旨定夺。全然不智，如何名智？仁宗方信山寿言，遣寿赍敕往谕，授黎利为清化知府。及接陈智奏报，还道是山寿有材，足以抚寇，即飞饬陈智按兵以待，候山寿到了交趾，协议以闻。于是陈智推诿上命，一任黎利猖獗，勒兵不发。尚书陈洽见陈智迁延酿乱，甚是懊恼，即奏称贼首黎利，名虽求降，实是携贰，招聚逆党，日益滋蔓，乞饬统帅陈智，早灭此贼，绥靖边疆云云。仁宗乃复授陈智为征夷将军，出讨黎利。智尚在徘徊，至山寿入境，又一意主抚，贼势从此益张了。

且说仁宗既册定皇后，随立子瞻基

第三十一回 二竖监军黎利煽乱 六师讨逆高煦成擒

为皇太子，余子瞻垲、瞻墉、瞻墡、瞻堈、瞻墺、瞻垍、瞻埏、瞻珽皆封王，命太子居守南京，意欲仍还南都，诏令北京都司，复称行在。一面宥建文诸臣，放还永乐时坐戍家属，并复魏国公徐钦原爵。钦系辉祖子，辉祖忤成祖意，夺爵归第（应二十七回）。未几，辉祖病殁，子钦复得袭封。永乐十九年，钦入朝，不辞径去，成祖怒钦无礼，削职为民，至是乃给还故爵。且屡命法司慎刑，谕杨士奇、杨荣、金幼孜三人，审决先朝重囚，必往同谳，遇有冤抑，不惜平反云云。他如免租施赈，亦时有所闻。不意洪熙元年五月中，二竖为灾，帝躬不豫，才越两日，病竟垂危。忙饬中官海寿，驰召皇太子瞻基。海寿甫抵南京，仁宗先已归天。太子即日就道，自南而北，谣传汉王高煦，谋在途中设伏，邀击太子，左右请整兵为卫，或言应从间道北行。太子道："君父在上，何人敢妄行？"当下驰驿入都。至良乡，太监杨瑛偕尚书夏原吉、吕震，捧遗诏来迎，传位皇太子。太子受诏，入哭尽哀，越十日即皇帝位，追尊皇考为"昭皇帝"，庙号"仁宗"，皇后张氏为太后，又以谭妃投缳殉主，追赠为"昭容恭禧顺妃"。得未曾有。统计仁宗在位，仅越一年，享年四十有八。太子瞻基即位，改元"宣德"，史称他为"宣宗"。小子亦沿例称呼。宣宗立后胡氏，系锦衣卫百户胡荣女，并册孙氏为贵妃（并举贵妃，为后文废后张本）。召翰林学士杨溥入内阁，与杨士奇等同参机务。命大理寺卿胡槩、参政叶春巡抚南畿。自是遇有灾乱，辄遣大臣巡抚，后来置为定员，三司职权，乃日渐从轻了。明初外省官制，置布政、按察、都指挥三司，分掌政、刑、兵三事。及巡抚设而三司失权。这却不必细说。

惟汉王高煦，自徙居乐安后，仍然不法，闻仁宗猝崩，召还太子，本欲发兵邀击，因迫于时日，不及举行。宣宗即位，恰奏陈利国安民四事，宣宗如奏施行。及改元初日，煦复遣人献元宵灯，侍臣入启宣宗道："汉府来使，多是窥探上意，心存叵测。前时汉王子瞻圻，留居北京，每将朝廷情事，潜报汉王，平均一昼夜间，多至六七次，先帝防他漏泄，徙至凤阳守陵。此次陛下登基，汉王又藉口奏献，使人常至，诡情如见，不可不防。"（仁宗徙瞻圻事，就此带出，以省笔墨。）宣宗道："永乐年间，皇祖尝谕皇考及朕，谓此叔有异心，但皇考待他甚厚，朕亦应推诚加礼，宁他负我，毋我负他。"乃驰书报谢。煦日夜制造军器，籍丁壮为兵，出死囚，招亡命徒，夺府州县官民畜马，编立五军四哨，授指挥王斌为太师，知州朱恒、长史钱巽为尚书，千户盛坚、典仗侯海为都督，教授钱常为侍郎，遣人约山东都指挥靳荣为助，期先取济南，然后犯阙。

御史李濬，致仕归田，家住乐安，得着这个消息，急弃家易服，从间道驰入京师，上书告变。山东文武军民与真定等卫所，亦飞报高煦乱状。适煦遣心腹枚青，往约英国公张辅，请为内应，辅絜青以闻。宣宗遣中官侯泰赐高煦书，慰勉备至。煦反盛兵见泰，厉声道："靖难兵起，若非我出死力，哪有今日？太宗轻听逸言，削去护卫，徙我乐安，仁宗徒以金帛饵我，今又动言祖制，胁我谨守臣节，我岂能郁郁居此，毫无举动？你试看我士饱马腾，兵强力壮，欲要横行天下，也是不难。速归报你主，执送奸臣，免我动手！"竟欲效乃父耶？但福命不及乃父，奈何？泰不敢抗辩，唯唯而出；既还京，也含糊复命。

隔了数日，煦遣百户陈刚，赍奏入朝，奏中语多悖逆，且指夏原吉为罪首，定欲索诛。宣宗乃动愤起来，夜召诸大臣入议，拟遣阳武侯薛禄，往讨高煦。大学士杨荣抗言道："陛下独不见李景隆事么？"宣宗转顾原吉，原吉先免冠谢死罪。宣宗矍然道："卿何为作此态？莫非为高煦奏请么？煦无从启衅，只得借卿为口实，朕非甚愚，何至为煦所欺？"原吉谢恩毕，方奏道："为今日计，宜卷甲韬戈，星夜前往，方可一鼓荡平。若命将出师，迂远无济，转蹈李景隆覆辙。荣言甚是。"杨荣遂劝帝亲征。宣宗召张辅入内，与商亲征事，辅对道："高煦有勇无谋，外强中怯，今请假臣二万人，即可缚煦献阙，何必劳动至尊。"杨荣道："煦谓陛下新立，必不自行，所以肆行无忌，若临以天威，事无不济，臣愿负弩前驱。"宣宗为之动容，乃决意亲征，以高煦罪状，申告天地宗庙山川百神，命阳武侯薛禄、清平伯吴成为先锋，少师蹇义，少傅杨士奇，少保夏原吉，太子少傅杨荣，太子少保吴中，尚书胡濙、张本，通政使顾成等，扈跸随征。留郑王瞻埈、襄王瞻墡居守。定国公徐永昌，彭城伯张昶，安乡侯张安，广陵伯刘瑞，忻城伯张荣，建平伯高远及尚书黄淮、黄福、李友直等，协守京师。复敕遣指挥黄谦，暨平江伯陈瑄，出守淮安，防煦南窜。部署既定，遂统率大营五军将士，即日出京，钲鼓声远达百里。既至杨村，宣宗顾从臣道："卿等料高煦今日，计将安出？"蹇义道："乐安城小，不足展布，彼或先取济南，为根据地。"言未已，杨溥又插口道："高煦前日，尝请居南京，今必引兵南去。"宣宗笑道："卿等所料，未必尽然。济南虽近，未易攻取，且闻大军将至，亦不暇往攻。若防他走入南京，未始非高煦夙愿，但他的护卫军，家属多居乐安，岂肯弃此南走？高煦性多狐疑，今敢谋反，无非因朕年少新立，未能亲征；若遣将往讨，他得甘言厚利，作为诱饵，希图与他联合。今朕亲至，已出彼料，哪里还敢出战？朕意煦必成擒了。"料敌如神，然亦皆由杨荣等指导之力。从臣等唯唯听命。又向前行进，遇着乐安逃军，备述高煦情形，略如宣宗所料。宣宗大喜，发给揭帖数纸，令回乐安贴示，一面仍贻书高煦道：

朕惟张敖失国，本诸贯高，淮南受诛，成于伍被。自古小人事藩国，率因之以身图富贵，而陷其主于不义，及事不成，则反噬主以图苟安，若此者多矣。今六师压境，王能悔过，即擒倡谋

第三十一回 二坚监军黎利煽乱 六师讨逆高煦成擒

者以献，朕与王削除前过，恩礼如初，善之善者也。王如执迷不悟，大军既至，一战成擒，又或麾下以王为奇货，执王来献，王何面目见朕，虽欲保全，不可得也，王之转祸为福，一反掌间耳。其审图之！"

书发后，得前锋薛禄驰奏，报称高煦已下战书，约于明日出战。宣宗遂令大军蓐食兼行，夜半至阳信县，官吏皆入乐安城，无人迎谒。大军即趋至乐安，围攻四门。时已天明，守城兵慌忙登陴，举炮下击。宣宗命发神机铳箭，仰射城上。硝烟四散，声震如雷。守兵股栗，多半窜伏逃生。日光晌午，危城将堕，诸将拟攀城而入，宣宗不允，暂行停攻，复传书入城，谕高煦出降。煦仍不答。宣宗又命书诏敕数道，令将士系诸箭上，射入城中，晓示祸福利害。城中人士得了谕旨，多欲将高煦执献。煦狼狈失据，乃密遣心腹将士，缒城至御幄前，奏称限期一夕，与妻子诀别，即当出城归罪。前云可横行天下，如何未战即降？宣宗允准，来使去讫。是夜高煦尽取所造兵器，与各处交通文书，尽付一炬。火光烛天，通宵不绝。转眼间天已大明，煦拟出城听命，忽来一人阻住道："殿下宁一战而死，如何出降受辱？"煦视之，乃是太师王斌。煦怅然道："城池卑狭，不足御敌，奈何？"王斌再欲有言，煦复道："你且照常办事，容我细思。"斌乃退出。煦遂潜行出城，径至宣宗行幄前，席藁待罪。群臣奏谓正法，宣宗道："煦固不义，但祖宗待遇亲藩，自有成例，勿为已甚。"群臣复举"大义灭亲"四字，坚请加刑，宣宗不许，只令高煦入见，取群臣弹章视煦。煦略略瞧着，面色如土，忙顿首道："臣罪万死万死，生杀唯陛下命。"昔日威风，而今安在？宣宗令煦作书，召诸子同归京师。王斌、朱恒等倡导不轨，罪在不赦，亦一律系归。改乐安为武定州，令薛禄、张本二人镇守，余军凯旋。高煦父子家属被系入京，宣宗命废为庶人，筑室西安门内，禁锢高煦夫妇，号为逍遥城，饮食供奉如常。王斌、朱恒等皆伏诛。煦被禁数年，宁王权上书，请赦煦父子，不获见允，煦大为怨望，宣宗亲往察视，见煦箕踞坐地上，免不得斥责数语。及宣宗转身欲归，煦竟伸出一足，把宣宗勾倒地上。宣宗大怒，俟起立后，令力士异出铜缸，覆住煦身。缸重三百余斤，煦用力负缸，缸竟移动。宣宗复命积炭熏缸，越一时，炭炽铜熔，任你高煦力大无穷，也炙得乌焦巴弓了。好似竹管煨泥鳅。小子有诗叹高煦道：

庸材也欲逞强梁，
暴骨扬灰枉自伤。
莫向釜中悲煮豆，
追原祸始是文皇。

高煦炙死，诸子皆诛，还有赵王高燧，亦被嫌疑，是否能保全性命，且看下回叙明。

仁宗在位，不过一年，而任贤爱民，善不胜书。史称天假之年，俾其涵濡休养，则德化之盛，应与汉文景比隆，是仁宗固不愧为仁也。惟信用宦官山寿，召还黄福酿成交趾之乱，不无微憾，然亦为安边息民起见，因为抚之一字所误，仁有余而智不足，略迹原心，其尚堪共谅欤。高煦不道，竟欲上效乃父，藉口除奸，幸宣宗从谏如流，决意亲征，六师一至，煦即失措，出城乞降，席藁待罪，彼才智不逮成祖，而君非建文，臣非齐黄，多见其速毙已也。厥后铜缸燃炭，身首成灰，何莫非煦之自取乎？明有仁宣，足与言守成矣。

第三十二回　弃交趾甘隳前功　易中宫倾心内嬖

却说赵王高燧，与高煦是一流人物。难兄难弟。从前亦常思夺嫡，与中官黄俨等密谋废立，事泄后，黄俨伏诛，燧以仁宗力解，始得免罪，仁宗徙燧封彰德。及高煦抗命，暗中也勾结高燧，约同起事。煦既受擒，六师毕归。户部尚书陈山出京迎驾，奏称应乘胜移师，袭执赵王。宣宗转问杨荣，荣很是赞成。复问蹇义、夏原吉，两人亦无异言。遂由杨荣传旨，令杨士奇草诏。士奇道："太宗皇帝惟三子，今上惟两叔父，罪无可赦，法应严惩，情有可原，还宜曲宥。若一律芟除，皇祖有灵，岂不深恫？"荣厉声道："此系国家大事，岂你一人所得沮么？"杨荣名为贤臣，胡亦执拗成性。士奇道："高煦受擒，赵王必不敢反，何苦要皇上自戕骨肉，士奇不敢草诏。"时杨溥在侧，与士奇意合，遂从容说道："且入谏皇上，再作计议。"荣闻溥言，艴然径去，即往见宣宗。溥与士奇接踵而入，司阁只放入杨荣，不令二人入内。二人正彷徨间，适蹇义、夏原吉奉召前来，士奇即浼令入谏。蹇义道："上意已定，恐难中阻。"士奇道："王道首重懿亲，如可保全，总宜调护为是。还望二公善为挽回！"蹇义颔首而入，即以士奇言转陈帝前。宣宗乃返入京师，不复言彰德事。既而廷臣犹有烦言，或请削赵王护卫，或请拘赵王入京，宣宗沈吟未决，复召士奇入问道："朝右多议及赵王，究应如何处置？"士奇道："今日宗室中，惟赵王最亲，陛下当曲予保全，毋惑群议！"宣宗道："朕今日只有一叔，怎得不爱？但欲为保全，须有良法。朕意拟将群臣劾章，封示赵王，令他自处，卿意以为何如？"士奇道："得一玺书，更为周到。"宣宗便命士奇起草，亲自阅过，盖好御印，即令驸马都尉广平侯袁容与左都御史刘观同赴彰德，示以玺书，并廷臣劾章。赵王喜且泣道："我得更生了。"遂优待袁容、刘观，并上表谢恩，愿献护卫。自是群议始息。宣宗乃重用士奇，薄待陈山，且岁赐赵王，概如常例。赵王得以令终，于宣德六年去世，幸全首领。这且休表。

且说荣昌伯陈智,与都指挥方政协守交趾,因黎利叛服无常,奉命往讨(续前回),至茶龙州,两人意见未洽,反为黎利所乘,吃了败仗。那时宣化贼周臧、太原贼黄菴、芙留贼潘可利、云南宁远州红衣贼长擎俱蜂起作乱,遥应黎利。宣宗闻警,谕责智、政,削夺官爵,令在军中效力赎罪。特简成山侯王通,佩征夷大将军印,充交趾总兵官,都督马瑛为参将,率师南征。仍命尚书陈洽参赞军务。通与瑛先后南下,瑛至清威,适黎利弟黎善陷广威州,分军四扰,与瑛军相遇。被瑛军兜头痛击,纷纷败去,瑛方扎营休息。王通亦引兵到来,两下合军,进屯宁桥。通欲乘胜进击,尚书陈洽道:"前面地势险恶,宜慎重进行,不如择险驻师,觇贼虚实,再定行止。"通叱道:"兵贵神速,何得迟疑?"洽不便再谏。通即麾兵渡河。适遇天雨,道路泥泞,人马不能成列,霎时间伏兵骤起,纵横冲荡,通受创即走,全师大溃。陈洽愤起,怒兵突阵,身中数创,颠坠马下;左右掖起,愿与俱还,洽勃然道:"我身为大臣,见危致命,正在今日,难道可偷生苟免么?"足愧王通。随即挥刀复入,斫死贼兵数人,自知力竭,刎颈而死。通败回交州,尚得自言神速么?黎利即自率精兵,入犯东关。通闻报大惧,阴遣人与利议和,愿为利乞封,且割清化以南地,俾利管辖。利阳为受款,限日受地,通遂不待朝命,擅檄清化等州,令官吏军民尽还东关,即以土地让与黎利。知州罗通,掷檄痛诋道:"名为统帅,擅敢卖城,看他如何复命?我只知守土,不知有他。"遂撄城拒守,黎利往攻不能下。

先是都督蔡福守义安为黎利所围,未战即降,至是黎利令招致罗通。通见福至城下,厉声呵责,说他不忠不义。福羞惭满面,低头驰去。利知清化难下,移兵攻镇城平州。知州何忠怀,潜行出城,拟至交州乞援,中途为贼所执,押送黎利。利酌酒与饮道:"何知州的大名,我仰慕久了。能从我,不患不富贵。"忠怀大骂道:"贼奴!我乃天朝臣,岂食汝狗彘食?"当下夺杯在手,掷中利面,流血盈颐。利大怒,遂将忠怀杀害,一面麾众寇交州。王通出兵与战,竟得胜仗,斩获伪官以下万余人,利惶惧遁去。诸将请王通追击,通又惮不敢发。一年怕蛇咬,三年烂稻索。利得整军复出,围攻昌江。都指挥李任、顾福日夜拒战。至九阅月,粮尽援绝,竟被攻陷,任、福皆自刎毕命。中官冯智,北向再拜,与指挥刘顺、知府刘子辅,投缳殉难。冯智颇不愧忠臣。子辅有惠政,民素爱戴,子辅死后,阖家全节,吏民亦相率死难,无一降贼,全城为墟。阐扬忠节。

警报遥达京城,宣宗又命安远侯柳升,统兵往援,保定伯梁铭为副,都督崔聚充参将,尚书李庆参赞军务。且以黄福旧在交趾,深得民心,亦令随军同往,仍掌交趾布按二司。柳升会集诸军,进至隘留关,黎利与王通已有和议,闻升等南下,诡称应立陈氏后裔,具书乞和。升得书,并未启视。只将原

明史演义

书奏闻,一面督军入境,连破关隘数十,直达镇夷关。梁铭、李庆皆因恚致病,惟升意气自若,尚欲长驱直入。郎中史安、主事陈镛问李庆疾,且语庆道:"主帅已涉骄矜,拥兵轻进,倘遇敌伏,易致挫衄。宁桥覆辙,可为前鉴,还望公代为谏阻,宁可持重,不可躁率。"庆倚枕称善,强自起床,走告柳升。升笑道:"我自从军以来,大小经过百战,难道怕这妖魔小丑么?"轻敌甚矣。庆复言之再三,升含糊答应,令庆等留营养疴,自率百骑至倒马坡,跃马逾桥。后队正拟随上,桥梁猝断,迫不及渡,但见对岸伏兵猝起,把升围住。升左冲右突,竟不能脱,未几即中镖身死。所随百骑,尽行战殁。那时后军只好退回,梁铭、李庆竟致急死。崔聚复整军入昌江,与贼酣斗,贼驱众大至,飞矢攒射,聚受伤被执,史安、陈镛等皆阵亡,官军大溃,七万人只剩数千,逃入交州。

黄福至鸡鸣关,亦为贼所得,掣出佩刀,意欲自刎。贼众把刀夺去,且下马罗拜道:"公系我生身父母,何可遽死?前时公若不归,我等哪敢出此?"福叱道:"朝廷未尝负尔等,尔等为何从逆?"贼众复道:"守土官僚,如果尽若我公。就使教我为逆,我等也不忍为。怎奈官逼民反,不得不然。"言下都有惨容,且语且泣,福亦为之下泪。贼且取出白金糇粮,作为馈物,并令数人舁着肩舆,送福出境。福至龙州,举所赠物尽归入官。

是时王通在交州,闻升军败没,越加惶惧,忙与黎利议和,出城筑坛,束帛载书,教利立陈暠为陈氏后,订约休兵。其实交趾并没有陈暠,全系王通、黎利串同捏造,借此蒙蔽明廷。通赠利绮锦,利赂通珍宝,彼此欢宴了一日,议定由黎利遣使,奉表献方物。通亦令指挥阙忠,偕黎使入朝,当由鸿胪寺代呈表章,其词云:

安南国先臣陈日煃三世嫡孙陈暠,惶恐顿首上言:曩被贼臣黎季犁父子篡国弑戮,臣族殆尽。臣暠奔窜老挝,以延残息,历二十年。近者国人闻臣尚在,逼臣还国,众言天兵初平黎贼,即有诏旨访求王子孙立之,一时访求未得,乃建郡县。今皆欲臣陈情请命,臣仰视天地生成大恩,谨奉表上请,伏乞明鉴!

宣宗览毕,即召集廷臣会议,示以来表。英国公张辅道:"这是黎利诈谋,必不可从,当再益兵讨贼,臣誓将元凶首恶,絷献阙下。"蹇义、夏原吉也说是不可轻许。独杨荣、杨士奇料宣宗有意厌兵,因言交趾荒远,不如许利,藉息兵争。宣宗乃决计罢兵,遂遣侍郎李琦、罗汝敬等赍诏抚谕交趾,赦除利罪,令具陈氏后人事实以闻。一面召王通、马瑛及三司卫所府州县官吏,悉数北还。于是三十年来经营创造的安南,一旦弃去。李琦等未到交趾,王通已由陆路还广西,陈智及中官马骐、山寿,由水路还钦州。及奉诏到京,群臣交章弹劾,统说通弃地擅和,骐恣虐激变,寿庇贼殃民,情罪最重,应即明正典刑。宣宗意存宽大,只把王通、马骐、山寿等暂系狱中，便算罢休。宣宗号称英明，奈何姑息养奸？嗣李琦自交趾还京，黎利又遣人随至，奉表言陈暠已死，陈氏绝嗣，由臣利权时监国等语。宣宗明知有诈，只因事已至此，无可奈何，就将错便错的，混过去了。

是时已为宣德三年，边事总算搁起，宫中忽起暗争。小子于前回表过，宣宗立后胡氏，并册孙氏为贵妃。已见得后妃并重，隐肇争端。果然不到二年，即闹出废后问题来。原来孙贵妃出身颇微，系永城主簿孙忠女，幼时颖慧绝伦，貌亦姣美，天生丽质。偶为张太后母所见，大为称羡。张太后母，即彭城伯夫人当张为妃时，已出入宫中，成祖拟为皇太孙择配，彭城夫人，即盛称孙氏贤淑，应选为太孙妃。当下传旨选入，见孙氏女尚仅十龄，乃令在宫抚养，从缓定夺。过了七年，太孙年长，奉旨选妃，司天官奏称星气在奎娄间，当自济河求佳女。适济宁人百户胡荣，生女七人，独饰第三女充选。成祖见她贞静端淑，遂册为太孙妃。彭城夫人，闻了此信，以孙氏女既有定约，偏为胡氏女所夺，心中很是不平，即入宫启奏成祖，请他改命。成祖不便反汗，但命立孙氏女为太孙嫔。及仁宗嗣阼，张后正位，彭城夫人又向张后前喋喋不休。老媪煞是多事。张后素性寡言，任她如何怂恿，只是默然不答。到了宣宗登基，亦稍稍倾向孙嫔，所以册后礼成，便册孙嫔为贵妃。明初定例，册后用金宝金册，册贵妃有册无宝，宣宗特命尚宝司制就金宝，赐给贵妃，一如后制。已隐露并后匹嫡的意思。这位孙贵妃体态妖娆，性情狡黠，少成若天性，百般取悦上意，几把这位宣宗皇帝玩弄在股掌中。宣宗年已三十，尚无嫡子，未免愁叹，尝语孙贵妃道："后有疾不育，卿无疾亦不育，难道朕命中应无子么？"孙贵妃闻言，猝然下跪，佯作羞态道："妾久承雨露，觉有异征，红潮不至，已阅月余，莫非是熊梦不成？"你难道定知生男？宣宗大喜道："卿如生男，当立卿为后。"孙贵妃佯惊道："后位已定，妾何敢相夺？愿陛下勿出此言！"宣宗道："好贵妃！好贵妃！"随亲为扶起，抱置膝上，喁喁与语，大约有厌恨胡后的意思。贵妃且曲为解劝，宣宗嘉她有德，益称叹不置。将欲取之，必固与之，此阴柔之所以可畏也。

流光易逝，倏忽间已八九月，孙贵妃居然分娩，生下一个麟儿，当由宫人报闻宣宗。宣宗喜出望外，即至贵妃宫中验视，经侍媪抱出佳儿，啼声响亮，觉为英物。后来庙号"英宗"，宜为英物。宣宗满面笑容，取儿名为祁镇，并慰劳贵妃数语，随即趋出，传旨大赦。看官！你道这皇子祁镇，果是贵妃所生么？贵妃想欲夺后，恰想出一条秘计，暗中与怀孕的宫人，定了易吕为嬴的密约。适值宫人生男，遂取作己子，诳骗宣宗。宣宗哪知秘谋，总道是贵妃亲生。才阅数日，即拟立乳儿为皇太子，廷臣希承意旨，也接连上章奏请。恐也由贵妃运动。宣宗遂召张辅、蹇义、杨荣、夏原吉、杨士奇入内，随谕道："朕有一大事，与卿等商议，卿等为我

明史演义

一决。朕三十无子，中宫有病不得育，据术士推算，谓中宫禄命，不能产麟，今幸贵妃有子，当立为嗣，朕闻母以子贵，乃是古礼，但不知何以处中宫？卿等为朕设一良法！"辅等奉旨，面面相觑，不发一言。宣宗又略举后过，杨荣矍然道："如陛下言，何妨废后呢？"荣前时欲拘赵王，及此又倡议废后，吾不知其具何肺肠。宣宗道："废后有故事么？"杨荣道："宋仁宗废郭后为仙妃，便是成例。"宣宗复顾辅等道："卿等何皆无言？"士奇忍耐不住，便顿首奏道："臣事帝后，犹子事父母，母即有过，子当几谏，怎敢与议废母事？"辅与原吉亦跪启道："此乃宫廷大事，须待熟议。"宣宗复问道："此举得免外议否？"士奇道："宋仁宗废郭后，孔道辅、范仲淹等，力谏被黜，至今贻讥史册，怎得谓为无议？"还是士奇守正。宣宗不怿，拂袖竟入，辅等乃退。

越日，宣宗御西角门，复召杨荣、杨士奇至前，问以昨议如何？荣从怀中取出一纸，奉呈宣宗。宣宗瞧着，所书皆诬后过失，多至二十事，不禁变色道："渠曷尝有此大过？这般诬毁，独不怕宫庙神灵么？"宣宗非无一隙之明，乃杨荣逢君诬后，罪实可杀。随顾士奇道："尔意究应如何？"士奇道："汉光武废后诏书，尝谓事出异常，非国家福。宋仁宗废后后，亦尝见悔，愿陛下慎重。"宣宗仍不为然，麾令退去。又越数日，仍召问张辅等数人，辅等仍依违两可。独士奇启奏道："皇太后神圣，应有主张。"宣宗道："与卿等协议，便是太后旨意。"我却未信。士奇不便多言。宣宗见士奇不答，遂令辅等皆退，独命士奇随入文华殿，屏去左右，密谕士奇道："朕意非必欲黜后，但事不得已，总须卿为朕设策。"意亦太苦，无非为一孙贵妃。士奇固辞，经宣宗谕至再三，方仰顾道："中宫与贵妃，有无凤嫌？"宣宗道："彼此很是和睦，近日中宫有病，贵妃时常往视，可见深情。"这便是她狡诈。士奇道："既然如此，不若乘中宫有疾，由陛下导使让位，尚为有名。"宣宗点首，士奇即退出。约过旬日，宣宗复召见士奇，与语道："卿策甚善，中宫果欣然愿让，虽太后不许，贵妃亦不受，但中宫的让志，已甚坚决了。"恐亦由受迫所致。士奇道："宋仁宗虽废郭后，恩礼不衰，愿陛下善保始终，无分厚薄。"无聊语。宣宗道："当依卿奏，朕不食言。"于是废后议遂定，小子有诗咏道：

宁有蛾眉肯让人，
诡言熊梦幻成真。
长门从此悲生别，
一样皇恩太不均。

欲知废后立储详情，且俟下回续叙。

交阯一役，误在遣将之非人。王通、柳升，俱非将才，乃命为专阃，悯悯出师，通一蹶而不振，升再入而战殁。辛至下诏遣使，修好撤藩，城下之盟，耻同新郑，割地之议，辱甚敬瑭，宣宗固不善筹边，而张辅、蹇义、夏原吉、三杨诸人，要亦不能辞其咎也。若夫废后之议，更属不经。后无可废之罪，乃堕狡谋而乖恩义，失德孰甚。士奇再三谏阻，卒不能格正君心，徒以劝让一策，曲为补苴，实则一掩耳盗铃耳。观此回乃知宣宗不得谓明，其臣亦不得谓良，宁特杨荣之足斥已哉？

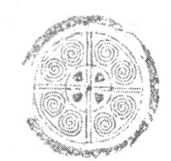

第三十三回　享太平与民同乐
　　　　　做权阉为主斥奸

却说宣宗用士奇言，劝后退位，布置已定，先立子祁镇为太子，由礼臣奉上册宝。孙贵妃欣喜过望，恰故意禀白宣宗道："后病瘥，自当生子，妾子敢先后子么？"口仁义而心鬼蜮，此等人最属可恨。宣宗道："朕当立你为后，休得过谦！"贵妃又佯为固辞，宣宗不允。会胡后已上表辞位，遂命退居长安宫。后性喜静，不好华饰，至是黄老学，益怀恬退。张太后深加怜悯，尝召居清宁宫。内廷朝会宴飨，必命后居孙后上，孙后尝怏怏不乐。无如太后隐为保护，也只好得过且过，不便与争。后来宣宗亦颇自悔，尝自解为少年事，年已逾壮，安得称为少年？因赐号故后为"静慈仙师"。至英宗正统七年，太皇太后张氏崩，后号恸不已。越年亦殂，这是后话不提。

且说宣宗既册立孙后，很是欣慰，遂设宴西苑，宴集大臣。西苑在禁城西偏，中有太液池，周十余里，池中架着虹梁，藉通往来。桥东为圆台，台上有圆殿，其北即万岁山，山上有殿亭六七所，统系金碧辉煌，非常闳丽。沿池一带，满植嘉树，所有名花异卉，更不胜数。池上玉龙盈丈，喷泉出水，下注池中，圆殿后亦有石龙吐水相应，仿佛与瀑布相似。宣宗更命在殿旁筑一草舍，作为郊天祭地时斋宫，虽是矮屋三间，恰筑得格外精雅，真个是琅嬛福地，差不多阆圃仙居。蹇义、夏原吉、杨荣、杨士奇等十八人，奉召入苑，宣宗已在苑中候着，由诸臣谒毕，命驾环游，先至万岁山，次泛太液池，宣宗亲指御舟道："治天下有如此舟，利涉大川，全赖卿等。"蹇义诸人，闻命叩谢。宣宗令内侍举网取鱼，约得数尾，饬交司厨作羹，即在舟中小饮，遍及群臣。乘着酒兴，赋诗赓唱。你一语，我一句，无非是颂扬政绩，鼓吹休明。既而舍舟登殿，赐宴东庑，饮的是玉液琼浆，吃的是山珍海错，且由宣宗特旨，有"君臣同乐，不醉无归"二语，因此诸臣开怀畅饮，无不尽欢。席终，复各赐金帛绦环玉钩等物，大家顿首称谢，方才散归。

过了数旬，值张太后生辰，大受群臣朝贺。礼毕后，宣宗亲奉太后游西苑，词臣毕从。既至苑中，由宣宗亲掖慈舆，上万岁山，奉觞上寿，太后大悦，酌饮宣宗，且与语道："方今天下无事，我母子得同此乐，皆天与祖宗所赐。天下百姓，就是天与祖宗的赤子，汝为人君，能保安百姓，不使饥寒，庶几我母子可长享此乐了。"仁人之言。宣宗离席叩谢，是日亦尽欢始散。未几又奉太后谒陵，宣宗亲执橐鞬，骑马前导，至清河桥，下马扶太后辇，徐徐行进，畿民夹道拜观，陵旁老稚，亦皆山呼迎拜。太后顾宣宗道："百姓爱戴皇帝，无非以帝能安民，应慎终如始，毋负民望！"宣宗唯唯遵教。俟谒陵已毕，复奉太后过农家。太后宣召村妇，问及生业安否？村妇应对俚朴，如家人然，太后喜甚，赐给钞币饮食。村妇亦进献野蔬家酿，太后取尝讫，复畀宣宗道："这是农家风味，不可不尝。"随事教导，不愧贤母。宣宗亦领食数味。及还，宣宗见道旁有耕夫，特向他取耒，亲自三推，随顾侍臣蹇义等道："朕三推已不胜劳，况长此劳动呢？"亦赐给耕夫钞币。其他所过农家，各有特赏，顿时欢声载道，交颂圣明。

嗣是励精图治，君臣交儆，兴利除弊，任贤去佞，仍以北京为帝都，免致重迁（仁宗意欲南迁，见三十一回中，本回特叙此文，补笔不漏）。一面命工部尚书黄福及平江伯陈瑄，经略南漕，妥为输运。又选郎中况钟、赵豫、莫愚、罗以礼及员外郎陈本深、邵旻、马仪、御史何文渊、陈鼎等九人，出为知府，一律称职。况钟守苏州，锄强植良，号称能吏。赵豫守松江，恤贫济困，号称循吏。两太守遗爱及民，声名较著。嗣复用薛广等二十九人，亦多政绩。又擢曹弘、吴政、赵新、赵伦、于谦、周忱为侍郎，分任南北巡抚。谦在山西，忱在江南，任官最久，尤得民心。大书特书，不没贤能。"喜逢国泰民安日，又见承平大有年。"这位从容御宇的宣宗皇帝，制祖德歌，作猗兰操，吟织妇词，著幽风图诗，扬风挖雅，坐享安闲；有时且作画数张，所绘人物花卉，备极精工，尝画黑兔图，松云荷雀图，黑猿攀槛图，赏赐王公，珍为秘宝。又敕造宣纸，至薄能坚，至厚能腻，裁剪成笺，有菊花笺、红牡丹笺、洒金笺、五色粉笺等名目。他若褐色香炉、蓝纱宫扇、青花脂粉箱，统由大内创制，流传禁外。香炉形式不一，炉底多用匾方印，阳铸大明宣德年制，印地光滑，蜡色可爱。宫扇用竹骨二十余，粘以蓝纱，承以木柄，可收可放，随意卷舒，尝有御制六字诗云："湘浦烟霞交翠，剡溪花雨生香。扫却人间烦暑，招回天上清凉。"所赋便是此物。青花脂粉箱系是磁质，花纹曼体，覆承两洼，子母隔膜，周围有小窦可通，灵妙无匹。或谓先由暹罗国贡入，宣宗饬匠仿造，穷年累月，仅成十具。两具给与孙后，余均分赏宫嫔。宫中又尝斗蟋蟀，宣宗最爱此戏，曾密召苏州地方官，采进千枚。当时有歌谣云："促织瞿瞿叫！宣宗皇帝要。"种种玩耍，无

非因天下太平，有此清赏。好在宣宗未尝荒耽，不过借物抒怀，为消遣计，看官休要误视，当作宋徽宗、贾似道一流人物呢。点醒正意。

宣宗一日微行，夜漏已迟，尚带四骑至杨士奇宅。士奇仓皇出迎，顿首道："陛下一身，关系至重，奈何轻自到此？"宣宗笑道："朕思卿一言，所以亲至。"遂与士奇谈了数语，方才还宫。越数日，宣宗复遣内监范弘，往问士奇，谓微行有何害处？士奇道："皇上惠泽，未必遍洽寰区，万一怨夫冤卒，伺间窃发，岂不是大可虑么？"后过旬余，果由捕盗校尉获住二盗，鞫供得实，乃欲乘帝出行，意图犯驾。宣宗方喟然吸道："今才知士奇爱朕呢。"以此益器重士奇。士奇亦知无不言，屡有献替。三杨中要推士奇。

宣德三年，宣宗出巡朔方，击败兀良哈寇众，五年及九年，又两出巡边，俱至洗马林。诸将请乘便击瓦特部，士奇与杨荣极力奏阻，因此偃武而归。会夏原吉、金幼孜先后病殁，蹇义亦老病，国事悉赖三杨。宣宗优游一二年，忽然得病，竟至大渐，令太子祁镇嗣位，所有国家大事，禀白太后而后行。诏书甫就，竟报驾崩。统计宣宗在位十年，寿三十有八，生二子，长即太子祁镇，次名祁钰，为贤妃吴氏所出。祁镇年才九龄，外廷啧有烦言，争说太子年幼，不能为帝，甚至侵及太后，谓太后已取金符入内，将召立襄王瞻墡。杨士奇语杨荣道："嗣主幼冲，谣诼纷起，倘有不测，危及宫廷。我辈受先皇厚恩，理应力保幼主，扶持国祚。"荣允诺，遂率百官入临。适太后御乾清宫，女官佩刀剑值侍，召二杨入见。二杨叩首毕，即请见太子。太后道："我正为此事，特召二卿。二卿系先朝耆旧，须夹辅幼主，毋负先帝！"二杨复顿首道："敢不遵旨。"太后遂令二杨宣入百官，一面召太子出见，指示群臣道："这就是新天子，年甫九龄，全仗诸卿调护！"群臣闻太后言，各伏谒呼万岁（戏剧中有二进宫一出，便是就此演出）。当下奉太子登位，大赦天下，以明年为正统元年，是为英宗，追谥皇考为"章皇帝"，庙号"宣宗"。尊张太后为太皇太后，孙后为皇太后，封弟祁钰为郕王。

会吏部尚书蹇义已殁，旧臣除三杨外，资格最崇要算英国公张辅。其次即尚书胡濙。太皇太后委任五臣，凡遇军国重务，悉付裁决。内侍请垂帘听政，太皇太后道："祖宗成法，明定禁律，汝等休得乱言！"彭城伯张昶，都督张昇，皆太皇太后兄弟，但令朔望入朝，不得与闻国政。昇有贤名，杨士奇请加委任，终不见从。是时宫中有一个巨蠹，名叫王振，为司礼太监。特笔表明，隐寓惩恶之义。振狡黠多智，曾事仁宗于东宫，宣德时，已有微权。英宗为太子，振朝夕侍侧，及英宗即位，遂命掌司礼监，格外宠任，且尝呼他为先生。振遂擅作威福，于朝阳门外筑一将台，请帝阅兵，所有京营各卫武官，校试骑射，名为阅武，其实是收集兵权，为抵制文臣起见。直诛其隐。且矫旨擢指挥纪广为都督金事，广以卫卒守居庸，往投振门，大为契合，遂奏广为武臣第一，不待朝旨，即予超擢，宦官专政自此始（应第一回权阉之弊）。振尚虑威权不足，意欲加谴大臣，隐示势力，适值兵部尚书王骥及右侍郎邝埜奉旨筹边，迟延未复。振遂潜导英宗，令召骥、埜二人入殿，面责道："尔等欺朕年幼么？如此怠玩。成何国体？"随喝令左右，执二人下狱，右都御史陈智希振意旨，亦劾张辅回奏稽延，并讦科道隐匿不发，应该连坐。那时九岁的小皇帝晓得甚么，自然由王振先生作主，振因张辅是历朝勋旧，不便加刑，只命将科道等官，各杖二十。及太皇太后闻知，忙令停杖，已是不及。惟王骥、邝埜总算由太皇太后特旨，释出狱中。太皇太后甚是不悦，亲御便殿，召张辅、杨士奇、杨荣、杨溥、胡濙五人入见。英宗东首上立，五大臣西首下立。太皇太后顾英宗道："此五大臣系先帝简任，留以辅汝，一切国政，应与五大臣共议，非得他赞成，不准妄行！"英宗含糊答应。太皇太后又回顾五臣，见杨溥在侧，召他至前道："先帝念卿忠，屡形愁叹，不意今复得见卿。"溥不禁俯伏而泣，太皇太后亦流涕不止。原来仁宗为太子时，因僚属被谮，溥及黄淮等皆下狱（见第三十回）。仁宗每在宫中言及，嗟叹不已，及即位，始一概释放（见三十一回）。黄淮于宣德八年辞归，惟杨溥擢任礼部尚书，与杨士奇等同直内阁。太皇太后感念前事，乃有是言。呜咽片时，复由太皇太后饬令女官，宣王振入殿。振向前跪伏，太皇太后勃然道："汝侍皇帝起居，多不法事，罪不可赦，今当赐汝死！"振闻言大惊，正拟复辩，那左右女官，已拔剑出鞘，架振颈上，吓得他魂不附体，连一句话都说不出。何不将他一刀杀死，免得后来闻祸。英宗见这情形，忙匍匐地上，替他求免，五臣亦依次跪下。太皇太后道："皇帝年少，不识此等小人，佐治不足，误国有余，我今姑听皇帝及诸大臣，暂将他头颅寄下，但从此以后，切不可令他干预国政！"随又命王振道："汝若再思预政，决不饶汝！"振叩首谢恩，太皇太后叱令退去，振战栗而出，五大臣亦奉旨退朝。

太皇太后挈英宗入宫，不劳细叙，惟王振经此一跌，不得不稍稍敛戢，约有三四年不敢预事。至正统五年，太皇太后老病，杨士奇、杨荣等亦多衰迈，王振又渐萌故态，想乘此出些风头，便步入内阁，适与杨士奇、杨荣相见，徐问道："公等为国家任事，劳苦久了，但公等已皆高年，后事待何人续办？"与你何干？士奇道："老臣尽瘁报国，死而后已。"言未毕，荣复插入道："此言错了。我辈衰残，不能长此办事，当选举少年英材，使为后任，才得仰报圣恩。"振喜形于色，方告别而去。士奇与荣道："这等小人，如何与他谦逊？"荣答道："渠与我等，厌恨已久，一旦中旨传出，牵掣我等，势且奈何？不如速举一二贤人，入阁辅政，尚可杜他狡谋。"语虽近似，但三杨同心，尚不能去一奸珰，后人其如振何？士奇始释然道："如公高见，胜我一着，很是佩服。"

但应举贤人，如侍讲马愉、曹鼐等，何如？"荣答道："还有侍讲苗衷、高穀等，不亚愉、鼐，亦可保荐。"士奇唯唯，散值后即草好荐表，于次日进呈。有旨但令"马愉、曹鼐，入阁参预机务，苗、高二人罢议"。

未几杨荣病殁，阁臣中失一老成，王振又问士奇道："吾乡中何人堪作京卿？"无非欲市恩乡人。士奇道："莫若山东提举金事薛瑄。"原来薛瑄籍隶山西，与王振同乡，振遂奏白英宗，召瑄为大理寺少卿。瑄至京，士奇使谒振，瑄瞿然道："拜爵公朝，谢恩私室，瑄岂敢出此么？"名论不刊。士奇赞叹不已。越数日，会议东阁，振亦在座，公卿见振皆趋拜，惟一人独立，振知为薛瑄，先与拱手，瑄始勉强相答，自是振衔怨乃深。会奉天、华盖、谨身三殿，修筑告成，永乐时，三殿被灾，至是始成。大宴群臣，独王振不得与宴。英宗如失左右手。潜命内侍往候王先生。内侍至王振宅，闻振方厉声道："周公辅成王，有负扆故事，我独不可一坐么？"前时永乐帝尝自命周公，此次轮着王振，正一蟹不如一蟹。内侍复命，英宗明知祖宗成制，宫内太监不得与外廷宴享，奈心中敬爱王先生，只恐惹他动恼，不得不破例邀请，好一个徒弟，便命开东华中门，宣振入宴。振始扬扬自得，骑马而来，到了门前，百官已迎拜马前，振乃下马趋入，饮酣乃去。

正统七年，册立皇后钱氏，一切礼仪，免不得劳动王先生，王先生颐指气使，哪个还敢怠慢？司礼监应出风头，

英宗反加感激。是年十月，太皇太后张氏病剧，传旨问杨士奇、杨溥，以国家有无大事未举。士奇忙缮好三疏，逐日呈递。第一疏言建文帝临御四年，虽已出亡，不能削去年号，当修建文帝实录。第二疏言太宗有诏，收方孝儒等遗书者论死，今应弛禁。第三疏尚未呈入，太皇太后已崩。士奇等入哭尽哀，独这位阴贼险狠的王先生心中大喜，好似拔去眼中钉，从此好任所欲为了。小子有诗咏道：

误国由来是贼臣，
权阉构祸更逾伦。
三杨甘作寒蝉侣，
莫谓明廷尚有人。

欲知王振不法行为，且俟下回再叙。

本回叙宣宗事，过不掩功，亦善善从长之义。明代守文令主，莫若仁宣，著书人未尝讳过，亦未敢没功。律以董狐直笔，紫阳书法，庶几近之。且于太皇太后张氏，及大学士杨士奇，极力表彰，无美不著。至若况钟，赵豫诸贤吏，亦一律叙入，扬清激浊，殆有深意存焉。王振用事，祸启英宗，太皇太后洞烛其奸，令女官拟刃于颈，其明智更不可及。乃帝臣乞请，不即加诛，大奸未去，贻误良多。至于慈躬大渐，垂询国事，士奇拟上三疏，仅呈其二，而未闻列振罪恶，力请严惩，是士奇之谋国，尚不太皇太后若也。明多贤后。若太皇太后张氏者，其尤为女中人杰乎？

第三十三回 享太平与民同乐 做权阉为主乐奸

第三十四回　王骥讨平麓川蛮　英宗败陷土木堡

却说司礼监王振，因太皇太后既崩，遂得肆行无忌。先是太祖置铁牌于宫门，高约三尺，上铸"内官不得干预朝政"八字，振竟将铁牌携去。自在皇城筑一大宅，宅东建智化寺，竖碑祝釐，侈述功德。翰林院侍讲刘球上言十事，大旨在勤圣学，亲政务，用正士，选礼臣，核吏治，慎刑罚，罢土木，定法守，息兵争，储武备，说得井井有条，颇切时弊，惟未尝劾及王振，振亦不以为意。偏有个钦天监正彭德清，倚振为奸，公卿多趋谒。球与同乡，独不为礼，德清恨甚，遂摘球疏中语，谓振道："这便是有意劾公呢。"一语够了。振闻言大怒，遂逮球下狱，且嘱锦衣卫指挥马顺，置球死地。顺遂夜携小校入狱，令持刀杀球。球大呼太祖太宗，声尚未绝，首已被断，血流遍体，尚屹立不动。顺竟命将尸身支解，瘗狱户下。毕竟忠魂未泯，先祟小校，暴病毙命，次祟马顺子，病狂大哭，突掠顺发，拳足交下，并痛詈道："老贼！我刘球并无大过，你敢趋附逆阉，害死我么？看你等将来如何？我先索你子去罢。"言已，两目上翻，仆地而死（事见正史，足为奸党者戒）。顺附振如故，振且恣肆益甚。

会某指挥病殁，有一遗妾，很是妖艳，振从子山与她勾搭，拟娶还家，偏为指挥妻所阻。山嗾妾诬妻毒夫，至都御史衙门，击鼓申诉。最毒妇人心。都御史王文亲自讯究，初颇持正不阿，后竟受山运动，严刑胁供，迫令诬服。大理寺少卿薛瑄洞悉冤诬，驳还谳案。文遂劾瑄受贿，故出人罪，朝旨竟将瑄严谴，系狱论死。瑄有三子，上书以长子淳代死，次幼二子戍边，乞赎父罪。有诏不许，瑄将被刑。振有老仆，在爨下坐泣，为振所见，问明缘由。这老仆呜咽道："闻薛夫子将受刑，不禁心伤呢。"权阉家中，难得有此义仆。振意少解。会兵部侍郎王伟亦上书申救，乃免死除名，放归田里。既而国子监祭酒李时勉，请改建国子监，由振奉旨往验，时勉不加礼貌，振竟怀恨，即坐时勉擅伐官树罪，枷号监门。太学生三千

明史演义

第三十四回 王骥讨平麓川蛮 英宗败陷土木堡

多人，上疏营救，并经孙太后父孙忠，为白太后，转述帝前，方才得释。是时杨士奇忧愤成疾，乞病告归。士奇子稷不肖，为言官所劾，逮入狱中。可怜士奇忧上加忧，竟尔逼死。还有大学士杨溥，孤掌难鸣，敷衍了两三年，亦得病谢世。士奇号西杨，溥号南杨，前时杨荣号东杨，并称三杨。三杨为四朝元老，尚为振所敬惮，至是陆续病终，振正好坐揽大权，任情生杀。内使张环、顾忠匿名讦振，受了磔刑。驸马都尉石璟偶詈了家阉吕宝，为振所闻，说他贱视同类，饬令下狱。大理寺丞罗绮、参赞宁夏军务尝诋中官为老奴，由总兵官讨好王振，讦他罪状，坐戍边疆。监察御史李俨谒振不跪，亦被戍。霸州知州张需得罪中官，又被逮至京，箠楚几死。惟光禄寺卿余亨诈称诏旨，日支御膳供振，得擢为户部侍郎。工部郎中王祐拜振为义儿，不敢蓄须，尝对振言儿当似爷，亦得擢为工部侍郎。府部院诸大臣及在外方面大僚，每当朝觐，必先至振第，最少纳百金，多则千金万金，称爷称父，不计其数。龌龊已极。

其时有麓川一役，也是王振始终主张，用兵数次，虽得获胜，究竟劳师数十万，转饷半天下，得不偿失，功不补患，待小子叙述出来，以便看官细评。麓川地接平缅，在云南西徼，洪武中沐英平云南，平缅酋思伦发，亦率众内附，太祖命兼统麓川，为平缅麓川宣慰司（应第十九回）。已而思伦发复叛，复经沐英讨平，分地为三府，一名孟养，一名木邦，一名孟定，皆属云南管辖。思伦失官，伦发病死，子思任发桀黠喜兵，谋复乃父故地，适孟养、木邦与缅甸相仇杀，遂乘机出击，侵略麓川。黔国公沐晟，据实奏闻，且请发兵进讨。明廷会议，或主剿，或主抚，议论不一。王振欲示威荒服，决计出师，乃命都督方政，会集沐晟及晟弟沐昂，率兵讨思任发。思任发闻大军将至，贻书沐晟，愿入贡输诚，晟信以为真，无出征意，政以为诈，必欲进击，且请造舟济师，晟皆不许。政独引兵渡龙川江，至高黎共山下，击败蛮众，斩首三千余级，乘胜深入，拟捣思任发巢穴，转战力疲，遣使至晟处乞援，晟恨他违制，延不发兵。思任发料政疲乏，突出象阵冲击，政竟战死，全军覆没。

明廷接到警耗，严旨责晟，晟惧罪暴卒，乃令昂代统各军，久亦无功。思任发却遣头目陶孟等，带着象马金银，入京贡献，且奉表谢罪。廷臣请就此罢兵，独王振定欲平蛮，调还甘肃总兵官蒋贵等，令在京待命。兵部尚书王骥揣知振意，亦力主用兵。于是令蒋贵为平蛮将军，都督李安、刘聚为副，王骥总督军务，侍郎徐晞转输军饷，大发东南诸道十五万人，刻期并进。既至云南，由王骥部署诸将，分三路攻入。思任发立营龙川江，树栅固守，官军合攻不能下，会大风骤起，骥遂命纵火焚栅，蛮众乃溃，长驱抵木笼山，连破七寨，直捣蛮巢。思任发恰也狡黠，暗地分兵，从间道绕出，来袭官军背后，幸骥预先戒备，但令各营坚壁勿动。蛮众冲突数次，好似铜墙铁壁，不能挫损分毫。骥却令都指挥方瑛潜攻敌寨，思任发排着象阵，来截方瑛，被方军矢射铳击，象阵溃散。思任发尚死守寨中，会右参将冉保亦由东路击破诸寨，率兵来会，骥命截守西峨渡，自率诸将四面环攻，西风又作，复行纵火，敌寨立破，斩馘无算。思任发挈了二子，窜走缅甸，骥留兵屯守，奏凯班师。明廷饮至论赏，进封蒋贵为定西侯，王骥为靖远伯，余皆升赏有差。已发兵两次了。

思任发闻大军北旋，复自缅甸入寇，英宗语蒋贵、王骥等道："蛮众未靖，死灰复燃，卿等为再行。"贵、骥等顿首受命，遂起兵如前。发卒转饷，多至五十万人。大军至金齿，檄缅人献思任发，缅人佯诺不遣。骥语贵道："缅甸党贼，不得不讨。"贵亦赞成骥言，遂邀同都督沐昂，分道大进。贵身为前驱，麾众渡江，焚敌舟数百艘，大战一昼夜，杀敌几尽。再谕缅人缚献巨魁。缅人答书，以思任发子思机发，窃据者蓝（麓川别寨），恐他致仇为解。骥乃率兵赴者蓝，捣入思机发寨中，思机发遁去，只获他妻子及部目九十余人，当即露布告捷。廷议以劳师已久，饬令还军。骥遂置陇川宣慰司，引师北归。三次往返。越年余，云南千户王政，奉敕币宣谕缅酋，令缴出思任发，否则大军且至。缅酋恐惧，乃执思任发及妻孥部属三十二人，付与王政。思任发不食垂死，政遂将他斩首，函献京师。惟思机发仍出据孟养，屡谕不从，诏令沐晟子沐斌往讨。斌死后，斌袭爵。斌至孟养，以粮尽瘴作引还。王振必欲生擒思机发，再怂恿英宗，仍命王骥总督军务，率都督宫聚，左右副总兵张轼、田礼等，克日南征。四次用兵。骥渡龙川江，直抵金沙江，思机发列栅西岸，抵拒官军。官军造浮桥济师，大呼奋击，毁栅攻入。思机发不能支，退保鬼哭山巅，又被官军击破，落荒遁去。骥追至孟冉海，地去麓川千余里，土番皆望风惊顾道："自古汉人，从没有渡过金沙江，今王师到此，莫非天威不成？"骥沿途宣抚，因恐馈饷不继，收军引还。不意思机发少子思陆，复由蛮众拥戴，仍据孟养。骥知寇终难灭，乃与思陆约，立石金沙江为界，与他宣誓道："石烂海枯，尔乃得渡。"思陆亦惶惧听命，骥乃班师还朝。总计麓川一役，自正统四年出兵，直至十四年，方算做一场归束。文亦止此，作一归束。

但当时军书旁午，日有征发，免不得骚扰民间，东南一带的土匪乘隙煽乱，统以诛王振为名，所在揭竿。闽贼邓茂七，据陈山寨，自称铲平王，攻陷二十余县，经御史丁瑄集众往剿，驰击半年，才得荡平。矿盗叶宗留、陈鉴湖等，遥应茂七，剽掠浙江、江西、福建诸境，势日猖獗。茂七伏诛，鉴湖自欲为王，杀死宗留，居然建立伪号，纠众攻处州。浙江大理寺少卿张骥，遣人往抚，晓以利害，鉴湖还算听命，情愿归降。

东南才报平靖，西北陡起烽烟，先是兀良哈三卫屡次入寇，宣宗北巡，曾击退寇众，后来仍出没塞下。英宗尝遣成国公朱勇等（勇系朱能子）分兵四出

第三十四回 王骥讨平麓川蛮 英宗败陷土木堡

击兀良哈,连破敌营,斩获万计。兀良哈三卫浸衰,惟怀恨甚深,竟去连结瓦剌部,入犯边疆。瓦剌部长马哈木死后,子脱欢嗣(应三十回)与鞑靼部头目阿噜台日相仇敌,阿噜台竟为脱欢所杀,余众东徙。鞑靼汗答里巴已死,脱欢立脱古思帖木儿曾孙脱脱不花,为鞑靼继汗,自为太师,专揽权势。既而脱欢又死,子乜先嗣(乜先亦作也先,《通鉴辑览》作额森)乜先尝遣使入贡,王振以粉饰太平为名,赏赉金帛无数。至正统十四年,乜先以二千人贡马,号称三千,振令礼部点验人数,按名给赏,虚报的一概不与,所有请求,只准十分之二,乜先大愤,又经兀良哈三卫往诉,遂大举入寇。鞑靼汗脱脱不花劝阻不从,也只好随他发兵。于是脱脱不花率兀良哈部众,入寇辽东。阿拉知院寇宣府,并围赤城。乜先自拥众寇大同。至猫儿庄,参将吴浩迎敌,一战败死。西宁侯宋瑛、武进伯朱冕率兵往援,又均战殁宁和。

警报与雪片相似,飞入京城,英宗只信任王振先生,便向他问计。王振道:"我朝以马上得天下,太祖太宗,都是亲经战阵,皇上春秋鼎盛,年力方强,何不上法祖宗,出师亲征呢?"说得冠冕堂皇,奈后人不及前人何?英宗闻言大喜,便召集群臣,谕令随跸北征。是时荧惑入南斗,廷臣都防有他变,兵部尚书邝埜、侍郎于谦遂力言六师不宜轻出,英宗不从。吏部尚书王直又率百官再三谏阻,亦不见纳。先生之言,原不可违。竟下诏令郕王居守,自

率六军亲征。英国公张辅,暨公侯伯尚书侍郎以下,一律随行,军士凡五十万人。王振侍帝左右,寸步不离,沿途命令,统由他一人主持。不愧为先生。及至居庸关,群臣请驻跸,俱被驳斥。进次宣府,连日风雨,人情汹汹,群臣又交章请留。振大怒道:"朝廷养兵千日,用兵一时,难道未见一敌,便想回去么?语似近理,但问他有何把握?再有抗阻,军法不贷。"好象一位王军师。遂麾兵再进。一路上威风凛凛,无人敢撄。成国公朱勇等白事,皆膝行听命。尚书邝埜、王佐等偶忤振意,罚跪草中,俯伏竟日。钦天监正彭德清系振私人,入语振道:"象纬示儆,不可复前,若有疏虞,危及乘舆,何人当此重责?"振又大声道:"即或有此,亦是天命。"学士曹鼐进言道:"臣子不足惜,主上系社稷安危,岂可轻进?"振终不从。至阳和,兵已乏粮,僵尸满路,众益危惧,振仍拟决计北行。直至大同,中官郭敬向振密阻,振始有还意,下令班师。总是同类之言,还易入听,然亦迟了。

大同总兵郭登告学士曹鼐等,请车驾速入紫荆关,方保无虞。曹鼐转白振前,振又不听。振系蔚州人,初欲邀帝至家,向蔚州进发,嗣恐损及乡禾,复改道宣府。忽有侦骑来报,乜先率众来追,将到此地了。振不以为意,只遣朱勇率三万骑,往截乜先,勇轻率寡谋,仓猝就道,进军鹞儿岭,突遇敌兵杀出,左右夹攻,杀掠几尽。邝埜闻知此信,急请车驾长驱入关,严兵断后。奏

牍上呈，并不见报。垫再诣行殿力请，振叱道："腐儒晓得甚么兵事？再言必死。"难道腐竖反知兵事么？喝左右将垫推出。振偕英宗徐徐南还，至土木堡，日尚未晡，去怀来仅二十里。群臣欲入保怀来，振检点自己辎重，尚少千余辆，命驻兵待着。辎重可换性命否？

时当仲秋，天气尚热，人马行了二日，很是燥渴，四处觅水，不得涓滴。及掘井二丈余，仍然干涸，军士惊慌得很，急遣侦骑远觅。返报南去十五里，有一小河，奈敌军前哨，已到河边，不便往汲了。诸将闻敌军将到，越觉慌乱，振尚意气自如。延至夜半，敌军纷纷趋至，都指挥郭懋等急上马迎战，杀了半夜，敌越来越多，竟将御营团团围住。正在惶急，忽报也先使至，持书议和。英宗命曹鼐草敕，遣通事二名，随北使偕去。振急传令拔营，想是辎重已到，不然，前何迟迟？后何急急？将士等得此机会，好似重囚遇赦，赶先奔走。行不上三四里，行伍又乱，蓦闻炮声四起，敌骑又复杀到，大刀阔斧，奋砍官军。

那时官军饥渴难当，逃归心急，还有甚么气力对付敌兵？敌兵左驰右骤，大呼快降。官军要命，弃甲投械不迭。英国公张辅，泰宁侯陈瀛，驸马都尉井源，都督梁成、王贵，尚书邝垫、王佐，内阁学士曹鼐、张益等百余人，还想勒兵抵御。哪知敌兵接连放箭，所有将士，多被射死，连张辅等一班辅臣，也都中箭身亡。张辅老臣，至此始死于沙场，可为建文帝吐气。英宗不禁慌张，只睁着眼顾视王振，振至此亦抖个不住。王先生威福享尽了。护卫将军樊忠愤愤道："皇上遭此危难，都是王振一人主使，即如将士伤亡，生灵涂炭，亦何一不自他闯祸？我今为天下杀此贼子。"言至此，即袖出铁锤，猛击振首，扑蹋一声，头颅击碎，鲜血直喷，倒毙地上。快哉！快哉！当下请英宗上马，率领骑兵，冒死突围。怎奈敌兵层裹，竟没有一毫出路，忠竟力战身亡。英宗见忠已死，无法可施，重下雕鞍，坐地休息。忽有敌兵一队，破围竟入，竟将英宗一拥而去，正是：

滚滚寇氛敢犯驾，
堂堂天子竟蒙尘。

未知英宗性命如何，且看下回续叙。

麓川之役，以一隅骚动天下，可已而不已者也。瓦剌入寇，决议亲征，张皇六师，亦非无策，较诸麓川之劳师动众，宜较为有名矣。然王振擅权，威逾人主，公侯以下，俱受制于逆阉之手，几曾见刑余腐竖，能杀敌致果者耶？鱼朝恩监军，而九节度皆溃。智勇如郭子仪，且亦在溃散之列。况出塞诸将，不逮子仪远甚，安在其不败衄也。惟王振之决意劝驾，实肇自麓川之捷，彼以为麓川可胜，则瓦剌亦何不可胜，设能一战克敌，则功莫与匹，掉天子且如反掌，遑问张辅、朱勇诸人耶？然天道恶盈，佳兵不祥，古有明征，矧属阉竖？樊忠一锤，大快人心，惜乎其为时已晚也。

第三十五回　诛党奸景帝登极
　　　　　却强敌于谦奏功

　　却说英宗被虏北去，警报驰达阙下，在京留守诸臣将信未信，正与郕王议毕军情，退朝归第，忽见败卒累累，奔入京城。随后有萧维桢、杨善等，亦踉跄驰来，百官惊问道："乘舆归来么？"萧、杨统是摇首。百官又问道："你两人都随着乘舆，怎么你等已归，乘舆不返？"萧、杨被他诘住，瞠目不答。经百官再三究询，才说出乘舆被陷四字。百官忙入报郕王，郕王又转禀孙太后，那时宫廷鼎沸，男妇徬徨，孙太后、钱皇后等更哭得似泪人儿一般。至穷究英宗下落，连萧、杨都不知情。喧攘了好几日，方接怀来守臣飞章，报称英宗被留虏廷，已有旨遥索金帛。于是太后搜括宫中珍宝，载以八骏名马，皇后钱氏复添入金珠文绮，遣使诣也先营，愿赎皇帝还京。看官！你想也先既得了英宗，岂肯轻轻放还？所遗金宝马匹等物，老实收受，但羁住英宗不放。去使还报太后，太后无法，只好召集群臣，大开会议。侍讲徐珵上言道："京师疲卒羸马，不满十万，倘也先乘胜进来，如何抵敌？愚意不若且幸南京。"尚书胡濙道："我能往，寇亦能往。某只知固守京师，不宜惧敌南迁。"侍郎于谦道："哪个敢倡议迁都？如欲南迁，实可斩首。试思京师为天下根本，京师一动，大事去了。北宋南渡，可为殷鉴。请速召勤王兵，誓死固守。"学士陈循道："于公所言，很是合理。"太监兴安大声道："京师中有陵庙，如或大众南去，何人再来守着？徐侍讲贪生畏死，不足与议国事，快与我出去！"言固甚当，但太监又来干政，实是不祥。珵怀惭而退，议遂定。太后遂命郕王总统百官，嗣复立皇长子见深为太子，见深甫二岁，令郕王翼辅，诏告天下道：

　　迩者寇贼肆虐，毒害生灵，皇帝惧忧宗社，不遑宁处，躬率六师问罪。师徒不戒，被留敌廷。神器不可无主，兹于皇庶子三人，选贤与长，立见深为皇太子，正位东宫，仍命郕王为辅，代总国政，抚安百姓，布告天下，咸使闻知。（特录此诏，见得太子已定，后来景泰帝擅易，贪私可知。）

郕王祁钰既受命辅政，每日临朝议政，令于谦为兵部尚书，缮修兵甲，固守京城，谦直任不辞。一语已见忠忱。廷臣复交章追劾王振，言振倾危宗社，罪应灭族，若不奉诏，死不敢退。郕王迟疑未决。迟疑何为？指挥马顺，叱群臣道："王振已死，说他甚么？"这语甫出，恼动了给事中王竑，越班向前，一把抓住顺发，怒目顾视道："汝仗着王振，倚势作威，今尚敢来多嘴么？"马顺还是不服，亦执住王竑，你一拳，我一脚，斗殴起来。众官见马顺倔强，都气得发竖冠冲，顿时一拥上前，交击马顺。顺虽武夫，奈双手不敌四拳，竟被众官拖倒，拳殴足踢，立刻打死。刘球之言验矣。朝仪大乱，郕王惊避入内，众复拥入，定要族诛王振。太监金英传旨令退，众又欲捽英，英忙走脱。晦气了毛、王两中官，被众拖出门外，一阵乱殴，复致击毙。郕王又欲抽身，于谦抢进一步，扶住郕王，请即降旨，从众所请。郕王乃令都御史陈镒，率卫卒籍王振家，并将他阖门老幼，尽行拿下。镒奉命即往，不到一时，已把王振家族及振从子王山，一概押到，山反缚跪庭中，众官都向他唾骂，呶呶不绝。此时某指挥妾，不知亦在列否。于谦即传郕王命令，驱出罪犯，尽行斩讫。至陈镒籍产复命，共得金银六十余库，玉盘百座，珊瑚树六七十株，其他珍玩无算。众官再请籍振党，郕王一一允从。自彭德清以下各家，次第籍没。中官郭敬正自大同逃归，亦饬令下狱，抄没家资，众始拜谢退出。是日事起仓猝，赖谦镇定。谦排众翊王，累得袍袖俱裂。既退朝，吏部王直，执谦手道："朝廷幸赖有公，若如我等老朽，虽多何益？"谦逊谢而散。

话分两头，且说也先既虏住英宗，从部下伯颜帖木儿议，好生看待，并欲以女弟嫁给英宗。英宗侍臣，只有校尉袁彬及译使吴官童等数人，官童密语英宗道："也先欲以妹配陛下，殊不可从。陛下为万乘主，岂可下为胡婿么？"英宗踌躇半晌，方道："身被羁縶，不便拒绝，奈何？"官童道："臣自有言对付。"便往语也先道："令妹欲配给皇上，足见盛情，但皇上在此，不当野合，须俟车驾还都，厚礼聘迎，方为两全。"也先乃止。嗣复欲选胡女荐寝，又由官童婉辞道："留俟他日，为尔妹从嫁，当并以为嫔御。"语颇合体。也先乃不复多言，惟总不肯放还英宗，且拥至宣府城下，伪传上命，饬守将杨洪、罗守信开门迎驾。杨洪令守卒答道："臣只知为皇上守城，他事不敢闻命。"也先见杨洪固拒，复拥至大同，坚索金币。广宁伯刘安、都督郭登亦闭城不出，校尉袁彬用首触门，大呼接驾，刘安等乃出城见英宗。英宗密语道："也先声言归我，情伪难测，卿等须严行戒备。"安等受命，献上蟒龙袍一袭。英宗转赐敌目伯颜帖木儿。也先见了刘安，仍索赀犒军。安以金至驾还为约。乃入城搜括金银，约得万余，送给也先。郭登闻信，语手下亲信将弁道："这是明明欺我呢，不若将计就计，劫还车驾，方为上策。"遂募壮士七十

余人，激以忠义，约事成畀他爵禄。士皆踊跃听命，正拟乘夜出劫，忽报乜先拥帝驰去，计遂不行。登乃练兵修械，誓死捍边，大同赖以保全。明廷擢他为总兵官，镇守大同。又封杨洪为昌平伯，镇守宣府。惟居庸关一带，尚属空虚，由于谦荐举员外郎罗通，令提督各军，尽力守御。乜先见边备日严，恰也不敢进攻，只拥着这位奇货可居的英宗，往来塞外，所有苏武庙、李陵碑诸名胜，统去游览。行至黑松林，乜先设宴款待英宗，且令自己妻妾，奉觞上寿，歌舞为乐，仿佛强盗请财神。英宗得过且过，除与乜先宴会外，常住在伯颜帖木儿营中，虽得伯颜夫妻优礼相待，毕竟身在房中，事事受制；兼且中外风俗全然不同，所居的是毳幕韦帐，所食的是膻肉酪浆，状况凄凉，不劳细述。

惟郕王祁钰留守京师，免不得有左右侍臣怂恿为帝。郕王恰也有意，但一时不便即行。直揭郕王隐衷，并非深刻。会都指挥岳谦出使瓦剌，回京后口传帝旨，令郕王继统。并无书证，安知非郕王暗中授意？郕王佯为谦让，廷臣复合辞劝进，俱说车驾北狩，皇太子幼冲，当此忧患危疑的时候，断不可不立长君，俾安宗社。郕王犹再三固辞，经群臣入奏太后，太后降旨，令郕王即位，郕王方才受命，喜可知也，遥尊英宗为太上皇帝，择日践阼。看官记着！这年是正统十四年九月，郕王登基，以次年为景泰元年。后来英宗复辟，复将他削去帝号，仍称郕王。至宪宗成化十一年，追还尊称，立庙祭飨，谥为"景

帝"。小子此后，也以景帝相称，暂称英宗为上皇，以存实迹。特别表明，俾清眉目。

话休叙烦，且说景帝即位，遣都指挥佥事季铎，诣上皇所，详述情事，并致书乜先，亦举即位事相告。乜先本挟上皇为奇货，至是闻景帝嗣立，似把上皇置诸度外，不由得失望起来。适有太监喜宁从上皇北狩，叛附乜先，乜先遂与他商议。喜宁献计道："现在紫荆关一带，守备空虚，不如乘此叩关，诡言奉上皇还京，令守吏开关相迎，我等留下守吏，乘势入关，直薄京城，京城被攻，定要南迁，燕都可为我有了。"阉人之狡诈如此。乜先大喜，遂拥上皇至紫荆关，途次遇通政使谢泽。斗了一仗，泽败绩被杀。乜先直抵关下，诡传上皇谕旨，命守备都御史孙泽，都指挥韩青接驾。孙、韩率千骑出关，往迎上皇，不意伏兵骤起，把他困住垓心，两人冲突不出，自刎而亡。关吏闻主将战死，立时溃散。乜先率军入关，长驱东进，京师大震。

明廷赦成山侯王通罪，命为都督，升鸿胪寺卿，杨善为副都御史，协守京城。于谦复请释放石亨，令总京营兵马。石亨初守万全，因土木被围，勒兵不救，坐逮诏狱。景帝从于谦言，令他带兵赎罪。独任谦总督各营，令诸将均归节制，凡都指挥以下，有不用命，先斩后奏。谦乃召集军士，约得二十二万人，列阵九门外。石亨请毋出师，但坚壁以待，谦艴然道："寇势张甚，奈何示弱！"乃身先士卒，擐甲出城，自营

德胜门，涕泣誓师，期以必死。于是人人感奋，勇气百倍。可见行军全在作气。也先拥上皇过易州，至良乡，进次芦沟桥，沿途无人拦阻，只有父老接驾，进献茶果羊酒等物。上皇遥为抚慰，一面作书三封，一奉皇太后，一致景帝，一谕诸大臣，由番使递入京营。太监喜宁并嘱番使传语，邀大臣迎驾。番使依词直达，并赍交上皇三书，当由于谦传报景帝，帝命通政司参议王复为右通政，中书舍人赵荣为太常少卿，出城朝见。喜宁又私语也先道："来使官卑，当更易大臣。"也先点首，遂与王复、赵荣道："尔皆小官，可速去，当令于谦、石亨、胡濙、王直等来。若要上皇还驾，除非金帛，万万不可。"王复、赵荣无可答辩，只与上皇遥见一面，便被也先勒归。

廷臣尚欲议和，遣人至军中问谦。谦答道："今日只知有军旅，他不敢闻。"也先待了两日，不得议和消息，遂纵兵大掠，焚三陵殿寝祭器，自麾劲骑攻德胜门。谦设伏空舍，但遣数百骑诱敌。也先弟博啰及平章卯那孩率众轻进，伏兵从暗处觑着，待敌兵将近，一齐杀出，迭用火器击射，博啰当先受创，倒撞马下。卯那孩来救博啰，不防火箭射来，正中咽喉，立即毙命。余众纷纷逃去。石亨出安定门，来截逃兵，也先也遣兵接应，两下里又厮杀起来，亨与从子石彪各持巨斧，劈入敌阵，敌向西溃走，追至西城，敌复却而南。也先乘官军拒战，潜袭西直门，都督孙镗慌忙迎敌，力斩敌前队数人，乘势追逼。也先驱军大进，一场混战，镗渐觉不支，返身欲趋入城中。给事中程信闭门不纳，只与都督王通、都御史杨善在城上鼓噪助威，并用枪炮遥击敌军。镗见无归路，也只好麾军奋斗，人人血战，喊杀连天。正在拼命相持的时候，石亨亦率军驰到，两下夹攻，始将也先击退。也先曾奉上皇居土城，至是退还，为居民所击，乱投砖石。明将王竑、毛福寿等又至，也先望见旗帜，不敢复前。退至土城数里外，勉强安营。于谦探知上皇未去，命石亨等夜半出兵，往击也先营，出其不意，击死万人。也先复遁，一面召还土城兵，仍劫上皇西去。谦遣将穷追，石亨及从子彪追至清风店，复败敌众。孙镗等追至固安，又得胜仗。也先愤无所泄，令伯颜帖木儿拥着上皇，出紫荆关，自引军攻居庸关。

时已天寒，守将罗通汲水灌城，水冱成冰，坚而且滑，敌不得近。也先住城下七日，料知城不易攻，只好还师。偏偏罗通追来，三战三北，伤亡无算，弄得也先神色沮丧，狼狈遁去。也先实是无能。上皇出紫荆关，连日雨雪，跋涉甚艰，亏得袁彬随侍，昼为执鞭，夜为温寝。还有蒙古人哈铭及卫沙狐狸，亦镇日相随，侍奉不懈。也先劫上皇至瓦剌部，脱脱不花亦不甚得手，引众北归，见了上皇，也总算以礼相待，别遣使人赴京献马，意欲议和。景帝拟却还马匹，胡濙、王直道："闻脱脱不花与也先有隙，名虽君臣，阴实猜忌，何妨收受献物，优待来使，这也是兵法上的反间计呢。"景帝称善，乃命来使入见，

明史演义

赐他酒馔,并赏金帛及衣服,来使欢谢而去。景帝以也先退走,京师解严,论功行赏,以于谦、石亨立功最大,封亨为武清侯,加谦少保衔,总督军务。谦固辞不允,方才受命。既而也先复遣使来京,仍言欲送上皇还驾,廷臣又主张和议,谦独毅然道:"社稷为重,君为轻,毋堕敌人狡计。"遂拒绝来使,一面申戒各边,专力固守,勿为敌愚。复加派尚书石璞守宣府,都御史沈固守大同,都督王通守天寿山,佥都御史王竑守昌平,都御史邹来学提督京都军务,平江伯陈豫守临清,副都御史罗通守山西,此外防边诸将,概仍原职,暂不变迁。乘着朝廷少暇,尊皇太后孙氏为上圣皇太后,生母贤妃吴氏为皇太后(景帝生母,与英宗异,前文已详),立妃汪氏为皇后。典礼修明,宫廷庆贺。

过了残腊,就是景泰元年,也先复遣兵寇大同。总兵郭登出师抵御,师行数十里,始与敌兵相值,登高遥望,敌兵如攒蚁一般,差不多有万余名。登手下只有八百骑,众寡悬殊,免不得各有惧色,遂纷纷禀请还军。登叱道:"我军去城将百里,一思退避,人马疲倦,寇骑来追,还能自全么?"说至此,拔剑置案道:"敢言退者斩。"此与前文王振意,自觉不同。言下即驱兵前进,径薄敌营。敌来迎战,登连发二矢,射毙敌目二人,乘势跃出,复手刃敌目一人,敌众披靡。登麾众继进,呼声震天地,吓得敌众心惊胆战,只恨爷娘少生两脚,逃的不快。一奔一赶,直至栲栳山,复斩首二百余级,尽夺所掠而还。

自土木败后,边将无敢与寇战,登以八百骑破寇万人,推为战功第一。明廷闻他战捷,封为定襄伯,自是边将益奋,争思杀敌。朱谦在宣府得胜,杜忠在偏头关得胜,王翱在辽东得胜,马昂在甘州得胜,修城堡,简精锐,军气大振,无懈可击。还有一桩可喜的事情,那叛阉喜宁竟被宣府参将杨俊擒送京师,小子也为明廷庆幸,然已是贻误多多了。因咏有一诗道:

引狼入室由王振,
为虎作伥有喜宁。
恶贯满盈惟一死,
诛奸尚恨乏严刑。

未知喜宁如何被擒,容至下回声明。

郕王祁钰,为英宗介弟,英宗被虏,由皇太后命,立英宗子见深为皇太子,以郕王为辅,是郕王只有摄政之责,监国可也,起而据天位,不可也。于少保忠诚报国,未闻于郕王即位,特别抗议,意者其亦因丧君有君,足以夺敌之所恃乎?昔太公置鼎,汉高尝有分我杯羹之语,而太公得以生还,道贵从权,不得以非孝目之。于公之意,毋乃类是。且诛阉党,拒南迁,身先士卒,力捍京师,卒之返危为安,转祸为福,明之不为南宋者,微于公力不及此。其次则即为郭登,于在内,郭在外,也先虽狡,其何能为?所未慊人心者,第郕王一人而已。书中叙述甚明,褒贬外更有微词,阅者于此,可以觇笔法矣。

第三十六回　议和饯别上皇还都
　　　　　　希旨陈词东宫易位

　　却说太监喜宁，自叛降乜先后，尝导他入边寇掠，且阻上皇南还。上皇恨宁切骨，辄与侍臣袁彬密议，谋杀叛阉，但急切不能下手。宁亦最忌袁彬，诱彬出营，把他困住，亏得上皇闻报，亲往解救，方得脱身。彬乃与上皇定一密计，只说遣喜宁还国，索取金帛，一面令卫士高磐，与宁偕行。宁不知是计，忙去通报乜先，愿为一往。临行时，袁彬暗授锦囊，内藏密书，令系髀间，投递宣府总兵官。磐唯唯从命，即与喜宁就道。不数日即到宣府，参政杨俊，闻上皇遣使到来，即出城迎接，把酒接风。磐已解下锦囊，暗付杨俊。俊托故离座，私下一阅，统已分晓，便潜令军士，小心伺候。喜宁恰也机警，见杨俊多时不出，防有他变，即立起身来，意欲逃席。不防高磐在旁，竟将他双手挟住，大呼杨参将快拿逆阉。俊正引兵出来，令数人齐上，似老鹰拖小鸡一般，立刻抓去，打入囚车，押送京师。那时还有何幸，自然问成极刑，磔死市曹。死有余辜。

　　高磐返报上皇，上皇大喜道："逆阉受诛，我南归有日了。"当命袁彬转达乜先，略言喜宁挺撞边吏，因此被擒，乜先愤愤，便遣兵入寇宣府，与喜宁报仇。偏遇着守将朱谦，纵兵奋击，杀得他七零八落，大败而逃。嗣复以奉还上皇为名，转寇大同。先锋队至城下，都仰首叫道："城内守将，速来迎驾！"定襄伯郭登料知有诈，偕同镇将以下，各着朝服出迎，暗中却令人伏在城上，俟上皇入城，即下闸板，布置就绪，才开城高叫道："来将既送归上皇，请令上皇先行，护从随后。"敌兵置诸不理，仍拥着上皇前来。郭登等返入门内，候着乘舆，不意敌兵竟尔停住，迟疑半刻，即奉上皇返奔，疾驰而去。登不便驰击，只好闭城自守罢了。乜先见计又不行，越觉气沮，悒悒然还至部落，默思明廷已有皇帝，徒挟一废物，毫无用处，且脱脱不花与阿拉知院屡有龃龉，不若与明廷议和，送还上皇，既得市惠，尤可结援。计画已定，便令阿拉知院遣参政完者脱欢借贡马为名，来

183

第三十六回 议和饯别上皇还都 希旨陈词东宫易位

入怀来，互商和议。

边将转奏朝廷，廷臣拟遣使往报，太监兴安出呼群臣道："公等欲报使，何人堪为富弼、文天祥？"太监又来出头，然窥他语意，实是希承风旨。尚书王直道："据汝所言，莫非使上皇陷虏，再为徽、钦不成？"一语直诛其心，且以宋事答宋事，尤不啻以彼之矛，攻彼之盾。兴安语塞。乃命给事中李实为礼部侍郎，大理寺丞罗绮为少卿及指挥马显等，令赍玺书，往谕瓦特君臣。既而脱脱不花及也先先后遣使至京，决计送还上皇。景帝犹豫未决，尚书王直首先上疏，请即遣使恭迎。胡濙等又复联名奏请。景帝乃御文华殿，召群臣会议，且谕道："朝廷因通和坏事，欲与寇绝，卿等乃屡言和议，是何理由？"王直跪奏道："上皇蒙尘，理宜迎复。今瓦剌既有意送归，何不乘此迎驾，免致后悔。"景帝面色顿变，徐答道："朕非贪此位，乃卿等强欲立朕，今复出尔反尔，殊为不解。"贪恋帝位，连阿兄俱可忘却，富贵之误人大矣哉！众闻帝言，瞠目不知所答。于谦从容道："大位已定，何人敢有他议？惟上皇在外，理应奉迎，万一敌人怀诈，是彼曲我直，我得声罪致讨，何必言和。"景帝颜色少霁，乃对于谦道："从汝从汝。"帝位不移，自可曲从。乃再拟遣使。右都御史杨善慨然请行，中书舍人赵荣亦请往，乃命二人为正使，更以都指挥同知王恩，锦衣卫千户汤胤勋为副，赍金银书币，出都北行。适礼部侍郎李实等南归，中途相值，实述也先语，谓迎使夕来，大驾朝发。善额手道："既如此，我等迎归上皇便了。"两下相别，南北分途，实等还京复命，不消细说。

善以此次出使，决不虚行，检阅所赍各物，除金币外无他赐，乃独捐资俸，添购各种新奇等件，随身带往。既至瓦剌，暂寓客馆。馆伴田氏亦中国人，留饮帐中。善与语甚欢，即以所赍各物，酌送田氏。田氏甚喜，即入语也先。越宿，善等与也先相见，亦大有所遗。也先亦大喜。善因诘问道："太上皇帝在位时，贵国遣来贡使，多至二三千人，各有赏给，金币载途，相待不薄，乃反背盟见攻，果属何意？"也先道："何为削我马价？且所给币帛，多半翦裂，前后使人，多留京不返，难道非待我太薄么？"善答道："太师贡马，岁有增加，常常如此，恐难为继；又不忍固拒，所以给价略少。太师试自计算，总给价目，比从前多何如？至若翦裂币帛，乃通事所为，朝廷亦时常查考，事发即诛。就是太师贡马，亦有劣弱，貂裘亦有敝坏，难道是太师本意吗？且太师贡使，多至三四千人，有为盗的，或犯法的，归恐得罪，潜自逃去，于我朝无干，我朝亦不欲留他，留他果有何用呢？"也先听着，也觉得语语合理，不由得辞色渐和。善又道："太师一再出兵，攻我边陲，戮我兵民数十万，太师部曲，料亦死伤不少，上天好生，太师好杀，难道不要犯天忌么？今若送还上皇，和好如故，化干戈为玉帛。宁不甚善？"善于词令，不愧善名。也先听了天忌二字，不禁失色。

原来乜先虏住上皇,尝欲加害,一夕正思犯驾,忽天大雷雨,把他乘骑击死,因此中沮。嗣复见上皇寝幄,每夜有赤光罩住,似龙蟠状,异谋为之益戢。是补笔。至是闻杨善言,适与所见相符,自然气馁色恭,当下复问杨善道:"上皇归国,更临御否?"善答道:"天位已定,不便再移。"乜先复问道:"中国古时有尧舜,称为圣主,究竟事实如何?"善答道:"尧把帝位让舜,今上皇把帝位让弟,古今固一辙呢。"娓娓动人。乜先益悦服。伯颜帖木儿劝乜先留善,别遣使赴燕京,要求上皇复位。乜先道:"曩令遣大臣来迎,今大臣已至,不应失信。"遂引善见上皇。

择定吉日送上皇启行。乜先早在营前设宴祖饯,奉上皇上坐,自率妻妾等奉觞上寿,并弹琵琶侑酒。杨善旁侍,乜先顾善道:"杨御史何不就座?"善口中虽是答应,身子仍植立不动。上皇亦顾善道:"太师要你坐,你何妨就座?"善复启道:"君臣礼节,不敢少违。"上皇笑道:"我命你就座罢。"善乃叩头称谢,然后坐在偏席,少顷即起。乜先赞道:"中国大臣,确是有理,非我等所敢仰望呢。"当下开樽畅饮。上皇因指日得还,也饮得酩酊大醉,日暮各散归原营。到了次日,伯颜帖木儿等也各轮流饯行。越日又饯饮各使及随从诸臣。又越日,上皇才启驾南行。乜先预筑土台,请上皇登座,自挈妻妾部长罗拜台下。礼毕登程,乜先及部长等送至数十里外,各下马解脱弓箭战据,作为献礼,然后洒泪而别。独伯颜帖木儿送上皇至野狐岭,携榼进酒,并挥泪道:"上皇去了,不知何日再行相见?"上皇感他供奉的私惠,一面称谢,一面也流泪两行。饮毕,伯颜帖木儿屏去左右,密语上皇侍臣哈铭道:"我等敬事上皇,已阅一年,但愿上皇还国,福寿康强,我主人设有缓急,亦得遣人告诉,请转达上皇,莫忘前情!"哈铭允诺。上皇劝伯颜帖木儿回马,伯颜帖木儿尚依依不舍,直送出野狐岭口,重进牛羊等物。上皇揽辔慰藉,彼此又复垂泪,经杨善等促驾南行,才与伯颜帖木儿言别。伯颜帖木儿大哭而归。如此气谊,实是难得,想与英宗前生定有夙缘。仍命麾下头目,率五百骑护送上皇还京。

这消息早达京城,景帝不能不迎,命礼部具仪以闻。尚书胡濙议定礼节,即日复奏。景帝偏从减省,只命以一舆两马,迎上皇入居庸关,待入安定门,方易法驾。给事中刘福上言礼贵从厚,不宜太薄。景帝道:"朕恐堕寇狡计,所以从简。且昨得上皇书,曾言礼毋过烦,朕岂得违命?"言不由衷,然已如见其肺肝。群臣不敢再言。会千户龚遂荣投书大学士高穀,略言:"上皇为兄,今上为弟,奉迎应用厚礼。且今上亦当避位恳辞,俟上皇固让,才得受命。唐肃宗故事,可为成法"云云。高穀袖书入朝,与王直等商议。尚书胡濙即欲把原书上呈,都御史王文独以为未可。两下里方在龃龉,给事中叶盛已入内面奏,有诏索书。濙等即以书进,且言肃宗迎上皇礼,正可仿行。景帝怒道:"遂荣何人,敢议朝廷得失!"随传旨逮

明史演义

185

第三十六回　议和饯别上皇还都　希旨陈词东宫易位

问遂荣。遂荣倒也硬朗，自缚诣阙，仍执前词，竟至下狱坐罪，一系数年，始得脱囚。景帝遣太常少卿许彬至宣府，翰林院侍读商辂至居庸，迎上皇入京。约过数日，上皇已至京城，景帝出东安门迎接，下马载拜。上皇亦下马答拜，相持悲泣，各述授受意。逊让良久，乃送上皇入南宫。百官随入，行朝见礼，随即下诏大赦。诏词中有数语道："礼惟有隆而无替，义则以卑而奉尊，虽未酬复怨之私，庶稍遂厚伦之愿。"轻描淡写了几句，分明将监国二字，变成篡国，涕泣推逊，无非掩饰耳目，自欺欺人罢了。直书无隐。

上皇自居南宫后，名似尊崇，实同禁锢。闲庭草长，别院萤飞，遇着岁时生诞，并没有廷臣前来朝贺，虽有胡濙等上表申请，一概置诸不理。惟脱脱不花及乜先等颇时时念及上皇，遣人贡献，上皇每次俱有答礼。景帝心滋不怿，即谕敕乜先道："前日朝廷遣使，未得其人，飞短流长，遂致失好。朕今不复遣，设太师有使，朕当优礼待遇，但人数毋得过多，赏赍乃可从厚，惟太师鉴原，勿违朕意！"这道谕敕方才颁发，适脱脱不花使人又至，且还所掠招抚使高能等，请修旧好。景帝欲将他拒绝，还是王直等痛陈利害，始款待来使，赐他酒宴。但朝使依然不遣，只令来使赍书还报，算作了事。极写景帝懊怅情形。

会岷王楩子广通王徽煠及弟阳宗王徽焟，以景帝构夺兄位，心中不服，竟煽诱诸苗，颁发伪敕，封苗酋杨文伯等为侯，令纠众攻武冈州。是时湖广总督侯琎与副总兵田礼正击破贵州叛苗，俘获甚众。杨文伯闻风畏惧，不敢受徽煠私敕，只遣部众二千名，随去使蒙能等赴武冈。事被徽煠兄徽焿所闻，急上表呈报。徽焿曾封镇南王，由景帝颁谕嘉奖，一面发兵拿逮徽煠，禁锢京师，徽焟亦被锢凤阳，皆废为庶人。及蒙能等至武冈，两王已就逮，那时顾命要紧，慌忙窜去，潜入粤西，勾结生苗，自号蒙王，骚扰了好几年，始由官兵荡平，这且慢表。

且说景帝迎还上皇，内外无事，苗众虽有乱耗，亦不日肃清。时已景泰三年，会当盛夏，景帝闲坐宫中，语太监金英道："东宫诞辰将到了。"英答道："尚未。"景帝道："七月初二日，不就是太子生日么？"英顿首道："是十一月初二日。"景帝默然不答。看官！你道景帝此言，果是记错日子么？他因世子见济，是七月二日生辰，年已十余岁，意欲立为太子，可继帝统，无如兄子见深，已立为青宫，一时不好改换，所以把见济生辰充做太子生日，佯作错误，试探金英口气。偏金英据实申陈，好似未明意旨一般。实是以伪应伪。弄得景帝无词可说，又踌躇了数日，毕竟忍耐不住，再与中官兴安等熟商。安初亦颇以为难，经景帝再三谆嘱，不得不勉从上命，代为设法，暗中与陈循、高穀、江渊、王一宁、萧镃、商辂等且夕密议。各人依违两可，不敢遽决。

事有凑巧，来了一道边疆的奏章，署名叫作黄玹，玹系广西土目，因平匪有功,得擢为都指挥使。他有庶兄黄纲,曾为思明土知府。纲年老,子钧袭官,竑谋夺世职,率领己子及骁悍数千人,夜袭纲家,杀死纲父子,支解尸首,纳入瓮中,埋诸后圃。总道是无人发泄,谁知纲仆福童竟走告宪司。巡抚李棠及总兵武毅,联衔奏闻,有旨严捕黄竑父子。竑急得没法,忙遣千户袁洪,到京行贿,意图保全性命。当有内监被他贿通,令他奏请易储。当即倩了名手,缮就奏牍,呈入宫中,由景帝瞧着,其词道:

太祖百战以取天下,期传之万世。往年上皇轻身御寇,驾陷北廷,寇至都门,几丧社稷。不有皇上,臣民谁归?今且逾二年,皇储未建,臣恐人心易摇,多言难定,争夺一萌,祸乱不息。皇上即循逊让之美,复全天叙之伦,恐事机叵测,反复靡常,万一羽翼长养,权势转移,委爱子于他人,寄空名于大宝,阶除之下,变为寇仇,肘腋之间,自相残戮,此时悔之晚矣。语语打入景帝心坎。乞与亲信大臣,密定大计,以一中外之心,绝觊觎之望,天下幸甚!臣民幸甚!

景帝阅毕,不禁喜慰道:"万里以外,不料有此忠臣。"兄且可杀,宁知有君。遂下旨令释竑罪,并将原书发交礼部,传示群臣集议;且命兴安赍着金银,分赐内阁诸学士,每人黄金五十两,白银百两。越日,礼部尚书胡濙即召集百官,与议易储事。王直、于谦以下,各相顾眙愕。都给事中李侃、林聪及御史朱英,抗言不可,议久未决。太监兴安厉声道:"此事不能不行。如以为未可,请勿署名,何必首鼠两端?"王振已死,即有兴安继起,何明代之好用阉人耶?众官不敢再抗,只好唯唯署议。于少保未免模棱。乃由胡濙复奏,但称:"陛下膺天明命,中兴邦家,绪统相传,宜归圣子,黄竑奏是。"这奏呈入,不到半日,即下旨报可,着礼部具仪,择吉易储,一面简置东宫官。官属既定,遂立皇子见济为皇太子,改封故太子见深为沂王,有诏特赦,宫廷宴贺。不料皇后汪氏,偏据着正理,力为谏阻,竟与景帝反目,又闹出一场废立的事情。小子有诗咏道:

监国翻成篡国谋,
雄心未厌又忮求。
如何巽语犹难入,
甘把中宫一旦休。

欲知废后底细,待至下回说明。

历述瓦剌饯别情状,见得乜先、伯颜辈,尚有深情,而景帝之不欲迎驾,勉强举行,负愧多矣。继述景帝易储情形,见得金英、兴安辈,实为谋主,而廷臣之相率受赂,婾阿卑鄙,寡耻甚矣。若夫录杨善之才辩,益所以表其忠,载黄竑之疏词,益所以著其谲。外此或抑或扬,从详从简,具有微意,有心人吐属,固非寻常笔述家所得与同日语也。

第三十七回　拒忠谏诏狱滥刑
　　　　　　　定密谋夺门复辟

　　却说皇后汪氏，性颇刚正，力持大体，惟所生皆女，独无子嗣，皇子见济，系杭妃所出，景帝欲立见济为太子，汪后独谏阻道："陛下由监国登基，已算幸遇，千秋万岁后，应把帝统交还皇侄。况储位已定，诏告天下，如何可以轻易呢？"景帝不悦，后来决意易储。汪氏又复力谏，说至再三，惹得景帝动恼，竟奋然道："皇子非你所生，所以怀妒得很，不令正位青宫。你不闻宣德故例，胡后无出，甘心让位，前车具在，未知取法，反且多来饶舌，难道朕要你管么？"言毕，抽身而起，竟往杭妃宫中去了。汪后遭此诃责，心甚不甘，呜呜咽咽的哭了一夜，竟令女官代草一疏，愿将后位让与杭妃。景帝顺水行舟，自然照准，遂援了宣德废后的故事，颁告群臣，不待臣工议奏，即将汪后迁入别宫，改册杭妃为皇后。父作子述，可见贻谋不可不臧。

　　且因太监兴安有易储功，格外宠用。兴安素性佞佛，建了一座大隆福寺，费至数十万，逾年始成，非常闳丽，便面请景帝临幸。礼部郎中章纶上章奏阻，盐运判官杨浩，除官未行，亦直言申奏，景帝乃中辍不行。会御用监阮浪在南宫服侍上皇，上皇爱他勤敏，赏给镀金绣袋及镀金刀各一件。浪与内使王瑶甚是亲昵，竟将赐物转赠。赐物安可赠人？阮浪太属莽浪。王瑶年龄尚轻，并无阅历，得了绣袋宝刀，欣然佩带身边，不意为锦衣指挥卢忠所见，隐为诧异，即邀瑶至家，设酒与饮，闲谈甚欢，渐渐问及宝刀绣袋。瑶和盘说出，卢忠索阅一番，不由得计上心来，便假意殷勤，且命妻出与劝酒。瑶不便却情，并见他妻颇貌美，益觉目眩神痴，酒不醉人人自醉，色不迷人人自迷，不消多时，已将他灌得烂醉，东斜西倒，一步也走不得。忠令人扶瑶起座，就客厅睡下，轻轻地解了金刀绣袋，星夜打点公文，并呈入刀袋等物，具说阮浪受上皇命，以袋刀结瑶，意图复辟，瑶自醉中说出，因此飞章上告。景帝震怒，立降严旨，将阮浪、王瑶二人逮系诏狱，令法司穷究。刑讯了好几回,浪、瑶不肯诬供,只把实情上诉。瑶此时酒已醒了。

卢忠闻着,未免后悔,暗想他二人如此抗直,倘或反坐起来,还当了得,不如往询卜筮,预占吉凶。患得患失,自是小人情态。遂屏去侍从,独行至卜者仝寅家。仝寅少瞽,性聪敏,学占验术,所言多奇中。及与卢忠代卜,得了一个天泽履卦,忠尚未表明实情,寅不禁摇首道:"易言:'履虎尾,咥人凶。'不咥人犹可,咥人则凶。"这一语说出,吓得卢忠面如土色,勉强答道:"汝试依卦占断,不必隐讳。"寅复道:"上天下泽为之履,天泽不分,凶象立见。敢问所为何事?请即示明。"忠见他语语中肯,仿佛似仙人一般,只好说明大略。寅笑道:"无怪卦象甚凶,试思今上与上皇,前为君臣,今为兄弟,天泽素定,岂可紊乱?汝乃欲他叛君背兄,是明明所谓咥人了。此大凶兆,一死且不足赎罪。"大义微言,非江湖卖卜者比。忠闻言大惧,忙求寅替他禳解。寅答道:"获罪于天,禳解何益?"忠再三哀恳,寅方道:"履道坦坦,幽人贞吉,君能作幽人么?"忠战栗道:"我为原诉,何从隐避?"寅想了一会,悄悄与忠附耳,说了几句,忠才拜谢而去。不数日,忽传卢忠病狂,在市上行走,满口胡言,歌哭无常,于是中官王诚及学士商辂入白景帝道:"卢忠病风不足信,望陛下休听妄言,致伤大伦!"景帝意始少释,并逮卢忠下狱。未几又释出,谪戍广西,令他带罪立功。仍是有意回护。阮浪久锢,王瑶磔死,只他最是晦气,然亦可为好酒耽色者戒,一场大案,总算化作冰消了。

是年冬月,乜先复遣使至京,贺来年正旦,且贡名马。尚书王直请遣使答报,有诏饬兵部议决。于谦道:"去年乜先使来,臣闻他弑主为逆,尝请发兵讨罪,未邀俞允,今反欲遣使答报么?"原来景泰二年,乜先曾弑主脱脱不花,于谦请讨逆复仇,景帝不从,至是乃复阻遣使,竟得罢议。惟脱脱不花被弑情由亦须补叙明白。先是脱脱不花娶乜先姊,生了一子,乜先欲立以为嗣,脱脱不花未允,且与乜先夙有违言。乜先遂攻脱脱不花,脱脱不花败走,经乜先追击,杀死脱脱不花,把他妻孥收没,自称监国。至景泰四年,且僭立为汗,复遣使致书,称"大元田盛可汗"。"田盛"二字的音义,与天圣相似,末署添元元年。景帝答书,亦称他为瓦剌汗。景帝不从于谦之请,且称他为汗,亦是投鼠忌器之意。乜先遂日渐骄恣,且据有脱脱不花的妃妾,左抱右拥,朝欢暮乐,害得朝政不理,部众分解。蛾眉误国,中外一辙。阿拉知院求为太师,乜先不许,且将阿拉二子尽行杀毙。阿拉大怒,纠众攻乜先,乜先沈湎酒色,毫不设备,竟被阿拉拿住,数他三罪道:"汉儿血在汝身,脱脱不花汗血在汝身,乌梁海血亦在汝身。天道好还,今日汝当死。"乜先无词可答,竟被阿拉一刀,挥作两段。阿拉欲继立为汗,忽被鞑靼部目孛来杀入,战败身死。孛来夺乜先母妻,并玉玺一方,访得脱脱不花子麻儿可儿,仍拥立为鞑靼汗,号称小王

明史演义

子。自是瓦剌骤衰，鞑靼复炽，事见后文，姑且慢表（此段是承前启后文字）。

且说皇子见济立为东宫，仅阅一年有余，忽得奇疾，竟致不起。可谓没福。景帝悲恸得很，命葬西山，谥为"怀献"。礼部郎中章纶及御史钟同，以东宫已殁，并无弟兄，不如仍立沂王，藉定人心。凑巧两人入朝，途中相遇，彼此谈至沂王，甚至泣下，遂约定先后上疏，同为前茅，纶为后劲。退朝后，同即抗疏上陈，略云：

父有天下，固当传之于子。乃者太子薨逝，足知天命有在。今皇储未建，国本犹虚，臣窃以为上皇之子，即陛下之子，沂王天资厚重，足令宗社有托，伏望扩天地之量，敦友于之仁，择日具仪，复还储位，实祖宗无疆之休。臣无任待命之至！

疏入后，景帝心殊不悦，勉强发交礼部，令他议奏。礼部尚书胡濙等窥上意旨，料知原奏难行，只把缓议二字，搪塞了事。那时章纶依着原约，因月朔日食，进呈修德弭灾十四事，差不多有数千言，内有惇孝悌一条云：

孝悌者百行之本，愿陛下退朝后，朝谒两宫皇太后，修问安视膳之仪。上皇君临天下，十有四年，是天下之父也。陛下亲受册封，是上皇之臣也。上皇传位陛下，是以天下让也。陛下奉为太上皇，是天下之至尊也。陛下宜率群臣，于每月朔望，及岁时节旦，朝见于延安门，以尽尊崇之道，而又复太后于中宫，以正天下之母仪，复皇储于东宫，以定天下之大本，则孝弟悉敦，和亲康乐，治天下不难矣。

景帝览到此奏，不禁大怒。时已日暮，宫门上钥，有旨自门隙中传出，命锦衣卫执纶下狱。越日，复逮系钟同，饬刑部严究主使。同、纶两人供称意由己出，并非人授。刑部说他抵赖，尽情拷掠，一连血比三日，语不改供。会大风扬沙，天地昼晦，伸手不辨五指，刑官也害怕起来，方将二人还系狱中，把狱案渐渐缓下。不意南京大理寺少卿廖庄又遥上奏章，请景帝朝谒上皇，优待上皇诸子。景帝阅未终疏，即搁过一边。过了一年，庄因事到京，诣东角门朝见，顿触起景帝旧嫌，说他平时狂妄，饬杖八十，谪为定羌驿丞。可怜这廖庄无辜受灾，既受杖伤，还要奔波万里，辛苦备尝，正是祸来天上，变出意中。谁要你多嘴？内侍复入白帝前，言罪魁祸首，实自同、纶。景帝乃特取巨梃，交给法司，令就狱中杖同及纶，每人五百下。同竟杖毙，纶死而复苏，仍拘狱中。刑部给事中徐正揣摩迎合，上言沂王尝备位储副，恐被臣民仰戴，不宜久居南京，应徙置封地，以绝人望。这奏上去，总料是餍惬帝心，足邀宠眷，哪知降旨下来，语语驳斥，谪戍穷边。该死。自此廷右诸臣，统做了反舌无声，把建储事绝不提起。

忽忽间已是景泰七年，元宵甫届，皇后杭氏竟罹了风寒，起初是寒热交侵，嗣后变成重症，一到仲春，呜呼哀哉，景帝又复悼亡，自不消说。其时宫中有个李惜儿，本系江南土娼，流转京师，姿态妖艳，色艺无双，都下狭邪子弟，评骘花榜，目为牡丹花。声誉传入禁中，为景帝所闻，更令内侍召入，一见倾心，即夕侍寝。惜儿是妓女出身，枕席上的奉承，比妃嫔等不啻天渊，景帝畅快异常，备极恩遇。可怜无德的女人，往往因宠生骄，因骄成悍，入宫不过两三年，与景帝怡反目数次。毕竟龙性难驯，耐不住妇女磨折，一场吵闹，逐出宫外。未免薄幸。杭皇后本得帝宠，又遭病殁，此外虽有妃嫔数人，仅备小星，没甚才貌，情怀恻恻，长夜漫漫，教景帝如何度日？当下采选秀女，得了一个丽姝，体态轻盈，身材袅娜，性情容止，都到恰好地位，惹得景帝越瞧越爱，越爱越宠，春风一度，无限欢娱，因她生父姓唐，遂封为唐妃。越半年又晋封贵妃。每游西苑，必令贵妃乘马相随。一日，马惊妃堕，几乎受伤。景帝鞭责马夫，打个半死，别令中官刘茂拣选良骏，控习以待。又增建御花房，罗致各省奇葩名卉，作为游赏处所。风流天子，绰约佳人，相对含欢，无夕不共，好一座安乐窝，尝遍那温柔味，无如好梦难长，彩云易散，到了景泰八年元旦，朝贺礼毕，忽觉龙体违和，好几日不能临朝。百官问安左顺门，太监兴安出语道："公等皆朝廷股肱，不能为社稷计，徒日日问安，有何益处？"众官语塞，诺诺而退。到了朝房，大众以兴安所言，意在建储，御史萧维桢等拟请复沂王为太子。学士萧镃以沂王既退，不便再立，须另择元良为嗣。彼此酌定，遂缮好奏折，呈请立储。待了数日，方有中旨颁下，谓朕偶有寒疾，当于十七日临朝，所请着无庸议。众官见了此旨，又面面相觑，莫名其妙。会将郊祀，帝舆疾出宿斋宫（明代故例，每岁正月大祀天地于南郊）。因病日加剧，势难亲临，乃召武清侯石亨至榻前，命摄行祀事。

亨见帝病甚，退语都督张𫐐及太监曹吉祥道："公等欲得功赏么？"张、曹二人闻言，不禁奇诧起来，便惊问何事？亨密语道："皇帝病已深了，立太子，何如复上皇。"吉祥跃起道："石公好计！石公好计！"小人无不好事。亨复道："此系我一人主见，还须得老成一决。"张𫐐道："商诸太常卿许彬，可好么？"亨点首称善。当下同至许彬宅，与商密计。彬矍然道："这是不世大功，事在速为，可惜我年已老，无能为力，惟意中恰有一人，何不往商？"亨问为谁？彬答道："便是徐元玉。"亨等喜谢而出。看官道徐元玉是何人？就是当年倡议南迁的徐珵。珵因南迁议，为景帝所薄，久不得迁，他却诿事大学士陈循，屡托保荐，循果屡登荐牍，景帝见徐珵名，好似一个眼中钉，辄摈不用。循语珵道："官家怕见你名，须改易为是。"珵乃易名有贞，别字元玉。无巧不成话，适值黄河决口，屡堙屡圮，循遂运动廷臣，荐举有贞。景帝果也忘怀，竟擢他为佥都御史，督治黄河。有贞福至心灵，把屡堙屡圮的决口，熔铁下水，竟得塞住。且疏浚下流，畅达河道，河患遂灭。还京复命，复邀奖叙，进左副都御史，寻调右副都御史（追溯徐有贞履历，要言不烦）。及石亨等到

明史演义

有贞家，说及复辟大计，有贞很是赞成，并云须令南宫知此意。轨答道："昨已密达上皇了。"有贞道："俟得复报乃可。"

越日为上元节，有贞夜至亨家，复密议了一宵。又越日黄昏，亨等又访告有贞，谓已得南宫复报，请早定计。有贞至屋后露台上，仰观天象已毕，即下对亨等道："紫薇垣已有变象，事在今夕，不可失机。"是否捣鬼？随又报语道："如此如此，不患不成。"石亨、张轨、曹吉祥三人，当即趋出，自去筹备。有贞焚香祝天，默祷一番，随即与家人诀别道："事成后功在社稷，共享富贵，否则祸必杀身，除非做鬼回来。"家人揽袪挽留，有贞不顾，挥手竟去。时当三鼓，禁中卫士因有十七日视朝的旨意，已启禁门。有贞跟跄趋入，径至朝房候着，约历半时，亨、轨等率领群从子弟，一拥并入（依据《天顺实录》，不从《纪事本末》）。是时天色晦冥，星月无光，亨、轨等左顾右盼，方见有贞，便问道："事果济否？"有贞道："必济无疑。"此时即不能济事，亦只好舍命做去。遂率众薄南宫门，门扃甚固，连叩不应。有贞命众取巨木至，悬绳于上，用数十人举木撞门。门右墙垣，陡被震坍，大众乘隙进去，入谒上皇。上皇时尚未寝，秉烛观书，见他排闼而入，不觉惊问道："你等何为？"众俯伏称万岁。上皇道："莫非请我复位么？这事须要审慎。"可见上皇已经接洽。有贞等齐声道："人心一致，请陛下速即登舆！"言毕即起，呼兵士举舆入内。众兵士遑遽不能举，有贞等掖着上皇，出坐乘舆，助挽以行。忽见天色明霁，星月皎然，上皇顾问有贞等职名，有贞一一奏对。须臾至东华门，司阍厉声呵止。上皇亦厉声道："我是太上皇，有事入宫，何人敢拒？"司阍闻声趋视，果然不谬，遂由他进去。直入奉天殿，有贞为导，两阶武士用铁爪击有贞，也亏上皇呵叱，才行退去。时黼座尚在殿隅，由众推至正中，请上皇下舆登座，一面鸣钟擂鼓，大启诸门。百官方至朝房，候景帝视朝，闻奉天殿有呼噪声，呵叱声，继而有钟鼓声，相率惊骇。蓦见有贞出殿，大呼道："太上皇复位了，众官何不进谒？"百官闻言益惊，但变出非常，事已至此，何人敢行抗拒？不得已各整衣冠，登殿排班，依次跪伏，三呼万岁。正是：

冕旒重见当王贵，
嵩岳依然效众呼。

欲知复辟后事，请看官再阅下回。

景帝居上皇于南宫，情同禁锢，其蔑视上皇也久矣。卢忠假事生风，而阮浪、王瑶，遂致获罪，至于见济病殁，杭后随逝，景帝已无子嗣，亦可返躬愧省，复立沂王，乃犹拒谏饰非，淫刑以逞，奚怪石亨辈之再图复辟乎？惟景帝病已危笃，神器岂能虚悬？他日立君，舍英宗其将奚属？石亨希邀功赏，结合徐有贞等，遽为复辟之计，行险侥幸，成亦无名。夺门二字，贻笑千秋，然亦何莫非景帝猜忌之深，始激而成此变也。若乜先弑主之不讨,李妓、唐妃之邀宠,犹其余事,然亦可以见景帝之深心,投鼠而辄忌器,纳妾而思毓麟,天不从人,蔑伦者其亦观此自返乎?

第三十八回　于少保沈冤东市　徐有贞充戍南方

却说景帝方卧疾斋宫，正值残梦初回。炉香欲烬，忽闻钟鼓声喧，来自殿上，不禁惊异起来，忙呼问内侍道："莫非是于谦不成？"此语颇奇。内侍错愕未答。既而内监走报，说及南宫复辟事。景帝连声道："好！好！好！"说着，气喘不已，面壁而卧。

这边方独卧欷歔，那边正盈廷庆贺，徐有贞复辟功成，即刻受命入阁，参预机务。一面与大学士陈循，草诏谕群臣，日中再正式即位，历史上复称英宗，小子也自然沿称英宗。文武百官再行朝谒，由有贞宣读谕旨，略称："土木一役，乘舆被遮，建立皇储，并定监国，不意监国挟私，遽攘神器，易皇储，立己子，皇天不佑，嗣子先亡，殃及己身，遂致沈疾。朕受臣民爱戴，再行践阼，咨尔臣工，各协心力。"云云。朗读已毕，群臣顿首听命。忽又有诏旨传下，逮少保于谦，大学士王文、陈循、萧镃、商辂，尚书俞士悦、江渊，都督范广，太监王诚、舒良、王勤、张永下狱。谦等尚列朝班，当由锦衣卫一牵去锢入狱中。迅雷不及掩耳。

先是石亨为谦所荐，统师破敌，城下一役，亨功不如谦，独得封侯，未免内愧，乃疏荐谦子冕为千户。谦上言："国家多事，臣子不得顾私恩，石亨身为大将，未闻举一幽隐，乃独保荐臣子，理亦未协，臣决不敢以子滥功。"这数语传入亨耳，未免愤恨。亨从子彪行为贪暴，又为谦所奏劾，出戍大同，因此亨益怨谦。徐有贞尝求官祭酒，浼谦先容，谦亦尝登入荐牍，卒不得用。有贞疑谦未肯尽力，亦生怨隙。及英宗复辟，两人得为功首，正好借此报复，遂诬称于谦、王文，欲迎立襄王瞻墡（瞻墡系仁宗第五子，曾见三十一回中），应即下狱惩罪。陈循、萧镃、商辂等从前尝倾向景帝，罪有所归，亦难宽贷。英宗正感念二臣，自然言听计从，不待群臣退朝，即将数人拿下。

越日，即饬徐有贞等讯究。王文、于谦出狱对簿，文抗辩道："迎立外藩，须有金牌符信，遣人必用马牌，究竟有无此事，内府兵部二处，可以查验，何得无故冤人？"有贞道："事尚未成，自无实迹，但心已可诛，应当定罪。"文复抗声道："犯罪必须证据，天下有逆揣人心，不分虚实，遂可陷人死地么？"说至此，辞色俱厉。谦顾语王文道："石亨等报复私仇，定欲我等速死，虽辩何益？"都御史萧维桢在座，也插口道："于公可谓明白。事出朝廷，承也是死，不承也是死。"专制之世，方有是语。当下将谦、文等还系诏狱，即由徐有贞、萧维桢诸人，以意欲二字，锻炼成词，仓猝入奏，英宗犹豫未忍道："于谦实有功，不应加刑。"有贞攘臂直前道："不杀于谦，今日事有何名誉？"杀了于谦，难道便有大名么？英宗乃诏令弃市。临刑这一日，愁云惨雾，蔽满天空，道旁人民，莫不泣下。岳王之死，称为三字狱，于少保之死，可称为二字狱。太后闻谦死，亦嗟悼累日。曹吉祥麾下有一指挥名朵耳（亦作多喇），亲携酒醴，哭奠于谦死所。吉祥闻知，把他痛打一顿，次日复哭奠如故，吉祥亦无可奈何。谦妻子坐罪戍边，当锦衣卫查抄时，家无余资，只有正屋一间，封锸甚固，启门查验，都系御赐物件，连查抄的官吏也为涕零。都督同知陈逵收谦遗骸，归葬杭州西湖，后人称为于少保墓。每年红男绿女，至墓前拜祷，络绎不绝。相传祈梦甚灵，大约是忠魂未泯的缘故，这也不在话下。

且说谦、文既死，太监舒良、王诚、张永、王勤等一并就刑。陈循、俞士悦、江渊谪戍。萧镃、商辂削职为民。范广与张軏有嫌，锢禁数日，复遭刑戮。軏复潜杀前昌平侯杨俊，以俊在宣府时，不纳英宗，所以坐罪。嗣軏入朝，途中猝得暴疾，舁归家中，满身青黑，呼号而死。或谓范广为祟，或谓杨俊索命，事属渺茫，难以定论。惟叙功论赏时，軏得封太平侯，贵显不过月余，即致暴毙，真所谓过眼浮云，不必欣羡呢。得保首领，还算幸事。其时石亨得封忠国公，张軏弟軓得封文安侯，都御史杨善封兴济伯，石彪封定远伯，充大同副总兵。徐有贞晋职兵部尚书，曹吉祥等予袭锦衣卫世职，袁彬为锦衣卫指挥同知，出礼部郎中章纶于狱，授礼部侍郎，召廖庄于定羌驿，给还大理寺少卿原官，追赠故御史钟同大理寺左丞，赐谥"恭愍"，并令一子袭荫，大家欢跃得很。惟有贞意尚未足，常向石亨道："愿得冠侧注从兄后。"（侧注系武弁冠名。）石亨为白帝前，乃晋封武功伯，嗣复录夺门功臣，封孙镗为怀宁伯，董兴为海宁伯，此外加爵晋级，共三千余人。

一朝天子一朝臣，尚书王直、胡濙及学士高穀，均见机乞归，英宗命吏部侍郎李贤、太常寺卿许彬、前大理寺少卿薛瑄入阁办事。一面改景泰八年为天顺元年，大赦天下。复称奉太后诰谕，废景泰帝仍为郕王，送归西内。太后吴氏，复号宣庙贤妃，削皇后杭氏位号，改称怀献太子为怀献世子。钦天监正汤序，且请革除景泰年号，总算不允。未几郕王病殁，年仅三十，英宗命毁所营寿陵，改葬金山，与夭殇诸王坟，同瘗一处，且令郕王妃嫔殉葬。唐妃痛哭一

场，当即自尽。毕竟红颜命薄。被废的汪后曾居别宫，至是亦欲令殉葬，侍郎李贤道："汪妃已遭幽废，所生两女，并皆幼小，情尤可悯，请陛下收回成命。"皇子见深此时已届十龄，粗有知识，备陈汪后被废，由谏阻易储事。英宗乃免令殉葬，寻复立见深为太子。太子请迁汪妃出宫，安居旧邸，所有私蓄，尽行携去。既而英宗检查内帑，记有玉玲珑一物，少时曾佩系腰间，推为珍品，屡觅无着，当问太监刘桓，桓言景帝曾取去，想由汪妃收拾。乃遣使向妃索归，只称无着。再三往索，终不肯缴。左右劝妃出还，妃愤愤道："故帝虽废，亦尝做了七年天子，难道这区区玉件，也不堪消受么？我已投入井中去了。"英宗因此衔恨。后有人言汪妃出携甚多，又由锦衣卫奉旨往取，得银二十万两，他物称是。可怜这汪妃身畔，弄得刮垢磨光，还亏太子见深念着旧情，时去顾问，太子母周贵妃与汪妃素来投契，亦随时邀她入宫，叙家人礼，汪妃方得幸保余生，延至武宗正德元年，寿终旧邸。这是守正的好处。郕王于成化十一年，仍复帝号，追谥曰"景"，修缮陵寝，祭飨与前帝相同。汪妃葬用妃礼，祭用后礼，合葬金山，追谥为"景皇后"，这都是后话不题。

单说襄王瞻墡，就封长沙，资望最崇，素有令誉。英宗北狩，孙太后意欲迎立，曾命取襄国金符，已而不果。襄王却上书太后，请立太子，命郕王监国。及英宗还都，襄王又上书景帝，宜朝夕省问，朔望率群臣朝谒，毋忘恭顺等语。英宗全然未知。复辟以后，信了徐有贞、石亨逸言，诬毁于谦、王文，且疑襄王或有异图，嗣检得襄王所上二书，不禁涕泪交下，忙赐书召他入叙。有二书俱在，始信金縢等语（金縢系周公故事）。襄王乃驰驿入朝，赐宴便殿，慰劳有加。且命添设护卫，代营寿藏。至襄王辞归，英宗亲送至午门外，握手泣别。襄王逡巡再拜，伏地不起。英宗衔泪道："叔父尚有何言？"襄王顿首答道："万方望治，不啻饥渴，愿省刑薄敛，驯致治平。"敢拜昌言。英宗拱手称谢道："叔父良言，谨当受教。"襄王乃起身辞行。英宗依依不舍，待至襄王行出端门，目不及见，才怏怏回宫。自是颇悔杀谦、文，渐疏徐、石。晓得迟了。

石亨自恃功高，每事辄揽权恣肆，嗣被英宗稍稍裁抑，心知有异，遂与曹吉祥朋比为奸，倚作臂助。独徐有贞窥伺帝意，觉得石亨邀宠，渐不如前，不得不微为表异，要结主眷，以此曹、石自为一党，与有贞貌合神离。凶终隙末，小人常态。可巧英宗与有贞密语，被内竖窃听明白，报知曹吉祥。吉祥见了英宗，却故意漏泄出来，引得英宗惊问，只说是有贞相告，英宗遂益疏有贞。会曹、石二人强夺河间民田，御史杨瑄列状以闻，英宗称为贤御史，将加重用。吉祥大惧，忙至英宗前哭诉，说是杨瑄诬妄，应即反坐罪名，英宗不许，继而彗星示儆，掌道御史张鹏、周斌等，约齐同僚，拟交章请惩曹、石，挽回天变。事为给事中王铉所闻，密达

第三十八回　于少保沈冤东市　徐有贞充戍南方

石亨。亨急转告吉祥，同至英宗前，磕头无算。英宗不禁大讶，问明情由。曹、石齐声奏道："御史张鹏，为已诛太监张永从子，闻将为永报仇，结党构衅，陷害臣等。臣等受皇上厚恩，乞赐骸骨，虽死不忘。"说至此，又呜呜咽咽地哭将起来。亏他装诈。英宗道："陷害不陷害，有朕作主，张鹏何能死人？卿等且退！朕自留心便了。"两人拜谢而出。

隔了一宵，果然弹章上陈，痛诋曹、石，为首署名的便是张鹏，次为周斌，又次为各道御史，连杨瑄也是列名。英宗阅未终章，便出御文华殿，按着奏疏上的名氏一一召入，掷下原奏，令他自读，明白复陈。斌且读且对，神色自若，读至冒功滥赏等语，英宗诘问道："曹、石等率众迎驾，具有大功，朝廷论功行赏，何冒何滥？"斌答道："当时迎驾，止数百人，光禄寺颁赐酒馔，名册具在，今超迁至数千人，不得谓非冒非滥。就使明明迎驾，也是贪天功为己有，怎得无端恣肆呢？"这数语理直气壮，说得英宗无词可答，但总不肯认错，仍命将瑄、鹏诸人一律下狱。所谓言莫予违。刑官等讨好曹、石，搒掠备至，责问主使，词连都御史耿九畴、罗绮亦逮系狱中。石亨、曹吉祥意欲乘此机会一网打尽，复入陈御史纠弹，导自阁臣，徐有贞、李贤等与臣有嫌，阴为主谋，所以瑄、鹏等有此大胆，诳奏朝廷。英宗闻言益愤，索性将徐有贞、李贤两人并下囹圄。全狱冤气，上激天空，风发雨狂，电掣雷轰，

下雹如鸡卵，击毁奉天门角，连正阳门下的马牌，都飞掷郊外。石亨家内，水深数尺，曹吉祥门前，大树皆折，闹得人人震恐，个个惊慌。大约是天开眼。钦天监正汤序本系亨党，至是亦上言天象示儆，应恤刑狱。我谓其胆小如鼷。英宗乃释放罪囚，出徐有贞为广东参政，李贤为福建参政，罗绮为广西参政，耿九畴为江西布政使，周斌等十二人为知县。杨瑄、张鹏戍边卫。别命通政使参议吕原，及翰林院修撰岳正，入阁参预机务。尚书王翱，以李贤无辜被累，奏请留京，英宗亦颇重贤，乃从翱所请，并复原官，寻又擢为吏部尚书。

曹、石见李贤复用，很是懊丧，适值内阁中有匿名书帖，谤斥朝政，为曹、石二人闻知，遂奏请悬赏查缉。岳正入奏道："为政有礼，盗贼责兵部，奸宄责法司，哪有堂堂天子，悬赏购奸的道理？且急则愈匿，缓则自露，请陛下详察。"是极。英宗称善，不复深究。既而正复密奏英宗，言："曹、石二人，威权过重，恐非皇上保全功臣的至意。"英宗道："卿为朕转告两人。"正遂往语曹、石，曹、石复入内跪泣，免冠请死。曹系阉竖，宜有妇人性质，亨一武夫，何专学泣涕耶？英宗未免自愧，温言劝慰，一面责正漏言。既要他转告，又责他漏言，英宗之昏庸可知。正对道："曹、石二家，必将以背叛灭族，臣体陛下微旨，令他自戢，隐欲保全，他尚未识好歹么？"此语太激烈了。英宗默然无言。曹、石二人闻着，愈加忿恨。会承天门灾，命正草罪己诏，正历

陈时政过失，曹、石遂构造蜚语，谓正卖直讪上，得旨贬正为钦州同知。正入阁仅二十八日，既被谪，道过本籍溧县，入家省母，留住月余，复为尚书陈汝言所劾，逮系诏狱，杖戍肃州。岳正去后，曹、石又追究匿名书，诬指徐有贞所为，英宗也不遑细察，竟令将有贞拿还，下狱榜治，终无供据。曹、石复入奏英宗道："有贞尝自撰武功伯券，辞云：'缵禹武功，禹受舜禅。'武功为曹操始封，有贞觊觎非分，罪当弃市。"捕风捉影，何其叵测。英宗迟疑半晌，令二人退出，转询法司马士权。士权道："有贞即有匿谋，亦不至自撰诰券，败露机关呢。"英宗方才省悟，乃命有贞免死，发金齿为民。后来石亨伏法，有贞得释归田里，放浪山水间，十余年乃死（了结有贞，然比曹、石之诛，得毋较胜）。礼部侍郎薛瑄，见曹、石用事，喟然道："君子见机而作，不俟终日，还欲在此何为？"遂乞归引去。江西处士吴与弼由李贤疏荐，被征入朝，授为左谕德，与弼固辞。居京二月，托辞老病，亦引归。英宗尚为故太监王振立祠，封曹吉祥养子钦为昭武伯，宠幸中涓，始终未悟。惟有一事少快人心，看官道是何事？乃是释建庶人文圭于狱。文圭系建文帝少子，被系时年仅二龄（见二十六回），至是始得释出，令居凤阳，赐室宇奴婢，月给薪米，并听婚娶出入。时文圭年已五十七，出见牛马，尚不能识。未几即病殁。小子有诗咏道：

王道由来不罪孥，
乳儿幽禁有何辜？
残年始得瞻天日，
牛马未知且乱呼。

欲知后事如何，且俟下回续叙。

英宗复辟以后，被杀者不止一于少保，而于少保之因忠被谗，尤为可痛。曹、石专恣以来，被挤者不止一徐有贞，而徐有贞之同党相戕，尤为可戒。于少保君子也，君子不容于小人，小人固可畏矣。徐有贞小人也，小人不容于小人，小人愈可畏，君子愈可悯也。故前回前半篇，以于少保为主，后半篇以徐有贞为主。与于少保同时就戮，及徐有贞同时被谪者，虽不一而足，要皆主中宾耳。标目之仅及于少保、徐有贞，可以知用意之所在矣。

第三十九回　发逆谋曹石覆宗　上激号李彭抗议

　　却说兵部尚书陈汝言，与曹、石通同一气，平时甚趋奉曹、石，因得由郎中迁擢尚书，自是勾结边将，隐树爪牙，渐渐的威福自专，看得曹、石二人平淡无奇，不肯照前巴结，且暗把曹、石过恶入奏帝前。看官！你想这曹、石二人，靠了徐有贞的密计，得封高爵，后来还要排陷有贞，况陈汝言由他提拔，偏似狂狗反噬，如何不气？如何不恼？一报还一报，何必懊恨？当下嘱使言官，奏劾汝言贪险情形，即蒙准奏，把汝言逮狱，查抄家产，不下数十百万。英宗命将抄出财物，悉陈入内庑下，召石亨等入视，并勃然道："于谦仕景泰朝，何等优遇？到了身死籍没，并无余物。汝言在位，不过一年，所有财物，多至如此，若非贪赃受贿，是从哪里得来？"你才晓得吗？言下复连呼道："好于谦！好于谦！"亨等自觉心虚，不敢回答，只是垂头丧气，逼出了一身冷汗。英宗含怒而入，亨等扫兴而出。

　　既而鞑靼部头目孛来（见三十六回），入犯安边营。由大同总兵定远伯石彪率众奋击，连败敌众，斩馘数百，获马驼牛羊二万余，遣使报捷。英宗依功行赏，进彪为侯。彪为亨侄，亨既封公，彪又封侯，一门鼎盛，表里为奸，那时权力越大，气焰越盛，无论内外官吏，统要向他叔侄前巴结讨好，才得保全官职。只是天下事盛极必衰，满极必覆，饶你如何显荣，结果是同归于尽。争权夺利者听之！石彪纵恣异常，免不得有人密奏，激动帝怒，遂有旨召彪还朝。彪贪恋权位，阴使千户王斌等，诣阙乞留。英宗料知有诈，收斌等入狱，严刑拷问，果得实情，即飞饬石彪速归。彪既到京，立刻廷讯，并令王斌等对质，更供出他种种不法，藏有龙衣蟒服，违式寝床等情。还有一桩最大的要件，乃是英宗归国，乜先曾遵着前约（前约见三十五回），送女弟至大同，托石彪转献京师，彪见女姿色可人，佯为应允，暗中恰用强占住，自行消受。所以有违式寝床。其时英宗尚居南宫，内外隔绝，哪知此事？乜先也不遑问及，

后来复为阿拉所杀,越觉死无对证,谁料天网恢恢,疏而不漏,竟被王斌等说明情伪,无从抵赖,于是英宗大怒,夺他未婚妻,安得不怒,置彪狱中。

石亨急得没法,只好上章待罪,请尽削弟侄官爵,放归田里,有旨不许。至法司再三鞫彪,辞连石亨,因交章劾亨恣肆,应置重典,于是勒亨归第,罢绝朝参。且召李贤入问道:"石亨当日有夺门功,朕欲稍从宽宥,卿意以为何如?"贤答道:"陛下尚以夺门二字,为美名么?须知天位系陛下固有,谓为迎驾则可,谓为夺门则不可。夺即非顺,如何示后?当日算侥幸成功,若使事机先露,亨等死不足惜,不审置陛下何地。"入情入理。英宗徐徐点首。贤又道:"若景泰果不起,群臣表请复位,岂不名正言顺?亨等虽欲升赏,何从邀功?而且老成耆旧,依然在职,何至有杀戮黜陟等事,致干天象?就是亨等亦无从贪滥。国家太平气象,岂不益盛?今为此辈减削过半了。"英宗道:"诚如卿言。"及贤退后,诏令此后章奏,勿用"夺门"字样,并饬查冒功受官诸人,得四千余名,一律黜革,朝署为清。

先是石亨得势,卖官鬻爵,每以纳贿多寡,作授职高下的比例。时人有朱三千龙八百的谣传。朱是朱诠,龙是龙文,两人都赂亨得官,所以有此传言。金都指挥逯杲也奔走石亨门下,钻营贿托,因得保举。至石彪得罪,石亨被嫌,杲遂独上一本,备陈石亨招权纳贿等情。想是可惜银钱,否则尔以贿求,如何劾人?英宗嘉他忠诚,遂令伺亨行动。他恐石亨复用,势且报复,遂专心侦察。也是石亨命运该绝,有一家人为亨所叱,遂将亨怨望情形,密告逯杲。适值天顺四年正月,彗星复现,日外有晕,杲遂上书奏变,说是石亨怨望日甚,与从孙石俊等,日造妖言,谋为不轨,宜赶紧治罪。英宗览奏,亟颁示阁臣。阁臣希旨承颜,自然说应正法。那时石亨无路可走,只得束手受缚,就系狱中。狱吏冷嘲热讽,朝拷暮逼,所谓打落水狗,害得石亨受苦不堪,活活的气闷死了。石亨一死,石彪的头颅哪里还保得住?一道诏旨,将他斩首。两家财产,尽行充公。何苦作威作福,惟乜先的妹子,不知如何下落?

一波未平,一波又起,太监曹吉祥怀着兔死狐悲的想头,恐自己亦遭波及,不得不先行防备。他在正统年间,尝出监军,辄选壮士隶帐下。及归,仍将壮士蓄养家中,所以家多藏甲。养子钦得封昭武伯,手下亦多武弁。至是复招集死党,作为羽翼。千户冯益曾与往来,钦尝问益道:"古来有宦官子弟,得为天子么?"益答道:"君家魏武帝,便是中官曹节后人。"钦大喜,留益宴饮,醉后忘形,密谈衷曲,且令他娇娇滴滴的妻妾出侍厅中,与益把盏。不怕作元绪公耶?益擅口辩,且滔滔不绝,满口恭维,说得曹钦心花怒开,不啻身居九重,连他娇妻美妾,也吃吃痴笑,好几张樱桃小口,都合不拢来。涉笔成趣。等到酒阑席散,益又说是相机而行,幸勿躁率,钦连声称是,嘱益秘

第三十九回 发逆谋曹石震宗 上激号李彭抗议

密。益自然从命，所以一时未曾举动，也未曾泄漏。

倏忽间又是一年，鞑靼部头目孛来等分道入寇，攻掠山陕甘肃边境。明廷正拟遣尚书马昂及怀宁伯孙镗，督军往讨。兵尚未发，孙镗等留待京中。英宗注意军务，日夕阅奏，忽见了一本奏章，乃是诸御史交劾曹钦，说他擅动私刑，鞭毙家人曹福来。心下一动，随即提起笔来，批了数语，大旨以朝廷法律，不得滥用，大小臣工，俱应懔遵。曹钦擅毙家人，殊属不合，当彻底查究云云。批好后，即将原奏颁发。一面令指挥逯杲按治，毋得徇情。曹钦闻知此事，不禁惊愕道："去年降敕捕石将军，今番轮着我了。若不早图，难免大祸。"祸已临头，早图何益？当下邀请冯益等，密谋大事。钦天监正汤序亦在座中，报称七月二日，发遣西征师，禁城早辟，此时正可设法。冯益大喜道："机会到了，机会到了。"要杀头了。曹钦忙问良策，益答道："请伯爵密达义父，约他于朔日夜间，潜集禁兵，准备内应，伯爵号召徒众，从外攻入，内外合力，何患不成？"钦喜道："好极好极。我兵入殿，即可废帝，事成后，请冯先生为军师，可好么？"想是做梦。益称谢不尽。

计划已定，过了数夕，便是七月朔日，召党人夜宴，专待夜半行事。指挥马亮，曾与谋在座，酒过数巡，猛然触起心事，默念事若不成，罪至灭族，不若出首为是，遂逃席而去。奔入朝房，巧遇恭顺侯吴瑾在朝值宿，竟一一告知。吴瑾大惊道："有这般事么？怀宁伯孙镗，明日辞行，今夜亦留宿朝堂，我去通报他便了。"言已，疾趋出室，往语孙镗。镗急草疏数语，从大内门隙塞入。英宗得了此疏，忙遣禁旅收逮曹吉祥，并敕皇城及京师九门，勿得遽启。是时曹钦尚未及觉，马亮逃席，尚且未晓，还能成大事么？乘着数分酒兴，带了家将及弟铉、镕、铎三人，跨马而出，直奔长安门。见门扃如故，料知事泄，即转身驰至逯杲家。杲方欲入朝，启门出来，突遇曹钦兄弟，手起刀落，毙于非命。钦斩下杲首，持奔西朝房，见御史寇深待朝，复一刀杀死了他。转入西朝房，正与吏部尚书李贤相遇，贤不及趋避，被钦手下家将击伤左耳。幸钦在后喝住，并握贤手道："公系好人，我今日为此事，实由逯杲激变，并非出我本心，烦公代为奏辩！"情愿不做皇帝了。贤尚在惊疑，那曹钦竟掷下一个首级，大声道："你可看是逯杲么？"一面说，一面走入朝房，见尚书王翱亦在内坐着，便不分皂白，上前击缚。贤忙趋入道："君不要这般莽撞！我与王公联衔入奏，保你无罪，何如？"钦大喜，乃释翱缚，当由贤索笔缮疏，模模糊糊的写了数语，交与曹钦。钦携疏至长安左门，从门隙投疏。门坚密，疏不得入，便令家将纵火焚门。守门兵士拆卸御河砖石，将门紧紧堵住，一时烧不进去。钦等只在门外呼噪，声彻宫中。怀宁伯孙镗看调兵不及，急语长次二子，令在长安门外大呼有贼谋反。霎时间集得西征军二千人，奋击

曹钦。工部尚书赵荣亦披甲跃马，高呼杀贼有赏，也集得数百人。两边夹攻，钦等料难成功，且战且走。这时候天色大明，恭顺侯吴瑾率五六骑出观，猝与贼遇，力战而死。尚书马昂及会昌侯孙继宗率兵陆续到来，才把钦兵杀死过半。钦弟铉、镣、铎等，都被击毙。天又大雨，钦狼狈奔归，投入井中。官军一齐追至，杀入钦家，不论男女长幼，统赏他一碗刀头面。曹钦妻妾想做后妃，不意变作这般结果。只不见逆贼曹钦，嗣至井中找寻，方见钦已溺毙，当将尸首捞出，拖至市曹，专待旨下。须臾英宗临朝，众官入奏，即命将曹吉祥绑赴市中，与曹钦兄弟四人尸首，一古脑儿聚在一处，鱼鳞寸割，万剐凌迟。极言重刑，为阅者一快。汤序、冯益等自然连坐。所有曹氏的亲党，与钦同谋，尽问成死罪，先后伏诛。于是晋封孙镗为侯，马昂、李贤、王翱并加太子少保，马亮告叛有功，擢为都督，将士等升赏有差。追封吴瑾梁国公，赠寇深少保，以擒贼诏示天下。曹、石两家从此殄灭了。

且说内变粗定，西征军暂不出发，留卫京师，怎奈西北警报，日有数起，乃命都督冯宗充及兵部侍郎白圭，代马昂、孙镗等职，统军西行，屡战获胜。孛来欲大举入犯，会鞑靼汗麻儿可儿与孛来仍然未协，彼此仇杀无虚日，因此孛来不能如愿，只好上书乞和。英宗遣指挥使唐昇，赍敕往谕。孛来乃允岁贡方物，总算暂时羁縻罢了（看似插叙之笔，实与前后统有关系，阅者幸勿错过）。会粤西苗瘰作乱，据住大藤峡，出掠民间，由都督佥事颜彪，奉旨往剿，连破七百余寨，瘰势稍平（为后文韩雍征瘰张本）。英宗以内外平靖，免不得久劳思逸，便大兴土木，增筑西苑，殿阁亭台，添造无数。除奉太后游览及率妃嫔等临幸外，亦尝召文武大臣往游，并赐筵宴。且于南宫旧居亦增置殿宇，杂植四方所贡奇花异树，备极工雅。每当春暖花开，命中贵及内阁儒臣，随往玩赏，赐果瀹茗，把酒吟诗，仿佛与宣德年间，差不多的快活。怎奈光阴易过，好景难留，太后孙氏于天顺六年告崩。至天顺八年正月，英宗亦罹疾，卧病文华殿。适有内侍谗间太子，乃密召李贤入内，告明一切。贤伏地顿首道："太子仁孝，必无他过，愿陛下勿信迩言。"英宗道："依卿所说，定须传位太子么？"贤又顿首道："宗社幸甚！国家幸甚！"英宗蹶然起床，立宣太子入殿。贤扶太子令谢，太子跪持上足，涕泪交下。英宗亦为感泣。父子歔欷一会，方才别去。越数日，英宗驾崩，享年三十八，遗诏罢宫妃殉葬，太子见深嗣位，尊谥皇考为"英宗"，以明年为成化元年，是谓宪宗皇帝。

当下议上两宫尊号，又惹起一番争论。原来英宗后钱氏无子，太子见深系周贵妃所出，英宗雅重钱后，尝欲加封后族，后辄逊谢，因此后家未闻邀封。英宗北狩，钱后倾资送给，每夜哀泣吁天，倦即卧地，致折一股，并损一目。英宗还国，幽居南宫，行止不得自由，时常烦闷，亏得钱后随时劝慰，方能释忧。明多贤后，钱后亦算一人。至复辟后,太监蒋冕入白太后,谓周贵妃有子,当升立为后。语为英宗所闻,当将蒋冕斥出。及孙太后崩逝,钱后复追述太后故事,且为胡废后白冤(应三十二回)。英宗始知非孙后所生,且追上胡废后尊谥,称为恭让皇后。钱后弟钦钟,殉土木难,英宗欲封其子雄,后又固辞,有此种种贤德,遂令英宗敬爱有加。到龙体弥留时,尚顾命李贤,说是钱后千秋万岁后,应与朕同葬。李贤将遗言恭录,藏置阁中。

宪宗即位,周贵妃密嘱太监夏时,令运动阁臣独立自己为太后。夏时遂倡言钱后无子,且损肢体,当视胡废后成例,独立上生母为太后。李贤力争道:"口血未干,何得遽违遗命?"夏时道:"先帝在日,不尝尊生母为太后么?难道治命尚不可从?"学士彭时道:"胡太后以让位故,所以迟上尊号,今钱皇后名位具在,未尝让去,怎得照办?"夏时道:"钱皇后亦无子嗣,何妨就草让表。"彭时道:"先帝时未曾行此,我辈身为臣子,乃敢迫太后让位么?"夏时厉声道:"公等敢有贰心么?难道不怕受罪?"情理上说不过去,便乃狐假虎威,小人之无忌惮如此。彭时拱手面天道:"太祖太宗,神灵在上,敢有贰心,不受显诛,亦遭冥殛。试思钱皇后不育,何所规利,必与之争,不过皇上当以孝治人,岂有尊生母,不尊嫡母的道理?"说至此,李贤复插入道:"两宫并尊,理所当然,彭学士言甚是,应请照此复命。"夏时不能与辩,负气径去。寻由中官覃包,奉谕至阁,命草两宫并尊诏旨。彭时又道:"两宫并尊,太无分别,应请于钱太后尊号,加入正宫二字,方便称呼。"覃包再去请命,未几即传谕准议,乃尊皇后钱氏为正宫慈懿皇太后,贵妃周氏为皇太后。草诏既定,包潜语李贤道:"上意原是如此,因为周太后所迫,不敢自主,若非公等力争,几误大事。"言已,持草诏去讫。越宿颁下诏旨,择日进两宫太后册宝,小子有诗咏道:

嫡庶那堪议并尊,
只因子贵作同论。
若非当日名臣在,
一线纲常不复存。

两宫既上尊号,未知后事如何,请看官再阅下回。

石亨怨望,尚只凭家人数语,遽果一疏,而谋逆实迹,尚未发现,安知非由落井下石之所为者?且石彪镇守大同,威震中外,而飞诏促归,即行抵京,不闻拥兵以叛,是石彪尚知有朝廷,未若曹钦之居然肆逆也。钦为曹吉祥养子,吉祥籍隶中涓,竟令养子为逆,敢为内应,可见钦之逆谋,吉祥实属与闻,或且为之倡议,亦未可知,阉竖之祸人家国,固如此哉!宪宗即位,两宫并尊,本属应有之理,而贵妃阴恃子贵,密嘱内监夏时,参预阁议,时乃狐假虎威,呵叱大臣,若非彭时等守正不阿,鲜有不为所摇夺者。先圣有言,惟女子与小人为难养也,近之不逊,远之则怨,观于此而益信。

第四十回 万贞儿怙权倾正后
　　　　　纪淑妃诞子匿深宫

　　却说两宫太后,既上尊号,第二种手续便是册立皇后的问题。先是孙太后宫中,有一宫人万氏,小字贞儿,本青州诸城人氏,父贵为本县掾吏,坐法戍边,贞儿年仅四岁,没入掖廷,充小供役,过了十多年,居然变成一个绝色的女子,丰容盛鬋,广颊修眉,秀慧如赵合德,肥美似杨太真。万贵妃以体肥闻。孙太后爱她伶俐,召入仁寿宫,令司衣饰。宪宗幼时,尝去朝见孙太后,贞儿从旁扶掖,与宪宗相亲近,渐渐狎昵。到了宪宗复册东宫,贞儿年逾花信,依然往来莫逆,彼此无猜。天顺六年,孙太后崩,宪宗年已十四岁了,知识粗开,渐慕少艾,便召这位将老未老的万贞儿入事东宫。贞儿年过三十,犹是处子,华色未衰,望将过去,不啻二十许人。她生平不作第二人想,因从前无机可乘,不能入侍英宗,未免叹惜,至此得服侍太子,便使出眉挑目逗的手段,勾搭储君。好在宪宗已开情窦,似针引线,如漆投胶,居然在华枕绣衾间,试那鸳鸯的勾当。一个是新硎初发,努力钻研,一个是久旱逢甘,尽情领受,半榻风光,占尽人间乐事。绝似《红楼梦》中之初试云雨,但宝玉、袭人年龄相当,不足为异,万妃之于宪宗,年几逾倍,居然勾合得未曾有,且彼幻此真,尤称奇事。自此相亲相爱,形影不离,英宗哪里知晓。只道儿年渐长,应与他选妃,当有中官奉旨,选入淑媛十二名,由英宗亲自端详,留住三人,一姓王,一姓吴,一姓柏,俱留居宫中,未曾册立。英宗崩后,两宫太后,以嗣主新立,年已十六,不可不替他册后,使为内助,遂命司礼监牛玉重行选择。玉以先帝时曾选入三人,吴氏最贤,可充后选,当由太后复加验视,见吴女体态端方,恰也忻慰。便命钦天监择吉,礼部具仪,册吴女为后。宪宗迫于母命,不好不从。

　　后位既定,即命万贞儿为贵妃,王氏、柏氏为贤妃。万贵妃虽然骤贵,心中很不自在,前时只一人专宠,至此参入数人,无怪芳心懊恼。每次谒见吴后,装出一副似嗔似怒的脸儿。惹得吴后懊恼，起初还是勉强容忍，耐到二十多日，竟有些忍受不住，免不得出言斥责。万贵妃自恃宠幸，半句儿不肯受屈，自然反唇相讥，甚至后说一句，她说两句，那时吴后性起，竟命宫监将她拖倒，由自己取过杖来，连击数下。吴后亦太卤莽。

看官！你想这万贵妃肯遭委屈么？回入己宫，哭泣不止，凑巧宪宗进来，益发顿足大哭，弄得宪宗莫名其妙，连呼贵妃，询明缘故。贵妃恰故意不说，经侍女禀明原委，顿时触怒龙心，挥袖奋拳，出门欲去。贵妃见宪宗起身，料必往正宫争闹。年少气盛，或反闹得不成样子，便抢上一步，牵住宪宗衣裙，返入房中，佯为劝慰。欲擒反纵。宪宗又是懊恨，又是怜恤，慢慢儿替贵妃解衣，见她雪肤上面，透露好几条杖痕，不由得大怒道："好一个泼辣货，我若不把她惩治，连皇帝都不做了。"万贵妃呜咽道："陛下且请息怒！妾年已长，不及皇后青年，还请陛下命妾出宫，休被皇后碍目。那时皇后自然气平，妾亦免得受杖了。"明是反激。宪宗道："你不要如此说法，我明日就把她废去。"万贵妃冷笑道："册立皇后，是两宫太后的旨意，陛下废后，不怕两太后动恼么。"再激一句。宪宗道："我自有计。"贵妃方才无言。计已成了。宪宗命内侍设酒，亲酌贵妃，与她消气。酒后同入龙床，又是喁喁私语，想无非是废后计划，谈至夜半，方同入好梦去了。

次日，宪宗起床，便入禀太后，只说吴后轻笑轻怒，且好歌曲，不足母仪天下，定须废易为是。钱太后一语不发，周太后却劝阻道："一月夫妇，便要废易，太不成体统了。"宪宗道："太后如不见许，儿情愿披发入山，不做皇帝。"肯抛弃万贵妃么？周太后沈吟半响，方道："先帝在日，曾拟选立王女，我因司礼监牛玉说是吴后较贤，且看她两人姿貌不相上下，所以就立吴女，哪知她是这般脾气呢。现据我的意见，皇儿可将就了些，便将就过去，万一不合，就请改立王女便了。"总是溺爱亲生子。宪宗不便再言，只得应声而出。意中实欲立万贵妃。转身去报万贵妃，贵妃仍不以为然。宪宗一想，且废了吴后，再作计议，遂出外视朝，面谕礼部，即日废后。礼部已受万贵妃嘱托，并不谏阻，遂承旨草诏。略云：

先帝为朕简求贤淑，已定王氏，育于别宫，待期成礼。太监牛玉，以复选进吴氏于太后前，始行册立。礼成之后，朕见其举动轻佻，礼度率略，德不称位，因察其实，始知非预立者。用是不得已请命太后，废吴氏退居别宫。牛玉私易先帝遗意，罪有应得，罚往孝陵种菜，以示薄徵。此谕！

这诏颁下，吴后只好缴还册宝，退居西宫。万贵妃尚觊觎后位，尝怂恿宪宗至太后前陈请。宪宗恰也有心，替她说项。太后嫌她年长，始终不允。好容易过了两月，后位尚是未定，复经太后降旨，促立王氏，宪宗无奈，乃立王氏为皇后。好在王氏性情柔婉，与万贵妃尚是相安，因此迁延过去。王后亦恐蹈

覆辙。成化二年，万贵妃生下一子，宪宗大喜，遣中使四出祈祷山川诸神，祝为默佑。谁知不到一月，儿竟夭殇。嗣是贵妃不复有娠，只一意妒忌妃嫔，不令进幸。宪宗或偷偷祟祟，得与妃嫔交欢一次，暗结珠胎，多被贵妃暗中察觉，设法打堕。宪宗不但不恨，反竭力奉承贵妃。贵妃所亲，无不宠用，贵妃所疏，无不贬斥。妃父贵授都督同知，妃弟通授锦衣卫都指挥使，还有眉州人万安，由编修入官礼部，与贵妃本非同族，他却贿通内使，嘱致殷勤，自称为贵妃子侄行。贵妃遂转达宪宗，立擢为礼部侍郎，入阁办事。

成化四年正月，宪宗命元夕张灯，将挈贵妃游览。翰林院编修章懋、黄仲昭、检讨庄泉，上疏谏阻。宪宗不从，且责懋等妄言，降谪有差。当时以懋等三人与修撰罗伦，同著直声，称为翰林四谏。罗伦的谏诤，是因大学士李贤，以父丧起复，奏称非礼，触动帝怒，被黜为福建市舶司副提举。贤亦不为挽救，未几贤卒。贤历仕三朝，称为硕辅，惟居丧恋官，不救罗伦，为世所诟，因此罗伦成名，李贤减誉（插入此段，实为结束李贤起见，且彰四谏士美名）。内侍梁芳、韦兴、钱能、覃勤、王敬、郑忠、汪直等，日进美珠珍宝，谄事万贵妃，外面且托言采办，苛扰民间，怨声载道。宪宗亦有所闻，终以贵妃宠任数竖，不敢过问。芳、兴等且为妃祈福，召集番僧羽流，侈筑祠庙宫观，动用内帑，不可胜计，甚至府藏为虚，宪宗也未尝禁止，总教贵妃合意，无论甚么事件，都可听他所为。贵妃年已四十，尚宠幸如此，想是善房中术耳。

会慈懿皇太后钱氏崩，周太后欲另营陵寝，不使与英宗合葬，万贵妃亦希承周太后意，劝帝从母后命，宪宗意颇怀疑，遂召群臣会议。彭时首先奏对道："合葬裕陵（英宗陵名），神主祔庙，此系故制，何必另议。"宪宗道："朕岂不知？但母后旨意，不以为然，奈何？"彭时复对道："皇上以孝事两宫，从礼即为大孝，祔葬何妨？"是时商辂已经召还，仍令入阁，并有学士刘定之等，亦在朝列，俱合词上奏道："皇上大孝，当以先帝心为心，今若将大行太后梓宫安厝左首，另虚右首以待将来，便是两全其美了。"宪宗略略点首，便即退朝。越日仍未见诏，彭时复恭上一疏，略云：

大行皇太后祔位中宫，陛下既尊之为慈懿皇太后，在先帝伉俪之情，与陛下母子之义，俱炳然矣。今复以祔葬之礼，反多异议。是必皇太后千秋之后，当与先帝并尊陵庙，惟恐二后同配，非本朝制耳。夫有二太后，自今日始，则并祔陵庙，亦当自今日始。且前代一帝二后，其并配祔者，未易悉数。即如汉文帝尊薄太后，虽吕后得罪宗社，尚得与长陵同葬。宋仁宗尊李宸妃，虽章献刘后无子，犹得与真宗同祭太庙。何则？并尊不相格也。今陛下纯孝，远迈前代，而祔葬一节，反出汉文、宋仁下，臣未之信。且慈懿既祔，则皇太后千秋之后，正足验两宫雍穆，在生前既共所尊，而身后更同其享，此后嗣观型所由起也。今若陵庙之制未合，则有乖前美，贻讥来叶矣。伏乞皇上采择施行！

宪宗得了此疏，复下礼部集议。礼部尚书姚夔合廷臣九十九人，皆请如彭时言。宪宗尚召语群臣道："悖礼非孝，违亲亦非孝，卿等为朕筹一良法。"群臣执议如初，并由姚夔率百官等，跪文华门候旨。自巳至申，仍未降旨，只传谕百官暂退。百官伏地大哭道："若不得旨，臣等不敢退去。"（廷臣哭谏自此始。）商辂、刘定之等复入内劝上降旨，如群臣议。群臣乃齐声呼万岁，依次退归。祔葬议行，盈廷无词。过了一年，成化五年。柏贤妃生下一子，取名祐极。又阅一年，成化六年，复由纪淑妃生下一子，这子便是后来的孝宗。生时无名，且亦不令宪宗与闻。看官欲问明原因，请看小子叙述！

原来纪妃系贺县人，本土官女，饶有姿色，性亦灵敏，蛮中推为女中选。成化三年，西南蛮部作乱，襄城伯李瑾及尚书程信等督师往讨，先后焚蛮寨二千，俘获男女无算（随手带过征蛮事）。纪女亦被俘至京，充入掖庭。王皇后见她秀慧，亲授文字，命守内藏。宪宗偶至内藏临幸，适与纪女相值，问及内藏多寡数目。纪女口齿伶俐，应对详明，顿时契合龙心，便就纪女寝榻中演了一出龙凤合串，雨露恩浓，熊罴梦叶。过了数月，纪女的肚腹居然膨胀起来，不料被万贵妃侦知，令心腹侍婢密往钩治。那侍婢颇有良心，复报贵妃，只说是纪氏病痞。贵妃疑信参半，惟勒令退出内藏，谪居安乐堂。目无皇后，任所欲为。纪氏十月妊足，分娩生男，料知不便抚养，忍着性把儿抱出，交与门监张敏，嘱使就溺。敏惊叹道："皇上未有子嗣，奈何轻弃骨血？"随将儿藏入密室，取些粉饵饴蜜，暗地哺养。万贵妃尚遣人伺察，始终未见动静，却也罢休。奇妒若此，亦是奇闻。幸喜废后吴氏贬居西内，与安乐堂相近，颇知消息，往来就哺，才得保全婴儿生命。有十八年帝位可居，自然遇着救星。宪宗全未闻知，但知有皇子祐极一人，生长二龄，即命为皇太子。到了次年二月，太子竟患起病来，势甚凶猛，医药无灵，才越一昼夜，竟尔夭逝。宫人太监等都知这事有些希奇，暗暗查访，果系万贵妃下的毒手。但因贵妃宠冠六宫，威行禁掖，哪个敢向虎头上去搔痒？确是个雌老虎。大家箝口结舌，还是明哲保身的上计。

时光易过，倏忽到了成化十一年，宪宗因受制贵妃，亦常怏怏，又兼思念亡子，更觉抑郁寡欢。一日召太监张敏栉发，揽镜自照，见头上忽有白发数茎，不觉愁叹道："老将至了，尚无子嗣，何以为情？"张敏伏地顿首道："万岁已有子了。"宪宗愕然道："朕子已亡，哪里还有子嗣？"敏又叩首道："奴言一出，性命不保，愿万岁为皇子作主，奴死不恨。"此时司礼监怀恩亦在上侧，也跪奏道："张敏所言不虚。皇子久育西内，现已六岁了。因惧祸患，所以匿不上闻。"宪宗大喜，即日驾幸

第四十回 万贞儿怙权倾正后 纪淑妃诞子匿深宫

西内，遣张敏等至安乐堂，迎接皇子。纪氏抱儿大哭道："我儿既去，我命恐难保了。儿在此处潜养，已阅六年，今日前去，看见穿黄袍有须的，就是儿父，儿去恭谒便了。"说着时，即为儿易一小绯袍，抱上小舆，命张敏等拥护而去。及至西内阶下，儿尚胎发未鬋，氉氉垂肩，竟自舆中趋下，投入宪宗怀中。宪宗抱置膝上，抚视良久，悲喜交集，垂着泪道："是儿类我，确是我子。"敏即将纪氏被幸年月及生子情状，详述一遍。宪宗并召见纪氏，握手涕泣，命居西内。一面命司礼监怀恩往告内阁，阁臣无不欢喜。随即饬礼部定名，叫作祐樘，颁诏中外，越日册封纪氏为淑妃。大学士商辂因此事揭露后，仍恐惹祸，蹈太子祐极的覆辙，但又不便明言，只好与同僚酌定一疏，呈将进去，略说："皇子聪明岐嶷，国本攸系，更得贵妃保护，恩逾己出。但外议谓皇子母因病别居，久不得见，宜移就近所，令母子朝夕相接，一切抚育，仍藉贵妃主持。"云云。宪宗准奏，移纪妃居永寿宫，且时常召见，与饮甚欢。嗣是宫内妃嫔，稍稍放胆，蒙幸怀妊及已经分娩的皇子，次第报闻。邵宸妃生子祐杬，张德妃生子祐槟，还有姚安妃、杨恭妃、潘端妃、王敬妃等陆续进御，亦陆续生男，螽斯衍庆，麟趾呈祥，只万贵妃满怀痛苦，日夕怨泣，到了忍无可忍的时候，又用那药死太子的手段，鸩杀纪妃。有说是纪妃被逼自缢的，有说是贵妃遣人勒死的，这也不必细考，总之被贵妃害毙，无甚疑义。太监张敏闻纪妃暴卒，情知不能免祸，即祷祝苍天，求佑皇子祐樘安康，自己也吞金死了。好中官。小子有诗咏道：

祸成燕啄帝孙残，
雏子分离母骨寒。
瓜熟不堪经再摘，
存儿幸有一中官。

宫中情事，已见一斑，此后要叙入外事了。看官少安毋躁，待小子续述下回。

以三十余岁之万贵妃，乃宠冠后宫，权倾内外，窃不知其何术而得此。意者其有夏姬之术欤？观其阴贼险狠，娼嫉贪私，则又与吕雉、武曌相似。天生尤物，扰乱明宫，虽曰气数使然，亦宪宗不明之所致耳。柏贤妃生子祐极，中毒暴亡，纪淑妃生子祐樘，至六龄而始表露，宫掖之中，几同荆棘，不罹吕武之祸，犹为宪宗幸事。然于人彘醉骷，已相去无几矣。本回主脑，纯为万贵妃着笔，而宫廷大小诸事，随手插入，尤得天衣无缝之妙。阅其钩心斗角之处，便知非率尔操觚者所得比也。

第四十一回　白圭讨平郧阳盗
韩雍攻破藤峡瑶

却说宪宗即位以后，宫闱中的情事，前回已略见一斑，其间有荆襄盗贼，湘粤苗瘟，平凉叛酋，亦时常出没往来，屡为民患。明廷亦发了好几次兵马，遣了好几回将帅，总算旗开得胜，渐渐敉平，小子亦不能含糊说过，只好一一叙明。

荆襄上游为郧阳，地界秦、豫、楚三省，元季流贼啸聚，终元世不能制。洪武初，卫国公邓愈出兵往讨，始得剿洗一空。怎奈是地多山，箐深林密，官军凯旋，流寇复聚。起初还不敢出头，到了成化元年，适遇年岁饥荒，流民日聚，遂闹出一场乱案来了。内中有个头目，姓刘名通，力能举千斤石狮子，绰号叫作刘千斤。刘千斤有个同伴，本名石龙，绰号叫作石和尚。两人纠集党羽数万，占据梅溪寺，高揭黄旗，推刘千斤为汉王，建元德胜，伪署将军元帅数十人，以石和尚为谋主，四出劫掠。无非明火执仗的强盗，安能成大事？指挥陈昇等带了数千人马，前去征剿，反被他四面夹攻，杀得片甲不回。明廷接着警报，方知贼势猖獗，非同小可，乃命抚宁伯朱永，为讨贼总兵官，兵部尚书白圭提督军务，太监唐慎、林贵为监军。处处不脱太监，我实不懂。别令湖广总督李震、副都御史王恕，会同三路兵马，直捣贼巢。

白圭到了南阳，侦悉刘千斤等在襄阳房县豆沙河等处，分作七寨，据险自固，遂拟用四路进军，一自南漳入，一自安远入，一自房县入，一自谷城入，犄角并进，互相策应。当下拜表奏闻，朝旨俞允，遂自率大军出南漳，派偏将林贵、鲍远等出安远，喜信、王信等出房县，王恕率指挥刘清等出谷城。总兵官朱永有疾，留镇南阳。东西南北四路兵马，浩浩荡荡，杀奔贼寨。刘千斤自恃力大，亲来抵截大军。白圭用诱敌计，引刘千斤至临城山中，猝发伏兵，左右夹攻，杀得他七颠八倒。刘千斤夺路逃脱，方知官军厉害。千斤之力，不足恃了。意欲从寿阳窜出陕西，不意到了寿阳，已有官军截住，为首的统兵大将系是明指挥田广。刘千斤知不是路，

转身就走，由田广率兵尾追，直至古口山。刘千斤逃入山中，负嵎踞守。田广扼住山口，俟诸军陆续到来，一路杀入，人人奋勇，个个争先，当时格毙刘千斤子刘聪及伪都司苗虎等一百余人。刘千斤退保后岩，山势愈峻，天又下雨，泥淖难行。适尚书白圭亲至，身先士卒，麾兵直进。山上的木石如雨点般掷将下来，破头碎额，不计其数。白圭命刘清率千余骑，从间道绕出贼后，一面率诸军从前攻入。刘千斤率贼数万，迎头抵拒，只管前面，不管后面，方在酣战的时候，突闻后面喊声大震，鼓角齐鸣，各贼返身一顾，但见满山是火，烟焰冲天，不由得魂胆飞扬，纷纷乱窜。怎奈山路崎岖，七高八低，越性急，越踏空，坠崖堕涧，跌死过半。此外逃避不及的，统作刀头之鬼。刘千斤尚提着大刀，左右飞舞，官兵数百人上前，尚不能挨近身躯，反被他劈死数十人，嗣经强弩四射，面中数创，方大吼一声，倒在地上。各军一拥上去，把他揿住，用了最粗的铁链，缠住他身，才觉动弹不得，一任扛抬而去。恃勇无益。还有苗龙等四十人，亦一并擒住，囚解京师，眼见得是照叛逆例，磔死市曹了。

惟石和尚、刘长子二人，越山遁去，转掠四川，招集败众，屯匿巫山。各军进逼，合围月余。石和尚在巢穴内，粮食俱尽，当由指挥朱英奉白圭命，诱招刘长子，令他缚石和尚，解送军前。刘长子没法，遂将石和尚拿下，送交喜信营。喜信将石和尚打入囚车，佯慰刘长子，命诱执刘千斤妻连氏及伪职常通、王靖、张石英等六百余人。至诸人一一诱到，竟变过了脸，也把刘长子一并就缚，奏凯还朝。石和尚、刘长子磔死，余犯尽行斩首，荆、襄告平。朱永封伯，白圭进太子少保，余将各加官进禄。只指挥张英为诸将所忌，进谗朱永说他受贿，被永捶死，真所谓冤沉地下呢。朱永坐享成功，反捶死首功张英，可叹可恨。这是成化二年间事。

后至成化六年，刘千斤余党李胡子，复纠合小王洪、石歪脖等，往来南漳、内乡、渭南间，复集流民为乱，伪称太平王，立一条蛇、坐山虎等绰号。官军累捕不获，再命都御史项忠，总督河南、湖广、荆、襄军，四面兜剿，擒李胡子于竹山县，擒小王洪等于钧州尤潭，俘斩二千人，编成万余人，遣还乡里，共四十万人。内中有许多流民，未尝为恶，亦不免玉石俱焚，弃尸江浒。项忠且自诩功绩，竖平荆、襄碑，或呼为堕泪碑，实是冷嘲热讽的意思。比羊祜堕泪碑何如？又越六年，经都御史原杰经略郧阳，就地设府，垦荒田，编户籍，人民乐业，阖境帖然。杰劳苦成疾，奉旨召还，竟在驿舍中逝世。郧民闻讣，无不泣下，这且搁过不提。

且说荆、襄未平的时候，广西大藤峡苗獞，亦啸聚为乱，湖南、靖州苗，群起响应。右都督李震受命讨靖州苗，连破八百余寨，威振西南。苗獞呼为金牌李，不敢复反。惟大藤峡在广西浔州境内，万山盘曲。有一大藤横亘两崖，仿佛似天造地设的桥梁，因此呼为大藤峡。峡中猺人缘藤往来不绝。峡北岩洞，多至一百余处，最幽深险峻的，有仙人关、九层崖等洞。峡南有牛肠村、大峎村，亦称险要。英宗时，猺人作乱，经都督佥事颜彪，连破猺寨，**猺患少息（应三十九回）**，惟猺酋侯大狗始终未获。至颜彪班师，仍出掠广东高、廉、雷、肇等境，守臣无术剿平，上书待罪，且请选将征讨。兵部尚书王竑，奏称浙江左参政韩雍，文武全才，可令往讨，乃召雍为佥都御史，赞理军务。特简都督赵辅为征夷将军，统兵南征。

雍先至南京，会齐诸将，共议进兵方略。诸将齐声道："两广残破，群盗屯聚，应分兵扑灭为是。为今日计，莫若令一军入广东，驱使散去，然后用大军直入广西，节节进剿，方可困贼。"雍闻言冷笑道："诸将只知其一，未知其二，试思贼已蔓延数千里，随在与战，适足疲我将士，何若仗着锐气，直捣大藤峡巢穴？心腹既溃，余贼如釜底游魂，怕他甚么？"**擒贼先擒王。的是行军要着。**诸将不敢多言。至赵辅一到，与雍谈及军事，很是投机，便把一切行止，听雍调度。雍即带领诸军，倍道前进，由全州出桂林，途次遇着阳洞诸苗，即麾兵与战，势如破竹，洞苗大溃。惟指挥李英等四人，观望不前，立斩以徇，众皆股栗，壁垒一新。

雍披按地图，晓谕诸将道："贼众以修仁、荔浦为羽翼，宜先剿平二处，使孤贼势。"诸将此时，无不应命。乃督兵十六万人，分五路攻入，所向披靡。修仁先平，荔浦随下，遂乘胜向峡口进发。俄见道旁有数百人跪着，老少不一，老年服饰似里民，少年服饰似儒生，口称："我等百姓，苦贼已久，今闻大兵到此，愿为向导。"雍不待说毕，便喝兵役，将数百人一一拿下，带入帐中。诸将皆诧异起来，但见雍升座怒叱道："你等统是苗贼，敢来诳我！左右快与我搜来！"兵士不敢违慢，把数百人身上一搜，果皆藏着利刃，锋芒似雪，便命推出辕门，尽行枭首。复饬把尸首支解，刳出肠胃，分挂林箐间，累累相属。猺众闻知，惊为天神。就是雍麾下将士，亦不禁叹服。**我亦服他有识。**

雍严肃如王公相等，营门设铜鼓数千，仪节详密。三司长吏见雍皆长跪白事，悚慑如小吏。忽有新会丞陶鲁入见，长揖不拜，雍叱道："你来此何为？"陶鲁道："来与明公击贼。"雍复道："贼众据险自卫，非大兵不可入。我看部下文武数百人，无一可往，方在愁虑，你能当此重任么？"陶鲁道："不但言能，且很容易。"雍怒道："蕞尔小邑，尚不能理，今遇悍贼，反说得如此容易，正是大言不惭，快快退去，免得受答！"鲁又道："明公不欲平贼么？从前蒋琬、庞统，辄废邑事，后乃为蜀汉名臣，公幸勿弃鲁，愿平贼自效。"雍见鲁神色自若，料有异才，不禁改容道："丞肯为国效力，尚有何说，但不知需兵多少？"**并不执拗到底，韩雍可谓将才。**鲁答道："三百人够了。"雍笑道："三百人哪里够用？"鲁复道："兵贵精不贵多，三百人已是多了。但必需

严行选练,才可使用。"雍令他自择。鲁标式为约,号令军前道:"有能力举百钧,矢射二百步者来!"是时大军共十五六万人,合式如约,只得二百五十名。得用之兵,其难如此。复另募数日,方得凑成三百名数目,自行督练,椎牛犒飨,共尝甘苦,士卒争愿为死,称为陶家军。

雍督诸将四面并进,瑶酋侯大狗,闻大军齐至,把妇女辎重安置贵州横石、李塘诸崖,自纠死党数万,悉力堵截峡南,排栅坚密,滚木礌石镖枪毒矢等,更番迭射。官军登山仰攻,煞费气力。雍申令军中有进无退。阅数时,山上的瑶众及山下的官军,统有些疲倦起来,枪声箭声,若断若续,蓦见陶鲁拥盾而出,大呼道:"麾下壮士,快从我来!"两语未毕,那三百名陶家军,都左手执盾,右手持刀,鱼贯以进,呼声震山峡。瑶众急忙抵拒,乱下矢石,不料这陶家军很是勇悍,兔起鹘落,狲迅猱升,任他矢石如雨,毫不胆怯,只管向前猛登。韩雍见前军得势,复督兵继进,瑶众支持不住,逐步退后。至官军各上山冈,又由雍出令,纵火焚山,烈焰飞腾,可怜这瑶众东奔西走,无处躲避,多烧得焦头烂额,剩得数千名悍瑶拥着侯大狗,窜入横石崖。雍饬兵穷追,道行数日,始见崖谷。侯大狗上九层楼等山,绝崖悬壁,势控霄汉,且用着千斤礌石,滚压下来,响声若雷,岩谷皆应。雍令军士停住崖下,鼓噪不绝,一面遣陶家军绕出后山,潜陟巅顶,令他觑贼懈怠,举炮为号。自卯至未,贼渐渐力疲,木石亦尽。雍正拟进攻,隐隐间闻有炮声,急督将士冒险登山,大众援藤扳葛,蚁附而上。陶家军亦自后攻入,漫山奋击,连数日夜,鏖战百合,方把瑶众削平,生擒侯大狗七百八十余人,斩首三千二百余级,磨崖勒石,载明平瑶岁月,并将大藤斩断,绝瑶人往来的孔道,改名大藤峡为断藤峡,复分兵捕雷、廉、高、肇诸寇,先后肃清。捷报驰抵京师,宪宗传旨嘉奖,即召赵辅还朝,晋封武靖伯韩雍为右副都御史,提督两广军务,擢陶鲁为佥事,余亦按功给赏。嗣命雍开府梧州,令行禁止,盗贼屏息。至成化十年,为中官黄沁所谮,罢归乡里,越五年病殁。粤人怀念不忘,立祠致祭。正德中始追谥"襄毅",也是褒功恤死的意思。

还有平凉一役,出了好几次大兵,才得奏捷。平凉在甘肃西境,从前明平陕西,故元平凉万户把丹,率众归附。太祖授为平凉卫千户,令仍旧俗,不起科徭。传孙满俊,与王豪、李俊相连结,挟赀称雄,土人称他为满四。平凉奸民,犯法避罪,往往倚满四为护符。有司饬役往捕,统由满四出头硬阻,日久成习,不得不劳动官军,前去搜剿。满四遂激众为乱,叛据石城,来与官军反抗。石城系唐吐蕃石堡城,高踞山巅,四壁削立,只有一线可通出入。官军屡次上山,都被击退。实是没用。满四遂与李俊分踞要害,四称招贤王,俊称顺理王,两下里各有万余人。俊攻固原千户所,中箭毙命,惟满四负嵎如故。都指挥邢瑞、申澄，率各卫军至石城，猛扑一昼夜，不意满四竟纠众杀下，由高临卑，势如建瓴，官军坠死无数，申澄也马蹶被杀，只有邢瑞狼狈逃归，贼势大盛，关中震动。明廷得耗，飞檄陕西巡抚都御史陈介，总兵宁远伯任寿、广义伯吴琮及巡抚延绥都御史王锐参将胡恺，会兵进剿。陈介等率军轻进，不待延绥兵至，便直趋石城，距城约十里许，忽有贼众数千，遮道出迎，佯称乞降。陈介颇为踌躇，吴琮道："无论他是真降，或是假降，我军总有进无退为是。"遂麾兵直入。将到城下，只见贼驱着牛羊出来，望将过去，差不多有数千头，官军还道他是真心投降，用了牛羊犒劳，大家不及防备，忽听胡哨四起，前后左右，统是贼兵杀到，那时官军叫苦不迭，连忙招架，已是不及。陈介、任寿、吴琮等，舍命冲突，方杀开一条血路，走保东山，遗失军资甲械，均以千计。事闻于朝，命将陈介、任寿、吴琮三人逮解至京，按罪下狱。另授都督刘玉为平虏副将军，副都御史项忠，总督军务，再讨石城。又起复前大理寺少卿马文升为都御史，巡抚陕西，调兵协剿。项忠、马文升先后至固原，分六路进兵，连败贼众。刘玉一至，见各军得胜，乘势长驱，进薄城下。满四倾寨出战，发矢如猬，刘玉身中流矢，顿时惊退，诸军皆却。贼步步进逼，玉几被困。幸项忠停住不行，亲斩千户一人，作为众戒，于是全军复振，易退为进。满四料不可敌，敛众入城，刘玉乃裹痛徇军，下令合围。相持兼旬，尚不能下。项忠以持久非计，督兵急攻，贼颇恟惧，潜缒城出降。忠给票纵还，自是出降益众。会有贼目杨虎狸，乘夜出汲，为官军所擒，忠喝令斩首，杨虎狸俯伏乞命，乃劝令降顺。虎狸允诺，且请自效。忠知虎狸可用，赐以金带钩，纵使入城，诱满四出战东山，用了四面埋伏的计，专候满四到来。正是：

整备铁笼囚猛虎，
安排香饵钓金鱼。

欲知满四曾否就擒？请看下回便知。

语有之："川泽纳污，山薮藏疾。"故林深菁密之中，往往为盗贼藏身之地，兵去则出，兵来则伏，非有善谋之将，敢死之士，犁其穴而扫其庭，则必不能绝其迹。刘千斤，莽夫耳，侯大狗，蠢奴耳，何足以称王争霸？不过有山可恃，有穴可藏，借此以抗王命，为一时负嵎计耳。有白圭之督师，而刘千斤失所恃，虽勇何益？有韩雍之主谋，而侯大狗失所据，虽险亦夷？崔苻之盗，必尽杀乃止，始知宁猛毋宽，公孙侨固有先见也。至若平凉一役，亦幸有项忠之为先驱耳。项忠擒李胡子、小王洪等，已见奇绩，而满四又为彼所擒，时人以堕泪讥之，吾谓一家哭何如一路哭也。刑乱国用重典，刑乱民亦何独不然乎？

第四十二回　树威权汪直窃兵柄　善谲谏阿丑悟君心

却说叛酋满四，正在穷蹙，见杨虎狸被擒复归，亟问他脱逃情由。虎狸随口胡诌，并说官军辎重，尽在东山停顿，不妨乘夜掩取，说得满四转忧为喜，即于夜间率众出城。行至东山附近，伏兵四起，竞前相扑。满四仓皇突阵，坠马就擒，余众多半受戮。项忠乘胜扑城，城中另立头目火敬为主，仍然拒守。忠令各军围住东西北三面，独留南面不围，鼓噪了一昼夜。火敬等料不能支，竟于夜半遁去。官军从后追蹑，复将火敬擒住。只有满四从子满能，逃入青山洞，渐被项忠侦悉，用火薰入洞中。满能仓皇出走，亦被擒获，并拿住满四家属百余口。诸军穷搜山谷，又获贼五百余人，男妇老幼共数千人，并将石城毁去，所有俘虏，就地正法。惟把满四、火敬两人，械送京师，按律伏诛，自在意中。项忠、刘玉班师到京，按功升赏，不消细说。

宪宗闻各处叛寇，依次荡平，心下很是喜慰。万贵妃殷勤献媚，每遇捷报，辄在宫中张筵庆贺。可谓善承意旨，无怪宠冠后宫。就中有个太监汪直，年少慧黠，善事贵妃，因得宪宗宠幸。为主及奴，真是多情天子。这汪直系大藤峡瘯种，瘯贼平定后，被俘入宫，充昭德宫内使。昭德宫便是万贵妃所居，汪直能伺贵妃喜怒，竭力趋承，贵妃遂一意抬举，密白帝前，令掌御马监事。第二个安禄山。先是妖人李子龙妖言妖服，蛊惑市人，内使鲍石、郑忠等非常敬信，常引子龙入宫游玩，并导登万岁山，密谋为逆。不意被锦衣卫闻知，预先举发，当将二监拿下，并诱执李子龙，一并枭首。嗣是宪宗欲侦知外事，令汪直改换衣服，带领锦衣官校私行出外，查察官民举动，但有街谈巷议，无不奏闻。宪宗益以为能，即于东厂外设一西厂，命汪直为总管。东厂系成祖时所建，专令中官司事，伺察外情。至是别张一帜，所领缇骑人数，比东厂加倍，因此声势出东厂上。锦衣百户韦瑛职隶东厂，谄事汪直。直即倚为心腹，往往掀风作浪，兴起大狱，所有冤死的官民，不计其数。朝廷诸臣，虽

皆侧目,莫敢发言。惟大学士商辂抗疏上奏道:

近日伺察太繁,政令太急,刑网太密,人情疑畏,汹汹不安。盖缘陛下委听断于汪直,而直又寄耳目于群小也。中外骚然,安保其无意外不测之变?往者曹钦之反,皆逯杲有以激之,一旦祸兴,猝难消弭。望陛下断自宸衷,革去西厂,罢汪直以全其身,诛韦瑛以正其罪,则臣民悦服,自帖然无事矣。否则天下安危,未可知也。臣不胜惶惧待命之至!

宪宗览疏大怒道:"用一内监,何足危乱天下?"即命内监怀恩,传旨诘责。商辂并不慌忙,正色说道:"朝臣不论大小,有罪当请旨逮问。汪直敢擅逮三品以上京官,是第一桩大罪。大同宣府,乃边疆要地,守备官重要,岂可一日偶缺?汪直擅械守备官,多至数人,是第二桩大罪。南京系祖宗根本重地,留守大臣,直擅自搜捕,是第三桩大罪。宫中侍臣,直辄易置,是第四桩大罪。直不去,国家哪得不危?"这数语侃侃直陈,说得怀恩为之咋舌,当即回去复旨。项忠已升任兵部尚书,也率九卿严劾汪直,宪宗不得已,令直仍归掌御马监,调韦瑛戍边卫,暂罢西厂,中外大悦。惟宪宗犹宠直未衰,仍令秘密出外,探刺阴事。适有御史戴缙,九年不迁,非常懊丧。至此见汪直仍邀宠眷,索性迎合上意,密奏一本,极言西厂不应停止,汪直所行,不但可为今日法,且可为万世法。竟视汪直为圣人,大小戴有知,必不认其为子孙。宪宗准奏,下诏重开西厂。汪直的气焰,从此益盛。

先是直掌西厂,士大夫无与往还,惟左都御史王越与韦瑛结交,遂间接通好汪直。吏部尚书尹旻也是个寡廉鲜耻的人物,想去巴结权阉,因浼越为介,谒直西厂中,甚至向他磕头。身长吏部,无耻若此,我为明吏羞死。直不禁大喜。独兵部尚书项忠,傲不为礼,一日遇直于途,直下舆相看,忠竟不顾而去。是亦太甚。直恨忠益深,王越谋代忠职,每与直言及忠事,作切齿状。忠且倡率九卿,劾奏直不法事,先令郎中姚璧,请尹旻署名。尹旻道:"兵部主稿,当由项公自署便了。"姚璧道:"公系六卿长,不可不为首倡。"尹旻怒道:"今日才知我为六卿长么?"不中抬举。当将草奏掷还,不肯签名。一方通报韦瑛,令他转达汪直。会西厂果停,直忿怒异常,与忠势不两立,至重设西厂,引用了一个吴绶,作为爪牙。吴绶曾为锦衣卫千户,尝从项忠讨荆、襄盗,违法被劾,致受谴责。他竟与忠挟嫌,至汪直处求掌书记,直即允诺。且因绶颇能文,密行保荐,有旨授他为镇抚司问刑。绶即嗾使东厂官校,诬忠受太监黄赐请托,用刘江为江西都指挥,宪宗真是糊涂,竟令忠对簿。看官!你想这项忠高傲绝俗,哪肯低首下心?当下抗辩大廷,毅然不屈。恼得宪宗性起,竟将他削职为民。汪直又谮商辂纳贿,辂亦乞罢,听令自归。尚书薛远、董方,右都御史李宾等并致仕归田,于是蝇营狗苟的王越,居然升兵部尚书,兼左都御

史掌院事。愈荣愈丑。王越以外，还有辽东巡抚陈钺。先是辽东寇警，陈钺因冒功掩杀，激变军民，明廷命马文升往抚，开诚晓谕，相率听命。汪直偏欲攘功，请命宪宗，挟同私党王英，驰向辽东，一路上耀武扬威，指叱守令，不啻奴仆，稍有违忤，立加鞭挞。各边都御史，左执鞭弭，右属櫜鞬，趋迎恐后，供张极盛。既至辽东，陈钺郊迎蒲伏，恪恭尽礼，凡随从汪直的人员，各有重贿。汪直大喜，筵宴时穷极珍错，饮得汪直酩酊大醉，满口赞扬。难得邀他褒奖。越宿即赴开原，再下令招抚。文升知他来意，便把安抚功劳，推让与他，惟所有接待仪文，不如陈钺。汪直未免失望，草草应酬，即返辽东，且与陈钺述及文升简慢。钺不但不为解免，反说文升恃功自恣等情，小人最会逞刁，一面加意款待，格外巴结。酣饮了好几日，直欲辞归，复经钺再三挽留，竟住了数十天，方才回京。一入京城，即劾奏文升行事乖方，应加严谴。宪宗也不分皂白，竟逮文升下狱，寻谪戍重庆卫，并责诸言官容隐不发，廷杖李俊等五十六人。

是时鞑靼汗麻儿可儿已死，众立马固可儿吉思为汗，马固可儿吉思汗与孛来不和，屡生嫌隙，阴结部属毛里孩等，使图孛来，偏为孛来所知，竟弑了马固可儿吉思汗。毛里孩不服，纠众攻杀孛来，遣使通好明廷。宪宗以无约请和，恐防有诈，竟却使不纳。毛里孩遂纠集三卫（见三十九回），屡寇山陕。抚宁侯朱永等，出师抵御，得了几次胜仗，毛里孩始退。谁料一敌甫退，一敌又来。长城西北境有河套（黄河由北绕南，与圈套相似，因得此名，唐张仁愿曾筑三受降城于此），地饶水草，最宜耕牧。蒙古属部孛鲁乃、札加思兰、孛罗忽等，潜入套中，据地称雄，屡寇延绥。朱永移师往御，王越亦奉旨参赞。塞外未闻杀敌，京中屡得捷音，想是王越妙计。越等升赏有差，寇仍据套自若。既而越为三边总制，延绥、甘肃、宁夏为三边，设立总制，自王越始。札加思兰且迎元裔满都鲁为汗，自称太师，一意与明边为难，大举深入，直抵秦州、安定诸邑。总算王越出力，侦悉寇虏妻子畜产，俱在红盐池，潜率总兵官许宁，游击将军周玉，星夜前进，袭破敌帐，杀获甚众。及寇饱掠而返，妻子畜产，荡然无存，只好痛哭一场，狼狈北去。

嗣闻札加思兰，为部众脱罗干、亦思马因等所杀，满都鲁亦死，诸强酋相继略尽。越遂讨好汪直，怂恿北征，说是乘势平寇，大功无比云云。直喜甚，忙面奏宪宗，当即下诏，命朱永为平虏将军，王越提督军务，监军便是汪直。克期兴师，向西进发。越与直会着，恰劝直令朱永绕道南行，自与直带领轻骑，径诣大同。探悉敌帐在威宁海子（泊名），即挑选宣府、大同两镇兵马，共得二万名，倍道深入。适值天大风雨，兼以下雪，白昼晦冥，空山岑寂。越等直至威宁，寇众毫不防备，如何抵敌，纷纷溃散，只剩老弱妇女，作为俘虏，并马驼牛羊数千匹，一齐搬归，便驰书告捷。宪宗即封越为威宁伯，增直俸禄三百石。惟朱永迁道无功，不得封赏，怅怅的领兵回来。上了王越的当。

亦思马因等以庐帐被袭，密图报复，待王越退师，复纠众出掠，且犯宣府。那时汪直、王越两人又想借寇邀功，请旨出发，偏偏寇众狡诈，闻直等又至，移众西走，转寇延绥，直等赴援不及，亏得指挥刘宁、巡抚何乔新、千户白道山等，分道出御，各得胜仗，寇焰少衰。亦思马因病死，谁知又出了一个悍酋，仍称小王子，率众三万，寇大同，连营五十里，声势张甚。总兵许宁，敛兵固守，小王子竟到处焚掠，毁坏代王别墅。代王成鍊从宁出战，宁无奈出驻城外，与巡抚郭镗分营立栅，互为犄角。寻见有寇骑十余，控弦而来，太监蔡新部下首出迎击，宁所部军士亦次第杀出，寇骑拍马逃走，官军不肯舍去，猛力追赶。途中遇着伏兵，被杀得落花流水，幸参将周玺等驰至，才救出各兵，驰入城中。检点败卒，已丧失了千余人。许宁尚掩败报捷，奈寇众长驱直入，虽经宣府巡抚秦纮，总兵周玉，力战却敌，寇焰尚是未衰。巡按程春震，乃劾宁败状，宁得罪被谪，连郭镗、蔡新统同获谴。一面颁诏，令汪直、王越严行防剿，毋得少懈。直与越方拟还京，得了这道诏旨，弄得进退两难，只好乞请瓜代，有诏不许。其时陈钺已入居兵部，复为代请，又经宪宗切责，把钺免官。未几罢西厂，又未几调王越镇延绥，降汪直为南京御马监，中外欣然。只王越、汪直两人，不知为什么缘故，竟失主眷，彼此叹息一番，想不出什么法子，没奈何遵着朝旨，分途自去。谁叫你喜功出外？谁叫你恃势横行？

小子细阅明史，才知汪直得罪的原因，复杂得很。若论发伏摘奸的首功，要算是小中官阿丑。一长可录，总不掩没。阿丑善诙谐，且工俳优，一日演戏帝前，扮作醉人的模样，登场谩骂，另有一小太监扮作行人，出语阿丑道："某官长到了。"阿丑不理，谩骂如故。小太监下场后，复出场报道："御驾到了。"阿丑仍然不理。及三次出报，说是"汪太监到了"。阿丑故作慌张状，却走数步。来人恰故意问道："皇帝且不怕，难道怕汪太监么？"阿丑连忙摇手道："休要多嘴！我只晓得汪太监，不可轻惹呢！"阿丑可爱。此时宪宗曾在座中，闻了这语，暗暗点首。阿丑知上意已动，于次日再出演剧，竟仿效汪直衣冠，手中持着两把大斧，挺胸而行。旁有伶人问道："你持这两斧做什么？"阿丑道："是钺，不是斧。"那人又问持钺何故，阿丑道："这两钺非同小可。我自典兵以来，全仗着这两钺呢。"那人又问钺为何名，阿丑笑道："怪不得你是呆鸟，连王越、陈钺都不知道么？"宪宗闻言微哂。及戏剧演毕，又接览御史徐镛奏折，系劾奏汪直罪状，略云：

汪直与王越、陈钺，结为腹心，互相表里，肆罗织之文，振威福之势，兵连西北，民困东南，天下之人，但知有西厂，而不知有朝廷，但知畏汪直，而

第四十二回 树威权汪直窃兵柄 善讽谏阿丑悟君心

不知畏陛下，寖成羽翼，可为寒心。乞陛下明正典刑，以为奸臣结党怙势者戒！于此时始上弹章，亦是揣摩迎合之意。

宪宗览后，尚在踌躇。还是恋恋不舍。会东厂太监尚铭以获贼邀赏，恐汪直忌功，不无逸构，遂探得汪直隐情，及王越交通不法情事，统行揭奏。宪宗乃决意下诏，迁谪直、越。礼部侍郎万安及太常寺丞李孜省等，又先后纠弹直、越。遂并直奉御官，一体革去。削王越伯爵，夺还诰券，编管安陆州。直党陈钺及戴缙、吴绶等，俱削职为民。韦瑛谪戍万全卫。瑛复自撰妖言，诬指巫人刘忠兴十余人，暗图不轨，及到庭对质，全属子虚，方将瑛正法枭首。且起用前兵部尚书项忠，给还原官；召还前兵部侍郎马文升，令为左都御史，巡抚辽东。中外都喁喁望治。

其实一党方黜，一党复升，荧惑不明的宪宗，哪里能久任正士，尽斥佥壬？万安内结贵妃，得邀宠眷，李孜省系江西赃吏，学五雷法，厚结中官梁芳、钱义，以符箓进，得授为太常寺丞。还有江夏妖僧继晓，与中官梁芳相识，自言精通房术，不亚彭钺。适宪宗春秋正高，自嫌精神未足，不足对付妃嫔，就是老而善淫的万贵妃，亦未免暗中憎恨。梁芳双方巴结，即将继晓荐入，令他指导宪宗，并广采春药，进奉御用。宪宗如法服饵，尽情采战，果然比前不同，一夕能御数女，喜得宪宗心满意足，亟封继晓为国师。继晓母朱氏，本娼家女，丧夫有年，免不得有暧昧情事。继晓却极陈母节，有旨不必勘核，立予旌扬。继晓精通房术，想是得诸母教。饮水思源，其母应得旌表。自是继晓所言，无不曲从。继晓愿为帝祈福，就西市建大永昌寺，逼徙民居数百家，糜费帑项数十万，这还不在话下。惟继晓淫狡性成，见有姿色妇女，往往强留入寺，日夜交欢，京中百姓，被他胁辱，自然怨声载道，呼泣盈途。刑部员外郎林俊忿懑得了不得，遂上疏请斩继晓及太监梁芳。看官！你想宪宗如何肯听？阅疏才毕，立饬逮俊下狱，拷讯主使。都督府经历张黻抗表救解，又被逮系狱中。司礼太监怀恩颇怀忠义，便面奏宪宗，请释二人。宦官中非无善类。宪宗大愤，遽提起案上端砚，向怀恩掷去。幸怀恩把头一偏，砚落地上，未曾击中。宪宗拍案大骂道："你敢助林俊等谤朕吗？"恩免冠伏地，号哭不止。宪宗又把恩叱退。恩遣人告镇抚司道："你等谄事梁芳，倾陷林俊，俊死，看你等能独生么？"镇抚司方不敢诬罪，也为奏免。宪宗气愤稍平，乃释二人出狱，贬俊为云南姚州判官，黻为师宗知州。二人直声震都下，时人为之语道：

御史在刑曹，黄门出后府。

二人被谪，感动天阍。成化二十一年元旦，宪宗受贺退朝，午膳甫毕，忽闻天空有巨声，自东而西，仿佛似霹雳一般。究竟是否雷震，容小子下回表明。

汪直以大藤余孽，幼入禁中，不思

金日䃅宝瑟之忠，妄有安禄山赤心之诈，刺事西厂，倾害正人，酷好弄兵，轻开边衅，吏民之受其荼毒，不可胜计，要之皆万贵妃一人之所酿成也。王越、陈钺等，倚直势以横行，朝臣岂无闻见？乃皆箝口不言，反待一优孟衣冠之阿丑，借戏进谏，隐格主心，是盈廷寮寀不及一阿丑多矣。迨巨蠹受谴，始联章劾奏，欲沽直名，曾亦回首自问，靦颜目愧否耶？况劾奏诸人，仍不出万安、李孜省等，彼此同是佥邪，不过排除异党，为自张一帜计耳。观此回纯叙汪直事，我敢为述古语曰朝无人。

第四十三回　悼贵妃促疾亡身　审聂女秉公遭谴

却说宪宗闻空中有声，疑是雷震，亟出宫门瞻望，只见天空有白气一道，曲折上腾，复有赤星如碗，从东向西，轰然作响，不禁为之悚惧。是夜心神不安，越宿临朝，即诏群臣详陈阙失。吏部给事中李俊应诏陈言，略云：

今之弊政最大且急者，曰近幸干纪也，大臣不职也，爵赏太滥也，工役过烦也，进献无厌也，流亡未复也。天变之来，率由于此。夫内侍之设，国初皆有定制，今或一监而丛十余人，一事而参六七辈，或分布藩郡，享王者之奉，或总领边疆，专大将之权，援引憸邪，投献奇巧，司钱谷则法外取财，贡方物则多端责略，杀人者见原，偾事者逃罪，如梁芳、韦兴、陈喜辈，不可枚举。惟陛下大施刚断，无令干纪，奉使于外者，悉为召还，用事于内者，严加省汰，则近幸戢而天意可回矣。今之大臣，非夤缘内臣，则不得进。其既进也，非凭依内臣，则不得安。此以财贸官，彼以官鬻财，无怪其赂受四方，而计营三窟也。惟陛下大加黜罚，勿为姑息，则大臣知警，而天意可回矣。

夫爵以待有德，赏以待有功，今或无故而爵一庸流，或无功而赏一贵幸，方士献炼服之书，伶人奏曼衍之职，掾吏胥徒，皆叨官禄，俳优僧道，亦玷班资，一岁而传奉或至千人，数岁而数千人矣。数千人之禄，岁以数十万计，是皆国之租税，民之脂膏，不以养贤才，乃以饱奸蠹，诚可惜也。如李孜省、邓常恩辈，尤为诞妄，此招天变之甚者，乞尽罢传奉官，毋令污玷朝列，则爵赏不滥，而天意可回矣。都城佛刹，迄无宁工，京营军士，不复遗力，如国师继晓，假术济私，糜耗特甚。中外切齿，愿陛下内惜资财，外恤民力，不急之役，姑赐停罢。则工役不烦，而天意可回矣。近来规利之徒，率假进奉为名，或录一方书，市一玩器，购画图，制簪珥，所费不多，获利十倍，愿陛下留府库之财，为军国之备，则进献息而天意可回矣。陕西、河南、山西、赤地千里，尸骸枕籍，流亡日多，崔苻可虑，愿陛下体天心之仁爱，悯生民之困穷，追录贵倖盐课，暂假造寺资财，移赈饥民，俾苟存活，则流亡复而天意可回矣。

臣奉明诏陈言，不敢瞻徇，谨乞陛下采纳施行，无任跂望之至！

疏入，宪宗却优诏褒答，竟降调李孜省、邓常恩等，且把国师继晓，革职为民，斥罢传奉官至五百余人。给事中卢瑀、御史汪莹、主事张吉及南京员外郎彭纲等，见李俊入奏有效，都摭拾时弊，次第奏陈。今朝你一本，明朝我一本，惹得宪宗厌烦起来，索性不愿披览，只密令吏部尚书尹旻，此人尚在么？将奏牍所署的名衔纪录屏右，俟有奏迁，按名远调。俊、瑀等遂相继出外，或以他事下吏。事君数，斯辱矣，孜省、常恩等仍复原官，得宠尤甚。

一日，宪宗查视内帑，见累朝所积金银，七窖俱尽。遂召太监梁芳、韦兴入内，诘责道："糜费帑金，罪由汝等。"兴不敢对。芳独启奏道："建寺筑庙，为万岁默祈遐福，所以用去，并非浪费。"宪宗冷笑道："朕即饶恕你等，恐后人无此宽大，恰要同你等算账。"此语几启巨衅，若非贵妃速死，太子能不危乎？说得梁芳等浑身冰冷，谢罪趋出，忙去报知万贵妃。时贵妃已移居安喜宫，服物侈僭与中宫相等。梁芳一入，即叩头呼娘娘不置。贵妃问为何事，梁芳将宪宗所言，传述一遍，并说道："万岁爷所说后人，明明是指着东宫，倘或东宫得志，不但老奴等难保首领，连娘娘亦未免干连呢！"贵妃道："这东宫原不是好人，他幼小时，我劝他饮羹，他竟对着我说，羹中有否置毒，你想他在幼年，尚如是逞刁，今已年将弱冠，怕不以我等为鱼肉。但一时没法摆布，奈何？"梁芳道："何不劝皇上易储，改立兴王？"贵妃道："是邵妃所生子祐杬么？"言下尚有未惬之意，奈己子已先夭殇何？梁芳道："祐杬虽封兴王，尚未就国，若得娘娘保举，得为储君，他必感激无地，难道不共保富贵么？"掀风作浪，统是若辈。贵妃点首。等到宪宗进宫，凭着一种蛊媚的手段，诬称太子如何暴戾，如何矫擅，不如改立兴王，期安社稷等语。你是个野狐精，安可充土神谷神。宪宗初不肯允，哪禁得贵妃一番柔语，继以娇啼，弄得宪宗不好不依。年将六十，尚能摇惑主心，不知具何魔力？次日，与太监怀恩谈及，怀恩力言不可。宪宗大为拂意，斥居凤阳，正拟下诏易储，忽报泰山连震，御史奏称应在东宫。宪宗览奏道："这是天意，不敢有违。"遂把易储事搁起。万贵妃屡次催逼，宪宗只是不睬。贵妃挟恨在胸，酿成肝疾，成化二十三年春，宪宗郊天，适遇大雾，人皆惊讶，越日庆成宴罢，将要还宫，有安喜宫监来报道："万娘娘中痰猝毙了。"宪宗大诧道："为什么这般迅速？"宫监默然无言。经宪宗至安喜宫，审视龙榻，但见红颜已萎，残蜕仅存，不禁涕泪满颐，再诘宫监，才知贵妃连日纳闷，适有宫女触怒，她用拂子连挞数十下，宫女不过觉痛，她竟痰厥致毙。宪宗怃然道："贵妃去世，我亦不能久存了。"仿佛唐明皇之于杨玉环。当下治

丧告窆，一切拟皇后例，并辍朝七日，加谥万氏为"恭肃端慎荣靖皇贵妃"。

丧葬既毕，宪宗常闷闷不乐，惟李孜省善能分忧，有时召对，多合帝心，乃擢为礼部侍郎。毕竟鸿都幻术，不能亲致红妆，春风桃李，秋雨梧桐，触景无非惨象，多忧适足伤身，是年八月，宪宗寝疾，命皇太子祐樘，视事文华殿，越数日驾崩，享年四十一。太子即位，是为孝宗，谥皇考为"宪宗皇帝"，尊皇太后周氏为太皇太后，皇后王氏为皇太后，以次年为弘治元年。赦诏未下，即降旨斥诸幸臣。侍郎李孜省、太监梁芳、外戚万喜（万贵妃弟）及私党邓常恩、赵玉芝等，俱谪戍有差。并罢传奉官二千余人，夺僧道封号千余人，宫廷一清，乃大赦天下，随立妃张氏为皇后。鱼台丞徐顼，疏请上母妃尊谥，并追究薨逝原因，孝宗饬群臣会议，或言宜逮万氏亲族究治。万安已擢为大学士，闻著廷议，惶急得了不得，忙对群僚道："我、我久与万氏不通往来。"群僚皆相顾窃笑。有何可笑？恐大众多是如此。幸孝宗天性仁厚，恐伤先帝遗意，尽置不问，万安才得无事，方在欣慰，不意过了数日，太监怀恩到阁，手持一小木箧，付与万安道："皇上有旨，这岂是大臣所为？"万安尚莫名其妙，发箧后见有小书一本，末尾署着臣安进三字，系是从前亲笔所写，才忆当日隐情，不禁愧汗浃背，俯伏地上。庶吉士邹智，御史姜洪、文贵等正在阁中，窥见书中所列，俱系房中术，遂哄堂散去。怀恩亦回宫复旨，万安仰首起来，见阁中已无一人，慌忙起身趋归。越二日宣安入朝，令怀恩朗诵弹章，起首署名，就是庶吉士邹智等人，读至后来，都开列万安罪状。安尚磕头哀求，毫无去志。恩读毕，走近万安身前，摘去牙牌，大声道："速去速去，免得加罪！"安始惶遽归第，乞休而去。实是便宜。

孝宗尝悲念生母，遣使至贺县访求外家，终不可得。其后礼臣上言，请仿太祖封徐王故事，拟定母后父母封号，且立祠桂林，春秋致祭。一面追谥生母纪氏为"孝穆太后"，有旨允准，并答复礼部道：

孝穆太后，早弃朕躬，每一思念，悢焉如割。初谓宗亲尚可旁求，宁受百欺，冀获一是，卿等谓岁久无从物色，请加封立庙，以慰圣母之灵。皇祖既有故事，朕心虽不忍，又奚敢违？可封太后父为庆元伯，母为伯夫人，立庙桂林府，饬有司岁时致祭，毋得少懈，以副朕报本追源之至意！

大学士尹直奉旨撰册文，有云："睹汉家尧母之称，增宋室仁宗之恸。"孝宗记在心中，每当听政余暇，回环诵此二语，往往欷歔泣下。又因宪宗废后吴氏，保抱维谨，具有鞠育深恩，一切服膳，概如太后礼，这也可谓孝思维则了。允宜褒扬。

且说宪宗末年，所用非人，当时有"纸糊三阁老，泥塑六尚书"的谣传。三阁老指万安、刘翊、刘吉，六尚书指尹旻、殷谦、周洪谟、张鹏、张蓥、刘昭，这九人旋进旋退，毫无建白，所以有此时评。及孝宗即位，励精图治，黜佞任贤,起用前南京兵部尚书王恕为吏部尚书;进礼部侍郎徐溥为礼部尚书,兼文渊阁大学士;擢编修刘健为礼部侍郎,兼翰林学士,入阁办事;召南京刑部尚书何乔新为刑部尚书;南京兵部尚书马文升为左都御史;礼部侍郎邱濬进大学衍议补一书,得赉金币,下诏刊行,寻升为礼部尚书;令徐溥专理阁务;逮梁芳、李孜省下狱,孜省瘐死,梁芳充戍,流邓常恩、赵玉芝等至极边,诛妖僧继晓,所有纸糊泥塑的阁老尚书,淘汰殆尽。

惟刘吉尚存,右庶子张昇上疏劾吉,说他口蜜腹剑似李林甫,牢笼言路如贾似道,应即予罢斥等语,未见俞允。庶吉士邹智、进士李文祥、监察御史汤鼐,又交章弹劾,鼐尤抗直,疏中所陈,不止刘吉一人,连王恕、马文升等所为,亦具有微词。廷僚未免忌鼐,吉更衔恨刺骨,御史魏璋,系吉私人,密受吉命,日伺鼐短。适寿州知州刘槩,馈鼐白金,并遗以书云:"梦一人牵牛陷泽中,得君手提牛角,引牛出泽。人牵牛,适象国姓朱字,大约是国势将倾,赖君挽救,因有此兆。"鼐得书甚喜,宣示友人。沾沾自足,适以取祸。璋闻风得间,遂劾鼐妖言诽谤,致逮入狱。槩亦连带被系。刘吉且诬鼐私立朋党,与邹智、李文祥等,统是一鼻孔出气,于是智与文祥亦坐罪。御史陈景隆等,与璋为莫逆交,希附吉意,奏请一体加刑,幸刑部尚书何乔新及侍郎彭韶,坚持不可,王恕亦上疏申救。不念被劾之嫌,王恕不愧恕字,乃将鼐、槩戍边,邹智、李文祥贬官,魏璋反得擢为大理寺丞。惟刘吉以鼐等获生,都是何乔新主持,恨恨不已。会乔新外家与乡人争讼,遂暗唆御史邹鲁,劾奏乔新受贿曲庇。乔新知系刘吉挟嫌,拜疏乞归,既而穷治无验,邹鲁停俸,乔新竟致仕不起,刑部尚书一职,即由彭韶代任。吉复倾排异己,奏贬御史姜洪、姜绾,诬陷南京给事中方向等,中外侧目,呼他为"刘棉花",因他屡弹屡起的缘故。

只是日中则昃,月盈必亏,从古无不衰的显官,亦无不败的佞臣。可作达官棒喝。刘吉造言生事,免不得为孝宗所闻,渐渐地减损恩宠,吉尚恋栈不休。孝宗后张氏,系都督同知张峦女,册妃后,伉俪甚欢。及张氏进妃为后,父峦得封寿宁伯,峦卒,加赠昌国公,子鹤龄袭封侯爵,还有鹤龄弟延龄,未曾晋爵,孝宗亦拟加封,命吉撰诰券,吉请尽封周、王二太后家子弟,方可挨及后族。此语恰似有理。孝宗不怿,竟遣中宫至吉家,勒令致仕,吉乃谢病告归。既而王恕、彭韶等多为贵戚近臣所嫉,先后引去。邱濬病殁,礼部侍郎李东阳及少詹事谢迁,相继入阁。迁颇守法奉公,东阳第以文学著名,不及王恕、彭韶诸人的忠直,所以谏疏渐稀。

其时海内乂然,承平无事,贵州都匀苗,稍稍作乱,由巡抚邓廷赞讨平。北方小王子及脱罗干子火筛,虽偶为边患,又经甘肃总兵官刘宁,战守有方,敛众退去(边事用略笔叙过)。孝宗政体清闲,自然逐渐怠弛。内监李广、杨

第四十三回 悼贵妃促疾亡身 审聂女秉公遭谴

鹏辈，得乘隙希宠，导帝游畋。太子谕德王华，入侍经筵，讲唐李辅国与张后表里用事，说得非常恳切。侍讲玉鳌详陈书义，至文王不敢盘于游田句，再三引伸，孝宗也颇感悟，优礼相答。可奈外臣的规讽，不若近侍的谄谀，一暴十寒，未见巨效，且因东厂未革，仍然由内侍作主，舞文弄弊。凑巧有一件讼案，为刑部郎中丁哲，员外郎王爵承审，违犯了东厂意旨，竟欲将哲等论罪，拟定徒流，这案的曲直，待小子叙述出来，以便看官评断。先是千户吴能，生女名满仓儿，姿首妖冶，性情淫荡，能屡戒不悛。以女付媒媪，售与乐妇张氏，张妇又转售与乐工袁璘为妻。能妻聂氏，与能本非同意，至能死后，访女下落，前往领认。哪知满仓儿不认为母，白眼相待。聂氏愤甚，与子定计，诱劫满仓儿归家，藏匿秘室。袁璘往赎不允，告至刑部。丁哲、王爵同讯得情，驳斥袁璘数语。璘竟信口谩骂，恼动了丁哲、王爵，竟饬衙役重答袁璘。璘受答归家，愤无所泄，数日病死。御史陈玉等检验袁璘尸身，确系病毙，即填就尸格备案，由他埋葬了结。谁料杨鹏从子素与满仓儿有染，满仓儿竟自秘室逸出，往诉冤情。杨鹏从子引她进见叔父，只说是刑部枉断，袁璘屈死。杨鹏不知就里，但觉满仓儿楚楚可怜，为浼东厂镇抚司，奏劾丁哲、王爵杀人无辜，罪应论抵。有旨令法司再讯，细细盘诘。满仓儿无从抵赖，仍然水落石出，奈因东厂面子，不敢不委曲顾全，只将满仓儿予杖，嫩皮肉怎禁答杖，我尚为满仓儿呼冤，且坐丁哲等杖人至死的罪状，奏拟徒流。刑部吏徐珪代抱不平，竟抗疏奏道：

聂女之罪，丁哲等断之审矣。杨鹏暗唆镇抚司，共相欺蔽，陛下令法司审问得实，因惧东厂，莫敢公断。夫以女证母，仅予杖责，丁哲等才能察狱，反坐徒流之罪，轻重倒置如此，皆东厂劫威所致也。臣在刑部三年，见鞫问盗贼，多东厂镇抚司缉获，或校尉挟私诬陷。或为人报仇，或受首恶赃，令旁人抵罪。刑官洞见其情，莫敢改正，以致枉杀多人。臣愿陛下革去东厂，以绝祸源，则太平可致。臣一介微躯，自知不免，与其死于虎口，孰若死于朝廷？愿陛下斩臣首，行臣言，虽死无恨！

言疏上去，朝旨非但不准，反斥他情词妄诞，革职为民。丁哲、王爵亦一同放归。小子有诗叹道：

一朝纲纪出中官，
腐竖刑余惯作奸。
抗疏甫陈严谴下，
忠臣空自贡心丹。

欲知后事若何，且看下回分解。

宪宗非无一隙之明，观其优答李俊，立斥佞人，何尝不辨明善恶。至于内帑用尽，责及中官，泰山连震，保全太子，虽得谓非明主之所为。误在小人日多，君子日少，内嬖近臣，互相炀蔽，于是中知之主，往往为所蛊惑，忽明忽昧，有始鲜终，宪宗其较著者也。若夫孝宗之明，远过宪宗。即位以后，勤求治理，置亮弼之辅，召敢言之臣，斥奸佞之竖，杜嬖幸之门，人材济济，卓绝一时，乃无何而外戚进，又无何而内竖横，老成引退，戚宦肆行，满仓儿一案，颠倒是非，罪及能吏。明如孝宗，犹蹈此辙，人君进贤退不肖之间，其关系为何如哉？读此能无慨然！

第四十四回　受主知三老承顾命 逢君恶八竖逞谗言

　　却说弘治八年以后,孝宗求治渐怠,视朝日晏,太监杨鹏、李广朋比为奸,蔽塞主聪,广且以修炼斋醮等术怂恿左右,害得聪明仁恕的孝宗也居然迷信仙佛,召用番僧方士,研究符箓祷祀诸事。大学士徐溥及阁臣刘健、谢迁、李东阳等,俱上书切谏,引唐宪宗、宋徽宗故事为戒,孝宗虽无不嘉许,心中总宠任李广,始终勿衰。广越加纵恣,权倾中外,徐溥忧愤得很,致成目疾。不能拔去眼中钉,安得不成目疾?三疏乞休,乃许令致仕。适鞑靼部小王子等,复来寇边,故兵部尚书王越,贬谪有年,复遣人贿托李广,暗中保荐,乃复特旨起用,令仍总制三边军务。越年已七十,奉诏即行,七十老翁,何尚看不破耶?驰至贺兰山,袭破小王子营,获驼马牛羊器仗,各以千计,论功晋少保衔。李广所举得人,亦邀重赏。广每日献议,无不见从。会劝建毓秀亭于万岁山,亭工甫成,幼公主忽然夭逝,接连是清宁宫被火。清宁宫为太皇太后所居,被灾后,由司天监奏称,谓建毓秀亭,犯了岁忌,所以有此祸变。太皇太后大恚道:"今日李广,明日李广,日日闹李广,果然闹出祸事来了。李广不死,后患恐尚未了呢。"这句话传到李广耳中,广不觉战栗异常,暗语道:"这遭坏了,得罪太皇太后,还有何幸?不如早死了罢!"也有此日。遂悄悄还家,置鸩酒中,一吸而尽,睡在床上死了。

　　孝宗闻李广暴卒,颇为惋惜,继思李广颇有道术,此次或尸解仙去,也未可知,他家中总有异书,何勿着人搜求。孝宗也有此呆想,可知李广蛊惑之深。当下命内监等,至广家搜索秘籍,去不多时,即见内监挟着书簿,前来复命。孝宗大喜,立刻披览,并没有服食炼气的方法,只有那出入往来的账目,内列某日某文官馈黄米若干石,某日某武官馈白米若干石,约略核算,黄米白米,何啻千万,不禁诧异起来。黄米白米,便是服食炼气的方法,何用诧异?便诘问左右道:"李广一家,有几多食口?能吃许多黄白米?且闻广家亦甚狭隘,许多黄白米,何处窖积?"真是笨伯。左右道:"万岁有所未知,此乃李广的隐语,黄米就是黄金,白米就是白银。"孝宗听到此语,不觉大怒道:"原来如此!李广欺朕纳贿,罪既难容,文武百官,无耻若此,更属可恶!"至此方悟,可惜已晚。即手谕刑部,并将簿据颁发,令法司按籍逮问。看官听说,李广当日,声势烜赫,大臣不与往还的,真是绝无仅有,一闻此信,自然一个个寒心,彼此想了一法,只好乞救寿宁侯张鹤龄,昏夜驰往,黑压压的跪在一地,求他至帝前缓颊。寿宁侯初不肯允,奈各官跪着不起,没奈何一力担承,待送出各官,即亲诣大内,托张后转圜,张后婉劝孝宗,才得寝事。

孝宗经此觉悟,乃复远佞臣、进贤良。三边总制王越,经言官交劾,忧愤而死,特召故两广总督秦纮代王越职。纮至镇,练壮士,兴屯田,申明号令,军声大振。内用马文升为吏部尚书,刘大夏为兵部尚书。文升在班列中,最为耆硕,所言皆关治平。大夏曾为户部侍郎,治河张秋,督理宣大军饷,历著功绩。是时为两广总督,迭召始至,孝宗问何故迟滞?大夏顿首道:"臣老且病,窃见天下民穷财尽,倘有不虞,责在兵部,恐力不胜任,所以迟行,意欲陛下另用良臣呢。"孝宗道:"祖宗以来,征敛有常,前未闻民穷财尽,今日何故至此?"大夏道:"陛下以为有常,其实并无常制,臣任职两广,岁见广西取铎木,广东取香药,费以万计,其他可知。"孝宗复道:"今日兵士如何?"大夏道:"穷与民等。"孝宗道:"居有日粮,出有月粮,何至于穷?"大夏道:"将帅侵克过半,哪得不穷!"孝宗叹息道:"朕在位十五六年,乃不知兵民穷困,如何得为人主呢?"人君深居九重,安能事事尽知?故历代明主,必采纳嘉言。乃下诏禁止供献,及各将帅扣饷等情。

普安苗妇米鲁作乱,由南京户部尚书王轼督师往讨,连破贼营,格杀米鲁。琼州黎人符南蛇,聚众为逆,经孝宗用户部主事冯颙计,以夷攻夷,悬赏购募土兵,归巡守官节制,令斩首恶。转战半年,遂得平定,南蛇伏诛。孝宗益究心政务,尝与李东阳、刘健、谢迁三人,详论利害,三人竭诚尽虑,知无不言。遇有要事入对,又由孝宗屏去左右,促膝密谈,左右不得闻,从屏间窃听,但闻孝宗时时称善。当时有歌谣云:"李公谋,刘公断,谢公尤侃侃。"还有左都御史戴珊,亦以材见知,与刘大夏宠遇相同。适小王子、火筛等入寇大同,中官苗逵贪武功,奏请出师。孝宗颇欲准奏,阁臣刘健等委曲劝阻,尚未能决,乃召大夏及珊,入问可否。大夏如刘健言。孝宗道:"太宗时频年出塞,今何故不可?"大夏道:"陛下神武,不亚太宗,奈将领士马,远不及前,且当时淇国公邱福,稍违节制,即举十万雄师,悉委沙漠,兵事不可轻举,为今日计,守为上策,战乃下策呢。"珊亦从旁赞决。孝宗爽然道:"非二卿言,朕几误事。"由是师不果出。

一日,刘大夏、戴珊同时入侍,孝

宗与语道："时当述职，诸大臣皆杜门，廉洁如二卿，虽日日见客，亦属无妨。"言至此，即袖出白金赏给，且语道："聊以佐廉，不必廷谢，恐遭他人嫉忌呢。"有功加赏，乃朝廷之大经，何必私自给与？孝宗此举，未免失当。珊尝以老疾乞归，孝宗不许，大夏代为申请，孝宗道："卿代为乞休，想是由彼委托。譬如主人留客，意诚语挚，客尚当为强留，戴卿独未念朕情，不肯少留吗？"也是意诚语挚。大夏顿首代谢，趋出告珊。珊感且泣道："上意如此，珊当死是官了。"

到了弘治十八年（点明岁次，为孝宗寿终计数，与上文述成化二十三年事，同一笔法），户部主事李梦阳上书指斥弊政，反复数万言，内指外戚寿宁侯，尤为直言不讳。寿宁侯张鹤龄即日奏辩，并摘疏中陛下厚张氏语，诬梦阳讪皇后为张氏，罪应处斩。孝宗留中未发。后母金夫人，复入宫泣诉，不得已下梦阳狱。金夫人尚吁请严刑，孝宗动怒，推案入内。既而法司上陈谳案，请免加重罪，予杖示惩。孝宗竟批示梦阳复职，罚俸三月。越日，邀金夫人游南宫，张后及二弟随侍，入宫筵宴，酒半酣，金夫人与张皇后皆入内更衣，孝宗独召鹤龄入旁室，与他密语，左右不得与闻，但遥见鹤龄免冠顿首，大约是遭帝诘责，惶恐谢罪的缘故。孝宗善于调停。自是鹤龄兄弟稍稍敛迹。孝宗复召刘大夏议事，议毕，即问大夏道："近日外议如何？"大夏道："近释主事李梦阳，中外欢呼，交颂圣德。"孝宗道：

"若辈欲杖毙梦阳，朕岂肯滥杀直臣，快他私愤么！"大夏顿首道："陛下此举，便是德同尧舜了。"未免近谀。

孝宗与张后始终相爱，别无内宠，后生二子，长名厚照，次名厚炜，厚照以弘治五年立为太子，厚炜封蔚王，生三岁而殇。孝宗宵旰忘劳，自释放梦阳后，仅历二月，忽然得病，竟至大渐。乃召阁臣刘健、李东阳、谢迁至乾清宫，面谕道："朕承祖宗大统，在位十八年，今已三十六岁，不意二竖为灾，病不能兴，恐与诸先生辈，要长别了。"健等叩首榻下道："陛下万寿无疆，怎得遽为此言？"孝宗叹息道："修短有命，不能强延，惟诸先生辅导朕躬，朕意深感，今日与诸先生诀别，却有一言相托。"言至此，略作休息，复亲握健手道："朕蒙皇考厚恩，选张氏为皇后，生子厚照，立为皇储，今已十五岁了，尚未选婚，社稷事重，可即令礼部举行。"健等唯唯应命。孝宗又顾内臣道："受遗旨。"太监陈宽扶案，李璋捧笔砚，戴义就前书草，无非是大统相传，应由太子嗣位等语。书毕，呈孝宗亲览。孝宗将遗诏付与阁臣，复语健等道："东宫质颇聪颖，但年尚幼稚，性好逸乐，烦诸先生辅以正道，使为令主，朕死亦瞑目了。"知子莫若父，后来武宗好游，已伏此言。健等又叩首道："臣等敢不尽力。"孝宗乃嘱令退出。翌日，召太子入，谕以法祖用贤，未几遂崩。又越日，太子厚照即位，是为武宗，以明年为正德元年。

是时太皇太后周氏已崩（崩于弘治

十七年，此是补笔），太后王氏尚存，乃尊太后为太皇太后，皇后张氏为太后，加大学士刘健及李东阳、谢迁等为左柱国，以神机营中军二司内官太监刘瑾，管五千营（叙武宗即位，便提出刘瑾，为揭出首恶张本）。刘瑾本谈氏子，幼自阉，投入刘太监门下，冒姓刘氏，来意已是叵测，得侍东宫。武宗为太子时，已是宠爱。刘瑾复结了七个密友，便是马永成、谷大用、魏彬、张永、邱聚、高凤、罗祥七人，连刘瑾称为八党。后又号作八虎。这八人中，瑾尤狡狯，并且涉猎书籍，粗通掌故，七人才力不及，自然推他为首领了。武宗居苫块中，恰也不甚悲戚，只与八人相依，暗图快乐，所有应兴应革的事情，概置勿问。大学士刘健等屡次上疏言事，终不见报。健乃乞请罢职，才见有旨慰留。兵部尚书刘大夏、吏部尚书马文升，见八虎用事，料难挽回，各上章乞赐骸骨，竟邀俞允。两人联袂出都，会天大风雨，坏郊坛兽瓦，刘健、李东阳、谢迁，复联名奏陈，历数政令过失，并指斥宵小逢君，甚是痛切。哪知复旨下来，只淡淡的答了"闻知"两字。转瞬间册后夏氏，大婚期内，无人谏诤。刘瑾与马永成等日进鹰犬歌舞角觝等戏，导帝游行。给事中陶谐、御史赵佑等，看不过去，自然交章论劾。原奏发下阁议，尚未禀复，户部尚书韩文与僚属谈及时弊，欷歔泣下，郎中李梦阳进言道："公为国大臣，义同休戚。徒泣何益！"文答道："计将安出？"梦阳道："近闻谏官交劾内侍，已下阁议，

阁中元老尚多，势必坚持原奏，公诚率诸大臣固争，去刘瑾辈，还是容易，此机不可轻失哩。"文毅然道："汝言甚是。我年已老，一死报国便了。"随命梦阳草奏。稿成，更由文亲自删改。次日早朝，先于朝房内宣示九卿诸大臣，浼他一同署名，当由各官瞧着，略云：

伏睹近日朝政益非，号令失当，中外皆言太监马永成、谷大用、张永、罗祥、魏彬、邱聚、刘瑾、高凤等，造作巧伪，淫荡上心，击球走马，放鹰逐犬，俳优杂剧，错陈于前，至导万乘与外人交易，狎昵媒亵，无复礼体，日游不足，夜以继之，劳耗精神，亏损志德，此辈细人，惟知蛊惑君上，以便己私，而不思皇天眷命，祖宗大业，皆在陛下一身，万一游宴损神，起居失节，虽虀粉若辈，何补于事？窃观前古阉宦误国，为祸尤烈。汉十常侍，唐甘露之变，其明验也。今永成等罪恶既著，若纵而不治，将来益无忌惮，必患在社稷。伏望陛下奋乾纲，割私爱，上告两宫，下谕百僚，明正典刑，潜消祸乱之阶，永保灵长之祚，则国家幸甚！臣民幸甚！

大众瞧毕，便道甚好甚好，当有一大半署名签字。俟武宗视朝，即当面呈递。武宗略阅一周，不由得愁闷起来，退了朝，呜呜悲泣，过午不食。一派孩儿态。诸阉亦相对流涕。武宗踌躇良久，乃遣司礼监王岳、李荣等赴阁与议，一日往返至三次，最后是传述帝意，拟将刘瑾等八人，徙置南京。刘健推案大哭道："先帝临崩，执老臣手，

第四十四回 受主知三老承顾命 逢君恶八竖逞谗言

嘱付大事，今陵土未干，遂使宦竖弄权，败坏国事，臣若死，何面目见先帝？"谢迁亦正色道："此辈不诛，何以副遗命？"王岳见二人声色俱厉，颇觉心折，慨然道："阁议甚是。"遂出阁复旨。越日，诸大臣奉诏入议，至左顺门，当由刘健提议道："事将成了，愿诸公同心协力，誓戮群邪。"尚书许进道："过激亦恐生变。"健背首不答。许进之言，非无见地，刘健等亦未免过甚耳。忽见太监李荣手持诸大臣奏牍，临门传旨道："有旨问诸先生。诸先生爱君忧国，所言良是，但奴辈入侍有年，皇上不忍立诛，幸诸先生少从宽恕，缓缓的处治便了。"大众相顾无言。韩文独抗声数八人罪，侍郎王鏊亦续言道："八人不去，乱本不除。"荣答道："上意原欲惩治八人。"王鏊又道："倘再不惩治，将奈何？"荣答道："不敢欺诸先生，荣颈中未尝裹铁，怎得欺人误国？"刘健乃语诸大臣道："皇上既许惩此八人，尚有何言？惟事在速断，迟转生变，明日如不果行，再当与诸公伏阙力争。"诸大臣齐声应诺，乃相率退归。

武宗意尚未决，由司礼监王岳联络太监范亨、徐智等，再四密议，决议明旦发旨捕奸。时吏部尚书一职已改任了焦芳，芳与瑾素来交好，闻得这般消息，忙着人走报。瑾正与七个好友密议此事，得报后，都吓得面如土色，伏案而哭。独瑾尚从容自若，冷笑道："你我的头颅，今日尚架住颈上，有口能言，有舌能掉，何必慌张如此？"不愧为八虎首领。七人闻言，当即问计，瑾整衣起身道："随我来！"七人乃随瑾而行。瑾当先引导，径诣大内，时已天暮，武宗秉烛独坐，心中忐忑不定。瑾率七人环跪座前，叩头有声。武宗正要启问，瑾先流涕奏陈道："今日非万岁施恩，奴辈要磔死喂狗了。"说得武宗忽然动容，便道："朕未降旨拿问，如何遽出此言？"瑾又呜咽道："外臣交劾奴辈，全由王岳一人主使，岳与奴辈同侍左右，如何起意加害？"武宗道："怕不是么！"瑾又道："王岳外结阁臣，内制皇上，恐奴辈从中作梗，所以先发制人，试思狗马鹰犬，何损万机，岳乃造事生风，倾排异己，其情可见。就是阁臣近日，亦多骄蹇，不循礼法，若使司礼监得人，遇事裁制，左班官亦怎敢如此？"轻轻数语，已将内外臣工，一网打尽。武宗道："王岳如此奸刁，理应加罪。只阁员多先帝遗臣，一时不便处置。"瑾又率七人叩首泣奏道："奴辈死不足惜，恐众大臣挟制万岁，监督自由，那时要太阿倒持呢。"对症发药，真是工谗。武宗素性好动，所虑惟此，不禁勃然怒道："朕为一国主，岂受阁臣监制么？"中计了。瑾又道："但求宸衷速断，免致掣肘。"再逼一句，凶险尤甚。武宗即提起硃笔，立书命刘瑾入掌司礼监，兼提督团营；邱聚提督东厂谷大用提督西厂；张永等分司营务，饬锦衣卫速逮王岳下狱。数语写毕，交与刘瑾，照旨行事。瑾等皆大欢喜，叩谢退出，当夜拿住王岳，并将范亨、徐智等一律拘至，拷掠一顿。

到了天明，诸大臣入朝候旨，不意

内旨传出,情事大变,料知事不可为,于是刘健、谢迁、李东阳皆上疏求去。瑾矫旨准健、迁致仕,独留李东阳。东阳再上书道:"臣与健、迁,责任相同,独留臣在朝,何以谢天下?"有旨驳斥。看官道是何故?原来阁议时健尝推案,迁亦主张诛佞,惟东阳缄默无言,所以健、迁被黜,东阳独留。究竟是少说的好,无怪忠臣短气。一面令尚书焦芳入为文渊阁大学士,侍郎王鏊兼翰林学士,入阁预机务。鏊曾议除八人,乃尚得入阁,想是官运尚亨。充发太监王岳等至南京。岳与亨次途中,为刺客所杀。惟徐智被击折臂,幸亏逃避得快,还得保全性命。这个刺客,看官不必细猜,想总是瑾等所遣了。刘健、谢迁致仕出都,李东阳祖道饯行,饮甫数杯,即叹息道:"公等归乡,留我在此,也是无益,可惜不得与公同行。"言毕为之泣下。健正色道:"何必多哭!假使当日多出一言,也与我辈同去了。"东阳不禁惭沮,俟健、迁别后,怅怅而返。小子有诗咏道:

名利从来不两全,
忠臣自好尽归田。
怪他伴食委蛇久,
甘与权阉作并肩。

嗣是中外大权,悉归刘瑾,瑾遂横行无忌,种种不法情形,待至下回再叙。

自李广畏惧自杀,按籍始知其贪婪,于是孝宗又黜佞崇贤,刻意求治,此如日月之明,偶遭云翳,一经披现,则仍露清光,未有不令人瞻仰者也。惜乎天不假年,享年仅三十有六,即行崩逝。嗣主践阼,八竖弄权,刘健等矢志除奸,力争朝右,不得谓非忠臣,但瑾等甫恃主宠,为恶未稔,果其徙置南京,睽隔天颜,当亦不致祸国,必欲迫之死地,则困兽犹斗,况人乎?尚书许进之言,颇耐深味,惜乎刘健等之未及察也。要之嫉恶不可不严,尤不可过严,能如汉之郭林宗,唐之郭汾阳,则何人不可容?何事不可成?否则两不相容,势成冰炭,小人得志,而君子无噍类矣。明代多气节士,不能挽回气运,意在斯乎?

第四十五回　刘太监榜斥群贤
　　　　　　张吏部强夺波美

　　却说刘瑾用事，肆行排击，焦芳又与他联络，表里为奸，所有一切政令，无非是变更成宪，桎梏臣工，杜塞言路，酷虐军民等情。给事中刘菃、吕翀上疏论刘瑾奸邪，弃逐顾命大臣，乞留刘健、谢迁，置瑾极典云云。武宗览疏大怒，立饬下狱。这疏草传至南京，兵部尚书林瀚，一读一击节道："这正是今世直臣，不可多得呢！"南京给事中戴铣素有直声，闻林瀚称赏吕、刘，遂与御史薄彦徽拜疏入京，大旨言元老不可去，宦竖不可任，说得淋漓感慨，当由刘瑾瞧着，忿恨得了不得。适值武宗击球为乐，他竟送上奏本，请为省决。恶极。武宗略阅数语，便掷交刘瑾道："朕不耐看这等胡言，交你去办罢！"昏愦之至。刘瑾巴不得有此一语，遂传旨尽逮谏臣，均予廷杖，连刘菃、吕翀两人亦牵出狱中，一并杖讫。

　　南京御史蒋钦亦坐戴铣党得罪，杖后削籍为民。出狱甫三日，钦复具疏劾瑾，得旨重逮入狱，再杖三十，旧创未复，新杖更加，打得两股上血肉模糊，

伏在地上，呻吟不绝。锦衣卫问道："你再敢胡言乱道么？"钦忽厉声道："一日不死，一日要尽言责。"愚不可及。锦衣卫复将他系狱，昏昏沉沉了三昼夜，才有点苏醒起来，心中越想越愤，又向狱中乞了纸笔，起草劾瑾，方握管写了数语，忽闻有声出自壁间，凄凄楚楚，好象鬼啸，不禁为之搁笔。听了一回，声已少息，复提笔再书，将要脱稿，鬼声又起，案上残灯，绿焰荧荧，似灭未灭，不由得毛发森竖，默忖道："此疏一入，谅有奇祸，想系先灵默示，不欲我草此疏呢。"当下整了衣冠，忍痛起立，向灯下祝道："果是先人，请厉声以告。"祝祷方罢，果然声凄且厉，顿令心神俱灰，揭起奏稿，拟付残焰，忽又转念道："既已委身事主，何忍缄默负国，贻先人羞？"遂奋笔草成，念了一遍，矍然道："除死无大难，此稿断不可易呢。"鬼声亦止。钦竟属狱吏代为递入，旨下又杖三十，这次加杖，比前次更加厉害，昏晕了好几次。杖止三十，连前亦不过九十，安能立刻

毙人，这明是暗中受嘱，加杖过重，令其速毙耳。至拖入狱中，已是人事不省，挨了两夜，竟尔毙命。惟谏草流传不朽，其最末一奏，小子还是记得，因录述于后。其词道：

臣与贼瑾，势不两立，贼瑾蓄恶，已非一朝，乘间启衅，乃其本志。陛下日与嬉游，茫不知悟，内外臣庶，懔如冰渊，臣昨再疏受杖，血肉淋漓，伏枕狱中，终难自默，愿借上方剑斩之。朱云何人，臣肯稍让。臣骨肉都销，涕泗交作，七十二岁之老父，不复顾养，死何足惜？但陛下覆国亡家之祸，起于旦夕，是大可惜也。陛下诚杀瑾，枭之午门，使天下知臣钦有敢谏之直，陛下有诛贼之明。陛下不杀此贼，当先杀臣，使臣得与龙逄、比干，同游地下，臣诚不愿与此贼并生也。临死哀鸣，伏冀裁择。

这时候的姚江王守仁任兵部主事（王文成为一代大儒，所以特书籍贯），见戴铣等因谏受罪，也觉忍耐不住，竟诚诚恳恳地奏了一本。哪知这疏并未达帝前，由刘瑾私阅一遍，即矫诏予杖五十，已毙复苏，谪贵州龙场驿丞。守仁被谪出京，至钱塘，觉有人尾蹑而来，料系为瑾所遣，将置诸死，遂设下一计，乘着夜间，佯为投江，浮冠履于水上，遗诗有"百年臣子悲何极？夜夜江潮泣子胥"二语。自己隐姓埋名，遁入福建武夷山中。嗣因父华就职南京，恐致受累，乃仍赴龙场驿。那时父华已接到中旨，勒令归休去了。户部尚书韩文为瑾所嗛，日伺彼短，适有伪银输入内库，遂责他失察，诏降一级致仕。给事中徐昂疏救，亦获谴除名。文乘一赢而去。瑾又恨及李梦阳，矫诏下梦阳狱中，因前时为文草疏，竟欲加以死罪。梦阳与修撰康海，素以诗文相倡和，至是浼康设法，代为转圜。康与瑾同乡，瑾颇慕康文名，屡招不往。此时顾着友谊，不得已往谒刘瑾。瑾倒屣出迎，相见甚欢。康乃替梦阳缓颊，才得释狱。为友说情，不得谓康海无耻。嗣是阉焰熏天，朝廷黜陟，尽由刘瑾主持，批答章奏，归焦芳主政。所有内外奏本，分为红本白本二种。廷臣入奏，必向刘瑾处先上红本。一日，都察院奏事，封章内偶犯刘瑾名号，瑾即命人诘问，吓得掌院都御史屠滽魂飞天外，忙率十三道御史，至瑾宅谢罪，大家跪伏阶前，任瑾辱骂。瑾骂一声，大众磕一个响头，至瑾已骂毕，还是不敢仰视，直待他厉声叱退，方起身告归。屠滽等原是可鄙，一经演述，愈觉龌龊不堪。瑾以大权在手，索性将老成正士，一古脑儿目为奸党，尽行摈斥，免得他来反对。当下矫传诏旨，榜示朝堂，其文云：

朕以幼冲嗣位，惟赖廷臣辅弼其不逮，岂意去岁奸臣王岳、范亨、徐智窃弄威福，颠倒是非，私与大学士刘健、谢迁，尚书韩文、杨守随、林瀚，都御史张敷萃、戴珊，郎中李梦阳，主事王守仁、王纶、孙槃、黄昭，检讨刘瑞，给事中汤礼敬、陈霆、徐昂、陶谐、刘蒨、艾洪、吕翀、任惠、李光翰、戴铣、徐蕃、牧相、徐暹、张良弼、葛嵩、赵仕贤，御史陈琳、贡安甫、史良佐、曾兰、王弘、任诺、李熙、王蕃、

明史演义

第四十五回 刘太监榜斥群贤 张吏部强夺波美

葛浩、陆昆、张鸣凤、萧乾元、姚学礼、黄昭道、蒋钦、薄彦徽、潘镗、王良臣、赵祐、何天衢、徐珏、杨璋、熊伟、朱廷声、刘玉翰、倪宗正递相交通，彼此穿凿，各反侧不安，因自陈休致。其敕内有名者，吏部查令致仕，毋俟恶稔，追悔难及。切切特谕！

榜示后，且召群臣至金水桥南，一律跪伏，由鸿胪寺官朗读此谕，作为宣戒的意思。群臣听罢诏书，个个惊疑满面，悲愤填膺。自是与瑾等不合的人，见机的多半乞休，稍稍恋栈，不遭贬谪，即受枷杖，真所谓豺狼当道，善类一空呢。到了正德三年，午朝方罢，车驾将要还宫，忽见有遗书一函，拾将起来，大略一瞧，乃是匿名揭帖，内中所说，无非是刘瑾不法情事，当即饬交刘瑾自阅。瑾心下大愤，仗着口材，辩了数语，武宗也无暇理论，径自返宫。想是游戏要紧。瑾即至奉天门，立传众官到来，一起一起的跪在门外，前列的是翰林官，俯首泣请道："内官优待我等，我等方感激不遑，何敢私讦刘公公？"哀求如此，斯文扫地。刘瑾闻言，把头略点，举起右肱一挥，着翰林官起去。后列的是御史等官，见翰林院脱了干系，也照着哀诉道："我等身为台官，悉知朝廷法度，哪敢平空诬人？"谏官如此，亦足齿冷。瑾闻言狞笑道："诸君都系好人，独我乃是佞贼，你不是佞贼，何人是佞贼？如果与我反对，尽可出头告发，何必匿名攻讦，设计中伤。"说至此，竟恨恨地退入内室去了。众官不得发放，只好仍作矮人，可怜时当盛暑，红日炎蒸，大众衣冠跪着，不由得臭汗直淋，点滴不止。太监李荣看他狼狈情状，颇觉不忍，恰令小太监持与冰瓜，掷给众官，俾他解渴，一面低声劝慰道："现时刘爷已经入内，众位暂且自由起立。"众官正疲倦得很，巴不得稍舒筋骨，彼此听了李荣言语，起立食瓜，瓜未食完，只见李荣急急走报道："刘爷来了！来了！"大众忙丢下瓜皮，还跪不迭。犬豕不如。刘瑾已远远窥见情形，一双怪眼，睁得如铜铃相似，至走近众官面前，恨不得吞将下去。还是太监黄伟看了旁气不服，对众官道，"书中所言，都是"为国为民"的事，究竟哪一个所写？好男子，一身做事一身当，何必嫁祸他人？"刘瑾听了为国为民四字，怒目视黄伟道："什么为国为民，御道荡平，乃敢置诸匿名揭帖，好男子岂干此事？"说罢，复返身入内。未几有中旨传出，撤去李荣、黄伟差使。荣与伟太息而去。等到日暮，众官等尚是跪着，统是气息奄奄，当由小太监奉了瑾命，一齐驱入锦衣卫狱中，共计三百多名，一大半受了暑症。越日，李东阳上疏救解，尚未邀准，过了半日，由瑾察得匿名揭帖，乃是同类的阉人所为，乐得卖个人情，把众官放出狱中。三百人踉跄回家，刑部主事何钺、顺天推官周臣、礼部进士陆伸，已受暑过重，竟尔毙命。死得不值。

是时东厂以外，已重设西厂（应上文且补前未明之意）。刘瑾意尚未足，更立内厂，自领厂务，益发喜怒任情，淫刑求逞。逮前兵部刘大夏下狱，坐戍极边,黜前大学士刘健、谢迁为民,外此如前户部尚书韩文及前都御史杨一清等,统以旧事干连,先后逮系。经李东阳、王鏊等连疏力救,虽得释出,仍令他罚米若干,充输塞下。众大臣两袖清风,素鲜蓄积,免不得鬻产以偿。还有一班中等人民,偶犯小过,动遭械系,一家坐罪,无不累及亲邻。又矫旨驱逐客籍佣民,勒令中年以下寡妇尽行再醮;停棺未葬的,一概焚弃。名为肃清蠹毂,实是借端婪索。京中人情汹汹,未免街谈巷议。瑾且令人监谤,遇有所闻,立饬拿问,杖笞兼施,无不立毙。他还恐武宗干涉,乘间怂恿,请在西华门内,造一密室,勾连枇杷,名曰豹房,广选谐童歌女,入豹房中,陪侍武宗,日夜纵乐。武宗性耽声色,还道是刘瑾好意,越加宠任。因此瑾屡屡矫旨,武宗全然未闻。李东阳委蛇避祸,与瑾尚没甚嫌隙。王鏊初留阁中,还想极力斡旋,嗣见瑾益骄悖,无可与言,乃屡疏求去。廷臣还防他因此致祸,迨经中旨传出,准他乘传归乡,人人称为异数。鏊亦自幸卸肩,即日去讫。乞休都要防祸,真是荆棘盈途。

此时各部尚书,统系刘瑾私人,都御史刘宇,本由焦芳介绍,得充是职,他一意奉承刘瑾,与同济恶。凡御史中小有过失,辄加笞责,所以深合瑾意。瑾初通贿赂,不过数百金,至多亦只千金,宇一出手,即以万金为贽仪。可谓慷慨。瑾喜出望外,尝谓刘先生厚我。宇闻言,益多馈献。未几即升任兵部尚书,又未几晋职吏部尚书。宇在兵部,得内外武官贿赂,中饱甚多,他自己享受了一半,还有一半送奉刘瑾。及做了吏部尚书,进账反觉有限,更兼铨选郎张彩系刘瑾心腹,从中把持,所有好处被他夺去不少。宇尝自叹道:"兵部甚好,何必吏部。"这语传入瑾耳,瑾即邀刘宇至第,与饮甚欢,酒至数巡,瑾语刘宇道:"闻阁下厌任吏部,现拟转调入阁,未知尊意何如?"宇大喜,千恩万谢,尽兴而去。次日早起,穿好公服,先往刘瑾处申谢,再拟入阁办事。瑾微哂道:"阁下真欲入么?这内阁岂可轻入?"想是万金,未曾到手。宇闻此言,好似失去了神魂一般,呆坐了好半天,方怏怏告别。次日即递上乞省祖墓的表章,致仕去了。腰缠已足,何必恋栈,刘宇此去,还算知机。

宇既去位,张彩即顶补遗缺,不如馈瑾若干。变乱选格,贿赂公行,金帛奇货,输纳不绝。苏州知府刘介,夤缘张彩,由彩一力提拔,入为太常少卿。介在京纳姿,虽系小家碧玉,却是著名尤物。彩素好色,闻着此事,便盛服往贺,介慌忙迎接,殷勤款待。饮了几觥美酒,彩便要尝识佳人,介不能却,只得令新人盛妆出见,屏门开处,但见两名侍女,拥着一个丽姝,慢步出来,环珮声清,脂粉气馥,已足令人心醉,加以体态轻盈,身材袅娜,仿佛似嫦娥出现,仙女下凡,走至席前,轻轻的道声万福,敛衽下拜。惊得张彩还礼不及,急忙离座,竟将酒杯儿撞翻。彩尚不及觉,至新人礼毕入内,方知袍袖间被酒淋湿,连自己也笑将起来。描摹尽致。

第四十五回 刘太监榜斥群贤 张吏部强夺波美

早有值席的侍役上前揩抹，另斟佳酿，接连又饮了数杯。酒意已有了七八分，彩忽问介道："足下今日富贵，从何处得来？"介答道："全出我公赏赐。"彩微笑道："既然如此，何物相报？"介不暇思索，信口答道："一身以外，统是公物。凭公吩咐，不敢有私。"彩即起座道："足下已有明命，兄弟何敢不遵？"一面说着，一面即令随人入内，密嘱数语，那随役竟抢入房中，拥出那位美人儿，上舆而去。彩亦一跃登舆，与介拱手道："生受了，生受了。"两语甫毕，已似风驰电掣一般，无从追挽。刘介只好眼睁睁的由他所为，宾众亦惊得目瞪口呆，好一歇，方大家告别，劝慰主人数语，分道散去。介只有自懊自恼罢了。到口的肥羊肉，被人夺去，安得不恼。

张彩夺了美人，任情取乐，自在意中。过了数月，又不觉厌弃起来，闻得平阳知府张恕家有一爱妾，艳丽绝伦，便遣人至张恕家，讽他献纳。恕自然不肯，立即拒复。彩讨了没趣，怀恨在心，便与御史张袷密商。彩即运动同僚，诬劾恕贪墨不职，立逮入京。法司按问，应得谪官论戍，恕受此风浪，未免惊骇，正要钻营门路，打点疏通，忽见前番的说客又复到来，嘻嘻大笑道："不听我言，致有此祸。"恕听着，方知被祸的根苗，为珍惜爱妾起见，愈想愈恼，对了来使，复痛骂张彩不绝。来使待他骂毕，方插口道："足下已将张尚书骂够了，试问他身上，有一毫觉着么？足下罪已坐定了，官又丢掉了，将

来还恐性命难保，世间有几个绿珠，甘心殉节，足下倘罹不测，几个妾媵，总是散归别人，何不先此回头？失了一个美人，保全无数好处哩。"说得有理。恕沈吟一回，叹了口气，垂首无言。来使知恕意已转，即刻趋出，竟着驿使至平阳，取了张恕爱妾，送入张彩府中，恕方得免罪。

小子有诗叹道：

毕竟倾城是祸胎，
为奴受辱费迟徊。
红颜一献官如故，
我道黄堂尚有才。

阉党窃权，朝政浊乱，忽报安化王寘镭戕杀总兵官，传檄远近，声言讨瑾，居然造反起来。欲知成败情形，且待下回续表。

本回纯为刘瑾立传，见得刘瑾无恶不为，比前时王振、曹吉祥、汪直一流人物，尤为狠戾，读之尤令人切齿。李东阳委蛇其间，尚得久居相位，无怪世人以靦颜讥之。然陈太邱之吊张让，亦自有枉尺直寻之见，不得全为东阳咎也。刘宇、张彩，皆系阉党，刘宇去而张彩得势，两夺他人爱妾，无人讦发，明廷尚有公理乎？吾谓明臣未必畏张彩，实畏刘瑾，金水桥之听诏，奉天门之跪伏，令人胆怵心惊，何苦为刘介、张恕一伸冤愤。且介亦自取其咎，恕复仍得好官，多得少失，无怪其尽为仗马寒蝉也。武宗不明，甘听阉党之播弄，国之不亡，犹幸事耳。

第四十六回　入槛车叛藩中计
　　　　　　缚菜厂逆阉伏辜

　　却说安化王寘鐇，系庆靖王朱㮵曾孙，㮵为太祖第十六子，就封宁夏，其第四子秩炵，于永乐十九年间封安化王，孙寘鐇袭爵。素性狂诞，觊觎非分，尝信用一班术士，为推命造相体格，俱言后当大贵。还有女巫王九儿，教鹦鹉妄言祸福，鹦鹉见了寘鐇，辄呼他为老皇帝，寘鐇益自命不凡，暗结指挥周昂，千户何锦、丁广等，作为爪牙，招兵买马，伺机而动。会值正德五年，瑾遣大理寺少卿周东至宁夏经理屯田，倍征租赋。原田五亩，勒缴十亩的租银，原田五十亩，勒缴百亩的租银，兵民不能照偿，敲扑胁迫，备极惨酷。更兼巡抚安惟学，系刘瑾私人，抵任后，一味行使威福，甚至将士犯过，杖及妻孥。必杖其妻何为？想是爱看白臀肉。部众恨至切骨。宁夏卫诸生孙景文与寘鐇素相往来，遂入见寘鐇道："殿下欲图大事，何勿乘此机会，倡众举义？"寘鐇大喜，即由景文家置酒，邀集被辱各武弁，畅饮言欢。席间说及寘鐇素有奇征，可辅为共主，趁此除灭贪官，入清阉党，不但宿愤可销，而且大功可就。各武弁都欣然道："愿如所教。就使不能成事，死亦无恨！"当下歃血为盟，订定始散。景文即转告寘鐇，寘鐇遂密约周昂、何锦、丁广等，即日起事。

　　可巧陕边有警，游击将军仇钺及副总兵周英率兵出防。总兵姜汉别简锐卒六十人为牙将，令周昂带领，何锦为副。昂、锦两人遂与寘鐇定计，借设宴为名，诱杀巡抚总兵以下各官。总兵姜汉及镇守太监李增、邓广汉等惘惘到来，入座宴饮，惟周东及安惟学不至。大家正酣饮间，忽见周昂、何锦等持刀直入，声势汹汹。姜汉慌忙起座，正要启问原因，谁知头上已着了一刀，顿时晕倒，再复一刀，结果性命。李增、邓广汉无从脱逃，也被杀死。当下纠众至巡抚署，把安惟学一刀两段，转至周少卿行辕，又将周东拖出，也是一刀了结。杀得爽快。寘鐇遂令景文草檄声讨刘瑾及张彩诸人罪状，传布边镇，一面焚官府，劫库藏，放罪囚，夺河舟，制

237

造印章旗牌，令何锦为讨贼大将军，昂、广为左右副将军，景文为军师，招平卤城守将张钦为先锋，定期出师，关中大震。

陕西守吏忙遣使飞驿驰奏，瑾尚想隐瞒过去，暂不上闻，只矫旨饬各镇固守，命游击将军仇钺及兴武营守备保勋，发兵讨逆。钺方驻玉泉营，闻寘鐇谋叛，率众还镇，途次遇寘鐇使人劝他归降，钺佯为应诺，及至镇，卧病不出。寘鐇因他久历戎行，熟悉边疆形势，随时遣何锦、周昂等往询战守事宜。仇钺道："朝内阉党，煞是可恨，今由王爷仗义举兵，较诸太宗当日，还要名正言顺，可惜孱躯遇疾，一时不能效命，俟得少愈，即当为王前驱，入清君侧呢。"何锦颇也狡黠，恐他言不由衷，随答道："仇将军情义可感，现有贵恙，总宜保养要紧，惟麾下兵精士练，还乞暂借一用，幸勿推却！"钺不待思索，便答道："彼此同心，何必言借？"说着，即将卧榻内所贮兵符交与何锦。锦喜形于色，接受而去。何锦乖，不知仇钺尤乖。

钺乃暗遣心腹，密约保勋兵至，里应外合。适陕西总兵曹雄亦遣人持书约钺，具言杨英、韩斌、时源等，各率兵屯扎河上，专待进兵，请为接应等语。钺拈须半晌，计上心来，婉覆来人去讫，当即报告寘鐇，谓官军已集河东，请速派兵阻住，毋使渡河。寘鐇自然相信，亟遣何锦等往截渡口，仅留周昂守城。寘鐇复出城祭祀社稷旗纛等神，使人呼钺陪祭，钺复以疾辞。寘鐇祭毕返城，遣周昂往视钺病，钺暗中布置壮士，俟昂入寝室，由壮士握着铁锤，从后猛击，可怜他脑浆迸流，死于非命。钺即一跃起床，披甲仗剑，跨马出门，带着壮士百余人，直抵城下。城卒见是仇钺到来，只道他病恙已痊，前来效力，忙大开城门接入。钺等拥入安化王府，凑巧孙景文等出来迎接，钺竟指挥壮士，出其不意，将他拿下，一共捉住十余人，再大着步趋入内厅。寘鐇方闻外庭呼噪，抢步出视，兜头遇着仇钺，刚欲上前握手，不防钺右臂一挥，竟将寘鐇扑倒，壮士从后趋上，立刻把寘鐇揿住，绑缚起来，寘鐇才晓得是中计，追悔也不及了。以百余人往执寘鐇如缚犬豕一般，此等庸奴，还想做皇帝，可笑！寘鐇子台潜及党羽谢廷槐、韩廷璋、李蕃、张会通等忙来抢救，又被钺率着壮士，抖擞精神，将他打倒，一并擒住。统是不中用的人物。随即搜出安化王印信，钤纸书檄，命何锦速还。何锦部下有都指挥郑卿，与仇钺素来认识，钺遣部将古兴儿，密劝郑卿反正，使图何锦。锦留丁广等守河，方率众退归，不防郑卿已运动军士，中途为变，事起仓猝，如何抵挡？锦只好孤身西走。其时曹雄、保勋等已渡河而西，杀败丁广、张钦诸人，丁、张等也向西窜去。适与何锦相遇，同奔贺兰山。官军陆续往追，至贺兰山下，堵住山口，分兵向山中搜索，把丁广、张钦等捉得一个不留。统计寘鐇倡乱，只有一十八日，便即荡平。

京中尚未接捷音，只闻着仇钺助逆

消息，刘瑾也遮瞒不住，没奈何入报武宗。武宗忙集诸大臣会议，李东阳奏请宥充军罚米官员，停征粮草等件，冀安人心。刘瑾尚有难色，武宗此时，也不能顾及刘瑾，竟照东阳所奏，颁诏天下，复命泾阳伯神英充总兵官，太监张永监军，率京营兵前往讨逆。廷臣请起用前右都御史杨一清，提督军务，武宗亦惟言是从，立召一清入朝，托付兵权。急时抱佛脚，可见武宗全无成心。刘瑾与一清不合，独矫诏改户部侍郎陈震为兵部侍郎，兼佥都御史，一同出征。明是监制一清。各将帅方出都门，仇钺等捷书已到，乃召泾阳伯神英还都，命张永及杨一清等仍往宁夏安抚。时道路相传，总督率京营兵至，将屠宁夏，一清恐谣言激变，亟遣百户韦成赍牌晓谕，略称："大憝已擒，地方无事，朝廷但遣重臣抚定军民，断不妄杀一人"云云。既至宁夏，又出示："朝廷止诛首恶，不问胁从，各部官员，不许听人诬陷，敢有流造讹言，当以军法从事！"于是浮言顿息，兵民安堵。太监张永檄镇守抚按，逮捕党犯千余人。一清分别轻重，重罪逮系，轻犯释放，先遣侍郎陈震押解寘鐇等入京，自与张永留镇待命。寘鐇等到京伏诛，有旨令张永回朝，封仇钺为咸宁伯，留杨一清总制三边军务。一场逆案，总算了清。

先是杨一清与张永西行，途中谈论军事，很是投机，至讲及刘瑾情状，永亦恨恨不平，一清探他口气，才知刘瑾未柄政时，原与张永等莫逆，到了专权以后，张永等有所陈请，瑾俱不允。又尝欲以他事逐永，永巧为趋避，方得免祸。密谈了好几日，一清方扼腕叹道："藩宗有乱，还是易除。宫禁大患，不能遽去，如何是好？"永惊问何故，一清移座近永，手书一瑾字。连瑾字都不敢明言，阉焰可知，然他日仍假手阉党，除去此獠，益见有势不可行尽。永亦附耳语道："瑾日夕内侍，独得恩宠，皇上一日不见瑾，即郁郁寡欢，今羽翼既成，耳目甚广，欲要除他，恐非易事。"一清悄悄答道："公亦是皇上信臣，今讨逆不遣他人，独命公监军，上意可知。公若班师回朝，伺隙与皇上语宁夏事，上必就公，公但出寘鐇伪檄，并说他乱政矫旨，谋为不轨，海内愁怨，大乱将起，我料皇上英武，必听公诛瑾。瑾诛后，公必大用，那时力反瑾政，收拾人心，吕强、张承业后，要算公为后劲，千载间只有三人，怕不是流芳百世么？"说得娓娓动听，非满口阿谀者可比。永皱眉道："事倘不成，奈何？"一清道："他人奏请，成否未可知，若公肯极言，无不可成。万一皇上不信，公顿首哀泣，愿死上前，上必为公感动，惟得请当即施行，毋缓须臾，致遭反噬。"永听言至此，不觉攘臂起座道："老奴何惜余年，不肯报主？当从公所言便了。"一清大喜，又称扬了好几句，方搁过不提。至张永奉旨还朝，一清饯别，复用指蘸着杯中余滴，在席上画一瑾字。永点首会意，拱手告别。将至京，永请以八月望日献俘，瑾故意令缓。原来瑾有从孙二汉，由术士余明，推算星命，据言福泽不浅，该有

九五之尊。又是术士妄言致祸，可为迷信者戒。瑾颇信以为真，暗中增置衣甲，联络党羽，将于中秋起事。适值瑾兄都督刘景祥因病身亡，不至杀身，好算运气，瑾失一帮手，未免窘迫。永又请是日献俘，与瑾有碍，所以令他延期。但天下事若要不知，除非莫为，京城里面，已哄传刘瑾逆谋，众口一词，只有这位荒诞淫乐的武宗，还一些儿没有知晓。昏愦至此，不亡仅耳。

张永到京，恰有人通风与他，他即先期入宫，谒见武宗。献俘已毕，武宗置酒犒劳，瑾亦列席，从日中饮到黄昏，方才撤席，瑾因另有心事，称谢而出。永故意逗留，待至大众散归，方叩首武宗前，呈上寘鐇伪檄，并陈瑾不法十七事。又将瑾逆谋日期一一奏闻。武宗时已被酒，含糊答道："今日无事，且再饮数杯！"祸在眉睫，尚作此言，可发一笑。永答道："陛下畅饮的日子多着呢。现在祸已临头，若迟疑不办，明日奴辈要尽成齑粉了。"武宗尚在沈吟，永又催促道："不但奴辈将成齑粉，就是万岁亦不能长享安乐呢！"武宗被他一激，不觉酒醒了一大半，便道："我好意待他，他敢如此负我么？"正说着，太监马永成亦入报道："万岁不好了！刘瑾要造反哩。"武宗道："果真吗？"永成道："外面已多半知晓，怎么不真？"永复插口道："请万岁速发禁兵，往拿逆贼。"武宗道："甚好，便着你去干罢！我到豹房待你。"永立即趋出，传召禁卒，竟至刘瑾住宅，把他围住。时已三鼓，永麾兵坏门直入，径趋内寝。瑾方在黑甜乡中，做着好梦，是否梦做太上皇？蓦地里人声喧杂，惊逐梦魇，披衣起问，一辟寝门，即遇张永，永即朗声道："皇上有旨，传你去呢！"瑾问道："皇上在哪里？"永答道："现在豹房。"瑾顾家人道："半夜三更，何事宣召？这真奇怪呢！"永复道："到了豹房，便知分晓。"瑾整了衣冠，昂然趋出。行未数步，即有禁兵上前，将他缚住，瑾尚是呵叱不休，禁兵不与计较，乱推乱扯的，牵了出去，连夜启东朱门，缚瑾菜厂内。

越日早朝，武宗即将张永所奏，晓示阁臣，阁臣面奏道："非查抄刘瑾府中，不足证明谋反的真假，恐瑾尚不肯认罪呢。"武宗迟疑半晌道："待朕自往查抄便了。"言下尚有疑衷。即带着文武百官，亲至瑾宅，由锦衣卫一一搜索，自外至内，无不检取，共得金二十四万锭，又五万七千八百两，元宝五百万锭，一百五十八万三千六百两，宝石二斗，奇异珍玩，不计其数。还有八爪金龙袍四件，蟒衣四百七十件，衣甲千余，弓弩五百，最可怪的是两柄貂毛扇，扇柄上暗藏机栝，用手扳机，竟露出寒光闪闪的一具匕首。武宗不禁瞠目道："好胆大的狗奴！他果然谋逆了。"到此方深信吗？乃整驾回朝，立传旨下瑾诏狱，尽法审鞠，一面钩捕逆党，把吏部尚书张彩，锦衣卫指挥杨玉、石文义等，一并下狱。于是六科十三道，共劾瑾罪，一古脑儿有三四十条，就是刘瑾门下的李宪，也上书劾瑾，比别人更说得出透。大家打落水狗，如李宪辈，

第四十六回 入槛车叛藩中计 缚菜厂逆阉伏辜

更是狗自相啮。刘瑾闻李宪讦奏,冷笑道:"他是我一手提拔,今也来劾我么?"谁叫你去提拔他?越日廷讯逆案,牵瑾上阶。刑部尚书刘璟见了瑾面,不由得脸红耳热,连一句话都说不出来。平日党附巨奸,至此不便落脸,我还说他厚道。瑾睁着两眼,厉声道:"满朝公卿,尽出我门,哪个敢来审我?"不肯自供。众官闻言,多面面相觑,退至后列,独有一人挺身出语道:"我敢审你。我是国家懿戚,未尝出入你门,怎么不好审你?"瑾瞧将过去,乃是驸马都尉蔡震,也不觉吃了一惊。蔡震又道:"公卿百官,统是朝廷命吏,你乃云出你门下,目无皇上,应得何罪?"随叱左右道:"快与我批颊!"左右不敢违慢,把刘瑾的两颊上狠狠地挞了数十下,瑾禁不住叫痛起来。笞杖别人,比你痛苦何如。震复叱道:"你在家中,何故擅藏弓甲?"瑾支吾一会,方说道:"这、这是保卫皇上呢!"震笑道:"保卫皇上,须置在宫禁中,如何藏着你室?就是龙衮蟒袍,亦岂你等可服?若非谋为不轨,那得制此衣物?真迹已露,还有何辩?"这数语,说得刘瑾哑口无言,只好匍伏叩头。震即令牵还狱中,入内复旨。即日下诏,谓逆瑾罪状确凿,毋庸复讯,着即磔死。所有逆瑾亲属,一律处斩。于是威焰熏天的逆阉,竟遭剮割,都人士争啖瑾肉,以一钱易一脔,顷刻而尽。肉不足食,都人士独不怕腌臜吗?

瑾亲族十五人,一一伏法,从孙二汉,自然也赏他一刀。想做皇帝的结果。二汉临刑时,涕泪满颐道:"我原是该死,但我家所为,统是焦芳、张彩两人撺掇起来。张彩今亦下狱,谅他也不能幸免,独焦芳安然归里,未见追逮,我心实是未甘呢。"原来焦芳、张彩先后附瑾,芳尝称瑾为千岁,自称门下,瑾妄作妄行,多半由芳嗾使,及张彩得势,芳势少衰,彩于瑾前举芳阴事,瑾即当众辱芳,芳惭沮乞归,距瑾死不过两月余。张彩狱成拟斩,他竟在狱毙命,下诏磔尸,指挥刘玉、石文义等皆处死,惟芳止除名。芳子黄中已由侍读升任侍郎,性甚狂恣。芳有美妾,系土官岑濬家眷,濬得罪没入,为芳所据。黄中也觉垂涎,平时在父左右,已不免与那美人儿有眉挑目逗等情,及芳失势将归,愁闷成疾,他竟以子代父,把美人儿诱入己室,居然解衣同寝,做些无耻的勾当。那美人儿厌老喜少,恰也两相情愿,但外人已纷纷传播,至焦芳除名,黄中尚未曾受谴,御史等交章论劾,并把那子烝父亲的罪状,一并列入,乃将黄中褫职。美人儿仍得团圆,较诸张彩之死,不容二妾陪去,所得多矣。外如户部尚书刘玑、兵部侍郎陈震等,统削籍为民。小子有诗咏道:

一阳稍复化冰山,
天道难云不好还。
到底恶人多恶报,
刑场相对泪空潜。

罪人伏法,有功的例当封赏,张永以下诸人,又弹冠相庆了。欲知详细,请阅下回。

有刘瑾之不法，而后有寘鐇之叛。有寘鐇之为逆，而后有刘瑾之诛。两两相因，同归于尽，不得谓非武宗之幸事。天意不欲亡明，因使寘鐇作乱，以便张、杨二人之定谋，卒之处心积虑之二凶，一则未战而即成擒，一则甫出而遽就缚，外忧方弭，内患复除，谓非天祐得乎？不然，如昏迷沉湎之武宗，乃能仓猝定变耶？阅者乃于此觇恶报焉。

第四十七回　河北盗横行畿辅
山东贼毕命狼山

却说刘瑾等伏罪遭诛，张永以下相率受赏，永兄富得封泰安伯，弟容得封安定伯，魏彬弟英得封镇安伯，马永成弟山得封平凉伯，谷大用弟大纪得封永清伯，均给诰券世袭。张永等出了气力，可惜都给与兄弟。张永等身为太监，虽例难封爵，究竟权势烜赫，把持政权，不过较刘瑾时稍差一点。阁中换了两个大臣，一是刘忠，一是梁储，两人前日，俱为瑾所排斥，至是同召入阁，俱授吏部尚书兼文渊阁大学士。李东阳居官如故。弊政微有变更，大致仍然照旧，百姓困苦，分毫未舒，免不得有盗贼出现。

其时有个大盗张茂，窟穴霸州，家中有重楼复壁，可藏数十百人。邻盗刘六、刘七、齐彦名、李隆、杨虎、朱千户等都与他往来，倚为逃薮。茂又与太监张忠对宇同居，结为兄弟，时常托忠纳贿权阉。马永成、谷大用诸人得了好处，也引他为友，他竟假扮阉奴的模样，混入豹房，恣行游览。武宗哪里管得许多，镇日与三五美人蹴鞠为乐，就是有十个张茂，也只道是中官家人，不为张茂所刺，想是百神呵护，茂遂出入自由，毫无忌惮；有时手头消乏，仍去做那劫夺的勾当。一日在河间府出手，突被参将袁彪率兵来捕，茂虽有同党数人，究因众寡不敌，败阵逃还，偏偏袁彪不肯干休，查得张茂住处，竟带领多兵，要与他来算账。茂闻风大惧，忙向好兄弟张忠处求救。忠言无妨，便留住张茂，一面预备盛筵，俟袁彪到来，即请他入宴。彪不便推却，应召赴饮。忠竟令张茂陪宾，东西分坐。饮了数巡，张忠酌酒一大觥，送与袁彪道："闻参戎来此捕盗，为公服务，足见忠心。但兄弟恰有一事相托！"说至此，即手指西座张茂，转语袁彪道："此人实吾族弟，幸毋相厄！"又举一卮与茂道："袁将军与你相好，今后勿再扰河间。"茂自然唯唯从命。彪亦没奈何应诺，饮尽作别，即率兵自归。茂幸得脱险，转瞬间故态复萌，仍是四出劫掠。可巧御史宁杲奉命捕盗，到了霸州，察悉张茂是个盗魁，即召巡捕李主簿入见，饬他捕

茂。李主簿知茂厉害，且素闻茂家深邃，一时无从搜捕，左思右想，情急智生，他竟扮了弹琵琶的优人，邀二三同伴，径诣张茂家弹唱。茂是绿林豪客，生性粗豪，不防他人暗算，遂召他入内侑酒。李主簿善弹，同伴善唱，引得张茂喜欢不迭，留他盘桓数日。他得自在游行，洞悉该家曲折，那时托故告别，即于夜间导着宁杲，并骁勇数十人，逾垣直入，熟门熟路的进去，竟将张茂擒住，用斧斫断茂股，扛缚而归。

余盗杨虎、齐彦名、刘六、刘七等闻张茂被擒，慌忙托张忠斡旋。忠入与马永成商议，永成索银二万两，方肯替他说情。强盗要掳人勒赎，不意廷太监，反要掳盗索贿。看官！你想这强盗所劫金银，统是随手用尽，哪里来的余蓄？大家集议一番，不得主意，杨虎起言道："官库中金银很多，何不借些使用？"劫官偿官，确是好计。言尚未终，竟大踏步去了。是夕即邀集羽翼，往毁官署。署中颇有准备，一闻盗警，救火的救火，接仗的接仗，丝毫不乱，杨虎料难得手，一溜烟的走了。刘六、刘七闻杨虎失败，恐遭祸累，忙向官署自首。当由官署收留，令他捕盗自效，一住数月，也捉到好几个毛贼。但是盗贼性情不喜约束，经不起官厅监督，又复私自遁去。嗣是抗官府、劫行旅，不到数旬，竟聚众至好几千人，骚扰畿南。

霸州文安县诸生赵鐩，颇有膂力，豪健自诩，人呼他为赵疯子。六等乱起，鐩挈妻女避难，暂匿河边芦苇中，不料被众贼所见，前来掳掠。鐩慌忙登岸，妻子亦随着同逃，无如三寸莲钩，不能速行，走不数步，被贼追及，把他妻女拉住，看她有几分姿色，竟欲借河岸为裯褥，与她做个并头花。那妻女等惊骇异常，大呼救命，鐩转身瞧着，怒气填胸，竟三脚两步，抢将过去，提起碗大的拳头，左挥右击，无人可当，众贼一哄而散，有两人逃得稍慢，被他格毙。凑巧刘六、刘七等大队到来，见赵鐩如此威风，不由得愤怒起来，当即麾众上前，将赵鐩困在垓心。鐩孤掌难鸣，敌不住许多盗党，不一时即被擒住。刘六顾鐩道："你是何人？胆敢撒野。"鐩张目叱道："好一个呆强盗，连赵疯子都不认识么？"颇有胆气。刘六闻言，亲与解缚，一面劝慰道："原来是赵先生，久仰侠名，惜前此未曾面熟，竟致冒犯，还乞先生原谅！"复道："你走你的路，我走我的路，何必与我客气？"刘六道："贪官污吏，满布中外，我等为他所逼，没奈何做此买卖。今得先生到此，若肯入股相助，指示一切，我情愿奉令承教呢！"刘六颇善笼络。赵鐩一想，刘六颇有义气，不如将就答应，一来可保全性命，二来可保全妻孥，且到后来再说，随语刘六道："欲我入股，却也不难，但不要奸淫掳掠，须严申纪律，方可听命。"想为妻女受惊之故，因有此语。刘六道："全仗先生调度。"鐩又道："家内尚有兄弟数人，不若一并招来，免致受累。"六亦允诺。鐩即率妻女还家，收拾细软，并与弟镭、镐等，募众五百人，径诣河间，遣人通报刘六等，一同来会。于是畿南一带，统

第四十七回　河北盗横行畿辅　山东贼毕命狼山

244

是盗踪。

是时承平日久，民不知兵，郡县望风奔溃，甚至开门揖盗，以故群盗无忌，越发横行。赵鐩与杨虎、刘三、邢老虎等往掠河南，刘六、刘七与齐彦名等往掠山东，分道扬镳，所至蹂躏。明廷亟命惠安伯张伟充总兵官，都御史马中锡提督军务，统京营兵出剿流贼。伟系仁宗后侄曾孙，出自纨袴，素不知兵，中锡又是个白面书生，腐气腾腾，竟欲效汉龚遂治渤海故事，招抚贼众，沿途尽出榜示，大略谓："潢池小丑，莫非民生，所在官司，不得无故捕获，好好的供给劝导。如若悔过听抚，一律宥死。"确是迂腐。刘六等见了此示，倒也禁止杀掠，将信将疑。中锡至德州桑儿园，居然单车简从，直投贼垒。刘六出寨迎谒，由中锡开诚晓谕，六随口答应，惟命是从。待中锡已返，便拟遣散党羽，往降官军。刘七奋臂道："俗语说得好，'骑虎难下'，目今内官主政，国事日非，马都堂能自践前言么？"六乃不敢决议。潜令党人到京，探听中贵，并无招降消息。又将山东所劫金银运送权倖，求下赦令，计复不行。刘六、刘七等遂大肆劫掠。惟至故城县中，相戒勿入马都堂家。马籍隶故城，举室独完。遂谤腾中外。廷臣统劾他玩寇殃民，连张伟一并就逮。伟革职闲住，中锡竟瘐毙狱中。

兵部尚书何鉴以京军不能讨贼，请发宣府、延绥二镇兵助讨。有旨允准，且命兵部侍郎陆完，总制边军，所有边将许泰、郤永、冯祯等悉听调遣。师出涿州，忽报寇众已至固安，将犯京师。武宗闻着，也惶急得很。此时尚清醒么？亟亲御左顺门，召大学士李东阳、梁储、杨廷和及尚书何鉴商议，且谕道："贼向东来，师乃西出，彼此相左，奈何？"何鉴道："陆侍郎去京不远，可飞驿召还，贼闻大军入卫，自然远遁了。"武宗鼓掌称善。鼓掌二字用得妙。鉴即饬使追还陆完，令他东趋固安，堵截贼众。许泰、郤永亦自霸州进攻，前后夹击，连破贼寨。完请再发大同、辽东兵协助，以便早日荡平，乃调大同总兵张俊、游击江彬等入征。江彬进来，又是一个大祸来。谷大用以贼势渐衰，自请督师，冀邀封赏。武宗遂以大用提督军务，伏羌伯毛锐为总兵官，太监张忠监神枪营，皆出会完。张忠为大盗张茂好友，如何令他监军？刘六等闻王师大出，避锐南下，连破日照、海丰、寿张、阳谷、曲阜等县城，进攻济宁，焚去粮船千二百艘。大用等到了临清，遥闻贼势浩大，观望不前。想是要追悔了。六料他没用，竟舍了济宁，从间道卷甲北趋，意欲乘武宗祀天，潜行劫驾，哪知被尚书何鉴侦觉，立刻奏闻，即夕严设守备，防得水泄不通。待至黎明，武宗召问何鉴，应否郊祀，鉴奏称："兵防严密，尽可无虑，不如早出主祭，藉安人心。"武宗准奏，即乘辇出城，直抵南郊，从容礼成而还。六知有备，不敢入犯，西掠保定去了。

这时候的赵疯子等方转掠河南，横行而东，直至徐州，分众攻宿迁。淮安知府刘祥率兵逆贼，未战先溃。贼众追

逼至河，官军溺毙无算，祥马蹶被执。赵鐩审讯刘祥，尚无虐民情事，纵使归去，随即渡河南行，杀高邮等卫官军三百余人，劫住指挥陈鹏。转攻灵璧，突入城中，又把知县陈伯安缚住。赵鐩劝他入党，伯安不屈，反斥责贼众。刘三在旁，听不下去，竟拔出宝刀，奔向伯安，欲借他的头颅。鐩急忙拦阻，语刘三道："陈大令忠直可嘉，不如放他归去为是。"刘三乃停住了手，当由鐩放还伯安，并将指挥陈鹏，也释缚纵归。嗣是所过州县，先约官吏师儒，无庸走避，但教望风迎顺，一体秋毫无犯。疯子不疯，颇有儒者气象。后至钧州，以前吏部尚书马文升家居城中，戒毋妄入，绕城径去，转入泌阳，至焦芳家搜掠一番。芳已远匿，鐩令束草为人，充作芳像，自持刀乱剁道："我为天下诛此贼。"言已，即令手下放火，把焦氏一座大厦，烧得干干净净。如此方真成焦氏。并将焦氏先冢尽行铲平。官吏听者。复渡河北行，陷归德府。守备万都司及武平卫指挥石坚，率兵千余，来击赵鐩。鐩收众南遁，将渡小黄河，还顾官军追至，返身接战，杀得官军七零八落，大败而逃。鐩令众休息一日，然后渡河。杨虎自恃勇悍，独率死党杨宁等九人，临河夺舟，踊跃欲渡。不意武平卫百户夏时，率兵伏着，俟虎已下船，鼓噪而出，用了强弩巨石，一齐掷去，竟将杨虎的坐船击沉河中，虎等溺毙。鐩闻虎被溺，急忙驰救，但见流水潺潺，烟波渺渺，不但杨虎等无影无踪，就是官军亦不见一个，只得凭吊一番，整众南渡。

刘三因杨虎已死，同党中没有鸷类，遂思拥众自尊，当下与赵鐩商议，只说是无主必乱。鐩已瞧透私意，索性顺风使帆，推他为主。他遂自称为奉天征讨大元帅，令鐩为副，分众十三万为二十八营，说是上应二十八宿，各树大旗为号，又置金旗二面，大书："虎贲三千，直抵幽燕之地，龙飞九五，重开混沌之天。"尝见太平天国中亦有此联，惟混沌二字，改作尧舜，想是从此处抄来。这四语是赵疯子手笔，刘三为之大喜。复约刘六、刘七等分掠山东、河南，刘六复攻霸州。明廷召回谷大用、毛锐等，抵御刘六，途次与六相遇，大用骇急先奔，只配做太监，不配做监军，毛锐也随后趋避，官兵都走了他娘，管甚么刘六、刘七。六与七反追杀一阵，夺了官兵许多甲仗。大用等狼狈回京，武宗也不去罪他，但别遣都御史彭泽、咸宁伯仇钺，接统军务。

泽与钺颇有威望，既奉命出师，遂倡议按地圈剿。山东一方面，归兵部侍郎陆完征讨，自率军径趋河南。适赵鐩等攻唐县，二十八日不能下，邢老虎得病身亡。得保首领，算是幸事。鐩并有邢众，转掠襄阳、樊城、枣阳、随州等处，可巧彭泽、仇钺统军到来，与赵疯子遇着西河，两下交锋，混杀一阵。此次官军都是精锐，更兼泽、钺两人持刀督阵，退后立斩，所以人人效命，个个先驱，任你赵疯子如何权略，也吃了一大败仗，伤亡了二千余人，丧失马骡器械无数，剩了残兵败卒，向南急奔，至河南府地方，会同刘三，直攻府城。总兵冯祯领军追至，鏖战了一昼夜，祯竟阵亡，贼亦被杀多人，夜奔汝、颍。朱皋镇官兵截击，斩馘甚众，贼仓皇渡河，先后淹毙，又不计其数。仇钺复率大军趋至，连战皆捷，逼至土地坡，由指挥王瑾，射中刘三左目。三痛不可忍，纵火自焚。只赵鐩窜走德安，行至应山，料知事不能成，适遇行脚僧真安，因愿受剃度，怀牒亡命。其党邢本道等散奔随州，被湖广巡抚刘丙拿住，细细拷问，方知赵疯子做了和尚。前时不做和尚，至此已是迟了。乃檄各镇饬兵迹捕。赵疯子行至武昌，走入饭店中，要酒要肉，大饮大嚼，和尚吃荤，安得不令人瞧破？想是命中该死，所以有此糊涂。武昌卫军人赵成、赵宗等见他形迹可疑，跟入店中，等到赵疯子酒意醺醺，方相约动手，前牵后扯，把他推倒店楼，抬至府署报功。当由府解入省中，搜出度牒，的系赵鐩无疑，遂槛送京师，依大逆不道例，凌迟处死。群盗中还算是他，乃亦不免极刑，毕竟盗不可为。河南肃清。

彭泽、仇钺等移师山东，往助陆完。陆完正与刘六、刘七等往来争斗，互有杀伤。刘六、刘七复得了一个女帮手，很是厉害。这女盗为谁？便是杨虎妻崔氏。崔氏本系盗女，练习一身拳棒，兼带三分妩媚，平时尝骑着一匹黄骠马，往返盗窟，盗众见她勇过乃夫，送给一个混号，叫作杨跨虎。本是杨虎之妻，乃绰号叫作跨虎，可见雌虎更凶于雄虎。及杨虎死后，又称她为杨寡妇。清有齐寡妇，明有杨寡妇，诚不约而同。杨寡妇谋复夫仇，潜至山东招集旧好，投入刘六、刘七垒中。刘六等自然欢迎，是否存着歹心？相偕四掠，转入利津，偏偏遇着佥事许逵。这许逵很通兵法，前为乐陵知县，捍守孤城，屡次却敌，积功擢为佥事，此次引兵到来，个个如生龙活虎一般，凭你百战的刘六、刘七，跨虎的杨寡妇，也觉招架不住，败退枣林。途次复为督满御史张缙及千户张瀛截杀一阵，弄得七零八落，逃入河南，转至湖广，为官军所迫，刘六死水中，刘七与杨寡妇挟众东走，出没长江。侍郎陆完，自临清驰至江上，分扼要害，与贼相持。贼尚行踪飘忽，倏东倏西。仇钺又自山东驰至，还有副总兵刘晖率辽东兵，千总任玺率大同兵，游击邰永率宣府兵，一古脑儿齐集大江，与贼死战，且用火焚毁贼舟。刘七等走保狼山，各军陆续进攻。刘晖在山北，邰永在山南，皆拥盾跪行而上，手施枪炮，且上且攻，盾上矢集如猬，仍然不退，遂攻入贼寨。刘七自山后逃下，身中流矢，赴水毙命。齐彦名中枪死，只有杨寡妇一人，不知下落，大约是死于乱军中了。小子有诗叹道：

> 为扫萑苻动六军，
> 三年零雨始垂勋。
> 昆岗焚尽遗灰在，
> 玉石谁为子细分。

盗魁尽死，余众皆殪，自正德五年至七年，用兵三载，方得平定，陆完、彭泽等奏凯还朝，以后情事，下回

再表。

河北群盗之起，势似乌合，若得良将出剿，一鼓可以荡平，乃所用非人，议抚不成，议剿无力，遂至盗贼横行，蔓延五省。幸得彭泽、仇钺等倡议分剿，各专责成，于是盗之在河南者，平定于先，盗之在山东者，亦逼入长江，歼除于后。盗虽削平，而五省生灵，鱼糜肉烂，又复竭诸道兵力，费若干帑项，经三载而约定，乃叹星星之火，易至燎原，非杜渐防微不可也。惟赵疯子假仁仗义，卒至身名两败，竟受极刑，最不值得。刘六、刘七、杨虎、齐彦名等不足诛焉。

第四十八回　经略西番镇臣得罪　承恩北阙义儿导淫

却说河北群盗一体荡平，免不得又要酬庸。陆完、彭泽俱得加封太子少保，仇钺竟封咸宁侯，内阁李东阳、杨廷和、梁储、费宏俱得加荫一子，连谷大用弟大宽也得封高平伯。还有太监陆訚内掌神枪营，说他督械有功，貤封弟永得为镇平伯。又是太监弟运气。方在君臣交庆的时候，忽由四川递到警报，乃是保宁贼蓝廷瑞余党连陷州县，势日猖獗，总制尚书洪钟无力剿平，乞即济师等语。先是湖广、江西、四川等省连年饥馑，盗贼并起。湖广有澧阳贼杨清、邱仁等，江西有东乡贼王钰五、徐仰三等，桃源贼汪澄二、王浩八等，华林贼罗先权、陈福一等，赣州贼何积钦等，所至蔓延。明廷遣尚书洪钟，总制湖广、四川军务，左都御史陈金，总制江西军务。陈金到了江西，剿抚兼施，依次平靖。洪钟出湖广，檄布政使陈镐及都指挥潘勋，击破贼党，肃清湖湘，再移师入蜀。蜀寇蓝廷瑞自称顺天王，鄢本恕自称刮地王，廖惠自称扫地王，结众十万，纵掠川中。洪钟与巡抚林俊、总兵杨宏，相机剿捕，尚称得手。廖惠就擒，嗣复诱降蓝廷瑞、鄢本恕等，设伏邀宴，把他一并擒斩。余党廖麻子、喻思俸等在逃未获，不到数月，又复结成巨党，分劫州县。巡抚林俊，素得民心，至是与洪钟有嫌，且因中官弟侄，寄名兵籍，往往冒功求赏，拒不胜拒，遂疏乞致仕。朝旨准奏，蜀民乞留不允，因此民情愈怨，相率从盗。廖麻子、喻思俸等，结众至二十万。洪钟派兵分剿，日不暇给，乃奏请增兵（此段系是补叙，并及湖广、江西乱事，是补笔中销纳法）。武宗召群臣廷议，或请派兵助剿，或请简员督师，议论不一。独御史王绘、劾奏洪钟纵寇殃民，请即另易大员。于是将钟罢职，命太子少保都御史彭泽率总兵时源西征。

泽至四川，征集苗兵，圈剿贼众，但开东北一面，纵贼出走。廖麻子、喻思俸等遂窜入汉中。泽又逼他入山，四面围攻，竟将廖、喻诸贼，次第擒诛。复回军扫平内江、营昌等处，四川大定（蜀寇虽多，不及河北群盗之

第四十八回　经略西番镇臣得罪　承恩北阙义儿导淫

狡悍，所以用笔从略）。有诏封彭泽为太子太保，授时源为左都督。泽请班师回朝，廷议未许，令他暂留保宁镇抚。未几即调任甘肃，令他提督军务，经理哈密。哈密一事，说来又是话长，不得不追溯源流，表明大略。边塞重事，特别表明。原来哈密在甘肃西北（即唐时伊吾庐地。今属新疆省），元末以威武王纳忽里镇守。明太祖定陕西、甘肃诸镇，嘉峪关以西，暂置不问，至永乐二年，方传檄招降。其时纳忽里已死，子安克帖木儿嗣奉诏贡马，受封为忠顺王，即置哈密卫。忠顺王再传为孛罗帖木儿，被弑无子，由王母代理国事。寻因鞑靼部加兵，避居赤斤苦峪，且遣使奏请明廷，愿以外孙把塔木儿袭封王爵，镇守哈密。时已成化二年，宪宗览奏，颁发兵部议闻。兵部复请以把塔木儿为右都督，代守哈密，摄行王事。当下依议传旨，把塔木儿自然奉命。既而把塔木儿病死，子罕慎嗣职，哈密邻部土鲁番，适当强盛，头目阿力，自称速檀（一作苏勒坦，意即可汗之类），率众袭哈密，逐走罕慎，掳了王母，劫去金印。甘肃巡抚娄良以闻，廷臣主张恢复，因举高阳伯李文．右通政刘文，驰往征讨，将至哈密，闻众已溃散，不敢深入，止调集番兵数千，驻守苦峪。会速檀阿力遣使入贡，且致书李文，只称王母已死，金印缓日归还。李文等不待朝命，即还兵复旨。过了半年，并不闻还印消息，乃更铸哈密卫印，颁赐罕慎，即就苦峪立卫，给他土田，

俾得居住。越数年，速檀阿力死。罕慎得乘间进兵，复入哈密。嗣又为阿力子阿黑麻所诱，杀死城下。阿黑麻恐明廷诘责，遣人入贡，并请代领西域。有旨令归还城印，且饬哈密卫目写亦虎仙往谕。阿黑麻总算听命，缴上金印，及归还城池。于是兵部尚书马文升，议别立元裔为王，藉摄诸番，乃诏求忠顺王近裔。元安定王、从子陕巴，纳入哈密，阿黑麻复屡与构衅，陕巴复被擒去。经甘肃巡抚许进等，潜入哈密，逐去阿黑麻，留守牙兰，又绝土鲁番互市。阿黑麻始惧，乃将陕巴释归。至正德元年，陕巴去世，子拜牙郎袭爵，淫虐无道，不亲政事。土鲁番酋阿黑麻亦死，子满速儿据位，用了甘言厚币，诱引拜牙郎。拜牙郎弃了哈密，投往土鲁番。甘心弃国，令人不解。满速儿夺他金印，即遣部目火者他只丁往据哈密，又投书甘肃巡抚，辞多倨悖。都御史邓璋方总制甘肃军务，当即奏闻。大学士杨廷和等乃交荐彭泽可用，出略甘凉。

泽得调任消息，再辞不许，乃自川中启节，径抵甘州。适火者他只丁入掠赤斤、苦峪诸处，声言与我万金，当即卷甲退兵，返还哈密城印。泽正筹议剿抚事宜，忽报哈密卫目写亦虎仙到来，忙急召入，询及土鲁番与哈密近状。写亦虎仙道："满速儿势焰方强，一时恐难平定，不若啖以金帛，俾就羁縻，那时哈城可还，金印可归，比劳师动众，好得多了。"泽听了此言，暗思番人嗜利，失了些须金帛，免动多少兵戈，也

未始非权宜计策，遂依了写亦虎仙所言，并遣他赍币二千匹，白金器一具，往给满速儿，说令和好，速还哈密城印。赂番使和，泽太失计。哪知写亦虎仙已与满速儿通同一气，此次见泽，实是为满速儿作一说客，泽不知是诈，反将金帛厚遗，他便往报满夷儿，教他再请增币，即还城印。泽以增币小事，遽从所请，一面上言番酋悔过效顺，不必用师，哈密城印，即可归还。武宗大喜，便召泽还京。巡按御史冯时雍，奏称彭泽讲和辱国，应加惩处，疏入不报。

满速儿探知彭泽还朝，兵事已寝，哪里肯归还城印？反且四出侵掠。甘肃巡抚李昆遣使诘问满速儿，满速儿又遣写亦虎仙等来索前许金币。俗语所谓你讨上船钱，我讨落船钱。昆欲遵原约，有兵备副使陈九畴出阻道："彭总督处事模棱，今抚帅又欲赍寇么？不可不可！"昆答道："并非赍寇，不过原约在先，不便失信。"九畴道："欲要增币，必须归还城印，且令送拜牙郎归国，方可行得。但番人多诈，应留写亦虎仙为质，等到城印缴清，拜牙郎送归，才把写亦虎仙，放他回去。"昆乃留住写亦虎仙，只令随使回去，给他杂币二百匹，令将拜牙郎及哈密城印，来换写亦虎仙。随使去后，好几日不得回报。李昆正在疑虑，忽有探卒入禀道："满速儿引兵万骑，来犯肃州了。"昆即召九畴商议，九畴道："火来水掩，将来兵挡，怕他什么？"遂调兵守城，遣游击芮宁出御。芮宁战死，番兵逼城下，九畴昼夜梭巡，渐闻哈密降回居肃州，有内应消息，即发兵掩捕，获得降回头目失拜烟答等，捶死杖下。潜于夜间缒兵出城，袭破番营。满速儿败走瓜州，又被副总兵郑廉邀击，狼狈不堪，驰还土鲁番，复遣人求和。九畴谓满速儿狡黠不臣，应拒绝来使，勿令与通。李昆不从，竟驰驿奏闻。

兵部尚书王琼曾与彭泽有隙，方偕锦衣卫钱宁设谋构陷，请穷诘增币主名，严加部议。适失拜烟答子米儿马黑麻诣阙讼冤，说是陈九畴屈死乃父。王琼遂劾泽欺罔辱国，九畴轻率激变，一并逮鞫。连哈密卫目写亦虎仙亦解至京师。户部尚书石玠，谓："将在外，君命有所不受，彭泽、陈九畴，出镇边疆，为国定谋，功足掩罪，请免重遣！"王琼闻言大忿道："纳币寇廷，致贻后患，尚得谓功足掩罪么？"玠不能答。彭、陈二人几不免死刑。幸杨廷和代为转圜，乃将彭、陈减死，削职为民。写亦虎仙竟得脱罪，留居京师。他本狡黠多诈，与米儿马黑麻结为一党，趋奉锦衣卫钱宁，入侍宫廷。武宗爱他敏慧，逐渐宠幸，赐他国姓，列为义儿。

当时义儿甚多，无论外吏中官，亡房走卒，总教得武宗欢心，都得赐姓为朱，拜武宗做干儿子，统共计算，约有二百余人。可谓博爱。这二百余人中，第一个得宠，要算钱宁，第二个便是江彬。钱宁幼时，贫苦得很，寄鬻太监钱能家。能死后，宁年已长，转事刘瑾，因得入侍武宗。平居善承意旨，渐邀宠幸。甚至武宗昏醉，尝倚宁为枕，彻夜

长眠。仿佛弥子瑕，想他面庞儿定亦俊白。有时百官候朝，待至晌午，尚未得武宗起居消息，从此君王不早朝，必须俟钱宁通报，方可入殿排班。宁以此得掌锦衣卫，招权纳贿，势倾百僚。江彬为大同游击，自调入剿盗后，班师获赏（应前回）。他闻钱宁大名，靠着战争所得财物，私下投赠。财物自乾没而来，原不足惜。宁遂引彬入豹房，觐见武宗。彬本有口才，又经钱宁先容，奏对自然称旨。武宗大喜，升为左都督，嗣复与钱宁一同赐姓，充做义儿，留侍左右，与同卧起。又多一个陪夜。

钱宁见彬夺己宠，替他作枕，还不好些，深悔从前引进，未免多事，谁教你爱财物，渐渐的有意排挤。彬从旁察觉，想了一计，入与武宗谈及兵事。武宗问长道短，正中彬意，遂乘机奏道："目今中原劲旅，要算边兵最强，京营士卒，远不及他。试看河北群盗，全仗边兵荡平，若单靠京营疲卒，恐至今尚未肃清哩！"徐徐引入。武宗动色道："京营如此腐败，哪足防患？若欲变弱为强，须用何法？"彬又奏道："莫妙于互调操练，京兵赴边，边兵赴京，彼此易一位置，内外俱成劲旅了。"武宗点首，极称妙计，遂饬调四镇兵入京师。大学士李东阳等极力谏阻，俱不见纳。四镇兵奉旨到京，四镇兵即宣府、大同、辽东、延绥。由武宗戎装披挂，亲临校阅，果然军容壮盛，手段高强，心中大悦，立召总兵许泰、刘晖等，温言嘉奖，各赐国姓。嗣是称四镇兵为外四家军，又命江彬为统帅，兼辖四家。于是江彬权势越张，就使有十个钱宁，也不能把他扳倒了。江彬计划，至此说明。

武宗且挑进宫监，教他习练弓箭，编成一军，亲自统率，与彬等日夕驰逐，呼噪声、弓马声，遍达九门，嘈杂不绝。宫廷内外，统是不安，独武宗欢慰异常，李东阳屡谏无效，乞休而去。也亏他熬练到此。杨廷和因丁忧告归，吏部尚书杨一清入预阁务，不过办事几个月，已与江彬、钱宁等做了对头，情愿谢职归田。各大员多半归休，江彬益肆行无忌，导上纵淫。会延绥总兵官马昂，以奸贪骄横，革职闲居，闻江彬新得上宠，入京谒彬，希图开复原官。江彬沉思一会，带笑说道："足下能办到一事，保你富贵如故。"昂亟问何事，江彬笑道："不必说了。就是说明，恐你亦办不到。"故意不说，尤为奸险。昂情急道："除是杀头，没有办不到的事情。"彬乃密授昂计，昂欣然应声而去。

看官道是何策？原来马昂有一妹子，容颜绝世，歌舞骑射，般般皆能，年甫及笄，嫁与指挥毕春。彬与昂同籍宣府，从前曾见过数次，暗中垂涎，偏偏弄不到手，此次因武宗渔色，嘱他采访佳人，彬遂借端设计，欲令昂送妹入宫，一则可销前日闷气，二则可固后来荣宠。昂也为得官要紧，竟依计照行，托词母病，诱妹归宁，及到家内，方说出一段隐情。那妹子闻入宫为妃，恰情愿，只一时不好承认，反说阿哥胡闹。经昂央告多时，方淡扫蛾眉，由他送入京中。江彬接着，见她丰姿秀媚，比初见时尤为鲜艳，不禁色胆如天，搂住求欢。那美人儿本认识江彬，素羡彬威武出众，就也半推半就，任他玩弄，足足享受了三天，先尝后进，江彬毕竟效忠，方令她盛饰起来，献入豹房。武宗见了如花如玉的美人，管甚么嫁过不嫁过，赐了三杯美酒，即令侍寝。妇女家心存势利，格外柔媚，惹得武宗视为珍奇，朝夕不离。当下将马昂开复原官，昂弟炅、昶等，都蒙宠赐蟒衣，又赐昂甲第于太平仓东，真所谓君恩汪涉，光耀门楣了。只是毕春晦气。

御史给事中等闻这消息，联表奏谏，甚且举以吕易嬴以牛易马的故事，引为炯戒，武宗均搁置不报，美人情重国家轻，且时常与彬夜游，幸昂私第。君臣欢饮，适有一盘鱼脍，味甚佳美，武宗赞不绝口，并问由何人烹调？彬奏称为篦室杜氏承办。武宗道："卿妾至马家司肴，确见友谊。但君臣一伦，比友较重，朕亦欲暂借数天，可好么？"彬不防武宗有此一语，心中懊恼不及，但言既出口，驷马难追，只好唯唯从命。你也有这错着么？次日硬着头皮，嘱杜氏装饰停当，辇送豹房。武宗见这位杜美人，比马美人差不多，日间命她烹鱼，夜间竟唤她侍寝。日调鱼脍，夜奉蛤汤，杜氏确是能手。从此久假不归，彬亦无可奈何，只徒呼负负罢了。

惟武宗得陇望蜀，有了马、杜两美人，尚嫌未足。一日，召问江彬道："卿籍隶宣府，可知宣府多美人吗？"想是从马、杜两美人推类及之。彬答道："宣府本多乐户，美妇恰也不少。圣意如欲选择，何妨亲自游观。"武宗眉头一皱道："朕亦甚欲出游，但恐无故游幸，大臣要来谏阻，奈何？"彬又答道："秋狩是古时盛典，目今时当仲秋，何妨借出猎为名，暂作消遣。况乘此游历边疆，也可校阅兵备，何必郁郁居大内呢？"武宗沈吟半晌，又道："朕未曾举行秋狩事宜，今欲创行此典，必须整备扈跸，检选吉日，就使大臣们不来谏阻，也要筹备数天。况扈从人多，仍是不得自由，朕不如与卿微服出行，省却无数牵制呢。"彬应声遵旨，遂于正德十二年八月甲辰日，乘着月夜，与江彬急装微服，潜出德胜门去了。正是：

风流天子微行惯，

篾片官儿护驾来。

欲知游幸后如何情形，容待下回再表。

彭泽一出平河北盗，再出平四川贼，不可谓非良将材。至后经略哈密，纳币土鲁番，致为所欺，岂长于平盗贼，短于驭番夷欤？毋亦由朝气已衰，暮气乘之，乃有此措置失当欤？然王琼以私嫌构衅，罪彭泽并及陈九畴，假公济私，情殊可恶。故吾谓彭泽非不当劾，劾彭泽由于王琼，乃正不应劾而劾者也。若夫钱宁、江彬本无大功，骤膺殊宠，彬尤导上不法，罪出宁上，武宗喜弄兵，彬即导以调练，武宗好渔色，彬即导以纵淫，甚至夺毕春之妻，进献豹房，一意逢君，无恶不为。然天道好

明史演义

还，夺人妻者，妾亦为人所夺，吾读至
此，殊不禁为之一快也。然武宗之淫
荒，自此益甚矣。

第四十八回 经略西番镇臣得罪
　　　　　　承恩北阙义儿导淫

第四十九回　幸边塞走马看花　入酒肆游龙戏凤

却说武宗带着江彬，微服出德胜门，但见天高气爽，夜静人稀，皓月当空，凉风拂袖，飘飘乎遗世独立，精神为之一爽，两人徐步联行，毫不觉倦。转瞬间鸡声报晓，见路上已有行车，遂雇着舆夫，乘了车径赴昌平。是日众大臣入朝，待了半日，方侦得武宗微行消息，大家都惊诧起来。大学士梁储、蒋冕、毛纪等急出朝驾了轻车，马不停蹄地追赶，行至沙河，才得追及武宗，忙下车攀辕，苦苦谏阻。偏是武宗不从，定欲出居庸关。梁储等没法，只得随着同行。可巧巡关御史张钦已得武宗到音信，即驰使呈奏，其词道：

比者人言纷纷，谓车驾欲度居庸，远游边塞，臣谓陛下非漫游，欲亲征北寇也。不知北寇猖獗，但可遣将徂征，岂宜亲劳万乘？英宗不听大臣言，六师远驾，遂成土木之变，匹夫犹不自轻，奈何以宗社之身，蹈不测之险？今内无亲王监国，又无太子临朝，国家多事，而陛下不虞祸变，欲整辔长驱，观兵绝塞，臣窃危之！比闻廷臣切谏皆不纳，臣愚以为乘舆不可出者有三：人心摇动，供亿浩繁，一也；远涉险阻，两宫悬念，二也；北寇方张，难与之角，三也。臣职居言路，奉诏巡阅，分当效死，不敢爱死以负陛下。惟陛下鉴臣愚诚，即日返跸，以戢人言而杜祸变，不胜幸甚！

原来武宗出游时，鞑靼部小王子颇有寇边的警耗。张钦不欲直指武宗的过失，因借边警为言，谏阻乘舆。可奈武宗此时，游兴正浓，任你如何奏阻，总是掉头不顾。行行复行行，距关不过数里，先遣人传报车驾出关。张钦令指挥孙玺，紧闭关门，将门钥入藏，不准妄启。分守中官刘嵩拟往迎谒，钦出言阻住道："此关门钥，是你我两人掌管，如果关门不开，车驾断不能出，违命当死！若遵旨开关，万一戎敌生心，变同土木，我与君职守所在，追究祸源，亦坐死罪。同是一死，宁不开关，死后还是万古留名呢。"正说着，前驱走报，车驾已到，饬指挥孙玺开关。玺答道："臣奉御史命，紧守关门，不敢私启。"

第四十九回　幸边塞走马看花　入酒肆游龙戏凤

前驱返报武宗，武宗又令召中官刘嵩问话。嵩乃往语张钦道："我是主上家奴，该当前去，御史秉忠报国便了。"刘嵩尚算明白。钦见嵩去后，负了敕印，仗剑坐关门下，号令关中道："有言开关者斩！"相持至黄昏，复亲自草疏，大略言："车驾亲征，必先期下诏，且有六军护卫，百官扈从，今者寂然无闻，乃云车驾即日过关，此必有假托圣旨，出边勾贼的匪徒。臣只知守关捕匪，不敢无端奉诏"云云。疏已草就，尚未拜发，使者又至关下，催促开关。钦拔剑怒叱道："你是什么人，敢来骗我？我肯饶你，我这宝剑，却不肯饶你呢。"来使慌忙走还。武宗益愤，方拟传旨捕钦，忽见京中各官的奏疏如雪片般飞来，就是张钦拜发的奏牍亦着人递到，一时阅不胜阅，越觉躁急得很。江彬在旁进言道："内外各官，纷纷奏阻，反闹得不成样子，请圣上暂时涵容，且返京师，再作计较。"武宗不得已，乃传旨还朝。一语便能挽回，若彬为正人，岂非所益甚多？隔了数日，饬张钦出巡白羊口，别遣谷大用代去守关，随即与江彬易了服装，混出德胜门，加一混字，全不象皇帝行径，星夜赶至居庸关，只与谷大用打个照面，遂扬鞭出关去了。

一出了关，即日至宣府，是时江彬早通信家属，嘱造一座大厦，名为镇国府第，内中房宇幽深，陈设华丽，说不尽的美色崇轮。武宗到了宅中，已是百色俱备，心中大喜，一面饬侍役驰至豹房，辇运珍宝女御，移置行辕，一面与江彬寻花问柳，作长夜游。但见宣府地方，所有妇女，果与京中不同，到处都逢美眷，触目无非丽容，至若大家闺秀，更是体态苗条，纤秾得中。袁子才诗云："美人毕竟大家多"，于此益信。江彬导着武宗，驾轻就熟，每至夜分，闯入高门大户，迫令妇女出陪。有几家未识情由，几乎出言唐突，经江彬与他密语，方知皇帝到来，各表欢迎，就使心中不愿，也只好忍气吞声，强为欢笑。武宗也不管什么，但教有了美人儿，便好尽情调戏，欢谑一场。有合意的，就载归行辕，央她奉陪枕席，江彬也不免分尝禁脔，真是恩周雨露，德溥乾坤。讽刺俱妙。

过了月余，复走马阳和，适值鞑靼小王子率众五万入寇大同，单兵官王勋登陴固守，相持五日，寇不能下，复移众改掠应州。应州与阳和密迩，警报纷至，武宗自恃知兵，便拟调兵亲征。江彬奏道："此系总兵官责任，陛下何必亲犯戎锋。"武宗笑道："难道朕不配做总兵官么？"彬又道："'皇帝'自皇帝，总兵官自总兵官，名位不同，不便含混。"武宗道："皇帝二字，有甚么好处？朕却偏要自称总兵官。"言至此，又踌躇半晌，才接着道："'总兵官'三字上，再加总督军务威武大将军，便与寻常总兵官不同了。"彬不便再言，反极口赞成。这叫作逢君之恶。武宗遂把"总督军务威武大将军总兵官"十二字，铸一金印，钤入钧帖，调发宣大戍兵，亲至应州御寇，小王子闻御驾亲征，倒也吓退三分，引军径去。武宗运气，比英宗为佳，所以遇着小王子，不似乜先厉害。武宗率兵穷追，与寇众后队相接，打了一仗，只斩敌首十六级，兵士却死伤了数百。幸喜寇众已有归志，只管远飏，不愿进取，所以武宗得饬奏凯歌，班师而回。全是侈汰。乘着便路，临幸大同。京中自大学士以下，屡驰奏塞外，力请回銮，武宗全然不睬，一味儿在外游幸。南京吏科给事中孙懋闻武宗出塞未归，也赍疏至大同，略云：

都督江彬，以枭雄之资，怀俭邪之志，自缘进用以来，专事从谀导非，或游猎驰驱，或声色货利，凡可以盅惑圣心者，无所不至。曩导陛下临幸昌平等处，流闻四方，惊骇人听，今又导陛下出居庸关，既临宣府，又过大同，以致寇骑深入应州。使当日各镇之兵未集，强寇之众沓来，几不蹈土木之辙哉？是彬在一日，国之安危，未可知也。伏乞陛下毋惑俭言，将彬置罪，即日回銮以安天下，然后斥臣越俎妄言，枭臣首以谢彬，臣虽死不朽矣！谨请圣鉴！

看官！你想京师中数一数二的大员接连奏请，还不能上冀主听，指日还銮，何况一个小小给事中并且路途遥远，去睬他什么？录述奏疏，恰是为他卑远。会杨廷和服阕还京，得知此事，也拜疏一本，说得情理俱到，武宗虽不见从，恰称他忠诚得很，仍令入阁。廷和即约了蒋冕，驰至居庸关，拟出塞促上还跸。偏是中官谷大用，预承帝嘱，硬行拦阻，廷和等无法可施，只好怏怏还京。武宗留驻大同，游幸数日，没有

甚么中意，想是没有美人，便语江彬道："我等不若到家里走罢！"原来武宗在宣府行辕，乐而忘返，尝信口称为家里，江彬已是惯闻，便饬侍从整备銮驾，驰还宣府。

一住数日，武宗因路途已熟，独自微行，连江彬都未带得，信步徐行，左顾右盼，俄至一家酒肆门首，见一年轻女郎，淡妆浅抹，艳丽无双，不禁目眩神迷，走入肆中，借沽饮为名，与她调遣。那女子只道他是沽客，进内办好酒肴，搬了出来，武宗欲亲自接受，女子道："男女授受不亲，请客官尊重些儿！"随将酒肴陈设桌上。武宗见她措词典雅，容止大方，益觉生了爱慕，便问道："酒肆中只你一人么？"女子答道："只有兄长一人，现往乡间去了。"武宗又问她姓氏，女子腼腆不言。武宗又复穷诘，并及乃兄名字，女子方含羞答道："奴家名凤，兄长名龙。"武宗随口赞道："好一个凤姐儿。凤兮凤兮，应配真龙。"绝妙凑趣。李凤听着，料知语带双敲，避入内室。武宗独酌独饮，不觉愁闷起来，当下举起箸来，向桌上乱敲，惊动李凤出问。武宗道："我独饮无伴，甚觉没味，特请你出来，共同一醉。"李凤轻詈道："客官此言，甚是无礼，奴家非比青楼妓女，客官休要错视！"武宗道："同饮数杯，亦属无妨。"李凤不与斗嘴，又欲转身进内。武宗却起身离座，抢上数步，去牵李凤衣袖。竟要动粗。吓得李凤又惊又恼，死命抵拒，只是一个弱女子，哪及武宗力大，不由分说，似老鹰拖鸡一般，扯

第四十九回　幸边塞走马看花　入酒肆游龙戏凤

入内室。李凤正要叫喊，武宗掩她樱口道："你不要惊慌，从了我，保你富贵。"李凤尚是未肯，用力抗拒，好容易扳去武宗的手，喘吁吁的道："你是甚么人，敢如此放肆？"武宗道："当今世上，何人最尊？"李凤道："哪个不晓得是皇帝最尊。"武宗道："我就是最尊的皇帝。"李凤道："哄我作甚么？"武宗也不及与辩，自解衣襟，露出那平金绣蟒的衣服，叫她瞧着。李凤尚将信未信，武宗又取出白玉一方，指示李凤道："这是御宝，请你认明！"李凤虽是市店娇娃，颇识得几个文字，便从武宗手中，细瞧一番，辨出那"受命于天既寿永昌"八字，料得是真皇帝，不是假皇帝，且因平时曾梦身变明珠，为苍龙攫取，骇化烟云而散，至此始觉应验。况武宗游幸宣府，市镇上早已传扬，此番侥幸相逢，怕不是做日后妃嫔，遂跪伏御前道："臣妾有眼无珠，望万岁恕罪！"武宗亲自扶起，趁势抱入怀中，脸对脸，嘴对嘴，亲了一会美满甘快的娇吻。上方面舌度丁香，下方面手宽罗带，霎时间罗襦襟解，玉体横陈，武宗自己，亦脱下征袍，阖了内户，便将李凤轻轻的按住榻上，纵体交欢。正是庐家少女，亲承雨露之恩，楚国襄王，又作行云之梦。落殷红于寝褥，狼藉胭脂，沾粉汗于征衫，娇啼宛转。刚在彼此情浓的时候，李龙已从外进来，但见店堂内虚无一人，内室恰关得很紧，侧耳一听，恰有男女媟亵声，不由得愤怒起来，亟出门飞报弁兵，引他捉奸。不意弁目进来，武宗已高坐堂上，呼令跪谒。自作皇帝自喝道，煞是好看。弁目尚在迟疑，李凤从旁娇呼道："万岁在此，臣下如何不跪？"弁目听得"万岁"两字，急忙俯伏称臣，自称万死。李龙亦吓得魂不附体，急跪在弁目后面，叩头不迭。武宗温谕李龙，着至镇国府候旨。一面命弁目起身，出备舆马，偕李凤同入镇国府中。李龙亦到府申谒，得授官职，蒙赐黄金千两。

转瞬间已是残冬，京内百官又连篇累牍的奏请回銮。武宗亦恋着凤姐儿，无心启程，且欲封凤姐为妃嫔，令她自择。李凤固辞道："臣妾福薄命微，不应贵显，今乃以贱躯事至尊，已属喜出望外，何敢再沐荣封？但望陛下早回宫阙，以万民为念，那时臣妾安心，比爵赏还荣十倍呢。"好凤姐比江彬胜过十倍。武宗为之颔首。且见李凤玄衣玄裳，益显娇媚，所以暂仍旧服，不易宫妆。李凤又尝于枕畔筵前，委婉屡劝，武宗乃择于次年正月，车驾还京。光阴似箭，岁运更新，武宗乃启跸回都，带着李凤及所有美人，一同就道，到了居庸关，忽天大雷雨，惊动娇躯，关口所凿四大天王，又是怒气勃勃，目若有光。毕竟李凤是小家碧玉，少见多怪，偶然睹此，不觉惊骇异常，晕倒车上。武宗忙把她救醒，就关外借着驿馆，作为行宫，令李凤养疾。李凤伏枕泣请道："臣妾自知福薄，不能入侍宫禁，只请圣驾速回，臣妾死亦瞑目了。"我不忍闻。武宗亦对她垂泪道："朕情愿抛弃天下，不愿抛弃爱卿。"李凤又鸣咽道："陛下一身，关系重大，若贱妾生死，何足介怀？所望陛下保持龙体，惠爱民生。"说至此，已是气喘交作，不能再言，过了片刻，两目一翻，悠然长逝了。化作烟云，应了梦兆，但观她将死之言，恰是一位贤女子。武宗大为震悼，命葬关山上面，待以殊礼，用黄土封莹，一夜即变成白色。武宗道："好一个贤德女子，至死尚不肯受封，可惜朕无福德，不能使她永年，作为内助。但一女子尚知以社稷为重，朕何忍背她遗言？"当下命驾入关。

不数日即至德胜门，门外已预搭十里长的彩棚，悬灯结彩，华丽非常。还有彩联千数，尽绣成金字序文以及四六对句，无非是宣扬圣德，夸美武功。最可笑的，是对联颂词上所具上款只称威武大将军，下款百官具名也将臣字抹去，但列着职衔名姓，闻系武宗预先传示，教他这般办法，所以众官不敢违旨，一切奉令而行。真同儿戏。杨廷和、梁储等率领众官，备着羊羔美酒，到彩棚旁恭候，但见全副銮驾，整队行来，一对对龙旌凤旓，一排排黄钺白旄，所有爪牙侍卫、心腹中官以及宫娥彩女，不计其数。随后是宝盖迎风，金炉喷雾，当中拥着一匹红鬃骏马，马上坐着一位威武大将军，全身甲胄，仪表堂皇，就是明朝的武宗正德皇帝。襃中寓贬。众官一见驾到，伏地叩头，照例三呼。武宗约略点首，随下坐骑，徐步入彩幄中，升登临时宝座。众官复随入朝谒，杨廷和恭捧瑶觞，梁储执斝斟酒，蒋冕进奉果榼，毛纪擎献金花，次第上呈，庆贺凯旋。想是战胜无数美人，所以具贺凯旋哩。武宗饮了觞酒，尝了鲜果，受了金花，欣然语众官道："朕在榆河，亲斩一敌人首级，卿等曾知道吗？"好算是虚前空后的武功。廷和等闻旨，不得不极力颂扬。正是无可奈何。武宗大喜，复下座出帐，驰马入东华门，径诣豹房去了。众官陆续归第。小子有诗咏道：

仗剑归来意气殊，
百官蒲伏效嵩呼。
贾皋射雉夫人笑，
我怪明廷尽女奴。

武宗还京以后，曾否再游幸，且俟下回说明。

武宗性好游嬉，而幸臣江彬，即觇其所好，导以佚游。彬之意，不但将顺逢迎，且欲避众揽权，狡而且鸷，已不胜诛；甚且多方蛊惑，使之流连忘返，怙过遂非，索妇女于夜间，称寓府为家里，失德无所不至；而又自称总兵，不君不臣，走马阳和，猝遇强敌，其不遭寇盗之明击暗刺，尚为幸事。然其行事，一何可笑也。游龙戏凤一节，正史不载，而稗乘记及轶闻，至今且演为戏剧，当不至事属子虚。且闻武宗还宫，实由李凤之死谏，以一酒家女子，能知大体，善格君心，殊不愧为巾帼功臣，杨廷和辈，且自惭弗如矣。亟录之以示后世，亦阐扬潜德之一则也。

第五十回　觅佳丽幸逢歌妇
罪直谏杖毙言官

却说武宗还京，适南郊届期，不及致斋，即行郊祀礼。礼毕，纵猎南海子，且令于奉天门外，陈设应州所获刀械衣器，令臣民纵观，表示威武。忙碌了三五天，才得闲暇。又居住豹房数日，猛忆起凤姐儿，觉得她性情模样，非豹房诸女御所及，私下嗟叹，闷闷不乐。江彬入见，武宗便与谈及心事，江彬道："有一个凤姐儿，安知不有第二个凤姐儿？陛下何妨再出巡幸，重见佳人。"武宗称善，复依着老法儿，与江彬同易轻装，一溜烟似的走出京城，径趋宣府。关门仍有谷大用守着，出入无阻。杨廷和等追谏不从，典膳李恭拟疏请回銮，指斥江彬。疏尚未上，已被彬闻知，阴嗾法司，逮狱害死。给事中石天柱刺血上疏，御史叶忠痛哭陈书，皆不见报。闲游了两三旬，忽接到太皇太后崩逝讣音（太皇太后见四十四回），不得已奔丧还京，勉勉强强的守制数月。到了夏季，因太皇太后衬丧有期，遂托言亲视隧道，出幸昌平。到昌平后，仅住一日，竟转往密云，驻跸喜峰口。

民间讹言大起，谓武宗此番游幸，无非采觅妇女，取去侍奉，大家骇惧得很，相率避匿。永平知府毛思义揭示城中，略言："大丧未毕，车驾必无暇出幸，或由奸徒矫诈，于中取利，尔民切勿轻信！自今以后，非有抚按府部文书，若妄称驾至，藉端扰民，一律捕治勿贷！"民间经他晓谕，方渐渐安居，不意为武宗所闻，竟饬令逮系诏狱；羁禁数月，才得释出，降为云南安宁知州。武宗住密云数日，乃返至河西务，指挥黄勋，借词供应，科扰吏民。巡按御史刘士元遣人按问，勋竟逃至行在，密赂江彬等人，诬陷士元。武宗命将士元拿至，裸系军门，杖他数十。可怜士元为国为民，存心坦白，偏被他贪官污吏，狼狈为奸，平白地遭了杖辱，无从呼吁。武宗管甚么曲直，总要顺从他才算忠臣，例得封赏，否则视为悖逆，滥用威刑，这正所谓喜怒任情，刑赏倒置呢。实是专制余毒。

到了太皇太后梓宫，出发京师，武

宗方驰还京中，仍著戎服送葬，策马至陵，就饮寝殿中。一杯未了又一杯，直饮得酒气熏蒸，高枕安卧，百官以梓宫告竣后，例须升主祔庙，不得不请上主祭。入殿数次，只听得鼾声大作，不便惊动，只好大家坐待；直至黄昏，武宗方梦回黑甜，起身祭主，猛听得疾风暴雨，继以响雷，殿上灯烛，一时尽灭，侍从多半股栗，武宗恰谈笑自如。此君也全无心肝。礼毕还宫，御史等因天变迭至，吁请修省。疏入后，眼睁睁的望着批答，不料如石沉大海一般，毫无影响。过了数日，恰下了一道手谕，令内阁依谕草敕，谕中言宁夏有警，令总督军务威武大将军朱寿，统六师往征，江彬为威武副将军扈行。可发一噱。大学士杨廷和、梁储、蒋冕、毛纪等见了这谕，大都惊愕起来，当下不敢起草，公议上疏力谏。武宗不听，令草诏如初。杨廷和称疾不出，武宗亲御左顺门，召梁储入，促令草制。储跪奏道："他事可遵谕旨，此制断不敢草。"武宗大怒，拔剑起座道："若不草制，请试此剑！"储免冠伏地，涕泣上陈道："臣逆命有罪，情愿就死。若命草此制，是以臣令君，情同大逆，臣死不敢奉诏。"武宗听了此语，意中颇也知误，但不肯简直认错，只把剑遥掷道："你不肯替朕草诏，朕何妨自称，难道必需你动草么？"言已径去。

越宿，并未通知阁臣，竟与江彬及中官数人，出东安门，再越居庸关，驻跸宣府。念念不忘家里，可谓思家心切。阁臣复驰疏申谏，武宗非但不从，反令兵户工三部，各遣侍郎一人，率司属至行第办事。一面日寻佳丽，偏偏找不出第二个凤姐儿。江彬恐武宗愁烦，又导他别地寻娇，乃自宣府趋大同。复由大同渡黄河，次榆林，直抵绥德州。访得总兵官戴钦，有女公子，色艺俱工，遂不及预先传旨，竟与江彬驰入戴宅。戴钦闻御驾到来，连衣冠都不及穿戴，忙就便服迎谒，匍匐奏称："臣不知圣驾辱临，未及恭迎，应得死罪。"武宗笑容可掬道："朕闲游到此，不必行君臣礼，快起来叙谈！"特别隆恩。戴钦谢过了恩，方敢起身。当即饬内厨整备筵席，请武宗升座宴饮，彬坐左侧，自立右旁。武宗命他坐着，乃谢赐就坐。才饮数杯，武宗以目视彬，彬已会意，即开口语钦道："戴总兵知圣驾来意否？"戴钦道："敢请传旨。"江彬道："御驾前幸宣府，得李氏女一人，德容兼备，正拟册为宫妃，不期得病逝世。今闻贵总兵生有淑女，特此临幸，亲加选择，幸勿妨命！"戴钦不敢推辞，只好说道："小女陋质，不足仰观天颜。"彬笑道："总兵差了，美与不美，自有藻鉴，不必过谦。"戴钦无奈，只得饬侍役传入，饰女出见。不多时，戴女已妆罢出来，环珮珊珊，冠裳楚楚，行近席前，便拜将下去，三呼万岁。武宗亟宣旨免礼，戴女才拜罢起来。但见她丰容盛鬋，国色天香，端凝之中，另具一种柔媚态度。是大家女子身分。当由武宗瞧将过去，不禁失声称妙。江彬笑语戴钦道："佳人已中选了，今夕即烦送嫁哩！"戴女闻着，芳心一转，顿

明史演义

觉两颊绯红。武宗越瞧越爱，还有何心恋饮，匆匆喝了数杯，便即停觞。江彬离座，与戴钦附耳数言，即偕武宗匆匆别去。过了半日，即有彩舆驰至，来迎戴女。钦闻了彬言，正在踌躇，蓦见彩舆已到，那时又不敢忤旨，没奈何硬着头皮，遣女登舆。生离甚于死别，戴女临行时，与乃父悲泣相诀，自不消说。去做妃嫔，还要哭泣吗？武宗得了戴女，又消受了几日，复命启跸，由西安历偏头关，径诣太原。

太原最多乐户，有名的歌妓往往聚集。武宗一入行辕，除抚按入觐，略问数语外，即广索歌妓侑酒。不多时，歌妓陆续趋至，大家献着色艺，都是娇滴滴的面目，脆生生的喉咙，内有一妇列在后队，独生得天然俏丽，脂粉不施，自饶美态，那副可人的姿色，映入武宗眼波，好似鹤立鸡群，不同凡艳。当下将该妇召至座前，赐她御酒三杯，令她独歌一曲。该妇叩头受饮，不慌不忙的立将起来，但听她娇喉婉转，雅韵悠扬，一字一节，一节一音，好似那么凤度簧，流莺绾曲，惹得武宗出了神，越听越好，越看又越俏，不由得击节称赏。到了歌阕已终，尚觉余音绕梁，袅袅盈耳，江彬凑趣道："这歌妇的唱工，可好么？"武宗道："此曲只应天上有，人间难得几回闻。"溺情如许。说毕，复令该妇侍饮。前只赐饮，此则侍饮。那歌妇幸邀天眷，喜不自禁，更兼那几杯香醪，灌溉春心，顿时脸泛桃花，涡生梨颊，武宗瞧着，忍不住意马心猿，便命一班女乐队尽行退去，自己牵着该妇香袂，径入内室，那妇也身不由主，随着武宗进去。看官！你想此时的武宗，哪里还肯少缓？当即将该妇松了钮扣，解了罗带，挽入罗帏，饱尝滋味。比侍饮又进一层。最奇的是欢会时候，仍与处子无二，转令武宗惊异起来，细问她家世履历，才知是乐户刘良女，乐工杨腾妻。武宗复问道："卿既嫁过杨腾，难道杨腾是患天阉么？"刘氏带喘带笑道："并非天阉，实由妾学内视功夫，虽经破瓜，仍如完璧。"武宗道："妙极了，妙极了。"于是颠鸾倒凤，极尽绸缪。写刘女处处与戴女不同，各存身分。自此连宵幸御，佳味醰醰，所有前此宠爱的美人，与她相比，不啻嚼蜡。武宗心满意足，遂载舆俱归，初居豹房，后入西内，宠极专房，平时饮食起居，必令与俱，有所乞请，无不允从。左右或触上怒，总教求她缓颊，自然消释。宫中号为刘娘娘，就是武宗与近侍谈及，亦尝以刘娘娘相呼。因此江彬以下，见了这位刘娘娘，也只好拜倒裙下，礼事如母。尊荣极矣，想为杨腾妻时，再不图有此遇。这且慢表。

且说武宗在偏头关时，曾自加封镇国公，亲笔降敕，有云："总督军务威武大将军总兵官朱寿，统领六师，扫除边患，累建奇功，特加封镇国公，岁支禄五千石，著吏部如敕奉行！"愈出愈奇。杨廷和、梁储等联衔极谏，都说是名不正，言不顺，请速收回成命。武宗毫不见纳。又追录应州战功，封江彬为平虏伯，许泰为安边伯，此外按级升赏，共得内外官九千五百五十余人。及载刘娘娘还京，群臣奉迎如前仪，未几又思南巡，特手敕吏部道："镇国公朱寿，宜加太师。"又谕礼部道："威武大将军太师镇国公朱寿，令往两畿山东，祀神祈福。"复谕工部，速修快船备用。敕下后，人情汹汹，阁臣面阻不从。翰林院修撰舒芬，愤然道："此时不直谏报国，尚待何时？"遂邀同僚崔桐等七人，联名上疏道：

　　陛下之出，以镇国公为名号，苟所至亲王地，据勋臣之礼以待陛下，将朝之乎？抑受其朝乎？万一循名责实，求此悖谬之端，则左右宠幸之人，无死所矣。陛下大婚十有五年，而圣嗣未育，故凡一切危亡之迹，大臣知之而不言，小臣言之而不尽，其志非恭顺，盖听陛下之自坏也。尚有痛哭泣血，不忍为陛下言者：江右有亲王之变（指宁王宸濠事，见后），大臣怀冯道之心，以禄位为故物，以朝宇为市廛，以陛下为弈棋，以委蛇退食为故事，特左右宠幸者，智术短浅，不能以此言告陛下耳。使陛下得闻此言，虽禁门之前，亦警跸而出，安肯轻裹而漫游哉？况陛下两巡西北，四民告病，今复闻南幸，尽皆逃窜，非古巡狩之举，而几于秦皇、汉武之游。万一不测，博浪柏人之祸不远矣。臣心知所危，不敢缄默，谨冒死直陈！

　　兵部郎中黄巩闻舒芬等已经入奏，乞阅奏稿，尚以为未尽痛切，独具疏抗奏道：

　　陛下临御以来，祖宗纪纲法度，一坏于逆瑾，再坏于佞幸，又再坏于边帅之手，至是将荡然无余矣。天下知有权臣，而不知有陛下，宁忤陛下而不敢忤权臣，陛下勿知也。乱本已生，祸变将起，窃恐陛下知之晚矣。为陛下计，亟请崇正学，通言路，正名号，戒游幸，去小人，建储贰，六者并行，可以杜祸，可以弭变，否则时事之急，未有甚于今日者也。臣自知斯言一出，必为奸佞所不容，必有蒙蔽主聪，斥臣狂妄者，然臣宁死不负陛下，不愿陛下之终为奸佞所误也。谨奏！

　　员外郎陆震见他奏稿，叹为至论，遂愿为联名，同署以进。吏部员外郎夏良胜及礼部主事万潮、太常博士陈九川，复连疏上陈。吏部郎中张衍瑞等十四人，刑部郎中陈俸等五十三人，礼部郎中姜龙等十六人，兵部郎中孙凤等十六人，又接连奏阻。连御医徐鏊亦援引医术，独上一本。武宗迭览诸奏，已觉烦躁得很，加以江彬、钱宁等人从旁媒孽，遂下黄巩、陆震、夏良胜、万潮、陈九川、徐鏊等于狱，并罚舒芬等百有七人，跪午门外五日。既而大理寺正周叙等十人，行人司副余廷瓒等二十人，工部主事林大辂等三人，连名疏又相继呈入。武宗益怒，不问他甚么奏议，总叫按名拿办，一律逮系。可怜诸位赤胆忠心的官员，统是铁链郎当，待罪阙下，昼罚长跪，夜系囹圄。除有二三阁臣及尚书石珤疏救外，无人敢言。京师连日阴霾，日中如黄昏相似。南海子水溢数尺，海中有桥，桥下有七个铁柱，都被水势摧折。金吾卫指挥张英，慨然道："变象已见，奈何不言？"遂袒着两

臂，挟了两个土囊，入廷泣谏。武宗把他叱退，他即拔刀刺胸，血流满地。卫士夺去英刃，缚送诏狱，并问他囊土何用。英答道："英来此哭谏，已不愿生，恐自到时污及帝廷，拟洒土掩血呢。"也是傻话。嗣复下诏杖英八十。英胸已受创，复经杖责，不堪痛苦，竟毙狱中。复由中旨传出，令将舒芬等百有七人，各杖三十，列名疏首的，迁谪外任，其余夺俸半年。黄巩等六人，各杖五十，徐鏊戍边，巩、震、良胜、潮俱削籍，林大辂、周叙、余廷瓒各杖五十，降三级外补，余杖四十，降二级外补。江彬等密嘱刑吏，廷杖加重，员外陆震，主事刘校、何遵，评事林公黼，行人司副余廷瓒，行人詹轼、刘槩、孟阳、李绍贤、李惠、王翰、刘平甫、李翰臣，刑部照磨刘珏等十余人，竟受刑不起，惨毙杖下（明之尽罪谏官，以此为始）。武宗又申禁言事，一面预备南征，忽有一警报传来，乃由宁王宸濠戕官造反等情，说将起来，又是一件大逆案出现。

小子有诗叹道：
宁死还将健笔扛，
千秋忠节效龙逄。
内廷臣子无拳勇，
可奈藩王未肯降。
毕竟宸濠如何谋反，待小子稍憩片刻，再续下回。

观武宗之所为，全是一个游戏派，滑稽派。微服出游，耽情花酒，不论良家女子，及乐户妇人，但教色艺较优，俱可占为妃妾，是一游戏派之所为也。身为天子，下齿臣工，自为总兵官，并加镇国公及太师，宁有揽政多日，尚若未识尊卑，是一滑稽派之所为也。阁臣以下，相率泣谏，宁死不避，其气节有足多者，而武宗任情侮辱，或罚廷跪，或加廷杖，盖亦由奴视已久，处之如儿戏然。充类至尽，一桀而已矣，一纣而已矣，岂徒若汉武帝之称张公子，唐庄宗之称李天下已哉？书中陆续叙来，情状毕现，可叹亦可笑也。

第五十一回　豢群盗宁藩谋叛　谢盛宴抚使被戕

却说宁王宸濠，系太祖子宁王权五世孙，宁王权为成祖所给，徙封江西（见第二十二回及二十七回），历四世乃至宸濠，宸濠父名觐钧，尝纳娼女为妾，乃生此儿。及年长，轻佻无威仪，术士李自然、李日芳等反说他龙姿凤表，可为天子。又是术士作祟。又谓南昌城东南有天子气，因此宸濠沾沾自喜。当刘瑾得志时，曾遣中官梁安辇金银二万到京，贿通刘瑾，朦胧奏请，准改南昌左卫为宁藩护卫，且准与南昌河泊所一处，宸濠遂得养兵蓄财，阴图潜窃。及刘瑾伏诛，兵部议奏，又将他护卫革去，他越觉心中怏怏，谋变益亟。

先是兵部尚书陆完为江西按察使，与宸濠颇为投契，及完掌兵部，宸濠复馈遗不绝，求完代为设法，给还护卫。完复书宸濠，请他援引祖训，上书自请，方可代为申奏等语。适值伶人臧贤，得宠武宗，有婿在御前司钺，犯了国法，充南昌卫军，宸濠力为照拂，并托他转达乃翁，在京说项，臧贤自然应允。宸濠一面上疏，一面暗遣心腹，载宝入京，寓居臧贤家中，将所携的珍品分馈权要，乞为疏通，大家亦无不心许。只有大学士费宏，籍隶江西，素知宸濠蓄有异谋，尝在朝中宣言道："闻宁王辇金入京，谋复护卫，若听他所为，我江西人必无噍类，我在阁一日，必不允行。"陆完、臧贤闻费宏言，不敢卤莽行事，只好商诸钱宁。钱宁已得了厚赂，遂与陆完定计道："三月十五日，系廷试进士的日子，内阁与部院大臣，皆须至东阁读卷，公可于十四日，投复宁王乞复护卫疏，我与杨公廷和说知，请他即日批准，那时还怕费宏反抗么？"陆完大喜，依计行事，果然手到成功，竟复宁藩护卫。嗣复恐费宏反对，大家进谗诬宏，勒令致仕。宏南归时，宸濠又遣人行劫，纵火焚宏舟，行李皆为灰烬，只宏挈眷走脱，还算幸事。

宸濠又讨好武宗，知武宗性爱玩具，特于元宵节前献入奇巧灯彩，所有鱼龙人物，活动如生；且遣人入宫悬挂，代为装置，依檐附壁，张着数十百盏异灯。武宗见了，大加赞赏。及武宗

回入豹房，猛听得人声鼎沸，警铎乱鸣，不知是何变故，忙驰向院中仰望，但见一片红光，冲达云霄，把全院照得通红，心中大为惊异。又走上平台观看，那火势越烧越猛，远近通明。内侍凭着臆测，即启奏武宗道："这失火的地方，怕不是乾清宫么？"武宗反笑说道："好一棚大烟火，想是祝融氏趁着元宵，也来点缀景色哩。"正是笑话。次日并不查勘，还是杨廷和等上疏，请武宗避殿修省，武宗才下了一道诏旨，略将遇灾交儆的套话，抄袭几句，便算了结。张灯失火，原不得谓天灾，修省何用？

宸濠已潜结内援，复私招外寇，剧盗杨清、李甫、王儒等百余人，统是江湖有名的响马，都受了宁藩招抚，入居府中，号为把势。宸濠以无人统率，未免散漫，又礼聘鄱阳湖盗首杨子乔，做了群盗的统领，并闻举人刘养正读书知兵，延入府中，密访机务。刘举宋太祖陈桥兵变故事，作为谈资，听得宸濠孜孜忘倦，叹为奇材，就把那历年隐图，和盘说出，请他臂助。刘养正本是个簠片朋友，一味儿献谀贡媚，称他为拨乱真人，宸濠益喜，竟呼养正为刘先生，留居幕府，待若军师。江西按察司副使胡世宁，侦知宁府举动，不便隐忍，乃发愤上疏道：

宁王自复护卫以来，骚扰闾阎，钤束官吏，礼乐政令，渐不出自朝廷，臣恐江西之患，不止群盗也。伏乞圣明广集群议，简命才节咸望大臣，兼任提督巡抚之职，假以陈金、彭泽之权（陈金、彭泽事见四十八回），销隙寝邪于无形；并饬王自主其国，仰遵祖训，勿挠有司以防未然，庶内有以安宗社，外有以保懿亲，一举两善，无逾于此。谨祈准奏施行！

这疏一上，武宗颇也疑惧，遂命河南左布政孙燧，为右副都御史，巡抚江西。宸濠闻着，未免反侧不安，只得申奏朝廷，透过近属，先将自己的罪状，洗刷一番；又奏胡世宁离间亲亲，妖言诽谤，请立刻逮问等说。这奏章方才拜发，朝旨已升世宁为福建按察使。宸濠佯为饯别，请他入宴，饮食中置着毒物，一时未曾发泄。至世宁就道后，腹痛异常，泻了几次恶血，几乎丧命。道经浙江，因家住浙境，就便省墓，哪知捕逮世宁的中旨已至浙江，著巡浙御史潘鹏就近拘拿。幸浙江按察使李承勋与世宁交好，急留世宁入署，令他改姓埋名，从间道归命京师，免致暗算。世宁依计前行。果然潘鹏受了宸濠密托，遣人在要途守候，拟拿到世宁，即置死地。亏得世宁先事预防，不遭毒手。到京后又奏辩宁王必反，有旨驳斥，拘系狱中。世宁虽入囹圄，依旧孤忠未泯，接连上了三书，俱不见报。锦衣校尉，反受了中官密嘱，连番拷掠，害得世宁气息奄奄，仅存残喘。中官钱宁等尚说他诬告亲王，定欲加他死罪。大理寺少卿胡瓒抗言道："宁王谋为不轨，幸得世宁举发，这般功臣，反欲加他死罪，奈何服天下？"未几，江西抚按孙燧、李润等复奏称世宁无罪，乃得减死，仍谪戍辽东、沈阳卫。胡瓒夺俸受惩。

宸濠因武宗无嗣，糟蹋许多妇女，尚未得产一儿，可见寡欲生男之说，实有至理，复阴托钱宁，令取中旨，召己子入京，司香太庙。宁又替他面奏，但说宁王如何勤孝，怂恿武宗，用异色龙笺报赐。这异色龙笺，寻常罕用，只有御赐监国书牍方用此笺。武宗也不分皂白，就依了钱宁言，裁答下去。宸濠得书大喜，遂欲拓建府居，制拟大内。左布政张嵿以土地属自己管辖，不许侵占，宸濠乃送他食品四项，一系乾枣，一系鲜梨，一系生姜，一系芥菜。嵿启视毕，呼来使刘吉道："我知宁王的用意了。他欲我早离此地，免得与他反对。但臣子受命朝廷，行止一切，不得擅专，宁王也是人臣，难道得干预我么？"说得刘吉哑口无言。嵿即将原物退还，交给刘吉携归。宸濠没法，只好取出金帛，再去求钱宁设法。宁嘱吏部调嵿还都，升为光禄寺卿，嵿乃离任去讫。还是运气。

　宸濠又令党羽王春、余钦等，招募剧盗凌十一、闵廿四、吴十三等五百余人，与杨清等同匿丁家山寺，劫掠民财商货，储入府库。复厚结广西土官狼兵以及南赣、汀漳等处各峒蛮，使为外援。一面遣人往广东，收买皮帐，制成皮甲。且在邸第内私立冶厂，督造枪刀盔甲，并佛郎机铳等，砧锤丁当的声音彻夜不绝。会吴十三等往劫新建库银七千两，藏置窝主何顺家中，事为巡抚孙燧闻悉，立饬南昌知府郑璡，率役破窠，取归库银，拘戮何顺。孙燧复派兵捕盗，拿住吴十三等，械系南康府狱中。凌十一、闵廿四，竟往报宸濠，召集群盗，劫还吴十三。不愿做藩王，甘去做盗魁，想是做藩王的趣味，不如盗贼为佳。孙燧大愤，迭行奏闻，书凡七上，都被宸濠遣党邀截，无一得达。惟自劾乞休一疏，总算到京，也不见有甚么批答。

　时佥事许逵（见四十七回）就任江西按察司副使，密谒孙燧，请他先发制人。燧恐兵力未足，迟迟不发，适宸濠父死，居苫块间，矫情饰礼，阴嗾南昌生徒揄扬孝行，一面胁迫孙燧，据事奏闻。燧欲缓他逆谋，依言具奏。武宗览奏道："百官贤应该升职，宁王贤何必申奏，孙燧也太糊涂了。"糊涂皇帝，应有此糊涂臣子。太监张忠在旁，即启奏道："称宁王孝，便讥陛下不孝；称宁王勤，便讥陛下不勤。"武宗惊异道："孙燧敢如此么？"张忠道："这恐由钱宁、臧贤所主使。他两人交通宁王；早谋为逆，难道陛下尚未闻知么？"原来江彬与钱宁有隙，张忠素附江彬，所以乘间倾宁。都是好人。武宗被忠一说，为之动容。东厂太监张锐、大学士杨廷和，初亦党濠，无非有钱到手，至是知濠谋逆，且闻武宗已入忠言，乃议再削宁藩护卫，以免后患。御史萧淮又尽情举发，并言宁藩侦卒多寄匿臧贤家。于是诏饬校尉至贤家搜查。贤家多复壁，外蔽木橱，内通长巷，宁藩侦卒林华竟从复壁中逸去。校尉以"形迹可疑"四字，入复上命。杨廷和请仿宣宗处赵府故事（见三十二回），遣勋戚大臣往谕，叛迹已著，岂宣谕所得了耶？武宗准

明史演义

奏，因令太监赖义、驸马都尉崔元、都御史颜颐寿等，持谕戒饬，乘便收撤护卫。

这边方奉命登程，那边正开筵祝寿，原来宸濠生辰，系六月十三日，届期悬灯演戏，设宴征歌，宁府中非常热闹。所有镇守官、巡抚官、按察司、都御史等，都趋府祝贺，齐集一堂，大家欢呼畅饮，兴高采烈。忽报林华到来，当由宸濠传入，林华跟跄登堂，尚带三分气喘，意欲禀报京事，无奈众官满座，不便直陈，只得张皇四顾。宸濠心知有异，便召他入内，屏人与语。约历片时，方再出陪宾。大众正在酣醉时候，也无暇问及，等到酒阑席散，客去天昏，宸濠便召刘养正、刘吉密议，将林华所报情形，复述一遍。养正道："事急了，俗语有云，先下手为强，若再迟疑，要为人所制了。"宸濠即请他设计，由养正沈思一会，方道："有了有了。"随即与宸濠附耳道："如此如此。"两个有了，两个如此，好一对仗。说了数语，把一个宁王宸濠，引得欢天喜地。当下召入盗首吴十三、凌十一、闵廿四等，授他密计，令各率党羽，带领兵器，分头埋伏去讫。

转瞬天明，即召致仕都御史李士实入府，将乘机起事的意思与他说了。士实本与宸濠交游，听知此话，唯唯从命。辰牌将近，巡镇三司各官陆续前来谢宴，依次拜毕，但见府中护卫，带甲露刃，尽入庭中。宸濠出立露台，大声道："孝宗在日，为李广所误，抱民家养子，紊乱宗祧，我列祖列宗，不得血食，已是一十四年。昨奉太后密旨，令我起兵讨贼，尔等曾知道么？"众官闻言，面面相觑。独巡抚孙燧，毅然道："密旨何在？取来我瞧！"宸濠叱道："不必多言，我今拟往南京，你愿保驾么？"居然自称御驾。孙燧怒目视濠道："你说什么？可知道天无二日，臣无二主，太祖法制具在，哪个敢行违悖？"言未已，但听宸濠大呼道："把势快来！"四字说出，吴十二、凌十一、闵廿四等，俱应声入内。当由宸濠发令，将孙燧绑缚起来，众官相顾失色。按察司副使许逵上前指濠道："孙都御史，是朝廷大臣，你乃反贼，擅敢杀他么？"复顾孙燧道："我曾云先发制人，未邀允许，今已为人所制，尚有何言？"孙燧尚是忠臣，但不从逵言，亦嫌寡断。宸濠复指令群盗，缚住许逵，并问逵有何说，逵叱道："逵只有一片赤心，哪肯从你反贼？"且缚且骂。燧亦痛詈不绝。宸濠大怒，令校尉火信等，把两人痛殴，击断孙燧左臂，逵亦血肉模糊，两人气息仅属，由宸濠喝令牵出城门，一同斩首。逵临死，尚痛骂道："今日贼杀我，明日朝廷必杀贼。"至两人殉义时，天空中炎炎的烈日忽被黑云遮住，惨澹无光，宸濠反借此示威，并将御史王金，主事马思聪、金山，右布政胡濂，参政陈杲、刘斐，参议许效廉、黄宏，金事顾凤，都指挥许清、白昂及太监王宏等，统行拘住，械锁下狱。马思聪、黄宏绝粒死了。宸濠遂令刘养正草檄，传达远近，革去正德年号，指斥武宗，授刘养正为右丞相，李士实为左丞相，参政王纶为兵部尚书，总督军务大元帅。分遣逆党娄伯、王春等四出收兵，胁降左布政使梁宸，按察使杨璋，副使唐锦诸人。一面令吴十三、闵廿四等，夺船顺流，往攻南康，知府陈霖遁去，转攻九江，兵备副使曹雷及知府汪颖等亦遁。数城俱陷，大江南北皆震。

为了这番乱事，遂引出一位允文允武的儒将，削平叛藩，建立奇功，这位儒将是谁？就是前时反对刘瑾，谪戍龙场驿的王守仁。大书特书。守仁自谪居龙场，因俗化导，苗黎悦服。当刘瑾伏诛，调任庐陵知县，未几召入京师，累迁鸿胪寺卿。寻因江西多盗，擢他为金都御史，巡抚南赣、汀、漳。既莅任，即檄闽、广两省会兵，先讨大帽山贼，连破四十余寨，擒贼首詹师富。复进讨大庾、横水、左溪诸贼，逐去贼首谢志山等，所在荡平。赣州知府邢珣吉安知府伍文定，亦奉檄平定桶冈，招降贼首蓝廷凤，破巢八十有四，俘斩六千有奇。守仁又诱斩浰头贼首池仲容及弟仲安，追余贼至九连山，扫清巢穴，芟雉无遗。数十年巨寇，一并肃清，远近惊服如神明。守仁因境内大定，往谒宸濠。濠留他宴饮，适李士实亦同在座，彼此谈论时政得失。士实道："世乱如此，可惜没有汤武。"已有煽动宸濠之意。守仁道："即有汤武，亦须伊吕。"宸濠道："有汤武便有伊吕。"守仁道："有了伊吕，必有夷齐。"彼此标示暗号，煞是机锋暗对。宴毕散去。宸濠知守仁不肯相从，屡欲加害，守仁也暗中防备，巧值福州三卫军人进贵等作乱，警报传至京师，兵部尚书王琼，语主事应典道："进贵事小，宁藩事大，我意欲调王守仁一行，借着进贵乱事，给他敕书，俾他得调动兵马，相机行事，他日有变，不患呼应不灵了。"王琼此言，恰是有识，然亦由守仁命不该死。应典很是赞成。遂奏请赐敕王守仁，令查处福州乱军。守仁奉命即行，所以宸濠起事，江西守臣多遇害被执，独守仁得免。守仁行至丰城，丰城知县顾佖，已得宸濠反信，告知守仁，并说宸濠有悬购守仁的消息，守仁临机应变，立刻易服改装，潜至临江。知府戴德孺闻守仁远来，倒屣出迎，请他入城调度，这一番有分教：

奇士运筹期破贼，

叛藩中计俟成擒。

毕竟守仁如何定计，且看下回表明。

本回叙宸濠谋变始末，简而不漏，详而不烦。宸濠包藏祸心，已非一日，宫廷岂无所闻？误在当道得贿，暗中袒护，俾得从容布置，豢盗贼，制兵甲，直至戕害抚臣，名城迭陷，设无王琼之先行设法，王守仁之驰归决策，则大江上下，偏布贼党，明廷尚有宁乎？大学士杨廷和，身居重要，初亦与叛藩往来，至萧淮等举发奸谋，尚欲援宣德故事，遣使往谕，促使为变。孙燧、许逵之被害，未始非廷和致之。廷和之误国且如此，彼钱宁、臧贤辈，何足责乎？

明史演义

第五十二回　守安庆仗剑戮叛奴
　　　　　下南昌发兵证首逆

却说王守仁到了临江，与知府戴德孺接谈，德孺向守仁问计，守仁道："是处地濒大江，且与省会甚近，易攻难守，不若速趋吉安，还可整顿防务，抵御叛贼。"德孺又问道："我公晓畅军机，料敌如神，今日宸濠举兵，应趋何向？"守仁道："为宸濠计，恰有上中下三策：若他直趋京师，出其不意，最是上策。否则径诣南京，大江南北，亦必受害，虽非上策，也是中策。如或专据南昌，不越雷池一步，便是下策。他日王师齐集，四面夹攻，便如瓮中捉鳖，束手成擒了。"确是料敌如神。德孺很是佩服。守仁即转赴吉安，与知府伍文定，筹商战守机宜。守仁道："贼若出长江，顺流东下，南京必不可保，我已定下计策，令他不敢东行。十日以后，各军调集，那时可战可守，便不足虑了。"文定道："宁王暴虐无道，久失人心，哪里能成大事？得公为国讨贼，何患不济？"守仁道："古人说的临事而惧，好谋而成，现在发兵伊始，须先备粮食，修器械，治舟楫，一切办齐，方免仓皇。"此是用兵要诀。文定道："公言甚是。某虽不才，愿为效力。"守仁大喜，即与文定筹备军事，一面遣骑四出，向各府州投递檄文，略言："朝廷早知宁王逆谋，已遣都督许泰率京军四万南下，两湖都御史秦金、两广都御史杨旦及本都御史会兵，共十六万人，趋集南昌。大兵所过，沿途地方有司应供军粮，毋得因循误事，自干罪咎"等语。一派虚言。这檄传出，早被宸濠侦悉信为实事，但紧紧的守住南昌，不敢出发。

李士实与刘养正两人恰日日怂恿宸濠，早攻南京，宸濠颇为心动。忽由侦骑递到蜡书，亟忙展视，不禁失色。原来蜡书一函，是巡抚南赣王守仁密贻李士实、刘养正两人，内称："两公有心归国，甚是钦佩，现已调集各兵，驻守要害，专待叛酋东来，以便掩击，请两公从中怂恿，使他早一日东行，即早一日歼灭，将来论功行赏，两公要算巨擘呢。"这一封密书，若由明眼人瞧着，便料是守仁的反间计，宸濠哪里晓得，还道是李、刘二人私通守仁，暗地里将书搁起，所有二人言语，从此皆不肯轻信。二人亦无可奈何，但暗暗嗟叹罢了（上文叙宸濠中计，从守仁一边着笔，此处从宸濠一边，着笔妙有参换）。

宸濠坚守南昌，阅十余日，并不见有大兵到来，方知中了守仁的诡计，追悔不及。迟了。忙请李士实、刘养正商议，两人仍依着前言，劝宸濠急速东行。宸濠乃留宜春郡王拱樤，与内官万锐等守南昌，自率李士实、刘养正、闵廿四、吴十三等，共六万人，号称十万，分五哨出鄱阳湖，蔽江而下。令刘吉为监军，王纶为参赞，指挥葛江为都督，宸濠亲督中坚，所有妃嫔、世子、侍从等，都载舟从行。比陈友谅还要呆笨。舟至安庆，投书城中，招守吏出降。猛闻城头一声鼓响，士卒齐登，顿时旗帜飞扬，刀矛森列，从刀光帜影中，露出三员大将，一个是都督佥事杨锐，一个是知府张文锦，一个是指挥崔文，统是满身甲胄，八面威风，写得精神奕奕，齐声道："反贼休来！"宸濠亦高声答道："本藩奉太后密旨，亲自讨贼，并非造反，你等休得认错，快快开城出降，免得一死！"知府张文锦道："我奉皇上命令，守土抚民，不似你反贼横行无状，你若自知罪恶，早些束手受缚，我等还好替你洗刷。如再执迷不悟，即日身首分离，宗祀灭绝，你休后悔！"宸濠大怒，即督众攻城。城上矢石雨下，把前列的攻卒射伤多人，连宸濠的盔缨上面也中了一箭，险些儿射破头颅。宸濠吃了一惊，麾众暂退。次日复进兵扑城，城上固守如故。自晨至暮，一些儿不占便宜。接连数日，城守依然。时浙江留守太监毕贞起兵应濠，遣佥事潘鹏（即上文巡浙御史时，已就职佥事），到了安庆，助濠攻城。鹏本安庆人，遣家属持书入城，谕令速降。崔文撕碎来书，拔剑在手，将来使挥作两段。复枭下首级，掷出城外。宸濠复令鹏至城下，呼崔文等答话。崔文道："你食君禄，受君恩，为什么甘心降贼？我不配与你讲谈。"一言至此，复把使人的尸首剁作数截，一块一块的投将下来，并说道："叛奴请看！就是你日后的榜样。"鹏愤怒交迫，戟手指詈。文在城上拈弓搭箭，意欲射鹏，鹏慌忙走脱。既而城上缚着罪犯数十人，由张文锦亲自监斩，并呼城下军士道："你等皆朝廷兵士，朝廷也养你不薄，如何错了念头，反为叛贼效力？须知大逆不道，罪至灭族。看看！这是叛奴潘鹏的家属，今日为鹏受罪呢。"言毕，即喝令左右，把潘鹏家属，无论男妇老幼，都是一刀一个，枭首示众。宸濠的军士眼睁睁的瞧着城上，颇有些悔惧起来，独潘鹏悲忿异常，请命宸濠，誓破此城。奈张文锦等协力同心，随机应变，饶你如何愤激，全不中用。宸濠不觉愁叹道："偌大一座安庆城，尚是攻不进去，还想甚么金陵呢？"看似容易做似难，谁叫你造反。

王守仁在吉安，已征集各兵，出发漳树镇。临江知府戴德孺，袁州知府徐琏，赣州知府邢珣，端州通判胡尧元、童琦，推官王昈、徐文英以及新淦知县

第五十二回 下南昌发兵证首逆 守安庆仗剑戮叛奴

李美,太和知县李楫,宁都知县王天与,万安知县王冕等,各率兵来会,共得八万人,悉听守仁号令,进抵丰城。守仁集众官会议,推官王晔进言道:"现闻宁王攻安庆城,连日不能下,谅他必兵疲气沮,若率大兵往援,与安庆守兵,前后夹攻,必能破贼。宁贼一败,南昌可不战而下了。"此是行兵常道。守仁道:"君但知其一,未知其二。试想我军欲救安庆,必越南昌,困难情形,且不必说,就是与宸濠相持江上,势均力敌,未见必胜,安庆城内的守兵,也可劳敝,但能自保,不足为我援应,彼时南昌贼兵,出我后面,绝我饷道,南康、九江的贼众,又合力谋我,使我腹背受敌,岂非自蹈危地么?依我意见,不如径攻南昌。"见识高人一筹。王晔又道:"宁王经画旬余,方才出兵,他恃南昌为根据,势必留备甚严,我军进攻,未必一时可拔。安庆被围日久,孤城易陷,未得南昌,先失安庆,恐非良策。"守仁微笑道:"你太重视这反贼了。他迟迟发兵,实是中了我计,徘徊未决,后知为我所绐,忿激而出,精锐多已随行,所有南昌守兵,必甚单弱,我军新集,气势正锐,不难攻破南昌。他闻南昌危急,哪肯坐失巢穴,势必还兵自救,安庆自可撤围。等他到了南昌,我已把南昌夺下,贼众自然夺气。首尾牵制,贼必为我所擒了。"所谓知彼知己,百战百胜。王晔方才悦服,众官亦相率赞成。乃将全队人马,分为十三哨,每哨多约三千人,少约千五百人,伍文定愿为先锋,守仁应允,只嘱他次第薄城,各攻一门。九哨作正兵,四哨作游兵。正兵责成攻击,游兵往来策应。正在分嘱的时候,忽有侦骑来报,宁王曾在南昌城南,预置伏兵,作为城援。守仁道:"知道了。"布置从容,毫不着急。遂召知县刘守绪入内道:"宸濠虽预置伏兵,谅不过数千人,我给你骑兵五千,夤夜出发,须从间道潜行,掩袭过去,不怕伏兵不灭,这就叫作将计就计。"守绪领命自去。

守仁遂于七月十九日发兵,至二十日黎明,齐至汛地,当即下令军中,一鼓薄城,再鼓登城,三鼓不登者斩,四鼓不登,戮及队将。一面写了檄谕,缚在箭上,射入城中,令城中百姓,各闭户自守,勿助乱,勿恐畏逃匿,遂饬各军整顿攻具,携至城下。霎时间鼓声大震,各军蚁附城下,把云梯绳索等物,一概扎缚停当,竖将起来,等到鼓声再响,都缘梯齐上,奋勇攀缘。城上虽有守卒抛下矢石,怎奈官军拚命而来,前仆后继,御不胜御。又远远望着城南伏兵,并不见到,但觉得一片火光,返射城头,料知伏兵亦遭截击(刘守绪一路用虚写),不禁魂飞魄散,大家呐喊一声,索性走了他娘,各逃性命。至第三通击鼓,各军已半入城内,开了城门,招纳外兵。守仁麾军大进,如入无人之境。刘守绪亦已扫荡伏兵,随入城中。全城已破,分贴安民告示,并严申军律,不准骚扰。赣州、奉新的兵马,多系收来降盗,一入城中,多行劫掠,不遵约束,事为守仁所闻,饬各将官捕获数人,立斩以徇,兵民才得相安。纪律不得不严。守仁复带领各兵,围搜王宫,忽见王宫高处,黑烟腾涌,如驱云泼墨一般,继而烟雾中钻出一道火光,冲上层霄,照得全城皆赤,顿时爆裂声、坍陷声及号哭声,陆续不绝。守仁令各兵用水扑火,一时火势炎炎,无从扑灭。各兵正忙个不了,突见火光影里拥出一群人来,疾走如飞,伍文定眼快,喝令军士,速即拿住。众兵追上,手到拿来,不曾走脱一人,献至军前审问,就是宜春郡王拱橞以及逆党万锐等人,当将他系入槛车,再行灭火入宫。宫人多葬身火窟,有未曾被火的,一律拘系,讯系胁从吏民,尽行遣散。检点仓库,金银钱谷,存蓄尚多,这都由宸濠穷年累月,横征暴敛,所得百姓的脂膏,作为谋叛的费用。守仁取了一半犒赏从征的将士,余剩的统检数登籍,严加封闭,这且慢表。

且说守仁在吉安时,已将宸濠反状飞报京师,并疏请速黜奸邪,禁止游幸等情。武宗时在豹房,接到此奏,也觉慌张起来,当召诸大臣集议。许泰、刘晖等纷纷献计,议论不一,尚书王琼独宣言道:"有王伯安在,不久自有捷报,虑他什么?"(伯安便是守仁别字。)琼前时请敕征调,正为防备宸濠起见,所以有此一说(应上回)。大众将信将疑,江彬独请武宗亲征,武宗早欲南巡,正好借此为名,好算凑巧。遂传旨内阁,略称:"宸濠悖逆天道,谋为不法,即令总督军务威武大将军镇国公朱寿,统各镇边兵征剿,所下玺书,改称军门檄。"杨廷和等上疏谏阻,毫不见从,

只收逮太监萧敬、秦用、卢朋,都督钱宁,优人臧贤,尚书陆完等,一并下狱,籍没家产。一面令江彬速发禁军,前驱出发,自己带着妃嫔人等,启跸出京。此时最宠爱的刘美人适有微疾,不及随行,武宗与她密约,拟定车驾先发,遣使续迎。美人出一玉簪,交给武宗,作为日后迎接的证据。本是个乐妇出身,生就水性杨花,何需信物?武宗藏簪袖中,至芦沟桥,策马疾驱,簪竟失落,大索数日不得。到了临清州,遣中使往迎美人,美人辞道:"不见玉簪,怎敢赴召?"中使返报,武宗独乘着单舸,昼夜疾行,驰至京师,才将美人并载,一同南行。内外从官,竟没有一人知觉。可见武宗的本意,并不在亲征宸濠,实是要亲选南威哩。驾才出京,王守仁捷音已到,武宗留中不发,只慢慢儿的南下。

小子且把南巡事暂搁,先将守仁擒宸濠事叙述明白(插入武宗南征一段,以便下文接笋)。守仁既得了南昌,休息二日,即拟遣伍文定、徐琏、戴德孺等,分道出兵。忽由侦卒走报,宁王宸濠,撤安庆围,来援南昌了,守仁道:"我正要他还兵自救哩。"(回应前言。)众官道:"此次叛王宸濠,挟怒而来,兵锋必锐,恐不可当,我军只宜坚壁固守,休与他战。待他久顿城下,粮尽援绝,势将自溃,那时可乘隙追擒了。"亦似有理。守仁道:"诸君又说错了。宸濠兵马虽众,多系乌合,闻他所到的地方,徒恃焚掠,威驱势迫,并没有部勒的方法,严肃的号令。且自谋变以

来，未曾经过大敌，与他旗鼓相当，一决胜负，所称士马精强，不过徒有虚名，毫不足惧。他所诱惑人心的要着，无非是事成封爵，富贵与共等套话。现在安庆不能取，南昌又被我攻下，进无可进，退无可退，众心懈乱，自在意中，试问世上哪一个人，肯平白地拚了性命，去求那不可必得的富贵呢？我今仗着机势，发兵邀击，他必不战自溃，岂尚能与我相持么？"正说着，帐外又报抚州知府陈槐亦率兵到来，守仁喜道："兵厚力集，不擒逆藩，更待何时？"当下接见陈槐，温言慰劳，并检阅新兵，一一安顿，不消絮述。越宿，复得侦报，说是宸濠的先锋队已至樵舍。守仁即登堂升座，召集各将士道："今日是叛藩就擒的日子，望诸君为国效劳，努力破贼！"众将士齐声应令。守仁传伍文定至座前道："前驱的责任，仍然劳君，请君勿辞！"文定欣然应诺，便召余恩道："你去接应伍太守，我有锦囊一枚，内藏秘计。可至军前启视，与伍太守依计而行，不得有误！"言讫，遂取出锦囊，递与文定。两人领命去讫。又传邢珣近前道："我亦授你锦囊一个，你可照计行事，小心勿违！"邢珣亦受命而去。复语徐琏、戴德孺道："两公可分兵两队，作为左右翼，夹击贼兵，不患不胜。"两人亦唯唯去讫（上文用虚写，此处用明示，无非为笔法娇变计耳）。守仁分遣诸将后，也带着亲兵数千名，出城驻扎，专待各路捷音。小子有诗咏道：

谁言文吏不知兵，
帷幄纤筹似孔明。
试看洪都操胜算，
千秋犹自仰文成（文成系守仁谥法）。

欲知胜负如何，待小子下回续详。

宁藩之叛，料敌决胜，志平叛逆者，全赖一王守仁。而杨锐、张文锦、崔文等，亦不为无功。守仁计赚宸濠，俾其株守南昌，不敢东下者旬日，可谓巧矣。但旬日以后，宸濠出攻安庆，若非杨锐、张文锦等，以三人捍孤城，则安庆一陷，乘势东行，金陵岂尚可保乎？虽宸濠智谋有限，纪律不严，未必能画江自守，与钱镠比，然既得金陵，可战可守，如欲指日荡平，恐非易事。故守仁为本回之主脑，而杨锐、张文锦、崔文等，亦一宾中主也。观文中叙安庆之守，及南昌之下，皆写得有声有色，跃动纸上，有是事不可无是文，有是文不可无是笔。

第五十三回　伍文定纵火擒国贼　王守仁押俘至杭州

却说宸濠围攻安庆，相持半月有余，尚不能下，正拟督兵填濠，期在必克，忽接到南昌被围消息，不免心慌意乱，急令撤兵还救。李士实进谏道："南昌守兵单弱，敌不过王守仁，我若还救，恐已不及了。"也有见识。宸濠道："丞相欲再攻安庆么？"士实道："这也不必。依着愚见，南昌无须还救，安庆亦可撤围。"宸濠道："照你说来，此后到哪里去？"士实道："何不径取南京，即位称尊？那时传檄天下，大江南北，容易平定，还怕江西不服么？"这便是守仁所说中策。宸濠沈吟半晌，复道："南昌是我根本重地，金银钱谷，积储尚多，我若失去这项积储，何处再得军用？现在无论如何，只好还救南昌，顾全根本，然后再图别策。"已不劳你费心了。士实见进谏无益，默然退出，自叹道："不用吾言，还有何望呢？"谁叫你明珠暗投。

宸濠见士实退出，即督率将士登舟，溯江而上，直抵扬子江口，先遣精兵二万，还救南昌，自率大兵后应。先锋队顺风扬帆，联舟直上，越过樵舍，进逼黄家渡，望见前面已有战船，分作两排列着，船上各插旗号，在前的是伍字旗，在后的是余字旗，伍、余两军出现。他也不管什么伍、余、元、卜，只仗着顺风顺势，鼓噪前进。伍、余两人早已展阅锦囊，依着诱敌的秘计，佯为交战，斗不数合，返舟急走。一逃一追，逃的是假，追的是真。宸濠闻前军得利，也率众继进，只前军与后军，相隔尚远，前军亦不胜相顾，争先恐后，弄得断断续续。恰巧邢珣奉了密计，绕出敌军先锋队后面，冲击过去，邢军出现。敌军不及防备，顿时忙了手脚，哪知前面的伍、余两军又复翻身杀来，一阵扫荡，把敌船击沉无数。宸濠远远瞧见，即饬各舟赴援，不料行近战线，左右炮响，杀出两路兵船，左边兵船上悬着徐字旗号，右边兵船上悬着戴字旗号。徐、戴两军也出现。两翼官兵，拦腰截击。宸濠顾东失西，顾西失东，战不多时，撞舟折舵声及呼号惨叫声搅成一片，扰扰不已。伍、余各军，已将前

第五十三回　伍文定纵火擒国贼　王守仁押俘至杭州

行的敌船扫净，来助戴、徐。四五路的官兵，夹击宸濠。宸濠惶急异常，只好下令退走，好容易在官兵里面，冲开一条血路，向东逃生。官兵赶了数十里，擒斩二千余级，夺得船械无数，方才收兵。

宸濠退保八字脑，夜间泊舟，与黄石矶相对。宸濠见矶势颇险，问左右道："此矶叫作何名？"左右多云未知，惟有一小卒是饶州人，素悉地形，即上前答道："这地名黄石矶。"宸濠大怒道："你敢来汕笑我么？"言未毕，已拨出佩刀，把小卒杀死。咄咄怪事。刘养正进谏道："大王何故杀此小卒？"宸濠尚带着怒气，悻然道："他说是王失机，难道此矶已知我失败，不是明明汕笑我么？"养正道："他说的黄字，是黄色的黄字，不是大王的王字，他说的石字，是石板的石字，不是失败的失字，矶字与失机的机字，也是不同，幸勿误会。"宸濠方知为误杀，乃令军士将小卒尸首，异瘗岸上，叹息罢了。但附从各将士，见宸濠如此昏瞆，料知不能成事，纷纷散去。

宸濠正愁闷无聊，忽又接着军报，守仁已遣知府陈槐、林械等攻九江，曾玙、周朝佐等攻南康。宸濠大惊道："曾玙是建昌知府，颇有材名，他也帮助王守仁，去攻南康么？（借宸濠口中，叙出曾玙，省却文中转折。）若南康、九江，被他夺去，我还有什么土地？奈何奈何！"养正道："事已至此，不必说了。现在只有振作军心，再图一战。若得战胜守仁，夺还南昌，即无他虑。"

宸濠道："我看此间将士，为了前次一败，多已懈体，不如尽发南康、九江兵，与他一战，何如？"官军正图南康、九江，他却欲调兵助战，正是牛头不对马尾。养正道："重赏之下，必有勇夫，大王何惜些须金帛，不肯犒士？若悬赏购募，与守仁决一死战，当可得胜，何必调兵他处呢？"宸濠尚疑信参半，一面檄调南康、九江兵马，一面出了赏格，将士有当先效命的，赏千金，突阵受伤，加给百金。这令一下，果然人人拚死，鼓舟再进。

行未数里，已与官军相遇。两下对仗，宸濠的将士比前日大不相同，刀枪并举，炮铳迭发，一股锐气，直扑官军。官军被他杀伤竟至数百名，稍稍退却。伍文定统领全师，瞧这情形，忙跃登船头，掣出佩剑，把临阵退缩的兵士砍死了五六名；又把令旗一挥，率动各战船，向那枪林弹雨中，掩杀上去。是时战云密布，毒焰漫空，拳头大的火星，一颗颗，一点点，飞入伍文定舟中。文定毫不胆怯，仍然挺身矗立，督军死战，蓦然间火星爆裂，弹向文定面上，将文定连鬓长须，烧去一半。文定只用手一拂，坠落火星，一些儿没有惊惶，指挥如故。垂败的官兵见主将如此镇定，毫不畏死，也不由得感愤起来。当下将对将，兵对兵，枪对枪，炮对炮，酣战多时。宸濠见不能取胜，也拨船突阵，不防有一炮射来，正中他坐船，一声怪震，把船头击得粉碎，江中波浪，随同震荡，各战船都摇动起来。宸濠在百忙中，移过别船，部众相率惊骇，顿时大溃。等到烟消火灭，只见官军尚在那里，所有宸濠的战船已逃至樵舍去了。伍文定检查战功，复擒斩二千余级，申报守仁，预备再战。

宸濠吃了第二次败仗，懊怅得很，复收合余烬，联结残舟，成了一个方阵，连樯自守；尽出所有金帛，赏犒死士。这事被守仁闻悉，忙遣人致文定书，当由文定启视，书中没有别语，只有"急用火攻"四字。文定道："我亦已有此意。"仿佛瑜、亮。遂邀集余恩、邢珣、徐琏、戴德孺等，议定埋伏夹击等计策，各携火具，分道并进。会宸濠召见群下，迭述败状，拟将临阵先逃的部目牵出数人，斩首示惩。各部目多系剧盗，哪肯奉谕，枉送性命。遂一哄儿争辩起来，你推我诿，噪个不住。你要收罗盗贼，还你这般结果。探卒忽入船哗报道："官军来了！官军来烧我舟了！"宸濠听着，大惊失色，忙推案出望，但见前后左右，已是火势炎炎，烧个正著。时值秋燥，江上的秋风大作，四面八方，火头乱越，就是要想救灭，急切也是不及。官军乘着火势，纷纷跃上舟阵。原来纵火的官军，便是余恩、邢珣、徐琏、戴德孺四路水师，与伍文定计议妥当，各驾轻舟，埋伏隐处，等到风色一顺，分头举火，所以东西南北，面面烧着。宸濠在船头上痴望多时，只见邢珣自左杀来，戴德孺自右杀来，余恩攻后，伍文定攻前，自己部下的将士纷纷投水，毫无抵御的能力，不禁流涕道："大事去了！"正说着，副舟也已被火，吓得宸濠几乎晕倒，慌忙走

入船舱，与妃嫔等相对痛哭。这等无用的人物，也想造反吗？正妃娄氏挺身立起道："妾前时曾谏止殿下，休负国恩，殿下不从，乃有今日。罢罢！殿下负了皇上，妾不忍负着殿下。"说至此，疾步趋至船头，奋身一跳，投入水中。义烈可敬。各妃嫔见娄妃殉难，也都丢开性命，又听得哔哔剥剥，火势愈烧愈近，大家料难逃生，各启舟舱，陆续投水，统向龙宫处报到。只有宸濠泣涕涟涟，何不随妃嫔入水？挈着世子仪宾，兀在舟中坐住。官军四面跃入，即将宸濠父子，用着最粗的铁链捆缚停当，牵出船外，移向伍文定坐船。宸濠举目一瞧，所有丞相、元帅等都已两手反剪，缚置船中。这叫作患难与共。彼此吁叹，闭目待毙。伍文定等分头擒拿，将著名叛党，一应锁住，不曾漏脱一个。如李士实、刘养正、徐吉、涂钦、王纶、熊琼、卢行、罗璜、丁瞆、王春、吴十三、凌十一、秦荣、葛江、刘勋、何镗、王信、吴国士、火信等，尽行械系，共有数百余人。还有被执及胁从各官，如太监王宏，御史王金，主事金山，按察使杨源，金事王畴、潘鹏，参政陈杲，布政司梁宸，都指挥郑文、马骥、白昂等人，也一并拘住。共擒斩叛兵三千余级，溺死的约三万人，烧死逃去的，无可计算。所有烧不尽的军械军需以及溺水的浮尸，积聚江心，掩蔽数里。尚有数百艘贼船，临时斩断绳索，四散狂逃，经伍文定遣兵追剿，依次荡灭。

守仁所遣陈槐、曾屿等，亦攻复九

明史演义

江、南康二郡，并在沿湖等处，捕戮叛党二千余人。各将吏陆续返报，回到南昌。守仁尚在城外驻节，一一迎劳，彼此甚欢。伍文定手下将士押住宸濠，推至守仁座前。守仁正欲诘责，宸濠忽开口哀呼道："王先生！本藩被你所擒，情愿削去护卫，降为庶人，请先生顾着前谊，代为周全。"谈何容易？守仁正色道："国法具在，何必多言！"宸濠方才无语。南昌士民，聚观道旁，齐声欢呼道："这位叛王，酷虐无道，既有今日，何必当初。可见天道昭彰，报应不爽哩！"有几个江西官吏，本与宸濠相识，见了宸濠，也出言指示。宸濠泣语道："从前商朝的纣王，信了妇言，致亡天下，我不信妇言，乃至亡国。古今相反，追悔已迟。娄妃！娄妃！你不负我，我却负你，死也晚了。"家有贤妻，夫不遭祸，宸濠何独未闻？守仁闻了此言，也为叹息，随命水夫捞认娄妃尸骸，从丰殓葬。众将献上宸濠函箧，内贮书信，多系京官疆吏，往来通问，语中未免有勾结情形。守仁不暇细阅，悉付与祝融氏，托他收藏；力持大体，造福不浅。一面露布告捷，才率军入城。嗣闻武宗已启跸南征（应上回），急奏上封章，略云：

臣于告变之际，选将集兵，振扬威武，先收省城，虚其巢穴，继战鄱湖，击其惰归。今宸濠已擒，逆党已获，从贼已扫，闽广赴调军士已散，惊扰之民已定。窃惟宸濠擅作威福，睥睨神器，招纳流亡，辇毂之动静，探无遗迹，臣下之奏白，百不一通。发谋之始，逆料

大驾必将亲征，先于沿途伏有奸党，期为博浪、荆轲之谋。今逆不旋踵，遂已成擒，法宜解赴阙门，式昭天讨，然欲付之部下各官，诚恐潜布之徒，乘隙窃发，或虞意外，臣死有余憾矣。盖时事方艰，贼虽擒，乱未已也。伏望圣明裁择，持以镇定，示以权宜，俾臣有所遵循，不胜幸甚！

这疏本意，明明是谏阻南巡，且请将逆藩就地正法，以免意外。不料武宗得奏，毫不采用，只饬令将逆藩看管，听候驾到发落。太监张忠及安边伯许泰等，因守仁前日上疏，有罢斥奸邪，禁止游幸等语（应上回），心中未免挟嫌，想是贼胆心虚。入奏武宗，但云："守仁先曾通逆，虽有功劳，未足掩罪。"幸武宗尚有微明，不去理睬。忠、泰又贻书守仁，谓"逆藩宸濠，切勿押解来京。现在皇上亲征，须将宸濠纵入鄱湖，待皇上亲与交战，再行一鼓成擒，论功行赏。如此办理，庶几功归朝廷，圣驾不虚此行了。"煞是可笑，亏他写得出来。守仁不为之动，竟不待武宗旨意，自将宸濠押出南昌，拟即北发。偏偏忠、泰两人遣使赍威武大将军檄文邀截途中，勒令将宸濠交付。守仁又复不与，避道走浙江，欲从海道押解至京，赶夜到钱塘，不料太监张永又在杭州候着。守仁见了张永，先把那计除刘瑾的功绩赞美一番，说得张永非常欢慰。见风使帆，不得不然（计除刘瑾，事见四十六回）。守仁复进言道："江西百姓，久遭濠毒，困苦不堪；况且大乱以后，天复亢旱成灾，百姓有衣无食，有食无

衣，若复须供给京军，将必逃匿山谷，聚众为乱。当日助濠，尚是胁从，他日揭竿，恐如土崩瓦解，剿抚两穷。足下公忠体国，素所钦佩，何不在京中谏阻御跸，免多周折呢？"委婉动人。张永叹道："王先生在外就职，怪不得未识内情。皇上日处豹房，左右群小，蛊惑主聪，哪个肯效忠尽言？我是皇上家奴，只有默辅圣躬，相机讽谏便了，我此次南行，非为掩功而来，不过由皇上素性固执，凡事只宜顺从，暗暗挽回；一或逆命，不但圣心未悦，并且触怒群小，谗言易入，孤愤谁知，王先生试想！于天下大计，有甚么益处？"至情至理，令人心折。守仁点首道："足下如此忠诚，令人敬服。"张永道："我的苦心，也惟有先生知道呢。"守仁乃将忠、泰邀取宸濠，并从前致书等情，一一说明。张永道："我所说的群小，便指若辈。王先生将若何处置？"守仁道："逆藩宸濠，已押解到此，好在与足下相遇，现拟将这副重担，卸与足下，望足下善为处置，才毕微忱。"张永道："先生大功，我岂不知，但不可直遂径行。有我在，断不使先生受屈，务请放心！"守仁乃将宸濠囚车，交付张永，乘夜渡浙江，绕道越境，还抵江西。

张永押解宸濠，即日就道，途次语家人道："王都御史赤心报国，乃张忠、许泰、江彬等，还欲害他，日后朝廷有事，将何以教忠？我总要替他保全呢。"庸中佼佼，还算张永。是时武宗已至南京，命张忠、许泰、刘晖等，率京军赴江西，再剿宸濠余党。军尚未发，永已驰到，入见武宗，备说守仁如何忠勤，且奏明忠、泰诸人伪状，武宗方才相信。江彬等再进逸言，一概不准。张忠又入奏道："守仁已至杭州，如何不来南京，谒见圣躬？就使陛下有旨召他，恐他也未必肯来。目无君上，跋扈可知。"谗入罔极。武宗又遣使江西，促召守仁。又被他蛊惑了。守仁奉召，驰至龙江，将要入见。张忠复遣人截住，不使进谒。守仁愤甚，即脱下朝衣，著了巾纶野服，避入九华山去了。张永闻知此事，又入奏武宗道："守仁一召即来。中道被阻，今已弃官入山，愿为道士。国家有此忠臣，乃令他投闲置散，岂不可惜！"武宗乃驰谕守仁，即令还镇，授江西巡抚。擢知府伍文定为江西按察使，邢珣为江西布政司右参政，且令守仁再上捷书。守仁乃改易前奏，言奉威武大将军方略，讨平叛逆，复将诸嬖幸姓名亦一一列入，说他调剂有功。江彬等方无后言。武宗遂于南京受俘，令在城外设一广场，竖着威武大将军旗纛，自与江彬等戎服出城。到了场中，饬令各军四面围住，方将宸濠放出，去了桎梏，令他兀立，亲自擂起鼓来，饬兵役再缚宸濠，然后奏凯入城。仿佛做猕猴戏。小子有诗咏道：

　　国事看同儿戏场，
　　佟心太甚几成狂。
　　纵囚伐鼓夸威武，
　　笑柄贻人足哄堂。

未知武宗何日回銮，且俟下回续表。

宸濠聚集嫔从百官，联舟江上，不特上中二策，未能举行，即下策亦不能用，直无策而已矣。李士实谋取南京，尚从大处落手，而宸濠恋恋南昌，自投死路，娄妃初谏不从，至于投水殉难，宸濠有此谋士，有此贤妃，而执迷不悟，宜乎速毙。但李士实误投暗主，娄妃误嫁叛王，士实尚自取其咎，娄妃并非自取，乃承父母之命而来，夫也不良，竟遭惨死，吾不能不为之痛惜也。守仁亲建大功，几为宵小所搆，酿成冤狱，幸有太监张永，为之斡旋，岂忠可格天，彼苍不忍没其功，乃出张永以调护之耶？吾谓守仁智足达权，其心固忠，其忠非愚，故尚得明哲保身，否则不为岳武穆、于少保也几希。

第五十四回　教场校射技擅穿杨
　　　　　　古沼观渔险遭灭顶

　　却说武宗在南京受俘，本可即日回銮，但武宗南巡的本旨，实为着南朝金粉，羡慕已久，因此托词亲征，南来游幸，哪里肯指日回京？况路过扬州时，先由太监吴经，采选处女寡妇，供奉行在，武宗正乐得左拥右抱，图个尽欢；并生平最爱的刘娘娘又载与俱南，体心贴意，般般周到，那时武宗安心行乐，还记得甚么京师。有时觉得闲暇，即带着数骑，出外打猎。尝猎扬州城西，留宿上方寺，甚是满意。嗣后成为习惯，屡出驰逐。亏得这位刘娘娘，爱主情深，婉言劝阻，每经武宗出游，往往轻装随去。算一个女监督。武宗也不忍拂意，但身旁带着刘妃，未便东驰西骤，只好往各处寺观，游憩了事。所赐幢旛锦绣，梵贝夹册，悉署威武大将军名号及刘娘娘的姓氏，或竟写着刘夫人。江彬等扈跸南京，巴不得武宗留着，多一日好一日，他好蹧蹋妇女，凌辱官民。

　　太监张忠、安边伯许泰，因前旨未曾取消，竟率京军赴江西，沿途逞着威风，任情勒索，且不必说，及到了南昌，与守仁相见，傲慢无礼。守仁却殷勤款待，备尽东道情谊，忠、泰毫不知感。还有给事中祝续、御史章纶，随军司事，望风附势，日与兵士等造作蜚语，诬蔑守仁，由朝至暮，各呼守仁姓名，谩骂不绝。有时守仁出署，兵士等故意冲道，预备彼此争闹，可以乘隙启衅。守仁一味包容，非但置之不较，反且以礼相待。兵士无法，只好退去。守仁又密遣属吏，潜诫市人，令将所有妇女，暂徙乡间，免生事端。一面安排牛酒，犒赏京军。许泰闻信，先往阻止，并饬军士勿受。守仁乃遍张揭帖，略称北军远来，离乡作客，自有各种苦处，本省居民，以主待宾，务宜尽礼，如有狎侮等情，察出勿贷。居民本敬服守仁，看了揭帖，无不惟命是从，因此与北军相处，格外退让。守仁以柔道待人，确是良法，但亦由平日爱民，民皆奉命维谨，故不致惹祸。守仁每出，遇见北军长官，必停车慰问，亲切异常。北军有病，随时给药，北军病殁，厚给

第五十四回 教场校射技擅穿杨　古沼观渔险遭灭顶

棺葬。看官！你想人非木石，**遭此优待，宁有不知感激的道理？插此数语，可见张忠、许泰不得齿列人类。**大众统相语道："王都堂待我有恩，我等何忍犯他。"自此南昌城内，恰安静了许多。

会值冬至节日，居民新经丧乱，免不得祭奠亡魂，酹酒举哀。北军触景生悲，动了思家的念头，纷纷求归。张忠、许泰概不准请，军士多出怨声，忠、泰佯若不闻，反欲往教场校阅。令出如山，谁敢不遵？先期这一日，由忠、泰赍书抚署，邀请守仁率军到场。守仁复书照允，越日昧爽，守仁带着江西军，先往教场候着。约阅片时，方见张忠、许泰策马而来，后面随着的兵士，不下万人。守仁鞠躬相迎，忠、泰才下马答礼。三人步至座前，分了宾主，依次坐下。许泰开言道："今日天高气爽，草软马肥，正是试演骑射的时候，所有南北将士，统是军国干城，现在叛乱初平，惩前毖后，应互相校射，以示扬激，这也是我辈带兵官，彼此应尽的职务。"言毕，呵呵大笑。守仁暗想，昨日书中只称校阅京军，并未叙及南北校射，今日到了教场，骤提出校射二字，明明是乘我未备，有意刁难。且罢！我自有对待的方法，何必多忧，忠、泰两人的暗计，借此叙出，随即答道："伯爵不忘武备，显见忠忱，但敝处所有精锐，统已遣派出去，分守要区，现今在城的兵弁，多半老弱，恐不堪一较呢。"张忠微哂道："王都堂何必过谦，如逆藩宸濠，聚众十万，**横行江湖**，阁下调集劲旅，奉行天讨，闻捷书

上面，报称宸濠起事，只有三十五日，便即荡平。这三十五日内，与宸濠交战，想不过十多日，若非兵精将勇，那有这般迅速哩？"*三十五日平逆，亦借张忠口中补叙，惟张忠所言，看似誉扬，实多讽刺。*守仁道："只全仗皇上的威灵，诸公的教导，守仁何力之有？"许泰道："一誉一谦，谈至何时，虚言不如实验罢。"遂传令校射。

军士已鹄候多时，闻了令，即在百步外张着靶子，先请江西军射箭。守仁道："主不先宾，自然由京军先射呢。"京军闻言，当下选出善射的数十人，接连发矢，十箭内约中七八箭，铜鼓声冬冬不绝，张忠也连声喝采，自觉面上生光。许泰却笑着道："十得七八，总算有数箭未中，不能算做甚么精呢。"京军射毕，自然轮到江西军。江西军弓马生疏，不过十中四五，张忠不禁失笑道："强将手下无弱兵，为什么这般没用？"当面奚落。许泰道："有了强将，兵弱何妨？"守仁恰神色不变，便道："我原说不堪一较，两公休怪！"张忠又接口道："许公谓有了强将，兵不妨弱，想王都堂总有神技呢。"许泰道："王都堂能射箭么？"愈逼愈紧。守仁道："射法略知一二，惟素习文事，未娴武技，还祈两公原谅！"许泰道："既知射法，何妨试箭。"守仁道："班门之下，怎敢弄斧？"张忠道："有斧可弄，何畏班门？"两人一吹一唱，逼得守仁无词可答，遂奋身离座道："两公有命，敢不敬从，就此献丑便了。"言已，就走将下去，呼随从带马过来，当即一跃上

马,先跑了一回蹚子,到了箭靶竖着,留神一瞧,然后返辔驰回,就众人发矢的位置,取了弓,拔了箭,不慌不忙,拈弓搭矢,左手如抱婴儿,右手如托泰山,喝一声着,那箭已放了出去,不偏不倚,正中红心。南北军士,齐声喝采,铜鼓声亦震得异响。一箭甫中,一箭复来,巧巧与第一支箭,并杆竖着,相距仅隔分毫。鼓声又震,喝采愈高。守仁跃下马来,拈着第三支箭,侧身续射,这一箭射去,正对准第二支箭杆,飕的一声,将第二支箭,送了出去,这箭正插入第二支箭原隙内。王公固擅绝技,文笔亦自不群。大众睹此奇异,没一个不踊跃欢呼,连鼓声都无人听见。守仁尚欲再射,不防背后有人拊着,急忙返顾,乃是安边伯许泰,便道:"献丑了,献丑了。"许泰道:"都堂神箭,不亚当年养由基,怪不得立平叛逆,我等已领教过了,就此歇手罢。"

原来忠、泰两人,总道守仁是个文官,没甚武艺,可以借端嘲笑,谁知他竟有这般技射,这还不过出人意料;偏是守仁射中一箭,北军也同声喝采,声震远迩。于是张忠在座,密语许泰道:"我军都输服他了,如何是好?"许泰闻言,即下座止住守仁,教他休射。守仁正好借此收场,遂撤队而归。守仁与忠、泰告别时,见两人面色很是怏怏,不觉肚中暗笑。回署以后,过了一天,便闻忠、泰有班师消息,再阅一宵,果然两人同来辞行。守仁免不得设着盛筵,临歧饯别。总计忠、泰驻兵江西,共历五月有余,假肃清余孽为名,蟠据南昌,其实是叛党早歼,不劳再剿;北军并没有出城,只有忠、泰两人,捕风捉影,罗织平民,无辜株连,没收财产,人民受他荼毒,不知凡几。待至班师令下,相率归去,真是人心喜悦,如去芒刺,这且搁下不题。

且说武宗驻跸南京,游行自在,大有乐不思蜀的形景。江彬又乘机怂恿,劝武宗游幸苏州,下浙江,抵湖湘。武宗在京时,尝闻苏州多美女,杭州多佳景,正欲亲往一游,饱看景色,闻着彬言,适中下怀。自正德十四年冬季至南京,至十五年正月,尚未言归,反饬群臣议行郊礼。此时大学士梁储、蒋冕等,亦随驾出行,接奉诏敕,谓郊礼一行,回銮无日,万不可依诏定议,乃极力谏阻。疏至三上,始得邀准。就是游幸苏、浙,倒也罢议,惟总不肯回銮。悠悠忽忽,过了半年,尚没有还京音信。但闻江彬倚势作威,驱役官民,如同走狗,成国公朱辅因事忤彬,罚他长跪军门,才得了事。独魏国公徐鹏举(徐达七世孙)邀彬赴宴,中门不启,又不设座中堂,顿时惹动彬怒,大声问故。鹏举恰正襟拱手道:"从前高皇帝曾幸私第,入中门,坐中堂,此后便将中门封闭,中堂也同虚设,没人再敢僭用的。今蒙将军辱临,怎敢亵慢?但若破了故例,便与大逆相等,恐将军也不愿承受哩。"彬听了此言,明知鹏举有心为难,但是"高皇帝"三字,抬压出来,如何抵抗得过?只好变嗔作喜,自认无知,勉勉强强的饮了数杯,即行告别。还有南京兵部尚书乔宇,守正不

明史演义

第五十四回　教场校射技擅穿杨　古沼观渔险遭灭顶

阿，彬尝遣使索城门锁钥，宇独正言拒绝，大旨以门钥一项，关系甚大，从前列祖列宗的成制，只令守吏掌管，虽有诏敕，不敢奉命。彬闻报无法，只得罢休。有时彬矫旨需索，宇又必请面复始行。究竟伪难作真，臣难冒君，任你江彬如何摆布，也不免情虚畏罪，自愿取消。直道事人也有好处。宇又倡率九卿台谏，三次上章，请即回銮。武宗召彬与商，彬请下诏严遣，武宗踌躇道："去年在京师时，加罪言官，未免太甚，今日何可再为，不如由他去罢。"彬乃嘿然。武宗只谕令各官，尽心治事，稍迟数日，便当回銮云云。各官接到此旨，没奈何再行恭候。

过了一月，仍旧不见动静，惟行宫里面，屡有怪异传闻，或说有物如猪首，下坠御前，或说武宗寝室中，悬着人首，谣言百出，人情汹汹。大学士梁储语蒋冕道："春去秋来，再不回銮，恐生他变。况且谣诼纷纭，多非佳兆，我辈身为大臣，怎忍坐视。"蒋冕道："不如伏阙极谏，得请乃已。"梁储允诺，即于夜间缮疏，至次日，两人跪伏行宫外，捧着奏章，带哭带号，约历两三时，方有中官出来，把奏章取去。又阅一时，由中官传旨令退，两人叩首道："未蒙准奏，不敢退去。"中官又入内代奏，武宗乃宣谕还京，两人方起身退出，即令扈从人等，筹备还跸事宜。又越数日，诸事都已备妥，申请启跸。武宗还想延挨，忽闻宸濠在狱，有谋变消息，乃起程北归。

是夕武宗亲祭龙江，驻跸仪征，次日至瓜州地面，大雨时行，暂就民家避雨。待雨过天霁，乃从瓜州渡江，临幸金山，遥望长江一带，气象万千，很觉快慰。隔了一日，登舟南渡，幸故大学士杨一清私第，饮酒赋诗，载赓迭和，又流连了两三日。一清从容婉谏，请武宗速回京师。武宗才离了杨宅，向扬州进发。到了宝应地界，有一巨浸，名叫泛光湖，武宗见湖光如镜，游鱼可数，不禁大喜道："好一个捕鱼的地方。"遂传旨停舟。扬州知府蒋瑶正来接驾，武宗即命备办网罟等物。蒋瑶不敢违慢，即日照办，呈交御船。偏偏太监邱得有意索贿，一味挑剔，甚至召责蒋瑶，把他锁系起来。蒋瑶无奈，只好挽人疏通，奉了厚赂，方得销差脱罪。清官碰着贪竖，还有何幸。武宗命宫人侍从等，抛网湖心，得鱼较多的有赏，得鱼过少的则罚。大家划着坐船，分头下网，武宗开舱坐观，但见三三五五，揽网取鱼，不觉心旷神怡，流连忘倦，约历半日，各舟方摇荡过来，纷纷献鱼。武宗按着多寡，颁了赏赐，大众拜谢，乃下令罢渔。

嗣见进献的鱼中，有一鱼长可数尺，暴睛巨口，比众不同，随即戏说道："这鱼大而且奇，足值五百金。"江彬在侧，正恨蒋瑶未奉例规，此例安在？邱得已经安索，江彬又要寻隙，正是好官难为，即启奏道："泛光湖得来巨鱼，应卖与地方有司。"武宗准奏，着将巨鱼送与蒋瑶，守取价值复命。弄假成真，无非儿戏。过了一时，蒋瑶亲来见驾，叩首已毕，即从怀中取出簪珥等物，双手捧呈道："臣奉命守郡，不敢妄动库银，搜括臣家所有，只有臣妻佩带首饰，还可上应君命，充做银钱，此外实属无着，只得束身待罪。"武宗笑道："朕要此物做甚么，适才所说，亦不过物归原主，应给赏银。你既没有余资，便作罢论。你所携来各物，仍赏与你妻去罢！"蒋瑶叩谢。可见武宗并非残虐，不过逢场作戏，喜怒任情而已，所有不法行为，俱为宵小导坏。武宗又道："闻此地有一琼花观，究竟花状如何？"蒋瑶顿首道："从前隋炀帝时，尝到此赏玩琼花，至宋室南渡，此花憔悴而死，今已绝种了。"武宗怏怏道："既无琼花，可有另外的土产么？"蒋瑶道："扬州虽号繁华，异产却是有限。"武宗道："苎麻白布，不是扬州特产吗？"蒋瑶不敢多言，只好叩头道："臣领命了。"武宗命退，瑶即返署，备办细布五百匹，奉作贡物，比较鱼价如何，武宗方下旨开船。

从扬州行抵清江浦，重幸太监张阳家，设宴张灯，征歌选色，君臣共乐，接连三日。武宗问张阳道："朕过泛光湖，观鱼自适，颇足快意，清江浦是著名水乡，谅亦有湖沼大泽，足以取鱼。"张阳奏对道："此间有一积水池，是汇集涧溪各流，水势甚深，鱼族繁衍，或者可以布网呢。"武宗喜道："你可先去预备网罟，朕择明日观鱼。"张阳领旨，即去办就。到第二日，武宗带着侍从，即往积水池滨，瞧将过去，层山百叠，古木千章，环抱一沼，颇似洞壑清幽，别具一种雅致。武宗语张阳道："这池占地不多，颇觉幽静，但欲取鱼，不能驾驶大船，只好用着渔舟呢。"张阳道："池中本有小舟，可以取用。"武宗道："在哪里？"张阳道："多泊在外面芦苇中。"武宗道："知道了。"当下舍陆登舟，行不一里，果见两岸蒙茸，泊有渔船。武宗命侍从等，各驾小舟，四散捕鱼。武宗瞧了一会，不觉兴发，也拟改乘渔船，亲自捕鱼。张阳道："圣上不便亲狎波涛。"武宗道："怕甚么？"遂仗着威武，跃登小舟，有太监四名，随着下船。二太监划桨，二太监布网，渐渐的荡入中流。那水中适有白鱼一尾，银鳞灿烂，晔晔生光，武宗道："这鱼可爱，何不捕了它去？"二太监领命张网，偏偏这鱼儿刁滑得很，不肯投网，网到东，鱼过西，网到西，鱼过东，网来网去，总不能取。武宗懊恨起来，竟从舟中取出鱼叉，亲自试投，不防用力太猛，船势一侧，扑咚扑咚数声，都跌落水中去了。小子有诗咏道：

千金之子不垂堂，
况复宸躬系万方。
失足几成千古恨，
观鱼祸更甚如棠。

未知武宗性命如何，且至下回续详。

有文事者必有武备，孔子所谓我战必克是也。王守仁甫立大功，即遭疑谤，幸能通变达机，方得免咎。至忠、泰校射，独令试技，夫身为大将，宁必亲执弓刀，与人角逐，诸葛公羽扇纶

巾，羊叔子轻裘缓带，后世且盛称之，何疑于守仁？然此可为知者言，难与俗人道也。追迭发三矢，无不中鹄，宵小庶无所借口矣，此文事武备之所以不容偏废也。武宗任情游幸，偏爱渔猎，泛光湖观鱼，尚嫌未足，积水池捕鱼，且欲亲试，岂得鱼数尾，便足为威武大将军耶？未懔冯河之戒，几占灭顶之凶，假令无王守仁之先平叛逆，而欲借张忠、许泰辈随驾亲征，其不蹈建文之覆辙者鲜矣。然则武宗不覆于鄱阳湖，仅溺于积水池，受惊成疾，返殂豹房，其犹为幸事乎。

第五十五回　返豹房武宗晏驾　祭兽吻江彬遭囚

却说武宗坠入水中，险些儿被水淹死，幸亏操舟的两太监曾在京内太液池中，习惯泅水，虽遭覆溺，毫不畏惧，亟游近武宗身旁，将武宗手脚握住，推出水面。各舟闻警齐集，才将武宗挽入舟中，还有两太监入水，用力挣扎，也经旁人救起。惟武宗生平并未经过游泳，并且日日纵欲，元气甚亏，寒秋天气，又是凛冽，所以身虽遇救，已是鼻息细微，人事不省了。威武大将军，乃不堪一溺么？那时御舟中曾带着御医，赶紧用着方法，极力施救，武宗才把池水吐出，渐渐苏醒，只元气总难挽回，龙体从此乏力。大学士杨廷和等请速还京，武宗也觉倦游，遂传旨速归。轻舟荡漾，日行百里，不数日即抵通州，随召各大臣集议，处置宸濠。杨廷和等上言，请如宣宗处高煦故例，御殿受俘，然后议刑。独江彬谓应即诛逆，免滋他患。武宗正恐宸濠为变，北还时，每令濠舟与御舟，衔尾行驶，以防不测。至是用江彬言，遽令宸濠自尽。濠死后乃令燔尸，越三日，始还京师，大耀军容，首逆已死，耀军何为？辇道东西，列着许多兵士，盔甲森严，戈铤并耀，各逆党一并牵至，令他两旁跪着。尚书陆完、都督钱宁统因逆案牵连，做了矮人，大家褫去上身衣服，赤条条的反缚两手，背上悬揭白帜，大书姓名罪状。还有逆党眷属，不问男妇长幼，都是裸体反接，挨次跪着。武宗戎装跨马，立正阳门下，阅视良久，才将附逆著名的奸党，饬令正法，悬首竿上，延长数里，余犯仍回系狱中，武宗方策马入内，还憩豹房。后来钱宁伏法，陆完谪戍，只太监萧敬独运动张忠，愿出二万金，买了一个性命。钱可通灵。余党多瘐毙狱中，不消细说。

武宗以亲征凯旋，复降特旨，令定国公徐光祚、驸马都尉蔡震、武定侯郭勋，祭告宗庙社稷。越数日，又补行郊祀大典。武宗只好亲自主祭，驾至天坛，循例行礼，初次献爵，由武宗跪拜下去，不觉心悸目晕，支撑不住，侍臣连忙扶掖，半晌方起，哇的一声，吐出一口鲜血，自觉腥秽难当，浑身发颤，

287

再也不能成礼了。当下委着王公,草草毕祭,自己乘着安舆,返入大内。转眼间已是残年,爆竹一声除旧,桃符万户更新,武宗因病体未痊,饬免朝贺。一病数月,又届季春,月朔适遇日蚀,阴霾四塞,都人士料为不祥,惟江彬等越加骄恣,竟矫传上旨,改西官厅为威武团营,自称兵马提督,所领边卒也是狐假虎威,桀骜愈甚。都下汹惧,不知所为。武宗卧病豹房,憒然罔觉,经御医尽心调治,日进参苓,终不见效。真元耗损,还有何救?司礼监魏彬密询御医,统已摇首,乃走至内阁,语大学士杨廷和道:"皇上不豫,医力已穷,不如悬赏巨金,求诸草泽。"廷和闻着,知他言中有意,是何意思?请看官一猜,沉吟一会,方启口道:"御医久侍圣躬,必多经验,譬如人生伦序,先亲后疏,亲近的人,关系痛痒,自然密切,疏远的人,万不能及。据我想来,总须亲近的人,靠得住呢。"哑谜中已表大旨。魏彬唯唯而去。过了两日,武宗病愈沉重,自知不起,从昏昏沉沉中,偶然醒来,开眼一瞧,见太监陈敬、苏进两人,侍着左右,便与语道:"朕疾至此,已不可救了,可将朕意传达太后,此后国事,当请太后宣谕阁臣,妥为商议便了。"言至此,气不相续,喘息良久,复太息道:"从前政事,都由朕一人所误,与你等无涉,但愿你等日后谨慎,毋得妄为!"武宗已知自误,则此次顾命,应即召大臣入嘱,何为仅及中官?况逢恶长非,全出若辈,乃云与他无涉,可见武宗至死,尚是未悟。陈敬、苏进,齐声遵旨,俟武宗安睡后,才去通报张太后。待张太后到了豹房,武宗已不能言,惟眼睁睁的瞧着太后,淌下几点泪珠儿。太后尚含泪慰问,谁知他两眼一翻,双脚挺直,竟自归天去了,寿仅三十一岁。笔下俱含刺意。

太后亟召杨廷和等至豹房,商议立储事宜。廷和请屏去左右,方密禀太后道:"江彬不臣,势将谋变,若闻皇上晏驾,必且迎立外藩,挟主兴兵,为祸不浅。请太后先事预防呢!"太后道:"如此奈何?"廷和道:"现只有秘不发丧,先定大计。此处耳目甚近,不如还至大内,好作计较。"太后闻言,也不及悲恸,即刻乘辇还宫。廷和随入宫中,略行筹议,便即赴阁。太监谷大用及张永,亦入阁探信。廷和道:"皇上大渐,应立皇储。"张永道:"这是目前最要的事情。"廷和即袖出祖训,宣示诸人道:"兄终弟及,祖训昭然。兴献王长子,系宪宗孙,孝宗从子,皇帝从弟,按照次序,当然继立。"梁储、蒋冕、毛纪等齐声赞成道:"所言甚是,就这般办罢!"张永、谷大用亦无异言,乃令中官入启太后。廷和等至左顺门,排班候旨。忽见吏部尚书王琼,率九卿入左掖门,厉声道:"立储岂是小事?我为九卿长,乃不使与闻么?"廷和等也无暇与辩,琼亦自觉没趣,正懊怅间,中官已传宣遗诏,及太后懿旨,颁诏群臣。遗诏有云:

朕绍承祖宗丕业,十有六年,有辜先帝付托,惟在继统得人,宗社生民有赖。皇考孝宗敬皇帝亲弟兴献王长子厚熜，聪明仁孝，德器夙成，伦序当立。遵奉祖训兄终弟及之文，请于皇太后与内外文武群臣，合谋同辞，即日遣官迎取来京，嗣皇帝位，恭膺大统。

群臣览此遗诏，方知武宗已经宾天，大家都相惊失色。只因遗诏已下，帝统有归，即欲辩论，也是无益，乐得含忍过去。吏部尚书王琼，也只好一言不发，随进随退罢了。还算见机。廷和等返入内阁，一面请命太后，遣谷大用、张永等往豹房奉移梓宫，入殡大内，一面议遣官迎兴世子入都（明朝故例，奉迎嗣主，必须由中贵勋戚及内阁一人偕行），勋戚派定寿宁侯张鹤龄及驸马都尉崔光，中官派定谷大用、张锦，部臣派定礼部尚书毛澄，惟所有阁员，除廷和外，要算梁储、蒋冕二人资望最优。廷和方握政权，无暇出使，蒋冕是廷和帮手，若遣他出去，转令廷和势孤。廷和暗中属意梁储，只怕他年老惮行，默默的想了一会，方顾着梁储道："奉迎新主，例须派一阁员，公本齿德兼尊，应当此任，但恐年高道远，未便首途呢。"故意反激。储奋然道："国家最大的政事，莫如迎主，我虽年老，怎敢惮行呢？"廷和大喜，遂遣发各人去讫。

是时国中无主，全仗廷和一人主持。廷和复入白太后，请改革弊政。太后一一照允，遂托称遗旨，罢威武团练诸营，所有入卫的边兵，概给重资遣归，黜放豹房番僧及教坊司乐人；遣还四方所献妇女；停不急工役；收宣府行宫金宝，悉归内库。还有京城内外皇店，一并撤销。原来武宗在日，曾令中官开设酒食各肆，称为皇店，店中借酒食为名，罗列市戏妓歌及斗鸡逐犬等类，非常热闹。武宗时往店中游冶，至必微服，醉或留髡。中官且借店纳贿，官民为之侧目（补笔不漏）。至是统令停罢，中外大悦。

独有一个倔强鸷悍、睥睨宫闱的贼臣，闻了此事，甚是不乐，看官不必细问，便可知是提督兵马的江彬。彬自改组团营，日在外面办事，无暇入宫，就是武宗晏驾，他也尚未得闻，忽奉饬罢团营，及遣归边卒的遗诏，不禁动色道："皇上已宾天么？一班混帐大臣，瞒得我好紧哩。"这正所谓晓得迟了。适都督李琮在侧，便进言道："宫廷如此秘密，疑我可知。为总戎计，不如速图大事，幸而成功，富贵无比，万一不成，亦可北走塞外。"为江彬计，确是引此策最佳。彬犹豫未决，即邀许泰商议。泰亦颇费踌躇，徐徐答道："杨廷和等敢罢团营，敢遣边卒，想必严行预备，有恃无恐，提督还应慎重为妙。"有此一言，江彬死了。彬答道："我不作此想，但未知内阁诸人，究怀何意？"许泰道："且待我去一探，何如？"彬乃点首。

泰即与彬别，驱马疾驰，直抵内阁，巧巧遇着杨廷和。廷和毫不慌忙，和颜与语道："许伯爵来此甚好，我等因大行皇帝，仓猝晏驾，正在头绪纷繁，欲邀诸公入内，协同办事，偏是遗诏上面，罢团营，遣边兵，种种事件，

明史演义

第五十五回 返豹房武宗晏驾 祭兽吻江彬遭囚

均仗公与江提督，妥为着叠，所以一时不敢奉请呢。"许泰道："江提督正为此事，令兄弟前来探问，究系军国重事，如何裁夺？"廷和道："奉太后旨，已去迎立兴世子了。来往尚需时日，现在国务倥偬，全无把握，请伯爵往报江公，可能一同偕来，商决机宜，尤为欢迎。"罢兵事归诸遗诏，立储事归诸太后，自己脱然无累，免得许泰多疑。许泰欣然允诺，告别而去。着了道儿。廷和料他中计，即招司礼监魏彬及太监张永、温祥，共入密室，促膝谈心。事事靠着中官，可见阉人势力，实是不小。廷和先开口语彬道："前日非公谈及，几误大事。现已嗣统有人，可免公虑。但尚有大患未弭，为之奈何？"魏彬道："说了御医，便谈伦序，可见我公亦事事关心。借魏彬口中，补出前次哑谜，文可简省，意不渗漏。今日所说的大患，莫非指着水木旁么？"仍用半明半暗之笔。廷和尚未及答，张永接口道："何不速诛此獠？"快人快语。廷和道："逆瑾伏法，计出张公，今又要仰仗大力了。"张永微笑。廷和又将许泰问答一节，详述一遍，复与张永附耳道："这般这般，可好么？"又用虚写法。永点首称善，转告魏彬、温祥，两人俱拍手赞成。计议已定，当即别去。魏彬遂入启太后，禀报密谋，太后自然允议。

过了一日，江彬带着卫士，跨马前来，拟入大内哭临。魏彬先已候着，即语彬道："且慢！坤宁宫正届落成，拟安置屋上兽吻，昨奉太后意旨，简派大员及工部致祭，我公适来，岂不凑巧么？"江彬闻着，很是欢喜，便道："太后见委，敢不遵行。"魏彬入内一转，即赍奉懿旨出来，令提督江彬及工部尚书李鐩，恭行祭典等语。江彬应命，改着吉服，入宫与祭。祭毕退出，偏遇着太监张永，定要留他宴饮。都是狭路相逢的冤鬼。江彬不便固辞，随了他去。即在张永的办事室内，入座飞觞。想是饯他死别。才饮数巡，忽报太后又有旨到，着即逮彬下狱。彬掷去酒杯，推案即起，大踏步跑了出去，驰至西安门，门已下钥，慌忙转身北行，将近北安门，望见城门未闭，心下稍宽，正拟穿城出去，前面忽阻着门官，大声道："有旨留提督，不得擅行。"彬叱道："今日何从得旨！"一语未了，守城兵已一齐拥上，将他掀翻，紧紧缚住。彬尚任情谩骂，众兵也不与多较，只把他胡须出气。彬骂一声，须被拔落一两根，彬骂两声，须被拔落三五根，待彬已骂毕，须也所剩无几了。倒是个新法儿。彬被执下狱，许泰亦悯悯到来，刚被缇骑拿住，也牵入狱中。还有太监张忠及都督李琮等，亦一并缚到，与江彬亲亲昵昵，同住囹圄。一面饬锦衣卫查抄彬家，共得金七十柜，银二千二百柜，金银珠玉，珍宝首饰，不可胜计。又有内外奏疏百余本，统是被他隐匿，私藏家中。刑部按罪定谳，拟置极刑，只因嗣皇未到，暂将此案悬搁，留他多活几天。既而兴世子到京，入正大位，乃将谳案入奏，当即批准，由狱中牵出江彬，如法捆绑，押赴市曹，凌迟处死。李琮为江彬心腹，同样受刑。钱宁本拘系诏狱，至是因两罪并发，一同磔死。又有写亦虎仙，亦坐此伏诛。惟张忠、许泰待狱未决，后来竟夤缘贵近，减死充边，这也是未免失刑呢。了结江彬党案。

闲话休表，且说杨廷和总摄朝纲，约过一月有余，每日探听迎驾消息，嗣接谍报，嗣皇已到郊外了，廷和即令礼官具仪。礼部员外郎杨应魁，参酌仪注，请嗣皇由东安门入，居文华殿，择日即位，一切如皇太子嗣位故例。当由廷和察阅，大致无讹，遂遣礼官赍送出郊，呈献嗣皇。兴世子看了礼单，心中不悦，顾着长吏袁崇皋说道："大行皇帝遗诏，令我嗣皇帝位，并不是来做皇子的，所拟典礼未合，应行另议。"礼官返报廷和，廷和禀白太后，由太后特旨，令群臣出郊恭迎，上笺劝进。兴世子乃御行殿受笺，由大明门直入文华殿，先遣百官告祭宗庙社稷，次谒大行皇帝几筵，朝见皇太后。午牌将近，御奉天殿，即皇帝位，群臣舞蹈如仪。当下颁布诏书，称奉皇兄遗命，入奉宗祧，以明年为嘉靖元年，大赦天下，是谓世宗。越三日，遣使奉迎母妃蒋氏于安陆州，又越三日，命礼臣集议崇祀兴献王典礼，于是群喙争鸣，异议纷起，又惹起一场口舌来了。正是：

多言适启纷争渐，
贡媚又来佞幸臣。

欲知争论的原因，且从下回详叙。

武宗在位十六年，所行政事，非皆暴虐无道，误在自用自专，以致媚子谐臣，乘隙而入，借巡阅以便游幸，好酒色以致荒亡，至于元气孱弱，不克永年，豹房大渐之时，尚谓误出联躬，与群小无涉，何始终不悟至此？或者因中涓失恃，恐廷臣议其前罪，矫传此命，亦未可知，然卧病数月，自知不起，尚未禀白母后，议立皇储，置国家大事于不问，而谓其自悟祸源，吾不信也。若夫江彬所为，亦不得与董卓、禄山相比，不过上仗主宠，下剥民财，逞权威，斥忠直，暴戾恣睢已耳。迨罢团营而营兵固安然，遣边卒而边卒又安然，未闻哗噪都中，谋为陈桥故事，然则彬固一庸碌材也。杨廷和总揽朝纲，犹必谋诸内侍，方得诛彬，内侍之势力如此，奚怪有明一代，与内侍同存亡乎？观于此而不禁三叹云。

第五十六回　议典礼廷臣聚讼
　　　　　　建斋醮方士盈坛

　　却说世宗即位才过六日，便诏议崇祀兴献王，及应上尊号。兴献王名厚杬，系宪宗次子，孝宗时就封湖北安陆州。正德二年秋，世宗生兴邸，相传为黄河清，庆云现，瑞应休征，不一而足。恐是史臣铺张语，不然，世宗并无令德，何得有此瑞征？至正德十四年，兴献王薨，世宗时为世子，摄理国事，三年服阕，受命袭封。至朝使到了安陆，迎立为君，世子出城迎诏，入承运殿开读毕，乃至兴献王园寝辞行，并就生母蒋妃前拜别。蒋妃呜咽道："我儿此行，入承大统，凡事须当谨慎，切勿妄言！"世子唯唯受教。临行时，命从官骆安等驰谕疆吏，所有经过地方，概绝馈献，行殿供帐，亦不得过奢。至入都即位，除照例大赦外，并将正德间冒功鬻爵，监织榷税诸弊政，尽行革除。所斥锦衣内监旗校工役等，不下十万人。京都内外，统称新主神圣，并颂杨廷和定策迎立的大功。世宗遣使迎母妃，并起用故大学士费宏，授职少保，入辅朝政，朝右并无异议。只尊祀兴献王一节，颇费裁酌。礼部尚书毛澄因事关重大，即至内阁中，向杨廷和就教。廷和道："足下不闻汉定陶王、宋濮王故事么？现成证据，何妨援引。"毛澄诺诺连声，立刻趋出，即大会公卿台谏诸官，共六十余人，联名上议道：

　　窃闻汉成帝立定陶王为嗣，而以楚王孙景后定陶，承其王祀，师丹称为得礼。今上入继大统，宜以益王子崇仁（益王名祐槟，宪宗第六子），主后兴国，其崇号则袭宋英宗故事，以孝宗为考，兴献王及妃为皇叔父母，祭告上笺，称侄署名，而令崇仁考兴献，叔益王，则正统私亲，恩礼兼尽，可为万世法矣。

　　议上，世宗瞧着，勃然变色道："父母名称，可这般互易么？"言已，即令原议却下，着令再议。时梁储已告老归里，惟蒋冕、毛纪就职如故，与大学士杨廷和坚持前议。重复上疏，大旨："以前代君主，入继宗祧，追崇所生，诸多未合。惟宋儒程颐，议尊濮王典礼，以为人后者谓之子，所有本生父母，应与伯叔并视，此言最为正当。且兴献祀事，今虽以益王子崇仁为主，他日仍以皇次子为兴国后，改令崇仁为亲藩。庶几天理人情，两不相悖了。"世宗览到此疏，仍是不怿，再命群臣博考典礼，务求至当。杨廷和等复上封章，谓："三代以前，圣莫如舜，未闻追崇瞽瞍。三代以下，贤莫如汉光武，未闻追崇所生南顿君。惟陛下取法圣贤，无累大德。"这疏竟留中不报。毛澄等六七十人又奏称："大行皇帝，以神器授陛下，本与世及无殊。不过昭穆相当，未得称世。若孝庙以上，高曾祖一致从固，岂容异议？兴献王虽有罔极深恩，总不能因私废公，务请陛下顾全大义！"世宗仍然不纳。惟追上大行皇帝庙号，称作"武宗"，把崇祀濮王典礼暂且搁起。适进士张璁入京观政，欲迎合上旨，独自上疏道：

朝议谓皇上入嗣大宗，宜称孝宗皇帝为皇考，改称兴献王为皇叔父，王妃为皇叔母者，不过拘执汉定陶王、宋濮王故事耳。夫汉哀宋英，皆预立为皇嗣，而养之于宫中，是明为人后者也。故师丹、司马光之论，施于彼一时犹可。

今武宗皇帝，已嗣孝宗十有六年，比于崩殂，而廷臣遵祖训，奉遗诏，迎取皇上入继大统，遗诏直曰兴献王长子，伦序当立，初未尝明著为孝宗后，比之预立为嗣，养之宫中者，较然不同。夫兴献王往矣，称之为皇叔父，鬼神固不能无疑也。今圣母之迎也，称皇叔母，则当以君臣礼见，恐子无臣母之义。礼长子不得为人后，况兴献王惟生皇上一人，利天下而为人后，恐子无自绝父母之义。故皇上为继统武宗而得尊崇其亲则可，谓嗣孝宗以自绝其亲则不可。或以大统不可绝为说者，则将继孝宗乎？继武宗乎？夫统与嗣不同，非必父死子立也。汉文帝承惠帝之后，则弟继，宣帝承昭帝之后，则以兄孙继，若必强夺此父子之亲，建彼父子之号，然后谓之继统，则古当有称高伯祖皇伯考者，皆不得谓之统矣。臣窃谓今日之礼，宜别为兴献王立庙京师。使得隆尊亲之孝，且使母以子贵，尊与父同，则兴献王不失其为父，圣母不失其为母矣。

世宗览到此疏，不禁心喜道："此论一出，我父子得恩义两全了。"即命司礼监携着原疏，示谕阁臣道："此议实遵祖训，拘古礼，尔等休得误朕！"杨廷和将原疏一瞧，便道："新进书生，晓得甚么大体！"言已，即将原疏封还。司礼监仍然持入，还报世宗。世宗即御文华殿，召杨廷和、蒋冕、毛纪入谕道："至亲莫若父母，卿等所言，虽有见地，但朕把罔极深恩，毫不报答，如何为子？如何为君？今拟尊父为兴献皇帝，母为兴献皇后，祖母为康寿皇太后，卿等应曲体朕意，毋使朕为不孝罪人呢！"区区尊谥，未必果为大孝。廷和等不以为然，但奉召入殿，不便当面争执，只好默默而退。待退朝后，复由三阁臣会议，再拟定一篇奏疏，呈入上览，略云：

皇上圣孝，出于天性，臣等虽愚，

夫岂不知。礼谓所后者为父母，而以其所生者为伯叔父母，盖不惟降其服而又异其名也。臣等不敢阿谀将顺，谨再直言渎陈！

疏入不报。给事中朱鸣阳、史于光及御史王溱、卢琼等，又交章劾璁，其词云：

臣等闻兴献王尊号，未蒙圣裁，大小之臣，皆疑陛下垂省张璁之说耳。陛下以兴献王长子，不得已入承大统，虽拘长子不得为人后之说，璁乃谓统嗣不同，岂得谓会通之宜乎？又欲别庙兴献王于京师，此大不可。昔鲁桓僖宫灾，孔子在陈闻火，曰其桓僖乎？以非正也。如庙兴献王于京师，在今日则有朱熹两庙争较之嫌，在他日则有鲁僖跻闵之失，乞将张璁斥罚，以杜邪言，以维礼教，则不胜幸甚！

各疏次第奏入，世宗一味固执，始终不从。嗣兴献王妃蒋氏已到通州，闻朝议欲考孝宗，不禁愤恚道："是我亲生的儿子，奈何谓他人父？谓他人母？"妇人尤觉器小。并谕朝使道："尔等受职为官，父母等犹承宠诰，我子为帝，兴献王的尊称，至今未定，我还到京去做什么？"说至此，竟呜呜咽咽的哭将起来。描摹尽致。朝使等奉命恭迎，瞧着这般形状，反致不安，只好入报世宗。世宗闻报，涕泣不止，入禀张太后，情愿避位归藩，奉母终养。也会做作。张太后一面慰留，一面饬阁臣妥议，杨廷和无可奈何，始代为草敕，略言："朕奉圣母慈寿皇太后懿旨（慈寿皇太后即张太后，武宗五年，以真镭平定，上太后尊号曰慈寿），以朕缵承大统，本生父兴献王宜称兴献帝，母宜称兴献后。宪庙贵妃邵氏称皇太后（即兴献王母）。仰承慈命，不敢固违"云云。在廷和的意思，以为这次礼议，未合古训，只因上意难违，不得已借母后为词，搪塞过去，显见得阁臣礼部都是守正不阿，免得后人訾议了。

谁知张璁得步进步，又上《大礼或问》一书，且谓："议礼立制，权出天子，应奋独断，揭父子大伦，明告中外。"于是世宗又复心动。适值礼官上迎母礼仪，谓宜从东安门入，世宗不待瞧毕，即将原议掷还。礼官再行具议，改从大明东门，世宗意仍未怿，竟奋笔批示道："圣母至京！应从中门入，谒见太庙。"总算乾纲奋断。这批示颁将下来，朝议又是哗然。朝臣也徒知聚讼。大众都说："妇人无入庙礼。太庙尊严，更非妇人所宜入。"那时张璁又来辩论道："天子虽尊，岂可无母？难道可从偏门出入么？古礼妇三日庙见，何尝无谒庙礼。九庙祭祀，后亦与祭，怎得谓太庙不宜入呢？"张璁之议，虽是拘泥，然廷议更属不通，无怪为张璁所扼。世宗又饬锦衣卫安排仪仗，出迎圣母。礼部上言，请用王妃仪仗，世宗不听，乃备齐全副銮驾；迎母自中门入都，谒见太庙。杨廷和以璁多异议，心甚怏怏，遂授意吏部，出除南京主事。璁虽南去，世宗已先入璁言，复颁下手诏，拟于"兴献帝"后，加一"皇"字。杨廷和等复上疏谏阻，世宗概置不理。巧值嘉靖元年正月，清宁宫后殿被火,廷和等趁这机会,奏称:"宫殿被灾,恐因兴献帝后加称,未安列圣神灵,特此示儆"云云。给事中邓继曾亦上言:"天有五行,火实主礼,人有五事,火实主言。名不正即言不顺,言不顺即礼不兴,所以有此火灾。"恐怕未必。世宗颇为感惧,乃勉徇众请,称孝宗为"皇考"。慈寿皇太后为"圣母",兴献帝后为本生父母,暂将"皇"字搁起。称孝宗帝后为继父母,称兴献帝后为本生父母,两言可决,于义最协,聚讼何为乎?

过了两月,因世宗册后陈氏,特上两宫尊号,称慈寿皇太后为"昭圣慈寿皇太后",武宗皇后为"庄肃皇后",皇太后邵氏为"寿安皇太后",兴献后为"兴国太后",萱荫同春,夭桃启化,好算是两宫合德,一室太和。老天无意做人美,偏偏寿安皇太后邵氏生起病来,医药无效,竟尔崩逝。这位邵太后本宪宗贵妃,为兴献王母,兴王就藩,母妃例不得行,仍住宫中。所以不必奉迎。及世宗入继大统,邵年已老,双目失明,喜孙为帝,摸世宗身,自顶至踵,欢笑不绝。至是得病归天,世宗仍欲祔葬茂陵(即宪宗墓),屡下廷议。礼官不敢固争。杨廷和等上疏,只托言:"祖陵久窆,不应屡兴工作,惊动神灵。"世宗不纳,决意祔葬,只别祀奉慈殿罢了。礼部尚书毛澄以议礼未协,忧患成疾,抗疏乞休,至五六次,未邀允准。既而疾甚,又复申请,乃准奏令归。澄匆匆就道,舟至兴济,竟致谢世。先是澄在部时,申议大礼,世宗尝遣中官谕意,澄奋然道:"老臣虽是昏耄,要不能隳弃古礼,只有归去一法,概不与闻便了。"以道事君,不合则去,毛澄有焉。惟世宗颇器重毛澄,虽再三忤旨,恩礼不衰。及闻澄病殁道中,犹加惋悼,赠为少傅,谥曰"文简",这且休表。

且说世宗改元以后,除廷议大礼,纷纷争论外,甘肃、河南、山东数省,亦迭有乱警。甘肃巡抚许铭与总兵官李隆不睦,隆唆部兵殴杀许铭,居然作乱。世宗起用陈九畴为佥都御史,巡抚甘肃,按验铭事,诛隆及叛党数人,才得平靖。河南、山东的乱事,系由青州矿盗王堂等,流劫东昌、兖州、济南,杀指挥杨浩。有旨限山东将吏即日荡平,将吏等恐遭严谴,分道逐贼,贼不便屯聚,流入河南。嗣经提督军务右都御史俞谏,调集两畿、山东、河南各军,悉力围剿,方把流贼一律扫除。(录此两事,以昭事实,否则嘉靖初年,岂竟除议礼外,无他事耶?)

嘉靖二年夏季,西北大旱,秋季南畿大水,世宗未免忧惧。太监崔文奏称修醮可以禳祸,乃召见方士邵元节等,在宫中设立醮坛,日夕不绝。香花灯烛,时时降召真仙,锣钹幢幡,处处宣扬法号。又拣年轻内监二十人,改服道装,学诵经忏等事,所有乾清宫、坤宁宫、西天厂、西番厂、汉经厂、五花宫、西暖阁、东次阁等,次第建醮,几将九天阊阖,变作修真道院。大学士杨廷和代表阁臣,吏部尚书乔宇代表部臣,俱请斥远僧道,停罢斋醮。给事中

刘最又劾崔文引进左道，虚縻国帑诸罪状，乞置重典。世宗非但不从，且谪最为广德州判官，作为惩一儆百之令典。杨廷和、乔宇等只好睁着双眼，由他醮祀。最被谪出京，崔文犹憾最不已，嗾使私人芮景贤，诬奏一本，内称刘最在途，仍用给事中旧衔，擅乘巨舫，苛待夫役。顿时激动帝怒，立将最逮还京师，拘系狱中，已而革职充戍。世宗之刚愎自用，于此益见。给事中郑一鹏目击时弊，心存救国，因抗疏力谏道：

臣巡光禄，见正德十六年以来，宫中自常膳外，鲜有所取。迩者祷祀繁兴，制用渐广，乾清、坤宁诸宫，各建斋醮，西天、西番、汉经诸厂，至于五花宫、西暖阁、东次阁，亦各有之。或日夜不绝，或间日一举，或一日再举，经筵俱虚而无所用矣。伤太平之业，失天下之望，莫此为甚。臣谓挟此术者，必皆魏彬、张锐之余党，曩以欺先帝，使生民涂炭，海内虚耗，先帝已误，陛下岂容再误？陛下急诛之远之可也。伏愿改西天厂为宝训厂，以贮祖宗御制诸书，西番厂为古训厂，以贮五经子史诸书，汉经厂为听纳厂，以贮诸臣奏疏，选内臣谨畏者，司其筦钥。陛下经筵之暇，游息其中，则寿何至不若尧舜？治何至不若唐虞乎？臣虽愚钝，千虑不无一得，敢乞陛下立停斋祀，放归方士，如有灾祸，由臣身当之。谨此具奏！

世宗览奏，方批答道："天时饥馑，斋祀暂且停止。"未几又颁内旨，令中官提督苏杭织造。杨廷和以监织已罢，仍命举行，实为弊政，当即封还敕旨，直言谏阻，世宗大为不悦。自世宗入都即位，廷和以世宗英敏，虽值冲年，颇足有为，自信可辅导太平，所以军国重事，不惮谏诤。及大礼议起，先后封还御批凡四次，执奏几三十疏，世宗虽示优容，意中已是衔恨；内侍遂从中挑衅，只说他跋扈专恣，无人臣礼，蟊贼未除，终为国害，说得世宗不能不信。至谏阻织造一事，大忤上意。廷和乃累疏乞休，正在君臣相持的时候，那南京刑部主事桂萼忽遥上封章，请改称孝宗为皇伯考，兴献帝为皇考，兴国太后为圣母，并录侍郎席书，员外郎方献夫二疏以闻。为此一奏，复惹起一番争执，几乎兴起大狱来了。小子有诗咏道：

甘将唇舌作干戈，
可奈无关社稷何。
一字争持成互斗，
谁知元气已销磨？

毕竟桂萼所奏，有何理由，且看下回详叙。

明自太祖得国，至于武宗，盖已更十主矣。除景帝祁钰，因变即位外，皆属父子相传，无兄终弟及者。惟武宗崩后，独无子嗣，当时岂无武宗犹子，足承统绪，而必迎立世宗，惹起大礼之议，此实杨廷和等之第一误事也。世宗既已入嗣，于孝宗固有为后之义，然以毛里至亲，改称叔父叔母，于情亦有未安。诚使集议之初，即早定本生名号，加以徽称，使世宗得少申敬礼，则张璁等亦无由乘间进言；乃必强词争执，激成反对，此尤杨廷和等之第二误事也。不宁惟是，廷和等身为大臣，既因议礼龃龉，隐忤帝意，则此后宵小进谗，政令未合，亦无自绳愆纠谬，格正君心。盖君臣之际，已启嫌疑，虽有正论，亦难邀信。如斋醮一事，明为无益有损之举，而世宗惑于近言，以致遂非拒谏，其情弊已可见矣。故世宗之刚愎自用，不无可议，而吾谓激成世宗之刚愎者，杨廷和等实主之焉。

第五十七回　伏朝门触怒世宗　讨田州诱诛岑猛

却说南京主事桂萼，与张璁同官，璁至南京，与萼相见，谈及礼议，很是不平。萼极力赞成璁说，且主张申奏。适闻侍郎席书及员外郎方献夫，奏称以孝宗为皇伯，兴献帝为皇考，俱由阁臣中沮，不得上达。萼乃代录两疏，并申明己意，运动京官，代为呈入。当由世宗亲阅，其词云：

　　臣闻古者帝王事父孝故事天明，事母孝故事地察，未闻废父子之伦，而能事天地主百神者也。今礼官以皇上与为人后，而强附末世故事，灭武宗之统，夺兴献之宗，夫孝宗有武宗为子矣，可复为立后乎？武宗以神器授皇上矣，可不继其统乎？今举朝之臣，未闻有所规纳者何也？盖自张璁建议，论者指为干进，故达礼之士，不敢遽言其非。窃念皇上在兴国太后之侧，慨兴献帝弗祀三年矣，而臣子乃肆然自以为是，可乎？臣愿皇上速发明诏，循名考实，称孝宗曰皇伯考，兴献帝曰皇考，而别立庙于大内，兴国太后曰圣母，武宗曰皇兄，则天下之为父子君臣者定。至于朝议之谬，有不足辩者，彼所执不过宋濮王议耳。臣按宋臣范纯仁告英宗曰："陛下昨受仁宗诏，亲许为仁宗子，至于封爵，悉用皇子故事，与入继之主不同。"则宋臣之论，亦自有别。今皇上奉祖训，入继大统，果曾亲承孝宗诏而为之乎？则皇上非为人后，而为入继之主明矣。然则考兴献帝，母兴国太后，可以质鬼神俟百世者也。臣久欲上请，乃者复得见席书、方献夫二臣之疏，以为皇上必为之惕然更改，有无待于臣之言者。乃至今未奉宸断，岂皇上偶未详览耶？抑二臣将上而中止耶？臣故不敢爱死，再申其说，并录二臣原疏以闻。

　　世宗读一句，点一回首，读数句，把首连点数次，直至读毕，方叹赏道："此疏关系甚大，天理纲常，要仗他维持了。"遂下廷臣集议。尚书汪俊正承乏礼部，会集文武众臣二百余人，并排萼议，世宗不听。给事中张翀等三十二人，御史郑本公等三十一人，又复抗章力论，以为当从众议。世宗斥他朋言乱政，诏令夺俸。修撰唐皋，上言宜考所后以别正统,隆所生以备尊称。后经内旨批驳,说他模棱两可,亦夺俸半年。汪俊等见帝意难回,乃请于兴献帝后,各加"皇"字,以全徽称。世宗尚未惬意,召桂萼、张璁还京与议,并因席书督赈江淮,亦并召还。杨廷和见朝政日非,决意求去,世宗竟准他归休。言官交章请留,俱不见答。嗣遇兴国太后诞辰,敕命归朝贺,宴赏有加。至慈寿太后千秋节,独先期饬令免贺,修撰舒芬,疏谏夺俸,御史朱淛、马明衡、陈逅、季本,员外郎林惟聪等,先后奏请,皆遭谴责。原来兴国太后入京时,慈寿太后犹以藩妃礼相待,兴国太后甚为失望。及世宗朝见,太后情亦冷淡,因此世宗母子,力遏众议,必欲推重本生,把兴献帝后的尊称驾出孝宗帝后的上面,才出胸中宿忿。补叙此段,可见世宗母子,全出私情。

都御史吴廷举、恐璁等入都,仍执前说,乃请饬诸生及耆德大臣并南京大臣,各陈所见,以备采择。璁、萼复依次上疏,申明统嗣不同的理由。璁且谓今议加称,不在皇与不皇,实在考与不考,世宗很是嘉纳。即召大学士蒋冕、毛纪、费宏等,谕加尊号,并议建室奉先殿侧,祀兴献帝神主。冕启奏道:"臣愿陛下为尧舜,不愿陛下为汉哀。"又是隔靴搔痒之谈。世宗变色道:"尧舜之道,孝悌而已,这两语非先贤所常称么?"冕等无词可答,只好唯唯而退。世宗遂敕谕礼部,追尊兴献帝为"本生皇考恭穆献皇帝",上兴国太后尊号为"本生圣母章圣皇太后"。又谓:"朕本生父母,已有尊称,当就奉先殿侧,别立一室,奉安皇考神主,聊尽孝思"云云。礼部尚书汪俊又上议道:

皇上入奉大宗,不得祭小宗。为本生父立庙大内,从古所无。惟汉哀帝尝为共王立庙京师,师丹以为不可。臣意请于安陆庙增饰,为献皇帝百世不迁之庙,俟后袭封兴王子孙,世世奉享。陛下岁时遣官祭祀,亦足以伸至情矣。宁必建室为乎?乞即收回成命,勿越礼训!

世宗一概不纳,只促令鸠工建室,限日告成,俊遂乞休,奉旨切责,准令免官,遗缺命席书继任。书未到京,由侍郎吴一鹏权署部事。既而一鹏受命,与中官赖义等迎主安陆。一鹏上疏奏阻,并不见纳,只好束装就道,迎主入京。时已建室工竣,即就室安主,名为观德殿。大学士蒋冕以追尊建室,俱由世宗亲自裁决,未经内阁审定,不由得愤愤道:"古人谓有官守,有言责,不得其职,便可去位?我备员内阁,不能匡救国事,溺职已甚,还要在此何用?"因连疏求罢。世宗以詹事石珤素与廷和未协,拟引他入阁,赞成大礼,乃听冕致仕,即命珤为吏部尚书,兼文渊阁大学士,入预机务。珤入阁后,偏不肯专意阿容,一切政论,多从大体。适户部侍郎胡瓒上言大礼已定,席书督赈江淮,实关民命,不必征取来京。珤亦以为言,并请停召璁、萼二人。世宗不得已准奏,饬璁、萼仍回原任。时璁、萼已奉召启程,途中闻回任消息,意大沮丧,乃复合疏上呈,极论两考为非是。

且云："'本生'二字，对所后而言，若非将二字除去，则虽称皇考，仍与皇叔无异。礼官有意欺君，臣等愿来京面质"等语。世宗得疏后，心又感动，复令二人入都。

璁、萼遂兼程至京，既入都门，闻京官与他反对，势甚汹汹，欲仿先朝马顺故事，激烈对待（马顺事见三十五回）。萼惧不敢出，璁避居数日，方才入朝。退朝后恐仇人狙击，不敢走回原路，悄地里溜出东华门，避入武定侯郭勋家（勋为郭英五世孙）。勋与璁晤谈，意见颇合，允为内助。偏偏给事中张㵆等，连章劾璁、萼及席书、方献夫等，乞即正罪。有旨报闻。㵆取群臣弹章，汇送刑部，令预拟璁等罪名。尚书赵鉴私语㵆道："若得谕旨，便当扑杀若辈。"㵆大喜而退，免不得与同僚谈及。那知一传十，十传百，竟被深宫闻悉，切责㵆、鉴，并擢璁、萼为翰林学士，方献夫为侍讲学士。璁、萼与献夫，恐众怒难犯，奏请辞职，世宗不许。学士丰熙，修撰舒芬、杨慎（廷和子）、张衍庆，编修王思等，均不愿与璁、萼同列，各乞罢归，有诏夺俸。给事中李学曾等，御史吉棠等，上疏申救，俱遭谴谪，甚至下狱。还有南京尚书杨旦、颜颐寿、沈冬魁、李克嗣、崔文奎及侍郎陈凤梧，都御史邹文盛、伍文盛等，复以为言，又被内旨斥责。员外薛惠，著《为人后解》，力驳璁、萼奏议，也被世宗察知，逮系狱中。当下恼动了尚书乔宇，竟抗疏乞休，略言："内降恩泽，先朝辄施诸佞倖小人，士大夫一经参

预，即为清议所不容。况且翰苑清华，学士名贵，乃令萼、璁等居此，小人道长，君子道消，何人愿与同列？臣已老朽，自愧无能，愿赐罢黜，得全骸骨"云云。世宗责他老悖，听他归田。于是萼、璁两人，以臆说得售，益发兴高采烈，条陈十三事，差不多有数千言。小子述不胜述，但将十三条的大纲，列表如下：

（一）三代以前，无立后礼。（二）祖训亦无立后明文。（三）孔子射于矍圃，斥为人后者。（四）武宗遗诏，不言继嗣。（五）礼无本生父母名称。（六）祖训侄称天子为伯叔父。（七）汉宣帝、光武，俱为其父立皇考庙。（八）朱熹尝论定陶事为坏礼。（九）古者迁国载主。（十）祖训皇后治内，外事无得干预。（十一）皇上失行寿安皇太后三年丧。（十二）新颁诏令，决宜重改。（十三）台官连名上疏，势有所迫，非出本心。

这十三条纲目奏将上去，世宗非常称赏，立遣司礼监传谕内阁，除去册文中"本生"字样。大学士毛纪力持不可。世宗御平台，召毛纪等面责道："此礼决当速改，尔辈无君，欲使朕亦无父么？"毛纪等免冠趋退。世宗遂召百官至左顺门，颁示手敕，更定章圣皇太后尊号，除去"本生"字样，正名"圣母"，限四日恭上册宝。百官不服，会同九卿詹事翰林给事六部大理行人诸司，上章力争。疏凡十三上，俱留中不报。尚书金献民、少卿徐文华倡言道："诸疏留中，必改称孝宗为皇伯考了，

此事不可不争。"吏部右侍郎何孟春道："宪宗朝，议慈懿太后徽号，及合葬典礼，亏得先臣伏阙力争，才得邀准，今日又遇此举了。"（回应三十九回。）杨慎道："国家养士百余年，仗节死义，正在今日。"言之太过。编修王元正，给事中张翀亦齐声道："万世瞻仰，在此一举，今日如不愿力争，应共击勿贷。"当下大集群僚，共得九卿二十三人，翰林二十二人，给事二十人，御史三十人，诸司郎官及吏部十二人，户部三十六人，礼部十二人，兵部二十人，刑部二十七人，工部十五人，大理寺属十二人，都跪伏左顺门，大呼高皇帝孝宗皇帝不置。世宗居文华殿，闻声才悉，即遣司礼监谕令退去，群臣跪伏如故。尚书金献民道："宰辅尤宜力争，如何不至？"即遣礼部侍郎朱希周，传报内阁。大学士毛纪、石珤亦赴左顺门跪伏。自辰至午，屡由中官谕退，终不肯去。

世宗大怒，命锦衣卫收系首事，得丰熙、张翀、余翱、余宽、黄待显、陶滋、相世芳、毋德纯八人，一律下狱。杨慎、王元正乃撼门大哭，一时群臣齐号，声震阙廷。几同病狂。世宗愈怒，索性一不做，二不休，命尽录诸臣姓名，拘住马理等一百三十四人。惟大学士毛纪、石珤，尚书金献民，侍郎何孟春等，勒令退归待罪。越数日，谪戍首事八人，四品以上夺俸，五品以下予杖，编修王相等十六人，因杖受伤，先后毕命。死得不值。大学士毛纪，请宥伏阙诸臣罪，被世宗痛责一番，说他要

结朋奸，背君报私，纪遂致仕而去。世宗遂更定大礼，称孝宗为"皇伯考"，昭圣皇太后为"皇伯母"，献皇帝为"皇考"，章圣皇太后为"圣母"。嗣是修献皇帝实录，立献皇帝庙于京师，号为"世庙"，并命席书至京，编成《大礼集议》，颁示中外。到了嘉靖五年，章圣皇太后谒见太庙及世庙，大学士费宏、石珤，力谏不从，费宏入阁后，未尝出言规谏，至是才闻力谏，想是饭盆已满了，反被璁、萼等暗中进谗，害得他不能不去。自是辅臣丧气，引为大戒，终世宗朝，内阁大臣，大半委蛇朝右，无复强谏了。明朝气运，亦将衰亡了。再越二年，即嘉靖七年。《大礼集议》成，由世宗亲制序文，改名为《明伦大典》，刊布天下，且追论前议礼诸臣罪状，明降敕文道：

大学士杨廷和，谬主濮议，尚书毛澄，不能执经据礼，蒋冕、毛纪，转相附和，乔宇为六卿之首，乃与九卿等官，交章妄执，汪俊继为礼部，仍从邪议，吏部郎中夏良胜，胁持庶官，何孟春以侍郎掌吏部，煽惑朝臣，伏阙喧呼，朕不为已甚，姑从轻处。杨廷和为罪之魁，以定策国老自居，门生天子视朕，法当戮市，特宽宥削籍为民。毛澄病故，追夺前官。蒋冕、毛纪、乔宇、汪俊，俱已致仕，各夺职闲住。何孟春情犯特重，夏良胜酿祸独深，俱发原籍为民。其余南京翰林科道部属大小臣衙门各官，附名入奏，或被人代署，而己不与闻者，俱从宽不究。其先已正法典，或编戍为民者不问。尔礼部揭示承

301

天门下，俾在外者咸自警省。

议罪以后，应即议功。以张璁为吏部尚书，兼文渊阁大学士。桂萼为礼部尚书，兼武英殿大学士。两人私自称庆，喜出望外，且不必说。

惟当变礼筑庙的时候，田州指挥岑猛作乱，免不得劳动王师，出定乱事。田州为广西土司，诸族聚处，岑氏最大，自称为汉岑彭后裔。明初，元安抚总管岑伯颜以田州归附，太祖嘉他效顺，特设田州府，令伯颜知府事。四传至猛，与思恩知府岑濬构衅。濬亦猛族，互争雄长。濬攻陷田州，猛遁走得免。都御史总督广西军务潘蕃发兵诛濬，把思恩、田州两府统改设流官，降猛千户，东徙福建。正德初年，猛赂刘瑾，得复为田州府同知，兼领府事，招抚遗众，觊复祖职。嗣从征江西流贼，所至侵掠，惟以流贼得平，叙功行赏，进授指挥同知。猛尚未满意，遂怀怨望。先是猛尝纳贿有司，自督府以下，俱为延誉。至受职指挥，未得复还原官，他想从前贿赂，多系虚掷，不如仗着兵力，独霸一方，免得趋奉官府，耗费金银。自是督府使至，骄倨相待，使人索贿，分毫不与，甚且侵夺邻境，屡为边患。巡抚都御史盛应期，奏猛逆状。请兵讨猛，尚未得报。应期以他事去官，都御史姚镆继任，甫至广西，即再疏请剿。得旨允准，乃檄都指挥沈希仪、张经、李璋、张佑、程鉴等，率兵八万，分五道进兵。别令参议胡尧元为监军，总督军务。

猛闻大军入境，情殊惶急，不敢交战，竟出奔归顺州。归顺州知州岑璋，系猛妇翁，猛不喜璋女，与璋有嫌，想是同姓为婚之故，至此急不暇择，乃率众往投。姚镆闻猛奔归顺，悬赏通缉，又恐璋为猛妇翁，不免助猛，因召沈希仪问计。希仪道："猛与璋虽系翁婿，情不相洽，末将自有计除猛，约过数旬，必可报命。"胸有成竹，不待多言。姚镆甚喜，即令他自去妥办。希仪至营，与千户赵臣商议。臣与璋本来熟识，闻希仪言，愿往说璋，令诱猛自效。希仪即遣赴归顺，两下相见，寒暄甫毕，璋即设宴款臣，臣佯为不悦。璋再三诘问，臣终不言。璋心益疑，挽臣入内，长跪问故。臣潸然泪下，这副急泪，从何处得来？璋亦流泪道："要死就死，何妨实告。"中计了。臣又嗫嚅道："我为故人情谊，所以迂道至此，但今日若实告足下，足下得生，我反死了。"璋大惊道："君果救我，我决不令君独死。"言毕，指天为誓。臣乃语璋道："邻境镇安，非与君为世仇么？今督府悬赏缉猛，闻猛匿君处，特令我往檄镇安，出兵袭君。我不言，君死；我一出口，君必为自免计，我死。奈何奈何？"璋顿首谢道："请君放心。猛娶吾女，视同仇雠，我正欲杀他，恐他兵众，所以迟迟。若得天兵相助，即日可诛猛了。猛子邦彦现守隘口，我先遣千人为内应，君可驰报大营，发兵往攻，内外夹击，邦彦授首，杀猛自容易呢。"臣大喜而返，报知希仪，即夕往攻邦彦。果然内应外合，把邦彦的头颅，唾手取来。

第五十七回 伏朝门触怒世宗 讨田州诱诛岑猛

猛闻邦彦被杀，惊惶得了不得。璋反好言劝慰，处猛别馆，日设供张，环侍美女，令他解闷图欢。猛忧喜交集，日与美女为乐，比故妇何如？问及大兵，诡称已退。至胡尧元等到了归顺，檄索猛首，璋乃持檄示猛道："天兵已到，我不能庇护，请自为计。"一面递与鸩酒，猛接酒大骂道："堕你狡计，还有何说？"遂将鸩酒一口饮下，霎时毒发，七窍流血而死。璋斩下猛首，并解猛佩印，遣使驰报军前，诸将乃奏凯班师。猛有三子，邦彦败死，邦佐、邦相出亡，所有猛党陆绥、冯爵等俱被擒，惟卢苏、王受遁去。隔了一年，卢苏、王受，又纠众为乱，陷入田州城，正是：

芟夷未尽枝犹在，
烽燧才消乱又生。

毕竟乱事能否再平，且至下回续表。

大礼议起，诸臣意气用事，以致世宗忿激，称宗筑庙，世宗固不为无失，而群臣跪伏喧呼，撼门恸哭，亦非善谏之道。事君数，斯辱矣，岂学古入官之士，尚未闻圣训耶？杨慎谓仗节死义，张翀谓万世瞻仰，几若兴邦定国，全赖此谏，试问于伏阙纷争之后，有何裨益？即令世宗果听其言，亦未必果能兴邦、果能定国也。明代士大夫，积习相沿，几成锢疾，卒之廷议愈滋，君心愈愎，有相与沦胥而已。田州一役，小丑跳梁，剿平固易。惟岑猛之被赚于妇翁，与世宗之被惑于本生父母，两两相对，适成巧偶，是亦文中之映合成趣者也。故善属文者，无兴味索然之笔。

第五十八回　胡世宁创议弃边陲　邵元节祈嗣邀殊宠

　　却说卢苏、王受，系岑猛余党，既陷田州，并寇思恩。右江一带，人情汹汹，或说岑猛未死，或说猛党勾结安南，已陷思恩州，正是市中有虎，杯影成蛇。姚镆力不能制。飞檄调兵，藩臬诸司与镆有隙，又倡言"猛实未诛，镆为所绐"等语。御史石金闻悉，遂劾镆攘剿无策，轻信罔上，惹得世宗动怒，饬革镆职，授王守仁为兵部尚书，总督两广军务，往讨田州，一面即用御史石金为巡按，同赴广西。守仁到任，闻苏、受二寇势焰颇盛，遂与石金商议，改剿为抚。乃使人招谕田州，令来谢罪。苏、受疑惧，不敢径至。守仁复遣使与誓，决不相欺。苏、受乃盛兵自卫，来辕赴约。经守仁开诚告诫，二人踊跃罗拜，自缚待罪。守仁数责罪状，各杖数十，才谕归俟命。已而驰入苏、受营中，抚定叛众，乃缮疏遥陈，略言："田州外捍交趾，纵使得克，别置流官，亦恐兵弱财匮，易生他变，且岑氏世效边功，欲治田州，仍非岑氏子孙不可。现请降府为州，以猛子邦相为吏目，署行州事，设巡检司十九处，令苏、受等为巡检。惟思恩府未曾被陷，仍设流官，命他统辖田州。邦相以下，悉遵约束"云云。朝旨报可。守仁遂依疏处置，田州以安。

　　嗣守仁自田州还省，父老遮道攀辕，禀称断藤峡猺，又复猖獗，盘踞三百余里，大为民害。守仁乃留住南宁，佯为罢遣诸军，示不再用，暗中却檄令卢苏、王受，嘱他攻断藤峡，立功自赎。苏、受奉守仁令，潜军突出，连破断藤峡诸寨，诛匪首，散胁从，藤峡复宁。守仁上苏、受功，赏赉有加。惟尚书桂萼令乘机取交趾，守仁不应，桂萼遂劾守仁征抚交失，停止奖谕。

　　未几，守仁得疾，表乞骸骨，且举郧阳巡抚林富自代，朝命尚未复颁，守仁因病日加重，不及待命，离任竟归，行至南安，一瞑长逝。桂萼复说他擅离职守，请世宗毋予恤典，且停世袭。失志则贪缘当道，得志则媚嫉同僚，这是小人通病。独江西军民素怀守仁德惠，灵輀所经，无不缟素哭临，香花载道，哀奠盈郊。直道尚在人心，忠魂亦堪自慰。至穆宗隆庆初年，始追谥"文成"。守仁系浙江余姚人，曾读书阳明洞中，当时号为阳明先生。平生学问，出入道佛，总旨以儒教为归。尝谓知是行的主要，行是知的工夫，知是行始，行是知终，人须知行合一，方为真道学。这数语，是阳明先生的学说，门徒多遵守不衰。就是海外日本国，也靠着阳明遗绪，实力奉行，才有今日。极力赞扬，不没大儒。这且不暇细表。

且说世宗践阼，曾逮兵部尚书王琼下狱，谪戍榆林，复起彭泽为兵部尚书，陈九畴为佥都御史，巡抚甘肃，这次黜陟，实因西番一役，王琼陷害彭、陈，经给事中张九叙追劾琼罪，才有此番变换（应四十八回）。九畴到了甘州，适值土鲁番酋纠众入寇，由九畴督兵力御，战败满速儿，追至肃州，又与肃州总兵官姜奭，夹击一阵，杀死敌将火者他只丁，寇众仓皇遁去。边民哗传满速儿已死，九畴亦依据谣传，拜表奏捷。未免卤莽。明廷正遣尚书金献民，都督杭雄，统兵西讨，闻九畴得胜，寇已败退，乃自兰州折还。谁知满速儿依然无恙，西归后，休养了两三年，又遣部将牙木兰出据哈密，并侵及沙州、肃州。世宗闻警，又起用前都御史杨一清，总制三边。一清至是三为总制，温诏褒美，比他为郭子仪。土鲁番闻一清威名，颇也知惧，稍稍敛迹。一清请权事招抚，先令他缴还哈密城印。既而一清奉召入阁，以尚书王宪代任，宪仍用一清计，遣使往谕土鲁番，命悔过伏罪，归还哈密。满速儿置诸不理。

会大礼议起，大学士杨廷和去位，廷和与彭泽、陈九畴等本来莫逆，就是大礼申议，泽亦附同廷和，联名抗奏。廷和既去，泽亦乞休。张璁、桂萼方仇廷和，恨不得将廷和党与一网打尽，至土鲁番再据哈密，遂上书论西番事，谓："哈密不靖，自彭泽赂番求和始。彭泽复用，自杨廷和引党集权始。今日人才，实惟王琼可用。除王琼外，无人可安西鄙了。"世宗正信任璁、萼，惟言是从，遂复召王琼为兵部尚书，代王宪总制三边。琼既被召，即奏言满速儿未尝战死，陈九畴诳报朦君，金献民党同欺上，俱应复按问罪。还有百户王邦奇，亦上疏弹劾陈九畴、金献民以及杨廷和、彭泽等，说得痛激异常。再经张璁、桂萼两人火上添油，自然激动世宗，立降手诏数百言，遣官逮九畴、献民下狱。璁、萼拟九畴坐斩，献民夺籍，杨廷和、彭泽俱应加罪。谳案将成，独刑部尚书胡世宁不肯照署，上言："九畴误信谣传，妄报贼死，罪固难免，但尝奋身破贼，保全甘、肃二州，功足抵罪，应从轻议"云云。世宗乃命将九畴减死，谪戍极边，削夺献民、彭泽原官。只廷和未曾提及，总算涵容过去。所谓不为已甚，想即在此。

先是九畴在甘肃，力言土鲁番不可抚，宜闭关绝贡，专固边防。世宗尝以为然，因令将贡使拘系，先后凡数十人。及九畴得罪，琼督三边，竟遣还旧俘，且许通贡。满速儿气焰愈骄，遣部将牙木兰入据沙州，并限令转拔肃州。

305

牙木兰转战愆期，致遭满速儿严责，并欲定罪加刑。牙木兰大惧，率麾帐兵二千，老稚万人，奔至肃州，叩关乞降。满速儿以讨牙木兰为辞，纠合瓦剌部众，入犯肃州。副使赵载，游击彭濬，发兵截击，复得牙木兰为助，审知敌人虚实，一场鏖斗，杀得他旗靡辙乱，马仰人翻。满速儿知机先走，还幸保存性命，越年复遣使贡狮，且赍呈译书，愿以哈密城易牙木兰。琼据实奏报，并欲从他所请。世宗饬群臣会议，或言哈密难守，不必索还，或言哈密既还，理宜设守。詹事霍韬主张保守哈密，尚书胡世宁主张弃置哈密，两人所议，各有理由，小子依次录述。霍韬议案有云：

置哈密者，离西北之郊以屏藩内郡，或难其守，遂欲弃之，将甘肃难守，亦弃不守乎？太宗之立哈密，因元遗孽，力能自立，借虚名以享实利，今嗣王绝矣，天之所废，谁能兴之？惟于诸戎中求雄力能守城印，戢部落者，因而立之，毋规规忠顺后可也。议亦有见。

胡世宁的议案独云：

先朝不惜弃大宁交趾，何有于哈密？哈密非大宁交趾比也。忠顺后裔，自罕顺以来，狎比土鲁番，且要索我矣。国初封元孽和宁、顺宁、安定俱为王，安定又在哈密之内，近我甘肃，今存亡不可知，一切不问，而议者独言哈密，何也？臣愚谓宜专守河西，谢哈密，无烦中国使，则兵可省而饷不虚糜矣。牙木兰本一番将，非我叛臣，业已归正，不当遣还，唐悉怛谋之事可鉴也。牙木兰固不应遣还，哈密亦岂可遽弃？

世宗瞧着两议，却以世宁所说较为得当，一面命王琼熟计详审，再行复奏。琼再疏仍申前议，又经张璁等议定，留牙木兰不遣，移置诸戎于肃州境内。自是哈密城印及哈密主拜牙郎，悉置不问，哈密遂长沦异域，旋为失拜烟答子米儿马黑木所据，并服属土鲁番，惟按年入贡明廷。土鲁番失一牙木兰，遂乏健将，满速儿虽然桀骜，却也不能大举，有时或通贡使，有时贡使不至，明廷也无暇理睬，但教河西无事，便已庆幸得很了。舌战甚勇，兵战甚弱，历朝衰季，统蹈此弊。

且说张璁、桂萼用事后，原有阁臣先后致仕。御史吉棠请征还三边总制杨一清，藉消朋党。世宗乃召一清入阁，张璁亦欲引用老臣，以杜众口，遂力举故大学士谢迁。迁不肯就征，经世宗遣官至家，持敕令起，抚按又敦促上道，不得已入京拜命。迁年已七十有九，居位数月，即欲乞归。世宗加礼相待，每遇天寒，饬免朝参。除夕赐诗褒美，勉勉强强的过了一年，再三告病，方准归休。归后三年乃殁，予谥"文正"。惟一清在阁稍久，即与璁、萼有隙，给事中孙应奎疏论一清及璁、萼优劣，乞鉴三臣贤否，核定去留。王准、陆粲与应奎同官，独劾奏璁、萼引用私人，日图报复，威权既盛，党羽复多，若非亟行摈斥，恐将来为患社稷，贻误不浅了。世宗乃免璁、萼官。詹事霍韬尝与璁、萼约同议礼，及见两人去职，攘臂说道："张、桂既行，势且及我，我难道坐视不言么？"遂为璁、萼讼冤，且痛诋一清，说他嗾使王准、陆粲，诬劾璁、萼。并云："臣与璁、萼，俱因议礼见用，璁、萼已去，臣不能独留。"为这一疏，世宗又念及张璁前功，立命召还，贬王准为典史，陆粲为驿丞。说起议礼两字，世宗便不能不袒护，可知霍韬之言，无非要挟，居心实不可问矣。韬再劾一清，世宗令法司会集廷臣，核议一清功罪，张璁却佯乞宽假。看官！你想此时的杨一清，还有甚么颜面？一疏乞休，再疏待罪。世宗准予致仕，一清即日出都。可巧故太监张永病死，永弟容代为介绍，求一清作墓志铭。一清与永为旧交，情不能却，至撰成后，免不得受些馈礼。偏被张璁闻知，暗嘱言官劾奏，竟坐一清受贼夺职。一清还家，得知此信，不禁忿恨道："我已衰年，乃为孺子所卖，真正令人气死。"果然不到数月，背上生一大疽，流血而亡。又阅数年，始复故官，寻又追谥"文襄"，但身已早殁，何从再知，也不过留一话儿罢了。一清也自取其咎。

璁既复用，萼亦召还，两人仍然入阁，参预机务。适世宗有意变法，拟分祭天地日月，建立四郊，商诸张璁，璁不敢决。给事中夏言援引周礼，奏请分祭，大合世宗意旨，璁亦顺水推舟，力赞言议。有几个主张合祭的，尽被驳斥。霍韬反抗最烈，竟致逮系。韬本与璁、萼毗连，此时何不党附？遂命建圜丘方丘于南北郊，以二至日分祭，建朝日夕月坛于东西郊，以春分秋分日分祭。郊祀已定，复更定孔庙祀典，定孔子谥号为"至圣先师"，不复称王，祀宇称庙不称殿，用木主不用塑像。以叔梁纥为孔子父，颜路、曾皙、孔鲤，为颜、曾、子思父，别就大成殿后，增筑一堂，祀叔梁纥，配以颜路、曾皙、孔鲤。是从献皇帝庙附会出来。所有祀仪，比郊天减轻一级，以汉后苍、隋王通、宋欧阳修、胡瑗、蔡元定从祀。御制正孔子祀典说，宣付史馆，又行禘祭，定配享，作九庙，改太宗庙号为成祖，尊献皇帝庙号为"睿宗"，升安陆州为承天府，种种制度，无非粉饰铺张，与国家治乱，毫无干涉呢。

桂萼再入阁后，在位年余，没甚议论，嗣因病乞归，未几即死。惟张璁规定各制，极蒙宠眷。璁因犯帝嫌名，奏请改易，世宗手书"孚敬"二字，作为璁名。世宗名"厚熜"，与张璁"之璁"，偏旁不同，璁乃自请改名，无非贡谀而已。廷臣因他得宠，相率附和，不敢生异。只夏言方结主知，与孚敬分张一帜，一切制作，多由夏言解决，世宗很是信从，孚敬反为减色，因此屡欲倾言，暗加谗间。谁料世宗反袒护夏言，斥责孚敬，孚敬无法，致仕而去。世宗命侍郎翟銮，尚书李时，先后入阁，升任夏言为礼部尚书。翟、李两人遇着大政，必与言商。言虽未预闻阁务，权力且出阁臣上，李时、翟銮不过备位充数罢了。

世宗因在位十年，尚无皇嗣，复拟设醮宫中，令夏言充醮坛监礼使，侍郎

明史演义

第五十八回　胡世宁创议弃边陲　邵元节祈嗣邀殊宠

湛若水、顾鼎臣充迎嗣导引官，文武大臣逐日排班进香。世宗亦亲诣坛前，虔诚行礼。主坛的大法师便是前文所叙的邵元节。元节系贵溪人氏，幼得异人范文泰传授龙图龟范的真诠，自言能呼风唤雨，驱鬼通仙。世宗闻他大名，征召入京，叩问仙术，元节只答一个静字诀，静字以外，便是无为二字。世宗甚为称赏，敕封真人。未几命他祷雪，果然彤云密布，瑞雪纷飞。想是凑巧。看官！你想世宗到了此时，尚有不竭诚敬信么？当下加号致一真人，饬领金箓醮事，给玉金银象印各一枚，秩视二品，并封元节师元泰为真人，敕在都城建真人府，糜费巨万，两年始成，由夏言作记勒碑，赠田三十顷，供府中食用，遣缇骑四十人，充府中扫除的役使，真是敬礼交加，尊荣备至。到了祈嗣设醮，当然由邵真人登坛，主持坛事，朝诵经，夕持咒，差不多有一两年。

偏偏后宫数十，无一宜男。监察御史喻希礼乞赦免议礼得罪诸臣，世宗大怒道："希礼谓朕罪诸臣，致迟子嗣么？"立命将希礼谪戍。编修杨名劾奏邵元节言近无稽，设醮内府，尤失政体，又遭世宗怒斥，下狱戍边。元节以祈嗣无效，暂乞还山。且上言皇上心诚，不出一二年，定得圣嗣。世宗大喜，使中官至贵溪山中，督造仙源宫，俾资休养。宫既成，元节入朝辞行，世宗设筵饯别，凄然问道："真人此去，何时再得相见？"元节用指轮算，欣然答道："陛下多福多寿，兼且多男，草莽下臣，来谒圣躬？当不止一二次呢。"后来看似有验，吾总谓其偶中耳。世宗道："吾年已三十，尚无子嗣，他日如邀神佑，诞育一二，便已知足，何敢多求呢？"元节道："陛下宽心，试看麟趾螽斯，定多毓庆，那时方知所言不谬了。"言毕，举拂即行，飘然而去。

说也奇怪，元节出京数十日，后宫的阎贵妃，居然有娠。倏忽间又是数月，世宗因贵妃得产，还需祈祷，乃遣锦衣千户孙经，赍敕往召。元节奉命登程，舟至潞河，又有中使来迎，相偕入京。世宗在便殿召见，慰劳有加，即赐彩蟒衣一袭，并阐教辅国王印。次日再命设坛，世宗格外虔诚，沐浴斋戒，才诣坛前祷祀，但见香烟凝结，佳霭氤氲，大家说是庆云环绕，非常瑞征。世宗亦信为天赐。过了三日，阎妃分娩，果得石麟，群臣排班入贺。世宗道："这都是致一真人的大功呢。"慢着。遂加授元节为礼部尚书，给一品服俸，赐白金文绮宝冠，法服貂裘，并给元节徒邵启为等禄秩有差。元节果有道术，岂肯拜受虚荣？文成五利之徒，何足道乎？大修金箓醮于立极殿，凡七日夜，作为酬神的典礼。小子有诗叹道：

　　得嗣宁从祈祷来，
　　胡为迷信竟难回？
　　卢生以后文成继，
　　秦汉遗闻剧可哀。

皇嗣已生，后事果属如何，且看下回申叙。

弃大宁，弃交趾，并弃哈密，此皆

明代衰微之兆。昔也辟国百里，今也蹙国百里，可为世宗咏矣。况封疆之寇未除，中央之争已起，陈九畴有御番才，乃为张璁所倾陷，代以王琼，满速儿请以哈密易牙木兰，竟欲勉从所请，胡世宁主张不遣，是矣，然必谓哈密可弃，得毋太怯。我退一步，寇进一步，玉关以外，从此皆戎，较诸明初之威震四夷，能毋生今昔之感耶？世宗不察，反日改祀典，藻饰承平，至于设坛修醮，礼延方士，祷雪而雪果降，祈嗣而嗣又生，世宗之迷信，由是深矣，然亦安知非一时之侥幸耶？国家将亡，必有妖孽，吾谓邵元节辈，亦妖孽类也。

第五十九回　绕法坛迓来仙鹤　毁行宫力救真龙

却说世宗既得皇嗣，取名载基，益信方士有灵，非常宠信。自是道教盛行，佛教衰灭，菩萨低眉，不能不让太上老君，独出风头。涉笔成趣。巧值大兴隆寺被灾，御史诸演揣摩上意，奏请顺天心，绝异端。夏言又请除禁中佛殿，原来明宫里面，有大服千善殿神佛，藏有金银佛像及各种器具，相传系元代敕建，至明未毁。世宗得夏言奏章，即命偕武定侯郭勋，大学士李时先去察视。言等奉命入殿，殿中所列，无非是铜铸的如来、金装的观音以及罗汉、韦驮、弥勒佛等类，恰也习见不鲜，没甚奇异。及步入最后一殿，但见壁上的蠧灰，半成污垩，檐前的蛛网，所在纵横，殿门关得甚紧，兽环上面，衔着大锁，锁上所积尘垢，差不多有数寸厚。当问殿中住持索取锁钥，住持谓中有怪异，不宜轻启。夏言怒叱道："我等奉旨而来，怕甚么妖怪不妖怪？"住持不得已，呈上钥匙，哪知钥已生锈，插入锁心，仍然推启不动。夏言更命侍役击断大锁，启门入内。门内黝黑深邃，差不多似酆都城，各人鱼贯进殿。凝神细瞧，并不见有丈六金身，庄严佛像，只有无数的奇形鬼怪，与那漆鬓粉脸的女像，抱腰亲吻，含笑斗眉；最看不过去的，是有数男像及数女像，统是裸着身体，赤条条一丝不挂，彼此伏着地上，作那交媾情状。秘戏图无此媟亵，欢喜禅竟尔穷形。夏言不禁愤愤道："佛门清净，乃有这等秽事么？"言毕，即与郭、李两人一并出来，入廷复旨，直陈不讳，且请把所有的异像瘗诸中野，不得渎留。世宗道："既有这般邪移，应一律销毁，免得愚民无知，发掘供奉。"世宗识见，颇过夏言。随即发遣工役，尽行拆毁，把各种支离偶像一一销熔，共得一万三千余斤。还有金函玉匣，内贮佛首佛牙等，统共毁去。殿宇遗址，改筑慈庆、慈宁宫，奉两宫太后居住，这也不消细说。

惟皇子载基，才生两月，忽然间生了绝症，竟至夭逝，想是诸佛作祟，世宗不胜哀悼。幸王贵妃又复怀孕。足月临盆，生下一男，取名载壑。接连是杜康妃、卢靖妃各生一男，杜妃子名载垕，便是后来的穆宗，卢妃子名载圳，后封景王，就国安陆，继迹兴藩。世宗连得二子，方减悲怀，只把那亡儿载基，赐谥"哀冲"，称为"哀冲太子"罢了。死了一子，生了二子。毕竟祈祷有灵。后来世宗又得四子，一名载玹，一名载阁，一名载㲄，一名载㺸，俱系妃嫔所出，并皆夭亡。看官听着世宗八子统出妃嫔，想正宫皇后，当然是无子呢。小子查阅明史，世宗共有三后：第一后是陈氏，前文亦曾叙过，陈后性颇褊狭，一日与世宗同坐，张、方二妃进茗，世宗见二妃手似柔荑，握视不释，后投盂遽起，触怒天颜，大声呵斥。后适怀妊，坐是堕胎，惊悸成疾，一病即崩。第二后就是张妃，妃既继位中宫，从夏言议，亲蚕北郊，嗣又率六宫嫔御，听讲章圣女训，倒也有些淑德，不知何事忤了世宗，竟于嘉靖十三年废居别宫。十五年谢世，明史上未曾叙及被废情由，小子也不敢杜撰。第三后乃是方氏，世宗久无子嗣，用张孚敬言，广选淑女，为毓嗣计，即选方氏、郑氏、王氏、阎氏、韦氏、沈氏、卢氏、沈氏、杜氏九人，同册为九嫔。强依古礼。张后被废，方氏以九嫔首选，继立为后。旧制立后，第谒内庙，世宗独援庙见礼，率方氏谒太庙及世庙，仍本张孚敬议。颁诏天下，饬命妇入朝中宫。统计世宗册立三后，要算立方后时，礼节最繁，但玄鸟降祥，偏锡下陈，这也是命中注定，不能勉强呢（这一段叙明各后，万不能省）。世宗以正宫无出，理应立长，遂于嘉靖十八年，立子载壑为太子，封载垕为裕王，载圳为景王。载壑事见后文，姑且慢表。

单说世宗既信任邵元节，屡命设醮，其时四方道流，趋集都下，江西龙虎山中的张天师，名叫彦頨，亦入都谒见。世宗与他谈论道法，他以"清心寡欲"四字为对，元节所对只三字，彦頨所对有四字，宗旨相去不远，应足齐名，颇合上意，遂加封为正一嗣教真人，赐金冠玉带蟒衣银币，留居京邸，令与元节分坛主事。元节多一敌手。坛场铺设，尤为繁备，上下共计五层：下一层，按照五方位置，分建红黄蓝皂白五色旗；第二层，统是苍松翠柏扎就的亭台曲槛；第三层，有八十一名小太监，各穿法服，手执百脚长幡，按方排立；第四层，陈列钟鼓鼎彝等物；第五层上面，方是正坛，金童玉女，列队成行，四面环着香花，中央痤着巨烛，上供三清等像，青狮白象，跃跃欲生，香烟袅绕九霄中，清磬悠扬三界上。这位正一真人张天师彦頨，备叙名号，扬中寓抑，戴金冠，系玉带，服蟒衣，手秉象简，通诚祷告。世宗就坛行拜叩礼，只听张天师口中，念念有词，呼了几十回天尊，诵了两三次祝文，忽觉炉内香烟，冉冉上升，氤氲不散，凝成祥云；巧值红日当空，与那缥缈的云烟，映照成采，红黄蓝白，回环交结，坛下文武各官，都说是卿云幻缦，捧日光华。世宗瞧着，亦很觉奇异，正在惊喜交集的时候，又听得空中嘹亮，声婉且清，举头上眺，恰有一双白鹤，从采云深处，

明史演义

311

第五十九回 绕法坛还来仙鹤 毁行宫力救真龙

回翔而下，绕坛翩跹，三匝后，依旧冲天飞去。真耶幻耶。此时的世宗愈信仙人指化，望空拜谢。待至还朝，百官齐声称贺，三呼万岁。世宗益喜，赏赐张天师彦頨，金帛无算。彦頨遂请还山，世宗挽留不住，乃遣中使送归。天师归后，不意住宅被火，由中使复奏，忙发内帑万金，重与建筑。想无仙源官，故意纵火索偿。给事中黄臣谏阻道："从前栾巴、郭宪噀酒止火，彦頨果有道力，何致回禄临门？请陛下不必代治！"世宗不听。天师遂坐享华厦，禄养逍遥。未几天师病死，世宗命如列侯例，厚给恤典，且为之叹息数日。

已而世宗南幸承天（即安陆州），谒见显陵（即献皇帝墓），邵元节在京中，患病不从。病且死，语门徒邵启为道："我将逝世不能再赴行在，一见皇上，但烦你转达行辕，我死后，陶典真可继我任。"言讫即逝。邵启为谨遵师命，驰讣行在，世宗方驻跸裕州，闻报大恸。哭他什么？世宗若果聪明，应知仙人也要病死，更宜破涕为笑。亲书手谕，颁发礼部，所有营葬恤典，如伯爵例，并命中官护丧归籍。一面召陶典真至行在，加给禄俸，令他扈跸南行。

典真南冈人，一名仲文，少时为黄冈县掾吏，性喜神仙方术，尝在罗田万玉山中，练习符箓，颇得微验。邵元节微时，曾与往来。元节得宠，念着友谊，代为疏通，得除授辽东库大使，秩满至京，往谒元节，免不得恭维数语。元节叹道："你初次到京，哪知我的苦处？我年已老迈，精力欠佳，屡次上表乞归，偏是皇上不准，留我在京，演授法事，我实是力不能及了。神仙也怕吃力么？现在宫中兴妖作怪，惊惶得了不得，委我祷禳，我尤日夕无暇，你来此正好，替我出力，我也可以息肩了。"仲文道："果承荐举，尚有何说。"当下寄寓真人府内，由元节入宫面禀，愿荐仲文自代，世宗自然准奏。仲文仗着道法，即日至宫中驱禳，焚符讽咒，祷告了三日三夜，果然妖氛不起，怪异潜踪。究竟这宫中有妖无妖，有怪无怪，据《明宫轶闻》，谓有黑气为祟，漫如浓烟，又每夜闻木鱼声，一宫娥颇有胆力，闻声夜起，到处细听，但闻怪声出自阶下，便用小石为记，待至黎明，面奏世宗，当命人移阶掘土，挖至数尺，果有木鱼一具，质已朽腐，投诸烈火，有绿烟一缕上冲，气甚臭恶，袅袅不绝。嗣经仲文入禳，黑曹消灭，禁掖平安。世宗虽颇信重仲文，但总道是元节传授，所以有此法力，灵效非常。及元节临终，复荐仲文，当即记着前事，立命召至，令他从行。

到了卫辉，时当白昼，天日清和，春光明媚，事见嘉靖十八年二月中。世宗心舒意惬，对景流连。猛然间有一阵旋风，从西北来，吹得驾前的节旄都在竿头盘绕，沙飞石走，马鸣声嘶，护驾的官吏都吓得面如土色。世宗忙召见仲文，问这旋风，主何朕兆，仲文跪奏道："臣已推算过了，今夜防有火灾。"不知从何术推测，想是俗语所谓旌门遁呢。世宗惊道："既有火灾，应该醮禳。"仲文道："劫数难逃，禳亦无益。

况行道仓猝，一时亦不及设坛呢。"世宗道："这却如何是好？"仲文道："圣驾应有救星。料亦无妨。惟请陛下饬令扈从，小心保护为要。"世宗点首。是夕黄昏，便令扈从等人，熄灯早睡，又饬值夜吏役，分头巡逻，不得怠慢。戒令已毕，世宗才入御寝，亦吹熄灯烛，早早的就寝安眠。

谁知睡到夜半，行宫后面，忽然火起，熊熊焰焰，顷刻烛霄，宫中扈从各人，骤遇火灾，统是仓皇失措，夺门乱窜。又奈这火从外面烧入，竟将各门挡住，仿佛是祝融、回禄代守宫门。宫内窜出各吏役，逃命要紧，管不及有火没火，统从火堆中越过，不是焦头烂额，也被燎发燃眉，有几个应罹火劫的，受着几阵浓烟，已皆晕倒，烧得乌焦巴弓。世宗本有戒心，闻外面是哔剥声，慌忙起床，启户一瞧，已是红光满目，照胆惊心，当有内监等前来扈驾簇拥而出，不防外面已成火圈，无路可走，只好重行退还。世宗因仲文言，自知无碍，便语内侍道："休要惊慌！朕躬自有救星。"道言未绝，门外已有人抢入，不及行君臣礼，忙将世宗背在身上，从烟焰稍淡处冲将出去，走至宫外，俱幸无伤，才将世宗息下。世宗瞧着，乃是锦衣卫指挥使陆炳。炳顿首问安，世宗亦慰谕道："非卿救朕，朕几葬身火窟了。但陶卿曾谓朕有救星，不料救星就是卿呢。"正说着，陶仲文亦跟跄奔至，须眉多被焚去。世宗与语道："卿何故也遭此灾？"仲文道："陛下命数，应罹小灾，臣适默祷，以身相代，所以把些须惊恐，移至臣身。陛下得安，臣何惜这须眉呢。"吾谁欺，欺天乎？世宗大喜。及火势已熄，回视行宫，已成焦土，检查吏役，伤亡了好几百人，世宗命循例抚恤。授仲文为神霄保国宣教高士，给予诰敕印绶，特准携带家属，随官就任。仙眷安可拆开？及至承天，谒显陵毕，命作新宫，以章圣太后合葬。是时章圣太后已崩，世宗有意南祔，所以南巡承天，阅视幽宫。至此南祔议决，才还京师。是年九月，奉葬章圣太后于显陵。世宗又送葬南下，不消细说，惟世宗南巡时，曾命太子监国，四岁小儿，何知监国？至还都后，陶仲文又进清净养心的道诀，身为人君，一日二日万几，如何清净？世宗甚是信从。一日临朝，谕廷臣道："朕欲命太子监国一二年，俾朕在宫摄养，康强身体，再行亲政。"廷臣都错愕相顾，不知所对。太仆卿杨最心中很是反对，因见廷臣无言，也只得暂时含忍，待退朝后，恰抗疏上奏道：

臣入朝时，闻圣谕由东宫监国，暂得静修，此不过信方士之言，为调摄计耳。夫尧舜性之，汤武身之，非不知修养可以成仙，以不易得也。不易得所以不学，岂尧舜之世无仙人？尧舜之智不知学哉？孔子谓老子犹龙，龙即仙也，孔子非不知老子之为仙，不可学也，不可学岂易得哉？

臣闻皇上之谕，始则惊而骇，继则感而悲，犬马之诚，惟望陛下端拱穆清，恭默思道，不迩声色，保复元阳，不期仙而自仙，不期寿而自寿。若夫黄

白之术，金丹之药，皆足以伤元气，不可信也，幸陛下慎之！

为这一疏，大忤帝意，竟下诏逮爵下狱，饬镇抚司拷讯。爵不胜榜掠，瘐毙狱中。冤哉！枉也。随进陶仲文为忠孝秉一真人，领道教事；寻加少保礼部尚书，晋授少傅，食一品俸。半官半道，煞是可笑。还有方士段朝用，交结武定侯郭勋，谓能化器物为金银，当将所化银杯，托勋进奉。世宗称为天授，立封朝用为紫府宣忠高士，即将所献银杯荐享太庙，加郭勋禄米百石，嗣复加封翊国公。嗣是东宫监国，说虽不行，惟世宗常不视朝，日事斋醮，工作烦兴。给事中顾存仁、高金、王纳言，皆以直谏得罪。监察御史杨爵忍耐不住，竟上疏直陈五大弊：一由郭勋奸蠹，任用肆毒；二由工作不休，朘民膏血；三由朝御希简，经筵旷废；四由崇信方术，滥加保傅；五由阻抑言路，忠荩杜口。看官！你想这五大弊，都是世宗视为美政，瞧着此奏，能不震怒异常么？当下逮狱拷掠，血肉狼藉，死了一夜，方得苏醒。主事周天佐、御史溥铉，上疏论救。皆下狱受刑，先后瘐死。因此群臣相戒，无敢再言。时大学士张孚敬屡进屡出，于嘉靖十八年卒于家，世宗尚追悼不已，赠职太师。李时亦已病终，礼部尚书监醮使夏言升任武英殿大学士；导引官顾鼎臣升任文渊阁大学士。两人最得帝宠，所有建醮时的荐告文，尝由两人主稿，创用青藤纸书朱字，称为青词。青词以外，又有歌功颂德的诗章，亦多属两人手笔。顾鼎臣进步虚词七章，夏言进修醮诗，有"宫烛荧煌太乙坛"等句，均为世宗所称赏。内外官吏，彼此相效，盛称祥瑞，侈颂承平，风气一开，谀词竞进，遂引出一个大奸贼来（应首回奸贼专权）。前此如江彬诸人，未尝不奸，但未及若人耳。正是：

　　方外诸人刚获宠，
　　朝中巨猾又专权。
　　欲知奸贼为谁，待下回详述情由。

邵元节以外，有张彦頨，张彦頨以外，又有陶仲文，何仙人之多耶？或谓卿云绕日，白鹤绕坛，史策流传，非尽虚语。至若旋风示兆，果遇火灾，陶真人独能先觉，陆指挥即是救星，就令君非世宗，亦安得不为之敬信者？不知人君抚有天下，应以福国利民为本务，国而治，不言瑞而瑞自至；民而安，不求福而福自来。否则瑞反为妖，福转伏祸，宁有济耶？况乎法坛之鹤，宁知非彦頨之预储，故示灵应；行宫之毁，安知非仲文之纵火，借践妖言。古今来之欺世惑民者，往往如此，非必其果有异术也。本回陆续叙写凡方士之售欺，与世宗之受欺，尽在言中，明眼人自能知之，宁待明示乎？

第六十回　迁宫变妃嫔罹重辟　跪榻前父子乞私情

却说嘉靖中年，有一位大奸臣，乘时得志，盘踞要津，秉政二十余年，害得明朝元气，剥削殆尽，几乎亡国败家。这奸臣姓甚名谁，就是分宜人严嵩。大忠大奸，俱用特笔。

弘治年间，嵩举进士，有术士替他相面，说他后当大贵，但有饿纹入口，恐至枵腹亡身。嵩笑道："既云大贵，又云饿毙，显见得自相矛盾，不足深信呢。"严嵩以进士成名，独不闻周亚夫故事耶？嗣是浮沉宦乡，没甚出色。他遂变计逢迎，多方运动，竟得了尚书夏言的门路。就职南京，洊任至吏部尚书。会值夏言入阁，遂调嵩入京，就任礼部尚书，所有一切礼仪，无不仰承上旨，深合帝心。又因建坛设醮，屡现庆云，遂仗着历年学问，撰成一篇《庆云赋》，呈入御览。世宗从头至尾的阅读一遍，觉得字字典雅，语语精工，就是夏、顾两大臣的青词，亦似逊他一筹，免不得击节称赏。未几，又献《大礼告成颂》，越觉镂金琢玉，摘藻扬芬，世宗遂大加宠眷，所有青词等类，概令严嵩主笔。夏、顾二人，转因此渐渐失宠。顾鼎臣不该遭祸，竟于嘉靖十九年，得病逝世，追赠太保，居然生荣死哀，完全过去。确是幸免。

惟夏言自恃勋高，瞧不起这位严尚书，且因严嵩进阶，都由自己一手提拔，所以待遇严嵩，几与门客相等。严嵩与言同乡，科第比言为早，因须仗言援引，不得不曲意迎承。谁知言竟一味骄倨，意气凌人，嵩遂暗暗怀恨，不过形式上面，尚是格外谦恭。是谓奸臣。一日，置酒邀言，赍柬相请，言竟谢绝。嵩复自至夏第，入门求见，言复不出。这般做作，无怪速死。嵩不得已长跪阶前，手展所具启帖，和声朗诵，委婉动人，言乃回嗔作喜，出来应酬，遂偕嵩赴宴，兴尽乃归。言以为嵩实谦抑，坦然不疑。俗语说得好："明枪易躲，暗箭难防。"严嵩是个阴柔险诈的人物，阴柔险诈四字，真是严嵩的评。受了这等暗气，哪有不私图报复？凑巧翊国公郭勋与言有隙，嵩遂与勋相结，设计害言。

315

第六十回 遣宫变妃嫔罹重辟 跪榻前父子乞私情

先是言加封少师，特进光禄大夫上柱国，并蒙赐银章，镌"学博才优"四字，得密封白事。自世宗至承天谒陵，郭勋、夏言、严嵩等，俱扈驾随行，谒陵已毕，嵩请表贺，言请俟还京再议。世宗竟从嵩请，遽御龙飞殿求贺。嵩遂揣摩意旨，与郭勋暗伺言隙，一再进谗，顿时恼了世宗，责言傲慢不恭，追缴银章手敕，削夺勋阶，勒命致仕。既而怒意渐解，复止言行，把银章手敕，一并赏还。言知有人构陷，上疏谢恩，内有"一志孤立，为众所忌"二语，世宗复下诏切责。言再疏申谢，并乞归休，有旨不许。会昭圣太后病逝，世宗饬群臣酌议服制，言报疏未惬帝意，且间有讹字，复遭严旨驳斥。原来昭圣太后张氏，自世宗称为伯母后，奉待浸薄。后弟昌国公张鹤龄及建昌侯张延龄，以僭侈逾制，为人所讦，先后下狱。张太后至席藁待罪，请免弟死，世宗不从。鹤龄瘐死狱中，延龄长系待决。张太后忿恚致疾，竟尔告终。世宗意欲减轻服制，偏夏言以礼相绳，仓猝间又缮错一二字，遂被世宗指毛索瘢，斥为不敬。言只好推称有疾，以致昏谬贻愆。世宗复勒令归田，言奉命将行，诣西苑斋宫叩辞。世宗又动了怜念，令还私第治疾，徐俟后命。夏言经此播弄，尚复恋栈，岂必除死方休耶？张太后的丧葬草草完事，就是世宗父子，亦不过持服数日，便算了结。张延龄竟致弃市。第知尊敬父母，未及锡类之仁，安得为孝？（插入张氏情事，以明世宗之负心。）

时言官交劾郭勋，勋亦引疾乞假。京山侯崔元新得主眷，入直内苑，世宗与语道："郭勋、夏言，皆朕股肱，为什么彼此相妒呢？"元踌躇未答。世宗又问勋有何疾，元答道："勋实无疾，但忌夏言，言若归休，勋便销假了。"世宗为之颔首。御史等闻这消息，又联名劾勋，有诏令勋自省，并将原奏发阅，勋辩语悖慢，失人臣礼。给事中高时乃尽发勋贪纵不法十数事，遂下勋锦衣狱。勋既得罪，言复被召入直。法司审瓛勋案，多由言暗中指授，狱成议斩。世宗尚有意宽贷，饬令复勘，不意复勘一次，加罪一次，复勘两次，加罪两次，一个作威作福的翊国公，不被戮死，也被榜死，盈廷称快。只严嵩失一帮手，未免心中怏怏。

明代冠制，皇帝与皇太子冠式，用乌纱折上巾，即唐朝所称的翼善冠。世宗崇尚道教，不戴翼善冠，独戴香叶冠，嗣命制沉水香冠五顶，分赐夏言、严嵩等。夏言谓非人臣法服，却还所赐。严嵩独遵旨戴着，且用轻纱笼住，借示郑重。世宗遂嫉言亲嵩，适当日食，因诏称："大臣慢君，以致天象告儆，夏言慢上无礼，着即褫职，所有武英殿大学士遗缺，令严嵩补授！"这诏颁发，嵩遂代言入阁，跃登相位。时嵩年已六十余，不异少壮，朝夕入直西苑椒房，未尝一归洗沐，世宗大悦，赐嵩银章，有"忠勤敏达"四字。寻又陆续赐匾，遍悬嵩第，内堂曰延恩堂，藏书楼曰琼翰流辉，修道阁曰奉玄之阁，大厅上面独擘窠大书"忠弼"二字，作为特赏。嵩遂窃弄威柄，纳贿营私。长子世蕃得任尚宝司少卿，性尤贪黠，父子狼狈为奸，朝野侧目。世宗之所谓忠者，得毋由是。

嘉靖二十一年十月，宫中竟闯出谋逆的大变来。谋逆的罪首，乃是曹妃宫婢杨金英。一个官婢，也入国史中，传播百世，可谓值得。原来世宗中年，因求储心切，广置妃嫔，内有曹氏，生得妍丽异常，最承宠爱，册为端妃。每遇政躬有暇，必至端妃宫内，笑狎尽欢，后宫佳丽三千人，三千宠爱在一身，差不多有这般情形。修道者固如是耶？端妃侍婢杨金英，因侍奉未周，屡触上怒，几欲将她杖死，还是端妃替她缓颊，才把性命保全，金英未知感恩，反且衔恨。可巧雷坛告成，世宗往祷雷神，还入端妃宫中，同饮数杯，酒酣欲睡，眠倒榻上，竟入黑甜。端妃替他覆衾，放下罗帏，恐怕惊动睡梦，因轻闭寝门，趋至偏厢去了。不料杨金英觑着闲隙，悄地里挨入寝门，侧耳细听，鼾声大起，她竟放着胆子，解下腰间丝带，作一套结，揭开御帐，把带结套入帝颈，正在用力牵扯，突闻门外有履舄声，不禁脚忙手乱，掷下带子，抢出门外。看官听着！这门外究系何人？原来是另一官婢，叫作张金莲。又是一个救星。金莲正从寝门经过，偷视门隙，见金英解带作结，不知有甚么勾当，她本欲报知端妃，转思金英是端妃心腹，或由端妃遣入，亦未可知，不如速报皇后，较为妥当。主意已定，遂三脚两步的趋至正宫，禀称祸事。

方皇后闻言大惊，忙带着宫女数名，随金莲赶入西宫，也不及报知端妃，竟诣御榻前探视，揭帐一瞧，见世宗颈中，套丝带一条，惊得非同小可，忙用手向口中一试，觉得尚有热气，心下始放宽三分，随即检视带结，幸喜是个活结，不是死结。看官，这杨金英既欲弑帝，何以不用死结，恰用活结呢？小子想来，料系世宗命不该绝，杨金英忙中致误。所以带结不牢，当用力牵扯时，反将带结扯脱一半，又经张金莲觑破，不及再顾，所以世宗尚未毕命。方后将带解去，端妃才闻报进来，这时候的方皇后，瞧着端妃，不由得柳眉倒竖，凤眼圆睁，用着猛力，将丝带掷向端妃面上，并厉声道："你瞧！你瞧！你敢做这般大逆事么？"平时妒意，赖此发泄。端妃莫明其妙，只吓得浑身乱抖，还算张金莲替她辩明，说是杨金英谋逆，方后即令内侍去捕金英，一面宣召御医，入诊世宗。至御医进诊，金英已是拿到，方后也不及审问金英，先由御医诊视帝脉，说是无妨，立即用药施治。果然世宗苏醒转来，手足展舒，眉目活动；惟项间为带所勒，虽未伤命，究竟咽喉被逼，气息未舒，一时尚不能出言。

方后见世宗复生，料知无碍，便出外室严讯金英。金英初尚抵赖，经金莲质证，无从狡辩，只好低首伏罪。偏方后不肯罢手，硬要问她主谋。金英一味支吾，待至用刑胁迫，恰供出一个王宁嫔。方后遂命内监张佐，立将王宁嫔牵至，也不问她是虚是实，即用宫中私

明史演义

第六十回　遣宫变妃嫔罹重辟　跪榻前父子乞私情

刑，打她一个半死。随召端妃入问道："逆犯金英是你的爱婢，你敢与她通同谋逆，还有何说？"端妃匍伏地上，诉明冤屈。方后冷笑道："皇上寝在何处，你还想推作不知么？"便命张佐道："快将这三大罪犯，拖将出去，照大逆不道例，凌迟处死便了。"拔去眼中钉，快意何如？端妃闻言，魂灵儿已飞入九霄，几至不省人事，及惊定复苏，还想哀求，已被张佐牵出宫外。可怜她玉骨冰肌，徒落得法场寸磔，暴骨含冤。为美人恃宠者鉴。王宁嫔及杨金英依例极刑，不消细说。世宗病痊，忆着端妃的情爱，遍诘宫人，都为称冤，哀悼不置。嗣是与后有隙，至嘉靖二十六年，大内失火，世宗方居西内，闻着火警，竟向天自语道："莫谓仙佛无灵，看那厮妒害好人，今日恐难逃天谴呢。"宫人请往救方后，世宗默然不答。及火已扑熄，接到大内禀报，皇后为火所伤，抱病颇重，世宗亦不去省视，后竟病殁。已而世宗又追悼亡后，流涕太息道："后尝救朕，朕不能救后，未免负后了。"又要追悔，愈见哀怒无常。乃命以元后礼丧葬，亲定谥法，号为"孝烈"，预名葬地曰"永陵"，这是后话慢表。

且说世宗既遭宫变，并将杨金英族属，逮诛数十人，遂以平定宫变，敕谕内阁道："朕非赖天地鸿恩，鬼神默佑，早为逆婢所戕，哪有今日？朕自今日始，潜心斋被，默迓天庥，所有国家政事，概令大学士严嵩主裁，择要上闻。该大学士应曲体朕心，慎率百僚，秉公办事"等语。严嵩接到此谕，欢喜得了不得，遇事独断，不问同僚，内外百司，有所建白，必先启嵩，然后上闻。嵩益贪婪无忌，恃势横行。大学士翟銮以兵部尚书入阁办事，资望出严嵩上，有时与嵩会议，未免托大自尊，嵩竟因此挟嫌，阴嗾言官，疏论翟銮，并劾銮二子汝俭、汝孝，与业师崔奇勋，亲戚焦清，同举进士及第，营私舞弊，情迹昭然。世宗震怒，命吏部都察院查勘。翟銮上疏申辩，语多侵及严嵩，世宗益怒道："銮被劾待勘，尚敢渎陈么？他二子纵有才学，何至与私人并进，显见得是有情弊呢。"遂饬令翟銮父子削籍，并将崔奇勋、焦清俱斥为民。一场欢喜一场空。又有山东巡按御史叶经，尝举发严嵩受贿事，嵩弥缝得免，怀恨在心，适经在山东监临乡试，试毕呈卷，嵩摘录卷中文字，指为诽谤。欲加之罪，何患无辞？世宗遂逮经入京，加杖八十，创重而死。试官周铉，提调布政使陈儒，皆坐罪谪官。御史谢瑜、喻时、陈绍，给事中王㒜、沈良材、陈垲及山西巡抚童汉臣、福建巡按何维柏等，皆以劾嵩得罪，嵩自是气焰益横。世宗命吏部尚书许瓒、礼部尚书张璧，入阁办事，各授为大学士，嵩看他们不在眼中，仍然独断独行，不相关白。瓒尝自叹道："何故夺我吏部，令我仰人鼻息。"遂上疏乞休，并言："嵩老成练达，可以独相，无烦臣伴食"云云。明是讥讽语。嵩知瓒意，亦上言："臣子比肩事主，当协力同心，不应生嫌，往岁夏言与郭勋同列，互相猜忌，殊失臣道，臣嵩屡蒙独召，于理未安，恐将来同僚生疑，致蹈前辙，此后应仿祖宗朝蹇夏三杨故事，凡蒙召对，必须阁臣同入"等语。以假应假，煞是好看。两疏皆留中不报。世宗自遭宫变后，移居西内，日求长生，郊庙不亲，朝讲尽废，君臣常不相见，只秉一真人陶仲文，出入自由，与世宗接见时，辄得旁坐，世宗呼为先生而不名。严嵩尝贿托仲文，凡有党同伐异的事件，多仗他代为陈请，一奸一邪，表里相倚，还有何事再应顾忌？不过大明的国脉，被他斫丧不少呢。

既而张璧去世，许瓒以乞去落职，严嵩竟思独相，不意内旨传出，复召回夏言入阁，尽复原官。言奉诏即至，一入阁中，复盛气凌嵩，既去何必再来？且盛气如故，不死何待？一切批答，全出己意，毫不与嵩商议。就是嵩所引用的私人，多半驱逐，嵩欲出词祖护，都被言当面指摘，反弄得噤不敢声。御史陈其学，以盐法事劾论崔元及锦衣都督陆炳，炳时已升都督。世宗发付阁议。言即拟旨，令二人自陈。二人惶惧，径造嵩家乞救。嵩摇手道："皇上前尚可斡旋，夏少师处不便关说，两位只去求他罢了。"二人没法，先用三千金献纳夏第，言却金逐使，吓得二人束手无策，又去请教严嵩。嵩与附耳数语，二人领教出门，即至夏言处请死，并长跪多时，苦苦哀吁。言乃允为转圜，二人才叩谢而出。夏言已中嵩计。嗣因嵩子世蕃广通贿路，且代输户转纳钱谷，过手时任情剥蚀，悉入贪囊，事被夏言闻悉，拟即参奏。有人报知世蕃，世蕃着急，忙去求那老子设法。严嵩顿足道："这遭坏了！老夏处如何挽回！"世蕃闻言，急得涕泪交下，毕竟严嵩舐犊情深，踌躇半响，方道："事在燃眉，我也顾不得脸面了。好儿子！快随我来。"真是一个好儿子。世蕃应命，即随嵩出门驾舆，竟趋夏第，请见夏少师。

名刺投进，好半日传出话来，少师有病，不能见客。严嵩听着，拈须微笑，曲摹奸态，袖出白银一大锭，递与司阍道："烦你再为带引，我专为候病而来，并无他事。"阍人见了白镪，眉开眼笑，乐得做个人情，天下无难事，总教现银子，一面却说道："丞相有命，不敢不遵，但恐敝主人诘责，奈何？"严嵩道："我去见了少师，自有话说，请你放心，包管与你无涉。"阍人及导他入内，直至夏言书室。言见嵩父子进来，不便呵斥阍人，只好避入榻中，佯作病状，蒙被呻吟。严嵩走至榻前，低声动问道："少师政体欠安么？"夏言不应。乐得摆架子。连问数声，方见言露首出来，问是何人，严嵩报明姓名，言佯惊道："是室狭陋，奈何亵慢严相？"说着，欲欠身起来。嵩忙道："嵩与少师同乡，素蒙汲引，感德不浅，就使嘱嵩执鞭，亦所甘心，少师尚视嵩作外人么？请少师不必劳动，尽管安睡！"言甘心辣。言答道："老朽多病，正令家人挡驾，可恨家人不谅，无端简慢严相，老朽益难以为情。"嵩复道："此非尊价违慢，实因嵩闻少师欠安，不遑奉命，急欲入候，少师责我便是，休责尊

价。但少师昨尚康强，今乃违和，莫非偶冒寒气么？"言长吁道："元气已虚，又遇群邪，群邪一日不去，元气一日不复，我正拟下药攻邪哩。"分明是话中有话。严嵩一听，早已觉着，急挈着世蕃，扑的一声，跪将下去。世蕃又连磕响头，惊得夏言起身不及，忙道："这、这是为着何事，快快请起！"嵩父子长跪如故，接连是流泪四行，差不多似雨点一般，坠将下来。好一个老法儿。小子有诗讥严嵩父子道：

能屈能伸是丈夫，
奸人使诈亦相符。
试看父子低头日，
谁信将来被厚诬？

未知夏言如何对付，请看官续阅下回。

本回以严嵩为主，夏言及世宗为宾，内而方后、曹端妃等，外而翟銮、叶经、许瓒等，皆宾中宾也。世宗与夏言，皆以好刚失之，世宗惟好刚故，几罹弑逆之变，夏言惟好刚故，屡遭构陷之冤，独严嵩阴柔险诈，象恭滔天，世宗不能烛其恶，夏言反欲凌以威，此皆为柔术所牢笼，堕其术中而不之悟，无惑乎为所播弄也。宫变一节，虽与严嵩无关，而世宗因此潜居，使严嵩得以专柄，是不啻为嵩添翼。端妃屈死，而严氏横行，天何薄待红颜，而厚待奸相乎？吾故谓本回所叙，处处注意严嵩，余事皆随笔销纳，项庄舞剑，意在沛公，观此文而益信神妙矣。

第六十一回　复河套将相蒙冤　扰都门胡虏纵火

却说严嵩父子跪在夏言榻前，泪珠似雨点一般，洒将下来。妇女惯会落泪，不意堂堂宰相，也与妇女相等，故孔子谓小人女子，皆为难养。夏言再三请起，严嵩道："少师若肯赏脸，我父子方可起来。"夏言明知为参奏事，恰不得不问着何故，严嵩方将来意说明，世蕃又磕头哀求，自陈悔过。夏言笑道："这事想是误传了，我并无参劾的意思，请贤桥梓一概放心！"严嵩道："少师不可欺人。"夏言道："大丈夫一言既出，驷马难追，尽管放心起来，不要折煞我罢！"言必践信，原是君子所为，但施诸小人，未免失当。严嵩父子方称谢而起。彼此又谈数语，方才告别。夏言只说了"恕送"二字，依旧拥被坐着。架子太大。

严嵩归家，暗想世蕃虽得免劾，总不免受言所辱，意中很是怀恨，日与同党阴谋，设计害言。言却毫不及觉。有时言与嵩入直西苑，世宗屡遣左右宫监，伺察二人动静。无非好猜。与言相遇，言辄傲然不顾，看他似奴隶一般；转入嵩处，嵩必邀他就座，或相与握手，暗中便把黄白物，塞入宫监袖中。本是傥来物，何足爱惜。看官！你想钱可通神，何人不爱此物？得人钱财，替人消灾，自然在世宗面前称赞严嵩的好处。那夏言不但没钱，还要摆着架子，逞些威风，大家都是恨他，背地里常有怨声，世宗问着，还有何人与言关切，略短称长；而且设醮的青词，世宗视为非常郑重，平日所用，必须仰仗二相手笔，言年渐衰迈，又因政务匆忙，无非令幕客具草，糊糊涂涂的呈将上去，世宗每看不入眼，弃掷地上。嵩虽年老，恰有儿子世蕃帮忙，世蕃狡黠性成，善能揣摩帝意，所撰青词，语语打入世宗心坎中，世宗总道是严嵩自撰，所以越加宠幸。只世蕃仗着父势，并没有改过贪心，仍旧伸手死要，严嵩倒也告诫数次，偏世蕃不从，嵩恐夏言举发，上疏遣世蕃归家。世宗反驰使召还，加授世蕃太常寺少卿。世蕃日横，嵩因见主眷日隆，索性由他胡行罢了。这且慢表。

且说嘉靖三年，大同五堡兵作乱，

第六十一回 复河套将相蒙冤 抚都门胡虏纵火

诱鞑靼部入寇，虽经佥都御史蔡天祐等，抚定叛众，只鞑靼兵屡出没塞外。鞑靼势本中衰，至达延可汗嗣立（达延可汗系脱古思帖木儿六世孙），颇有雄略，统一诸部，自称大元大可汗，复南下略河套地，奄有朔漠，分漠南漠北为二部。漠北地封幼子札赉尔，号为喀尔喀部，漠南地分封子孙，令次子巴尔色居西部，赐名吉囊（亦作济农。吉囊二字，是副王的意思）。嫡孙卜赤居东部，号为察哈尔部，达延汗殁，卜赤嗣为可汗，巴尔色亦病死，子究弼哩克袭父遗职，移居河套，为鄂尔多斯部的始祖，巴尔色弟俺答居阴山附近，为土默特部的始祖，彼此不相统属。未几究弼哩克又死，俺答并有二部，势日强盛，与究弼哩克子狼台吉，屡寇明边。明将发兵抵御，互有胜负（约略叙明）。嘉靖二十五年，兵部侍郎曾铣，总督陕西三边军务，锐意图功，辄有杀获。且建议规复河套，上书力请道：

寇居河套，侵扰边鄙，今将百年。出套则寇宣大三关，以震畿服；入套则寇延宁甘固，以扰关中，深山大川，势固在彼而不在我。臣枕戈汗马，切齿痛心，窃尝计之：秋高马肥，弓劲矢利，彼聚而攻，我散而守，则彼胜；冬深水枯，马无宿藁，春寒阴雨，壤无燥土，彼势渐弱，我乘其敝，则中国胜。臣请以锐卒六百，益以山东枪手二千，多备矢石，每当秋夏之交，携五十日之饷，水陆并进，乘其无备，直捣巢穴。材官驺发，炮火雷击，则彼不能支。岁岁为之，每出益励，彼势必折，将遁而出套之恐后矣。俟其远出，然后因祖宗之故疆，并河为塞，修筑墩堠，建置卫所，处分戍卒，讲求屯政，以省全陕之转输，壮中国之形势，此中兴之大烈也。夫臣方议筑边，又议复套者，以筑边不过数十年计耳。复套则驱斥凶残，临河作阵，乃国家万年久远之计，惟陛下裁之！

这疏呈入，有旨下兵部复议。兵部以筑边复套俱系难事，两事相较，还是复套为难，筑边较易，请先事筑边，缓图复套。世宗转问夏言，言独请如铣议。世宗乃颁谕道：

"河套久为寇据，乘便侵边，连岁边民，横遭荼毒，朕每宵旰忧劳，可奈边臣无策，坐视迁延，没一人为朕分忧。今侍郎曾铣，倡议复套，志虑忠纯，深堪嘉尚，但作事谋始，轻敌必败，著令铣与诸边臣，悉心筹议，务求长算。兵部可发银三十万两与铣，听他修边饷兵，便宜调度，期践原议，勿懈初衷！"叙入此谕，见得世宗初意，本从铣奏。

铣得谕后，自然募集士卒，添筑寨堡，忙碌了好几月，督兵出寨，击退寇众，斩馘数十人，获牛马橐驼九百有五十，械器八百五十余件，上表奏捷。世宗按功增俸，并赐白金纻币有差。曾铣遂会同陕西巡抚谢兰、延绥巡抚杨守谦、宁夏巡抚王邦瑞及三镇总兵，协议复套方略，且条陈机要，附上营阵八图，世宗很是嘉纳。奏下，兵部尚书王以旗等亦见风使帆，复陈曾铣先后奏请，均可施行云云。

会值大内失火，方后崩逝（应上回），世宗颇加戒惧，命释杨爵等出狱（应五十九回）。一面诏求直言。那时阴贼险狠的严嵩得了机会，疏陈："灾异原因，由曾铣开边启衅，误国大计所致。夏言表里雷同，淆乱国事，应同加罪惩处，借迓天庥。"东拉西扯，毫没道理。嵩疏一上，廷臣遂陆续上本，大都归咎铣、言两人。明明是严嵩主使。世宗竟背了前言，别翻一调，谕言："逐贼河套，师果有名否？兵食果有余，成功可必否？一曾铣原不足惜，倘或兵连祸结，涂炭生灵，试问何人负责"等语。大人说错话，话过便是这等举动。这谕一下，中外多诧异不置。接连是罢夏言官，逮铣诣京，出兵部尚书王以旂，凡从前与议复套官吏，分别惩罚。世宗自问应否加罚？一番攘外安内的政策，片刻冰消。

这严嵩心尚未足，定要借着此事，害死夏言，方肯罢休。先是咸宁侯仇鸾（仇钺子）镇守甘肃，素行贪黩，为铣所劾，逮入京师下狱。鸾与嵩本是同党，嵩遂从中设法，暗令子世蕃替鸾草疏，辩诉冤屈，并诬铣克扣军饷，纳贿夏言，由言继妻父苏纲过付，确凿无讹。世宗到此，也未尝彻底查究，便饬法司谳案，援照交结近侍律，斩铣西市，妻子流二千里。铣有智略，颇善用兵，性尤廉洁，死后家无余资，都人俱为称冤，惟严嵩以下一班走狗，扳倒曾铣，就是扳倒夏言。铣既坐斩，言自然不能免罪了。当下有诏逮言，言才出都抵通州，闻铣已定谳，吃一大惊，从车上跌下，忍痛唏嘘道："这遭我死了。"在途次缮着奏疏，痛诋严嵩，略谓："仇鸾方系狱中，皇上降谕，未及二日，鸾何从得知？此必严嵩等诈为鸾疏，构陷臣等。严嵩静言庸违似共工，谦恭下士似王莽，奸巧弄权，父子专政，似司马懿，臣的生命，在严嵩掌握，惟圣恩曲赐保全。"你从前何不预劾，至此已是迟了。疏才缮定，缇骑已到，即就逮至京，把缮好的奏折，浼人呈入，世宗不理，无非是掷向地上。命刑部援曾铣律，按罪论死。尚书喻茂坚颇知夏言的冤情，因世宗信嵩嫉言，不便替他诉冤，只好将议贵议能的条例，复陈上去，请将言罪酌减。世宗览毕，愤愤道："他应死已久了，朕赐他香叶冠，他不奉旨，目无君上，玩亵神明，今日又有此罪，难道还可轻恕么！"尚记得香叶冠事，煞是可笑。随批斥茂坚，说他不应包庇。

嵩闻刑部主张减罪，恐言或从此得生，正拟再疏架害，一步不肯放松，小人之害人也如此，适值掩答寇居庸关，边报到京，遂奏称居庸告警，统是夏言等主张复套，以致速寇。这道奏章，仿佛是夏言的催命符，竟由世宗准奏，置言重辟，言妻苏氏流广西，从子主事克承、从孙尚宝丞朝庆，尽行削籍。于是严嵩得志，独揽大权，世宗虽自南京吏部，召入张治，命为礼部尚书，兼文渊阁大学士，并命李本为少詹事，兼翰林院学士，两人入阁，一个是疏不间亲，一个是卑不敌尊，无非是听命严嵩，唯唯诺诺罢了。也是保身之道，否则即被

第六十一回 复河套将相蒙冤 扰都门胡虏纵火

逐出。

且说俺答入寇居庸，因关城险阻，不能得手，便移兵犯宣府，把总江瀚、指挥董旸，先后战死，寇遂进逼永宁。大同总兵官周尚文督师截击，仗着老成胜算，杀败寇众，戮一渠帅，俺答乃仓皇遁去。严嵩父子与尚文又有宿憾，屡图倾陷，幸喜边患方深，世宗倚重尚文，未遭谗害。哪知天不假年，将星遽陨，死后应给恤典，偏被严嵩中沮，停止不行。给事中沈束上书代请，忤了严嵩，奏请逮狱。束妻张氏留住京师，无论风霜雨雪，总是入狱探望，所有狱中费用，全仗十指的针绣，易钱缴纳，狱卒颇也加怜，不忍意外苛索。小卒犹怀悲感，大相偏要行凶。张氏一日上书道：

臣夫家有老亲，年已八十有九，衰病侵寻，朝不计夕。臣妾欲归奉舅，则夫之饘粥无资，欲留奉夫，则舅又旦夕待尽，辗转思维，进退无策，臣愿代夫系狱，令夫得送父终年，仍还赴系，实惟陛下莫大之德，臣夫固衔感无穷，臣妾亦叨恩靡既矣。

这疏求法司代呈，法司亦悚然起敬，附具请片，一并呈入。偏偏世宗不许，原来世宗深嫉言官，每以廷杖遣戍，未足深创，特命他长系狱中，为惩一儆百计，且令狱卒日夕监囚，无论语言食息，一律报告，就是戏言谐语，亦必上闻。沈束一系至十八年，但闻狱檐上面，鹊声盈耳，束谩语道："人言鹊能报喜，我受罪多年，何来喜信，可见人言都是无凭呢。"这句话报入大内，世宗忽记起张氏哀词，竟心动起来，当命将沈束释狱。夫妇跄跄回家，江山依旧，景物全非，老父已病死数年了。两人号啕恸哭，徙棺安葬，不消细叙。

单表周尚文病殁大同，朝旨令张达补授，俺答闻边将易人，复来犯塞。达有勇无谋，与副总兵林椿，带着边兵，出关接仗。两下里恶战一场，彼此各死伤多人，敌兵已经退去。达偏穷追不舍，中途遇伏，马蹶被戕。林椿麾兵往救，不及衣甲，也被敌兵攒刺，受了重伤，毙于非命。这是有勇无谋的坏处。俺答召集全部人马，大举入犯，边疆尤震。严嵩得仇鸾厚贿，竟代为保举，赦出狱中，授大同总兵官。鸾至大同，适值俺答到来，吓得手足无措。悔不如安居狱中。还是养卒时义、侯荣替鸾设法，赍着金帛，往赂俺答，求他移寇他塞，勿犯大同。俺答得了贿赂，遗还剑戟，作为信据，允准移师，还算有情，遂东沿长城，至潮河川南下，直抵古北口。都御史王汝孝悉众出御，俺答佯退，别遣精骑绕出黄榆沟，破墙而入。汝孝部下不意敌兵猝至，相率惊溃，俺答遂掠怀柔，围顺义，长驱疾走，径达通州，巡按顺天御史王忬先日至白河口，将东岸舟楫，悉数拢泊西岸，不留一艘，因此寇众大至，无舟可渡，只得傍河立寨，潜分兵剽掠昌平，蹂躏诸陵，奸淫劫夺，不可胜纪。

是时京城内外，已紧急得了不得，飞檄各镇勤王，分遣文武大臣各九人，把守京城九门，一面诏集禁军，仔细检阅，只有四五万人，还是一半老弱残兵,不足御敌。看官听说!自武宗晏驾后,禁军册籍,多系虚数,所有兵饷,尽被统兵大员没入私囊,有几个强壮兵丁,又服役内外提督及各大臣家,一时不能归伍,所以在伍各兵,不是老疾,就是疲弱,一闻寇警,统是哭哭啼啼,一些儿没有勇气。都御史商大节受命统兵,只得慷慨誓师,虚言激励,兵民闻言思奋,颇也愿效驰驱。大节命各至武库,索取甲仗,不料各兵去了转来,仍然是赤手空拳。大节问明缘故,大众答道:"武库中有什么甲械,不过有破盔数十顶,烂甲数百副,废枪几千杆罢了。"大节叹道:"内使主库,弄到这般情形,教我如何摆布呢?"言下,沈吟了一会,复顾大众道:"今日事在眉急,也说不得许多了,你等且再至武库,拣了几样,拿来应用,待我奏请圣上,发帑赶制,可好么?"实是没法,只好搪塞。大众含糊答应,陆续退去。大节据实奏报,有旨发帑金五千两,令他便宜支付。大节布置数日,还是不能成军。幸是年适开武科,四方应试的武举人恰也来得不少,便由大节奏准应敌,才得登陴守城。

过了两天,俺答已潜造竹筏,饬前队偷渡白河,约有七百骑,入薄京城,就安定门外的教场作为驻扎地。京师人心愈恐。世宗又久不视朝,军事无从禀白,廷臣屡请不应,礼部尚书徐阶上书固请,方亲御奉天殿,集文武百言议事。谁知登座以后,并不闻有什么宸谟,只命徐阶严责百官,督令战守罢了。想是仗着天神保护,不必另设军谋。百官正面面相觑,可巧侍卫入报,大同总兵官仇鸾及巡抚保定都御史杨守谦,统率本部兵到京,来卫皇畿了。世宗道:"甚好。仇鸾可为大将军,节制各路兵马,守谦为兵部侍郎,提督军务。兵部何在?应即传旨出去。"昏头磕脑,连兵部尚书都不认识。兵部尚书丁汝夔忙跪奉面谕,世宗竟退朝入内去了。汝夔起身出外,私叩严嵩,应该主战主守。严嵩低语道:"塞上失利,还可掩饰,都下失利,谁人不晓。你须谨慎行事,寇得饱掠,自然远飏,何必轻战。"恰是好计,但如百姓何?汝夔唯唯而别。嗣是兵部发令,俱戒轻举。杨守谦以孤军力薄,亦不敢战,相持三日,俺答复至,竟麾众纵火,焚毁城外庐舍,霎时间火光烛天,照彻百里,正是:

寇众突来惟肆掠,
池鱼累及尽遭殃。

未知京城能否保守,且至下回交代。

复套之议,曾铣创之于先,夏言赞之于后,固筹边之胜算也。河套即蒙古鄂尔多斯地,东西北三面,俱濒黄河,南与边城相接,黄河自北折南,成一大圈,因称河套。其地灌溉甚便,土壤肥美,俗有"黄河百害,只富一套"之说,设令乘机规复,发兵屯垦,因地为粮,倚河结寨,岂非西北之一大重镇耶?世宗初从铣议,后入嵩言,杀道济而自坏长城,死得臣而遂亡晋毒,一误

325

第六十一回 复河套将相蒙冤 扰都门胡虏纵火

再误，何其昏愦若此？及俺答入塞，直薄京城，朝无可恃之将帅，营无可用之兵戎，乃犹安居西内，至力请而后出，出亦不发一言，徒因仇鸾、杨守谦两人，入京勤王，即畀大权，身为天子，乃胸无成算，一至于此乎？

读此回，令人作十日恶。

第六十二回　追狡寇庸帅败还　开马市荩臣极谏

　　却说俺答率众到京，沿途大掠，又放起一把无名火来，将京城外面的民居尽行毁去，百姓无家可住，东逃西散，老的小的，多半毙命，年纪少壮的，遇着寇众，不是被杀，就是被掳，内中有一半妇女，除衰老奇丑外，尽被这班鞑奴牵拉过去，任情淫污，最有姿色的几人，供俺答受用，轮流取乐。大将军仇鸾，本畏俺答，因听时义、侯荣言，讨好朝廷，勉强入援，既至京师，哪敢与俺答对仗？只得仍遣时义、侯荣再去说情。两人至俺答营，见俺答踞坐胡床，左右陪着妇女数人，统是现成掳掠，临时妻妾，平常妇女，得做番王临时妻妾，也算交运，两人也顾不得甚么气节，只好跪叩帐下。俺答道："你来做什么？想是又把金币送我，倒难为你主人好意。"眈眈逐逐，无非为了金帛。时义道："大王欲要金币，也是不难，但深入京畿，震动宫阙，恐我皇上动疑，反不愿颁给金币了。"俺答道："我并不愿夺你京城，我只教互市通贡，每岁得沾些利益，便可退兵。"可见俺答原无大志。时义道："这也容易，谨当归报便了。"两人返报仇鸾，鸾闻帝意主战，一时却不敢上闻。

　　俺答待了三日，并无信息，乃遣游骑至东直门，闯入御厩，掠得内监八人，还至虏营。俺答也不去杀他，反将他一律释缚，好言抚慰道："烦你等作个传书邮，我有一书，寄与你主便是。"说罢，便将书信取出，交与八人。八人得了命，出了番帐，奔回东直门，入城禀见世宗，呈上番书。书中大意，无非是要求互市，请通贡使，结末有如不见从，休要后悔等语。世宗阅罢，便至西苑，召见大学士严嵩、李本，尚书徐阶，出书使视道："卿等以为何如？"严嵩瞧着来书，语多恫吓，暗想此事颇不易解决，依他也不是，不依他也不是，当下眉头一皱，计上心来，便启奏道："俺答上书求贡，系关系礼部的事情，陛下可详问礼部。"火烧眉毛，轻轻扑去。礼部尚书徐阶听了嵩言，暗骂道："老贼！你要嫁祸别人么？"心中一忖，也即启奏道："求贡事虽属臣部掌管，

但也须仰禀圣裁。"你推我，我推别人，徐阶也会使刁。世宗道："事关重大，大家熟商方好哩。"阶踌躇半晌，方道："现在寇患已深，震惊陵庙，我却战守两难，不便轻举，似应权时允许，聊解眉急。"世宗道："他若果肯退去，皮币珠玉，俱不足惜。"阶复道："若只耗费些皮币珠玉，有何不可？但恐他得步进步，要索无厌，为之奈何？"世宗蹙额道："卿可谓远虑了，惟目前寇骑近郊，如何令退？"阶又道："臣却有一计在此。俺答来书，统是汉文，我只说他汉文难信，且没有临城胁贡的道理，今宜退出边外，别遣使赍呈番文，由大同守臣代奏，才可允行。他若果然退去，我却速调援兵，厚集京畿，那时可许则许，不可许，便与他交战，不为他所窘了。"此言只可欺小孩。世宗点头称善，命阶照计行事。

阶即遣使往谕，嗣得俺答复书，务须照准，令以三千人入贡，否则将添兵到此，誓破京师。阶见此书，先召百官会议，并宣布俺答来书，各官瞠目伸舌，莫敢发言。忽有一人高声道："我意主战，不必言和。"徐阶瞧将过去，乃是国子司业赵贞吉，便问道："君意主战，有何妙策？"贞吉道："今日若许入贡，他必拣选精骑三千，即刻入城，阳称通贡，阴图内应，内外夹攻，请问诸公如何抵敌？就使他诚心通好，无意外的变故，也是一场城下盟，堂堂中国，屈辱敌人，宁不羞死！"也是一番虚骄语。检讨毛起接口道："何人不知主战？但今日欲战无资，只好暂许要求，邀使出塞，然后再议战备。"贞吉叱道："要战便战，何必迟疑！况寇众狡诈异常，岂肯听我诱约么？"徐阶见两下龃龉，料知不能决议，索性起座而去，自行入奏。

是夕城外火光，越加猛烈，德胜、安定两门外，统成焦土，世宗在西内遥望，只见烟焰冲霄，连夜不绝，不禁搔首顿足，只唤奈何。内侍也交头接耳，互述日间廷议情状，适被世宗闻知，问明详细，即令宣诏赵贞吉入对。贞吉奉命即至，由世宗颁给纸笔，饬他条陈意见。贞吉即援笔直书，大旨："以寇骑凭陵，非战不可，陛下今日，宜亲御奉天门，下诏罪己，追奖故总兵周尚文，以励边帅，释放给事沈束出狱，以开言路，饬文武百司，共为城守，并宣谕各营兵士，有功即赏，得一首功，准赏百金，捐金数万，必可退敌"云云。虽似理直气壮，亦嫌缓不济急。这疏一上，世宗颇也感动，立擢贞吉为左椿坊左谕德，兼河南道监察御史，饬户部发银五万两，宣谕行营将士。惟贞吉所请追励各条，仍未举行。是时俺答已纵掠八日，所得过望，竟整好辎重，向白羊口而去。有旨饬仇鸾追袭，鸾无奈，发兵尾随敌后，谁料敌兵竟返旆来驰，吓得仇鸾胆战心惊，急忙退步。部兵亦霎时溃散，等到敌兵转身，徐徐出塞，然后收集溃卒，检点人数，已伤亡了千余人。鸾反在途中枭斩遗尸，得八十余级，只说是所斩虏首，献捷报功，世宗信以为真，优诏慰劳，并加鸾太保，厚赐金帛。

京中官吏闻寇众退去，互相庆贺。丑不可耐。不意有严旨下来，饬逮尚书丁汝夔都御史杨守谦下狱。原来京城西北，多筑内臣园宅，自被寇众纵火，免不得一并延烧。内臣入奏世宗，统说是丁、杨二人牵制将帅，不许出战，以致烽火满郊，惊我皇上，伏乞将二人治罪，为后来戒。都把皇帝做推头，这叫作肤受之愬。世宗闻言大怒，所以立刻传旨，将二人逮系起来。汝夔本受教严嵩，才命各营停战，至此反致得罪，连忙嘱着家属，向嵩乞救。嵩语来人道："老夫尚在，必不令丁公屈死。"来人欢谢去讫。嵩驰入见帝，谈及丁汝夔，世宗勃然变色道："汝夔负朕太甚，不杀汝夔，无以谢臣民。"这数语吓退严嵩，只好跟跄趋出，不发一言。至弃市诏下，汝夔及守谦，同被绑至法场，汝夔大哭道："贼嵩误我！贼嵩误我！"言未已，刀光一下，身首两分。守谦亦依次斩首，毋庸细述。

过了一日，又有一道中旨颁下，着逮左谕德赵贞吉下狱。看官听说！这赵贞吉因奏对称旨，已得超擢，如何凭空得罪呢？先是贞吉廷议后，盛气谒嵩，嵩辞不见。贞吉怒叱阍人，说他有意刁难，正在吵嚷的时候，忽有一人走入，笑语贞吉道："足下何为？军国重事，慢慢的计议就是了。"贞吉视之，乃是严嵩义子赵文华，官拜通政使，不禁愤恨道："似你等权门走狗，晓得甚么天下事？"言毕，悻悻自去。文华原不足道，贞吉亦属太傲。文华也不与多辩，冷笑而入，当即报知严嵩，嵩仇恨益甚。至俺答已退，遂奏称："贞吉大言不惭，毫无规画，徒为周尚文、沈束游说，隐谤宸聪。"这句话又激起世宗的怒意，遂命将贞吉拘系数日，廷杖一顿，谪为荔波典史。

当贞吉主战时，廷臣俱袖手旁观，莫敢附和，独有一小小官吏，位列最卑，恰朗声道："赵公言是。"吏部尚书夏邦谟，张目注视道："你是何等官儿，在此高论？"那人即应声道："公不识锦衣经历沈炼么？由他自己报名，又是一样笔墨。公等大臣无所建白，小臣不得不说。炼恨国家无人，致寇猖獗，若以万骑护陵寝，万骑护通州军饷，再合勤王军十余万，击寇惰归，定可得胜，何故屡议不决呢？"邦谟道："你自去奏闻皇上，我等恰是无才，你也不必同我空说。"炼益愤愤，竟拜表上陈，世宗全然不理。炼闷闷不乐，纵酒佯狂。一日，至尚宝丞张逊业处小饮，彼此纵论国事，谈及严嵩，炼停杯痛骂，涕泪交颐。既晚归寓，余恨未平，慨然太息道："自古至今，何人不死？今日大奸当国，正忠臣拚死尽言的时候，我何不上书痛劾？就是致死，也所甘心。"计划已定，遂研墨展毫，缮就奏牍道：

昨岁俺答犯顺，陛下欲乘时北伐，此正文武群臣，所共当戮力者也。然制敌必先庙算，庙算必当为天下除奸邪，然后外寇可平。今大学士严嵩，当主忧臣辱之时，不闻延访贤豪，咨询方略，惟与子世蕃，规图自便，忠谋则多方沮之，谄谀则曲意引之，索贿鬻官，沽恩结客，朝廷赏一人，则曰由我赏之，罚

一人，则曰由我罚之，人皆伺严氏之爱恶，而不知朝廷之恩威，尚忍言哉！姑举其罪之大者言之：纳将帅之贿，以启边陲之衅，一也；受诸王馈遗，每事隐为之地，二也；揽御史之权，虽州县小吏，亦皆货取，致官方大坏，三也；索抚按之岁例，致有司递相承奉，而闾阎之财日削，四也；隐制谏官，俾不敢直言，五也；嫉贤妒能，一忤其意，必致之死，六也；纵子受贿，敛怨天下，七也；运财还家，月无虚日，致道途驿骚，八也；久居政府，擅权害政，九也；不能协谋天讨，上贻君父忧，十也。明知臣言一出，结怨权奸，必无幸事，但与其纵奸误国，毋宁效死全忠。今日诛嵩以谢天下，明日戮臣以谢嵩，臣虽死无余恨矣。

写至此，读了一遍，又自念道："夏邦谟恰也可恶，索性连他劾奏。"遂又续写数语，无非是吏部尚书夏邦谟谄谀黩货，并请治罪等情。次日呈将进去，看官试想！一个锦衣卫经历，居然想参劾大学士及吏部尚书来，任你笔挟龙蛇，口吐烟云，也是没有效力。况世宗方倚重严嵩，哪里还肯容忍？严旨一下，斥他诬谗大臣，榜掠数十，谪佃保安。同时刑部郎中徐学诗、南京御史王宗茂，先后劾嵩，一并得罪。学诗削籍，宗茂贬官。还有叶经、谢瑜、陈绍，与学诗同里同官，俱以劾嵩遭谴，时称为上虞四谏官。此外所有忤嵩各官，都当京察大计时，尽行贬斥，真个是一网打尽，靡有孑遗。

惟仇鸾党附严嵩，愈邀宠眷，适值吏部侍郎王邦瑞，摄兵部事，以营政久弛，疏请整饬，略谓："国初京营，不下七八十万，自三大营变为十二团营，又变为两官厅，逐渐裁并，额军尚有三十八万余人。今武备积弛，现籍止十四万，尚是虚额支饷，有名无实。近届寇骑深入，搜括各营，只有五六万人，尚且老弱无用，此后有警，将仗何人"等语。何不叫中饱的官吏去？世宗览奏，立命废止团营两官厅，仍复三大营旧制，创设戎政府，命仇鸾为总督，邦瑞为副。鸾既揽兵权，并欲节制边将，因请易置三辅重臣，以大同总兵徐珏驻易州，大同总兵署授徐仁，宣府蓟镇总兵李凤鸣、成勋，亦彼此互易。并选各边兵更番入卫，分隶京营。塞上有警，边将不得征集，必须报明戎政府，酌量调遣云云。世宗一律允准，将原奏发下兵部。王邦瑞以为不可，极力谏阻，仇鸾所请，全是私意，即愚者亦知其非，世宗反深信之，邦瑞虽谏何益？不意反受了一番斥责。且特赐仇鸾封记，令得密上封章，一切裁答，俱由内批发行，不下兵部。邦瑞又屡疏争辩，恼动世宗，竟令削职。邦瑞归去，仇鸾益无忌惮，扬言将大举北征，命户部遣使四出，尽括甫都及各省积贮，并催征历年逋赋，作为兵饷，所在苛扰。经礼部尚书徐阶，从中奏阻，始得稍寝。

既而俺答又有入寇消息，鸾忙令时义出塞，赍了金币，贿结俺答义子脱脱，情愿互市通贡，不可动兵。脱脱禀知俺答，俺答自然乐许，遂投书宣大总督苏祐，转致仇鸾。鸾与严嵩定议，每岁春秋两市，俺答进来的货物，无非是塞外的马匹，因此叫作马市。马市既开，命侍郎史道掌领。兵部车驾司员外郎杨继盛，独抗疏陈奏道：

互市者，和亲别名也。俺答蹂躏我陵寝，虔刘我赤子，而先之曰和，忘天下之大仇，不可一；下诏北伐，日夜征缮兵食，而忽更之曰和，失天下之大信，不可二；堂堂天朝，下与边寇互市，冠服倒置，损国家之重威，不可三；此语未免自大恶习。海内豪杰，争磨励待试，一旦委置无用，异时号召，谁复兴起，不可四；去岁之变，颇讲兵事，无故言和，使边镇将帅，仍自懈弛，不可五；边卒私通外寇，吏犹得以法栽之，今导之使通，其不勾结而危社稷者几希，不可六；盗贼伏莽，本摄国威，今知朝廷畏寇议和，适启睥睨之渐，不可七；俺答往岁深入，乘我无备，备之一岁，仍以互市终，彼谓我尚有人乎？不可八；俺答狡诈，出没叵测，我竭财力而辇之边，彼或负约不至，即至矣，或阴谋伏兵突入，或今日市，明日复寇，或以下马索上直，或责我以他赏，或责我以苛礼，皆未可知也，不可九；此条所见甚是。岁帛数十万，得马数万匹，十年以后，帛将不继，不可十。

凡为谬说者有五：不过曰吾外假马市以羁縻之，而内足修我武备，夫俺答何厌之有？吾安能一一应之？是终兆衅也，且吾果欲修武备，尚何借于羁縻？此一谬也；又或曰互市之马，足资吾军，夫既已和矣，无事战矣，马将焉用？且彼亦安肯损其壮马以予我，此二谬也；抑或曰互市不已，彼且朝贡，夫至于朝贡，而中国之捐资以奉寇益大矣，此三谬也；或且曰彼既利我，必不失信，亦思中国之所谓开市者，能尽给其众乎？不给则不能无入掠，此四谬也；或又曰兵为危道，佳兵不祥，试思敌加我而我乃应之，胡谓佳兵？人身四肢皆痛痈，毒日内攻，而惮用药石，可乎？此五谬也。

夫此十不可五谬者，匪惟公卿大夫知之，三尺童子皆知之，而敢有为陛下主其事者，盖其人内迫于国家之深恩，则图幸目前之安以见效，外慑俺答之重势，则务中彼之欲以求宽。公卿大夫，知而不言，盖恐身任其责，而自蹈危机也。陛下宜振独断，发明诏，悉按言开市者。然后选将练兵，声罪致讨，不出十年，臣请得为陛下勒燕然之绩，悬俺答之首于藁街，以示天下后世。

世宗览到此疏，意颇感奋，下内阁及诸大臣集议，严嵩等不置可否，独仇鸾攘臂痛詈道："竖子目不识兵，乃说得这般容易。"遂自上密疏，力诋继盛。世宗意遂中变，遽下继盛锦衣狱，令法司拷讯。继盛持论不变，竟贬为狄道典史。小子有诗咏道：

朝三暮四等狙公，
政令纷更太自蒙。
直谏翻遭严谴下，
空令后世慨孤忠。

继盛既贬，马市大开，究竟俺答受驭与否，且至下回再详。

本回叙俺答入寇以及议和互市，无非是幸臣误国，酿成寇患。夫俺答虽称狡诈，而未尝有入主中原之想，观其大掠八日，饱飏而去，可知赵贞吉之主战，未尝非策。果令宸衷独断，奋发有为，则岂竟不足却敌？于少保当土木之败，犹能慷慨誓师，捍守孤城，况俺答不及也先，世宗权逾景帝，宁有不事半功倍乎？至若仇鸾之创开马市，取侮敌人，杨继盛抗疏极言，其于利害得失，尤为明畅，世宗几为感动，复因仇鸾密陈，以致中变，盖胸无主宰，性尤好猜，奸幸得乘间而入，而忠臣义士，反屡受贬戮，王之不明，岂足福哉？读屈原言而不禁同慨矣。

第六十三回　罪仇鸾剖棺正法　劾严嵩拚死留名

　　却说马市既开，由侍郎史道主持市事，俺答驱马至城下，计值取价，起初还不失信用，后来屡把羸马搪塞，硬索厚值，一经边吏挑剔，即哗扰不休。有时大同互市，转寇宣府，宣府互市，转寇大同，甚且朝市暮寇，并所卖的羸马，亦一并掠去。大同巡按御史李逢时一再上疏，略称："俺答屡次入寇，与通市情实相悖，今日要策，惟有大集兵马，一意讨伐，请饬京营大将军仇鸾，赶紧训练，专事征讨，并命边臣合兵会剿，勿得隐忍顾忌，酿成大患。"兵部尚书赵锦亦上言御寇大略，战守为上，羁縻非策。世宗乃令仇鸾督兵出塞，往讨俺答。

　　鸾本认严嵩为义父，一切行止，都由嵩暗中庇护，自总督京营后，权力与严嵩相埒，免不得骄傲起来，将严嵩撇诸脑后。严嵩怨他负恩，密疏毁鸾，鸾亦密陈严嵩父子贪横情状。凶终隙末，小人常态，至两下密疏，尤甚好看。世宗渐渐疏嵩，只命徐阶、李本等入直西内，嵩不得与，其时张治已殁。嵩衔恨益甚。至是命鸾出兵，料知鸾是胆怯，因嗾使廷臣，请旨督促。看官！你想仇鸾身为大将，并未曾与外寇交绥，单靠着时义、侯宗等，买通俺答，遮盖过去，此刻奉命北征，真个要他打仗！他是无谋无勇，如何行军？况且有严嵩作对，老法儿统用不着，又不能托故不去，只好硬着头皮，诌纛出师。途中缓一日，好一日，挨一刻，算一刻。不料警报频来，边氛日恶，大同中军指挥王恭战死管家堡，宁远备御官王相又战死辽东卫。朝旨又严厉得很，把大同总兵徐仁、游击刘潭等拿问，巡抚都御史何思削籍（内外情事，都从仇鸾一边叙入，省却无数笔墨）。俗语所谓兔死狐悲，物伤其类，益发令仇鸾短气。好容易行到关外，探听得俺答部众，驻扎威宁海，他居然想出一计，乘敌不备，掩杀过去。当下麾兵疾走，甫至猫儿庄，两旁胡哨陡起，霎时间走出两路人马，持刀挺戟，旋风般的杀来，仇鸾叫声不好，策马返奔，部兵见大帅一走，还有何心恋战，纷纷弃甲而逃，逃不脱的晦

第六十三回　罪仇鸾剖棺正法　劾严嵩拚死留名

气人物，被敌兵切菜般的举刀乱砍，所有辎重等物挟了便走，驴马等物牵着便行，不消多少工夫，敌兵已去得无影无踪了。仇鸾逃了一程，才有侦骑来报，说是："俺答的游击队，在此巡弋，并非全部巨寇，请大帅不必惊慌"云云。仇鸾闻言，又惭又恨，叱退侦卒，驰入关中。挖苦仇鸾，笔锋似刀。

嗣是羞恚成疾，恹恹床褥，蓦地里生了一个背疽，痛不可忍，日夕呼号。本拟上表告辞，奈顾着大将军印绶，又是恋恋难舍，没奈何推延过去。偏是礼部尚书徐阶密劾鸾罪，兵部尚书赵锦又奏称："强寇压境，大将军仇鸾，病不能军，万一寇众长驱，贻忧君父不小，臣愿率兵亲往，代鸾征讨。"说得世宗性急起来，颁诏兵部，以尚书不便轻出，令侍郎蒋应奎，暂摄戎政，总兵陈时，代鸾为大将军，惟这大将军印尚在仇鸾掌握，饬赵锦收还。鸾得报后，即日返京，养病私第。赵锦夤夜亲往，持诏取印，仇鸾已病不能起，闻得此信，呵哟一声，倒在榻上，顿时疽疮迸裂，鼻息悠悠。家人忙了手脚，急将仇鸾叫醒，鸾开目一瞧，禁不住流泪两行，至印信缴出，赵锦别去，鸾即断气而亡。保全首领，实是侥幸。

世宗已知仇鸾奸诈，遣都督陆炳密查遗迹。炳素嫉鸾，尝侦悉鸾事，因恐没有案证，未敢上闻。会鸾旧部时义、侯荣等，已冒功授锦衣卫指挥等官，闻鸾病死，料难安居，竟出奔居庸关，意欲往投俺答，可巧被陆炳知悉，着急足驰至关上，投书关吏，请发兵查缉鸾党。冤冤相凑，时义、侯荣等人叩关欲出，被关吏一并拘住，押解京师。当下法司审讯，诱供逼招，尽发鸾通虏纳贿诸事。陆炳一一奏明，那时世宗大怒，暴鸾罪恶，剖鸾棺，戮鸾尸，并执鸾父母妻子及时义、侯荣等，一体处斩。近报则在己身，远报则在妻孥。布告天下，立罢马市。俺答闻信，稍稍引去。世宗又命宣大总督苏佑，与巡抚侯钺、总兵吴瑛等，出师北伐。画蛇添足，未免多事。钺率万余人出塞，袭击俺答，又陷仇鸾故辙。谁料被俺答闻知，设伏待着，俟侯钺兵至，伏兵四起，首尾夹击，杀死把总刘歆等七人，士卒死亡无算，钺等拚命逃还，才得保全性命。巡抚御史蔡朴据实奏劾，留中不发。惟刘歆等死后恤典，总算命兵部颁发。既而俺答又犯大同，副总兵郭都出战，孤军无援，复遭战殁，乃逮侯钺至京，削籍为民。

世宗记恨仇鸾，尚是不置，因思杨继盛劾鸾遭贬，未免冤枉，遂召继盛还京，从典史四次迁升，复为兵部员外郎。严嵩与鸾有隙，以继盛劾鸾有功，也从中说项，改迁兵部武选司。继盛哪里知晓，就是知晓，恐也不肯感嵩，只是感激主知，亟图报国。抵任甫一月，即草疏劾嵩罪状，属稿未成，妻张氏入室，问继盛奏劾何人继盛愤愤道："除开严嵩，还有哪个？"张氏婉劝道："君可不必动笔了，前时劾一仇鸾，被困几死，今严嵩父子，威焰薰天，一百个仇鸾，尚敌不过他，老虎头上搔痒，无补国家，转取祸戾，何苦何苦！"言亦近情。继盛道："我不愿与这奸贼同朝共事，不是他死，就是我死。"张氏道："君死无益，何若归休！"继盛道："龙逄、比干流芳百世，我得从古人后，愿亦足了。你休阻我！"张氏知不可劝，含泪趋出。继盛草就奏疏，从头誊正，内论严嵩十大罪五奸，语语痛切，字字呜咽，正是明史上一篇大奏牍。小子节录下方，其词云：

方今在外之贼为俺答，在内之贼为严嵩。贼有内外，攻宜有先后，未有内贼不去，而外贼可除者。故臣请诛贼嵩，当在剿绝俺答之先。嵩之罪恶，除徐学诗、沈鍊、王宗茂等，论之已详，然皆止论贪污之小，而未发其僭窃之大。去年春，雷久不声。占云："大臣专政"。夫大臣专政，孰有过于嵩者？又是冬，日下有赤色，占云："下有叛臣"，凡心背君者皆叛也。夫人臣背君，又孰有过于嵩者？如四方地震，与夫日月交食之变，其灾皆感应贼嵩之身，乃日侍左右而不觉，上天警告之心，亦恐殆且孤矣。臣敢以嵩之专政叛官十大罪，为陛下陈之！

祖宗罢丞相，设阁臣备顾问，视制草而已。嵩乃俨然以丞相自居，百官奔走请命，直房如市，无丞相而有丞相权，是坏祖宗之成法，大罪一；陛下用一人，嵩曰："我荐也。"斥一人，曰："此非我所亲。"陛下宥一人，嵩曰："我救也。"罚一人，曰："此得罪于我。"群臣感嵩，甚于感陛下，畏嵩，甚于畏陛下。窃君上之大权，大罪二；陛下有善政，嵩必令子世蕃告人曰："主上不及此，我议而成之。"欲天下以陛下之善，尽归于己，是掩君上之治功，大罪三；陛下令嵩票拟，盖其职也，岂可取而令世蕃代之？题疏方上，天语已传，故京师有大丞相小丞相之谣，是纵奸子之僭窃，大罪四；严效忠（严嵩厮役）、严鹄（世蕃子），乳臭子耳，未尝一涉行伍，皆以军功官锦衣，两广将帅，俱以私党躐府部，是冒朝廷之军功，大罪五；逆鸾下狱，贿世蕃三千金，嵩即荐为大将，已知陛下疑鸾，乃互相排诋，以泯前迹，是引悖逆之奸臣，大罪六；俺答深入，击其惰归，大计也，嵩戒丁汝夔勿战，是误国家之军机，大罪七；郎中徐学诗，给事中厉汝进，俱以劾嵩削籍，厉汝进劾世蕃，窃弄父权，嗜贿张焰，嵩上疏自理，且求援中官，以激帝怒，遂廷杖削籍。内外之臣，中伤者何可胜计，是专黜陟之大权，大罪八；文武选拟，但论金钱之多寡，将弁惟贿嵩，不得不朘削士卒，有司惟贿嵩，不得不掊克百姓，毒流海内，患起域中，是失天下之人心，大罪九；自嵩用事，风俗大变，贿赂者荐及盗跖，疏拙者黜逮夷齐，守法度者为迂滞，巧弥缝者为才能，是敝天下之风俗，大罪十。

嵩有此十大罪，昭人耳目，以陛下之神圣而若不知者，盖有五奸以济之。知陛下之意向，莫过于左右侍从，嵩以厚贿结之，凡圣意所爱憎，嵩皆预知，以得遂其逢迎之巧，是陛下左右，皆嵩之间谍，其奸一；通政司为纳言之官，嵩令义子赵文华为之，凡疏到必有副

第六十三回 罪仇鸾剖棺正法 劫严嵩拚死留名

本，送嵩与世蕃，先阅而后进，俾得早为弥缝，是陛下之纳言，乃嵩之鹰犬，其奸二；嵩既内外周密，所畏者厂卫之缉谤也，嵩则令世蕃笼络厂卫，缔结姻亲，陛下试诘彼所娶为谁氏女，立可见矣，是陛下之爪牙，乃嵩之瓜葛，其奸三；厂卫既已亲矣，所畏者科道言之也。嵩于进士之初，非亲知不得与中书行人之选，知县推官，非通贿不得与给事御史之列，是陛下之耳目，皆嵩之奴隶，其奸四；科道虽入其牢笼，而部臣如徐学诗之类，亦可惧也，嵩又令子世蕃，将各部之有才望者，俱网罗门下，各官少有怨望者，嵩得早为斥逐，是陛下之臣工，多嵩之心腹，其奸五。

夫嵩之十罪，赖此五奸以济之，五奸一破，则十罪立见，陛下何不忍割一贼臣，顾忍百万苍生之涂炭乎？陛下听臣之言，察嵩之奸，或召问景、裕二王，令其面陈嵩恶，或询诸阁臣，谕以勿畏嵩威，重则置之宪典，以正国法；轻则谕令致仕，以全国体，内贼去而后外贼可除也。臣自分斧钺，因蒙陛下破格之恩，不敢不效死上闻，冒渎尊严，无任悚惶待命之至！

世宗是时，正因众言官奏阻斋醮，下诏逮捕，继盛恐益触帝怒，将疏暂搁不上。更越十有五日，斋戒沐浴，才将此疏拜发。谁知朝上奏章，暮入诏狱，原来世宗览奏，已是懊恨，立召严嵩入示。嵩见有召问二王语，遂启奏道："继盛敢交通二王，诬劾老臣，请陛下明鉴！"两语够了。世宗益怒，遂饬逮继盛下狱，岂不忆谏阻马市，其言已验耶？命法司严讯主使。继盛道："发言由我，尽忠亦由我，难道必待他人主使么？"法司问何故引入二王，继盛又厉声道："满朝都怕严嵩，非景、裕二王，何人敢言？"（景、裕二王，皆世宗子，已见五十九回）。法司也不再问，只说他诬毁宰臣，杖至百数，送交刑部。刑部尚书何鳌，受嵩密嘱，欲坐继盛诈传亲王令旨罪，即欲将他杖死，郎中史朝宾进言道："奏疏中但说召问二王，并不说由亲王令旨，朝廷三尺法，岂可滥加么？"说得何鳌哑口无言，即去报达严嵩。严嵩确是厉害，竟立黜朝宾为高邮判官。又因奏中有严效忠、严鹄冒功情事，奉旨饬查，由世蕃自为辩草，送兵部武选司郎中周冕，嘱他依草上复。冕偏铁面无情，竟据实复奏道：

臣职司武选，敢以冒滥军功一事，为陛下陈之：按二十七年十月，据通政司状送严效忠，年十有六，考武举不第，志欲报效本部，资送两广听用。次年据两广总兵平江伯陈圭，及都御史欧阳必进，题琼州黎寇平，遣效忠奏捷，即援故事授锦衣卫镇抚。无何效忠病废，严鹄以亲弟应袭，又言效忠前斩贼首七级，例官加陛，遂授千户。及细察效忠为谁？曰："嵩之厮役也。"鹄为谁？曰："世蕃之子也。"不意嵩表率百僚，而坏纲乱纪，一至于此。今蒙明旨下本部查核，世蕃犹私创复草，架虚贻臣，欲臣依草复奏，天地鬼神，昭临在上，其草现存，伏望圣明特赐究正，使内外臣工，知有不可犯之法，国家幸甚！

这疏一入，朝右大臣多为严嵩父子

捏一把冷汗，谁意严嵩竟有神出鬼没的手段，居然打通关节，传出中旨，说是周冕挟私捏造，朋比为奸，把他下狱削职，且擢世蕃为工部左侍郎，愈加优眷。真正令人气煞。一面再令法司严讯继盛。继盛披枷带索，由狱入廷，道旁人士，两旁聚观，见继盛身受重刑，各叹息道："此公系天下义士，为何遭此荼毒？"又指着枷索，互相私语道："奈何不将这种刑具，带在奸相头上，反冤屈了好人？"公论难逃。国子司业王材听着舆论，往谒严嵩道："人言也是可畏，相公何不网开一面，救出继盛，否则贻谤万世，也为我公不取哩。"王材本阿附严嵩，此番良心未泯，竟有此请，嵩颇有些悔悟，慨然答道："我亦怜他忠诚，当替他代奏皇上，恕他一点便是。"王材唯唯而出。嵩即与子世蕃商议，世蕃道："不杀继盛，何有宁日？"杀了继盛，难道可长久富贵么？这所谓其父行劫，其子必且杀人。嵩迟疑半晌，复道："你也单从一时着想，不管着日后哩。"世蕃道："父亲若有疑心，何不商诸别人？"嵩点头道："你去与胡植、鄢懋卿一商，何如？"世蕃领命，即至鄢懋卿宅中，说明就里。懋卿道："这便叫作养虎贻患哩。尊大人缜密一生，今反有此迟疑，殊不可解。"世蕃道："我也这般说，家父必欲问君，并及胡公，我不能不到此一行。"顺父之命，还算孝思。懋卿道："老胡怕也不赞成哩！我去邀他前来，一决可否便了。"当下令家人去招胡植，植与懋卿同出入严门，自然闻召即至。彼此会

叙，谈及杨继盛事，也与懋卿同一见解。世蕃即匆匆告别，即将两人所说，还报严嵩。严嵩道："既然众论一致，我也顾不得什么了。"一个儿子，两个私人，便好算作公论吗？自是决定主意，要杀继盛。可巧倭寇猖獗，赵文华出视海防，与兵部侍郎张经等互有龃龉，文华妒功忌能，构陷经等，严嵩任意牵扯，将继盛一并列入，可怜这赤胆忠心的杨老先生，竟不免就义市曹。曾记继盛有一遗诗云：

浩气还太虚，丹心照千古；
平生未报恩，留作忠魂补。

继盛妻张氏闻夫将被刑，独上疏营救，愿代夫死。继盛尽忠，张氏尽义。正是：

巾帼须眉同一传，
忠臣义妇共千秋。

张氏一疏，不可不录，待小子下回续述。

世宗因严嵩提挈仇鸾，遂假重柄，至于丧师辱国，讳败为胜，尚一无闻知，反加宠眷，是正可谓养痈贻患矣。迨夺大将军印绶，致鸾背疮溃裂，是不啻国家之痈疮溃裂耳。盖严、仇互攻，严贼之势，虽一时未至动摇，然譬之治病者，已有清理脏腑之机会，杨继盛五奸十大罪之奏，正千金肘后方也，暂不见用，而后来剔除奸蠹，仍用此方剂治之，杨公虽死，亦可瞑目矣。且前谏马市，后劾严嵩，两疏流传，照耀简策，人以杨公之死为不幸，吾谓人孰无死，

死而流芳，死何足惜？至若张氏一疏，不即亡者，赖有此尔。附骥而传。有是夫并有此妇，明之所以

第六十四回　却外寇奸党冒功　媚干娘义儿邀宠

却说杨继盛妻张氏，本是个知书达礼的贤妇，前此知劾嵩无益，劝阻继盛，嗣因继盛不从，竟致待罪诏狱。世宗本不欲加戮，因被严嵩构陷，附入张经案内，遂将他一同处决，急得张氏痛切异常，誓代夫死，遂草疏上奏道：

臣夫谏阻马市，预伐仇鸾，曾蒙圣上薄谪，旋因鸾败，首赐湔雪，一岁四迁，臣夫衔恩图报，误闻市井之语，尚狃书生之见，妄有陈说，荷上不即加戮，俾从吏议，杖后入狱，割肉二斤，断筋二条，日夜笼篰，备诸苦楚，两经奏谳，并沐宽恩，今忽阑入张经疏尾，奉旨处决，臣仰惟圣德，昆虫草木，皆欲得所，岂惜一回宸顾，下逮覆盆？倘以罪重，必不可赦，愿即斩臣妾首，以代夫诛。夫生一日，必能执戈矛，御魑魅，为疆场效命之鬼，以报陛下。与沈束妻张氏一疏，前后相应，但沈束尚得全生，杨继盛竟致毕命，是亦有幸有不幸耳。

原来继盛入狱，有人送与蚺蛇胆一具，说是可解血毒。继盛却谢道："椒山自有肝胆，无须此物。"（椒山即继盛别号）。嗣经数次杖笞，体无完肤，两股上碎肉片片，累坠不堪，而且筋膜被损，愈牵愈痛。继盛咬住牙根，竟用了手爪，将腐肉挖去，又把饭盌磕碎，拾了磁片，割断股筋二条。痛哉痛哉，我不忍闻。所以张氏疏中，列入此语，冀动天听。可奈妇人不便伏阙，只好倩人代呈，那万恶死凶的严嵩，怎肯轻轻放过，令这奏疏呈入？张氏一片苦心，仍然白用，结果是法场流血，燕市沈冤。

但兵部侍郎张经等，如何被赵文华构陷，说来话长，待小子从头至尾，略述一遍。

中国沿海一带，向有倭寇出没。从前明太祖时，曾设防倭卫所，控遏海滨，及成祖年间，屡破倭兵，倭寇少戢。日本将军足利义满，遣使入贡，受封为日本国王，足利氏遂与中国交通，并代为诛逋海寇，只准商民入市，不准掳掠，因此沿海一带，尚称平安。到了世宗即位，有宁波鄞县人宋素卿，罹罪远飏，往投日本，适值义满去世，义植

第六十四回 却外寇奸党冒功 媚干娘义儿邀宠

嗣位，暗弱不能制盗，盗众遂与素卿联络，借入贡为名，大掠宁波沿海诸郡邑。亏得巡按御史欧珠及镇守太监梁瑶，诱执素卿，下狱论死，总算除了一个汉奸。谁知除了一个，反引出了好几个，甚么汪五峰，甚么徐碧溪，甚么毛海峰，甚么彭老生，统是中国人民，逸据海岛，勾结倭兵，劫掠沿海。历代都有虎伥，无怪外人诮我谓无爱国心。巡按浙江御史已改任陈九德，当即拜本入京，请置沿海重臣，治兵捕讨。世宗乃以朱纨为右都御史，巡抚浙江，兼摄福州兴化、泉漳诸州事。纨莅任后，下令禁海，日夕练兵甲，严纠察，破毁舶盗渊薮，擒斩寇谍数百人，不料反中时忌，被御史周亮等劾他措置乖方，专杀启衅。朝旨竟夺纨官职，还要把他审问起来，纨忿恚自杀。忠臣结果，往往如是。遂将巡抚御史的官职悬搁不设。直至嘉靖三十一年，安徽人汪直亡命海上，为寇舶巨魁，又有徐海、陈东、麻叶等，与汪直通同联络，直尤狡悍，纵横无敌，连海外的倭寇，都是望风畏服，愿受指挥。直遂登岸犯台州，破黄岩，扰及象山、定海诸处，浙东骚动。于是廷臣会议，复设巡视重臣，命王忬巡抚浙江，提督沿海军务。

忬方巡抚山东，既奉朝旨，即日至浙，察知参将俞大猷、汤克宽，材勇可任，招为心膂，一面召募士卒，激厉将校，夜遣俞、汤二将，率兵剿袭。汪直正结砦普陀山，踞岛自固。俞大猷带领锐卒，乘风先发，汤克宽为后应，径趋贼寨，四面放起火来。汪直等猝不及防，慌忙逃走，官军追击过去，斩首百五十级，生擒百余人，焚死溺死的无从查核。直遁至闽海，又被都指挥尹凤，迎头痛击，杀得他七零八落，狼狈遁去。浙江经此一战，人心少定。哪知汪直刁狡得很，复去勾引诸倭，大举入寇，连舰数百，蔽海而至，浙东西同时告警，忬遣汤克宽防东，俞大猷防西，两将如砥柱一般，捍卫中流，凭你汪直如何勇悍，也不能越雷池一步。直变计北犯，转寇苏、松，两郡素来饶沃，又无守备，被寇盗乘虚袭入，任情劫夺。还有贼目萧显，暴戾异常，率着劲倭数十人，屠上海、南汇、川沙，直逼松江城。余众围嘉定、太仓，所过残掠，惨不忍闻。敢问江南大吏，做甚么事？王忬急遣都指挥卢镗倍道掩击，突入萧显营内。萧显措手不及，顿被杀死，贼众大乱，由卢镗麾兵截杀，砍去了无数头颅。杀不尽的毛贼奔回浙境，巧与俞大猷相遇，正好借着开刀，一刀一个，两刀两个。霎时间杀得精光，不留一人。只有汪直一路，破昌国卫，劫乍浦、青村、柘林等处，尚是沿途剽掠，大为民患。忬复调汤克宽北援，适疫气盛行，士卒多病，克宽无可奈何，只好任寇北窜。汪直复趋入江北，大掠通州、如皋、海门诸州县，焚毁盐场，进窥青、徐交界，山东大震。那时廷臣又要劾奏王忬，说他以邻为壑，坐视不救，可为一叹。还算世宗圣量包容，不遽加罪，讽刺语，只改忬为右副都御史，调抚大同，另命徐州兵备副使李天宠代任。

忬一去浙，浙复不宁，天宠力不能

制,奏请改简重臣,乃命南京兵部尚书张经,前文俱追朔前事,至此方说到张经,为右都御史,兼兵部侍郎,总督江南北、浙江、山东、福建、湖广诸军,便宜行事。经尝总督两广,颇有威惠,为狼土兵所敬服,朝议欲征狼土兵剿倭,因有是命。并且擢俞大猷、汤克宽为总兵,归经节制,指日平寇。经颇慷慨自负,矜气使才,这也是致死之由,且以狼土兵夙听指挥,必得死力,遂飞檄往调,命各省统兵官,就汛驻守,不得擅动。看官!你想就地的将校,本是不少,偏要至远地去调狼土兵,这种命令,能使众将心服么?于是彼此观望,不复效力。那时汪直正导引倭寇,由北而南,仍回掠苏、松,驰入浙境,犯乍浦、海宁,陷崇德,转掠塘西、新市、横塘、双林、乌镇、菱湖等处,距省会仅数十里。李天宠居守省城,束手无策,但募人缒城,自毁附郭民居,算是防寇的妙法。张经时驻嘉兴,亦不闻发兵往援,幸副使阮鹗、佥事王询协守省城,无隙可击,才将寇兵却退。

是时通政司赵文华,已升授工部侍郎,上陈备倭七事,第一条乃请遣官望祭海神。第一策,便不足道,余六事,不问可知。然亦无非因帝信斋醮,乃有此瞎说耳。世宗览着,即召问严嵩。嵩与文华结为父子,哪有不竭力撺掇的道理,并说文华颇娴兵事,不妨令他往祀,乘便督察军情。世宗照准,遂命文华南下。文华得了这个美差,自然沿途索贿,恃宠横行,到了江南,祷祭已毕,便与张经晤谈军务,经自命为督军元帅,瞧文华不起,文华又自恃为钦差大臣,瞧张经不起,两人止谈数语,已是意气不投,互相冰炭。可巧广西田州土官妇瓦氏引狼土兵数千,到了苏州,经尚按兵不动。巡按御史胡宗宪,谄事文华,彼此联同一气,促经发兵,经绝不答复。及再四催促,方复言永顺、保靖两处人马,尚未到齐,俟到齐后,出发未迟。原来张经恐文华轻浅,漏泄师期,所以模糊答复。文华忿甚,遂上疏劾经,只说经才足平寇,但因身为闽人,与海寇多属同乡,所以徇情不发,养寇失机云云。笔上有刀。疏方拜发,经已调齐永顺、保靖各兵,分道并进,适倭寇自柘林犯嘉兴与参将卢镗相遇,镗此时已授参将。镗本率狼土兵,作为冲锋,两下交战,水陆夹攻,把寇众杀败石塘湾,寇众北走平望,又碰着总兵俞大猷,强将手下无弱兵,寇众勉强对仗,不到半个时辰,已杀伤了一半;转奔王江泾,又是两路兵杀到。一路是永顺兵,由宣慰使彭冀南统带,一路是保靖兵,由宣慰使彭荩臣统带,两路生力军,似虎似狼,前后互击,直令寇众上天无路,入地无门,拚着命敌了一阵,该死的统入鬼门关,还有一时不该死的,窜回柘林。四路得胜的大兵,一齐追杀,到了柘林贼砦,四面纵火,乱烧乱斫,寇众知是厉害,先已备好小舟,等到火势一发,大家都逃入舟中,飞桨遁去。

这次战胜,斩首二千级,焚溺无数,自出师防海以来,好算是第一次战功。不没张经功绩,以见下文之冤死。

第六十四回　却外寇奸党冒功　媚干娘义儿邀宠

张经大喜，立刻拜表告捷。这时候的明廷中，早接到文华劾奏，世宗正要派官逮经，不意捷报驰来，乃是张经所发，接连又是文华的捷奏，内称狼兵初至，经不许战，由臣与胡宗宪督师，出战海上，方有此捷。彼此所报异辞，惹得世宗也动疑起来，只好又召严相问明。偏又问这老贼。称为严相，是从世宗心中勘出。看官！试想仇人遇着对头，义儿碰着乾爷，直也变曲，曲也变直，还要问他甚么？当下遣使逮经，并李天宠、汤克宽等，一并拿问。到了京师，随你如何分辩，总说他冒功诬奏，尽拟处死。严嵩又把那杨继盛等，附入疏尾，共有一百余人。心同蛇蝎。当奉御笔勾掉九名，于是张经、李天宠、汤克宽及杨继盛等九名，尽死西市。缴足杨继盛死案。

经既被逮，改任周珫，天宠遗缺，就委了胡宗宪。未几，周珫复罢，以南京户部侍郎杨宜为总督，杨宜恐蹈经辙，凡事必咨商文华，文华威焰愈盛。惟狼土兵只服张经，不服文华、杨宜等人，遂不受约束，骚扰民间，倭寇探悉内情，又入集柘林，分众犯浙东，转趋浙西，直达安徽，从宁国、太平，折入南京，出秣林关，劫溧阳、宜兴，抵无锡，趋浒墅，转斗数千里，杀伤四千人。应天巡抚曹邦辅，亟督兵出剿，与寇相遇，佥事董邦政，怒马突阵，连斩贼首十余级。邦辅麾军齐上，贼大败飞奔，被官军追至杨家桥，拦入绝地，会集各部兵，四面围住，见一个，杀一个，见两个，杀一双，所有柘林遣来的寇党，杀得一个不留。文华闻寇众被围，兼程趋赴，欲攘夺邦辅功劳，及行至杨家桥，寇已尽歼，邦辅已驰表告捷，归功邦政。不劳费心。文华愤甚，乃选集浙兵，得四千人，与胡宗宪一同督领，拟进剿柘林老巢，一面约邦辅会剿。江南兵分三道，浙兵分四道，东西并进。到了松江，闻柘林贼已进据陶家港，遂进营砖桥，贼悉锐冲浙兵，浙兵惊溃，文华等不能禁遏，只好退走。一出手，便献丑。江南兵也陷贼伏中，死了二百多人。文华只诿罪邦辅及佥事邦政，奏言两人愆约后期，以致小挫等情。世宗又要下旨逮问。给事中孙濬、夏栻等力言邦辅实心任事，前此杨家桥一役，尽歼流贼，功绩显然，此次愆期，定有别故。文华遽请罪斥，殊属非是。世宗乃申饬文华秉公视师。文华料贼未易平，乃萌归志，会川兵破贼周浦，总兵俞大猷，复破贼海洋，文华遂上言水陆成功，请即还朝，有旨准奏。及文华到了京师，又奏称余倭无几，杨宜、曹邦辅等不足平贼，只有胡宗宪可以胜任，于是杨宜免职，邦辅谪戍，独进宗宪为兵部侍郎，总督东南军务。

已而东南败报，相继入京，世宗颇疑文华妄言，屡诘严嵩，嵩曲为解免。文华未免惊惶，又想了一法，推在吏部尚书李默身上，只说他与张经同乡，密图报复，所遣东南将吏，多不得人，以致败衄。世宗将信未信，会李默发策试士，试题中有"汉武征四夷，海内虚耗，唐宪复淮蔡，晚节不终"等语。文华又得了间隙，即将策题封入，劾奏李默讪谤朝廷。这奏上去,当即降旨,将李默夺职,下狱拷讯,坐罪论死。又屈死了一个。

先是文华自浙返京,携回珍宝,先往严府请安,见了严嵩及世蕃,当将上等奇珍,奉献数色,严嵩自然喜欢,文华又入内室,叩见嵩妻欧阳氏,复献上精圆的珍珠、翡翠的宝玉,且口口声声,呼欧阳氏为母亲,说了无数感激的话儿。妇人家最爱珍饰,又喜奉承,瞧着这义子文华,比世蕃要好数倍,正是爱上加爱,喜上加喜。方在慰问的时候,严嵩适自外入内,文华忙抢步迎接,步急身动,腰间的佩带两边飘舞,也似欢迎一般。至嵩入就座,与文华续谈数语,欧阳氏忽插口道:"相公年迈,所以遇事善忘。"嵩惊问何故,欧阳氏微笑,指着文华的腰带道:"似郎君为国效劳,奔走南北,乃仍服着这项腰带,难道相公不能替他更新么?"这句话,明明是暗讽严嵩,叫他为文华保举,升任尚书的意思。统是珠玉之力。嵩以手拊须道:"老夫正在此筹画哩,夫人何必着忙。"文华急下拜道:"难得义父母如此厚恩,为儿设法升官,这正所谓欲报之德,昊天罔极呢。"叫你多送点珍宝,便好报德。嵩随口说道:"这没有甚么难处。"欧阳氏复亲自离座,去扶文华,文华此时非常快活,接连磕了几个响头,方才起来。这段描摹惟妙惟肖。当即由嵩赐宴,加一赐字妙,两老上座,文华坐左,世蕃坐右,欢饮至晚,方才告别。

不到数日,即有李默一案发生,默与嵩本不相协,天然如此,不然,文华何敢劾奏,文华把他劾去,嵩亦暗中得意,乃入白世宗,极称文华的忠诚。世宗遂擢文华为工部尚书,并加封太子少保。文华喜出望外,忙去叩谢严嵩。嵩语文华道:"我窥上头的意见,还是有些疑你,不过看我的颜面,加你官爵,你须想个法子,再邀主眷,方好保住这爵位呢。"文华复叩头道:"还仗义父赐教。"嵩捻着须道:"依我看来,不如再出视师。"文华道:"闻得兵部议定,已遣侍郎沈良才出去,如何是好?"嵩笑道:"朝旨尚可改移,部议算作什么!据此两语,可见严氏势力。你自去奏请视师,我再替你关说数语,保管易沈为赵了。"文华大喜,叩别回寓,即忙拜本自荐。嵩又为言良才不胜重任,不如仍遣文华,江南人民,感念文华德惠,现尚引领遥望呢。不是江南人感德,却是分宜人感馈呢。世宗乃命文华兼右副都御史,提督浙闽军务,再下江南,沈良才仍回原职,自不必说。小子有诗叹道:

黜陟权由奸相操,
居然贼子得荣褒。
试看献媚低头日,
走狗宁堪服战袍。

文华再出视师,果能平倭与否,且至下回叙明。

倭寇与海盗联络,屡犯江浙,自当以御击为先。朱纨、王忬,皆专阃材,足以办贼,乃先后去职,忬且饮恨自尽。至张经继任,虽傲然自大,不无可

明史演义

343

誉，然王江泾一役，斩馘至二千级，当时推为第一胜仗，要不得谓非经之功。赵文华何人？乃敢冒功诬奏乎？是回于张经功过，鳌然并举，而功足掩过之意，即在言外。文华既诬死张经，复诿罪曹邦辅，回朝以后，复陷害李默，种种鬼蜮，仿佛一严嵩小影。嵩为义父，文华为义儿，臭味相投，无怪其然。故文华所为之事，嵩必曲护之，至叙入嵩妻欧阳氏一段，描摹尽致，尤见得龌龊小人，善于献媚，后世之夤缘内室，借此博官者，无在非文华也。试展此回读之，曾亦自觉汗颜否乎？铸奸留影，为后人戒，知作者之寓意深矣。

第六十五回　胡宗宪用谋赚海盗 赵文华弄巧忤权奸

却说赵文华再出视师，仗着监督的名目，益发耀武扬威，凌胁百官，搜括库藏，两浙、江淮、闽、广间，所在征饷，一大半充入私囊。不如是，不足馈严府。到了浙江，与胡宗宪会着，宗宪摆酒接风，格外恭谨。为报德计，理应如此。席间谈及军事，宗宪叹道："舶盗倭寇，日结日多，万万杀不尽的，若必与他海上角逐，争到何时，愚意不若主抚。"文华道："抚倭寇呢，抚舶盗呢？"据此一问，已见文华之不知兵。宗宪道："倭寇不易抚，也不胜抚，自然抚舶盗为是。"文华道："兄既有意主抚，何不早行筹办？"宗宪道："承公不弃，力为保荐，自小弟忝督军务，巡抚一缺，即由副使阮鹗继任，他偏一意主剿，屡次掣肘，奈何？"文华道："有我到此，可为兄作主，何畏一鹗？"宗宪道："舶盗甚多，也不是全然可抚呢。目下舶盗，汪直为魁，但他有勇无谋，尚不足虑，只有徐海、陈东、麻叶三人，刁狡得很，恰不可不先收服。"文华道："徐海等既系刁狡，难道容易收服么？"宗宪笑道："小弟自有计较，只待公到，为弟作主，便好顺手去办了。"言至此，即与文华附耳数语，宗宪颇有干才，只因他趋附严、赵所以失名，文华大喜，便将一切军事，托付宗宪，自己惟征发军饷，专管银钱要紧。这是他的性命。

话分两头，且说宗宪既议决军情，便放心安胆，照计行去，先遣指挥夏正，往说徐海。海系杭州虎跑寺僧，因不守清规，奸淫大家姬妾，为地方士绅所逐，他遂投奔海上，与海寇陈东、麻叶结合，自称平海大将军，东劫西掠，掳得两个女子，作为侍妾，一名翠翘，一名绿珠，面貌很是妖艳，海遂左抱右拥，非常宠爱。夏正受宗宪计，拣了最好的珠宝簪珥，往赠翠翘、绿珠，嘱她们乘间说海，归附朝廷，一面竟入见徐海道："足下奔波海上，何若安居内地？屈作倭奴，何若贵为华官？利害得失，请君自择！"徐海沉思良久道："我亦未尝不作此想，但木已成舟，不便改图。就使有心归顺，朝廷亦未必容我呢。"

第六十五回 胡宗宪用谋赚海盗 赵文华弄巧忤权奸

已被夏正说动了。夏正道："我奉胡总督命，正为抚君而来，君有何疑？"海复道："我此时变计归顺，胡总督即不杀我，也不过做了一个兵士罢了。"夏正道："胡总督甚爱足下，所以命我到此，否则足下头颅，已恐不保，还要我来甚么？"利诱威吓，不怕徐海不入彀中。海投袂起座道："我也不怕胡总督，你去叫他前来，取我头颅。"夏正道："足下且请息怒，容我说明情由。"一面说着，一面恰故意旁视左右，惹得徐海动疑起来，遂命左右退出，自与夏正密谈。夏正复道："陈东已有密约，缚君归降呢。"徐海大惊道："可真么？"正复道："什么不真！不过陈东为倭人书记，胡总督恐多反复，所以命我招君，君如缚献陈东、麻叶两人，归顺朝廷，这是无上的大功，胡总督定然特奏，请赏世爵哩。"徐海不禁沉吟。夏正道："足下尚以陈东、麻叶为好人么？君不负人，人将负君。"海乃道："待我细思，再行报命。"正乃告别。

徐海即令人窥探陈东消息，可巧陈东已闻他迎纳夏正，适在怀疑，见了徐海的差人，恶狠狠地说了数语，差人返报徐海，海默忖道："果然真了，果然真了。"入与二姜商议，二姜又竭力怂恿，叫他缚寇立功。贪小失大，妇女之见，往往如此。海遂诱缚麻叶，献至军前。宗宪毫不问讯，即令左右将他释缚，好言抚慰，且嘱他致书陈东，设法图海。麻叶方恨海入骨，哪有不惟命是从？立刻写就书信，呈缴宗宪。宗宪并不直寄陈东，偏令夏正寄与徐海，兵不厌诈，此等反间计，恰好用这三人身上，徐海即将麻叶原书，寄与萨摩王旁弟。萨摩王是倭寇中首领，陈东正在他亲弟幕中，充当书办，见了此书，恼怒非常，也不及查明虚实，竟将陈东拿下，解交徐海。徐海得了陈东，东尚极口呼冤，海却全然不睬，带领手下数百人，押住陈东，竟来谒见胡宗宪。宗宪邀同赵文华及巡抚阮鹗，邀鹗列座，无非是自鸣得意，依次升堂。文华居中，胡、阮分坐两旁，传见徐海。海戎装入谒，叩头谢罪，并向宗宪前跪下。宗宪起身下堂，手摩海顶道："朝廷已赦汝罪，并将颁赏，你休惊恐，快快起来！"海应声起立，当由海手下党羽牵入陈东。宗宪只诘责数语，也未尝叱令斩首。此中都有作用。一面取出金帛，犒赏徐海。海领赏毕，请借地屯众，宗宪笑道："由你自择罢。"海答道："莫若沈庄。"宗宪道："你去屯扎东沈庄，西沈庄我要驻兵呢。"海称谢自去。原来沈庄有东西两处，外海内河，颇称险固，徐海请就此屯扎，尚是一条盘踞险要的计划。早已入人牢笼，怕你飞到哪里去。

宗宪见徐海已去，却转问陈东道："你与徐海相交多年，为何被他擒献呢？"反诘得妙。陈东正气愤填胸，便说徐海如何刁奸，并言自己正思归降，反被海缚献邀功，狡黠如此，望大帅切勿轻信！宗宪微笑道："原来如此，你果有心归诚，我亦岂肯害你？纯是谁语。但你手下可有余众么？"陈东道："约有二三千人。"宗宪道："你去招他进来,扎居西沈庄,将来我仍令你统率,好伺察这徐海呢。"东大喜称谢。宗宪忙令解缚,令他即日发书招众至西沈庄,暗中恰诈为东书,往寄东党道:"徐海已结好官兵,指日剿汝,汝等赶紧自谋,不必念我。"这封书到了西沈庄,东党自然摩拳擦掌;要去与东沈庄厮杀。个个中宗宪计,好似猴人弄猴。徐海见东党来攻,与他交战几次,互有杀伤。东党退去,徐海方顿足大悟道:"我中计了。"晓得迟了。急忙修好密书,投递萨摩王,说明自己与陈东皆被宗宪所赚,悔之无及,今反自相残杀,势孤力穷,请王速发大兵,前来相救,事尚可图等语。当下遣偏裨辛五郎,赍书潜往,谁知早被胡宗宪料着,遣参将卢镗守候途中,辛五郎适与相遇,无兵无械,被卢镗手到擒来。

徐海尚眼巴巴的望着倭兵,忽有党羽来报,赵文华已调兵六千,与总兵俞大猷,直趋沈庄来了。徐海忙了手脚,忙令手下掘堑筑栅,为自守计。文华所调兵士先到庄前,望见守御甚固,一时不敢猛攻,只在栅外鼓噪。文华无用,连他所调兵士,也是这般。幸俞大猷从海盐进攻,竟从东庄后面,乘虚攻入。徐海不及防备,只好弃寨逃命,一直奔至梁庄,官军从后追击,巧值大风卷地,乘风纵火,把徐海手下的贼众烧毙大半。徐海逃了一程,前面适阻着一河,无路可奔,没奈何投入水中,官兵内有认识徐海的,大声呼道:"不要纵逃贼首徐海,他已入水去了。"徐海方在凫水,听着此语,忙钻入水底,有善泅水的官兵抢先入水,纷纷捞捉。此时残寇败众,陆续投水,横尸满河,打捞费事,等到捉着徐海,已是鼻息全无,魂灵儿早入水府去了。徐海已死,立即枭首,只翠翘、绿珠两美女,查无下落,大约在东沈庄中,已经毙命。倒是同命鸳鸯。这也不在话下。

且说东沈庄已破,西沈庄亦立足不住,陈东余党,相率逃散,赵文华等奏称大捷。世宗命械系首恶,入京正法,文华乘此入朝,押解陈东、麻叶,到了京师,行献俘礼,陈东、麻叶磔死。加授文华为少保,宗宪为右都御史,各任一子锦衣千户,余将升赏有差。只阮鹗未曾提起。文华得此厚赏,又跑至严府叩谢,所有馈遗,比前次更加一倍,严嵩夫妇倒也欢喜得很。独世蕃满怀奢望,闻得文华满载而归,料有加重的馈遗,文华恰知他生性最贪,平常物件不必送去,独用了黄白金丝穿成幕帐一顶,赠与世蕃,又用上好的珍珠串合拢来,结成宝髻二十七枚,赠与世蕃的姬妾。原来世蕃贪淫好色,平时闻有美姝,定要弄她到手,所有爱妾,共得二十七人,几似天子二十七世妇,侍婢不计其数。这二十七位如夫人,个个享受荣华,鲜衣美食,寻常珍奇玩好,不足邀她一顾,此次文华还京,除馈献严嵩夫妇父子外,连他二十七个宠姬都一一馈赠宝髻,在文华的意思,也算是不惜金钱,面面顾到,确是阔绰,哪知这种姬妾,瞧着宝髻,竟视作普通首饰,没有甚么希罕。世蕃见了金丝幕帐,也是作这般想,心上很是不足,只因不便讨

明史演义

第六十五回 胡宗宪用谋赚海盗 赵文华弄巧忤权奸

添，勉强收受罢了。惟文华既得帝宠，一时的权位，几与严嵩相等，他暗想所有富贵，全仗严家提拔，自古说道盛极必衰，严氏倘若势倒，势必同归于尽。谁知自己势倒，比严氏还早。况且馈遗严氏珍物，共值数万金，世蕃对着自己并不道谢，反装出一副懊恼的形容，长此过去，怕难为继，不如另结主知，免得受制严门。计非不是，其如弄巧反拙何？计划已定，遂一心一意的等候时机。

一日，至严嵩府第，直入书斋，只见严嵩兀坐小饮，文华行过了礼，便笑说道："义父何为独酌？莫非效李白举杯邀影么？"严嵩道："我哪里有此雅兴？年已老了，发都白了，现幸有人，传授我药酒方一纸，据言常饮此酒，可得长生，我照方服了数月，还有效验，所以在此独酌哩。"文华道："有这等妙酒，儿子也要试服，可否将原方借抄一纸。"严嵩道："这也甚便，有何不可？"即命家人将原方检抄一份，给与文华。文华拜别自去。到了次日，便密奏世宗，言："臣有仙授药酒方一纸，闻说依方常服，可以长生不老。大学士严嵩，试饮一年，很觉有效，臣近日才知，不敢自私，谨将原方录呈，请皇上如法试服，当可延年。"有翼能飞，便相啄母，奸人之不足恃如此。世宗览疏毕，便道："严嵩有此秘方，未尝录呈，可见人心是难料呢。今文华独来奏朕，倒还有些忠心。"当下配药制酒，自不消说。

惟内侍闻世宗言，暗中将原疏偷出，报告严嵩，嵩不禁大怒，立命家人往召文华，不一时，已将文华传到。文华见了严嵩，看他怒容满面，心中一跳，连忙施礼请安。严嵩叱道："你向我行什么礼？我一手提拔你起来，不料你同枭獍，竟要坑死我么？"急得文华冷汗遍身，战兢兢的答道："儿……儿子怎敢！"丑态如绘。严嵩冷笑道："你还要狡赖么？你在皇上面前，献着何物？"文华支吾道："没，没有什么进献。"严嵩更不答语，取出袖中一纸，径向文华掷去。文华忙接过一瞧，乃是一张奏折，从头看去，不是别样文字，就是密奏仙方的原疏。这一惊非同小可，吓得面如土色，只好双膝跪地，磕头似捣蒜一般。严嵩厉声道："你可知罪么？"文华嗫嚅道："儿子知罪，求义父息怒！"嵩复道："哪个是你的义父！"文华尚是叩头，嵩顾着家人道："快将这畜生拖出去！我的座前，不配畜生跪伏！"连跪伏尚且不许，严家之威焰可知。家人听着此语，还有什么容情，当有两人过来，把文华拉出相府。

文华回到私第，左思右想，无法可施，可怜他食不得安，夜不得眠。到了次日，天明即起，早餐才毕，盘算了许多时，方命舆夫整车，快快地登车而行，舆夫问往何处，文华才说是快往严府。须臾即至，由文华亲自投刺，门上的豪奴煞是势利，看见文华，故意不睬。文华只好低心下气，求他通报。门奴道："相爷有命，今日无论何人，一概挡驾。"文华道："相爷既如此说，烦你入报公子。"门奴道："公子未曾起来。"想与二十七姬共做好梦哩。文华一想,这且如何是好,猛然记起一人,便问道:"萼山先生在府么?"门奴答道:"我也不晓得他。"文华便悄悄的取出一银包,递与门奴,并说了无数好话,门奴方才进去。转瞬间便即出来,说是萼山先生有请,文华才得入内。

看官!你道这萼山先生是何人?他是严府家奴的头目,呼作严年,号为萼山,内外官僚、夤缘严府,都由严年经手,因此人人敬畏,统称他为萼山先生。文华出入严府,所有馈遗,当然另送一份。此时彼此相见,文华格外客气,与严年行宾主礼,严年佯为谦恭,互相逊让一回,方分坐左右。一个失势的义儿,不及得势的豪奴。文华便问起严嵩父子。严年摇首道:"赵少保!你也太负心了。该骂。相爷恨你得很,不要再见你面,就是我家公子,也与你有些宿嫌(暗应上文),恐此事未便转圜哩。"文华道:"萼山先生!你无事不可挽回,此次总要请你斡旋,兄弟自然感激。"与家奴称兄道弟,丢尽廉耻。严年犹有难色,经文华与他附耳数语,才蒙点首。用一蒙字妙。时已晌午,严年方入报世蕃,好一歇,这一歇时,未知文华如何难过,始出来招呼文华。文华趋入,世蕃一见,便冷笑道:"吾兄来此何为?想是急时抱佛脚呢。"文华明知他语中带刺,但事到其间,无可奈何,只好高拱手,低作揖,再三告罪,再四哀恳,世蕃才淡淡的答应道:"我去禀知母亲,瞧着机缘,当来报知。"文华乃去。

过了两三日,不见世蕃动静,再去谒候,未得会面。又越两日,仍无消息,但闻严嵩休沐,料此日出入严府,定必多人,他也不带随役,独行至严府内,冲门直入。门役已屡受馈金,却也不去拦阻。到了大厅外面,停住脚步,暗从轩楹中探望,遥见严嵩夫妇高坐上面,一班干儿子及世蕃侍坐两旁,统在厅中畅饮,笑语声喧;正在望得眼热,忽见严年出来,慌忙相迎。严年低语道:"公子已禀过太夫人了,太夫人正盼望你呢!"文华即欲趋入,严年道:"且慢!待我先去暗报。"言毕自去。文华侧耳听着,又阅半响,方闻嵩妻欧阳氏道:"今日阖座欢饮,大众都至,只少一个文华。"嗣又由严嵩接口道:"这个负心贼,还说他甚么?"从文华耳中听出,叙次甚妙。文华心中一跳,又在楹隙中偷瞧,见严嵩虽如此说,恰还没甚怒容,随又听得欧阳氏道:"文华前次,原是一时冒失,但俗语说得好:'宰相肚里好撑船,'相公何必常念旧恶呢。"接连是严嵩笑了一声。这时候的赵文华料知机会可乘,也不及待严年回报,竟大着胆闯将进去;走至严嵩席前,伏地涕泣。严嵩正欲再责,偏是欧阳夫人已令家婢执着杯箸,添置席上,并叫起文华,入座饮酒,一面劝慰道:"教你后来改过,相公当不复计较了。"文华叩谢而起,方走至坐位前,勉饮数巡。这番列座,趣味如何?未几酒阑席散,文华待外客谢别,方敢告辞。犹幸严嵩不甚诃责,总算放心归去。哪知内旨传来,令他督建正阳门楼,限两日竣

工，文华又不免慌张起来。正是：

相府乞怜才脱罪，
皇城跟筑又罹忧。

欲知文华何故慌张，容待下回分解。

胡宗宪用谋赚盗，计划层出不穷，颇得孙吴三昧，徐海、陈东、麻叶，俱因此致戮，不得谓非宗宪之功。惟阿附赵文华，掠夺张经战绩，致为士论所不齿，可见有才尤须有德，才足办盗，而德不足以济之，终致身名两败，此君子之所以重大防也。文华患得患失，心愈苦，计愈左，纳宝髻反结怨世蕃，献酒方即得罪严嵩，彼岂竟顾前忘后，卤莽行事者？盖缘势利之见，横亘方寸，当其纳宝髻时，心目中只有严嵩，不遑计及世蕃，及献药方时，心目中只有世宗，不遑顾及严嵩，卒之左支右绌，处处受亏，所谓心劳日拙者非耶？一经作者演述，愈觉当日情形，跃然纸上。

第六十六回　汪寇目中计遭诛 尚美人更衣侍寝

　　却说嘉靖三十六年四月间，奉天、华盖、谨身三殿，偶然失火，损失甚巨，世宗下诏引咎，修斋五日。嗣用术士言，拟速建正阳门楼，作为厌禳。文华职任工部，无可推诿，奈朝旨命他两日竣工，一时仓猝，哪里办得成就，因此慌张起来。当下鸠工赶筑，早夜不绝，偏是光阴易过，倏忽间过了两天，门楼只筑成一半。适严嵩入直，世宗与语道："朕令文华督造门楼，兴工两日，只筑一半，如何这般懈弛，敢是藐朕不成？"嵩复奏道："文华自南征以来，触暑致疾，至今未愈，想是因此延期，并非敢违慢圣旨呢。"也算回护文华。世宗默然不答。嵩退直后，即饬世蕃报知文华，令他见机引疾，免得遭谴。文华自然遵行，拜疏上去，当由世宗亲自批答，令他回籍休养。文华接旨，只好收拾行装，谢别严府。欧阳夫人尚是怜他，命他留住数日，文华也就此留京，意中还望复职。适世宗斋祀，停进封章，文华令荫子怿思（文华宗宪子，各任锦衣千户，已见上回）。请假宫中，说是送父启程，无非望世宗再行留他。不料有旨传下，竟斥怿思顾家忘国，着即戍边；文华意存尝试，目无君上，应削职为民。又是弄巧成拙。文华见了此旨，不由得涕泪交流，形神俱丧，又经父子泣别，愁上加愁，没奈何带着家眷，雇舟南下。他平时本有蛊疾，遇着这番挫折，正是有生以来第一种失意事，哪得不故疾复发。一夕，忽胀闷异常，用手摩腹，扑的一声，腹竟破裂，肠出而死。想是中饱太多，致此孽报。所有娇妻美妾，扶丧归去，把从前富贵荣华，都付作泡影了。

　　且说胡宗宪闻文华罢归，失了内援，心中未免懊怅，所应剿的海寇，虽已除了徐海、陈东诸人，尚有汪直未死，仍然纵横海上。宗宪与汪直同系徽人，直为海寇，母妻未曾带去，被拘狱中，宗宪令同乡士卒，至徽州释直母妻，迎至杭州，馆待甚厚，且亲去慰问一次，嘱他母妻致书招直。直得家书，才知家属无恙，意颇感动。宗宪又遣宁波诸生蒋洲往说汪直，直喟然道："徐

海、陈东、麻叶三人，统死在胡督手中，我难道也自去寻死么？"蒋洲道："此言错了。徐海、陈东等人与胡督并非同乡，所以为国除害，不得不尔。君与他同籍徽州，应有特别情谊。现在足下宝眷，俱在杭州，一切衣食，统由胡总督发给，足下试思！若非念着乡亲，肯这般优待么？"直复道："据你说来，胡督真无意害我么？"蒋洲道："非但无意害君，还要替君保奏。"直踌躇半晌，方道："既如此，你且先去！我便率众来降了。"洲遂与他约期而别，返报宗宪，据事陈明，宗宪大喜，谁知待了数日，毫无影响。巡按周斯盛，入语宗宪道："此必汪直诈计，蒋洲被贼所绐，反来诳报，也不能无罪呢。"当下将蒋洲系狱。洲复追述宣谕始末，并言汪直为人，粗鲁豪爽，不致无故失约，此次愆期，或为逆风所阻，亦未可知。

供簿才毕，外面有骑卒禀报，称是："舟山岛外，有海船数艘，内有寇众多人，头目便是汪直，他虽说是来降，沿海将吏，因他人多滋疑，已经戒备，只禀大帅，如何处置便了。"宗宪道："他既愿来投诚，何必疑他。"当与周斯盛商议，仍拟遣蒋洲招直。斯盛尚恐蒋洲难恃，请另遣别人。宗宪乃将蒋洲还系，蒋洲系狱，由斯盛一言，蒋洲得生，亦由斯盛一言，乃知塞翁失马，未始非福，另遣指挥夏正，往招汪直。直见将吏戒严，未免心慌，当问夏正道："蒋先生何故不来？"夏正道："蒋先生适有别遣，无暇到此。"汪直道："胡督疑我误期么？我因中道遇风，舟为所损，还易他舟，所以误期。"夏正道："胡督心性坦白，断不致疑。"直终未信，只遣养子王㴶随夏正见宗宪。宗宪问直何为未至，王㴶道："我等好意投诚，乃闻盛兵相待，莫怪令人滋疑了。"宗宪解谕再三，王㴶乃道："汪头目极愿觐见大帅，奈被左右阻住，如蒙大帅诚意招待，可否令一贵官同去。易我头目上来，以便推诚相见。"宗宪道："这也何妨。"仍着夏指挥同行便了。夏正奉命，只好再与王㴶同往，当由王㴶留住舟中，一面请汪直登岸，去见宗宪。宗宪居然开门相迎，直入门请罪，跪将下去。宗宪忙亲自扶起，笑说道："彼此同乡，不啻弟兄，何必客气。"遂邀他坐了客位。直既坐定，慨然道："大帅不记前非，招我至此，身非木石，宁有不感激隆情？此后当肃清海波，借赎前罪。"宗宪道："老兄敢战有为，他日为国家出力，分土酬庸，爵位当在我辈之上。"直大喜道："这全仗大帅提拔呢。"宗宪遂盛筵相待，一面令麾下发给蔬米酒肉，送与直舟，即派夏正为东道主，款待舟中党目。直此时已喜出望外，感激十分，筵宴既罢，留直住居客馆，命文牍员缮好奏疏，请赦汪直前罪，即日拜发出去。

过了数天，复旨已到，由宗宪展开恭读，不禁皱起眉来，原来复旨所称："汪直系海上元凶，万难肆赦，即命就地正法"云云。宗宪一想："这事如何了得，但朝旨难违，只好将直枭首，夏指挥的生死，当然不能兼顾了。"随即不动声色，即日置酒，邀汪直入饮。酒至数巡，宗宪拱手道："我日前保奏足下，今日朝旨已转，足下当高升了。"直才说了"感谢"二字，但见两旁的便门齐辟，拥出无数持刀佩剑的甲士，站立左右，汪直甚为惊异。宗宪高声语直道："请足下跪听朝旨。"直无奈离座，当由宗宪上立，直跪在下面，宗宪依旨朗读，念到"就地正法"四字，即有甲士上前，竟将直捆绑起来。直厉声道："胡宗宪！胡宗宪！我原说你靠不住，不料又堕你计，你真刁狡得很！"骂亦无益。宗宪道："这恰要你原谅，奏稿具在，不妨检与你看。"直恨恨道："还要看什么奏稿，总之要我死罢了。"宗宪也不与多辩，当命刀斧手百名，将汪直推出辕门，号炮一声，直首落地。这信传到直舟，那班杀人不眨眼的党目个个气冲牛斗，立把夏正拿下，你一刀，我一剑，剁作肉泥，无端为汪直偿命，这是宗宪误人处，当即扬帆自去。党众尚有三千人，仍然联络倭寇，到处流劫，宗宪也不去追击。夏正死不瞑目。竟奏称巨憝就诛，荡平海寇等语。世宗大悦，封宗宪为太子太保，余皆迁赏有差，这且慢表。

且说世宗闻外寇渐平，正好专心斋醮，且云："叛恶就擒，统是鬼神有灵，隐降诛殛。"因此归功陶仲文，加封为恭诚伯。惟紫府宣忠高士段朝用，伪谋被泄，下狱诛死。朝用由郭勋进身，勋已早死，朝用何能长生？一面命翰林院侍读严讷、修撰李春芳等，并为翰林学士，入直西内，代撰青词。内外臣工，统是揣摩迎合，阴图邀宠。

徽王载埨，系英宗第九子见沛曾孙，承袭祖荫，嗣封钧州。他父厚爝，素与陶仲文结交，仲文称他忠敬奉道，得封真人，颁给金印。藩王加封真人，古今罕闻。厚爝死后，载埨嗣爵，奉道贡媚，世宗仍命佩真人印。时有南阳方士梁高辅，年逾八十，须眉皓白，两手指甲各长五六寸，自言能导引服食，吐故纳新。载埨遂请他入邸，虔求指教。高辅慨然应允，除面授吐导外，再替他修合妙药。看官！你道他药中用着何物？据《明史杂闻》上记及，是用童女七七四十九人，第一次天癸，露晒多年，精心炼制，然后可服。服食后，便有一种奇效，一夕可御十女，恣战不疲，并云："可长生不死，与地仙无异。"原来是一种春药。载埨依法服食，即与妃嫔等实地试验，果然忍久耐战，与前此大不相同。他恰不敢蔽贤，遂通书仲文，请为高辅介绍，荐奉世宗，世宗年已五十，精力浸衰，后宫嫔御，尚有数十，靠了一个老头儿，哪里能遍承雨露，免不得背地怨言，世宗也自觉抱歉，就使微有所闻，也只好含忍过去。此次由仲文荐入高辅，传授婴儿姹女的奇术，并彭祖、容成的遗方，一经服习，居然与壮年一般，每夕能御数妃，喜得世宗欣幸过望，立授高辅为通妙散人，且因载埨荐贤有功，加封为忠孝真人。

载埨益自恣肆，擅坏民屋，作台榭苑囿，杖杀谏官王章，又微服游玩扬州，被巡兵拘住，羁留三月，潜行脱归，暗中却贻书高辅，托词借贷，私索

明史演义

353

第六十六回 汪寇目中计遭诛 尚美人更衣侍寝

贿赂，高辅搁置不报。载坮待了多日，未得复音，再拟发书诘责，凑巧高辅有信寄到，总道是有求即应，惠我好音，谁知展书一瞧，并没有什么财帛载在书中，只说是皇上需药，一时不及提炼，忆尊处尚有余药，特遣人走取云云。那时载坮不禁大愤，勃然说道："兀那负心人，不有本藩，何有今日？我欲求他，他绝不提起，他欲求我，我还要答应他么？"当下复绝来使，只说是存药已罄，无从应命。来使去后，恰着人赍药入京，给与陶仲文，托他权词入献。你不送去也罢了，偏要多一周折，真是弄巧反拙了。高辅闻知此事，很是忿恨，便入奏世宗，把载坮在邸不法事和盘说出。未免负心。世宗即隐遣中官密访，至中官还奏，所有高辅奏请的事情，语语是实。并说载坮诈称张世德，自往南京，强购民女等因，于是世宗震怒，夺去载坮的真人印。陶仲文虽爱载坮，也不敢代为辩护。冤冤相凑，有南中民人耿安，叩阍诉冤，告称载坮夺女事，安知非梁高辅主使，当下遣官按治，复得实据，狱成具奏。有诏废载坮为庶人，幽锢凤阳。载坮悔恨交迫，竟尔投缳自尽，妃妾等亦皆从死，想是房术的感念，子女被徙开封，徽王宗祀从此中绝了。

载坮既死，世宗益宠信梁高辅。高辅为帝合药，格外忠勤，且选女八岁至十四岁的凡三百人，入宫豢养，待他天癸一至，即取作药水，合入药中。由高辅取一美名，叫作先天丹铅。嗣又选入十岁左右的女子，共一百六十人，大约也是前次的命意。这四五百童女，闲居无事，或充醮坛役使，或司西内供奉。内中有个姓尚的女子，年仅十三，秀外慧中，选值西内，一夕黄昏，世宗坐诵经偈，运手击磬，忽觉困倦起来，打了一个瞌睡，把击磬的槌误敲他处，诸侍女统低头站着，不及瞧见，就使瞧着了他，也不敢发声。独尚女失声大笑，这一笑惊动天颜，不禁张目四顾，眼光所射，正注到尚女面上，梨涡半晕，尚带笑痕，本拟疾声呵叱，偏被她一种憨态，映入眼波，不知不觉的消了怒气，仍然回首看经。可奈情魔一扰，心中竟忐忑不定，只瞳神儿也不由自主，只想去顾尚女。尚女先带笑靥，后带怯容，嗣又俯首弄带，越显出一副娇痴情状，灯光下看美人，愈形其美。世宗越瞧越爱，越爱越怜，那时还有甚么心思念经？竟信口叫她过来，一面令各侍女退出。各侍女奉旨退班，多半为尚女捏一把汗，偏这世宗叫过尚女，略问她履历数语，便掷去磬棰，顺手牵住尚女，令坐膝上。尚女不敢遽就，又不敢竟却，谁意世宗竟拢她笑靥，硬与她亲一个吻。想是甘美异常，比天癸还要可口。尚女急摆脱帝手，立起身来，世宗岂肯放过，复将她纤腕携住，扯入内寝。当下服了仙药，霎时间热气满腹，阳道勃兴，看官！你想此时的尚女，还从哪里逃避？只好听世宗脱衣解带，同上阳台；但嫩蕊微苞，遽被捣破，这尚女如何禁当得起？既不敢啼，又不敢叫，没奈何啮齿忍受。此时恐笑不出来。世宗亦格外爱怜，留些不尽的余地，偏是药性已发，欲罢不能，一时间狂荡起来，尚女无法可施，只得在枕畔哀求。毕竟皇恩隆重，不为已甚，勉强停住云雨，着衣下床，出令内侍宣召庄妃（庄妃事在此处插入，销纳无痕）。

庄妃姓王，从丹徒徙居金陵，由南都官吏选入，初未得宠，寂寞深宫，未免伤怀。她却幼慧能诗，吟成宫词数律，借遣愁衷。适被世宗闻知，因才怜色，遂召入御寝，春宵一度，其乐融融，遂册为庄妃。嗣加封贵妃，主仁寿宫事。先是方后崩后（应五十九回），正宫虚位，世宗属意庄妃，陶仲文窥知上意，暗向庄妃索赂，当为援助。偏偏庄妃不与，仲文因此怀恨，遂上言帝命只可特尊，不应他人敌体。世宗本信重仲文，况连立三后，依然中绝，想是命数使然，不便强为，遂将立后事搁起不提。惟宠爱庄妃，不让中宫，此番宣召，实是令她瓜代的意思。待至庄妃召至，尚女已起身别去，世宗也不遑与庄妃谈论，便令她卸妆侍寝，续梦高唐。庄妃年逾花信，正是婪尾春风，天子多情，佳人擅宠，恰似一对好凤凰，演出两度风流事，这且不必琐述。已不免琐述了。越两宿，世宗复召幸尚女，尚女还是心惊，推了片时，无法违旨，只好再去领赐。不意此夕承欢，迥殊前夕，始尚不免惊惶，后竟觉得畅快，一宵欢爱，笔难尽描。世宗称她为尚美人，后复册封寿妃。又要大笑了。正在老夫少妻，如胶如漆的时候，忽有一内监趋入，呈上一幅罗巾，巾上有无数血痕，由世宗模模糊糊的，细览一番，方辨出一首七言的律句来。其诗道：

闷倚雕栏强笑歌，
娇姿无力怯宫罗。
欲将旧恨题红叶，
只恐新愁上翠蛾。
雨过玉阶天色净，
风吹金锁夜凉多。
从来不识君王面，
弃置其如薄命何？

世宗阅罢，不禁流下泪来，究竟此诗为谁氏所作，且看下回表明。

明有两汪直，一为宫役，一为海寇，两人以直为名，非但不足副实，且皆为罪不容死之徒。然彼此互较，吾宁取为海寇之汪直。直亡命有年，顾闻母妻之居养杭州，即有心归顺，似尚不失为孝义。后与蒋洲约降，中途遇风，仍易舟而来，其守信又可概见。宗宪为之保奏，使之清海自赎，亦一时权宜之计，明廷不察，必令诛戮降附，绝人自新之路，且使被质之夏正，为所支解，吾不禁为汪直呼冤，吾又不禁为夏正呼冤也。世宗有意修醮，乃好杀如彼，而好仙又如此，方士杂进，房术复兴，清心寡欲者，固如是乎？况年逾五十，竟逼十三龄之女子，与之侍寝，当时只图色欲，不计年龄，其后不肇武曌之祸者，犹其幸尔。或谓尚美人不见史传，或系子虚，然稗乘中固明载其事，夫庄妃且不载正传，况尚美人乎？史笔多从阙略，得此书以补入之，亦束晳补亡之遗义也。

第六十七回　海刚峰刚方绝俗　邹应龙应梦劫奸

　　却说世宗看罢血诗，不禁流泪。这血诗系宫人张氏所作，张氏才色俱优，入宫时即蒙召幸，但性格未免骄傲，平时恃着才貌，不肯阿顺世宗，当夕数次，即致失宠。秋扇轻捐，人主常态。嗣是禁匿冷宫，抑郁成疾，呕血数月，夭瘵而亡。未死前数日，便将呕出的余血，染指成诗，书就罗巾上面，系着腰间。明代后宫故例，蒙幸的宫人，得病身亡，小敛时必留身边遗物，呈献皇上，作为纪念。张氏死后，宫监照着老例，取了罗巾，赍呈世宗。世宗未免有情，哪得不触起伤感？当下便诘责宫监，何不早闻？宫监跪奏道："奴婢等未曾奉旨，何敢冒昧上渎？"这语并未说错。世宗闻言，不觉变悲为怒，斥他挺撞，喝令左右将他拿下，一面趋出西内，亲自去看张氏。但见她玉骨如柴，银眸半启，直挺挺的僵卧榻上，不由得叹息道："朕负你了。"说毕，搵着两行泪珠，叱将内侍撵出数人，与前时拿下的宫监，一同加杖。有几个负痛不起，竟致毙命，这且休表。

　　且说前锦衣卫经历沈鍊，因劾奏严嵩，谪戍保安，鍊独赴戍所（应六十二回），里中父老，闻悉得罪原因，共为扼腕，遂辟馆居鍊，竟遣子弟就学。鍊谆谆教诲，每勖生徒以忠孝大节，及严嵩父子作奸罔上等情，塞上人素来戆直，既闻鍊语，交口骂嵩，且缚草为人像，一书李林甫，一书秦桧，一书严嵩，用箭攒射，拍手称快。鍊或单骑游居庸关，登山遥望，往往戟手南指，詈嵩不已，甚至痛哭乃归。嫉恶太严，亦是取死之道。这事传达京师，嵩父子切齿痛恨。适宣府巡按路楷及总督杨顺，统系嵩党，世蕃遂嘱使除鍊。路、杨两人自然奉命惟谨。会蔚州获住妖人阎浩，连坐颇众，杨顺语路楷道："此番可以报严公子了。"路楷道："莫非将鍊名窜入么？"一吹一唱，确是同调。杨顺点头，遂诬鍊勾通妖人，意图不轨。奏牍上去。内有严嵩主持，还有什么不准。即日批复，着令就地正法。杨顺便命缚鍊，牵入市中，将他斩首，籍没家产。嵩给顺一子锦衣千户，楷擢太常卿，顺意尚未足，怏怏道："严公不加厚赏，难道心尚未惬么？"复将铼子襄、衮、褒三人，一同系狱。衮，褒不堪遭虐，先后致死。襄发戍极边。

未几，有鞑妇桃松寨，叩关请降，当由杨顺传入，桃松寨以外，尚有头目一人。桃松寨自言，系俺答子辛爱妾，受夫荼毒，因此来归。顺不及细讯，即将两人送入京师。其实两人是一对露水夫妻，恐被辛爱察出，或至丧命，所以同来降顺。辛爱遣使索妾，为顺所拒，遂集众二十万，入雁门塞，连破应州四十余堡，进掠大同，围右卫数匝。杨顺大恐，只得致书辛爱，愿送还桃松寨，乞令缓兵。一面申奏朝廷，诡言辛爱款关，愿以叛人邱富等，易还桃松寨，奏下兵部复讯。尚书许论请如顺议，乃给桃松寨出塞，使杨顺阴告辛爱。辛爱捕戮桃松寨，仍然围攻大同右卫，且分兵犯宣、蓟，顺又大惧，贿巡按路楷七千金，求为掩蔽。楷爱财如命，自然代他遮瞒。可奈天下事若要不知，除非莫为，杨、路交蔽的情形，渐被给事中吴顺来察觉，抗疏并劾。世宗方怒顺召寇，见了此奏，立命逮顺及楷下狱。兵部尚书许论亦连坐罢官，另简杨博为兵部尚书。廷议以博素知兵，欲御北寇，非博不办，乃命博出督宣、大军务。博驰檄各镇，谕诸帅克日会集，同仇御侮。辛爱闻知此信，引兵径去。博抵大同，励生忘死，筑堡浚濠，边境以固，寇不敢近。已而辛爱复号召诸部，入寇滦河，蓟辽总督王忬发兵防剿，号令数易，遂致失利，寇大掠而去。

先是杨继盛冤死，王忬令子世贞代为治丧，且作诗哀吊，暗刺严嵩，嵩因此恨忬。忬有古画一幅，为世蕃所闻，遣人丐取，得画而归。嗣因画系赝鼎，料知为忬所欺，心益不平。全是私意。至是滦河闻警，震动京师。都御史鄢懋卿密承嵩嘱，令御史王渐、方辂等，交章劾忬，说他纵寇殃民，遂由嵩拟旨逮问，锻炼成狱，竟罹大辟。嵩以鄢懋卿构死王忬，得泄隐恨，意欲把他升官，作为酬报。适盐课短绌，遂乘机保荐懋卿，极称他熟悉盬政，可为总理。世宗立即允准，特命懋卿总督全国盐运。明制分设两浙、两淮、长芦、河东盐运司，各专责成，运司以上，无人统辖。懋卿总理盐政，乃是当时特设，格外郑重。自奉命出都后，挈着家眷，巡查各区，沿途市权纳贿，势焰薰天，所有仪仗，非常烜赫，前呼后拥，原不必说，惟后面又有五彩舆一乘，用十二个大脚妇女，充作舆夫，舆中坐着一位半老徐娘，金翠盈头，罗绮遍体，俊目四顾，旁若无人，这人不必细猜，料应是总理盐政鄢懋卿的妻室。抬出乃夫的官衔，不啻出丧时的铭旌。彩舆以后，又有蓝舆数十乘，无非是粉白黛绿，鄢氏美姬。一日不可无此。每至一处，无论抚按州县，无不恭迎，供张以外，还要贿送金钱，才得懋卿欢心。

及巡至两浙，道出淳安，距城数里，并不见有人迎接，复行里许，才见有两人行前来，前面的衣服褴褛，仿佛是一个丐卒，后面同行的，虽然穿着袍服，恰也敝旧得很，几似边远的驿丞

模样。未述姓氏，先叙服色，仍是倒戟而出之法。两人走近舆旁，前后互易，由敝袍旧服的苦官儿上前参谒。懋卿正在动怒，不由得厉声道："来者何人？"那人毫不畏怯，正色答道："小官便是海瑞。"久仰大名。懋卿用鼻一哼，佯作疑问道："淳安知县，到哪里去，乃令汝来见我。"海瑞复朗声道："小官便是淳安知县。"懋卿道："你便是淳安知县么？为何不坐一舆，自失官体？"海瑞道："小官愚昧，只知治理百姓，百姓安了，便自以为幸全官体。今蒙大人训诲，殊为不解。"驳得有理。懋卿道："淳安的百姓，都亏你一人治安吗？"当头一棒。险恶之甚。海瑞道："这是朝廷恩德，抚按规为，小官奉命而行，何功足录？惟淳安是一瘠县，并且屡遭倭患，凋敝不堪，小官不忍扰民，为此减役免舆，伏求大人原谅！"懋卿无言可责，只好忍住了气，勉强与语道："我奉命来此，应借贵署权住一宵！"海瑞道："这是小官理应奉迎。但县小民贫，供帐简薄，幸大人特别宽宥哩！"懋卿默然。当由海瑞前导，引入县署。瑞自充差役，令妻女充作仆婢，茶饭酒肉以外，没有甚么供品。懋卿已怀着一肚子气，更兼那妻妾等人，都是骄侈成习，口餍膏粱，暗中各骂着混帐知县，毫没道理。懋卿反劝慰道："今日若同他使气，反似量小难容，将来总好同他算账。我闻他自号刚峰，撞在老夫手中，无论如何刚硬，管教他销灭净尽呢。"海瑞别号，乘便带出。当下在淳安挨过一宿，翌日早起，便悻悻然登程去了。

过了月余，海瑞在署中接到京信，闻被巡盐御史袁淳所劾，有诏夺职。海瑞坦然道："我早知得罪鄢氏，已把此官付诸度外，彭泽归来，流芳千古，我还要感谢鄢公呢！"言下超然。便即缴还县印，自归琼山去了。海瑞以外，尚有慈溪知县霍与瑕，亦因清鲠不屈，忤了懋卿，一同免官。懋卿巡查已毕，饬加盐课，每岁增四十余万，朝旨很是嘉奖。懋卿得了重赂，自然与严家父子一半平分。南京御史林润劾他贪冒五罪，留中不报。不加罪于林润，暗中已伏徐阶。

是时严嵩父子权倾中外，所有热中士人，无不夤缘奔走，趋附豪门，独有翰林院待诏文征明，狷介自爱，杜绝势交。世蕃屡致书相招，终不见答。征明原名文璧，后来以字为名，能文工绘，与祝允明、唐寅、徐祯卿三人，同籍吴中，号为吴中四才子。祝允明别号枝山，唐寅字伯虎，号六如居士，徐祯卿字昌毂，三人皆登科第，文采齐名。祝善书，唐善画，徐善诗，放诞风流，不慕荣利，惟征明较为通融。世宗初年，以贡生诣吏部应试，得授翰林院待诏，预修武宗实录，既而乞归，张璁、杨一清等，俱欲延致幕下，一律谢绝。四方乞求征明书画，接踵到来，征明择人而施，遇着权豪贵阀，概不从命，因此声名愈盛（叙入吴中四子，于征明独有褒辞，是谓行文不苟）。就是外国使臣，过他里门，亦低徊思慕，景仰高踪。严嵩父子，夙加器重，奸人亦爱高士，却也奇怪，至屡招不往，世蕃遂欲设法陷害。可谓险毒。可巧嵩妻欧阳氏患起病来，一时不及兼顾，只好把文征明事暂且搁起。

欧阳氏为世蕃生母，治家颇有法度。尝见严嵩贪心不足，颇以为非，每婉言进谏道："相公不记钤山堂二十年清寂么？"看官听着！这钤山堂，系严嵩少时的读书堂，嵩举进士后，未得贵显，仍然清苦异常，闭户自处，读书消遣，著有钤山堂文集，颇为士林传诵。当时布衣蔬食，并不敢有意外妄想，及蹑入仕途，性情改变，所以欧阳氏引作规诫。不没善言。嵩未尝不知自愧，可奈近朱者赤，近墨者黑，既已习成贪诈，就使床第中言，也是不易入耳。欧阳氏见嵩不从，复去训斥世蕃，世蕃似父不似母，闻着母教，亦当作耳边风一般，平时征歌选色，呼类引朋，成为常事；惟一经欧阳氏瞧着，究属有些顾忌，不敢公然纵肆。至欧阳氏病殁，世蕃当护丧归籍，嵩上言臣只一子，乞留京侍养，请令孙鹄代行。世宗准奏，于是世蕃大肆佚乐，除流连声色外，尚是干预朝事。惟名为居丧，究未便出入朝房，代父主议。嵩年已衰迈，时常记忆不灵，诸司遇事请裁，尝答道："何不与小儿商议？"或竟云："且决诸东楼。"东楼便是世蕃别字。可奈世蕃身在苦块，心在娇娃，自母氏殁后，不到数月，复添了美妾数人，麻衣缟袂中，映着绿鬓红颜，愈觉俏丽动人。欲要俏，须带三分孝。那时衔哀取乐，易悲为欢，每遇朝臣往商，辄屏诸门外；至严嵩飞札走问，他正与狎客侍姬，酣歌狂饮，还有什么闲工夫，去议国家重事；就使草草应答，也是模糊了事，毫不经心。从前御札下问，语多深奥，嵩尝瞠目不能解，惟经世蕃瞧着，往往十知八九，逐条奏对，悉当上意。又阴结内侍，纤悉驰报，报必重赏，所以内外情事，无不闻知。迎合上意，赖有此尔。此次世蕃居丧，专图肉欲，所有代拟奏对，多半隔膜，有时严嵩迫不及待，或权词裁答，往往语带模棱，甚至前言后语，两不相符，世宗渐渐不悦；嗣闻世蕃在家淫纵，更加拂意。

适值方士蓝道行以扶乩得幸，预示祸福，语多奇中，世宗信以为神。一日，又召道行扶乩，请乩仙降坛，问及长生修养的诀门。乩笔写了数语，无非是清心养性，恭默无为等语。世宗又问现在辅臣，何人最贤，乩笔又迅书道："分宜父子，奸险弄权，大蠹不去，病国妨贤。"十六字胜于千百本奏章。世宗复问道："果如上仙所言，何不降灾诛殛？"乩笔亦随书道："留待皇帝正法。"妙。世宗心内一动，便不再问。究竟蓝道行扶乩示语，是否有真仙下降，小子无从证实，请看官自思罢了。不证实处，过于证实。

隔了数日，世宗所住的万寿宫忽遇火灾，一时抢救不及，连乘舆服御等件，尽付灰烬，御驾只得移住玉熙宫。玉熙宫建筑古旧，规模狭隘，远不及万寿宫，世宗悒悒不乐，廷臣请还大内，又不见从。自杨金英谋逆后，世宗迁出大内，故不愿还宫。严嵩请徙居南内，这南内是英宗幽居的区处。世宗生性，

明史演义

多忌讳，谨小节，览了嵩奏，怎得不恼，这也是严嵩晦运将至，故尔语言颠倒，屡失主庞。时礼部尚书徐阶已升授大学士，与工部尚书雷礼请重行营建，计月可成。世宗喜甚，即行许可。阶子璠为尚宝丞，兼工部主事，奉命督造，百日竣工。世宗心下大慰，即日徙居，自是军国大事，多谘徐阶，惟斋醮符箓等类，或尚及严嵩。言官见嵩失宠，遂欲乘机下石，扳倒这历年专政的大奸臣，御史邹应龙尤具热诚。一夕，正拟具疏，暗念前时劾嵩得罪，已不乏人，此次将如何下笔？万一弹劾无效，转蹈危机，如何是好？想到此处，不觉心灰意懒，连身子也疲倦起来。忽有役夫入请道："马已备好，请大人出猎去。"应龙身不由主，竟离座出门，果然有一骏马，鞍鞯具备，当即纵身腾上，由役夫授与弓箭，纵辔奔驰，行了里许，多系生路，正在惊疑交集，蓦见前面有一大山，挡住去路，山上并无禽兔，只有巨石岩岩，似将搏人，他竟左手拔箭，右手拈弓，要射那块怪石，一连三箭，都未射着，免不得着急起来。忽闻东方有鸟鹊声，回头一望，见有丛林密荫，笼住小丘，仿佛一座楼台，参差掩映，写得逼真，他恰不管甚么，又复拈弓搭箭，飕的射去，但听得豁喇一声，楼已崩倒。为这一响，不由得心中一跳，拭目再瞧，并没有甚么山林，甚么夫马，恰只有残灯闪闪，留置案上，自身仍坐在书室中，至此才觉是南柯一梦。迷离写来，令人不可端倪，直到此笔点醒方见上文用笔之妙。是时谯楼更鼓，已闻三下，追忆梦境，如在目前，但不识主何吉凶，沉思一会，猛然醒悟道："欲射大山，不如先射东楼，东楼若倒，大山也不免摇动了。"解释真确，并非牵强。遂重复磨墨挥毫，缮成奏稿，即于次日拜发。小子曾记有古诗二语，可为严嵩父子作证。其诗道：

时来风送滕王阁，
运退雷轰荐福碑。

欲知疏中如何劾奏，且待下回补录。

海瑞以刚直名，固明史中之所谓佼佼者，坊间小说及梨园戏剧间，每演严嵩，必及海瑞，或且以严嵩之得除，由海瑞一人之力，是皆属后世之附会，不足采及。严氏专政，海瑞第宰淳安，即欲劾嵩，亦无从上奏（后人且于严嵩时间，窜入吕调阳、张居正等，与嵩为难，尤属盲说）。惟鄢懋卿南下，道出淳安，瑞供帐简薄，抗言贪邑，不能容轩车，致为懋卿所嗛，嗾令巡盐御史袁淳，弹劾落职，是固备载史传，非子虚乌有之谈也。此外如蓝道行扶乩，邹应龙梦猎，俱见正史，亦非捏造，惟一经妙笔演述，则触处成春，靡不豁目。中纳文征明一段，旁及吴中四才子，尤足为文献之征。史家耶？小说家耶？合而为一，亦足云豪矣。

第六十七回 海刚峰刚方绝俗 邹应龙应梦劾奸

第六十八回　权门势倒祸及儿曹　王府银归途逢暴客

却说御史邹应龙，因得了梦兆，专劾东楼，拜本上去，当由世宗展览，疏中略说：

世蕃凭借权势，专利无厌，私擅爵赏，广致馈遗，每一开选，则视官之高下，而低昂其值；及遇升迁，则视缺之美恶，而上下其价；以致选法大坏，市道公行，群丑竞趋，索价转巨。如刑部主事项治元，以一万二千金而转吏部；举人潘鸿业，以二千二百金而得知州。至于交通贿赂，为之通关节者，不下十余人，而伊子锦衣卫严鹄，中书严鸿，家奴严年，中书罗龙文为甚，即数人之中，严年尤为狡黠，世蕃委以腹心，诸鬻官爵自世蕃所者，年率十取其一。不才士夫，竟为媚奉，呼曰萼山先生，不敢名也。遇嵩生日，年辄献万金为寿。嵩父子原籍江西袁州，乃广置良田美宅于南京、扬州等处，无虑数十所，而以恶仆严冬主之，押勒侵夺，怙势肆害，所在民怨入骨。尤有甚者，往岁世蕃遭母丧，陛下以嵩年老，特留侍养，令其子鹄，代为扶榇南旋，世蕃名虽居忧，实系纵欲。狎客曲宴拥侍，姬妾屡舞高歌，日以继夕。至鹄本豚鼠无知，习闻赃秽，视祖母丧，有同奇货，骚扰道路，百计需索。其往返所经，诸司悉望风承色，郡邑为空。今天下水旱频仍，南北多警，民穷财尽，莫可措手者，正由世蕃父子，贪婪无度，掊克日棘，政以贿成，官以赂授，凡四方小吏，莫不竭民脂膏，偿己买官之费，如此则民安得不贫？国安得不竭？天人灾警，安得不迭至？臣请斩世蕃首，以示为臣不忠不孝者戒！其父嵩受国厚恩，不思报而溺爱恶子，弄权黩货，亦宜亟令休退，以清政本！如臣言不实，乞斩臣首以谢嵩、世蕃，幸乞陛下明鉴！

世宗览罢，即召入大学士徐阶，与他商议。阶密请道："严氏父子，罪恶昭彰，应由陛下迅断，毋滋他患。"世宗点首，阶即趋出，径造严府。此时严嵩父子已闻应龙上疏，恐有不测，见阶到来，慌忙出迎，寒暄甫毕，即问及应龙劾奏事。阶从容答道："今日小弟入值西内，适应龙奏至，上头阅罢，不知

明史演义

何故大怒，立召小弟问话。弟即上言严相秉政多年，并无过失，严公子平日行为，应亦不如原奏的利害，务乞圣上勿可偏听，小弟说到此语，但见天威已经渐霁，谅可无他虞了。"这是徐阶弄巧处。嵩忙下拜道："多年老友，全仗挽回，老朽应当拜谢。"对付夏言故态，又复出现。世蕃亦随父叩头，惊得徐阶答礼不迭，连称不敢，一面还拜，一面扶起严嵩父子。世蕃且召出妻孥，全体叩首，阶又谦让不遑，并用好言劝慰，方才别去。

严嵩父子送阶出门，还家未几，即有锦衣卫到来，宣读诏书，勒令严嵩致仕，并逮世蕃下狱。嵩跪在地下，几不能起，但见世蕃已免冠褫衣，被锦衣卫牵扯而去。嵩方徐徐起来，泪如雨下，呜呜咽咽地说道："罢了！罢了！徐老头儿明知此事，还来探试，真正可恶！"你也被人播弄么？转又自念："现在邀宠的大臣，莫如徐阶，除他一人，无可营救。"正在满腹踌躇，鄢懋卿、万寀等都来探望。万寀为大理寺卿，懋卿时已入任刑部侍郎，两人都是严府走狗。见了严嵩，嵩方与交谈，不防锦衣卫又到，立索世蕃子严鹄、严鸿及家奴严年，吓得严嵩说不出话，鄢、万两人也是没法，只好将三人交出，由锦衣卫带去。忽又由家人通报，中书罗龙文也已被逮了。真要急杀。

这时候的严府内外，统是凄惶万状，窘迫十分，大众围住鄢懋卿、万寀，求他设法。懋卿搔头挖耳的，想了一会，方道："有了！有了！"与"罢了罢了"四字，相映成趣。大家闻了此语，忙问何法？懋卿道："你等休要慌张，自有处置！"说罢，便与严嵩附耳数语。嵩答道："这也是无法中的一法，但恐徐老头儿作梗，仍然不行。"万寀道，"何妨着人往探，究竟徐老头儿是何主见？"嵩乃遣心腹往探徐阶，未几还报，传述徐阶言语，谓我非严氏，无从得高官厚禄，决不负心等语。懋卿道："这老头儿诡计多端，他的言语，岂可深信，我等且照计去办再说。"随即匆匆别去。不一日，有诏将蓝道行下狱，原来道行扶乩，已被懋卿等察知，此次欲救世蕃，遂贿通内侍，倾陷道行，只说应龙上疏，由道行主唆所致。世宗果然中计，竟将道行拘系起来。懋卿等复密遣干役，嘱令道行委罪徐阶，便可脱罪。道行道："除贪官是皇上本意，纠贪罪是御史本职，何预徐阁老事？"偏不受绐，鄢懋卿等奈何？严嵩父子奈何？这数语报知懋卿，弄得画饼充饥，仍然没法，不得已减等拟罪，只坐世蕃得赃八百两，余无实据，于是世蕃得谪戍雷州卫，其子鹄、鸿及私党罗龙文，俱戍边疆，严年永禁，擢邹应龙为通政司参议，侍郎魏谦吉等，皆坐奸党，贬谪有差。

未几，御史郑洛劾奏鄢懋卿、万寀，朋比为奸，鄢、万皆免官。又未几，给事中赵灼、沈淳、陈瓒等，先后劾工部侍郎刘伯跃、刑部侍郎何迁、右通政胡汝霖、光禄寺少卿白启常、副使袁应枢、湖广巡抚都御史张雨、谕德唐汝楫、国子祭酒王材，俱系严家亲故，陆续罢去。舆论大快。

　　已而朝旨复下,加恩有严鸿为民,令侍嵩归里。徐阶见诏,以世宗竟复向嵩,不无后患,急欲入内启奏。世宗望见徐阶,便召他上前,与语道:"朕日理万机,不胜劳敝,现在庄敬太子载壡,虽已去世,幸载垕、载圳俱已年长,朕拟就此禅位,退居西内,专祈长生,卿意以为何如?"阶叩头极谏,力持不可,世宗道:"卿等即不欲违大义,但必天下皆仰奉朕命,阐玄修仙,然后朕可在位呢。"阶尚欲申奏,世宗又道:"严嵩辅政,约二十多年,他事功过不必论,惟赞助玄修,始终不改,这是他的第一诚心。今嵩已归休,伊子已伏罪,敢有再来多言,似邹应龙一般人物,朕决不宽贷,定当处斩!"欲禁止徐阶之口,故尔先言。阶不禁失色,唯唯而退。及归至私第,默念:"严嵩已去,一时未必起复,这且还是小事,惟裕王载垕、景王载圳,并出邸中,居处衣服无殊,载圳意图夺嫡,莫非运动内禅,致有今日之谕,此事不可不预防呢。"看官总还记着!小子于五十九回中曾叙过世宗八子,夭逝五人,只载壡立为皇太子,载垕封裕王,载圳封景王,载壡年逾弱冠,又遭病殁,当时廷臣曾请续立裕王,世宗以两次立储,皆不永年,因拟延迟时日,再行册立。景王本册封安陆,只是留京不遣,徐阶乃潜结内侍,嘱他乘间奏请,说是景邸在京,人言藉藉,应早事安排云云。此策一行,才有旨令景王就国。景王就封四年,尝侵占土地湖陂,约数万顷,既而病逝,世宗语徐阶道:"此儿素谋夺嫡,今已死了。"言下似觉惬意,并无悲感。阶亦不过敷衍两语,暗中恰不免失笑,这是后话不表(复应第五十九回事,看似闲文,实是要笔)。

　　且说严嵩就道后,尚密赂内侍,令讦发道行奸状。道行竟长系不放,瘐死狱中。乩仙何不助他一臂。及嵩到南昌,正值万寿期近,即与地方官商议,在南昌城内铁柱观中,延道士蓝田玉等为帝建醮,祈求遐福。田玉自言能书符召鹤,嵩即令他如法施行,田玉登坛诵咒,捏诀书符,在炉中焚化起来,纸灰直冲霄汉,不到片刻,居然有白鹤飞来,绕坛三匝,望空而去。嵩遂与田玉交好,令授召鹤的秘法,一面制成祈鹤文,托巡抚代奏。时陶仲文已死,又死了一个神仙,朝命御史姜儆、王大任等巡行天下,访求方士以及秘书符箓等件。姜、王二人到了江西,与嵩会晤,嵩便将蓝田玉所授符箓,浼他入献。旋得朝旨,温词褒奖,并赐金帛;随即上表谢恩,并乘机干请,略言:"臣年八十有四,惟一子世蕃及孙鹄,赴戍千里,臣一旦填沟壑,无人可托后事。惟陛下格外矜怜,特赐臣儿放归,养臣余年"等语。谁料世宗竟艴然道:"嵩有孙鸿侍养,已是特别加恩,还想意外侥幸么?"这语也出严嵩意外。

　　嵩闻世宗谕旨,甚是怏怏,忽见世蕃父子自外进来,不觉又惊又喜,便问道:"你如何得放回家!"世蕃道:"儿不愿去雷州卫,所以暗地逃回。"嵩复道:"回来甚好,但或被朝廷闻知,岂

第六十八回　权门势倒祸及儿曹　王府银归途逢暴客

非罪上加罪么？"世蕃道："不妨事的。皇上深居西内，何从知悉？若虑这徐老儿，哼！哼！恐怕他这头颅，也要不保哩。"嵩惊问何谓，世蕃道："罗龙文亦未到戍所，现逃入徽州歙县，招集刺客，当取徐老头儿及应龙首级，泄我余恨。"嵩跌足道："儿误了。今幸圣恩宽大，俾我善归，似你赃款累累，不予重刑，但命谪戍，我父子仍然平安；尚未吃一点苦楚，他日君心一转，可望恩赦，再享荣华。如你所说，与叛逆何异？况且朝廷今日，正眷重厚升（徐阶别字），升迁应龙，倘闻你有阴谋，不特你我性命难保，恐严氏一族，也要尽灭了。"为世蕃计，尚是金玉之言。世蕃不以为然，尚欲答辩，忽闻人声鼎沸，从门外喧嚷进来。嵩大惊失色，正要命家人问故，但见门上已有人进报，说是伊王府内，差来三十名校尉，二十余名乐工，硬索还款数万金，立刻就要付他。嵩叹道："有这等事么？他也未免逼人了。"当下责备门役道："你所司何事，乃容他这般噪闹？"门役回答道："他已来过数次，声势汹汹，无理可喻。"嵩闻言，气得面色转青，拈须不语。

看官！道这伊王是何人？原来是太祖二十五子厉王㰘的六世孙，名叫典楧，贪戾无状，性尤好色，尝夺取民舍，广建邸第，重台复榭，不啻宫阙；又令校尉乐工等人，招选民间女子，共得七百余人，内有九十名中选，留侍王宫，其余落选的女子，勒令民家纳金取赎，校尉乐工等，乐得从中取利，任情索价，并择姿容较美的，迫她荐枕。上下淫乱，日夕取乐，就是民间备价赎还，也是残花败柳，无复完璧。巡抚都御史张永明等上言罪状，有旨令毁坏宫室，归还民女，并执群小付有司。典楧抗不奉诏，永明等又复奏闻，经法司议再加罪，照徽王载埨故例，废为庶人，禁锢高墙（载埨事见六十六回）。典楧方才恐惧，即遣人赍金数万，求严嵩代为转圜。严嵩生平所爱的是金银，便老实收受，一口答应；哪知自己也失了权势，悯悯归来。典楧闻这消息，因令原差索还（不要加息，我说伊王还是厚道）。接连数次，都被门上挡住，他乃特遣多人，登门硬索。严嵩不愿归还，又不好不还，沉吟了好一歇，怎禁得外面越噪越闹，不得已将原金取出，付还来使。乐工校尉等携金自去，到了湖口，忽遇着绿林豪客，蜂拥而来，大都明火执仗，来夺金银，乐工等本是没用，彼此逃命要紧，管着甚么金银，校尉三十名还算有点气力，拔刀相向，与众盗交斗起来，刀来刀往，各显神通，究竟寡不敌众，弱不敌强，霎时间血染猩红，所有三十名校尉，只剩得八九人，看看势力不及，也只好弃了金银，落荒逃去。众盗撺金归还，顺路送到严府。看官阅此！这班绿林豪客，难道是严府爪牙么？据小子所闻，乃是世蕃暗遣家役及带来亡命徒多人，扮作强盗模样，劫回原金。严氏父子喜出望外，自不消说。世蕃狡险，一至于此。典楧已经得罪，还向何处申诉，眼见得这项劫案，没人过问了。

364

世蕃见无人举发,胆子越大,益发妄行,招集工匠数千人,大治私第,建园筑亭,豪奴悍仆,仍挟相府余威,凌轹官民。适有袁州推官郭谏臣奉公出差,道过嵩里。但见赫赫华门,百工齐集,搬砖运木,忙碌非常,内有三五名干仆,狐裘貂袖,在场监工,仍然是颐指气使,一呼百诺的气象。谏臣私问随役道:"这不是严相故第么?"随役答一"是"字,谏臣乘便过去,将入工厂,观察形景,不防厂中已有人喝道:"监工重地,闲人不得擅入,快与我退下去!"谏臣的随役抢上一步,与语道:"家主是本州推官。"言未已,那人复张目道:"什么推官不推官,总教推出去罢了。"推官的名义,想是这般。谏臣听了,也不禁启问道:"敢问高姓大名?"那人复道:"谁不晓得是严相府中的严六?"谏臣冷笑道:"失敬失敬!"严六尚谩辱不绝,随役正要与他理论,被谏臣喝止,悄然走出。厂内也有稍稍知事的,语严六道:"地方有司,应该尊敬一点,不要如此待慢。"严六道:"京堂科道等官,伺候我家主人,出入门下,我要叱他数声,哪个敢与我抗?偌大推官,怕他什么?"谏臣踉跄趋走,工役等一齐嘲笑,随手拾起瓦砾,接连掷去,作为送行的礼物。放肆已极。那时谏臣忍无可忍,不能不发泄出来,小子有诗咏道:

意气凌人太不该,
况遭州吏一麾来。
豪门转瞬成墟落,
才识豪奴是祸媒。

毕竟谏臣如何泄愤,容俟下回表明。

徐阶之使诈,不亚于严嵩,然后人多毁嵩而誉阶,以阶之诈计,为嵩而设。明无阶,谁与黜嵩?然后知因地而施,诈亦成名。古圣贤之所以重权道者,正为此也。但严氏之被谴,何一不由自取?于阶固无尤焉。嵩以青词得幸,骤跻显位,柄政至二十余年,无功于国,专事殃民,而其子世蕃,贪黠尤过乃父,放利而行,怨愈丛,祸愈速,安得不倾?安得不亡?况逃戍所,豢恶客,劫还贿银,嵩之所不敢为者,而世蕃独为之。死已临头,犹且大肆,此而不遭覆殁,天下尚有是非乎?至于豪奴走狗,凌辱推官,恃势行凶,更不足道,然亦未始非严嵩父子之所酿成。有悍主乃有悍仆,敢告当世,毋挟强以取祸焉。

第六十九回　破奸谋严世蕃伏法　剿宿寇戚继光冲锋

却说袁州推官郭谏臣，因受严六的凌辱，无从泄愤，遂具书揭严氏罪恶，呈上南京御史林润。巧值林润巡视江防，会晤谏臣，又由谏臣面诉始末，把罗龙文阴养刺客事，亦一一陈明。林润遂上疏驰奏道：

臣巡视上江，备访江洋群盗，悉窜入逃军罗龙文、严世蕃家。龙文卜筑深山，乘轩衣蟒，有负险不臣之志，推严世蕃为主。世蕃自罪谪之后，愈肆凶顽，日夜与龙文诽谤朝政，动摇人心，近者假治第为名，聚众至四千人道路汹汹，咸谓变且不测，乞早正刑章，以绝祸本！

疏入后，世宗大加震怒，立命林润捕世蕃等，入京问罪。林润得旨，一面檄徽州府推官栗祁，缉拿罗龙文，一面亲赴九江，与郭谏臣接洽。谏臣先白监司，将严府工匠四千人，勒令遣散，然后围住世蕃府第。罗龙文在徽州，闻有缉捕消息，急忙逃至严府，不防严府已围得水泄不通，此时自投罗网，还有甚么侥幸？一声呼喝，已被拿住，严世蕃本无兵甲，所有工匠已被遣散，只好束手受缚。林润乃谕袁州府，详访严氏罪状，汇集成案，复上疏劾严嵩父子道：

世蕃罪恶，积非一日，任彭孔为主谋，罗龙文为羽翼，恶子严鹄、严鸿为爪牙，占会城廒仓，吞宗藩府第，夺平民房舍，又改釐祝之宫以为家祠，凿穿城之池以象西海，直栏横槛，峻宇雕墙，巍然朝堂之规模也。袁城之中，列为五府，南府居鹄，西府居鸿，东府居绍庆，中府居绍庠，而嵩与世蕃，则居相府，招四方之亡命，为护卫之壮丁，森然分封之仪度也。总天下之货宝，尽入其家，世蕃已逾天府，诸子各冠东南，虽豪仆严年，谋客彭孔，家资亦称亿万，民穷盗起，职此之由，而曰朝廷无如我富。粉黛之女，列屋骈居，衣皆龙凤之文，饰尽珠玉之宝，张象床，围金幄，朝歌夜弦，宣淫无度，而曰朝廷无如我乐。甚者畜养厮徒，招纳叛卒，旦则伐鼓而聚，暮则鸣金而解，明称官舍，出没江广，劫掠士民，其家人严寿二、严银一等，阴养刺客，昏夜杀人，夺人子女，劫人金钱，半岁之间，事发者二十有七。而且包藏祸心，阴结典模，在朝则为宁贤，居乡则为宸濠，以一人之身，而总群奸之恶，虽赤其族，犹有余辜。严嵩不顾子未赴伍，朦胧请移近卫，既奉明旨，居然藏匿，以国法为不足遵，以公议为不足恤，世蕃稔恶，有司受词数千，尽送父嵩。嵩阅其词而处分之，尚可诿于不知乎？既知之，又纵之，又曲庇之，此臣谓嵩不能无罪也。现已将世蕃、龙文等，拿解京师，伏乞皇上尽情惩治，以为将来之周上行私，藐法谋逆者戒！

这疏继上，世宗自然动怒，立命法司严讯，世蕃在狱，神色自若，反抵掌笑道："任他燎原火，自有倒海水。"龙文已经下狱，难道能请龙王？严氏旧党，在京尚多，统为世蕃怀忧，暗中贿通狱卒，入内探望。世蕃道："招摇纳贿，我亦不必自讳，好在当今皇帝，并未办过多少贪官，此层尽可无虑。若说聚众为逆，尚无实在证据，可讽言官削去。我想杨、沈两案，是廷臣常谈，据为我家罪案，今烦诸位当众宣扬，只说这两案最关重大，邹、林两人并未加入奏疏，哪里能扳倒严氏？他们听以为真，再去上疏，那时我便可出狱了。"奇谈。大众道："杨、沈两案，再或加入，情罪愈重，奈何谓可出狱？"我亦要问。世蕃道："杨继盛、沈炼下狱，虽由我父拟旨，终究是皇上主裁，若重行提及，必然触怒皇上，加罪他们，我不是可脱罪么？"世宗脏腑，已被他窥透，故在京时所拟奏对，无不中彀，几玩世宗于股掌之上，此次若非徐阶，亦必中彼计，奸人之巧伺上意也如此。

大众领计而去，故意的游说当道，扬言都中，刑部尚书黄光升、左都御史张永明、大理寺卿张守直等，果然堕入狡谋，拟将杨、沈两案归罪严氏，再行劾奏。属稿已定，走谒大学士徐阶谈及续劾严氏的事情。徐阶道："诸君如何属稿，可否令我一闻？"光升道："正要就正阁老呢。"说罢，即从怀中取出稿纸，交与徐阶。阶从头至尾，瞧了一遍，淡淡的说道："法家断案，谅无错误，今日已不及拜疏，诸君请入内厅茗谈罢。"于是阶为前导，光升等后随，同入内厅，左右分坐。献茗毕，阶屏退家人，笑向光升等问道："诸君意中，将欲活严公子么？"奇问，恰针对世蕃奇谈。光升等齐声答道："小严一死，尚不足蔽罪，奈何令他再活？"阶点首道："照此说来，是非致死小严不可，奈何牵入杨、沈两案？"老徐出头，小严奈何。张永明道："用杨、沈事，正要他抵死。"阶又笑道："诸君弄错了，杨、沈冤死，原是人人痛愤，但杨死由特旨，沈死由泛旨，今上英明，岂肯自承不是吗？如果照此申奏，一入御览，必疑法司借了严氏，归罪皇上，上必震怒，言事诸人，恐皆不免，严公子反得逍遥法外，骑款段驴出都门去了。"仿佛孙庞斗智。光升闻到此言，才恍然大悟，齐声道："阁老高见，足令晚辈钦服，但奏稿将如何裁定，还乞明教。"阶答道："现在奸党在京，耳目众多，稍一迟延，必然泄漏机谋，即致败事，

明史演义

367

今日急宜改定，只须把林御史原疏中，所说聚众为非的事件，尽情抉发，参入旁证，便足推倒严氏了。但须请大司寇执笔。"光升谦不敢当，永明等复争推徐阶，阶至此，方从袖中取出一纸，示众人道："老朽已拟定一稿，请诸公过目，未知可合用否？"预备久了。众人览稿，见徐阶所拟，与林润原奏，大略相似，内中增入各条，一系罗龙文与汪直交通，贿世蕃求官；二系世蕃用术者言，以南昌仓地有王气，取以治第，规模不亚王阙；三系勾结宗人典楧，阴伺非常，多聚亡命，北通胡虏，南结倭寇，互约响应等语。光升道："好极！好极！小严的头颅，管教从此分离了。"徐阶即召缮折的记室，令入密室，阖门速写。好在光升等随带印章，待已写毕，瞧了一周，即用印加封，由光升亲往递呈，大众别去徐阶，专待好音。

是时世蕃在狱，闻光升、永明等已将杨、沈两案加入，自喜奸计得行，语龙文道："众官欲把你我偿杨、沈命，奈何？"龙文不应。世蕃握龙文手，附耳语道："我等且畅饮，不出十日，定可出狱。皇上因此还念我父，再降恩命，也未可知。惟悔从前不先取徐阶首，致有今日，这也由我父养恶至此，不消说了。功则归己，过则归父。今已早晚可归，用前计未迟，看那徐老头儿及邹、林诸贼等，得逃我手吗？除非后世。龙文再欲细问，世蕃笑道："取酒过来，我与你先痛饮一番，到了出狱，自然深信我言，毋劳多说。"原来两人在狱，与家居也差不多。没有如夫人相陪，究竟不及家里。他手中有了黄金，哪一个不来趋奉，所以狱中役卒，与家内奴仆一般。两人呼酒索肉，无不立应，彼此吃得烂醉，鼾睡一宵。

到了次日午后，忽有狱卒走报，朝旨复下，着都察院大理寺锦衣卫鞫讯，已来提及两公了。世蕃诧异道："莫非另有变卦吗？"言未已，当有锦衣卫趋入，将两人反绑而去。不一时，已到长安门，但见徐老头儿正朝服出来，三法司等一同恭迓，相偕入厅事中，据案列坐。两人奉召入厅，跪在下面，徐阶也未尝絮问，只从袖中取出原疏，掷令世蕃自阅。世蕃瞧罢，吓得面色如土，只好连声呼冤。徐阶笑道："严公子！你也不必狡赖了，朝廷已探得确凿，方命我等质问，以昭信实。"世蕃着急道："徐公！徐公！你定要埋死我父子吗？"何不立取彼首。徐阶道："自作孽，不可活，怨我何为？"言毕，便语三法司道："我等且退堂罢！"法司应命，仍令世蕃等还系。徐阶匆匆趋出，还至私第亲自缮疏，极言事已勘实，如交通倭寇，潜谋叛逆，具有显证，请速正典刑，借泄公愤！这疏上去，好似世蕃的催命符，不到一日，即有旨令将世蕃、龙文处斩。世蕃还系时，已与龙文道："此番休了。"奸党齐来探望，世蕃只俯首沉吟，不发一言。还有何想？既而下诏处斩，两人急得没法，只得抱头痛哭。其时世蕃家人多到狱中，请世蕃寄书回家，与父诀别。当下取过纸笔，磨墨展毫，送至世蕃面前。世蕃执笔在手，泪珠儿簌簌流下，一张白纸，半张湿透，手亦发颤起来，不能书字。也有今日。转瞬间监斩官至，押出两人，如法捆绑，斩决市曹。难为了数十个如夫人。朝旨又削严嵩为民，令江西抚按籍没家产。抚按等不敢怠慢，立至严府查抄，共得黄金三万余两，白金三百余万两，珍异充斥，几逾天府。更鞫彭孔及严氏家人，得蔽匿奸盗，占夺民田子女等状，计二十七人，一律发配，将严嵩驱出门外，家屋发封。嵩寄食墓舍后，二年饿死。相士之言，不为无验。二十余年的大奸相，终弄到这般结局，可见古今无不败的权奸，乐得清白乃心，何苦贪心不足哩。大声呼喝，不啻暮鼓晨钟。

嗣是徐阶当国，疏请增置阁臣，乃以吏部尚书严讷、礼部尚书李春芳，并兼武英殿大学士，参预机务，一面再惩严党，将鄢懋卿、万寀、袁应枢等，充戍边疆，了结奸案。总督东南军务胡宗宪，因素党严嵩，心不自安，又见倭患未靖，恐遭谴责，乃于一岁中两获白鹿，赍献京师，并令幕下才士徐文长，附上表章，极称帝德格天，祥呈仙鹿等因。世宗览表，见他文辞骈丽，雅颂同音，不由得极口赞赏，当晋授宗宪为兵部尚书，兼节制巡抚，如三边故事。且告谢元极宝殿及太庙，大受朝贺。已而宗宪复献白龟二枚，五色芝五茎，草表的大手笔，又仗着徐文长先生。名副其实。世宗越加喜欢，赐名龟曰玉龟，芝曰仙芝，告谢如前。赍宗宪有加礼。小子叙到此处，不得不将徐文长履历，略行叙述（越中妇孺，多道文长轶事，故不得不提出略叙）。文长名渭，浙江山阴人氏，少具隽才，且通兵法，惟素性落拓不羁，所作文词，多半不中绳墨，因此屡试不合，仅得一衿。至宗宪出督浙东，喜揽文士，如归安人茅坤、鄞人沈明臣等，均招致幕府。文长亦以才名见知，受聘入幕，除代主文牍外，且屡为宗宪主谋。凡擒徐海，诱汪直，统由文长筹画出来，所以宗宪很是优待。后来宗宪被逮，文长脱归，佯狂越中，卒致病死。至今越中妇孺，谈及"徐文长"三字，多能传述轶闻，说他如何忮刻，其实都是佯狂时候的故事，文长特借此取乐，聊解牢骚呢。力为文长解免。

话休叙烦，且说胡宗宪位置愈高，责任愈重，他平时颇有胆略，与倭寇大小数十战，屡得胜仗，每临战阵，亦必亲冒矢石，戎服督师，不少畏缩。嘉靖三十八年，江北庙湾及江南三川沙，连破倭寇，江、浙倭患稍息，流劫闽、广。宗宪既节制东南，所有闽、广军务，亦应归他调遣，凡总兵勋戚大臣，走谒白事，均从偏门入见，庭参跪拜。宗宪直受不辞，稍稍违忤，即被斥责。以此身为怨府，积毁渐多。且自严氏衰落，廷臣多钩考严党，宗宪虽然有功，总难逃"严党"二字。到了嘉靖四十一年，已经谤书满箧，刺语盈廷。世宗本是个好猜的主子，今日加褒，明日加谴，几成常事，至给事中陆宗仪等劾他为严氏余党，始终自恣等罪，遂下旨夺宗宪职，放归田里。越年复有廷臣续弹，有诏逮问，宗宪被逮至京，自恐首

第六十九回

破奸谋严世蕃伏法　剿宿寇戚继光冲锋

领不保，服毒身亡。颇为宗宪下曲笔，然谓其难逃严党，已成定评。宗宪一死，倭益猖獗，竟陷入福建兴化府，焚掠一空。自倭寇蹂躏东南，州县卫所，屡被残破，从未扰及府城。兴化为南闽名郡，夙称殷富，既被陷入，远近震动，幸有一位应运而生的名将，为国宣劳，得破宿寇。终以此平定东南，这位名将是谁，就是定远人戚继光。个儿郎齐声喝采。

继光字元敬，世袭登州卫都指挥佥事，初隶胡宗宪部下，任职参将，能自创新法，出奇制胜。闽患日急，巡抚游得震飞章入告，且请调浙江义乌兵往援，统以继光。世宗准奏，并起复丁忧参政谭纶及都督刘显、总兵俞大猷，合援兴化。刘显自广东赴援，部兵不满七百人，惮寇众不敢进，但在府城三十里外，隔江驻兵。俞大猷前被宗宪所劾，遣戍大同，至是复官南下，兵非素统，仓猝不便攻城，亦暂作壁上观，专待继光来会。倭寇据兴化城三月，奸淫掳掠，无所不至，既饱私欲，乃移据平海卫，都指挥欧阳深战死。事闻于朝，罢巡抚游得震，代以谭纶，令速复平海卫所。适戚继光引义乌兵至，乃令继光将中军，刘显率左，大猷率右，进攻平海。倭寇忙来迎战，第一路遇着戚继光，正拟摇旗呐喊，冲将过去，不防戚家军中，鼓角骤鸣，各军都执筒喷射，放出无数石灰，白茫茫似起烟雾，迷住眼目，连东西南北的方向一时都辨不清楚。倭兵正在擦目，戚家军已经杀到，手中所执的兵器，并非刀枪剑戟，乃是一二丈长的筤筅，随手扫荡，打得倭兵头破血流，东歪西倒。这筤筅究是何物？据戚继光所著练兵实记上载着，系将长大的毛竹，用快刀截去嫩梢细叶，四面削尖枝节，锋快如刀，与狼牙棒、铁蒺藜相似，一名叫作狼筅，系继光自行创制的兵器。倭兵从未见过这般器械，惊得手足无措，急忙四散奔逃。哪知逃到左边，与刘显相遇，一阵乱砍，杀死无数。逃到右边，与俞大猷相值，一阵乱搠，又杀得一个不留。还有返奔的倭人，经继光驱军杀上，头颅乱滚，颈血飞喷，顿时克复平海卫，把余倭尽行杀死，转攻兴化，已剩得一座空城，所有留守的倭兵，统皆遁去。这番厮杀，共斩虏首二千数百级，被掠的丁壮妇女，救还三千人。小子有诗赞戚继光道：

偏师制胜仗兵韬，
小丑幺麽宁许逃。
若使名豪能代出，
亚东何自起风涛？

欲知以后倭寇情形，且从下回再表。

严世蕃贪婪狡诈，几达极点，而偏遇一徐阶，层层窥破，着着防备，竟致世蕃授首，如庞涓之遇孙膑，周瑜之遇诸葛孔明，虽有谲谋，无从逃避，看似世蕃之不幸，实则贪诈小人，必有此日。不然，人何乐为正直而不为贪诈乎？严氏党与，多非善类，惟胡宗宪智勇深沉，力捍寇患，不可谓非专阃材，乃以趋附严、赵，终至身败名裂。一失足成千古恨，有识者应为宗宪慨矣。书中褒贬甚公，抑扬悉当，而叙及戚继光一段，虽与俞大猷、刘显等，并类叙明，笔中亦自有高下，非仅仅依事直书已也。

第七十回　误服丹铅病归冥箓
　　　　　脱身羁绁帐断鼎湖

却说戚继光等克复兴化，福州以南，一律平靖，惟沿海等处，尚有余倭万余人，往来游弋，扰害商旅，未几又进攻仙游。继光闻警，即引兵驰剿，与倭人相遇城下，一声号令，如风驰潮涌一般，突入敌阵。那倭酋见戚军旗帜，已是心惊胆落，略战数合，急奔向同安而去。继光挥兵追击，至王仓坪地面，杀敌数百。余寇奔漳浦。继光督各哨兵，直捣倭酋巢穴，擒斩殆尽；还有杀不尽的余党，都逃向广东潮州方面，又被俞大猷迎头截击，几无噍类。统计倭寇起了二十多年，攻破城邑，杀伤官吏军民，不可胜纪，转漕增饷，天下骚然，至是受了大创，才不敢入寇海疆，东南方得安枕了（归结倭患）。

当下以海氛肃清，封章入告。世宗以为四方无事，太平可致，越发注意玄修。方士王金、陶仿、刘文彬、申世文、高守中等，陆续应募；先后到京，作伪售奸等事，不一而足。一夕，世宗方在御幄中，闭目趺足，演习打坐的工夫，忽闻席上有一物下坠，开目寻视，见近膝处有大蟠桃两枚，连枝带叶，色甚鲜美，随手取食，味甘如醴。次日临朝，与廷臣言及，都说皇上诚敬通神，所以仙桃下降，世宗愈加虔信，即命方士等建醮五日夜。醮坛未撤，又降仙桃。万寿宫内所畜白兔寿鹿，各生三子，群臣又复表贺。世宗下诏褒答，有三锡奇祥等语。上欺下蒙，成何政体。并授各方士为翰林侍讲等官。得毋与清季牙科进士，工科举人，同类共笑乎？陶仲文子世恩，希邀恩宠，伪造五色灵龟灵芝，呈入西内，称为瑞征。又与王金、陶仿、刘文彬、申世文、高守中等，杜撰仙方，采炼药品进御。其实此类药品，统非神农本草所载，燥烈秽恶，难以入口。世宗求仙心切，放开喉咙，服食下去。不料自服仙药后，中心烦渴，反致夜不成寐。问诸众方士，统说是服食仙药，该有此状，乃擢世恩为太常寺卿，王金为太医院御医，陶仿为太医院使，刘文彬等为太常寺博士。滥假名器，无逾此日。

时有陶仲文徒党胡大顺，得罪被

斥，复希进用，竟伪造万寿全书一册，诡说由吕祖乩授，内有秘方，系用黑铅炼白，服饵后可以长生，名叫先天玉粉丸，当遣党徒何廷玉，赍送京师。可巧江西道士蓝田玉，由姜儆、王大任邀他入京，屡试召鹤秘法，颇得世宗宠信（回应六十八回）。廷玉遂走此门路，复贿通内侍赵楹，将方书进献。世宗披览数页，大半言词怪僻，情节支离，不由得奇诧起来，便问赵楹道，"既云乩示，扶乩的人，现在何处？"赵楹答说："现住江西。"世宗不答。揣世宗不答意，恐已疑为严党。赵楹走报田玉，田玉转告廷玉道："你师傅大喜了。皇上正在此惦念哩！"廷玉也欢喜不迭，即与田玉计较，诈传上命，征大顺入京。大顺到京后，往见田玉，自恐前时有罪，不便再入面君。田玉也不免迟疑起来，又去与赵楹商议。赵楹笑道："这也何妨，皇上老眼昏花，难道尚能记得吗？就使记得姓名，亦不难改名仍姓。前名胡大顺，今名胡以宁，不就可没事么？"大顺心喜，当由蓝田玉出面，具疏上奏，只说是扶乩的人已经到京。世宗随即召见，大顺硬着头皮，趋入西内，三呼舞蹈毕，跪伏下面。偏是世宗眼快，瞧见他的面目，似曾相识，只一时记不起来，略问数语，便令退去。

世宗的体质，本是不弱，精神也很过得去，平时览决章奏，彻夜不倦，自从服过仙方，遂致神经错乱，状类怔忡，白日间遇着鬼物，或有黑气一团，瞥眼经过，不见仙而见鬼，莫非遇着鬼仙，其实是真阳日耗，虚火上炎的缘故。世宗不知此因，反令蓝田玉等入宫祈禳。可奈祷了数日，毫无灵验。这岂祈禳所能免的？田玉恐缘此得罪，只说是蓝道行下狱冤死，所以酿成厉鬼等语。同姓应该帮助，且为同业预防，田玉之计，可谓狡矣。世宗似信非信，不得不问大学士徐阶。徐阶奏道："胡大顺不畏法纪，乃敢冒名以宁，混入斋宫。蓝田玉私引罪人，胆大尤甚，臣意请严行惩处，休信妄言！"世宗愕然道："胡以宁便是大顺么？怪不得朕召见时，装出一种鬼鬼祟祟的模样，朕亦粗忆面目，似曾见过，这等放肆小人，岂可轻恕？"至此才知，想世宗已死了半个。徐阶道："宫中黑眚，出现已久，亦岂因道行瘐死，致成鬼魅？况蓝田玉系严氏党羽，妄进白铅，居心很是叵测。甚至伪传密旨，外召大顺，若非执付典刑，何以惩恶？"说得世宗勃然奋发，立饬锦衣卫拿问蓝、胡两人，交付法司严讯。待至供证确实，拟成大辟，并因狱词牵连赵楹，一并问罪。不意世宗反悔惧起来，又欲把他宽宥，徐阶忙入谏道："圣旨一出，关系甚重，若听诈传，他日夜半发出片纸，有所指挥，势将若何？"世宗乃命将蓝田玉、胡大顺、赵楹三人，一概处斩。但世宗虽诛此三恶，斋醮事依旧奉行。是时前淳安知县海瑞，因严、鄢伏罪，复起为户部主事，见世宗始终不悟，独与妻孥僮仆等，预为诀别，竟誓死上疏，当由世宗展阅。其词云：

陛下即位初年，敬一箴心，冠履分辨，天下欣然。望治未久，而妄念牵

明史演义

之，谬谓长生可得，一意修玄，二十余年，不视朝政，法纪弛矣；推广事例，名器滥矣。二王不相见，人以为薄于父子；以猜疑诽谤戮辱臣下，人以为薄于君臣；乐西苑而不返，人以为薄于夫妇。吏贪官横，民不聊生，水旱无时，盗贼滋炽，陛下试思今日天下为何如乎？古者人君有过，赖臣工匡弼，今乃修斋建醮，相率进香，仙桃天药，同词表贺，建宫筑室，则将作竭力经营，购香市宝，则度支差求四出。陛下误举之，而诸臣误顺之，无一人肯为陛下言者，谀之甚也。自古圣贤垂训，未闻有所谓长生之说，陛下师事陶仲文，仲文则既死矣，彼不长生，而陛下何独求之？诚一旦幡然悔悟，日御正朝，与诸臣讲求天下利病，洗数十年之积误，使诸臣亦得自洗数十年阿君之耻，天下何忧不治？万事何忧不理？此在陛下一振作间而已。

世宗览到此处，竟致怒气直冲，将奏本掷至地上，顾语内侍道："竖子妄言，快与朕拿住此人，不要放走了他！"太监黄锦方在帝侧，即还奏道："闻此人上疏时，已预买棺木，与妻子诀别，僮仆等亦皆遣散，坐待斧钺，决不遁走的。"当下传旨，命将海瑞系狱。锦衣卫奉命去后，黄锦复将原疏捡起，仍置座右，世宗取疏重读，不觉心有所触，默念蓝田玉、胡大顺等，都是假药为名，蒙蔽朕躬，海瑞所言，亦有足取。遂自言自语道："这人可拟比干，但朕确非商纣呢。"相去无几。自是世宗遂患痼疾，渐将批奏事搁起。自四十四年孟冬，心常烦懑，直到次年正月，服药无效，病反加重。这是仙药的灵效。意欲往幸承天，亲谒显陵，取药服气，遂召徐阶入见，问明可否，阶劝帝保重，不可轻出。世宗又道："朕觉得自己烦躁，不愿理事，因此欲闲游散闷。倘恐朕出外后，京都震动，朕却有一法在此。裕王年已及壮，不妨指日内禅，此后朕无所牵累，便好逍遥自在了。"阶又奏称："龙体违和，但教保养得宜，自可告痊，内禅一事，暂从缓议为是。"世宗又道："卿不闻海瑞詈朕么？朕不自谨惜，致此病困，若使朕得御便殿，坐决机宜，何至被他毁谤呢。"始终是恶闻直言。阶复奏道："海瑞语多愚戆，心尚可谅，还乞陛下格外恕他！"瑞之不死，赖有此言。世宗叹道："朕也不愿多杀谏臣了。"阶退出后，法司奏称海瑞讪上，罪应论死，世宗略略一瞧，便即搁过一边，并不加批，瑞因得缓死。

转眼间已是暮春，徐阶荐吏部尚书郭朴及礼部尚书高拱，可任阁事。于是命朴兼武英殿大学士，拱兼文渊阁大学士，既而自夏入秋，世宗痼疾愈深，气喘面赤，腹胀便闭。求仙结果，如是而已。乃自西苑还入大内。太医等轮流诊治，无可挽回，延至冬季，竟崩于乾清宫，享寿六十，当由徐阶草就遗诏，颁示中外道：

朕奉宗庙四十五年，享国长久，累朝未有，一念惓惓，惟敬天勤民是务，只缘多病，过求长生，遂致奸人诳惑，自今建言得罪诸臣，存者召用，殁者恤录，现在监者即释复职，特此遗谕！"

遗诏一下，朝野吏民，无不感激涕零，独郭朴、高拱两阁臣，以阶不与共谋，未免怏怏。朴语拱道："徐公手草遗诏，讪谤先帝，若照律例上定罪，不就要处斩么？"嗣是两人与阶有隙，免不得彼此龃龉，后文再表。

且说世宗既崩，承袭大统的嗣皇，当然轮着裕王载垕。王公大臣遂奉载垕即位，大赦天下，以明年为隆庆元年，是谓穆宗。上皇考尊谥为"肃皇帝"，庙号"世宗"，追尊生母杜氏为孝恪皇太后，立继妃陈氏为皇后。先是裕王元妃李氏生一子翊钎，五岁即殇，李妃随逝，以陈氏为继妃，追谥李妃为"孝懿皇后"，翊钎为宪怀太子。凡先朝政令，未尽合宜，悉奉遗诏酌改，逮方士王金、陶仿、申世文、刘文彬、高守中、陶世恩下狱，一并处死，释户部主事海瑞于狱。瑞自下狱后，早拼一死，世宗崩逝的消息丝毫不及闻知，只有提牢主事，已得风闻，并因宫中发出遗诏，有开释言官等语，料知海瑞必然脱罪，且见重用，此人颇有特识，乃特设酒馔，携入狱中，邀瑞共饮。瑞见提牢官如此厚待，自疑将赴西市，倒也并不恐惧，依旧谈笑饮啖。酒至半酣，与提牢官诀别，托他看顾妻子。提牢官笑道："今日兄弟薄具东道，非与先生送死，乃预贺先生得官呢。"海瑞不禁诧异，急问情由。提牢官起身离座，低声语瑞道："宫车已晏驾，先生不日将大用了。"瑞惊起道："此话可真么？"提牢官道："什么不真！今已有遗诏下来，凡建言得罪诸官，存者召用，殁者恤录，现在监者释出复职。"瑞不待说毕，即丢了酒杯，大哭道："哀哉先皇！痛哉先皇！"两语出口，哇的一声，将所食的肴馔，尽行吐出，狼藉满地，顿时晕倒狱中，良久方甦，复从夜间哭到天明。知将死而反恣啖，闻驾崩而反恸哭，如此举动，似出情理之外。人谓海瑞忠君，吾谓此处亦未免矫强。果然释狱诏下，提牢官拱手称贺。瑞徐徐出狱，入朝谢恩。诏复原官，越数日，复擢迁大理寺丞。过了三年，除佥都御史，巡抚应天等府。

瑞轻车简从，出都赴任，下车后，即访查贪官污吏，无论大小，概登白简。并且微服出游，私行察访，以此江南属吏，咸有戒心。自知贪墨不职，早乞致仕归田。就是监督织造的中官，也怕他铁面无情，致遭弹劾，平日减去舆从，格外韬晦。一切势家豪族，把从前朱门漆户，都黝墨作黑，以免注目。或有在籍作恶的士绅，避往他郡，不敢还乡。瑞又力摧豪强，厚抚穷弱，下令雷厉风行，有司皆栗栗危惧，不敢延误。吴中弊政，自海瑞到后，革除过半。又疏浚吴淞白茆河，通流入海，沿河民居，无泛滥忧，有灌溉利，食德饮和，互相讴颂。历举政绩，不愧后人称述。只是实心办事的官吏，往往利益下民，触忤当道，其时秉政大臣，如资望最崇的徐阁老，与郭朴、高拱未协，屡有争议，又严抑中官，以致宵小侧目，他遂引疾乞归。郭朴亦罢。高拱去而复入。此外有江陵人张居正，尝侍裕邸讲读，

375

穆宗即位，立命为吏部侍郎，兼东阁大学士，入参大政。

拱与居正统恃才傲物，目空一切，闻海瑞峭直严厉，不肯阿容，暗中亦未免嫉忌。自己刚傲，偏不许别人刚直，所以直道难行。瑞抚吴仅半年，言官已迎合辅臣，劾瑞数次，有旨改瑞督南京粮储。吴民闻瑞去位，多半攀辕遮道，号泣乞留。瑞只挈一仆，乘夜出城，方得脱身。百姓留瑞不获，大家绘了瑞像，朝供香，暮爇烛，敬奉甚虔。瑞督粮未几，又不免为言路所攻，乃谢病竟去。直至居正没后，始复召为南京右都御史。一行作吏，两袖清风，到了神宗十六年，病殁任中，身后萧条，毫无长物。佥都御史王用汲入视，只有葛帏敝脩，寥寥数事，不禁叹息异常，当为醵金棺殓，送归琼山原籍，买地安葬。发丧时，农辍耕，商罢市，号哭相送，数百里不绝。后来赐谥"忠介"，这就是海刚峰先生始末的历史。小子爱慕清官，所以一直叙下，看官不要认做一团糟呢。了却海瑞，免得后文另叙。且有佳句一首，作为海刚峰先生的赞词道：

由来贤吏自清廉，

不慕荣名不附炎。
怎奈孤芳只自赏，
一生坚白总遭嫌。

欲知后事如何，且从下回交代。

语云："服食求神仙，多为药所误。"世宗致死之由，即伏于此。夫辟谷为隐者之寓言，炼丹系方士之伪论，天下宁真有长生不老之术耶？况乎年将耳顺，犹逼幸尚美人，色欲薰心，尚望延寿，是不啻航舟绝港，而反欲通海，多见其不自量也。迨元气日涸，又服金石燥烈之剂，至于目眩神迷，白昼见鬼，且命蓝田玉等为之祈禳，至死不悟，世宗有焉。海瑞一疏，抉发靡遗，可作当头棒喝，而世宗乃目为诟詈，微内监黄锦，及大学士徐阶，几乎不随杨、沈诸人，同归地下乎？世宗崩而海瑞出狱，观其巡抚江南，政绩卓著，乃复不容于高拱、张居正诸人。张江陵称救时良相，乃犹忌一海瑞，此外更不必论矣。直道事人，焉往而不三黜，海刚峰殆亦如是耶？

第七十一回　王总督招纳降番　冯中官诉逐首辅

却说穆宗即位以后，用徐阶言，力除宿弊。及徐阶去位，高拱、张居正入掌朝政，拱与徐阶不协，专务修怨，遗诏起用诸官，一切报罢，引用门生韩楫等，并居言路，任情抟击。尚宝卿刘奋庸、给事中曹大野等，上疏劾拱，均遭贬谪。就是大学士陈以勤，与张居正同时入阁（见前回），亦为拱所倾轧，引疾归去。资格最老的李春芳，素尚端静，自经徐阶荐入后（见六十九回，当时与严讷同兼武英殿大学士，在位仅半年而罢，春芳于隆庆初任职如故），委蛇朝端，无所可否，因此尚得在位。先是嘉靖季年，谕德赵贞吉由谪籍召入京师（贞吉被谪，见六十二回），曾擢为户部侍郎，旋复罢归。至穆宗践阼，又起任礼部侍郎，寻升授尚书，兼文渊阁大学士。贞吉年逾六十，性情刚直，犹是当年，穆宗颇加优礼，怎奈与高拱两不相下，彼此各张一帜。拱尝考察科道，将贞吉的老朋友斥去二三十人，还是恨恨不已。归罪高拱，持论公允。阴嗾门生给事中韩楫，奏劾贞吉庸横。贞吉上疏辩论，自认为庸，独斥高拱为横，愿仍放归田里。有旨允贞吉归休，拱仍任职如故，气焰益张。春芳不能与争，依然伴食，只有时或出数言，从容挽救，后来复为高拱所忌，唆使言官弹劾。春芳知难久任，一再乞休，至隆庆五年，也致仕归去了。

惟边陲一带，任用诸将，颇称得人，授戚继光为都督同知，总理蓟州、昌平、保定三镇练兵事宜。继光建敌台千二百座，台高五尺，睥睨四达，虚中为三层。每台驻百人，甲仗糇粮，一律齐备。险要处一里两三台，此外或一里一台，二里一台，延长二千里，星罗棋置，互为声援。又创立车营，每车一辆，用四人推挽，战时结作方阵，中处马步各军。又制拒马器，防遏寇骑，每遇寇至，火器先发，寇稍近，用步军持拒马器，排次面前，参列长枪军、筤筅军，步伐整齐，可攻可守。寇或败北，用骑兵追逐，辎重营随后。且以北方兵性质木强，应敌未灵，特调浙兵三千人，作为冲锋。浙兵到了蓟门，陈列郊

外，适天大雨，由朝及暮，植立不敢动。边兵见了，统是瞠目咋舌，以后始知有军令。自继光镇边数年，节制严明，器械犀利，无论什么巨寇，都闻风远避，不敢问津了。极写继光寥寥数语，胜读一部练兵实纪。复起曹邦辅为兵部侍郎，与王遴等督御宣府大同。都御史栗永禄守昌平，护陵寝，刘焘屯天津，守通州粮储，总督王崇古、谭纶，主进剿机宜，戴才管理饷运，彼此协力，边境稍宁。乃值鞑靼部酋俺答，为了色欲薰心，酿出一件萧墙祸隙，遂令中国数十百年的寇患，从此洗心革面，归服大明，这也是明朝中叶的幸事。巨笔如椽。

原来俺答第三子铁背台吉，早年病殁，遗儿把汉那吉年幼失怙，为俺答妻一克哈屯所育（哈屯一作哈敦，系鞑靼汗妃名号）。既而长成，为娶比吉女作配，因相貌丑劣，不惬夫意。嗣自聘袄尔都司女（袄尔都司，即鄂尔多斯，为蒙古部落之一），号三娘子，就是俺答长女所生，依名分上论来，是俺答的外孙女，娶作孙妇，倒也辈分相当（《纪事本末》谓三娘子受袄儿都司之聘，俺答闻其美，夺之，别以那吉所聘免撦金的女，偿袄儿，《通鉴》谓系直接孙妇，今从之）。这位三娘子貌美似花，仿佛一个塞外昭君，天然娇艳。把汉那吉正为她艳丽动人，所以再三央恳，才得聘定。至娶了过门，满望消受禁脔，了却相思滋味。谁知为俺答所见，竟艳羡得了不得，他想了一计，只说孙妇须入见祖翁，行盥馈礼。把汉那吉不知有诈，

便令三娘子进去。三娘子自午前入谒，到了晚间，尚未出来。想是慢慢儿的细盥，慢慢儿的亲馈。那时把汉那吉等得烦躁起来，差人至俺答帐外探望，毫无消息，匆匆返报，把汉那吉始知有异，自去探听，意欲闯入俺答内寝，偏被那卫卒阻住，不令入内。把汉那吉气愤不过，想与卫卒斗殴，有几个带笑带劝道："好了好了，这块肥羔儿，已早入老大王口中了。此时已经熔化，若硬要他吐了出来，也是没味，何若由他去吃，别寻一个好羔儿罢。"俺答夺占孙妇，不配出艳语点染，但从卫卒口中，以调侃出之，最为耐味。把汉那吉闻了此语，又是恨，又是悔，转思此言亦似有理，况且双手不敌四拳，平白地被他殴死，也不值得；想到此处，竟转身趋出，回到住所，与部下阿力哥道："我祖夺我妇，且以外孙女为妻，大觥不如，我不能再为他孙，只好别寻生路了。"阿力哥道："到哪里去？"把汉那吉道："不如去投降明朝，中国素重礼义，当不至有此灭伦呢。"恐也难必。阿力哥奉命，略略检好行囊，遂与把汉那吉及那吉原配比吉女，夤夜出亡，竟奔大同，叩关乞降。

大同巡抚方逢时转报总督王崇古，崇古以为可留，命他收纳。部将谏阻道："一个孤竖，何足重轻，不如勿纳为是。"崇古道："这是奇货可居，如何勿纳？俺答若来索还，我有叛人赵全等，尚在他处，可教他送来互易；否则因而抚纳，如汉朝质子故例，令他招引旧部，寓居近塞。俺答老且死，伊子黄

第七十一回 王总督招纳降番 冯中官诉逐首辅

台吉不及乃父，我可命他出塞，往抗台吉，彼为蚌鹬，我作渔人，岂非一条好计么？"计固甚善。随命一面收纳降人，一面据实上奏，并申己意。廷议纷纷不决，独高拱、张居正两人，以崇古所议，很得控边要策，力主照行。穆宗亦以为外人慕义，前来降顺，应加优抚云云。于是授把汉那吉为指挥使，阿力哥为正千户，各赏大红纻丝衣一袭。

俺答妻一克哈屯恐中国诱杀爱孙，日夜与俺答吵闹，俺答亦颇有悔心，遂纠众十万，入寇明边。王崇古飞檄各镇，严兵戒备，大众坚壁清野，对待俺答。俺答攻无可攻，掠无可掠，弄得进退两难，不得已遣使请命。崇古命百户鲍崇德往谕，令缚送赵全等人，与把汉那吉互换。鲍崇德素通蒙文，至俺答营，俺答踞坐相见，崇德从容入内，长揖不拜。俺答叱道："何不下跪？"崇德道："天朝大使，来此通问，并没有拜跪的礼仪。况朝廷待尔孙甚厚，今无故称兵，岂欲令尔孙速死么？"开口即述及乃孙，足使俺答夺气。俺答道："我孙把汉那吉，果安在否？"崇德道："朝廷已封他为指挥使，连阿力哥亦授为千户，岂有不安之理？"俺答乃离座慰劳，并设酒款待崇德，暗中却遣骑卒驰入大同，正待禀报巡抚，入候那吉，猛见那吉蟒衣貂帽，驰马出来，气度优闲，居然一个天朝命吏。想是逢时特遣出来。当下与骑卒说了数语，无非是抱怨祖父，怀念祖母等情。骑卒回报俺答，俺答感愧交集，便语崇德道："我孙得授命官，足见上国隆情，但此孙幼孤，为祖母所抚育，祖母时常系念，所以吁请使归，还望贵使替我转报。"崇德道："赵全等早至，令孙必使晚归。"俺答喜甚，便屏退左右，密语崇德道："我不为乱，乱由全等，天子若封我为王，统辖北方诸部，我当约令称臣，永不复叛，我死后，我子我孙，将必袭封，世世衣食中国，尚忍背德么？"已被恩礼笼络住了。崇德道："大汗果有此心，谨当代为禀陈，想朝廷有意怀柔，断不辜负好意。"俺答益加欣慰，遂与崇德饯行。入席时，折箭为誓道："我若食言，有如此箭！"崇德亦答道："彼此一致，各不食言。"当下畅饮尽欢，方才告别。俺答复遣使与崇德偕行，返谒崇古，崇古亦厚待来使，愿如前约。俺答乃诱执赵全等九人来归。

先是山西妖人吕镇明，借白莲妖术谋为不轨，事败伏诛。余党赵全、李自馨、刘四、赵龙等，逃归俺答，驻扎边外古丰州地，号为板升。已而明边百户张文彦、游击家丁刘天祺、边民马西川等，统往依附，有众万人，因尊俺答为帝。全治第如王府，门前署着开化府三字，声势显赫，且屡嗾俺答入寇，于中取利。为虎作伥，全等之肉，其足食乎？至是俺答托词进兵，诱令赵全等入见。全等欣然而来，不图一入大营，即被伏兵擒住，当由俺答遣众数千，押赵全等至大同。王崇古亦发兵收受，悉送阙下。鸷鸟入笼，暴虎投阱，还有什么希望？只落得枭首分尸，脔割以尽，死有余辜。这且不消细说了。

惟把汉那吉有诏令归，那吉犹恋恋

不欲行,崇古婉谕道:"你与祖父母,总是一脉的至亲,现既诚心要你归去,你尽管前行。倘你祖再若虐待,我当发兵十万,替你问罪。我朝恩威及远,近正与你祖议和,将来你国奉表通贡,往来不绝,你亦可顺便来游,何必怏怏呢。"那吉闻言,不由得双膝跪下,且感且泣道:"天朝如此待我,总帅如此厚我,我非木石,死生相感。如或背德,愿殛神明。"北人不复反了。崇古亲自扶起,也赐酒为饯,酒阑席散,那吉才整装辞行,挈妻偕归。阿力哥亦随同归去。俺答见了那吉,倒也不加诘责,依然照常相待,惟据住三娘子,仍不归还。亏他厚脸。只遣使报谢,誓不犯边。王崇古遂为俺答陈乞四事:一请给王印,如先朝忠顺王故事,二请许贡入京,比从前朵颜三卫,各贡使贡马三十匹;三请给铁锅,议广锅十斤,炼铁五斤,洛锅生粗每十斤,炼铁三斤,但准以敝易新,免他铸为兵器;四请抚赏部中亲族布匹米豆,散所部穷兵,傥居塞上,俾得随时小市。穆宗览奏,诏令廷臣集议。高拱、张居正等请外示羁縻,内修战备,乃封俺答为顺义王,名所居城曰归化城。俺答弟昆都力并其子辛爱等,皆授都督同知等官。封把汉那吉为昭勇将军,指挥如故。后来河套各部也求归附,明廷一视同仁,分授官职。嗣是西塞诸夷,岁来贡市,自宣大至甘肃,边陲晏然,不用兵革,约数十年,这且慢表。

且说穆宗在位六年,一切政令,颇尚简静,内廷服食,亦从俭约,岁省帑项数万金。惟简约有余,刚明不足,所以辅政各臣,互相倾轧,门户渐开,浸成积弊。这是穆宗一生坏处。高拱、张居正起初还是莫逆交,所议朝事,彼此同心,后来亦渐渐相离,致启怨隙。想总为权利起见。拱遂荐用礼部尚书高仪,入阁办事,无非欲隐植党与,排挤居正。会隆庆六年闰三月,穆宗御皇极门,忽然疾作,还宫休养。又过两月,政躬稍愈,即出视朝政,不料出宫登陛,甫升御座,忽觉眼目昏黑,几乎跌下御座来。幸两旁侍卫左右扶掖,才得还宫。自知疾不可为,亟召高拱、张居正入内,嘱咐后事。两人趋至榻前,穆宗只握定高拱右手,款语备至,居正在旁,一眼也不正觑。嗣命两人宿乾清门,夜半病剧,再召高拱、张居正及高仪同受顾命,未几驾崩,享年三十六岁。穆宗继后陈氏无子,且多疾病,尝居别宫,隆庆二年,立李贵妃子翊钧为太子。五年,复立翊钧弟翊镠为潞王。翊钧幼颇聪慧,六岁时,见穆宗驰马宫中,他即叩马谏阻道:"陛下为天下主,独骑疾骋,倘一衔橛,为之奈何?"小时了了,大未必佳。穆宗爱他伶俐过人,下马慰勉,即立为太子。陈皇后在别宫,太子随贵妃往候起居,每晨过从,很得皇后欢心。后闻履声,尝为强起,取经书琐问,无不响答。贵妃亦喜,所以后妃情好,亦甚密切,向无闲言。至是太子嗣位,年才十龄,后来庙号"神宗",小子亦即以神宗相称。诏命次年改元,拟定"万历"二字。

这时候有个中官冯保,久侍宫中,

颇得权力，本应依次轮着司礼监，适高拱荐举陈洪及孟冲，保几失位，遂怨高拱。独张居正与他相结，很是契合。当穆宗病重时，居正处分十余事，均用密书示保。拱稍有所闻，面诘居正道："密函中有什么大事？国家要政，应由我辈作主，奈何付诸内竖。"居正闻言，不禁面颊发赤，勉强一笑罢了。确有些难以为情。到了穆宗晏驾，保诈传遗诏，自称与阁臣等同受顾命。及神宗登极，百官朝贺，保竟升立御座旁，昂然自若，举朝惊愕，只因新主登基，不便多说。朝贺礼成，保即奉旨掌司礼监，又督东厂事务，总兼内外，权焰逼人。拱以主上幼冲，应惩中官专政，遂毅然上疏，请减轻司礼监权柄，又嘱言官合疏攻保，自己拟旨斥逐。计算停当，即遣人走报居正，嘱他从中出力。居正假意赞成，极口答应，暗地里却通知冯保，令他设法自全。居正为柱石大臣，谁意却如此叵测。保闻言大惧，亟趋入李贵妃宫中，拜倒尘埃，磕头不绝。贵妃问为何事，保只磕头，不说话。待贵妃问了三五次，方流下两行眼泪，呜呜哭诉道："奴才被高阁老陷害，将加斥逐了。高阁老忿奴才掌司礼监，只知敬奉太后皇上，不去敬奉他们，所以唆使言官，攻讦奴才。高阁老擅自拟旨，将奴才驱逐，奴才虽死不足惜，只奴才掌司礼监，系奉皇上特旨，高阁老如何可以变更？奴才不能侍奉太后皇上，所以在此悲泣，请太后作主，保全蚁命。"无一语不中听，无一字不逞刁。说到此处，又连磕了几个响头。李贵妃怒道："高拱虽系先皇旧辅，究竟是个臣子，难道有这般专擅么？"保又道："高拱跋扈，朝右共知，只因他位尊势厚，不敢奏劾，还请太后留意！"贵妃点首道："你且退去！我自有法。"保拭泪而退。越日召群臣入宫，传宣两宫特旨，高拱欣然直入，满拟诏中必逐冯保，谁知诏旨颁下，并不是斥逐冯太监，乃是斥逐一个高大学士。正是：

骑梁不成，反输一跌。
古谚有言，弄巧反拙。

高拱闻到此诏，不由得伏在地上，几不能起。欲知高拱被逐与否，且至下回说明。

俺答恃赵全等为耳目，屡犯朔方，城狐社鼠，翦灭不易，设非把汉那吉叩关请降，亦何自弭兵戢衅？而原其致此之由，则实自三娘子始。何来尤物，乃胜于中国十万兵耶？且为鞑靼计，亦未尝无利。中外修和，交通贡市，彼此罢兵数十年，子子孙孙，均得安享荣华，宁非三娘子之赐？然则鞑靼之有三娘子，几成为奇人奇事，而王崇古之因利招徕，亦明季中之一大功臣也。穆宗在位六年，乏善可纪，惟任用边将，最称得人，意者其亦天恤民艰，暂俾苏息耶？至穆宗崩而神宗嗣，中官冯保，又复得势，内蠹复萌，外奸乘之，吾不能无治少乱多之叹矣。

第七十二回　莽男子闯入深宫 贤法司力翻成案

却说高拱入朝听旨，跪伏之下，几乎不能起身。看官！你道这旨中如何说法，由小子录述如下：

皇后皇贵妃皇帝旨曰："告尔内阁五府六部诸臣！大行皇帝宾天先一日，召内阁三臣至御榻前，同我母子三人，亲受遗嘱曰：'东宫年少，赖尔辅导。'乃大学士高拱，揽权擅政，咸福自专，通不许皇帝主管。我母子日夕惊惧，便令回籍闲住，不许停留。尔等大臣受国厚恩，如何阿附权臣，蔑视幼主？自今宜悉自洗涤，竭忠报国，有蹈往辙，典刑处之。"

还有一桩触目惊心的事件，这传宣两宫的诏旨，便是新任司礼监的冯保。高拱跪着下面，所闻所见，全出意料，真气得三尸暴炸，七窍生烟；可奈朝仪尊重，不容放肆，那时情不能忍，又不敢不忍，遂致跪伏地上，险些儿晕了过去。至宣诏已毕，各大臣陆续起立，独高拱尚匍伏在地，张居正不免惊疑，走近扶掖。拱方勉强起身，狼狈趋出，返入京寓，匆匆的收拾行李，雇了一乘牛车，装载而去。居正与高仪，上章乞留。居正、冯保，通同一气，还要假惺惺何为？有旨不许。嗣复为请驰驿归籍，才算照准。未几，高仪又殁，假公济私的张江陵，遂奡然为首辅了。

先是居正入阁后，由吏部侍郎升任尚书，兼太子太傅，寻晋封少傅，至是又加授少师。高仪的遗缺，任了礼部尚书吕调阳，惟一切典礼，仍由居正规定。追谥先考为"庄皇帝"，庙号"穆宗"。又议将陈皇后及李贵妃各上尊号。明制于天子新立，必尊母后为皇太后，若本身系妃嫔所出，生母亦得称太后，惟嫡母应特加徽号，以示区别。是时太监冯保欲媚李贵妃，独讽示居正，拟欲并尊。居正不便违慢，但令廷臣复议。廷臣只知趋承，乐得唯唯诺诺，哪个敢来拦阻？当下尊陈后为仁圣皇太后，李贵妃为慈圣皇太后，仁圣居慈庆宫，慈圣居慈宁宫。居正请慈圣移居乾清宫，视帝起居，当蒙允准。慈圣太后驭帝颇严，每日五更，必至御寝，呼令起床，敕左右掖帝坐着。进水盥面，草草供点,即令登舆御殿,朝罢入宫,帝或嬉游,不愿读书,必召使长跪,以此神宗非常敬畏。且与仁圣太后始终亲切,每遇神宗进谒,辄问往慈庆宫去未,所以神宗谒慈圣毕,必往谒仁圣。至外廷大事,一切倚任阁臣,未尝干预。冯保虽承后眷,却也不敢导帝为非。居正受后嘱托,亦思整肃朝纲,不负倚畀,可见母后贤明,得使内外交儆。于是请开经筵,酌定三六九日视朝,余日御文华殿讲读,并进帝鉴图说,且在旁指陈大义。神宗颇喜听闻,即命宣付史馆,赐居正银币等物。万历改元,命成国公朱希忠,及张居正知经筵事。居正入直经筵,每在文华殿后,另张小幄,造膝密语。一日,在直庐感病,神宗手调椒汤,亲自赐饮,真所谓皇恩优渥,无微不至呢。

是年元宵,用居正言,以大丧尚未经年,免张灯火。越日早朝,神宗正出乾清宫,突见一无须男子,神色仓皇,从甬道上疾趋而入。侍卫疑是宦官,问他入内何干,那人不答。大众一拥上前,将他拿住,搜索袖中,得利匕首一柄,即押至东厂,令司礼监冯保鞠讯。保即刻审问,供称姓王名大臣,天下宁有自名王大臣者,其假可知,由总兵戚继光部下来的。保问毕,将他收系,即往报张居正,复述供词。居正道:"戚总兵方握南北军,忠诚可靠,想不至有意外情事。"保迟疑未答。居正微笑道:"我却有一计在此。"保问何计,居正附保耳低语道:"足下生平所恨,非高氏么?今可借这罪犯身上,除灭高氏。"

何苦乃尔。保大喜道:"这计一行,宿恨可尽消了。还有宫监陈洪,也是我的对头,从前高拱尝荐为司礼,此番我亦要牵他在内,少师以为何如?"居正道:"这由足下自行裁夺便了。"保称谢而去,即令扫厕小卒,名叫辛儒,授他密言,往教罪犯王大臣。

辛儒本是狡黠,趋入狱内,先与大臣婉语一番。嗣后备了酒食,与大臣对饮,渐渐的问他履历。大臣时已被酒,便道:"我本是戚帅部下三屯营南兵,偶犯营规,被他杖革,流落京师,受了许多苦楚。默念生不如死,因闯入宫中,故意犯驾,我总教咬住戚总兵,他也必定得罪。戚要杖我,我就害戚,那时死亦瞑目了。"犯规被斥,犹思报复,且欲加戚逆案,叵测极矣。辛儒道:"戚总兵为南北保障,未见得被你扳倒,你不过白丧了一条性命,我想你也是个好汉,何苦出此下策?目今恰有一个极好机会,不但你可脱罪,且得升官发财,你可愿否?"大臣听到此言,不禁起立道:"有这等好机会么?我便行去,但不知计将安出。"辛儒低声道:"你且坐着!我与你细讲。"大臣乃复坐下,侧耳听着。辛儒道:"你但说是高相国拱,差你来行刺的。"大臣摇首道:"我与高相国无仇,如何扳他?"不肯扳诬高相国,如何怨诬戚总兵。辛儒道:"你这个人,煞是有些呆气。高相国为皇太后皇上所恨,所以逐他回籍,就是大学士张居正,司礼监冯保,统是与高有隙,若你扳倒了他,岂不是内外快心,得邀重赏么?"大臣道:"据你说

明史演义

来，我为高相国所差。我既愿受差使，岂不是先自坐罪么？"辛儒道："自首可以免罪。且此案由冯公审讯，冯公教我授你密计，你若照计而行，冯公自然替你转圜呢。"大臣听至此处，不禁离座下拜道："此言果真，你是我重生父母哩。"辛儒把他扶起，复与他畅饮数杯，便出狱报知冯保。

保即提出大臣复讯。大臣即一口咬定高拱，保不再细诘，即令辛儒送他还狱，并给大臣蟒袴一条，剑二柄，剑首都饰猫睛异宝，俟将来廷讯时，令说为高拱所赠，可作证据。并嘱使不得改供，定畀你锦衣卫官职，且赏千金，否则要搒掠至死，切记勿忘！大臣自然唯唯听命。冯保即据伪供上闻，且言内监陈洪，亦有勾通消息，已逮入狱中。一面饬发缇骑，飞速至高拱里第，拿回家仆数人，严刑胁供。居正亦上疏请诘主使，两路夹攻，高拱不死，亦仅矣，闹得都下皆闻，人言藉藉。

居正闻物议沸腾，心下恰也未安，私问吏部尚书杨博，博正色道："这事情节离奇，一或不慎，必兴大狱。今上初登大宝，秉性聪明，公为首辅，应导皇上持平察物，驯至宽仁。况且高公虽愎，何至谋逆，天日在上，岂可无故诬人？"居正被他说得羞惭，不由得面赤起来，勉强答了一二语，即归私第。忽报大理寺少卿李幼孜到来，李与居正同乡，当然接见。幼孜扶杖而入，居正便问道："足下曳杖来此，想系贵体违和。"幼孜不待说毕，就接口道："抱病谒公，无非为着逆案，公若不为辩白，将来恐污名青史哩。"居正心中一动，勉强应道："我正为此事担忧，何曾有心罗织。"幼孜道："叨在同乡，所以不惮苦口，还祈见谅！"居正又敷衍数语，幼孜方才别去。

御史钟继英上疏，亦为高拱营救，暗中且指斥居正，居正不悦，拟旨诘问。左都御史葛守礼往见尚书杨博道："大狱将兴，公应力诤，以全大体。"博答道："我已劝告张相国了。"守礼又道："今日众望属公，谓公能不杀人媚人，公奈何以已告为辞？须再去进陈，务免大狱方好哩！"博乃道："我与公同去，何如？"守礼欣然愿行，遂偕至居正宅中。居正见二人到来，便开口道："东厂狱词已具，俟同谋人到齐，便奏请处治了。"守礼道："守礼何敢自附乱党！但高公谅直，愿以百口保他。"居正默然不应。杨博亦插入道："愿相公主持公议，保全元气。东厂中人，宁有良心？倘株连众多，后患何堪设想？"居正仍坐在当地，不发一言。博与守礼复历数先朝政府，如何同心辅政，弼成郅治，到了夏言、严嵩、徐阶、高拱等人，互相倾轧，相名坐损，可为殷鉴。居正甚不耐烦，竟忿然道："两公今日，以为我甘心高公么？厂中揭帖具在，可试一观！"说至此，奋身入内，取厂中揭帖，出投博前道："公请看来！与我有无干涉！"全是意气用事。博从容取阅，从头细瞧，但见帖中有二语云："大臣所供，历历有据。"这"历历有据"四字，乃是从旁添入，默认字迹，实系居正手笔。偏露出马脚来。当下也

第七十二回 莽男子闯入深宫 贤法司力翻成案

不明说，惟嗤然一笑，又将揭帖放入袖中。居正见一笑有因，猛忆着有四字窜改，只好支吾说道："厂中人不明法理，故此代易数字。"守礼道："机密重情，不即上闻，岂可先自私议？我两人非敢说公甘心高氏，但是目下回天，非仗公力不可！"杨、葛两公可谓有心人，看出破绽，仍用婉言，不怕居正不承。居正至此，无可推诿，方揖谢道："如可挽回，敢不力任。但牵挽牛尾，很觉费事，如何可以善后呢？"杨博道："公特不肯力任呢！如肯力任，何难处置，现惟得一有力世家，与国家义同休戚，便可托他讯治了。"居正感悟，欣然道："待我入内奏闻，必有以报两公。"两人齐声道："这是最好的了，造福故家，留名史策，均在此举哩！"说罢，拱手告别。

居正送出两人，即入宫请独对，自保高拱无罪，请特委勋戚大臣，彻底查究。神宗乃命都督朱希孝、左都御史葛守礼及冯保会审王大臣。希孝系成国公朱希忠弟，接了此旨，忙与乃兄商议道："哪个奏闻皇上，弄出这个难题目，要我去做？一或失察，恐宗祀都难保了。"说着，掩面涕泣。正是庸愚。希忠也惶急起来，相对哭着。一对饭桶，不愧难兄难弟。哭了半晌，还是希忠有点主意，令希孝去问居正。居正与语道："不必问我，但去见吏部杨公，自有方法。"希孝当即揖别，往谒杨博，且语且泣。博笑道："这不过借公勋戚，保全朝廷大体，我等何忍以身家陷公？"希孝呜咽道："欲平反此狱，总须搜查

确证，方免逸言。"博又道："这又何难！"当下与希孝密谈数语。希孝才改忧为喜，谢别而回，暗中恰遣了校尉，先入狱中，讯明刀剑来由。大臣始不吐实，经校尉威吓婉诱，方说由辛儒缴来，并将他指使改供事，略说一遍。是一个反复无常的罪犯，冯保也未免自误。校尉复说道："国家定制，入宫谋逆，法应灭族，奈何自愿引罪？你不如吐实，或可减免。"大臣凄然道："我实不知。辛儒说我持刀犯驾，罪坐大辟，因教我口供如此，不特免罪，且可富贵，谁知他竟是诳我呢！"说至此，大哭不止。校尉反劝慰一番，始行复命。

适高氏家人已逮入京，希孝乃偕冯保、葛守礼，三人升厅会审。明朝故事，法司会审，须将本犯拷打一顿，叫作杂治。大臣上得法庭，冯保即命杂治，校尉走过，洗剥大臣衣服，大臣狂呼道："已经许我富贵，为何杂治我？"校尉不理，将他榜掠过了，方推近公案跪下。希孝先命高氏家人，杂列校役中，问大臣道："你看两旁校役，有无认识？"大臣忍着痛，张目四瞧，并无熟人，便道："没有认识。"冯保即插嘴道："你敢犯驾，究系何人主使，从实供来！"大臣瞪目道："是你差我的。"保闻言大惊，勉强镇定了神，复道："你不要瞎闹！前时为何供称高相国？"大臣道："是你教我说的。我晓得什么高相国？"又证一句，直使冯保无地自容。保失色不语。希孝复问道："你的蟒袍刀剑，从何得来？"大臣道："是冯家仆辛儒交给我的。"索性尽言，畅快

明史演义

之至。保听着这语,几欲逃座,两肩乱耸,态度仓皇。还是希孝瞧不过去,替保解围道:"休得乱道!朝廷的讯狱官,岂容你乱诬么?"遂命校尉将大臣还押,退堂罢讯。

保跟跄趋归,暗想此案尴尬,倘大臣再有多言,我的性命也要丢去,便即遣心腹入狱,用生漆调酒,劝大臣饮下,大臣不知是计,一口饮讫,从此做了哑子,不能说话。此时宫内有一殷太监,年已七十多岁,系资格最老的内侍,会与冯保同侍帝侧,谈及此事。殷太监启奏道:"高拱忠臣,岂有此事!"又旁顾冯保道:"高胡子是正直人,不过与张居正有嫌,居正屡欲害他,我辈内官,何必相助!"原来高拱多须,所以称为胡子。保闻言,神色渐沮。内监张宏亦力言不可,于是狱事迁延。等到刑部拟罪,只把大臣斩决,余免干连。一番大风浪,总算恬平,这也是高拱不该赤族,所以得此救星。拱闻此变,益发杜门谢客,不问世事。拱本河南新郑人,嗣后出仕中州的官吏,不敢再经新郑,往往绕道而去。统是偷生怕死的人物。至万历六年,拱方病殁,居正奏请复拱原官,给与祭葬如例。又似强盗发善心。惟冯保余恨未释,请命太后一切赐恤,减从半数。祭文中仍寓贬词,后来追念遗功,方赠拱太师,予谥"文襄"。小子有诗咏高拱道:

自古同寅贵协恭,
胡为器小不相容?
若非当日贤臣在,
小过险遭灭顶凶。

欲知明廷后事,且俟下回续陈。

冯保一小人耳,小人行事,阴贼险狠,固不足责。张居正称救时良相,乃与内监相毗,倾害高拱,彼无不共戴天之仇,竟思戮高氏躯,赤高氏族,何其忮刻若此耶?设非杨、葛诸大臣,力谋平反,则大狱立兴,惨害甚众。居正试反己自问,其亦安心否乎?殷、张两内监,犹有人心,令居正闻之,能毋汗下。至于冯保讯狱,三问三供,世之设计害人者,安能尽得王大臣,使之一反噬乎?保益恚恨,且药哑王大臣,令之不能再说。小人之心,甚于蛇蝎,良足畏也!然观王大臣供词,令我心快不已,为之饮一大白。

第七十三回　夺亲情相臣娭谏
规主阙母教流芳

　　却说张居正既握朝纲，一意尊主权，课吏治，立章奏，考成法，定内外官久任法。百司俱奉法守公，政体为之一肃。两宫太后，同心委任，凡遇居正进谒，必呼先生，且云皇上若有违慢，可入内陈明，当为指斥云云。于是居正日侍经筵，就是讲解音义，亦必一一辨正，不使少误。某日，神宗读《论语·乡党篇》，至"色勃如也"句，"勃"字误读作"背"字，居正在旁厉声道："应作'勃'字读。"神宗吓了一跳，几乎面色如土。同列皆相顾失色，居正尚凛凛有怒容。后来夺官籍家之祸，即基于此。嗣是神宗见了居正，很是敬畏。居正除进讲经书外，又呈入御屏数幅，各施藻绘，凡天下各省州县疆域以及职官姓名，均用浮签标贴，俾供乙览。一日讲筵已毕，神宗问居正道："建文帝出亡，做了和尚，这事果的确否？"居正还奏道："臣观国史，未载此事，只闻故老相传，披缁云游，题诗田州寺壁上，约有数首，有'流落江湖四十秋'七字，臣尚记得。或者果有此事，亦未可知。"神宗叹息数声，复命居正录诗以进。居正道："这乃亡国遗诗，何足寓目！请录皇陵石碑，及高皇帝御制文集，随时备览，想见创业艰难，圣谟隆盛呢。"神宗称善。至次日，居正即录皇陵碑文呈览。神宗览毕，即语居正道："朕览碑文，读至数过，不觉感伤欲泣了。"居正道："祖宗当日艰难，至于如此。皇上能效法祖宗，方可长保大业哩。"乃申述太祖微时情状，及即位后勤俭等事。神宗怆然道："朕承祖宗大统，敢不黾勉，但也须仗先生辅导呢！"由是累有赏赐，不可胜纪。最著的是银章一方，镌有"帝赉忠良"四字。又有御书匾额两方，一方是"永保天命"，一方是"弼予一人"。

　　居正以在阁办事，只有吕调阳一人，不胜烦剧，复引荐礼部尚书张四维。四维尝馈问居正，四时不绝，所以居正一力荐举。向例入阁诸臣，尝云同某人等办事，至是直称随元辅居正等办事。四维格外谦恭，对着居正，不敢自称同僚，仿佛有上司属吏的等级，平时

明史演义

第七十三回　夺亲情相臣嫉谏　规主阙母教流芳

毫无建白，只随着居正拜赐进宫罢了。卑屈至此，有何趣味。惟四维入阁后，礼部尚书的遗缺就用了万士和。士和初官庶吉士，因忤了严嵩，改为部曹，累任按察布政使，并著清节，及入任尚书，屡上条奏，居正颇嫉他多言。会拟越级赠朱希忠王爵，士和力持不可。给事中余懋学奏请政从宽大，被居正斥他讽谤，削籍为民。士和又上言懋学忠直，不应摧抑，自遏言路。种种忤居正意，遂令给事中朱南雍，奏劾士和，士和因谢病归休。

适蓟州总兵戚继光，击败朵颜部长董狐狸，生擒狐狸弟长秃，狐狸情愿降附，乞赦乃弟。继光乃将长秃释回，酌定每岁贡市，一面由巡按辽东御史刘台上书奏捷。居正以巡按不得报军功，劾台违制。台亦抗章劾居正，说他擅作威福，如逐大学士高拱，私赠成国公朱希忠王爵，引用张四维等为爪牙，排斥万士和、余懋学等，统是罔上行私的举动，应降旨议处等情。居正自入阁秉政，从未遇着这种弹章，见了此疏，勃然大怒，当即具疏乞归。神宗急忙召问，居正跪奏道："御史刘台，谓臣擅威福，臣平日所为，正未免威福自擅呢。但必欲取悦下僚，臣非不能，怎奈流弊一开，必致误国。若要竭忠事上，不能不督饬百官。百官喜宽恶严，自然疑臣专擅。臣势处两难，不如恩赐归休，才可免患。"说至此，随即俯伏，泣不肯起。无非要挟。神宗亲降御座，用手掖居正道："先生起来！朕当逮问刘台，免得他人效尤。"居正方顿首起

谢。当下颁诏辽东，逮台入京，拘系诏狱，嗣命廷杖百下，拟戍极边。居正反上疏救解，故智复萌，乃除名为民。未几，辽东巡抚张学颜复诬劾台匿赎锾，想是居正嗾使，因复充戍浔州。台到戍所，就戍馆主人处，饮酒数杯，竟致暴毙。这暴毙的情由，议论不一，明廷并未诘究，其中弊窦，可想而知，毋庸小子赘说了。不说之说，尤胜于说。

到了万历五年，居正父死，讣至京师。神宗手书宣慰，又饬中使视粥止哭，络绎道路，赙仪格外加厚，连两宫太后，亦有特赙，惟未曾谕留视事。时李幼孜已升任户部侍郎，欲媚居正，首倡夺情的议论。冯保与居正友善，亦愿他仍然在朝，可作外助，遂代为运动，传出中旨，令吏部尚书张瀚，往留居正。居正也恐退职以后，被人陷害，巴不得有旨慰留，但面子上似说不过去，只好疏请奔丧，暗中恰讽示张瀚，令他奏留居正。瀚佯作不知，且云："首相奔丧，应予殊典，应由礼部拟奏，与吏部无涉。"居正闻言，很是忿恨。又浼冯保传旨，责瀚久不复命，失人臣礼，勒令致仕。于是一班趋炎附势的官员，陆续上本，请留首辅，奏中大意，无非把移孝作忠的套话，敷衍满纸。移孝作忠四字，岂是这般解法。居正再请终制，有旨不许。又请在官守制，不入朝堂，仍预机务，乃邀允准。连上朝都可免得，是居正死父，大是交运。居正得遂私情，仍然亲裁政务，与没事人一般。

会值日食告变，编修吴中行及检讨

赵用贤、刑部员外郎艾穆、主事沈思孝等,应诏陈言,均说居正忘亲贪位,炀蔽圣聪,因干天变云云。居正得了此信,愤怒得了不得,当下通知冯保,教他入诉神宗,概加廷杖。大宗伯马自强,急至居正府第,密为营解。居正见了自强,略谈数语,便扑的跪下,带哭带语道:"公饶我!公饶我!"自强正答礼不迭,忽闻掌院学士王锡爵到来,居正竟跟跄起身,趋入丧次。锡爵径至丧次中,晤见居正,谈及吴、赵等上疏,致遭圣怒等事。居正淡淡地答道:"圣怒正不可测哩。"锡爵道:"圣怒亦无非为公。"语尚未讫,居正又跪倒地上,勃然道:"公来正好!快把我首级取去,免致得罪谏官!"一面又举手作刎颈状,并道:"你何不取出刀来?快杀我!快快杀我!"好似泼妇撒赖。锡爵不防到这一着,吓得倒退倒躲,一溜烟的逃出大门去了。马自强亦乘势逃去。隔了数日,吴中行、赵用贤、艾穆、沈思孝四人,同受廷杖。侍讲于慎行、田一俊、张位、赵志皋,修撰习孔教、沈懋学等,具疏营救,俱被冯保搁住。进士邹元标,复上疏力谏,亦坐杖戍。南京御史朱鸿谟,遥为谏阻,并斥为民。且诏谪吴、赵、艾、沈四人,吴中行、赵用贤即日出都,同僚相率观望,无一人敢去送行,只有经筵讲官许文穆赠中行玉杯一只,用贤犀杯一只,玉杯上镌着三语道:

斑斑者何?卞生泪。英英者何?蔺生气。追追琢琢永成器。

犀杯上镌着六语道:

文羊一角,具理沈黝,不惜刻心,宁辞碎首?黄流在中,为君子寿。

古人说得好:"人心未泯,公论难逃",为了居正夺情,各官受谴等事,都下人士,各抱不平。黈夜里乘人不备,竟向长安门外,挂起匿名揭帖来。揭帖上面,无非是谤议居正,说他无父无君,迹同莽、操。事为神宗所闻,又颁谕朝堂道:

奸邪小人,蔑朕冲年,忌惮元辅,乃借纲常之说,肆为诬论,欲使朕孤立于上,得以任意自恣,兹已薄处,如此后再有党奸怀邪,必从重惩,不稍宽宥,其各凛遵!

这谕下后,王锡爵、于慎行、田一儁、沈懋学等,先后乞病告归。既而彗星现东南方,光长竟天,当下考察百官,赵志皋、张位、习孔教等,又相继迁谪,算作厌禳星变的计画这正是想入非非了。越年,神宗将行大婚礼,令张居正充纳采问名副使。给事中李涞奏称居正持丧,不宜与闻大婚事,乞改简大臣。神宗不允,传皇太后谕旨,令居正变服从吉,居正遂奉旨照办。等册后礼成,方乞归治葬。神宗召见平台,特赐慰谕道:"朕不能舍去先生,但恐伤先生孝思,不得已暂从所请。惟念国事至重,朕无所依赖,未免怀忧。"居正叩首道:"臣为父治葬,不能不去,只乞皇上大婚以后,应撙节爱养,留心万几。"说毕,伏地恸哭。恸哭何为?无非要结人主。神宗亦为之凄然,不禁堕泪道:"先生虽行,国事尚宜留意。此后倘有建白,不妨密封言事。"居正称

谢而起，进辞两宫太后，各赐赒金，慰谕有加。

居正归后，神宗复敕大学士吕调阳等，如遇大事，不得专决，应驰驿至江陵，听居正处分。既而由春入夏，又有旨征令还朝。居正以母老为辞，不便冒暑北行，请俟秋凉就道。神宗又遣指挥翟汝敬，驰驿敦促，更令中使护居正母，由水道启行。居正乃遵旨登程，所经州县，守臣多跪谒；就是抚按长吏等，亦越界送迎，身为前驱。及到京师，两宫又慰劳备至，赏赉有加。居正母至，概照前例。惟吕调阳自惭伴食，托病乞休，起初未蒙俞允，至居正还朝，再疏告归，乃准令致仕，解组归田去了。还算有些气节。

是时神宗已册后王氏，伉俪情深，不劳细说。独李太后以帝已大婚，不必抚视，仍返居慈宁宫，随召居正入内，与语道："我不便常视皇帝，先生系国家元辅，亲受先帝付托，还希朝夕纳诲，毋负顾命！"居正唯唯而退。嗣是居正格外黾勉，所有军国要政，无不悉心筹画。内引礼部尚书马自强及吏部侍郎申时行，参赞阁务，外任尚书方逢时，总督宣大、总兵李成梁镇抚辽东。方逢时与王崇古齐名，崇古内用，逢时专任边事，悉协机宜。李成梁骁悍善战，屡摧塞外巨寇，积功封宁远伯，内外承平，十年无事。

居正又上《肃雍殿箴》，劝神宗量入为出，罢节浮费，复尽汰内外冗员，严核各省财赋。只神宗年龄浸长，渐备六宫，令司礼监冯保，选内竖三千五百人入宫，充当使令。内有孙海、客用两奄竖，便佞狡黠，得邀宠幸，嘉靖、隆庆两朝，非无秕政，而中官不闻横行，良由裁抑得宜之故。至此又复开端，渐成客、魏之弊。尝导神宗夜游别宫，小衣窄袖，走马持刀，仿佛似镖客一般。既而出幸西城，免不得饮酒陶情，逢场作戏。一夕，神宗被酒，命随侍太监按歌新声。曲调未谐，竟惹动神宗怒意，拔出佩剑，欲斫歌竖头颅，还是孙、客两人从旁解劝，方笑语道："头可恕，发不可恕。"遂令他脱下头巾，将发割去。想是从曹操处学来。惟彼割己发，而此割人发，不无异点。

这事被冯保闻知，便去禀诉李太后。太后大怒，自着青布袍，撤除簪珥，此是姜后脱簪珥待罪之意，令宣神宗入宫，一面传语居正，速即上疏极谏。神宗得着消息，不免惊慌，可奈母命难违，只好硬着头皮，慢慢儿的入慈宁宫。一进宫门，便闻太后大声催促。到了望见慈容，形神服饰，与寻常大不相同，不觉心胆俱战，连忙跪下磕头。太后瞋目道："你好！你好！先皇帝付你大统，叫你这般游荡么？"神宗带抖带语道："儿、儿知罪了，望母后宽恕！"太后哼了一声道："你也晓得有罪么？"说至此，冯保已捧呈张居正谏疏，由太后略瞧一遍，语颇简直，便掷付神宗道："你且看来！"神宗取过一阅，方才瞧罢，但听太后又道："先帝弥留时，内嘱你两母教育，外嘱张先生等辅导，真是煞费苦心，不料出你不肖子，胆大妄为，如再不肯改过，恐将来必玷辱祖先，我顾宗社要紧，也管不得私恩，难道必要用你做皇帝么？"母教严正，不愧贤妃。又旁顾冯保道："你去到内阁中，取霍光传来！"保复应声而去。不一时，返入宫内，叩头奏道："张相国浼奴才代奏，据言皇上英明，但教自知改过，将来必能迁善。霍光故事，臣不敢上闻！今不如草诏罪己罢了。"太后道："张先生既这般说，就这般办罢，你去教他拟诏来！"保又起身趋出。未几，返呈草诏，太后叱令神宗起来，亲笔誊过，颁示朝堂。可怜神宗双膝，已跪得疼痛异常，更兼草诏中语多卑抑，不禁懊恨得很，偏是太后督着誊写，一些儿不肯放松，那时只好照本誊录，呈与太后览过，交冯保颁发去了。太后到了此时，禁不住流泪两行。神宗又跪泣认悔，方得奉命退出。京中闻了这事，谣言蜂起，统说两宫要废去神宗，别立潞王翊镠（见七十一回）。后来杳无音信，方渐渐的息了浮言，这且休表。

且说李太后既训责神宗，复将孙海、客用两人逐出宫外，并令冯保检核内侍，所有太监孙德秀、温泰等，向与冯保未协，俱被撵逐。神宗虽然不悦，终究是无可奈何，只好得过且过，再作计较。张居正恐神宗启疑，因具疏乞休，作为尝试。疏中有"拜手稽首归政"等语。居正自命为禹、皋。那时神宗自然慰留，手书述慈圣口谕："张先生亲受先帝付托，怎忍言去，俟辅上年至三十，再议未迟。"居正乃仍就原职，请嘱儒臣编纂累朝宝训实录，分四十章，次第进呈，作为经筵讲义。大旨如下：

（一）创业艰难。（二）励精图治。（三）勤学。（四）敬天。（五）法祖。（六）保民。（七）谨祭祀。（八）崇孝敬。（九）端好尚。（十）慎起居。（十一）戒游佚。（十二）正宫闱。（十三）教储贰。（十四）睦宗藩。（十五）亲贤臣。（十六）去奸邪。（十七）纳谏。（十八）守法。（十九）敬戒。（二十）务实。（二十一）正纪纲。（二十二）审官。（二十三）久任。（二十四）考成。（二十五）重守令。（二十六）驭近习。（二十七）待外戚。（二十八）重农。（二十九）兴教化。（三十）明赏罚。（三十一）信诏令。（三十二）谨名分。（三十三）却贡献。（三十四）慎赏罚。（三十五）甘节俭。（三十六）慎刑狱。（三十七）褒功德。（三十八）屏异端。（三十九）饬武备。（四十）御寇盗。

看官！你想神宗此时，已是情欲渐开，好谀恶直的时候，居正所陈各种请求，实与神宗意见并不相符，不过形式上面，总要敷衍过去，当下优诏褒答，允准施行。待至各项讲义，次第编竣，由日讲官陆续呈讲，也只好恭己以听。一俟讲毕，即散游各宫，乐得图些畅快，活络筋骸。一日，退朝罢讲，闲踱入慈宁宫，正值李太后往慈庆宫闲谈，不在宫中，正拟退出宫门，忽见有一个年少的女郎，袅袅婷婷的走将过来，向帝请安。这一番有分教：

浑疑洛水仙妃至，
好似高唐神女来。

毕竟此女为谁，且由下回说明。

张居正所恃，惟一冯保，冯保所恃，不外张居正，观其狼狈相倚，权倾内外，虽不无可取之处，而希位固宠之想，尝憧扰于胸中。居正综核名实，修明纲纪，于用人进谏诸大端，俱能力持大体，不可谓非救时良相。然居父丧而思起复，嫉忠告而斥同僚，人伦斁矣，其余何足观乎！冯保闻神宗冶游，密白太后，为补衮箴阙起见，亦不得谓其下情，然窥其隐衷，无非挟太后以制幼主；至若孙德秀、温泰等，则又因睚眦之嫌，尽情报复，狡悍著矣，其他何足责乎？吾读此回，且愿为之易其名曰："是为冯保、张居正合传"，而是非可不必辨云。

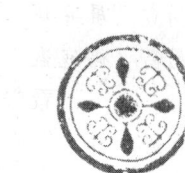

第七十四回　王宫人喜中生子
　　　　　　张宰辅身后籍家

却说神宗踱入慈宁宫，巧遇一个宫娥，上前请安，磕过了头，由神宗叫她起来，方徐徐起身，侍立一旁。神宗见她面目端好，举止从容，颇有些幽娴态度，不禁怜爱起来。后来要做贵妃太后，想不致粗率轻狂。随即入宫坐下，那宫人亦冉冉随入，当由神宗问明太后所在，并询及姓氏，宫人答称王姓。神宗约略研诘，仔细端详，见她应对大方，丰神绰约，尤觉雅致宜人，不同俗态，当下沈吟半响，复与语道："你去取水来，朕要盥手哩！"王宫人乃走入外室，奉匜沃水，呈进神宗。神宗见她双手苗条，肤致洁白，越觉生了怜惜，正要把她牵拉，猛记有贴身太监随着后面，返身回顾，果然立在背后，便令他回避出去。王宫人见内侍驱出，料知帝有他意，但是不便抽身，只好立侍盥洗，并呈上手巾。由神宗拭干了手，即对王氏一笑道："你为朕侍执巾栉，朕恰不便负你呢。"王宫人闻言，不由得红云上脸，双晕梨涡。神宗见了，禁不住意马心猿，竟学起楚襄王来，将她按倒阳台，做了一回高唐好梦。恐就借太后寝床做了舞台。王宫人得此奇遇，正是半推半就，笑啼俱有，等到云散雨收，已是暗结珠胎，两人事毕起床，重复盥洗，幸太后尚未回宫，神宗自恐得罪，匆匆地整好衣襟，抽身去讫。次日即命随去的内侍赍了头面一副，赐给王宫人，并嘱内侍谨守秘密，谁知那文房太监，职司记载，已将临幸王宫人的事情，登薄存录了。嗣是神宗自觉心虚，不便再去临幸，虽晨夕请安，免不得出入慈宁宫，只遇着王宫人，恰是不敢正觑。王宫人怨帝薄幸，也只能藏着心中，怎能露出形迹？转眼数月，渐渐的腰围宽大，茶饭不思起来。太后瞧着，觉得王氏有异，疑及神宗，但一时不便明言，惟暗中侦查神宗往来。

　　这时候的六宫中，有个郑妃，生得姿容美丽，闭月羞花，神宗很是宠爱，册封贵妃，平时常在她宫中住宿，非但妃嫔中没人及她，就是正宫王皇后，也不能似她宠遇。太后调查多日，不见有可疑情迹，惟看这王宫人肚腹膨胀，行

第七十四回 王宫人喜中生子 张宰辅身后籍家

步艰难,明明是身怀六甲,不必猜疑,便召入密问。王宫人伏地呜咽,自陈被幸始末。好在太后严待皇帝,厚待宫人,也不去诘责王氏,只命她起居静室,好生调养,一面饬文房太监,呈进皇上起居簿录,果然载明临幸时日,与王宫人供语,丝毫无误。亏有此簿。当命宫中设宴,邀同陈太后入座,并召神宗侍宴。席间谈及王后无出,陈太后未免叹息。李太后道:"皇儿也太不长进,我宫内的王氏女,已被召幸,现已有娠了。"神宗闻言,面颊发赤,口中还要抵赖,说是未有此事。王氏幸怀龙种,还得出头,否则一度临幸,将从此休了。李太后道:"何必隐瞒!"随把内起居簿录,取交神宗,并云:"你去看明,曾否妄载?"神宗到了此时,无言可辩,没奈何离座谢罪。李太后又道:"你既将她召幸,应该向我禀明,我也不与你为难,叫她备入六宫,也是好的。到了今日,我已查得明明白白,你还要抵赖,显见得是不孝呢,下次休再如此!"神宗唯唯连声,陈太后亦从旁劝解。李太后又道:"我与仁圣太后,年均老了,彼此共望有孙。今王氏女有娠,若得生一男子,也是宗社幸福。古云:'母以子贵',有什么阶级可分哩?"保全王氏,在此一语。陈太后很是赞成。宴饮已毕,陈太后还入慈庆宫,神宗亦谢宴出来,即命册王宫人为恭妃。册宝已至,王宫人即拜谢两宫太后,移住别宫。既而怀妊满期,临盆分娩,果然得一麟儿,这就是皇长子常洛。后来嗣位为光宗皇帝。过了三日,神宗御殿受贺,大赦天下,并加上两宫太后徽号。陈太后加"康静"两字,李太后加"明肃"两字,喜气重重,中外称庆,且不必细述。

单说皇长子将生的时候,大学士张居正忽患起病来,卧床数月,仍未告痊。百官相率斋戒,代为祈祷。南都、秦、晋、楚、豫诸大吏,亦无不建醮,均替他祝福禳灾。神宗命张四维等,掌理阁中细务,遇着大事,仍饬令至居正私第,由他裁决。居正始尚力疾从公,后来病势加重,渐觉不支,竟至案牍纷纭,堆积几右。会泰宁卫酋巴速亥,入寇义州,为宁远伯李成梁击毙,露布告捷,朝廷归功居正,晋封太师。明代文臣,从未有真拜三公,自居正柄政,方得邀此荣宠。怎奈福为祸倚,乐极悲生,饶你位居极品,逃不出这生老病死四字。见道之言。居正一病半年,累得骨瘦如柴,奄奄一息,自知死期将至,乃荐故礼部尚书潘晟及吏部侍郎余有丁自代。晟素贪鄙,不满人望,因冯保素从受书,特浼居正荐举,神宗立刻允准,命晟兼武英殿大学士,有丁兼文渊阁大学士。诏下甫五日,言官已交章劾晟,不得已将他罢官。未几,居正病逝,神宗震悼辍朝,遣司礼太监护丧归葬,赐赙甚厚。两宫太后及中宫,俱加赍金币,并赐祭十六坛,赠上柱国,予谥"文忠"。

只是铜山西崩,洛钟东应,居正一死,宫内的权阉冯保免不得成了孤立。更兼太后归政已久,年力浸衰,也不愿问及外事,所以保势益孤。当潘晟罢职时,保方病起,闻报遽怒道:"我适小恙,不致遽死,难道当今遂没有我么?"还要骄横,真是不识时务。是时皇长子已生,保又欲晋封伯爵。长子系神宗自生,与冯保何与,乃欲封伯爵耶?张四维以向无此例,不便奏议,只拟予荫他弟侄一人,作为都督佥事。保复怒道:"你的官职,从何处得来?今日乃欲负我,连一个虚衔,都不能替我转圜,未免不情!"说得四维哑口无言。会东宫旧阉张宗素忌保宠,意图排斥。宗有同事张鲸,前被保放逐,至是复入。两人遂交相勾结,伺隙白帝,历诉保过恶,及与张居正朋比为奸等情。神宗本来恨保,一经挑拨,自然激动起来。御史江东之又首劾保党锦衣同知徐爵,神宗遂将爵下狱,饬刑部定了死罪,算是开了头刀。言官李植窥伺意旨,复列保十二大罪,统是神宗平日敢怒不敢言的事情。此时乾纲独断,毫无牵制,遂谪保为南京奉御,不准须臾逗留;并令锦衣卫查抄家产,得资巨万。东之并劾吏部尚书梁梦龙工部尚书曾希吾,吏部侍郎王篆,均为保私党,应即斥退。当下命法司查明,果得实证,遂下诏一一除名。看官!你道这实证从何处得来?原来冯保家中,藏有廷臣馈遗录,被查抄时一并搜出,梁、曾等姓氏骈列,所以无可抵赖,同时斥退。此外大小臣工,名列馈遗录中,不一而足。

独刑部尚书严清与冯保毫无往来,且素不党附居正,因得神宗器重,名曰严清,果足副实,乃调任为吏部尚书,代了梁梦龙遗缺。清搜讨故实,辩论官材,自丞佐以下,都量能授职,无一幸进,把从前夤缘干托的情弊,尽行扫除。可惜天不假年,在任仅阅半载,得病假归,未几即殁。还有蓟镇总兵戚继光,从前由居正委任,每事辄与商榷,动无掣肘,所向有功。及是居正已殁,给事中张鼎思上言继光不宜北方,不管人材可否,专务揣摩迎合,这等人亦属可杀,阁臣拟旨,即命他调至广东,继光不免怏怏,赴粤逾年,即谢病回里,越三年乃殁。继光与兵部尚书谭纶、都督府佥事俞大猷,统为当时名将。谭纶卒于万历五年,俞大猷卒于万历八年,一谥"襄敏",一谥"武襄"。继光至十一年乞归,十四年病终原籍,万历末追谥"武毅",著有《练兵实纪》、《纪效新书》,所谈兵法均关款要,至今犹脍炙人口,奉为秘传,这也不消絮叙。已足与史传扬名不朽,且随笔叙结谭、俞两人,尤为一带两便。

且说冯保得罪,以后新进诸臣,又交攻居正,陆续不绝。有旨夺上柱国太师官衔,并将赐谥一并镌去。大学士张四维见中外积怨居正,意欲改弦易辙,收服人心,何不述冯保语,质之曰:"你的官职,从何处得来?"因上疏言事,请荡涤烦苛,宏敷惠泽,一面请召还吴中行、赵用贤、艾穆、沈思孝、余懋学等奏复原官。神宗颇加采纳,朝政为之稍变。已而四维以父丧归葬,服将阕而卒。朝旨赠官太师,赐谥"文毅"。结果比居正为胜,足为四维之幸。嗣是申时行进为首辅(申时行见前回)引荐礼部尚书许国,兼任东阁大学士。许本

明史演义

第七十四回 王宫人喜中生子 张宰辅身后籍家

是时行好友，同心办事，阁臣始沆瀣相投，不复生嫌，无如言路一开，台官竞奋，彼此争砺锋锐，搏击当路，于是阁臣一帜，台官一帜，分竖明廷。嗣复为了张居正一案，闹得不可开交，遂致朝臣水火，又惹出一种争执的弊端。明臣好争，统是意气用事。

先是居正当国，曾构陷辽王宪㸅，废为庶人。宪㸅系太祖十五子植七世孙，植初封卫王，寻改封辽，建文时又徙封荆州，七传至宪㸅，尝希旨奉道，得世宗欢心，加封真人，敕赐金印。穆宗改元，御史陈省劾他不法，夺去真人名号及所赐金印。居正家居荆州，故隶辽王尺籍，至宪㸅骄酗贪虐，多所凌轹，以此为居正所憾。且因宪㸅府第壮丽，暗思攘夺，可巧巡按御史郜光，奏劾宪㸅淫虐僭拟诸罪状，居正遂奏遣刑部侍郎洪朝选，亲往勘验，且嘱令坐以谋逆，好教他一命呜呼。待至朝选归京，只说他淫酗是实，谋反无据。朝旨虽废黜宪㸅，禁锢高墙，居正意尚未慊，密嘱湖广巡抚劳堪，上言朝选得贿，代为宪㸅掩饰。朝选遂因此获罪，羁死狱中。

那时辽王府第当然为居正所夺，遂了心愿。至居正死后，辽府次妃王氏，运动言官，代为讼冤。当有御史羊可立追论居正构害辽王事，正在颁下部议，王妃复上书诉讼，大略言："居正贪鄙，谋夺辽王府第，因此设计诬陷。既将辽府据去，复将所有金宝，悉数没入他家。"神宗览奏，即欲传旨籍没，但尚恐太后意旨未以为然，一时不便骤行。

可巧潞王翊钅荣将届婚期，需用珠宝，无从采备。恐由神宗故意为此。太后召神宗入内，向他问道："名为天府，难道这些些珠宝，竟凑办不齐么？"神宗道："近年以来，廷臣没有廉耻，都把这外方贡品，私献冯、张二家，所以天府藏珍，很是寥寥了。"太后道："冯保家已经抄没，想可尽输入库。"神宗道："冯保狡猾，预将珍宝偷运去了，名虽查抄，所得有限。"太后慨然道："冯保是个阉奴，原不足责，但张居正身为首辅，亲受先皇遗命，乃亦这般藏私，真是人心难料呢！"太后虽明，亦为所愚。神宗复述及辽府讼冤，归罪居正等情，太后默然。嗣是张先生张太师的称号，宫中一律讳言。

神宗知太后意转，亟命司礼监张诚等南下荆州，籍居正家。张诚先遣急足，潜投江陵守令，命他速往查封，休使逃匿。守令得了此信，自然格外巴结，即召集全班人役，围住张氏府第，自己亲入府内，把他阖家人口，悉数点查，驱入一室，令衙役在室外守着。顿时反宾为主，一切服食，统须由衙役作主，可怜张氏妇女，多半畏愤，宁自绝粒，竟饿死了十数人。及张诚一到，尤觉凶横，饬役搜查，倒箧倾箱，并没有甚巨宝，就是金银财帛，也是很少，较诸当日严相府中，竟不及二十分之一。张诚怒道："十年宰相，所蓄私囊，宁止此数？此必暗中隐匿，或寄存亲族家内，别人或被他瞒过，我岂由他诳骗么？"遂召居正长子礼部主事敬修，迫令和盘献出。敬修答言，只有此数。张诚不信，竟饬虎狼卫役，把敬修褫去衣冠，拷掠数次；并将张氏亲族，一一传讯，硬说他有寄藏，不容剖白。敬修熬不住痛苦，寻了短见，投缳毕命。亲族等无从呼吁，没奈何各倾家产，凑出黄金一万两，白银十万两，不是查抄，竟是抢劫，张诚方才罢手。大学士申时行得悉此状，因与六卿大臣联名上疏，奏请从宽。刑部尚书潘季驯又特奏居正母年过八旬，朝不保暮，请皇上锡类推恩，全他母命云云。乃许留空宅一所，田十顷，赡养居正母。惟尽削居正官阶，夺还玺书诏命，并谪戍居正子弟，揭示罪状。有诏云：

张居正诬蔑亲藩，箝制言官，蔽塞朕聪，私占废辽宅田，假名丈量遮饰，骚动海内。迹其平日所为，无非专权乱政，罔上负恩，本当斫棺戮尸，因念效劳有年，姑免尽法。伊弟张居易，伊子张嗣修等，俱令烟瘴地面充军，以为将来之谋国不忠者戒！

张居易曾为都指挥，张嗣修曾任编修，至是皆革职远戍，一座巍巍然师相门第，变作水流花谢，雾散云消，令人不堪回首呢。所谓富贵如浮云。张诚回京复命，御史丁此吕又追劾侍郎高启愚，主试题系"舜亦以命禹"五字，实系为居正劝进，不可不惩。神宗得了此疏，颁示内阁，申时行勃然道："此吕何心，陷人大逆，我再缄默不言，朝廷尚有宁日么？"

当即疏陈此吕暧昧陷人，应加重谴等语。小子有诗咏道：

炎凉世态不胜哀，
落井还防下石来。
稍有人心应代愤，
好凭只手把天回。

未知神宗曾否准奏，且看下回再表。

神宗临幸宫人，暗育珠胎，至于太后诘问，犹不肯实言，虽系积畏之深，以致如此，然使太后处事未明，疑宫人为外遇，置诸刑典，得毋沉冤莫白，终为神宗所陷害乎？一宵恩爱，何其钟情，至于生死之交，不出一言以相护，是可忍，孰不可忍？观于居正死后，夺其官，籍其产，戍其子弟，且任阉竖张诚，勒索财贿，株连亲族，甚至逼死居正子敬修，未闻查究。古云："罪人不孥。"神宗习经有素，岂竟漫无所闻？况居正当国十年，亦非全无功绩，前则赏过于功，后则罚甚于罪，凉薄寡恩四字，可为神宗一生定评，惟居正之得遇宠荣，为明代冠，而身后且若是，富贵功名，无非泡影，一经借鉴，而世之热中干进者可以返矣。

第七十五回　侍母膳奉教立储
　　　　　　惑妃言誓神缄约

　　却说申时行上疏以后，尚书杨巍又请将丁此吕贬斥，顿时闹动言官，统说时行与巍，蔽塞言路。御史王植、江东之交章弹劾两人，神宗为罢高启愚，留丁此吕。于是申、杨两大臣抗疏求去。大学士余有丁上言殿阁大臣，关系国体，不应为一此吕，遂退申、杨。许国尤不胜愤懑，亦专疏乞休。神宗乃将此吕外调。王植、江东之始终不服，遂力推前掌院学士王锡爵，可任阁务。锡爵曾积忤居正，谢职家居（见七十三回）。至是因台官交推，重复起用，晋授礼部尚书，兼文渊阁大学士。又因日讲官王家屏，敷奏诚挚，由神宗特拔，命为吏部侍郎、兼东阁大学士。两人相继入阁，言官只望锡爵得权，抵制时行，不防锡爵却与时行和好，互为倚助，遂令全台御史大失所望。万历十四年正月，郑妃生下一子，取名常洵，神宗即晋封郑妃为贵妃。大学士申时行等，以皇长子常洛年已五岁，生母恭妃未闻加封，乃郑妃甫生皇子，即晋封册，显见得郑妃专宠，将来定有废长立幼的事情，遂上疏请册立东宫。时行初意，原是不错。疏中有云：

　　臣等闻早建太子，所以尊宗庙，重社稷也。自元子诞生，五年于兹矣，即今麟趾螽斯，方兴未艾，正名定分，宜在于兹。祖宗朝立皇太子，英宗以二岁，孝宗以六岁，武宗以一岁，成宪具在。惟陛下以今春月吉，敕下礼部早建储位，以慰亿兆人之望，则不胜幸甚！

　　神宗览疏毕，即援笔批答道："元子婴弱，少待二三年，册立未迟。"批旨发下，户科给事中姜应麟及吏部员外郎沈璟复抗疏奏道：

　　窃闻礼贵别嫌，事当慎始。贵妃所生陛下第三子（神宗第二子常溆，生一岁而殇），犹亚位中宫，恭妃诞育元嗣，翻令居下，揆之伦理则不顺，质之人心则不安，传之天下万世则不正，请收回成命，先封恭妃为皇贵妃，而后及于郑妃，则礼既不违，情亦不废。陛下诚欲正名定分，别嫌明微，莫若俯从阁臣之请，册立元嗣为东宫，以定天下之本，则臣民之望慰，宗社之庆具矣。

这疏一上，神宗瞧了数语，便抛掷地上，勃然道："册封贵妃，岂为立储起见？科臣等怎得妄言谤朕呢！"当下特降手敕道："郑贵妃侍奉勤劳，特加殊封，立储自有长幼，姜应麟疑君卖直，着降处极边，沈璟亦降级外调，饬阁臣知之！"申时行、王锡爵等接奉此敕，又入朝面请，拟减轻姜应麟罪名。神宗怫然道："朕将他降处，并非为了册封，只恨他无故推测，疑朕废长立幼。我朝立储，自有成宪，若以私意坏公论，朕亦不敢出此。"既不敢以私废公，何不径立皇长子。申时行等唯唯而出，遂谪应麟为广昌典史，沈璟亦降级外调。既而刑部主事孙如法，又上言："恭妃生子五年，未得晋封，郑妃一生皇子，即册贵妃，无怪中外动疑"云云。神宗复动恼起来，立谪为朝阳典史。御史孙维城、杨绍程等续请立储，统行夺俸。礼部侍郎沈鲤再上书请并封恭妃，神宗实不耐烦，复召申时行入问道："朕意并不欲废长立幼，何故奏议纷纷，屡来絮聒？"时行道："陛下立心公正，臣所深佩，现请明诏待期立储，自当加封恭妃，此后诸臣建言，止及所司职掌，不得越俎妄渎，那时人言自渐息了。"时行此言，未免迎合意旨，与初意不符。神宗点首，遂命时行拟旨颁发。为了这事，言官愈加激烈，你上一疏，我奏一本，统是指斥宫闱，攻击执政。神宗置诸不理，所有臣工奏疏，都掷诸败字簏中。会郑贵妃父郑承宪，为父请封，神宗欲援中宫父永年伯王㭿故例，拟封伯爵。礼部以历代贵妃，向无祖考封伯的故事，不便破例，乃只给坟价银五百两。

小子阅明朝稗史，载有郑贵妃遗事一则：据言贵妃父承宪，家甚贫苦，曾将女许某孝廉为妾，临别时，父女相对，不胜悲恸。某孝廉素来长厚，看这情形，大为不忍，情愿却还，不责原聘。郑女感激万分，脱下只履，赠与孝廉，誓图后报。已而入宫，大得宠幸，虽是贵贱有别，终究是个侧室。追怀前情，耿耿未忘。不意孝廉名字竟致失记，只有一履尚存，特命小太监向市求售，索值若干。过了一年，无人顾问，不过都下却传为异闻。某孝廉得着消息，乃袖履入都，访得小太监售履处，出履相证，果然凑合。小太监遂问明姓氏，留住寓中，立刻报知郑贵妃。贵妃泣诉神宗，备言前事，并云："妾非某孝廉，哪得服侍陛下？"算是知恩报恩。神宗为之动容，遂令小太监通知某孝廉，令他谒选，即拔为县令，不数年任至盐运使。这也是一种轶闻，小子随笔录述，作为看官趣谈，此外无庸细叙。

单说郑贵妃既身膺殊宠，又生了一个麟儿，意中所望，无非是子得立储，他日可做太后，便与李太后的境遇相同。有时宫闱侍宴，及枕席言欢，免不得要求神宗，请立己子常洵为太子。这也是妇人常态。神宗恩爱缠绵，不敢忤逆贵妃，用"不敢忤逆"四字甚妙，自然含糊答应。到出了西宫，又想到废长立幼，终违公例，因此左右为难，只好将立储一事，暂行搁起。偏偏礼科都给事王三余，御史何倬、钟化民、王慎德

明史演义

第七十五回 侍母膳奉教立储 惑妃言誓神缄约

又接连奏请立储。还有山西道御史除登云，更劾及郑宗宪骄横罪状。神宗看了这种奏折，只瞧到两三行，便已抛去，一字儿不加批答。独李太后闻了这事，不以为然。一日，值神宗侍膳，太后问道："朝廷屡请立储，你为什么不立皇长子？"神宗道："他是个都人子，不便册立。"太后怒道："你难道不是都人子么？"说毕，投箸欲起。神宗慌忙跪伏，直至太后怒气渐平，方才起立。原来内廷当日，统呼宫人为都人，李太后亦由宫人得宠，因有是言。神宗出了慈宁宫，转入坤宁宫，与王皇后谈及立储事，王皇后亦为婉劝。后性端淑，善事两宫太后，就是郑贵妃宠冠后宫，后亦绝不与较。所以神宗对于皇后，仍没有纤芥微嫌。此次皇后援经相劝，神宗亦颇为感动。

待至万历十八年正月，皇长子年已九岁，神宗亲御毓德宫，召见申时行、许国、王锡爵、王家屏等，商议立储事宜。申时行等自然援立嫡以长四字，敷奏帝前。神宗道："朕无嫡子，长幼自有次序，朕岂有不知之理？但长子犹弱，是以稍迟。"时行等复请道："元子年已九龄，蒙养豫教，正在今日。"神宗点头称善。时行等叩首而退，甫出宫门，忽有司礼监追止道："皇上已饬宣皇子入宫，与先生们一见。"时行等乃再返入宫。皇长子皇三子次第到来，神宗召过皇长子，在御榻右面，向明正立，并问时行等道："卿等看此子状貌如何？"时行等仰瞻片刻，齐声奏道："皇长子龙姿凤表，岐嶷非凡，仰见皇上仁足昌后呢。"神宗欣然道："这是祖宗德泽，圣母恩庇，朕何敢当此言？"时行道："皇长子春秋渐长，理应读书。"王锡爵亦道："皇上前正位东宫，时方六龄，即已读书，皇长子读书已晚呢。"神宗道："朕五岁便能读书。"说着时，复指皇三子道："是儿亦五岁了，尚不能离乳母。"乃手引皇长子至膝前，抚摩叹惜。时行等复叩头奏道："有此美玉，何不早加琢磨，畀他成器？"神宗道："朕知道了。"时行等方才告退。

谁料这事为郑贵妃所悉，一寸芳心，忍不住许多颦蹙。用元词二句甚妙。遂对了神宗，做出许多含嗔撒娇的状态，弄得神宗无可奈何，只好低首下心，求她息怒。刚为柔克，古今同慨。贵妃即乘势要挟，偕神宗同至大高元殿，祗谒神明，设了密誓，约定将来必立常洵为太子。又由神宗亲笔，载明誓言，缄封玉盒中，授与贵妃。仿佛唐明皇之对于杨妃。自此贵妃方变嗔为喜，益发竭力趋承。神宗已入情魔，镇日里居住西宫，沈湎酒色，于是罢日讲，免升授官面谢，每至日高三丈，大臣俱已待朝，并不见神宗出来；或竟遣中官传旨，说是圣体违和，着即免朝。今日破例，明日援行，甚且举郊祀庙享的礼仪，俱遣官员恭代，不愿亲行。女蛊之深，一至于此。大理评事雒于仁疏上酒色财气四箴，直攻帝失，其词略云：

臣备官岁余，仅朝见陛下者三，此外惟闻圣体违和，一切传免，郊祀庙享，遣官代行，政事不亲，讲筵久辍，臣知陛下之疾，所以致之者有由也。臣闻嗜酒则腐肠，恋色则伐性，贪财则丧志，尚气则戕生。陛下八珍在御，觞酌是耽，卜昼不足，继以长夜，此其病在嗜酒也。宠十俊以启幸门（时有十小阉被宠，谓之十俊），溺郑妃靡言不听，忠谋摈斥，储位久虚，此其病在恋色也。传索帑金，括取币帛，甚且掠问宦官，有献则已，无则谴怒，此其病在贪财也。今日榜宫女，明日榜中官，罪状未明，立毙杖下，又宿怨藏怒于直臣，如姜应麟、孙如法辈，一诎不申，赐环无日，此其病在尚气也。四者之病，胶绕身心，岂药石所能治？故臣敢以四箴献陛下。肯用臣言，即立诛臣身，臣虽死犹生矣。

神宗览疏大怒，几欲立杀于仁，还是申时行代为解免，才将他削职为民。后来吏部尚书宋纁、礼部尚书于慎行等，率群臣合请立储，俱奉旨严斥，一律夺俸。大学士王锡爵素性刚直，尝与申时行言及，以彼此同为辅臣，总须竭诚报上，储君一日未建，国本即一日未定，拟联合阁部诸大臣，再行力奏云云。时行以曾奉上旨，稍延一二年，自当决议，此时不如暂行从缓。锡爵乃勉强容忍，既而耐不过去，特疏请豫教元子，并录用言官姜应麟等，说得非常恳切。谁知奏牍上陈，留中不报。锡爵索性申请建储，仍不见答。自知言终不用，乃以母老乞休，竟得准奏归林。神宗只知有妾，锡爵不能无母。

未几，申时行等再疏请立东宫，得旨于二十年春举行。到了十九年冬季，工部主事张有德，请预备建储仪注，为帝所斥，夺俸示罚。适时行因病乞假，许国与王家屏语道："小臣尚留心国本，力请建储，难道我辈身为大臣，可独无一言么？"遂仓卒具疏，竟不待与时行商及，即将他名衔首列。神宗以有旨在前，不便反汗，似乎有准请立储的意思。看官！你想这郑贵妃宠冠六宫，所有内外政务，哪一件不得知晓！当下携着玉盒，跪伏神宗座旁，呜呜咽咽的哭将起来。但说是"生儿常洵，年小没福，情愿让位元子，把从前誓约，就此取消。"神宗明知她是有心刁难，怎奈神前密誓，口血未干，况看她一种泪容，仿佛似带雨海棠，欺风杨柳，就使铁石心肠，也要被她熔化。随即亲扶玉手，令她起立，一面代为拭泪，一面好言劝慰，委委婉婉的说了一番，决意遵着前誓，不从阁议。可巧申时行上呈密揭，略言臣在假期，同官疏列臣名，臣实未知等语。于是神宗顺风使帆，竟将许国等原疏及时行密揭，一并颁发出来，故事阁臣密揭，悉数留中，此次神宗违例举行，明明是讽斥许国等人，教他自行检过。给事中罗大纮，奋上弹章，疏陈时行迎合上意，希图固宠，阳附廷臣请立之议，阴为自处宫掖之谋。中书舍人黄正宾亦抗疏痛诋时行，有旨削大纮籍，廷杖正宾，亦革职为民。许国、王家屏又有"臣等所言，不蒙采择，愿赐罢职"等语，神宗因他迹近要挟，竟下旨斥责许国，说他身为大臣，不应与小臣为党，勒令免官。许国一去，舆论更不直时行。时行不得已求请解职，神宗一再慰留，到了时行三次乞

归，并荐赵志皋、张位等自代，才邀神宗允准。时行之屡疏乞休，还算知耻。时行去后，即以赵志皋为礼部尚书，张位为吏部侍郎，并兼东阁大学士，参预机务。

至万历二十年，礼科给事中李献可以官廷并无建储消息，特请豫教元子，不意忙中有错，疏中误书弘治年号，竟被神宗察出，批斥献可违旨侮君，贬职外调。王家屏封还御批，具揭申救，大忤帝意。六科给事中孟养浩等，各上疏营救，神宗命锦衣卫杖孟百下，革去官职，此外一概黜退。王家屏知不可为，引疾归田。吏部郎中顾宪成、章嘉桢等上言家屏忠爱，不应废置。神宗又恨他多言，夺宪成官，谪嘉桢为罗定州州判。宪成无锡人，里中旧有东林书院，为宋杨时讲道处，宪成曾与弟允成发起修筑，至被谴归里，即偕同志高攀龙、钱一本、薛敷教、史孟麟、于孔兼等，就院讲学，海内闻风景附，往往讽议时政，裁量人物。朝士亦慕他清议，遥为应和，后来遂称为东林党，与大明一代江山，沦胥同尽。小子有诗叹道：

盛世宁无吁咈时，
盈廷交哄总非宜。
才知王道泯偏党，
清议纷滋世愈衰。

内本未定，外变丛生，欲知当日外情，请至下回再阅。

立嫡，古礼也。无嫡则立长，此亦礼制之常经。神宗溺于郑贵妃，乃欲舍长立幼，廷臣争之，题矣，但必谓储位一定，即有以固国本，亦未必尽然。兄挚废而弟尧立，后世尝颂尧为圣人，不闻其有背兄之恶玷。然则择贤而嗣，利社稷而莫人民，尤为善策，宁必拘拘于立长耶？惟典学亲师，最关重大，士庶人之子，未有年逾幼学而尚未就傅者，况皇子耶？廷臣争请立储，致忤帝意，甚至豫教元子之请，亦遭驳斥，神宗固不为无失，而大臣之不善调护，徒争意气，亦未始不足疵也。至于东林讲学，朝野景从，处士横议，党祸旋兴，汉、唐末造，类中此弊，明岂独能免祸乎。

第七十六回　据镇城哱氏倡乱
　　　　　　用说客叛党骈诛

却说鞑靼部酋俺答，自受封顺义王后，累年通使，贡问不绝。万历九年，俺答病殁，朝旨赐祭七坛，采币十二双，布百匹，三娘子率子黄台吉上表称谢，并贡名马。黄台吉系俺答长子，年已渐老，不喜弄兵，且迷信佛教，听从番僧，禁止杀掠，因此西北塞外相安无事。先是王崇古、方逢时次第督边，亦次第卸职，继任总督，叫作吴兑，兑颇驾驭有方，各部相率畏服，贡市无失期。三娘子尤心慕华风，随时款塞，尝至总督府谒兑。兑视若儿女，情甚亲昵。有时三娘子函索金珠翠钿，兑必随市给与，借敦睦谊。或各部稍稍梗化，三娘子总预先报闻，兑得筹备不懈。黄台吉袭封顺义王，改名乞庆哈，也恭顺无忒，奉命惟谨。惟黄台吉素性渔色，先配五阑比妓，后经西僧怂恿，纳妇一百八人，取象数珠。多妻若此，安得不病？怎奈百余番妇，姿色多是平常，没一个比得三娘子。黄台吉暗暗垂涎，欲据三娘子为妻。三娘子嫌他老病，不肯迁就，意将率属他徙，适吴兑卸任，另

授郑洛为总督，洛抵任，闻知此事，私下叹念道："若三娘子别属，我朝封这黄台吉，有何用处？"乃遣使往说三娘子道："汝不妨归王，天朝当封汝为夫人。汝若他去，不过一个寻常妇人，有什么显荣呢？"子收父妾，胡俗固然，但不应出诸中国大员之口。三娘子为利害所逼，乃顺了黄台吉的意思，与他成为夫妇。两口儿和好度日，倏忽间已是四年。谁料黄台吉得病又亡，三娘子仍作哀嫠。

那时黄台吉子扯力克应分袭位，倒是一个翩翩公子，气宇轩昂，其时把汉那吉已死，遗妻大成比妓，为扯力克所纳。三娘子曾生一儿，名叫不他失礼，本欲收比妓为妻，偏偏被扯力克夺去，心中很是不悦，连三娘子也有怨词，竟至挈子他徙。郑洛闻报，又欲替他调停，先遣人往说三娘子，劝她下嫁扯力克，三娘子颇也乐从，前时少妇配老夫，尚且肯允，至此老妇配少夫，自然格外乐从，只要扯力克尽逐诸妾，方肯应命。洛乃复传谕扯力克道："娘子三

第七十六回 据镇城哱氏倡乱 用说客叛党骈诛

世归顺，汝能与娘子结婚，仍使你袭封，否则当别封他人了。"扯力克欣然应诺，且愿依三娘子规约，把所有姬妾，一并斥还；竟整了冠服，备齐舆马，亲到三娘子帐中，成合婚礼。三娘子华年虽暮，色态如前，眉妩风流，差幸新来张敞，脂香美满，何期晚遇韩郎，谐成了欢喜缘，完结了相思债。曾感念冰人郑总督否？郑洛为她请封，得旨封三娘子为忠顺夫人，扯力克袭封如旧。三娘子历配三主，累操兵枋，常为中国保边守塞，始终不衰。山、陕一带诸边境，商民安堵，鸡犬无惊。

哪知到了嘉靖二十年，宁夏地方，竟出了一个哱拜，纠众作乱，又未免煽动兵戈。这哱拜本鞑靼部种，先时曾得罪酋长，叩关入降，隶守备郑印麾下，屡立战功，得任都指挥。未几以副总兵致仕，子承恩袭职。承恩初生时，哱拜梦空中天裂，堕一妖物，状貌似虎，奔入妻寝。他正欲拔剑除妖，不意呱呱一声，惊醒睡梦，起床入视，已产一男。他也不知是凶是吉，只好抚养起来，取名承恩。承恩渐长，狼状枭形，番人本多犷悍，哱拜视为常事，反以他狰狞可畏，非常钟爱。至哱拜告老，承恩袭为都指挥，凑巧洮河以西适有寇警，巡边御史周弘禴，举承恩及指挥土文秀并哱拜义子哱云等，率兵往征，正拟指日出发，会值巡抚党馨，奉总督郑洛檄文，调遣土文秀西援，哱拜时虽家居，尚多蓄苍头军，声言报国，至是闻文秀被调，不禁嗟叹道："文秀虽经战阵，难道能独当一面么？"遂亲诣郑洛辕门，陈明来意，并愿以所部三千人，与子承恩从征。洛极力嘉奖，乐从拜请。

于是文秀、承恩陆续启行。偏这巡抚党馨，恨他自荐，只给承恩羸马。承恩怏怏就道，到了金城，寇骑辟易，追杀数百人。奏凯归来，取道塞外，见诸镇兵皆懦弱无用，遂藐视中外，渐益骄横。馨不以为功，反欲按名核粮，吹毛索瘢，嗣闻承恩娶民女为妾，遂责他违律诱婚，加杖二十。明是有意激变。看官！试想承恩骄戾性成，哪肯受这般委屈？就是他老子哱拜，亦觉自损脸面，怨望得很。还有土文秀、哱云两人，例应因功升授，偏也由馨中阻，未得偿愿。数人毒气，遂齐向巡抚署中喷去。冤冤相凑，戍卒衣粮，久欠勿给，军锋刘东旸心甚不平，往谒哱拜，迭诉党馨虐待情形。哱拜微笑道："汝等亦太无能为，怪不得被他侮弄。"两语够了。东旸闻言，奋然径去，遂纠合同志许朝等，借白事为名，哄入帅府，总兵张维忠，素乏威望，见众拥入，吓得手足无措。东旸等各出白刃，胁执副使石继芳，拥入军门。党馨闻变，急逃匿水洞中。只有此胆，何故妄行。旋被东旸等觅得，牵至书院，历数罪状，把他杀死。该杀。石继芳亦身首两分。遂纵火焚公署，收符印，释罪囚，大掠城中；硬迫张维忠，以侵粮激变报闻。维忠不堪受迫，自缢而亡。死得无名。

东旸遂自称总兵，奉哱拜为谋主，承恩、许朝为左右副将，哱云、文秀为左右参将，当下分道四出，陷玉泉营及广武，连破汉西四十七堡。惟文秀进围

404

平卤,守将萧如薰率兵登陴,誓死固守。如薰妻杨氏,系总督杨兆女,语如薰道:"汝为忠臣,妾何难为忠臣妇。"可入女诫。遂尽出簪珥,慰劳军士妻女,由杨氏亲自带领,作为一队娘子军,助兵守城。文秀攻围数月,竟不能下。东旸复分兵过河,欲取灵州,且诱河套各部,愿割花马池一带,听他驻牧,势甚猖獗。总督尚书魏学曾飞檄副总兵李昫,权署总兵,统师进剿。昫遣游击吴显、赵武、张奇等,转战而西,所有汉西四十七堡,次第克复。惟宁夏镇城,尚为贼据。河套部酋著力兔,带领番兵三千骑,来援东旸,进屯演武场。东旸益掠城中子女,馈献套部,套人大悦,扬言与哱王子已为一家,差不多有休戚与共的情形。哱云引著力兔再攻平卤,萧如薰伏兵南关,佯率赢卒出城,挑战诱敌。哱云仗着锐气,当先驰杀,如薰且战且行,绕城南奔;看看南关将近,一声号炮,伏兵尽发,将哱云困在垓心,四面注射强弩,霎时间将哱云射死。著力兔尚在后队,闻前军被围,情知中计,遂麾众北走,出塞遁去。利则相亲,害则相舍,外人之不足恃也如此。朝旨特擢萧如薰为总兵,调麻贵为副总兵,进攻宁夏,并赐魏学曾尚方剑,督军恢复,便宜行事。

御史梅国桢保荐李成梁子如松,忠勇可任,乃命如松总宁夏兵,即以国桢为监军。会宁夏巡抚朱正色甘肃巡抚叶梦熊,均先后到军,并逼城下。学曾与梦熊定计,毁决黄河大坝,用水灌城。内外水深约数尺,城中大惧,由许朝缒城潜出,径谒学曾,愿悔罪请降,学曾令还杀哱拜父子,方许赎罪。许朝去后,杳无音信,如松遣骑四探,忽闻套部庄秃赖及卜失兔纠合部落三万人,入犯定边小盐地,别遣万骑从花马池西沙湃口,衔枚疾入,为哱拜声援。那时如松飞报学曾,学曾才知他诈降缓兵,亟遣副总兵麻贵等,驰往迎剿,方将套众击退。既而著力兔复率众万余,入李刚堡,如松等复分兵邀击,连败套众,追奔至贺兰山,套众尽遁。官军捕斩百二十级,悬诸竿首,徇示宁夏城下,守贼为之夺气。独监军梅国桢与学曾未协,竟劾他玩寇误兵,遂致逮问,由叶梦熊代为督师。梦熊下令军中,先登者赏万金,嗣是人人思奋,勉图效力。过了五日,水浸北关,城崩数丈,承恩、许朝等忙趋北关督守。李如松、萧如薰潜领锐卒掩南关,总兵牛秉忠年已七十,奋勇先登。梅国桢大呼道:"老将军且先登城,诸君如何退怯?"言甫毕,但见各将校一麾齐上,肉薄登城,南关遂下。承恩等惶急非常,急遣部下张杰缒城出见,求贷一死。梦熊佯为允诺,仍然大治攻具。监军梅国桢日夕巡逻,严行稽察。一日将晚,正在市中巡行,忽有歌声一片,洋洋入耳。其词道:

痈不决,毒长流。巢不覆,枭常留。兵戈未已我心忧,我心忧兮且卖油。

国桢听着,不禁诧异起来,便谕军士道:"何人唱歌,快与我拘住!"军士奉命而去。未几即拿到一人,国桢见他状貌非凡,便问他姓氏职业。那人答

第七十六回 据镇城哱氏倡乱 用说客叛党駢诛

道："小人姓李名登，因业儒不成，转而习贾。目今兵戈扰攘，无商可贩，只好沿街卖油，随便糊口。"此子颇似伍子胥。国桢道："你所唱的歌词，是何人教你的？"李登道："是小人随口编成的。"国桢暗暗点头，复语道："我有一项差遣，你可为我办得到么？"李登道："总教小人会干，无不效力。"国桢乃亲与解缚，赐他酒食，授以密计，并付札子三道，登受命驰去，缚木渡东门，入见承恩道："哱氏曾有安塞功，监军不忍骈诛，特令登赍呈密札，给与将军。将军如听登言，速杀刘、许自赎，否则请即杀登。"斩钉截铁，足动悍番之心。承恩沈吟半响，旋即许诺。登趋而出，又从间道诣刘、许营。亦各付密札道："将军本系汉将，何故从哱氏作乱，甘心婴祸？试思镇卒几何，能当大军？将军所恃，不过套援，今套部又已被逐，区区杯水，怎救车薪？为将军计，速除哱氏，自首大营，不特前愆可免，且有功足赏哩。"与刘、许言又另具一种口吻，李登洵不愧说客。刘、许二人亦觉心动，与登定约，登遂回营报命。

国桢仍督兵攻城，猛扑不已。未几，得东旸密报，土文秀已被杀死了，又未几，城上竟悬出首级三颗，一个是土文秀头颅，两个便是刘东旸、许朝首领。原来东旸既诱杀文秀，承恩知他有变，遂与部党周国柱商议。国柱与许朝曾夺一镇民郭坤遗妾，两不相让，遂生嫌隙。又为一妇人启衅。至是与承恩定计，托词密商军务，诱刘、许两人登楼，先斩许朝。东旸逃入厕房，被国柱破户搜出，一刀两段，于是悬首城上，敛兵乞降。李如松、萧如薰等遂陆续登城，揭示安民，并搜获宁夏巡抚关防，及征西将军印各一颗。哱拜尚拥苍头军，安住家中，总督叶梦熊方去灵州，闻大城已下，亟遣将校赍谕入城，大旨以诘旦不灭哱氏，应试尚方剑。时承恩正驰至南门，谒见监军梅国桢，为参将杨文所拘，李如松即提兵围哱拜家。拜知不能免，闭户自缢，家中放起一把无名火来，连人连屋，尽行毁去。参将李如樟望见火起，忙率兵斩门而入，部卒何世恩从火中枭哱拜首，生擒拜次子承宠、养子哱洪大及余党土文德、何应时、陈雷、白鸾、陈继武等众。

总督叶梦熊、巡抚朱正色、御史梅国桢，先后入城，安抚百姓，一面慰问庆王世子帅锌。帅锌系太祖十六子栴七世孙，曾就封宁夏，哱拜作乱，曾向王邸中索取金帛，适值庆王伸域薨逝，世子帅锌尚在守制，未曾袭封，母妃方氏，挈世子避匿窖中，既而惧辱自裁，所有宫女玉帛悉被掠去。至梦熊等入府宣慰，帅锌方得保全。当下驰书奏捷，并将一切缚住人犯，押献京师。神宗御门受俘，立磔哱承恩、哱承宠、哱洪大等，颁诏令庆王世子帅锌袭封。王妃方氏，建祠旌表。不没贞节。给银一万五千两，分赈诸宗人，大赏宁夏功臣。叶梦熊、朱正色、梅国桢各荫世官。武臣以李如松为首功，特加宫保衔，萧如薰以下，俱升官有差。如薰妻杨氏协守平卤，制勅旌赏。魏学曾亦给还原官，致仕回籍。其余死事诸将卒，亦各得抚恤。宁夏复平，哪知一波才静，一波随兴，东方的朝鲜国复遭倭寇蹂躏，朝鲜王李昖火急乞援，免不得劳师东出，又有一场交战的事情。正是：

西陲才报承平日，
东国又闻抢攘时。

欲知中外交战情形，待小子下回再表。

宁夏之变，倡乱者为哱拜，而刘东旸、许朝等，皆缘哱拜一言而起，是哱拜实为祸首，刘、许其次焉者也。本回叙宁夏乱事，以哱拜为主，固有特识，而党馨之激变以及萧如薰夫妇之效忠，备载无遗，有恶必贬，有善必彰，史家书法，例应如是。李登一卖油徒，乃得梅国桢之重任，令其往说叛寇，两处行间，互相残噬，羽翼已歼，哱拜仅一釜底游魂，欲免于死得乎？然则宁夏救平，当推李登为首功，而明廷酬庸之典，第及将帅，于李登无闻，武夫攘功，英雄埋没，窃不禁为之长慨矣！

第七十七回　救藩封猛攻平壤　破和议再战岛山

却说朝鲜在中国东方，旧号高丽，明太祖时，李成桂为朝鲜国主，通好中朝，太祖授印封王，世为藩属。惟朝鲜与日本，只隔一海峡，向与倭人往来互市，交通颇繁。到了神宗时代，日本出了一个平秀吉（外史作丰臣秀吉），统一国境，遣使至朝鲜，迫他朝贡，且嗾使攻明，令为前导。国王李昖，当然拒绝。这平秀吉履历，当初是为人奴仆，嗣随倭关白（倭国官名，犹言丞相）信长代为画策，占领二十余州。会信长为参谋阿奇支所杀，秀吉统兵复仇，遂自号关白，劫降六十余州。因朝鲜不肯从命，竟分遣行长清正等率舟师数百艘，从对马岛出发，直逼釜山。朝鲜久不被兵，国王李昖又荒耽酒色，沈湎不治，一闻倭兵到来，大家不知所为，只好望风奔溃。倭兵进一步，朝鲜兵退一步，李昖料不能支，但留次子晖权摄国事，自己弃了王城，逃至平壤。未几又东走义州。倭兵陷入王京，劫王子陪臣，毁坟墓，掠府库，四出略地。所有京畿、江原、黄海、全罗、庆尚、忠清、咸镜、平安八道，几尽被倭兵占去。李昖急得没法，接连向明廷乞援。廷议以朝鲜属国，势所必救，急遣行人薛潘驰谕李昖，扬言大兵且至，令他无畏等语。此亦列国中晋使解扬令宋无降楚之虚言。李昖信以为真，待了数日，只有游击队一二千人，由史儒等带领而来，悯悯的进抵平壤。天适霖雨，误陷伏中，仓猝交绥，史儒败死。副总兵祖承训统兵三千渡鸭绿江，拟为后应，不防倭兵乘胜东来，锐不可当，承训忙策马回奔，还算天大侥幸，保全了一条生命。涉笔成趣。

明廷闻报，相率震惧，丑。乃诏兵部右侍郎宋应昌，经略军务，出兵防倭。倭人仗着锐气，径入丰德等郡。明兵稍稍四集，倭行长清正等狡黠得很，倭人狡黠，由来已久，遣使至军前，诡说不敢与中国抗衡，情愿易战为和。此时兵部尚书石星向来胆怯，闻有求和的消息，忙募一能言善辩的说客，遣往倭营。可巧有一嘉兴人沈维敬，素行无赖，他竟不管好歹，遽尔应募。石星大喜，遂遣往平壤，与倭行长相见。行长执礼甚恭，且语维敬道："天朝幸按兵不动，我军亦不久当还，此后当以大同江为界，平壤以西，尽归朝鲜，决不占据。"满口诳言，这是倭人惯技。维敬即驰还奏闻，还是有几个老成练达的大臣，说是倭人多诈，不可轻信，于是促应昌等只管进兵。偏石星惑维敬言，以为缓急可恃，命他暂署游击，参赞军谋。

宋应昌抵山海关，征调人马，一时难集，朝旨又特遣李如松为东征提督，与弟如柏、如梅等鼓行而东，与应昌会师辽阳。沈维敬入见如松，复述倭行长言，如松怒叱道："你敢擅通倭人么？"旁顾左右，拟将他推出斩首。参谋李应试力言不可，且密语如松道："阳遣维敬通款，阴出奇兵袭敌，这就是明修栈道，暗渡陈仓的计策。"如松不待说毕，便称好计，往语应昌。应昌亦一力赞成，乃留置维敬，一面誓师东渡。水天一色，风日俱清，倒映层岚，云帆绕翠。大众击楫渡江，差不多有乘风破浪的情势。烘染有致。监军刘黄裳慷慨宣言道："今日此行，愿大家努力，这便是封侯机会呢。"太觉踌躇满志。

先是沈维敬三入平壤，约以万历二十一年新春，由李提督赍封典到肃宁馆。是时大军到肃宁，倭行长疑为封使，遣牙将二十人来迎。如松饬游击李宁生缚住来使，不料遣来的牙将也曾防变，个个拔刀格斗，一场奋杀，逃去了十七名，只有三人擒住。倭行长方伫风月楼，得知此信，急忙登陴拒守。如松到了平壤，相度形势，但见东南临江，西北枕山陡立，迤北有牡丹台，势更险峻。倭人列炮以待，如松料知厉害，先遣南兵往薄，果然炮火迭发，所当皆靡。如松麾南兵暂退，权在城外立营。到了夜间，倭兵来袭营盘，亏得如松预先防备，令如柏出兵迎击，一阵杀退。如松默默的筹思一番，翌日黎明，令游击吴惟忠带兵攻牡丹峰，余将分队围城，独缺西南一角。如柏入问如松道："西南要害，奈何不攻？"如松笑道："我自有计。"如柏退后，如松即召副总兵祖承训至帐前，密嘱数语，承训自去。又越一宿，如松亲率各将，一鼓攻城，那时牡丹台上的炮火与平壤城头的强弩，仿佛似急雨一般，注射过来。各将校不免却步。如松手执佩剑，把先退的兵士斩了五六名，大众方冒死前进，逼至城脚，取出预备的钩梯盘索，猱升而上。倭兵煞是厉害，各在城上死力撑拒，城内外积尸如山，尚是相持不下。忽然平壤城的西南隅有明军蜂拥登城，吓得倭兵措手不迭，急忙分兵堵御，如松见倭兵纷乱，料知西南得手，遂督众将登小西门。如柏等亦从大西门杀入，火药并发，毒焰蔽空，这时候的吴惟忠，正猛攻牡丹峰，一弹飞来，洞穿胸臆，尚自奋呼督战，好容易占住牡丹台。如松入城时，在烟焰中指挥往来，坐骑被炮，再易良马，麾兵愈进。倭兵始不能支，弃城东逸，纷纷渡大同江，遁还龙山去了。逐层写来，见得倭人实是劲敌。

这次鏖战，还亏祖承训预受密计，

明史演义

409

第七十七回 救藩封猛攻平壤 破和议再战岛山

潜袭西南隅，方能将倭兵杀退，夺还平壤。原来如松知倭寇素轻朝鲜，特令承训所部尽易朝鲜民服，衷甲在内，绕出西南，潜行攻城。倭兵并不措意，等到承训登城，卸装露甲，倭兵才知中计，慌忙抵拒，已是不及。明军斩得倭寇头颅，共得一千二百八十余级。烧死的、溺死的及跳城毙命的，尚不胜数。裨将李宁、查大受等率精兵三千，潜伏江东僻路，又斩倭首三百余。李如柏进复开城，也得倭首数百级。嗣是黄海、平安、京畿、江原四道，依次克复。

如松既连胜倭人，渐渐轻敌，趾高气扬。骄必败了。忽有朝鲜流兵，报称倭兵已弃王京，如松大喜，自率轻骑，趋碧蹄馆，察看虚实。那碧蹄馆在朝鲜城西，去王京只三十里，如松方驰至大石桥，隐约望见碧蹄馆，不防扑蹋一声，坐马忽倒，连人连鞍，堕于马下，可巧如松的右额撞在石上，血流不止，险些儿昏晕过去。从行将士忙上前扶掖，猛听得一声唿哨，四面八方，绕有倭兵到来，把如松麾下一队人马，团团围住，绕至数匝，幸喜随征诸将均是骁悍善战，左支右挡，舍命相争，自已牌战至午后，将士等尽汗透征袍，腹枵力敝，剑也缺了，刀也折了，弓袋内的箭干，也要用尽了，兀自援兵未至，危急非常。倭兵队中，有一金甲酋，抢刀拍马，前来击取如松。裨将李有升，亟挺身保护，舞起大刀，连刃数倭。谁料倭兵潜蹑背后，伸过铁锁钩，把有升从马上钩落，一阵乱剁，身如肉泥。亏得如柏、如梅先后驰至，杀入垓心，金甲酋复来拦截，被如梅觑得亲切，只一箭射倒了他，结果性命。是偿李有升的命。未几，又到杨元援军，协力冲杀，倭兵乃溃。

其时大雨滂沱，平地悉成泽国，骑不得骋，步不能行，明军又经了这番挫折，伤亡无数，不得已退驻开城。既而侦得倭将平秀嘉，屯兵龙山，积粟数十万。如松夜募死士，纵火焚粮，倭乃乏食。但兵经新败，未敢进逼，顿师绝域，渐觉气阻。宋应昌急欲了事，复提及沈维敬的原约，倭人因刍粮并烬，亦愿修和。应昌乃据实奏闻，明廷准奏，遂由应昌派遣游击源弘谟，往谕倭将，令献朝鲜王京，并归还王子。双方如约，纵他还国。倭将果弃了王京，退兵釜山。如松与应昌入城，检查仓粟，尚有四万余石，刍豆大略相等。安抚粗定，意欲乘倭退归，待势尾追。偏倭人晓明兵法，步步为营，无懈可击。祖承训、查大受及别将刘綎等追了一程，知难而退。兵部尚书石星力主款议，谕朝鲜国王还都王京，留刘綎屯守，饬如松班师。倭人从釜山移西生浦，送回王子陪臣等。宋应昌遂上书乞归，朝命顾养谦代为经略，更饬沈维敬出赴倭营，促上谢表。倭遣使小西飞入朝，定封贡议。神宗命九卿科道，会议封贡事宜，御史杨绍程独抗疏力争，略云：

臣考之太祖时，屡却倭贡，虑至深远。永乐间或一朝贡，渐不如约，自是稔窥内地，频入寇掠，至嘉靖晚年，而东土受祸更烈，岂非封贡为厉阶耶？今关白谬为恭谨，奉表请封之后，我能闭关拒绝乎？中国之衅，必自此始矣。且关白弑主篡国，正天讨之所必加，彼国之人，方欲食其肉而寝处其皮，特劫于威而未敢动耳。我中国以礼义统驭百蛮，恐未见得。而顾令此篡逆之辈，叨天朝之名号耶？为今计，不若饬朝鲜练兵以守之，我兵撤还境上以待之，关白可计日而败也。封贡事万不宜行，务乞停议！

这疏上后，礼部郎中何乔远，科道赵完璧、王德完、逯中立、徐观澜、顾龙、陈维芝、唐一鹏等，交章止封。还有蓟、辽都御史韩取善，亦奏称倭情未定，请罢封贡。独兵部尚书石星始终主款。经略顾养谦亦希承石星意旨，拟封关白平秀吉为日本国王，借弭边衅。嗣因廷议未决，养谦竟荐侍郎孙𬭊自代，托疾引归。倒是个大滑头。倭使小西飞入阙，廷臣多半漠视，惟石星优礼相待，视若王公。廷臣过亢，石星过卑，皆非外交之道。译官与他议约，要求三事：一勒令倭众归国；二授封不必与贡；三令宣示毋犯朝鲜。小西飞一一允从。三条约款，倭使悉允，明廷尚是上风，可惜后来变卦。乃命临淮侯李宗城充正使，都指挥杨方亨为副，与沈维敬同往日本。宗城等奉命观望，迁延不进。直至万历二十四年，方相偕抵釜山。沈维敬托词侦探，先行渡海，私奉秀吉蟒袍玉带，及地图武经，又取壮马三百，作为馈礼；自娶倭人阿里马女，居然在日本境内，宜室宜家。真是可杀。还有李宗城贪色好财，沿途索货无厌，进次对马岛。岛官仪智格外欢迎，夜饬美女二三人，更番纳入行辕。宗城翻手作云，覆手作雨，镇日里恣意欢娱，竟把所任职务，搁起不提。如此蠢奴，奈何充作专使？仪智且屡招入宴，席间令妻室出见，宗城瞧着，貌可倾城，适有三分酒意，身不自持，竟去牵她衣袖，欲把她搂抱过来。看官试想！仪智妻系行长女，比不得营业贱妓，当即拂袖径去。仪智也不觉怒意陡生，下令逐客。得保首领，尚是万幸。宗城跟跄趋出，有倭卒随后追来，意图行刺，急得宗城落荒乱跑，情急失道，辨不出东西南北；且因玺书失去，料难复命，一时没法，只好身入树间，解带自缢。偏是命不该绝，由随卒觅到，将他救活，导奔庆州。副使杨方亨上章讦奏，乃逮问宗城，即以方亨充正使，加沈维敬神机营衔，充作副使。

方亨渡海授封，秀吉初颇礼待，拜跪受册。嗣因朝鲜王只遣州判往贺，秀吉大怒，语维敬道："我遵天朝约款，还他二子三大臣三都八道，今乃令小官来贺，辱敝邦呢？辱天朝呢？我与朝鲜誓不两立，请为我还报天朝，速请天子处分朝鲜。"维敬慰谕百端，秀吉意终未释，遂留兵釜山，不肯撤还，所进表文，词多潦草，钤用图书，仍不用明朝正朔。方亨驰还，委罪维敬，并石星前后手书，奏请御览。神宗怒逮维敬，兼及石星，用邢玠为兵部尚书，总督蓟、辽；授麻贵为备倭大将军，经理朝鲜；命金都御史杨镐出驻天津，严申警备。

于是和议决裂，倭行长清正等复入据南原、全州，进犯全罗、清尚各道，

第七十七回 救藩封猛攻平壤 破和议再战岛山

更逼王京。杨镐率军驰救，倭兵始退屯蔚山。蔚山虽不甚高峻，但缘山为城，颇踞险要。镐会同邢玠、麻贵各军，协议进取，分兵三路，合攻蔚山。倭倾寨出战，明军佯败，诱他入伏，斩倭兵四百余级，倭人大败，奔据岛山。岛山在蔚山南，倭叠结三栅，坚壁固守。游击陈寅，身先士卒，冒险跃登，连破二栅，更攻第二栅，势将垂拔。偏杨镐鸣金收军，寅不得不退。看官知道杨镐何故鸣金？据明史上载着，镐与李如梅为故交，如梅也奉命赴军，时尚未至，镐欲留住三栅，令如梅夺寨建功，因此鸣金暂退。全是私意，如何行军。等到如梅驰至，倭兵已经完守，围攻十日，竟不能拔。忽报倭行长清正，航海来援，镐不及下令，竟策马西奔，诸军相继溃败，被倭兵从后追击，杀死无数。游击卢继忠，率兵三千人殿后，死得一个不留。及镐奔还王京，反与邢玠、麻贵等诡词报捷。参议主事丁应泰入问善后计策，镐反自诩战功，恼得应泰性起，尽将败状列入奏牍，飞报明廷。神宗乃罢镐听勘，遣天津巡抚万世德继镐后任。邢玠复招募江南水兵，筹画海运，为持久计。既而都督陈璘以粤兵至，刘𬘘以川兵至，邓子龙以江、浙兵至，水陆军分为四路，各置大将，中路统带李如梅，东路统带麻贵，西路统带刘𬘘，水路统带陈璘，四路并进，直扑倭营。适值辽阳寇警，李如松出塞战殁，朝旨调如梅往援，乃命董一元代任。

小子只有一支笔，不能并叙辽阳事，只好将朝鲜军务，直叙下去。刘𬘘出西路，击毁倭舰百余艘，偏被倭行长潜师袭后，竟致腹背受敌，仓卒退师。陈璘亦弃舟遁还。两路已败。麻贵至蔚山，颇有斩获，倭人弃寨诱敌，贵不知是计，攻入寨中，见是空垒，慌忙退出，伏兵四起，旗帜蔽空，幸喜脚生得长，路走得快，才能逃出重围。一路又败。董一元进拔晋州，长驱渡江，迭毁永春、昆阳二寨，并下泗州老倭营，游击卢得功战殁阵前。一元复移攻新寨，寨栅甚固。正在挥兵猛扑，不期营内火药陡燃，烟焰冲天，倭兵乘势杀来，游击郝三聘、马呈文先溃，一元禁遏不住，也只得奔还晋州。四路尽败。时明廷方遣给事中徐观澜，查勘东征军务，闻四路丧败，据实奏报。有旨斩郝、马两人徇军，董一元等各带罪留任，立功自赎。诸将因连战皆败，统不免垂头丧气。迁延数月，忽报平秀吉病死，行长清正夜遁。那时陈璘、麻贵、刘𬘘、董一元等，又鼓勇出追，麻贵入岛山西浦，杀了几十名残倭。陈璘督水师邀击釜山，纵火毁敌舟数十，杀死倭将石蔓子，生擒倭党平秀政、平正成，惟前锋邓子龙战死。刘𬘘夺回曳桥砦，与陈璘水陆夹击，斩获无数，诸倭各无斗志，统抱头乱窜，奔入舟中，扬帆东去。自倭乱朝鲜七载，中国丧师数十万，糜饷数百万，迄无胜算。至平秀吉死，战祸始息。小子有诗叹道：

> 议封议剿两无成，
> 七载劳兵困战争。
> 假使丰臣天假祚，
> 明师何日罢东征？

倭乱已平,又有一番酬功的爵赏,容俟下回再详。

世尝谓中国外交,向无善策。夫外交岂真无策者?误在相庸将驽,与所使之不得其人耳。日本平秀吉,虽若为一世雄,然入犯朝鲜,骚扰八道,非真如后世之志在拓地,不夺朝鲜不止也。李如松计复平壤,骤胜而骄,遂有碧蹄馆之挫,是将之不得其人也可知。杨镐辈挟私忌功,更不足道矣。石星身为尚书,一意主款,对于倭使小西飞,待遇如王公,未识外情,先丧国体,赵志皋、张位诸阁臣,又不闻有所建白,相臣如此,尚得谓有人乎?沈维敬以无赖子而衔皇命,李宗城以酒色徒而驾星轺,应对乏材,徒为外邦腾笑。幸倭人尚未进化,秀吉又复病终,得令勍敌尽还,藩封无恙,东祸得以暂息。否则与清季中东之役,相去无几矣。观于此而叹明代外交之无人!

第七十八回　虎将征蛮破巢诛逆
蠹鱼食字决策建储

　　却说倭寇已退，诸军告捷，明廷发帑金十万两犒师，叙功行赏，首陈璘，次刘綎，又次麻贵。陈、刘各擢为都督同知，麻贵升任右都督，邢玠晋封太子太保，予荫一子。万世德毫无战功，至是亦同膺懋赏，加右副都御史，并予世荫。董一元、杨镐俱复原职。惟沈维敬弃市，石星瘐死狱中，所俘平秀政、平正成等，解京磔死，传首九边，总算了事。

　　其时泰宁卫酋炒花屡寇辽东，互有杀伤。炒花为巴速亥从弟，巴速亥被李成梁击毙，其子巴土儿与炒花思复旧怨，数来侵边，先后皆为李成梁击退。成梁去职，总兵董一元代任，巴土儿、炒花等且纠合土默特部，大举入犯。一元伏兵镇武堡，令赢卒诱敌深入，奋起搏击，大破敌众。巴土儿身中流矢，负创而逃，未几毙命。炒花情不甘休，且嗾使青海酋火落赤、永邵卜等，相继犯边。幸甘肃参将达云伏兵要害，潜扼敌背，杀得青海部众，十亡八九，当时称为战功第一。云升总兵官，镇守西陲，寇不敢犯。及李如松自东班师，言路交章诋劾，说他和亲辱国，悉留中不报。会辽东总兵董一元调赴朝鲜，神宗特任如松继任，如松感激主知，率轻骑出塞。适值土默特部众内犯，便迎头痛剿，斩杀过半；乘胜进逼，势将捣入巢穴。那番众四面来援，竟把如松困住。如松孤掌难鸣，饷尽援绝，活活的战死沙场。总是骄愎之咎。有旨令李如梅往代，如梅惩兄覆辙，不敢进战，卒坐拥兵畏敌的罪名，被劾罢官，后来复起李成梁镇辽东。成梁素有威名，年已七十有六，莅任后，仍与番人息战互市，番人乐就羁縻，以此再镇八年，辽左粗安。诸子究不逮乃父。

　　当朝鲜鏖战时，播州宣慰使杨应龙上书自效，愿率五千人征倭。朝旨报可，应龙方率众登程。会因倭人议和，中途截留，乃怏怏而返。看官！你道这应龙果有心报主么？他的祖宗叫作杨端，曾在唐乾符年间，据有播州，称臣中国。洪武初，其裔孙复遣使奉贡，太祖授为宣慰使。传至应龙，从征蛮夷，恃功骄蹇，历届贵州巡抚叶梦熊及巡按陈效，迭奏应龙凶恶诸罪。明廷以边境多事，不暇查问。应龙益肆无忌惮，拥兵嗜杀，所居宅第，侈饰龙凤，擅用阉寺为使令。小妻田雌凤，妖媚专宠，与正室张氏不和，帷闼中屡有谮言，应龙竟诬称张氏卖奸，把她砍死，并杀妻母，屠妻家。残忍已极。妻叔张时照上书告变，叶梦熊请发兵往讨，朝议令川、黔会勘。应龙赴重庆对簿，坐法当斩，他愿出二万金赎罪。长官不允，乃请征倭自效。及中道罢兵，有旨特派都御史王继光，巡抚四川，严提勘结。

应龙似鱼脱网，怎肯复来上钩？至官军一再往捕，免不得纠众抗拒，杀死官军多名。王继光遂决意主剿，驰至重庆，与总兵刘承嗣参将郭成等，三道进兵，越娄山关，至白石口。应龙佯称愿降，暗中恰招集苗兵，袭破军营。都司王之翰全队皆覆。各路兵将，仓卒遁还。继光遭此一挫，职位自然不固，当下奉旨夺官，改任谭继恩为四川巡抚，且调兵部侍郎邢玠，总督贵州。玠檄重庆太守王士琦前往宣谕，令应龙束身归罪。应龙囚服郊迎，委罪部下黄元、阿羔、阿苗等十二人，一体缚献；并愿输款四万金，先出次子可栋为质，金到回赎。士琦乃还，黄元等枭首市曹。可栋羁留重庆，事不凑巧，竟生起病来，卧床数日，遂至毕命。应龙不胜痛愤，领取尸棺，索性将四万认款，尽行抵赖。一子值四万金，似乎太贵。士琦催缴赎款，应龙复语道："我子尚得复活否？若我子复活，当如数输金。"嗣是纠合诸苗，据险自守，焚劫草塘、余庆二司及兴隆、都匀诸卫，进围黄平、重安，戕官吏，戮军民，奸淫掳掠，无所不为。适贵州巡抚一缺，改任江东之，东之令都司杨国柱，指挥李廷栋率部兵三千，往剿应龙。到了飞练堡，应龙子朝栋及弟兆龙等，率众来争。战不数合，纷纷倒退。国柱等追至天邦囤，陷入绝地，被朝栋、兆龙等两翼包抄，左右猛击，三千人不值一扫，霎时间杀得精光。国柱、廷栋等统行战殁。江东之被谴夺职，代以郭子章。又特简前四川巡按李化龙为兵部侍郎，总督川、湖、贵州三省军务。檄东征诸将刘綎、麻贵、陈璘、董一元，悉赴军前。

应龙闻大兵将至，先纠众八万，入犯綦江。綦江城中，守兵不满三千，哪里敌得住叛众？应龙督众围攻，绕城数匝，遍竖云梯，南仆北登，西坠东上，参将房嘉宠自杀妻孥，与游击张良贤舍命防堵，终因众寡不敌，巷战身亡。应龙劫库犒师，屠城示威，投尸蔽江而下，流水尽赤。既而退屯三溪，更结九股生苗及黑脚苗等，倚为臂助。李化龙驰至重庆，侦得应龙五道并出，已攻破龙泉司，乃大集诸路兵马，登坛誓师，分八路而进。共计川师四路，总兵刘綎，由綦江入，马孔英由南川入，吴广由合江入，副将曹希彬受广节制，由永宁入。黔师三路，总兵董元镇，出发乌江，参将朱鹤龄受元镇节制，统宣慰使安疆臣，出发沙溪，总兵李应祥出发兴隆。楚师一路，分作两翼，由总兵陈璘统辖，陈良玭为副。陈璘由偏桥进攻，

第七十八回 虎将征蛮破巢诛逆 蠹鱼食字决策建储

良玭由龙泉进攻,每路兵约三万,十成之三为官兵,十成之七为土司。化龙自将中军,分头策应。又檄贵州巡抚郭子章屯驻贵阳,湖广巡抚支可大,移节沅州,扼守要区,防贼四逸。

部署既定,刘綎师出綦江,进攻三峒,三峒皆峻岭茂箐,夙称奇险,贼首穆炤等踞险自固,被刘綎手执大刀,斩关直入,依次破灭。应龙素闻刘綎威名,嘱子朝栋简选苗兵,从间道出击,巧与綎军相遇,綎怒马跃出,首先陷阵,一柄亮晃晃的大刀,盘旋飞舞,苗兵不是被砍,就是被伤,大众抵挡不住,相顾惊走道:"刘大刀到了!刘大刀到了!"朝栋尚不知厉害,执戈来战,由刘綎大叱一声,已吓得脚忙手乱,说时迟,那时快,刀起戈迎,耆的一声,火光乱进,朝栋手中的戈头,已被斫缺,慌忙掷去了戈,赤手逃命。綎大杀一阵,苗众多毙,乘胜拔桑木关、乌江关、河渡关,夺天邦诸囤,杀入娄山关,驻军白石。

应龙情急万分,决率诸苗死战,潜令悍将杨珠,抄出后山,袭綎背后。都司王芬战死,綎大呼突阵,击退应龙,另遣游击周敦吉、守备周以德,杀退杨珠,追奔至养马城。巧值马孔英自南州杀到,曹希彬自永宁攻入,会师并进,大破海云囤,直逼海龙囤。海龙囤为贼巢穴,高可矗天,飞鸟腾猿,不能逾越。三道雄师,压囤为营,急切未能下手。已而陈璘破青蛇囤;安疆臣夺落濛关,吴广从崖门关捣入,营水牛塘,连战败敌,截住贼巢樵汲诸路,于是应龙大窘,与子朝栋相抱大哭,一面上囤死守,一面遣使诈降。总督李化龙斩使焚书,饬诸道兵速集囤下,限日破巢。当下八路大兵,一时并至,筑起长围,更番迭攻。叙得烨烨有光。会化龙闻父丧,疏乞守制,诏令墨绖从事。化龙歠粥草檄,督战益急,且授计马孔英,令从囤后并力攻入。应龙所恃,以杨珠为最,珠恃勇出战,为炮击毙,贼众益惧。适天大霖雨,数日不晴,将士往来泥淖,猛扑险囤,甚以为苦。一日,天忽开霁,刘綎奋勇跃上,攻克土城,应龙散金悬赏,募死士拒战,无一应命,乃提刀巡垒,俄见火光烛天,官军四面登囤,遂退语家属道:"我不能再顾汝辈了。"遂挈爱妾二人,阖室自经。大兵入囤搜剿,获应龙尸,生擒朝栋、兆龙等百余人,并应龙妾田雌凤。为渠启衅,渠何不速死?总督化龙,露布奏闻,诏磔应龙尸,戮朝栋、兆龙等于市,分播地为遵义、平越二府。遵义属蜀,平越属黔。刘大刀叙功称最,奏凯还师。播州事了。

外事稍稍平静,朝内争论国本的问题,又复进行。先是万历二十一年,王锡爵复邀内召,既入朝,仍密请建立东宫,昭践大信。神宗手诏报答,略云:"朕虽有今春册立的旨意,但昨读皇明祖训,立嫡不立庶,皇后年龄尚轻,倘得生子,如何处置?现拟将元子与两弟,并封为王,再待数年,后果无出,才行册立未迟。"原来王恭妃生子常洛,郑贵妃生子常洵,周端妃复生子常浩,所以有三王并封的手谕。锡爵想出一条权宜的计策,欲令皇后抚育元子,援引汉明帝马后、唐玄宗王后、宋真宗刘后取养宫人子故事,作为立储的预备。议虽未当,不可谓非煞费苦心。神宗不从,仍欲实行前谕,饬有司具仪,顿时盈廷大哗。礼部尚书罗万化、给事中史孟麟等诣锡爵力争。锡爵道:"并封意全出上裁,诸公奈何罪我?"工部郎中岳元声时亦在座,起对锡爵道:"阁下未尝疏请并封,奈何误引亲王入继故例,作为储宫待嫡的主张。须知中宫有子,元子自当避位,何嫌何疑?今乃欲以将来难期的幸事,阻现在已成的诏命,岂非公争论不力么?"这一番话,说得锡爵哑口无言,不得已邀同赵志皋、张位等联衔上疏,请追还前诏。神宗仍然不允。已而谏疏迭陈,锡爵又自劾求罢,乃奉旨追寝前命,一律停封。未几锡爵又申请豫教元子,于是令皇长子出阁讲学,辅臣侍班。侍臣六人侍讲,俱如东宫旧仪。

越年,锡爵又乞归,特命礼部尚书陈于陛南京礼部尚书沈一贯,入参阁务。于陛入阁,与赵志皋、张位等谊属同年,甚相投契,怎奈神宗深居拒谏,上下相蒙,就是终日入直,也无从见帝一面,密陈国政。当时京师地震,淮水泛决,湖广、福建大饥,甚至乾清、坤宁两宫,猝然被火,仁圣皇太后陈氏又崩(陈皇后崩逝,就此叙过)。天灾人患,相逼而来,神宗全然不省,且遣中官四处开矿,累掘不得,勒民偿费;富家巨族,诬他盗矿;良田美宅,指为下有矿脉,兵役围捕,辱及妇女。开矿本属不利,而举行不善,弊至于此。旋复增设各省税使,所在苛索。连民间米盐鸡豕,统令输税。直是死要,毫无法度。全国百姓痛苦得了不得。于陛日夕忧思,屡请面对,终不见报。乞罢亦不许,遂以积忧成疾,奄奄至毙。张位曾密荐杨镐,镐东征丧师,位亦坐谴,夺职闲住。赵志皋亦得病而终,另用前礼部尚书沈鲤、朱赓入阁办事,以沈一贯为首辅。惟是建储大事,始终未定。郑贵妃专宠如故,王皇后又多疾病,宫中侍役,预料皇后若有不讳,贵妃必正位中宫,其子常洵当然立为太子。中允黄辉为皇长子讲官,从内侍察悉情形,私语给事中王德完道:"这是国家大政,恐旦夕必有内变。如果事体变更,将来传载史册,必说是朝廷无人了。公负有言责,岂可不说?"德完称善,即属黄辉具草,列名奏上。神宗览奏,震怒非常,立将德完下狱,用刑拷讯。尚书李戴、御史周盘等,连疏论救,均遭切责。辅臣沈一贯方因病请假,闻了此事,忙为奏请。神宗意尚未怿,命廷杖德完百下,削籍归田,复传谕廷臣道:"诸臣为德完解免,便是阿党,若为皇长子一人,慎无渎扰,来年自当册立了。"无非是空言搪塞。

会刑部侍郎吕坤撰有《闺范图说》,太监陈矩购入禁中,神宗也不遑披阅,竟搁置郑贵妃宫中。妃兄国泰,重为增刊,首列汉明德马后,最后把妹子姓氏,亦刊入在内。郑贵妃亲自撰序,内有"储位久悬,曾脱簪待罪,请立元子,今已出阁讲学,藉解众疑"等语。

第七十八回　虎将证蛮破巢诛逆　蠹鱼食字决策建储

欺人耶，欺己耶？这书传出宫禁，给事中戴士衡阳劾吕坤，暗斥贵妃，说是逢迎掖庭，菀枯已判。还有全椒知县樊士衡，竟大着胆纠弹宫掖，至有"皇上不慈，皇长子不孝，皇贵妃不智"数语。神宗却尚未动怒。想是未曾看明。郑贵妃偏先已含酸，凄凄楚楚的泣诉帝前。神宗正欲加罪二人，忽由郑国泰呈入《忧危竑议》一书，书中系问答体，托名朱东吉，驳斥吕坤原著，大旨言《闺范图说》中，首载明德马后，明明是借诮郑贵妃。马后由宫人进位中宫，郑贵妃亦将援例。贵妃重刊此书，实预为夺嫡地步。神宗略略览过，便欲查究朱东吉系是何人，经国泰等反复推究，谓东吉即指东朝，书名《忧危竑议》，实因吕坤尝有忧危一疏，借此肆讥。大约这书由来，定出二衡手著。顿时恼动神宗，将二衡谪戍极边，就此了案。

到了万历二十八年，皇长子常洛年将二十。廷臣又请先册立，再行冠婚各礼。郑国泰请先冠婚，然后册立。神宗一概不睬。越年，阁臣沈一贯复力陈册储冠婚，事在必行。神宗尚在迟疑，郑贵妃复执盒为证，坚求如约。经神宗取过玉盒，摩挲一回，复揭去封记，发盒启视，但见前赐誓书，已被蠹鱼蛀得七洞八穿，最可异的，是巧巧把"常洵"二字，啮得一笔不留，不禁悚然道：

"天命有归，朕也不能违天了。"这语一出，郑贵妃料知变局，嗔怨齐生，神宗慰谕不从，只在地上乱滚，信口诬谤，好像一个泼辣妇。那时神宗忍耐不住，大踏步趋出西宫，竟召沈一贯入内草诏，立常洛为皇太子。一贯立刻草就，颁发礼部，即日举行。越宿，又有旨令改期册立。一贯封还谕旨，力言不可，乃于二十九年十月望日，行立储礼。小子有诗咏道：

　谏草频陈为立储，
　深宫奈已有盟书。
　堪嗟当日诸良佐，
　不及重缄一蠹鱼。

立储已定，冠婚相继，其余诸王，亦俱授封，欲知详细，请看下回。

本回前叙外乱，后及内政，两不相涉，全属随时顺叙文字。然应龙之叛，为宠妾田雌凤而起，神宗之阻议立储，亦无非为一郑贵妃耳，于绝不相蒙之中，见得祸败之由，多缘内嬖。应龙嬖妾而致杀身，一土官尚且如此，况有国有天下者，顾可溺情床笫，自紊长幼耶？迨至蠹鱼食字，始决立皇长子为皇太子，天意尚未欲乱明，因假虫啮以儆之。不然，玉盒之缄封甚固，蠹何从入乎？或谓出自史家之附会，恐未必然。

第七十九回　获妖书沈一贯生风　遣福王叶向高主议

却说皇长子常洛，既立为皇太子，遂续封诸子常洵为福王，常浩为瑞王，还有李贵妃生子常润、常瀛，亦均册封。润封惠王，瀛封桂王，即日诏告天下，皇太子申行冠礼。次年正月，并为太子册妃郭氏。

婚礼甫毕，廷臣方入朝庆贺，忽有中旨传出，圣躬不豫，召诸大臣至仁德门听诏。及大臣趋列仁德门，又见宫监出来，独召沈一贯入内。一贯随入启祥宫，直抵后殿西暖阁，但见神宗冠服如常，席地踞坐。李太后立在帝后，太子诸王跪着帝前，不由得诧异起来。当下按定了心，叩头请安。神宗命他近前，怆然垂谕道："朕陡遭疾病，恐将不起，自念承统三十年，尚无大过，惟矿税各使，朕因宫殿未竣，权宜采取，今可与江南织造，江西陶器，俱止勿行。所遣内监，概令还京。法司释久羁罪囚，建言得罪诸臣，令复原官。卿其勿忘！"言毕，即令左右扶掖就寝。一贯复叩首趋出，拟旨以进。是夕阁臣九卿，均直宿朝房。漏至三鼓，中使捧谕出来，大略如面谕一贯等语。诸大臣期即奉行。待至天明，一贯正思入内取诏，不期有中使到来，说是帝疾已瘳，着追取前谕，请速缴还。一贯闻言，尚在沈吟，接连又有中使数人，奉旨催索，不得已取出前谕，令他赍去。前曾封还谕旨，此时何不坚持？司礼太监王义正在帝前力争，说是王言已出，不应反汗。神宗置诸不理，义尚欲再谏，见中使已持着前谕，入内复命，顿时气愤已极，奋然趋出，驰入阁中，适与一贯相遇，以涎唾面道："好一位相公，胆小如鼷！"一贯尚茫无头绪，瞠目不答。义又道："矿税各使，骚扰已甚，相公独未闻么？今幸得此机会，谕令撤除，若相公稍稍坚持，弊政立去，为什么追取前谕，即令赍还呢？"不期太监中也有此人，其名曰义，可谓不愧。一贯方才知过，唯唯谢罪。嗣是大臣言官，再请除弊，概不见答。

未几楚宗事起，又闹出一场狱案。楚王英燿，系太祖第六子桢七世孙，英燿殁后，遗腹宫人胡氏，孪生子华奎、

第七十九回 获妖书沈一贯生风 遣福王叶向高主议

华璧，一时议论纷纷，统言非胡氏所生。赖王妃力言无讹，事乃得寝。华奎袭爵，华璧亦得封宣化王。时已二十多年，偏有宗人华越，又讦奏华奎兄弟，系出异姓，罪实乱宗。奎系王妃兄王如言子，璧系妃族人王如绑家人王玉子。这疏呈入，沈一贯以袭封已久，不应搆讼，嘱通政司暂行搁置。嗣由华奎闻知，劾奏华越诬告，乃一并呈入，诏下礼部查复。礼部侍郎郭正域向系楚人，颇得传闻，此时正署理尚书，遂请勘明虚实，再定罪案。一贯以亲王不当行勘，但当体访为是。正域不可，乃委抚按查讯。俱复称事无左证，诬告是实。怎奈华越妻系王如言女，硬出作证，咬定华奎为胞弟，幼时曾抱育楚宫。华越妻为夫卸罪，不得不尔。惟华越拨灰燃火，未免多事。廷议再令复勘，卒不能决。嗣由中旨传出，略言楚王华奎袭封已二十余年，何故至今始发？且夫讦妻证，情弊显然，不足为据。华越坐诬奏罪，降为庶人，禁锢凤阳。这旨一下，郭正域失了面子，自不消说。御史钱梦皋又讨好一贯，劾奏正域陷害亲藩，应当处罪。正域亦讦发一贯匿疏沮勘，且说一贯纳华奎重贿，因此庇护等情。毕竟一贯势大，正域势小，苍蝇撞不过石柱，竟将正域免官。

一案未了，一案又起，阁臣朱赓在寓门外拾得一书，取名《续忧危竑议》。书中措词，假"郑福成"为问答，系说："帝立东宫，实出一时无奈，将来必有变更。现用朱赓为内阁，已见帝心。赓更同音，显寓更易的意思。"朱赓阅罢，取示同僚，大家揣测一番，统说郑福成三字，无非指郑贵妃及福王，成字是当承大统，无容细剖。大家目为妖书，朱赓即呈入御览。这等无稽谰言，宁值一辩，何必进呈御览，酿成大狱。神宗怒甚，急勒有司大索奸人。看官听说！自来匿名揭帖，只好置诸不理，将来自有败露的日子。若一经查办，愈急愈慢，主名愈不易得了。断制得妙。当日锦衣卫等索捕多日，毫无影响。沈一贯方衔恨郭正域，且因同官沈鲤，素得士心，颇怀猜忌，当下与钱梦皋密商，嘱他伪列证据，奏称："此次妖书，实出沈鲤、郭正域手笔。"梦皋遂遵嘱照行。御史康丕扬亦联章迭上，不待下旨，便发兵往追正域。正域正整装出都，乘舟至杨村，追兵已到，将正域坐舟，团团围守，捕得正域家役十数人，到京拷讯。甚至正域所善医生沈令誉及僧达观、琴士钟澄、百户刘相等，一同捕至，严刑杂治，终究不得实据。逻校且日至鲤宅搜查，胁逼不堪。幸皇太子素重正域，特遣左右往语阁臣，毋害郭侍郎。都察院温纯代讼鲤冤，唐文献、陶望龄先后至沈一贯宅，为鲤解免，鲤方得安。正域在舟观书，从容自若，或劝令自裁，免致受辱。想由一贯等嘱托。正域慨然道："大臣有罪，自当伏尸都市，怎得自经沟渎呢？"静待数日，还算未曾逮问。

最后由锦衣卫卒拿住顺天生员皦生光。生光素行狡诈，往往胁取人财，不齿士类，曾有富商包继志，慕他才学，属令代纂诗集，刊入己名。胸中无墨，何妨藏拙。奈何冒名延誉，自取祸戾？生光有意敲诈，羼入五律一首，有"郑主乘黄屋"五字。包继志晓得什么，总道是字字珠玑，即行付梓。诗集出版，生光恰预将自己的写本索回烧毁，一面密托好友向继志索诈，说他诗集中有悖逆语，指出"黄屋"二字，谓是天子所居，"郑主"二字，是指郑贵妃及皇子常洵。若向当官出首，管教你杀身亡家。继志到此，方知被生光侮弄，欲待分说，集中已明列己名，无从剖白，只好自认晦气，出钱了结。生光又教书国泰，并将刻诗呈入，为恫吓计。国泰本来胆小，情愿输财了事。无缘无故，被生光赚了两次金银。哪知失马非祸，得马非福，妖书一出，国泰疑出生光手，因将他一并拘至，到庭审讯。问官故意诘问道："你莫非由郭正域主使么？"生光瞋目道："我何尝作此书。但你等硬要诬我，我就一死便了。奈何教我迎合相公意旨，陷害郭侍郎？"生光虽是无赖，恰还知有直道。问官不便再讯，命将生光系狱，延宕不决。中官陈矩方提督东厂事务，屡次提讯，不得要领，因与同僚计议，恐不得罪人，必遭主怒。或更辗转扳累，酿成党祸，不如就生光身上，了结此案。于是迭讯生光，屡用酷刑，打得生光体无完肤，昏晕数次。生光乃凄然叹道："朝廷得我一供，便好结案，否则牵藤摘蔓，纠缠不休，生光何惜一身，不替诸君求活。罢罢！我承认便了。应斩应磔，尽听处断。"倒还直爽。陈矩乃将生光移交刑部，按罪议斩。神宗以生光谋危社稷，加罪凌迟，遂将生光磔死，妻子戍边。沈鲤、郭正域与案内牵连等人，尽得免坐。其实妖书由来，实出武英殿中书舍人赵士桢手笔。士桢逍遥法外，至后来病笃，喃喃自语，和盘说出，肉亦碎落如磔，大约为瞰生光冤魂所附，特来索命，也未可知。

话分两头，且说皇长子常洛得立储嗣，生母王氏仍未加封。王妃寂居幽宫，终岁未见帝面，免不得自叹寂寥，流泪度日，渐渐的双目失明，不能视物。至万历三十四年，皇太子选侍王氏，生子由校，为神宗长孙。明制太子女侍，有淑女选侍才人等名号，王选侍得生此子，神宗自然心惬，即上慈圣太后徽号，并晋封王恭妃为贵妃。惟名义上虽是加封，情分上仍然失宠，就是母子相关，也不能时常进谒。看官！你想妇女善怀，如何耐得过去？光阴易过，愁里销磨，自然恹恹成疾，渐致不起。子为太子，母犹如此，可为薄命人一叹。皇太子闻母病剧，请旨往省，不料宫门尚键，深锁不开，当下觅钥启锁，抉门而入，但见母妃惨卧榻上，面目憔悴，言语支离，睹此情形，寸心如割，免不得大恸起来。我阅此，亦几堕泪。可煞作怪，王贵妃闻声醒悟，便用手撩住太子衣服，呜咽道："你便是我儿么？"太子凄声称是。贵妃复以手摩顶，半响方道："我儿我儿，做娘的一生困苦，只剩你一些骨血。"言至此又复咽住。那时皇太子扑倒母怀，热泪滔滔，流个不止。贵妃复哽咽道："我儿长大如此，我死亦无恨了。"说至恨字，已

第七十九回　获妖书沈一贯生风　遣福王叶向高主议

是气喘吁吁,霎时间瞥目重翻,痰噎喉中,张着口再欲有言,已是不能成声,转瞬间即气绝而逝。刻意描摹,实恨神宗薄幸。太子哭踊再三,泪尽继血。还是神宗召他入内,好言劝慰,方才节哀。

是时沈一贯、沈鲤因彼此未协,同时致仕,续用于慎行、李廷机、叶向高三人,为东阁大学士,与朱赓同办阁务。慎行受职才十日,即报病殁,赓亦继卒,廷机被劾罢官,只叶向高独秉国钧,上言:"太子母妃薨逝,礼应从厚。"折上不报。重复上疏,乃得允议,予谥"温肃端靖纯懿皇贵妃",葬天寿山。郑贵妃以王妃已死,尚思夺嫡,福王常洵应封洛阳,群臣屡请就藩,统由贵妃暗中阻住。神宗又为所迷,温柔乡里,亲爱如故。常洵婚娶时,排场阔绰,花费金钱,多至三十万。又在洛阳相地,建筑王邸,百堵皆兴,无异宫阙,用款至二十八万金,十倍常制。且在崇文门外,开设官店数十家,售卖各般物品,与民争利,所得赢余,专供福邸岁用。一切起居,似较皇太子常洛,更胜数筹。及洛阳府第,业已竣工,叶向高等奏请福王就邸,得旨俟明春举行,时已在万历四十年冬季。转眼间已是新春,礼部授诏申请,留中不报。到了初夏,兵部尚书王象乾,又诚诚恳恳的奏了一本,神宗无可驳斥,只说是亲王就国,祖制在春,今已逾期,且待来年遣发云云。溺爱不明。未几,又由内廷传出消息,福王就藩,须给庄田四万顷,盈廷大骇。向例亲王就国,除岁禄外,量给草场牧地,或请及废壤河滩,最多不过数千顷。惟景王载圳(即世宗子,见六十九回)就封德安,楚地本多闲田,悉数赐给。又由载圳自行侵占,得田不下四万顷,不期福王亦欲援例,奏请照行。当由叶向高抗疏谏阻道:

福王之国,奉旨于明春举行,顷复以庄田四万顷,责抚按筹备,如必俟田顷足而后行,则之国何日。圣谕明春举行,亦宁可必哉?福王奏称祖制,谓祖训有之乎?会典有之乎?累朝之功令有之乎?王所引祖制,抑何指也。如援景府,则自景府以前,庄田并未出数千顷外,独景府逾制,皇祖一时失听,至今追咎,王奈何尤而效之?自古开国承家,必循理安分,始为可久。郑庄爱太叔段,为请大邑,汉窦后爱梁孝王,封以大国,皆及身而败,此不可不戒也。臣不胜忠爱之念,用敢披胆直陈!

这疏上后,批答下来,略云:"庄田自有成例,且今大分已定,尚有何疑?"向高又以:"东宫辍学,已历八年,且久已不奉天颜,独福王一日两见。以故不能无疑,但愿皇上坚守明春信约,无以庄田借口,疑将自释"等语。看官不必细猜,便可知种种宕约,无非是郑贵妃一人暗地设法,牵制神宗。可巧被李太后闻知,宣召郑贵妃至慈宁宫,问福王何不就国?郑贵妃叩头答道:"圣母来年寿诞,应令常洵与祝,是以迟迟不行。"狡哉贵妃,巧言如簧。太后面色转怒道:"你也可谓善辩了。我子潞王,就藩卫辉,试问可来祝寿么?"以矛刺盾,李太后可谓严明。郑贵妃碰了这个大钉子，只好唯唯而退。

既而锦衣卫百户王曰乾，讦奏奸人孔学、王三诏结连郑贵妃、内侍姜严山等，诅咒皇太子，并用木刻太后皇上肖像，用钉戳目，意图谋逆。并约赵思圣东宫侍卫，带刀行刺等情。这奏非同小可，瞧入神宗目中，不由得震怒异常，即欲将原疏发交刑部，彻底究治。向高得悉，忙上密揭道：

王曰乾、孔学，皆京师无赖，诱张至此，大类往年妖书，但妖书匿名难诘，今两造俱在法司，其情立见。皇上第静以处之，勿为所动，动则滋扰。臣意请将乾疏留中，别谕法司治诸奸人罪。且速定福王明春之国期，以息群喙，则奸谋无由逞，而事可立寝矣。

神宗览到此揭，意乃稍解，久之概置不问。太子遣使取阁揭，向高道："皇上既不愿穷究，殿下亦无须更问了。"向高力持大体。去使还报皇太子，太子点首无言。寻御史以他事参王曰乾，系置狱中，事遂消释。神宗乃诏礼部，准于万历四十二年，饬福王就藩。翌年二月，李太后崩逝，宫廷内外，相率衔哀。郑贵妃尚欲留住福王，怂恿神宗，下谕改期，经向高封还手勅，再三力谏，不得已准期遣行。启程前一夕，郑贵妃母子相对，足足哭了一夜。翌晨福王辞行，神宗亦恋恋不舍，握手叮嘱。及福王已出宫门，尚召还数四，与约三岁一朝，赐给庄田二万顷。中州素乏腴田，别取山东、湖广田亩，凑足此数。又畀淮盐千三百引，令得设店专卖。福王意尚未足，又奏乞故大学士张居正所没家产，及江都至太平沿江荻洲杂税，并四川盐井榷茶银。多财自殖，必至召殃，后来为流贼所戕，已兆于此。神宗自然照允，且每常怀念不置。

那皇太子常洛居住慈庆宫，非奉召不得进见，因此父子二人仍然隔绝。越年五月，忽有一莽汉状似疯魔，短衣窄裤，手持枣木棍一根，闯入慈庆宫门，逢人便击，打倒了好几个宫监，大踏步趋至殿檐下。宫中呼喝声、号救声，扰成一片，亏得内官韩本用带领众役把他拿住。正是：

妖孽都从人事起，
狂徒忽向副宫来。

未知此人为谁，且俟下回表明。

妖书之发现、巫蛊之讦发以及梃击之突乘，何一非由郑妃母子所致。郑贵妃不得专宠，福王常洵当然无夺嫡思想，风恬浪静，诸案何由发生？然后知并后匹嫡，实为乱本，古语信不诬也。沈一贯力请立储，始颇秉正，乃以楚宗一案，衔恨郭正域，遂欲借妖书以报私仇，甚且牵累沈鲤。天下无论何人，一涉私念，便昧公理，沈一贯其前鉴也。皦生光磔死而郭、沈脱罪，实为大幸。厥后王曰乾之讦奏，事涉虚无。其时幸一贯去位，叶向高进为首辅，奏请静处，大祸乃消。否则比妖书一案，当更烦扰矣。要之专制时代，责在君相，君相明良，国家自治。有相无君，尚可支持，君既昏庸，相亦贪私，鲜有不乱且亡者也。稽古者可知所鉴矣！

第八十回　审张差宫中析疑案　任杨镐塞外覆全军

却说内官韩本用等既拿住莽汉，即缚付东华门守卫，由指挥朱雄收禁。越宿，皇太子据实奏闻，当命巡城御史刘廷元，秉公讯鞫。廷元提出要犯，当场审问。那罪犯自供系蓟州人，姓张名差。两语以外，语言颠倒，无从究诘。廷元看他语似疯癫，貌实狡猾，再三诱供，他总是信口乱言，什么吃斋，什么讨封，至问答了数小时，仍无实供，惹得廷元讨厌起来，立即退堂，奏请简员另审。乃再命刑部郎中胡士相、岳骏声等复审，张差似觉清楚，供称："被李自强、李万仓等烧我柴草，气愤已极，意欲叩阁声冤，特于四月中来京，从东走入，不识门径，改往西走，遇着男子二人，畀我枣木棍一条，谓执此可作冤状，一时疯迷，闯入宫门，打伤守门官，走入前殿，被擒是实。"仍是模糊惝怳之谈。士相等以未得要领，难下断词，仍照廷元前奏，复旨了事。

当时叶向高因言多未用，引疾告归，改用方从哲、吴道南为阁臣，资望尚轻，不敢生议。但与刑部商议，拟依宫殿前射箭放弹投石伤人律，加等立斩。草奏未上，会提牢主事王之寀散饭狱中，私诘张差。差初不肯承，嗣复云不敢说明。之寀麾去左右，但留二吏细问。差乃自称："小名张五儿。父名张义，已经病故。近有马三舅、李外父，叫我跟一不知姓名的老公公，依他行事，并约事成当给我田地。我跟他到京，入一大宅，复来一老公公，请我吃饭，并嘱咐我道：'你先冲一遭，撞着一个，打杀一个，杀人不妨，我等自能救你。'饭罢后，遂导领我由厚载门，入慈庆宫，为守门所阻，被我击伤。后因"老公公"甚多，遂被缚住了。"之寀知老公公三字，系是太监的通称，复问马三舅、李外父名字及所入大宅的住处。差又答非所问。且云："小爷福大，就是柏木棍琉璃棍等，也无从下手，何况这枣木棍呢？"之寀问了数次，总无实供，乃出狱录词，因侍郎张达以闻。并云："差不癫不狂，有心有胆。惧以刑罚不招，示以神明仍不招，啜以饮食，欲语又默。但语中已涉疑似，乞皇上御殿亲审，或勅九卿科道三法司会审，自有水落石出的一日。"户部郎中陆大受及御史过庭训，复连疏请亟讯断，均留中不报。无非顾及郑贵妃。

庭训乃移文蓟州，搜集证据，得知州戚延龄复报，具言："郑贵妃遣宫监至蓟，建造佛寺，宫监置陶造甓，土人多鬻薪得利。差亦卖田贸薪，为牟利计，不意为土人所忌，纵火焚薪。差向宫监诉冤，反为宫监所责，自念产破薪焚，不胜愤懑，激成疯狂，因欲上告御状，这是张差到京缘由。"廷臣览到此文，均说差实疯癫，便可定案。若果照此定案，便省无数枝节。员外郎陆梦龙入告侍郎张达，谓事关重大，不应模糊了案，乃再令十三司会鞫。差供词如故。梦龙独设词劝诱，给与纸笔，命绘入宫路径，并所遇诸人姓名，一得要领，许他免罪，且准偿还焚薪。张差信为真言，喜出望外，遂写明："马三舅名三道，李外父名守才，同住蓟州井儿峪。前云不知姓名的老公公，实是修铁瓦殿的庞保，不知街道的住宅，实是朝外大宅的刘成。三舅、外父常到庞保处送灰，庞、刘两人在玉皇殿前商量，与我三舅、外父逼我打上宫中。若能打得小爷，吃也有了，穿也有了，还有姊夫孔道也这般说。"写毕数语，复随笔纵横，略画出入路径，当即呈上。梦龙瞧毕，递示诸司道："案情已露，一俟案犯到齐，便可分晓，我说他是未尝疯癫呢。"便佯慰张差数语，令还系狱中，即日行文到蓟州，提解马三道等。一面疏请法司，提庞保、刘成对质。庞、刘均郑贵妃内侍，这次由张差供出，饶你郑贵妃能言舌辩，也洗不净这连带关系。就是妃兄郑国泰也被捏做一团糟，担了了无数斤两。我为贵妃兄妹捏一把汗。国泰大惧，忙出揭白诬。给事中何士晋直攻国泰，且侵贵妃，疏词有云：

罪犯张差，挺击青宫，皇上令法司审问，原止欲追究主使姓名，大宅下落，并未直指国泰主谋。此时张差之口供未具，刑曹之勘疏未成，国泰岂不能从容少待？辄尔具揭张皇，人遂不能无疑。若欲释疑计，惟明告贵妃，力求皇上速令保、成下吏考讯，如供有国泰主谋，是大逆罪人，臣等执法讨贼，不但贵妃不能庇，即皇上亦不能庇。设与国泰无干，臣请与国泰约，令国泰自具一疏，告之皇上，嗣后凡皇太子皇长孙一切起居，俱由国泰保护。稍有疏虞，即便坐罪，则人心帖服，永无他言。若今日畏各犯招举，一惟荧惑圣聪，久稽廷讯，或潜散党羽，使之远遁，或阴毙张差，以冀灭口，则国泰之罪不容诛，宁止生疑已耶？臣愿皇上保全国泰，尤愿国泰自为保全，用敢直陈无隐，幸乞鉴察！

先是巫蛊一案，词已连及郑贵妃内侍，至是神宗览到此疏，不禁心动，便抢步至贵妃宫中。当由贵妃迎驾，见帝怒容满面，已是忐忑不定，嗣经神宗袖出一疏，掷示贵妃，贵妃不瞧犹可，瞧着数行，急得玉容惨澹，珠泪双垂，忙向驾前跪下，对泣对诉。只有此法。神宗唏嘘道："廷议汹汹，朕也不便替你解免，你自去求太子便了。"言毕自去。

贵妃忙到慈庆宫，去见太子，向他哭诉，表明心迹，甚至屈膝拜倒。太子亦慌忙答礼，自任调护。贵妃方起身还宫。太子即启奏神宗，请速令法司具狱，勿再株连。

于是神宗亲率太子皇孙等，至慈宁宫，召阁臣方从哲、吴道南及文武诸臣入内，大众黑压压的跪满一地。神宗乃宣谕道："朕自圣母升遐，哀痛无已，今春以来，足膝无力，每遇节次朔望忌辰，犹必亲到慈宁宫，至圣母座前行礼，不敢懈怠。近忽有疯子张差，闯入东宫伤人，外廷遂有许多訾议。尔等谁无父子，乃欲离间朕躬么？"说至此，又复执太子道："此儿极孝，朕极爱惜。"言未已，忽闻有人发声道："皇上极慈爱，皇太子极仁孝，无非一意将顺罢了。"神宗听不甚悉，问系何人发言，左右复奏道："是御史刘光复。"神宗变色道："什么将顺不将顺？"光复犹大言不止，此人亦似近狂。恼得神宗性起，喝称锦衣卫何在！三呼不应，遂令左右将光复缚住，梃杖交下。神宗又喝道："不得乱殴，但押令朝房候旨！"左右押光复去讫。方从哲等叩头道："小臣无知乱言，望霁天威！"神宗怒容稍敛，徐徐谕道："太子年已鼎盛，假使朕有他意，何不早行变置，今日尚有何疑？且福王已就藩，去此约数千里，若非宣召，他岂能飞至么？况太子已有三男，今俱到此，尔等尽可视明！"随命内侍引三皇孙至石级上，令诸臣审视道："朕诸孙均已长成，尚有何说？"（三皇孙从此处叙出。）复顾问太子道："尔有何语，今日可对诸臣尽言。"太子道："似此疯癫的张差，正法便了，何必株连。外廷不察，疑我父子，尔等宁忍无君？本宫何敢无父？况我父子何等亲爱，尔等何心，必欲令我为不孝子么？"神宗待太子言毕，复谕群臣道："太子所说，尔等均已听见否？"群臣齐称领诲，随命大众退班，乃相率叩谢而出。隔了数日，罪案已定，张差磔死，马三才等远流，李自强、李万仓笞责了案。嗣将庞保、刘成杖毙内廷。王之寀为科臣徐绍吉等所劾，削职为民。何士晋外调，陆大受夺官，张达夺俸，刘光复拘系狱中，久乃得释。仍是袒护郑贵妃。惟梦龙独免。总计神宗久居深宫，不见百官，已是二十五年，此番总算朝见群臣，借释众疑，这也不必细说。

越年，为万历四十四年，清太祖努尔哈赤崛兴满洲，建元天命，后来大明国祚，便被那努尔哈赤的子孙唾手夺去，这真是明朝史上一大关键呢。为此特笔提明，隐寓涑水紫阳书法。相传努尔哈赤的远祖，便是金邦遗裔。金邦被蒙古灭亡，尚有遗族逃奔东北，伏处长白山下。清室史官，颂扬神圣，说有天女下降，共浴池中，长名恩古伦，次名正古伦，幼名佛库伦。会有神鹊衔一朱果，堕在佛库伦衣上，佛库伦取来就吃，竟致成孕，十月满足，生下一男，取名布库哩雍顺，姓爱新觉罗氏（爱新与金字同音，觉罗犹言姓氏，详见《清史通俗演义》）。养了数年，渐渐长成。他用柳条编成一筏，乘筏渡河，流至一村，村中只有三姓，方在构衅，见有一人漂至，惊为异人，迎他至村，愿奉为主子，相率罢兵。巧有村中老丈，爱他俊伟，配以爱女伯哩，他便安心居住，部勒村民，成一堡寨，号为鄂多哩城。自是子孙相继，传至孟特穆，渐渐西略，移住赫图阿拉地（赫图阿拉即后来奉天省的兴京）。孟特穆四世孙，名叫福满，福满有六子，第四子觉昌安，缵承基绪，余五子各筑城堡，环卫赫图阿拉城，统名宁古塔贝勒。觉昌安又生数子，第四子塔克世，即努尔哈赤父亲，努尔哈赤天表非常，勇略盖世。

时明总兵李成梁镇守辽东，与图伦城尼堪外兰合兵攻古埒城。古埒城主阿太章京的妻室，便是觉昌安的女孙，努尔哈赤的从姊。觉昌安恐女孙被陷，偕塔克世率兵往援，协守城池。成梁不能克，尼堪外兰诡往招抚，城中人为所煽惑，开门迎降。阿太章京及觉昌安父子，竟死于乱军中。叙述源流，简而能赅。努尔哈赤年方二十有五，闻祖父被害，大哭一场，誓报大仇，乃检得遗甲十五副，往攻尼堪外兰。尼堪外兰屡战屡败，屡败屡走，及逃入明边，努尔哈赤遂致书明朝边吏，请归还祖父丧，及拿交尼堪外兰。明边吏转达明廷，明神宗方承大统，不欲鏖兵，便许归觉昌安父子棺木，并封努尔哈赤为建州卫都督，加龙虎将军职衔。努尔哈赤北面受封，只因尼堪外兰未曾交到，仍遣差官往索。明边吏也得休便休，索性拿住尼堪外兰，交给与他。他斩了仇人，才与明朝通好，岁输方物，可见努尔哈赤原是明朝臣子，一面招兵买马，拓地图强。

其时辽东海滨共分四部，一名满洲部（尔哈赤实兴于此），一名长白山部，一名东海部，一名扈伦部。扈伦部又分为四，首叶赫，次哈达，次辉发，次乌拉。叶赫最强，明廷亦随时羁縻，倚为屏蔽，称作海西卫。叶赫主闻努尔哈赤崛兴满洲，料他具有大志，意欲趁早翦除，遂纠合哈达、辉发、乌拉三部，并及长白山下的珠舍哩、纳殷二部，又去联络蒙古的科尔沁、锡伯、卦勒察三部，共得三万余人，来攻满洲。哪知努尔哈赤厉害得很，一场战争，被他杀得七零八落，大败亏输。各部陆续降顺努尔哈赤，只叶赫靠着明朝，始终不服。明廷屡发兵帮助，且遣使责备努尔哈赤。努尔哈赤心甚不平，就背了明朝，自做满洲皇帝，筑殿立庙，创设八旗制度，屏去万历正朔，独称天命元年（作者虽著有《清史演义》详述无遗，然此处亦不能尽行略过，故挈纲如上）。过了二载，努尔哈赤竟决计攻明，书七大恨告天（详见《清史演义》），集兵二万，直趋抚顺。降守将李永芳，击死援将张承荫、颇廷相、蒲世芳等人，辽东大震。

大学士方从哲保荐了一个人材，称他熟悉边情，可任辽事。看官道是何人？便是前征朝鲜，讳败为胜的杨镐。杨镐姓名上，加了八字头衔，已见保举非人。神宗遂起镐为兵部尚书，赐他尚方宝剑，往任辽东经略。镐到了辽东，满洲兵已克清河堡，守将邹储贤、张旂战死，副将陈大道、高铉逃回。镐请出

明史演义

第八十回　审张差宫中析疑案　任杨镐塞外覆全军

尚方剑，将两逃将斩首示众，新硎立试，威风可知，随即四处传檄，令远近将士，赶紧援辽，自己恰按兵不动。

次年新春，蚩尤旗出现天空，光芒闪闪，长可竟天。都下人士料有兵祸，偏大学士方从哲与兵部尚书黄嘉言等，迭发红旗，催镐进兵。镐不得已统兵出塞，幸四处已到了许多兵马，叶赫、朝鲜也各来了二万人。当下派作四路，分头前进。中路分左右两翼，左翼兵委山海关总兵杜松统带，从浑河出抚顺关，右翼兵委辽东总兵李如柏统带，从清河出鸦鹘关，开原总兵马林，与叶赫兵合，从开原出三岔口，称左翼北路军，辽阳总兵刘𬘩，与朝鲜兵合，从辽阳出宽甸口，称右翼南路军。四路兵共二十多万，镐却虚张声势，号称四十七万，明是外强中干。约于季春初吉，至满洲境内东边二道关会齐，进攻赫图阿拉城。努尔哈赤亦倾国而来，凑足十万雄师，抵敌明军。杨镐徐徐东进，每日间四遣侦骑，探听各路消息，忽有流星马报到，杜总兵至吉林崖，被满洲伏兵夹击，中箭身亡，全军尽覆了。镐大惊道："有这等事么？"未几，又有败报到来，马总兵至三岔口，被满洲兵乘高奋击，大败而回。佥事潘宗颜阵殁了。镐越加惶惧，连坐立都是不安，暗想两路败亡，余两路亦靠他不住，不如令他回军为是。迟了。遂即发檄止刘、李两军。哪知李如柏最是没用，甫抵虎栏关，闻山上有吹角声，疑是满洲兵杀来，不待檄到，已先逃归。独有大刀刘𬘩深入三百里，连破三寨，直趋栋鄂路，被满洲世子代善，改作汉装，混充杜松军士，捣乱𬘩军。𬘩不知杜军已覆，遂中他诡计，一时措手不及，竟死敌手（前二路用虚写，后二路用明写，笔法矫变，惟证以《清史演义》，觉得此处尚是略叙）。叶赫兵伤亡大半，朝鲜兵多降满洲，马林奔还开原，又由满洲兵杀到，出城战殁，弄得杨镐走投无路，只好没命地跑回山海关。小子有诗叹道：

不才何事令专征，
二十万军一旦倾。
从此辽东无静日，
庸臣误国罪非轻。

杨镐到此，势不能诡报胜仗，只好实陈败状。毕竟明廷如何下旨，且至下回再详。

张差一案，是否由郑贵妃暗遣，明史上未曾证实，例难臆断。惟郑贵妃之觊图夺嫡，确有此情。内监庞、刘等遂隐承意旨，欲假张差之一击，以快私意，以徼大功，然则谓非衅自贵妃，不可得也。神宗始终惑于女宠，故疑案叠出，不愿深究，阳博宽大之名，阴济帷房之宠，彼王之寀、何士晋、陆大受辈，得毋太好事乎？然内变尚可曲全，外患不堪大误，杨镐以伪报获谴，乃犹听方从哲之奏请，无端起用，欲以敌锐气方张之满洲太祖，几何而不覆没耶？明清兴亡，关此一举，作者虽已有《清史演义》，格外详叙，而此处亦不肯略过，书法谨严，于此可见矣。

第八十一回　联翠袖相约乞荣封　服红丸即夕倾大命

　　却说杨镐覆军塞外，败报上闻，盈廷震惧。言官交章劾镐，当下颁诏逮问，另任兵部侍郎熊廷弼，经略辽东，也赐他尚方宝剑，令便宜行事。廷弼奉命即行，甫出山海关，闻铁岭又失，沈阳吃紧，兵民纷纷逃窜，亟兼程东进。途次遇着难民，好言抚慰，令他随回辽阳。有逃将刘遇节等三人，缚住正法，诛贪将陈伦，劾罢总兵李如桢，督军士造战车，治火器，浚濠缮城，严行守御。又请集兵十八万，分屯要塞，无懈可击。满洲太祖努尔哈赤探得边备甚严，料难攻入，遂改图叶赫。叶赫兵尽援绝，眼见得被他灭亡了（详见《清史演义》，故此处只用虚笔）。

　　神宗仍日居深宫，就是边警日至，亦未见临朝。大学士方从哲及吏部尚书赵焕等，先后请神宗御殿，召见群臣，面商战守方略。怎奈九重深远，竟若无闻，任他苦口晓音，只是闭户不出。半个已死，哪得长生。未几，王皇后崩逝，尊谥"孝端"，又未几，神宗得疾，半月不食，外廷虽稍有消息，未得确音。给事中杨涟及御史左光斗等（杨、左两人特别提出）走谒方从哲，问及皇上安否，从哲道："皇上讳疾，即诘问内侍，亦不敢实言。"杨涟道："从前宋朝文潞公问仁宗疾，内侍不肯言。潞公谓天子起居，应令宰臣与闻，汝等从中隐秘，得毋有他志么？内侍方说出实情。今公为首辅，理应一日三问，且当入宿阁中，防有他变。"从哲踌躇半晌，方道："恐没有这条故例，奈何？"涟又道："潞公事明见史传，况今日何日，还要讲究故例么？"从哲方才应诺。实是一个饭桶。越二日，从哲方带领群臣入宫问疾，只见皇太子踯躅宫前，不敢入内。杨涟、左光斗英会时亦随着，瞧这情形，急遣人语东宫伴读王安道："闻皇上疾亟，不召太子，恐非上意。太子当力请入侍，尝药视膳，奈何到了今日，尚踯躅宫外？"王安转语太子，太子再四点首，照词入请，才得入内。惟群臣待至日暮，终究不得进谒。

　　又过了好几日，神宗自知不起，乃力疾御弘德殿，召见英国公张维贤，大

第八十一回 联翠袖相约乞荣封 服红丸即夕倾大命

学士方从哲，尚书周嘉谟、李汝华、黄嘉善、张问达、黄克缵，侍郎孙如游等，入受顾命。吴道商时已罢去，故未及与列。大旨勖诸臣尽职，勉辅嗣君，寥寥数语，便即命诸臣退朝。又越二日而崩，遗诏发帑金百万，充作边赏，罢一切矿税及监税中官，起用建言得罪诸臣。太子常洛承统嗣位，是谓光宗，以明年为泰昌元年，上先帝庙号为"神宗"。总计神宗在位四十八年，寿五十八岁，比世宗享国，尚多三年。明朝十六主中，算是神宗国祚最长，但牵制宫帏，宴处宫禁，贤奸杂用，内外变起，史家谓为亡国祸胎，也并非深文刻论呢。独下断语，隐见关系。

话休叙烦，且说光宗登位以后，因阁臣中只一方从哲，不得不简员补入。从哲籍隶乌程，同里好友沈㴶曾为南京礼部侍郎，给事中亓诗教等趋奉从哲，特上疏推荐，并及吏部侍郎史继阶。光宗遂擢沈、史两人为礼部尚书，入兼阁务。㴶初官翰林，尝授内侍书。刘朝、魏进忠皆㴶弟子，㴶既入阁，密结二人为内援。后来进忠得势，闹出绝大祸祟，好一座明室江山，便被那八千女鬼收拾净尽。当时都中有"八千女鬼乱朝纲"之谣，八千女鬼即魏字。这且到后再述，先叙那光宗时事。

从前郑贵妃侍神宗疾，留居乾清宫，及光宗嗣位，尚未移居，且恐光宗追念前嫌，或将报复，因此朝夕筹画，想了一条无上的计策，买动嗣主欢心。看官道是何计？她从侍女内挑选美人八名，个个是明目善睐，纤巧动人，又特地制就轻罗彩绣的衣服，令她们穿着，薰香傅粉，送与光宗受用。另外配上明珠宝玉，光怪陆离，真个是价逾连城，珍同和璧。光宗虽逾壮年，好色好货的心思尚是未减，见了这八名美姬及许多珍珠宝贝，喜得心痒难搔，老老实实的拜受盛赐。当下将珠玉藏好，令八姬轮流侍寝，快活异常，还记得什么旧隙。八姬以外，另有两个李选侍，素来亲爱，也仍要随时周旋。一选侍居东，号为东李，一选侍居西，号为西李。西李色艺无双，比东李还要专宠。郑贵妃联络西李，日与她往来谈心，不到数月，居然胶漆相投，融成一片，所有积愫，无不尽吐。女子善妒，亦善相感，观此可见一斑。但郑贵妃是有意联结，又与寻常不同。贵妃想做皇太后，选侍想做皇后，统是一厢情愿，两人商议妥当，便由选侍出头，向光宗乞求两事。光宗因故妃郭氏（应八十九回）病殁有年，也有心册立选侍，只对着郑贵妃一面，颇觉为难，怎奈选侍再三乞请，也只好含糊答应。不念生母王恭妃牵衣诀别时耶？

一日挨一日，仍未得册立的谕旨，郑贵妃未免着急，又去托选侍催请。可巧光宗生起病来，旦夕宣淫，安得不病？一时不便进言，只好待病痊以后，再行开口。偏偏光宗的病有增无减，急得两人非常焦躁，不得已借问疾为名，偕入寝宫，略谈了几句套话，便问及册立日期。此时光宗头昏目晕，无力应酬，禁不起两人絮聒，索性满口应承，约定即日宣诏，命礼部具仪。可恨贵妃老奸巨猾，偏要光宗亲自临朝，面谕群臣。一步不肯放松，煞是凶狡。光宗无可奈何，勉强起床，叫内侍扶掖出殿，召见大学士方从哲，命尊郑贵妃为皇太后，且说是先帝遗命，应速令礼部具仪，不得少缓。先帝遗命，胡至此时才说。言已，即呼内侍扶掖还宫。从哲本是个糊涂虫，三字最配从哲，不管什么可否，便将旨意传饬礼部。侍郎孙如游奋然道："先帝在日，并未册郑贵妃为后，且今上又非贵妃所出，此事如何行得？"遂上疏力谏道：

自古以配而后者，乃敌体之经，以妃而后者，则从子之义。故累朝非无抱衾之爱，终引割席之嫌者，以例所不载也。皇贵妃事先帝有年，不闻倡议于生前，而顾遗诏于逝后，岂先帝弥留之际，遂不及致详耶？且王贵妃诞育陛下，岂非先帝所留意者？乃恩典尚尔有待，而欲令不属毛离里者，得母其子，恐九原亦不无怨恫也。郑贵妃贤而习礼，处以非分，必非其心之所乐，书之史册，传之后禩，将为盛代典礼之累，且昭先帝之失言，非所为孝也。中庸称达孝为善继善述，义可行，则以遵命为孝，义不可行，则以遵礼为孝，臣不敢奉命！

此疏一上，光宗约略览过，便遣内监赍示郑贵妃。郑贵妃怎肯罢休，还想请光宗重行宣诏，无如光宗病势日重，势难急办，乃令内医崔文升入诊帝疾。文升本不是个国医手，无非粗读过几本方书，便自命为知医，诊过帝脉，说是邪热内蕴，应下通利药品，遂将大黄、石膏等类，开入方剂，撮与帝饮；服了下去，顿时腹痛肠鸣，泻泄不止，一日一夜，下痢至四十三次，送终妙手，接连数日，害得光宗气息奄奄，支离病榻。原来光宗肆意宣淫，日服春药，渐渐的阳涸阴亏，哪禁得杀伐峻剂，再行下去！一泄如注，委顿不堪，都下人士，啧有烦言。都说郑贵妃授意文升，致帝重疾。外家王、郭二戚且遍谒朝臣，泣愬宫禁危急，郑、李交祟等情。于是杨涟、左光斗与吏部尚书周嘉谟，往见郑贵妃兄子养性，责以大义，要他劝贵妃移宫，并请收还贵妃封后成命。养性不得不从，便入宫禀闻。郑贵妃恐惹大祸，勉强移居慈宁宫，就是册尊贵妃的前旨，亦下诏撤销。寻命礼部侍郎何宗彦、刘一燝、韩爌及南京礼部尚书朱国祚，并为礼部尚书，兼东阁大学士，入参机务。又遣使召用叶向高。韩、刘在京，先行入直，给事中杨涟见阁臣旋进旋退，毫无建白，独抗疏劾崔文升道：

贼臣崔文升，不知医理，岂宜以宗社神人托重之身，妄为尝试？如其知医，则医家于有余者泄之，不足者补之，皇上哀毁之余，一日万几，于法正宜清补，文升反投相伐之剂。然则流言藉藉，所谓兴居之无节，侍御之蛊惑，必文升借口以盖其误药之奸，冀掩外廷攻击也。如文升者，既益圣躬之疾，又损圣明之名，文升之肉，其足食乎？臣闻文升调护府第有年，不闻用药谬误，皇上一用文升，倒置若此，有心之误耶？无心之误耶？有心则齑粉不足偿，

无心则一误岂可再误？皇上奈何置贼臣于肘腋间哉？应请饬下法司严行审问，量罪惩处，以儆贼臣，则宫廷幸甚！宗社幸甚！

这疏上后，过了一天，光宗传锦衣官宣召杨涟，并召阁臣方从哲、刘一燝、韩爌及英国公张维贤，并六部尚书等入宫，众臣都为杨涟担忧，总道他抗疏得罪，将加面斥。独杨涟毫不畏惧，坦然入谒，随班叩见。光宗注目视涟，也没有甚么吩咐。迟了半晌，乃宣谕群臣道："国家事机丛杂，暂劳卿等尽心，朕当加意调理，俟有起色，便可视朝。"群臣禀慰数语，奉旨退出。越日又复召见，各大臣鱼贯进去，但见光宗亲御暖阁，凭几斜坐，皇长子由校侍立座侧，当下循例叩安，由光宗面谕道："朕迭见卿等，心中甚慰。"说毕微喘。从哲叩首道："圣躬不豫，还须慎服医药。"光宗道："朕不服药，已十多日，大约是怕泻之故。现有一事命卿：选侍李氏，侍朕有年，皇长子生母薨逝，也赖选侍抚养（王选侍之殁，就此带出），勤劳得很，拟加封为皇贵妃。"言甫毕，忽屏后有环珮声，铿锵入耳，各大臣向内窃窥，只见屏帏半启，微露红颜，娇声呼皇长子入内，隐约数语，复推他使出。光宗似已觉着，侧首回顾，巧与皇长子打个照面。皇长子即启奏道："选侍娘娘乞封皇后，恳父皇传旨。"光宗默然不答。皇长子侍立帝侧，李选侍得随意驱使，是真视光宗如傀儡者。各大臣相率惊诧，当由从哲奏请道："殿下年渐长成，应请立为太子，移居别宫。"

光宗道："他起居服食，尚靠别人调护，别处如何去得？卿等且退，缓一二天，再当召见。"大众叩首趋出。

鸿胪寺丞李可灼谓有仙方可治帝疾，居然上疏奏陈。光宗乃再宣召众大臣，入问道："鸿胪寺官说有仙方，目今何在？"从哲叩首道："李可灼的奏请，恐难尽信。"光宗痰喘吁吁道："且、且去叫他进来！"左右即奉命出召，少顷，可灼已到，谒见礼毕，便命他上前诊脉。可灼口才颇佳，具言致病原由及疗治合药诸法。谚言"识真病，卖假药"，便是这等医生。光宗心喜，便令出去和药。一面复语群臣，提及册立李选侍，并云李选侍数生不育，只有一女，情实可怜。死在目前，还念念不忘选侍，光宗可谓多情。从哲等齐声奏称，当早日具仪，上慰圣怀。光宗复命皇长子出见，顾谕群臣道："卿等他日辅导朕儿，须使为尧、舜，朕亦瞑目。"从哲等方欲有言，但听光宗又谕道："寿宫尚无头绪，奈何？"从哲道："先帝陵寝，已经齐备，乞免圣虑！"光宗用手自指道："便是朕的寿宫。"从哲等复齐声道："圣寿无疆，何遽言此！"光宗欷歔道："朕已自知病重了。但望可灼的仙药，果有效验，或可延年。"语至此，已气喘得了不得，用手一挥，饬诸臣退去。

诸臣甫出宫门，见可灼跟跄趋入，便一同问讯道："御药已办好么？"可灼出掌相示，乃是一粒巴豆大的红丸。吃下就死，比巴豆还要厉害。大众也不遑细问，让可灼进去，一群儿在宫门外小憩，听候服药消息。约过一时，有内侍趋出，传语："圣上服药后，气喘已平，四肢和暖，想进饮食，现在极赞可灼忠臣呢。"诸臣方欢跃退去。到了傍晚，从哲等又至宫门候安，适见可灼出来，亟问消息，可灼道："皇上服了丸药，很觉舒畅，惟恐药力易竭，更进一丸，服了下去，畅快如前，圣体应可无碍了。"从哲等才放心归去。不期到了五鼓，宫中传出急旨，召群臣速进宫。各大臣等慌忙起床，连盥洗都是不及，匆匆的着了冠服，趋入宫中。但听宫中已经举哀，光宗于卯刻已经归天了。这是红丸的效力。

看官！你道红丸以内，是何药合成？原来是红铅为君，参茸等物为副，一时服下，觉得精神一振，颇有效验，但光宗已精力衰惫，不堪再提，况又服了两颗红丸，把元气一概提出，自然成了脱症，不到一夜，即至告终。这数语恰是医家正鹄，崔文升、李可灼等晓得甚么？诸臣也无词可说，只得入宫哭临。谁知到了内寝，又有中官出来阻住，怪极，弄得群臣莫名其妙。杨涟上前抗声道："皇上大行，尚欲阻群臣入临，这是何人意见，快快说来！"中官知不可阻，乃放他进去。哭临礼毕，刘一燝左右四顾，并不见有皇长子，乃启问道："皇长子何在？"问了数声，没人回答。一燝愤愤道："哪个敢匿新天子？"言未已，东宫伴读王安入白选侍，见选侍挽着皇长子，正与太监李进忠密谈。进忠何多？王安料他有诈，亟禀选侍道："大臣入临，皇长子正宜出见，

俟大臣退去，即可进来。"选侍乃放开皇长子，当由王安双手掖引，疾趋出门。进忠暗令小太监等追还皇长子，方在揽袪请返，被杨涟大声呵斥，才行退去。一燝与张维贤等遂掖皇长子升辇，至文华殿，各向他俯伏，山呼万岁，返居慈庆宫，择日登极。李选侍与李进忠秘议，才不得行。原来李选侍奉侍帝疾，入居乾清宫，至光宗宾天，意欲挟持皇长子，迫令群臣，先册封自己为后，然后令他登位。偏被阁臣等强行夺去，急得没法，还想令进忠带同内侍，劫皇长子入宫，可奈锦衣帅骆思恭受阁臣调遣，散布缇骑，内外防护，那时宫内阴谋几成画饼。御史左光斗复疏请选侍移宫，接连是御史王安舜痛陈李可灼误投峻剂，罪有专归，于是移宫案、红丸案同时发生，纷纷争议。史官以前有梃击一案，后有移宫、红丸两案，共称三案。小子有诗叹道：

疑案都从内壁生，
盈廷聚讼至相争。
由来叔世多如此，
口舌未销国已倾。

毕竟移宫、红丸两案，如何办理，容待下回表明。

光宗之昏淫，甚于神宗，即李选侍之蛊惑，亦甚于郑贵妃。郑贵妃专宠数十年，终神宗之世，不得为后。光宗甫经践祚，李选侍遽思册封，是所谓一蟹不如一蟹，每况而愈下者。然莫为之前，即无后起，有神宗之嬖郑贵妃，始

有光宗之宠李选侍。且郑贵妃进献美姬，戕贼光宗，又令不明医理之崔文升，进以泄药，一泻如注，剥尽真元，虽无李可灼之红丸，亦难永祚。是死光宗者实郑贵妃，而贵妃之致死光宗，尤实自神宗贻之。至如李选侍之求为皇后，以及挟皇长子，据乾清宫，皆阴承贵妃之教而来。不有杨、左，庸鄙如方从哲辈，能不为选侍所制乎？故君子创业垂统，必思可继，不惑声色，不殖货利，其所以为子孙法者，固深且远也。

第八十一回　联翠袖相约乞荣封　服红丸即夕倾大命

第八十二回 选侍移宫诏宣旧恶
庸医悬案弹及辅臣

却说移宫、红丸两案同时发生,小子一时不能并叙,只好分案叙明。李选侍因前计不成,非常愤懑,必欲据住乾清宫,与皇长子同居。廷臣等均言非是,当由御史左光斗慨然上疏道:

内廷有乾清宫,犹外廷之有皇极殿也,惟皇上御天居之。惟皇后配天,得共居之。其他妃嫔,虽以次进御,不得恒居,非但避嫌,亦以别尊卑也。今选侍既非嫡母,又非生母,俨然尊居正宫,而殿下乃退处慈庆,不得守几筵,行大礼,名分倒置,臣窃惑之。且殿下春秋十六龄矣,内辅以忠直老成,外辅以公孤卿贰,何虑乏人?尚须乳哺而襁负之哉?及今不早断决,将借抚养之名,行专制之实,窃恐武氏之祸,再见于今,此正臣所不忍言也。伏乞殿下迅速裁断,毋任迁延!数语未免太激,卒至祸及杀身。

疏入,为李选侍所闻,气得柳眉倒竖,杏靥改容,便与李进忠商量,借议事为名,邀皇长子入乾清宫。进忠奉命往邀,甫出宫门,巧与杨涟相值。涟即问选侍何日移宫?进忠摇手道:"李娘娘正在盛怒,令我邀请殿下入议,究治左御史武氏一说。"涟故作惊诧道:"错了错了!幸还遇我。皇长子今非昔比,李娘娘若果移宫,他日自有封号。你想皇长子年已渐长,岂无识见,你等也应转禀李娘娘,凡事三思而行,免致后悔。"晓以利害,颇得戒儆之法。进忠默然退去。既而登极有期,仍未得选侍移宫消息,直至登极前一日,选侍尚安居如故。杨涟忍耐不住,即挺身上疏道:

先帝升遐,人心危疑,咸谓选侍外托保护之名,阴图专擅之实,故力请殿下暂居慈庆,欲先拨别宫而迁之,然后奉驾还宫。盖祖宗之宗社为重,宫帏之恩宠为轻,此臣等之私愿也。今登极已在明日矣,岂有天子偏处东宫之礼?

先帝圣明,同符尧、舜,徒以郑贵妃保护为名,病体之所以沉重,医药之所以乱投,人言藉藉,至今抱痛,安得不为寒心?惩前毖后,断不能不请选侍移宫。臣言之在今日,殿下行之,亦必

在今日。阁部大臣，从中赞决，毋容泄泄，以负先帝凭几辅殿下之托，亦在今日。时不可失，患宜预防，幸殿下垂鉴，迅即采行！

杨涟一面拜疏，一面往催方从哲，令速请选侍移宫。从哲徐徐道："少缓几日，亦属无妨。"涟急语道："天子不应再返东宫，选侍今日不移，亦没有移居的日子了，这事岂可少缓？"火焦鬼碰着慢医生，真要气煞！刘一燝、韩爌亦正在侧，也语从哲道："明日系登极期，选侍亟应移宫，我等不如同去请旨便了。"从哲不得已，相偕至慈庆宫门。当有内侍出来，问明底细，便道："难道不念先帝旧宠么？"涟随在后面，忙上前厉声道："国家大事，怎得徇私？你等敢来多嘴，待要怎的。"涟本声若洪钟，更兼此时焦躁已极，越觉响激，震入宫中。皇长子令中官传旨，已请选侍移宫，诸臣少安无躁。大众闻言，伫立以待。嗣见司礼监王安趋出，语诸人道："选侍娘娘，已移居仁寿殿了，改日当再徙哕鸾宫。现更奉殿下特旨，收系李进忠、田诏、刘朝等人，因他私盗宝藏，为此究办。"刘一燝等都有喜色，且以王安人素诚信，当无诈言，遂相率退归。越日皇长子由校即皇帝位，是为熹宗，诏赦天下，当下议改元"天启"。

惟神宗于七月崩逝，光宗于九月朔日又崩，彼时曾有旨于次年改元"泰昌"，至是又要改元，连"泰昌"二字，都未见正朔，或议削泰昌勿纪，或议去万历四十八年，即以本年为"泰昌"，或议以明年为"泰昌"，后年为"天启"元年，大家争议未决。还是御史左光斗请就本年八月以前为"万历"，八月以后为"泰昌"，明年为"天启"，最是协情合理。众人也都赞成，熹宗随即听从。朝贺礼成，没甚变事，过了数日，忽由御史贾继春上书阁臣，书中略云：

天地之大德曰生，圣人之大德曰孝。先帝命诸臣辅皇上为尧、舜，尧、舜之道，孝弟而已矣。父有爱妾，其子当终身敬之不忘。先帝之于郑贵妃，三十余年天下侧目之隙，但以笃念皇祖，涣然冰释。何不辅皇上取法，而乃作法于凉？纵云选侍原非淑德，凤有旧恨，此亦妇人女子之常态。先帝弥留之日，亲向诸臣，谕以选侍产育幼女，欷歔情事，草木感伤，而况我辈臣子乎？伏愿阁下委曲调护，令李选侍得终天年，皇幼女不虑意外，是即所谓孝弟之道也。惟阁下实图利之！

阁臣方从哲等，接到此书，又觉得左右为难，惶惑未定。左光斗得知此事，往见阁臣道："这也何难取决。皇上还居乾清，选侍自当移宫。惟移宫以后，不要再生枝节，多使选侍不安。现在李进忠、田诏等，既已犯法，应该惩治，此外概从宽政，便是仁孝两全了。"从哲等依违两可，光斗遂将自己意见登入奏牍。哪知谕旨下来，竟暴扬选侍罪状，其词道：

朕幼冲时，选侍气凌圣母，成疾崩逝，使朕抱终天之恨。皇考病笃，选侍威挟朕躬，传封皇后，朕心不自安，暂居慈庆，选侍复差李进忠等，命每日章奏文书，先奏选侍，方与朕览。朕思祖宗家法甚严，从来有此规制否？朕今奉养选侍于哕鸾宫，仰遵皇考遗爱，无不体悉。其李进忠、田诏等，盗库首犯，事干宪典，原非株连，卿等可传示遵行。

方从哲等读完谕旨，相顾惊愕。乃由从哲主张，封还原谕，且具揭上言，陛下既仰体先帝遗爱，不应再有暴扬等情。熹宗不听，仍将原谕发抄，颁告天下。葬神宗帝后于定陵，追谥皇妣郭氏为"孝元皇后"，尊生母王氏为"孝和皇太后"。寻又葬光宗帝后于庆陵，具仪发丧，正忙个不了。李选侍已移居哕鸾宫，不料宫内失火，势成燎原，亏得内有宫侍，外有卫卒，从火光熊熊中扶出选侍母女两人。这火起自夜间，仓猝得很，余物不及抢救，尽付灰烬。当时群阉惧谴，已造蜚言，又因这次猝不及防的火灾，愈觉谣诼纷起，有说选侍母女，均被焚死，有说未火以前，选侍已经投缳，其女亦已投井，种种谣言，喧传宫禁。无非是李进忠一党人物。熹宗也有所闻，忙颁谕朝堂，略说："选侍、皇妹，均属无恙。"贾继春又致书阁中，竟有"皇八妹入井谁怜，未亡人雉经莫诉"等语。给事中周朝瑞谓继春造言生事，具揭内阁。继春又不肯相下，双方打起笔墨官司来。杨涟恐异议益滋，申疏述移宫始末，洋洋洒洒，差不多有数千言，小子录不胜录，只好节述大略。其文云：

前选侍移宫一事，护驾诸臣知之，外廷未必尽知。移宫以后，蜚语忽起，有谓选侍徒跣踉跄，欲自裁处，皇妹失所，至于投井。或传治罪瑺过甚，或称由内外交通。臣谓宁可使今日惜选侍，无使移宫不早，不幸而成女后垂帘之事。况选奉圣谕，选侍居食，恩礼有加，哕鸾宫火，复奉有选侍、皇妹无恙之旨，方知皇上虽念及于孝和皇太后之哽咽，仍念及于光宗先帝之唏嘘。海涵天盖，尽仁无已。

伏乞皇上采臣戆言，更于皇弟皇妹，时勤召见谕安，不妨曲及李选侍者，酌加恩数，遵爱先帝之子女，当亦圣母在天之灵所共喜也。

光宗阅毕，下旨褒奖，又特谕群臣，仍陈选侍过恶。略云：

朕冲龄登极，开诚布公，不意外廷乃有谤语，轻听盗犯之讹传，酿成他日之实录，诚如科臣杨涟所奏者，朕不得不再申谕以释群疑。九月初一日，皇考宾天，诸臣入临毕，请朝见朕，李选侍阻朕于暖阁，司礼官固请，既许而后悔。又使李进忠请回者，至再至三。朕至乾清宫丹陛上，大臣扈从前导，选侍又使李进忠来牵朕衣，卿等亲见，当时景象，危乎安乎？当避宫乎？不当避宫乎？初一日朕至乾清宫，朝见选侍毕，恭送梓宫于仁智殿，选侍差人传朕，必欲再朝见方回，各官皆所亲见，明是威挟朕躬，垂帘听政之意。朕蒙皇考命依选侍，朕不住彼宫，饮食衣服，皆皇祖皇考所赐，每日仅往彼一见，因之怀恨，凌虐不堪。若避宫不早，则彼爪牙成列，盈虚在手，朕亦不知如何矣。既殴崩圣母，又每使宫眷王寿花等，时来

探听，不许朕与圣母旧人通一语，朕之苦衷，外廷不能尽知，今停封以慰圣母之灵，奉养以尊皇考之意，该部亦可以仰体朕心矣。臣工私于李党，不顾大义，谕卿等知之，今后毋得植党背公，自生枝节！

这谕下后，御史王养浩等又上言"殴崩圣母"四字有伤先帝盛德，不宜形诸谕旨，垂示后世。此折留中不报。还有与继春同党的人，且诋涟内结王安，私图封拜，涟遂乞归。继春出按江西，且驰疏自明心迹。熹宗降旨切责，次年以继春擅造入井雉经等语，放归田里，永不叙用。后至魏阉专权，矫旨封李选侍为康妃，这系后话慢表。

惟有李可灼呈入红丸一案，当光宗初崩时，已由方从哲拟诏赏给可灼银五十两。总算酬谢他送命的功劳。朝臣啧有烦言，以可灼误下劫剂，不无情弊，却为何还要给赏？即由御史王安舜首先争论，上疏极谏道：

医不三世，不服其药。先帝之脉，雄壮浮大，此三焦火动，面唇赤紫，满面火升，食粥烦躁，此满腹火结。宜清不宜助，明矣。红铅乃妇人经水，阴中之阳，纯火之精也，而以投于虚火燥热之症，几何不速之死乎？然医有不精，犹可借口，臣独恨其胆之大也。以中外危疑之日，而敢以无方无制之药，假言金丹，轻亦当治以庸医杀人之条，乃蒙殿下颁以赏格，臣谓不过借此一举，塞外廷之议论也。夫轻用药之罪固大，而轻荐庸医之罪亦不小，不知其为谬，犹可言也，以其为善而荐之，不可言也。

伏乞殿下改赏为罪，彻底究办！

看这疏中语味，还说李可灼不过误医，就是提及荐医的人，也未尝指出姓名，没有甚么激烈。从哲乃改为夺可灼罚俸一年。及熹宗即位，御史郑宗周复劾崔文升罪，请下法司。从哲又拟旨令司礼监察处。于是御史冯三元、焦源溥、郭如楚，给事中魏应嘉，太常卿曹珖，光禄少卿高攀龙，主事吕维祺，交章论崔、李罪状，并言："从哲徇庇，国法何在！"给事中惠世扬，竟直纠从哲十罪三可诛，疏中有云：

方从哲独相七年，妒贤病国，罪一；骄蹇无礼，失误哭临，罪二；梃击青宫，庇护奸党，罪三；恣行凶臆，破坏丝纶，罪四；纵子杀人，蔑视宪典，罪五；阻抑言官，蔽塞耳目，罪六；陷城失律，宽议抚臣，罪七；马上催战，覆没全师，罪八；徇私罔上，鼎铉贻羞，罪九；代营榷税，蠹国殃民，罪十。贵妃求封后，举朝力争，从哲依违两可，当诛者一；选侍乃郑氏私人，从哲受其宫奴所盗美珠，欲封为贵妃，又听其久据乾清，当诛者二；崔文升用泄药，伤损先帝，廷臣交章言之，从哲拟为脱罪，李可灼进劫药，以致先帝驾崩，从哲反拟加赏，律以春秋大义，弑君之罪何辞，当诛者三。如此尤任其当国，朝廷尚有法律耶？务乞明正典刑，以为玩法无君者戒！

看官！你想方从哲尚有人心，到了此时，还有甚么脸面，在朝执政？当即上表力辞，疏至六上，乃命进中极殿大学士，赏银币蟒衣，允他致仕。从哲尚有廉耻，较之严分宜辈，相去多矣。但从哲虽已辞职，尚羁居京师。崔、李二人，终未加罪。御史焦源溥、傅宗龙、马逢皋、李希孔，及光禄少卿高攀龙等，又先后劾奏崔、李二人。既而礼部尚书孙慎行，又追劾李可灼进红丸事，并斥从哲为弑逆。略云：

李可灼进红药两丸，实原任大学士方从哲所进。未免锻炼。夫可灼官非太医，红丸不知何药，乃敢突然进呈，昔许悼公饮世子药而卒，世子即自杀，春秋犹书之为弑，然则从哲宜何居？速引剑自裁，以谢先帝，义之上也。合门席藁以待司寇，义之次也。乃悍然不顾，至举朝共攻可灼，仅令罚俸，岂以己实荐灼，恐与同罪，可灼可爱，而先帝可忍乎？纵无弑之心，却有弑之事，欲辞弑之名，难免弑之实。即有百口，亦无能为天下万世解矣。陛下以臣言有当，乞将从哲大正肆放之罚，速严两观之诛，并将李可灼严加考问，置之极刑。若臣言无当，即以重典治臣，亦所甘受，虽死何辞！

这疏上去，有旨令廷臣集议。大臣到了一百十余人，多以原奏为是，纷纷欲罪从哲。独刑部尚书黄克缵，御史王志道、徐景濂，给事中汪庆百数人，颇袒从哲。从哲也上疏辩驳，结末有"请削官阶，愿投四裔，以谢先帝并谢天下"等语。熹宗令阁臣六卿，再行慎议。大学士韩爌述进药始末，吏部尚书张问达、户部尚书汪应蛟等亦将始末具陈。大旨言："可灼自请进药，由先帝召问，命他和丸急进，非但从哲未能止，即臣等亦未能止。从哲坐罪，臣等均应连坐。惟从哲拟赏可灼，及御史王安舜争谏，仅令罚俸，论罪太轻，实无以慰先帝、服中外，宜如从哲请，削夺官阶，为法任咎。至可灼罪不容诛，崔文升先进大黄凉药，罪比可灼尤重，法应并加显戮，藉泄公愤"云云。熹宗乃命将可灼遣戍，文升放南京，惟从哲仍不加罪。孙慎行见公论难伸，引疾归田。后来尚宝司少卿刘志选，反劾孙慎行妄引经义，诬毁先帝，更及皇上。得旨令宣付史馆，且赦免可灼。看官！你道熹宗出尔反尔，是何理由？原来即位以后，宠用魏阉，可灼、文升等人，俱向魏阉贿托，魏阉权焰薰天，无论甚么大事，均可由他主张，何论这文升、可灼两人呢？小子闻当时有一道士，作歌市中云：

委鬼当头立，茄花满地红。

"委鬼"二字，明指"魏"姓，"茄花"二字，应作何解，看官少安毋躁，容小子下回说明。

移宫、红丸两案，群议纷滋，直扰扰至明亡而止。平心论之，选侍之应即移宫，与红丸之应罪可灼，议之最正者也。杨、左等之主张此议，正大光明，何私何疑？但必斥选侍为武氏，与李可灼之有心弑逆，则太苛太激，未免不平。方从哲之过，在失之模棱，必谓其勾通选侍，授意可灼，亦觉深文周内，令人难堪。晋伯宗好直言，卒致及难，杨、左等读书有素，宁未闻之。熹宗不

明，暴扬选侍过恶，不留余地，而可灼、文升之应加罪，反迁延不发，嗣虽一戍一放，乃久后复有赦免之旨，如此昏愦，不值一争。良禽择木而栖，良臣择主而事，如杨、左诸臣，毋乃失先几之智乎？

第八十二回　选侍移宫诏宣旧恶　庸医悬案弹及辅臣

第八十三回 大吃醋两魏争风
  真奇冤数妃毕命

却说道士作歌都市，有"委鬼当头立，茄花满地红"二语，"委鬼"二字相拼，便是"魏"字，"茄花"究属何指，据明史上说及，"茄"字拆开，便是"客"字。此语未免牵强。小子愚昧，一时未能明析，只好照史誊录，看官不要贻笑。

闲文少叙，原来熹宗有一乳母，叫作客氏，本是定兴县民侯二妻室，生子国兴，十八岁进宫。又二年，侯二死了，客氏青年守孀，如何耐得住寂寞？况且她面似桃花，腰似杨柳，性情软媚，态度妖淫，仿佛与南子、夏姬同一流的人物。比较确切。不过在宫哺乳，未能出外，朝夕同处，无非是宫娥太监等人，就使暗地怀春，也无从觅一雄狐，替她解闷。事有凑巧，偏司礼监王安属下，有一魏朝，性甚儇黠，颇得熹宗宠爱，随时出入宫中。他见客氏貌美，非常垂涎，趁着空隙，常与客氏调笑，渐渐的亲暱起来，遂至捏腰摸乳，无所不至。既而熹宗渐长，早已辍乳，客氏仍留居宫禁，服侍熹宗，惟职务清闲，比不得从前忙碌。一夕，正在房中闲坐，蓦见魏朝入内，寒暄数语，朝复施出故技，逗引客氏，惹得客氏情急，红潮上脸，恨恨的说道："你虽是个男子，与我辈妇人相同，做此丑态何为。"朝嬉笑道："妇人自妇人，男子自男子，迥不相同，请你自验！"客氏不信，竟伸手摸他胯下，谁知白鸟鹤鹤，与故夫侯二毫无异样，奇哉怪哉！不禁缩手道："哪里来的无赖，冒充太监，我当奏闻皇上，敲断你的狗胫。"还是割势最妙。言已，抽身欲走。魏朝四顾无人，竟尔色胆如天，把客氏牵住，拥入罗帏，小子不敢导淫，就此截住亵语。但魏朝本由太监入宫，为何与侯二无二，莫非果真冒充么？若果可以冒充，宫内尽成真男，倒也普济宫娥。此中情节，煞费猜疑。相传魏朝净身后，密求秘术，割童子阳物，与药石同制，服过数次，重复生阳，所以与客氏入帏以后，仍然牝牡相当，不少减兴。魏朝既偿了夙愿，客氏亦甚表同情，相亲相爱，不啻伉俪。朝恐出入不便，教客氏

明史演义

至熹宗前，乞赐对食。什么叫作对食呢？从来太监净身，虽已不通人道，但心尚未死，喜近妇女，因此太监得宠，或亦由主上特赐，令他成家授室，只不能生育子女，但相与同牢合卺罢了，因此叫作对食。自汉朝以后，向有这个名目，或亦称为伴食，亦称菜户。客氏入奏熹宗，熹宗便即允从，自此与魏朝做了对食，名义上的夫妇，变成实质上的夫妇。实沾皇恩。

魏进忠与魏朝同姓，就此夤缘，得入宫中，进忠初名尽忠，河间肃宁人（书中惟大忠大奸，特表籍贯），少时善骑马射箭，尤好赌博，尝与悍少年聚赌，输资若干，无力偿还，被悍少年再三窘迫，愤极自宫。遂与魏朝认了同宗，由他介绍，至熹宗生母王选侍宫内典膳，改名进忠。熹宗省视生母，与进忠相见，进忠奉承惟谨，颇得熹宗欢心。及选侍逝世，进忠失职，魏朝又至王安前，替他说项，改入司礼监属下。嗣又托客氏进白熹宗，熹宗尚在东宫，记得进忠巧慧，便令他入宫办膳。进忠善伺意旨，见熹宗性好游戏，遂令巧匠别出心裁，糊制狮蛮滚球、双龙赛珠等玩物，进陈左右，镇日里与客氏两人，诱导熹宗，嬉戏为乐。熹宗大喜，遂倚两人为心腹，几乎顷刻难离。祸本在此。至熹宗登极，给事中杨涟，曾参劾进忠导上为非，进忠惧甚，泣求魏朝保护。魏朝转乞王安解免，安乃入奏熹宗，只说是杨涟所参，恐指及选侍宫中的李进忠，同名误姓，致此讹传。幸有李进忠代他顶罪，可见名与人同，有利

有害。熹宗遂坦然不疑。且恐廷臣再有谬误，遂教进忠改名忠贤。忠贤深德魏朝，与朝结为兄弟，差不多似至亲骨肉一般。都为后文伏笔。魏朝受他笼络，所有宫中大小事件，无不与忠贤密谈，甚至采药补阳及与客氏对食等情，也一一说知。逢人须说三分话，未可全抛一片心。忠贤正艳羡客氏，只虑胯下少一要物，无从纵欲，此时得了魏朝的秘授，当即如法一试，果然瓜蒂重生，不消数月，结实长大，仍复原阳。乘着魏朝值差的时候，与客氏调起情来。客氏见忠贤年轻貌伟，比魏朝高出一筹，也是暗暗动情，但疑忠贤是净身太监，未必有此可意儿，所以遇他勾引，不过略略说笑，初不在意。哪知忠贤伴与扑跌，隐动机关，竟按倒客氏，发试新硎，一番鏖战，延长至二三时，客氏满身爽适，觉得忠贤战具远过魏朝，遂把前日亲爱魏朝的心思，一古脑儿移至忠贤身上，嗣是视魏朝如眼中钉。魏朝觉得有异，暗暗侦察，才知忠贤负心，勾通客氏，好几次与客氏争闹。客氏有了忠贤，哪顾魏朝，当面唾斥，毫不留情。水性杨花，至此已极，可为世之轧姘头者作一棒喝。忠贤知此事已发，索性一不做，二不休，竟占据了客氏，不怕魏朝吃醋。

一夕，忠贤与客氏正在房闼，私语喁喁，可巧魏朝乘醉而来，见了忠贤，气得三尸暴炸，七窍生烟，便伸手去抓忠贤。忠贤哪里肯让，也出手来抓魏朝。前日情谊，何处去了。两人扭做一团，还是忠贤力大，揪住魏朝，殴了数

下。朝知敌他不过，慌忙闪脱，转了身竟将客氏扯去。忠贤不防这一着，蓦见客氏被拥出房，方才追出，魏朝且扯且斗，哄打至乾清宫西暖阁外。原来乾清宫东西廊下，各建有平屋五间，向由体面宫人居住。客氏魏朝也住于此。时熹宗已寝，陡被哄打声惊醒，急问外面何事，内侍据实陈明，熹宗即将三人召入，拥被问讯。三人跪在御榻前，实供不讳。熹宗反大笑道："你等都是同样的人，为何也解争风？"三人都低头不答。熹宗又笑道："这件事朕却不便硬断，还是令客媪自择。"好一个知情的皇帝。客氏闻言，也没有甚么羞涩，若稍有廉耻，也不至出此丑事，竟抬起头来，瞟了忠贤一眼。熹宗瞧见情形便道："哦哦！朕知道了。今夕应三人分居，明日朕替你断明。"三人方遵旨自去。越夕，竟颁下谕旨，立撵魏朝出宫。魏朝无可奈何，空落得短叹长吁，垂头自去。谁要你引用忠贤。那客氏真是很辣，想出了一条斩草除根的计策，竟令忠贤假传圣旨，将魏朝遣戍凤阳，一面密嘱该处有司，待魏朝到戍，勒令缢死。有司奉令遵行，眼见得魏朝死于非命。抢风吃醋之结果，如是如是。客、魏两人从此盘踞宫禁，恃势横行，熹宗反越加宠倖，封客氏为奉圣夫人。其子国兴，荫袭官爵。授忠贤兄魏钊及客氏弟客光先，俱为锦衣千户。

司礼监王安持正不阿，目睹客、魏专权，不由得懊怅起来。御史方震孺曾劾奏客、魏，王安亦从中怂恿，请令客氏出宫，忠贤改过。熹宗颇也允从，当将忠贤发安诘责，客氏退出宫外。怎奈熹宗离此两人，寝不安席，食不甘味，一时虽勉从安请，后来复怀念不忘。客氏得知消息，复夤缘入宫，仍与忠贤同处，日夕谋害王安。也是王安命数该绝，内侍中出了一个王体乾，想做司礼监，与忠贤朋比为奸，往见客氏道："夫人比西李何如？势成骑虎，无贻后悔。"客氏既有心图安，又遭体乾一激，忙与忠贤商议，嗾使给事中霍维华，弹劾王安。又令刘朝、田诏等上疏辨冤，说由王安诬陷成狱。再经客氏入内加诬，惹得熹宗怒起，饬令王安降职，由王体乾继任。忠贤更矫旨赦免刘朝，且命他提督南海子，降安为南海净军，勒令自裁。

先是光宗为太子时，忧逸畏讥，赖王安左右调护，始得免祸。及梃击案起，安又为属草下谕，解释群疑，神宗非常信任。及光宗即位，特擢为司礼监，劝行善政，内外称贤。熹宗嗣祚，又全亏他从中翼助，至是为客、魏陷害，竟至毙命。看官试想！冤不冤呢？善善从长，不以阉人少之。王安既死，忠贤益无忌惮，又有司礼监王体乾为耳目，及李永贞、石元雅、徐文辅等为腹心，李实、李明道、崔文升等为指臂，势倾内外，炙手可热。

天启二年，册立皇后张氏，客、魏二人自然在内帮忙。大婚礼成，忠贤得荫侄二人，客氏得赐田二十顷，作为护坟香火的用费。给事中程注、周之纲及御史王心一等，相继奏阻，俱遭斥责。又有给事中侯震旸，亦奏斥客、魏，奉

明史演义

第八十三回 大吃醋两魏争风　真奇冤数妃毕命

诏夺职。吏部尚书周嘉谟，上疏营救，留中不报。嘉谟以霍维华谄附忠贤，把他外调，忠贤益怒，遂阴嘱给事中孙杰，纠弹嘉谟朋比辅臣，受刘一燝指使，谋为王安复仇。熹宗遂将嘉谟免官，刘一燝因此不安，亦累疏乞休，特旨允准。叶向高奉诏起用，早已到阁（应八十一回），见刘、周相继归休，不能自默，遂上言："客氏既出复入，一燝顾命大臣，反不得比保姆，令人滋疑，不可不防。"熹宗全然不睬。大学士沈㴶，内通客、魏，令门客晏日华潜入大内，与忠贤密议，劝开内操。忠贤大喜，遂令锦衣官召募兵士，得数千人，居然在宫禁里面，演操起来，钲鼓炮铳的声音震动宫闱。皇长子生未满月，竟被惊死。既而内标增至万人，衷甲出入，肆行无忌。内监王进尝试铳帝前。铳炸伤手，余火乱爆，险些儿伤及熹宗。熹宗反谈笑自若，不以为意。所有正士邹元标、文震孟、冯从吾等，俱因积忤忠贤，一并斥逐。更引用顾秉谦、朱延禧、朱国桢、魏广微一班人物，入阁办事。秉谦、广微庸劣无耻，但知谄附忠贤，因得幸进。霍维华、孙杰等，且优升京堂。总之宫廷以内，知有忠贤，不知有熹宗，只教忠贤如何处断，便可施行。

客氏尤淫凶得很，平日与光宗选侍赵氏，素不相容，她竟与忠贤设计，矫旨赐赵选侍自尽。选侍恸哭一场，尽出光宗所赐珍玩，罗列座上，拜了几拜，悬梁毕命。裕妃张氏因言语不慎，得罪客氏，客氏蓄恨多时，会张妃怀妊，约已数月，偏由客氏暗入谗言，只说张妃素有外遇，怀孕非真帝种，顿时惹动熹宗疑心，把她贬入冷宫。客氏禁膳夫进食，可怜一位受册封妃的御眷，活活的饿了好几日，竟至手足疲软，气息仅属。会值天雨，张妃匍匐至檐下，饮了檐溜数口，无力返寝，宛转啼号，竟死檐下。客氏之肉，其足食乎？冯贵人才德兼优，尝劝熹宗停止内操，为客、魏所忌，不待熹宗命令，竟诬她诽谤圣躬，迫令自尽。熹宗尚未曾知晓，经成妃李氏从容奏闻，熹宗毫不悲切，置诸不问。哪知客氏恰已得知，又假传一道圣旨，把成妃幽禁别室。幸成妃已鉴裕妃复辙，在壁间预藏食物，一禁半月，尚得活命。熹宗忽记及成妃，问明客氏，才知她幽禁有日。自思从前与成妃相爱，曾生过两女，虽一并未育，究竟余情尚在，向客氏前替她缓颊，始得放出，结局是斥为宫人，迁居乾西所。熹宗并未与客氏相通，乃受她种种挟制，反不能保全妾妃，令人不解。

惟是张皇后素性严明，察悉客、魏所为，很是愤恨，每见熹宗，必痛陈客、魏罪恶。熹宗厌她絮烦，连坤宁宫中都不常进去。一日，闲步至宫，后方据案阅书，闻御驾到来，忙起身相迎。熹宗入视案上，书尚摊着，便向后问道："卿读何书？"后正色答道："是史记中赵高传。"熹宗默然。随后支吾数语，便又出去。看官读书稽古，应知赵高指鹿为马，是秦二世时一个大权阉，二世信任赵高，遂至亡国，此次张后所览，未必定是赵高传，不过借题讽谏，暗指魏忠贤，提醒熹宗，熹宗昏迷不悟，倒也罢了，偏这客、魏两人，贼胆心虚，竟卖嘱坤宁宫侍女，谋害张后，是时后亦怀娠，腰间觉痛，由侍女替她捶腰，侍女暗施手术，竟将胎孕伤损。过了一日，遂成小产。一个未满足的胎形，堕将下来，已判男女，分明是一位麟儿，坐被客、魏用计打落，小人女子之难养，一至于此，熹宗从此绝嗣。小子有诗叹道：

王圣、赵娆无此恶，
江京、曹节且输凶。
一朝遗脉伤亡尽，
从此朱明便覆宗。

客、魏既计堕后胎，还要捏造谣言，污蔑张后。说将起来，令人发指，小子演述下去，也不禁气愤起来，姑将秃笔暂停，少延片刻再叙。

是回历叙客、魏入宫，非法妄为等情事，魏忠贤与魏朝，同争客氏，明明是宫中丑史，稍有心肝之人主，应早动怒，一并撵逐，何物熹宗，反将客氏断与忠贤，坐令秽乱而不之防！吾恐桀、纣当日，亦未必昏迷至此。客、魏见熹宗易与，自然日肆诪张，忠贤阴狠，客氏淫凶，两人相毗，何事不可为，如斥正士，引匪类，尚意中事，甚至欲斩丧龙种，于已生之皇长子，则震死之，于怀妊之裕妃张氏，则勒死之，于张皇后已孕之儿胎，则堕死之。熹宗均不加察，仍日加信任，此而欲不亡国绝种得乎？自古权阉，莫甚于魏贼，自古乳媪，亦莫甚于客氏，读此回而不愤发者，吾谓其亦无心肝。

第八十四回　王化贞失守广宁堡
　　　　　　朱燮元巧击吕公车

　　却说熹宗皇后张氏，本祥符人张国纪女，国纪由女得封，授太康伯，客、魏尝欲倾后，无词可谤，左思右想，竟造出一种蜚言，谓后非国纪女，乃是系狱海寇孙官儿所出，想入非非，且扬言将修筑安乐堂，遣后居住。安乐堂在金海桥西，从前孝宗生母纪氏为万贵妃所构害，谪居于此。此时欲张后入居，明明是讽劝熹宗，实行废后故事。熹宗不愿允从，还算有一线明白，客氏还不肯罢休，适归家省母，母极力劝止，悚以危言，方才搁过一边。

　　看官听着！小子叙述客、魏行事，多半是假传圣旨，难道熹宗果耳无闻、目无见么？我亦动疑。原来熹宗颇有小慧，喜弄机巧，刀锯斧凿，丹青髹漆等件，往往亲自动手，尝于庭院中作小宫殿，形式仿乾清宫，高不过三四尺，曲折微妙，几夺天工。宫中旧有蹴圆亭，他又手造蹴圆堂五间，此外如种种玩具，俱造得异样玲珑，绝不惮烦。倒是一个工业家。惟把国家要政，反置诸脑后，无暇考询。忠贤尝趁他引绳削墨的时候，因事奏请，熹宗未免厌恨，随口还报道："朕知道了，你去照章办理就是。"至如廷臣奏本，旧制于所关紧要，必由御笔亲批；若例行文书，由司礼监代拟批词，亦必书"遵阁禀"字样，或奉旨更改，用硃笔批，号为"批红"。熹宗一概委任魏阉，以此魏阉得上下其手，报怨雪恨，无所不为。

　　魏阉置第宫南，客氏置第宫北，两屋相去，不过数武，中架过廊一埭，以便交通往来。两人除每夕肆淫外，统是设计营谋，倾排异己。客氏又在凤彩门另置值房一所，或谓客氏虽私忠贤，尚嫌未足，免不得再置面首，就是大学士沈㴶，也曾与客氏结露水缘，是真是假，且勿深考。惟客氏日间在宫，夜间必往私宅，无非寻欢，侍从如云，不减御驾。灯炬簇拥，远过明星。衣服华丽似天仙，香雾氤氲如月窟。既至私宅，仆媪等挨次叩头，或呼老太太，或呼千岁，喧阗盈耳，响彻宫廷。至五更入宫，仍然照旧铺排，丝毫不减。我说客氏夜来明往，不能与所欢日夕同居，还是失策。客氏又性喜妆饰，每一梳洗，侍女数辈，环伺左右，奉巾理发，添香簪花，各有所司，不敢少懈；偶欲湿鬓，即选三五美人津液，充作脂泽，每日一易。自云此方传自岭南老人，名"群仙液"，令人老无白发。天不容你长生，如何是好。又喜效江南妆，广袖低髻，备极妖冶，宫中相率模仿，惟张皇后很是厌薄，凡坤宁宫侍女，概禁时装，客氏尝引为笑柄，后虽微有所闻，仍然吾行吾素，不改古风。还有客氏一种绝技，是独得烹饪的秘诀。熹宗膳餐，必经客氏调视，方得适口，所以客氏得此专宠，恩礼不衰。相传熹宗不喜近色，所以宠幸客氏者，在此，故特别叙明。

话休叙烦，且说辽东经略熊廷弼，守辽三年，缮完守备，固若金瓯，惟廷弼索性刚正，不肯趋附内臣，免不得有人訾议。太监魏忠贤心中也是恨他，当遣吏科给事中姚宗文，赴辽阅兵。宗文系白面书生，何知军务，此次奉遣，明是教他需索陋规，廷弼毫无内馈，并且薄待宗文，宗文失望回京，即上疏诬劾廷弼。廷弼便即免官，改任袁应泰为经略。应泰文事有余，武备不足，把廷弼所定的规律，大半变易，且招降满洲饥民，杂居辽、沈二城。满洲太祖乘势袭击，降人多为内应，据了沈阳，直逼辽阳。应泰登陴督御，偏偏城中自乱，将校潜通，一时失措，竟被满洲兵陆续登城。应泰自缢，辽阳又失，辽东附近五十寨及河东大小七十余城，尽被满洲兵占去。都是魏阉拱手奉送。朝议乃再用廷弼，赐宴饯行。急时抱佛脚。

廷弼到山海关，与辽东巡抚王化贞商议军务。化贞主战，廷弼主守，彼此又龃龉起来，两造各持一说，奏报明廷。起初廷议颇赞成廷弼，嗣因辽阳都司毛文龙取得镇江城，报知化贞，化贞遂奏称大捷，请即进兵。兵部尚书张鹤鸣轻信化贞，令化贞专力图辽，不必受廷弼节制，一面偏促廷弼出关，为化贞后援。既教化贞专力图辽，为何又令廷弼接应？化贞五次出师，俱不见敌，廷弼请敕化贞慎重举止，化贞独上言得兵六万，可一举荡平满洲。大言不惭。叶向高为化贞座主，颇袒化贞，张鹤鸣尤信任不疑。化贞意气自豪，出驻广宁，方拟大举，哪知满洲兵已西渡辽河，击死明副将罗一贯，长驱入境，势如破竹。化贞即遣爱将孙得功及参将祖大寿、总兵祁秉忠往援，与满洲兵交战平阳桥。得功未败先奔，阵势大乱。秉忠战死，大寿遁去。得功潜降满洲，且欲缚住化贞，作为赘仪。好一个爱将。佯率败军逃回广宁，待满洲兵一到，即为内应。化贞全然不知，关了署门，整缮文牍。忽有参将江朝栋，排闼入报道："敌兵来了，请公速行。"化贞莫明其妙，尚在瞠目不答，当由朝栋一把掖住，出署上马，踉跄出城。好好一座广宁城，平白地奉送满洲，毫不言谢。趣语。

此时廷弼已奉命出关，进次闾阳驿，闻广宁已经失守，料想不及赴援，遂退屯大凌河。巧值化贞狼狈回来，下马相见，不禁大哭。绝似一个女子，如

第八十四回　王化贞失守广宁堡　朱燮元巧击吕公车

何去御敌兵？廷弼微笑道："六万军一举荡平，今却如何？"乐得奚落，难为化贞。化贞带哭带语道："还求经略即速发兵，前截满人。"廷弼道："迟了迟了。我只有五千兵，今尽付君，请君抵挡追兵，护民入关！"言未已，探马来报，孙得功已降满洲，锦州以西四十余城，统已失陷。廷弼急将麾下五千人，交给化贞，令他断后，自与副使高出、胡嘉栋等焚去关外积聚，护送难民十万人入关。败报到了京中，一班言官也不辨廷弼、化贞的曲直，但说他一概有罪，请即逮问。熹宗糊涂得很，当即照准，饬将二人逮押来京，即交刑部下狱。张鹤鸣惧罪乞休，寻即罢官。

御史左光斗因广宁一失，辽事日棘，特荐一老成练达的孙承宗，督理军务。熹宗乃授为兵部尚书，兼东阁大学士，另用王之晋为辽东经略。王之晋莅任，请添筑重关，增设守兵至四万人，佥事袁崇焕，以为非计，入白叶向高，向高不能决。承宗自请往视，由熹宗特许，兼程到关，相度形势，与之晋所见未合，因还言之晋不足任，自愿督师。熹宗甚喜，遂命他督师蓟辽，赐尚方剑，御门亲饯，送他启程，承宗拜辞而去。及到了关外，定军制，明职守，筑堡修城，练兵十一万，造铠仗数百万，开屯田五十顷，兵精粮足，屹成重镇。满洲兵不敢藐视，相戒近边，俨然有一夫当关，万夫莫入的情形。为政在人。明廷少安，便拟讯鞫熊廷弼、王化贞的罪案。刑部尚书王纪以廷弼守辽有功，足以赎罪，应从末减。独阁臣沈㴶，劾

他祖护罪臣，例应同坐。明是受意魏阉。王纪心中不服，亦奏称沈㴶贪鄙龌龊，酷似宋朝的蔡京。熹宗初颇下旨调停，令两人同寅协恭，不得互相攻讦，嗣被魏忠贤从中唆惑，竟将王纪削籍。纪去后，叶向高言："纪、㴶交攻，均失大臣体裁，纪独受斥，㴶尚在位，怎得折服人心？"阁臣朱国祚，亦具揭论王纪无罪，㴶心中颇不自安，引疾退归。魏忠贤衔恨朱、叶，屡欲陷害，国祚明哲保身，连上十三疏乞休，乃蒙允准。史继偕亦致仕而去。继偕两字，不愧尊名。小子因随笔叙下，无暇他及，致将内地两大乱事，一时无从插入，可巧明廷大臣，纷纷乞休，正好乘这空隙，补叙出来。此是作者欺人之笔。

天启元年，四川永宁土司奢崇明作乱，奢氏本猓猡遗种，洪武中入附明朝，命为永宁宣抚使。数传至奢崇周，殁后无嗣。崇明以族人继立，素性阴狡，内悍外恭，有子奢寅，骁桀好乱，明廷方募兵援辽，檄至四川，崇明父子，上疏请行，先遣土目樊龙、樊虎等，径赴重庆。巡抚徐可求点核土兵，见有老弱夹杂，拟加裁汰。樊龙不服，定要可求照数给饷。可求呵叱数语，龙即挺起槊来，刺杀可求，并击毙道府总兵官二十余人，占住重庆府城。是时川境久安，守备日弛，为了此弊，所以抚道各员，俱被杀死，然典守何事，乃竟令彼猖獗耶？闻得重庆警报，附近兵民纷纷逃逸。樊龙等遂乘势出兵，攻合江、纳溪，复报知崇明父子，请即援应。崇明父子踊跃而来，统率部众及徼

外杂蛮,不下数万,破泸州,陷遵义、兴文,全蜀大震。播州杨应龙余孽(播州事见七十八回)及诸亡命奸人,随处响应,势日猖獗。崇明居然悬旗僭号,伪称大梁,设丞相以下等官,麾众进逼成都。

蜀王至澍为太祖第十一子椿八世孙,世袭藩封,见城内守兵寥寥,仅有镇远营七百人,如何守御得住?急忙檄调近地兵士,陆续到来,亦只有一千多人。偏偏左布政使朱燮元正奉旨入觐,出城北上,燮元以知兵闻,当这军务吃紧的时候,哪可失此良佐,蜀王情急得很,忙率百姓驰出国门,追留燮元。燮元见遮道攀辕,非常恳切,遂慷慨返驾,入城誓师。热忱壮士。当下与右布政使周著、按察使林宰等督励兵民,分陴固守。一面驰檄各道,飞调援兵。不意寇兵已至,四面环攻。燮元加意严防,督令士卒放炮擂石,昼夜不懈。贼拥革为蔽,被炮击毁,接竹为梯,被石击断,累攻不能得手,反死伤了数百人。适值冬濠水涸,贼率降民持蓑束薪,满填濠中,高如土垒,上筑蓬荜,形类竹屋,藉避铳石,暗中恰伏弩仰射,齐注城头。燮元已豫备竹帘,撑架起来,挡住敌矢。夜半恰令壮士缒城而出,持刍涂膏,纵火焚薪,薪燃垒坏,上面倚据的贼兵,不被烧死,也遭跌死。燮元又遣人潜决江水,流满城濠,贼计无所施,但射书入城,煽惑兵民。当有奸徒二百余人,谋为内应,被燮元一一查出,枭首悬城。贼又四面架起望楼,高与城齐,也由燮元暗遣死士,放

火焚去,斩了贼目三人,相持至十余日,孤城兀峙,不损丝毫。可谓善守。

诸道援兵次第趋集,就中有一个巾帼英雄,系石砫宣抚司女总兵秦良玉,也率队到来。良玉忠州人,曾嫁宣抚使马千乘,千乘病死,良玉英武知兵,代为统领。崇明夙慕英名,发难时曾厚遗良玉,乞为臂助,良玉语来使道:"你不闻我秦氏世笃忠贞么?我兄邦屏、邦翰,奉旨援辽,俱死王事,只有我弟民屏,负伤归来,现在伤痕已痊,我当带领弟侄,效死报国,什么盗物,敢来污我!"英气勃勃,足愧须眉(秦良玉为明末女杰,故叙述履历,格外从详)。言毕,将所遗金银掷还来使。来使出言不逊,恼得良玉性起,拔出佩剑,砍作两段。爽快之至。当下率所部精兵,与弟民屏、侄翼明等,卷甲疾趋,潜越重庆,分兵为二。留翼明屯南坪关,截贼归路,又留兵一千,多张旗帜,护守忠州,作为南坪关的犄角。自率锐卒三千人,沿江而上,直抵成都,离城数里下寨。

崇明父子见援兵日至,也陆续募集党羽,分头拦阻。且督众更番攻城,自初冬至暮冬,岁已且尽,仍然围攻不辍。城中人伏腊不祭,岁朝不贺,一意同悍寇拚命,与城存亡。非燮元之抚驭有方,安能得此。元夕已过,贼攻少懈,燮元方下城少憩,忽城上来了守卒,大呼道:"有旱船来了,请主帅速即登城!"燮元忙上城楼,但见有数千悍贼,自林中大噪而出,拥物如大舟,高可丈许,长约五百尺,内筑层楼数

第八十四回　王化贞失守广宁堡　朱燮元巧击吕公车

重，上面站着一人，披发仗剑，旁竖羽旗，中载数百人，各挟机弩毒矢，翼以两云楼，用牛牵曳，势将近城，较诸城楼上面，还高尺许。这是何物？费人疑猜。守陴的老幼妇女顿时大哭起来。燮元忙即慰谕道："不妨不妨，这是吕公车，可以立破。"是谓知兵。随即命守卒道："我有巨木预备，搁置城下，无论大小，一并取来！"守卒忙即运至，由燮元亲自指点，长木为杆，短木为轴，轴上已有巨索，转索运杆，可发大炮。炮中有千斤石，飞射出去，好似弹丸。这边已装好大炮，那边吕公车适至，第一炮轰去，击毁车旁云楼，第二炮轰去，不偏不倚，正将这披发仗剑的贼目，一石打倒。看官听说！这全车的举动，全仗他一人指挥，他已被击，车中人都成傀儡了。燮元更用大炮击牛，牛负痛返奔，冲动贼阵。那时燮元乘势出击，大杀一阵，便即还城。

崇明父子尚不肯退去，会有裨将刘养鲲，报称贼将罗乾象，遣私人孔之谭输诚，情愿自拔效用。燮元即遣之谭复往，令与乾象俱来。及乾象既至，燮元方卧城楼，起与共饮，饮至酣醉，复呼令同寝，鼾声达旦。这是有诈，莫被燮元瞒过。不然，崇明未退，乾象新降，安得冒昧若此？乾象因此感激，誓以死报。燮元遂与他密约，令诱崇明登城，设伏以待。果然乾象去后，即于是夜偕崇明登城，甫有一人悬梯而上。守兵遽行鼓噪。崇明料知有备，跳身逸去，等到伏兵突出，追赶不及，只拿住他随卒数人。乾象即纵火焚营，崇明父子仓猝走泸州，成都围解，乾象率众来归。燮元上书奏闻，朝旨擢为四川巡抚，于是复率诸军进讨，连复州县卫所四十余，乘胜攻重庆。

重庆为樊龙所据，已九阅月，贼守甚固，自二郎关至佛图关，为重庆出入要道，悍贼数万扼守，连营十有七座。总兵杜文焕及监军副使邱志充、杨述程等，率兵进攻，连战不下。石砫女官秦良玉请从间道绕出关后，两路夹击，定可破贼等语。燮元很是嘉许，遂命良玉带领部兵，觅路径去。贼兵只管前敌，不防后袭，谁知后面竟来了一位女将军，铁甲银枪，蛮靴白马，在垒后麾军直入，乱杀乱戮，无人敢当。极写良玉。前面的杜文焕等也踹入贼营，似削瓜刈稻一般，遮拦不住。那时贼众大溃，连拔二郎、佛图二关，直捣重庆。樊龙出战不利，守了数日，粮道被断，城中竟致乏食，只好开门潜遁。行不一里，但听得四面八方，都呼樊贼休走，正是：

将军巧计纵鹰犬，
悍贼穷途陷网罗。

未知樊龙曾否就擒，请看下回分解。

熊廷弼为明季名将，守辽有功，乃为王化贞牵制，致同坐罪，此事为明廷一大失着。作者前著《清史演义》，叙述甚详，而此回亦不肯从略，盖嫉王化贞，惜熊廷弼，且以见明廷之刑罚不明，贤奸倒置，其亡国之征，所由来也。朱燮元亦一大将材，观其固守成都，卒却悍寇，破吕公车于城下，识罗乾象于寇中，智勇双全，难能可贵。而秦良玉之出身巾帼，远过须眉，尤为明代一人。本回从大处着笔，更写得烨烨有光，善必彰之，恶必瘅之，谓非良史家可乎？

第八十五回　新抚赴援孤城却敌 叛徒归命首逆伏诛

却说樊龙开门潜走，正遇着朱燮元的伏兵，四面围住，任你樊龙凶悍过人，至此也无从狡脱，只好束手就擒，余酋亦多被缚住。燮元遂克重庆，移兵攻泸州，崇明父子弃城夜走，直奔遵义。遵义已为贵州兵所复，不防水西土目安邦彦也揭竿起事，响应崇明。贵州兵调攻邦彦，遵义空虚，只剩推官冯凤雏居守。崇明父子猝至遵义，凤雏无兵无饷，如何守得？当被崇明父子陷入，眼见得这位冯推官杀身成仁了。崇明复破遵义，留子奢寅及部目尤朝柄、杨维新、郑应显等占据，自率余众返永宁，这且慢表。

且说水西土目安邦彦，系宣慰使安尧臣族子，尧臣病殁，子位嗣职。位年尚幼，由尧臣妻奢社辉摄事。社辉系奢崇明女弟，尝与崇明子寅争地为仇，不通闻问。独邦彦与崇明往来，素怀异志，及崇明作乱，或说他已得成都。邦彦遂挟位母子叛应崇明，自称罗甸大王，纠合诸部头目安邦俊、安若山、陈其愚、陈万典等，进陷毕节。更分兵四出，西破安顺、沾益，东下瓮安、偏桥，邦彦自率水西部众，渡陆广河，直趋贵阳。适贵阳城中，藩臬守令均已入觐，巡抚李枟，亦因乞休得请，专待后任交卸，陡闻此变，慨然督军，又是一个朱燮元，与巡按御史史永安、提学佥事刘锡元悉力拒守。但虑城大兵单，不敷堵御，当由刘锡元号召学官，并及诸生，督促城中丁壮，分堞守护。邦彦率众攻城，城上矢石齐下，无隙可乘。他却想了一计，沿城筑栅，断绝城中出入，为久围计。流寇宜速不宜缓，乃筑栅久围，已非胜算。镇将张永芳闻省会被围，即率二万人入援，为邦彦所阻，不得进行。他将马一龙、白自强等，与贼兵交锋，战败阵亡。邦彦攻城愈急，占住城东山冈，搭设厢楼，登高俯击。李枟令兵士遥射火箭，迭毁贼楼，接连三日三夜，尚是火光熊熊。邦彦乃不敢登山，但据住各栅，不令放松。城中久持力愈，将校多病，更兼饷绝粮空，害得大家枵腹，先食糠秕，继食草本败革，后且食死人血肉，最后连尸骸俱被刮尽，不得已杀食生人，甚至亲属相噉。里居参政潘润民，一女被食，知县周思稷且自杀饷军，幸得人心坚固，到了这个地步，还是以城为重，视死如归。比朱燮元之守成都，尤为坚忍。

明廷方注重辽事，不遑兼顾，只有新任巡抚王三善，已经简放，驰抵平越。巡按史永安飞檄敦促，且上疏诋三善观望不前，请朝旨星夜催迫。三善乃在平越募兵，大会将士，毅然面谕道："省城危急万分，不能久待，我辈若再不往援，他日省城失守，必至坐法。与其坐法论死，还不若驰往死敌，或尚可望不死呢。"是极。将士等齐声赞成，遂分三道进兵。道臣何天麟、杨世赏等，左右夹进，三善自与道臣向日升，从中路驰入，衔枚疾走，直抵新安，距贵阳只数十里。乃命刘超为前锋，自为后劲。超麾军大进，与寇相值，两下对垒，贼首阿成操着长槊，奋勇杀来。超兵遽退，超下马手斩二人，复上马冲出，亲当阿成。阿成已持槊飞舞，突被刘超用刀格住，方拟抽槊回刺，不防超背后闪出一人，趋近阿成身旁，拦腰一刀，挥作两段。贼兵失了主将，自然披靡，可巧三善亦驱军大至，乃奋呼杀贼，追了一程，收复龙里城。当由刘超禀报，掩杀阿成，乃是麾下亲兵张良俊（为叙明姓氏补笔）。三善大喜，簿录首功，遂乘胜入援贵阳城。

邦彦闻新抚到来，防有数十万大兵，不禁手足无措，踌躇半晌，才语部众道："我当亲出调兵，与他决一胜负。"言毕自去。贼众待久不至，相顾惊诧，怎禁得官军杀到，似山崩地震一般，压入垒中，纷纷瓦解。贼将安邦俊，不管死活，还想上前招架，但听得扑的一声，已是中了一弹，洞胸殒命。大众顾命要紧，各将甲仗弃去，四散奔逃。官军直抵城下，先有五骑传呼道："新抚到了。"城中兵民，欢呼相和，共庆更生。贵阳被围十余月，城中户口十余万，至是只剩数百人，兀自守住，这全仗故抚李橒，及永安、锡元等的功绩呢。越数日，左右两部兵才至，又数日，楚、粤、蜀各兵亦到，李橒乃卸任而去。城已保全，才行卸任，我钦爱李公忠荩。

是时朱燮元已升任四川总督，兼兵部侍郎，再举讨贼，大集将佐等计议道："我与永宁贼相持已久，尚不得志，无非因贼合我分，贼逸我劳呢。今拟尽撤各防，会剿永宁，捣穴平巢，在此一举。"秦良玉首先允议，诸将亦拱手听命，遂令副将秦衍祚等，往攻遵义，自率大军进讨，历破诸险，将薄永宁。奢寅自遵义还援，带着樊虎等人，前来搏战，被燮元督军猛击，杀得弃甲曳兵。奋追至老君营、凉伞铺，尽毁贼垒。寅身中二枪，仓皇遁走，樊虎伤重即死。燮元还破青岗坪，进扑永宁城，一鼓齐上，生擒贼目周邦泰等，降贼二万。惟崇明得脱，败奔旧蔺州城。罗乾象已由燮元保举，擢为参将，愿率一军穷追崇明，燮元遣他去讫。乾象甫行，遵义捷音亦至，逐去贼目尤朝柄、杨维新、郑应显等，降贼党安鸾，克复遵义全城。于是燮元再自永宁出师，为乾象后援，

第八十五回 新抚赴援孤城却敌 叛徒归命首逆伏诛

途次接到乾象军报，奢贼计穷，已走水西、龙场，向安氏借兵，再图报复。燮元乃长驱直进，与乾象会师，向蔺州进发，忽由探马报到，安邦彦已出兵两路，帮助奢氏，一窥遵义，一窥永宁，已过赤水河，向狮子山来了。燮元遂命罗乾象攻蔺州，自往狮子山截击贼锋。乾象督兵至蔺，用了火炮火箭击射城中，把奢氏的九凤楼片刻毁去。城中自相哗噪，当由乾象乘隙攻入，扫尽贼众。崇明父子时已转走龙场，无从缉获。蔺州方下，燮元至芝麻塘，遇着安氏所遣的贼众，一阵击退，再进兵至龙场，崇明已如惊弓鸟，漏网鱼，未战先逃，连妻弟都不及带去。官兵遂将他妻安氏、弟崇辉，一并擒住，斩首以千万计。复四处追觅崇明父子，嗣闻崇明父子，相继遁入水西，燮元以王三善方在得手，不欲攘功，便勒兵不追。申明燮元意旨，可见燮元之不追，并非畏怯。

那时三善正会师六万，进击水西，连战皆捷，遂渡渭河，直达大方。安邦彦逃入织金，安位及母奢社辉，窜居火灼堡，三善乃檄令安位母子，速擒安邦彦及崇明父子，解献军门，请旨赎罪。安位母子倒也惊慌，只恐三善未必践言，特遣人赴镇远，至总督杨述中处乞降，述中当即允许，致书三善，令他撤兵。三善以元凶未翦，不如即抚即剿，述中一意主抚，彼此辩论不明，反将军务搁起。安邦彦侦知情形，日夜聚兵，为再出计，且勾通四川乌撒土目安效良，作为外援，一面与悍党陈其愚密商，令他诈降三善。三善见了其愚，初颇怀疑，经其愚狡黠善辩，遂以为诚信可靠，引作参谋。燮元收降罗乾象，三善收降陈其愚，同一招抚，而结果迥异，是仍在知人与不知人耳。其愚诈言邦彦远窜，势不足虑，不如撤还贵州。三善因出师连捷，颇有骄心，且久住大方，粮食将尽，遂信了其愚的计画，焚去大方庐舍，率兵东归。其愚自请断后，三善许诺，乃将各队兵马陆续先发，自与副将秦民屏等揽辔徐行。哪知其愚早已报知邦彦，令他发兵追击，等到邦彦兵至，恰密遣心腹，驰禀三善，只说是其愚遇贼，速请回援。三善返旆往救，遥见其愚跃马奔来，还道他被贼所追，急忙出马救护，说时迟，那时快，其愚见三善在前，故意地策马数鞭，马性起前蹿，竟将三善的坐骑撞翻，三善从马上跌将下来，自知有变，即将帅印掷付亲兵，自抽袜中小刀，横颈欲刎。其愚很是厉害，意欲生缚三善，便下马夺刀，三善怒骂不止。秦民屏正来相救，偏偏贼兵大至，围拥上来，民屏战死，三善被杀。秦佐明、祚明等突围出走。贼兵尚并力追赶，还亏前行将校，回马迎击，方得杀退贼兵。监军御史傅宗龙闻三善被戕，矢志复仇，独率壮士数百人，潜蹑陈其愚后尘。其愚正在得意，扬鞭归去，口唱蛮歌，不防宗龙赶到，一声唿哨，乱刀齐起，立将其愚斫落马下，连人带马，剁作数段。三善至此，亦堪瞑目。宗龙割下其愚首级，招呼壮士，飞马还走，贼兵闻警来追，那宗龙与壮士数百名，似风驰电掣一般，霎时间走得很远，无从追及了。

明廷闻王三善被害，命总督刘述中回籍听勘，改任蔡复一为总督。复一遣总兵鲁钦、刘超等，捣织金贼巢。织金四面皆山，林深箐密，向称天险，官兵从未入境，鲁、刘二军，凿山开道，攀藤穿箦，用了好几月工夫，才得到了织金，途次遇着数千贼兵，由官军努力上前，斩杀千余人，余众溃败。及捣入贼巢，只是空空一寨，四面搜觅，并不见有邦彦踪迹，没奈何下令退兵。已中邦彦诡计。行了一程，忽由岩壑间钻出贼众，左右奔集，来击官军。鲁钦知事不妙，慌忙整军抵敌，怎奈路径崎岖，如鼠斗穴，贼兵驾轻就熟，官军路陌生疏，又兼意乱心慌，如何招架得住？不到数时，多半溃散。钦等急寻归路，且战且行，好容易杀出危途，手下的兵士，十成中已丧亡六七了。还是幸免。复一见钦军败还，只好上章自劾，朝旨责令罢官，特授朱燮元为兵部尚书，总督云、贵、湖、广、四川五省军务，出驻遵义。

适值乌撒土目安效良，南向入滇，纠合蔺州、水西、乌撒三部，入据沾益。云南巡抚闵洪学、急饬副总兵袁善、宣抚使沙源等，激励将士，血战沾益城下，相持五昼夜，屡出奇兵破贼，效良乃去。燮元闻云南有警，正拟调兵往救，嗣得闵抚报捷，因即停遣。既而探知水西贼情，拟由三路入犯，一攻云南，一攻遵义，一攻永宁。永宁的贼将就是奢崇明子奢寅，燮元语诸将道："奢寅是抗命的首逆，此贼不除，西南哪有宁日？我当设法除他。"诸将请即进剿！燮元道："且慢！可能不劳一兵，除灭此贼，那是最好的呢。"诸将不知何计，也不敢复问，但见燮元按兵不动，每日只遣将校数名，出外行事。约阅旬日，方拨兵千人，令他往迎降将。果然派兵往迓，降将随来，当即呈上首级一颗，看官道是何人首级？就是燮元所说首逆奢寅。点醒眉目，尚伏疑团。

原来寅素凶淫，每见附近番妇，稍有姿色，即行强奸，遇豪家富室，往往尽情勒索，稍不如命，立杀勿贷。就是部下兵士，也是朝不保暮，因此兵民戒惧，多生变志。部目阿引尝受奢寅鞭责，怀恨在心，燮元暗地探知，特遣总兵李维新，诱他降顺，歃血为誓。阿引很是欢洽，愿乘隙诛寅，作为报效，两下里非常秘密，偏被寅稍稍觉察，令左右将阿引缚去，拷问了好几次，且用利刃穿他左足，至一昼夜，阿引宁死不承，才得释放。蛮人究竟悍忍。看官！你想阿引受此痛苦，怎肯干休？巧有同党苗老虎、李明山等，与阿引素来莫逆，代为不平，阿引遂与同谋，只苦足胫受伤，不便举事。苗、李两人奋袂而起，愿当此任，密约已定，专待下手。一夕，奢寅与部众痛饮，传入几个蛮女，酣歌侑酒，自午至申，竟饮得酩酊大醉，登床熟寝。苗老虎佯为奢寅盖被，见寅方鼾睡，暗拔佩刀，向胸刺入。李明山乘势进去，也用刀助砍，眼见得恶贯满盈的首逆，肠破血流，霎时归阴。苗老虎割了寅首，与明山遁出帐外，邀同阿引，来投官军。待至贼党追

明史演义

来，已由官军接着，欢迎去了（首逆得诛，故特笔详叙）。朱燮元喜诛奢寅，遂建议滇、蜀、黔三省进兵，共剿邦彦，自率大军出发遵义，满期一举荡平，廓清天日，不意家中来了急报，由燮元亲自启阅，瞧了数行，禁不住大恸起来，险些儿昏晕过去。这一番有分教：

　　将军归去循丧礼，
　　悍贼余生稽显诛。

　　毕竟燮元为着何事，待至下回再详。

　　奢崇明先反，而安邦彦继之。蛮苗殊俗，叛服不常，固其天性然也。惟奢酋窃发，尚止蜀道一隅，且未几即遭挫败，安氏则转战西南，勾通各部，至逃入织金后，且收拾余烬，再出骚扰，狡悍情形，盖比奢酋为尤甚矣。若夫王三善之才略，亦远逊朱燮元，三善因胜而骄，卒堕贼谋，致为所害。燮元独用兵如神，始降罗乾象而却崇明，继降苗老虎等而诛奢寅，并不闻有其愚之凶，猝遭反噬，是非驾驭有方，乌能使悍蛮之束身归命耶？他若李枟之守贵阳，亦与燮元之守成都相似，无独有偶，是亦一《明史》之光欤。

第八十六回　赵中丞荡平妖寇　杨都谏纠劾权阉

却说朱燮元接着家报，系是父殁的讣音，燮元忠孝性成，自然悲号不止。当由众将上前劝慰，才行停泪，即上疏乞归居丧，熹宗不得不准，特命偏沅巡抚闵梦得继任。奢、安两酋因部众凋零，暂拟休养，彼此按兵不动，且至后文再提。且说西南鏖兵的时候，山东亦出一妖徒徐鸿儒，揭竿作乱。先是深州人王森，尝救一妖狐，藏狐断尾，颇有异香，以此煽惑愚民，敛钱聚众，号为闻香教，亦名白莲教，自称教主，收集徒侣，有大小传头及会王诸名目，蔓延各省。嗣森为有司所拘，下狱瘐死，遗有巨万家资，由森子好贤承受。好贤散财结客，与武邑人于弘志及巨野人徐鸿儒互相往来，密图叛乱，好贤席有父产，何妨酒食逍遥，乃必结党营谋，自寻死路，真是何苦！约于天启二年八月望日，三方同起。鸿儒制造甲械，号召党羽，免不得泄漏风声，当由地方官吏派兵往捕。鸿儒不及待约，先期发难，便在卞家屯刑牲誓众，令党徒各挈家属，寄居梁山泊，然后起兵两路，一攻魏家庄，一攻梁家楼。两处都被得手，遂进陷巨野县城，僭号"中兴福烈帝"，称大成兴胜元年。据一县城，便僭称帝，想亦自知不久，遂窃帝号以自娱。一时不及制办冠服，只令大众用红巾包头，算作标记便了。明太祖起兵，曾投入红巾党，鸿儒岂亦欲效明太祖耶？

巨野既陷，转趋郓城，郓城无兵可守，知县余子翼偷生惜命，一溜烟的逃走。于是曹濮一带，相继震动。兖西道阎调羹，飞书至省会乞援，巡抚都御史赵彦忙檄同总河侍郎陈道亨，合兵剿办，一面奏报明廷。廷议以小丑跳梁，不甚可虑，只命赵彦赶紧荡平。赵彦职任疆圻，恰也无从推诿，怎奈山东武备久虚，重兵难集，且因辽事日亟，朝廷日括辽饷，几已把所有地皮尽行剥去，此时饷缺兵稀，如何平乱？当下赵彦奉命，无法可施，不得已募练乡勇，权时救急。既而邹、滕两县警报迭传，邹县署印通判郑一杰，至滕县知县姚之胤，都逃得不知去向，两城俱被匪徒占去。赵彦即饬都司杨国盛、廖栋等，带着兵

第八十六回 赵中丞荡平妖寇 杨都谏纠劾权阉

勇,前去截击。那匪徒本无纪律,亦无勇谋,不过借着一些江湖卖艺的幻技,说是能剪纸成人,撒豆成兵,哄骗这愚夫愚妇,吓走那庸吏庸官。此次杨、廖两都司,居然有点胆量,效力杀贼,一班乌合的党徒,哪里是两将对手?杀一阵,败一阵,纷纷如鸟兽散去,不数日便克复郓城,夺还巨野。但官军虽屡获胜仗,贼势终是未衰,这边奔散,那边啸聚,杨国盛、廖栋日夕追剿,也不免疲于奔命。赵彦乃上言妖贼日众,官兵日敝,乞截住京操班军及广东援辽军,留备征调。并荐故大同总兵杨肇基,统山东军讨贼,朝旨一一照准。

肇基尚未到山东,鸿儒已令贼党潜袭兖州,为知县杨炳所败,也有这个好知县,移犯夏镇、韩庄。夏镇近彭家口,为运河孔道,适有粮船四十余艘运往京师,经过此地,偏为贼目诇知,纠众劫夺,粮船上没甚防兵,如何阻拦得住?不消半刻工夫,被他连船劫去,侍郎陈道亨闻警,飞章告急,亏得沙沟营姚文庆招集军壮乡勇,临流阻截,擒贼十一人,杀贼五十余人,贼众窜走,方将漕艘夺回,运道复通。贼众奔回滕县,与邹县贼会合,同攻曲阜,共计马步四万余,拥至城下。知县孔闻礼率城中丁壮极力捍御,飞矢掷石,毙贼甚众。不愧孔氏后裔。贼料不能克,撤围引去。道经杨国盛军营,他竟出其不意,袭击过去。国盛措手不及,跳身走免,游击张榜等均战殁,营内粮草器械,俱没入贼中。贼焰复盛,扬言当先取兖州,继取济南。武邑于弘志,也杀人祭旗,起应鸿儒,王好贤亦倡乱深州,还有艾山贼赵大,奉刘永民为主,得死党二十八人,各用五色涂面,谓上应二十八宿,仿佛儿戏,聚众至二万余人,合邹、滕贼众,共得一十七支。省会中的警报,好似雪片相似。赵彦以悍贼聚邹、滕间,鸿儒复在邹县居住,拟先攻邹县,为擒渠计。副使徐从治进言道:"攻坚不若攻瑕,捣实不如捣虚,去他羽翼,那两城悍贼,亦当胆落,渠魁便不难就擒了。"赵彦尚在迟疑,可巧杨肇基到来,会商军务,亦贺同从治计划。当下发兵往剿,分徇武邑、艾山。已而武邑捷闻,于贼弘志击毙,接连又是艾山捷报,生擒了刘永明,赵彦即批令就地正法。永明临刑,尚自称"寡人",官兵传为笑话。煞是可笑。彦即偕肇基同赴兖州,至演武场阅兵,蓦闻贼众已到城下,肇基即起身出战,命杨国盛为左翼,廖栋为右翼,两翼分击,毙贼千余人,贼众仓皇败退,复回滕县去了。实是无用。

肇基既获胜仗,遂与赵彦定计攻邹,大军齐发,共趋邹城,途次闻贼众精锐,麕集峄山,乃令游兵至邹,牵制城中守贼,自率大军径袭峄山。贼众未曾防备,突被杀入,多作刀头之鬼,有一小半逃回邹城,赵抚、杨总兵即追薄城下,鸿儒自知穷蹙,与党魁高尚宾、欧阳德、鄫九叙、许道清等誓死坚守,屡攻不下。邹、滕两县相为犄角,赵彦料滕县未复,邹亦难克,遂遣杨国盛、廖栋等攻拔滕县,又大破贼党于沙河,邹城乃成孤立。官军筑起长围,困得水泄不通，渐渐的城中食尽，守卒统有饥色。赵彦下令招降，除鸿儒外，一概免死。伪都督侯五、伪总兵魏七等，遂拔去城上旗帜，情愿投诚。鸿儒单骑夜走，甫出城闸，即被官兵擒住。赵彦等乃入城宣抚，安插乡民二万余人，收获军资无算，遂将鸿儒槛送京师，照例磔死。鸿儒受刑时，仰天叹道："我与王好贤父子，经营二十年，党羽不下二百万，乃先期泄谋，致遭此败，岂非天意？"项羽乌江自刎，称为天意，鸿儒亦欲援天自解，真是不度德，不量力。总计鸿儒举事，凡七阅月，尽行灭亡。王好贤闻鸿儒伏法，遁走蓟州，私挈家属二十余人，南奔扬州，后来事露被擒，也遭骈戮。该死。明廷录平贼功，擢赵彦为兵部尚书，杨肇基以下，进秩有差。赵彦查得五经博士孟承光系亚圣后裔，邹城被陷时，为贼所执，不屈遇害，至是并上书奏闻。又经御史等申请抚恤，乃下旨准奏，修葺孟庙，光复孟祀，且不必说。

再说魏忠贤专宠怙权，由司礼秉笔监，提督东厂，车马仪卫，僭拟乘舆，任用同党田尔耕，掌厂卫事，许显纯为镇抚司理刑，罗织善类，屠害忠良，呼号敲扑的声音，昼夜不绝。杨涟已任左副都御史，目击忠贤不法情状，忍无可忍，遂劾忠贤二十四大罪。略云：

太监魏忠贤者，本市井无赖，中年净身，黉入内地，初犹谬为小忠小佞以幸恩，继乃敢为大奸大恶以乱政，今请列其罪状，为陛下言之！

祖制拟旨，专责阁臣，自忠贤擅权，多出传奉，或径自内批，坏祖宗政体，大罪一；刘一燝、周嘉谟，皆顾命大臣也，忠贤令其党论去，急于蔪己之忌，不容陛下不改父之臣，大罪二；先帝宾天，实有隐憾，孙慎行、邹元标以公义发愤，悉为忠贤排去，顾于党护选侍之沈疰，曲意绸缪，终加蟒玉，亲乱贼而仇忠义，大罪三；王纪为司寇，执法如山，钟羽正为司空，清修如鹤，忠贤构党斥逐，必不容盛时有正色立朝之臣，大罪四；国家最重，无如枚卜，忠贤一手握定，力阻首推之孙慎行、盛以宏，更为他词以锢其出，是真欲门生宰相乎？大罪五；爵人于朝，莫重廷推，去岁南太宰，北少宰，俱用陪推，一时名贤不安于位，颠倒铨政，掉弄机权，大罪六；圣政初新，正资忠直，乃满朝荐文震孟、江秉谦、侯震旸等，抗论稍忤，立行贬黜，屡经恩典，竟阻赐环，长安谓天子之怒易解，忠贤之怒难调，大罪七；然犹曰外廷臣子也，传闻宫中有一旧贵人，以德性贞静，荷圣上宠注，忠贤恐其露己骄横。托言急病，置之死地（即指冯贵人，《纪事本末》作胡贵人）大罪八；犹曰无名封也，裕妃以有娠传封，中外方为庆幸，忠贤恶其不附己，矫旨勒令自尽，大罪九；犹曰在妃嫔也，中宫有庆，已经成男，忽然告陨，虹流电绕之祥，变为飞星堕月之惨，传闻忠贤与奉圣夫人，实有谋焉，大罪十；先帝在青宫四十年，操心虑患，所以护持孤危者，惟王安一人，即陛下仓猝受命，拥卫防维，安亦不可谓无劳？忠贤以私忿矫旨，掩杀于南海

明史演义

第
八
十
六
回　
赵
中
丞
荡
平
妖
寇　
杨
都
谏
纠
劾
权
阉

子，是不但仇王安，而实敢仇先帝之老仆，略无顾忌，大罪十一；今日奖赏，明日祠额，要挟无穷，王言屡亵，近又于河间府毁人房屋，以建牌坊，镂凤雕龙，干云插汉，又不止于茔地擅用朝官，规制僭拟陵寝而已，大罪十二；今日荫中书，明日荫锦衣，金吾之堂，口皆乳臭，诰敕之馆，目不识丁，如魏良弼、魏良卿及傅应星等，滥袭恩荫，亵越朝常，大罪十三；用立枷之法以示威，咸畹家人，骈首毙命，意欲诬陷国戚，动摇中宫，若非阁臣力持，言官纠正，椒房之戚，又兴大狱矣，大罪十四；良乡生员章士魁，以争煤窑，伤忠贤坟脉，遂托言开矿而致之死，赵高鹿可为马，忠贤煤可为矿，大罪十五；王思敬以牧地细事，径置囚阱，草菅士命，使青燐赤磷之气，先结于璧宫泮藻之间，大罪十六；科臣周士朴，执纠织监，原是在工言工，忠贤竟停其升迁，使吏部不得专铨除，言官不敢司封驳，大罪十七；北镇抚刘侨，不肯杀人媚人，忠贤以不善锻炼，遂致削籍，大明之律令可不守，忠贤之命令不可不遵，大罪十八；魏大中为吏科，遵旨莅任，忽传旨切责，及大中回奏，台省交章，又再亵王言，煌煌纶綍，朝夕纷更，大罪十九；东厂之设，原以缉奸，自忠贤任事，日以快私仇行倾陷为事，投匦告密，日夜未已，势不至兴同文之狱，刊党锢之碑不止，当年西厂汪直之僭，未足语此，大罪二十；边警未息，内外戒严，东厂缉访何事，前韩宗功潜入长安，侦探虚实，实主忠贤司房之邸，事

露始去，假令天不悔祸，宗功事成，未知九庙祖灵，安顿何地？大罪二十一；祖制不蓄内兵，原有深意，忠贤与奸相沈痃，创立内操，薮匿奸宄，安知无大盗刺客，潜入其中，一旦变生肘腋，可为深虑，大罪二十二；忠贤进香涿州，警跸传呼，清尘垫道，人以为御驾出幸，及其归也，改驾驷马，羽幢青盖，夹护环遮，则俨然乘舆矣，大罪二十三；夫宠极则骄，恩多成怨。闻今春忠贤走马御前，陛下射杀其马，贷以不死，忠贤不自伏罪，进有傲色，退有怨言，朝夕提防，介介不释，从来乱臣贼子，只争一念放肆，遂至不可收拾，奈何养虎兕于肘腋间乎？此又寸商忠贤，不足蔽其辜者，大罪二十四。

凡此逆迹，昭然在人耳目，乃内廷畏祸而不敢言，外廷结舌而莫敢奏，间或奸伏败露，又有奉圣夫人为之弥缝，更相表里，迭为呼应。伏望陛下大发雷霆，集文武勋戚，敕刑部严讯以正国法，并出奉圣夫人于外，以消隐忧，臣死且不朽矣！谨奏。

涟缮折已毕，本欲因熹宗早朝，当面呈递，偏偏次日免朝，涟恐再宿机泄，不得已照例封入，自己缮写奏稿，尚恐再宿机泄，可见魏阉心腹，已遍都门。当已有魏阉心腹，走漏风声。忠贤也颇惶迫，往谒阁臣韩爌，请代为解免。爌严行拒绝。忠贤不得已泣诉御前，并托客氏从旁洗饰。熹宗本是个麻木不仁的人物，总道客、魏理直，杨涟理曲，便令魏广微拟旨斥涟。广微虽备位辅臣，无异权阉走狗，所拟诏旨，格

外严厉。忠贤且佯辞东厂,自愿出宫,又经熹宗再三慰谕,接连三日辍朝。至第四日,方御皇极门,两旁群阉夹侍,刀剑森立,涟欲对仗再劾,偏已有旨传下,勒左班诸臣,不得擅出奏事。比周厉监谤,厉害十倍。于是廷臣大愤,罢朝以后,各去缮备奏章,陆续上陈。给事有魏大中、许誉卿等,御史有刘业、杨玉珂等,京卿有太常卿胡世赏,祭酒蔡毅中等,勋戚有抚宁侯朱国弼等,先后纠劾忠贤,不下百余疏,或单衔,或联名,无不危悚激切,均不见报。陈道亨调任南京兵部尚书,已引疾杜门,不与公事,乃见杨涟参疏,奋然出署,联合南京部院九卿诸大臣,剀切敷陈,拜表至京,只博得一顿训斥。道亨决计致仕,洁身引去。无道明隐,正在此时。大学士叶向高及礼部尚书翁正春,请将忠贤遣归私第,聊塞众谤,熹宗仍然不从。工部郎中万燝实在看不过去,便上言:"内廷外朝,只知忠贤,不知陛下,岂可尚留左右"等语。忠贤正愤无所发,见了此疏,大怒道:"一个小小官儿,也敢到太岁头上动土么?若再不严办,还当了得。"随即传出矫旨,廷杖万燝百下,一班腐竖,接了此谕,都跑到万燝寓中,把燝扯出,你一拳,我一脚,且牵且殴,及牵到阙下,已是气息奄奄,哪禁得刑杖交加,惨酷备至。小子有诗叹道:

古刑不上大夫身,
何物权阉毒搢绅?
试看明廷笞杖日,
恨无飞剑戮奸人。

未知万燝性命如何,且至下回续叙。

徐鸿儒一外妖也,魏忠贤一内孽也,古称在外为奸,在内为宄,奸宄交作,祸必随之。吾谓妖孽之萌,尤甚于奸宄,而内孽尤甚于外妖。鸿儒举事,仅七阅月,即报荡平,忠贤蟠踞宫禁,甚至内外大臣,弹劾至百余疏,尚不能动其分毫。伊古以来,殆未有得君如忠贤者。观都御史杨涟一疏,觉忠贤不法情状,罪不容死,外如群臣各奏,明史虽多未录述,而大致应亦从同,熹宗违众庇私,甘为蛊惑而不悟,是诚何心?窃不禁为之恨恨矣!

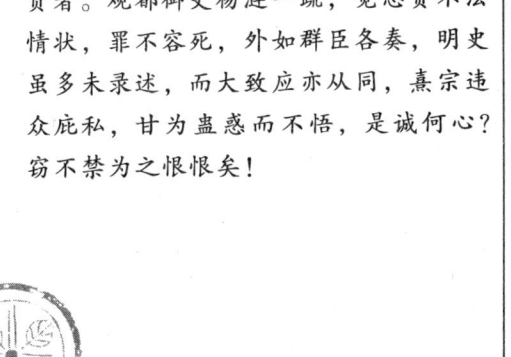

第八十七回　魏忠贤喜得点将录
　　　　　　许显纯滥用非法刑

　　却说万燝受杖阙廷，昏绝复苏，又经群阉任情蹴踏，哪里还保得住性命？阉党将他拖出，由家人舁归京寓，不到数日，便即去世。哪知忠贤又复矫旨，饬群阉去拿御史林汝翥，依万燝例惩治。这林御史系叶向高族甥，尝巡视都城，见有二阉夺人财物，互相斗殴，因即斥他闹事，薄答了案。偏偏二阉入诉忠贤，忠贤正杖燝示威，索性将林汝翥一并逮办。想是并案处治。汝翥闻信，恐未受廷杖，先遭殴辱，即逃出城外。群阉无处拘拿，总道他避匿向高寓中，哄然直入，谩骂坐索。向高愤极，上言："国家二百年来，从没有中使鸱张，敢围阁臣私第。臣乃遭彼凌辱，若再不去，有何面目见士大夫？"熹宗总算温旨慰留，收回中使。已而林汝翥赴遵化军门，乞为代奏，愿自至大廷受杖，不愿受阉党私刑。奏入后，科道潘云翼等，疏救不从，仍执前旨如故。汝翥遂自诣阙下，受杖百下，不过吃了几日痛楚，还不致伤损大命。幸亏先逃后至。向高目睹时弊，料不可为，迭上二十余疏，无非是乞休回籍，乃命行人送归。总计向高两出为相，秉性忠厚，颇好扶植善类，至魏阉专权，尚且从中补救，为清流所倚赖。惟祖庇门生王化贞，贻误边疆，致惹物议，这是他平生第一缺憾；后三年病殁家中，崇祯初始追赠太师，予谥"文忠"（神宗以后诸相臣，应推叶向高，故总断数语）。

　　向高既去，韩爌进为首辅，屡与魏广微等龃龉。爌亦抗疏乞归，中旨反责他悻悻自专，听令罢官。爌与向高素为东林党所推崇（东林党见七十五回）。两人相继去职，只有吏部尚书赵南星算是领袖。魏忠贤颇仰赵名，曾遣甥傅应星往谒，被拒不纳。阁臣魏广微本为南星故友，魏允贞子，有通家谊，素相往来。及广微谄附忠贤，夤缘入阁，南星乃绝不与通，尝叹为见泉无子（见泉即允贞别字）。广微闻言，未免怀恨。又尝三谒南星，始终不见，嫉恶太严，亦足取祸，遂与南星有隙，协比忠贤，设法排挤。南星在朝，以高攀龙、杨涟、左光斗、魏大中等，均系正人，引为知交，共期佐治。可奈忠贤在内，广微在外，均欲扰乱朝纲，誓倾正士，那时薰莸异器，臭味差池，渐渐的君子道消，小人道长。况明朝气运将尽，出了一个昏愦绝俗的熹宗，专喜小人，不喜君子，凭你如何方正，也是无益，反被那小人侧目，贻祸身家，说将起来，正令人痛恨无穷呢（慨乎言之，为下文作一总冒）！

且说明朝故事，巡按御史回道，必经都御史考核称职，才得复任。御史崔呈秀、巡按淮扬，赃私狼藉，及还朝复命，凑巧高攀龙为左都御史，秉公考察，尽得他贪秽实迹，立行举发。赵南星职掌铨衡，上议应戍，有旨革职听勘。呈秀大惧，忙怀挟金宝，夜投忠贤私第，叩首献珍，且乞为义子。廉耻何存？忠贤自然喜欢，居然上坐，受他九拜。呈秀趁这机会，极言南星、攀龙等人故意寻隙，此辈不去，我等将无死所。忠贤听一句，点一回首，便道："老子尚在，不怕他不落我手，你休要担忧呢！"呈秀拜谢而去。会山西巡抚出缺，南星荐举大常寺卿谢应祥，既邀俞允，偏是御史陈九畴，上言："应祥尝任嘉善知县，与魏大中谊属师生，大中为师出力，私托选郎夏嘉遇，谋任是缺，徇私当斥"云云。希承魏阉意旨，已在言中。大中、嘉遇闻有此奏，自然上疏辩驳："南星、攀龙亦奏称推举应祥，实协人望，大中、嘉遇并无私情，九畴妄言，实是有人授意，请勿过听"等语。忠贤见了此奏，明知有意讽己，特矫旨降调大中、嘉遇，并将陈九畴一并议罪，镌去三级。俗所谓讨好跌一交。且责南星等朋谋结党，有负委任。南星遂乞罢，攀龙亦请归，有旨一一批准，立命免官，复议推选吏部尚书。侍郎于廷推乔允升、冯应吾、汪应蛟等人，杨涟注籍不预，忠贤又矫旨责涟，坐他"大不敬"三字的罪名。是亦三字狱也。又以允升等为南星私人，斥责于廷徇私荐引，左光斗与涟朋比为奸，均应削籍，另擢徐兆魁为吏部侍郎，乔应甲为副都御史，王绍徽为佥都御史，这三人俱系南星所摈，转附魏阉，于是朝廷大权，尽归魏阉掌握了。

魏阉既得崔呈秀，相见恨晚，倚为腹心，日与计画。给事中李恒茂趋奉魏阉，即为呈秀讼冤，忠贤遂矫旨复呈秀官。时矫旨迭下，浑称中旨，廷臣均以为未合。给事中李鲁生，独谓："执中者帝，宅中者王，谕旨不自中出，将属何处？"大众目为笑话，忠贤恰非常嘉许。阁臣顾秉谦、魏广微等编造《缙绅便览》一册，如叶向高、韩爌、赵南星、高攀龙、杨涟、左光斗诸人，统称邪党，黄克缵、王永光、徐大化、贾继春、霍维华等，统算正人，私下呈与忠贤，用一"呈"字妙，令做进退百官的蓝本。呈秀复进《同志录》、《天鉴录》两书，《同志录》均属东林党，《天鉴录》均非东林党。最可笑的，是佥都御史王绍徽，编了一部《点将录》，无论是东林党，非东林党，但教与他未合，统列入东林党中，统计得一百八人，每人名下，系以宋时梁山泊群盗诸绰号：比叶向高为宋公明，就叫他作及时雨。

第八十七回 魏忠贤喜得点将录 许显纯滥用非法刑

此外号缪昌期为智多星，文震孟为圣手书生，杨涟为大刀，惠世扬为霹雳火，郑鄤为白面郎君，顾大章为神机军师，也按着天罡地煞，分类编列。天罡星部三十六，地煞星部七十二，用了洛阳佳纸，蝇头细楷，写得明明白白，浼呈秀献与忠贤。忠贤识字无多，正苦东林党人，记不胜记，惟梁山泊诸盗名目，从幼时得诸传闻，尚含着脑筋中，未曾失忆。此番有了《点将录》，正好两两对证，容易记着，便异常欢喜，目为圣书。究竟不及宋公明的天书。令王体乾等各抄一本，暗挟袖中。每阅廷臣章奏，先将《点将录》检览，录中姓氏相符，即粘纸条寸许，赍送忠贤直房。忠贤即除去纸条，奏请责处。但有时尚恐遗误，必与那位奉圣夫人细商，奉圣夫人直处，统用红纱大幔遮蔽，幔上绣着花鸟，仿佛如生，幔中陈列寝榻几案，无不精巧。忠贤入幔对食，就把责处廷臣的方法，与她密谈。奉圣夫人有可有否，忠贤无不照允。到了宴笑尽欢的时候，便相抱相偎，做一回鸳鸯勾当，内廷中人，没一个不知晓。只因他权焰薰天，哪个去管这种闲事？大家都是过来人，原是不必多管。惟《天鉴录》中，统是魏阉门下士，崔呈秀、田吉、吴淳夫、李夔龙、倪文焕，与主谋议，时人号为"五虎"。田尔耕、许显纯、孙云鹤、杨寰、崔应元，代行杀戮，时人号为"五彪"。还有尚书周应秋，大仆寺少卿曹钦程等，出入阉门，时人号为十狗。此外又有"十孩儿"、"四十孙"名号，书不胜书。最有势力的，要算崔呈秀，自复官后，不二年即进职兵部尚书，兼左都御史，舆从烜赫，势倾朝野，因此前时客、魏并称，后来反变作崔、魏了。

先是神宗末年，朝局水火，党派纷争，有宣昆党、齐党、楚党、浙党诸名目。汤宾尹、顾天埈为宣昆党魁首，亓诗教、周永春、韩浚、张延登为齐党魁首；官应震、吴亮嗣、田生金为楚党魁首，姚宗文、刘廷元为浙党魁首。四党联成一气，与东林党为仇敌。至叶向高、赵南星、高攀龙等，入掌朝纲，四党气焰渐衰，又有歙县人汪文言，任侠有智，以布衣游京师，输赀为监生，党附东林，计破他党。向高嘉他同志，引为内阁中书。韩爌、赵南星、左光斗、魏大中等俱与交游，往来甚密。适桐城人阮大铖与光斗同里，光斗拟荐为吏科给事中，南星、攀龙等以大铖轻躁，不足胜任，乃改补工科，另用魏大中为吏科给事。大铖遂与光斗、大中有嫌，暗托同寅傅櫆，劾奏文言，与光斗、大中交通为奸。得旨将文言下狱。吏、工两部虽少有分别，然名位相等，大铖即以此挟嫌，谋害左、魏，是之谓小人。幸镇抚司刘侨、从御史黄尊素言，只将文言廷杖除名，不及左、魏。忠贤正深恨东林党人，欲借此为罗织计，偏偏侨不解事，因将他削籍除名，改用许显纯继任。御史梁梦环窥透忠贤意旨，复上疏申劾文言。当由中旨传出，再逮文言下狱，令许显纯鞫治。

看官！你想显纯是魏阉门下有名的走狗，得了这个差使，自然极力承办，尽情锻炼，狱连赵南星、杨涟、左光斗等二十余人，还有故巡抚凤阳都御史李三才，也牵连在内。三才当神宗时，以都御史出抚凤阳，镇淮十年，颇得民心，尝与东林党魁顾宪成，深相结纳，宪成亦乐为揄扬。但材大气豪，不矜小节，多取多与，伐异党同，以此干触时忌，屡上弹章。三才倒也见机，累请辞官，甚至疏十五上，尚不得命，他竟挂冠自去（是为补叙之笔）。王绍徽《点将录》中，亦曾列入，惟绰号加他托塔天王，不入梁山泊排行。熹宗暇时，亦由忠贤呈上《点将录》，看到"托塔天王"四字，懵然不解。忠贤代为解说，谓："古时有托塔李天王，能东西移塔，三才善惑人心，能使人人归附，亦与移塔相似。"牵强附会，确是魏阉口吻。熹宗微笑无言。至是亦拦入案中，都诬他招权纳贿，目无法律。这贿赂从何处得来？便把移宫一案，加在诸人身上。大理寺丞徐大化至魏阉处献策道："选侍移宫，皇上亦尝赞成，何赃可指？不若说他纳杨镐、熊廷弼等贿赂，较为有名。且封疆事关系重大，即使一并杀却，后人也不能置议呢。"忠贤大喜，便嘱徐大化照计上奏，一面令许显纯照奏审问。等到徐疏发落，显纯即严鞫文言，迭加惨刑，令他扳诬杨、左诸人。文言始终不承，至后来不胜搒掠，方仰视显纯道："我口总不似你心，汝欲如何？我便依你。"显纯乃令松刑，文言忍痛跃起，扑案厉声道："天乎冤哉！杨、左诸贤，坦白无私，宁有受赃情弊？我宁死不敢诬人。"说毕，仆倒地

上，奄然无语。显纯料不肯供，自检一纸，捏写文言供状。文言复张目道："你不要妄写！他日我当与你对质。"显纯被他一说，倒也不好下笔，便令狱卒牵退文言。

是夕，即将文言掠毙，仍伪造供词，呈将进去。杨、左两人，各坐赃二万，魏大中坐赃三千，御史袁化中坐赃六千，太仆少卿周朝瑞坐赃一万，陕西副使顾大章坐赃四万。忠贤得此伪证，飞骑逮六人系狱，由许显纯非法拷掠，血肉狼藉，均不肯承。光斗在狱中私议道："他欲杀我，不外两法；我不肯诬供，掠我至死，或夜半潜令狱卒，将我等谋毙，伪以病殁报闻。据我想来，同是一死，不如权且诬供，俟移交法司定罪，再陈虚实，或得一见天日，也未可知。"周、魏等均以为然，俟再讯时，一同诬服。哪知忠贤阴险得很，仍不令移交法司，但饬显纯严行追赃，五日一比，刑杖无算，诸人始悔失计，奈已是不及了。自来忠臣义士，多带呆气，试想矫旨屡颁，已非一次，哪有天日可见？就使移交法司，亦岂能免死耶？

过了数日，杨涟、左光斗、魏大中，俱被狱卒害死，光斗、大中死后均体无完肤，涟死尤惨，土囊压身，铁钉贯耳，仅用血衣裹置棺中。又逾月，化中、朝瑞亦毙，惟大章未死。群阉谓诸人潜毙，无以服人，乃将大章移付镇抚司定罪。大章已死得半个，料知不能再生，便招弟大韶入狱，与他永诀，各尽一卮，惨然道："我岂可再入此狱？今日当与弟长别了。"大韶号哭而出，大

章即投缳自经。先是涟等被逮，秘狱中忽生黄芝，光彩远映，适成六瓣。或以为祥，大章叹道："芝本瑞物，乃辱生此间，是即为我等六人朕兆，还有甚么幸事！"后来果如所言，世称为六君子。

六人已死，忠贤还饬抚按追赃，光斗兄光霁，坐累自尽，光斗母哭子亡身，家族尽破。大中长子学洢，微服随父入京，昼伏夜出，欲称贷赎父，父已毙狱，学洢恸哭几绝，强起扶榇，归葬故里，日夕哭泣，水浆不入口，竟致丧命。赵南星、李三才亦坐是削籍，饬所在抚按追赃。未几，又将南星遣戍，终殁戍所。吏部尚书崔景荣心怀不忍，当六君子未死时，曾请魏广微谏阻。广微本预谋此狱，不料天良未泯，居然听信景荣，上了一道解救的奏章，惹得忠贤大怒，召入私第，当面呵斥。广微汗流浃背，忙出景荣手书，自明心迹，忠贤尚嘲骂不已。广微趋出，忙上疏求归，景荣亦乞罢，先后去职。阁臣中如朱国桢、朱延禧等，虽未尝反对魏阉，但亦不肯极力趋奉，相继免归。忠贤乃复引用周如磐、丁绍轼、黄立极为礼部尚书，冯铨为礼部侍郎，入阁预事。绍轼及铨均与熊廷弼有隙，遂以杨、左诸人因赃毙狱，不杀熊廷弼，连杨、左一狱，也属无名，乃将廷弼弃市，传首九边。可怜明廷一员良将，只为积忤权阉，死得不明不白。他如轻战误国的王化贞，曾经逮问论死，反邀赦免，竟获全生。御史梁梦环且奏言廷弼侵军赀十七万，刘徽又谓廷弼家赀百万，应籍没输军，中旨一概照准，命锦衣卫追赃籍产，络绎道途。廷弼子兆珪受迫不堪，竟至自刎。所有姻族，连类破产。武弁蔡应阳为廷弼呼冤，立置重辟，太仓人孙文豸、顾同寅，作诗谏廷弼，又坐诽谤罪斩首。编修陈仁锡，修撰文震孟，因与廷弼同郡，亦均削籍。小子有诗叹道：

逆予者死顺予生，
辗转钩连大狱成。
一部古今廿四史，
几曾似此敢横行。

穷凶极恶的魏忠贤，意尚未足，还要将所有正人，一网打尽，说来煞是可恨，容小子下回再详。

予阅此回，予心益愤，于逆阉等且不屑再责矣。但予不屑责及小人，予且不忍不责备君子。古圣有言："邦有道，危言危行，邦无道，危行言孙。"又曰："所谓大臣者，以道事君，不可则止。"盖当炀灶蔽聪之候，正诸君子山林潜迹之时，非必其无爱国心也。天下事剥极必复，静以俟之，或得一贤君御宇，再出图治，容或未迟。乃必肆行掊击，酿成大狱，填尸牢貙，血骴交横，至怀宗践阼而朝野已空，人之云亡，邦国殄瘁，是诸君子之自速其亡，咎尚小，自亡不足，且致亡国，其咎为无穷也。或谓明之亡不亡于邪党，而亡于正人，言虽过甚，毋亦一春秋责备贤者之意乎？

第八十七回　魏忠贤喜得点将录　许显纯滥用非法刑

第八十八回　兴党狱缇骑被伤　媚奸珰生祠迭建

却说魏忠贤既除杨、左诸人，遂拟力翻三案，重修光宗实录。御史杨维垣及给事中霍维华希旨承颜，痛诋刘一燝、韩爌、孙慎行、张问达、周嘉谟、王之寀及杨涟、左光斗诸人，请旨将《光宗实录》，续行改修。又有给事中杨所修，请集三案章疏，仿《明伦大典》，编辑成书，颁示天下（《明伦大典》，见世宗时）。于是饬修《光宗实录》，并作《三朝要典》（即神、光、熹三朝），用顾秉谦、黄立极、冯铨为总裁，施凤来、杨景辰、孟绍虞、曾楚卿为副，极意诋斥东林，暴扬罪恶。梃击一案，归罪王之寀，说他开衅骨肉，既诬皇祖，并负先帝，虽粉身碎骨，不足蔽辜。红丸一案，归罪孙慎行，说他罔上不道，先帝不得正终，皇上不得正始，统由他一人酿成。移宫一案，归罪杨涟，说他内结王安，外结刘一燝、韩爌，诬蔑选侍，冀邀拥戴首功。大众咬文嚼字，胡言乱道，瞎闹了好几月，才得成书。忠贤令顾秉谦拟御制序文，载入卷首，刊布中外。

御史卢承钦又上言："东林党人，除顾宪成、李三才、赵南星外，如高攀龙、王图等，系彼党中的副帅；曹于汴、杨兆京、史记事、魏大中、袁化中等，系彼党中先锋；丁元荐、沈正宗、李朴、贺烺等，系彼党中敢死军人；孙丕扬、邹元标等，系彼党中土木魔神，宜一切榜示海内，垂为炯戒。"忠贤大喜，悉揭东林党人姓名，各处张贴。是谓一网打尽。惟党中魁桀，已大半得罪，尚有高攀龙、缪昌期数人，在籍家居，未曾被逮。崔呈秀又欲杀死数人，聊快己意，遂入白忠贤，先用矫旨去逮高攀龙，攀龙闻缇骑将至，焚香沐浴，手缮遗疏，封固函内，乃授子世儒，且嘱道："事急方启。"世儒未识情由，只好遵命收藏。攀龙复给令家人，各自寝息，不必惊慌。家人还道他有妙计安排，都放心安睡，到了夜半，攀龙四顾无人，静悄悄的着衣起床，加了朝服朝冠，望北叩头，未免太迂，自投池中。翌晨世儒起来，趋入父寝，揭帐省视，只剩空床，慌忙四觅，但见案上留有一

第八十八回 兴党狱缇骑被伤 媚奸珰生祠迭建

诗，隐寓自沉的意思。遂走向池中捞取，果得父尸。适值缇骑到来，见了尸骸，无话可说。世儒泣启遗缄，乃是遗疏数行，略言："臣虽削籍，曾为大臣，大臣不可辱，辱大臣，与辱国何异？谨北向叩头，愿效屈平遗则，君恩未报，期结来生，望钦使驰此复命！"句句是泪。世儒瞧毕，便缴与缇骑，缇骑携疏自去。

攀龙，无锡人，学宗濂、洛，操履笃实，不愧硕行君子，死后无不悲感。惟呈秀尚以为恨，复命将世儒逮狱，问成徒罪，蛇蝎无此险毒，再下手逮缪昌期。昌期尝典试湖广，策语引赵高、仇士良故事，暗讽魏忠贤。至杨涟劾忠贤二十四罪，或谓亦由昌期属稿。高攀龙、赵南星回籍，昌期又送他出郊，置酒饯行，执手太息。忠贤营墓玉泉山，乞昌期代撰碑铭，昌期又不允。以此种种积嫌，遂由呈秀怂恿，把他拘来。昌期慷慨对簿，词气不挠。许显纯诬他坐赃三千，五毒交加，十指堕落，卒死狱中。一道忠魂，又往西方。

第三着下手，是逮御史李应升、周宗建、黄尊素及前苏松巡抚周起元、吏部员外郎周顺昌。应升尝劾魏忠贤，有"千罪万罪，千真万真"等语，宗建亦劾忠贤目不识丁，尊素素有智虑，见忌群小，以此一并被逮。会吴中讹言，尊素欲效杨一清诛刘瑾故事，联络苏、杭织造李实，授他秘计，令杀忠贤。忠贤闻信，忙遣私人至吴，侦探真伪。其实李实是贪婪无耻，平时尝谄附魏阉，并不及正德年间的张永（张永、杨一清事，均见前四十六回），一闻有人侦察，便寻邀入署，赠与金银若干，托他辩明。且言："自己与故抚起元，夙有嫌隙，或即由他造言污蔑，也未可知。"来人得了贿赂，自然依了李实的言语，回报忠贤。忠贤翻阅《点将录》，曾有起元名氏在内，又遣人到李实处，索取空印白疏，嘱李永贞伪为实奏，诬劾起元抚吴时，乾没帑金十余万，且与攀龙等交好莫逆，谤毁朝廷，就中介绍人士，便是吏部员外郎周顺昌。

看官！这周顺昌时已辞职，返居吴县原籍，为何平白地将他牵入呢？原来魏大中被逮过吴，顺昌留住三日，临别泪下，愿以女字大中孙。缇骑屡次促行，顺昌瞋目道："尔等岂无耳目？难道不知世间有好男子周顺昌么？别人怕魏贼，无非畏死，我周顺昌且不怕，任你去告诉阉贼罢！"也觉过甚。缇骑入京，一五一十地报告忠贤，忠贤怒甚，就在李实伪疏中牵连进去。御史倪文焕并举顺昌缔婚事，奏了一本，当时魏阉权力赛过皇帝，不过借奏牍为名目，好即出票拘人，当下缇骑复出，飞逮两周。宗建与顺昌同籍，先已逮去，不三日又有缇骑到来，吴中士民素感顺昌恩德，至是都代为不平。苏抚毛一鹭召顺昌到署，开读诏书，顺昌跪听甫毕，外面拥入诸生五、六百人，统跪求一鹭，恳他上疏解救。一鹭汗流满面，言语支吾，缇骑见议久不决，手掷锁链，琅然有声，并呵叱道："东厂逮人，哪个敢来插嘴！"语未已，署外又拥进无数市民，手中都执香一炷，拟为顺昌吁请免逮，可巧听着缇骑大言，便有五人上前，问缇骑道："圣旨出自皇上，东厂乃敢出旨么？"缇骑还是厉声道："东厂不出旨，何处出旨？"五人闻言，齐声道："我道是天子命令，所以偕众同来，为周吏部请命，不意出自东厂魏太监。"说着时，大众都哗噪道："魏太监是朝廷逆贼，何人不知？你等反替他拿人，真是狐假虎威，打！打！打！"几个打字说出，各将焚香掷去，一拥而上，纵横殴击，当场将缇骑殴毙一人，余众亦皆负伤，逾垣逸去。毛一鹭忙奔入内，至厕所避匿，大众无从找寻，始各散去。恨不令一鹭吃屎。

顺昌遂分缮手书，诀别亲友，潜自赴都，入就诏狱。宗建、应升、尊素三人，先已受逮，彼此相见，各自叹息。次日即由许显纯讯鞠，无非是笞杖交下，锁夹迭加。顺昌尤大骂忠贤，被显纯指令隶役，椎落门牙。他且嗫血上喷，直至显纯面颊，呼骂益厉，无一语乞哀。显纯即于是夜密嘱狱卒，把他结果了性命。三日出尸，皮肉皆腐，仅存须发。宗建横受箠楚，偃卧不能出声，显纯尚五日一比，勒令交赃，并痛詈道："看你还能骂魏公不识一丁么？"寻即用沙囊压宗建身，惨毙狱中。尊素知狱卒将要害己，即啮指血为诗，书于枷上，并隔墙呼应升别字道："我先去了！"言已，即叩首谢君父，触墙而死。越日，应升亦死。起元籍隶海澄，离京较远，及被逮至京，顺昌等均已遇害，显纯更横加拷掠，迫令缴赃十万。起元两袖清风，哪里来此巨款？只把这身命相抵，朝笞夜杖，血肉模糊，自然也同归于尽了。时人以顺昌等惨死诏狱，与杨、左诸人相同，遂与高、缪两贤，并称为后七君子。

此外屈死的人，也属不少，但资望不及诸贤，未免声名较减，小子也不忍再录。惟前刑部侍郎王之寀，后来亦被逮入京，下狱瘐死。前礼部尚书孙慎行，坐戍宁夏，还是知府曾樱，令他从缓数月。慎行未行，忠贤已败，才得免罪。这两人关系三案，小子不能不详。又有吴中五人墓，合葬虎邱，传播人口，虽是市中百姓，恰也旌表万年。大书特书，隐为后人表率。看官听说！这五人便是吴中市民的代表，叫作颜佩韦、杨念如、周文元、马杰、沈扬。

先是缇骑被逐，毛一鹭即飞章告变，忠贤恰也惊心，忙饬一鹭查缉首犯。一鹭本魏阉义儿，好容易谋得巡抚，他本无才无能，干不了什么事，幸知府寇慎及吴县令陈文瑞，爱民有道，颇洽舆情。当下由一鹭下书，令府县办了此案。寇、陈两官自巡市中，晓谕商民，叫他报明首犯，余俱从赦。商民尚未肯说明，还是那五人挺身自首，直认不讳。寇慎不得不将他拘住，禀知一鹭。一鹭又报告忠贤，忠贤令就地正法。五人被缚至市，由知府寇慎监刑，号炮一声，势将就戮。五人回顾寇慎道："公系好官，应知我等好义，并非好乱呢。"说罢，延颈就刃，面色如生。寇慎恰也不忍，但箭在弦上，不得不发，只得令市民好好收尸，含泪回署去讫。惟缇骑经此一击，后来不敢径出都

门，忠贤也恐人心激变，稍从敛戢。是恶贯满盈，天道有知，也不容他再横行了。这且表过不提。

且说苏、杭织造李寔，因前时被人造谣，几乎罹罪，嗣蒙忠贤开脱，任职如故，不由得感激异常。浙江巡抚潘汝桢，又是个篾片官儿，平时很巴结魏阉，寻见魏阉势力愈大，越想讨好，每与李寔商议，要筹画一个特别法儿，买动魏阉欢心。李寔很表同情，奈急切无从设法。汝桢日夜筹思，居然计上心来，不待与李寔商量，便即奏闻。看官道是何法？乃请就西湖胜地，辟一佳壤，为忠贤建筑生祠。却是妙法，为他人所未及。忠贤得疏，喜欢得了不得，当即矫旨嘉奖。湖上旧有关壮缪、岳武穆两祠，相距不过半里，中留隙地，汝桢遂择这隙地中，鸠工庀材，创建祠宇，规模宏敞，气象辉煌，比关、岳两祠，壮丽数倍。关、岳有灵，应该把他殛毁。李寔被汝桢走了先着，自悔落后，急忙补上奏章，乞授杭州卫百户沈尚文等，永守祠宇，世为祝釐崇报，中旨自然照准，并赐名普德，由阁臣撰文书丹，侈述功勋。祠已落成，李、潘两人，朔望尝亲去拈香，真个是必恭必敬，不愆不忘。挖苦得妙。孰意一人创起，百人效尤，各地寡廉鲜耻的狗官，纷纷请援例建祠，无不邀准。且中旨命毁天下书院，正好就书院基址，改筑魏公祠，恰是一举两便。不到一年，魏忠贤的生祠几遍天下，小子试录表如下：

苏州 普惠祠。松江 德馨祠（巡抚毛一鹭、巡按徐吉同建）。淮安 瞻德祠。扬州 沾恩祠（总督漕运郭尚友，巡抚宋桢模、许其孝同建。）芦沟桥 隆恩祠（工部郎中曾国桢建）。崇文门 广仁祠。宣武门 懋勋祠（顺天府通判孙如冽、府尹李春茂、巡抚刘诏、巡按卓迈、户部主事张化愚同建）。济宁 昭德祠。河东 襃勋祠（巡抚李精白，巡按李灿然、黄宪卿，及漕运郭尚友同建）。河南 戴德祠。成德祠（巡抚郭宗光、巡按鲍奇谋、守道周锵同建）。山西 报功祠（巡抚牟志夔、曹尔桢，巡按刘弘光同建）。大同 嘉德祠（巡抚王占，巡按张素养、汪裕同建）。登莱 报德祠（巡按李嵩建）。湖广 隆仁祠（巡抚姚宗文、巡按温皋谟同建）。四川 显德祠（工部侍郎何宗圣建）。陕西 祝恩祠（巡抚朱童蒙，巡按庄谦、王大中同建）。徽州 崇德祠（知府颉鹏建）。通州 怀仁祠（督漕内监李道建）。昌平二镇（亦属通州）崇仁祠。彰德祠（总督阎鸣泰建）。密云 崇功祠（巡抚刘诏、巡按倪文焕同建）。江西 隆德祠（巡抚杨廷宪、巡按刘述祖同建）。林衡署中 永爱祠（庶吉士李若林建）。嘉蔬署中 洽恩祠。上林署中 存仁祠（上林监丞张永祚建）。

上述各祠，次第建设，斗巧竞工，所供小像，多用沈香雕就，冠用冕旒，五官四肢，宛转如生人。腹中肺腑，均用金玉珠宝妆成。何不用狼心狗肺相代？髻上穴空一隙，俾簪四时香花。闻有一祠中像头稍大，不能容冠，匠人性急，把头削小，一阉抱头大哭，严责匠人，罚令长跪三日三夜，才得了事。统观上述诸祠,只供忠贤生像,惜未将奉圣娘娘一并供入,犹为缺点。每祠落成,无不拜疏奏闻。疏词揄扬,一如颂圣,称他尧天舜德,至圣至神,何不去尝忠贤粪秽?阁臣亦辄用骈文褒答,督饷尚书黄运泰,迎忠贤生像,甚至五拜五稽首,称为九千岁。独蓟州道胡士容,不愿筑祠,为忠贤所知,矫旨逮问。遵化道耿如杞,入祠不拜,亦即受逮,由许显纯讯问拷掠,都累得九死一生。所有建祠碑文,多半施凤来手笔,所有拟旨褒答,多出王瑞图手笔。忠贤均擢他为礼部尚书,兼东阁大学士,入预机务。冯铨、顾秉谦反为同党所轧,相继归休。到了天启七年,监生陆万龄,请以忠贤配孔子,忠贤父配启圣公,疏中大意,谓:"孔子作春秋,魏公作要典;孔子诛少正卯,魏公诛东林党人。理应并尊,同祠国子监。"司业林钎:见疏大笑,援笔涂抹,即夕挂冠自去。嗣经司业朱之俊代为奏请,竟得俞允,林钎反坐是削籍。小子有诗叹道:

媚奥何如媚灶灵,
蛆蝇甘尔逐膻腥。
一般廉耻销磨尽,
剩得污名秽简青。

建祠以后,有无荒谬事情,容俟下回续叙。

崔、魏力翻三案,非真欲翻三案也,为陷害东林党计耳。前六君子,与后七君子,合成十三人,为逆阉搆陷,死节较著。而高攀龙之自溺池中,最为得当而死,无辜被逮,不死不止,与其死于黑索之下,何若死于白水之间?所谓蝉蜕尘秽,皭然泥而不滓者也。颜佩韦、杨念如等五人,率众殴击缇骑,虽似有干国法,实足为一时快意之举。逆阉可以擅旨,市民亦何尝不可擅为?况经此一殴,缇骑乃不敢轻出国门,牺牲者仅五人生命,保全者不止什百。虎邱遗垒,彪炳千秋,不亦宜乎?潘汝桢创筑生祠,遂致各地效尤,遍及全国,观其廉耻道丧,本不值污诸笔墨,但为世道人心计,不得不表而出之,为后世戒。语有之:"豹死留皮,人死留名,"后之人毋污名节,庶不负记者苦心云。

第八十九回　排后族魏阉谋逆　承兄位信邸登基

却说天启六年三月间，有辽阳人武长春往来京师，寄迹妓家，好为大言，当由东厂探事人员，指为满洲间谍，把他拘住，当由许显纯掠治，张皇入奏。略说："是皇上威灵，厂臣忠智，得获敌间，立此奇功。"长春并非敌间，就使实为间谍，试问东厂所司何事？厂臣所食何禄？乃称为奇功，令人羞死。当即优诏褒美，并封忠贤从子良卿为肃宁伯，得予世袭，并赐养赡田七百顷。是时蓟、辽督师孙承宗，因魏阉陷害正士，拟入朝面奏机宜，阉党早已闻风，飞报忠贤。忠贤哭诉帝前，立传谕旨，饬兵部飞骑禁止。承宗已抵通州，闻命还镇，阉党遂痛诋承宗，目为晋王敦、唐李怀光一流人物。承宗遂累疏乞休，廷议令兵部尚书高第继任。第恇怯无能，一到关外，即将承宗所设各堡，尽行撤去。惟宁前参师袁崇焕，誓死不徙。果然满洲兵来攻宁远，声势张甚，高第拥兵不救，赖崇焕预备西洋大炮，击退满洲兵士。明廷闻报，乃将高第削职，另任王之臣为经略，且命崇焕巡抚辽东，驻扎宁远（此段是带叙之笔）。熹宗正日忧辽事，闻魏忠贤得获敌间，差不多与除灭满洲同一功绩，因此格外厚赏。其实辽阳男子武长春，并不是满洲遣来，为了多嘴多舌，平白地问成磔刑，连骨肉尸骸，无从还乡，反弄好了一个魏忠贤。

是年满洲太祖努尔哈赤病殂，传位第八子皇太极，以次年为天聪元年，就是《清史》上所称的清太宗（载明清太宗嗣位，为清室初造张本）。太宗一面与崇焕议和，一面发兵击朝鲜，报复旧恨。为前时杨镐出塞，朝鲜发兵相助之故。朝鲜遣使，向明廷告急。明廷只责成袁崇焕，要他发兵往援。崇焕正拟遣将东往，偏东江总兵毛文龙也报称满兵入境，乞调兵增守。那时足智多能的袁崇焕，明知满洲太宗，用了缓兵疑兵的夹计，前来尝试，怎奈缓兵计便是和议，不便照允，疑兵计恐要成真，不能不防。乃派水师援文龙，另遣总兵赵率教等，出兵三岔河，不过是牵制满人，使他后顾。无如朝鲜的君民，实是无用，一经满兵杀入，势如破竹。朝鲜国王李倧弃了王城，逃至江华岛，看看饷尽援绝，只好派使向满洲乞和，愿修朝贡。满洲太宗得休便休，就与朝鲜订了盟约，调兵回国。

既而崇焕与王之臣未协，明廷召还之臣，令崇焕统辖关内外各军。崇焕命赵率教守锦州，自守宁远，蓦闻满洲太宗，亲督大军，来攻锦州，他知率教足恃，一时不致失守，独遣总兵祖大寿，领了精兵四千，绕出满兵后面，截他归路。自督将士修城掘濠，固垒置炮，专防满兵来袭。果然满兵攻锦不下，转攻宁远，被崇焕一鼓击退。满洲太宗，再欲益兵攻锦州，闻有明军截他后路，不得已整队回去。祖大寿见满兵回国，纪律森严，也是知难而退。崇焕拜本奏捷，满望论功加赏，哪知朝旨下来，反斥他不救锦州，有罪无功，气得崇焕目瞪口呆，情愿乞休归里；奏乞解职，有旨照准，仍命王之臣继任。看官不必细猜，便可知是淫凶贪狡、妒功忌能的魏忠贤弄出来的把戏。不是他是谁？原来各处镇帅，统有阉党监军，阉党只贪金钱，所得贿赂，一半中饱，一半献与忠贤。前时熊廷弼得罪，孙承宗遭忌，无非为这项厚礼，不肯奉送的原故。此次袁崇焕督师关外，也有太监纪用监军，崇焕只知防敌，哪肯将罗掘得来的饷项，分给阉人？纪用无从得手，忠贤何处分肥，以此宁、锦叙功，崇焕不预。解释明白，坐实魏阉罪状。

忠贤安坐京师，与客氏调情作乐，并未尝筹一边务，议一军情，反说他安攘有功，得旨褒叙。安字注解，即是安坐绣幄中；攘字注解，当是攘夺的攘，或训作攘内，意亦近是。还有王恭厂被火，又得叙功，王恭厂就是火药局，夏季遇雷，火药自焚，地中霹雳声，震响不已，烟尘蔽空，白昼晦冥，军民晕仆，死了无数。忠贤足未出户，阉党薛贞，偏说他扑灭雷火，德可格天，又获奖敕。余尝见有人慰失火书，说系吉人天相，薛贞所奏，毋乃类是。兵部尚书王永光，以天象告儆，请宽讼狱，停工作，慎票旨。给事中彭汝楠，御史高弘图，亦上书奏请，大致相似，中旨斥他迹近讽刺，一并罢官。又因皇极殿建筑告成，熹宗御殿受贺，这殿系魏、崔两人督办，太监李永贞即表奏忠贤大功，吏部尚书周应秋相继奏陈，又是极力揄扬。熹宗大悦，竟破格加恩，特封忠贤为上公。忠贤从子魏良卿，前已晋封侯爵，至是又进授宁国公，加赐铁券。从孙鹏翼只二岁，封安平伯，从子良栋只三岁，封东安侯，崔呈秀为少傅。荫子锦衣卫指挥，吏部尚书周应秋等十八人，俱加封宫宫衔，工部侍郎徐大化、孙杰升任尚书，傅应星加太子太傅，魏士望等十四人，均升授都督佥事，各赐金银币有差。惟忠贤特别加赐，给他庄田二千顷。宁国公魏良卿禄米，照忠贤例，各支五千石。阁臣拟旨锡封，悉拟曹操九锡文。曹操为中常侍曹腾从子，援例比拟，亦尚相合。内外章奏，各称忠贤为厂臣，不得指名。要把大明江山送与别人，原非容易，应该受此懋赏。会山东奏产麒麟，大学士黄立极等上言

明史演义

第八十九回 排后族魏阉谋逆 承兄位信邸登基

"厂臣修德,因致仁兽",何不径称尧舜,劝熹宗让位忠贤?正是贡媚献谀,无微不至,连忠贤自己也不知自居何等呢。

忠贤以复仇修怨,均已快心,惟有一憾未了,免不得心存芥蒂。看官道是何憾?便是正位中宫的张皇后。张后深恨客、魏,因进谏不从,致疏宸眷。后亦无所怨望,惟以文史自娱,但熹宗生平,不喜渔色,待遇后妃,都不过淡淡相交,就是与后未协,亦无非怕她烦絮,并没有特别嫌疑,所以客、魏等虽有谗言,熹宗始终不睬。会厚载门外,有匿名揭帖,备列忠贤逆状,且及阉党七十余人,忠贤遂欲诬陷后父,即召私党邵辅忠、孙杰两人入商。两人闻言,陡然一呆,彼此相觑。忠贤猛笑道:"这有何难?教你两人合奏一本,只说后父国纪私张揭帖,且与中宫勾连,谋害厂臣,我想上头览奏,必要究治。后若因此被废,我侄儿良卿,生有一女,年已及笄,好进立为后了。"曹操只做国丈,魏阉想做太国丈,比曹操又高一筹。两人唯唯趋出,缮好一篇奏草,但心中总尚畏祸,不敢径呈。猛然想到顺天府丞刘志选,年老嗜利,可浼他出头。当下相偕往见,说明意思,并示他奏稿。志选暗想道:"我年已老,不妨一行。他日忠贤失势,我已不知死在何处?今日趁他专权,帮一个忙,必有重赏到来,我享了几年荣华富贵,再作计较。"到老尚不看破,势利之害人如此。随即欣然领命,录奏进呈。疏中极论后父国纪罪状,结末数语,有"毋令人訾丹山之穴,蓝田之种"云云。奏上数日,并不见有批答下来。御史梁梦环复申论志选奏章,故意诘问"丹山""蓝田"二语。熹宗仍然不答,惟密饬国纪自新。国纪知为忠贤所嫉,竟见几远引,飘然回籍去了。

忠贤见此计不成,又想了一策,暗募壮士数人,怀藏利刃,伏匿殿中,自己恰预报熹宗。至熹宗御殿视朝,先遣锦衣卫搜查,果然获住怀刃的壮士。当下缚交东厂,令忠贤发落。忠贤欲令壮士诬供后父,说他意图不轨,谋立藩王,可巧王体乾入白他事,忠贤即与熟商,体乾道:"皇上诸事糊涂,独待遇兄弟夫妇,恰也不薄。倘若意外生变,我等恐无噍类了。"得此一沮,不知是阉党的运气,还是张后的运气?忠贤沉吟半响,方道:"这却也是可虑呢。但缚住的壮士,如何处置?"体乾道:"速即杀却,免得多口。"忠贤复为点首,依计而行,只晦气了数名壮士。此着恰不及曹操,曹操能弑伏后,忠贤不能弑张后,这尚未免胆小呢。熹宗哪知就里,总教他已经处治,便算了事。魏忠贤心尚未死,暗想张后如此难除,不如做一番惊天动地的事业,索性连这糊涂皇帝,亦掇开了他。险毒小人,非此不止。但熹宗尚有三个叔父,留住京邸,一个是瑞王常浩,一个是惠王常润,一个是桂王常瀛,都是神宗皇帝的庶子,欲要举行大事,必须将他三位皇叔尽行外徙,免得在此作梗。当下嗾令御史张讷,疏促就藩,于是瑞王赴汉中,惠王赴荆州,桂王赴衡州,仪物礼数,务从贬损。熹宗反听信邪言，嘉他节费为国，褒美厂臣。既而享祀南郊，祭荐太庙，竟遣宁国公魏良卿往代，虽然做候补皇帝。且加封良卿为太子太师。"太师"两字，实可截去，不如竟称太子为是。世袭伯爵。魏良栋加封太子太保，魏鹏翼加封太子少师。良栋、鹏翼尚在襁褓，如何为东官师保？此种命令，比演戏还要弗如。崔呈秀适遭父丧，诏令夺情视事，不用缞绖，且任他为兵部尚书，兼职少傅及太子太傅，并左都御史。明朝二百数十年间，六部九卿，从没有身兼重职，与呈秀相似，这都是熹宗宠任魏阉，推恩锡类，貤及义儿。又赐奉圣夫人金币无数，加恩三等，予荫子侄一人，世袭锦衣卫指挥。任你如何封赠，总未餍他欲望。

从前熹宗亲祀方泽，乘便游幸西苑，与客、魏并驾大舟，泛入湖中，畅饮为欢。偏是熹宗素性好动，饮至半酣，竟欲改乘小舟，自去泛棹，当由二小珰随帝易船，船前后各坐一阉，划桨而去。熹宗坐在船中，也手携片桨，顺流摇荡，不意一阵大风，刮将过来，竟把小舟吹覆，熹宗竟堕入波心，灌了一肚子的冷水。还亏湖中另有他船，船上载有侍从，七手八脚，得将熹宗救起，两小珰堕水多时，不及施教，竟至溺死。仿佛与正德皇帝相似。客、魏所乘的大舟，相去不过里许，他只对斟酣饮，佯作不知。两人正在行乐，还顾什么皇帝？加一佯字，恐太锻炼。熹宗遭此一吓，染病了好几日，幸为张后所闻，宣召太医数人为帝医治，总算告

痊，但病根自此种着，常有头晕腹泻诸疾。且熹宗好动恶逸，年已逾冠，尚有童心，或斗鸡，或弄猫，或走马，或捕鸟，或打秋千，或蹋毱蹴鞠。又有两大嗜好，一喜斲削雕琢（斲削事已见前文，见八十四回），雕琢玉石，颇也精工，尝赐客、魏二人金印，各重三百两。魏忠贤的印中，刻有"钦赐顾命元臣"数字，客氏的印中，刻有"钦赐奉圣夫人"数字，相传俱由熹宗自刻。此外所刻玉石，随赐宫监，也不胜数。甚且随手抛弃，视作废物罢了。一喜看戏扮演，熹宗尝在懋勤殿中，设一隧道，召入梨园子弟，就此演剧，台榭毕具，暇时辄与客、魏两人，看戏为乐。一夕，演《金牌记》，至《疯僧骂秦桧》一出，魏阉匿入屏后，不敢正视。也有天良发现时。熹宗偏故意宣召，还是客氏设词应答，替他求免。又尝创演水傀儡戏，有《东方朔偷桃》及《三保太监下西洋》等剧，装束新奇，扮演巧妙。熹宗每召张后同观，后屡辞不获，勉与偕行。熹宗却口讲指画，与后笑谈。后微笑无语，屡失帝欢。到了看戏尽兴的时候，竟挈内侍高永寿、刘思源等，亲自登台，扮演宋太祖夜访赵普故事。熹宗自装太祖，应仿雪夜戎装景象，虽当盛暑，也披兜服袭，不惮挥汗，为此种种嬉戏，遂酿成许多病症。二十多岁的人物，偏尪瘠异常，面少血色，尚书霍维华制造一种灵露饮，说系特别仙方，久服可以长生。又有仙方出现。什么叫作灵露饮呢？相传用粳糯诸米，淘尽糠粃，和水入甑，用桑柴火蒸

透，甑底置长劲空口大银瓶一枚，俟米溶成液，滗出清汁，流入银瓶，取出温服，味如醍醐，因此赢一美名，叫作灵露饮，进供御食。熹宗饮了数匙，清甘可口，遂令维华随时进呈。哪知饮了数月，竟成了一种臌胀病，起初是胸膈饱闷。后来竟浑身壅肿，遂致奄卧龙床，不能动弹。煮米取汁，当不至酿成胀病，想此系别有隐疾，不得过咎维华。御医诊治无效，眼见得病象日危，去死不远了。

熹宗无嗣，只有皇弟由检，曾封信王，尚居京师，当下召他入宫，自言病将不起，令承大统。信王固辞，经熹宗叮嘱再三，劝他不必谦让，勉为尧舜之君，信王始含泪受命。熹宗又道："皇后德性幽闲，你为皇叔，嗣位以后，须善为保全。魏忠贤、王体乾等，均恪谨忠贞，可任大事。"善事中宫之谕，见得熹宗尚有恩情，至嘱及委任权阉，殊属至死不悟。信王也唯唯允诺。嗣复召各部科道入宫，约略面谕，大致仍如前言。信王及众大臣等，暂且退出，越宿大渐，又越宿驾崩，共计在位七年，只二十三岁。

皇弟由检系光宗第五子，为刘贤妃所生，刘妃早殁，由李选侍抚育成人。李选侍便是东李（应八十一回），名位本居西李上，独得宠不及西李。天启初曾册封庄妃，庄妃素嫉魏阉，恒呼他为女鬼。魏阉闻知，遂与客氏相连，交谮帝前，并将庄妃宫中应给服食，一概裁损。庄妃遂抑郁成疾，渐成痨症。皇五子每日晨起，叩首祷天，复退谒庄妃，

庄妃抱病与游，至东宫后面，置有二井，皇五子戏汲井中，得一金鱼，再汲次井，仍有金鱼出现。庄妃稍开笑颜，语皇五子道："此乃异日吉兆。"语至此，复呜咽道："可惜我不得相见了。"皇五子随说梦征，谓："夜间熟寝时，见有金龙蟠着殿柱，陡被惊寤"云云。庄妃道："龙飞九五，也是祯祥，但不应泄漏为是。"皇五子亦私自心喜，随着庄妃回宫。到了熹宗归天，庄妃早已去世了（叙入此段，为庄妃封后伏线）。

熹宗崩后，由魏忠贤夜召信王，信王素知忠贤奸邪，自觉背生芒刺，没奈何同他入宫。翌晨，诸大臣俱入宫哭临，忠贤凭棺大恸，双目并肿，既而呼崔呈秀入谈，密语多时，无人与闻。或云忠贤谋逆，呈秀以时机未至，才行罢议，或谓由张后保护信王，魏阉无从下手，这且不必细说。单说信王由检，择日即位，以次年为崇祯元年，世称为崇祯帝，后来号为怀宗，亦称毅宗。即位这一日，忽闻天空有声，惹得大众惊疑起来。至朝贺礼成，响声亦止。司天监谓为天鼓忽鸣，主兆兵戈。是明祚将终预兆。但因新主登极，相率讳言。魏忠贤上表辞职，有诏不许，惟奉圣夫人客氏，令出外宅。客氏就梓宫前，出一小函，用黄色龙袱包裹，内贮熹宗胎发痘痂及累年落齿剃发等，一一检出焚化，痛哭而去，阉党稍稍自危。不意逆阉门下走狗杨维垣，竟先纠劾崔呈秀，不守父丧，显违礼制，解铃还是系铃人，奉旨免呈秀官，勒令回籍。呈秀一去，弹劾魏阉的奏章，陆续进呈，有分教：

妖雾常霾只畏日,
冰山忽倒又回阳。

欲知魏阉得罪情形,待至下回再表。

不为无功。讵知自古以来,无逆阉篡国之理,王体乾、崔呈秀辈,并非效忠明室,不过揆情度理,自知难成耳。然明朝元气,已为魏阉一人,斲削殆尽,魏阉虽未篡国,实足亡国,百世而下,犹播腥闻,不特为有明罪人已也。独怪熹宗之失,不过嬉戏,而贻祸至于如此,鲁昭公犹有童心,君子知其不终,观熹宗而益信矣。

本回叙熹宗绝续之交,见得魏阉实具逆谋,不过因种种障碍,以致中沮,说者谓王体乾、崔呈秀辈,谏阻逆谋,

第九十回　惩淫恶阉家骈戮
受招抚渠帅立功

却说怀宗嗣位以后，当有人弹劾魏、崔两人。崔呈秀已经罢官，那魏忠贤亦被廷臣纠弹。工部主事陆澄源首先奏劾，次即主事钱元悫，又次为员外史躬盛，还有嘉兴贡生钱嘉征，更劾忠贤十大罪：一并帝；二蔑后；三弄兵；四无二祖列宗；五剋削藩封；六无圣；七滥爵；八掩边功；九伤民财；十通关节。均说得淋漓痛切，无恶不彰。魏阉何止十大罪？就是杨涟所奏二十四罪，也嫌未足。忠贤闻有此疏，忙入宫哭诉。此时却用不着。怀宗命左右朗读原疏，吓得忠贤惊心动魄，只是磕着响头，蓬蓬勃勃，大约有数十百个。随被怀宗叱退，忠贤急得没法，忙至私第取出重宝，往会信邸太监徐应元，贿托调停。应元本忠贤赌友，倒也一力担承，便入谒怀宗，替他说情。怀宗不待说毕，即把他一顿斥责，撵出宫门。次日即传出严旨，表明魏忠贤罪状，谪置凤阳，司香祖陵。徐应元亦谪守显陵，忠贤束装就道，护从尚数百人，复经言官讦奏，更颁谕旨，饬兵部发卒逮治。谕中有云：

> 逆恶魏忠贤，盗窃国柄，诬陷忠良，罪当死。姑从轻降发凤阳，不思自惩，犹畜亡命之徒，环拥随护，势若叛然。著锦衣卫速即逮讯，究治勿贷！

忠贤此时，方至阜城，寓宿驿舍，忽由京中密报谕旨，料知锦衣卫到来，被拘入京，必至伏法，遂与乾儿李朝钦，对哭一场。双双解带，自缢身亡。怀宗闻忠贤自尽，饬将家产籍没，并逮魏良卿下狱。一面查客氏家资，搜得宫女八人，多怀六甲。看官道是何故？原来熹宗无子，属望颇殷，客氏出入掖廷，竟带出宫女若干名，令与子弟同寝，好使怀妊，再进宫中，谋为以吕易嬴，以牛代马的秘计（以吕易嬴，有秦时吕不韦故事。以牛易马，是晋朝小吏牛金故事）。怀宗命太监王文政讯究，那一班弱不胜衣的宫女，怎禁得刑驱势迫，一经恫吓，便一一吐出实情，归罪客氏，文政据实奏陈，触起怀宗怒意，立命将客氏拘至浣衣局，掠死杖下。于是穷奢极欲、挟权怙势的老淫妇，把雪白的嫩肌肤,去受这无情刑杖,挨不到数十下,便已玉殒香销,惨赴冥司,与成妃李氏、裕妃张氏、及冯贵人等,对簿坐罪去了。也有此日,令人浮一大白。

客氏弟客光先,子侯国兴,一同拘到,与前封宁国公魏良卿,俱绑至法场,一刀一个,送他归阴。所有客、魏家属,无论长幼男女,尽行斩首。有几个乳儿婴孩,尚是盹睡未醒,也被刽子手一时杀尽。都下人士统说是客、魏阴毒,应该受此惨报,并没有一人怜惜。可见福善祸淫,古今常理,君子乐得为君子,何苦陷害好人!肆行无忌,弄到这一番结果呢?当头棒喝。

客、魏已诛,阉党失势,给事中许可征复劾崔呈秀为五虎首领,宜肆市朝。诏令逮治,并籍家产。呈秀归蓟州,闻这消息,罗列姬妾及诸般珍玩,呼酒痛饮,饮尽一卮,立将酒卮掷去,随饮随掷,掷碎了数十卮,乃阖户自缢。山阴监生胡焕猷,越俎上书,极论黄立极、施凤来、张瑞图、李国𣚴等,身居揆席,一意媚阉,并应斥罢。怀宗以祖宗旧例,生监不得言事,便将焕猷论杖除名。黄立极料难久任,辞职归休。施凤来等尚是恋栈,怀宗颇也动疑,令九卿科道,另荐阁臣,仿古时枚卜遗典,将所荐阁臣姓名,贮入金瓯,焚香肃拜,依次探取,得钱龙锡、李标来、宗道、杨景辰四人。复因天下多事,更增二人,又得周道登、刘鸿训,遂并命入阁,同为大学士。辅臣以得人为主,全凭君主藻鉴,岂得暗中摸索,

便称得人?怀宗首为此举,已是误事。罢施凤来、张瑞图、李国𣚴等。国𣚴在三人中,还算持正,就是罢官归去,也是他自己乞休。临行时,并荐韩爌、孙承宗自代,怀宗乃复召韩爌入阁。爌尚未至,阉党杨维垣等,又力诋东林党人,明斥韩爌。谓与崔、魏等,同为邪党。你算不是邪党,如何前时阿附崔、魏?编修倪元璐,上疏驳斥,且请毁《三朝要典》,其词云:

挺击红丸移宫,三议哄于清流,而《三朝要典》一书,成于逆竖。其议可兼行,其书必当速毁。盖当事起议,与盈廷互讼,主挺击者力护东宫,争挺击者计安神祖;主红丸者仗义之言,争红丸者原情之论;主移宫者弭变于几先,争移宫者持平于事后。数者各有其是,不可偏非也。未几而魏阉杀人,则借三案,群小求富贵,则借三案,而三案面目全非矣。故凡推慈归孝于先皇,正其颂德称功于义父。批根今日,则众正之党碑;免死他年,即上公之铁券。由此而观,三案者天下之公议,《要典》者魏氏之私书,三案自三案,《要典》自《要典》,以臣所见,惟毁之而已。夫以阉竖之权,而役史臣之笔,亘古未闻,当毁一;未易代而有编年,不直书而加论断,若云仿佛《明伦大典》,则是魏忠贤欲与肃皇帝争圣,崔呈秀可与张孚敬比贤,悖逆非伦,当毁二;矫诬先帝,伪撰宸编,既不可比司马光《资治通鉴》之书,亦不得援宋神宗手制序文为例,假窃诬妄,当毁三;况史局将开,馆抄具备,七载非难稽之世,实录

第九十回　惩淫恶阉家骈戮　受招抚渠帅立功

有本等之书，何事留此骈枝，供人唾骂？当毁四。愿敕部立将《要典》锓毁，一切妖言市语，如旧传点将之谣，新腾选佛之说，毋形奏牍，则廓然荡平，邪愿去而大经正矣。伏惟圣鉴施行！（此折最为持平，故录述一斑。）

先是魏阉伏法，所有历年奖敕，尽行收还，各处生祠，尽行撤除，至是复毁去《三朝要典》，乃将阉党所著邪议，一律推翻，遂赠卹天启朝被害诸臣，如前六君子，后七君子等，概赠官爵，悉予嘉谥，罢免追赃，释还家属。内外人心，喁喁望治。

既而韩爌至京，命为首辅，令定魏阉逆案，爌不欲广搜穷治，仅列四十五人，呈入拟罪。怀宗不悦，命再钩考，且面谕韩爌道："忠贤不过一个内竖，乃作奸犯科，无恶不作，若非内外臣僚，助他为虐，哪有这般凶暴？现在无论内外，须要一律查明，共同加罪，才见得是明刑敕法呢。"爌复奏道："外廷臣工，未知内事，不便捉风捕影，任情罗织。"怀宗微笑道："只怕未必，大约不敢任怨，所以佯作不知。明日朕当示卿。"言毕，即退殿入宫。越日，又召见韩爌等人，指案上布囊，语爌等道："囊中章奏累累，统是逆阉旧党，赞导拥戴，颂美谄附，卿可一一案名，列表惩处。"爌又叩首道："臣等职司辅导，不习刀笔。"怀宗面有愠色，又顾吏部尚书王永光道："卿系职掌铨衡，彰善瘅恶，应有专责。"永光亦回奏道："臣部止任考功，未曾论罪。"阉党罪恶滔天，害人奚止十百？此次怀宗践阼，敕定逆案，正当罗列无遗，为后来戒，乃彼推此诿，果属何为？怀宗又回顾刑部乔允升及左都御史曹于汴道："这是二卿的责任，不要再推诿了。"当下命左右携下布囊，缴给允升，自己竟下座进内。允升不能再诿，只好与曹都御史捧囊出来，启囊检视，按名列表，共得二百余人，呈入钦定。怀宗亲自裁夺，科罪七等。首逆魏忠贤、客氏，依谋反大逆律，枭首磔尸。次与首逆同谋，如崔呈秀、魏良卿、侯国兴等六人，立即斩决。又次为交结内侍，如刘志选、梁梦环、倪文焕、许显纯等十九人，均拟斩首，秋后处决。还有交结近侍次等，如魏广微、周应秋、阎鸣泰、杨维垣等十一人，及逆孽魏志德等三十五人，一并充军。再次为谄附拥戴，如太监李寔等十五人，亦俱充军。又有交结近侍末等，如顾秉谦、冯铨、王绍徽等一百二十八人，俱坐徒三年。最轻是交结近侍减等，如黄立极等四十四人，俱革职闲住。这二百多名罪人，统榜列姓名，各注罪状，刊布中外，且饬刑部照案惩办，不得再纵。于是客、魏两贼的尸首，再加寸磔，此外已经伏法，不必再核，未经伏法的罪犯，悉照钦定逆案，应斩应戍应徒应革职，处置了结。八千女鬼，化作春婆，不消细说。

且说怀宗生母刘贤妃，生前已经失宠，殁葬西山。怀宗年甫五岁，未识生母瘞所，及年渐长，询及近侍，方知窀穸所在，密付内侍金钱，具楮往祭。到了即位，追尊生母为"孝纯皇后"。且因东李庄妃鞠育有恩，特上妃封号，并赐妃弟李成栋田产千顷，庙号大行皇帝为"熹宗"，尊熹宗后张氏为"懿安皇后"，立后周氏，册田氏、袁氏为妃（为下文伏笔）。典礼粗定，谋修治术，起袁崇焕为兵部尚书，督师蓟、辽。崇焕至都，入见平台，怀宗咨及平辽方略，崇焕对道："愿陛下假臣便宜，约五年可复全辽。"怀宗心喜，又问了数语，入内少憩。给事中许誉卿，便问崇焕道："五年的限制，果可践言否？"崇焕道："皇上为了辽事，未免焦劳，所以特作慰语。"誉卿道："主上英明，岂可漫对？倘若五年责效，如何覆命？"崇焕俯首不答。自知说错，所以俯首，然后来被置重辟，已伏于此。既而怀宗复出，崇焕又上前跪奏，略言："辽事本不易奏功，陛下既已委臣，臣亦不敢辞难。但五年以内，户部转军饷，工部给器械，吏部用人，兵部调兵遣将，须内外事事相应，方能有济。"怀宗道："朕知道了。朕当饬四部大臣，悉如卿言。"崇焕又奏称制辽有余，杜谗不足，一出国门，便成万里，设有妒功忌能的人员，便足坏事。怀宗闻言，为之起座道："卿勿疑虑，朕当为卿作主便了。"大学士刘鸿训等复请赐崇焕尚方剑，令便宜从事。怀宗概行照允，即遣崇焕去讫。

忽接福建巡抚熊文灿奏章，内称海盗郑芝龙已经招降，应乞加恩授职等语。小子叙到此处，不得不将芝龙来历，详述一遍。芝龙泉州人，父名绍祖，为泉州库吏。太守蔡善继公出，突被一石子击中额上，立饬卫卒查捕。嗣捕到一个幼童，问明姓氏，便是库吏绍祖子芝龙。绍祖闻报大惊，急忙入署待罪，巧值芝龙出来，谓已蒙太守释放，绍祖不知就里，再入谒太守，叩首请罪。善继笑道："芝龙便是你子么？我见他相貌非凡，他日必当富贵，现在年尚幼稚，稍有过失，不足为罪，我已放他去了。"以貌取人，失之芝龙。绍祖才叩谢回家。后来善继去任，绍祖病逝，芝龙贫不能存，竟与弟芝虎流入海岛，投海盗颜振泉属下，去做剽掠勾当。振泉身死，众盗无主，欲推一人为首领，一时不能决定。嗣经大众公议，祷天择帅，供起香案。案前贮米一斛，用一剑插入米中。各人次第拜祷，剑若跃出，即推何人为长。说也奇怪，别盗拜了下去，剑仍一毫不动，偏偏轮着芝龙拜祷，那剑竟陡然跃出，落地有声。真耶假耶？大众疑为天授，遂推芝龙为盗魁，纵横海上，官兵莫与抗衡。闽中长官，以善继有德芝龙，再调任泉州道，贻书招抚。芝龙颇也感德，复书愿降，独芝虎不从，率众大哗。芝龙没法，仍留踞海岛，劫掠为生。福建巡抚朱一冯，新任抚缺，决计剿捕，遂遣都司洪先春，从水路出师，把总许心素、陈文廉，从陆路出师，两路夹攻，总道是可灭芝龙，哪知陆军失道，只有洪先春舟师，进攻海岛，日间战了一仗，还是胜负相当，夜间由芝龙潜遣盗众，绕出先春后面，袭击先春，芝龙又从前面杀出，两下里夹击官军，害得先春跋前疐后，身被数刃，拚命走脱。芝龙也不追赶，擒住了一个卢游击，恰好生看

待，释令还闽。

惟明廷接得败报，撤去朱一冯，改任熊文灿。文灿到任，温言招谕，且言归降以后，仍得统辖原部，移作海防。芝龙乃率众降顺，文灿即飞章奏闻。给事中颜继祖上言芝龙既降，应责令报效，方可酌量授职。怀宗准奏，当将原疏抄发到闽，令文灿照办。文灿转谕芝龙，芝龙恰也允诺。当时海盗甚多，李魁奇、钟彬、刘香老等，统是著名盗目，出没海乡。芝龙先击李魁奇，魁奇战败，走入粤中，被芝龙追杀过去，一炮轰毙。复移众攻钟彬，恰也战胜了好几仗，彬竟窜死。文灿又复奏闻，乃有旨授芝龙为游击。芝龙得了官职，复大击刘香老。香老为盗有年，寇掠闽广沿海诸邑，势甚猖獗。芝龙与他角逐海上，正是旗鼓相当，差不多的本领。香老因闽海边防，得一芝龙，恰是劲敌，不如窜入粤海，当下鼓行而南。粤中相率戒严。明廷升调熊文灿为两粤总督，文灿仍用招抚的老法儿，命守道樊云蒸，巡道康永祖，参将夏之本、张一杰等，同往抚谕。偏偏香老不从，竟把他四人拘住，急得文灿仓皇失措，飞调郑芝龙到粤，并拨郑兵相助，进击田尾远洋。香老见闽、粤联兵，战舰麇至，料知不是对手，遂硬胁樊云蒸出舟，止住来兵。云蒸大呼道："我已誓死报国了，诸君努力击盗，正好就此聚歼，切勿失此好机会呢！"数语甫毕，已被盗众杀死。参将复之本、张一杰等，自知难保，索性夺刀奋斗。芝龙见寇船大噪，飞行过去，登舟一跃，纵上盗船，部众

第九十回 逞淫恶阉家骈戮 受招抚渠帅立功

次第跃上，乱杀乱剁，霎时间扫得精光，把康永祖及夏、张二参将，一齐救出，越是拚死，越是不死，遂上前围裹香老坐船。香老支撑不住，欲走无路，没奈何纵火自焚，与船同尽。小子有诗叹道：

　　海上横行已有年，
　　一朝命绝总难全。
　　杀人寻亦遭人杀，
　　果报循环自有天。（此诗别具感慨，并非专指刘香老。）

香老自尽，海氛顿息，芝龙得升任副总兵，欲知后事，且看下回。

　　魏忠贤恶贯满盈，中外切齿，但伪恭不及王莽，善诈不及曹操，无拳无勇，职为乱阶，故以年少之崇祯帝，骤登大位，不假手于他人，即行诛殛，可见当日明臣，除杨、左诸人外，大都贪鄙龌龊，毫无廉耻，魏阉得势，即附魏阉，魏阉失势，即劾魏阉，杨维垣之行事可鉴也。即如杨、左诸人，伉直有余，权变不足，故俱遭陷害；否则如韩琦之治任守忠，杨一清之除刘瑾，捽而去之，尚非难事，何至残善类而残国脉耶？若夫郑芝龙一海盗耳，善于驾驭，非必不可为我用，观其击杀群盗，所向有功，亦似一海外干城，但只可任之为偏裨，不能予之以特权，若终其身为游击副总兵，亦不至有日后事矣。故惟有大材智者乃足以御奸，亦惟有大材智者并足以使诈，惜乎明廷内外之未得其人也。

第九十一回　徐光启荐用客卿
　　　　　袁崇焕入援畿辅

却说怀宗用枚卜遗制，采得钱龙锡、李标来、宗道、杨景辰、周道登、刘鸿训等六人，同时入阁，总道是契合天心，定可得人，哪知来、杨两臣系魏阉余党，景辰且曾为《三朝要典》副总裁，一经授职，廷臣已是大哗，后来交章弹劾，乃将来、杨两人罢官。刘鸿训素嫉阉党，次第斥杨维垣、李恒茂、杨所修、孙之獬、阮大铖等，人心大快。独阉党余孽犹存，恨刘切骨。会惠安伯张庆臻，总督京营，敕内有"兼辖捕营"语，提督郑其心谓有违旧例，具折讦陈。怀宗以所拟原敕，本无此语，因御便殿问诸阁臣，阁臣俱云未知。既而御史吴玉言："由鸿训主使，兵部尚书王在晋及中书舍人田嘉璧，统同舞弊。"乃将鸿训落职，谪戍代州，王在晋削籍，田嘉璧下狱。未免有人倾害，阁臣去了三人，免不得又要推选。廷臣列吏部侍郎成基命及礼部侍郎钱谦益等，共十一人，呈入御定。礼部尚书温体仁与侍郎周延儒，早已望为宰辅，偏偏此次廷推，两人均不在列，当下气愤填胸，

遂将这廷推十一人中，吹毛索瘢，有心寻衅。巧巧查得钱谦益，曾典试浙江，略涉嫌疑，即劾他营私得贿，不配入阁。谦益后为贰臣，心术固不甚可取，但温、周二人误明亡国，罪比谦益尤甚。

原来天启二年，谦益为浙江典试官，适有奸人金保元、徐时敏等伪作关节，用一俚句，有"一朝平步上青天"七字，谓嵌入七义结尾，定可中选。试士钱千秋本是能文，因求名性急，遂依了金、徐两人的密嘱，入场照办。揭晓以后，果然中了第四名。后来探得确音，本房拟荐第二，被主司抑置第四，料知关节非真，竟与保元、时敏相争，索还贿赂，猫口里挖鳅，也是多事，两造几至用武，闹得天下闻名。至部科磨勘，卷中实有此七字，报知谦益。谦益大惊，忙具疏劾奏二奸，并及千秋。有旨俱下狱论戍，谦益亦坐是夺俸。二奸瘐毙，千秋遇赦释还，案情已成过去。此次又为体仁讦发，当由怀宗召入谦益，与体仁对质。谦益虽未受赃，究竟

第九十一回 徐光启荐用客卿　袁崇焕入援毂辅

事涉嫌疑，只好婉言剖辩。偏体仁盛气相凌，言如泉涌，且面奏怀宗道："臣职非言官，本不必言，会推不与，尤宜避嫌不言，但枚卜大典，关系宗社安危，谦益结党受贿，没人讦发，臣不忍见皇上孤立，所以不得不言了。"怀宗英明好猜，英明是好处，好猜是坏处，久疑廷臣植党，闻体仁言，再三点首。此时阁部科道，亦均被召，多为谦益辩白。吏部给事中章允儒，尤痛诋体仁，激得怀宗怒起，命礼部缴进千秋原卷，指斥谦益，谦益不得已引罪。怀宗叹道："今日若无体仁奏发，岂非误事？"体仁在天启初，已官礼部，彼时不闻纠弹，直至此时讦发，明是假公济私，怀宗奈何中计？遂叱令左右，缚允儒下狱，并切责诸大臣。周延儒又申奏道："廷推阁臣，名若秉公，奈暗中主持，实不过一二人，此外都随声附和，哪敢多言招尤？即如千秋一案，早有成谳，何必复问。"怀宗乃传令退班，即日降旨，罢谦益官，并罢廷推十一人，悉置不用。独用韩爌为首辅，且召爌面谕道："朕观诸大臣中，多半植党，不知忧国，卿为朕执法相绳。"爌叩首奏道："人臣原不应以党事君，人君也不可以党疑臣，总当详核人品，辨别贤奸，然后举错得当。若大廷上妄起戈矛，宫府中横分畛域，臣恐非国家幸福呢。"名论不刊。怀宗默然不答，不以爌言为然，是怀宗一生致病处，爌即见机叩退。未几，召见周道登，因奏对失言，又下旨放归。

崇祯二年五月朔，钦天监预报日食，届期失验时刻，怀宗遂严责钦天监官。原来中国历法，犹本唐尧旧制，相沿数千年，只墨守了一本旧书，不少增损。汉、唐及宋，岁时节气，及日蚀月蚀，往往相差至数时，甚且差至一二日。中国人不求进化，于此可见一斑。至元太史郭守敬，遍参历法，编造授时新历，推步较精，但中间刻数，尚有舛错，所以守敬在日，已有日月当食不食、不当食反食等事。一班吹牛拍马的元臣，反说日月当食不食，系帝后昭德回天，非常庆幸，日月不当食而食，说将若何？其实统是意外献谀，不值一辩。及明祖崛兴，太史刘基上大统历，仍然是郭守敬的成书，以讹沿讹，怎能无误？可见刘基犹是凡人，并不是神仙等侣。夏官正戈丰据实复奏，略言："谨守成历，咎在前人，不在职等。"倒是善于卸责。独吏部左侍郎徐光启上历法修正十事，大旨谓："中历未合，宜参西法"，并举南京太仆寺少卿李之藻及西洋人龙华民、邓玉函，同襄历事。怀宗立即批准，饬召李之藻及龙、邓两西人入京，擢光启为礼部尚书，监督历局。中国用外人为客卿，及采行西洋新法，便是从此起头。大书特书。

看官！你道徐光启如何认识西人？说来话长，待小子略略补叙。自元代统一亚洲，东西两大洋，交通日繁，欧洲人士，具有冒险性质，往往航海东来。葡萄牙人，首先发现印度航路，从南洋麻六甲海中，附搭海船，行至中国，出没海疆，传教通商。嗣是愈来愈众，至明世宗四十三年，竟在粤海沿边的澳门地方,建筑商馆,创业经营,大有乐不思蜀的气象。粤省大吏,屡与交涉,方要求租借,每年出赁金二万两,彼此定约。此后荷兰国人、西班牙国人、英吉利国人纷纷踵至,多借澳门为东道地。会意大利人利玛窦亦航海来华,留居中国数年,竟能通中国语言文字,往来沿海各口,广传耶稣教福音。徐光启生长上海,与利玛窦会晤,谈论起来,不但畅陈博爱平等的教义,并且举天文历数,统是融会贯通。光启很是钦佩,引与为友,往往与他研究学术,通宵达旦,时人目为痴呆,光启全然不顾,竟把西学研通大半。实是一个热心人物,若后人尽如光启,中国也早开化了。到了入任侍郎,邀利玛窦入京,早思将他推荐。因利玛窦年已垂老,不愿任职,乃将他同志龙华民、邓玉函两人,荐修历法。李之藻亦热心西学,所以一并举用。光启且舍家宅为教堂,并请准在京师建会堂。寻又保举西人汤若望、罗雅谷等,同入历局,翻译天文、算术各书,约有数种。并制造仪器六式,推测天文。一名象限悬仪,二名平面悬仪,三名象限立运仪,四名象限座正仪,五名象限大仪,六名三直游仪,复有弩仪、弧矢仪、纪限仪诸器,统是适用要件,可法可传。光启又自著日躔历指,测天约说日躔表,割圜八线表,黄道升度,黄赤道距度表,通率表等书,又译《几何原本》一书,至今尚流传不绝,推为名著。利玛窦于崇祯三年,病殁京师,赐葬阜城门外。墓前建堂两重,堂前立碣石一方,上刻铭词,垂为纪念。

铭词计十六字,分为四句,首二句是"美日寸影,勿尔空过",次二句是"所见万品,与时并流";遗迹至今尚存。光启卒于崇祯六年,后来清帝入关,汤若望等尚在清廷为钦天监,这是后话不提。

且说袁崇焕奉命赴辽,修城增堡,置戍屯田,规画了一年有余,颇有成效。只因毛文龙镇守东江,势大官尊,免不得跋扈难驯,不服崇焕节制。崇焕早欲除去文龙,适文龙亲来谒见,乃以宾礼相待。文龙也不谦让,居然分庭抗礼,与崇焕对坐谈天。崇焕约略问了数语,当即谢客令归,既而借阅兵为名,径至东江,就双岛泊船。文龙循例迎接,崇焕恰格外谦和,留他在舟宴饮。欢语多时,方才谈及军务。崇焕拟改编营制,别设监司,文龙心中,独以为东江一岛,本是荒凉,全仗自己一人,招集逃民,经营起来,此次来了袁崇焕,无端硬来干涉,哪肯低首忍受?当即将前因后果,叙述一番,并说是岛中兵民,全系恩义相联,不便另行编制。崇焕微笑道:"我亦知贵镇劳苦,但目今外患交迫,兵务倥偬,朝中大臣,又未必肯谅苦衷,我是奉皇上特遣,不得已来此,为贵镇计,到不如辞职还乡,乐得安闲数年呢。"崇焕此时,尚不欲杀文龙。文龙勃然道:"我亦久有此意,只是满洲事情,还没有办了,眼前知道边务的人,又是很少。据文龙的意思,平了满洲,夺得朝鲜,那时功成名立,归去未迟。"太属狂言。说至此,竟放声大笑起来。死在目前,还要笑甚。崇

焕嘿然无语，勉勉强强的与他再饮数杯，即命左右收拾残肴，文龙也即告辞。临别时，崇焕与他订约，邀阅将士较射山上，文龙自应诺去讫。

次日五更，崇焕已召集将校，授他密计，趁着晨光熹微的时候，便率众上山，一面遣人往催文龙。文龙尚高卧未起，一闻督师催请，没奈何起身盥洗，等吃过早点，催请的差人，已来过三五次，当下穿好衣冠，匆匆出署，带着护兵，趋上山来。只见这位袁督师，早已立马待着，正欲上前参见，偏被他握住了手，笑容可掬道："不必多礼，且同行上山罢！"文龙便随了崇焕，拾级上升，护军要想随行，却被督师手下的将弁出来拦住，不得并进。崇焕与文龙到了半山，突语文龙道："我明日就要回去，今日特向贵镇辞行。贵镇膺海外的重寄，杀敌平寇，全仗大力，理应受我一拜。"说着，即拜将下去，吓得文龙答礼不迭。正是奇怪。崇焕又与他携手同行，到了帐中，忽变色道："谢参将何在？"参将谢尚政应声即出，崇焕将文龙一推，便道："我将此人交代了你。"尚政背后即跳出好几个健将，把文龙拿下。出其不意。文龙大呼道："我得何罪？"崇焕道："你的罪不下十种，就是本部院奉命到此，改编营制，你便抗命不遵，背了我还是小事，你心中早无圣上，即此一端，已当斩首。"文龙此时，已似砧上肉，釜中鱼，只好叩头乞免。崇焕道："不必说了。"便望着北阙，三跪九叩首，请出尚方宝剑，缴与谢尚政，令将文龙推出处斩。不一时献首帐前，崇焕即整辔下山，驰谕文龙部众道："罪止文龙一人，余皆无罪。"又传唤文龙子承祚至前，面谕道："你父违叛朝廷，所以把他正法，你本无罪，好好儿镇守此处，我为公事斩了你父，我私下恰很念你父。你果勉盖父愆，我当替你极力保举哩。"说至此，又召过副将陈继盛，令他辅翼承祚，镇守东江，分编部兵为四协。并到文龙灵前，哭奠一番，然后下船回去。崇焕所为，全是做作，怎得令人敬服？一面奏报明廷，怀宗未免惊疑，转念文龙已死，方任崇焕，只好优旨报闻。后来决杀崇焕，便是为此而起。

哪知文龙部下有两大义儿，一个叫作孔有德，一个叫作耿仲明，二人素受文龙恩惠，到了此时，便想为文龙报复私仇，所有"忠君爱国"四大字尽行抛去，竟自通款满洲，愿为前驱，除这崇焕。满洲太宗自然准降，惟仍教他留住东江，阳顺明朝，阴助满洲，作为牵制崇焕的后盾。自己径率大军，用蒙古喀尔沁台吉布尔噶图（台吉系蒙古官名），作为向导，攻入龙井关，分两路进兵。一军攻洪山口，一军攻大安口，统是马到成功，长驱并进，浩浩荡荡地杀至遵化州。明廷闻警，飞檄山海关调兵入援，袁崇焕奉檄出师，遣总兵赵率教为先行，自率全军为后应。率教倍道前进，到了遵化州东边，地名三屯营，望见满洲军士，与蜂蚁相似，把三屯营困住。他却不顾利害，不辨众寡，单靠着一腔忠愤，杀入满兵阵中。满兵见有援师，让他入阵，复将两翼兵围裹拢来，把率教困在垓心。率教左冲右突，东斫西砍，恰杀死满兵多名。怎奈满兵越来越众，率教只领着孤军，越战越少，满望营中出兵相应，谁知营中守将朱国彦，只怕满兵混入，竟紧闭营门，拒绝率教。率教杀到营前，已是力竭声嘶，待至呼门不应，弄得进退无路，不禁向西遥呼道："臣力竭了！"举剑向颈上一横，当即殉国，全军尽覆。满兵乘胜扑营，朱国彦知不可守，与妻张氏投缳自尽。等是一死，何不纳赵率教？

三屯营已失，遵化当然被兵，巡抚王元雅率同保定推官李献明，永平推官何天球，遵化知县徐泽及前任知县武起潜等，凭城拒守，支撑了好几日。争奈满兵势大，援师不至，偌大一个孤城，哪里保守得住？眼见得城池被陷，相率沦亡。明廷闻遵化失守，惊慌得了不得，吏部侍郎成基命，奏请召用故辅孙承宗，督师御敌。怀宗深以为然，立征承宗为兵部尚书，兼中极殿大学士，视师通州。并命基命为礼部尚书，兼东阁大学士，参预机务。承宗奉召入觐，具陈方略，即率二十七骑，驰入通州城，与保定巡抚解经传，总兵杨国栋等，整缮守具，协力抵御。

是时勤王诏下，宣府、大同等处，各派兵入援，怎奈见了满兵，统是畏缩不前，甚且半途溃散。满洲太宗遂连破蓟州、三河、顺义，直薄明京，都中大震。亏得总兵满桂，由崇焕遣他入援，已至德胜门下营。满桂也是一员猛将，见满兵到来，即率五千骑卒，与满兵交锋起来，战了半日，不分胜负，城上守将，发炮助威，满兵霎时驰退，满桂手下的兵士，反被炮弹轰死数百名，桂亦负伤收军。怀宗正遣中官赉送羊酒，慰劳满桂，令入瓮城休兵。忽闻袁崇焕亲率大军，偕总兵祖大寿、何可纲等入卫，怀宗大喜，立刻召见平台，温言慰勉。崇焕请入城休兵，偏不见许，再请屯兵外城，如满桂例，亦不见答。这是何意？崇焕乃出屯沙河门外，与满兵遥遥对垒，暗中在营外布着伏兵，防备满兵劫营。果然满兵乘夜袭击，着了道儿，还亏援应有人，步步为营，才得卷甲回去。怀宗遂命崇焕统辖诸道援师，崇焕料满兵远来，不能久持，意欲按兵固守，养足锐气，等到满兵退还，方才尾击。这是以逸待劳的上计。于是相度地势，择得都城东南角上，扼险为营，竖木列栅，竟与满兵久抗起来。满洲太宗正防这一着，忙率兵来争，崇焕坚壁相待，任他如何鼓噪，只令将士射箭放炮，挡住满兵，独不许出营一步。满兵驰去，越日又来攻营，崇焕仍用这老法儿对付，那时满兵又只得退去。如是相持，有好几日，蓦然间接奉诏旨，命他入见。当下驰入平台，叩谒怀宗，不意怀宗竟换了一张脸色，责他擅杀毛文龙及援兵逗留的罪状。崇焕正欲剖辩，偏被怀宗喝住，只叱令锦衣卫缚住了他，羁禁狱中。小子有诗叹道：

率师入卫见忠贞，
固垒深沟计亦精。
谁料君心太不谅，
错疑道济坏长城。

欲知崇焕下狱详情，且至下回交代。

明史演义

怀宗能用西洋人为客卿，独不能容一袁崇焕，岂外人足恃，而内臣不足恃耶？盖由怀宗好猜，所重视者惟将相，所歧视者亦惟将相，即位甫期年，已两易阁臣，阁臣虽未尽胜任，然如温体仁、周延儒辈挟私寻隙，反信而不疑，偏听失明，已见一斑。崇焕为明季将材，诱杀毛文龙，固近专擅，然文龙亦非足恃之人，盘踞东江，虚张声势，安保其始终不贰乎？且满兵西入，京畿大震，崇焕奉旨派兵，随即亲自入卫，不可谓非忠勇之臣。乃中外方倚为干城，而怀宗即拘令下狱，临阵易将，犹且不可，况以千里勤王之良将，而骤遭械系乎？制全辽有余，杜众口不足，我闻崇焕言而不禁太息矣！

第九十二回　中敌计冤沉碧血　遇岁饥啸聚绿林

却说袁崇焕被系诏狱，实堕满洲太宗的反间计。崇焕抚辽时，曾与满洲往来通使，有意议和，嗣因两造未协，和议乃破。朝中一班大臣，全然不识边情，统说是和为大辱，有战无和，此次满兵到京，反诬称崇焕召他进京，为胁和计。冤哉！枉也！怀宗渐有所闻，心中不能无疑。满洲太宗足智多谋，侦得明廷消息，遂写好两封秘密书信，暗投明京德胜门外及永定门外。可巧被太监拾得，呈与怀宗。怀宗折书一阅，第一行即列着满洲国主，遗书袁督师麾下，顿时大诧起来。及看到后文，无非是两下和议，偏又写得模模糊糊，隐隐约约，在可解不可解之间。若经明眼人一瞧，便已知是反间计。再三复阅，越觉动疑，意欲召崇焕，诘问底细，无如京都危急，还想靠他保护，不得已暂时容忍。嗣有被敌擒去的杨太监私下逃来，入谒怀宗，报称："督师袁崇焕已与满洲主子，潜订和约，将为城下盟了。"怀宗沉着脸道："可真么？"杨太监道："敌将高鸿中等自行密谈，由奴才窃听得实，所以乘夜潜逃，特来奏闻。"怀宗愤愤道："怪不得他按兵不动，停战了好几天。他已擅杀毛文龙，难道还要擅自议和么？"杨太监又说了几句坏话，惹得怀宗忍无可忍，遂召入崇焕，把他系狱。成基命慌忙入请，叩求怀宗慎重，怀宗怒道："慎重二字，就是因循的别名，有损无益。"不因循，便有益吗？基命复叩头道："兵临城下，非他时可比，乞陛下三思后行！"怀宗不待说毕，竟拂袖而起，返身入内。基命撞了一鼻子灰，只好退出。总兵祖大寿、何可纲闻崇焕被系，恐亦坐罪，遂拥众出走，径向山海关外去了。

满洲太宗计中有计，不乘势攻打明京，反分兵游弋固安、良乡一带，掳掠些子女玉帛，复回军至芦沟桥。明廷却用了一个游方僧，名叫申甫，能制造战车，由庶吉士金声上荐，说他善长兵事，特旨召见，擢为副总兵，令募新军。看官！你想申甫平日，并没有经过战阵，无非靠了一些小聪明，造了几辆车儿，哪里能抵挡大敌？况要他仓猝募

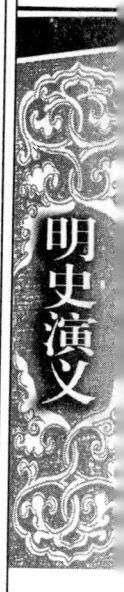

兵，更是为难的事情。当下开局召募，所来的多是市井游手，或是申甫素识的僧侣，一时乌合，差不多有四五千人，竟到芦沟桥列着车营，阻截满军。是谓不度德，不量力。满洲将士呐喊一声，驱杀过来，申甫忙饬众抵敌，哪知所有新兵全然不懂打仗的格式，闻着号令，吓得心胆俱裂，就是推车的人，事前本东驰西骤，无往不宜，此刻竟麻木不仁，仿佛手足已染了疯病，不能动弹。那满兵似狼如虎，提起大刀阔斧，杀入车营，见车就劈，见人就杀，不到一时，已将申甫手下的新兵，扫除净尽，连申甫也不知下落，大约已直往西方去了。白送性命。

满兵乘胜薄永定门，怀宗惶急得很，特设文武两经略，文经略一职简任尚书梁廷栋，武经略一职就命总兵满桂充当，分屯西直、安定二门。满桂主张坚守，与崇焕一样的规画，怎奈怀宗此时，以廷臣多不足恃，仍在阉党余孽中，拣出曹化淳、王应朝、吕凤翔等，作为心腹，不到两年，就易初志，怀宗之致亡，即在于此，这班刑余腐竖，晓得么战略，只望两经略杀退敌兵，便好放下愁肠，安享富贵，因此怂恿怀宗，屡促两经略出师。廷栋是个文职，当然由满桂当冲，满桂不便抗命，只得带领总兵官孙祖寿等出城三里，与敌交绥。自午牌起，杀到酉牌，尚是胜败未决。满洲太宗确是能军，潜令部兵伪作明装，趁着天昏地黑时，闯入明军队里，捣乱一场，满桂措手不及，竟与孙祖寿等仓猝战殁，同作鬼雄。

明京危急异常，偏这满洲太宗下令退军，竟率令全队，向通州而去。原来满洲太宗的意见，因明京急切难下，就使夺得，也是不能长守，一旦援军四集，反恐进退两难，不若四处骚扰，害得他民穷财尽，方好大举入京，占住那明室江山，所以得了胜仗，转自退去。怀宗本传宣密旨，饬备布囊八百，且令百官进马，意欲避敌迁都，嗣闻满兵退赴通州，方才罢议。

御史高捷、史墧本是魏阉党中的人物，不知如何漏网，仍得在职，大学士钱龙锡平时很瞧不起这两人，两人怀恨在心，遂因崇焕下狱，讦奏龙锡。略说："崇焕通款杀将，都由龙锡主使，当与崇焕并罪。"龙锡抗章申辩，高、史再疏力攻，那时龙锡心灰意懒，当即引疾告退。怀宗还算有恩，准他归休，不遑加谴。尚宝卿原抱奇，又劾奏首辅韩爌，谓爌系崇焕座师，也是主和误国，应并罢官。怀宗想去龙锡，已为群小所卖，所以劾奏韩爌接踵而至。怀宗颇斥他多言，夺俸示罚。不防左庶子丁进及工部主事李逢申弹章又上。韩爌乐得引退，三疏乞归。爌先后入相，老成慎重，引正人，抑邪党，中外称贤。怀宗命定逆案，爌不欲刻意苛求，以致阉党尚存，终为所诬。怀宗也无意慰留，任他归去，当命礼部侍郎周延儒、尚书何如宠、侍郎钱象坤俱为礼部尚书，入阁办事。

转眼间已是崇祯三年，满兵由通州东渡，克香河，陷永平，副使郑国昌、知府张凤奇等，一概殉节。兵部侍郎刘之纶，约总兵马世龙、吴自勉等，赴永平牵制满兵，自率部众直趋遵化，屯娘娘庙山。世龙等违约不赴，满兵竟趋击之纶，似橹并至。之纶带有木炮，出自手制，初发时，击伤满兵数十名，再发出去，那弹子不向前行，反向后击，自己打倒自己，顿时哗乱起来。天意耶？人事耶？满兵乘隙进攻，之纶拚死再战，足足的斗了一日，矢尽力穷，之纶知不可为，大呼道："死，死！负天子恩！"遂解佩印付与家人，令他走报朝廷。家人才走数步，之纶已身中两矢，倒毙地上，所剩残兵，被满兵一扫而空。满洲太宗复进拔迁安、滦州，直至昌黎，却由守令左应选誓死守城，屡攻不下。有此邑令，不愧应选二字。这时候的孙承宗，已早由通州奉旨，调守山海关，继崇焕后任。此笔补叙，甚是要紧，不然，满洲太宗至通州时，承宗岂竟作壁上观耶？满洲太宗夙闻承宗重名，恐他截断后路，当即匆匆收兵，回国去了。承宗正招谕祖大寿、何可纲，令他敛兵待命，大寿亦上章自请，愿立功赎督师罪，明廷传旨宣慰，才免瓦解。嗣闻满兵退归，承宗乃派兵西出，收复滦州、迁安、永平、遵化四城，这也不在话下。

且说周延儒既夤缘入阁，遂替温体仁帮忙，竭力说项，大学士李标见周、温毗连，不愿与伍，索性见机致仕。成基命也辞职归里，体仁遂得奉旨入阁，居然为大学士了。应该奚落。先是崔、魏擅权，体仁尝与相往来，杭州建魏阉生祠，他曾作诗数首，颂扬魏阉功德，又尝私赂崔呈秀，求为援引。言官交章讦发，怀宗还道他无党，攻讦愈众，信任愈专。真是南辕北辙。阉党高捷、史𡎚遂仗体仁为护符，大出风头，他已弹去钱龙锡，意尚未足，复由史𡎚上疏言："龙锡主使崇焕，卖国欺君，罪浮秦桧。且闻他罢职出都，尚将崇焕所畀重赂，转寄姻家，谋为开复地步。"怀宗览疏动怒，立敕刑官定谳，限期五日。刑部力为持平，呈上谳案谓："斩将是崇焕擅杀，议和闻龙锡未许，罪坐崇焕，与龙锡无涉。"怀宗尚不肯信，召谕廷臣，饬置崇焕极刑。且逮龙锡下狱，命群臣议罪。可怜这功多罪少的袁督师竟磔死市曹，平白无辜的钱故辅复拘案待质。温体仁与史𡎚等且欲力翻逆案，把逆字的恶名，移加袁、钱两人身上，以袁为逆首，钱为次逆，还有一班持正不阿的大臣，均依次附名，更立一逆案，网尽群贤，商诸兵部尚书梁廷栋。廷栋不敢赞成，何不将他亦列入逆案？乃议龙锡大辟，立即取决。中允黄道周上书为龙锡讼冤，怀宗把他贬秩外调，但心下颇也感动，只命将龙锡长系，既而减等论罪，遣戍定海卫，但已是冤屈得很了。论断平允。

且说明朝赋税，颇折衷古制，不尚烦苛，自神宗创行矿税，中官四出，任意诛求，海内为之渐困。至辽东事起，岁需边饷，又不得不尽情罗掘，加派民间，百姓益困苦得很。明廷又裁节内地兵饷数十万，减省各处驿站又数十万，兵不得饱，驿无遗粮，那时逃兵戍卒，往往亡命山谷，啸聚为盗，且乘时胁迫

第九十二回 中敌计冤沉碧血 遇岁饥啸聚绿林

良民，同入盗薮，百姓既无恒产，哪有恒心？乐得投奔绿林，还好劫夺为生。自古祸乱，多原于此。天意也是奇怪，又迭降灾祲，只恐百姓未肯为乱，偏令他今岁水荒，明岁旱荒，弄得他寸草无生，只得相偕从盗，于是极大的乱端就从崇祯改元以后发生出来。

先是云南、贵州等处，蛮众作乱，首领奢崇明与安邦彦统同一气，负嵎自固，总督闵梦得敷衍了两三年，未曾奏效（应八十五回）。怀宗即位，奢、安两酋越发鸱张，崇明自号大梁王，邦彦称四裔大长老，出巢四扰，到处掳掠。怀宗复起用朱燮元为总督，调集云南、四川、贵州三路大兵，直捣贼巢，枭崇明，斩邦彦。安位穷蹙乞降，由燮元分设土司，筹垦荒田，筑堡置戍，立驿通道，庐井毕备，苗汉相安，西南一带，才得无事（承前启后，是最好销纳法）。惟西北又复遭劫，连年饥荒，陕西巡抚乔应甲、延绥巡抚朱童蒙又统是魏阉余党，专务虐民，不加体恤，遂酿成一班流贼，四出为祟，把大明一座完好江山，扰得东残西缺，地坼天崩。应首回流贼横行。第一个作乱的盗魁，就是府谷民王嘉胤。嘉胤部下又有两大剧贼，一个就是李自成，一个就是张献忠。提出李、张，独握纲领。献忠延安人，阴贼多智，尝与嘉胤往来。嘉胤劫富家粟，被有司悬赏缉捕，遂揭竿为盗，献忠纠众往从，尤称骁桀，贼中号为八大王。自成米脂人，狡黠善走，并能骑射，因家贫投为驿卒，驿站裁并，自成无所得食，亦奔投嘉胤。嘉胤拥众五六千人，聚居延庆府中的黄龙山，又有白水贼王二、宜川贼王左挂、安塞马贼高迎祥、饥民王大梁、逃兵周大旺等，率众响应，三边饥军，亦群起为盗，剽掠四方。陕西巡抚已改任刘廷宴，衰迈无能，讳言盗贼，至州县相继告警，尚叱退来使道："这是地方饥民，有何大志？略缓数日，自然解散了。"请你等着。嗣是贼氛愈炽，所在遭殃，刘廷宴无可如何，只好据实奏闻。怀宗授左副都御史杨鹤为兵部尚书，出督三边军务，剿捕流贼。杨鹤抵任，商洛道刘应遇已击毙王二，追斩王大梁；督粮道洪承畴亦击破王左挂，捕斩周大旺，贼渠半就诛灭。偏杨鹤主张从抚，檄令各军不得妄杀，遂至余烬复燃，转衰为盛。会满军入犯京畿，诏令各省派兵入卫，陕甘兵奉调东下，中途逃散，山西兵哗溃良乡，巡抚耿如杞逮狱论死，一班窜走的溃兵，不是向东，就是向西，结果是挺身走险，同为匪类。游兵不戢，必为国殃。

明廷复起前总兵杜文焕，督延绥、固原各兵，便宜讨贼。文焕檄谕王嘉胤、王左挂二寇，令他投诚，左挂时方穷蹙，与党羽王子顺、苗美等请降，独嘉胤不肯受抚，竟陷入府谷，据城抗命。总督杨鹤反匿不上闻，只遣官四出招贼，黠盗王虎、小红狼、一丈青、掠地虎、混江龙等，托词求抚，俱授给免死牌，安插延绥、河曲间。其实盗性未改，淫掠如故，不过形式上面算是不放火，不杀人，就自称为安分的良民。百姓忍气吞声，无从控诉，孤男弱女，束手待毙,有一半刁狡强悍的,都随贼而去。朝旨复擢洪承畴为延绥巡抚,与副总兵曹文诏协力搜剿。文诏忠勇过人,仗着一杆蛇矛,东西驰击,贼众似羊遇虎,多半被诛。王嘉胤不自量力,竟率众与他对垒,一场鏖战,杀得嘉胤大败而逃。文诏追至阳城,再与嘉胤接仗,嘉胤招架不住,遂被文诏刺死。八大王张献忠率属二千人,奔降洪承畴,李自成走依高迎祥,迎祥为自成母舅,当然收留。还有嘉胤余党,另推李自用为首,绰号紫金梁,仍是瞀不畏死,出没西陲,并且纠合群贼,多至三十六营。这三十六营的贼目,真姓名多不可考,只有绰号相传,仿佛与梁山泊群盗一般。小子试录述如下:

神一元	不沾泥	红军友	老回回
八金刚	扫地王	闯塌天	破甲锥
邢红狼	乱世王	混天王	显道人
乡里人	活地草	革里狼	左金王
曹 操	关 索	混天星	过天星
独行狼	蝎子块	一字王	射塌天
混十万	可天飞	混天飞	点灯子
王老虎	金翅鹏	一条龙	满天星
混天猴	上天龙	马老虎	独头虎
上天猴	黑煞神	飞山虎	一只虎
撞天王	翻山鹞	整齐王	紫微星
托天王	十反王	小秦王	混世王
上天王	一连莺	一盏灯	钻天哨
开山斧	一座城	通天柱	爬天王
抓地虎	滚地龙	滚地狼	

以上诸贼,或一人为一营,或二三四五人,合为一营,分作三十六营。李、献两贼,不在其内,外此幺麽小丑,尚不胜数。小子有诗叹道:

区区三户足亡秦,
况值关中尽乱民。
大好江山同瓦裂,
半由天意半由人。

毕竟群盗能否扑灭,且至下回续详。

戮逆阉,定逆案,是怀宗第一英断,后人之推重怀宗,就在此着。乃曾几何时,而复用阉人,贻误国事,何始明而继又暗耶?杨太监既遭敌掳,安能骤然脱逃,况拘系敌营,宁肯以秘密军机,被其窃听?此在中智之主,当已可知为敌人狡计,陈平之间项羽,周瑜之间曹阿瞒,流传史册,怀宗宁独未闻?乃误信阉言,自坏长城若此。崇焕死而全辽危,谓非怀宗之自误,其可得乎?至宠任曹化淳、王应朝、吕凤翔等,尤属昏谬,阉党得志,善类复空,不特名将满桂,致陷沙场已也。厥后天怒人怨,相逼而来,陕西闹荒,嘉胤发难,星星之火,竟致燎原,天其既厌明德矣,彼偏听奸猜之怀宗,尚能拨乱反正乎?论者谓明之亡,咎在熹宗不在怀宗,吾未敢信!

第九十三回　战秦晋曹文诏扬威
　　　　　　闹登莱孔有德亡命

　　却说三边总督杨鹤，专事招抚，如王左挂等一班盗目，概令免死。左挂复叛，后乃伏诛。鹤复招降神一元弟神一魁。一元陷保安，为副总兵张应昌击败，受伤身死。一魁以弟承兄，代领贼众，寻为总兵贺虎臣、杜文焕所围，弃城南走，转攻庆阳，陷合水。杨鹤遣使招降，一魁果至，伏地谢罪。别贼金翅鹏、过天星、独头虎、上天龙等，亦先后求抚，均至固原谒见。鹤命在城楼上虚设御座，遍竖旌旗，贼皆罗拜城下，齐呼万岁。当下传宣诏谕，令设誓解散，或归伍，或归农，贼众勉强应命，那心目中恰藐视杨鹤，见他军容未整，只仗着一个虚名皇帝，空作威福，有什么可怕呢？抚难于剿，全恃威德服人，方能就我范围，否则无不酿祸？随即起身同行，仍去做那盗贼生涯。就是一魁住城数日，因杨鹤诱诛同党刘金，也即叛去。御史谢三宾及巡按御史吴甡，交劾杨鹤纵盗殃民，乃将杨鹤逮问，坐罪谪戍，特调延绥巡抚洪承畴总督三边。承畴方收降张献忠，编为部曲，献忠奉命维谨，还道他真心诚意，不妨援例主抚，因此调往总督，也是随剿随抚，恩过于威。

　　会高迎祥、李自成等收集山西溃卒，有众万人，推迎祥为闯王，自成为闯将，转寇山西、河南。且潜遣人勾结献忠，献忠遂叛了承畴，与高迎祥联合，横行山西，于是秦贼为一路，晋贼为一路，秦、晋世为婚姻，谁知变成盗薮？所过淫戮，惨不忍闻。或淫人妻女，令妇与夫面缚相观，稍一违忤，即被杀死。或令父淫女，或迫子淫母，待他淫毕，一概斩首。或掳住孕妇，剥去衣服，共猜腹中胎产，是男是女，剖腹相验，偶得猜中，大家贺饮，否则罚酒。又用大锅煮人油，掷入小孩，看他跳跃啼号，作为乐事，否则用矛刺入儿股，高举空中，令他盘旋矛上，叫号而死。或列木为台，令男妇共登台上，四面纵火焚烧，惨声震地，贼反拍手称快，狂笑不已。又或杀人剖腹，挖去脏腑，纳入人血米豆，用以喂马，使马肥壮，足以冲敌。最可恨的，是攻城不下，必使所掠妇女，裸体辱骂，稍一愧阻，乱刀交下，砍为肉泥。见有姿色的妇女，彼此轮奸，至奄奄就毙，即割去首级，把尸首倒埋土中，令下体向上，谓可压制炮火。惟一入人家，妇女欣然从淫，或还可以免死，因此贼兵过境，妇女不得不首先出迎，甚至自褫衣裳，供他侮弄，淫声秽语，遍达里闾，贼兵方才心欢，扬长而去。这真是古今罕有的奇劫，不知这明明在上的老天，何苦令若辈小民，遭此惨毒呢？我亦云然，大约天阍已闭，不见不闻。

且说总督洪承畴与总兵曹文诏，先拟剿除秦贼，次及晋贼，文诏转战而前，连败绥德、宜君、清涧、米脂诸贼，擒斩了点灯子，杀死了扫地王，再从鄜州间道，绕出庆阳，与甘肃总兵杨嘉谟、副将王性善合军，掩击红军友、李都司、杜三、杨老柴等，大战西濠。贼三战三北，杜三、杨老柴就擒，红军友、李都司脱走，转陷华亭，攻庄浪。文诏与嘉谟，从后追及，纵反间计，给令贼党攻杀红军友，复乘势击败贼众，贼众奔据唐毛山。游击曹变蛟，系文诏从子，鼓勇先登，余军随上，把贼众捕斩殆尽，惟李都司得脱，邀集可天飞、独行狼，及他盗郝临庵、刘道江等，围攻合水。文诏又星夜往援，将至城下，有羸贼千骑逆战，不到数合，纷纷退走。文诏麾众直进，已抵南原，忽闻胡哨四起，贼兵遍野而来，将文诏四面围住。城上守兵，互相惊告道："曹将军陷没贼中了，奈何奈何？"言未已，但见文诏挺着长矛，左驰右突，匹马盘旋，万众披靡。极写文诏。守兵暗暗喝采，也被他振起精神，鼓噪杀出，夹击贼兵，杀得尸横遍野，血流成渠。李都司等且战且走，到了铜川桥，十停中少去七八停，方抱头窜去。

文诏乃收兵回城，翌日黎明，复与宁夏总兵贺虎臣、固原总兵杨骐，会师追贼，驰至甘泉县的虎兕凹，贼众方才造饭，不期官军到来，惊得魂飞天外，大众弃了甲仗，拚命飞逃。可巧总督洪承畴带着锐卒，整队前来。原来承畴一军与文诏分道扬镳，转战至平凉，途中适遇可天飞，便迎头痛击，可天飞正在逃命，怎禁得这支生力军，略略一战，当即毙命。李都司见不是路，慌忙下马乞降，独郝临庵、独行狼等，落荒窜去，遁匿耀州锥子山，由文诏率军进攻，围堵山麓，贼众槁饿垂毙，自相残杀。独行狼、郝临庵等，为众所戕，函首出降。适承畴督军继至，令贼众解甲缴械，把大小头目四百人，正罪伏法，余均遣散。是时神一魁叛据宁塞，为同党黄友才杀毙，友才又为副总兵张应昌击死，混世狼占据襄乐，亦被守备马科击败，授首部兵。关中巨寇多半就诛，巡抚范复粹，上书奏报，极言文诏为第一首功，应该优叙。巡按御史吴甡亦推奖备至，独洪承畴奏中绝不提及。已蓄异志，无怪后来甘为贰臣。复粹再疏申请，兵部仍将他抑置，不得叙功，惟饬令赴剿晋贼。

闯王高迎祥及李自成、张献忠等，方分头四出，连陷大宁、隰州、泽州、寿阳诸州县，还有绰号紫金梁的李自

第九十三回 战秦晋曹文诏扬威 闹登莱孔有德亡命

用,绰号曹操的罗汝才,并邢红狼、上天龙各贼,骚扰太原、汾州等处。宣大总督张宗衡出堵平阳,巡抚许鼎臣出堵汾州,分地设汛,防贼阑入。已而参将李卑、贺人龙、艾万年,率关中兵援晋,鼎臣檄令自卫,宗衡恨他专擅,独驱使还陕。群盗如毛,尚不协力堵御,何能底定?三将无所适从,坐看贼众鸱张横行无忌。老回回、过天星、混世王等皆乘隙窜入,大肆劫掠,亏得曹文诏渡河而东,越霍州,抵汾河,与贼众相值,屡战屡胜。贼众逃至盂县,又被文诏击败,转走寿阳,正与许鼎臣麾下张宰兜头撞着。张宰系鼎臣谋士,所率从骑,也只有一二千人,他不过在途巡哨,并未尝有意堵贼,贼反被他吓退,随处乱窜。混世王纵马飞奔,冤冤相凑,碰了对头,被他一矛刺来,由胸贯背,好象一个穿心国内的人物,立刻坠马身死。来将非别,就是总兵官曹文诏。另换一种笔墨,益令文诏生色。文诏既刺死混世王,又奋力驰击,把寿阳、泽州的贼众尽行逐去。紫金梁、老回回、过天星各贼,见了文诏大旗,便即飞遁。连高迎祥及李、献两盗,亦立脚不住,一古脑儿流入河北,有几股潜逾西山,大掠顺德、真定间,扰及畿南,为大名兵备副使卢象升,一鼓击退。有几股从摩天岭西下,直抵武安,副将左良玉率河南兵,驰往拦截,为贼所诱,陷入伏中,所有六七千兵士,死亡殆尽。良玉退走,贼气大炽,河北怀庆、彰德、卫辉三府,所属州县,焚掠一空。潞王常淓系穆宗孙,父名翊镠,曾就封卫辉,常淓袭封,闻流贼逼境,飞章告急,有诏遣总兵倪宠、王朴,率京营兵六千往援,并命内阉杨进朝、卢九德监军,复用太监干预戎政,煞是可叹,一面促曹文诏移师会剿。

文诏奉命,自山西趋河北,到了怀庆,那贼首滚地龙,正在奸淫掳掠,非常高兴,猛闻文诏到来,不及遁走,却硬着头皮,上前抵敌,怎禁得曹军一股锐气,大刀阔斧,杀将过来,一时遮拦不及,好好一个头颅,被他砍去。滚地龙应改名滚头龙。余贼四散,由文诏追至济源,老回回望尘远遁。嗣与李卑、艾万年、汤九州、邓玘及左良玉诸将,迭破高迎祥、李自成、张献忠、罗汝才诸贼,方拟圈地兜剿,杀他片甲不留,哪知巡按御史刘令誉挟着夙嫌,竟劾文诏恃胜心骄,致挂部议,调回大同。李广数奇,千古同慨。高迎祥等闻文诏调还,去了一个劲敌,心宽了一大半。但前面有河南兵,后面有京营兵,戈铤蔽空,无从飞越,他又想出假降的计策,把沿途所夺金帛,密赂各处带兵官,伪词乞降。各将不敢作主,独太监杨进朝伸手要钱,代为入奏,且檄各将停战。总是若辈坏事。会值天寒冰合,高迎祥等潜从毛家寨渡河,狡脱而去。河南兵寂处寨中,无一出阻,等到渑池、伊阳、卢氏三县,相继告警,巡抚元默始督军会剿,贼众竟窜入卢氏山中,从间道入内乡,大掠南阳、汝宁,窜入湖、广去了。

小子叙了西边,又不能不夹叙东边。当西寇紧急的时候,登州游击孔有德、耿仲明等，竟纠众作乱。孔有德与耿仲明，同为毛文龙义子，文龙被杀，他曾通款满洲，逗留东江（见九十一回）。东江参将刘兴治戕害副将陈继盛，拥众叛去。有德与他异志，逃入登州。登、莱巡抚孙元化，尝居官辽东，素言辽东人可用，遂授有德、仲明为游击。还有孔耿同党李九成，亦得为偏裨。会满洲兵复寇辽东，围大凌城，元化遣有德赴援，有德佯为出师，至吴桥，天大雨雪，众不得食，顿时大哗。李九成与子应元诱众为乱，入劫有德。有德本蓄异图，自然顺水推舟，拱手听命。李九成之主使，恐亦由有德主使。当下还兵大掠，陷陵县、临邑、商河，残齐东，围德平，转破新城、青城。

山东巡抚余大成遣兵往御，均为所败，正要亲自出师，忽来了登、莱巡抚孙元化，两下晤谈，元化尚力主抚议，前既误用，还要主抚，真是笨伯，大成也乐得少安。至元化归署，飞饬所属郡县，不必邀击，另派人驰谕有德，速即归诚。有德佯允来使，即与李九成直抵登州，总兵官张可大方驻军城外，以有德狡诈宜防，不待元化命令，竟去截击有德，有德倒也一惊，两下交锋，斗了多时，眼看有德的军马将要败阵下去，偏元化遣将张焘谕令停战，可大军心一乱，反被有德杀了一阵。可大气愤愤的回入城中，有德尚在城外，见天色已暮，略略休息。夜餐毕后，忽见城内火光四起，料有内应，忙率众薄城。可巧东门大开，门首迎接的，却有三人，为首的就是同党耿仲明，余二人乃是都司毛承禄、陈有时。有德大喜，进了城门，忙奔抚署，一入署中，见元化正图自尽，也要自尽么？当即阻住，且云："蒙大帅恩，决不加害！"元化默然。此外同城各官，均被九成等拘住，惟总兵张可大已将妾陈氏杀死，悬梁殉节了。不可有二，不能无一。有德推九成为主，自居次位，又次为仲明，又次为承禄、有时，即用巡抚的关防，檄征州县兵饷。且令元化移书大成，再行求抚。大成据事上闻，怀宗命将大成、元化，一并褫职候勘，另简徐从治为山东巡抚，谢琏为登、莱巡抚，并驻莱州，协力讨贼。

有德等已破黄县，陷平度，集兵攻莱，四面围住。从治屡出兵掩击，颇有斩获，只有德等终不肯退。相持数月，忽闻明廷特简侍郎孙宇烈总督山东，统马步兵二万五千，浩荡东来。徐从治、谢琏等总道是大军来援，可以即日解围，哪知这孙宇烈逗留中道，只管遣使议抚。有德等只把议抚条款与他敷衍，且纵还故抚元化及所拘官吏，表明就抚的意思，一面暗运西洋大炮，猛轰莱城。徐从治方登陴督守，不料炮弹无情，击中要害，立时殒命。莱城益危，又固守了月余，宇烈不至，城中已力竭难支。有德侦知消息，因遣人伪约降期，请文武官出城守抚。谢琏也料他有诈，留总兵杨御蕃守城，自与知府朱万年，出城招降。有德与九成、仲明等见了谢琏，下马跪拜，佯作叩首涕泣状。谢琏、朱万年也下马慰谕。未及数语，有德等陡然起身，指麾左右，把两人牵

第九十三回 战秦晋曹文诏扬威 闹登莱孔有德亡命

拥而去。杨御蕃见两人中计，忙紧闭城门，登陴守御，果然叛军大至，猛力扑城，城上矢石交下，才得击却。俄由叛军拥着万年，推至城下，胁令呼降。万年厉声道："我死了！汝等宜固守！"我闻其言，如见其人。御蕃俯视万年，不禁垂泪。万年又道："我堕贼计，死不瞑目。杨总兵！你快发大炮，轰死几个叛贼，也好替我复仇。"说到"仇"字，首已落地。一死成名，死也值得。御蕃大愤，即令军士开炮，扑通扑通的放了数声，击死叛军多人，有德乃收兵暂退。谢琏竟绝粒自尽。怀宗闻这警耗，大加痛愤，遂逮宇烈下狱，诛元化，戍大成，命参政朱大典为佥都御史，巡抚山东，一意主剿。饬中官高起潜监护军饷，兼程而进。又是一个监军的太监。

大典令副将靳国臣、参将祖宽为前锋，直至沙河，孔有德督军迎战。祖宽跃马突出，挺枪死斗，勇不可当。国臣驱军大进，一当十，十当百，饶你孔有德如何枭桀，也被杀得大败亏输，拨马奔走。祖宽等追至城下，有德等料不可敌，夜半东遁。莱州被围七阅月，至是始解，阖城相庆。越日，总兵金国奇等进复黄县，斩首万三千级，活擒了八百多名。别将牟文绶驰救平度，阵斩贼魁陈有时。有德、九成、仲明等窜归登州，大典会集全师，进薄登州城下，亲自督攻。登州城三面倚山，一面距海，北有水城，与大城相接。水城有门，可通海舶，叛军恃此通道，所以屡攻不下。及被围日久，李九成出城搏战，中矢毙命。祖宽等乘胜驱杀，攻破水门外面的护墙，于是城中汹汹。孔有德忙收拾财帛，携挈子女，航海遁去。耿仲明、毛承禄及九成子应元等，相继出走，登州遂下。有德等奔至旅顺，忽由岛中驶出战舰数十艘，最先一舰，立着一位铁甲银盔的大将，持槊高叫道："叛贼休走！"

正是：

濒海围城方幸脱，

冤家狭路又相逢。

毕竟来将为谁？请看下回表明。

流贼不可抚，叛军愈不可抚。庸帅之所以纵寇，明廷之所以覆国，皆抚之一字误之也。观曹文诏之勇敢无前，所向有功，其得力全在一战字。朱大典一意进兵，不数月间，即荡平登、莱，其得力全在一攻字。可知流贼揭竿，叛军据险，并非不易剪除，其所以蔓延日甚，痈溃日深者，俱由于将不得人，志在苟安故也。是回叙剿流寇，而注意惟一曹文诏，叙讨叛军，而结局在一朱大典，此外不过就事论事，作为衬笔而已。藉非然者，满盘散沙，成何片段耶？

第九十四回　陈奇瑜得贿纵寇　秦良玉奉诏勤王

却说孔有德等北走旅顺，偏被一舰队截住，当先一员大将，乃是岛帅黄龙。有德令毛承禄、李应元等上前迎敌，自与耿仲明东走，投降满洲。毛承禄等敌不过黄龙，均被击倒。应元已死，承禄尚未毕命，当被黄龙生生擒住，押献京师。大逆不道的罪状，还有何幸？无非是问成极刑，磔死市曹。登、莱一带，总算平定了。

小子前回曾叙入满兵攻大凌城，未曾交代明白，不得不补叙清楚。自孙承宗督师关上，收复滦州、迁安、永平、遵化四城，复整缮关外旧堡，军声大振，偏来了辽东巡抚邱禾嘉，与承宗常要龃龉。承宗拟先筑大凌城，禾嘉恰要同时筑右屯城。工分日久，两城均未完工，满兵已进薄城下。禾嘉率总兵吴襄、宋伟往援大凌，连战皆败，逃回锦州。大凌城守将便是祖大寿、何可纲两人坚守了两三月，粮尽援绝，满洲招降书，屡射入城，大寿欲降，可纲不从，大寿竟坏了良心，把可纲杀死，开城出降。满洲太宗即班师回国。邱禾嘉被劾罢去，孙承宗亦致遭廷议，乞休回籍（叙此一段，注意在孙承宗免归，承宗去后，守辽自此无人）。

那孔有德、耿仲明两人奔降满洲，即怂恿满洲太宗，袭取旅顺。他的本意，无非恨着岛帅黄龙，想借了满洲兵力，灭龙复仇。虎伥可恨。满洲太宗乐得应允，先出兵鸭绿江，作为疑兵，然后令孔、耿两人导引满兵，潜袭旅顺。黄龙果然中计，遣水师阻截鸭绿江，岛中仅存千余人，至满兵到来，仓猝堵御，已是寡不敌众。兼之军械军储，诸多单薄，孤守数日，竟至不支，龙自刎死，部将李惟鸾、项祚临、樊化龙等均战殁，满兵稳稳得了旅顺。旅顺岛外，有一广鹿岛，互为犄角，副将尚可喜居守。可喜亦系毛文龙旧部，由孔有德贻书相招，也率众出降满洲。当由满洲太宗，留可喜仍守二岛，令孔、耿率兵归去。孔、耿以两岛为贽见仪，当然叙功给赏，孔得封满洲都元帅，耿得封满洲总兵官，后来可喜亦得封满洲总兵，事且慢表。

第九十四回 陈奇瑜得贿纵寇 秦良玉奉诏勤王

且说洪承畴调督三边，延绥巡抚一缺，用了一个陈奇瑜，分遣诸将，擒斩贼目金翅鹏、一条龙等，又进攻延水关。关前阻大山，下临黄河，势甚险固。贼首钻天哨、开山斧等，据关负嵎，屡却官军。奇瑜佯遣兵他攻，自率精骑衔枚疾走，夜入山寨。钻天哨、开山斧两人正拥着妇女，大被长眠，蓦闻寨外喊杀连天，揭帐一瞧，但见红光四绕，火星迸射，急得呼叫不及，都赤条条的跃出床外，百忙中觅得短刀，出来迎敌。那官军已如潮涌入，长枪巨槊，攒刺过去，两贼统是赤膊身体，禁得住几多创痛，不到片刻，两贼中死了一双。贼众走投无路，不是被火烧死，就是被官兵杀死。逆巢已破，大关随下，偏冒冒失失的来了贼党一座城，带着悍徒千人，居然想抢还大关。奇瑜麾军出击，不到一两个时辰，已把贼徒扫尽，一座城也驰入鬼门关去了。鬼门关中形势，比延水关何如？延水盗平，奇瑜威名大振。

会值闯王高迎祥等窜入湖、广，大掠襄阳、郧阳诸境，老回回、过天星等，又自郧阳入四川，径陷夔州。明廷遂擢奇瑜兵部侍郎，总督河南、山、陕、川、湖五省军务。又以大名道员卢象升知兵，调抚郧阳，奇瑜乃驰至均州，分檄陕西巡抚练国事，河南巡抚元默、湖广巡抚唐晖及郧阳巡抚卢象升，四面蹙击，大小数十战，擒住贼渠十余人，斩首至万余级。夔州贼驰还郧阳，来援楚贼，又被卢象升击败。贼众狂奔乱窜，或入河南，或趋浙、川，或走商洛，张献忠亦向商洛遁去，只高迎祥、李自成等，奔入汉中的车厢峡。峡在万山中间，有进路，无出路，里面山岭复杂，绵延数十里不断，闯王闯将误入此处，已陷绝地；贼众并无粮饷，单靠着四处劫掠，随夺随食，此时窜入山中，满山统是荆棘，何从得粮？这天空中又接连霪雨，淋漓了三四十日，弓脱胶，箭离干，马乏刍，弄得智尽力穷，无法可施，要想越出原路，那峡口外统是官军，枪戟层层，炮石累累，就是插翅也难飞去。高迎祥惶急万状，束手待毙，还是李自成集党商议，得了顾君恩诡计，搜集重宝，出赂奇瑜左右。浼令转达降意。奇瑜见贼众被困，渐有骄色，便命他面缚出降。自成竟自缚双手，大胆出来，叩首奇瑜马前，哀乞免死。何不一刀两段？奇瑜趾高气扬，率尔轻许，检阅贼众，共得三万六千余人，悉数遣归原籍。每贼百名，用一安抚官押送，且命所过州县，给发糇粮。高迎祥、李自成等均叩谢而去。贼众出峡已尽，离开大军，差不多有数十里，自成突起，刺杀安抚官，余贼也一同下手，把所有安抚官五十多人，尽行杀毙。沿途残戮，饱掠而西，一拥入秦中去了。

给事中顾国宝、御史傅永淳，交章劾奇瑜受贿纵贼，有旨逮问，戍边了事，别饬洪承畴代任。承畴不过一寻常将材，既要总督三边，又要兼辖五省，凭他如何竭力，也顾不得许多。并且山、陕、河南一带，不是水荒，便是旱荒，遍地哀鸿，嗷嗷中泽，怀宗虽下诏发仓，再三筹赈，怎奈区区粟帛，救不活几千百万饥民。还有黑心中使，奉旨经理，一半儿施赈，一半儿中饱。不诛群阉，能无亡国。俗语说得好："饿杀不如为盗"。一班饥民，统成千成万的去跟流贼。至闯王闯将，还走陕西，亡命无赖，随路收集，多至二十余万，蹂躏巩昌、平凉、临洮、凤翔诸府，惨无天日。承畴檄山西、河南、四川、湖广各路兵马，分道入陕。迎祥、自成复东走河南。副将左良玉方扼守新安、渑池，裹甲自保，任贼逸出。灵宝、汜水、荥阳诸处，又聚贼踪。承畴以秦中少靖，拟亲出潼关，督军讨贼。群贼闻得此信，遂大会荥阳，共计得十三家七十二营，列述如下：

高迎祥　李自成　张献忠　老回回
曹操　革里眼左金王　改世王　射塌
天　横天王　混十万　过天星　九条龙
顺天王

这十三家七十二营，都是著名贼目，当下会集一处，议敌官军，彼此谈论纷纷，许久未决。李自成悍然进言道："匹夫尚思自奋，况众至一二十万，岂有半途自废的道理？官兵虽多，未必个个可用，为今日计，我辈宜各定所向，分认地点，与官兵决一雌雄，胜负得失，听诸天数，有甚么顾虑哩！"自成此言，恰是一个乱世豪雄，但何不申明纪律，收拾人心，所谓知其一不知其二，终弄到没有结局。大众见他意气自豪，都不禁磨拳擦掌道："闯将此言，很是有理，我等就这么办罢。"遂议定革里眼、左金王，抵挡川、湖兵，横天王、混十万抵挡陕西兵，过天星扼住河上，抵挡河南兵，迎祥、自成及献忠出略东方，老回回、九条龙往来策应，还恐陕兵势锐，更令射塌天、改世王，帮助横天王、混十万两人。所破城邑，子女玉帛，照股均分，总算公道。大家允议。

迎祥、自成、献忠三人率众东出，陷霍州，入颍州，径趋凤阳。贼众至凤阳，留守朱国相，偕指挥袁瑞征、吕承荫等，领兵三千名，拚死抵截，卒因众寡不敌，为贼所乘。国相自刎身亡，余皆战殁。贼遂焚皇陵，楼殿为烬，燔松三十万株，杀守陵太监六十余人，纵高墙罪宗百余人，囚知府颜容暄，由迎祥、自成、献忠三人，高坐堂上，张乐鼓吹，把容暄活活杖死。又杀推官万文英等数十人，毁公私邸舍二万二千六百余间，光烛百里。献忠掠得皇陵小阉，颇善鼓吹，自成向他索请，献忠不与。自成遂怒，竟偕迎祥走还，西趋归德。献忠独东陷庐江、巢县、无为、潜山及太湖、宿松诸城邑，每陷一城，掠得妇女，必由献忠先择，拣取绝色数人，轮流伴寝。上半身令之艳妆，下半身褫去亵衣，令之裸体。或着五色背心一件，无论昼夜，一经淫兴勃发，立使横陈，任情污辱。宠爱数日，即将她们洗剥干净，杀死蒸食。至若掠得婴儿，亦视作羔儿豚儿一般，炮燔烹炙，用以佐酒。贼中残忍，无过献忠。献忠东掠数月，巡按凤阳御史吴振缨方将皇陵被祸，具奏上闻。怀宗素服避殿，饬逮凤阳巡抚杨一鹏及振缨下狱。一鹏弃市，振缨遣戍。别命侍郎朱大典，总督漕运，巡抚

明史演义

凤阳。

献忠闻大典将至，颇慑威名，更兼江北诸邑，素多山民，所在结寨，药弩窝弓，与贼相角，颇多杀伤。遂西出麻城，取道汉口，仍入陕西。高迎祥、李自成等因归德一带官兵四集，也窜入陕境，秦中复为贼壑。往来无定，是之谓流贼。副将艾万年、柳国镇等先后阵亡。总兵曹文诏自调赴大同后，复奉命剿贼，至是闻秦中贼警，急趋信阳，谒见承畴，自请入陕一行。承畴怡然道："非将军不能灭此贼，但我兵已分，无可策应，将军若行，我当由泾阳趋淳化，自为后劲。"孤军深入，兵法所忌，承畴虽有后劲之言，然缓不济急，观前日抑功不奏，可知承畴之许，未必怀好意。文诏乃只率三千人，从宁州进发，抵真宁县的湫头镇。见前面贼旗招展，蜂拥而来，当即布阵迎敌。从子变蛟带着前队，跃马出阵，横扫贼兵，斩首五百级，追奔三十里。文诏率步兵继进，天色骤晚，忽然贼兵大集，四面合围，流矢似飞蝗一般，射将过来。文诏左右跳荡，用矛刺杀百余贼，贼初不知为文诏，有叛卒大呼道："这是曹总兵，怪不得有此神勇呢。"贼目闻知"曹总兵"三字，怎肯轻轻放过？指麾群贼，合围益急。文诏尚挺矛乱刺，恝然一声，矛头竟断，身上复中了数矢，忍痛不住，竟拔出佩刀，自刎而死。游击平安以下，共死二十余人，惟变蛟得脱。贼众乘胜掠地，到处纵火，西安城中，光同白日。及承畴到了泾阳，文诏已战死数日，不过扼住中途，贼不得越。献忠仍出关东走，惟高迎祥、李自成尚留秦中。怀宗闻文诏阵殁，深为痛悼，钦赐祭葬，世荫指挥佥事。一面命卢象升为兵部侍郎，总理江北、河南、山东、湖广、四川军务，与洪承畴分头讨贼。承畴办西北，象升办东南，双方各有责成，军务稍有起色。

承畴击迎祥、自成，大战渭南、临潼间，自成大败东走，迎祥亦屡败，与自成分道东行，由河南至江北，围攻庐州，累日不下，转陷含山、和州，进犯滁州。总理卢象升方招集诸将，出师凤阳，闻庐州被围，即率总兵祖宽，游击罗岱，驰抵滁州城下，击走贼众，追杀无算，伏尸蔽野，滁水为赤。迎祥、自成复渡河西走，再入陕西，时已崇祯九年了（百忙中标明年历，为下文接入清主称尊张本）。

是年满洲太宗平定察哈尔部，收复内蒙古属境，获得元朝遗下的传国玺，遂自称为帝，易国号为大清，改天聪十年为崇德元年。惟察哈尔部酋林丹汗向西遁走，清太宗恐死灰复燃，复派兵追赶，直到归化城，未见下落。军士捉不住林丹汗，遂顺路突入明边，骚扰宣州、应州、大同等处，夺得人口牲畜七万六千，唱着凯歌，返旆自去。嗣又遣将入喜峰口，由间道至昌平，巡关御史王肇坤战殁。清兵连下畿内各州县，顺义知县上官荩、宝坻知县赵国鼎、定兴教谕熊嘉志及在籍太常少卿鹿善继、安肃知县郑延任，统同殉节。

警报飞达明廷，给事中王家彦因陵寝震惊，奏劾兵部尚书张凤翼，不

第九十四回 陈奇瑜得贿纵定 秦良玉奉诏勤王

502

知预备，有负职守。凤翼乃自请督师，命与中官罗维宁、宣大总兵梁廷栋，互为犄角，防堵敌军。其实凤翼是畏葸无能，只因言路纠弹，没奈何请命出师，杜塞众口。离都以后，仍然逗留不进，作壁上观。那时畿辅告警，仍与雪片相似，当由怀宗下诏，飞饬各镇兵入京勤王。且谕廷臣助饷，并括勋戚文武诸臣马匹，作为军需。粮马等物，索及廷臣，实乖政体，何不将所有中官，一律查抄，较有着落。各镇或退缩不前，或为流贼牵制，无暇入援。唐王聿键，系太祖第二十三子桱七世孙，袭封南阳，尝鬻金筑城，捍御流贼，至是独仗义勤王。行至裕州，谁料朝命特下，反说他擅离封土，居心叵测，勒令退还。聿键摸不着头脑，只好遵旨南归。后来部议加罪，竟把他废为庶人，幽锢凤阳（叙入聿键，隐伏后文闽中拥立事。且申明怀宗政令，出尔反尔，令人莫测）。总理卢象升鞠躬报主，闻近畿各镇，多半观望，不由得慷慨洒泣，誓众入援。还有一位出类拔萃的女丈夫，不惮千里，星夜奔波，竟自川东起程，入卫怀宗。看官道是何人？便是前时助剿蛮酋、连破贼寨的秦良玉（应八十四回）。原来良玉自永宁、水西，依次荡平以后，叙功加赏，得授三品朝服。良玉遂撤去钗珥，除去环珮，竟改易男装，峨冠博带，居然扑朔迷离，做了一个美貌的男子。并且挑选健妇，得三五百人，也令她们易服相随，作为亲兵。当流贼窜入蜀道，进陷夔州，她已出兵扼险，阻贼西进（应前回）。及闻勤王诏下，竟召集各部士兵，勉以忠义，倍道驰援。入都后，清兵已饱掠飏去，京师解严。怀宗闻她到来，也觉诧异，立即传旨召见。良玉仍朝服朝冠，登阶叩首，山呼万岁。当由怀宗温言慰勉，她却不慌不忙，从容奏对。不但怀宗大悦，连朝右一班大臣均为改容起敬。当下颁布纶音，晋封良玉一品夫人，复由怀宗亲制诗章，作为特别的宠赐，小子尚记得一绝句云：

蜀锦宫袍手制成，
桃花马上请长缨。
世间不少奇男子，
谁肯沙场万里行？

后人诬谤良玉，说她勤王入都，公然带美貌男妾十余人，哪知她貌是男装，体属女身，并没有亏辱名节呢！力为良玉辩白，是替奇女子吐气。良玉拜赐后，仍带兵还蜀去了。欲知后事，且看下回表明。

闯王闯将，误入车箱峡，正陈奇瑜歼贼奏绩之时。况自成面缚乞降，不诛何待？设戮渠魁，赦胁从，则自成授首久矣，何至有甲申之惨变。然则纵寇误国之罪，实不容诛。崇焕磔死，奇瑜乃减至谪戍，功罪之倒置如此，几何而不亡国也。曹文诏忠勇冠时，复为群小挤排，陷入大敌，不死于滥刑，即死于贼寇，良将尽而国祚危矣。至清军入塞，勤王诏下，张凤翼、梁廷栋辈，毫无经

济，徒事畏缩，各镇又多观望，入援者惟一义士卢象升及一奇女秦良玉。象升固忠，并世尚有之，独如良玉者实难多得，特笔加褒，为女界吐气，即为男子示愧，有心人下笔，固自不苟也。

第九十五回　张献忠伪降熊文灿　杨嗣昌陷殁卢象升

却说卢象升奉诏入卫，至已解严，适宣、大总兵梁廷栋病殁，遂命象升西行，总督宣、大、山西军务，象升受命去讫。惟自崇祯三年至九年，这六年中，阁臣又屡有变易，如吴宗达、钱象坤、郑以伟、徐光启、钱士升、王应熊、何吾驺、文震孟、林釬等，差不多有一二十人，内中除郑、徐、林三人在职病逝外，统是入阁未久，即行退免。看官听着！这在任未久的原因，究是为着何事？原来都是那材庸量狭的温体仁，摆布出来。

体仁自崇祯三年入阁，似铜浇铁铸一般，毫不更动，他貌似廉谨，遇着国家大事，必禀怀宗亲裁，所以边境杂沓，中原纷扰，并未闻他献一条陈，设一计议。怀宗自恃刚断，还道他温恭将事，任为首辅，哪知他专排异类，善轧同僚，所有并进的阁臣，无论他智愚贤否，但与他稍有违忤，必排斥使去。钱象坤系体仁门生，先体仁入阁，至体仁辅政，他便执弟子礼，凡事谦让，惟不肯无端附和，体仁以为异己，竟排他出

阁。就是暗为援引的周延儒（应九十二回），也中他阴谋，致失上意，引疾告归。先是体仁见怀宗复任中官，遂请起用逆案中的王之臣等，讨好阉人。怀宗转问延儒，延儒谓："若用之臣，崔呈秀亦可告无辜。"延儒辅政，惟此二语，最为明白。说得怀宗为之动容，立将体仁奏牍，批驳下来。体仁由是挟嫌，阴嗾言官交劾延儒。延儒还望体仁转圜，体仁反暗中下石，及延儒察知，乃乞休而去。谁教你引用小人？给事中王绍杰、员外郎华允诚、主事贺三盛等，连疏弹劾体仁，均遭谴责。工部侍郎刘宗周累疏指陈时弊，语虽激切，尚未明斥体仁，体仁竟恨他多言，拟构成宗周罪状，宗周因乞假出都。适京畿被兵，道梗不通，乃侨寓天津，再疏论政刑乖舛，至数百言，结末有"前后八年，谁秉国成，臣不能为首揆温体仁下一解语"云云。体仁大怒，竟入奏怀宗，情愿辞官。怀宗正信任体仁，自然迁怒宗周，当即传旨将宗周削籍。宗周山阴人，襆被归里，隐居讲学去了后来宗周

第九十五回 张献忠伪降熊文灿 杨嗣昌陷殁卢象升

讲学蕺山，世称蕺山先生，殉节事见后文。体仁又倡言密勿宫廷，不宜宣泄，因此所上阁揭，均不颁发，亦未尝存录，所以廷臣被他中伤，往往没人知晓。但天下事要不知，除非莫为，自己陷害别人，免不得为别人陷害。冤冤相报，总有一日。世人其听之！常熟人张汉儒希体仁旨，讦奏钱谦益居乡不法，体仁遂拟旨逮问谦益。谦益惧甚，贿通关节，向司礼监曹化淳求救。化淳故王安门下，谦益曾为安作碑铭，一脉相关，颇有意为他解免。汉儒侦悉情形，密告体仁，体仁复白怀宗，请并坐化淳罪。化淳系怀宗幸臣，竟泣诉帝前，自请案治。最后查得体仁、汉儒朋比为奸，乃始邀怀宗省悟，觉他有党，先将汉儒枷死，继将体仁免官。体仁还退食委蛇，自谓无虑，哪知免官诏下，惊得面如土色，连匕箸都失坠地下。弄巧成拙，安得不悔？归未逾年，即行病逝。不死何为？

怀宗复另用一班阁臣，如张至发、孔贞运、贺逢圣、黄士俊、刘宇亮、傅冠、薛国观等，大都旅进旅退，无所匡益，甚至内外监军，统是阉人柄政。京外的监军大员，以太监高起潜为首，京内的监军大员，以太监曹化淳为首。旋复召杨嗣昌为兵部尚书，兼东阁大学士，参预机务。嗣昌曾巡抚永平，丁父忧回籍，诏令夺情视事，当即入朝受职。他胸中没甚韬略，单靠一张利嘴，能言善辩，觐见时奏对至数百言，且议大举平贼，分各省官军为四正六隅，号为十面罗网，与景延广十万横磨剑相似。所任总督总理，应从贼征讨，复上筹饷四策：一因粮，每亩加输六合，岁折银八钱；二溢地，土田须核实输赋；三开捐，富民输资，得为监生；四裁驿，原有驿站，概属军官管理，裁节各费，悉充军饷。四策无一可取。统共预算，可增饷二百八十万，增兵十二万，怀宗一一照行，诏有"暂累吾民一年，除此腹心大患"等语。嗣昌复留意将才，引荐一人，就是陈奇瑜第二，叫作熊文灿。文灿就职广西，怀宗因嗣昌推荐，即遣中使往觇虚实，留饮十日，得贿数百金。开手即用贿赂，已足觇知品概。席间谈及中原寇乱，文灿酒酣耳热，不禁拍案痛詈道："都是庸臣误国，贻祸至此。若令文灿往剿，何异鼠辈？"中使起立道："上意方欲用公，公果有拨乱才，宠命且立下了。"文灿尚是抵掌狂谈，说个不休。次日酒醒，自悔失言，又与中使谈及，有五难四不可条件。中使疑他谦慎，敦劝再三而别。

过了数日，诏命果下，即授文灿为兵部尚书，总理南畿、河南、山西、陕西、湖广、四川军务，文灿也直受不辞，既知五难四不可，何勿上表辞职？大募粤人，用以自卫。弓刀甲胄，很是整齐，乃就道北行，东出庐山，谒僧空隐。空隐素有才学，因痛心世乱，弃家为僧，文灿与为故交，两下相见，空隐也不致贺，但对他唏嘘道："错了错了！"文灿觉言中寓意，即屏去从骑，密询大略。空隐道："公此番受命将兵，自问能制贼死命么？"当头一棒，不啻禅偈。文灿踌躇半晌，答称未能。空隐复道:"剿贼各将,有可属大事,独当一面,不烦总理指挥,自能平定剧贼么?"文灿道:"这也难必。"空隐道:"公既无一可恃,如何骤当此任?主上望公甚厚,若一不效,恐罪遭不测了。"文灿闻言,不禁色变,却立数步,嗣又问道:"议抚何如?"空隐道:"我料公必出此计,但流寇与海寇不同,公宜慎重,幸勿自误误国!"文灿尚似信未信,即行别去。空隐说法,不亚生公,独顽石不知点头奈何?到了安庆,左良玉率兵来会,叙谈一番,很是投契。两人俱善大言,所以意气相投。当由文灿拜疏,请将良玉所部六千人,归自己直接管辖,得旨俞允。看官!你想良玉桀骜不驯,果肯受文灿节制么?彼此同住数日,良玉部下已与粤军不和,互相诟詈,文灿不得已遣还南兵,只与良玉同入襄阳。

是时闯王高迎祥为陕抚孙传庭所擒,解京磔死,贼党共推自成为闯王。自成欲由陕入川,甫出潼关,总督洪承畴檄令川陕各兵,南北夹击,斩贼数千级,将自成所有精锐,杀戮殆尽。连自成妻小也都失去。自成走脱,欲依献忠,忽闻献忠已降熊文灿,没奈何窜走浙、川,投入老回回营,卧病半年,仍率众西去。看官谅可记着,前时献忠曾降顺洪承畴,旋即叛去。此次何故又降熊文灿?原来文灿驰抵襄阳,沿途刊布抚檄,招安群贼。献忠狡黠善战,独率众截击,不肯用命,偏被总兵左良玉、陈洪范二军两路夹击,一败涂地,额上中了流矢,血流满面,险些儿被良玉追及,刀锋所至,仅隔咫尺,亏得坐骑精良,纵辔跳免。贼目闯塌天,与献忠有隙,竟诣文灿处乞降。献忠闻知,恐他导引官军,前来复仇,自己又负创过重,不堪再战,遂遣人至洪范营,献上重币,纳款输诚。献忠初为盗时,曾为洪范所获,因他状貌奇伟,释令归伍,他竟暗地逃去,至是复由来人传述,谓夙蒙大恩,愿率所部自效,杀贼赎罪。洪范大喜,转告文灿,受献忠降。文灿不鉴承畴,已是大误,洪范且不知自鉴,比文灿罪加一等。献忠遂至文灿营,匍匐请罪。文灿命起,详询余贼情状,献忠自言能制郧、襄诸贼,文灿信以为真,遂命他仍率旧部,屯驻榖城。献忠又招降罗汝才,汝才绰号曹操,狡悍不亚献忠,当时湖、广、河南贼十五家,应推他两贼为魁桀。两贼既降,余贼夺气,文灿很是欢慰,拜表请赦,特旨准奏。哪知他两贼悍鸷性成,并非真心愿降,他因连战连败,进退无路,特借此投降名目,暂息奔波。暗中仍勾结爪牙,养足气力,那时再行叛逸,便不可当,这就所谓"欲取姑与,欲奋先敛"的秘计呢。议抚之足为贼利,阐抉无遗。

中原稍得休息,东北又起战争。清太宗征服朝鲜,又大兴兵甲,命亲王多尔衮、岳托同为大将军,率左右两翼,分道攻明,入长城青山口,至蓟州会齐。蓟、辽总督吴阿衡败死,监军官太监邓希诏遁走,清兵乘势攻入,抵牛阑山,适遇总监高启潜,带着明兵扼守,启潜晓得什么兵事,平安时擅作威福,

明史演义

紧急时马上奔逃，一任清兵杀人，由芦沟桥直趋良乡，连拔四十八城，高阳县亦在其内。前大学士孙承宗，在籍家居，服毒自尽。子孙十余人仗着赤手空拳，与清兵搏击，杀伤了数十人，次第毕命。明季将才，只熊廷弼、袁崇焕、孙承宗三人，至此无子遗了。清兵又从德州渡河，南下山东，破州县十有六，并陷入济南。德王由枢，系英宗子见濂六世孙，在济南袭封，竟被掳去。布政使张秉文巷战中矢，力竭自刎。妻方氏、妾陈氏，投入大明湖中，一同殉节。巡按御史宋学朱及副使周之训等，或被杀，或自尽，大小忠魂，统归冥漠。只有巡抚颜继祖，已由杨嗣昌调赴德州，途中与清兵相左，因得免祸。但济南防兵多随继祖北去，城内空虚，遂致仓猝失守，这也不能不归咎嗣昌呢。

嗣昌复檄宣、大总督卢象升，督兵入援，象升方遭父丧，固辞未获，遂缞绖从戎，忘家赴难，甫入京师，闻杨嗣昌与高启潜，有议和消息，心中甚以为非。会怀宗召对平台，谘询方略，象升慨然道："皇上命臣督师，臣意主战。"一味主战，也觉愚戆。怀宗不禁色变，半晌方道："廷议或有此说，朕意何尝照准。"象升复历陈守御规画，怀宗也为点首，只命与嗣昌、起潜会议战守事宜。象升退朝，与两人晤谈，当然未合，复入内复旨，即日陛辞。既出都门，又疏请与杨、高二人，各分兵权，不相节制。廷议以宣、大、山西三师属象升，山海关、宁远兵士属启潜。象升得晋职尚书，感念主恩，拟即向涿州进

发。不意嗣昌亲到军前，与商和议，戒毋轻战。象升道："公等坚持和议，独不思城下乞盟，春秋所耻。长安口舌如锋，难道不防袁崇焕覆辙么？"嗣昌被他一说，顿时面颊发赤，徐徐方言道："如公所言，直欲用尚方剑加我了。"象升又愤愤道："卢某既不奔丧，又不能战，尚方剑当先加己颈，怎得加人？"语固近正，未免过激。嗣昌道："公休了！愿勿以长安蜚语陷人。"象升道："周元忠赴边讲和，往来数日，全国皆知，何从隐讳？"嗣昌无词可对，怏怏而去。原来周元忠曾在边卖卜，与边人多相熟识，所以嗣昌遣他议和，但亦未得要领，不过敷衍塞责。既要议和，亦须选一使才，乃委诸江湖卖艺之流，不特无成，且不免为敌人所笑。象升心直口快，索性尽情说透。越日，象升复晤着起潜，两下谈论，越发龃龉。象升遂一意进行，道出涿州，进据保定，闻清军三路入犯，即遣将分头防堵。怎奈象升麾下，未及二万人，不敷遣调，清兵又疾如暴雨，驰防不及，列城多望风失守。嗣昌竟奏劾象升调度失宜，削尚书衔，仍以侍郎督师，象升恰不以为意。最苦是兵单饷薄，没人援应，每至夜间，独自饮泣，及到天明，又督厉部卒，有进无退，一面檄兵部输粮，偏被嗣昌阻住不发，看看粮饷已尽，将士皆饥，自知去死不远，遂于清晨出帐，对着将士下拜，并含泪道："我与诸君同受国恩，只患不得死，不患不得生。"言之痛心。众将士闻言，个个感泣，都请与敌军决一死战。象升乃出发巨鹿，

检点兵士，只剩五千名。参赞主事杨廷麟因起潜大营，相距只五十里，拟前去乞援。象升道："他、他肯来援我吗？"廷麟坚请一行，象升握廷麟手，与他诀别道："死西市，何如死疆场？我以一死报君，犹自觉抱歉呢。"

廷麟去后，象升待了一日，毫无音信，遂率兵径趋蒿水桥，遥见清兵如排墙一般，杀将过来，部下总兵王朴即引兵逃去，只留总兵虎大威、杨国柱两人尚是随着。象升分军为三，令大威率左，国柱率右，自率中军，与清兵拚死相争，以一当十，兀自支持得住。大战半日，杀伤相当。傍晚各休战小憩，到了夜半，象升闻鼓声大震，料知敌兵前来，出帐一望，见自己一座孤营，已被清兵团团裹住，忙率大威、国柱等奋力抵御。迟至天明，清兵越来越众，围至三匝，象升麾兵力战，炮尽矢穷，大威劝象升突围出走，象升道："我自从军以来，大小数十百战，只知向前，不知退后。今日内扼奸臣，外遇强敌，死期已至，尚复何言？诸君请突围出去，留此身以报国，我便死在此地了！"言已，竟手执佩剑，杀入敌阵，身中四矢三刃，尚格杀清兵数十人，力竭乃亡。一军尽没，惟大威、国柱得脱。起潜闻败，仓皇遁还，杨廷麟徒手回营，已成一荒郊惨野，暴骨盈堆，中有尸首露着麻衣，料是象升遗骸。惨心椎血，有如是耶？乃邀同顺德知府于颖，暂为掩埋，并联衔入奏。嗣昌已闻败耗，犹匿不上闻，及廷麟疏入，不便隐讳，反说象升轻战亡身，死不足惜。怀宗竟误信逸言，不给恤典。及言官交劾起潜，说他拥兵不救，陷没象升，乃将起潜下狱，审讯得实，奉旨伏诛。直至嗣昌败后，乃加赠恤，这且慢表。

且说象升已死，清兵未退，明廷急檄洪承畴总督蓟、辽，孙传庭总督保定、山东、河北军务。传庭疏请召见，嗣昌恐他奏陈己过，拟旨驳斥，只令他速即莅任。传庭愠甚，引疾乞休。嗣昌又得了间隙，遂劾传庭逆旨偷生。怀宗也不辨皂白，竟逮传庭下狱，削籍为民。还幸清兵只来骚扰，无意略地，一经饱掠，即班师回去，明祚尚得苟延了五六年。小子有诗叹道：

一蚁凭堤尚溃防，
况令狐鼠握朝纲。
忠良惨死群阴沍，
国祚何由不速亡。

清兵退后，中原流贼又乘隙猖獗起来，待小子下回再表。

读此回，见怀宗之为国，非惟不得人，抑且不得法。寇不可抚而抚之，清可与和而不和，是实为亡国之一大祸苗。推怀宗之意，以为流寇吾民也，叛则剿，服则抚，抚则安民。清国吾敌也，只可战，不可和，和则怯敌。讵知寇已跳梁，流毒半天下，人人欲得而诛之，尚可言抚乎？清主本非同族，远峙关外，暂与言和，亦属何伤？设令一面与和，一面会剿，待扫平流寇，休养数年，再俟关东之隙，出师征讨，清虽强，不足平也，乃内则主抚，外则讳

和，流寇忽降忽叛，清兵自去自来，顾西失东，顾东失西，将士疲于奔命，而全国已瓦解矣，欲不亡得乎？或谓主抚者为熊文灿，不主和者为卢象升，皆非怀宗之咎，不知庙谟失算，众将纷呶，贷死之诏，自谁发乎？耻和之言，与谁语乎？尚得谓怀宗无咎乎？至若温体仁、杨嗣昌之得邀宠任，并及中官之滥用监军，贤奸倒置，是非不明，我更不欲责矣。

第九十五回 张献忠伪降熊文灿 杨嗣昌陷殁卢象升

第九十六回　失襄阳庸帅自裁
　　　　　　走河南逆闯复炽

　　却说熊文灿既收降张、罗二贼，余贼胆落，湖、广、河南一带稍稍平静。文灿遂上言"兵威大震，潢池小丑，计日可平"等语，怀宗优诏报答。至洪承畴调督蓟、辽，孙传庭无辜下狱，关、陕中失两统帅，张献忠遂密图自逞，拥兵索饷，日肆劫夺。榖城知县阮之钿屡禀文灿，乞为预防，文灿不省。献忠遂杀之钿，毁榖城，胁众复叛。罗汝才闻献忠动手，自然起应，与献忠同陷房县，杀知县郝景春及其子鸣鸾。左良玉率兵追剿，至罗山，遇伏败绩，丧士卒万人，并亡副将罗岱。杨嗣昌闻报大惊，亟面奏怀宗，请自出督师讨贼。无非恐文灿得罪，自己连坐，因请自出以试怀宗，自谋不可谓不巧，但人有千算，天教一算，奈何？怀宗乃削文灿官，降良玉职，命嗣昌代文灿任，赐尚方剑及督师辅臣银印。临行时，由怀宗亲饯三爵，赐诗勒石。又弄错了。嗣昌拜谢而出，驰抵襄阳，此行恐非初志，入文灿军。文灿方在交卸，缇骑忽至，把他逮解京师，寻即弃市。空隐之言验矣。

　　嗣昌大会诸将，誓师穷剿，左良玉、陈洪范等毕至，良玉英姿特达，词辩生风，大受嗣昌赏识。以貌以言，宁可取人。嗣昌即奏良玉有大将才，请破格任用，应拜为平贼将军，有旨报可。良玉即佩将军印，偕诸将至枸平关，与献忠遇，出师合击，战败献忠。献忠遁入蜀界。良玉复从后追蹑，正驱军大进，忽接嗣昌来檄，令他驻兵兴平，遣别将贺人龙、李国安等，入蜀追贼。良玉愤愤道："我正要乘胜图功，剿灭此贼，乃无端阻我前进，真是何意？"言毕，把来檄掷诸地上，仍饬进兵，似此骄将，安肯受嗣昌笼络？直抵太平县境的玛瑙山。山势险峻，方拟倚险立营，蓦闻山上有鼓噪声，仰首眺望，见贼已踞住山巅，乘高大呼。良玉戒军士轻动，自己从容下马，周览一番，才分兵为三队，三面登山，且下令道："闻鼓声乃上。"各将踊跃听令，等了半晌，尚不闻有鼓声。大众惊疑参半，遥望山上各贼，或坐或立，阵势错乱，都不禁

交头私议，谓此时不上山进攻，更待何时？偏偏中军帐下仍寂无音响，大众未免焦躁。俟已天晚，突闻鼓声大起，随即三面齐登，直上山顶。献忠也拟乘夜下山，不防良玉已先驰上，且分军三路，堵不胜堵，顿时脚忙手乱起来。官军冲突入阵，锐厉无前，献忠料不可支，策马先奔。贼众见献忠一走，都是逃命要紧，纷纷四窜。怎奈天色已昏，忙不择路，有坠崖的，有陨涧的，稍稍仔细，徐行一步，便被官军杀死。贼党扫地王曹威、白马邓天王等十六人，统不及逃避，陆续毙命。只献忠逃至山后，回顾残众，仅得数百人，连自己的妻妾也不知去向了。此时无暇寻觅，但急急忙忙的遁入兴归山中。罗汝才自旁道出，犯蜀夔州，偏遇石柱女官秦良玉率众来援，智曹操碰着勇貂蝉，一些儿没有胜着，大纛旗被她夺去，所率勇悍贼目又被她斫死六人，没奈何遁入大宁。

杨嗣昌闻两贼穷蹙，飞檄左良玉及贺人龙令他穷搜会剿，指日歼除。哪知左良玉不肯深入，贺人龙也是逗留。原来玛瑙山未战以前，嗣昌以良玉违令进兵，拟夺良玉封印，给与人龙，且曾与人龙面谈，嘱令尽力。至玛瑙山捷报驰至，嗣昌又左右为难，不得已婉告人龙，静待后命。主见未定，如何做得统帅？良玉虽未曾夺印，闻着这个消息，心中很是怏怏。人龙也好生怨望，遂致你推我诿，把贼寇搁起一边。献忠复遣人游说，至良玉营，与语道："献忠尚在，所以公得见重，否则公亦无幸了。"

木朽蛀生，即此可见。良玉也以为然，乐得观望徘徊，按兵不动。献忠遂得潜收溃卒，西走白羊山，与罗汝才会合，再出渡江，陷大昌，攻开县，沿途迫胁，气焰又张。

嗣昌闻贼又啸聚，自出赴蜀，驻节重庆。监军评事万元吉入白嗣昌谓："左、贺两军均不足恃，贼或东窜，必为大患，须亟从间道出师，截他去路，方为万全。"嗣昌不从，只檄令左、贺各军，蹙围贼众，毋令他逸。人龙本屯兵开县，托词饷乏，引军西去，良玉迟久方至。嗣昌拟水陆并进，追击献忠，且下令军中道："汝才若降，免罪授官。献忠罪在不赦，若得献忠首，立赏万金，保举侯爵。"此令下后，过了一日，那行辕里面，四处张着揭帖，上面写着："能斩督师杨嗣昌，赏银三钱。"妙不可言。嗣昌瞧着，不胜骇愕，还道左右皆贼，遂限令进兵，军心已变，速进何益？自统舟师下云阳，令诸将陆行追贼。总兵猛如虎、参将刘士杰，奋勇前驱，与献忠相值。士杰当先突阵，贼众辟易。献忠遁入山中，凭高俯瞰，但见如虎一军，有前无继，遂想了一计，命部下悍贼，绕道山谷中，抄出官军后背，自率众从高驰下，夹击官军。士杰与游击郭开先后战死。惟如虎突围而出，甲仗军符，尽行失去。良玉军本在后面，不但不肯进援，反且闻风溃走。献忠遂席卷出川，复入湖北，途次庤嗣昌使人，从襄阳返四川，询知襄阳空虚，遂将他杀死，取得军符，密令二十八骑，改易官军衣饰，令持符入襄城，

第九十六回　失襄阳庸帅自裁　走河南逆闯复炽

潜为内应。

襄阳为嗣昌军府,军储军械各数十万,每门设副将防守,监察颇严。及贼骑夜至城下,叩门验符,果然相合,遂启城纳入。是时城内官民,未得开县败报,个个放心安睡,不意到了夜半,炮声震地,火光烛天,大家从睡梦中惊醒,还是莫名其妙,至开门四望,好几个做了无头之鬼,才知贼兵入城,霎时间阖城鼎沸,全局瓦解,知府王承曾潜自出走,望见城门洞开,一溜烟的跑了出去。兵备副使张克俭、推官郦曰广、游击黎民安,仓猝巷战,只落得临阵捐躯,表忠千古。旌扬忠烈,阐发幽光。贼众纵火焚襄王府,襄王翊铭系仁宗子瞻墡六世孙,嗣爵袭封,至是被虏,由贼众拥至南城楼。献忠高坐堂皇,见襄王至,命左右持一杯酒,劝王令饮,且语道:"王本无罪,罪在杨嗣昌。但嗣昌尚在川境,不能取他首级,只好把王头一借,令嗣昌陷藩得罪,他日总好偿王性命,王宜努力尽此一杯!"悍贼亦解调侃。襄王不肯遽饮,顿时恼动献忠,将他杀害,投尸火中。宫眷殉节,共四十三人。还有未死宫女,都被贼众掠去,任意淫污。所有军资器械,悉为贼有。献忠觅得自己妻妾,尚在狱中,不禁喜慰,遂发银十五万两,赈济难民。乐得慷慨。留居二日,又渡江陷樊城,破当阳,入光州。杨嗣昌方追贼出川,至荆州沙市,闻襄阳失陷,急得魂魄俱丧,飞檄左良玉军往援,已是不及。寻又闻李自成陷河南府,福王常洵被害,不禁掩泣道:"我悔不听万元吉言,今已迟了。"言已,呕了好几口鲜血,又自叹道:"失二名郡,亡两亲藩,此系何等重事,皇上岂肯赦我?我不若自尽,免得身首两分。"遂绝粒数日,竟致饿死。还算硬朗。

看官听说!前回说到李自成穷蹙无归,亏得老回回留他在营,卧病半年,才得逃生,此时何故势焰复盛,陷入河南呢?说来话长,且听小子说明底细。自成率领残众,窜入函谷关,又被官军围住,不得他逸,意图自尽。经养子李双喜力劝乃止。官军围攻甚急,杨嗣昌时在襄阳,独檄令军中道:"围师必缺,不若空武关一路,令他出走,追擒未迟。"又是他的妙计,放令出柙。诸将依令而行。自成将所掠妇女,尽行杀毙,单率五十骑,从武关逃出郧阳,纠合诸贼,再出淫掠。总兵贺人龙等屡剿屡胜,擒滚地狼,斩蝎子块,所有混十万、金翅鹏、扫地王、小秦王、托天王、过天星、关索、满天星、张妙子、邢家米及自成部将火天王、镇天王、九条龙、小红狼、九梁星等贼,相继投诚。惟自成始终不降。

自成有骁将刘宗敏,本蓝田县锻工,随从自成,独得死力,至是见众势日蹙,亦欲归降官军,自成察得隐情,便邀他走入丛祠密语道:"人言我当为天子,不意一败至此。现有神明在上,且向神一卜,如若不吉,你可断了我首,往投官兵。"宗敏闻言,即与自成一同叩祷,三卜三吉。神明亦助剧贼,想是劫数难逃。宗敏跃起道:"神明指示,谅必不差,我当誓死从汝。"自成

第九十六回 失襄阳庸帅自裁 走河南逆闯复炽

乃道："官军四逼，除非人自为战，无可突围。我的妻小前已失去，所掠妇女亦都杀死，单剩一个光身子，倒也脱然无累。只兄弟们多带眷属，未免累坠，一时不能尽走，奈何？"宗敏道："总教你得做皇帝，撇去几个妻妾，亦属何妨。"随即相偕归营。到了次日，宗敏携着两颗首级，入见自成。自成问首级何来，宗敏道："这是我两妻的头颅，杀死了她，可同你突围，免生罣碍。"自成大喜道："好！好！"人家杀死妻妾，还连声称好，可见得是盗贼心肠。宗敏把两妻首级，掷示余党道："古人说的妻子如衣服，衣服破碎，尽可改制，我已杀死两妻，誓保闯王出围，诸君如或同志，即请照办。他日富贵，何愁没有妻妾，否则亦任令自便。"贼党被他激动，多半杀死妻孥，誓从闯王。又是许多妇女晦气。自成又尽焚辎重，微服轻骑，从郧阳走入河南。适河南大饥，斗斛万钱，自成沿路鼓煽，不到一月，又得众数万人，破宜阳，陷永宁，连毁四十八寨，势又猖獗。

杞县举人李信，系逆案中李精白子，尝出粟赈济饥民，百姓很是感德，争呼李公子活我。会绳妓红娘子作乱，把李信掳去，见他文采风流，硬迫他为夫妇。李信勉强应允，趁着空隙，孑身逃归。地方官糊涂得很，说他是盗，拘系狱中。红娘子闻知，竟来劫牢，饥民相率趋附，戕官破狱，把信救出。信见大祸已成，不得不求一生路，遂与红娘子及数百饥民，往投自成，备陈进行规画。自成大喜，与他约为兄弟。同是姓李，应做弟兄。信改名为岩，且遗书招友，得了一个牛金星。金星系卢氏县举人，因磨勘被斥，颇怨朝廷，既得信书，遂挈了妻女，往依自成，为主谋议。自成初妻韩氏，本属娼家出身，在米脂时，与县役盖君禄通，被自成一同杀死，旋即为盗，掠得邢家女郎，作为继妻。邢氏矫健多智，自成令掌军资，每日发给粮械，必由贼目面领。翻天鹞高杰，曾在自成部下，尝至邢氏营领械支粮，邢氏看他状貌魁梧，躯干伟大，不由得意马心猿，暗与他眉来眼往。高杰也是个色中饿鬼，乐得乘势勾引，遂瞒着自成，背地苟合。既有红娘子，又有邢氏，正是无独有偶。两人情好异常，想做一对长久夫妻，竟乘夜潜遁，降顺官军。自成失了邢氏，又掠得民女为妻，潼关一战，仍然失去。牛金星既依自成，情愿将自己爱女，奉侍巾栉，又荐一卜人宋献策。献策长不满三尺，通河洛数，见了自成，陈上谶记，有"十八子主神器"六字十八子隐寓李字。自成大喜，封为军师。李岩又劝自成不妄杀人，笼络百姓，复将所掠财物，散给饥民。百姓受惠，不辨为岩为自成，但浑称："李公子活我。"岩又编出两句歌谣，令儿童随处唱诵，歌词是"迎闯王，不纳粮"二语。前六字，后亦六字，语不在多，已足煽乱。百姓方愁加税，困苦不堪，听了这两句歌词，自然欢迎闯军。

自成遂进攻河南府，府为福王常洵封地，母即郑贵妃，受赏无算，豪富甲天下（应七十九回）。先是援兵过洛，相率哗噪，统称王府金钱山积，乃令我等枵腹死贼，殊不甘心。前尚书吕维祺在籍家居，适有所闻，即劝王散财饷士，福王不从。至自成进攻，总兵陈绍禹等入城守御，绍禹部兵多变志，从城上呼贼，贼亦在城下相应，互作笑语。副使王胤昌厉声呵禁，被绍禹兵拘住。绍禹忙为驰解，兵士竟噪道："敌在城下，还怕总镇甚么？"自成见城上大哗，立命贼众登城，贼皆缘梯上升，城上守兵并不堵御，反自相戕害，绍禹遁去。贼众趁势拥入，竞趋福王府。福王常洵与世子由崧，慌忙逸出，被贼众入府焚掠，所有金银财宝，一扫而空。守财虏听者！自成大索福王，四处搜寻，福王正匿迎恩寺，遇前尚书吕维祺。维祺道："名义甚重，王毋自辱！"语尚未毕，贼众大至，将福王一把抓住，连那尚书吕维祺也一并被拘。惟福王世子由崧，赤身走脱（后来就是弘光帝）。自成怒目数福王罪，吓得他觳觫万状，匍匐乞命。维祺又羞又恼，不由得愤怒交迫，诟骂百端。自成大怒，喝将维祺杀死，一面见福王体肥，指语左右道："此子肥壮，可充庖厨。"侍贼应命，将福王牵入厨中，洗剥腐割，醢作肉糜。又由自成命令，羼入鹿肉，并作菹酱，随即置酒大会，取出肉菹，令贼目遍尝，且与语道："这便是福禄酒，兄弟们请畅饮一卮！"言毕大笑。贼众无不雀跃。欢宴三日，又搜掘富室窖藏，席卷子女玉帛，捆载入山，令书办邵时昌为总理官，居守府城，自率众围开封。巡抚李仙风正率军阻贼，与贼相左，那时开封城内，只留巡按高名衡及副将陈永福等数人，幸城高且坚，尚得固守。周王恭枵，系太祖第五子橚十世孙，嗣爵开封，因发库金五十万，募死士击贼，贼毙甚众，退避数舍。可巧李仙风收复河南府，复督军还援，内外夹击，一日三捷，自成乃解围引去。福王惜金被虏，周王发金解围，得失昭然。道遇罗汝才率众来会，势复大震。

汝才本与献忠合，因献忠陷入襄阳，所得财帛，悉数自取，遂为之不怿，自引部众投自成。自成已拥众五十万，至是益盛。会献忠东犯信阳，为左良玉等所败，众散且尽，所从止数百骑，亦奔投自成。自成佯为招纳，暗中却有意加害。还是汝才入白自成，谓不如使扰汉南，牵制官军，自成点首称善。汝才乃分给五百骑，纵使东行，自偕闯众掠新蔡。陕西总督傅宗龙与保定总督杨文岳，方率总兵贺人龙、李国奇等，出关讨贼，途次为闯、罗二贼所袭，人龙先走，国奇继溃，文岳亦径自驰去。单剩宗龙孤军当贼，被围八日，粮尽矢绝，夜半出走，宗龙马蹶被执，贼拥宗龙攻项城，大呼道："我等是秦督官军，快开门纳秦督！"宗龙亦奋呼道："我是秦督傅宗龙，不幸堕入贼手，左右皆贼，毋为所绐！"贼怒甚，抽刀击宗龙，中脑立仆，尚厉声骂贼。寻被贼劓鼻削耳，遂惨死城下。小子有诗叹道：

呆卿骂贼光唐史，
洪福罟奸报宋朝。
明季又传傅总督，

沙场应共仰忠标。

宗龙被杀，贼众遂猛攻项城，毕竟项城是否被陷，且至下回表明。

本回全叙闯、献事，闯、献两贼非有奇材异能，不过因饥煽乱，啸聚为患耳。假令得良将以讨伐之，则贼焰未张，其势可扑；贼锋屡挫，其弱可擒；贼党自离，其衅可间。虽百闯、献，不难立灭。乃献忠屡降而不之诛，李闯屡败而不之掩，一误于陈奇瑜，再误于熊文灿，三误于杨嗣昌，而闯、献横行，大局乃瓦解矣。襄阳陷而粮械空，河南失而财帛尽，腹心既敝，手足随之，观于此回，而已决明之必亡矣。

第九十六回　失襄阳庸帅自裁　走河南逆闯复炽

第九十七回 决大河漂没汴梁城 通内线恭进田妃扇

却说陕督傅宗龙惨死项城，全军覆没。项城孤立无援，怎禁得数十万贼兵？当即被陷，阖城遭难。贼又分众屠商水、扶沟，进陷叶县，杀死守将刘国能。国能就是闯塌天，初与自成、汝才结为兄弟，旋降官军，为汝才所恨，遂乘胜入城，拘住国能，责他负约，把他杀害。再进攻南阳，总兵猛如虎正在南阳驻守，凭城拒战，杀贼数千，嗣因众寡不敌，城被贼陷。如虎尚持着短刀，奋力杀贼，血满袍袖，力竭乃亡。唐王聿镇，系太祖第二十三子桱七世孙，袭封南阳，至是亦为所害。贼众连陷邓县等十四城，再攻开封。开封巡抚李仙风，已坐罪被逮，由高名衡代为巡抚。名衡及副将陈永福登陴力御，矢石齐下。李自成亲自招降，被永福拈弓搭箭，飕的一声，正中自成左目。自成大叫一声，几晕马下，经贼众掖住，始得回帐，便勒众退至朱仙镇养病去了。惜不射死了他。

先是陕抚汪乔年接奉密旨，令掘自成祖茔。乔年即饬米脂县令边大绶，遵旨速行。大绶募役往寻，一时无从搜掘，嗣捕得李氏族人，讯明地址，乃迫令导引，去县城二百里，乱山中有一小村，叫作李氏村，约数十家，逾村又里许，蹊径愈杂，荒塚累累，有十六塚聚葬一处。内有一塚，谓系自成始祖坟，穴由仙人所造，圹内置有铁钉錾，仙人言："铁钉不灭，李氏当兴"云云。大绶即督役开掘，穴发过半，但见蝼蚁围集，火光荧荧，再斫棺验视，尸骨犹存，黄毛遍体。脑后有一穴，大如制钱，中蟠赤蛇长三四寸，有角隆然，见日飞起，高约丈许。经兵役奋起力劈，蛇五伏五起，方才僵毙。乔年乃拾尸颅骨，并腌腊死蛇，遣官赍奏。未几，自成即被射中左目，伤瞳成瞽，世人因称为独眼龙。堪舆之言不可尽信，若果风水被破，则自成应被射死，何至仅中左目？

汪乔年以李坟已破，遂会师出讨，得马步军三万名，令贺人龙等分领各军，兼程东下，直抵襄阳城。襄阳新遭兵燹，守备未固，乔年迟疑不敢入。襄

城贡士张永祺率邑人出迎,不得已屯扎城下,立营才定,贼兵大至,贺人龙等未战即溃,余众骇散,只剩乔年亲卒二千名,随乔年入城拒守。贼尽锐猛攻,历五昼夜,守兵伤亡过半,遂被陷入。乔年自刎未死,猝遇贼兵,将他絷去,骂贼罹害。自成立索永祺,永祺匿免。吕氏本支共九家,杀得一个不留。又因此恨及诸生,捕得二百人,一半刖足,一半割鼻,并杀守将李万庆。万庆就是射塌天,弃贼降官,因遭杀死。贼众一住数日,复出陷河南各州县,进攻开封。贺人龙等溃入关中,沿途淫掠,不亚流寇。左良玉逗兵郾城,只说是防堵献忠,并不赴援。

河南警报到京,日必数起,急得怀宗没法,只好向诏狱中释出孙传庭,再三奖劳,授为兵部侍郎,令督京军援开封。急时抱佛脚,毋乃太晚。传庭行至中途,又接旨令任陕督,且密谕诛贺人龙。原来自成再围开封,仍然未克。开封军报少纾乃调传庭入陕,另简兵部侍郎侯恂出援开封。传庭不敢违慢,便驰入秦中,召集各将。固原总兵郑家栋、临洮总兵牛成虎、援剿总兵贺人龙等,均率兵来会,传庭不动声色,一一接见,至人龙参谒,即叱令左右,将他拿下。人龙自称无罪,传庭正色道:"你尚得称无罪么?新蔡、襄城迭丧二督,都是你临阵先逃的缘故。就是从前开县噪归,献贼出枊,迄今尚未平定。你自己思想,应该不应该么?"遂不由人龙再辩,将他斩首,诸将均战栗失容。人龙勇力过人,初出剿寇,杀贼甚众,贼

呼为贺疯子,及为杨嗣昌所欺,始有变志,正法以后,贼众酌酒相庆,争说贺疯子已死,取关中如拾芥了。贺人龙之罪应该论死,但亦为杨嗣昌所误,我嫉人龙,我尤嫉嗣昌。

孙传庭既诛贺人龙,即命将人龙部兵分隶诸将,指日讨贼。适朝旨又下,命他速率陕军,驰援开封。开封佳丽为中原冠,贼众久欲窥取,只因城坚守固,急切难下。自成前后三攻,总想把他夺去。明廷恰也注意开封,令河南督师丁启睿,保定总督杨文岳及左良玉、虎大威、杨德政、方国安四总兵,联军赴援。再命兵部侍郎侯恂作为后劲,总道是兵多势厚,定可胜贼,哪知各军到了朱仙镇,与贼垒相望,左良玉先不愿战,拔营径去,诸军继溃,启睿、文岳也联骑奔汝宁,是谓土崩,是谓瓦解,反被贼众追击,掠去辎重无数。朝旨逮问启睿,谴责文岳,仍促孙传庭出关会剿(此段是承上起下文字)。传庭上言:"秦兵新募,不能速用,应另调别军。"廷议只促他出师,传庭不得已启行。甫至潼关,接得河南探报,开封失陷。传庭大惊,问明侦骑,才知开封被陷详情。开封被围日久,粮械俱尽,人且相食。周王恭枵先后捐金百余万,复捐岁禄万石,赡给守兵,仍不济事。高名衡因城濒大河,密令决河灌贼,期退贼军,偏偏被贼骑侦悉,移营高阜,亦驱难民数万决河。河水自北门灌入,穿出东南门,奔声如雷,士民溺死数十万。名衡猝不及防,忙与副将陈永福等乘舟登城,城内水势愈涨,周王府第尽成泽

国。王率宫眷及世子，从后山逸出，露栖城上七昼夜。幸督师侯恂率舟迎王，王乃得脱。这尚是捐金的好处，否则不为贼虏，百姓亦未必容他自走。名衡等见不可守，亦航舟出城，贼遂浮舟突入，搜掠城中，只有小山土阜及断垣残堞上面尚有几个将死未死的难民，一古脑儿掳将拢来，不过数千人。此外满城珍宝尽已漂没，贼亦无可依恋，但将所遗子女掠入舟中，驶出城头。河北诸军遥用大炮轰击，贼舟或碎或沉，或弃舟逸去，被掠子女夺回一半。

贼众竟移攻南阳，传庭因得此警报，倍道至南阳城，用诱敌计，杀败自成。自成东走，沿路抛弃粮械。陕军正愁冻馁，恣意拾取，无复纪律。不意贼众又转身杀来，一时措手不迭，当即奔溃。传庭也禁喝不住，没奈何回马西走，驰入关中。自成声势大震，老回回、革里狼、左金王、争世王、乱世王五营，统归入自成，连营五百里，再屠南阳，进攻汝宁，总兵虎大威中炮身亡。保定总督杨文岳正走入汝宁，城陷被执，大骂自成。自成令缚至城南，作为炮的，几声轰发，可怜这文岳身中受了无数弹子，洞胸糜骨，片刻而尽。兵备金事王世琮前屡却贼，中矢贯耳，仍不为动，贼呼为王铁耳，至是亦被执不屈，均遭杀害。知府傅汝为以下一同殉难。河南郡县，至此尽行残破，朝廷不复设官。遗民各结寨自保，如洛阳李际遇、汝宁沈万登、南阳刘洪起兄弟，自集民兵数万，或受朝命，或通贼寨，甚或自相吞并，残杀不已，中原祸乱，已达极点。张献忠且乘隙东走，据亳州，破舒城，连陷庐州、含山、巢、庐江、无为、六安诸州县，径向南京，下文再行交代。

且说清太宗雄据辽沈，闻中原鼎沸，不可收拾，正好来作渔翁，实行收利。当下入攻锦州，环城列炮，抢割附近禾稼，作为军粮。城中守兵出战，统被击退。蓟、辽总督洪承畴及巡抚邱民仰，调集王朴、唐通、曹变蛟、吴三桂、白广恩、马科、王廷臣、杨国柱八总兵，统兵十三万赴援，到了松山，被清兵截击，败了一阵。最要紧的是辎重粮草，屯积塔山，也被清兵劫去。承畴部军大溃，八总兵逃去六人，只有曹变蛟、王廷臣两总兵，随着洪、邱两督抚，被困松山，相持数月，粮尽援绝，副将夏承德竟将松山城献了清军，开门延敌。邱民仰自杀，曹变蛟等战殁，承畴披掳，杏山、塔山一齐失守。怀宗闻警，不胜惊悼，且闻承畴已经死节，诏令设坛都城，赐承畴祭十六坛，民仰六坛，并命建立专祠，洪、邱并列，正拟亲自临奠，那关东传来奏报，承畴竟叛降清廷，不禁流涕太息，愁闷了好几日（松山战事，详见《清史演义》，故此特从略）。

兵部尚书陈新甲，以国内困敝，密奏怀宗，与清议和，怀宗颇也允从，嘱令新甲缜密，切勿漏泄。何必如此。新甲遂遣职方郎中马绍愉，赍书赴清营，与商和议。清太宗倒也优待，互议条款。绍愉当即密报新甲，新甲阅毕，置诸几上，竟忘检藏，家僮误为塘报，付

诸钞传,顿时盈廷闻知,相率大哗。言官交劾新甲,到了此时,还要意气用事,口舌相争,实是可杀!怀宗以新甲违命,召入切责,新甲不服,反诩己功,遂忤了上意,下狱论死。清太宗以和议无成,攻入蓟州,分道南向,河间以南多失守。至山东连下兖州等府,攻破八十八城,鲁王以派为太祖第十子檀六世孙,袭封兖州,被执自杀。清兵又回入京畿,都城大恐。

复由大学士周延儒奉命督师,出驻通州。这延儒曾为温体仁所排,回籍有年,此时何复入相(见九十五回)。原来体仁免官后,即用杨嗣昌为首辅,所有旧任阁臣,如张至发、孔贞运、黄士俊、傅冠、刘宇亮、薛国观等,或免职,或得罪,另用程国祥、蔡国用、方逢年、范复粹及姚明恭、张四知、魏照乘、谢陞、陈演等一班人物,尤觉庸劣不堪,朝进暮退。怀宗复记及周延儒,可巧延儒正夤缘复职,私结内监,贿通宠妃,遂因此传出内旨,召延儒重为辅臣。看官欲问宠妃为谁?就是小子九十回中叙及的田贵妃。田妃陕西人,后家扬州,父名弘遇,以女得贵,受职左都督。弘遇以商起家,素好侠游,购蓄歌妓,恣情声色,田妃生而纤妍,长尤秀慧,弘遇遂延艺师乐工,指授各技,一经肄习,无不心领神会。凡琴棋书画,暨刺绣烹饪诸学,俱臻巧妙。尤善骑射,上马挽弓,发必中的,确是个神仙俦侣,士女班头。既入信邸,大受怀宗宠幸。如此好女,我愿铸金拜之,无怪怀宗宠爱。怀宗即位,册为礼妃,嗣进皇贵妃,每宴见时,不尚妆饰,尤觉得楚发如云,美颜如玉,芳体如兰,巧舌如簧,有时对帝鼓琴,有时伴帝奏笛,有时与帝弈棋,无不邀怀宗叹赏。又尝绘群芳图进呈,仿佛如生,怀宗留供御几,随时赏玩。一日,随怀宗校阅射场,特命她骑射,田妃应旨上马,六辔如丝,再发并中。内侍连声喝采,怀宗亦赞美不已,赏赉有加。

惟田妃既受殊遇,自炫色泽,免不得恃宠生骄,非但六宫妃嫔看不上眼,就是正位中宫的周皇后及位次相等的袁贵妃,亦未曾放入目中。这是妇女通病。如秀外慧中之田贵妃,犹蹈此习,令人叹惜!周皇后素性严慎,见她容止骄盈,往往裁以礼法。一年,元日甚寒,田妃循例朝后,至坤宁宫庑下,停车候宣。等了半晌,并没有人宣入,庑下朔风猎猎,几吹得梨涡成冻,玉骨皆皲。周后亦未免怀妒,累此美人儿受寒。及密询宫监,才知袁贵妃先已入朝,与后坐谈甚欢,因将她冷搁庑下。至袁妃退出,方得奉召入见。后竟华服升座,受她拜谒,拜毕亦不与多言,令即退去,气得田妃玉容失色,愤愤回宫。越日得见怀宗,即呜呜泣诉,经怀宗极力劝慰,意乃少解。

过了月余,上林花发,怀宗邀后妃赏花,大众俱至,田妃见了周后,陡触着前日恨事,竟背转娇躯,佯若未见。周后瞧不过去,便走近上前,诉称田妃无礼。怀宗亦佯若不闻,周后仍然絮述,反至怀宗惹恼,挥肱使退。怀宗颇有膂力,且因心中恼恨,挥手未免少重,周后立足不住,竟跌仆地上,宫人慌忙搀扶,走过了十二名,才将周后掖起。后泣道:"陛下不念为信王时,魏阉用事,日夜忧虑,只陛下与妾两人,共尝苦境,今日登九五,乃不念糟糠妾么?妾死何难?但陛下未免寡恩。"言讫,径返坤宁宫。越三日,怀宗召坤宁宫人,问后起居,宫人答言:"皇后三日不食。"怀宗为之恻然,即命内监持貂鬓赐后,传谕慰解,且令田妃修省。后乃强起谢恩,勉为进餐。惟田妃宠眷,仍然未衰。周延儒得悉内情,遂向田妃处打通关节,托为周旋。怀宗因四方多事,夜幸西宫,亦常愁眉不展,田妃问长道短。由怀宗说入周延儒,遂旁为怂恿,即日传旨召入延儒,仍为大学士。

怀宗非常敬礼,尝于岁首受朝毕,下座揖延儒道:"朕以天下托先生。"言罢,复总揖诸阁臣。怎奈延儒庸驽无能,阁臣又只堪伴食,坐令中原涂炭,边境丧师,驯至不可收拾。到了清兵入境,京都戒严,延儒也觉抱愧,自请视师。怀宗尚目为忠勤,比他为召虎裴度,并赐白金文绮上驷等物。延儒出驻通州,并不敢战,惟日与幕友饮酒自娱,想学谢安石耶?一面伪报捷状。怀宗信以为真,自然欣慰,进至西宫,与田妃叙欢。宫中后妃,要算田妃的莲钩最为瘦削,如纤纤春笋一般。差不多只有三寸。是日应该有事,怀宗瞧见田妃的绣舄,精巧异常,不由得将它举起。但见绣舄上面,除精绣花鸟外,恰另有一行楷书,仔细一瞧,乃是"周延儒恭进"五字,也用金线绣成,顿时恼动了怀宗皇帝,面责田妃道:"你在宫中,何故交通外臣?真正不得了!不得了!"田妃忙叩头谢罪,怀宗把袖一拂,掉头径去。后人有诗咏此事道:

花为容貌玉为床,
白日承恩卸却妆。
三寸绣鞋金缕织,
延儒恭进字单行。

未知田贵妃曾否遭谴,且至下回再详。

李自成灌决大河,汴梁陆沈,腹心已溃,明之亡可立足待矣。说者多归咎高名衡,谓名衡自溃其防,坐令稽天巨浸,反资贼手。吾以为名衡固未尝无咎,但罪有较大于名衡者,左良玉诸人是也。四镇赴援,良玉先走,开封被围日久,饷尽援穷,至于人自相食,名衡为决河计,亦出于万不得已之策,其计固非,其心尚堪共谅。假使此策不用,城亦必为贼所陷。自成三攻乃下,必怒及兵民,大加屠戮,与其汙刃而死,何若溺水而死?且精华尽没,免贵寇盗,不犹愈于被掠乎?惟怀宗用人不明,坐令蹇帅庸相,丧师失地,殊为可痛。至清兵入犯,复令一庸鄙龌龊之周延儒,出外督师,讳败为胜,推原祸始,实启宠妃。传有之:"谋及妇人,宜其死也。"怀宗其难免是责乎?

第九十八回　扰秦楚闯王僭号　掠东西献贼横行

却说田贵妃所着绣鞋，上有"周延儒恭进"五字，顿时恼动天颜，拂袖出去，即有旨谴谪田妃，令移居启祥宫，三月不召。既而周后复侍帝赏花，袁妃亦至，独少田妃。后请怀宗传召，怀宗不应。后令小太监传达懿旨，召使出见，田妃乃至。玉容憔悴，大逊曩时，后也为之心酸，和颜接待，并令侍宴。夜阑席散，后劝帝幸西宫，与田妃续欢，嗣是和好如初。可见周后尚持大度。惟田妃经此一挫，常郁郁不欢，且因所生皇五子慈焕及皇六七子，均先后殇逝，尤觉悲不自胜，渐渐的形销骨立，竟致不起。崇祯十五年七月病殁。怀宗适祷祀群望，求疗妃疾，回宫以后，入视妃殓，不禁大恸。丧礼备极隆厚，且加谥为"恭淑端慧静怀皇贵妃"。亏得早死二年，尚得此饰终令典，是美人薄命处，亦未始非徼福处。

田妃有妹名淑英，姿容秀丽，与乃姊不相上下，妃在时曾召妹入宫，为帝所见，赠花一朵，令插髻上。及妃病重，亦以妹属托怀宗。怀宗颇欲册封，因乱势愈炽，无心及此，只命赐珠帘等物，算作了事。国破后，淑英避难天津，珠帘尚在，寻为朝士某妾，这也不在话下。

且说周延儒出驻数月，清兵复退，延儒乃还京师。怀宗虽心存鄙薄，但因他却敌归朝，不得不厚加奖励。嗣经锦衣卫掌事骆养性，尽发军中虚诈情事，乃下旨切责，说他蒙蔽推诿，应下部议。延儒亦席藁待罪，自请戍边。怀宗怒意少解，仍不加苛求，许令驰驿归田。还是田妃余荫。又罢去贺逢圣、张四知，用蒋德璟、黄景昉、吴甡为大学士，入阁办事。

是时天变人异，不一而足，如日食、地震，太白昼现，荧惑逆行诸类，还算是寻常变象。最可怪的，是太原乐静县民李良雨，忽变为女，松江莫翁女已适人，忽化为男，密县民妇生旱魃，河南草木，有战斗人马及披甲持矛等怪状。宣城出血，京师城门哭，声如女子啼。炮空鸣，鬼夜号。蕲州有鬼，白日成阵，行墙屋上，揶揄居人，奉先殿上，鸱吻落地，变为一鬼，披发出宫。沅州、铜仁连界处，掘出古碑，上有字二行云："东也流，西也流，流到天南有尽头。张也败，李也败，败出一个好世界。"又于五凤楼前得一黄袱，内有小函，题词有云："天启七，崇祯十七，还有福王一。"到了崇祯十六年正月，京营巡捕军，夜宿棋盘街，方交二鼓，忽来一老人，嘱咐巡卒道："夜半子分，有妇人缟素泣涕，自西至东，慎勿令过！若过了此地，为祸不浅，鸡鸣乃免。我系土神，故而相告。"言毕不见。

巡卒非常诧异，待至夜半，果见一妇人素服来前，当即出阻，不令前行，妇人乃返。至五鼓，巡卒睡熟，妇已趋过，折而东返，蹴之使醒，并与语道："我乃丧门神，奉上帝命，降罚此方，你如何误听老人，在此阻我：现有大灾，你当首受！"言讫自去。行只数武，也化气而去。巡卒骇奔，归告家人，言尚未终，仆地竟死。既有丧门神，奉天降罚，土地也不能阻挠。且土地嘱咐巡卒，虽系巡卒自误，也不至首受疫灾，此事未能尽信。疫即大作，人鬼错杂，每届傍晚，人不敢行。商肆贸易，多得纸钱，京中方哗扰未已，东南一带，又迭来警报（李自成已陷承天，张献忠又占武昌，闯、献僭号，自此为始，故另笔提出）。小子惟有一枝秃笔，只好依次叙来。

自成连陷河南诸州县，复走确山，向襄阳，并由汝宁掳得崇王由樻，令他沿路谕降。由樻系英宗第六子见泽六世孙，嗣封汝宁，自成把他执住，胁令投降。由樻似允非允，暂且敷衍度日。自成乃带在军间，转趋荆、襄诸郡，迭陷荆州、襄阳，进逼承天。承天系明代湖广省会，仁宗、宣宗两皇陵，卜筑于此。巡抚宋一鹤偕总兵钱中选、副使张凤翥、知府王玑、钟祥令萧汉固守，相持数日。偏城中隐伏内奸，暗地里开城纳贼，贼众一拥入城。宋一鹤下城巷战，将士劝一鹤出走，一鹤不听，挥刀击杀贼数人，身中数创而死，总兵钱中选等亦战殁。惟萧汉被执，幽禁寺中。自成素闻汉有贤声，戒部众休犯好官，并嘱诸僧小心服侍，违令当屠。剧贼亦推重贤吏。汉自贼众出寺，竟自经以殉。自成改承天府为扬武州，自号顺天倡义大元帅，称罗汝才为代天抚民德威大将军，遂率众犯仁宗陵。守陵巡按李振声迎降，钦天监博士杨永裕叩谒自成马前，且请发掘皇陵。天良何在？忽闻陵中暴响，声震山谷，仿佛似地动神号一般，自成恰也惊慌，饬令守护，不得擅掘。明代令辟，无逾仁宗，应该灵爽式凭。

先是自成毫无远图，所得城邑，一经焚掠，便即弃去。至用牛金星、李岩等言，也行点小仁小义，收买人心，且因河南、湖、广已为所有，得众百万，自以为无人与敌，俨然想称孤道寡起来。牛金星献策自成，请定都荆、襄，作为根本，自成甚以为然，遂改襄阳为襄京，修葺襄王旧殿，僭号新顺王，创设官爵名号，置五营二十二将，上相左辅右弼六政府，要地设防御使，府设尹，州设牧，县设令，降官降将，各授

伪职。并封故崇王由樻为襄阳伯，嗣因由樻不肯从令，把他杀害。杨永裕且靦然劝进，牛金星以为时尚未可，乃始罢议。自成以革、左诸贼比肩并起，恐他不服，遂用李岩计，佯请革里狼、左金王入宴，酒酣伏发，刺死两人。兼并左、革部众。又遣罗汝才攻郧阳，日久未下，自成亲率二十骑，夜赴汝才营，黎明入帐，汝才卧尚未起，自成即饬骑士动手，把汝才砍作数段，一军皆哗，七日始定。于是流寇十三家七十二营，降死殆尽，惟李自成、张勉忠二寇，岿然独存，势且益炽。

河南开州盗袁时中，最为后起，横行三年，至是欲通款明廷，亦被自成分兵击死。自成行军，不许多带辎重，随掠随食，饱即弃余，饥且食人。所掠男子令充兵役，所掠妇女随给兵士为妻妾。一兵备马三四匹，冬时用裯褥裹蹄。割人腹为糟，每逢饲马，往往将掠得人民，割肉取血，和刍为饲。马已见惯，遇人辄锯牙欲噬。临阵必列马三万，名三垛墙，前列反顾，后列即将它杀死，战久不胜，马兵佯败，诱敌来追。步卒猝起阻截，统用长枪利槊，击刺如飞。骑兵回击，无不大胜。自成所著坚甲，柔韧异常，矢镞铅丸，都不能入。有时单骑先行，百万人齐跟马后，遇有大川当前，即用土囊阻塞上流，呼风竟渡。攻城时更番椎凿，挖去墙中土石，然后用柱缚绳，系入墙隙，再用百余人猛力牵曳，墙辄应手坍倒，所以攻无不陷，如或望风即降，入城时概不杀戮；守一日，便杀死十分中的一二；守

第九十八回 扰秦楚闯王僭号 掠东西献贼横行

两日，杀死加倍；守三日，杀死又加倍；三日以上，即要屠城，杀人数万，聚尸为燎，叫作打亮。各种残酷情状，惨不忍闻。

自成有兄，从秦中来。数语未合，即将他杀死。惟生平纳了数妻，不生一子，即以养子李双喜为嗣。双喜好杀，尤过自成，自成在襄阳，构殿铸钱，皆不成，令术士问紫姑，数卜不吉。紫姑亦知天道耶？因立双喜为太子，改名洪基，铸洪基年钱，又不成，正在愤闷的时候，闻陕督孙传庭督师出关，已至河南，他即尽简精锐，驰往河南抵御。前锋至洛阳。遇总兵牛成虎，与战败绩，宝丰、唐县皆为官军克复。自成忙率轻骑赴援，至郏县，复被官军击败，自成狂奔得脱。贼众家眷多在唐县，自唐县克复，所有流贼家口，杀戮无遗，贼因是恸哭痛恨，誓歼官军。孙传庭未免失计。会天雨道泞，传庭营中，粮车不继，自成复遣轻骑出汝州，要截官军粮道。探马报知传庭，传庭即遣总兵白广恩，从间道迎粮，自率总兵高杰为后应，留总兵陈永福守营。传庭既行，永福兵亦争发，势不可禁，遂为贼众所乘，败退南阳。传庭即还军迎战，贼阵五重，已由传庭攻克三层，余二重悉贼精锐，怒马跃出，锐不可当。总兵白广恩引八千人先奔，高杰继溃，传庭亦支持不住，只好西奔。为这一走，被自成乘胜追击，一日夜逾四百里，杀死官军四万余人，掠得兵器辎重，不计其数。传庭奔河北，转趋潼关，自成兵随踪而至。高杰入禀传庭道："我军家属，尽

在关中，不如径入西安，凭坚扼守。"传庭道："贼一入关，全秦糜烂，难道还可收拾么？"遂决意闭关拒贼。已而自成攻关，广恩战败，传庭自登陴，督师力御，不料自成遣侄李过，绰号一只虎，从间道缘山登崖，绕出关后，夹攻官军，官军大溃。传庭跃马挥刀，冲入贼阵，杀贼数十名，与监军副使乔迁高同时死难。传庭一死，明已无人。自成遂长驱入秦，陷华阴、渭南，破华商、临潼，直入西安，据秦王宫，执秦王存枢，令为权将军。存枢系太祖次子樉九世孙，嗣封西安，至是竟降自成，惟王妃刘氏不降，语自成道："国破家亡，愿求一死。"自成不欲加害，独令存枢遣还母家。存枢无耻，何以对妻？巡抚冯师孔以下，死难十余人。传庭妻张氏在西安，率三妾二女，投井殉节。不没烈妇。布政使陆之祺等皆降，总兵白广恩、陈永福等亦降。永福曾射中自成目，踞山巅不下，经自成折箭为誓，乃降自成。自成屡陷名城，文武大吏，从未降贼，至此始有降布政，降总兵，惟高杰曾窃自成妻，独走延安，此时邢氏若在，应有悔心，为李过所追，折向东去。自成遂改西安为长安，称为西京。牛金星劝令不杀，因严禁杀掠，民间颇安。自成复率兵西掠，乃诣米脂县祭墓，改延安府为天保府，米脂为天保县，惟凤翔、榆林招降不从，自成亲攻凤翔，数日被陷，下令屠城，转攻榆林。兵备副使都任，督饷员外郎王家禄、里居总兵汪世钦、尤世威、世禄等，集众守陴，血战七昼夜，妇人孺子，皆发屋瓦击贼，贼死万人，城陷后阖城捐躯，无一生降，忠烈称最。贼复降宁夏，屠庆阳，韩王亶塉系太祖第二十子松十世孙，袭封平凉，被贼掳去，副使段复兴一门死节。贼复移攻兰州，雪夜登城。巡抚林日瑞、总兵郭天吉等战死，追陷西宁、甘肃，三边皆没。越年，自成居然僭号，国号顺，改元永昌，以牛金星为丞相，改定尚书六府等官，差不多似一开国主了。

明总兵左良玉，因河南陷没，无处存身，遂统帅部兵东下。张献忠正扰乱东南，为南京总兵刘良佐、黄得功等所阻，未能得志。又闻良玉东来，恐为所蹙，即移众沂江而上，迭陷黄梅、广济、蕲州、蕲水，转入黄州，自称西王。黄州副使樊维城，不屈被杀，官民尽溃，剩下老幼妇女，除挑选佳丽数名，入供淫乐外，余俱杀死，弃尸填堑。复西破汉阳，直逼武昌，参将崔文荣凭城战守，颇有杀获。武昌本楚王华奎袭封地，华奎系太祖第六子桢七世孙，前曾为宗人华越所讦，说系抱养楚宫，嗣因查无实据，仍得袭封（应七十九回）。华奎以贼氛日逼，增募新兵，为守御计，那知新兵竟开城迎贼，城遂被陷。文荣阵亡，华奎受缚，沉江溺死。故大学士贺逢圣罢相家居，与文荣等同筹守备，见城已失守，仓猝归家，北向辞主，载家人至墩子湖凿舟自沉，妻危氏，子觐明、光明，子妇曾氏、陈氏，孙三人，同溺湖中。逢圣尸沉百七十日，才得出葬，尸尚未腐，相传为忠魂未泯云。历述不遗，所以劝忠。献忠

第九十八回 扰秦楚闯王僭号 掠东西献贼横行

尽戮楚宗，惨害居民，浮骴蔽江，脂血寸积；楚王旧储金银百余万，俱被贼众劫去，辇载数百车，尚属未尽。何不先行犒军，免为内应？献忠改武昌为天授府，江夏为上江县，据楚王府，铸西王印，也居然开科取士，选得三十人，使为进士，授郡县官。

明廷以武昌失守，飞饬总兵左良玉，专剿献忠。良玉召集总兵方国安、常安国等，水陆并进，夹攻武昌，献忠出战大败，弃城西走。良玉遂复武昌，开府驻师。黄州、汉阳等郡县以次克复。献忠率众攻岳州，巡抚李乾德，总兵孔希贵等，三战三胜，终以寡不敌众，出走长沙。献忠欲北渡洞庭湖，向神问卜，三次不吉，他竟投笅诟神，麾众欲渡；忽然间狂风大作，巨浪掀天，湖中所泊巨舟，覆没了百余艘。何不待献忠半渡，尽行覆没，岂楚、蜀劫数未终，姑留此贼以有待耶？献忠大怒，尽驱所掠妇女入舟，放起大火，连舟带人，俱被焚毁，光延四十里，夜明如昼，献忠方才泄忿，由陆路赴长沙。长沙系英宗第七子见浚故封，七世孙慈煃嗣爵，料知难守，与李乾德会商，开门夜走。并挈惠王常润同趋衡州，投依桂王常瀛。常润、常瀛皆神宗子，常润封荆州，为李自成所逐，奔避长沙。常瀛封衡州，见三人同至，自然迎入。偏贼众又复驰至，桂王情急得很，忙与吉王、惠王等走永州。献忠入衡州城，拆桂王宫殿材木，运至长沙，构造宫殿，且遣兵追击三王。巡抚御史刘熙祚令中军护三王入广西，自入永州死守。永州复有内奸，迎贼入城，熙祚被执，囚置永阳驿中。熙祚闭目绝食，自作绝命词，题写壁上，贼再三谕降，临以白刃，熙祚大骂不已，遂为所害。献忠又陷宝庆、常德，掘故督师杨嗣昌墓，枭尸见血。再攻辰州，为土兵堵住，不能行进，乃移攻道州。守备沈至绪，出城战殁，女名云英，涕泣誓师，再集败众，突入贼营。贼众疑援军骤至，仓皇骇散。云英追杀甚众，夺得父尸而还，州城获全。事达明廷，拟令女袭父职，云英辞去，后嫁昆山士人王圣开，种梅百本，阶隐以终。也是一个奇女。献忠复东犯江西，陷吉安、袁州、建昌、抚州诸府及广东南韶属城，嗣因左良玉遣将马士秀、马进忠等，夺还岳州，进复袁州，遂无志东下，转图西略，竟将长沙王府，亦甘心弃去，挈数十万众，渡江过荆州，尽焚舟楫，窜入四川去了。献忠志在偏隅，不及自成远甚。

怀宗以中原糜烂，食不甘味，寝不安席，默溯所用将相，均不得人，乃另选吏部侍郎李建泰副都御史方岳贡，以原官入直阁务。寻闻自成僭号，惊惶益甚，拟驾出亲征，忽接得自成伪檄一道，其文云：

新顺王李，诏明臣庶知悉！上帝监视，实惟求莫，下民归往，祇切来苏。命既靡常，情尤可见。尔明朝久席泰宁，浸弛纲纪，君非甚暗，孤立而炀蔽恒多；臣尽行私，比党而公忠绝少。赂通宫府，朝端之威福日移；利擅宗绅，闾左之脂膏殆尽。公侯皆食肉纨袴，而倚为腹心，宦官悉乾糇犬豕，而借其耳目。狱囚累累，士无报礼之心；征敛重重，民有偕亡之恨。肆昊天丕穷乎仁爱，致兆民爰苦乎祲灾。朕起布衣，目击憔悴之形，身切痌痎之痛，念兹普天率土，咸罹困穷，讵忍易水燕山，未甦汤火，躬于恒冀，绥靖黔黎。犹虑尔君若臣未达帝心，未喻朕意，是以质言正告，尔能体天念祖，度德审几，朕将加惠前人，不吝异数。如杞如宋，享祀永延，用章尔之孝；有室有家，民人胥庆，用章尔之仁。凡兹百工，勉保乃辟，绵商孙之厚禄，赓嘉客之休声，克殚厥猷，臣谊靡忒。唯今诏告，允布腹心，君其念哉！罔怨恫于宗公，勿贻危于臣庶。臣其慎哉！尚效忠于君父，广贻谷于身家。檄到如律令！

怀宗阅罢，不禁流涕涔涔，叹息不止。可巧山东佥事雷演祚入朝，讦奏山东总督范志完纵兵淫掠及故辅周延儒招权纳贿等情，怀宗遂逮讯志完，下狱论死，并赐延儒自尽，籍没家产。晓得迟了。一面集廷臣会议，欲亲征决战。忽有一大臣出奏道："不劳皇上亲征，臣当赴军剿贼。"怀宗闻言，不禁大喜。正是：

　　大陆已看成巨浸，
　　庸材且自请专征。
　　未知此人是谁，且看下回交代。

语曰："不嗜杀人者能一之。"李闯为乱十余年，忽盛忽衰，终不得一尺寸土，迨用牛金星、李岩等言，稍稍免杀，而从贼者遂日众。可见豪杰举事，总以得民心为要领，凶狡如李闯，且以稍行仁义，莫之能御，况其上焉者乎？张献忠则残忍性成，横行东西，无恶不作，卒至长江一带，无立足地，厥后窜入西蜀，尚得残逞二三年。盖由中原无主，任其偏据一方，莫之过问，蜀中受其涂毒，至数百里无人烟，意者其劫数使然欤？然国必自亡而后人亡之，闯、献之乱，无非由明自取，观李闯伪檄，中有陈述明弊数语，实中要肯，君子不以人废言，读之当为怅然！

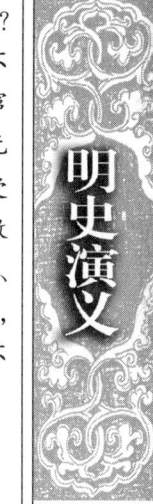

第九十九回　周总兵宁武捐躯
　　　　　　　明怀宗煤山殉国

却说怀宗令群臣会议，意欲亲征，偏有一大臣自请讨贼。这人就是大学士李建泰。建泰籍隶曲沃，家本饶富，至是以国库空虚，愿出私财饷军，督师西讨。若非看至后文，几似忠勇过人。怀宗喜甚，即温言奖勉道："卿若肯行，尚有何言？朕当仿古推毂礼，为卿一壮行色。"建泰叩谢，怀宗遂赐他尚方剑。越日，幸正阳门，亲自祖饯，赐酒三卮。建泰拜饮讫，乘舆启程，都城已乏健卒，只简选了五百人，随着前行。约行里许；猛闻得砉然一声，舆杠忽断，险些儿把建泰扑跌，建泰也吃了一惊不祥之兆。乃易舆出都。忽由山西传来警报，闯军已入山西，连曲沃也被攻陷了。这一惊非同小可，方悔前日自请督师，殊太孟浪，且所有家产，势必陷没，为此百忧齐集，急成了一种怔忡病，勉勉强强的扶病就道，每日只行三十里。到了定兴，吏民还闭城不纳，经建泰督军攻破，答责长吏，奏易各官，一住数日，复移节至保定。保定以西，已是流贼蔓延。没有一片干净土，建泰也不敢再行，只在保定城中住着，专待贼众自毙。完了。

怀宗以建泰出征，复命少詹事魏藻德及工部尚书范景文、礼部侍郎邱瑜，入阁辅政。景文颇有重名，至是亦无法可施。小人之使为国家，蓄害并至，虽有善者，亦无如之何矣！怀宗虚心召问，景文亦惟把王道白话，对答了事。此时都外警耗，日必数十起，怀宗日夜披阅，甚至更筹三唱，尚赍黄封到阁。景文等亦坐以待旦，通宵不得安眠。一夕，怀宗倦甚，偶在案上假寐，梦见一人峨冠博带，入宫进谒，且呈上片纸，纸上只书一"有"字，方欲诘问，忽然醒悟，凝视细想，终不识主何兆验。次日与后妃等谈及，大家无非贡谀，把大有富有的意义解释一遍。嗣复召问廷臣，所对与宫中略同。独有一给事中上言道："有字上面，大不成大，有字下面，明不成明，恐此梦多凶少吉。"可谓善于拆字。怀宗闻言，尚未看明何人，那山西、四川的警报接连递入，便将解梦的事情略过一边。当下批阅军书，一是自成陷太原，执晋王求桂，巡抚蔡懋德以下，统同死节；一是献忠陷重庆，杀瑞王常浩，巡抚陈士奇以下统同遇害。怀宗阅一行，叹一声，及瞧完军报，下泪不止。各大臣亦面面相觑，不发一言。怀宗顾语景文道："这都是朕的过失，卿可为朕拟诏罪己便了。"言已，掩面入内。景文等亦领旨出朝，即夕拟定罪己诏，呈入内廷，当即颁发出来。诏中有云：

> 朕嗣守鸿绪，十有七年，深念上帝陟降之威，祖宗付托之重，宵旦兢惕，罔敢怠荒。乃者灾害频仍，流氛日炽，忘累世之豢养，肆廿载之凶残，赦之益骄，抚而辄叛；甚至有受其煽惑，顿忘敌忾者。朕为民父母，不得而卵翼之，民为朕赤子，不得而怀保之，坐令秦、豫邱墟，江、楚腥秽，罪非朕躬，谁任其责？所以使民罹锋镝，陷水火，殣量以瘗，骸积成邱者；皆朕之过也。使民输刍挽粟，居送行赍，加赋多无艺之征，预征有称贷之苦者，又朕之过也。使民室如悬磬，田卒污莱，望烟火而凄声，号冷风而绝命者，又朕之过也。使民日月告凶，旱潦荐至，师旅所处，疫疠为殃，上干天地之和，下丛室家之怨者，又朕之过也。至于任大臣而不法，用小臣而不廉，言官首鼠而议不清，武将骄懦而功不奏，皆由朕抚驭失道，诚感未孚，中夜以思，蹐躇无地。朕自今痛加创艾，深省厥愆，要在惜人才以培元气，守旧制以息烦嚣。行不忍之政以收人心，蠲额外之科以养民力。至于罪废诸臣，有公忠正直、廉洁干才尚堪用者，不拘文武，吏兵二部，确核推用。草泽豪杰之士，有恢复一郡一邑者，分官世袭，功等开疆。即陷没胁从之流，能舍逆反正，率众来归，许赦罪立功，能擒斩闯、献，仍予封侯九赏。呜呼！忠君爱国，人有同心，雪耻除凶，谁无公愤？尚怀祖宗之厚泽，助成底定之太功，思免厥愆，历告朕意。

这道谕旨，虽然剀切诚挚，怎奈大势已去，无可挽回。张献忠自荆州趋蜀，进陷夔州，官民望风逃遁。独女官秦良玉驰援，兵寡败归，慷慨誓众道："我兄弟二人，均死王事，独我一孱妇人，蒙国恩二十年，今不幸败退，所有余生，誓不降贼。今与部众约！各守要害，贼至奋击，否则立诛。"部众唯唯遵令。所以献忠据蜀，独石柱免灾。全国将帅，不及一秦良玉，我为愧死。四川巡抚陈士奇已谢事，留驻重庆，适神宗第五子瑞王常浩自汉中避难来奔，与士奇协议守御。献忠破涪州，入佛图关，直抵重庆城下。城中守御颇坚，贼穴地轰城，火发被陷。瑞王、士奇等皆被执。指挥顾景亦为所掳，泣告献忠道："宁杀我！无杀帝子！"献忠怒他多言，竟杀瑞王，并杀顾景，又杀士奇等。天忽无云而雷，猛震三声，贼或触电顿死。献忠指天诟詈道："我要杀人，与你何干！"遂令发巨炮，与天角胜。帝阍有灵，何不殛死这贼？复大杀蜀中士人，尸如山积。后更攻入成都，杀死巡抚龙文光及巡按御史刘之勃。蜀王至澍系太祖第十一子椿九世孙，袭封成都，闻城已被陷，率妃妾同投井中，阖

第九十九回　周总兵宁武捐躯　明怀宗煤山殉国

室被害。献忠更屠戮人民，惨酷尤甚。男子无论老幼，一概开刀，甚且剥皮醢酱。所掠妇女，概令裸体供淫，且纵兵士轮奸，奸毕杀死。见有小脚，便即割下，叠成山状，名为莲峰。随命架火烧毁，名为点朝天烛。又大索全蜀绅士，一到便杀，末及一人，大呼道："小人姓张，大王也姓张，奈何自残同姓？"献忠乃命停刑。原来献忠好毁祠宇，独不毁文昌宫，尝谓："文昌姓张，老子也姓张，应该联宗。"且亲制册文，加封文昌。不知说的什么笑话，可惜不传。此次被执的人，自己并不姓张，因传闻此事，遂设词尝试，也是命不该绝，竟得活命。献忠复开科取士，得张姓一人为状元，才貌俱佳，献忠很是宠爱，历加赏赐，忽语左右道："我很爱这状元，一刻舍他不得，不如杀死了他，免得记念。"遂将状元斩首。复又悬榜试士，集士子数千人，一齐击死。相传张献忠屠尽四川，真是确凿不虚。或谓献忠是天杀星下凡，这不过凭诸臆测罢了。

献忠入蜀，自成亦入晋，破汾州、蒲州，乘势攻太原。巡抚蔡懋德与副总兵应时盛等支持不住，与城俱亡。晋王求桂系太祖第三子㭎十世孙，嗣封太原，竟为所掳，后与秦王存枢，俱不知所终（秦王被掳事见前）。自成遂进陷黎晋、潞安，径达代州，那时尚有一位见危致命、百战死事的大忠臣，姓周名遇吉，官拜山西总兵，驻扎代州。硕果仅存，不得不郑重出之。他闻自成兵至，即振刷精神，登城力御，相持旬余，击伤闯众千名。无如城中食尽，枵腹不能杀贼，没奈何引军出城，退守宁武关。自成率众蹑至，在关下耀武扬威，大呼五日不降，即要屠城。遇吉亲发大炮，更番迭击，轰毙贼众万人。自成大怒，但驱难民当炮，自率锐卒，伺隙猛攻。遇吉不忍再击难民，却想了一条计策，密令军士埋伏门侧，亲率兵开关搦战。贼众一拥上前，争来厮杀，斗不上十余合，遇吉佯败，返奔入关，故意的欲闭关门。巧值贼众前队，追入关中，一声号炮，伏兵杀出，与遇吉合兵掩击，大杀一阵。贼众情知中计，不免忙乱，急急退出关外，已伤亡了数千人。自成愤极，再欲督众力攻，还是牛金星劝他暂忍，请筑起长围，为久困计。果然此计一行，城中坐毙。遇吉遣使四出，至宣、大各镇及近畿要害，请饷增兵，偏偏怀宗又用了一班腐竖，如高起潜、杜勋等，分任监军，统是观望迁延，揞住不发。怀宗至此尚用这班腐竖，反自谓非亡国之君，谁其信之？遇吉料难久持，只是活了一日，总须尽一日的心力，看看粮食将罄，还是死守不懈。自成知城中力敝，也用大炮攻城，城毁复完，约两三次；到了四面围攻，抢堵不及，遂被贼众捣入。遇吉尚率众巷战，徒步跳荡，手杀数十人；身上矢集如猬，才晕仆地上，仓猝中为贼所得，气息尚存，还喃喃骂贼不已，遂致遇害。遇吉妻刘氏率妇女登屋射贼，贼纵火焚屋，阖家俱死。城中士民，无一降贼，尽被杀毙。

自成入宁武关，集众会议道："此

去历大同、阳和、宣府、居庸，俱有重兵，倘尽如宁武，为之奈何？不如且还西安，再图后举。"牛金星、李岩等亦踌躇未决，但劝他留住数日，再作计较。忽大同总兵姜瓖及宣府总兵王承允，降表踵至，自成大喜，即督众起行，长驱而东，京畿大震。左都御史李邦华倡议迁都，且请太子慈烺抚军江南，疏入不报。大学士蒋德琼与少詹事项煜，亦请命太子至江南督军，李建泰又自保定疏请南迁，有旨谓："国君死社稷，朕知死守，不知他往"等语。一面封宁远总兵吴三桂、唐通及湖广总兵左良玉、江南总兵黄得功，均为伯爵，召令勤王。唐通率兵入卫，怀宗命与太监杜之秩，同守居庸关。又是一个太监。自成至大同，姜瓖即开门迎降，代王传㸌被杀。传㸌系太祖第十三子桂十世孙，世封大同，阖门遇害。巡抚卫景瑗被执，自成胁降，景瑗以头触石，鲜血淋漓，贼亦叹为忠臣，旋即自缢。大同已失，宣府当冲，太监杜勋，蟒玉驺，出城三十里，恭迎贼兵。巡抚朱之冯登城誓众，无一应命，乃南向叩头，缢死城楼下。自成遂长驱至居庸关，太监杜之秩首议迎降，唐通亦乐得附和，开关纳贼。怀宗专任内监，结局如是。贼遂陷昌平，焚十二陵。总兵李守鉽战死，监军高起潜遁去，督师李建泰降贼，贼遂直扑都城。都下三大营，或降或溃。

襄城伯李国桢飞步入宫，报知怀宗，怀宗即召太监曹化淳募兵守城，还要任用太监，可谓至死不悟。且令勋戚大珰，捐金助饷。嘉定伯周奎系周皇后父，家资饶裕，尚不肯输捐，经太监徐高奉命泣劝，仅输万金。国戚如此，尚复何言？太监王之心最富，由怀宗涕泣而谕，亦仅献万金，余或千金、百金不等。惟太康伯张国纪输二万金。怀宗又搜括库金二十万，充作军资，此时守城无一大将，统由太监主持。曹化淳又托词乏饷，所有守陴兵民，每人只给百钱，还要自己造饭。大众买饭为餐，没一个不怨苦连天，哪个还肯尽力？城外炮声连天，响彻宫禁，自成设座彰仪门外，降贼太监杜勋侍侧，呼城上人，愿入城见帝。曹化淳答道："公欲入城，当缒下一人为质，请即缒城上来。"杜勋朗声道："我是杜勋，怕甚么祸祟，何必用质？"降贼有如此威势，试问谁纵使至此？化淳即将他缒上，密语了好多时。无非约降。勋又大胆入宫，极言自成势大，皇上应自为计，怀宗叱令退去。还不杀他。诸内臣请将勋拘住，勋笑道："有秦、晋二王为质，我若不返，二王亦必不免了。"乃纵使复出。勋语守陴王则尧、褚宪章道："我辈富贵自在，何必担忧？"穷此一念，何事不可为？当下缒城自去。

曹化淳一意献城，令守卒用空炮向外，虚发硝烟，尚挥手令贼退远，然后发炮。就中只有内监王承恩，所守数堵，尚用铅弹实炮，击死贼众数千人。兵部尚书张缙彦几次巡视，都被化淳阻住，转驰至宫门，意欲面奏情形，又为内侍所阻。内外俱是叛阉，怀宗安得不死？怀宗还是未悟，尚且手诏亲征，并

第九十九回　周总兵宁武捐躯　明怀宗煤山殉国

召驸马都尉巩永固入内，令以家丁护太子南行。也是迟了。永固泣奏道："亲臣不得藏甲，臣那得有家丁。"怀宗麾使退去。再召王承恩入问，忽见承恩趋入道："曹化淳已开彰义门迎贼入都了。"怀宗大惊，急命承恩迅召阁臣。承恩甫出，又有一阉入报道："内城已陷，皇上宜速行！"怀宗惊问道："大营兵何在？李国桢何往？"那人答道："营兵已散，李国桢不知去向。"说至"向"字，已三脚两步，跑了出去。待承恩转来，亦报称阁臣散值。

是时夜色已阑，怀宗即与王承恩步至南宫，上登煤山，望见烽火烛天，不禁叹息道："苦我百姓！"言下黯然。徘徊逾时，乃返乾清宫，亲持硃笔写着："成国公朱纯臣，提督内外诸军事，夹辅东宫。"写毕，即命内侍赍送内阁。其实内阁中已无一人，内侍只将硃谕置诸案上，匆匆自去。怀宗又命召周后、袁贵烜妃及太子永王、定王入宫，原来怀宗生有七子，长名慈烺，已立为皇太子，次名慈焕，早殇，三名慈炯，封定王，这三子俱系周后所出；第四子名慈炤，封永王，五名慈焕，早殇，俱系田贵妃所出，还有第六第七两子，亦产自田妃，甫生即逝（百忙中偏要细叙，此为详人所略之笔，即如前时所述诸王，亦必表明世系，亦是此意）。此时尚存三子，奉召入宫。周后、袁贵妃亦至，怀宗嘱咐三子，寥寥数语，即命内侍分送三人，往周、田二外戚家。周后拊太子、二王，凄声泣别，怀宗泣语周后道："尔为国母，理应殉国。"后乃顿首道："妾侍陛下十有八年，未蒙陛下听妾一言，致有今日，今陛下命妾死，妾何敢不死？"语毕乃起，解带自缢。怀宗又命袁贵妃道："你也可随后去罢！"贵妃亦叩头泣别，自去寻死。怀宗又召长公主到来，公主年甫十五，不胜悲恸。怀宗亦流泪与语道："你何故降生我家？"言已，用左手掩面，右手拔刀出鞘，砍伤公主左臂，公主晕绝地上。袁贵妃自缢复苏，又由怀宗刃伤左肩，并砍死妃嫔数人。乃谕王承恩道："你快去取酒来！"承恩携酒以进，怀宗命他对饮，连尽数觥，遂易靴出中南门，手持三眼枪，偕承恩等十数人，往成国公朱纯臣第，阍人闭门不纳，怀宗长叹数声，转至安定门，门坚不可启。仰视天色熹微，亟回御前殿，鸣钟召百官，并没有一人到来。乃返入南宫，猛记起懿安皇后，尚居慈庆宫，遂谕内侍道："你去请张娘娘自裁，勿坏我皇祖爷体面。"内侍领旨去讫，未几返报，张娘娘已归天了。怀宗平时，颇敬礼张后，每届元日，必衣冠朝谒。后隔帘答以两拜，至是亦投缳自尽。或谓懿安后青衣蒙头，徒步投成国公第，殊不足信。怀宗复啮了指血，自书遗诏，藏入衣襟，然后再上煤山，至寿皇亭自经，年只三十五岁。太监王承恩与帝对缢，时为崇祯十七年甲申三月十九日（特书以志明亡）。

李自成毡笠缥衣，乘乌骏马，入承天门，伪丞相牛金星，尚书宋企郊等骑马后随。自成弯弓指门，语牛、宋两人道："我若射中天字，必得一统。"当下张弓注射，一箭射去，偏在天字下面插住，自成不禁愕然。金星忙道："中天字下，当中分天下。"自成乃喜，投弓而入，登皇极殿，大索帝后不得。至次日，始有人报帝尸所在，乃令舁至东华门，但见帝披发覆面，身著蓝袍，跣左足，右朱履，襟中留有遗诏，指血模糊，约略可辨。语云：

朕凉德藐躬，上干天咎，致逆贼直逼京师，此皆诸臣误朕，朕死无面目见祖宗于地下。自去冠冕，以发覆面，任贼分裂朕尸，毋伤百姓一人。

自成又索后尸，经群贼从宫中舁出，后身著朝服，周身用线密缝，容色如生，遂由自成伪命，敛用柳棺，覆以蓬厂，寻移殡昌平州，州民醵钱募夫，合葬田贵妃墓。先是禁城已陷，宫中大乱，尚衣监何新入宫，见长公主仆地，亟与费宫人救醒公主，背负而出。袁贵妃气尚未绝，亦另由内侍等救去。宫人魏氏大呼道："贼入大内，我辈宜早为计。"遂跃入御河。从死的宫人，约有一二百名。惟费宫人年方十六，德容庄丽，独先与公主易服，匿窨井中，至闯贼入宫，四觅宫娥，从窨井中钩出费氏，拥见自成。费宫人道："我乃长公主，汝辈不得无礼。"自成见她美艳，意欲纳为妃妾，乃问及宫监，言非公主，乃赐爱将罗某。罗大喜，携费出宫，费宫人又道："我实天潢贵胄，不可苟合，汝能祭先帝，从容尽礼，我便从汝。"罗立从所请，于是行合卺礼。众贼毕贺，罗醉酣始入，费宫人又置酒饮罗，连奉数巨觥，罗益心喜，便语费道："我得汝，愿亦足了。但欲草疏谢王，苦不能文，如何是好？"费宫人道："这有何难，我能代为，汝且先寝！"罗已大醉，欢然就卧。费乃命侍女出房，挑灯独坐，待夜阑人寂，静悄悄的走至榻前，听得鼾声如雷，便从怀中取出匕首，卷起翠袖，用尽平生气力，将匕首刺入罗喉。罗颈血直喷，三跃三仆，方才殒命。读至此，稍觉令人一快。费氏自语道："我一女子，杀一贼帅，也算不徒死了。"遂把匕首向颈中一横，也即死节。小子有诗咏费宫人道：

裙钗队里出英雄，
仗剑枭仇溅血红。
主殉国家儿殉主，
千秋忠烈仰明宫。

还有一段明亡的残局，请看官再阅下回。

怀宗在位十七年，丧乱累累，几无一日安枕，而卒不免于亡。观其下诏罪己，闻者不感，飞檄勤王，征者未赴，甚至后妃自尽，子女沦骨，啮血书诏，披发投缳，何其惨也？说者谓怀宗求治太急，所用非人，是固然矣。吾谓其生平大误，尤在于宠任阉党，各镇将帅，必令阉人监军，屡次失败，犹未之悟。至三边尽没，仍用阉竖出守要区，宁武一役，第得一忠臣周遇吉，外此无闻焉。极之贼逼都下，尚听阉人主张，勋戚大臣，皆不得预。教猱升木，谁之过欤？我读此回，为怀宗悲，尤不能不为怀宗责。臣误君，君亦误臣，何怀宗之至死不悟也？

第一百回　乞外援清军定乱　覆半壁明史收场

却说费宫人刺死罗贼，便即自刎，贼众排闼入视，见二人统已气绝，飞报自成。自成亦惊叹不置，命即收葬。太子至周奎家，奎闭门不纳，由太监献与自成，自成封太子为宋王。既而永、定二王亦为自成所得，均未加害。当时外臣殉难，叙不胜叙，最著名的是大学士范景文，户部尚书倪元潞，左都御史李邦华，兵部右侍郎王家彦，刑部右侍郎孟兆祥，左副都御史施邦曜，大理寺卿凌义渠，太常少卿吴麟征，右庶子周凤翔，左谕德马世奇，左中允刘理顺，检讨汪伟，太仆寺丞申佳允，给事中吴甘来，御史王章、陈良谟、陈纯德、赵譔，兵部郎中成德，郎中周之茂，吏部员外郎许直，兵部员外郎金铉等，或自刎，或自经，或投井亡身，或阖室俱尽。勋戚中有宣城伯卫时春、惠安伯张庆臻、新城侯王国兴、新乐侯刘文炳、驸马都尉巩永固，皆同日死难。襄城伯李国桢往哭梓宫，为贼众所拘，入见自成，自成令降，国桢道："欲我降顺，须依我三件大事。"自成道："你且说来！"国桢道："第一件是祖宗陵寝，不应发掘；第二件是须用帝礼，改葬先皇；第三件是不宜害太子及永、定二王。"自成道："这有何难？当一一照办！"遂命用天子礼，改葬怀宗。国桢素服往祭，大恸一场，即自经死。还有一卖菜佣，叫作汤之琼，见梓宫经过，悲不自胜，触石而死。江南有一樵夫，自号"髯樵"，亦投水殉难。又有一乞儿，自缢城楼，无姓氏可考，只衣带中有绝命书，是："身为丐儿，也是明民，明朝既亡，我生何为"十余字。正是忠臣死节，烈士殉名，樵丐亦足千秋，巾帼同昭万古，有明一代的太祖太宗，如有灵爽，也庶可少慰了。插此转笔，聊为明史生光。统计有明一代，自洪武元年起，至崇祯十七年止，凡十六主，历十二世，共二百七十七年（结束全朝）。

李自成既据京师，入居大内，成国公朱纯臣，大学士魏藻德、陈演等居然反面事仇，带领百官入贺，上表劝进。文中有"比尧、舜而多武功，迈汤、武而无惭德"等语。无耻若此，令人发指。自成还无暇登极，先把朱纯臣、魏藻德、陈演诸人拘系起来，交付贼将刘宗敏营，极刑搒掠，追胁献金。就是皇亲周奎及豪阉王之心各家，俱遣贼查抄。周奎家抄出现银五十二万，珍币也值数十万；王之心家抄出现银十五万，金宝器玩，亦值数十万。各降臣倾家荡产，还是未满贼意，仍用严刑拷逼，甚至灼肉折胫，备极惨酷，那时求死不遑，求生不得，嗟无及了，悔已迟了。卖国贼听者！未几自成称帝，即位武英殿，甫升座，但见白衣人立在座前，长约数丈，作欲击状，座下制设的龙爪，亦跃跃欲动，不禁毛骨俱悚，立即下座。又命铸永昌钱，字不成文，铸九玺又不成，弄得形神沮丧，不知所措，惟日在宫中淫乐，聊解愁闷。

一夕，正在欢宴，忽有贼将入报道："明总兵平西伯吴三桂，抗命不从，将统兵来夺京师了。"自成惊起道："我已令他父吴襄，作书招降，闻他已经允诺，为什么今日变卦呢？"来将四顾席上，见有一个美人儿，斜坐自成左侧，不禁失声道："闻他是为一个爱姬。"自成会意，便截住道："他既不肯投顺，我自去亲征罢！"来将退出，自成恰与诸美人，行乐一宵。次日，即调集贼众十余万，并带着吴三桂父吴襄，往山海关去了。

看官听着！这吴三桂前时入朝，曾向田皇亲家取得一个歌姬，叫作陈沅，小字圆圆，色艺无双，大得三桂宠爱。嗣因三桂仍出镇边，不便携带爱妾，就在家中留着。至自成入都，执住吴襄，令他招降三桂，又把陈圆圆劫去，列为妃妾，实地受用。三桂得了父书，拟即来降，启程至滦州，才闻圆圆被掳，怒从心上起，恶向胆边生，当即驰回山海关，整军待敌。可巧清太宗病殂，立太子福临为嗣主，改元顺治，命亲王多尔衮摄政，并率大军经略中原。这时清军将到关外，闯军又逼关中，恁你吴三桂如何能耐，也当不住内外强敌。三桂舍不掉爱姬，索性一不做，二不休，便遣使至清营求援。为一美人，甘引异族，这便叫作倒行逆施。多尔衮得此机会，自然照允，当下驰至关前，与三桂相见，歃血为盟，同讨逆贼。闯将唐通、白广恩正绕出关外，来袭山海关，被清军一阵截击，逃得无影无踪。多尔衮又令三桂为前驱，自率清军为后应，与自成在关内交锋。自成兵多，围住三桂，霎时间大风刮起，尘石飞扬，清军乘势杀入，吓得闯军倒退。自成狂叫道："满洲军到了！满洲军到了！"顿时策马返奔，贼众大溃，杀伤无算，沟水尽赤。三桂穷追自成，到了永平，自成将吴襄家属尽行杀死，又走还京师。怎禁得三桂一股锐气，引导清军，直薄京师城下。自成料知难敌，令将所得金银熔铸成饼，每饼千金，约数万饼，用骡车装载，遣兵先发，乃放起一把无名火来，焚去宫阙，自率贼众数十万，挟太子及二王西走。临行时，复勒索诸阉藏金，金已献出，令群贼一一杖逐。阉党号泣徒跣，败血流面，一半像人，一半像鬼。阉党昧尽天良，狗彘不若，处以此罚，尚嫌太轻。

第一百回 乞外援清军定乱 覆半壁明史收场

那时京师已无人把守，即由三桂奉着大清摄政王整辔入城。三桂进了都门，别事都无暇过问，只寻那爱姬陈圆圆。一时找不着美人儿，复赶出西门，去追自成。闯军已经去远，仓卒间追赶不上，偏偏京使到来，召他回都，三桂无奈，只好驰回。沿途见告示四贴，统是新朝安民的晓谕，他也无心顾及，但记念这圆圆姑娘，一步懒一步，挨入都中，复命后返居故第，仍四处探听圆圆消息。忽有一小民送入丽姝，由三桂瞧着，正是那日夕思念的心上人，合浦珠还，喜从天降，还管他甚么从贼不从贼，当下重赏小民，挈圆圆入居上房，把酒谈心，格外恩爱，自不消说。惟此时逆闯已去，圆圆如何还留？闻说由圆圆计骗自成，只说是留住自己，可止追兵。自成信以为真，因将她留下。这是前缘未绝，破镜重圆，吴三桂尚饶艳福，清朝顺治皇帝，也应该入主中原，所以有此尤物呢。冥冥中固有天意，但实由三桂一人造成。清摄政王多尔衮既下谕安民，复为明故帝后发丧，再行改葬，建设陵殿，悉如旧制。就是将死未死的袁贵妃及长公主，也访知下落，令她辟室自居。袁贵妃未几病殁，长公主曾许字周世显，寻由清顺治帝诏赐合婚，逾年去世。独太子及永定二王始终不知下落，想是被闯贼害死了（结过怀宗子女）。京畿百姓，以清军秋毫无犯，与闯贼迥不相同，大众争先投附，交相称颂。于是明室皇图，平白地送与满清。清顺治帝年方七龄，竟由多尔衮迎他入关，四平八稳，据了御座，除封赏满族功臣外，特封吴三桂为平西王，敕赐册印。还有前时降清的汉员，如孔有德、耿仲明、尚可喜、洪承畴等，各封王拜相，爵位有差。

清廷遂进军讨李自成，自成已窜至西安，屯兵潼关。清靖远大将军阿济格，定国大将军多铎，分率吴三桂、孔有德诸人，两路夹攻，杀得自成走投无路，东奔西窜，及遁至武昌，贼众散尽，只剩数十骑入九宫山，村民料是大盗，一哄而起，你用锄，我用耙，斫死了独眼龙李自成，并获住贼叔及妻妾，及死党牛金星、刘宗敏等，送与地方官长，一并处死。李岩已为牛金星所谮，早已被自成杀死，不在话下。红娘子未知尚在否？自成已毙，清廷又命肃亲王豪格，偕吴三桂西徇四川，张献忠正在西充屠城，麾众出战，也不值清军一扫。献忠正要西走，被清将雅布兰，一箭中额，翻落马下。清军踊跃随上，一阵乱刀，剁为肉浆。闯、献两贼，俱恶贯满盈，所以收拾得如此容易。

河北一带，统为清有，独江南半壁，恰拥戴一个福王由崧。由崧为福王常洵长子，自河南出走（见九十六回），避难南下。潞王常淓亦自卫辉出奔，与由崧同至淮安。凤阳总督马士英联结高杰、刘泽清、黄得功、刘良佐四总兵，拥戴由崧，拟立为帝。南京兵部尚书史可法秉性忠诚，独言福王昏庸，不如迎立潞王。偏这马士英意图擅权，正想利用这昏庸福王，借他做个傀儡，遂仗着四总兵声势，护送福王至仪真，列营江北，气焰逼人。可法不得已，与百官迎入南京,先称监国,继即大位,改元弘光,用史可法、高弘图、姜曰广、王铎为大学士,马士英仍督凤阳,兼东阁大学士衔。这谕甫下,士英大哗,他心中本思入相,偏仍令在外督师,大违初愿,遂令高杰等疏促可法誓师,自己拥兵入觐,拜表即行。既入南京,便与可法龃龉,可法乃自请督师,出镇淮扬,总辖四总兵。当令刘泽清辖淮海,驻淮北,经理山东一路;高杰辖淮泗,驻泗水,经理开归一路;刘良佐辖凤寿,驻临淮,经理陈杞一路;黄得功辖滁和,驻庐州,经理光固一路,号称四镇。分地设汛,本是最好的布置,怎奈四总兵均不相容,彼此闻扬州佳丽,都思驻扎,顿时争夺起来。还是可法驰往劝解,才各归汛地。未曾遇敌,先自恣争,不亡何待?可法乃开府扬州,屡上书请经略中原。弘光帝独信任马士英,一切外政,置诸不理。士英本是魏阉余党,魏阉得势时,非常巴结魏阉,到魏阉失势,他却极力纠弹,做一个清脱朋友。至柄政江南,又欲引用私亲旧党,作为爪牙。会大学士高弘图等,拟追谥故帝尊号,称为"思宗",士英与弘图不合,遂运动忻城伯赵之龙,上疏纠驳,略言:"思非美谥,弘图敢毁先帝,有失臣谊。"乃改"思"为"毅"。先是崇祯帝殉国,都中人士,私谥为"怀宗",小子上文叙述,因均以"怀宗"相称,至清廷命为改葬,加谥为庄烈愍皇帝,所以后人称崇祯帝,既称"怀宗",亦称"思宗"、"毅宗",或称为"庄烈帝",这也不必细表。

且说马士英既反对弘图等人,遂推荐旧党阮大铖。大铖冠带陛见,遂上守江要策,并自陈孤忠被陷,痛诋前时东林党人。他本有些口才,文字亦过得去,遂蒙弘光帝嘉奖,赐复光禄寺卿原官。大学士姜曰广、侍郎吕大器等,俱言大铖为逆案巨魁,万难复用,疏入不报。士英又引用越其杰、田卿、杨文骢等,不是私亲,便是旧党,吕大器上书弹劾,大为士英所恨,遂阴召刘泽清入朝,面劾大器,弘光帝竟将大器黜逐。适左良玉驻守武昌,拥兵颇众,士英欲倚为屏蔽,请旨晋封良玉为宁南侯。良玉与东林党人,素来联络,闻士英斥正用邪,很以为非,即令巡按御史黄澍入贺申谢,并侦察南都动静。澍陛见时,面数士英奸贪,罪当论死。士英颇惧,潜赂福邸旧阉田成、张执中等替他洗刷,一面佯乞退休。弘光帝温谕慰留,且令澍速还湖广。澍去后,诏夺澍官,且饬使逮问。良玉留澍不遣,且整兵待衅。

弘光帝是个糊涂虫,专在酒色上用功,暗令内使四出,挑选淑女。内使仗着威势,见有姿色的女子,即用黄纸贴额,牵扯入宫。居然用强盗手段。弘光帝恣情取乐,多多益善。且命太医郑三山广罗春方媚药,如黄雀脑、蟾酥等,一时涨价。阮大铖又独出心裁,编成一部《燕子笺》,用乌丝阑缮写,献入宫中,作为演剧的歌曲。复采集梨园弟子,入宫演习。弘光帝昼看戏,夜赏花,端的是春光融融,其乐无极。乐极恐要生悲,奈何?刘宗周在籍起用,命

明史演义

第一百回 气外援清军定乱 覆半壁明史收场

为左都御史,再三谏诤,毫不见从。姜曰广、高弘图等为了一个阮大铖,不知费了多少唇舌,偏弘光帝特别加宠,竟升任大铖为兵部侍郎,巡阅江防。日广、弘图及刘宗周等,不安于位,相继引退。士英且再翻逆案,重颁三朝要典,一意的斥逐正人,蒙蔽宫廷。史可法痛陈时弊,连上数十本章疏,都是石沉大海,杳无复音。清摄政王多尔衮闻可法贤名,作书招降,可法答书不屈,但请遣兵部侍郎左懋第等,赴北议和。此时中原大势,清得七八,哪肯再允和议?当将懋第拘住,胁令归降。懋第也是个故明忠臣,矢志不贰,宁死毋降,卒为所害。

清豫王多铎遂率师渡河,来夺南都,史可法飞檄各镇,会师防御。各镇多拥兵观望,只高杰进兵徐州,沿河设戍,并约睢州总兵许定国,互相联络,作为犄角。不意定国已纳款清军,反诱高杰至营,设宴接风,召妓侑酒,灌得高杰烂醉如泥,一刀儿将他杀死,翻天鹞做了枉死鬼,但未知邢氏如何?定国即赴清营报功。清军进拔徐州,直抵宿迁,刘泽清遁去。可法飞书告急,南都反促可法入援。原来宁南侯左良玉以清君侧为名,从九江入犯,列舟三百余里。士英大恐,因檄令可法入卫。可法只好奉命南旋,方渡江抵燕子矶,又接南都谕旨,以黄得功已破良玉军,良玉病死,令他速回淮扬。可法忙返扬州,尚拟出援淮泗,清兵已从天长、六合,长驱而来。那时扬州城内的兵民,已多逃窜,各镇兵无一来援,只总兵刘肇基从白洋河赴急,所部只四百人。至清军薄城,总兵李栖凤、监军副使高岐凤,本驻营城外,不战先降,单剩了一座空城,由可法及肇基,死守数日,饷械不继,竟被攻入。肇基巷战身亡,可法自刎不死,被一参将拥出小东门。可法大呼道:"我是史督师!"道言未绝,已为清兵所害,戎马蹂躏,尸骸腐变。直至次年,家人用袍笏招魂,葬扬州城外的梅花岭,明史上说他是文天祥后身,是真是伪,不敢臆断。南都殉难,以史公为最烈。

惟扬州已下,南都那里还保得住?清兵屠了扬州,下令渡江,总兵郑鸿逵、郑彩守瓜州,副使杨文骢驻金山,闻清兵到来,只把炮弹乱放,清兵故意不进,等到夜深天黑,恰从上流潜渡。杨、郑诸位军官到了天明,方知清兵一齐渡江,不敢再战,一哄儿逃走去了。警报飞达南京,弘光帝还拥着美人,饮酒取乐,一闻这般急耗,方收拾行李,挈着爱妃,自通济门出走,直奔芜湖。马士英、阮大铖等也一并逃去。忻城伯赵之龙与大学士王铎等,遂大开城门,恭迎清军。清豫王多铎驰入南都,因是马到即降,特别加恩,禁止杀掠。休息一天,即进兵追弘光帝,明总兵刘良佐,望风迎降。

是时江南四镇,只剩了一个黄得功,他前曾奉命攻左良玉,良玉走死,乃还屯芜湖。会值弘光帝奔到,不得已出营迎驾,勉效死力。隔了一日,清兵已经追到,得功督率舟师,渡江迎战,正在彼此鏖斗的时候,忽见刘良佐立马岸上，大呼道："黄将军何不早降？"得功不禁大愤，厉声答道："汝为明将，乃甘心降敌么？"正说着，突有一箭飞来，适中喉间左偏，鲜血直喷，得功痛极，料不可支，竟拔箭刺吭，倒毙舟中。史公以外，要推黄得功。总兵田雄见得功已死，起了坏心，一手把弘光帝挟住，复令兵士缚住弘光爱妃，送至对岸，献入清营，一位风流天子，只享了一年艳福，到了身为俘虏，与爱妃同解燕京，眼见得牺牲生命，长辞人世。江南一带，悉属清朝，遂改应天府为江宁府。大明一代，才算得真亡了。点醒眉目，作为一代的结局。

后来潞王常淓流寓杭州，称为监国，不到数月，清兵到来，无法可施，开门请降。故明左都御史刘宗周绝粒死节。鲁王以海自山东航海避难，转徙台州，由故臣张国维等迎居绍兴，亦称监国，才历一年，绍兴为清兵所陷，以海遁入海中，走死金门。唐王聿键前因勤王得罪，幽居凤阳，南都称帝，将他释放，他流离至闽，由郑芝龙、黄道周拥立为帝，改元隆武。明贼臣马士英、阮大铖二人，私降清军，导入仙霞关，唐王被掳，自尽福州。马、阮两贼也被清军杀死。马、阮之死，亦特别提明，为阅者雪愤。唐王弟聿𨮁遁至广州，由故臣苏观生等，尊他为帝，改年绍武，甫及一月，清军入境，聿𨮁又被掳，解带自经。桂王由榔，系神宗子常瀛次子，常瀛流徙广西，寓居梧州，南都已破，在籍尚书陈子壮等，奉他监国，未几病殁，子由榔曾封永明王，至是沿称监国，寻称帝于肇庆府，改元永历。这永历帝与清兵相持，迭经苦难，自清顺治三年起，直熬到顺治十六年，方弄得寸土俱无，投奔缅甸。居缅两年，由清降将平西王吴三桂，用了兵力，硬迫缅人献出永历帝，把他处死。明室宗支，到此始尽。外如故明遗臣，迭起迭败，不可胜记，最著名的是郑芝龙子郑成功，芝龙自唐王败殁，降了清朝，独成功不从，航海募兵，初奉隆武正朔，继奉永历正朔，夺了荷兰人所占的台湾岛，作为根据，传了两世，才被清军荡平。小子前编《清史通俗演义》，把崇祯以后的事情，一一叙及。清史出版有年，想看官早已阅过，所以本回叙述弘光帝，及鲁、唐、桂三王事，统不过略表大纲，作为《明史演义》的残局。百回已尽，笔秃墨干，但记得明末时代却有好几首吊亡诗，凄楚呜咽，有巫峡啼猿的情景，小子不忍割爱，杂录于后，以殿卷末。

诗曰：

盈廷抛旧去迎新，
万里皇图半夕论。
二百余年明社稷，
一齐收拾是阉人。
画楼高处故侯家，
谁种青门五色瓜？
春满园林人不见，
东风吹落故宫花。
风动空江羯鼓催，
降旗飘飏凤城开。
将军战死君王系，
薄命红颜马上来。

词客哀吟石子冈,
鹧鸪清怨月如霜。
西宫旧事余残梦,
南内新词总断肠。

本回举三桂乞援,清军入关,闯、献毙命,南都兴废,以及鲁、唐、桂三王残局,统行包括,计不过五千余字,得毋嫌其略欤?曰非略也。观作者自道之言,谓已于《清史演义》中一一叙明,此书无庸复述。吾谓即无清史之演成,就明论明,亦应如是而止,不必特别加详也。盖明史尽于怀宗,《明史演义》,即应以怀宗殉国为止,后事皆与清史相关,当列诸清史中以分界限。不过南都半壁,犹可为明室偏安之资,假令弘光帝励精图治,任贤去邪,则即不能规复中原,尚可援东晋、南宋之例绵延十百年,谓为非明不可得也。自南都破而明乃真亡,故本回犹接连叙下。至如鲁、唐、桂三王,僻处偏隅,万不足与满清抗衡,约略叙及,所以收束全明宗室,简而不漏,约而能赅,全书以此为终回,阅者至此,得毋亦叹为观止乎?

图书在版编目(CIP)数据

明史演义 / 蔡东藩著.
—北京：中央编译出版社，2014.7(2015.2 第 2 次印刷)
(中国历代通俗演义)
ISBN 978-7-5117-2174-7

Ⅰ．①明…
Ⅱ．①蔡…
Ⅲ．①章回小说-中国-现代
Ⅳ．①I246.4
中国版本图书馆 CIP 数据核字(2014)第 105297 号

明史演义

出 版 人	刘明清
出版统筹	董 巍
责任编辑	王正斌
责任印制	尹 珺
出版发行	中央编译出版社
地 址	北京西城区车公庄大街乙 5 号鸿儒大厦 B 座(100044)
电 话	(010)52612345(总编室)　　(010)52612370(编辑室)
	(010)52612316(发行部)　　(010)52612317(网络销售)
	(010)52612346(馆配部)　　(010)55626985(读者服务部)
传 真	(010)66515838
经 销	全国新华书店
印 刷	北京紫瑞利印刷有限公司
开 本	787 毫米×960 毫米　1/16
字 数	582 千字
印 张	35
版 次	2015 年 2 月第 1 版第 2 次印刷
定 价	55.00 元
网 址	www.cctphome.com　　邮　箱：cctp@cctphome.com
新浪微博	@中央编译出版社　　微　信：中央编译出版社(ID: cctphome)
淘宝店铺	中央编译出版社直销店(http://shop108367160.taobao.com)　(010)52612349

本社常年法律顾问：北京市吴栾赵阎律师事务所律师　闫军　梁勤
凡有印装质量问题，本社负责调换，电话：(010)55626985